RICHARD NORTH PATTERSON

# Im Kreis der Macht

*Buch*

Kerry Kilcannon, demokratischer Präsident der USA, möchte das liberale amerikanische Waffengesetz reformieren. Seine Ziele sind eine stärkere Kontrolle und strenge Sicherheitsmaßnahmen. Damit macht er sich die mächtige Waffenlobby SSA, die die Reform mit allen Mitteln verhindern will, zu erbitterten Feinden. Dann passiert eine entsetzliche Tragödie: Joan, die Schwester von Kilcannons zukünftiger Frau Lara, wird zusammen mit ihrer Mutter und ihrer kleinen Tochter von ihrem eigenen Mann erschossen. Die Tatwaffe ist eine Pistole, deren Munition besonders schlimme Wunden verursacht.

Kilcannon beschließt, die emotionale Reaktion der Bevölkerung auf das grausame Verbrechen zu nutzen und eine massive Kampagne zur Einschränkung der Waffenfreiheit zu starten. In einem ersten Vorstoß hält er eine flammende Rede vor dem Kongress, die ihm große Zustimmung auch auf Seiten der konservativen Senatoren einbringt. Aber die SSA hält einen Trumpf in der Hand: Sie droht, eine pikante Geschichte aus dem Privatleben des Präsidenten an die Öffentlichkeit zu bringen, falls dieser nicht einlenkt. Und Kilcannon muss sich fragen, ob ihm sein politisches Anliegen wichtiger ist oder seine Karriere …

*Autor*

Der Jurist Richard North Patterson gilt seit seinen großen internationalen Erfolgen wie »Der Kandidat« oder »Tage der Unschuld« als Experte für spannende Thriller, die der Realität atemberaubend nahe kommen. Alle seine Romane wurden zu absoluten Bestsellern. Von Richard North Patterson außerdem bei Goldmann lieferbar:

Eine Frage der Ehre. Roman (41661), Verurteilt. Roman (42359), Das Siegel des Schweigens. Roman (42437), Geschlossene Türen. Roman (44033), Tage der Unschuld. Roman (44693), Der Kandidat. Roman (45115), Nachtschwarz. Roman (45516)

# Richard North Patterson

# Im Kreis der Macht

Roman

Aus dem Amerikanischen von
Friedrich Mader
und Peter Pfaffinger

GOLDMANN

Die Originalausgabe erschien 2003 unter dem Titel
»Balance of Power«
bei Ballantine Books, a division of Random House Inc., New York

Umwelthinweis:
Alle bedruckten Materialien dieses Taschenbuches
sind chlorfrei und umweltschonend.

1. Auflage
Deutsche Erstausgabe Oktober 2003

Umschlaggestaltung: Design Team München
Umschlagfoto: Photonica/Dunn
Satz: Uhl+Massopust, Aalen
Druck und Bindung: GGP Media, Pößneck
Titelnummer: 45462
Redaktion: Viola Eigenberz
BH • Herstellung: Heidrun Nawrot
Made in Germany
ISBNM 3-442-45462-X

www.goldmann-verlag.de

Für Philip Rotner

Da eine gut ausgebildete Bürgerwehr
für die Sicherheit eines Landes
unerlässlich ist,
darf das Recht des Volkes,
Waffen zu besitzen und zu tragen,
nicht angetastet werden.

*Zweiter Zusatz zur Verfassung der*
*Vereinigten Staaten von Amerika*

# *1. Teil*

## Die Hochzeit

*4. Juli bis Anfang September*

# 1

Joan Bowden erstarrte, als sie die Pistole im Genick spürte.

Ihr ganzes Bewusstsein verengte sich auf den Druck dieser Waffe, die sie nicht sehen konnte. Ihre Augen blendeten das schmale Wohnzimmer und die über ihren Fernseher flimmernden Bilder aus, sahen nicht, wie der Präsident zusammen mit seiner Verlobten unter dem mächtigen Obelisken des Washington Monument die Feier zum vierten Juli eröffnete. Durch das kalte Metall an ihrer Haut spürte sie Johns Wut, und sie roch seinen nach Schnaps stinkenden Atem.

»Warum?«, flüsterte sie.

»Du hast ihn gewollt.« Seine Zunge war schwer, sein Ton flach, aber nachdrücklich.

*Wen?*, wollte sie fragen, doch ihre Angst war zu groß. In an Raserei grenzender Panik rief sie sich die Gesichter bei dem Firmenpicknick in Erinnerung, von dem sie vor wenigen Stunden zurückgekehrt waren. Gary vielleicht? Sie hatten eine Weile miteinander gesprochen.

»Ich will doch niemanden«, flüsterte sie verzweifelt.

»*Mich* willst du nicht. Du verachtest mich.« Schlagartig war sein Ton vorwurfsvoll geworden, und die Stimme drohte sich zu überschlagen, als verstricke er sich in Wahnvorstellungen – das Vorspiel zu einem neuerlichen Ausbruch seiner Tobsucht, die irgendwo in den unergründlichen Windungen seines Gehirns hauste.

Erst vor zwei Tagen war Joan in der Nacht schweißgebadet aus einem Albtraum erwacht, in dem sie ihren eigenen Tod vor sich gesehen hatte.

Wer würde für Marie sorgen?

Gerade eben hatte ihre Tochter am Küchentisch gesessen und

ihrer Puppe, für die sie bei jeder Mahlzeit einen Stammplatz neben sich freihielt, etwas ins Ohr geflüstert. Aus Angst, eine Bewegung von ihr könnte ihn reizen, verdrehte Joan die Augen in Richtung Küche. Wenigstens hatte sich John einen letzten Rest an Rücksicht bewahrt und wartete stets, bis Marie in ihrem Zimmer verschwunden war. In letzter Zeit schien ihre Tochter ein schier übernatürliches Gespür für bevorstehende Gewalt entwickelt zu haben und floh rechtzeitig. Ein stummes Menuett der Misshandlung zwischen Tochter und Vater.

Marie und ihre Puppe waren nicht mehr da.

»Bitte«, flehte Joan.

Ihre Nackenmuskeln pochten vor Anspannung. Der nächste Moment konnte verhängnisvoll sein. Sie hatte gelernt, dass Protest seine Wut nur noch mehr steigerte, aber Passivität ihn beleidigte.

Langsam zog der Lauf der Waffe eine Spur über ihre Haut bis zum Halsansatz, dann wurde sie weggenommen.

Joans Kopf kippte nach vorne. Jäh entwich alle Luft aus ihrer Lunge, und sie brach am ganzen Körper in krampfartiges Zittern aus.

Sie hörte, wie er sich hinter ihrem Stuhl bewegte, spürte, wie er sie von oben musterte. Aus Angst davor, was passieren konnte, wenn sie seinen Blick nicht erwiderte, zwang sie sich aufzusehen.

Mit offener Handfläche schlug er sie.

Ihr Kopf flog nach hinten, die Ohren dröhnten ihr. Blut rann ihr übers Kinn.

John hielt ihr die Pistole an den Mund.

Ihr Mann. Das glückliche Gesicht aus dem Hochzeitsalbum. Jetzt war es finster und unerbittlich. Das T-Shirt, ein Trikot der 49er, entblößte den Bierbauch, der an dem ansonsten dürren Körper so deplatziert wirkte.

Mit einem grausamen Lächeln drückte John ab.

Bei dem hohlen, metallischen Geräusch prallte Joan kreischend zurück. In John bewirkten ihre Schreie offenbar eine chemische Veränderung. Seine Augen weiteten sich. Sein Mund öffnete sich, als wolle er etwas sagen, dann wandte er sich ab und torkelte zum Schlafzimmer.

Joan sackte nach vorne und verbarg das Gesicht in den Händen.

Bald würde er das Bewusstsein verlieren. Dann war sie in Sicherheit. Morgen früh würde er wieder zur Arbeit gehen. Aber davor würde sie sein Schweigen, die Nachwirkung des Schocks über seine Brutalität und Ausdruck seiner Scham, über sich ergehen lassen müssen.

Wenigstens kannte Marie nur dieses Schweigen.

Benommen stolperte Joan durch den dunklen Flur ins Bad. Im Kiefer hatte sie pochende Schmerzen. Als sie ihr hager gewordenes Gesicht im Spiegel anstarrte, konnte sie einfach nicht glauben, dass das sie sein sollte.

Von ihrer geschwollenen Lippe tröpfelte Blut. Sie hielt ein Taschentuch dagegen, bis es aufhörte. Noch einen kurzen Moment lang betrachtete Joan ihr Gesicht im Spiegel, dann ging sie lautlos zum Zimmer ihrer Tochter hinüber.

Maries Tür war geschlossen. Mit äußerster Behutsamkeit drehte ihre Mutter den Griff, bis sie sie einen Spaltbreit öffnen und hindurchspähen konnte.

Marie saß im Schneidersitz über die Porzellanpuppe gebeugt, die früher ihrer Großmutter gehört hatte. Joan fiel ein Stein vom Herzen. Das Kind hatte nichts mitbekommen und sah sie auch jetzt nicht. Während Joan dastand und sie betrachtete, schwappte eine Flut verzweifelter Liebe in ihr hoch.

Langsam und voller Bedacht hob Marie eine Hand und schlug das leblose Porzellangesicht. Dann wiegte das Kind die Puppe in seinen Armen. »Ich werde das nie wieder tun. Solange du brav bist.«

Tränen quollen Joan aus den Augen. Sie wich zurück und rannte in die Küche, wo sie sich in die Spüle übergab. Minutenlang blieb sie dort mit den Händen gegen die Arbeitsplatte gestützt stehen. Schließlich drehte sie den Wasserhahn auf. Während sie zusah, wie das Erbrochene in einem Strudel im Ausguss verschwand, wurde Joan klar, was sie jetzt tun musste.

Ihre Augen wanderten über das Küchenregal, wo sie den Zettel mit seiner Telefonnummer in einem in Leder gebundenen Kochbuch versteckt hatte. *Ruf mich an*, hatte er sie gedrängt. *Egal, zu welcher Zeit.*

Ihr Mann durfte nicht aufwachen.

So nahm sie das Telefon in die Hand und schlich damit still um Mut betend ins Wohnzimmer zurück. Im Fernseher stieg gerade der Lichtschein eines Feuerwerks in anmutigem Bogen über den Obelisken.

## 2

Präsident Kilcannon und seine Verlobte Lara Costello beobachteten, wie eine rote Leuchtrakete über den Lichtbogen stieg und in eine Galaxie von Sternen zerbarst, die im Herabfallen das Washington Monument umrahmten.

Für das seltene Erlebnis eines Abends zu zweit hatten sie das jährliche Fest für die Mitarbeiter früher verlassen und sich auf die Terrasse im zweiten Stockwerk des Weißen Hauses zurückgezogen. Auf ihrem weiß gedeckten Tisch standen ein Picknickkorb mit Käse und Obst und eine Flasche leichter Chardonnay, die in einem silbernen Metallzylinder, einem Geschenk des französischen Präsidenten, kühl gehalten wurde.

Lara nahm Kerry bei der Hand. »Als ich sechs war«, erzählte sie ihm, »hat mich unser Vater mal zum Feuerwerk in Crissy Field mitgenommen. Ich werde nie vergessen, wie ich den bunten Sternenregen über der Golden Gate Bridge beobachtet habe und dabei die ganze Zeit seine Hand hielt. Das ist meine letzte Erinnerung an ein Zusammensein mit ihm.«

Kerry wandte sich vom Feuerwerk ab und musterte ihr ebenmäßiges Gesicht mit den ausdrucksstarken Augen, hohen Wangenknochen und der von tiefschwarzem Haar umrahmten bleichen Haut, das ihr zu ihrem eigenen Erstaunen geholfen hatte, von einer mehr oder weniger anonymen politischen Reporterin bei der *New York Times* zu einer Berühmtheit als Fernsehjournalistin aufzusteigen. Kerry nahm an, dass ihr Lebensentwurf wie bei so vielen Frauen schon in der Jugend geprägt worden war: Damals hatte sie sich nicht als Schönheit gesehen, obwohl sie das ganz gewiss war, sondern als perfekte Schülerin, als die pflichtbewusste älteste Tochter, die ihrer Mutter und den kleineren Schwestern helfen musste. Es war diese pflichtbewusste Tochter, die es zu etwas gebracht hatte. Ihre Triebfeder war es gewesen, Inez Costello einen Grund zu geben, stolz auf sie zu sein, und ihren jüngeren Schwestern den Existenzkampf zu ersparen, der auf ihnen lastete, seit der Vater die Familie verlassen hatte. Kerry wusste, dass selbst im Alter von zweiunddreißig Jahren ihr Leben noch immer von ihrer Familie geprägt wurde.

»Weißt du, was ich gehofft hatte?«, fragte er. »Dass du dich an die Szene in *Über den Dächern von Nizza* erinnerst, in der Cary Grant und Grace Kelly einem Feuerwerk von ihrem Hotelzimmer aus zuschauen.«

Lara sah ihn teils belustigt, teils prüfend an. »Ich weiß nur noch, dass sie sich auf eine Couch gelegt haben, und dann schwenkte die Kamera beiseite.«

»Mmhm. Sehr fünfziger-Jahre-mäßig.«

Lara beugte sich vor und küsste ihn lange und zärtlich auf die Lippen. Dann schmiegte sie die Wange an seine Schulter. »Jetzt haben wir das einundzwanzigste Jahrhundert«, sagte sie. »Da sind keine Metaphern nötig.«

Danach blieben sie auf dem Himmelbett liegen und lauschten dem langsam ersterbenden Knattern und Heulen des Feuerwerks. Eine von den Tischlampen leuchtete noch. Während der Liebe und auch danach war es beiden wichtig, einander ins Gesicht zu sehen.

Lächelnd zauste sie ihm das Haar. »Du bist gar nicht so übel. Für einen Präsidenten wenigstens.«

Wie sie beabsichtigt hatte, entlockte sie ihm damit dieses jungenhafte Grinsen, das sein Gesicht zum Leuchten brachte und seine Lachfalten sichtbar machte.

So unbeschwert wie in diesem Moment war Kerrys Leben allerdings wahrlich nicht oft gewesen. Selbst bei seinem ersten Erfolg in der Politik, der Wahl in den Senat im Alter von dreißig Jahren, war er nur als Ersatz für seinen Bruder, Senator James Kilcannon, aufgestellt worden, der für die Präsidentschaft kandidiert hatte und dann in San Francisco ermordet worden war. Lara war damals neunzehn gewesen. Sie erinnerte sich noch an die Fernsehübertragung von der Beerdigung und an Kerrys gehetzten Gesichtsausdruck, als er neben seiner verwitweten Mutter am Grab stand. Dieses Bild prägte sich ihr derart ein, dass sieben Jahre später, als sie ihn anlässlich einer Reportage für die *New York Times* persönlich kennen lernte, das Erste, was ihr an ihm auffiel, nicht etwa das zu einem Präsidentschaftskandidaten gar nicht passende fein geschnittene Gesicht war. Ebenso wenig das dichte kastanienbraune Haar oder die Narbe über einem Auge. Nein, es waren die verblüffenden Gegensätze in den Augen selbst. Ihre grün gesprenkelten blauen Iris, die größer waren als bei den meisten Menschen, gaben Lara das – bei Politikern weißer Hautfarbe höchst seltene – Gefühl, vor jemandem zu stehen, der mehr Trauer als die meisten anderen Menschen erfahren hatte. Damals hatte sie das auf ihre eigene Interpretation geschoben und gemeint, sie hätte sich wohl zu sehr von der Erinnerung an die Beerdigung beeinflussen lassen. Erst später, als Kerry ihr von seiner persönlichen Geschichte erzählt hatte, die er so gut wie niemandem sonst anvertraute, war ihr klar geworden, was alles in und hinter diesen Augen steckte.

»Wenn du das wirklich meinst«, antwortete er ihr lächelnd, »darfst du das gern persönlich nehmen. Schüchterne katholische Jungs aus Newark kriegen auf diesem Gebiet normalerweise wenig Übung. Gott weiß, dass Meg und ich einander nicht gut getan haben. Egal in welcher Hinsicht.«

Wenn Meg sich doch nur so leicht abtun ließe, dachte Lara. Aber ihre Existenz beeinträchtigte ihre Beziehung nach wie vor. Sowohl in der Öffentlichkeit, weil Kerry es versäumt hatte, seine erste Ehe annullieren zu lassen, und sie sich darum nicht kirchlich trauen lassen durften, als auch privat, weil ihre Liebesaffäre begonnen hatte, als Kerry noch verheiratet gewesen war. Immerhin hatten sie es geschafft, ihr Verhältnis geheim zu halten. Das hatte es Kerry ermöglicht, seine Chancen auf die Präsidentschaft zu wahren. Erst nach der Vorwahl in Kalifornien, bei der ein Attentäter Kerry verletzt hatte, waren sie zusammen in der Öffentlichkeit aufgetreten.

Sie berührte die Narbe, die die Kugel hinterlassen hatte, einen roten Striemen in der Nähe seines Herzens. »*Wir* haben einander gut getan«, sagte sie. »Und großes Glück miteinander gehabt.«

Lara kam es so vor, als spürte er die Trauer hinter ihren

Worten, die nagenden Zweifel, die ihr neues Leben überschatteten.

»Nur Glück gehabt?«, fragte er leise. »Im öffentlichen Leben sind wir so etwas wie ein Wunder. Ähnlich wie meine Karriere.«

Dieser Aspekt seines Weltbildes – dass Glück dem Zufall zu verdanken war – wurde Laras Ansicht nach zusätzlich durch seine immer wieder geäußerte Überzeugung bestätigt, dass es Gewehrschüsse gewesen waren, die ihn zum Präsidenten gemacht hatten: Erst hatten sie James, den tüchtigen Bruder, getötet und dann ihn, Kerry, verwundet und damit eine Welle der Anteilnahme ausgelöst, die ihn mit der denkbar knappsten Mehrheit ins Weiße Haus getragen hatte. Bis zum Schluss hatte seine Wahl an einem seidenen Faden gehangen, und den Ausschlag hatte dann die Stimmenauszählung in Kalifornien gegeben. Aber mit seinem Amt hatte er eine Mission angetreten, die er seitdem in jeder Rede aufgriff: »... die Gewalt durch Feuerwaffen so gründlich ausmerzen, wie wir die Kinderlähmung ausgerottet haben.«

»Apropos Wunder«, fragte sie, »ist dein Treffen mit den Waffenfirmen noch ein Thema?«

»Mit einer Hand voll Firmen«, verbesserte Kerry sie. »Den wenigen tapferen Seelen, die mir dabei helfen wollen zu verhindern, dass Vierjährige sich mit der neuen Pistole erschießen, die Dad zu ihrem Schutz gekauft hat. Wenn man die SSA so reden hört, wird morgen in Amerika dem Recht auf Waffenbesitz das Sterbeglöcklein geläutet.« Unwillkürlich grinste er. »Allerdings habe ich bei der Vorbereitung auf das Treffen herausgefunden, dass du diejenige bist, die so versessen darauf ist, uns zu entwaffnen.«

»Ich?«

»Du und dein ganzer Berufsstand.« Kerry wälzte sich auf die Seite und zog eine Zeitschrift aus der Mappe mit seinen Unterlagen. Während er sie durchblätterte, erkannte Lara, dass es das monatlich erscheinende Blatt der »Sons of the Second Amendment« war, Amerikas vielleicht größter Lobby, die sich mit ihrem Namen auf den zweiten Verfassungszusatz berief. Und auf dem Titelblatt prangte eine bitterböse Karikatur von Kerry als Adolf Hitler.

»›Umfragen haben ergeben‹«, las Kerry vor, »›dass die meisten

Berichterstatter von Funk und Presse in Prachtvillen leben und die Nase über uns normale Amerikaner rümpfen. Viele von ihnen haben unter ihresgleichen an den teuersten Universitäten studiert, wo sie fleißig gegen den Vietnam-Konflikt demonstriert, Haschisch geraucht, freie Liebe getrieben und jede ach so hehre, ultraliberale Gesinnung in sich aufsaugen konnten, mit der ihre Professoren sie bombardiert haben.‹« Er schnitt eine Grimasse. »Tja, um die Wahrheit zu sagen, ganz Unrecht haben sie nicht. Was hat bei *dir* nicht gestimmt?«

Lara richtete sich etwas auf und stützte den Kopf in eine Hand. »Meine Mutter ist putzen gegangen. Darum hatte ich Angst, mein Stipendium zu verlieren. Außerdem habe ich den Krieg um zwanzig Jahre verpasst.«

»Das hat nicht viel zu bedeuten. Du hast ja schnell aufgeholt. Hör dir das nur an: »›Nach dem Abschluss mussten sie sich der Wirklichkeit stellen und ihren Lebensunterhalt verdienen. Was lag da näher, als ein dickes Gehalt zu beziehen und nebenbei die Welt zu verändern, indem man als Reporter zu ABC, CBS, NBC, CNN oder zur *New York Times* ging?‹ Das bist *du!*« Kerry bedachte sie mit einem gekonnt anklagenden Blick, dann beugte er sich wieder über die Zeitschrift. »›Nachdem sie es sich auf ihren gut bezahlten Posten bequem gemacht hatten, konnten diese Männer und Frauen aus Yale, Harvard, Brown und Princeton ihren Vorurteilen freien Lauf lassen. Viele von ihnen kennen niemanden, der eine Schusswaffe besitzt. Mit Schusswaffen bekommen sie es höchstens dann zu tun, wenn sie über das Gemetzel eines durchgedrehten Schützen berichten müssen ...‹«

Lara unterbrach ihn. »Und wie ist es mit Leuten, die jemanden kannten, der erschossen wurde? Zählt das?«

»Ach, das? Das heißt nur, dass du deine Objektivität verloren hast. Wie ich.«

Kerrys Stimme verriet unvermittelt einen bitteren Unterton. Lara war sich bewusst, dass es in dieser Angelegenheit um sehr viel mehr ging als nur um den von seinen Gegnern unterstellten Zorn über den Tod seines Bruders und das beinahe tödliche Attentat auf ihn selbst. Kerry hatte dieses Blutvergießen satt, war es müde, Jahr für Jahr Familien zu treffen, die Angehörige verloren hatten, und sie mit immer denselben hohlen Phrasen zu trösten. Er hatte dann stets das Gefühl, politisch wie persönlich gescheitert zu sein. Und mit seinem Scheitern – vor allem wenn es Schusswaffen betraf – konnte Kerry nur schlecht leben.

»Früher oder später wirst du den Kongress schon so weit bringen, dass er dir ein vernünftiges Waffengesetz beschert«, sprach ihm Lara Mut zu.

An die Stelle der Bitterkeit traten trotz aller Frustration Ironie und Schalk. Er legte die Stirn in Falten. »*Vor* oder *nach* unserer Hochzeit?«

Lara lächelte. »Das kann ich dir nicht sagen. Aber auf jeden Fall, bevor ich eine neue Stelle finde.«

Hier lag ein weiterer Stolperstein auf dem Weg zur Ehe. Zwar war Lara dabei, eine gewisse Schicksalsergebenheit zu entwickeln und sich mit den Einschränkungen ihres neuen Lebens als First Lady abzufinden, doch sie hatte seit jeher auf ihre Selbstständigkeit geachtet und ihr Selbstwertgefühl nie von anderen abhängig gemacht. Wenn sie Kerry heiratete, würde sie vieles, ja, sogar ihre berufliche Identität verlieren. Bereits jetzt hatte sie bei NBC kündigen müssen, um gar nicht erst den Verdacht aufkommen zu lassen, der Sender wolle davon profitieren, dass die Verlobte des Präsidenten für ihn arbeitete. Dasselbe galt für alle anderen Bereiche der Medien. Man konnte es sich einfach nicht leisten, den Eindruck zu erwecken, dass Interessenkonflikte vorlagen. Ein kurzer Flirt mit der Präsidentschaft beim Roten Kreuz, die sich aufgrund von Laras hohem Ansehen als Fernsehjournalistin und ihrer Erfahrung als Kriegsberichterstatterin angeboten hätte, war letztlich an der Befürchtung gescheitert, dass ausgesprochen großzügige Spender vielleicht Sondervergünstigungen von Präsident Kilcannon erwarten könnten. Andere Tätigkeiten hätten ähnliche Probleme aufgeworfen, und die besten darunter hätten sie außerdem zu sehr von ihren öffentlichen Aufgaben und dem Privatleben mit Kerry abgelenkt. »Sei mir nicht böse«, sagte sie nun nach einer langen Pause. »Ich war wohl ein bisschen schnippisch. Es mag vielleicht nicht so aussehen, aber du bist mir viel wichtiger als das Rote Kreuz.«

Auch wenn er das längst gewusst hatte oder zumindest hätte

wissen sollen, verriet seine Miene Erleichterung. »Dann, fürchte ich, ist dein Schicksal besiegelt.«

»Wahrscheinlich«, entgegnete sie. »Aber die Liebe hat mich nun mal völlig durcheinander gebracht.«

Er drückte sie erneut an sich. »Da gibt es noch was. Ich bin jetzt dreiundvierzig. Selbst wenn wir gleich morgen anfangen, dauert es noch eine ganze Weile, bis unser erstes Kind so weit ist, dass es das College verlassen kann. Bis dahin werde ich von der Sozialhilfe leben müssen. Wenn sie dann noch nicht abgeschafft worden ist.«

»Sag das dem Papst.«

»Ach, das habe ich schon. Ich habe sogar erwähnt, dass Meg allein schon der Gedanke an Kinder ein Gräuel war.« Zärtlich berührte er Laras Gesicht und hob es sanft an. »Und endlich hat er mich erhört.«

Lara spürte ein erregtes Prickeln. »Die Annullierung?«

Kerry grinste. »Ja, genau.«

Sie löste sich und sah ihm prüfend in die Augen. »Wann?«

»Gestern.«

»Warum hast du es mir nicht erzählt?«

»Da war ich doch in Pittsburgh.« In seine Augen war ein Funkeln getreten. Seine Stimme wurde noch zärtlicher. »Heute habe ich Zeit und Ort einfach für viel geeigneter gehalten.«

Lara, die genau wusste, wie sehr er sich diese Annullierung gewünscht hatte, empfand plötzlich die ganze Tiefe ihrer Liebe. Dieser Moment, das stand ihr klar vor Augen, war die letzte Schwelle vor dem Gang in die Spiegelhalle, die die Präsidentschaft bedeutete, die allgegenwärtige, oft gnadenlose Aufmerksamkeit der Allgemeinheit, die Leben verändern und sich in Ehen drängen konnte, bis selbst der intimste Akt öffentliche Bedeutung erlangte. Einen Augenblick lang dachte sie an ihre Abtreibung und verspürte einmal mehr die vertraut gewordene Angst. Dann aber stellte sie sich vor, wie es wäre, mit Kerry Kinder zu haben.

»Der Labor Day ist dieses Jahr am ersten September. Wäre das zu bald?«, fragte sie und küsste ihn.

Später wandten sie sich wieder dem Praktischen zu. Das begann schon mit ihrem resignierten Vorschlag: »Dann lass uns weglaufen. Oder wenigstens eine ganz intime Hochzeit feiern – du weißt schon, in dem Gasthaus in Little Washington.«

»Unter Belagerung durch die Medien? Und mit Hubschraubern, die über unseren Köpfen kreisen? Das würde einen Aufstand wie bei Madonna geben, nur dass die Leute es *uns* verübeln würden.«

»Natürlich, wie konnte ich nur die Aktionäre vergessen?«, entgegnete sie trocken. Sie stieß einen tiefen Seufzer aus. »Ich habe einfach an uns gedacht. Und an meine Familie. Du und ich mögen ja im Rampenlicht der Medien stehen, aber meine Leute sind so was nicht gewöhnt.«

Kerry schwieg nachdenklich. Er hatte längst mitbekommen, wie komplex und spannungsgeladen die Beziehungen in ihrer Familie waren. Aber sie schwelten unter einer Oberfläche, die für Werbestrategen den Stoff für Träume hergab. Kerry hatte niemanden mehr, seitdem er vor zwei Monaten völlig überraschend seine geliebte Mutter verloren hatte. Lara dagegen hatte zwei Schwestern, eine Nichte und eine tüchtige Mutter, kurz, eine Familie, die jeder Medienberater, der sein Geld wert war, voller Begeisterung ausschlachten würde: Die lateinamerikanische Putzfrau, die ganz allein drei hübsche, begabte Töchter aufgezogen und durchs College gebracht hatte und die jetzt erleben durfte, wie ihre Älteste First Lady wurde. Ohne dass Kerry das zu erwähnen brauchte, war Lara längst klar, dass seine Berater ihre Verwandten weit über ihre Hochzeit hinaus ins Visier nehmen würden.

»Ich lasse nicht zu, dass sie in dem Medienrummel ausgeschlachtet werden«, erklärte sie. »Bei wie vielen Frauen und Kindern von Präsidenten hat es mit der Illusion angefangen, alles wäre wunderbar, und mit der Erkenntnis aufgehört, dass ihr Leben nie wieder das sein wird, was es einmal war.«

Sie sah seinem Gesicht den Protest an, den Wunsch – wider besseres Wissen – zu glauben, dass es bei ihm ganz anders laufen würde. »Das klingt ein bisschen düster«, brummte er. »Ich jedenfalls werde nicht zulassen, dass meine Leute die Familie Costello in Reality-TV verwandeln.«

Um Laras Lippen spielte ein mattes Lächeln. »Dann kannst du ja schon mal mit Clayton anfangen.«

Bei der Erwähnung seiner rechten Hand im Weißen Haus, seines engsten Freundes und Beschützers, erwiderte Kerry ihr Lächeln unwillkürlich. »Clayton? Wenn er unser Trauzeuge werden will, darf er nicht vergessen, wer von uns beiden der Präsident ist. Aber jetzt mal im Ernst: Ich mache mir doch auch Sorgen um deine Familie.«

»Das weiß ich.«

In diesem Moment schrillte das Telefon. Irritiert nahm Kerry ab. »Es ist der vierte Juli und Mitternacht!«, seufzte er müde. »Ist ein Krieg ausgebrochen oder was?« Schweigend hörte er sich dann an, was die Frau von der Telefonzentrale zu melden hatte. Seine Augen verhüllten sich zusehends, seine Miene wurde ernst. »Stellen Sie sie durch«, bat er dann.

»Wer ist das?«, flüsterte Lara.

Kerry deckte die Sprechmuschel ab und sah ihr in die Augen. »Deine Schwester Joan. Es ist für mich.«

## 3

Kerrys Sorgen um Laras Schwester hatten im vergangenen November begonnen.

Das war, als Lara ihn ihrer Familie vorgestellt hatte. Auf dem Rückflug nach Kalifornien, wo er sich bei seinen Anhängern für den knappen Wahlsieg bedanken wollte, bat Kerry Lara, alle zusammen ins Alfred's, sein Lieblingsrestaurant in San Francisco, einzuladen: Laras Mutter Inez, ihre jüngste Schwester Mary und die mittlere Schwester Joan mit ihrem Mann John Bowden und ihrer sechsjährigen Tochter Marie. Was Inez und Mary betraf, war der Abend ein Erfolg, allerdings verdarb es Lara die Stimmung, dass die Bowdens fern blieben. Am Morgen hatte Joan angerufen und Lara gesagt, sie hätte eine Lebensmittelvergiftung und müsse zu Hause bleiben, aber bei Kerrys nächstem Besuch würde es ganz bestimmt klappen.

Nach dem Essen brachten Kerry und Lara Inez und Mary nach Hause. Als die von Kerrys Leibwächter gesteuerte schwarze Präsidentenlimousine sich dann ihrem Hotel näherte, sagte Kerry: »Ich fand sie nett, sehr nett sogar. Deine Mutter ist meiner in vielem ähnlich, nur dass sie lebhafter und zugänglicher ist, als es meine je war.«

Lara schwieg lange, ehe sie schließlich antwortete. »Mom war fürchterlich verlegen. Egal, wie lauthals sie von Joan schwärmte – sie glaubt, dass Joan gelogen hat.«

Im dunklen Fond der Limousine konnte Kerry Laras Gesicht nicht so recht deuten. »Warum?«

»Zum Beispiel, weil sie zu ›krank‹ gewesen sein will, um den neu gewählten Präsidenten kennen zu lernen oder mich zum ersten Mal seit beinahe einem Jahr wiederzutreffen; so krank, dass John und Marie nicht ohne sie kommen konnten. Nein, mit altem Fisch hat das nichts zu tun. Auf der Toilette hat Mary zugegeben, dass auch sie sie kaum noch zu Gesicht bekommt.«

In Kerry keimte ein Verdacht. »Liegt es an ihrem Mann?«

Darauf antwortete Lara nicht direkt. »Ich werde sie besuchen. Bevor wir zurückfliegen.«

Joan und ihre Familie wohnten in einem Bungalow im Viertel Crocker-Amazon, dessen dicht am Hügel gebaute Gebäude sich eng aneinander schmiegten. Das von der Größe her bescheidene Häuschen wirkte sauber und gepflegt. Es war frisch gestrichen, die zugezogenen Rüschenstores waren sorgfältig gebügelt, und auf der Veranda sorgten Töpfe voller Geranien in allen Rottönen für eine fröhliche Stimmung. Unter der Türglocke stand der Name eines Sicherheitsdienstes. Aber nicht auf die Klingel drückte Lara, sondern auf den Knopf für die Sprechanlage.

Dann musste sie minutenlang warten. Als endlich Joans Stimme aus dem Lautsprecher kam, klang sie körperlos. »Ja, bitte?«

»Hier ist Lara.«

Wieder trat Stille ein. »Es tut mir Leid, Lara.« Nicht nur die Verspätung, sondern auch der matte, abweisende Tonfall reizten Lara. »Es geht mir wirklich nicht gut.«

»Lebensmittelvergiftung ist doch nicht ansteckend!« Zu ihrem Verdruss ertappte Lara sich dabei, dass sie sich wieder ganz wie eine ältere Schwester anhörte, die die anderen herumkommandierte. »Bitte«, beschwor sie Joan. »Du hast mir so gefehlt. Da kann ich doch nicht abreisen, ohne dich wenigstens gesehen zu haben.«

Joan gab keine Antwort. Aber nach einer – wie es Lara vorkam – schieren Ewigkeit ging die Tür auf. Zunächst konnte Lara nur die eine Hälfte von Joans Gesicht sehen.

»Ich bin ja so froh«, seufzte Lara.

Joan zögerte, dann öffnete sie die Tür ganz.

Lara prallte entsetzt zurück. Joans rechtes Auge war total zugeschwollen, was durch den dick aufgetragenen Eyeliner am unversehrten Auge noch betont wurde.

»Ach, Joanie! Mein Gott …«

»Es ist nicht das, was du denkst«, wiegelte Joan ab. »Es ist beim Duschen passiert. Ich war von der Lebensmittelvergiftung geschwächt, und da bin ich umgekippt.«

Lara trat ein. Nachdem sie die Tür hinter sich geschlossen hatte, legte sie Joan beide Hände auf die Schultern. »Ich bin nicht dumm, Joan. Und ich habe so etwas schon mal gesehen, weißt du noch?«

Joan schien sich der Berührung entziehen zu wollen. »Kann schon sein. Ich war erst drei, als er uns verlassen hat.«

Lara trat einen Schritt zurück und ließ die Arme schlaff herunterfallen.

Das Gesicht ihrer Schwester war voller geworden, aber was sich nicht verändert hatte, war der spröde, abweisende Ausdruck. Das gut gepflegte Wohnzimmer war so, wie Lara es in Erinnerung hatte: blitzblank gebohnerter Parkettboden, makelloser persischer Läufer, tipptopp aussehende weiße Möbel, ein Regal mit säuberlich gerahmten Familienfotos. Ein von einem Porträtfotografen aufgenommenes Bild von Marie, das sie in ihrer ganzen südländischen Schönheit zeigte, stach Lara ins Auge. Sie betrachtete es unwillkürlich, ehe sie sich wieder ihrer Schwester zuwandte. »Weiß Mom Bescheid?«

»Sie will es nicht wissen.« Ein bitterer Ausdruck huschte über Joans Gesicht. Wen meinte sie mit ihrem Groll?, fragte sich Lara.

»Sie mag John. Die Einzige, die glaubt, für Kinder wäre es eine tolle Sache, ohne Vater aufzuwachsen, bist du. Und an *eins* erinnere ich mich genau: wie es ist, keinen zu haben.«

»Dann beneide ich dich, Joanie. Denn ich erinnere mich nur zu gut an ihn.«

»Menschenskind, hör doch endlich auf, die große Schwester rauszukehren!« Joan redete immer mehr im Stakkato. »*Du* hast ja immer das große Los gezogen: Tolles Aussehen, super Zeugnisse, berühmte Freunde, einen Vertrag über zig Millionen Dollar – glaub bloß nicht, dass Mom uns nicht *davon* erzählt hat. Und jetzt heiratest du auch noch den Scheißpräsidenten der Vereinigten Staaten.«

»Für dich reicht es doch schon, dass ich existiere!«, gab Lara wütend zurück, um dann ihren Zorn hinunterzuschlucken. »Ich heirate einen Mann, der mich mit Achtung behandelt. Und das verdienst du auch.«

Joan reckte das Kinn. »Wir haben ein gutes Leben. Zu Marie ist er nett. Und so oft passiert es ja auch nicht. Es könnte wirklich schlimmer sein.«

»Wie oft muss es denn passieren, Joanie? Und wie schlimm muss es werden?«

Joans Stimme wurde lauter. »Du hast leicht reden! Was hat dein Leben denn mit meinem zu tun?«

»Ich bin deine Schwester, und mir liegt an dir. Wir wollen doch nicht miteinander konkurrieren …« Lara zögerte. »Lass dich nicht meinetwegen schlagen. Oder Maries wegen.«

Joan wandte sich abrupt ab. »Bitte geh jetzt, Lara. Das ist *mein* Haus. Ich habe dich nicht hierher eingeladen.«

Lara spürte, wie ihre Frustration in Hilflosigkeit und dann in schmerzvolles Mitleid umschlug. Kurz berührte sie ihre Schwester an der Schulter

Keine Reaktion. Joan kehrte ihr weiter den Rücken zu. Nach einer Weile öffnete Lara die Tür und ging.

»Für sie bin ich weniger als nutzlos«, klagte Lara. »Jetzt bleibt sie erst recht bei ihm, allein schon um mich zu widerlegen.«

Im fahlen Sonnenlicht des Novembervormittags liefen sie und Kerry durch ein enges Tal im Marin County in Richtung des hinter zerklüfteten Klippen blaugrau schimmernden Ozeans. Beide hatten sich nach etwas Bewegung fern von Menschen und stickigen Zimmern gesehnt. Wenn sie unterwegs waren, nahmen sie sich zwischen zwei Terminen nach Möglichkeit eine Stunde Zeit ganz für sich, in der sie gemeinsam spazieren gehen, miteinander reden und frische Luft atmen konnten. In respektvollem Abstand gingen Leibwächter vor und hinter ihnen, während deren Kollegen auf den Hügeln Stellung bezogen hatten.

Es war kalt an diesem Morgen, und beide stapften mit den Händen in den Hosentaschen dahin. Kerry warf Lara einen prüfenden Blick zu. »Lehnt sie dich so sehr ab?«

»Ich hatte ganz vergessen, wie sehr. Vielleicht hatte ich auch nur gehofft, wir wären zu alt für so was.« Lara starrte auf die in der Ferne glitzernden Wellen. »Eine andere Mutter aus der Arbeiterklasse hätte mich vielleicht hin und wieder auf den Boden der Tatsachen geholt und mich daran erinnert, dass ich nichts Besonderes bin. Aber Mom hat mich ihnen immer als Vorbild hingestellt. Sie mussten in der Schule glänzen wie ich. Sie mussten aufs College wie ich, auch wenn es nicht für Stanford oder ein Stipendium gereicht hat.« Lara zögerte, um mit wehmütiger Ironie hinzuzufügen: »Darum wurde es schwerer für sie, gerade weil ich ihnen den Weg geebnet hatte.«

Das entlockte Kerry ein mattes Lächeln. »Meine halbe Kindheit hindurch habe ich meinen Bruder verabscheut. Jamie war so verdammt gut in allem – so unangreifbar. Jetzt wird mir klar, dass er total auf sich bezogen war und schrecklich einsam. Andererseits wäre er der Letzte gewesen, mit dem ich Mitleid gehabt hätte. Oder auf den ich gehört hätte.«

Schweigend näherte sich Lara ihm, bis ihre Arme einander streiften. Bisweilen empfand sie so tiefe Freude über all das, was sie miteinander teilten, und Dankbarkeit für die Erlösung von dem Gefühl des Alleinseins, mit dem sie jahrelang gelebt hatte, dass sie gar keine Worte dafür fand. Auch jetzt konnte sie nicht gleich antworten. »Es ist das und noch mehr«, sagte sie schließlich. »Joan ist die Häusliche von uns dreien geworden. Sie hat Mom beim Kochen und Putzen geholfen, darauf geachtet, dass alles klappt, und sich nie beklagt. Das war *ihr* Gebiet, das, worin sie besser war als Mary oder ich. Als dann John Bowden gekommen ist und sie als Prinzessin in einen perfekten Haushalt einschließen wollte, der ihr allein gehören sollte, war sie mehr als bereit.«

»Was hast *du* von ihm gehalten?«

»Erpicht darauf zu gefallen – ein bisschen zu erpicht. Er hat praktisch unserer Mutter den Hof gemacht, so als wolle er beweisen, wie hilfsbereit und rücksichtsvoll er ist. Ich erinnere mich noch gut, wie sie Joanie gesagt hat, dass sie immer gut auf ihn aufpassen soll. Dann haben sie geheiratet, und ich bin wegen der *Times* nach Washington gezogen. Marie ist ungefähr zu der Zeit auf die Welt gekommen, als ich dich kennen gelernt habe. Sie seien die ideale Familie, hat Joanie behauptet.«

Während sie erzählte, lauschte Kerry auf das, was sie zwischen den Worten sagte. So entging ihm nicht, dass Lara sich jetzt vorwarf, sich zu sehr mit ihrer Karriere und mit Kerry beschäftigt zu haben, um auf die Warnzeichen zu achten. »Aber dann bist du ins Kosovo gegangen«, murmelte er. »Wie hättest du da etwas merken können?«

Dankbar für sein Verständnis ergriff Lara seine Hand. »Dafür merke ich es jetzt.«

In ihre Gedanken versunken liefen sie weiter, bis sie den Strand erreichten. Der graubraune Sand war über und über mit Treibholz bedeckt. Weiter vorne war ein geschälter Redwoodstamm herangespült worden. In seiner Nähe leckten die Wellen noch am Sand. Lara ging mit im Wind wehendem Haar hinüber und setzte sich. Kerry tat es ihr gleich, und er war derjenige, der die Stille brach.

»Als ich mich während meiner Zeit als Staatsanwalt mit Gewalt in der Familie befasste, habe ich gelernt, diesen deprimierenden endlosen Teufelskreis mit neuen Augen zu sehen. Kinder, die Zeuge von Misshandlungen sind, werden im Heranwachsen oder später oft selber Gewalttäter oder Opfer. Mit der Zeit könnte aus Marie eine zweite Joan werden.«

»Und wie kann ich ihnen helfen?«

»Jemand sollte etwas unternehmen. Aber du bist vielleicht nicht die Richtige.« Kerry sah ihr in die Augen. »Wenn es dir nichts ausmacht, würde ich gern mit Joan reden.«

Dagegen begehrte Lara sofort auf. »Es ist *meine* Familie. Ich kenne sie, und ich habe nicht vor, meine Probleme bei dir abzuladen.«

»Bald ist es aber *unsere* Familie. Über meine eigene weißt du schon Bescheid. Solche Dinge behandeln die Leute leider allzu oft als Familienangelegenheit, die niemanden etwas angeht. Aber dadurch wird es nur immer schlimmer. Und wir haben beide zu viel davon gesehen.«

Trotzdem zögerte Lara immer noch. Mit leiser Stimme fragte Kerry: »Was ist wenn er sie umbringt, Lara?«

## 4

Am nächsten Vormittag besuchte Kerry das Haus der Bowdens.

Die Schwierigkeiten führten ihm wieder vor Augen, wie stark seine Bewegungsfreiheit neuerdings eingeschränkt war. Der Presse zu entwischen, war schon kompliziert genug gewesen; noch schlimmer aber war, dass er in einem unmarkierten Wagen warten musste, bis zwei seiner vom Geheimdienst abgestellten Leibwächter mit der völlig verdatterten Joan Bowden geredet und ihre Einwilligung zu einer Hausdurchsuchung erhalten hatten. Kerrys einziger Trost bestand darin, dass ihr Mann bei der Arbeit war und seine Leibwächter sich dazu überreden ließen, draußen zu warten.

Als Joan Kerry hereinließ, konnte sie das geschwollene Auge nur zu einem Schlitz öffnen. Er hatte sich bereits vorgenommen, sie nicht darauf anzusprechen.

»Ich bin Kerry«, stellte er sich vor.

Joan spähte an ihm vorbei, als hätte sie Angst, er könnte gesehen werden. Erst danach sagte sie mit einem leisen, wehmütigen Lächeln: »Ich weiß, wer Sie sind.«

Kerry neigte den Kopf. »Darf ich reinkommen?«

»Na gut«, antwortete sie widerstrebend, um etwas freundlicher hinzuzufügen: »Natürlich.«

Mit den Händen in den Jacketttaschen trat er ein. Das Wohnzimmer war hell und aufgeräumt. Dennoch glaubte er, die Atmosphäre des Schreckens geradezu mit Händen greifen zu können. Er wandte sich zu Joan um. Während Lara ihrer Mutter glich – beide waren schlank und zeigten in ihren Bewegungen Elastizität und

Eleganz –, war Joan rundlicher. Ihr Gesicht wirkte gutmütig und friedfertig, verriet heute allerdings einen scheuen, aufgeschreckten Ausdruck.

»Ich habe mich irgendwie komisch dabei gefühlt, mit einer Frau so gut wie verheiratet zu sein, ohne ihre Familie zu kennen«, begann Kerry.

Joan lächelte höflich. Zugleich schien sie ihn abzuschätzen. »Für uns war das auch merkwürdig. Das mit Laras Verlobung war schon eine ziemliche Überraschung.«

Obwohl ihm völlig klar war, dass er um den heißen Brei herumredete, spulte Kerry seine gewohnheitsmäßige Antwort herunter: »Ich war auch ziemlich überrascht, dass sich Lara ausgerechnet nach den Schüssen auf mich für meine Vorzüge erwärmt hat. Eine anstrengende Masche, ein Mädchen zu erobern.«

Joan musterte ihn noch immer. Erst jetzt deutete sie auf einen übermäßig weichen Sessel und ließ sich auf der Couch gegenüber nieder.

Kerry entschloss sich, sie direkt anzusprechen. »Lara liebt dich. Und jetzt sorgt sie sich um dich.«

Joan nickte knapp, als sähe sie sich in ihrem Verdacht bestätigt. »Also hat sie ihren Verlobten gebeten, mich zu besuchen.«

»Nein – *ich* habe darum gebeten.« Kerry sah ihr fest in die Augen. »Ich habe früher als Staatsanwalt Fälle von Gewalt in der Familie verfolgt. Ich habe zu viele ›Familiengeheimnisse‹ sich verselbstständigen und zu viele Menschen Schaden erleiden sehen. Vor allem Kinder.«

Dass mehr dahinter steckte, sagte ihr Kerry nicht. Aber die lila Schwellung über ihrem Auge weckte wieder all die Gefühle, die sein eigener Vater in ihm als verängstigtem Sechsjährigen ausgelöst hatte: den Hass auf den Schläger, das Mitgefühl für das Opfer, die Schuldgefühle, weil er seine Mutter nicht schützen konnte, den wütenden Drang, die eigene Machtlosigkeit durch Aktivität auf anderem Gebiet auszugleichen.

Nervös schielte Joan zur Tür, als würde Kerrys bloße Gegenwart ihren Mann auf den Plan rufen. »Ich schaffe das schon«, beharrte sie.

»Das wirst du nicht. Und Marie genauso wenig.« Kerry wartete.

Die nächsten Worte wählte er sehr sorgfältig. »Ich weiß, dass du sie schützt. Aber auf Dauer wird das nicht genügen. Indem er dich schlägt, verletzt er auch Marie.«

Joan zögerte. Kerry konnte sehen, dass sie überlegte, wie viel sie sagen, wie weit sie diesem Mann trauen sollte, der ihr einerseits aufgrund seiner täglichen Gegenwart in Fernsehen und Presse und der gnadenlosen, neugierigen Fragen ihrer Freunde so bekannt und doch in ihrem Wohnzimmer ein völlig Fremder war.

»John kann nichts dafür«, sagte sie.

»Vielleicht«, räumte Kerry ein, »aber er ist dafür verantwortlich. So wie du.«

Joans Finger kneteten unablässig ihr Kleid. »John hatte eine schwere Kindheit«, sagte sie schließlich. »Ich glaube nicht, dass ihn sein Vater oder seine Mutter geschlagen haben. Sie haben ihn anders fertig gemacht, ihn regelrecht gequält. Wann immer er was angestellt hatte, selbst wenn es ganz harmlos war, hat ihn sein Dad in seinem Zimmer eingesperrt – manchmal sogar ein ganzes Wochenende lang – und ihn nur kurz rausgelassen, wenn er mal musste. Und manchmal durfte er nicht mal aufs Klo gehen.« Sie zuckte hilflos mit den Schultern. »Es ist dann so, als ob John wieder dort wäre, als ob jemand bei ihm einen Schalter umgelegt hätte. Danach ist er immer ganz bestürzt, und ich kriege fast Mitleid mit ihm.«

Kerry kam das wie das Stockholm-Syndrom vor, jenes Phänomen, bei dem die Geisel sich mit ihrem Entführer zu verbrüdern beginnt. So wie es auch bei John Bowden als Jungen der Fall gewesen sein musste. »Nur dass John jetzt der Vater ist«, sagte er. »Der einzige Unterschied ist, dass er gewalttätig ist. Und dass er statt seines Kindes seine Frau misshandelt.«

Joan schüttelte trotzig den Kopf. »So will er ja gar nicht sein. Als ich ihn kennen gelernt habe, war er ganz anders.«

»Wie war er denn damals?«

»Wunderbar.« Das bloße Wort schien ihr Kraft zu verleihen. In ihren Augen flackerte ein sehnsüchtiges Leuchten auf. »Er war so verantwortungsbewusst, so selbstsicher, so entschlossen, sich um mich zu kümmern. Er war so anders als alle Jungs, die ich sonst kannte – rücksichtsvoll, fleißig –, und er trank keinen Tropfen Alkohol. Und zu meiner Familie war er wahnsinnig lieb, vor allem zu Mom. Und mich trug er auf Händen.«

Das alles klang nur zu vertraut. »Und hatte er Freunde?«, fragte Kerry.

»Besonders viele hatten wir nicht – dazu fehlte einfach die Zeit.« Ihre Stimme verlor sich. Wie Kerry das sah, hatte die Realität ihre Illusionen eingeholt. Nach einer Weile fügte sie in ernüchtertem Ton hinzu: »Er wollte einfach nur mit mir zusammen sein, hat er gesagt. Und manchmal ist er auf andere Männer eifersüchtig geworden, ohne dass es einen Grund dafür gab. Aber dann hat er gesagt, das würde daran liegen, dass er mich so sehr liebt und zu große Angst hat, mich zu verlieren.«

Sie verstummte wieder. Als er sah, wie sie dort mit nach vorn gesackten Schultern saß, war sich Kerry sicher, dass sie darüber noch nie mit einem Menschen gesprochen hatte. »Und das hast du ihm geglaubt?«, fragte er.

Sie schien in ihrer Erinnerung zu wühlen – oder vielleicht auch zu überlegen, ob sie darauf antworten sollte. Mit flacher Stimme sagte sie: »Jeden Tag hat er Blumen geschickt oder einen Brief für mich auf der Veranda zurückgelassen. Ich konnte gar nicht fassen, dass mich jemand derart lieben kann.«

Bei ihrem letzten Satz glaubte Kerry einen Schauer zu bemerken. Erneut sah Joan hastig zur Tür.

»Wann hat er dich zum ersten Mal geschlagen?«

»Als ich mit Marie schwanger war.« Joan drückte kurz die Augen zu. »Wir waren im Bett und haben uns im Radio Oldies angehört. Und dann haben sie ›The Way You Look Tonight‹ gespielt ...«

Bei den ersten Takten lächelte Joan unwillkürlich. Wie sie jetzt wohl in Laras weißem Ballkleid aussehen würde? Im siebten Monat ihrer Schwangerschaft konnte sie sich das nur schwer vorstellen, selbst wenn ihre Mutter sich alle Mühe gäbe, es zu erweitern. Plötzlich spürte sie, wie John sie anstarrte.

»Das Lied erinnert dich an *ihn!*«

Seine Beschuldigung verwirrte sie so sehr, dass ihr im ersten Moment nicht einfiel, wer *er* sein sollte. »Mein Gott, John, das war doch an der Highschool. Ich wüsste jetzt nicht mal, ob er überhaupt noch lebt.«

Sie wusste es sehr wohl. Mary hatte ihn mit seiner Frau im Einkaufszentrum von Stonestown gesehen. In vorwurfsvollem Ton beharrte John: »Du *lügst*, Joanie! Das war ›*euer Lied*‹, oder hast du das vergessen?«

Es war so ungerecht von ihm! Vor Jahren hatte sie ihm eine harmlose Erinnerung anvertraut und sich im Leben nicht träumen lassen, wie sie in ihm weiterschwelen würde. »Das hab ich wirklich vergessen...«

In plötzlicher Wut schlug John ihr ins Gesicht.

Benommen drehte sie sich zur Seite. Tränen schossen ihr in die Augen. Mit dröhnendem Kopf kletterte sie aus dem Bett und taumelte zwei Schritte, ehe sie sich mit den Händen auf den Bastkorb stützen musste, den er ihr als Überraschung mitgebracht hatte. »*John...*«

Seine Augen waren auch feucht. »Es tut mir Leid, Baby, so schrecklich Leid.«

Am nächsten Morgen schickte er ihr Blumen.

»Aber von da an ist es mit der Eifersucht immer schlimmer geworden. Inzwischen schöpft er bei jedem Mann Verdacht, der mir über den Weg läuft.« Joan wandte den Blick ab und betupfte ihre entstellte Wange. »Bei dem 55-jährigen Briefträger, weil wir Spanisch miteinander gesprochen haben. Bei einem zwanzigjährigen Helfer in Maries Kindergarten. Bei irgendeinem Mann, mit dem ich auf einer Party geredet habe. Sogar als ich gemeint habe, ich könnte mir eine Teilzeitstelle suchen. Und als es mit dem Trinken losging, ist es noch schlimmer geworden.«

Allerdings, dachte Kerry. »Wann hat er damit angefangen?«

»Vor ungefähr einem Jahr. Ich glaube, es gab Probleme bei der Arbeit.« Joan hielt den Blick noch immer gesenkt. »Er war sich wegen seines Chefs sehr unsicher. Als John zum ersten Mal so nach Hause kam, hatte es wohl einen Tadel gegeben. Und als ich an dem Abend Marie ins Bett gebracht hatte, hat er mich geschlagen.«

»Und das mit dem Trinken ist weitergegangen?«

»Ja.« Auf einmal verfiel Joan in einen verzweifelten Rhythmus. »Er hat getrunken, mich geschlagen und sich entschuldigt; getrunken, mich geschlagen …« Ihre Stimme brach.

»Er hat immer mehr getrunken und immer härter geschlagen«, sagte Kerry leise. »Je mehr er dich schlug, desto mehr hatte er das nötig … War es so?«

Sie sah zu ihm auf. Ihr Lippen waren vor Überraschung geöffnet. Aus dem geschwollenen Auge stahl sich eine Träne.

Noch leiser fragte Kerry: »Und *dieses* Mal?«

Sie wollte nicht antworten. »Marie war in ihrem Zimmer«, brachte sie nach langem Schweigen heraus. »Er wartet immer, bis sie schläft.«

Nur allzu deutlich sah Kerry, dass Joan bereits erschöpft war. Er ging zu dem Regal mit dem Porträtfoto von Marie hinüber. Beim Betrachten schoss ihm ein Gedanke in den Sinn, den er lieber für sich behielt: Joans sechsjährige Tochter war Lara wie aus dem Gesicht geschnitten.

Er drehte sich wieder um und fragte: »Mit wem kannst du sprechen, Joan?«

Sie schüttelte den Kopf. »Mit niemandem.«

»Warum nicht mit deiner Mutter? Oder Mary?«

»Ich … schäme mich zu sehr.« Sie starrte den Läufer an. Ihre Stimme war leise, sie schien der Verzweiflung nahe. »Als ich einmal mit meiner Mutter zum Einkaufen gefahren bin, hatte John einen Kassettenrekorder unter dem Sitz versteckt. Selbst wenn ich es ihr erzählte, würde sie es nicht verstehen. Sie hält John doch für einen guten, verantwortungvollen Mann. Und an jedem Muttertag schickt er ihr Blumen.«

Für einen Augenblick sinnierte Kerry über die Risse in einer nach außen funktionierenden Familie, die Art und Weise, in der Schweigen den jeweiligen Bedürfnissen diente, die so verschieden gelagerten Illusionen und Formen der Leugnung. »Ist das alles, was er macht?«

Erneut wandte Joan die Augen ab. »Er kontrolliert unser Geld. Er sagt, er würde nie zulassen, dass ich ihm Marie wegnehme.« Sie unterbrach sich und schluckte schwer. »Letzte Woche hat er sich eine Pistole gekauft.«

Jäh schrillten bei Kerry sämtliche Alarmglocken. »Hat er dich damit bedroht?«

Kurzes Kopfschütteln. »Nein. Aber er sagt, wenn ich ihn je verlasse, bringt er sich um.«

Kerry setzte sich neben sie und ergriff ihre Hände. »Joan, ich habe Angst um dich. Mehr als noch vor meinem Besuch.«

Auch sie hatte Angst; das verrieten ihre Augen. Er spürte, wie ihre Finger sich um die seinen schlossen. »*Warum?*«

»Weil es immer schlimmer wird. Und jetzt hat er auch noch eine Waffe. Sieh ihn doch an. Vielleicht hatte er eine schlimme Kindheit, aber es ist der Erwachsene, der sich ständig aufs Neue für die Gewalt entscheidet. Und wenn er einen Grund braucht, um dich zu verletzen, findet er einen.

Und dann sieh *dich* an. Sieh dir deine Gründe fürs Bleiben an – wirtschaftliche Unsicherheit; Angst vor der Schande; die Angst, dass Marie ohne Vater aufwächst; die Angst, Marie zu verlieren.« Kerry drückte ihre Finger fest und sah ihr so lange ins Gesicht, bis sie seinen Blick erwiderte. »Du hast Angst um dich selbst – inzwischen pausenlos. Dein einziger Ausweg ist, John dabei zu helfen aufzuhören. Oder ihn selbst zum Aufhören zu bringen. Was bedeuten könnte, ihn zu verklagen.«

Joan wurde blass. »Das kann ich nicht«, krächzte sie. »Das könnte ich Marie nie zumuten.«

Kerry ließ nicht locker. »Kannst du Marie etwa *das hier* zumuten?«

In Joans Gesicht spiegelte sich völlige Verwirrung – Furcht, Unentschlossenheit, Ablehnung, Flehen. Kerry sah das und suchte in sich die Worte, mit denen er sie am besten erreichen würde. Obwohl sich alles in ihm dagegen sperrte, die eigene Vergangenheit auszugraben, begriff er, dass er jetzt nicht als unbeteiligter Außenstehender reden durfte.

»Ich möchte dir was erzählen«, begann er. »Nur drei Menschen haben bisher davon erfahren: meine Mutter, ein enger Freund und Lara. Es geht dabei um mich. Aber auch um Marie.«

# 5

Kerry Kilcannons klarste Kindheitserinnerung war die an seinen Vater, wie er blutete.

Es begann wie schon so viele Nächte davor: mit Türenschlagen. Michael Kilcannon kam wieder einmal betrunken nach Hause. Kerry wusste schon, wie das ablief. Sein Vater torkelte die Treppe ins obere Stockwerk hinauf, redete mit sich oder mit jemandem, den er nicht leiden konnte, und blieb ab und zu stehen, um das Gleichgewicht wiederzufinden oder rasselnd Luft zu holen. Und Kerry lag stocksteif in seinem Bett, bis Michael an seinem und Jamies Zimmer vorbeigetaumelt war und das Schlafzimmer am Ende des Flurs erreicht hatte. Und dort würde er mit dem Prügeln anfangen. Weinend stellte sich Kerry das Gesicht seiner Mutter beim Frühstück vor: ein blaues Auge und geschwollene Lippen. Niemand sprach jemals darüber.

Aber heute Nacht sprang Kerrys Tür auf.

Michael Kilcannon warf den Lichtschalter um. Der sechsjährige Kerry blinzelte geblendet in die grelle Birne. In seiner Angst konnte er weder sprechen noch sich regen.

Langsam trat sein Vater auf ihn zu und baute sich am Fußende des Bettes auf. Aus seinem Unterarm spritzte Blut.

Entsetzt sah Kerry, wie sich rote Tropfen auf dem Laken sammelten.

Michael stierte den Jungen an. Sein eigentlich ansehnliches, etwas fleischiges Gesicht war im Rausch wutverzerrt. »Schau!« Sein irischer Zungenschlag hatte sich in ein Zischen verwandelt. »Schau dir an, was du angerichtet hast!«

Kerry starrte verschreckt auf die Blutflecken.

»*Dein Tretauto*, du Dummkopf! Du hast dein Scheißtretauto im Weg stehen lassen ...!«

Kerry schüttelte benommen den Kopf. »D... das tut mir Leid, Pa«, stammelte er. Dann brach er in Tränen aus.

Mary Kilcannon erschien in der Tür. Ihr langes schwarzes Haar war durcheinander, ihr Gesicht im Lampenlicht blass. Kerry war zu verängstigt, um sich in ihre Arme zu stürzen.

Sie sah ihn voller Mitleid an, dann legte sie ihrem Mann vorsichtig die Hand auf die Schulter. »Was ist los, Michael?«, fragte sie leise.

Mit vor Angst zugeschnürter Kehle sah Kerry das wütende Gesicht seines Vaters.

»Das Tretauto.« Michael starrte auf das Laken hinab. »Kanten... scharf...«

Ohne ihren Sohn aus den Augen zu lassen, küsste Kerrys Mutter ihren Mann auf die Wange. »Das muss verarztet werden, Michael.« Immer noch vor Angst zitternd, verfolgte Kerry, wie seine Mutter seinen Vater bei der Hand nahm. »Wir sollten ins Krankenhaus fahren.«

Widerstandslos ließ sich sein Vater aus dem Zimmer führen.

Kerry wagte kaum noch zu atmen. Noch einmal drehte sich seine Mutter zu ihm um. »Mach dir um deinen Vater keine Sorgen...«

Irgendwie begriff Kerry, dass sie damit meinte, dass er für heute Nacht in Sicherheit war. Aber er rührte sich erst wieder, als sich die Haustür geschlossen hatte.

Dann stand sein achtzehnjähriger Bruder Jamie, der große und blendend aussehende Musterknabe der Familie, im Türrahmen. »Tja«, meinte Jamie an niemand im Besonderen gerichtet. »Die geben wirklich ein schönes Paar ab, hm?«

Dafür hasste ihn Kerry.

So ging sie los – die Sache zwischen Kerry und seinem Vater.

Zwei Tage später – die Fäden in seinem Arm waren noch nicht gezogen – bekam Michael Kilcannon von einem anderen Polizisten, der keine Zeit hatte, zwei Karten geschenkt und nahm Kerry zu einem Spiel der Mets mit. Von Baseball hatte Michael Kilcannon wenig Ahnung – als Jugendlicher war er aus dem County Roscommon eingewandert. Aber der rothaarige Ire war ein kräftiger, gut aussehender Mann, leutselig, und wenn er nüchtern war, der Dad, den Kerry so gerne gehabt hätte: Er war Polizist, eine Art Held mit ansteckendem Lachen und dem Ruf eines Draufgängers. Michael kaufte Kerry Popcorn und einen Hotdog und genoss das Spiel mit einer aufgesetzten Überschwänglichkeit, von der Kerry bereits wusste, dass sie seine Entschuldigung für etwas war, das keiner jemals erwähnen würde. Als die Mets den entscheidenden Punkt machten, umarmte ihn Michael.

Sein Vater fühlte sich groß und warm an. »Ich hab dich lieb, Pa«, murmelte Kerry.

Am selben Abend ging Michael noch in die Lynch's Ark Bar, eine Kneipe um die Ecke. Doch Kerry fühlte sich noch ganz erfüllt von diesem Tag und sicher.

Bis die Tür zu seinem Zimmer aufgerissen wurde und der Lärm ihn weckte.

Kerry rieb sich verschlafen die Augen. Halb bange, halb freudig erkannte er seinen Vater.

Michael schwankte auf ihn zu und setzte sich auf die Bettkante. Kerry rührte sich nicht. Sein Vater keuchte. »Dreckskerle!«, schnaubte Michael voller Hass.

Kerrys Herz pochte zum Zerbersten. Wenn er vielleicht etwas sagte, sein Verständnis zeigte …? »Was ist denn, Pa?«

Sein Vater schüttelte den Kopf, als rede er mit sich selbst. »Mulroy …«

Kerry verstand überhaupt nichts. Ihm blieb nur zu warten.

»Ich bin genauso gut wie er – ach was, besser!«, schimpfte Michael abrupt. »Aber *er* bringt's zum Sergeant, ich nicht. So was schaffen nur die Arschkriecher …«

Wie schon zwei Nächte zuvor, erschien in diesem Moment Mary Kilcannon in der Tür. »Michael«, sagte sie mit sanfter Stimme.

Kerrys Vater drehte sich nicht zu ihr um. »Halt's Maul!«, bellte er. »Wir reden …«

Ängstlich sah Kerry seine Mutter an. Ihre Worte hatten einen Beiklang, den der Junge noch nie gehört hatte. »Lass das Kind in Ruhe.«

Michael Kilcannon zuckte schwerfällig mit den Schultern und richtete sich auf. Unvermittelt drosch er Mary Kilcannon mit einem so mächtigen und doch trägen Hieb über den Mund, dass Kerry an eine Raubkatze denken musste. Sie taumelte zurück. Von ihrer Lippe tropfte Blut. Tränen brannten Kerry in den Augen. Und als er sah, wie sie sich die Hände vors Gesicht hielt, wurde ihm schlecht vor Angst und Hilflosigkeit.

»Wir haben uns *unterhalten.*« Michael hörte sich an wie ein vernünftiger Mann, dessen Geduld aufs Äußerste strapaziert wurde. »Geh ins Bett.«

Die Augen auf Kerry geheftet, wich sie in den Flur zurück.

Michael drehte sich um und setzte sich wieder auf die Bettkante. Dass Kerry weinte, schien er nicht zu bemerken. »Mulroy«, wiederholte er.

Wie lange sein Vater blieb und zusammenhangloses Zeug vor sich hin lallte, wusste Kerry nicht. Aber er wagte auch nicht einzuschlafen.

Von da an lebte er in völliger Ungewissheit, wann es wieder geschehen würde. In manchen Nächten kam sein Vater nach Hause und schlug seine Mutter. In anderen ließ er sich bei Kerry blicken und schüttete ihm sein Herz aus. Kerry lernte, zu all diesen Litaneien irgendwelche Geräusche abzugeben, um Michael in dem Glauben zu wiegen, er würde zuhören, während er in Wahrheit nur den Schlaf bekämpfte und jedes Zeichen von Unaufmerksamkeit zu vermeiden suchte, das seinen Vater womöglich in Wut versetzt hätte. Ihn selbst rührte Michael nie an.

Und solange er zuhörte, das wusste Kerry, würde sein Vater auch Mary Kilcannon nicht schlagen.

So sehr Kerry seinen Vater fürchtete, so innig liebte er seine Mutter.

Was ihnen Michael nachts auferlegte, war ein peinliches Geheimnis, über das nie geredet werden durfte. Kerry war klar, dass seine Mutter die Polizei nicht um Hilfe bitten konnte. Michael Kilcannon *war* die Polizei. Sich seinen Freunden anzuvertrauen, hieße, ihn zu blamieren, ja, zu noch mehr Gewalt zu provozieren. Innerhalb der fest gefügten Gemeinschaft von Vailsburg, wo das leise Wort eines Polizisten genügte, um Scherereien im Ansatz zu ersticken, legte Michael großen Wert auf seinen Ruf.

Jeden Morgen betete Mary Kilcannon in der Sacred-Heart-Kirche. In dem gewaltigen, halbdunklen Raum betrachtete Kerry sie dann immer von der Seite, wie sie andächtig in der Bank kniete. Auch er empfand die Kirche als tröstlich – ihre Stille, das über zwanzig Meter hohe Gewölbe, die herrlichen Buntglasfenster, ihren Marmoraltar, der von einer Freske mit dem zum Himmel auffahrenden Christus umrahmt war. Manchmal blieben sie eine ganze Stunde lang.

Eines verschneiten Wintermorgens spielten sie auf dem Heimweg ein Spiel, bei dem Kerry versuchen musste, in den Fußabdrücken seiner Mutter zu laufen, ohne selbst welche zu hinterlassen. Zur Belohnung bekam er eine Tasse heiße Schokolade. Als sie am Küchentisch saßen und seine Mutter ihn lächelnd ansah, glaubte er, sein Herz würde gleich vor Liebe zerspringen. Aber sie war diejenige, die sagte: »Ich liebe dich mehr, als sich in Worte fassen lässt, Kerry Francis.«

Tränen schossen ihm in die Augen. Und als hätte sie seine Gedanken gelesen, fügte Mary Kilcannon leise hinzu: »Dein Vater ist ein guter Mensch, wenn er nüchtern ist. Er sorgt für uns. Er ist nur enttäuscht und befürchtet, nicht den Erfolg zu haben, den er verdient.«

Diese Worte waren zu seinem Trost gedacht, aber Kerry hörte nur eins heraus: dass sie Gefangene waren. Nach all den langen Nächten mit seinem Vater spürte er immer mehr, dass die Gründe für Michaels Scheitern dieselben waren wie die für die Misshandlungen und dass das nie enden würde, solange ihm nicht jemand ein Ende setzte.

Kerry drückte seiner Mutter ganz fest die Hand.

Eins wusste Kerry freilich auch schon lange: Außerhalb ihres Hauses würde man Mary Kilcannon immer als James' Mutter kennen.

Es fing damit an, dass James äußerlich nach ihr kam, nur dass ihre weibliche Schönheit sich bei ihm in männliche Attraktivität verwandelt hatte. Mit siebzehn war er bereits einsfünfundachtzig groß und nahm mit seiner natürlichen Eleganz und seinen haselnussbraunen Augen einfach jeden für sich ein. In Vailsburg galt Jamie als nahezu vollkommen. Er war Schülersprecher in der Seton Hall Prep, Kapitän der Footballmannschaft und der Zweitbeste in seiner Klasse. Mit seinen ordentlich gebügelten Kleidern wirkte Jamie stets wie aus dem Ei gepellt. Die Mädchen flogen auf ihn. Doch wie fast alle Gefühlsbekundungen schien ihn das eher zu amüsieren oder ängstigte ihn womöglich.

Das war Jamies großes Geheimnis – seine Fähigkeit, sich vor den anderen zu verschließen. Auf Kerry wirkte Jamie wie getrieben von einer stillen Verachtung für seine Eltern und dem Bedürfnis, in nichts so zu sein wie sie. Schon von früher Jugend an war Jamie zu erfolgreich gewesen, als dass Michael Kilcannon ihn hätte demütigen können. Aufgrund von Jamies Größe und Leistungen hielt sein Vater grollend einen Waffenstillstand mit seinem Erstgeborenen ein. Öffentlich schallte ihm von überall her das Lob von Jamies Leistungen entgegen, im Privaten wurde er ständig an seine eigene Unzulänglichkeit erinnert. Allerdings rührte Jamie nie auch nur einen Finger, um seiner Mutter zu helfen.

Als Jamie schließlich ein Stipendium erhielt und zum Studieren nach Princeton ging, ließ er sich nicht von seinen Eltern fahren.

Am College zeichnete sich Jamie aus, er wurde schnell Halfback im Footballteam und betätigte sich auf dem Campus in der Politik. Sein deutlich jüngerer Bruder erinnerte sich vage, dass seine Klassenkameraden geglaubt hatten, der Erfolg würde Jamie einfach so zufliegen. Aber seit den Nächten, in denen er voller Angst darauf gewartet hatte, dass sein Vater die Treppe heraufpoltern würde, wusste Kerry, dass das nicht stimmte. Vielmehr hatte er durch die dünnen Wände hindurch gehört, wie sein Bruder seine Reden übte und immer wieder ausprobierte, welche Begriffe am besten passten, wann Kunstpausen angebracht waren …

Die Weihnachtsferien in Jamies zweitem Collegejahr würde Kerry nie vergessen.

Jamie kandidierte für irgendetwas. Bis spät in die Nacht arbeitete er an einer Rede. Kerry, der selbst nicht schlafen konnte, lauschte der gedämpften Stimme seines Bruders.

Dann kam Michael Kilcannon nach Hause.

Als er die Schritte seines Vaters hörte, fragte sich Kerry wie üblich, ob Michael zu ihm kommen oder gleich im Schlafzimmer verschwinden würde. Er saß aufrecht im Bett und wartete, doch Michaels Schritte verhallten im Flur.

Gleich darauf schrie Mary Kilcannon vor Schmerzen auf.

Das Einzige, was er von Jamie hörte, war die Stille hinter der Wand. Tränen strömten über Kerrys Gesicht.

Nein, so wie sein Bruder James würde er nie sein.

In der Schule wurde Kerry aufsässig, ja, aggressiv und suchte häufig Streit mit älteren und stärkeren Jungen, die ihn oft übel zurichteten. Doch dann nahm ihn Liam Dunn, sein Taufpate, in einen Sportverein mit, wo er Boxen lernte.

Der Boxsport wurde seine Rettung. Was Kerry an Kraft fehlte, machte er durch Entschlossenheit und Selbstdisziplin wett. Außerhalb des Rings kämpfte er von da an nicht mehr. Mit siebzehn war er der eigenen Gewalttätigkeit überdrüssig und hörte auf, Steit zu suchen.

Mittlerweile war er ausgewachsen: einsfünfundsiebzig bei einem Gewicht von siebzig Kilo. Er war einen halben Kopf kleiner als sein stattlicher Bruder und mehr als einen halben Zentner leichter als sein Vater, der Polizist. Außer dem Boxen gab es nicht viele Sportarten für einen Jungen, der weder allzu groß oder flink auf den Beinen noch ein geborener Anführer war und der immer noch mit sich über seinen Mangel an Talent haderte.

Immerhin brachte Kerry es zu einem brauchbaren Fußballtorwart. Mit ›brauchbar‹ ließ sich auch sein Abschlussjahr an der Highschool charakterisieren. Gute bis durchschnittliche Noten, keine Auszeichnungen. Ein Studienplatz an der nicht gerade berühmten Seton Hall University ein paar Straßen weiter. Für seine Zukunft schlug ihm Michael das Police Department vor. »Das ist schließlich für uns gut genug. Und es hat doch keinen Sinn, dich darüber zu grämen, dass du nicht wie dein Bruder bist. Wer ist das schon?«

Kerry gab keine Antwort. Das Scheitern seines Vaters zeichnete sich ja bereits in den tiefer werdenden Falten und trüben Augen ab. Und Trost fand dieser Mann außerhalb des Trinkens nur noch in der Misshandlung seiner Frau und der Herabsetzung seines Jüngsten. Kerrys Mutter wirkte zunehmend gebrochen. Vielleicht bedeuteten die Frauengeschichten seines Vaters den Höhepunkt der Demütigungen seiner Mutter.

Michael setzte sich nach wie vor ans Fußende von Kerrys Bett, doch jetzt sprach er oft von den Frauen, die er in Bars oder auf Streife kennen lernte und die angeblich so viel jünger und voller Bewunderung für ihn waren. Den in solchen Dingen noch völlig unerfahrenen Kerry widerte dieses Gerede an. Doch er hoffte, so wenigstens den Zorn von seiner Mutter ablenken zu können. Nichtdestotrotz schlug Michael sie nun immer heftiger und häufiger, vor allem seit seiner zweiten Verwarnung wegen Brutalität im Dienst. Diesmal hatte er einen Schwarzen ›wegen Fluchtversuchs‹ krankenhausreif geprügelt. Neben dem Verweis brachte ihm das eine einmonatige Beurlaubung und gefährlichen Hass auf sich selbst ein. In der Nacht unmittelbar danach musste Mary Kilcannons Oberlippe mit zwei Stichen genäht werden.

Kerry fuhr sie ins Krankenhaus. In seinem Herzen kämpften Hass und Verzweiflung gegeneinander. Als seine Mutter aus der Ambulanz kam, nahm Kerry sie in die Arme und drückte sie liebevoll an sich. »Verlass ihn, Mom«, murmelte er. »Es kann doch nicht Gottes Wille sein, dass du bei so einem Menschen bleibst.«

»Das ist ja nur der Alkohol...« Mary schloss die Augen und fügte leise hinzu: »Scheidung ist eine Sünde, Kerry. Und was würde ich danach tun?«

Der Ausdruck in ihrem einstmals so schönen und jetzt blassen, dünnen Gesicht erschütterte ihn bis ins Mark. Als sie nach Hause kamen, lag Michael Kilcannon bewusstlos auf seinem Bett. Einen Moment lang überlegte Kerry, wie es wäre, wenn er ihn im Schlaf umbrächte.

Mary musterte ihn. »Ich werde den Pfarrer bitten zu kommen«, beschloss sie. »Ich hole Father Joe.«

Es wäre sicherer, Liam zu holen, dachte Kerry. Es gab doch sicher auch Polizisten, die von seinem Vater nichts hielten, und Staatsanwälte, die Liam Dunn einen Gefallen schuldeten. Aber seine Mutter wollte nur den Priester.

»Gut«, sagte Kerry. »Hol Father Joe.«

Am nächsten Samstag kam der schlanke Pfarrer mit Ansatz zur Glatze zu den Kilcannons ins Haus und sprach in aller Ruhe mit Kerrys Vater. Seine Mutter blieb so lange in ihrem Zimmer. Mehrere Stunden lang saß sein Vater dann lammfromm im Wohnzimmer, ehe er vor dem Abendessen das Haus verließ.

Nach Mitternacht kehrte er zurück.

Kerry hörte seine Schritte im Treppenhaus – sie waren schwer und entschlossen –, dann das Keuchen oben am Treppenabsatz. Er blieb nicht vor Kerrys Zimmer stehen.

Kerrys Mund war trocken. Er lag, nur mit Boxershorts bekleidet, auf dem Bett und lauschte.

Seine Mutter schrie auf. Das war mehr, als Kerry ertragen konnte. Kurz drückte er beide Augen fest zu. Dann stand er ohne zu überlegen auf und lief zum Schlafzimmer seiner Eltern.

Seine Mutter lag in einer Ecke. Ihr Nachthemd hing in Fetzen an ihr herunter. Aus ihrer gebrochenen Nase rann Blut. Ihr Mann stand wie benommen über ihr und starrte auf sie herab, als wäre er zum ersten Mal von seinem Tun betroffen.

Kerry stand hinter ihm. Er empfand solchen Hass, dass er kaum wahrnahm, wie ängstlich ihn seine Mutter ansah.

Als Michael ihren Gesichtsausdruck bemerkte, drehte er sich um. »*Du?*«, fragte er verblüfft.

Kerry versetzte ihm einen linken Haken.

Aus der Nase seines Vaters spritzte sofort Blut. »Du kleiner Scheißer!«, schrie er.

Kerry traf ihn noch drei Mal, bis Michaels Nase genauso verunstaltet war wie die seiner Frau. Er wollte ihn töten. Was sein Vater mit ihm anstellen mochte, war ihm inzwischen völlig egal.

Kerry baute sich vor ihm auf…

»Nein!«, kreischte seine Mutter. Und schon holte Michael Kilcannon zu einem wütenden Hieb aus.

Er krachte gegen Kerrys Schulter. Der Junge zuckte vor Schmerz zusammen, als Michael sich auf ihn stürzte.

Kerry duckte sich und traf ihn am Bauch.

Das weiche Fleisch schwabbelte. Michael grunzte, ließ sich aber nicht aufhalten. Mit den Unterarmen blockte er Kerrys nächste Gerade ab und nahm ihn in eine mörderische Umklammerung.

Kerry war völlig hilflos. Die Rippen schmerzten bereits, seine Lunge war leer. Das von Wut und Whiskey verzerrte Gesicht vor ihm verschwand erst hinter schwarzen Flecken, dann hinter roten Blitzen. Kerry merkte, dass er langsam das Bewusstsein verlor. In einem letzten Sichaufbäumen rammte er seinem Vater ein Knie in den Unterleib.

Der Junge spürte, wie sein Vater erstarrte. Seine Augen weiteten sich vor Überraschung. Keuchend senkte Kerry den Kopf und stieß ihn Michael gegen das Kinn.

Michaels Griff löste sich. Kerry entwand sich ihm, und obwohl ein Brechreiz in ihm hochstieg, stolperte er zur Seite und drosch seinem Vater einen rechten Haken in den Unterleib.

Michael stieß ein ersticktes Stöhnen aus, seine Augen wurden glasig. Plötzlich warf sich Mary zwischen die beiden. »*Nein, Kerry, nein!*«

Immer noch keuchend nahm Kerry sie in die Arme und führte sie scheu, aber bestimmt zum Bett. »Bleib dort«, befahl er ihr. »Lass *mich* das erledigen.«

Michael versuchte benommen, seine Fäuste in Anschlag zu bringen. Kerry kam auf ihn zu.

*Wumm, wumm, wumm…*

Sein Vater blutete jetzt aus einem Augenwinkel. Kerry landete einen Treffer im Bauch.

Michael taumelte zurück. Sein Mund stand offen.

Kerry setzte die Rechte ein.

Sie krachte mitten auf den Mund seines Vaters. Kerry spürte, wie Zähne splitterten und seine eigene Hand aufrissen. Sein Vater sackte zusammen.

Kerry stand über ihm. Japsend rang er nach Atem. Vor Wut, Schock und auch Staunen war ihm ganz schlecht. Unter ihm kauerte Michael mit halb geschlossenen Augen und spuckte Zahnsplitter aus dem blutenden Mund.

Kerry kniete sich vor ihn. »Rühr sie noch einmal an, Pa, und ich bring dich um. Es sei denn, du ermordest mich im Schlaf.« Er musste selbst nach Luft schnappen. »Aber an deiner Stelle würde ich das nicht versuchen. Ich bin zu sehr daran gewöhnt, wach zu bleiben und auf dich zu warten.«

Nach dieser Nacht schlug Michael Kilcannon seine Frau nie wieder. Sein jüngerer Sohn verprügelte nie wieder jemanden.

Joan hörte Kerry mit gesenktem Blick zu. Als er endete, schloss sie die Augen ganz.

»In mancher Hinsicht hatte meine Mutter ja Glück«, sagte Kerry. »Ich genauso. Aber dieser verletzte, wütende Junge existiert immer noch. Vielleicht ist es der rücksichtslose Kerl, von dem ich jetzt dauernd höre und lese.« Kerry unterbrach sich. Mit Selbstanalyse und -rechtfertigung wollte er sich nicht abgeben. Schon lange zuvor hatte er gelernt, dass der Ruf der Rücksichtslosigkeit durchaus seinen Zweck erfüllte. Mit leiser Stimme fasste er seine Erfahrungen zusammen: »Du wirst keine Täterin aufziehen, Joan, aber ein Opfer.«

Joan blieb stumm. Kerry spürte, dass sie dabei war, alles in sich aufzunehmen, und zugleich gegen jahrelange Gewohnheiten ankämpfte. Noch mehr konnte er ihr im Moment nicht sagen. Sie war noch nicht so weit, dass man ihr nahe legen konnte, ihren Mann zu verlassen.

»Ich lasse meine Nummer da«, sagte er. »Wenn du mich erreichen willst, egal weswegen, dann ruf bitte an. Ich werde dafür sorgen, dass der Telefondienst im Weißen Haus dich gleich zu mir durchstellt.«

Als Kerry das Haus verließ, stieß er fast mit einem schlanken braunhaarigen Mann zusammen, der auf der Veranda stand.

Der Mann starrte ihn an. Selbst wenn Kerry keine Fotos gesehen hätte, hätte er John Bowden auf Anhieb an der Mischung von Wut und Angst in seinem Gesicht erkannt.

In einem Reflex stieg kalte Wut in Kerry hoch. Er unterdrückte sie. Ihr jetzt nachzugeben würde die Probleme nur verschlimmern. Er streckte gelassen die Hand aus. »Ich bin Kerry Kilcannon. Ihr zukünftiger Schwager.«

Gedemütigt durch die eigene Machtlosigkeit und den Rangunterschied, war Bowden zu keiner Regung fähig.

Kerry ließ die Hand sinken. »Sie werden sich fragen, was sie mir gesagt hat. Nichts. Das war nicht nötig.«

Bowdens Hals färbte sich rot. Noch immer gab er keine Antwort.

»Lassen Sie sich helfen«, forderte ihn Kerry auf. »Sonst gehen Sie eines Tages zu weit. Und dann, glauben Sie mir das ruhig, werden Sie derjenige sein, der am meisten leidet.«

# 6

Kerry saß mit dem Telefonhörer in der Hand auf der Bettkante, Lara hockte dicht neben ihm und hörte mit. Am anderen Ende der Leitung redete Joan Bowden. Sie klang so aufgeregt, dass Kerry sich die Szene bei ihr schon ausmalen konnte: das verdunkelte Zimmer, die verängstigte Frau, der Mann bewusstlos im Schlafzimmer.

»Es ist schrecklich«, flüsterte Joan und erzählte dann stockend, was geschehen war.

»Wo ist die Pistole?«, fragte Kerry atemlos.

Lara packte Kerry entsetzt am Ärmel.

Tränenerstickt antwortete Joan: »Er hat sie noch.«

»Hat er wieder von Selbstmord gesprochen?«

»Nicht heute Abend«, keuchte sie verzweifelt. »Nur wenn ich ihn verlasse.«

»Bedroht er dich? Oder Marie?«

Joan zögerte. »Nur mich.«

»Und er schlägt dich jetzt häufiger?«

»Ja.« In diesem kurzen Wort schwang all ihre Erschöpfung und Resignation mit. »Und heftiger, weil er jetzt mehr trinkt. Er macht sich Sorgen um seine Stelle.«

Kerry hielt es im Sitzen nicht mehr aus. Doch Joan ließ er seine Sorge nicht spüren. Ruhig, aber eindringlich sagte er: »Du musst ihn rauswerfen. Oder nimm Marie und geh weg.«

»Wie? Wohin?«

Kerry spürte, wie Lara sich an ihn klammerte. »Für so was gibt es einen geregelten Ablauf. Warte, bis er morgen zur Arbeit gegangen ist, dann ruf bei der Staatsanwaltschaft an und verlang das Dezernat Häusliche Gewalt. Ich werde bis dahin mit den zuständigen Leuten gesprochen haben. Sag ihnen, was John getan hat. Sie werden vor Gericht einen Antrag auf sofortigen Schutz stellen und man wird ihm Kontaktverbot erteilen. Sie werden ihm die Pistole abnehmen, ihn auffordern, seine Sachen zu packen und auf der Stelle auszuziehen. Es sei denn, du gehst in ein Frauenhaus.«

Joan gab lange keine Antwort. Das war einfach zu viel auf einmal. Lara drückte ängstlich das Gesicht an Kerrys Rücken.

»Nein«, stöhnte Joan schließlich. »Ich kann Marie kein Frauenhaus zumuten. Das wäre einfach zu viel.«

Zum Argumentieren war keine Zeit. »Wenn du zu Hause bleibst, musst du bestimmte Dinge tun. Bleib in engem Kontakt mit der Polizei, Mary und deiner Mutter. Mit dem gerichtlichen Bescheid dürfte es John verboten werden, ins Haus zurückzukehren oder Marie zu besuchen …«

»Er wird durchdrehen …«

»Wenn du nichts unternimmst, wird er Marie benutzen!« Kerry senkte die Stimme wieder. »Woher willst du wissen, dass er sie nicht einfach entführt?«

»Sie *entführt?*« Joan wurde immer panischer. »Mein Gott, was soll ich tun?«

»Du kannst sie schützen. Wenn John sie sehen muss, dann darf er das nur in einem Besuchszentrum. Oder aber ihm wird ausdrücklich verboten, in ihre Nähe zu kommen – weder in euer Haus, noch in die Schule noch sonst wohin. Sorg dafür, dass der Schuldirektor eine Kopie der Verfügung bekommt. Dann wechsle die Türschlösser aus und such dir eine neue Wohnung …«

»Wir werden ihr helfen«, flüsterte Lara in Kerrys Rücken.

»Wir sind für dich da«, versprach Kerry. »Mach dir um Geld keine Sorgen. Und wenn Lara zu dir kommen soll, dann setzt sie sich ins nächste Flugzeug.«

Erneut trat ein längeres Schweigen ein. Obwohl Kerry ihr bewusst nichts davon sagte, teilte er Joans Angst aus sehr persönlichen Gründen. In seinem ersten Fall von häuslicher Gewalt hatte der Mann seine Frau am Abend vor der Gerichtsverhandlung vor den Augen ihres Sohnes erschossen. Joans und Maries Leben war ernsthaft bedroht. Joan konnte unmöglich bei John bleiben, und doch drohte die größte Gefahr in dem Augenblick, in dem sie ihn verließ. Die Gewalt eines Ehemannes konnte gerade dann in eine Katastrophe münden, wenn er in panischer Verzweiflung spürte, wie ihm die Kontrolle entglitt.

»Wir werden John in eine Therapie bringen«, versprach Kerry. »Ich werde dich bei jedem Schritt begleiten.«

Lange hörte er nichts, dann schließlich ein Seufzen. »Wenn du zuerst mit ihnen sprichst«, sagte Joan mit erstickter Stimme, »will ich es versuchen.«

Danach setzten sich Kerry und Lara wieder auf die Veranda. Am Platz unter dem Washington Monument herrschte jetzt Stille. Das Fest war zu Ende. Die Luft war feucht, aber kühler.

Lara ließ den Kopf sinken und wischte sich die Augen. »Ich weiß nicht«, murmelte sie.

»Was meinst du?«

»Einfach alles. Ich kenne mich selbst nicht mehr.«

Dann herrschte Stille. Kerry wartete, bis sie weitersprach. »Ich habe so verdammt große Angst um sie. Alles ist so furchtbar verstrickt.« Sie sah zu ihm auf. »Das hätte doch *unsere* Nacht werden sollen. Stattdessen kümmerst du dich um meine Schwester. Ich bin stinkwütend auf sie. Mein Gott, warum hat sie diesen Mann geheiratet? Warum ist sie so lange bei ihm geblieben, und warum muss sie ausgerechnet heute Nacht anrufen? Und genauso wütend bin ich auf mich! Allein bringe ich sie nie dazu, mit mir darüber zu reden – da musst du erst kommen.« Sie schüttelte den Kopf. »Schön ist das wirklich nicht.«

Aber es war wenigstens ehrlich, dachte Kerry. Resigniert stellte er fest, dass er jetzt Teil eines hochkomplizierten Dreiecks geworden war, in dem Lara am Ende trotz ihrer Schuldgefühle womöglich sowohl Joan als auch ihn ablehnte.

»Sie ist in großer Gefahr«, sagte Kerry.

»Das weiß ich. Ich spüre das bis hierher.« Ihre Stimme wurde weicher. »Wenn ihr oder Marie etwas zustieße, wäre das mein Tod.«

»Ich weiß das, mein Liebling.« Kerry ergriff ihre Hand. »Hör mir also zu, okay? Du hast so viel für mich getan. Aber du brauchst nicht mehr *alles* zu tun. Denn es gibt auch Dinge, die ich für dich tun kann. Es wird eine Weile dauern, bis wir beide uns daran gewöhnt haben. Aber vielleicht wachen wir schon bald eines Morgens auf und fühlen uns unendlich erleichtert, dass wir jemanden haben, an dessen Schulter wir uns lehnen können.« Kerry unterbrach sich. Ihm dämmerte, dass er drauf und dran war, sie um einen Gefallen zu bitten. »Die beiden zu beschützen bedeutet mir sehr viel. Bitte lass mich deiner Schwester helfen. Wer wäre schließlich besser geeignet?«

Lara ließ sich mit ihrer Antwort lange Zeit. »Was immer du tust, Kerry, ich möchte vorher Bescheid wissen. Sie ist schließlich meine Schwester, und das wird sie immer sein.«

## 7

»Die von der Army glauben, dass sie Al Anwar in der Falle haben«, berichtete Clayton Slade dem Präsidenten.

Die zwei Männer saßen im Oval Office. Kerry war übernächtigt. Aus Sorge um Joan hatte er kaum ein Auge zugetan. Zu seinen eisernen Pflichten gehörte es aber, sich jeden Morgen um Punkt sieben Uhr mit seinem Generalsekretär zu treffen und die dringlichsten Termine des Tages festzulegen, die endlose Liste mit Entscheidungen abzuarbeiten, die ein Präsident zu treffen hatte.

Wieder einmal war also Kerrys erster Anblick an diesem Morgen ein Afroamerikaner mit rundem Gesicht, kurzem ergrauendem Haar, gepflegtem Schnauzer, Brille mit Goldrahmen, intelligenten schwarzen Augen und einem trockenen Humor, mit dem er alles, was seinen Weg kreuzte, auf den Punkt brachte. Seit sie sich als junge Staatsanwälte kennen gelernt hatten, waren Clayton und Kerry enge Freunde. Und in der Politik ergänzten sie einander ideal – auf der einen Seite der intuitive Kerry mit sowohl einem gewissen »Schuss Rücksichtslosigkeit« als auch einer romantischen Ader; auf der anderen Seite der bodenständige Clayton mit seiner pragmatischen Sichtweise, der Konsequenzen stets im Voraus bedachte und Kerry bisweilen bremste. Kerry verließ sich blind auf Claytons Urteil; im Scherz hatte er einmal gemeint, gemeinsam könnten sie einen halbwegs vernünftigen Präsidenten abgeben. Clayton hatte jedoch die Erfahrung gemacht – und das war der heikelste Punkt in ihrer Freundschaft –, dass er nicht in Kerrys Namen handeln konnte.

Inzwischen sorgten ihre täglichen Treffen genauso für Kerrys Wohlbefinden wie die Ausstattung des Oval Office mit seinen Regalen voller Biografien und Gedichtbänden, den Büsten von Robert Kennedy und Martin Luther King, dem Globus auf dem Schreibtisch, der ihn stets an seine Macht und ihre Grenzen erinnerte, und einem Bilderrahmen mit Fotos von Lara, seiner Mutter, seinem Taufpaten Liam Dunn und seinem Bruder James. Alle hatten dazu beigetragen, aus Kerry den Mann zu machen, der er jetzt war, aber einzig Lara kannte ihn so gut wie Clayton.

Die zwei Männer hatten vieles zu bedenken: die anstehende Haushaltsdebatte, in der Kerry für höhere Ausgaben im Sozialbereich streiten würde; eine Konferenz in Brüssel über die Nato-Erweiterung; einen Goodwillbesuch in Laras Geburtsort in Mexiko; das Treffen an diesem Vormittag mit den Waffenherstellern. Doch jetzt ließ Claytons Hinweis auf Al Anwar das alles als nachrangig erscheinen. Für Amerika war Mahmoud Al Anwar das neueste Gesicht des Terrorismus. Berüchtigt für die Entführung und Ermordung von Amerikanern im Ausland, hatte er nun jene zwei Fanatiker angeworben und finanziert, die kurz nach Kerrys Wahl mit einem von oben bis unten mit Sprengstoff beladenen Privatflugzeug in ein Football-Stadion gerast waren, mehrere tausend Zuschauer getötet oder verstümmelt und damit die ganze Nation in ein Trauma gestürzt hatten. So hatte Kerry die Jagd auf Al Anwar und dessen inneren Führungskreis geerbt, die jetzt von einer Eliteeinheit eines der zwei verfeindeten Lager im Sudan durchgeführt wurde.

»Sie haben schon so oft geglaubt, dass sie ihn in der Falle hätten«, brummte Kerry. »Ich frage mich, wann sie es endlich wissen.«

Clayton zuckte mit den Schultern. »Es ist ein unzugängliches Gebiet, dazu voller unterirdischer Anlagen. Die Sache kann noch Tage, Wochen, Monate dauern. Aber was ist, wenn in einer Stunde ein Anruf kommt und du erfährst, dass sie Al Anwar im Sack haben?«

Bei Entscheidungen wie dieser, überlegte Kerry, war eine Vorbereitung völlig unmöglich – man hatte in einem moralischen Sumpf blitzschnell Entscheidungen von schicksalhafter Bedeutung zu treffen, deren Folgen sich nicht abschätzen ließen. »Wenn das passiert, ist es zu spät«, meinte Kerry.

Clayton schaute an ihm vorbei durch das Fenster in den Rosengarten hinaus und nippte an seinem Kaffee. »Du müsstest Al Anwar wohl unter Anklage stellen. Nur dass er einen ziemlich üblen Gefangenen abgeben würde.«

Kerry nickte bedächtig. »Übel für die Geiseln, meinst du. Seine Leute könnten noch mehr Amerikaner verschleppen und seine Herausgabe fordern. Und wenn ich nicht klein beigäbe, würde die Al Qaida anfangen, den Gefangenen Körperteile abzutrennen und mir mit der Post zu schicken.«

»Davon müsstest du ausgehen.«

»Und der Weltgerichtshof?«

»Abgesehen von den rechtlichen Erschwernissen überall dasselbe Problem, nur dass unsere Verbündeten ganz und gar nicht begeistert wären. Stell dir nur mal die Nato vor, wenn Al Anwar damit anfängt, italienische Liebespaare in Cafés zu bombardieren oder den Big Ben in die Luft zu jagen. Wir würden die Unterstützung für die Zerschlagung seines Netzwerks verlieren.« Clayton starrte nachdenklich in seine Kaffeetasse. »Und deshalb …«

Kerry schwieg vor sich hin. Wann immer er sich früher sein Leben als Präsident vorzustellen versucht hatte, war ihm das Gewicht von Menschenleben in der Waagschale der Macht als eine entsetzliche Bürde erschienen. Nach langer Pause antwortete er schließlich: »Wir müssen auf das Beste hoffen. Eine Lösung, bei der es nichts zu entscheiden gibt.«

Dem noch etwas hinzuzufügen, war nicht nötig. Clayton hatte bereits verstanden: Morgen, vielleicht schon am Vormittag, würde der Präsident von Al Anwars Tod erfahren.

»Waffen«, bestimmte Kerry.

Diese Form der verbalen Stenografie war typisch für die beiden. »Morgen um zehn hier im Büro«, erwiderte Clayton. »Martin Bresler und fünf Vorstandsvorsitzende führender Waffenunternehmen.«

»Freiwilliger Einbau von Abzugssperren.« Kerrys Ton drückte zugleich Verwunderung und Abscheu aus. »Dreißigtausend Tote pro Jahr durch Schusswaffen, und das soll das Beste sein, was wir erreichen können.«

Clayton zuckte erneut die Achseln. »Wenn diese Leute nicht von der SSA aufs Kreuz gelegt werden, bloß weil sie mit dir reden, helfen sie dir nächstes Mal vielleicht dabei, Pistolen von Kriminellen fern zu halten. Damit könnten tatsächlich Leben gerettet werden.«

»Erstaunlich«, murmelte Kerry. »Wir verabschieden ein Gesetz, das lizenzierte Waffenhändler dazu zwingt, Leumundsprüfungen durchzuführen, damit Verbrecher, gewalttätige Ehemänner und Rauschgiftsüchtige keine Waffen mehr kaufen können. Aber man braucht nur zu behaupten, dass man ein Sammler und kein Händler ist, und schon darf man sein ganzes Arsenal zu Waffenmessen kutschieren und halbautomatische Pistolen an Kerle wie Charles Manson verkaufen. Ein Schlupfloch, das dank der SSA so groß ist, dass ein Al Anwar bequem durchfahren kann. ›Das Recht, Waffen zu tragen‹! Die SSA glaubt wohl, das gilt für alles, was kreucht und fleucht und alt genug ist, um einen Abzugshahn zu drücken.«

»Wie viele Pick-ups mit Aufklebern wie ›Verbietet Kilcannon, nicht Waffen!‹ hast du im Wahlkampf gesehen?«, fragte Clayton mit einem verkniffenen Lächeln. »Für viele Leute sind Schusswaffen ein Symbol – und jetzt kommt auf einmal ein kinderloser Stadtschnösel mit seiner berühmten Freundin daher und will sie ihnen wegnehmen. Zumindest redet ihnen das die SSA in jedem Spendenaufruf ein ...«

»Alles bloß Panikmache. Ich will doch nur verhindern, dass unschuldige Menschen sterben.«

»Panikmache ist das, was die SSA zu verkaufen hat. Zwei Drittel der Schusswaffenbesitzer haben bei der Wahl gegen dich gestimmt. Aber die Leute, die wegen der Waffengewalt besorgt sind, machen sich auch noch über sechzehn andere Sachen Gedanken.«

»Als ob ich das nicht wüsste,« seufzte Kerry. »Selbst Schießereien an Schulen haben die Lebensdauer einer Stubenfliege. Morgen denkt schon keiner mehr daran. Und ich gehe mit dem Hut in der Hand zu den Waffenfirmen und bettele um Abfälle.«

Clayton runzelte die Stirn. »Die haben auch ihre Probleme. Die große Tabakindustrie hat den höchsten Cashflow in ganz Amerika, und sie kann den Tod auf Teufel komm raus in die Dritte Welt exportieren. Die Waffenindustrie dagegen ist klein und zersplittert – dutzende von Firmen kämpfen um die nackte Existenz. Deswegen hat die SSA sie ja in der Zange – sie hat das Geld, die furchterregendste Lobby in Washington, den Großteil der Republikaner, mehr als ein paar Demokraten und die halbe Kundschaft dieser Burschen. Und was hast *du* ihnen zu bieten?«

»Anstand. Ihr Überleben.« Kerry lehnte sich zurück. »Ich schwöre dir, dass ich diese Themen besetzen und für uns nutzen kann. Irgendwann, irgendwo wird es eine Tragödie geben, die so entsetzlich ist, dass die Leute aufwachen.«

»Und was soll das sein? Das Massaker in Columbine hat jedenfalls nichts bewirkt.« Clayton senkte die Stimme. »Deinen Bruder haben sie ermordet, dich fast auch. Und was ist passiert? Nichts. Ich weiß, wie du dich gerade dabei fühlst, Kerry. Aber häng nicht dein ganzes Herzblut an diese Sache. Nimm, was du kriegst, und zieh weiter.«

Dieser Rat Claytons – der den Präsidenten im Übrigen als Einziger privat mit seinem Vornamen ansprach – zeugte einmal mehr von der Rolle seines Freundes als Pragmatiker. *Mach deine Präsidentschaft nicht von der Waffenfrage abhängig*, lautete Claytons Botschaft zwischen den Zeilen. *Du musst dich als Präsident erst noch bewähren. Vergiss nicht, dass du die Wahl nur mit einem hauchdünnen Abstand gewonnen hast und noch immer um einen guten Stand bei den Millionen kämpfst, die an dir zweifeln. Such dir deinen Erfolg mit was anderem.*

»Ich werde versuchen, mich von diesem Abgrund zurückzuziehen«, versprach Kerry. »Aber lass bis dahin den Kopf nicht hängen. Ich bin drauf und dran, mein Problem mit der Moral hinzukriegen.«

»Wie denn? Willst du Zwillinge adoptieren?«

»Das noch nicht. Aber Lara hat endlich kapituliert.«

»Ihr heiratet?«

Kerry grinste. »Ja. Ich schätze, sie hat es satt, immer um Mitternacht nach Hause zu gehen.«

»Glückwunsch, Kumpel.« Und mit einem Lächeln von ganzem Herzen fügte Clayton hinzu. »Ihr zwei habt es weiß Gott verdient.«

»Das sehe ich auch so.«

»Habt ihr schon einen Termin für die Hochzeit?«

»Am Labor Day, haben wir uns gedacht. Möchtest du unser Trauzeuge sein?«

Clayton war gerührt. »Muss ich mir einen neuen Smoking zulegen?«

»Vielleicht eher Blue Jeans. Wir wollen uns davonmachen.«

Über seine zu einem schiefen Lächeln verzogenen Mundwinkel hinweg musterte Clayton Kerry mit einem prüfenden Blick. »Du machst Witze.«

»Nur teilweise. Lara wäre tatsächlich eine intime Hochzeit lieber. Mit engen Freunden und Verwandten. Nichts in der Art von Charles und Diana.«

»Aber du hast ihr doch sicher gesagt, dass du was Besseres weißt?«

»Weiß ich das?«

»Aber natürlich!«, rief sein Freund. »Du hast mit Ach und Krach eine Wahl gewonnen. Gleich danach hast du deine Favoritin für das Amt der Obersten Richterin, eine allein stehende Frau und Heldin der Anhänger der Spätabtreibung mit einer Stimme Mehrheit durchgesetzt. Und jetzt liegt deine Zustimmungsrate bei gerade mal dreiundfünfzig Prozent.« Der Präsident wollte protestieren, aber Clayton war noch nicht fertig. »Ich will dir ja keine politische Megaveranstaltung einreden. Aber so eine Hochzeit ist eine gewaltige Chance, wie du sie im Leben nicht mehr kriegst, über alle Parteigrenzen hinweg die Herzen der Millionen zu gewinnen, die von dir noch gar nichts wissen! Du hast kein Recht, sie so zu vergeuden.«

Jetzt brachte Kerry nur ein schwaches Lächeln zu Wege. »Sag das bitte mal meiner Verlobten.«

»Lara weiß das genau. Sie hat doch nicht zig Millionen im Fernsehen gescheffelt, ohne eine Ahnung zu haben.« Clayton sprach im Tonfall eines Mannes, der das Selbstverständliche herunterbetet. »Sie hat eine Mutter, zwei Schwestern und eine Nichte, die den Bildern nach zu urteilen alle eine Wucht sind. Dass die Mom eine Latina aus der Arbeiterschicht ist, macht sie zum Symbol des amerikanischen Traums!«

»Für Lara sind sie ihre Familie. Und Familien können wie der amerikanische Traum ihre dunklen Seiten haben.«

Clayton zog die Augenbrauen hoch. »Wie meinst du das?«

»Die mittlere Schwester wird von ihrem Mann misshandelt. Gestern Nacht hat sie uns angerufen.«

Clayton lauschte in seinen Stuhl zurückgelehnt Kerrys Zusammenfassung. Bei aller Anteilnahme verhüllte sich sein Blick zusehends.

»Besorg mir die Privatnummer des Bezirksstaatsanwalts von San Francisco«, schloss Kerry. »Sobald ich die Besprechung mit den Waffenmanagern hinter mir habe, möchte ich ihn und den für häusliche Gewalt zuständigen Staatsanwalt am Telefon haben.«

Clayton überlegte. »Sei bloß vorsichtig«, warnte er. »Wenn das ein Bundesanwalt wäre und kein örtlicher, würdest du wohl gegen das eine oder andere Gesetz verstoßen. Präsidenten haben die Finger von der Waage der Justiz zu lassen.«

»Diese Leute arbeiten ja nicht für mich«, verteidigte sich Kerry. »Ich zeige ihnen nur einen Weg durch das Ganze, um dafür zu sorgen, dass die Sache gut ausgeht.«

»Vielleicht. Trotzdem handelt es sich nicht um irgendeinen Anruf eines besorgten Freundes. Es ist der Präsident, der mit ihnen redet.«

»Gerade deswegen werde ich nicht zweimal mit ihnen reden müssen.« Kerry überlegte. Mit ruhiger, doch entschlossener Stimme erklärte er dann: »Sie darf dem nicht länger ausgesetzt bleiben. Nicht, wenn ich sie schützen kann.«

## *8*

Um zehn Uhr führte Jack Sanders, der innenpolitische Berater des Präsidenten, Martin Bresler und die Vorstandschefs von fünf Waffenunternehmen in das Oval Office.

Alles in allem stellten die sieben Männer eine schlecht zusammenpassende Gruppe dar. Schon äußerlich fiel der schlanke Sanders aus der Reihe, ein hochintellektueller und theoretisch beschlagener politischer Wissenschaftler aus Princeton, der zudem eine Generation jünger war als die Gäste. Bresler – ein kleiner, dunkelhaariger, begeisterungsfähiger, aber auch redseliger Mann – leitete die Gun Sports Coalition, einen Industrieverband, der eigens dazu gegründet worden war, um den Waffenherstellern ein besseres Image zu verschaffen und, wie Bresler hoffte, eine Verständigung zwischen den unversöhnlichen Feinden Kerry Kilcannon und SSA herbeizuführen. Die fünf Vorstandsvorsitzenden waren die ersten Versuchskaninchen in diesem wenig aussichtsreichen Experiment. Sie waren allesamt Weiße mittleren Alters und bis auf eine Ausnahme korpulent. Beim Eintreten kamen sie Kerry befangen und unsicher vor wie Verdächtige bei einer polizeilichen Gegenüberstellung. Bei allem Respekt zeigten sie sich sehr zurückhaltend, und Kerry war sich bereits sicher, dass keiner dieser Männer ihn gewählt hatte. Bei der Begrüßung erwiderte als Einziger der oberste Chef von Lexington Arms, George Callister, Kerrys Händedruck mit einem steten Blick in die Augen, der immerhin von stiller Zuversicht zeugte.

Dann eilte auch schon der Fotograf des Weißen Hauses herbei, und einer nach dem anderen posierte jeder der Herren mit Kerry für das obligatorische In-die-Kamera-Grinsen. Dabei wirkten sie freilich so verkrampft, dass Kerry sich schon während der Aufnahmen fragte, ob auch nur eins von diesen Fotos je irgendwo an die Wand gehängt würde. Als er sie schließlich zu den hufeisenförmig um die Couch gruppierten Schwingstühlen führte, korrigierte Kerry seinen ersten Eindruck von einer Gegenüberstellung – sie wirkten eher wie Gefangene auf der falschen Seite eines Hinrichtungskommandos. Darüber musste er unwillkürlich grinsen. Na gut, tröstete er sich, wenn alle Stricke rissen, konnte er wenigstens dem Gott des Gelächters ein Opfer bringen.

Er wurde schnell wieder ernst. »Glauben Sie mir, meine Herren, ich weiß genau, wie hart es sein muss, zusammen mit mir gesehen zu werden«, fing er an. »Aber machen Sie sich keine Sorgen. Gleich nach der Zeremonie stecken wir Sie alle in das Zeugenschutzprogramm des FBI.«

Damit erntete er ein erstes vorsichtiges Glucksen. »Würden Sie das dann unseren Frauen sagen?«, fragte Bresler lächelnd.

»Das haben wir bereits getan«, konterte Kerry. »Sie wünschen Ihnen allen viel Glück.«

Das Lachen hörte sich jetzt echter an. Und als George Callister als Letzter mit einfiel, hatte Kerry das Gefühl, dass dieser Mann ihn voller aufrichtiger Neugierde abschätzte. Mit seinem kurzen grauen Haar, der kräftigen Statur, dem breiten Gesicht und seinem Akzent aus dem Mittleren Westen kam er ihm wie ein Ingenieur vor, der es gewohnt war, mit dem Kopf und den Händen zu arbeiten. Sein Gefühl verriet Kerry bereits, dass innerhalb dieser Gruppe Callister der wichtigste Ansprechpartner war. Obwohl er sich alle Mühe gab, jedem ins Gesicht zu sehen, widmete Kerry dem Vorstandsvorsitzenden von Lexington Arms sein größtes Augenmerk.

»Jetzt mal im Ernst«, fuhr er fort. »Ich bin dankbar, dass Sie gekommen sind. Denn sehr viele Unfälle beim Schießen lassen sich verhindern, und es kommen viel zu viele Kinder dabei zu Schaden. Sehen Sie sich nur die Autos an – Airbags, Sicherheitsgurte und Veränderungen am Design haben Leben gerettet. Und das schaffen wir auch mit den Waffen. Mir erscheint das so einfach: Mit dem bloßen Einbau einer Abzugssperre verhindern Sie bereits unnötige Tragödien. Aber ich weiß schon, dass Sie sich dann mit der SSA anlegen würden.«

Bresler nickte. »Wir sind bereit, mit Ihnen zu reden, Mr. President. Dann wird sich ja zeigen, wohin das führt.«

»Das ist sehr freundlich von Ihnen.« Kerry beugte sich mit verschränkten Händen vor und sah eindringlich von Gesicht zu Gesicht. »Lassen Sie mich Ihnen sagen, welche Richtung ich erhoffe. Angeblich lassen ja die gegenwärtigen Gesetze den Erwerb von Handfeuerwaffen durch Verbrecher, prügelnde Ehemänner, Drogenabhängige, verurteilte Gewalttäter und erwiesenermaßen psychisch Kranke gar nicht zu. Das alles ergibt aber nur einen Sinn, wenn wir die Täter nicht erst einsperren, *nachdem* sie schon jemanden getötet haben, sondern indem wir mit einer Leumundsprüfung Vorbeugung betreiben und so die gefährlichsten Elemente in unserer Gesellschaft daran hindern, Schusswaffen zu kaufen.

Doch die SSA und ihre Freunde im Kongress haben die Leumundsprüfungen auf bundesweit anerkannte Händler beschränkt und jeden ausgenommen, der sich als privaten Verkäufer bezeichnet.« Kerry richtete die Augen wieder auf Callister. »Das macht es möglich, dass ein überführter Gewaltverbrecher zu einer Waffenmesse gehen und genügend halbautomatische Pistolen und Gewehre kaufen kann, um damit die gesamte Al Qaida auszurüsten. Das kann nun doch wirklich nicht der Sinn der Sache sein.«

»In Ihren Augen vielleicht nicht, Mr. President«, erwiderte Callister nüchtern. »›Aber was ist mit Privatverkäufern, die Waffen als harmloses Hobby betreiben?‹, würde jetzt die SSA sagen. ›Warum soll man die drei Tage lang warten lassen, bis ihnen der Computer bestätigt hat, dass der Käufer ein unbescholtener Bürger ist?‹«

»Weil unbescholtene Bürger keine Waffenmessen nötig haben, um an Pistolen heranzukommen«, konterte Kerry. »Sie können sich die Unbedenklichkeit von lizenzierten Händlern bescheinigen lassen und bekommen die Ware problemlos ausgehändigt. Hören Sie, George, wir alle wissen doch, wie es in Wirklichkeit aussieht. Bei Waffenmessen sind die rechtschaffenen Händler gar nicht erwünscht. Dort treiben sich doch nur zwielichtige Gestalten herum, die Ihre Produkte an Verbrecher weitergeben, die bald darauf jemanden damit umbringen. Und Ihnen beschert das nichts als eine verheerende Presse und eine Flut von Klagen von Leuten, die meinen, dass Sie die Verantwortung dafür übernehmen sollten, wer eine Pistole bekommt, mit der man innerhalb von Sekunden zehn Schüsse abfeuern kann.«

»Aber wir sind doch nicht verantwortlich!«, rief Callister aufgebracht. »Lassen wir die Kirche im Dorf. Der Mann, der auf Sie geschossen hat, hat sich auf dem Schwarzmarkt eine gebrauchte Lexington verschafft. Wir kannten den Verkäufer nicht, wir kannten den Schützen nicht. Was hätten wir denn Ihrer Meinung nach tun sollen?«

Kerry ließ sich nicht aus dem Konzept bringen. »Habe ich Sie etwa verklagt? Aber eins können Sie doch tun: Untersagen Sie es *Ihren* Händlern, *Ihre* Waffen bei Messen zu verkaufen, wenn sie nicht bei jedem Kunden eine Leumundsprüfung vornehmen. Dem Händler wird gar nichts anderes übrig bleiben, als einzuwilligen.

Das muss doch möglich sein. Sonst haben wir nächsten und übernächsten Monat noch mehr Blut an den Händen. Ich bezweifle, dass auch nur einer in diesem Zimmer sitzt, der diese Toten ernsthaft auf dem Gewissen haben will.« Erneut richtete Kerry die Augen auf George Callister. »Mir ist bewusst, dass die SSA ein Problem darstellt. Aber ich kann und werde auch zu einem werden. Ich möchte es darauf ankommen lassen, herauszufinden, wer von uns am Ende Recht hat.«

Callister setzte eine skeptische Miene auf. Die Frage nach dem *Recht ist das eine*, schien sie zu sagen, die nach der *Macht eine ganz andere. Und den Unterschied zwischen beidem kann doch kein Manager egal welcher Waffenfirma bewerten.*

Aber auch davon ließ sich Kerry nicht beirren. »Wenn Sie alle zusammenarbeiten, können Sie Ihren Wirtschaftszweig von Ihren ›Paten‹ von der SSA befreien. Und wenn Sie Leben retten, wird das ein weiteres Plus sein.«

Beklommenes Schweigen breitete sich aus. Schließlich meldete sich Martin Bresler zu Wort. »Ein Schritt nach dem anderen, Mr. President. Zu viel Aufregung auf einmal können wir nicht verkraften.«

Darauf erhob Kerry sich lächelnd. »Sind Sie bereit für den Rosengarten, meine Herren? Ich stecke schon mal den Kopf raus und sehe nach, ob auch niemand schießt.«

Als Kerry ins Oval Office zurückkehrte, war es kurz vor halb zwölf in Washington und halb neun in San Francisco. Nach seiner Berechnung war Marie inzwischen in der Schule und John Bowden auf dem Weg zur Arbeit. Es dauerte eine Minute, bis er den Bezirksstaatsanwalt von San Francisco an der Leitung hatte, und eine weitere, bis er mit der für häusliche Gewalt zuständigen Staatsanwältin sprach.

»Mr. President«, begann Jack Halloran, »welchem Umstand verdanke ich diese Ehre?«

Der Bezirksstaatsanwalt schien etwas benommen, was wohl nicht nur auf die Freude über den Anruf des Präsidenten zurückzuführen war. Als Student hatte Halloran ziemlich über die Stränge geschlagen, und auch jetzt trank er gern ein Glas zu viel. Aus

Kerrys Sicht bedrohte das den letzten Rest an Klarheit, den sich Halloran bewahrt hatte; er vermutete, dass sich Halloran bereits in den sechziger Jahren das Gehirn mit halluzinogenen Drogen vernebelt hatte, lange vor seiner verblüffenden Wiedergeburt als Parteigänger der Demokraten. Wie auch immer, sein Urteilsvermögen war stark beeinträchtigt. Kerry konnte nur hoffen, dass wenigstens seine Stellvertreterin, eine gewisse Marcia Harding, die für diesen Fall erforderlichen Fähigkeiten aufweisen würde.

»Es geht um meine zukünftige Schwägerin«, begann Kerry ohne Umschweife. Er schilderte knapp Joans Anruf und schloss mit den Worten: »Sie ist in höchster Gefahr. Und ihre Tochter hat bereits zu viel gesehen.«

»Wird Joan Anzeige erstatten?«, fragte Marcia Harding.

»Ja«, antwortete Kerry in der Hoffnung, dass sie das auch wirklich tun würde. »Wenn es so weit ist, können Sie dann ein Hausverbot erwirken, bevor John Bowden heute Abend heimkommt?«

»Sicher.« Zu Kerrys Erleichterung wirkte Harding unerschütterlich. »Sobald die Anzeige vorliegt und wir eine Anhörung durchgeführt haben, werden wir mit der Begründung, dass er eine Bedrohung für seine Frau und das Kind darstellt, vor Gericht einen Bescheid erwirken, der es ihm verbietet, ihnen nachzustellen, sie zu belästigen, zu bedrohen oder Gewalt anzuwenden. Um ihn von Marie fern zu halten, werden wir außerdem ein Haus- und Kontaktverbot anstreben.«

»Können Sie ihn auch in eine Therapie für gewalttätige Ehemänner bringen?«

»Der Andrang ist groß, Mr. President. Aber bis man einen Platz bekommt, dauert es nicht lange.«

»Was ist mit Waffen? Dieser Mann ist eine tickende Zeitbome.«

»Die Cops werden das Haus, seinen Wagen und auch sonst alle denkbaren Verstecke durchsuchen. Und der Richter wird ihm die Abgabe jeglicher Waffen anordnen.«

»Das ist alles schön und gut, aber ich habe die Befürchtung, dass Bowden sich Ersatz beschafft.«

»Wir werden unser Möglichstes tun, Sir. Sobald der Richter die Anordnung erlassen hat, geben die Cops alles in den Zentralrechner ein. Das kalifornische Recht ist viel strenger als die Bundesgesetze. Bei jedem Verkauf von Schusswaffen – auch bei Waffenmessen – muss zuallererst eine Leumundsprüfung durchgeführt werden. Bowden wird sie nicht bestehen.«

»Dann tun Sie mir bitte nur noch einen Gefallen, Marcia. Geben Sie die Anweisung persönlich ein.« Kerry stand auf und begann im Zimmer hin und her zu gehen. »Ich selbst war auch mal in diesem Bereich tätig. Allzu oft handelt es sich bei dem Burschen am Computer um einen verbitterten alten Cop mit kaputtem Arm, den man von der Straße in den Innendienst abgeschoben hat. Nehmen Sie es mir bitte nicht übel, wenn ich so besorgt bin, aber es geht um Laras Schwester und ihre Nichte, und ich weiß aus eigener Erfahrung, was da alles schief gehen kann.«

»Machen Sie sich keine Sorgen, Mr. President«, schaltete sich Jack Halloran ein, um sich wieder in den Vordergrund zu schieben. »Ich werde diese Anweisung *persönlich* eingeben!«

Bitte nicht!, flehte Kerry stumm. »Wenn Marcia sagt, dass sie es macht«, sagte er freundlich, »dann ist es wohl auch das Beste. Jeder kennt Sie, Jack. Wenn Sie sich persönlich darum kümmern, könnten am Ende die Zeitungen neugierig werden. Und das ist der letzte Gefallen, um den ich Sie bitte. Seien Sie so gut und versuchen Sie, die Medien da rauszuhalten. Das könnte Bowden nur reizen, und für Joan wäre es eine Demütigung. Sie soll doch nicht zusätzlich leiden müssen, nur weil ihre Schwester den Präsidenten heiratet.«

Kurzzeitig trat Schweigen ein. »Eine Garantie kann ich nicht geben«, sagte Harding dann. »Aber ich habe keinen Grund, hinauszuposaunen, wer Joan Bowdens Schwester ist oder wer mich angerufen hat. Gewalt ist Gewalt.«

Kerry setzte sich wieder. »Danke«, seufzte er erleichtert. »Auch Lara wird Ihnen sehr dankbar sein.«

Am Spätnachmittag wurde John Bowden festgenommen.

Der Leitartikel der *Washington Times* erschien unter der Schlagzeile: »Präsident und Waffenhersteller künden gemeinsames Vorgehen an«. Martin Bresler wurde mit den Worten zitiert, er begrüße »ein neues Klima der Reife und Mäßigung in der Waffengemeinde

Amerikas«. Das letzte Zitat stammte allerdings vom Präsidenten der SSA, Charles Dane: »Wer sich mit Kerry Kilcannon einlässt, hat nichts Gutes zu erwarten.«

## 9

»Ich habe über das Wochenende nach dem Labor Day Recherchen angestellt«, berichtete Kit Pace Lara. »In puncto Fernsehen könnte es sich ganz gut für eine Hochzeit eignen – keine Überschneidungen mit großen Sportveranstaltungen, keine großen Filme, die jeder gesehen haben muss. Aber das liegt natürlich auch daran, dass die Stationen aus Erfahrung klug geworden sind: Wer sitzt schon am letzten Sommerwochenende zu Hause vor der Mattscheibe?«

Etwas resigniert sah Lara in die Runde. Sie waren im gelben Oval Room in der Privatwohnung des Präsidenten versammelt: Kerrys Pressesprecherin Kit Pace, Clayton, Connie Coulter, eine scharfsinnige Expertin für Öffentlichkeitsarbeit, die auf Laras Wunsch als ihre Pressesprecherin fungierte, und Francesca Thibault, die Beauftragte des Weißen Hauses für gesellschaftliche Anlässe. Neben Lara saß Kerry. Die Anwesenden, die allesamt zu Geheimhaltung verpflichtet waren, bildeten den Planungsstab für Laras und Kerrys Hochzeit. Auf Laras Drängen hatten sie den Sonntagnachmittag für ihre erste Besprechung gewählt, weil sich um diese Zeit immer deutlich weniger Reporter vor dem Westflügel tummelten als sonst üblich.

»Der Zeitpunkt ist doch egal«, meinte Lara, um einen unbekümmerten Ton bemüht. »Wir haben sowieso nur eine zweizeilige Pressemitteilung vor: ›Der Präsident und seine Verlobte, Lara Costello, haben heute geheiratet. Ms. Costello beabsichtigt, ihren Namen zu behalten.‹«

»Drei Zeilen«, korrigierte Kerry. »Du kannst noch hinzufügen: ›Das glückliche Paar verbringt die Flitterwochen an einem geheimen Ort.‹«

Kit verzog die Lippen zu einem unsicheren Lächeln, als hätte sie die Sorge, dass Lara tatsächlich heimlich heiraten wollte. »Haben Sie vor, eine zweite Amtszeit anzustreben?«, fragte sie trocken. »Falls ja, wäre eine Miteinbeziehung des ganzen Landes in die Hochzeitsfeierlichkeiten doch ein sehr einheitsstiftender Faktor.«

Lara brachte ein Lächeln zu Wege. »Für Einheit bin ich immer. Nur habe ich die bescheidene Hoffnung, dass es bei meiner Hochzeit etwas ruhiger zugeht als bei einem Football-Finale im Super Bowl. Obwohl Letzteres sicher im Sinne der Medien, der Demokratischen Partei und Kerrys politischer Berater wäre.«

Laras sarkastischer Kommentar entlockte Kit ein verständnisvolles Kopfschütteln. »In der Zeit der Amtsübergabe hatte ich ein Gespräch mit meinem Vorgänger«, erklärte sie. »Er hatte ein Computerprogramm eingerichtet, das für ihn ausrechnete, zu welchen Themen die meisten Anfragen eingingen. Der Sieger – und zwar mit zehnmal so vielen Anfragen wie der Krieg im Kosovo – war Friskey, der Boston-Terrier, den sich der Präsident zugelegt hatte. Unter anderem wurde gefragt, ob Friskey kastriert werden sollte und ob es besondere Schutzvorkehrungen gäbe, um zu verhindern, dass er der Siamkatze der First Lady die Eingeweide herausreißt... Es versteht sich wohl von selbst, dass diese Hochzeit eine etwas wichtigere Angelegenheit als die Anschaffung eines Hundes...«

»Ich werte das als Kompliment«, lächelte Lara.

»Lara hätte allerdings gern gewusst, ob Friskey seinen Job behalten durfte«, klärte Kerry Kit auf.

In gespielter Verzweiflung breitete Kit die Arme aus. »Willkommen im Theater des Absurden!«

Die dunkle, elegante und fast schon bedenklich dürre Francesca Thibault lachte nicht. Ernst gab sie zu bedenken: »Die Herausforderung liegt eben darin, ein öffentliches Ereignis zu gestalten, das auch Ihren Bedürfnissen gerecht wird. Es wird keine altmodische Hochzeit mit prominenten Gästen. Sie und der Präsident sind Repräsentanten der amerikanischen Leistungsgesellschaft. Das heißt, wir können das Ganze als privaten Anlass stilisieren – einigermaßen bescheiden und locker, eine Hochzeit im Beisein von Freunden und Verwandten; aber es geht auf keinen Fall ohne eine Feier mit Ehrengästen im Anschluss.«

»Geht es denn nicht wenigstens ohne die Gäste, die uns nach Kräften hassen?«, fragte Lara.

»Eigentlich nicht«, erwiderte Clayton, ohne mit der Wimper zu zucken. »Aber wir könnten vielleicht eine Quote festlegen.«

»Jetzt mal Spaß beiseite«, wandte sich Connie Coulter an Lara. »Die Zusammensetzung der Gästeliste ist wichtig. Sie darf weder so lang sein, dass eine Einladung nichts mehr bedeutet, noch so elitär, dass es nach einem Staatsakt aussieht.«

»Aber was soll es denn nun sein?«, fragte Lara. »Unsere Hochzeit oder ein offizieller Empfang?«

»Eine Hochzeit im Weißen Haus«, beschied sie Francesca Thibault, »und zwar völlig unabhängig von der Gästeliste.« Sie wandte sich an den Präsidenten. »Die letzte Hochzeit eines Präsidenten im Weißen Haus liegt fast neunzig Jahre zurück. Das war Woodrow Wilson…«

»Ein *Empfang* im Weißen Haus«, verbesserte sie Clayton. »Die Hochzeit sollte in einer katholischen Kirche stattfinden.«

Lara warf Kerry einen fragenden Blick zu. »Clayton möchte meine Probleme mit der Kirche bereinigen«, klärte Kerry sie auf. »Bis zur Annullierung meiner ersten Ehe galt ich als geschieden und noch dazu als Gegner des obligatorischen Schulgebets. Schlimmer noch, mit der Ernennung von Caroline Masters zur neuen Obersten Richterin war ich der katholischen Hierarchie ein Dorn im Auge. Speziell Kardinal McKiernan, dem Erzbischof meiner Diözese.«

»Es geht um mehr als um Hierarchien«, ergänzte Clayton an Lara gewandt. »Letzten November hatte Kerry nur zweiundfünfzig Prozent der katholischen Wähler hinter sich. Die Schlammschlacht um die Ernennung von Caroline Masters – *nachdem* sie zugunsten der Spätabtreibung entschieden hatte – hat die Zahlen noch weiter in den Keller getrieben.«

Laras anfangs noch lockere Stimmung war verflogen. Im Gegensatz zu allen anderen wusste Clayton über ihre Abtreibung Bescheid. Soweit es ihm möglich war, versuchte er, Kerry vor einem möglichen Skandal zu schützen und den Segen der Kirche für ihre Hochzeit zu gewinnen.

»Wie wär's denn mit der St. Mathew's Church?«, erkundigte

sich Francesca Thibault. »Dort geht der Präsident doch immer in den Gottesdienst. Das Gewölbe ist fantastisch ...«

»Und im Fernsehen würde es sich auch toll machen!«, rief Kit.

Lara sah unsicher in die Runde, bis sich am Schluss ihr und Kerrys Blick kreuzten. Auch Clayton heftete die Augen auf den Präsidenten, ehe er dann erneut Lara ansprach: »Kardinal McKiernan würde das als großes Zugeständnis auffassen. Und mit ihm die Katholiken im ganzen Land.«

»Kurz gesagt, *jeder*«, hielt Kit dem Präsidenten vor. »Angenommen, wir lassen nur ausgewählte Medienvertreter zu und installieren nur eine feste Kamera ...«

»Und was soll das Fernsehen daran hindern, das Ganze wie eine Vorwahl in New Hampshire zu behandeln?«, fragte Kerry. »Und während Lara und ich unseren Schwur wiederholen, verkündet CNN: ›Unsere Blitzumfrage hat ergeben, dass die Beliebtheit des Präsidenten bei den Katholiken um siebzehn Prozent hochgeschnellt ist.‹ Wie berechnend wollen wir denn noch wirken?«

»Wir können ja die Grundregeln festlegen«, meinte Kit. »Wir können sogar den Kommentator bestimmen. In dieser Hinsicht können wir schalten und walten, wie wir wollen.«

»Und Standbilder?«, schlug Lara vor. »Würden die denn nicht reichen?«

»Überhaupt kein Ersatz«, beharrte Kit. »Das hat nichts mit Showbusiness oder Politik zu tun. Diese Hochzeit ist ein einzigartiger Moment in der amerikanischen Geschichte, und alle Amerikaner werden daran teilhaben wollen. Bitte gönnen Sie ihnen das.«

Schweigen breitete sich aus. Schließlich meldete sich Francesca Thibault mit einem Kompromissvorschlag zu Wort. »Und wie wäre es mit einer kleinen Hochzeit in der St. Mathew's? Eine, die in würdigem Rahmen übertragen wird. Und danach eine größere, aber immer noch überschaubare Feier im Weißen Haus mit unserem eigenen Kameramann und Videofilmern, die wir stellen. Elegante Zelte auf dem großen südlichen Rasen und Tanz im East Room.«

»Mit einer Mariachi-Gruppe?«, fragte Lara.

Clayton lächelte als Einziger nicht. »Eigentlich gar keine schlechte Idee.«

»Irgendwie müssen wir auch das amerikanische Volk mit einbeziehen«, riet Connie Coulter mit einem Seitenblick auf Lara. »Sonst wird noch der Vorwurf erhoben, wir wären elitär. Aber in Zeiten eines Al Anwar können wir nicht jeden x-beliebigen Touristen reinlassen – das wäre für die Leibwächter ein einziger Albtraum. Insofern ließe sich argumentieren, dass eine vom Fernsehen übertragene Hochzeit intimer und bedeutsamer wäre als Glückwünsche und Tänze auf Video.«

Zunehmend beschlich Lara im Kreuzfeuer der Ratschläge das Gefühl, dass ihr die eigene Hochzeit entglitt.

»Wer würde denn den Trauungsgottesdienst halten?«, fragte Kit. »Kardinal McKiernan?«

»Mein alter Gemeindepfarrer«, bestimmte Kerry. »Father Joe Donegan.«

Clayton zog eine Augenbraue hoch. »Aber sollte es nicht der Kardinal selbst sein?«

»Ich bin der Präsident, Clayton. Vince McKiernan kann die Hostien verabreichen.«

Jetzt lächelte endlich auch Clayton.

»Eine schlichte Messe mit geschmackvoller Musik«, schlug Francesca Thibault vor.

»Und wer könnte zur Party kommen?«, wandte sich Kit an sie.

»Natürlich nur schöne Leute«, erwiderte Francesca trocken. »Mit blütenreinen Westen.«

»Meine Mitbewohnerinnen am College«, entschied Lara. »Anna Chin von NBC, eine meiner engsten Freundinnen, und natürlich meine Schwestern.«

Kit nickte entschieden. »Großartig. Die Medien, einschließlich der spanischsprachigen, werden sie vor der Hochzeit interviewen wollen ...«

»Oh, unbedingt!«, rief Lara in gespieltem Ernst. »Die Latinos und die Frauen haben uns in Kalifornien die Mehrheit gebracht. Und wer verschafft uns einen besseren Stand bei den Katholiken als meine Familie?«

»Sie sind Teil dessen, was Sie jetzt darstellen«, mahnte Kit.

»Es ist die Pflicht der First Lady, beliebter als der Präsident zu sein.«

»Wir alle sind stolz auf Laras Familie«, schaltete sich Kerry ein. »Aber es muss genügen, sie einfach nur dabeizuhaben. Wir wollen nicht, dass sie benutzt werden.«

Lara legte ihm die Hand auf den Arm. »Kerry zuliebe will ich gern alles mitmachen. Ich will lernen, mit dem Namen ›Lara Costello Kilcannon‹ zu leben. Und sogar aufs Fernsehen lasse ich mich ein. Aber was meine Familie betrifft, da muss alles – und das meine ich wirklich so – über Connie und mich laufen.«

»Natürlich.« Clayton stimmte so schnell zu, dass Lara sich unwillkürlich fragte, ob er und Kit ihre Familie als Faustpfand benutzt hatten, um ihr die anderen Zugeständnisse an die Politik abzuluchsen. Wie zum Beispiel die Live-Übertragung der Trauung in der St. Mathew's Church.

»Wir müssen auch noch über das Hochzeitskleid reden!«, rief Francesca Thibault unvermittelt. »Das ist die Chance, der aktuellen Mode einen eigenen Stempel aufzudrücken! Aber entwerfen müssen es Amerikaner: Vera Wang vielleicht oder Carolina Herrera...«

Als die Versammlung sich auflöste, bat Clayton die Verlobten um ein persönliches Gespräch.

»Nur noch ein Wort zu den Flitterwochen. Hat Martha's Vineyard nicht zu viel von einer Enklave für Privilegierte an sich?«

»Uns gefällt es dort«, erwiderte Kerry dezidiert. »Tut mir Leid, mein Freund, Yellowstone fällt aus. Genauso wie Zweimannzelte mit Moskitonetzen.«

Ein mattes Lächeln flackerte über Claytons Lippen. »Und dann wäre da noch Laras Schwester. Joan.«

»Was ist mit Joan?«, fragte Lara.

»Eine Woche lang hat der Präsident ihre Probleme unter Verschluss halten können. Aber wenn die Medien erst einmal erfahren, dass ihr heiratet, werden sie ihr Augenmerk auf deine Familie richten – auch auf deinen Schwager. Eure Chance, *das* nicht an die Öffentlichkeit dringen zu lassen, wird von Tag zu Tag geringer. Stellt euch nur vor, irgendein Revolverblatt bringt das zwei Tage vor der Hochzeit groß raus. Dann wird wirklich alles verdorben, der Ruf deiner Familie und eure Hochzeit …«

Lara malte sich schon aus, was für Vorwürfe Joan ihr machen würde. »Wir versuchen wirklich alles, um sie zu schützen, Clayton.«

»Dann unterhalte dich mit ihr über eine vorsichtig dosierte Veröffentlichung – je eher, desto besser. Sie ließe sich ja vielleicht mit einer Botschaft zur Bekämpfung von Gewalt in Familien abfedern.«

Lara starrte ihn entgeistert an. Und Kerry sagte leise: »Erinnerst du dich an meine Mutter, Clayton? Du weißt, was ich dabei fühle.«

Clayton ließ sich nicht beirren. »Was deiner Mutter geschehen ist, liegt zwanzig Jahre zurück. Jetzt bist du Präsident, und die Mediengesellschaft hat sich von Grund auf verändert. Du wirst die Sache nie und nimmer beherrschen können.«

»Aber wir können es verdammt noch mal versuchen«, entschied Kerry. »Und mit dir fangen wir an.«

## *10*

Joan Bowden stand mit dem Telefonhörer am Ohr in ihrer Küche. Mit dem Zeigefinger der freien Hand ließ sie den Anrufbeantworter zurücklaufen. Ihre Kehle war ausgetrocknet. Das Wohnzimmer war voll mit Blumen. Obwohl es erst zwei Uhr nachmittags war, war der Anrufbeantworter restlos mit Mitteilungen vollgestopft.

»Ich wollte dich nicht anrufen«, entschuldigte sich Joan bei Kerry. »Aber seit das Hausverbot durch ist, geht es hier zu wie im Taubenschlag. Pausenlos klingeln Lieferanten, und John schickt eine Nachricht nach der anderen. Von Tag zu Tag hört er sich verzweifelter an.«

»Was sagt er denn?«, wollte der Präsident wissen.

»Hör's dir an.« Joan drückte die Abspieltaste, und Johns körperlose Stimme füllte die Küche.

»Ich liebe dich, Joanie. Ich weiß, dass mit mir was nicht stimmt. Aber ich kann mich nicht ändern, wenn du mir nicht hilfst…«

»Hast du mit ihm gesprochen?«, fragte Kerry dazwischen.

»Ja. Ich habe ihn gebeten, mit mir in eine Therapie zu gehen…«

»Ich brauch keine Therapie!«, stöhnte Johns Stimme vom Band. »Ich brauch niemanden außer dir. Zusammen kriegen wir das hin…«

Joan drückte wütend auf Stopp. Müde sagte sie: »Das wiederholt er unaufhörlich, immer wieder aufs Neue…«

Über die Sprechanlage hallte Joans Stimme im Oval Office wider. Ihre Anspannung übertrug sich auch auf Kerry. »Joanie!«, bat er sie, »lass dich nicht wieder von ihm da reinziehen.«

»Die Verhandlung rückt immer näher«, flüsterte sie mit erstickter Stimme. »Ich habe Angst um ihn, Angst um uns… Wenn er seine Stelle verliert…«

»Er versucht, dich einzuschüchtern. Das ist emotionaler Terror…«

»Hör nur!«, drängte sie, und wieder durchdrang das Jammern ihres Mannes das Oval Office.

»Ich kann nicht zur Arbeit gehen, Joanie. Ich kann nicht mal aufstehen…«

»Immerhin hat er es geschafft, dir Blumen zu schicken«, knurrte Kerry. »Und dich ein ums andere Mal anzurufen…«

»Du zerstörst mich!« Bowdens Stimme überschlug sich hysterisch. »Du hast mir mein Zuhause genommen, meine Tochter, meinen Grund zu leben.«

»Es ist, als ob er im Zimmer wäre«, klagte Joan.

Die Stimme ihres Mannes klang wie tränenerstickt. »Marie! Ich vemisse sie so! Mein kleines Mädchen…«

»Schalt ihn bitte aus«, bat Kerry leise.

Mit kurzer Verzögerung verstummte John mitten im Lamentieren.

Kerry atmete tief aus. »Das enthält nichts Neues. ›Ich bin das Opfer‹, trichtert er dir wieder und wieder ein. ›Komm in meine abgeschottete Welt zurück, sonst geschieht was Schreckliches!‹«

Am anderen Ende der Leitung trat Stille ein. Kerry ließ Joan

Zeit. Erschöpft fragte sie schließlich: »Und wenn ich es einfach versuchen würde …?«

Ihre Verzweiflung zerriss Kerry das Herz, aber sie machte ihn auch wütend. Er zwang sich zu Geduld. »Joanie, erst letzte Woche hat er dir eine Pistole an den Kopf gedrückt.«

Ein Klopfen unterbrach ihn. Clayton schaute herein.

Kerry schaltete sogleich den Lautsprecher aus. »Bleib bitte dran, Joan«, murmelte er in den Hörer, dann fuhr er zu Clayton herum. »Ich spreche gerade mit Joan. Was ist los?«

»Verzeih die Störung, aber ich habe Bresler am Telefon. So wie er sich anhört, steht er kurz vor dem Selbstmord.«

Kerry runzelte die Stirn. Martin Bresler mochte zwar nützlich sein, doch zweifellos hatte er ein Gespür dafür, in den unpassendsten Momenten hereinzuplatzen. Am Ende meinte er womöglich noch, jede Kleinigkeit wäre die Aufmerksamkeit eines Präsidenten wert. »Verbind ihn doch mit Jack Sanders. Der ist Breslers Kontaktperson.«

»Das habe ich ihm schon vorgeschlagen. Bresler sagt aber, er müsse unbedingt mit dir sprechen. Willst du lieber ablehnen und einen anderen Termin vereinbaren?«

Kerry überlegte. »Wie viel Zeit habe ich im Augenblick?«

»Die Aids-Aktivisten warten seit zehn Minuten. Und danach hast du die Besprechung mit dem Sicherheitsrat.«

Kerry sah auf die Uhr. »Sag den Aids-Leuten, dass ich in fünf Minuten zu ihnen komme, und stell Bresler zu mir durch.«

Während Clayton kurz verschwand, um der Sekretärin Anweisungen zu erteilen, griff Kerry wieder zum Telefon. »Bitte halte bis zur Verhandlung durch, Joan«, flüsterte er eindringlich. »Und melde dich regelmäßig bei mir.«

»Okay.« Sie klang unentschlossen, verunsichert. »Es ist einfach nur so schwer …«

Clayton kam wieder herein. Zerstreut forderte Kerry ihn mit einer Geste auf, sich zu setzen. Als Joan sich mit matter Stimme verabschiedet hatte, griff er nach dem zweiten Hörer.

»Martin?«, fragte er. »Was ist los?«

»Es tut mir Leid, Mr. President. Die Einigung über die Waffenmessen ist geplatzt.«

Bresler wirkte total überdreht, als hätte er in übermüdetem oder ausgehungertem Zustand zu viel Kaffee getrunken.

»Warum?«

»Sie haben es einfach durchgepaukt.« Breslers Worte wurden immer lauter und schneller. »Ich kann unmöglich darüber reden, aber ich wollte es Ihnen persönlich sagen. Ich war stolz darauf, mit Ihnen zusammenzuarbeiten, Mr. President. Aber jetzt bin ich meinen Job los ...«

»Kann ich etwas für Sie tun?«

»Nein. Sie haben keine Ahnung, wie abgrundtief diese Leute Sie hassen.«

Kerry wusste es sehr wohl, aber es hatte keinen Sinn, diesen verzweifelten Mann jetzt darauf hinzuweisen. »Und wenn Sie die Machenschaften der SSA aufdecken ...?«

»Das wäre mein Ruin, Mr. President!« Unvermittelt raffte Bresler den letzten Rest seiner Würde zusammen. »Ich wollte es Sie nur wissen lassen und Ihnen für Ihre Mühen danken.«

Langsam gewann bei Kerry der Zorn die Oberhand über sein Mitgefühl, aber er ließ es sich nicht anmerken. »Wenn ich Ihnen irgendwie behilflich sein kann ...«

»Ich wünschte, das wäre möglich«, murmelte Bresler verzagt, bedankte sich noch einmal und legte auf.

Kerry knallte den Hörer so wütend auf die Gabel, dass Clayton erschrocken hochfuhr. »Was ist los?«

»Die SSA. Irgendwie haben sie Bresler am Haken, auch wenn er es nicht direkt sagt. Das ist ihre Botschaft an jeden, der versucht, mit mir eine Einigung über Schusswaffen zu erzielen. Sie müssen den Waffenherstellern Daumenschrauben angelegt haben. Vielleicht sollte die Kartellbehörde da mal genauer hinsehen.«

Clayton verschränkte die Arme vor der Brust. »Mit harten Bandagen zu kämpfen ist nicht illegal – wäre es das, dann würdest du längst im Gefängnis sitzen. Wenn du jetzt die Behörden einschaltest, bist du der anmaßende Diktator, als den die vom rechten Rand dich immer hinstellen.«

»In meinen Träumen, Clayton.«

»In deiner zweiten Amtszeit. Bis dahin genügt es, wenn du es mit Aids aufnimmst und es besiegst.«

Ein Wink mit dem Zaunpfahl. Kerry strebte bereits zur Tür. Aber seinen Zorn konnte er nicht so schnell hinter sich lassen. »Aids werden wir besiegt haben, lange bevor wir damit aufhören, einander abzuknallen! Aids hat nicht die SSA im Rücken – wenigstens nicht offiziell.« Er öffnete die Tür, drehte sich aber noch einmal um. »Spür George Callister von Lexington Arms auf. Ich würde gern ein Wörtchen mit ihm reden.«

## 11

Am folgenden Sonntag, zwei Tage nach der Bekanntgabe seines Hochzeitsdatums, kam es zu einem geheimen Treffen zwischen dem Präsidenten und George Callister.

Ort und Zeit waren sorgfältig gewählt. Dass er den Termin auf ein Wochenende gelegt hatte, bot Kerry etwas Ruhe vor der Wachsamkeit der Presse und die Möglichkeit, sich zurückzuziehen. Und an *diesem* Wochenende fieberte man natürlich der bevorstehenden Hochzeit entgegen und stürzte sich auf alle möglichen Hintergrundgeschichten zu Lara. Insofern schien es nur natürlich, dass der Präsident an einem milden Sonntagmorgen in Camp David Ruhe und Entspannung suchte. Dass eine Stunde vor ihm George Callister eingetroffen war, wusste die Presse nicht.

Von den Mitarbeitern des Weißen Hauses waren lediglich Clayton und Jack Sanders eingeweiht. Callister selbst hatte, wie er dem Präsidenten versicherte, nur seiner Frau Bescheid gesagt.

Was Kerry betraf, so hatte er sich vorgenommen, nichts zu überstürzen. Für den Anfang wollte er sich damit begnügen, George Callister besser kennen zu lernen.

Nun spazierten diese zwei Männer mit den Händen in den Taschen ihrer Blue Jeans in dem einsamen Waldgebiet der Catoctin-Berge über das Gelände der Camp-David-Ranch. Die Luft war hier um einiges kälter als im Flachland um die Hauptstadt herum. Callister schien das zu genießen. Er blieb auf dem Waldweg stehen und atmete tief durch. »Ich bin in Minnesota aufgewachsen«, erklärte er. »Mein Vater und ich haben die Wochenenden in den

Wäldern mit Jagen und Fischen verbracht. Alles Dinge, die er von *seinem* Vater gelernt hatte.«

Dieser Hinweis auf den Unterschied zwischen ihnen entging Kerry keineswegs. »Ich bin ein Stadtmensch«, erwiderte er. »In meiner Kindheit habe ich die Sonne, das Meer und den Strand geliebt. Manchmal ist es nachts in Camp David so ruhig, dass ich mir einbilde, die ›Familie‹ dieses Serienmörders Manson zu hören.«

Callister schnitt eine Grimasse. »Aber diese Ranch ist sicher. Und sehr privat.«

»Allerdings. Wir sind mitten in einem Naturschutzgebiet. Überflüge sind verboten, und unangemeldete Besucher schaffen es nicht hier rein. Schließlich sind wir umgeben von einem doppelten Zyklonzaun, Kampfhunden, Sensoren, Betonmauern, Geheimdienstagenten und mindestens hundert Marineinfanteristen. Hier sind wir sicher vor Al Anwar *und* der *New York Times.*« Kerry machte eine Kunstpause. »Und sogar vor der SSA.«

Callister schluckte diesen Köder nicht. »Trotzdem gefällt es Ihnen nicht.«

»Es gibt vieles, was ich sehr gern mag. Hier ist ja Geschichte geschrieben worden. Roosevelt und Churchill haben die Invasion der Normandie geplant, Carter hat den Frieden zwischen Begin und Sadat ausgehandelt...« Sie waren auf einer Anhöhe angekommen. Kerry blieb stehen und deutete auf das Tal unter ihnen und die sanften Hügel, die sich im dunstigen Sonnenlicht bis zum Horizont erstreckten. »Es ist schwer, einen solchen Blick nicht zu lieben. Das Weiße Haus ist ein goldener Käfig – elegant, aber wohl kaum privat. Hier dagegen können Lara und ich die Tür aufmachen und rausgehen oder beim Tennis nach Lust und Laune herumstolpern, ohne dass uns jemand beobachtet.« Sie setzten sich wieder in Bewegung. »Als ich klein war, konnte ich mir nicht vorstellen, dass ich jemals ein Ferienhaus oder so was in der Art haben würde. Auch nicht als Leihgabe der Regierung.«

Callister bedachte ihn mit einem Blick von der Seite. »Wir hatten beide kein Geld, Mr. President. Wie Sie musste ich mir mein Studium selbst erarbeiten.«

Kerry nickte. »Das hat natürlich auch sein Gutes. Aber dadurch war die Freizeit am College etwas knapp bemessen.«

»Haben Sie je gejagt?«

»Ich und geschossen? Nein, danke. Für mich ist die Jagd der einzige Sport, bei dem der Gegner nicht weiß, dass man mit ihm spielt. Ich habe im ganzen Leben kein einziges Mal geschossen, auch wenn mein Vater es mir unbedingt beibringen wollte.« Den Blick auf den sich windenden Weg gerichtet, fügte Kerry hinzu: »Er war Cop, wie Sie wahrscheinlich schon wissen. Und er trug immer eine Lexington Peacekeeper.«

Den Rest behielt Kerry für sich – dass er die Pistole seines Vaters mit geistloser Brutalität und der fragwürdigen Tötung eines Schwarzen wegen ›Widerstands gegen die Festnahme‹ verband.

Erneut sah ihn Callister nachdenklich an. »Bei allem Respekt, Mr. President, aber was können Sie von einem Produkt verstehen, das Sie nie benutzt haben?«

»Es stimmt«, gab Kerry gelassen zu. »Ich habe nie geschossen. Aber auf mich ist geschossen worden, und ich habe ein Mitglied meiner Familie verloren. Wie sehr viele andere Amerikaner. Wir haben einen Grund, Sie und ich, alles zu tun, um unsere Gegensätze zu überbrücken.«

Nach dem Frühstück setzten sie sich an den Swimmingpool vor Kerrys Haus. Einmal mehr beeindruckten Kerry die Geradlinigkeit und der offene Blick seines Gastes aus dem Mittleren Westen. Dieser Mann hielt nichts von gekünsteltem Getue oder Schmeicheleien, sondern sagte, was er dachte.

Callister stellte seine Tasse mit schwarzem Kaffee ab. »In meiner Industrie scheffelt niemand Geld, Mr. President. Die meisten von uns machen das, weil sie Waffenkenner und -liebhaber sind und das für die Fertigung nötige Geschick zu schätzen wissen. Ich selbst bin seit zwanzig Jahren in diesem Geschäft. Von allen Herstellern hat Lexington vielleicht die großartigste Geschichte. Schon seit dem Bürgerkrieg statten wir unsere Armee und die Polizei mit Waffen aus. Als ich vor einem halben Jahr den Posten bei Lexington angenommen habe, tat ich das nicht, um reich zu werden, sondern um dieser traditionsreichen Firma überleben zu helfen.«

Der Präsident nickte. »Damit habe ich keine Probleme, George.

Aber Lexington stellt doch auch Waffen her, die kein gesetzestreuer Bürger braucht. Pistolen zum Beispiel, die nur dazu gut sind, möglichst viele Menschen möglichst schnell zu töten. Oder diese besonders mörderischen ›Copkiller-Kugeln‹. Ich frage mich, wozu?«

Callister zuckte mit den Schultern. »Eine Waffe, Mr. President, ist nur so gut oder so schlecht wie der Mensch, der sie benutzt. Die Waffen, über die Sie sich beklagen, hat es alle schon vor meinem Einstieg bei Lexington gegeben.« Er musterte Kerry mit einem ruhigen, forschenden Blick. »Wie viel wissen Sie eigentlich über das Geschäft eines Waffenverkäufers?«

»Nicht so viel wie Sie.«

»Nun, Schusswaffen sind wie die Nähmaschinen von Singer – wenn man sie richtig behandelt, gehen sie nie kaputt. Einige unserer Revolver aus der Zeit des Bürgerkriegs sind immer noch im Umlauf.« Callister gestattete sich ein kurzes spöttisches Lächeln, als belustige ihn der Erklärungsbedarf des Präsidenten. »Kurz, Waffen sind keine Gebrauchsgüter. Verschleiß ist kein Thema. Wir können höchstens etwas Aktuelleres und Besseres auf den Markt bringen. Unser Problem dabei ist, wem wir es anbieten? Die Zeit arbeitet gegen uns – zwar gibt es immer noch Jäger und Sportschützen, aber sie werden weniger. Vielleicht werden die Frauen zu einer größeren Zielgruppe, aber nicht für uns …«

»Es sei denn, Sie ängstigen sie zu Tode.«

Callister sah Kerry aufmerksam an. »Ja, wir vermarkten Selbstverteidigung auch an Frauen – wie an jeden. Es ist ihr gutes Recht, ihr Haus und ihre Familie zu schützen.«

»Ist das alles, was Sie verkaufen? Selbstverteidigung für Mom und Dad? Oder müssen die sich wegen Verbrechern sorgen, die mit noch tödlicheren Waffen von Lexington herumlaufen?«

»Man kann uns nicht für die Motive eines Käufers verantwortlich machen. Wollen Sie behaupten, dass Waffenliebhaber nicht das Recht haben, eine halbautomatische Pistole zu kaufen, oder dass ein glühender Verfechter des Second Amendment auf die Waffen, von denen er überzeugt ist, verzichten sollte?«

Zum ersten Mal drohte Kerry die Geduld zu verlieren. »Die ganze Argumentation mit dem Second Amendment ist doch müßig – und mit ihr die Vorstellung von der Verfassung als Auftrag zum Selbstmord und den Gründungsvätern als wildem Haufen, der ganz versessen darauf ist, die gerade erst von ihm geschaffene Regierung zu stürzen. Dafür sollte es doch die Wahlen geben.«

Unvermittelt lachte Callister auf. »Bitte, Mr. President, sagen Sie das in aller Öffentlichkeit. Sie ahnen nicht, wie schnell dann die vier Millionen Mitglieder der SSA unsere Geldschränke füllen, indem sie sich bis an die Zähne bewaffnen. Das wird Sie vielleicht schmerzen, aber die ersten drei Wochen nach Ihrer Wahl haben uns die größten Gewinne seit Jahren beschert. Jede Rede, die Sie über Waffenkontrolle halten, ist kostenlose Werbung, die uns hunderttausende von Dollar einbringt.«

Kerry musste unwillkürlich über die Absurdität seiner Position lächeln. »Sie sagen also, mein Kreuzzug ist eher ein blindes Herumstochern. So, wie Muhammad Ali damals George Foreman bis zur Erschöpfung ins Leere schlagen ließ. Und dass ich George Foreman bin.«

»Viel schlanker, Mr. President. Und blind sind Sie bestimmt nicht.« Callisters Gesicht wurde wieder ernst. »Aber das ist nun mal das Problem mit der ganzen Debatte. Die Leute, die die Waffen eindämmen wollen, sind nicht dumm, aber total ahnungslos. Sie wissen nichts von den Waffen, die sie verbieten wollen, oder können die Konsequenzen ihrer Forderungen nicht abschätzen. Sie verabschieden ein Gesetz, das die so genannten Angriffswaffen verbietet und die Kapazität eines Magazins auf zehn Schüsse beschränkt, und helfen so unbeabsichtigt, einen völlig neuen Markt für Handfeuerwaffen zu schaffen, die zehn Schüsse in Sekunden abfeuern...«

»Oder«, fiel ihm Kerry mit beißender Ironie ins Wort, »jemand wie Lexington nutzt ein von der SSA geschaffenes Schlupfloch aus, das bei leicht zu versteckenden kleinen Handfeuerwaffen auch weiterhin die Magazine für vierzig Kugeln gestattet, die Lexington vor der Verabschiedung des Gesetzes produziert hat.«

»Sie haben Ihre Hausaufgaben gemacht, Mr. President. Aber viele andere Hersteller haben dasselbe getan wie wir.«

»Genau *das* ist ja das Problem.« Kerry beugte sich vor. Seine Stimme wurde eindringlich. »Lexington hätte die Pistolen sicherer machen können. Man hätte neue Wege erforschen können, um zu gewährleisten, dass eine Pistole nur von ihrem Eigentümer benutzt wird – nicht von seinem Kind oder von einem Einbrecher, der sie gegen ihn richtet. Stattdessen haben Sie nur dafür gesorgt, dass die Dinger sich leichter am Körper verstecken lassen und noch tödlicher werden. Und dann haben Sie den Amerikanern gesagt, dass sie mehr und tödlichere Waffen brauchen, um sich vor all den anderen Amerikanern mit noch mehr und tödlicheren Waffen zu schützen. *Das* können Sie nun wirklich nicht mir zugute halten.«

Callister hielt seinem Blick stand. »Die Waffen werden nicht verschwinden, Mr. President. Und was die Maßnahmen zur Sicherheit betrifft – warum bringen wir sie nicht den Kindern bei? Wir hätten nicht halb so viele Unfälle wie jetzt. Aber die Waffengegner sind wie die Leute, die Sex unter Minderjährigen verhindern wollen, indem sie Abstinenz predigen. Sicherer Sex bedeutet mehr Geschlechtsverkehr. Und sicherere Waffen heißt mehr Waffenbesitzer. Und genau das wollen Sie nicht.«

Kerry starrte stumm in seine Kaffeetasse, dann hob er die Augen zu den Bergkuppen. »Darüber können wir den ganzen Tag lang diskutieren, und bis zum Abend werden nach statistischer Wahrscheinlichkeit nur wieder achtzig weitere Menschen gestorben sein.«

»Wenn das stimmt, wären sie so oder so gestorben«, entgegnete Callister. »Wenn wir etwas erreichen wollen, dann müssen Sie begreifen, wie schwer der Weg dorthin ist. Und warum das so ist.«

Kerry sah ihm fest in die Augen. »Ich bin bereit, Ihnen zuzuhören, George. Und dann habe ich einen Vorschlag für Sie. Falls Sie bereit sind, noch einmal herzukommen.«

Callister kniff nachdenklich die Augen zu. Schließlich nickte er. »Ich bin dazu bereit, Mr. President. Aber nur, wenn niemand es nach außen trägt.«

# 12

Joan saß am Küchentisch unter der Deckenlampe und starrte einen Stapel unbezahlter Rechnungen an. Über den Anrufbeantworter machte ihr Mann ihr Vorwürfe.

»Ich habe meine Stelle verloren! Du hast mich kastriert ...«

Joan schluckte schwer.

»Hast du mich gehört, Joan?«

Johns Ton pendelte zwischen Flehen und Hysterie. Mit zitternder Hand griff Joan zum Hörer.

»John?«

Schlagartig wurde seine Stimme kräftiger. »Du bist zu weit gegangen, Joanie!«

»Was ist das mit deiner Stelle ...?«

»Ich konnte nicht mehr arbeiten!«, klagte er mit plötzlich schriller Stimme, wie ein trotziges Kind. »Ich hab's dir doch gesagt. Du hast mir alles weggenommen!«

Bei all ihrer Furcht spürte sie seine Isolation. »Das wollte ich nicht. Ich hatte doch nur solche Angst ...«

»Warum tut mir das alles nur so weh? Ich spüre es körperlich. Als ob mir schlecht wäre ...«

Jäh verdrängte Wut bei Joan alle Schuldgefühle. »Und warum soll *ich* dafür verantwortlich sein, John? Warum kümmerst du dich nicht um dich selbst? Die ganze Zeit sage ich dir schon, du sollst eine Beratungsstelle aufsuchen ...«

»Dafür ist es zu spät. Ich habe keine Familie mehr. Du schickst mich ins Gefängnis. Ich habe nichts mehr, wofür es sich lohnt zu leben ...«

»Hör *auf!*«

Als hätte ihn ihre Panik gestärkt, wurde John ruhiger. »Was hindert mich daran, rüberzukommen und mir das Hirn wegzuschießen?«

Joan erschrak. »Marie!«, platzte es aus ihr heraus.

»Ich darf sie nicht sehen, hast du das vergessen? Du hast sie mir weggenommen. Aber ich überlasse sie dir nicht, Joanie. Das hattest du dir wohl so gedacht, hm?«

Joan setzte sich. Sie musste versuchen, rational zu bleiben. »Was meinst du damit?«

»Ich werde nicht allein gehen«, sagte er mit bedrohlicher Ruhe. »Du wirst mit mir kommen.«

Joan fühlte sich von dem Strudel seines Wahnsinns in die Tiefe gerissen. »Dann wäre Marie eine Waise...«

»Meine Eltern können sie aufziehen.«

»Deine *Eltern!* Wie könntest du ihr das antun?«

»Es wäre deine Schuld.« Sein vorwurfsvoller Ton schlug in Selbstmitleid um. »Aber deiner Verantwortung hast du dich ja nie gestellt...«

Joan verlor die Fassung. »Das ist verrückt!«, schrie sie. »Du verdrehst immer alles nur und...«

»Du hast meine Welt von oben nach unten gedreht.« Seine Stimme wurde weich, gefährlich. »Mit dir geschieht jetzt das Gleiche. Und es wächst dir über den Kopf.«

Schweigen trat ein. Ein Klicken durchbrach es. John hatte aufgelegt, und das ängstigte sie mehr als alles, was er gesagt hatte.

Kerry lockerte die Frackschleife und blickte auf die Uhr. Als hätte sie das sehen können, unterbrach sich Joan. »Störe ich gerade?«

»Um sieben muss ich zu einem Dinner mit dem kanadischen Premierminister. Sag mir, wann es passiert ist?«

»Gestern Abend.«

»Er hat dich bedroht, Joanie. Hast du die Staatsanwältin angerufen?«

Kerry hörte, wie sie am anderen Ende der Leitung tief Luft holte. »Da ist noch mehr...«

Marie Bowden stand allein auf dem Kinderspielplatz, als sie ihren Vater sah. Ihr Herz setzte einen Schlag aus. Er stand am Rand und starrte sie an. Ihre Mutter hatte gesagt, dass er nicht hier sein dürfe. Aber er sah so traurig aus...

Beinahe schüchtern näherte er sich. »Marie...«

Sie ging zwei Schritte auf ihn zu. Plötzlich kniete er sich hin und breitete die Arme aus.

Marie rannte ihm entgegen.

Er drückte sie an sich, küsste ihr das Haar und den Hals. Als er sie losließ und ihre Hände ergriff, sah sie in seinen Augen ein merkwürdiges Leuchten.

»Es ist alles gut«, versicherte er ihr. »Ich musste dich nur noch ein letztes Mal sehen. Bevor ich für immer weggehe.«

Marie drückte seine Hände fester. »Wohin?«

»Weit weg.« Er küsste sie auf die Stirn, dann sah er ihr tief in die Augen. »Ich wünschte, ich könnte dich mitnehmen, Mäuschen.«

Angst und Trauer bohrten sich in ihr Herz. Nach einem hastigen Blick über die Schulter umfasste ihr Vater mit einer Hand ihr Kinn, dann richtete er sich wortlos auf und entfernte sich. Am Zaun drehte er sich noch einmal zu ihr um.

Plötzlich kniete die Lehrerin neben ihr. Marie schaute an ihr vorbei. Ihr Vater war verschwunden.

Miss Suarez' Augen wirkten so besorgt, wie die ihres Vaters traurig gewesen waren. »Was hat er gesagt, Marie?«

Marie erzählte es ihr. »Ich werde mit deiner Mommy darüber sprechen müssen«, sagte Miss Suarez sanft. Marie begann zu weinen.

Die Schlafzimmertür ging auf. Kerry sah, wie Lara in einem schlichten schwarzen Abendkleid hereinschlüpfte. Lautlos bewegte sie die Lippen. »Fünf Minuten.«

Ohne den Hörer vom Ohr zu nehmen, nickte Kerry. Als Lara vor ihm stand, hielt er die Muschel zu und flüsterte: »Joan ...«

Lara erstarrte. Wieder an Joan gerichtet, sagte Kerry: »Wir müssen die Staatsanwältin informieren. Um Maries und um deinetwillen.«

»Aber das wird ihn nur noch wütender machen.«

Allein schon um ihre Panik zu mildern, blieb Kerry geduldig. »Aber wenn wir nichts tun, wird ihn das ermutigen. Was, wenn John sie beim nächsten Mal entführt?«

»Gott ...!« Joans Stimme brach. »Wenn ich mir nur sicher sein könnte ...«

»Vertrau mir«, beschwor sie Kerry. »Bitte.«

Schweigen trat ein. Kerry sah, wie Laras Augen sich verhüllten.

Sie hatte Angst um ihre Schwester. »Na gut«, murmelte Joan. »Wahrscheinlich weißt du es besser…«

In Kerrys Ohren klang das freilich mehr nach Erschöpfung als nach Zustimmung. Und als sie sich verabschiedeten, versagte ihr fast die Stimme.

»Was ist los?«, fragte Lara.

Kerry schüttelte den Kopf. »Hilf mir mit dieser Schleife; ich erzähle es dir.«

Während Lara den Knoten band, fasste Kerry das Gespräch mit Joan zusammen. »Johns Verhaltensmuster beunruhigt mich. Depression, Hoffnungslosigkeit; Wut, weil er Joan verliert und von seinem Kind getrennt wird. Dann dieses Gerede von wegen ›das Leben ist es nicht mehr wert‹, zusammen mit Selbstmorddrohungen und Schlimmerem. Und jetzt zieht er Marie in seinen Wahnsinn mit hinein. Er gerät in Panik und wird immer verzweifelter. Das ist der klassische Verlauf und sehr gefährlich.« Er bückte sich nach dem Frack und zwängte sich hinein. »Wir haben die Aufgabe, alles zu ihrem Schutz zu tun, bis er so weit ist, sich helfen zu lassen, oder zumindest akzeptiert, dass er Joan verloren hat.«

»Das sehe ich auch so«, stimmte Lara zu. »Die Frage ist nur, wie erreichen wir das. Das Wichtigste ist doch, dass wir Joan in Sicherheit bringen. Aber ich habe auch die Sorge, dass wir zu tief da reingezogen werden, dass die Sache irgendwie auf uns zurückfällt. Vielleicht sollten wir zusehen, dass Joan ihren eigenen Anwalt bekommt, und alles Weitere über ihn regeln.«

»Von morgen an werden wir es so versuchen«, erwiderte Kerry. »Aber vorher müssen wir unbedingt die Staatsanwältin erreichen.«

Lara überlegte. »Je eher wir bei ihr zu Hause in San Francisco Hilfe für sie finden, desto besser. Ich habe bei der Sache ein ganz ungutes Gefühl.«

Im Gehen versuchte Kerry sich vorzustellen, wie Bowden auf seine Verhaftung reagieren würde. Als sie bei der Treppe ankamen, unterdrückte er alle Gedanken an die Familie und konzentrierte sich auf das Dinner. Er blieb abrupt stehen und legte Lara die Hände auf die Schulter. »Kanada liegt doch nördlich von uns, oder?«

Kurz nach elf knotete Kerry in seinem Privatbüro die Schleife auf und rief Marcia Harding in deren San Franciscoer Wohnung an. Lara stand dicht neben ihm.

Die Staatsanwältin hörte ihm zu, ohne ihn zu unterbrechen. »Es genügt nicht, diesen Kerl einzubuchten«, schloss Kerry. »Wir müssen ihn irgendwie erreichen.«

»Morgen nehmen wir ihn fest«, versprach Harding. »Die Verhandlung ist erst in zwei Wochen, aber wenn wir ihn wegen des Verstoßes gegen das Kontaktverbot verhaften, können wir den Richter gleich bitten, dass er eine Therapie für gewalttätige Ehemänner anordnet.« Ihre Stimme klang immer besorgter. »Diese Art von Drohungen nehmen wir sehr ernst. Letztes Jahr hat mehr als die Hälfte der Fälle häuslicher Gewalt zu Mord geführt, und danach hat sich der Mann umgebracht.«

Kerry sah Lara an. »Wie oft war eine Pistole die Waffe?«

»Erneut bei mehr als der Hälfte. Aber machen Sie sich keine Sorgen, Mr. President. Sobald er verhaftet ist, wird die Polizei seine Unterkunft durchsuchen.«

Der schwarze Cop legte ihm Handschellen an; die rothaarige Polizistin begann, sein Zimmer auf den Kopf zu stellen. In ohnmächtiger Wut sah Bowden zu, wie sie die gemieteten Sperrholzmöbel filzte.

Es gab nichts, was sie hätte finden könnnen – ihm gehörte ja so gut wie nichts. Er hatte immer geglaubt, dass Männer stark und einfallsreich sein sollten. Schwäche oder Verwirrung hatte er sich nie zugestanden. Aber jetzt hockte er gefesselt in einem fremden Raum, der so steril war wie ein Krankenhauszimmer, und kämpfte gegen die Tränen an.

## 13

Bevor Kerry sich am nächsten Tag erneut mit dem kanadischen Premierminister traf, hatte er Senator Chad Palmer aus Ohio im Weißen Haus zum Frühstück zu Gast.

Die zwei Männer aßen zu zweit im Speisezimmer der Präsidentenfamilie. Für Kerry war dieses Frühstück zugleich ein Vergnügen und eine der schwierigsten Aufgaben seines Lebens. Trotz ihrer weltanschaulichen Unterschiede und ihrer Konkurrenzsituation als Politiker war der Republikaner und Kriegsheld Chad Kerrys engster Freund. Auch Chad war vor der Wahl als möglicher Präsident gehandelt worden. Kerry bewunderte seine Geradheit und Unabhängigkeit und mochte seinen Humor, der auch vor heiligen Kühen nicht Halt machte. In der Politik war Chad eine der charismatischsten Persönlichkeiten. Mit seinem von niemandem bestrittenen Mut paarte sich ein blendendes Aussehen, das dem Blondschopf bei seinen Gegnern im republikanischen Lager den Spitznamen »Robert Redford« eingebracht hatte. Doch der Palmer, der nun Kerry gegenübersaß, war traurig und bedrückt und sein Gesicht von Leid gezeichnet.

Dass der Grund dafür teilweise – wenn auch völlig unbeabsichtigt – in Kerrys politischen Manövern lag, trug mit dazu bei, dass dessen Aufgabe an diesem Morgen so schwierig war.

Als Kerry Caroline Masters für das Amt der obersten Bundesrichterin nominiert hatte, hatte ihm Palmer, der damals Vorsitzender des Rechtsausschusses gewesen war, dabei geholfen, eine private Angelegenheit vor ihren Gegnern zu verbergen, die ihrer beider Überzeugung nach streng persönlich bleiben sollte. Bei Palmer wie Kerry mischten sich moralische Prinzipien mit politischem Kalkül, doch in Palmers Fall hatte die persönliche Entscheidung zu einer Tragödie geführt. Masters' Geheimnis war an die Öffentlichkeit gezerrt und Chads Rolle bei ihrem Schutz enthüllt worden. Zur Vergeltung hatten Chads Feinde vom rechten Flügel seiner Partei ein von ihm streng gehütetes Geheimnis der Presse zugespielt – dass seine eigene Tochter Kyle als Jugendliche schwanger geworden war und trotz Palmers öffentlicher Opposition gegen die Abtreibung einen Abbruch hatte vornehmen lassen. Durch ihre Bloßstellung zutiefst gedemütigt, war Kyle betrunken mit dem Auto in den Tod gerast.

In seiner Trauer und Verbitterung hatte Chad daraufhin die entscheidende Rolle beim extrem knappen Senatsvotum für Caroline Masters gespielt. Danach hatte er sich mit seiner Frau Allie in stiller Trauer für eine lange Zeit vom öffentlichen Leben zurückgezogen. Dass dies Chads erster Besuch seit jenem verhängnisvollen Dinner war, bei dem er sich bereit erklärt hatte, Caroline Masters schützen zu helfen, war ihm – dessen war sich der Präsident sicher – genauso bewusst wie Kerry selbst. Darum fühlte sich Kerry nach dem Austausch der üblichen Freundlichkeiten frei zu fragen: »Wie geht es dir jetzt, Chad?«

Palmer senkte den Blick auf das silberne Service, das auf einem weißen Tischtuch gedeckt war. »Es ist jetzt genau viereinhalb Monate her. Es gibt Tage, an denen ich es eine ganze Stunde lang vergesse, meistens dann, wenn ich die Arbeit erledige, die sie das Leben gekostet hat. Dann wiederum ist sie von einem Augenblick zum nächsten wieder bei mir – in einem Moment der Stille oder wenn mir im Senat eine Praktikantin über den Weg läuft, ein junges Mädchen, an dem mich irgendeine Kleinigkeit an sie erinnert. Und der Schmerz ist so tief, fast so unerträglich wie an dem Tag, an dem wir sie beerdigt haben. Ich kann mir nicht vorstellen, dass das jemals besser wird.«

Die aufrichtige Trauer seines Freundes ließ Kerry jede Antwort banal erscheinen. Er musste an seine Mutter denken, wie sie auf das Gesicht ihres ermordeten Sohnes hinabgeblickt hatte, bevor der Sargdeckel zugeklappt worden war. »Und Allie?«, fragte er.

Chad sah zu ihm auf. »Ich habe meine Arbeit. Aber Kyle war Allies Leben. Jetzt hat sie nur noch mich.«

In Kerrys Augen beschwor dieser eine Satz weit mehr herauf als Chads indirekt eingestandenes Gefühl der Unzulänglichkeit. Für Allie Palmer würde immer Chads Welt das Ungeheuer sein, das ihre Tochter verschlungen hatte, und Chad würde sie zeit ihres Lebens an all das erinnern, was sie am öffentlichen Leben verabscheute. »Was macht sie jetzt?«, wollte Kerry wissen.

Palmer spielte mit dem Serviettenring. »Sehr wenig. Sie ist zu selbstlos, um mich zu bitten, mich aus der Politik zurückzuziehen. Sie weiß, dass meine Arbeit, die sie immer mehr hasst, wenigstens hilft, mich abzulenken. Aber wir gehen selten aus. Wenn ich am Abend heimkomme, ist sie manchmal völlig in alte Fotoalben versunken.«

Inzwischen fragte sich Kerry, ob es richtig war, sich so eingehend zu erkundigen. Seine nächsten Worte überlegte er sich lange und genau. »Ich wünschte, es gäbe irgendetwas, was ich tun oder sagen könnte. Für mich ist das auch deshalb so schwierig, weil ich weiß, dass du – ob du willst oder nicht – unsere Freundschaft immer mit Kyles Tod verbinden wirst.«

Einen Moment lang herrschte Stille. Dann hob Chad wieder den Blick zu Kerry. »Ich habe tausendmal über unser letztes Dinner gegrübelt. Und ja, was du sagst, ist richtig. Denn im Nachhinein wünschte ich, ich wäre nie gekommen. Aber du wusstest ja nichts von Kyles Geheimnis. *Ich* schon. *Du* hast einfach getan, was Präsidenten tun – auf Sieg spielen.«

Kurz kam Kerry sein eigenes und Laras Geheimnis in den Sinn, ihr Wunsch, daran glauben zu können, dass sie irgendwie der Demütigung entgehen könnten. Kein Zweifel, der Mann ihm gegenüber hatte dasselbe geglaubt.

»Für einen Sieg ist das ein viel zu hoher Preis«, murmelte Kerry.

Chad antwortete mit einem matten, bitteren Lächeln. »Und doch kommen wir hierher, obwohl wir die Regeln genau kennen: dass unsere Feinde uns nicht bloß schlagen, sondern vernichten wollen. Dass jeder, der uns nahe steht, Freiwild für die zügellosen Medien ist. Wir wissen das, und trotzdem gehen wir in die Politik.« Chad schüttelte verwundert und – wie Kerry glaubte – von sich selbst angewidert den Kopf. »Einige wollen sogar Präsident werden. Was sagt das nun über uns aus, Mr. President?«

Kerry zuckte die Achseln. »Wahrscheinlich einiges. Aber nichts davon würde eine Kultur rechtfertigen, die uns nicht als fehlbare Menschen betrachtet, die in einer hochkomplizierten Welt ihr Bestes tun, sondern als Angriffsziele, die man für jeden Missgriff, der uns je unterlaufen ist, zur Verantwortung zieht. Oder eine Kultur, die Kyle nicht als liebenswerte junge Frau betrachtet, sondern als Bauernopfer, um dich zu treffen.«

»Es ist so ein widerliches Pack!«, sagte Chad voller Verachtung. »Und dann dieses Sich-an-die-Brust-Trommeln in den Medien. Wir werden noch sehen, was für Lehren diese Stadt aus Kyles Tod gezogen hat – wenn überhaupt welche.« Er verstummte, als zwinge er sich, seine trüben Gedanken zu vertreiben. Dann gab er sich einen Ruck. Um seine Lippen flackerte ein Lächeln, das zwar nur flüchtig war, aber echt wirkte. »Wie auch immer, ich wünsche dir und Lara alles Glück, das ihr verdient. Oder das ihr euch irgendwie stehlen könnt.«

Kerry musterte seinen Freund nachdenklich. »Wir haben unsere Hoffnung. Und das führt mich zu meinem eigentlichen Anliegen. Ich bringe es mit jeder Menge Vorwarnungen an, ich weiß, dass die Wahl des Zeitpunkts miserabel ist. Auch ist mir klar, dass die Tatsache, dass du mein Freund bist, dich nicht unbedingt bei denen beliebt macht, die dich ohnehin schon für zu weich den Liberalen gegenüber halten. Trotzdem hoffen Lara und ich, dass ihr, du und Allie, zu unserer Hochzeit kommt.«

Das schien Chad aufrichtig zu amüsieren. »Ich soll zur Hochzeit des Präsidenten kommen? Gilt das heutzutage als Mut?«

»Das an sich vielleicht nicht. Aber wenn du nun eine Rolle in der Zeremonie übernimmst?« Obwohl Kerry lächelte, blieben seine Augen ernst. »Vor Kyles Tod hätte ich dich gefragt, ohne lang zu überlegen. Und heute gibt es von meiner Seite keinen Grund, anders zu fühlen.«

Chad sah zur Seite. Was er dachte, war nicht zu ergründen. Dann beugte er sich unvermittelt vor und legte Kerry eine Hand auf den Arm. »Wir sind seit dreizehn Jahren Freunde, zwölf davon, bevor du diesen Job angetreten hast. Die meiste Zeit hast du in einer unglücklichen Ehe gesteckt – du hast nie darüber geredet, ich wusste es einfach. Aber jetzt hast du diese wunderbare Frau gefunden. Egal, was passiert ist, ich freue mich für dich. Um nichts auf der Welt würde ich mir eure Hochzeit entgehen lassen.«

In diesem Moment hatte Kerry das Gefühl, alle Fesseln seines Amtes fielen von ihm ab, und er und Chad wären noch einmal junge Senatoren, aufrichtige Freunde inmitten des unentwirrbaren Knäuels aus Egoismus und Ehrgeiz, das den Senat ausmachte. Vor Rührung brachte er kein Wort heraus.

Zu seinem Glück war das auch gar nicht nötig. Wie sie es verabredet hatten, kam Lara herein. Sie sah fragend von einem zum anderen. »Störe ich?«

Chad erhob sich sofort lächelnd. »Du kommst gerade im richtigen Moment.«

Lara durchquerte den Raum und ergriff seine Hand. »Für mich

war er auch passend. Ich hatte soeben eine Besprechung mit Connie Coulter und Francesca Thibault. Connie hatte die neuesten Umfrageergebnisse darüber, welcher von den Fernsehkanälen die höchsten Quoten für ein Interview vor der Hochzeit verspricht; und Francesca sucht für uns ein Geschäft, in dem wir ganz diskret die Hochzeitskleidung anprobieren können. Ich komme mir ziemlich lächerlich vor.«

»Das solltest du nicht«, erwiderte Chad. »Wenn jemand lächerlich ist, dann alle anderen.«

»Einschließlich Chad«, schaltete sich Kerry lächelnd ein. »Er hat zugesagt, bei diesem extravaganten Unternehmen eine führende Rolle zu spielen.«

Strahlend sah er zu, wie Lara Chad Palmer umarmte und sich dann auf die Zehenspitzen stellte, um ihn auf die Wange zu küssen. »Chad, du weißt gar nicht, was das Kerry bedeutet! Und mir!«

Chad lächelte sie an. »Mir auch.«

Eskortiert von Wagen des Geheimdienstes und Polizisten auf Motorrädern brauste Kerrys Limousine über die sonnenwarmen Straßen zum Weißen Haus. Kerry hatte am späten Morgen einen Besuch in Sea Forever, einer Modellschule für schwer erziehbare Kinder, absolviert und telefonierte jetzt über eine sichere Leitung mit Marcia Harding.

»Wir müssen uns mit einem Antrag auf Haftverschonung auseinander setzen«, informierte ihn Harding. »Bowden hat sich einen Anwalt genommen. Natürlich werden wir zusätzliche Belastungsmomente vorbringen, und das Gericht wird ihm eine Verwarnung erteilen. Aber höchstwahrscheinlich wird der Richter ihn gehen lassen.«

»Und wenn Sie Widerspruch einlegen?«

»Das könnten wir, aber es wäre unüblich. Ein zusätzliches Problem stellt Bowdens Anwalt dar. Er weiß, dass Joan Lara Costellos Schwester ist. Wenn wir zu hart mit seinem Mandanten umspringen, dürfte er sich wegen Befangenheit beschweren und das Ganze an die große Glocke hängen. Kurz und gut, wir würden vermutlich verlieren, und Joan wäre morgen in den Schlagzeilen.«

»Was ist, wenn Bowden die Auflagen wieder bricht?«

»Dann sitzt er im Gefängnis. Da bin ich mir ziemlich sicher.«

Kerry hätte vor Frustration schreien können, doch er bemühte sich, sachlich zu bleiben. «Vorausgesetzt, es ist nicht schon zu spät. Dieser Typ könnte Marie entführen oder noch etwas viel Schlimmeres mit Joan anstellen.«

Am anderen Ende trat Schweigen ein, als wäre die Staatsanwältin angesichts der wenigen Möglichkeiten, die sie hatte, deprimiert. »Hoffentlich hat die Nacht im Gefängnis Bowden etwas abgekühlt. Außerdem steht er ja bald vor Gericht. Wenn er sich nicht einer Therapie unterzieht, wird er wohl für einige Zeit im Gefängnis verschwinden. Bis dahin wird die Polizei sofort kommen, wenn sie gerufen wird.«

Der Konvoi rauschte durch das östliche Tor des Weißen Hauses. Der Dienst habende Wächter winkte Kerrys Limousine durch. Gleich darauf schloss sich das eiserne Tor hinter ihnen. »Vorausgesetzt, Joan *kann* dann noch rufen«, seufzte Kerry.

Um kurz nach sieben Uhr abends saßen Clayton und der Präsident auf dem Balkon von Kerrys Privatwohnung. Während die Schatten auf dem südlichen Rasen immer länger wurden, gingen sie gemeinsam die Zahlen zur morgigen Etatdebatte durch. Beide hatten die Ärmel hochgekrempelt. Clayton trank Bourbon, Kerry Bushmills auf Eis.

Als sie fertig waren, wandte sich das Gespräch Joan zu. »Unsere Anwaltskanzlei hat die Sache geprüft«, meldete Clayton. »Von Gesetz wegen kannst du den Geheimdienst nicht für den Schutz von Laras Familie benutzen. Du müsstest erst den Kongress um Genehmigung bitten.«

»Und es zu einer *cause célèbre* machen.«

»Genau. Du *könntest* den Bürgermeister von San Francisco anrufen und um Polizeischutz rund um die Uhr ersuchen. Aber was passiert, wenn irgendeine Bürgerin von ihrem geistesgestörten Exmann erschossen wird, nachdem sie schon fünf, sechs Mal die Polizei zu Hilfe gerufen hat? Dann wirft der *San Francisco Chronicle* dir und dem Bürgermeister Vetternwirtschaft und den Missbrauch öffentlicher Einrichtungen vor.« Clayton trank sein Glas leer und stellte es auf den Tisch. »Du steckst ohnehin schon viel zu tief drin. Ich verstehe, warum, aber deine Lage ist nicht mit der normaler Bürger zu vergleichen.«

Schweigend spürte Kerry dem torfigen Geschmack seines Whiskeys und dem leichten Brennen in der Kehle nach. »Ich kann dir gar nicht sagen, was für ein berauschendes Gefühl es ist, wieder einen Arbeitstag als der mächtigste Mann der Welt hinter sich gebracht zu haben.«

Clayton grinste. »Das ist der Grund, warum uns die Gründungsväter das Bundessystem und eine freie Presse beschert haben. Sie wollten deinen Einfallsreichtum testen.«

Kerry gab keine Antwort. Er lächelte nicht einmal. Inzwischen war er in Gedanken weit weg. Was jetzt in Joan Bowdens Haus los sein mochte, war dramatischer als die erhabene Umgebung. »Ich spreche mit Lara«, entschied er. »Es muss etwas geben, was wir tun können.«

## 14

»Eins verstehe ich nicht«, brummte Kerry. »Warum lassen sich die Waffenhersteller von der SSA Vorschriften machen?«

Es war der vierte Sonntag nach ihrer ersten Begegnung, als der Präsident und Callister sich erneut im Geheimen auf dem Gelände von Camp David trafen. Diesmal saßen sie am Tisch auf der Terrasse.

Callister gestattete sich ein dünnes Lächeln. »Ist das eine Herausforderung an meine Männlichkeit, Mr. President, oder eine ernst gemeinte Frage?«

»Beides. Martin Bresler kommt mit Ihnen zusammen ins Weiße Haus, einen Tag später ist er ein Aussätziger, mit dem keiner von Ihnen etwas zu tun haben will.«

Callister trank einen großen Schluck Kaffee und musterte Kerry über seine Tasse hinweg. »Eine Waffenfirma zu führen ist so etwas Ähnliches wie ein Spießrutenlauf zwischen fünf Hauptkonkurrenten. Wenn man zu sehr auf den einen achtet, schlägt einem der andere den Kopf ab.

Das geht schon mit der Öffentlichkeit los. Etwa zwanzig Prozent der Bevölkerung halten Schusswaffen für etwas Heiliges. Weitere zwanzig Prozent – die Sie zu vertreten scheinen – denken, dass Waffen eingeschmolzen und in Kanaldeckel verwandelt werden sollten ...«

»Erinnern Sie mich daran, das vorzuschlagen«, unterbrach ihn Kerry.

Callister lächelte nicht. »Der Rest sind die Leute in der Mitte, die je nach den aktuellen Ereignissen mal in die eine, mal in die andere Richtung tendieren und damit über die Machtverteilung entscheiden.

Als Nächstes kommen die Politiker, die die Mitte brauchen, um ihre Posten zu behalten. Sobald nun also irgendein Verückter in einer Kindertagesstätte alles über den Haufen schießt, stimmt ihr Demokraten ein großes Geschrei nach Waffenkontrollen an und hofft, genügend Mütter davon zu überzeugen, dass man ihre Kinder tatsächlich mit einem neuen Gesetz schützen ...«

Kerry hob aufgebracht die Hand. »Wenn Sie unterstellen, ich betreibe ein zynisches Spiel mit ...«

»Zumindest stelle ich Ihre Männlichkeit nicht in Frage.« Callisters Augen verrieten ein belustigtes Glitzern. »Ich akzeptiere, dass Sie anders sind, Mr. President. Und dafür haben Sie gewiss gute Gründe. Aber ich habe gelernt, einer politischen Klasse nicht zu trauen, deren oberstes Ziel der Erhalt des eigenen Amtes ist. Und Sie können Gift darauf nehmen, dass ich nicht auf Ihre Fairness baue. Offen gesagt habe ich bei vielen Ihrer Parteifreunde das Gefühl, dass sie das Thema viel lieber am Leben erhalten und über die SSA klagen als dieses Gesetz wirklich verabschieden möchten. Und andere sind darauf aus, Lob für ein hastig zusammengeschustertes Gesetz einzuheimsen, das zwar gut klingt, aber nichts bewirkt. Das Einzige, was ihnen allen wirklich etwas bedeutet, ist der Sieg bei der nächsten Wahl.«

So sehr Kerry das gegen den Strich gehen mochte, hatte er doch keinen Zweifel daran, dass Callisters düsteres Bild von der Politik seiner tiefsten Überzeugung entsprach. »Bisher«, entgegnete er, »haben wir also die wankelmütige Öffentlichkeit und die Politiker, die sie ausbeuten. Worin sehen Sie die Einzigartigkeit des Problems?«

»In den Anwälten.« Callisters Ton verriet eine Mischung aus Resignation und Verachtung. »Die Zivilprozessanwälte, Ihre glühenden Anhänger, suchen in einem fort nach dem nächsten großen Fall. Vor fünf Jahren war es der Tabak. Damit haben sie all das Geld gescheffelt, mit dem sie jetzt die Politiker füttern, die gigantische Prozesse als Teil der amerikanischen Lebensart behandeln. Nach dem Tabak haben sie beschlossen, gegen uns Front zu machen.

Das Ganze bemänteln sie mit edler Rhetorik und versuchen jetzt, uns als das moralische Gegenstück zu R. J. Reynolds hinzustellen. Aber diese ganzen Klagen laufen doch auf immer dieselbe schwachsinnige Theorie hinaus: Weil Waffen dazu benutzt werden können, Menschen zu töten, sind wir die eigentlichen Schuldigen, wenn tatsächlich mal jemand eine Waffe zum Töten benutzt hat – vor allem dann, wenn man sie eine Angriffswaffe nennen kann.«

»Aber wenn diese Klagen so schwachsinnig sind, warum machen Sie sich dann Sorgen?«

»Schwachsinnig oder nicht, sie kosten Geld. Wir müssen unsere eigenen Anwälte beauftragen, die uns laufend Rechnungen stellen und den Sieg verheißen. Aber bis wir irgendwann tatsächlich gewonnen haben, haben wir ihnen Millionen und Abermillionen gezahlt und als Prügelknaben der Medien herhalten müssen. Denn der Verband der Zivilprozessanwälte hat die Presse, die Politiker und jede sonst sich bietende Waffe benutzt, die ihnen dabei hilft, die öffentliche Diskussion zu vergiften und so die Geschworenen für sich einzunehmen.« Callister sprach langsam und mit Pausen. Er schien des Themas aufrichtig leid zu sein. »Die meisten Präsidenten von Waffenfirmen sind Weiße mittleren Alters wie ich, die weder übermäßig fotogen sind noch den Umgang mit den Medien mit der Muttermilch aufgesogen haben. So geben wir ziemlich gute Schurken ab – vor allem, wenn uns unsere eigenen Anwälte raten, den Mund zu halten und den Kopf einzuziehen. Sagen Sie, wann haben Sie zuletzt einen Vertreter der Waffenindustrie in einem Politikmagazin wie *Sixty Minutes* gesehen?«

Kerry nickte. »Es lohnt sich durchaus, das Risiko eines Hinterhalts bei Mike Wallace zu vermeiden.«

»Und das ist die vierte Macht im Staat: die Medien. Sie leben von Sensationsjournalismus, nicht von Information – von Tragödien wie Columbine und Extremisten egal welcher Gesinnung. Warum dann noch langweilige Typen wie mich nach der Realität unseres Geschäfts befragen, wenn man doch irgendeinen Neonazi oder den Präsidenten der SSA bringen kann?«

»Über die Skinheads beschweren Sie sich zu Recht«, entgegnete Kerry, »aber dann haben Sie die SSA für sich sprechen lassen. Sie haben schweigend zugesehen, wie sie das Recht gebeugt hat, obwohl die Waffenhersteller mitverantwortlich sind, wenn einer, der keine Pistole haben dürfte, jemanden umbringt. Und jetzt hat sie Martin Bresler erledigt, nur weil er versucht hat, Sie aus einem Schlamassel zu lotsen, das Ihnen die SSA erst beschert hat. Das ist doch ein Witz!«

»Wer das Sagen über unseren Kundenstamm hat, ist kein Witz. Woraus, glauben Sie, bezieht die SSA ihre Macht? Daraus, dass sie Millionen von Leuten, die unsere Waffen kaufen, eine Höllenangst einjagt.

Für die SSA sind Sie der Mann, der die Amerikaner ihres Rechts auf Bewaffnung berauben will und den nur sie stoppen kann. Darum wählen ihre Mitglieder – unsere Kunden – so, wie es ihnen die SSA empfiehlt, und überweisen der SSA das Geld, das sie dazu verwendet, Ihre politischen Gegner zu finanzieren oder auch Ihnen eine Höllenangst einzujagen. Und danach jagt die SSA dem ganzen Rest von Amerika eine Höllenangst ein. Sie braucht ja bloß den Teufel an die Wand zu malen und vor Verbrechern zu warnen, die nur darauf warten, dass Sie den Leuten die Waffen wegnehmen und keiner mehr sein Haus vor ihnen schützen kann. Sie beklagen sich darüber, dass Lexington das Geschäft mit der Angst betreibt? Unsere Werbung ist nichts im Vergleich zu den Sechsuhrnachrichten und der Propagandamaschinerie der SSA.

Ich habe keine Möglichkeit, meine Kunden zu erreichen, geschweige denn mit ihnen zu reden, Mr. President.« Callister sah Kerry in die Augen. »Vor ein paar Jahren war der Vorsitzende eines unserer Konkurrenten so dumm und hat gesagt, dass er Waffenscheine für notwendig hält. Die SSA hat sich erst gar nicht bei ihm beschwert. Sie hat die Medien, ihre eigene Zeitschrift und E-Mail-Listen benutzt, und ziemlich bald hat sich unser Konkurrent am falschen Ende eines Boykotts wiedergefunden, der ihn an den Rand des Ruins getrieben hat. Und genau das wird Lexington passieren, falls die SSA herausfindet, dass ich bei Ihnen war.«

Kerry musterte ihn nachdenklich. »Was ist mit Bresler geschehen?«

Callister hielt den Blick lange auf den Tisch gesenkt, ehe er wieder zu Kerry aufsah. »Das ist wirklich eine üble Geschichte. Da gab es nicht mal den Anschein von Anstand. Sie haben ganz einfach seinen Kopf aufs Schafott gelegt...« – er schlug ansatzlos mit der Handkante auf den Tisch – »und mir den Rest per Post geschickt.«

»Die SSA?«

»Ich kann es nicht beweisen. Was immer die SSA getan hat, sie hat es ohne mich erledigt. Aber Bresler war für sie eine Bedrohung. In puncto Public Relations war die Einigung zur Abzugssperre, die er mit Ihnen erzielt hat, genial. Zum ersten Mal seit Jahren hatten wir eine gute Presse, und auf lange Sicht erspart uns eine solche Sperre vielleicht wirklich Prozesse wegen Sechsjähriger, die das Schwesterchen erschossen haben, nur weil Daddy zu blöd war, um die Pistole einzuschließen. Aber die SSA lebt vom Dauerkonflikt und der öffentlichen Wahrnehmung ihrer Macht. Wenn wir einen Kompromiss mit Ihnen schließen und jemand anderes ihn vermittelt, kann die SSA einpacken...«

»Also hat sie Bresler geschlachtet.«

»Meine Kollegen von den anderen Firmen würden sagen, dass Bresler sich zu sehr in den Vordergrund geschoben und die Waffenlobby gespalten hat.«

»Ihre Kollegen dürften ihre Gründe gehabt haben«, meinte Kerry kopfschüttelnd, »aber mich erinnern sie an Lemminge.«

Callister sah durchs Fenster auf das Tal hinaus. »Eines Tages«, murmelte er düster, »wird ein Waffenhersteller durch eine Klage vernichtet, die sich auf irgendein Schlupfloch gründet, das die SSA und ihre Gefolgsleute im Kongress geschaffen haben, um das ›Recht‹ auf Waffenbesitz zu schützen. Aber so weit vorausschauend sind meine Kollegen nicht, außer in ihrer Hoffnung, dass es nicht ausgerechnet sie trifft.« Er wandte sich wieder dem Präsidenten zu. »Es wird Ihnen vielleicht schwer fallen, sich das vorzustellen, aber ich liebe mein Unternehmen, und mir liegt auch an den Menschen, die dafür arbeiten. Ich möchte nicht, dass Lexington Arms diejenige Firma ist, die verschwindet.«

Kerry erhob sich und ließ seinerseits den Blick über die Umgebung schweifen. In Gedanken war er jedoch voll bei der Sache. »Die einzige Frage ist doch: Wie lässt sich das verhindern?« Er drehte sich um und fasste Callister ins Auge. »Im Moment sind Sie wie das Kaninchen vor der Schlange: sich vollkommen der Gefahr bewusst, dass sie Sie kriegen kann, aber unfähig, sich zu bewegen oder einen Schrei auszustoßen.«

Callister bedachte Kerry mit einem Lächeln, das Ablehnung und das Eingeständnis seines Dilemmas widerspiegelte. »Was würden Sie tun?«

»Mein Schicksal selbst in die Hand nehmen, auf Gedeih und Verderb.« Kerry setzte sich wieder, ohne Callister dabei aus den Augen zu lassen. »Ich werde über alles, was Sie mir heute gesagt haben, nachdenken. Und Ihnen wäre ich dankbar, wenn Sie sich Gedanken darüber machen würden, wie sich solche Klagen vermeiden ließen und was Lexington braucht, um die SSA zu überleben. Bei unserem nächsten Treffen werde ich Ihnen eine Vereinbarung vorschlagen. Wenn Sie bereit sind, mir zuzuhören.«

Lange musterte Callister ihn schweigend. »Einem Präsidenten werde ich zuhören«, sagte er schließlich. »*Dafür* brauche ich keine Genehmigung der SSA.«

# *15*

»Die Hochzeit des Präsidenten muss der Albtraum jedes Veranstalters sein«, bemerkte Peter Lake trocken.

Der Chef der Leibwache des Präsidenten saß zusammen mit den für die Organisation der Trauung und Feier Verantwortlichen in Claytons Büro, um die Sicherheitsmaßnahmen zu besprechen. Kit Pace und Francesca Thibault vertraten das Weiße Haus, Connie Coulter war an Laras Stelle gekommen. Alle lächelten, sogar die unnachgiebige Francesca Thibault. »Es ist etwas komplizierter, als Ostereier zu verstecken«, schmunzelte sie.

»Oder den Truthahn des Weißen Hauses zu begnadigen«, gab Peter zurück. »Aus Sicht des Sicherheitsdienstes geht es mehr in die Richtung von Charles' und Dianas Hochzeit.« Peter lehnte sich zurück und ließ den Blick über die Runde schweifen. Er war ein stämmiger, stets gelassener Jurist, ein Mann, der die Dinge gern aus dem Blickwinkel der Philosophie sah, fest in seinem katholischen Glauben verwurzelt war und sich mit absoluter Hingabe Kerry Kilcannons Schutz verschrieben hatte. »Es ist eine einzigartige Gelegenheit für Unruhestifter: Terroristen, Verrückte, Demonstranten jeglicher Couleur, Unzufriedene, die groß rauskommen wollen, jeden, der glaubt, er hätte eine Rechnung mit dem Präsidenten offen. Wir verraten nicht nur Leuten wie Mahmoud al Anwar Ort und Zeit, sondern bieten ihnen noch dazu Schutz durch hunderte von Gästen und tausende Schaulustige, die hoffen werden, den Präsidenten und die First Lady irgendwie zu Gesicht zu bekommen.«

Francesca nickte. »Was benötigen Sie von *uns*, Peter?«

»Erst einmal Listen. Von jedem Hochzeitsgast – Namen, Geburtstag, Sozialversicherungsnummer, Art der An- und Abreise. Das brauchen wir, um sie alle in ...«

»Hoffentlich gelingt uns das, ohne jemanden zu beleidigen oder die Feier wie ein Straflager zu organisieren«, bemerkte Francesca spitz.

»Ich verstehe, was Sie meinen«, räumte Peter ein. »Aber Sie alle kennen doch das Problem. Kerry Kilcannon ist ein lebender Blitzableiter. Und die Zornigen und psychisch Labilen werden vom Kilcannon-Mythos angezogen wie die Motten vom Licht. James Kilcannon wurde ermordet. Dieser Präsident auch beinahe. Es gibt tausend Nachahmungstäter, die nur darauf warten, das zu vollenden und sich einen Platz in der Geschichte zu sichern. Der Präsident entfacht Leidenschaften wie kaum ein anderer Politiker. Die militanten Abtreibungsgegner hassen ihn, und unter den Waffenfanatikern sind viele davon überzeugt, dass er ihnen persönlich schaden will. Und jetzt jagt er auch noch Al Anwar. Sobald er irgendwohin geht, begleiten wir ihn in dem Wissen, dass sehr viele

Menschen seinen Tod wollen.« Peter sah Clayton in die Augen. »Mir ist klar, dass seine politischen Berater auf möglichst viel Öffentlichkeit hoffen, aber ich bin nicht sehr kompromissbereit, wenn es um Kerry Kilcannons Leben geht.«

Clayton nickte. »Ich werde den Präsidenten auf Ihre Sorgen aufmerksam machen. Aus seiner Sicht gibt es jetzt mehr denn je Gründe, wofür es sich zu leben lohnt.«

Der Tonfall des Generalsekretärs verriet nichts dergleichen, aber seine Bemerkung erinnerte Peter an das, was sie im Gegensatz zu allen anderen wussten: dass Kerry und Lara schon seit einiger Zeit ein heimliches Liebespaar waren. Während der Kandidatenkür in Kalifornien, drei Tage vor dem Attentat auf Kerry Kilcannon, hatte Peter Lara in Kerrys Hotelzimmer geschleust, und am Abend nach den Schüssen hatte er der zutiefst besorgten Lara versichert, dass er niemandem davon erzählen würde. Und er hatte Wort gehalten. Weder seine Vorgesetzten beim Geheimdienst noch seine eigene Frau hatten je ein Wort erfahren.

»Was ist mit den Medien?«, wollte Peter wissen.

Connie Coulter räusperte sich. »Lara hat nachgegeben«, verkündete sie. »Die Trauung wird vom Fernsehen übertragen, danach aber nichts mehr.«

Peter war klar, dass das ein Zugeständnis war. So wie er Lara Costello kannte, legte sie größten Wert auf ihr Privatleben.

»Zwei Abende vor der Hochzeit geben der Präsident und Lara ABC ein Live-Interview im Weißen Haus«, fuhr Connie fort, »und am Vorabend findet dort ein Dinner für die Trauzeugen und die Angehörigen statt.« Sie sah auf einen Zettel. »Danach wird Lara eine Suite im Hotel Madison beziehen. Zwei Stunden vor der Trauung wird eine Limousine ihre Angehörigen vom Weißen Haus zum Hotel bringen. Die Abfahrt und die Ankunft im Madison Hotel werden vom Fernsehen übertragen, aber in der Suite wird nur der Kameramann des Weißen Hauses zugelassen. Von dort geht es dann weiter zur Zeremonie.«

»Und am Tag danach …?«

»Lara wird ihre Angehörigen zum Rückflug nach San Francisco zum Dulles Airport bringen. Von dort fährt sie weiter zur Andrews Air Force Base, von wo eine Maschine der Luftwaffe sie und den Präsidenten zu den Flitterwochen nach Martha's Vineyard fliegt.«

»Werden die Costellos auch irgendwelche Medien bedienen?«

»Vielleicht ein paar Interviews mit handverlesenen Zeitungen und Fernsehanstalten, ein Teil davon spanischsprachig.« Connie machte eine Kunstpause. »Und ich *meine* handverlesen.«

Das bestätigte Peters Vermutung, dass Lara sich den zahllosen Forderungen, ihre Familie der Presse zu überlassen, heftig widersetzte. »Ich benötige die Terminpläne der beteiligten Journalisten«, erklärte er. »Vor allem für die Zeit, die sie mit Lara verbringen wollen.«

»Selbstverständlich«, versprach Connie.

In diesem Moment klingelte Claytons Telefon. Sichtlich verblüfft ging er zum Schreibtisch und nahm ab. Nach dem Auflegen wandte er sich an Peter: »Sobald Sie hier fertig sind, möchte der Präsident mit Ihnen sprechen.«

Als Peter ins Oval Office trat, winkte ihn der Präsident sogleich zu seiner gemütlichen Couch.

»Es geht um Laras Verwandte, Peter. Ich brauche Ihre Hilfe.«

Ohne Vorrede oder Umschweife. Er erkundigte sich nicht einmal wie sonst üblich nach Peters Familie und verzichtete auf jede scherzhafte Begrüßung des Mannes, mit dem er so viel Zeit verbrachte und der wie kaum ein anderer erlebte, wie er wirklich war. Peters ohnehin geschultem Gespür verriet das, dass der Präsident zutiefst besorgt war. Für Peter war Kerry Kilcannon ein außergewöhnlicher Mann von natürlicher Freundlichkeit, der absolut nichts mit dem kaltherzigen Politiker zu tun hatte, als den ihn seine Feinde hinstellten. Der Präsident hatte ihn nie ausdrücklich um Verschwiegenheit hinsichtlich seiner Affäre mit Lara gebeten, er schien ihm einfach blind zu vertrauen. Dass er nach dem beinahe tödlichen Attentat, bei dem Peter für seinen Schutz zuständig gewesen war, nie irgendwelche Vorwürfe geäußert, sondern sich im Gegenteil hocherfreut über Peters Versetzung ins Weiße Haus gezeigt hatte, bestärkte Peter nur in dem Vorsatz, dass niemand diesem Präsidenten Schaden zufügen sollte, solange er für seine Sicherheit zuständig war.

»Was kann ich tun, Mr. President?«

»Alles, was in Ihrer Macht steht. Ich möchte, dass Sie für ihren Schutz sorgen, solange sie hier sind – wenn nicht direkt durch den Geheimdienst, dann wenigstens durch das Police Department.« Der Präsident beugte sich vor. »Sie sind keine öffentlichen Personen, und ich möchte nicht, dass sie belästigt werden. Schlimmer noch, sie sind Zielscheiben für Leute, die nur auf eine Gelegenheit warten – Al Qaida und tausend andere. Ihnen darf nichts zustoßen!«

Peter fiel auf, dass der Präsident sich um seine eigene Sicherheit noch nie derart besorgt gezeigt hatte. »Ich werde für ihren Schutz sorgen«, versprach er. »Und auch für den der zukünftigen First Lady.«

Mit einem leisen Lächeln sah ihm der Präsident in die Augen. »Das weiß ich doch, Peter. Aber da wäre noch etwas, wobei ich Ihre Hilfe brauche. Es ist streng vertraulich.«

Peter gab keine Antwort. Es war keine nötig.

»Sie erinnern sich doch an die Probleme mit Joans Mann.« Der Präsident verhakte die Finger ineinander. Seine Augen blieben auf die von Peter Lake gerichtet. »Letzten Monat ist ihm gerichtlich verboten worden, sich ihr und ihrer sechsjährigen Tochter zu nähern. Außerdem haben die Cops seine Pistole konfisziert. Aber jetzt hat er Selbstmord- und sogar Morddrohungen ausgestoßen.«

»Und Sie glauben, dass das mehr als nur Gerede ist.«

»Möglicherweise.« Der Präsident senkte die Stimme. »Heute Morgen war der Prozess wegen des Vorwurfs der Misshandlung. Joan hat dem Gericht versichert, dass sie die Forderung nach seiner Inhaftierung zurücknimmt, wenn er sich einer Therapie unterzieht. Dem hat sich das Gericht angeschlossen. Bei vielen Männern sind diese Therapien wirklich sehr hilfreich. Allerdings kann ich mir das bei John Bowden kaum vorstellen. Das Einzige, dessen ich sicher bin, ist, dass er jetzt frei herumläuft.«

Peter überlegte. »Es ist nie auszuschließen, dass er nicht wieder versucht, sich eine Pistole zu besorgen. Und mit oder ohne Waffe – er kann Marie jederzeit verschleppen.«

»Mein Problem ist, dass mir die Hände gebunden sind.« In seiner Ohnmacht hielt es der Präsident nicht mehr im Sitzen aus. Mit den Händen in den Taschen begann er, hin und her zu schreiten. »Den Geheimdienst kann ich nicht um ihren Schutz bitten. Die Polizei genauso wenig, denn das schafft nur neue Probleme, unter anderem noch mehr Öffentlichkeit, was Joan nicht will und was die Gefahr durch Bowden noch vergrößern würde. Lara und ich können höchstens wie jeder andere Bürger auf einen privaten Sicherheitsdienst zurückgreifen. Was immer das wert sein mag.«

Es entstand eine kurze Pause. »Es gibt sehr wohl etwas, was wir tun könnten«, meinte Peter nachdenklich. »Wenn sich eine mögliche Zielscheibe für Gewalt in Ihrer unmittelbaren Nähe oder der der First Lady befindet, dann treten wir in Erscheinung. Was alles andere betrifft, so können wir unsere Kollegen in San Francisco und die dortige Polizei um Amtshilfe bitten.«

»Dafür wäre ich Ihnen sehr dankbar. Aber damit ist nicht unbedingt Joans Sicherheit garantiert. Oder die von Marie.«

»Wenn Sie konkreten Personenschutz wollen, kann ich einen unserer ehemaligen Agenten empfehlen. Der führt jetzt einen privaten Sicherheitsdienst in San Francisco. Er ist ein guter Freund von mir und heißt Tom Burns. Von ihm können wir wirklich alles bekommen: Bewachung, Personenschutz rund um die Uhr für Joan, Begleitung für ihre Tochter auf dem Schulweg. Es ist natürlich eine Frage des Geldes.«

Schlagartig hellten sich Kerrys Züge auf. »Geld spielt keine Rolle. Zumindest solange nicht, bis dieser Kerl ruhig gestellt ist.«

Um Viertel vor acht am Abend nahm der Präsident in seinem Privatbüro einen Anruf entgegen.

»Es tut mir Leid, dass ich so schwer zu erreichen bin«, seufzte Robert Lenihan. »Aber ich stecke mitten in einem Prozess wegen Bürgschaftsbetrugs, in dem es um eine knappe halbe Milliarde Dollar geht. Ein weiterer Unternehmensskandal.«

Nach einer Entschuldigung hörte sich das nicht an, vielmehr klang durch, dass die Bedeutung von Bob Lenihans Tätigkeit auf ihre Weise durchaus der des Präsidenten nahe kam. In den letzten Jahren war sein Wohlstand dank der Millionen, die er den Tabakkonzernen abgerungen hatte, derart gestiegen, dass Lenihan und sein Verband der Zivilprozessanwälte, Trial Lawyers for Justice, es sich hatten leisten können, die demokratische Partei mit großzügigen Wahlkampfspenden zu unterstützen. Beflügelt von seinen politischen Überzeugungen und dem Drang, in die Schlagzeilen zu kommen – beides Motive, die Kerry bei Lenihan untrennbar miteinander verbunden schienen –, hatte Lenihan in jüngster Zeit im Auftrag mehrerer Großstädte eine Serie von brisanten Prozessen gegen die Waffenindustrie angestrengt. Seine Begründung war jeweils dieselbe: Firmen, die halbautomatische Handfeuerwaffen vermarkteten, waren verantwortlich für die Millionenschäden, die der öffentlichen Hand durch die Todesfälle und die Versorgung der Verwundeten in den Krankenhäusern entstanden. Allein dadurch fühlte sich Lenihan dem Präsidenten verbunden, eine Beziehung, die vertieft wurde durch eine zwei Millionen Dollar teure Werbekampagne der Trial Lawyers for Justice zur Unterstützung seiner Nominierung von Caroline Masters für das Amt der Obersten Richterin.

»Sie sind ein viel beschäftigter Mann«, meinte Kerry freundlich. »Lassen Sie mich also gleich zum Kern kommen, natürlich unter der Voraussetzung, dass nichts davon an die Presse gelangen darf.«

Wie Kerry wusste, würde sich Lenihan durch eine solche Bitte in seiner Eigenliebe noch bestätigt sehen. »Unbedingt, Mr. President.«

»Clayton hat mir berichtet, dass Sie dreizehn aufwändige Prozesse gegen Waffenhersteller führen. Nehmen wir einmal an, ich möchte eine Einigung mit einem der größten Tiere darunter erzielen, womit sich auch alle Ihre Klagen erledigen ließen.«

Einen Moment lang wenigstens schwieg Bob Lenihan. »Im Gegenzug wofür?«

»Null Schadenersatz«, sagte Kerry knapp. »Nur ein fundamentaler Wandel im Geschäftsgebaren dieser Firma – einschließlich der Art und Weise, Pistolen zu verkaufen, und des Personenkreises, dem sie sie anbietet.« Kerry wartete, dann fügte er hinzu: »Und vielleicht noch Ihr Anwaltshonorar. Eine bescheidene Entschädigung für den Zeitaufwand.«

Zu Kerrys Belustigung trat längeres Schweigen ein. »Um dem

zuzustimmen«, ließ sich Lenihan schließlich vernehmen, »bräuchte ich das Einverständnis aller dreizehn Städte.«

»Das dürfte nicht allzu schwer sein. Diese Prozesse sind ja sehr umstritten, und in einigen Staaten setzt die SSA alle Hebel in Bewegung, um ein gesetzliches Klageverbot zu erreichen. Die Bürgermeister dieser Städte sind ausnahmslos Demokraten und brauchen jede Unterstützung, die ihnen ein Präsident gewähren kann. Außerdem haben sie sich bei der Klageerhebung darauf berufen, dass sie die amerikanische Waffenindustrie reformieren wollen. Ich biete ihnen meine Hilfe an.«

Erneut zögerte Lenihan. Als er sein Schweigen brach, klang seine Stimme gedämpft. »Sie haben mich überrascht, Mr. President. Bevor ich dazu etwas sage, muss ich erst mit meinen Mandanten und meinem Kollegen reden.«

»Tun Sie das. *Ich* brauche einen Durchbruch bei den Schusswaffen. *Sie* brauchen einen Präsidenten, der möglichst stark wirkt. Vor allem beim nächsten Versuch der Republikaner, im Kongress irgendeine ›Haftpflichtreform‹ zusammenzuschustern, die die Hälfte Ihrer Klagen gegen Unternehmen verhindern und die Höhe des Schadenersatzes stark begrenzen würde.«

Diesmal war das Schweigen am anderen Ende der Leitung nach Kerrys Einschätzung nicht auf Widerstand zurückzuführen, sondern auf den Versuch, das Verhältnis zwischen politischem Nutzens und den Kosten zu bestimmen. »Ich werde ab morgen die betreffende Leute befragen«, meldete sich Lenihan zurück.

»Herzlichen Dank. Es ist eine heikle Angelegenheit, und ich kann mir keinen Zeitverlust leisten.«

## *16*

Vier Tage vor der Hochzeit traf Laras Familie im Weißen Haus ein.

Lara hatte sie am Dulles Airport abgeholt, und an einem schwülen Nachmittag schleuste sie ein Konvoi aus schwarzen Limousinen, begleitet von Autos und Motorrädern der Polizei und des Geheimdienstes durch das östliche Tor ins Weiße Haus. Als Kerry sie vor dem Ostflügel in Empfang nahm, setzte ein Blitzlichtgewitter ein. Jede Bewegung wurde von Fernsehkameras und Fotoapparaten mit Teleobjektiv aus der Ferne aufgenommen, nachdem Sicherheitsbeamte die Reporter abgedrängt hatten.

Der Präsident hatte sich den ganzen Tag freigehalten. Schon Lara zuliebe wollte er ihren Verwandten einen Aufenthalt im Weißen Haus bieten, an den sie lange und gern zurückdenken würden. Als dann Lara aus ihrer Limousine stieg, trat er rasch auf sie zu und küsste sie.

»Wie war die Fahrt?«

Lara lächelte. »Laut. Marie war von den Sirenen hellauf begeistert.«

Als Nächste stieg Inez aus dem Wagen. Die Mittfünfzigerin hatte sich ihre schlanke Figur, die Lara von ihr geerbt hatte, bewahrt. In ihr hübsches Gesicht mochten sich zwar Sorgenfalten gegraben haben, doch es wurde belebt von munteren dunklen Augen, die Wärme und Intelligenz ausdrückten. Ihr Kleid war schlicht, ihre ganze Erscheinung makellos. Kerry fühlte sich an seine Mutter erinnert, eine irische Einwanderin, die sich nie hätte träumen lassen, einmal einen Präsidenten zum Sohn zu haben, aber ihr Leben lang stets ihre Würde bewahrt hatte. Er ging zu Inez hinüber und küsste sie auf die Wange.

Inez roch nach einem exotischen Parfüm und kam Kerry noch zerbrechlicher vor als beim letzten Mal. Er trat einen Schritt zurück und lächelte sie an. »Du bist eine Schwiegermutter, wie ich sie mir immer vorgestellt habe.«

»Zumindest bin ich Laras Mutter«, erwiderte Inez mit einem leisen Lachen. Auch wenn sie schon als Kind in die Vereinigten Staaten gekommen war, sprach sie immer noch mit einem leichten Akzent. Ehrfürchtig betrachtete sie das Weiße Haus. »*Hier* wird meine Tochter also leben.«

»Jedenfalls in den nächsten siebeneinhalb Jahren, hoffe ich.«

Kerry wandte sich Laras jüngster Schwester zu. Mary, die weder so mollig wie Joan noch so hübsch wie Lara war, mit großen Mandelaugen und einem weit geschwungenen Mund, erweckte den Eindruck einer schüchternen Frau, die bei Bällen immer darauf wartete, zum Tanzen aufgefordert zu werden, ohne sich sicher zu fühlen, dass jemand das tun würde. Von Beruf war sie Erzieherin in einem Kindergarten. Vor Kindern, das hatte Lara Kerry erzählt, fiel alle Unsicherheit von ihr ab, und sie war durch nichts zu erschüttern.

Kerry küsste sie auf die Stirn. »Mary, wie schön, dich hier zu haben!«

Nach kurzem Zögern umarmte sie ihn. »Ich kann's noch gar nicht glauben. Aber Lara ist ja auch eine unglaubliche Persönlichkeit.«

Kerry meinte, aus dieser Bemerkung einen kaum wahrnehmbaren und sicher nicht beabsichtigten Unterton herauszuhören, der auszudrücken schien, dass Mary mehr Ehrfurcht vor Lara hatte, als ihr gut tat. Dann aber sah er Joan hinter ihr stehen und streckte ihr die Hand entgegen. Als sie näher kam, zog er sie sanft an sich, bis ihre Stirn an seiner Wange ruhte. »Wie fühlst du dich?«, murmelte er. Sie sah zu ihm auf. Ihre braunen Augen waren von tiefem Vertrauen erfüllt. Kerry freute das, verriet es ihm doch, wie sehr er schon Teil von Laras Familie geworden war. Joan senkte den Blick auf Marie. »Danke, Kerry. Für alles.«

Ängstlich und scheu wie so viele Sechsjährige in der Gegenwart von Fremden klammerte sich Marie an die Hand ihrer Mutter. In diesem Moment fiel es Kerry wie Schuppen von den Augen. Obwohl sich seine Gedanken so oft um sie gedreht hatten, kannte er Marie noch überhaupt nicht.

Er kniete sich vor sie und ergriff ihre Hände. »Hi, Marie. Ich bin Kerry.«

Sie sah ihn mit leicht schief gelegtem Kopf an, wie um zu verbergen, dass sie ihn musterte. »Du bist der Präsident!«

Kerry lächelte. »Stimmt. Und jetzt heirate ich deine Tante Lara. Ob du es glaubst oder nicht, dadurch werde ich dein Onkel.«

Marie starrte ihn an, als wäre sie hin- und hergerissen zwischen Interesse und Misstrauen. Wie schon das Foto von ihr hatte ahnen lassen, hatte sie so viel von einer Miniaturausgabe von Lara an sich, dass es Kerry einen Stich ins Herz versetzte. Und doch drückte ihr Gesicht auch etwas anderes, schwer zu Fassendes aus – vielleicht lag es an den zusammengekniffenen Lippen oder dem ängstlichen Ausdruck in ihren Augen –, was Kerry unwillkürlich an seine Begegnung mit John Bowden erinnerte.

»Am Flughafen haben sie ein Foto von mir gemacht«, verkündete sie.

»Ja, das machen sie oft«, bestätigte Kerry. »Irgendwann gewöhnt man sich wohl daran.«

Marie zuckte fast unmerklich mit den Schultern. »Ich fand das eigentlich nicht weiter schlimm.« Ihr Blick ging an ihm vorbei zum Weißen Haus. »Das ist wirklich riesig! Die Lehrerin hat mir schon gesagt, dass es groß ist.«

Plötzlich befiel Kerry der Eindruck, in Laras Familie trete ihm seine eigene Vergangenheit entgegen. Aus Gründen, die Marie noch nicht richtig begreifen konnte, kündigte die Welt ihr an, dass sie jetzt ein Kind ohne Vater war. Aber schon vorher hatte sie einfach zu viel mitbekommen: ein Zuhause, in dem sie statt Geborgenheit Bedrohung erfahren hatte, eine völlig verängstigte und verunsicherte Mutter, einen Vater, der trotz seiner Verbannung ein beängstigendes Rätsel darstellte. »Es mag groß aussehen«, gab Kerry zu, aber innen ist es richtig gemütlich. Magst du es dir anschauen?«

Das kleine Mädchen biss sich auf die Unterlippe. »Kannst du mir das Schlafzimmer von Mom und mir zeigen?«

Kerry hörte sie zwischen den Zeilen flehen: *Bitte trenn mich nicht von meiner Mutter!* »Klar«, versprach er ihr lächelnd. »Es wird das Lincoln-Zimmer genannt. Das Bett ist groß genug für euch beide.«

Träger eilten herbei, um das Gepäck der Costellos ins Haus zu bringen. Vielleicht, dachte Kerry, lag es an den vielen Fremden, die ihr Angst machten; vielleicht daran, dass Kerry ein Mann war und Marie einen Vater vermisste – jedenfalls lagen beim Betreten des Westflügels ihre Finger in seiner Hand.

John Bowden hockte inmitten der Trümmer seines Lebens.

Seine Kleider lagen zerknüllt auf den Stühlen und dem Boden, der Kühlschrank war bis auf Brötchen, Eis und eine Flasche Wodka im Eisfach leer. Das rote Blinken seines Anrufbeantworters wies auf eine Nachricht von seinem Bewährungshelfer hin, der garantiert wissen wollte, warum er nicht zur Therapiegruppe für gewalttätige Ehemänner gekommen war, und ihn vor weiteren

Verstößen gegen die Auflagen warnte. In den Händen hielt er ein gerahmtes Bild von Marie, zu seinen Füßen lag die Nachmittagsausgabe der Zeitung mit einem Foto von Joan und Marie auf der ersten Seite, wie sie am San Francisco International Airport aus einer Limousine stiegen, mitsamt der Unterschrift »Auf dem Weg zur Hochzeit«. Und aus dem Fernseher nahm ihn CNN unter Beschuss.

»Mit der Ankunft der Familie Costello beginnt ein einzigartiges Kapitel in der amerikanischen Geschichte«, verkündete der Nachrichtenmoderator, »die Hochzeit eines Präsidenten, der der Sohn irischer Einwanderer ist, mit der Tochter einer Frau, die aus Mexiko in die Vereinigten Staaten gekommen ist...«

John Bowden zwang sich aufzusehen.

Mit dem Rücken zur Kamera traten vier Frauen, ein Mann und ein kleines Mädchen durch das Portal des Weißen Hauses. Niemand brauchte Präsident Kerry Kilcannon zu identifizieren, und schon gar nicht das Kind an seiner Hand, das mit der freien Hand eine Puppe an sich drückte.

John Bowdens Augen füllten sich mit Tränen, sein Herz mit rasender Wut.

Auch wenn Lara es für ein Versäumnis hielt, zeigte Kerry keinerlei Interesse an Fragen wie welche First Lady welches Porträt angeschafft hatte oder welchem Präsidenten eine französische Standuhr aus dem achtzehnten Jahrhundert geschenkt worden war. Dergleichen betrachtete er als historisches Beiwerk, und nur Laras Familie zuliebe hatte er sich ein bisschen über die Geschichte des Weißen Hauses angelesen und sich den einen oder anderen besonders prägnanten Happen gemerkt. So erzählte er Inez beim Betreten der Königinnensuite: »Hier hat unter anderem Queen Elizabeth übernachtet, aber auch die Königinnen Juliana und Wilhelmina von den Niederlanden, Königin Friederike von Griechenland und sogar Winston Churchill. Allerdings nicht gleichzeitig.«

Inez' geübter Blick wanderte durch den Raum. Sie war es ja gewohnt, Zimmer danach zu beurteilen, ob sie ihren hohen Ansprüchen an Ordnung genügten, doch diesmal machte sie sich über sich selbst lustig. Zum Schluss betrachtete sie das Himmelbett. Sie berührte Kerry am Arm. »Das ist wahrhaftig wunderbar!«

»Ich bin selbst noch dabei, mich daran zu gewöhnen«, erwiderte Kerry lächelnd und führte die Besucherinnen weiter ins Lincoln-Zimmer. »Dies war eigentlich Lincolns Büro«, erklärte er, »aber nach seiner Ermordung hielt man es für nicht angebracht, es weiter als Arbeitszimmer zu benutzen.« Er wandte sich an Marie: »Vor vielen Jahren durften in diesem Land weiße Leute schwarze als Sklaven halten. Aber dann hat Präsident Abraham Lincoln damit Schluss gemacht. In diesem Raum hat er ein Gesetz unterschrieben, das die Sklaverei zu einem Verbrechen gemacht hat.«

Und es war auch das Zimmer, in dem er selbst Geschichte als etwas Spürbares erfuhr. Diesen Gedanken behielt Kerry allerdings für sich. Es war nicht leicht, sich vor einer Sechsjährigen über den untilgbaren Schandfleck zu verbreiten, den die Sklaverei dem amerikanischen Volk hinterlassen hatte und dessen nach wie vor lebendiges Erbe zu Kerrys dringendsten Anliegen gehörte. Er nahm Marie auf den Arm und ging mit ihr zu einem Ölgemälde, das in einem Kellerversteck dicht aneinander gedrängt kauernde Schwarze zeigte, wie sie im Licht einer Kerze auf eine Uhr starrten und darauf warteten, dass die Stunde ihrer Befreiung schlug. »Das waren alles Sklaven«, sagte er und deutete auf einen alten Mann mit eingefallenem Gesicht. »Dieser Mann hat sein ganzes Leben lang darauf gewartet, dass er frei sein darf.«

Lange starrte Marie das Gemälde an, wobei sie ihre Puppe unablässig an sich drückte. Vielleicht, überlegte Kerry, konnte sie mit dem Verstand noch nicht nachvollziehen, was Sklaverei bedeutete, erfasste dafür aber die Angst und die Hoffnung in den Gesichtern und ahnte, warum diese Leute sich im Dunkeln verbargen. Und Kerry glaubte zu spüren, dass es *diese* Ahnung war, die Marie genauso intensiv wahrnahm wie er selbst, als er in ihrem Alter gewesen war und den Zornausbrüchen seines Vaters und den Schreien seiner Mutter gelauscht hatte.

»Komm, lass uns weitergehen«, sagte er. »Ich muss euch noch ein anderes Zimmer zeigen.«

Das Sonnenzimmer im obersten Stock des Weißen Hauses war hell und freundlich. Es war mit einem Fernsehapparat ausgestattet, dazu hatte Lara Kinderbücher und Spiele besorgt, die Marie auch zu Hause hatte. Joan nahm ihre Tochter bei der Hand. »Ach Liebes, ist das schön!« Und an Lara gewandt flüsterte sie: »Danke.«

Lara berührte ihre Schwester stumm am Arm.

Vielleicht würde sich jetzt ihr Verhältnis bessern, hoffte Kerry. Und wenn es so kam, wäre das für Lara das schönste Hochzeitsgeschenk, das man ihr machen konnte. Gerührt sahen die Erwachsenen zu, wie Marie ihre Puppe auf einen kleinen Tisch setzte.

In diesem Augenblick klingelte Kerrys Handy. Ein Blick auf das Display verriet ihm, dass Clayton Slade anrief.

»Ja?«

»Verzeih bitte die Störung«, entschuldigte sich Clayton. »Wir haben hier ein Problem mit dem *San Francisco Chronicle.*«

Schlagartig schlug Kerrys Hoffnung in Sorge um. »Weswegen? Stößt die Nachzählung das Wahlergebnis um?«

»Sie arbeiten dort an einer Story über Joan. Und dich.«

# 17

»Carole Tisone hat mich angerufen«, berichtete Marcia Harding dem Präsidenten. »Vom *Chronicle.* Sie wusste alles über das Haus- und Kontaktverbot, Bowdens Drohungen gegen Joan, seine Besuche bei Marie, das Urteil gegen ihn. Sogar dass er sich einer Therapie für gewalttätige Ehemänner unterzieht.«

Kerry warf einen Blick auf die anderen – Clayton, Kit Pace und Lara –, die bei ihm im Büro im oberen Stockwerk saßen und Hardings Stimme aus der Sprechanlage lauschten. »Wie?«, fragte er.

»Nicht von mir«, antwortete Harding tonlos. »Vielleicht aus den Gerichtsakten oder von den Cops. Vielleicht hat es jemand vom Police Department weitererzählt. Im Dezernat Häusliche Gewalt wird Joan nicht ausdrücklich als Lara Costellos Schwester geführt, aber seit sie zu Ihrer Hochzeit geflogen ist, gilt sie als Prominente und ›von Belang für das allgemeine Interesse‹.«

»Was für ein Interesse hat die Öffentlichkeit daran, sie zu demütigen?«

»Ich habe Carole Tisone so ziemlich dasselbe gefragt. Sie hat mit salbungsvollen Sprüchen angefangen, dass häusliche Gewalt ›unser am strengsten gehütetes Familiengeheimnis‹ sei und wie sehr Joans Fall dem von Jane Simpson ähnele, sodass die Veröffentlichung einen Aufruf darstelle, das Thema nicht länger totzuschweigen.« Harding zögerte, um mit spürbarem Widerwillen fortzufahren: »Und dann hat sie sich nach Ihrem Anruf erkundigt.«

Aus dem Augenwinkel bemerkte Kerry Laras entsetzte Miene. »An diesem Gespräch waren nur wir drei beteiligt«, knurrte er. »Sie, ich und Halloran.«

»Ich kann bloß für mich sprechen, Mr. President. Ich habe keiner Menschenseele davon erzählt – weder im Büro noch bei der Polizei. Niemandem.«

»Was haben Sie der Reporterin geantwortet?«

»Nur, dass das eine interne Angelegenheit ist und ich mich zu Äußerungen darüber nicht frei fühle. Eigentlich hätte ich erst mit Jack Halloran sprechen müssen. Nur konnte ich ihn bisher nicht erreichen. Darum habe ich mich entschlossen, Sie selbst zu warnen. Was immer geschieht, Mr. President, ich kann nicht leugnen, dass Sie angerufen haben.«

Kerry beobachtete die Mimik der ihm gegenübersitzenden Kit Pace, die gleichzeitig Unruhe, Sorge und fieberhaftes Überlegen ausdrückte. In ruhigem Ton fragte er: »Was wollte diese Reporterin wissen?«

»Worüber wir gesprochen haben. Wie oft Sie angerufen haben. Was Sie von uns wollten. Ob Joan eine Sonderbehandlung gewährt worden ist.« Jetzt war Harding Verärgerung anzuhören. »Letzteres habe ich mit Nein beantwortet. Was auch stimmt. Das Einzige, was ich anders gemacht habe als sonst, ist, dass ich das Kontaktverbot auf Ihre Bitte hin persönlich in den Computer eingegeben habe, für den Fall, dass Bowden tatsächlich versucht, eine Pistole zu erwerben. Und das habe ich nur getan, um zu gewährleisten, dass alle Vorschriften eingehalten werden.«

Kerry empfand unwillkürlich Mitleid für die Staatsanwältin. Sie war hilfsbereit und korrekt gewesen, und doch konnte nun etwas an ihr haften bleiben, weil sie überhaupt mit ihm gesprochen hatte. »Es tut mir Leid, wenn ich Ihnen Schwierigkeiten bereitet habe«, murmelte er.

»Ach, ich habe mir nichts vorzuwerfen – ich hoffe nur, dass wir ihr helfen konnten. Und ihm auch.« Sie senkte die Stimme. »Wenn ich mir Sorgen mache, dann wegen Jack. Falls er jemandem davon erzählt hat und dieser Jemand damit zum *Chronicle* gegangen ist, wird er das wohl zugeben müssen. Und dann werde ich nicht mehr schweigen können.«

Kerry sah zu Lara hinüber. Ihre Augen waren zu Boden gesenkt, als verfolge sie, wie sich ihre Hoffnungen für die nächsten Tage – auf ein glückliches Beisammensein mit ihrer Familie, auf eine wohltuende Annäherung an Joan – in Luft auflösten. »Wenn es nicht anders geht, werden Sie eben darüber Auskunft geben müssen«, antwortete Kerry der Staatsanwältin. »Über jedes unserer Gespräche, alles, was ich gesagt oder worum ich gebeten habe. Teilen Sie das bitte auch Jack mit.«

Harding blieb einen Moment lang stumm. »Danke, Mr. President, das werde ich tun.«

»Du hattest Recht«, sagte Kerry leise zu Lara. »Ich hätte von Anfang an einen Anwalt als Mittelsmann einschalten und nicht so versessen darauf sein sollen, alles selbst zu erledigen.«

Lara registrierte die verlegenen Mienen der anderen. So aufgewühlt sie auch war, sie bewahrte Ruhe. »Du hast sie geschützt. Und du weißt, wozu Männer wie John in der Lage sind.«

»Ja. Das gewiss. Aber jetzt sollten wir besser miteinander besprechen, wie wir damit umgehen.«

Nach einem kurzen Seitenblick auf Lara meinte Kit an Kerry gewandt: »Wir haben nicht viele Möglichkeiten. Halloran hatte vermutlich ein paar Gläser zu viel intus und konnte der Versuchung nicht widerstehen, einem Kumpel zu erzählen, dass er von ganz oben einen Anruf bekommen hat. Wir können von ihm nicht erwarten, dass er alles widerruft, und die Lage könnte sich sogar noch verschlimmern, wenn er es versuchen würde.

Sie kennen ja die klassische Regel: Flucht nach vorne. Sie können dabei nur gewinnen, zumal Sie nichts zu verbergen…«

»Nichts außer dem Privatleben meiner Schwester«, fiel ihr Lara ins Wort. »Drei Tage vor unserer Hochzeit werden sie das bis ins Letzte ausschlachten!«

Kit schnitt eine Grimasse. »Gerade deswegen müssen wir eine offizielle Erklärung abgeben. Stehen Sie es mit Würde durch, und bitten Sie um Rücksicht auf Joans Privatsphäre.«

»Wie lässt sich *dieser* Geist wieder in die Flasche sperren?«

»Überhaupt nicht«, sagte Kit. »Wir können die Lage nur verbessern oder verschlechtern.«

Kerry stand auf. »Wie viel Zeit haben wir?«

Kits Augen verengten sich zu Schlitzen. »So lange die vom *Chronicle* brauchen, um Halloran zu erreichen und uns mit seiner Stellungnahme zu konfrontieren. So lange werden sie warten müssen. Einen Tag, vielleicht zwei.«

»Und unsere Chancen, das abzuwürgen?«

»Ein Appell an ihre Anständigkeit?«, fragte Kit skeptisch zurück. »Versuchen können wir es. Womöglich wäre es leichter, wenn Sie nicht mit drinstecken würden.«

Kerry vermied es, Lara anzusehen. Er wandte sich an Clayton. »Und was sagst du? Du hast mich schließlich davor gewarnt.«

»Es ist leicht, vor etwas zu warnen. Wenn ich der Präsident und eins meiner Mädchen in Gefahr wäre, würde ich ihr Schicksal bestimmt nicht anderen überlassen.«

Kerry war ihm für seine Unterstützung dankbar. Gleichwohl spürte er, wie bedrückt Lara war. Er ging zu ihr hinüber. »Sollen wir versuchen, das abzuwürgen?«

»Natürlich.«

Er sah Kit mit fragend hochgezogenen Augenbrauen an.

»Wenn der *Chronicle* mich anruft, werde ich mich so energisch wie möglich dagegen verwahren«, versprach sie. »Aber wenn das nichts hilft, müssen wir schnell handeln. Ich schlage eine Stellungnahme zum Schutz von Frauen und Kindern vor, in der es auch um eine zweite Chance für betroffene Familien gehen soll. Das könnte vielleicht über ein Interview mit Joan ablaufen. Das kommt viel besser an als ein Präsident, der seinen Einfluss spielen lässt.«

Lara schüttelte in stummer Verwunderung den Kopf, als Kerry sagte: »Und wenn das nicht klappt, müssen wir uns unseren nächsten Schritt gut überlegen.«

»Ich mache mir selbst die größten Vorwürfe«, seufzte Lara, als sie mit Kerry allein war. »Ich hätte diese Sache nie auf dich abwälzen dürfen. Es ist weder Joan noch dir gegenüber fair.«

»Ich habe doch von mir aus angerufen.« Kerry spürte, wie die Frustration in ihm hochstieg. »Du hast mich nie darum gebeten. Wir können uns jetzt selbst zerfleischen oder aber uns überlegen, was wir deiner Familie und – falls nötig – der Presse sagen. Und wie wir die nächsten paar Tage so schön wie nur möglich gestalten.«

Lara atmete tief durch. »Ich weiß nun schon so lange, wie wenig Privatleben ein Präsident für sich in Anspruch nehmen kann. Trotzdem sind wir beide dieses Risiko in voller Kenntnis der Regeln eingegangen. Joan hatte keine Ahnung davon. Aber jetzt haben wir das Unsere dazu beigetragen, diesen ganzen Schmutz vor ihrer Tür abzuladen.«

»Es war mein Fehler, nicht deiner.« Kerry stellte sich vor sie und ergriff ihre Hände. »Wenn du nichts dagegen hast, würde ich es Joan gerne selbst sagen.«

»Um mich zu schützen?«, fragte Lara kühl.

»Um es zu erklären. Und mich zu entschuldigen. Sie hat sich mir schließlich anvertraut.«

Lara sah zu ihm auf. Ihr Blick wurde weicher. »Ich werde es meiner Mutter und Mary sagen«, erklärte sie.

Sie dinierten bei Kerzenlicht im Speiseraum der Familie. Marie saß mit ihrer Puppe neben Kerry. Kerry und Lara hielten halbwegs glaubwürdig eine lebhafte Konversation im Gange, die sich auf Kerrys jüngste Entdeckungen bei der Lektüre über das Weiße Haus bezog. So erzählte er Marie, dass in dem Raum, in dem sie gerade aßen, einem anderen Kind, Alice Roosevelt-Longworth, einmal der Blinddarm operiert worden war.

Marie ergriff seine Hand. »Hat das wehgetan?«

»Dem Arzt vielleicht. Alice hatte nämlich eine spitze Zunge. Von ihr gibt es einen berühmten Spruch, und der ging so: ›Wenn ihr nichts Nettes über andere zu sagen habt, dann setzt euch neben mich.‹«

»Heute nennen wir solche Leute Reporter«, meinte Lara mit einem neckischen Lächeln.

Marie, die wie jedes kleine Kind alles noch wörtlich nahm, sah ihre Tante verwirrt an.

»Lara war selbst mal Reporterin«, klärte ihre Großmutter sie auf. »Aber sie hat über Kriege berichtet, nicht über Klatsch.«

»Ich erinnere mich noch an deine Briefe aus dem Kosovo, Lara«, schaltete sich Mary ins Gespräch ein. »Da hast du uns immer geschrieben, dass wir uns um dich keine Sorgen machen sollen. Aber natürlich haben wir uns zu Tode geängstigt, und Mom hat jeden Tag für dich gebetet.«

Lara lächelte. »Und jetzt sitzen wir hier beisammen, und meine Hochzeit steht vor der Tür.«

»Ach, dafür habe ich auch gebetet!«, rief Inez.

Im allgemeinen Gelächter prostete Kerry ihr zu.

Als sie die Nachspeise gegessen hatten und alle sich in ihre Zimmer zurückziehen wollten, bat Kerry Joan, mit ihm ein bisschen durchs Haus zu gehen.

Selbst im Kerzenlicht war zu sehen, dass Joan leichenblass wurde. Ihr Augen füllten sich mit Tränen, ihre Stimme klang wie erstickt von Furcht und Erniedrigung. »John wird toben. Die Vorstellung, dass andere davon erfahren, war für ihn immer etwas Entsetzliches. Als hätte er sich mehr wegen der Bloßstellung geschämt als dafür, dass er mich geschlagen hat.«

Ohne allzu viel Hoffnung murmelte Kerry: »Es besteht ja noch die Möglichkeit, dass sie das nicht bringen.«

Joan schüttelte den Kopf. »Ich kann unmöglich darüber reden. Nicht in der Öffentlichkeit.«

Seine Mutter hatte das auch nicht gekonnt, dachte Kerry. »Wenn es nötig wird, kann ich das übernehmen. Oder Lara. Aber erst, wenn du uns sagst, was dir am liebsten wäre.«

»Überhaupt nichts. Ich muss einfach voll und ganz auf dich vertrauen. Aber ich finde das alles so schrecklich.«

»Es ist schrecklich«, bestätigte Kerry. »Auch für Lara.«

Joan bedachte ihn mit einem matten Lächeln. »*Das* fällt mir schwer zu glauben. Ich kann mich nicht erinnern, sie jemals ängstlich, verunsichert oder verletzlich erlebt zu haben.«

Kerry nickte. »Menschen, die so souverän und ehrgeizig sind wie Lara, erregen nicht viel Mitleid. Und ganz gewiss bitten sie nie darum.« Er sah Joan eindringlich in die Augen. »Aber sie wird sich nie wohl fühlen können, wenn *du* kein schönes Leben hast oder deine Ehe nicht stimmt. Ich kann dir gar nicht sagen, was für Hoffnungen sie in dieses Wochenende mit dir gesetzt hat und wie niedergeschlagen sie jetzt ist.«

Das schien Joan sehr nachdenklich zu stimmen. Langsam breitete sich ein halb dankbares, halb melancholisches Lächeln auf ihrem Gesicht aus, das vielleicht auch das Eingeständnis ausdrückte, dass sie, so wie sie ihre ältere Schwester bisher nie wirklich verstanden hatte, auch sich selbst nur immer eingebildet hatte, in den Augen ihres Mannes Liebe zu erkennen. »Weiß Lara eigentlich, was für ein Glück sie hat?«, fragte sie leise.

»Tag für Tag erinnere ich sie daran«, grinste Kerry. Im nächsten Augenblick war er schon wieder ernst. »*Ich* habe Glück, weil ich euch alle jetzt in meinem Leben habe. Die Costellos sind jetzt meine ganze Familie – zumindest solange Lara und ich keine Kinder haben. Ich hoffe, auch mal eine Tochter wie Marie zu bekommen.« Er zögerte. »Und wie Lara habe ich den Wunsch, dass keiner von euch je etwas geschieht.«

Joan küsste ihn schüchtern auf die Wange. »Wir kriegen das alles schon hin«, versprach sie.

Mary wartete, bis Inez Marie ins Bett brachte, dann bedeutete sie ihrer ältesten Schwester, ihr in den Flur zu folgen.

»Du warst immer diejenige, die alles entschieden hat«, beklagte sie sich. »Aber das ist nicht richtig.«

»Was ist nicht richtig?«

»Dass jetzt die ganze Welt über John redet. Er wird Joanie die Schuld geben.«

»Die Sache ist völlig aus dem Ruder gelaufen. Vor allem wegen der Presse.«

Mary legte die Stirn ärgerlich in Falten. »Aber ihr habt die Kontrolle darüber, wer die Sache in die Medien bringt. Wenn *ihr* das jetzt tut, wird John glauben, dass Joan ihn verraten hat.«

»Ich mache mir doch auch Sorgen«, verteidigte sich Lara, verunsichert durch Marys ungewohnte Kritik.

Mary ließ sich nicht besänftigen. »Verschon mich mit Ausflüchten, Lara, und behandle mich nicht wie ein Kind. Du bist nicht meine Mutter.«

»Das weiß ich.« Lara wurde immer trauriger. »Manchmal muss es wohl so ausgesehen haben, als hätte ich das geglaubt.« Sie sah kurz zur Tür von Marys Zimmer hinüber. »Ich kann dir beim besten Willen nicht sagen, wie es weitergehen wird. Aber was immer geschieht, wir werden beide schützen.«

Mary gab keine Antwort. Ihr Gesicht ließ ahnen, dass sie zwischen Resignation und Frustration schwankte. Unvermittelt drehte sie sich um und verschwand in ihrem Zimmer, ohne Lara eine gute Nacht zu wünschen.

## *18*

Am nächsten Morgen traf sich Kerry unter dem Vorwand, er wolle Laras Verwandten Camp David zeigen, erneut mit George Callister.

Während Lara für die anderen eine Führung veranstaltete, schlenderten der Präsident und Callister, beide mit den Händen in den Hosentaschen, über einen abgeschiedenen Weg. Selbst in der fast unberührten Natur der Catoctins war die Luft heiß und schwül, und es wimmelte von Mücken, was Kerry für das Wetter am Tag seiner Hochzeit das Schlimmste befürchten ließ.

»Ihr gegenwärtig dringlichstes Problem sind die Prozesse«, begann Kerry. »Einschließlich derer, die die dreizehn Städte gegen die Waffenindustrie angestrengt haben, um eine Entschädigung für die Unkosten bei der medizinischen Versorgung oder Bestattung der Opfer von Schusswaffen zu erlangen.«

Callister zog ein finsteres Gesicht. »Schuld an den Todesfällen und Verletzungen sind Schützen, von denen wir noch nie gehört haben. Diese Prozesse sind Schwachsinn – politische Effekthascherei kombiniert mit Erpressung, um uns zu einer Millionen von Dollar teuren Einigung zu zwingen, weil die Anwaltshonorare noch horrender wären.«

Sie erreichten eine Lichtung. Zum Schutz gegen die grelle Sonne setzte Kerry die dunkle Brille auf, die am Ausschnitt seines T-Shirts gebaumelt hatte. »Wenn die Bundesregierung also die Waffenindustrie auf die Erstattung der Kosten für Sicherheitsmaßnahmen in öffentlichen Gebäuden verklagte«, sagte er bedächtig, »wäre das dann auch Schwachsinn?«

Callister blieb abrupt stehen und drehte sich mit mühsam bezähmtem Zorn zum Präsidenten um. »Das würden Sie tun?«

»Auf der Stelle«, antwortete Kerry gelassen. »Und wenn irgendein durchgedrehter Ex-Häftling mit einer Ihrer halbautomatischen Faustfeuerwaffen eine ganze Schulklasse abschlachten und die verzweifelten Eltern die Waffenindustrie wegen Beihilfe verklagen würden, wäre das dann auch Schwachsinn?«

»Ja!«, blaffte Callister. »Und zwar aus demselben Grund. Persönliche Verantwortung.«

»Aber Sie werden mir doch zustimmen, dass das trotzdem teuer wäre. Und Sie können nicht ausschließen, dass irgendwelche Geschworenen nicht doch der Mutter eines ermordeten Sechsjährigen Recht geben würden anstelle einer Firma, die Waffen vermarktet, deren einziger erkennbarer Zweck darin besteht, Menschen zu zerfetzen. Und falls jemand glauben sollte, dass die Republikaner ein Gesetz durchbringen können, das Sie gegen Klagen schützt, kann er das schnell vergessen. Wenn ich keine vierunddreißig Senatoren zusammenbrächte, um mein Veto aufrechtzuerhalten, hätte ich meinen Job nicht bekommen dürfen.« Kerry stemmte die Hände in die Hüften. »Wie es aussieht, sind Sie gefangen zwischen der SSA mit einer Bande zynischer Politgurus an ihrer Seite und den gierigen Zivilprozessanwälten. Schlichtung, und die SSA treibt Sie mit einem Boykott in den Ruin; Rechtsstreit, und die Anwälte und Gutachter schröpfen Sie bis zum Verbluten, oder Ihnen wird eine Strafe aufgebrummt, die höher ist, als Ihre ganze Firma wert ist.«

Callister stieß ein raues Lachen aus. »Wenn Sie versuchen, mich einzuschüchtern, dann erzählen Sie mir lieber was Neues. Außer, dass auch Sie mich verklagen.«

»Genau das ist meine Botschaft. Aber ich bin auch Ihr einziger Ausweg.«

Callister verschränkte misstrauisch die Arme vor der Brust. »Sie mögen der Präsident sein, aber Sie kontrollieren keine dreizehn Stadtregierungen. Und schon gar nicht Größenwahnsinnige wie Bob Lenihan.«

»Jede einzelne von diesen Städten hat einen Demokraten als Bürgermeister«, konterte Kerry. »Sie brauchen mich. Genauso die Anwälte. Beide Seiten haben sich mir schon angeschlossen.«

Callister sah ihn verdattert an. »Wollen Sie etwa ein Einigungspaket schnüren?«

»Ja. Für das Unternehmen, das so mutig ist und es annimmt. Das Einzige, was die anderen nicht wissen, ist, mit welchem ich mich zusammentue.«

Callister setzte sich wieder in Bewegung. Sein Blick war auf das durch die Blätter über ihnen gefilterte Licht gerichtet. »Ich weiß nicht, was Sie im Einzelnen vorschlagen werden. Aber die SSA würde uns beide auf dem Titelblatt ihres *Defender* bringen: mich als Neville Chamberlain und Sie als Hitler.« Er sah Kerry von der Seite her an. »Sie würde an Lexington ein Exempel statuieren. Die Händler würden den Verkauf unserer Waffen stoppen, die Kunden sie nicht mehr kaufen. Sie würden meine Firma und meine berufliche Grundlage vernichten.«

»Sie sind auch so schon auf dem bestem Weg dorthin«, entgegnete Kerry. »Lexington ist in den Händen eines britischen Konzerns. Dem kann nicht daran gelegen sein, Eigentümer eines Verlustbringers zu sein. Wenn er beschließt, Sie abzustoßen, wer will dann noch Geld in eine Firma pumpen, die Prozesskosten ohne Ende, die schlechteste Presse seit dem Nikotin und die besten Aussichten auf Insolvenz verspricht?«

Callister wischte sich mit einem Taschentuch den Schweiß von der Stirn, faltete das Tuch wieder sorgfältig zusammen und steckte es in die Tasche zurück. »Was schwebt Ihnen vor?«

»Lassen Sie uns ein schattiges Plätzchen finden. Hier ist es verdammt zu heiß.«

Sie saßen auf der verhältnismäßig kühlen Terrasse. Ein Angestellter servierte ihnen Schinkenbrötchen, Bierkrüge mit Eiswürfeln darin und zwei gekühlte grüne Flaschen Heineken.

»Das Erste, was ich will«, erklärte Kerry, »ist, potenzielle Mörder von Ihren Waffen fern zu halten. Darüber haben wir ja schon in Washington gesprochen. Das Bundesgesetz verpflichtet Waffenhändler dazu, bei ihren Kunden eine Leumundsprüfung durchzuführen, um so den Verkauf an Verbrecher, prügelnde Ehemänner und sonstige Leute mit gerichtsbekannter Neigung zur Gewalt auszuschließen. Andererseits werden vierzig Prozent der Pistolen und Gewehre privat und ohne Überprüfung verkauft.

Teil des Problems sind die Waffenmessen, bei denen sich sogar ein aus Bellevue entflohener Sträfling eine halbautomatische Lexington zulegen kann.« Kerry nippte an seinem Bier und stellte es wieder ab. »Als Erstes möchte ich, dass Lexington bei Waffenmessen eine Leumundsprüfung verlangt, bevor Ihre Händler Schusswaffen aus der Hand geben. Dasselbe habe ich auch Breslers Gruppe vorgeschlagen.«

»Sie meinen, als wir noch eine Gruppe *waren*.« Callister stürzte einen großen Schluck hinunter, wobei er Kerry nicht aus den Augen ließ. »Für die SSA ist Ihr Vorschlag eine Verletzung des Rechts von Privatpersonen, ohne Feststellung ihrer Identität Waffen zu verkaufen. Wenn ein Käufer später jemanden umbringt, sollte *er* zu der höchsten Strafe verurteilt werden, die das bestehende Recht zulässt – einschließlich der Hinrichtung.«

»Wird die SSA auch das Opfer wiederbeleben?«, fragte Kerry ironisch. »Ich habe das Gefühl, dass mein Bruder immer noch tot ist.«

Einen Moment lang blieb Callister stumm. »Und dann gibt es auch noch meinen Aufsichtsrat. Dort wird es heißen, eine Einwilligung würde Wettbewerbsnachteile für uns ...«

»Dadurch, dass Sie nicht an Massenmörder verkaufen?«, rief Kerry ungläubig. »Sagen Sie bloß, Ihnen kommt es gerade auf diese Kundschaft an! Was zum Teufel stört denn schon einen unbescholtenen Bürger an einer Leumundsprüfung? Und was spricht dafür, Waffen an Leute zu verkaufen, die sich daran stören? Ihnen kann doch nicht daran gelegen sein, dass Verbrecher die Handfeuerwaffen von Lexington benutzen – das ist schlecht fürs Geschäft und führt zu Prozessen. Wenn Sie also Ihre Waffen nicht in der Unterwelt vermarkten wollen, dienen Leumundsprüfungen nur zu Ihrem Schutz.«

»Ich spreche jetzt einmal nur für mich«, erwiderte Callister nach längerem Nachdenken. »Ich persönlich habe kein Problem damit. Die anderen Vorstandsvorsitzenden genauso wenig…«

»Schön. Denn ich werde auch gegenüber dem Kongress auf die Lobby-Arbeit von Lexington angewiesen sein, damit die Abgeordneten sich für eine Leumundsprüfung bei jeder verkauften Handfeuerwaffe erwärmen.«

»Mit anderen Worten«, sagte Callister mit einem schiefen Lächeln, »Sie schlagen meinen Selbstmord vor. Ist das nun alles?«

Trotz Callister Skepsis spürte Kerry, dass sein Gegenüber neugierig war und auf Details wartete. »Nicht ganz.« Kerry holte Luft. Jetzt kam es ganz auf seine Überzeugungskraft an. »Kein Zivilist braucht eine Pistole, die vierzig Geschosse abfeuern kann oder Kugeln, die darauf angelegt sind, Menschen von innen heraus zu zerfetzen. Das hat nichts mit Selbstverteidigung zu tun – außer vielleicht bei Crack-Dealern in Miami…«

»Manche Leute«, unterbrach ihn Callister, »darunter die Herren von der SSA, glauben, dass sie sich gegen die Regierung verteidigen müssen.«

»Verfolgungswahn ist keine Grundlage einer Politik für die Allgemeinheit«, entgegnete der Präsident. »Genauso wenig wie eine Lizenz zum Massenmord.«

»Andere wiederum haben ganz einfach Spaß am Besitz leistungsfähiger Schusswaffen. Wenn ich sage, Waffen sind etwas Schlechtes, verliere ich diese Käufergruppe.«

»Gibt es denn gar nichts ›Schlechtes‹ daran? Sind Copkiller-Kugeln lediglich ein Freizeitvergnügen für Liebhaber?«, fragte Kerry in schneidendem Ton. »Das Bundesgesetz begrenzt die Kapazität neuer Magazine auf zehn Kugeln. In die alten gehen aber noch fünfzig rein, und Lexington baut seine Waffen so, dass die alten Magazine auch jetzt noch garantiert passen. Wenn etwas passiert, sind nicht immer x-beliebige Benutzer schuld, George. Von einem bestimmten Punkt an tragen *Sie* die moralische Verantwortung für die Waffen, die Sie verkaufen. Wenn Sie die falsche Wahl treffen, haben Sie es verdient, auszusterben.«

Callister stellte seinen Bierkrug, in dem immer noch eine Schaumkrone schwamm, ruhig auf den Tisch. »Was ist die richtige Wahl, Mr. President?«

Kerry beugte sich vor. »Bauen Sie die betreffenden Pistolen um – keine Magazine mit mehr als zehn Kugeln. Machen Sie es einem Amokläufer zumindest schwerer, zwanzig Menschen auf einmal abzuschlachten. Und hören Sie auf, Munition zu verkaufen, die darauf ausgerichtet ist, lebenswichtige Organe zu zerfetzen.«

»Wenn wir mal Bagatellen wie einen SSA-Boykott außer Acht lassen, bitten Sie mich also, meine Produktpalette über Nacht zu ändern.«

»Es ist höchste Zeit. Jedes Jahr verlieren wir über dreißigtausend Menschen durch Schusswaffen – einen großen Teil davon durch Selbstmord und Unfälle. Es sollte nicht möglich sein, dass sich kleine Kinder versehentlich töten. Teenager mit Depressionen sollten nicht in der Lage sein, mit der Pistole der Eltern Selbstmord zu begehen. Die Frau, die Sie dazu überredet haben, sich eine Pistole zur Selbstverteidigung zu kaufen, sollte nicht mit ihrer eigenen Waffe umgebracht werden können.« Kerry machte eine Kunstpause. »Wir brauchen mehr als bloße Abzugssperren. Ich will, dass Sie sich dafür einsetzen, dass in fünf Jahren jede Schusswaffe so programmiert ist, dass sie nur auf den Fingerabdruck ihres Eigentümers reagiert und einfach nicht losgeht, wenn andere abdrücken.«

Callister nahm das mit einem knappen Nicken zur Kenntnis. »Sie sprechen über die so genannten intelligenten Waffen. Das würde ich auch gern erreichen. Aber sie müssten mit Batterien oder Computerchips betrieben werden und auch bei Dauereinsatz funktionieren. Haben Sie jemals ein Computerchip in einen Ofen gesteckt? Wie lange hält die Batterie Ihrer Armbanduhr? Und wenn sie nicht mehr geht, sorgen Sie sich dann etwa um Ihr Leben?

Aber wenn Sie auf eine funktionsfähige Pistole angewiesen sind, kann Ihr Leben davon abhängen, dass sie schießt. Und wenn Sie es verlieren, wie groß ist die Möglichkeit, dass Ihre Witwe uns wegen eines fehlerhaften Produkts verklagt? Diese Bedenken sind begründet, Mr. President. Die SSA wird Ihnen sagen, dass Ihre intelligente Pistole nie sicher sein wird und Sie und Ihre Lieben dann eben von irgendeinem Bösewicht mit einer guten, alten amerikanischen Schusswaffe abgeknallt werden. Unsere Technologie ist einfach noch nicht so weit.«

»Sie werden sehr viel schneller so weit kommen, wenn Sie von meiner Regierung zwanzig Millionen Dollar als Zuschuss für die Forschung erhalten«, sagte Kerry gelassen.

Callister zog die Augenbrauen hoch. »Gehört das mit zum Abkommen?«

»Es kommt noch mehr. Sie sorgen sich wegen eines Boykotts. Eine gesetzlich Regelung kann ich Ihnen nicht versprechen, aber ich bin zuversichtlich, dass Ihre Firma für den Erwerb von Waffen für die Army, das FBI, ATF und den Geheimdienst in die engere Auswahl käme. Und was das auch wert sein mag, die dreizehn klagenden Städte haben sich verpflichtet, ihre Cops mit mehr Waffen auszustatten, und warten auf Angebote.«

Callister ließ lautlos alle Luft entweichen. »Sie waren fleißig«, sagte er anerkennend. »Was haben Sie noch im Angebot?«

»Die Rücknahme aller dreizehn Klagen gegen zehn Millionen Dollar für die Anwaltshonorare.« Kerry gestattete sich ein kurzes Lächeln. »Das ist für jeden ein gutes Geschäft – außer für *Ihre* Anwälte. Für sie würden Sie in einem einzigen Jahr mehr ausgeben.«

In Callisters Augen trat ein belustigtes Funkeln. »Noch andere Anreize?«

»Mehrere. In dem Maße, in dem die Firma Lexington zu intelligenten Waffen übergeht und sich bereit zeigt, die Kapazität der Magazine zu begrenzen, Copkiller-Kugeln aus dem Verkehr zu ziehen und das Schlupfloch mit den Waffenmessen zu stopfen, erspart sie sich in Zukunft einen Großteil der heute noch gegen sie geführten Prozesse. Auch diese Regierung wird auf eine Klage verzichten. Und wenn sich nach der gütlichen Einigung mit den dreizehn Städten nach und nach ein völlig neuer Kundenstamm für Sie abzeichnet, wird die Konkurrenz Ihre Geschäfte neidvoll beobachten. Irgendwann werden ein, zwei andere Unternehmen aufhören, nach der Pfeife der SSA zu tanzen. Und dann werden wir diese Dreckskerle ein für alle Mal zerschlagen. Bevor sie Sie mit in den Abgrund reißen.«

Callister lehnte sich zurück. »In Ihrer schönen neuen Welt, Mr. President, wird es am Ende noch mehr Menschen geben, die Waffen von Lexington besitzen. Ist das wirklich Ihr Ziel?«

Kerry zuckte mit den Schultern. »Wenn es nicht die falschen und ihre Waffen sicher sind, kann ich damit leben.«

Für eine Weile trat Schweigen ein. Callister brach es schließlich. »Sie scheinen auf alles eine Antwort zu haben, Mr. President.«

»Ja. Ich will, dass das erledigt wird.«

Nachdenklich rückte Callister seine Brille gerade. »Es wird nicht leicht sein. Selbst wenn ich meine, dass es das wert ist, müsste ich erst unseren britischen Mutterkonzern *und* meine Vorstandskollegen davon überzeugen. Dafür benötige ich absolute Verschwiegenheit.« Er stand auf. »Wenn ein Wort davon nach außen dringt, bevor wir so weit sind, ist jedes Geschäft geplatzt. Die SSA hätte keine Wahl, als uns zu vernichten.«

»Sollte auf meiner Seite ein Leck auftreten«, erwiderte Kerry, »wird der Schuldige Martin Bresler beneiden.«

Callister starrte ihn an. »Ich glaube Ihnen.«

»Nun, dann?«

Stumm schaute Callister auf das Tal hinaus, das sich vor ihnen erstreckte. Stimmen drangen an ihre Ohren, und gleich darauf tauchten Lara und ihre Angehörigen auf dem Weg zur Terrasse auf. Marie lief den anderen voraus. Oben angekommen, sah das Mädchen kurz Callister an, dann rannte es auf Kerry zu. »Wir gehen schwimmen! Kommst du mit?«

»Unbedingt.« Er deutete mit dem Kinn auf seinen Gast. »Marie, das ist Mr. Callister.«

Callister lächelte. »Hallo, Marie.«

Das Mädchen brachte ein schüchternes »Hi« zu Wege, ehe sie sich auf Kerrys Schoß rettete.

»Hallo«, begrüßte sie nun Lara von hinten.

Als Callister sich zu ihr umdrehte, fiel Kerry – wie schon so oft – auf, welchen Eindruck ihre Schönheit und Würde bei anderen hinterließen. Mit der ihr eigenen natürlichen Gelassenheit reichte sie ihm die Hand, und er schüttelte sie mit einer gewissen Ehrfurcht. »George Callister«, stellte er sich vor. »Wahrscheinlich sollte ich jetzt dem Präsidenten zu einer solchen Frau gratulieren und Ihnen alles Gute wünschen.«

»Klingt gut«, ließ sich Kerry vernehmen. »Oder vielleicht wünschen Sie uns einfach nur viel Glück.«

»Danke schön«, lächelte Lara, um dann Inez, Mary und die ziemlich bedrückt wirkende Joan vorzustellen.

Callister begrüßte sie alle, dann erklärte er mit einem Blick auf die Uhr, dass er noch woanders gebraucht werde, und wünschte ihnen einen schönen Nachmittag.

»Wir werden ihn genießen«, versprach Inez. »Camp David ist für uns wirklich eine ganz neue Erfahrung.«

»Für mich auch«, erwiderte Callister trocken.

Nachdem er sich von Lara und ihren Verwandten verabschiedet hatte, begleitete ihn Kerry unter den aufmerksamen Augen zweier in diskretem Abstand postierter Geheimdienstagenten zu seinem Wagen.

»Sie haben eine nette Familie«, lobte Callister. »Trotzdem hoffe ich, dass sie schnell vergessen, dass ich hier war.«

Sein Tonfall verriet Kerry, dass Familie George Callister viel bedeutete. »Haben Sie Kinder?«

»Zwei. Einen Jungen von siebzehn Jahren und ein Mädchen von dreizehn. Beide machen mir große Freude.« Sie hatten den Wagen erreicht. Callister senkte die Stimme. »Sagen Sie, falls rauskommt, dass ich bei Ihnen war, könnten Sie dann Polizeischutz für die beiden erwirken?«

Zwar hatte Callister dabei gegrinst, doch sein Unterton verriet, dass ihm nicht zum Scherzen zumute war. »Vor irgendeinem Verrückten mit Pistole?«, fragte Kerry zurück. »Was ist das nur für eine Welt, in der wir leben?«

Callister reichte ihm nachdenklich die Hand. »Ich werde sehen, was ich ausrichten kann, Mr. President.«

# 19

Am nächsten Nachmittag bat Kit kurz nach fünf Uhr um ein Gespräch mit dem Präsidenten.

Der ganze Tag war mit Terminen voll gestopft: ein neues Steuergesetz; ein Gespräch mit dem Vorstand einer Bürgerrechtsvereinigung – noch dazu ein langes –; und am Abend sollten sich Lara und Kerry einem Live-Interview mit NBC stellen.

Zwar winkte der Präsident Kit zu einem Stuhl herüber, doch sie zog es vor zu stehen. »Jetzt haben wir den Salat. Carole Tisone vom *Chronicle* hat angerufen. Sie hat die ganze Geschichte von A bis Z: alles über Joan und Bowden, Ihre Gespräche mit der Staatsanwältin...«

»Wird sie sie bringen?«

»Ja.« Kits Mimik und ihr ganzes Gesicht verrieten ihre Frustration nur allzu deutlich. »Ich habe ihr klar gesagt, warum Diskretion angebracht ist: der Schutz von Joans Privatsphäre, dass ihre Ehe noch eine Chance erhalten soll, dass Bowden seine Probleme in Ruhe klären soll. Nichts davon hat geholfen. Am Ende habe ich es mit dem Appell versucht, dass Sie und Lara nicht belästigt werden sollten, nur weil Sie versucht haben, ihrer Schwester zu helfen, was für jeden anständigen Menschen selbstverständich sein sollte – noch dazu so kurz vor Ihrer Hochzeit...«

»Ach«, stieß Kerry hervor, »das macht die Story nur noch sensationeller!«

»Offensichtlich. Sie bringen sie morgen groß raus, egal, was wir sagen. Wir haben nur noch wenige Stunden, um zu reagieren. Sie und Lara müssen schnell entscheiden, wo und wie.«

»Darüber muss Joan bestimmen, nicht wir. Aber was würden Sie uns vorschlagen?«

»Augen zu und durch, Mr. President.« Jetzt erst setzte sich Kit. »Ich weiß, wie Sie sich fühlen, aber wenn Sie nichts dazu sagen, wird das breitgetreten, bis wir gar nicht mehr anders können, als eine Stellungnahme abzugeben. Und bis dahin gilt, was der *Chronicle* behauptet – ein Präsident hat sich in die Justiz eingemischt –, und nicht das, wovon wir wissen, dass es die Wahrheit ist.«

Das Kinn in die Hand gestützt, gab sich Kerry einen Moment lang seiner ohnmächtigen Empörung hin. Wie unfair diese Leute Joan gegenüber waren und welche Folgen das alles für sie haben würde! »Wir werden mit Joan reden.« Seine Stimme klang leise und wütend. »Aber verbinden Sie mich erst mit dem Herausgeber des *Chronicle*. Bevor sie das bringen, soll er mir persönlich erklären, warum.«

Weniger als vier Stunden später saßen Kerry und Lara, umgeben von Kameras und Mikrofonen, in der Bibliothek Taylor Yarborough von ABC gegenüber.

Bis zum Interview waren noch zehn Minuten Zeit. Taylor, eine Freundin und frühere Kollegin von Lara, plauderte mit dem Paar über ihre eigenen Kinder, gemeinsame Bekannte, die merkwürdigen Gefühle, die eine Hochzeit vor einem derart großen Publikum auslöste.

»Ich habe meinen Assistenten recherchieren lassen«, erzählte Taylor Lara grinsend. »Er ist auf mehrere tausend Zeitungsartikel gestoßen, auf doppelt so viele Erwähnungen in Nachrichtenmagazinen, auf sechs Sondersendungen, und in allen vier Zeitschriften für Brautmode wart ihr auf der Titelseite. Deine Mutter, deine Nichte und deine Schwestern sind öfter erwähnt worden als der Konflikt zwischen Israel und Palästina, Mahmoud Al Anwar und die Flut von Atomwaffen zusammen.«

Lara warf Kerry einen bedeutsamen Blick zu, dann wandte sie sich ernst an Taylor: »Was meine Familie betrifft, müssen wir dich um einen Gefallen bitten.«

John Bowden starrte den Bildschirm an und trank einen Schluck von seinem Wodka mit Orangensaft. Gegessen hatte er nichts. Schlafen konnte er nicht mehr. Die ständige Zufuhr von Alkohol verzerrte seine Wahrnehmung. Vor seinen Augen tauchten Bilder auf, um gleich wieder zu verschwimmen, als schwebe er zwischen Traum und Wirklichkeit.

Das Telefon schrillte. Bowden nahm nicht ab. Auch sein Anrufbeantworter reagierte nicht. Nach sechs Nachrichten von einer gewissen Carole Tisone – wer immer das war und was zum Henker sie auch wollte – hatte er ihn ausgeschaltet. Der ›dringende‹ Rückruf, um den ihn sein Anwalt gebeten hatte, konnte ebenfalls warten. Wenn etwas dringend war, dann die Rückkehr zu seiner Familie. Er starrte weiter auf den Bildschirm, zerfressen von Betäubung und Wut und einem Gefühl von Verlust, das so tief saß, dass er es bis in die Magengrube spürte, und das so schmerzhaft war, dass ihn nur noch der Tod würde erlösen können.

Und jetzt lächelte auf dem Bildschirm dieser Hurensohn von Kilcannon Joans Schwester an, diese Eiskönigin und TV-Primadonna. Ihre Schwester im Geiste – die überbezahlte blonde Tussi daneben – hielt ein fröhliches Geplapper im Gange. »Wie«, fragte sie die Eisprinzessin, »haben Ihre Verwandten den Präsidenten angenommen?«

Lara ergriff Kilcannons Hand. »Sie beten ihn an. Aber wer würde das nicht?«

Kilcannon grinste. »Ach, da fällt mir zum Beispiel der US-Senat ein.«

Bowden kippte wieder einen Schluck Wodka hinunter. *Setz mich ruhig ganz oben auf die Liste, du kleiner Scheißer!*

Das Gezwitscher aus dem Fernseher versetzte ihn in Wut. Schwankend stand er auf und torkelte zum Kühlschrank, um mehr Wodka zu holen. Auf dem Rückweg schnappte er sich den oben auf einem Stapel mit Waffenzeitschriften liegenden *Defender*.

Auf dem Bildschirm lächelte jetzt niemand mehr.

»Die Reportage im *Chronicle* zwingt uns beide, über eine sehr persönliche Angelegenheit zu sprechen«, sagte Kilcannon. »Auch wenn ich ehrlich gesagt nicht weiß, wem damit gedient sein sollte.«

Lara legte ihre Hand wieder auf die seine. »Joan unternimmt etwas gegen die Schwierigkeiten in ihrer Ehe«, erklärte sie der Blondine. »Größtenteils ist das Kerry zu verdanken. Aber nicht jedermann hat einen ehemaligen Staatsanwalt in der Familie, der auf häusliche Gewalt spezialisiert war und einen zu den zuständigen Stellen lotsen kann. Das Einzige, worauf wir hoffen können, ist, dass andere Opfer häuslicher Gewalt, aber auch diejenigen, die sie misshandeln, die Hilfe finden, die sie so dringend brauchen …«

Bowden blieb jäh stehen und starrte Kerry Kilcannon an. Das Glas in seiner Hand zitterte.

Nach dem Interview zogen sich Kerry und Lara sofort in ihre privaten Räume zurück. »Ich bin so erschöpft«, stöhnte Lara. »Aber ich gehe wohl besser mal zu Joan.«

Kerry knotete seine Krawatte auf. »Tu das, Liebling.«

Lara machte Anstalten, den ersten Ohrring abzunehmen, zog die Hand wieder zurück und sah erneut Kerry an. »Ich frage mich, ob das wirklich das Beste für sie war. Mary sagt nämlich, dadurch würde alles nur schlimmer.«

»Es war das Einzige«, brummte Kerry. »›Das Beste‹ gibt es in diesem Fall nicht.«

Lara gab keine Antwort. Kerry hatte sich mittlerweile auf die Bettkante gesetzt. »Und wie hast du dich bei der ganzen Veranstaltung gefühlt?«

Lara überlegte. »Ich würde uns ein ›Gut‹ geben. Hin und wieder waren wir ein bisschen zu sehr wie Nick und Nora Charles.«

Kerry grinste. »So schlau wie die sind wir nicht. Und wir trinken auch nicht annähernd so viel Scotch.«

Lara trat lächelnd auf ihn zu und küsste ihn. »Ich liebe dich«, flüsterte sie. »Und ich kann es gar nicht erwarten, hier einzuziehen. Dann können wir endlich gemeinsam wegrennen.«

Das Telefon klingelte. Kerry sah auf das Display. »Kit«, murmelte er und nahm ab.

»Was sollte ich über den Präsidenten der USA und Lexington Arms wissen?«, fragte ihn Kit.

## 20

Am nächsten Morgen um sieben herrschte vor dem Weißen Haus bereits hektische Betriebsamkeit. Auf dem südlichen Rasen errichteten Arbeiter ein riesiges Zelt mit Vordach. Nur wenige Meter von ihnen entfernt stand Francesca Thibault und erläuterte der Moderatorin von *Good Morning America* die Pläne für die Feier.

Vor dem Stahlzaun hatten sich Trauben von Frühaufstehern gebildet, die teilweise von weit hergereist waren – es sollte die erste Welle von tausenden sein –, und spähten hindurch. Geheimdienstagenten begannen damit, auch das Gelände draußen einzuzäunen, um so die Menschenmassen besser kontrollieren zu können. Weiter hinten waren die Fernsehsender mit dem Bau von Plattformen für ihre Kameras und Aufnahmeteams beschäftigt. Verkäufer hatten sich auch eingefunden und boten die ersten »Erinnerungsalben« mit Fotos von Lara und Kerry feil. Eine erste von der SSA organisierte Phalanx von Demonstranten, einige davon mit Militärorden dekoriert, marschierte auf und reckte Spruchbänder und Schilder mit Parolen gegen Präsident Kilcannons angebliche Pläne zur Konfiszierung sämtlicher Waffen in die Höhe. Weitere Geheimdienstagenten durchsuchten das fünfzehnte Stockwerk des Madison Hotel, wo Lara die Nacht verbringen sollte. Kollegen von ihnen überprüften das Hotelpersonal, während wieder andere auf den Dächern der angrenzenden Häuser Stellung bezogen. Am Dulles Airport, wo es ebenfalls von Touristen wimmelte, die alle zur Hochzeit wollten, verhaftete die Polizei zwei Ägypter, bei denen man eine Verbindung zur Al Qaida und zu Mahmoud Al Anwar vermutete.

Kerry Kilcannon bekam nichts von alldem mit. Er stand im Oval Office und überflog die Morgenauflagen der *New York Times* und der *Washington Post*, die er zusammen mit Ausdrucken von Internet-Ausgaben des *San Francisco Chronicle* und anderer größerer Tageszeitungen auf dem Schreibtisch liegen hatte. Neben ihm standen Kit und Clayton.

Bis auf eine Ausnahme drehten sich sämtliche Aufmacher um Joan und John Bowden, und neben einigen prangten Fotos von Joan und Marie bei der Ankunft im Weißen Haus. Was Joan und ihre Probleme zu Hause betraf, waren die Artikel durchweg verständnisvoll. Sie zitierten auch Laras Bitten um Respektierung der Privatsphäre ihrer Schwester, Kerrys Stellungnahme sowie Jack Hallorans und Marcia Hardings Bestätigung, dass sich der Präsident lediglich des Falles angenommen hatte, um Joans und Maries Sicherheit zu gewährleisten. John Bowden war für eine Stellungnahme nicht erreichbar gewesen. »Die Artikel über Joan hätten schlimmer sein können«, meldete Kit vorsichtig. »Und zu Laras Familie haben wir uns für heute jede Frage verbeten. Hoffentlich ist das Ganze eine Eintagsfliege.«

Kerry hörte sie kaum. Auf der unteren Hälfte der Titelseite der *Washington Post* stach ihm eine andere Schlagzeile ins Auge: »Präsident in Geheimverhandlungen mit Waffenhersteller«.

Die Meldung gab die Entwicklung knapp und präzise wieder. Der Verfasser wusste, wie oft und unter welchen Umständen Kerry sich mit George Callister auf Camp David getroffen hatte, welche Details sein Vorschlag umfasste und welche Hoffnungen er in die Miteinbeziehung der übrigen Waffenunternehmen in eine umfassende Einigung setzte. Der Reporter berief sich auf »mit den Verhandlungen vertraute Quellen« und merkte an, dass sowohl Callister als auch das Weiße Haus eine Stellungnahme abgelehnt hatten. Das einzige namentlich ausgewiesene Zitat stammte von Charles Dane, dem Präsidenten der SSA: »Wir sind zutiefst beunruhigt, wenn wir der Presse entnehmen müssen, dass Amerikas führender Waffenhersteller um den waffenfeindlichsten Präsidenten unserer Geschichte herumscharwenzelt. Die gesetzestreuen Waffenbesitzer dieses Landes haben ein Recht zu erfahren, wo Lexington steht.«

»Woher haben die das?«, stieß Kerry mit zusammengepressten Lippen hervor.

»Nicht von uns«, beteuerte Clayton. »Außer uns beiden hat niemand Bescheid gewusst.«

»Versuchen wir noch, Callister zu erreichen?«

»Ja. Sein Assistent sagt, er sei in einer Konferenz.«

Kerrys Frustration wich immer mehr der Wut. Er ließ sich auf den Stuhl fallen. »Versuch's weiter«, befahl er.

Die zuckersüße Stimme der Angestellten der Fluglinie drang in John Bowdens vor Schmerzen pochenden Schädel. »Es tut mir Leid, Sir, aber Ihre Kredikarte wird nicht angenommen.«

»Moment mal!« In seinem Magen brannte es, im Mund hatte er einen gallenbitteren Geschmack. Bowden riss seine Brieftasche vom Nachtkästchen und fingerte die andere Kreditkarte heraus. »Versuchen Sie's mit der hier«, knurrte er und gab die Nummer durch.

»Danke, Sir.«

Auch *dieses* Konto war nicht gedeckt. Die letzte unbezahlte Rechnung lag mit einer Reihe anderer auf dem Boden. Er hatte sie in einem Tobsuchtsanfall von sich geschleudert. Bowdens Stirn war schweißbedeckt. Für ihn stand schon mit demütigender Gewissheit fest, dass die Angestellte seinen Namen erkannt hatte.

»Danke, Sir«, meldete sie sich nun wieder. »Ihre Reservierung ist bestätigt.«

»Wer wusste es auf Ihrer Seite?«, fragte Kerry.

»Unsere britische Muttergesellschaft.« Callister hörte sich deprimiert an. »Unser Exekutivausschuss. Unser Vorstand. Bis heute Morgen war das alles.«

»Was ist heute Morgen geschehen?«, bohrte Kerry weiter.

»Wir haben die Vorstandsmitglieder telefonisch zu einer Notfallsitzung zusammengetrommelt. Sie läuft noch immer. Ich habe lediglich um eine Pause von fünf Minuten gebeten.« So wie Callister sich anhörte, schien er völlig konsterniert zu sein. »Bei meinem Eintreffen haben draußen schon Demonstranten gestanden. Eine Frau ist in Tränen ausgebrochen, als sie mich erkannt hat. Die anderen waren derart hasserfüllt, dass sie kaum ein Wort herausbrachten. Außer einem – der hat zwar nichts gesagt, aber mir ins Gesicht gespuckt. Ich habe mehr als einen wütenden Streit überstanden, Mr. President. Aber ein solches Ausmaß von Hysterie und Aufgebrachtheit habe ich noch nie erlebt.«

Dazu gab es nichts zu sagen. Kerry konnte sich nur allzu gut erinnern, wie er einmal einer Horde von Waffenfanatikern gegenübergestanden und gespürt hatte, dass einige darunter ihn mit Vergnügen getötet hätten. »Was sagt Ihr übriger Vorstand dazu?«, fragte er.

»Ich weiß nicht, ob wir das durchhalten können, Mr. President. Im Moment dreht sich alles um Schadensbegrenzung.«

»Kann ich etwas für Sie tun?«

»Ja. Nichts sagen.«

Am Flughafen von San Francisco wartete Bowden in der Schlange für die Economy Class. Er hatte nichts gegessen. Betrunken war er nicht mehr, aber ihm war schlecht. Seine Hand zitterte leicht. Der Koffer, den er dabeihatte, enthielt sein Scheckbuch, Rasierzeug, Wäsche für einen Tag und seine Waffenzeitschriften.

Die Schlange kroch im Schneckentempo vorwärts. Und ständig hatte Bowden das Genick einer alten Chinesin vor sich. Langsam bekam er richtig Lust, sie abzuknallen.

Kilcannon. Kilcannon und die Schlampe von Joans Schwester hatten ihm Frau und Tochter gestohlen und den Job, seine Würde und jeden Grund zu leben geraubt. Und jetzt hatten sie ihn im Fernsehen vor allen Amerikanern gedemütigt.

Am Zeitungsstand sprang ihm sein eigener Name von der ersten Seite des *Chronicle* entgegen: John Bowden, der Schwächling. Als er endlich den Schalter erreichte und die Frau dahinter ihn um einen Ausweis bat, konnte er ihr kaum ins Gesicht sehen.

Sie musterte seinen Führerschein, dann ihn – viel zu lange.

»Danke, Sir«, sagte sie.

Nach einer Rede über das Gesundheitswesen kehrte Kerry um vier Uhr ins Oval Office zurück. Auf ihn wartete ein Anruf von George Callister.

Callister fiel mit der Tür ins Haus. »Ein ganz übles Hochzeitsgeschenk, Mr. President. Aber ich kann diesen Weg nicht mit Ihnen gehen.«

Kerry sank in seinem Stuhl zurück. »Die SSA hat Lexington Arms also unter ihrer Fuchtel.«

Langes Schweigen breitete sich aus. Schließlich antwortete Callister doch noch. »Es gibt vieles, worüber ich nicht reden darf. Es muss genügen, Ihnen zu sagen, dass wir eine Verlautbarung vorbereiten, mit der wir jede Absicht dementieren, mit Ihrer Regierung eine Vereinbarung zu erreichen.« Auf einmal hörte sich Callister unendlich müde an. »Vorher hatte ich noch meine Hoffnungen. Aber der Vorstand ist der Ansicht, dass ein Abkommen mit Ihnen, das Lexington Frieden bescheren würde, nicht möglich ist.«

Erneut trat Stille ein. »Es wird keinen Frieden geben, George«, erwiderte Kerry dann. »Für keinen von uns.«

»Vielleicht nicht. Aber jetzt rechne ich nicht mehr damit, dass die anderen mich absägen oder uns aus dem Markt drängen. Das scheint im Moment das Einzige zu sein, worauf wir hoffen können.«

»Das reicht aber nicht. Mir nicht, und vermutlich auch nicht Ihnen.«

Callister holte tief Luft. »Es tut mir Leid, Mr. President. Ich habe gern mit Ihnen zusammengearbeitet. Ich glaube, dass Sie ein aufrichtiger Mann sind, und habe große Achtung vor Ihren Überzeugungen.«

»Und ich vor den Ihren«, antwortete Kerry leise.

»Danke. Was immer das wert sein mag, herzlichen Glückwunsch zu Ihrer Hochzeit und meine besten Wünsche für Ihre Ehe.«

Kerry bedankte sich und legte auf.

## 21

Am Morgen der Hochzeit kam Laras Familie zu ihr in die Hotelsuite.

Bei ihrer Ankunft machte der Fotograf des Weißen Hauses, ein Mann mit Vollbart, gerade Porträtaufnahmen von Laras Brautjungfern – Anna Chin, eine Kollegin aus der Zeit bei NBC, und ihre zwei Mitbewohnerinnen an der Universität Stanford, Linda Mendez und Nakesha Hunt, die sich jetzt im Scherz »Laras Regenbogenkoalition« nannten.

»Wer hätte gedacht, dass du als Erste heiraten würdest?«, fragte Nakesha Lara.

»Ich bestimmt nicht«, lächelte Lara. »Aber wer hätte gedacht, dass ich dann meine Arbeit verlieren würde?«

»Beschwerst du dich etwa?«, schaltete sich Inez ein.

Lara spürte trotz des humorvollen Tons, dass ihre Mutter sich immer noch Sorgen um ihr Glück machte. »Nein, Mom«, sagte sie liebevoll und sah jetzt die anderen drei an, Joan, Mary und Marie, die mit ihrem zu einem Zopf geflochtenen Haar und ihrem Rüschenrock so hinreißend aussah, wie das bei einer Sechsjährigen nur möglich war. Lara quoll das Herz vor Liebe über. »Ihr alle seht wunderbar aus! Aber bevor sich mein Leben für immer ändert, darf ich kurz mit euch allein reden?«

»Aber natürlich!«, rief Inez, und die fünf Costello-Frauen zogen sich in Laras Schlafzimmer zurück.

Sobald die Tür hinter ihnen zugefallen war, küsste Lara Inez auf die Stirn und sah ihr dann tief in die Augen. »Ich bin so glücklich. Ich weiß, dass es nicht leicht sein wird, mit einem Präsidenten verheiratet zu sein. Aber Kerry ist der einzige Mann, den ich je wollte.«

Tränen stiegen ihrer Mutter in die Augen. »Mir ist klar, dass du von deinem Vater und mir nicht viel über das Glücklichsein lernen konntest. Und ich hatte schon Sorgen, dass du ...«

Sanft legte ihr Lara einen Finger auf die Lippen. »Das ist schon so lange her, Mom. Ich habe einen Mann, der klug, einfühlsam und liebevoll ist, jemanden, bei dem ich loslassen, den ich lieben und an den ich mich notfalls sogar anlehnen kann.« Als sie sich so reden hörte, fühlte sich Lara auf einmal selbst den Tränen nahe. »Kurz, mir geht es prima, Mom. Mehr als prima.«

Sie drehte sich zu den anderen um. Joan stand am nächsten bei ihr. Als ihre Blicke sich kreuzten, wurde Lara eindringlich bewusst, wie schwer dieser Tag für Joan sein musste, an dem sich ihr, Laras Glück vollendete. Joans Ehe war ein einziger Trümmerhaufen und wurde noch dazu öffentlich ausgewalzt, weil der Mann, den Lara gewählt hatte, im gnadenlosen Rampenlicht der allgemeinen Aufmerksamkeit stand. »Es tut mir so entsetzlich Leid«, flüsterte Lara, »dass wir dir das alles zumuten. Aber trotzdem freue ich mich, dass du hier bist.«

Joan zögerte nur einen kurzen Augenblick, dann umarmte sie Lara. »Ich weiß, dass du glücklich bist, und das werden wir alle bald sein.«

Lara drückte sie an sich. Dann küsste sie Marie und zum Schluss Mary. Wortlos sah ihre jüngste Schwester ihr in die Augen und nahm sie kurz in die Arme.

»Ich liebe euch so«, flüsterte Lara von ihren Gefühlen überwältigt. Danach brachte sie einen langen Moment kein Wort mehr hervor. Mit den Tränen kämpfend sog sie ein letztes Mal die Gesichter ihrer Nächsten in sich auf, bevor ihr Tag zu einer öffentlichen Angelegenheit wurde. »Was für ein Glück, dass ich euch alle habe.«

Die anderen Costellos lächelten die zukünftige First Lady an. Dann kamen die Leibwächter und geleiteten sie zu den draußen wartenden Limousinen, die sie langsam durch die sonnendurchfluteten Straßen fuhren, in denen die Gratulanten sich drängten. Manche hatten kleine Kinder auf den Schultern, und auf dem Weg zur St. Mathew's Church wollte das Winken und Jubeln kein Ende nehmen.

Für John Bowden war Las Vegas eine Neon-Hure und die Messehalle so seelenlos wie ein Flughafenhangar. Von den Dachsparren hingen amerikanische Flaggen herab, und darunter waren hunderte mit Folien überzogene Tische und behelfsmäßige Stände aufgereiht. Überall lagen und hingen Plakate mit Werbung für Schusswaffen und handgeschriebene Schilder mit Sprüchen wie: »Ist deine Kirche etwa von der Bundesregierung genehmigt?« Und natürlich gab es in Hülle und Fülle Souvenirs, T-Shirts, SSA-Mützen und -Kaffeebecher, Fliegerjacken, Angelausrüstungen, Nazisymbole, Jagdmesser und Reihe um Reihe Gewehre, Faustfeuerwaffen, Munition, hochleistungsfähige Magazine, Schall- und Mündungsfeuerdämpfer und Baukästen zur Umrüstung von halb- zu vollautomatischen Schusswaffen. Die Halle war zum Bersten gefüllt mit Männern ohne Begleitung, Familien, Rockern in Lederkluft und so vielen Händlern und Waren, dass die Tische gar nicht ausreichten und der Tausch von matt glänzendem Metall gegen Bündel von Papiergeld teilweise in den Gängen oder im Freien stattfand. Bowden, der noch nie auf einer Waffenmesse gewesen war, empfand das Durcheinander als regelrechten Überfall, als körperliche Gewalt, die ihn von seinem eigentlichen Ziel abzubringen drohte. Bis er an einem größeren Stand mit dem Namen »Gun Emporium« lebensgroße Pappfiguren von Kerry Kilcannon und Lara Costello im Hochzeitskleid entdeckte, beide mit konzentrischen Kreisen als Zielscheibe auf der Brust.

Wie in Trance näherte sich Bowden dem Stand. Seine Finger waren um die letzte Ausgabe des *Defender* gekrallt, mit einem entrückten Lächeln starrte er das Abbild von Kilcannon an. Die Kakophonie um sich herum nahm er auf einmal nicht mehr wahr.

Eine Stimme drang an sein Ohr. »Kann ich Ihnen helfen?«

Vor sich sah Bowden einen schlanken Mann mit Brille und gegeltem Haar, der sich mit beiden Handlächen auf einen mit halbautomatischen Faustfeuerwaffen beladenen Tisch stützte. Bowden trat näher, schob ein paar Pistolen beiseite und legte seinen *Defender* auf die freie Fläche, um ihn auf der Seite aufzuschlagen, die er mit einem Fetzen Zeitungspapier markiert hatte. »Ich suche das hier.«

Der Mann senkte den Blick auf die Zeitschrift. »Die Lexington P-2. Yeah, wir führen die P-2. Jede Menge Feuerkraft.«

»Wie viel?«

»Guter Preis. Vierhundert Dollar.«

»Zeigen Sie mir das Ding.«

Der Mann griff hinter sich und legte eine Pistole aus schwarzem Metall von etwas mehr als zwanzig Zentimetern Länge auf den Tisch. »Lässt sich am Körper verbergen. Sie können in Sekundenbruchteilen zehn Schüsse abfeuern – so schnell Sie eben abdrücken können.«

Bowden nahm die Pistole in die Hand. Seine Kehle war plötzlich wie ausgetrocknet. Seine Augen richteten sich lange auf Lara Costello, dann wanderten sie weiter zu Kerry Kilcannons Gesicht.

*Du weißt nicht, was Schmerzen sind, du Scheißkerl. Aber das wird sich bald ändern …*

Die Stimme des Mannes holte ihn zurück ins Hier und Jetzt. »Wollen Sie sie?«

Benommen zog Bowden seinen Geldbeutel aus der Gesäßtasche. Er war voll gestopft mit Geldnoten, die ihm in der Bank anstandslos ausgezahlt worden waren. Schweigend zählte er vier Hundertdollarscheine ab und knallte sie neben der P-2 auf den Tisch.

»Ich brauche noch Ihren Namen«, sagte der Mann.

Bowden spürte ein Zucken im Nacken. »Wieso?«

Der Mann musterte ihn kritisch. »Wir sind eine Firma mit bundesweiter Lizenz. Wir müssen nachweisen, dass Sie in Nevada leben, und eine Leumundsprüfung durchführen.«

Bowden schwoll der Hals. »So lange kann ich nicht warten«, knurrte er.

Im Hochzeitsfrack fuhr Kerry zusammen mit Clayton in der Präsidentenlimousine zur St. Mathew's Church. Die Straßen waren überfüllt mit winkenden Frauen und Männern. Einige hielten Schilder mit Glückwünschen hoch, und auf einem stand: »Wir wünschen Ihnen sieben Kinder.«

»Vielleicht ein bisschen übertrieben«, murmelte Kerry lächelnd. Im Vorbeifahren musterte er das eine oder andere Gesicht. Die Zuneigung und Anteilnahme, die er darin erkannte, wärmten ihm das Herz. Unwillkürlich fühlte er sich an seine Verantwortung für das Wohlergehen all dieser Menschen erinnert. Ja, es gab so viel zu tun, und doch war seine Aufgabe oft schwerer, als sie es sein müsste. Er hatte den Willen, etwas zu bewirken, und hoffte inständig, dass er auch die Klugheit besaß, einen Weg zu finden, am Ende seiner Präsidentschaft sein geliebtes Land ein Stückchen lebenswerter in die Hände seines Nachfolgers zu übergeben.

Aber heute wollte er einmal an sich denken. Heute wollte er, begleitet von seinem engsten Freund Clayton, von Chad Palmer und drei alten Gefährten aus Newark, sein neues Leben mit Lara beginnen.

»In siebenundzwanzig Stunden bin ich auf Martha's Vineyard«, raunte er Clayton zu. »Dann vergesse ich das Ganze hier erst mal für eine Weile.« Er schaute wieder zum Fenster hinaus und lächelte ein kleines Mädchen an, das auf der Schulter seines Vaters saß und ihm zuwinkte.

Clayton betrachtete seinen Freund mit dem rötlich braunen Haar, dem so bereitwillig aufblitzenden Lächeln, den wachen, bisweilen durchdringenden, brütenden Augen, die ihn mit ihrer Widersprüchlichkeit zu einem idealen Motiv für Fotografen machten. Für die, die ihn liebten, war er die charismatischste Gestalt seit John F. Kennedy; diejenigen die ihn hassten oder verachteten, sahen in ihm einen rücksichtslosen und gefährlichen Mann. Aber der Mensch, den er, Clayton, kannte, war durchdrungen von Anteilnahme. Kerrys Zorn galt denen, die ihn – aus seiner Sicht – davon abhielten, im Sinne derer zu handeln, die am dringendsten der Hilfe bedurften. Trotz all der Tinte, die bei den endlosen Analysen seiner Beweggründe geflossen war, waren allzu wenige Menschen über den Kerry im Bilde, der er wirklich war. Und jetzt heiratete sein Freund eine Frau, die ihn mit allen seinen Seiten kannte, und weil er wusste, wie sehr dies Kerrys Herz und seine Bürde erleichtern würde, war auch Clayton Slade heute ein glücklicher Mann.

Der Mann hinter dem Tisch hatte eine Brille mit dicken Gläsern, straff nach hinten gekämmtes Haar und ein ausdrucksloses Gesicht mit misstrauischen Augen, die in einem fort hin und her huschten und alles im näheren Umkreis aufnahmen. Auf dem Tisch lagen nichts als P-2 und Zubehör.

»Händler?«, fragte Bowden.

Die Augen richteten sich auf Bowden und durchbohrten ihn förmlich.

Bowden holte tief Luft. »Was kostet so ein Ding?«

»Fünfhundertfuffzich.«

Bowdens Hand erstarrte über dem Geldbeutel. »Der vom Gun Emporium wollte bloß vierhundert.«

Ein Mundwinkel des Mannes verzog sich – nicht zu einem Lächeln, eher zu einer verächtlichen Grimasse. »Das Gun Emporium verlangt ja auch Leumundsprüfungen.«

Bowden merkte, wie er sich anspannte. »Für so was hab ich keine Zeit!«

Die Augen des Mannes wurden härter und so durchdringend, dass Bowden am liebsten geflüchtet wäre. Dann sagte der Mann mit flacher Stimme: »Ich auch nich.«

Langsam zählte Bowden das Geld ab und legte es auf den Tisch. Der *Defender* fiel ihm wieder ein. Er schlug ihn auf und zeigte dem Mann die markierte Seite. »Hast du die da?«

Der Händler nahm die Zeitschrift in die Hand. Neben einer Annonce für die Waffenmesse war Werbung von Lexington Arms platziert. Über einem Foto der P-2 stand der Slogan: »Vom Aussterben bedroht – in Kalifornien verboten.« Darunter prangte die Abbildung eines Hohlspitzgeschosses mit unterhalb der Spitze eingekerbten Rillen und ein kurzer Text: »Die tödlichste Pistolenkugel auf dem Markt – macht vor nichts Halt.«

»Adlerklauengeschosse kosten extra«, sagte der Mann. »Die reißen dir die Eingeweide raus.«

Bei der Vorstellung, dass eine Kugel ihm Haut, Knochen und Gehirn zerfetzte, zuckte Bowden zusammen. Mit heiserer Stimme fragte er: »Brauch ich die?«

»Nur, wenn du absolut sichergehen willst.«

Bowden blieb stumm. Nach einem langen Moment brachte er zwar immer noch kein Wort hervor, aber er nickte langsam.

Mit einem vorsichtigen Blick in die Runde fragte der Mann: »Wie sieht's mit 'nem Magazin aus?«

»Was ist damit?«

Die Augen des anderen flackerten weiter rastlos. »Ich hab ein paar von den alten – da gehen fuffzich Kugeln rein. Werden jetzt nich mehr hergestellt.«

Bowden ergriff die P-2 und wog sie in beiden Handflächen. »Wie viel willst du für das Magazin?«, fragte er, seine Stimme ein tonloses Flüstern.

Als sie sich das Jawort gaben, sah Kerry Lara zärtlich ins Gesicht. Ihr Blick begegnete dem seinen. Er war fest und sicher. Jäh vergaß Kerry die Kameras, die unzähligen Millionen, die rund um die Welt zusehen mochten. Für ihn gab es nur noch diesen Moment. Und Laras Familie, ihre engsten Freunde und Father Joe Donegans in der Kirche widerhallenden Worte. Das alles zusammen machte ihre Beziehung zu mehr als nur einer Partnerschaft – jetzt waren sie ein Ehepaar. Um Laras Lippen spielte ein Lächeln, in ihren Augen lag tiefe Wärme.

Ja, sagte er ihr stumm. Wir haben es verdient. Die Vergangenheit ist bewältigt.

»Ich liebe dich«, flüsterte sie.

Auf dem Bildschirm beugte sich der kleine Scheißkerl über die Eiskönigin, um sie zu küssen.

Mit einem Füller in der Hand verfolgte John Bowden die Trauung in einem verwahrlosten Hotelzimmer. Neben ihm lagen auf der zerschlissenen Tagesdecke eine Lexington P-2, ein Magazin für fünfzig Geschosse und sechs Schachteln Adlerklauenkugeln.

Seine Hand begann zu zittern.

Als das glückliche Paar das Kirchenschiff hinunterschritt, griff er nach einem Spiralblock.

Er schrieb wie besessen, strich Wörter durch, ersetzte sie durch andere, härtere. Am Ende füllten sich seine Augen mit Tränen.

Der Brief war ein Schwur, ein Pakt diktiert von Liebe und Hass.

Er riss das Papier ab, faltete es und versiegelte es in einem schon vorher adressierten Umschlag.

Im Fernseher winkten sein Schwager und seine Schwägerin von den Stufen zum Portal den Leuten zu. Als seine Frau und nach ihr Marie mit einem Blumenstrauß in der Hand auftauchten, steigerten sich die Jubelrufe in seiner Wahrnehmung zu einem hysterischen Kreischen.

Verzweifelt schaltete John das Gerät aus.

Hastig packte er seine Schießausrüstung zusammen, verließ das Hotel, ohne zu zahlen, und fuhr ziellos durch heruntergekommene Straßen, bis er einen Briefkasten entdeckte. Er stellte den Wagen davor ab, klappte den Deckel auf und zögerte noch einmal, während seine Hand mit dem Brief über dem Schlitz schwebte. Schließlich gab er sich einen Ruck, ließ das Schreiben in den eisernen Schlund fallen und fuhr zum Flughafen von Las Vegas.

# 22

Den Tag ihrer Hochzeit sollte Lara Costello wie hinter einem Dunstschleier erleben, der sich über sie senkte, als ihr Wagenkonvoi von der St. Mathew's Church zum Weißen Haus rauschte, wo die Gäste zum Gratulieren Schlange stehen würden.

Für Peter Lake dagegen war der Tag eine einzige Serie von Standbildern und Sicherheitsvorkehrungen, die permanent überprüft und aktualisiert werden mussten. Rund um das Weiße Haus waren bis zum Washington Monument konzentrische Kreise gezogen worden, in denen jeder Beamte eine genau umrissene Aufgabe versah. Das Luftgebiet über dem Weißen Haus war für Flugzeuge gesperrt und wurde von ständig patrouillierenden Helikoptern streng überwacht. Die Demonstranten durften nur auf einem abgelegenen Platz aufmarschieren, sodass die Hochzeitsgäste nichts von bitteren Parolen wie »Mr. und Mrs. Baby-Killer« oder »Entwaffnet den Geheimdienst« mitbekamen. Auf den umliegenden Dächern postierte Scharfschützen richteten ihre Visiere auf den großen südlichen Rasen vor dem Weißen Haus, andere überwachten die nähere Umgebung vom Dach des Präsidentensitzes aus. Jeder Gast musste sich ausweisen, ehe er durch das am östlichen Eingang aufgestellte Magnetometer geschleust wurde. Das Weiße Haus selbst war in fünf Zonen aufgeteilt worden; vor dem Betreten jeder einzelnen musste man seine Kennmarke zeigen. Alle fünf wurden von einer vor dem Westflügel aufgebauten Kommandozentrale aus kontrolliert. Mit einem Handy am Ohr stand Peter im Skulpturengarten und ließ den Blick über das Anwesen schweifen, während er seinen Mitarbeitern Anweisungen gab. Heute bestand dank seiner Bemühungen größtmögliche Sicherheit für Lara und Kerry, und ihre Geheimnisse waren bei ihm ebenfalls gut aufgehoben.

Am Flughafen wimmelte es von Polizisten und Männern von der National Guard in Kampfausrüstung, die wegen der Al Qaida und Mahmoud al Anwar überall Wache standen. Unter ihren Blicken zeigte John Bowden einem Sicherheitsbediensteten seinen Flugschein, ehe er sich durchleuchten ließ.

Irgendwo im Labyrinth der Fließbänder war jetzt sein Koffer unterwegs. Bowden hatte ein Formblatt ausgefüllt und den Inhalt exakt beschrieben. Dabei hatte er sich peinlich genau an die Vorschriften der Fluglinie gehalten. Es war erstaunlich einfach – jetzt musste er nur noch hoffen, dass niemandem beim Überprüfen des Formulars sein Name auffiel.

Die Würdenträger und sonstigen Gäste defilierten im Gänsemarsch am Brautpaar vorbei. Für Kerry war es ein Auftritt mit gemischten Gefühlen – hier echte Wärme und Freundschaft, dort die steifen Grüße derjenigen, die man der Form halber hatte einladen müssen.

Nirgendwo trat das deutlicher zu Tage als bei den Gratulationen der Politiker, die bei der Ernennung der Obersten Richterin eine zentrale Rolle gespielt hatten. Voll aufrichtiger Freude begrüßte Kerry Caroline Masters, seine Favoritin für dieses Amt, die er am Ende durchgesetzt und seitdem nicht mehr gesprochen hatte. Caroline, deren Auftreten so souverän wie ihr Humor beißend war, gestand ihm augenzwinkernd, dass das Leben am abgeschirmten, aber von ewigem Gezänk bestimmten Supreme Court ihr vorkam wie eine »auf ein Kloster beschränkte Intifada«. Senator Charles Hampton, der hochgebildete, aber raubeinige Führer der demokratischen Minderheitsfraktion, spielte auf die blutige Schlacht im Senat an, als er seine Glückwünsche mit der Hoffnung verknüpfte, dass die Flitterwochen des Präsidenten bis über die nächsten Sitzungen hinaus dauern würden. Senator Frank Fasano, dem neuen Mehrheitsführer der Republikaner im Senat, blieb es schließlich vorbehalten, die Folgen der Ernennung von Caroline am nachhaltigsten in Erinnerung zu rufen.

Der erst vierzigjährige Fasano war an die Spitze seiner Fraktion gelangt, nachdem Kerry seinen Vorgänger, Macdonald Gage, wegen dessen nur allzu offensichtlicher Rolle bei der Tragödie von Chad Palmers Tochter Kyle ins politische Abseits manövriert hatte. Solange sie Kollegen im Senat gewesen waren, hatten Kerry und Fasano kaum je miteinander gesprochen. Und obwohl sie auf den ersten Blick vieles miteinander verband – beide waren jung, praktizierende Angehörige der römisch-katholischen Kirche und stammten aus einfachen Verhältnissen –, verfolgten die Kräfte, die jetzt hinter Fasano standen und ihn zum nächsten Präsidenten aufbauen wollten, Kerry mit derart unversöhnlichem Hass, wie man ihn in der Politik nur selten erlebte. Der blendend aussehende, dunkelhaarige Fasano, der sich auch vorzüglich auf den Umgang mit den Medien verstand, war in der Familien- und Sozialpolitik so erzkonservativ wie Kerry liberal. Empfand Fasano gegenüber den Befürwortern der Wahlfreiheit bei der Abtreibung ohnehin schon tiefste Abneigung, so weitete sie sich in seinem Verhältnis zum Präsidenten zu regelrechter Feindseligkeit aus, weil er davon überzeugt war, dass Kerry die Lehre der katholischen Kirche von der Unantastbarkeit des ungeborenen Lebens verraten hatte. Beim Händedruck mit Fasano wurde Kerry plötzlich die Ironie des Schicksals bewusst, das dazu geführt hatte, dass er derjenige war, der Fasano mit der Eliminierung von Macdonald Gage zu seinem Hauptwidersacher befördert und sich insofern selbst zu Fasanos Zielscheibe gemacht hatte.

»Glückwunsch, Mr. President«, sagte Fasano. »Wir wünschen Ihnen alle Familienfreuden. Und dazu jeden Segen.«

Dabei konnte es sich durchaus um eine verhüllte, leicht ironische Anspielung auf Kerrys gescheiterte erste Ehe und deren Annullierung handeln. Vielleicht war es aber auch ein versteckter Hinweis auf Fasanos Frau, die sich ganz der Familie widmete, mit ihm schon fünf prächtige Kinder hatte und jetzt erneut schwanger war. Oder aber Fasano meinte, dass er als Verfechter der traditionellen Familie in solchen Fragen wohl die größere Kompetenz besaß. Wie auch immer, der Präsident war sich sicher, dass Fasanos Gratulation alles andere war als ein persönlicher Wunsch ohne Hintergedanken. Nun, während er insgeheim überlegte, ob Bernadettes sechstes Kind in neun Jahren bei ihr nicht eine Psychose auslösen konnte, erkundigte Kerry sich trocken: »Wie viele ›Segnungen‹ schließen Ihre Familienfreuden mit ein?«

Fasano ließ seine Zähne mit einem Lächeln aufblitzen, das ihre grundsätzlichen Gegensätze weder verbarg noch überspielte. »So viele, wie Gott wünscht, Mr. President.«

Kerry erwiderte Fasanos Lächeln. »Ich werde es der First Lady ausrichten.«

John Bowden trottete zur Abflughalle, ohne die anderen Passagiere um sich herum zu bemerken. Irgendwo zwischen ihnen bewegte sein Koffer sich auf sein letztes Ziel zu. Wenn er verloren ging, wäre Bowden nicht mehr in der Lage, seine Mission zu vollenden.

Er setzte sich in eine Bar, bestellte einen Scotch und gleich noch einen.

Denn darauf war er jetzt angewiesen: auf das beruhigende Brennen in der Kehle, das sein Leiden milderte und seine Sicht auf die vor ihm liegende Aufgabe verengte. Langsam verfiel er in einen Tagtraum, in dem er sich den Schmerz und den Schock in Kerry Kilcannons Gesicht bis ins Detail ausmalte.

Fast hätte er es nicht mehr zum Flugzeug geschafft.

Das Zelt war mit Blumen gefüllt, die Tische bogen sich unter den vielen Speisen, und ein Heer von Kellnern hatte alle Hände voll zu tun, die Gläser nicht leer werden zu lassen. Am Kopftisch erhob sich Kerrys bester Freund, um einen Toast auszubringen.

»Die *New York Times*«, begann Clayton in einem gespielt salbungsvollen Ton, »hat mich einmal als die einflussreichste Person im Weißen Haus bezeichnet.« Grinsend deutete er mit dem Kinn auf die neue First Lady. »Tja, Leute, heute ist der erste Tag meines neuen Lebens.«

Dafür erntete er lang anhaltendes Gelächter. Kerry stimmte mit ein, auch wenn ihm nicht entgangen war, dass Claytons Worte einen ernsten Kern enthielten: Clayton würde sich erst daran gewöhnen müssen, dass nun jemand da war, der Kerry noch näher stand, so wie das eben nur eine liebende Ehefrau tat, zumal eine so durchsetzungsfähige wie Lara.

Die neben Kerry sitzende Lara Costello Kilcannon lächelte ihn aufmunternd an.

»Als ich den Bräutigam kennen lernte«, fuhr Clayton fort, »war er ein rauflustiger irischer Bursche, der beim Football – und im Gerichtssaal – die Ellbogen ganz schön fies einsetzen konnte. Ich war mir nicht so sicher, was von ihm noch so alles zu erwarten war.« Er grinste seine Frau an, eine zierliche Person mit lebhaften Augen, die auch nach zweiundzwanzig Jahren Ehe immer noch sehr gut aussah. »Aber vom ersten Tag an wussten Carlie und ich, dass kein Mensch ein besserer Freund sein kann. Wer einen Freund wie Kerry Kilcannon hat, der kann gar nicht anders, als ihm das Allerbeste zu wünschen.« Er zwinkerte Lara zu und hob das Glas. »Mit Lara ist unser Wunsch heute erfüllt worden.«

Die Luft im Flugzeug war kalt und ungesund. John Bowden begann zu zittern. Um einen zweiten Scotch, der ihn bestimmt gewärmt hätte, konnte er aber nicht bitten. Ihm war klar, dass er genuschelt hätte, und das hätte ihm gerade noch gefehlt, dass er der Stewardess aufgefallen wäre. So verschränkte er die Arme, um sich selbst zu wärmen, und schloss die Augen. Aber wie nun schon seit sechs Tagen, fand er einfach keinen Schlaf.

»In Kerry haben meine Mutter und meine Schwestern eine Quelle der Liebe und Unterstützung gefunden«, erzählte Lara den Gästen. »Und Marie einen Onkel allererster Sahne.« Sie grinste. »Natürlich war es ein bisschen beunruhigend zu sehen, wie sie dachten: ›*Endlich* ein Mann, der so lieb, einfühlsam und geduldig ist, dass er es mit Lara aushält!‹ Ihre Erleichterung war richtig mit Händen zu greifen.« Sie wandte sich Kerry zu. »Und meine auch.«

Lara geriet ins Stocken. Ihre Augen schimmerten feucht. »Mein ganzes Leben wollte ich immer nur Erfolg. Und jetzt weiß ich, worin der wahre Erfolg für mich besteht: in einem Leben, das ich mit dir teile …«

»Als Präsident verlobt zu sein ist wie ein langes Rendezvous mit zweihundertachtzig Millionen Anstandswauwaus«, gab Kerry vor der Hochzeitsgesellschaft zum Besten. »Es ist wahrhaftig eine Probe für die Liebe – und den Einfallsreichtum.«

Inmitten des Gelächters wurde Kerry unvermittelt ernst. Leise sagte er: »Ich habe nie geglaubt, ich sei der geborene Präsident – das war mein Bruder James. Aber dank meiner Mutter habe ich immer gewusst, was Liebe ist. Und darum konnte ich in Lara die Frau erkennen, die zu lieben ich geboren worden bin …«

Das Flugzeug landete mit einem gewaltigen Ruck.

Beim Aufstehen vergaß Bowden, den Sicherheitsgurt zu lösen, sodass er unsanft wieder auf dem Sitz landete. Verlegen fummelte er am Verschluss herum. Als er endlich stand und ihm von Alkohol, Schlaflosigkeit und den Tagen ohne Essen schwindlig wurde, versiegte sein Selbstvertrauen mit einem Schlag.

Wie ein Roboter stakste er die Gangway hinunter und folgte den anderen Passagieren zur Gepäckausgabe.

Kurz bevor es im East Room ans Tanzen ging, ergab sich für Kerry ein Moment der Ruhe und die Gelegenheit zu einem Gespräch mit Senator Chad Palmer inmitten des bunten Treibens um sie herum, ohne dass die Journalisten, die sonst so begierig auf jedes Wort des Präsidenten lauerten, etwas mitbekamen.

»Ich habe dich mit Frank Fasano plaudern sehen«, bemerkte Chad trocken. »Hochzeiten holen das Beste aus uns heraus, hm?«

»Frank und ich versuchen, einander so ungefähr alle fünf Jahre zu besuchen«, antwortete Kerry grinsend. »Aber ich nehme an, dass wir uns jetzt öfter sehen werden, wo er doch für euch ein Führer ohnegleichen geworden ist. Sag, wie läuft es bei euch drüben?«

»Anders.« Chad war anzuhören, dass er seine Bitterkeit, die er Fasanos Vorgänger gegenüber empfand, noch nicht ganz überwunden hatte. »Gage war ein ausgekochter Bursche – hinter dem Lächeln steckte ein Machiavelli. Aber man wusste immer, dass man ihm nicht trauen durfte. Dieser Typ dagegen ist wie ein Jesuit mit einer Geschäftsidee, die er mit aller Macht durchsetzen will. Immer voll konzentriert, ohne sich je eine Blöße zu geben, und viel schwerer einzuschätzen als Gage. Ich habe keinen Zweifel daran, dass er seine Frau und seine Kinder von ganzem Herzen liebt. Aber du und ich, wir sind für Frank nicht so sehr Menschen, sondern vielmehr Konkurrenten, Hindernisse für seine Spekulationen, deren wahre Natur keiner kennt.«

Es hätte dieser Charakterisierung nicht bedurft, um Kerry daran zu erinnern, dass Chad selbst für seinen Ehrgeiz einen hohen Preis gezahlt hatte. »Scheiß auf Fasano«, brummte er. »Ich wollte dir eigentlich bloß sagen, wie dankbar ich dir bin, dass du da bist.«

In Chads Lächeln mischte sich eine Spur Trauer. »Wenn du mit Allie tanzt, sag ihr das bitte auch noch mal. Der heutige Tag war schwer für sie.«

Mit einem schalen Geschmack im Mund wartete Bowden auf sein Gepäck. Das Fließband lief noch immer. Wie hypnotisiert starrte er darauf und hatte Angst, selbst beobachtet zu werden. Koffer kamen an, wurden ergriffen, und langsam schrumpfte die Menschentraube um ihn herum. Bald warteten nur noch drei Leute.

Als endlich sein Koffer auftauchte, war Bowden allein. So allein, wie er auch im Leben war.

Um elf Uhr erklommen Kerry und Lara Kilcannon langsam die Treppe zu ihrer Privatwohnung.

Unten hatten sich die Gäste versammelt. Mit einem Blick über die Schulter schleuderte Lara den Brautstrauß über ihren Kopf.

Als sie sich umgedreht hatte, sah sie ihn immer noch höher steigen, ehe er plötzlich steil nach unten und der kleinen Marie vor die Füße fiel. Unter dem Gelächter der Feiernden hob ihn Marie mit dem verwirrten und zugleich entzückten Gesichtsausdruck einer Sechsjährigen auf, der nicht ganz klar ist, was sie getan hat, die aber fest glaubt, dass es etwas Großartiges war.

Lachend verbarg Lara das Gesicht in den Händen. Eigentlich hatte sie den Strauß für Mary bestimmt. Ihre jüngste Schwester stand direkt neben dem Mädchen und betrachtete es mit einer liebevollen, doch etwas wehmütigen Miene, die auszudrücken schien: einmal Brautjungfer, immer…

An Maries Mutter gewandt rief Lara lächelnd: »Nimm die Blumen in Verwahrung, Joanie, dann kann Marie sie in zwanzig Jahren aus dem Schrank holen.«

Bowden lag in einem Motelzimmer. Die Jalousien waren heruntergelassen, die Pistole ruhte auf seinem Bauch. In der Dunkelheit warf er einen Blick auf das Leuchtzifferblatt seiner Uhr.

Morgen um diese Zeit war er wahrscheinlich schon tot.

Kerry hielt Lara in der Dunkelheit in den Armen. Ihr Busen drückte sanft gegen seine Brust.

»Ich fühle mich, als wären wir mit einem Mord davongekommen«, murmelte Kerry.

Lara lachte. »Weil ich jetzt über Nacht bleiben darf?«

»Unter anderem. Ist es für dich jetzt nicht anders?«

»Eigentlich schon. Aber vielleicht nicht so, wie du meinst.«

»Wie denn?«

Sie küsste ihn lächelnd. »Ich mache mir keine Gedanken mehr wegen der Empfängnisverhütung.«

Danach versiegte das Gespräch zwischen dem Präsidenten und der First Lady.

# 23

»Das war schön, wie du mit mir getanzt hast«, sprudelte es aus Marie heraus.

Kerry und Lara mussten gerade unbändig über ein Foto von der Feier lachen, in dem Kerry mit Frack und weißer Fliege ein sechsjähriges Mädchen in rosa Rüschenkleid zu einem Walzer auf die Tanzfläche führte. »Wir werden dir ganz viele Fotos schicken«, versprach der Präsident.

Er war nach draußen gekommen, um sich von Laras Familie zu verabschieden. Mit allen wechselte der Präsident noch ein Wort. Die Erste war Joan. »Komm bald wieder. Und bitte ruf mich an, wenn du irgendwas brauchst. Ich glaube nicht, dass ich noch sehr viel mehr vermurksen kann, und wir wollen doch, dass du das Ganze unbeschadet überstehst.«

Joan küsste ihn auf die Wange, dann sah sie noch einmal zu ihm auf. In ihren Augen lag tiefe Dankbarkeit und noch etwas anderes. »Ich bleibe dabei: Lara hat Glück gehabt.« Sie wandte sich schnell ab und schob Marie in den Wagen.

Beim Abschied von Mary fiel Kerry auf, dass die Jüngste nicht nur diesmal, sondern auch an den Tagen davor stets als Letzte an die Reihe gekommen war. »Du musst nicht immer auf die anderen warten«, flüsterte er ihr zu. »Als Alleinstehende hast du den Vorteil, dass du uns jederzeit besuchen kannst.«

Lächelnd versprach ihm Mary, dass sie die Einladung annehmen würde, und stieg in den Wagen. Bevor sie den anderen folgte, drückte Lara ihrem Mann kurz die Hand. »Wir sehen uns dann in Andrews.« Kerry nickte und trat zu seinem Leibwächter, der ihn zu einer Sitzung des Sicherheitsrats begleiten sollte.

Zuvor ließ er sich aber zum Chef des San Franciscoer Sicherheitsdienstes durchstellen, den ihm Peter Lake empfohlen hatte. »Lassen Sie sie am Flughafen von Ihren Leuten abholen«, bat er Tom Burns. »Nach all dem Trubel hier sollen sie nicht weiter belästigt werden.«

»Mr. President«, versicherte ihm Burns, »betrachten Sie den Auftrag als erledigt.«

Inmitten zuckender Blitzlichter und heulender Sirenen näherten sich Lara und ihre Familie dem Dulles Airport.

»Da, tut einem ja der Kopf weh!«, scherzte Inez und presste in gespieltem Schmerz die Hände an die Schläfen.

Marie hielt es vor Begeisterung kaum noch im Sitzen aus. Sie wand sich unter ihrem Sicherheitsgurt in alle Richtungen und konnte sich nicht daran satt sehen, wie sich die voranbrausenden Einsatzwagen und Motorräder der Polizei zwischen dem E-Street-Tunnel und dem Highway 66 immer wieder gegenseitig überholten.

»Warum machen sie das?«, fragte Marie ihre Tante. »Mit den Sirenen und so?«

»Um uns zu schützen«, anwortete Lara. Über die möglichen Gefahren, die einer Präsidentenfamilie drohten, ließ sie sich lieber nicht aus. Stattdessen wies sie Marie auf die Raffinesse der Schutzmaßnahmen hin. Auf diese Weise schaffte sie es, das Mädchen bis zum Flughafen mit Erklärungen zu den permanenten Positionswechseln zwischen den Wagen und Motorrädern und zu dem Zusammenspiel zwischen Polizei und Geheimdienst zu fesseln.

Am Dulles Airport wurden sie in einen zuvor geräumten Hangar gebracht, der normalerweise Privatflugzeugen diente und für den Geheimdienst am einfachsten zu sichern war. Dort wartete bereits die Flughafenpolizei auf sie. Diese würde sie noch vor dem Eintreffen der übrigen Passagiere ins Flugzeug setzen. Alle vier hatten Flugscheine für die erste Klasse, ein Geschenk von Kerry und Lara.

Noch einmal kniete sich Lara vor Marie. »Ich wünsche mir dasselbe wie Kerry. Ich bestehe darauf, dass ihr bald wiederkommt.«

Das Mädchen sah ihr feierlich in die Augen, und mit einem hastigen Blick in die Richtung ihrer Mutter fragte sie: »Können wir dann auch Daddy mitbringen? Wenn er lieb zu Mommy ist, meine ich. Ich will nicht, dass er traurig ist.«

Lara und Joan wechselten einen verblüfften Blick. Mit dem Gespür eines Kindes für verbotene Themen hatte Marie es seit ihrer Ankunft vermieden, ihren Vater zu erwähnen. Dennoch hatte sie in ihrem tiefsten Inneren den Wunsch jedes Kindes nach einer vollständigen Familie, nach einem Vater und einer Mutter, die sie und einander liebten, und der schleichende Untergang ihres Traumes löste zusätzliche Verletzungen aus. Mit ihren sechs Jahren hegte Marie noch das Bild von einer Familie, in der der Vater nicht denselben Schmerz empfand, unter dem *sie* litt. Joan kniete sich vor ihre Tochter und nahm sie in den Arm. »Das werden wir alles sehen. Ich will doch auch, dass es Daddy gut geht.«

Lara sah dem Mädchen an, dass es mit dieser Antwort nicht wirklich zufrieden war, aber mehr ließ sich beim besten Willen nicht sagen. So beugte sie sich stumm über Marie und küsste sie auf die Stirn. Dann richtete sie sich wieder auf und umarmte ihre Schwester. »Sei mir nicht böse, Joan. Ich weiß selbst, dass ich manchmal streng bin. Aber trotzdem liebe ich dich sehr.«

Joan sah ihr fest in die Augen. »Ich liebe dich auch«, sagte sie leise und küsste Lara auf die Wange.

Und plötzlich erinnerte sich Lara daran, wie sie als Kinder unter einer Decke geschlafen und miteinander geflüstert hatten, damit ihre Mutter sie nicht hörte. Schweigend drückte sie ihre Schwester an sich.

Doch nun war es Zeit, sich zu trennen. An Mary gewandt sagte Lara: »Der Strauß war eigentlich für *dich* gedacht.«

Mary ließ ein ironisches Lächeln aufblitzen. »Du kannst eben nicht *alles* perfekt machen, Schwesterherz. Aber Marie hat mir schon versprochen, dass ich ihre Ehrenjungfer sein darf.«

Zuletzt verabschiedete sich Lara von ihrer Mutter mit einem Kuss. »Geh jetzt«, bestimmte Inez, »du kommst sonst noch zu spät zu deinen Flitterwochen.« Aber sie kämpfte mit den Tränen.

»Das werde ich bestimmt nicht. Du hast ja keine Ahnung, was für eine gute Ehefrau ich sein werde.«

Obwohl sie so aufgewühlt war, hatte der Humor Inez nicht verlassen. »Das glaube ich dir aufs Wort, Lara. Was du wolltest, hast du bisher noch immer durchgesetzt.«

Ein Polizist näherte sich diskret, wartete dann aber, bis Lara ihn zur Kenntnis nahm. »Sind Sie bereit, Mrs. Kilcannon? Wir sollten Ihre Familie jetzt langsam zum Flugzeug bringen.«

»Wir sind bereit«, bestätigte Lara mit einem Blick auf ihre Mutter.

Ihre Familie wurde zur Gangway eskortiert. Ein letztes Mal drehte Inez sich um und winkte ihr.

Lara sah ihnen zu, wie sie im Bauch des Flugzeugs verschwanden. Ihre Schwestern, die sie trotz aller Gegensätze liebte; das Mädchen, das die Erste in der nächsten Generation von Costellos war; ihre Mutter, die sie alle gleich lieb hatten. Dann wandte auch sie sich ab und eilte, von zwei Leibwächtern begleitet, ihrem neuen Leben mit Kerry Kilcannon entgegen.

Vier Stunden später – es war kurz vor fünf Uhr – spazierten Lara und Kerry über den Strand von Dogfish Bar. Aus der Ferne beobachtete sie eine winzige Schar von Reportern und Fotografen.

»Flitterwochen, wie sie die wenigsten erleben«, bemerkte Kerry sarkastisch.

Lara wusste natürlich, dass das Ganze ein fauler Kompromiss war, die Folge eines Streits zwischen vier Parteien: dem Präsidentenpaar, dem an der Wahrung seiner Privatsphäre gelegen war; Peter Lake, dem es um ihre Sicherheit ging; den Journalisten, die möglichst viele Bilder von den Kilcannons für ihre Titelseiten und Nachrichten wollten; und Kerrys politischen Beratern, die die Flitterwochen als Goldgrube betrachteten, vor allem dann, wenn die »privaten Momente« geschickt inszeniert wurden. Man hatte sich schließlich auf einen knappen Zeitplan für Fototermine geeinigt, zwischen denen ausgedehnte Perioden ohne Zugang für die Presse liegen sollten, was natürlich zur Folge hatte, dass die Journalisten Nichtigkeiten aufbauschten. Einen vorläufigen Höhepunkt hatte dieses Verfahren erreicht, als CNN Kit Pace um eine Lektüreliste des Präsidentenpaares gebeten hatte. »Lektüreliste?«, hatte Kit wiederholt und sich alle Mühe gegeben, nicht laut herauszulachen. »Ist das ernst gemeint?«

»Was lesen wir denn?«, fragte Lara nun.

Kerry ergriff ihre Hand. »Ich habe Kit gebeten, das *Kamasutra* anzugeben. Alle sechzehn Bände.« Und mit einem Nicken in Richtung Kameras fügte er hinzu: »Es hilft, wenn man einen Sinn fürs Absurde hat.«

Da konnte ihm Lara nur Recht geben. Andererseits war ihr nur allzu klar, wie schlimm es sein konnte, wenn die Presse auf jede Bewegung lauerte. Als sie selbst über Kerrys Wahlkampf in Kalifornien berichtet hatte, hatten ihre Kollegen und sie ihre Aufgabe als »Totenwache« bezeichnet, denn selbst an einem ereignislosen Tag bestand jederzeit die Möglichkeit, dass wieder irgendein Verrückter Geschichte schrieb, nachdem einer schon Kerrys Bruder ermordet hatte. Und genau gegen diese Bedrohung hatte Peter Lake ein ausgeklügeltes System von Sicherheitsmaßnahmen auf die Beine gestellt, dessen Dimensionen die Presse nie durchschauen würde.

Lara ließ den Blick über die Örtlichkeit schweifen, die Peters Einfallsreichtum derart auf die Probe gestellt hatte.

Der Strand, eine gut eine Meile breite Fläche aus weißem Sand mit halb darunter verborgenen Felsbrocken, erstreckte sich bis zu einem roten Lehmhügel, auf dessen Kuppe der Gay-Head-Leuchtturm stand, ein einsamer Speer unter dem Blau des frühen Abendhimmels. Gegenüber rauschten im blassen Sonnenlicht die Fluten des Atlantiks, in die ein Sanddamm hineinragte, auf dem sie bei Ebbe eine Viertelmeile ins Meer hinauslaufen konnten. In ihrem Rücken erhob sich eine mit Dünengras bewachsene sanfte Anhöhe, auf der das Strandhaus stand, das elegante, ausschließlich aus Glas und Holz erbaute, lichtdurchflutete »Dogfish Bar«. Vom Aspekt der Sicherheit her wäre dieses Urlaubshaus nicht Peters erste Wahl gewesen, lag doch hinter ihm ein nur eine halbe Meile breiter, mit niedrigen Gräsern und Büschen bewachsener Gürtel, der am Fuß eines Hügelzugs endete. Der wiederum war mit Häusern gesprenkelt und mit Bäumen bewachsen, womit er etwaigen Störenfrieden idealen Schutz bot. Gefallen konnte Peter eigentlich nur das Wasser. Außer einem Froschmann konnte sich von dort niemand unbemerkt nähern, und für diesen Fall hatte Peter seine eigenen Taucher.

Die Kampfschwimmer gehörten zu den unauffälligsten Aspekten von Peters Plan. Bei allem anderen hatte er in seine Trickkiste gegriffen. So hatte er kurzerhand in der Umgebung von Dogfish Bar ein Manöver der Küstenwache mit Straßensperren, Hubschraubern und vor der Küste patrouillierenden Booten angekündigt. Die Anwohner hatten ihre Häuser gegen eine fürstliche Abfindung verlassen. An ihrer Stelle residierten dort vorübergehend

Geheimdienstagenten, medizinisches Personal und so viele Mitarbeiter des Weißen Hauses, wie nötig waren, um die Arbeit des Präsidenten fortzuführen oder um, im schlimmsten Fall, auf eine Katastrophe reagieren zu können. Und all diesen Aufwand hatte Peter betrieben, ohne den Kilcannons die Illusion zu rauben, sie erholten sich – mal abgesehen von den Journalisten – in einem Kokon der Ruhe und Beschaulichkeit.

Mit Jeans und Baumwollpulli bekleidet, schauten sie aufs Meer hinaus und ließen sich eine leichte, kühlende Brise um die Gesichter wehen. In der Ferne tuckerte kaum hörbar ein Patrouillenboot vorbei und ließ ein weißes V in seinem Kielwasser zurück.

»Findest du den ganzen Aufwand um uns herum schlimm?«, fragte Kerry.

»Noch nicht. Wie lange dauert es noch, bis wir mit den Froschmännern allein sind?«

»Bis sechs Uhr.«

Lara blinzelte zu den in der Ferne beieinander hockenden Fotografen und Kameraleuten hinüber, deren Linsen in der Sonne glitzerten. Plötzlich grinste sie. »Dann bieten wir ihnen wohl besser mal was.« Sie stellte sich auf die Zehenspitzen und küsste ihren Mann exakt sieben Sekunden lang.

Auf dem Bildschirm berührte das Gesicht der Eiskönigin das des kleinen Scheißkerls. »Der Präsident und Mrs. Kilcannon haben ihre Flitterwochen auf Martha's Vineyard begonnen«, verkündete die Nachrichtensprecherin fröhlich.

In dem sterilen Motelzimmer, der, wie er wusste, letzten Bleibe seines Lebens, trank er von seiner letzten Flasche Wodka und starrte das Foto von Marie an. Zu essen hatte er nichts als einen Riegel Snickers. Seine Kreditkarte war gesperrt, sein Girokonto überzogen und in der Tasche hatte er nur noch einundzwanzig Dollar, nachdem er diesen erbsengrünen Albtraum von Zimmer im Voraus hatte bezahlen müssen. Sein Leben war kaputt, seine Männlichkeit hatten sie ihm geraubt, und seine Familie war ihm aus den Händen gerissen worden. Wach zu sein war eine einzige Qual, doch schlafen konnte er nicht. Nicht einmal der Alkohol konnte den Schmerz betäuben, der ihn gepackt hatte wie Fieber.

Nur noch die neben ihm liegende Pistole zählte.

Das Magazin der Lexington P-2 enthielt vierzig Hohlspitzgeschosse, die Adlerklauen. Für seine Erlösung würde er nur eine brauchen.

Mit von Alkohol und Verzweiflung erzeugter Bedachtsamkeit hielt er sich die Pistole an die Schläfe. Seine Augen schwammen in Tränen. Ein leichter Druck auf den Abzug, und seine Leiden wären beendet.

Langsam senkte Bowden die Augenlider. Seine andere Hand hielt immer noch das Foto von Marie umfasst.

Plötzlich dröhnte ein scharfes Klopfen an der Tür.

»Wer ist da?«, rief er mit zitternder Stimme.

»Zimmerdienst«, antwortete eine Frauenstimme.

»Hau ab.«

Danach herrschte Ruhe. In der Stille dachte Bowden wieder über die einzige Tat nach, die seinen Tod als weniger erbärmlich erscheinen lassen würde.

Langsam legte er die Pistole auf die Seite und kramte aus seiner Tasche das Start- und Landeverzeichnis hervor.

»Ihr Flugzeug hat sich verspätet«, richtete Lara ihrem Mann aus. »Ein Problem mit der Mechanik.«

»Ärgerlich. Aber zum Glück wartet niemand auf sie.«

Sie saßen zwischen den Dünen im Schneidersitz auf einer Decke und sahen zu, wie die rote Sonne im Meer versank. Lara hatte einen Meeresfrüchtesalat gemacht, für den Kerry den Hummer gefangen hatte. Und obwohl Lara mehr Tote gesehen hatte als Kerry – wenn auch niemanden, der ihr nahe stand –, hatte sie weggeschaut, als er die noch lebenden Tiere in kochendes Wasser gegeben hatte. Genüsslich nippte Kerry nun am gekühlten Chardonnay. »Irgendwie erinnert mich dieser Tag an *Thomas Crown ist nicht zu fassen.*«

*Es ist wie damals*, dachte Lara. Von all den Leuten um sie herum wusste außer Kerry und ihr niemand, dass sie vor vier Jahren schon einmal als Liebespaar in diesem Haus gewesen waren. Sie hatten hier nur wenige Tage verbracht, und in dieser Zeit musste sie wohl mit Kerrys Kind schwanger geworden sein. Doch davon hatte sie ihm nie erzählt, nicht einmal, als er vorgeschlagen hatte, die Flitterwochen hier zu verbringen. Jetzt wollten sie neue Erinnerungen schaffen.

»War das der Film mit Faye Dunaway?«, erkundigte sich Lara.

»Mhm. Und mit Steve McQueen. Sie haben sich auf dem Strand geliebt.«

Lara lächelte. Gemeinsam betrachteten sie die von den letzten Sonnenstrahlen in leuchtendes Orange getauchten Wolken am sich schnell verdunkelnden Himmel.

Als die Maschine mit den Costellos an Bord in San Francisco landete, wachte Marie auf. Während die anderen das Handgepäck aus dem Fach holten, tupfte Joan ihrer Tochter mit einem feuchten Tuch den Schlaf aus den Augen. Das kleine Mädchen streckte sich. »Sind wir zu Hause?«

»Fast.«

Wenig später verließen die vier Costellos das Flugzeug. Das normale Leben ohne die Privilegien in Laras Zuhause hatte sie wieder. Marie rannte auf der Rolltreppe schon einmal voraus und drehte sich immer wieder zu ihrer Mutter um. Vor dem Tor zur Ankunftshalle blieb sie stehen und wartete.

Auf der anderen Seite standen Kameraleute und Reporter mit Mikrofonen. »Marie!«, schrie jemand, aber bevor sie antworten konnte, hatten sich zwei Männer im Trenchcoat zwischen sie und die Kameras geschoben. Im nächsten Augenblick spürte sie die Hand ihrer Mutter auf der Schulter.

»Marie!«, schrie der Mann wieder. Aber Marie hatte bereits gelernt, nicht hinzuschauen. Sie hoffte nur, dass er nicht traurig deswegen war.

Unter einer wärmenden Wolldecke schaute Lara zum mit Sternen übersäten Himmel hinauf, der hier fern der Stadt mit ihren Lichtern noch heller strahlte. »Kennst du die Konstellationen, Kerry?«

»Nein.«

»Ich auch nicht. Vielleicht können wir uns ein Buch über Sterne besorgen lassen.«

Das war also ihr Begriff von einem größeren Projekt geworden.

Wie schnell sie sich in der kurzen Zeit verändert hatte. Zufrieden lauschte Lara dem tiefen Rauschen des Meeres.

Jäh fuhr Kerry zusammen und packte sie warnend am Arm. Erschrocken drehte sie sich zu ihm um. Er starrte irgendetwas an.

Es war ein Stinktier mit bedrohlich aufgerichtetem Schwanz, das an Kerrys Füßen schnüffelte. Und dieses kleine Tier machte die zwei Menschen zu seinen Geiseln. Aus Angst, es zu provozieren, rührten sie sich nicht von der Stelle. Schließlich ließ es seinen Schwanz sinken und trottete davon.

»Wo steckt Peter, wenn wir ihn mal wirklich brauchen?«, scherzte Kerry.

## *24*

Mit einem Surren öffnete sich die Glastür für John Bowden.

Seine Koordination und Wahrnehmung waren vom Alkohol stark beeinträchtigt. Als er auf die Gepäckausgabe zuging, schienen die Fließbänder vor seinen Augen gewaltig anzuschwellen und dann wieder zu schrumpfen. Sein Bewusstsein pendelte zwischen benebelter Stumpfheit und einer bruchstückhaften Ahnung dessen, was vielleicht noch kommen mochte. Unter dem Arm trug er einen Kasten für Bauteile aus dem Legoprogramm.

Es war kurz nach sechs Uhr. An der Gepäckausgabe drängten sich wartende Passagiere. Der digitale Anzeiger über dem nächsten Fließband zeigte drei bevorstehende Landungen an, welche Flüge das waren, konnte Bowden aber nicht erkennen. Als er näher trat, deutete eine blonde Frau mittleren Alters auf seinen Legokasten und lächelte ihn freundlich an.

Bowden achtete nicht auf sie. Ihn interessierten nur die Abflugorte: Boston, New York, Miami.

Er ging jetzt schneller. Wieder spürte er seinen Zorn in den Schläfen pochen und stellte sich vor, wie sich der Schmerz entladen würde, sobald er auf den Abzug drückte. Über dem Fließband mit der Nummer drei blinkte eine neue Meldung auf: »Nr. 88 – Washington/Dulles.«

Bowden blieb jäh stehen.

Die ersten Passagiere tröpfelten bereits durch die Glastür zum noch leeren Band. Bowden hielt sich am Rande, wo er auf und ab schritt.

Die Menge um das im Kreis laufende Band wurde dichter. Bowdens Stirn glänzte vor Schweiß. Aufgeregt trabte er nun unentwegt hin und her, immer wieder flackerten seine Augen zur Glastür.

Sie waren immer noch nicht in Sicht.

Seine Haut fühlte sich jetzt klamm an. Das vom Alkohol erzeugte Gefühl von Hitze kühlte sich bis zu der Taubheit ab, gegen die sein zwanghaftes Laufen die einzige Waffe darstellte. Dass sein T-Shirt vor Schweiß stank, merkte sogar er. Plötzlich senkte sich eine Depression über ihn, als wäre es von einer Sekunde auf die andere Nacht geworden.

Das Band blieb stehen. Am Rande seines Bewusstseins nahm er eine Frauenstimme wahr: »Das Gepäck für Flug Nummer 88 aus Washington-Dulles trifft in Kürze bei Ausgabe Nummer fünf ein.«

Bowden lenkte seine Schritte dorthin.

Marie war froh, dass ihre Mutter vorhin mit ihr noch schnell auf die Toilette gegangen war, denn das mit dem Gepäck dauerte eine Ewigkeit. Jetzt wartete sie an der Hand ihrer Großmutter vor dem Fließband auf ihren Koffer mit den bunten Blumen. Aber wie Erwachsene es schafften, so lange Zeit ein schwarzes Laufband ohne etwas darauf anzuschauen, begriff sie nicht.

In der großen Gruppe der Wartenden standen sie und ihre Familie etwas abseits, weil sich die zwei Sicherheitsleute, die sie beim Aussteigen abgeholt hatten, genau dazwischen postiert hatten. Die Nähe zu den Menschen, die sie liebte – die Oma hielt sie an der Hand, und sie durfte den Kopf an die Hüfte ihrer Mutter schmiegen, während ihre Mutter und Mary leise miteinander redeten – gab ihr ein Gefühl von Wärme und Geborgenheit. Das ermutigte sie, über den Kopf ihrer Puppe, die sie an die Brust gepresst hielt, hinweg zu den Männern mit den Kameras zu lugen.

Ihre Mutter hatte sich geweigert, mit ihnen zu sprechen. Tante Mary und die Großmutter genauso. Warum, das verstand Marie nicht, aber sie konnte spüren, dass ihre Mutter Angst vor diesen

Fremden hatte. Sie sah weg, um dann doch wieder hinüberzuspähen.

Daddy.

Er trug eine in rosa Bänder gewickelte Schachtel. Verdattert sah Marie zu ihrer Mutter hinauf.

Daddy war gekommen, um sie abzuholen, und hatte ein Geschenk mitgebracht. Doch ihre Mutter sah ihn nicht.

Dafür bemerkte Daddy sie jetzt.

Schüchtern hob sie den Arm zu einem kleinen Winken, um ihm zu zeigen, dass sie ihn auch gesehen hatte.

Bowden sank auf die Knie. Seine Augen waren auf Marie gerichtet. Doch als ihr Mund Worte bildete, die er nicht hören konnte, drehte ihre Mutter sich zu ihm um.

Mit fahrigen Bewegungen öffnete er den Kasten und holte die Pistole heraus. Sie fühlte sich schwer und massiv an. Um ihn herum verlangsamten sich alle Bewegungen, und jetzt kreuzten sich sein und Joans Blick.

Zuerst sollte sie die anderen sterben sehen.

Mit der Pistole auf Hüfthöhe zielte er auf Inez Costello.

»*Nein!*«, kreischte seine Frau.

Inez fuhr erschrocken zu ihrer Tochter herum. Bowden drückte ab.

Auf Inez Costellos Kehle breitete sich ein roter Fleck aus.

Bowden erstarrte. Seine Macht verblüffte ihn selbst. Joans Schreie füllten die ganze Halle. Einer der Wächter an ihrer Seite griff unter sein Hemd. Ein sanfter Druck auf den Abzug riss ihn von den Beinen. In Sekundenbruchteilen feuerte Bowden drei weitere Kugeln ab. Ein blondes Mädchen sackte in sich zusammen, dann der zweite Wächter. Passagiere warfen sich zu Boden.

Vor Joan stand niemand mehr.

Eine unheimlich Ruhe senkte sich über ihn. Sie musste noch ihre Schweser sterben sehen, das Leid spüren, das sie ihm angetan hatte.

Auf Händen und Knien krabbelte Mary auf das Fließband. Angstschreie gellten ihr in den Ohren. Sie kroch weiter zur Öffnung des Gepäckschachts, als ein Geschoss den Koffer neben ihr zerfetzte. Mit dem Mut der Verzweiflung erreichte sie die Öffnung und schob einen Koffer zur Seite. Die nächste Kugel schlitzte das Gummi vor ihr auf. Zwei weitere schlugen irgendwo ein. In panischer Angst krabbelte Mary in den Schacht.

Das Fließband wollte sie ständig zurückbringen. Verzweifelt drehte sie sich um und stemmte die Hände gegen die Fassung, um es aufzuhalten. Teilweise gelang ihr das auch. Zu ihren Füßen stapelten sich immer mehr Koffer. Dann sah sie durch die Klappe über der Öffnung, wie John erneut zielte.

Sirenen heulten los. Bowden zuckte zusammen.

Die nächste Kugel schlitzte knapp neben Marys Gesicht das Band auf.

Zu beiden Seiten des Fließbands rannten Leute durcheinander, andere lagen mit den Händen vor dem Gesicht oder wie Föten in sich zusammengerollt auf dem Boden. Plötzlich war jede Bewegung zu schnell für ihn.

In seiner Panik richtete er die Pistole auf Joan.

Sie drückte Marie an sich. Ihr Mund war vor Angst weit aufgerissen, ohne dass ein Laut herauskam. Das Mädchen verbarg den Kopf an ihren Beinen. Zu ihren Füßen lag Inez in einer Blutlache.

»John!«, schrie sie, und dann zerschmetterte eine Kugel ihren Kiefer.

Marie stürzte mit ihrer Mutter zu Boden und blickte direkt in das zertrümmerte Gesicht. Sie drückte die Augen fest zu und wandte sich ab. Die Puppe hielt sie immer noch an ihre Brust gepresst.

Ihr Vater starrte sie an. Seine Augen waren weit aufgerissen, regungslos. Die Pistole war stumm.

»Aufhören!«, donnerte eine Männerstimme.

Bowden erschrak. In einem Reflex klammerte er den Finger um den Abzug.

»*Nein!*«, heulte er.

Maries Porzellanpuppe zerbarst in tausend Stücke.

Marys Kräfte schwanden. Unerbittlich schob das Band sie zur Klappe zurück. Und in dem Moment, in dem ihr Kopf auf der anderen Seite herausschaute, hörte sie Bowdens Schrei.

»*Marie ...!*«

Gelähmt vor Entsetzen starrte er etwas an, das sie nicht sehen konnte. Plötzlich hob er den Arm und richtete die Pistole auf seine Schläfe.

Es gab ein trockenes *Plopp,* dann spritzte Blut. Bowden sackte zusammen.

Marys Arme erschlafften nun endgültig, und sie wurde zusammen mit dem Gepäck in die Kreisbahn befördert. So kam sie an Marie vorbei.

Mary brach in hemmungsloses Schluchzen aus.

Mit einem Ruck hielt das Band an. Mary hob langsam den Kopf.

Um sie herum erklang Weinen. Manche Passagiere lagen auf dem Boden, andere knieten. Eine Frau torkelte schnatternd wie ein Affe an ihr vorbei. Polizisten beugten sich über Bowdens Leiche. Ein Sanitäter fühlte Inez' Puls. Daneben lag Joan und starrte Mary mit leerem Blick an. Ein gedrungener Mann beugte sich mit seinem Camcorder über sie und filmte.

Der Sanitäter ließ Inez' Arm los und wandte sich Marie zu. Das Mädchen lag auf dem Rücken. Ihre Brust war mit Blut bedeckt. Der Mann nahm ihr Handgelenk zwischen die Finger. »Eine Trage, schnell!«, schrie er. »Sie lebt noch!«

Polizeiinspektor Charles Monk eilte zur Gepäckausgabe. Bei seinem Eintreffen brachten die Sanitäter gerade ein dunkelhaariges Mädchen im Laufschritt zum Notfallwagen.

Ausgerechnet jetzt war Stoßzeit. Und das San Francisco General Hospital hatte keinen Hubschrauberlandeplatz. Der Sheriff würde in aller Eile den Highway 101 sperren müssen, damit nicht noch mehr Autos die Fahrbahnen verstopfen konnten. Aber auch so würde es mindestens fünfzehn Minuten dauern, bis der Krankenwagen die Notaufnahme erreichte. Fünfzehn Minuten, die über ein Leben entschieden.

Monk erfasste das Bild des Schreckens mit einem Blick.

Es hatte mindestens sechs Tote gegeben – eine schlanke Frau mittleren Alters; eine mollige Frau von etwa dreißig Jahren; eine blonde Jugendliche, die mit vor die Brust gerissenen Armen rücklings quer über das Fließband gefallen war; zwei Männer mit kurzen Haaren in identischen Trenchcoats, einer weiß, der andere Hispanoamerikaner; und etwa fünfzehn Meter von ihnen entfernt lag ein mit T-Shirt bekleideter magerer Mann in einer Lache aus Blut und Gehirnmasse. Neben ihm stand ein Legokasten auf dem Boden. Unter seinem Arm lag eine Lexington P-2.

Mit einem Messer schafft man so was nicht, dachte Monk.

Die Szene hatte sich etwas beruhigt. Die Sanitäter hatten ihre Arbeit getan; die Polizei hatte den ganzen Bereich der Gepäckausgabe abgeriegelt, die Journalisten waren abgedrängt worden, die Spurenfahnder durchsiebten die Trümmer, und Polizisten vernahmen die ersten Zeugen. Ein Beamter kümmerte sich um eine junge Frau, die mit vor Schock völlig stumpfen Augen auf einem Stuhl kauerte.

Monk kniete sich vor sie. Mit einem Mal spürte er sein Gewicht auf dem seit einer Verwundung nie ganz verheilten Knie und die Last seiner Jahre. »Was ist hier passiert?«

Mary war zu keiner Antwort fähig. »Das ist die Familie des Präsidenten«, sagte der Cop leise. »Der Schütze war sein Schwager.«

## 25

Dr. Callie Hines starrte in ihrem Büro gerade die Wand an, als ihr Piepser sich meldete.

Soeben hatte sie einen Sechzehnjährigen asiatischer Herkunft mit einer Messerstichwunde im Unterleib zusammengeflickt – ihrer Erfahrung nach eine ungewöhnliche Verletzung, denn normalerweise bekam sie es mit Opfern von Schüssen zu tun. Und nun war sie anscheinend erneut gefragt. Aber das war nun mal der Rhythmus der Ärzte in der Notfallambulanz: extremer Stress, Stillstand, Piepser. Sie riss das Ding aus der Tasche ihres Kittels.

Ein Neunhunderter-Ruf. Wer immer hereingebracht wurde,

kämpfte mit dem Tod. Callie, eine schlanke Schwarze mit der Figur eines Models, einem glatten, faltenlosen Gesicht und abgeklärten Augen, die schon alles gesehen hatten, eilte zum Aufzug. Sie hatte soeben die Notaufnahme erreicht, als ihr Handy klingelte.

Es war eine Sanitäterin von einem der Ambulanzwagen. Am Flughafen war ein Pistolenschütze Amok gelaufen. Callie warf einen Blick auf die Uhr. Stoßverkehr. Sie stellte sich vor, wie es jetzt auf dem Highway 101 zugehen musste. Durch die Muschel hörte sie das durchdringende Heulen von Sirenen. »Wer ist der Patient?«, fragte sie.

»Ein sechsjähriges Mädchen«, gab die Frau mit gepresster Stimme durch. »Ein Fall für den OP-1.«

Callie unterdrückte ein Stöhnen. Schusswunden waren bei Teenagern an der Tagesordnung, aber doch nicht bei derart kleinen Kindern! In den OP-1 kamen nur Patienten, die schon auf der Schwelle zum Tod standen. »Was für eine Art von Wunde?«

»Im Unterleib. Der Blutdruck ist niedrig. Wir haben sie intubiert, einen Druckverband angelegt und eine Infusion angehängt.«

»Ist sie bei Bewusstsein?«

»Ja.« Kurzes Zögern. »Sie ist eine VIP.«

Eine höchst erstaunliche Bemerkung. Im General Hospital legte man normalerweise keinen Wert auf den Status. »Eine sechsjährige VIP?«

»Es ist Lara Kilcannons Nichte. Ihre Mutter und eine Schwester sind am Tatort gestorben.«

Callie hielt sich einiges auf ihre eisernen Nerven zugute. Jetzt aber holte sie tief Luft und zwang sich zu Ruhe. »Ich halte mich bereit«, versprach sie.

»Mr. President.«

Kerry fuhr herum. Durch das Gras kam ein im bleichen Mondlicht kaum auszumachender Schatten auf ihn zugeeilt. Aber die Stimme gehörte Peter Lake. »Mr. President«, wiederholte Peter, leiser jetzt.

Kerry wusste sofort, dass etwas geschehen war. Hatten sie vielleicht Al Anwar gestellt? Er spürte, wie sich Laras Hand um seine schloss.

Peter kniete in der Dunkelheit auf dem Sand. Lara erstarrte. Peter hatte zwar nach Kerry gerufen, doch er sah sie an.

»Ich habe schlechte Nachrichten«, erklärte Peter düster. »Am SFO hat es Schüsse gegeben. Ihre Mutter und Joan sind tot.«

»Nein …!« Einen Moment lang sah Lara überhaupt nichts mehr; sie spürte nur, wie Kerrys Griff fester wurde, als ziehe er sie von einem Abgrund zurück.

»Was ist mit Mary? Und mit Marie?«

Ihre Stimme klang ruhig und gefasst. Wie von einer Fremden.

»Mary ist nichts geschehen«, antwortete Peter. »Aber Marie ist verletzt. Sie bringen sie ins General Hospital.«

Kerry zog Lara an sich. Ruckartig wandte sie das Gesicht aber wieder Peter zu. »War es John?«

»Ja.«

Auf einmal spürte Lara, wie sich ihr Magen verkrampfte. Neben sich hörte sie Kerry mit belegter Stimme bitten: »Verbinden Sie mich mit dem Krankenhaus.«

Callie Hines stand vor der Weißwandtafel für die Neuaufnahmen und sah zu, wie die Sekretärin mit einem Markierstift die Namen der frisch eingelieferten Patienten eintrug. In den letzten Minuten hatte sie eine Parade gesehen, die es durchaus wert gewesen wäre, in einem Brueghelgemälde verewigt zu werden: zwei Häftlinge mit Handschellen, einen Obdachlosen mit Lungenentzündung, eine aidskranke zwanzigjährige Hispanoamerikanerin mit einer Überdosis Heroin, einen manisch depressiven HIV-positiven Weißen, der sich die Pulsadern aufgeschnitten hatte, eine mit ihrem vierten Kind schwangere Kokainsüchtige, deren linker Arm amputiert werden musste.

Ein solcher Ansturm mochte es zwar in sich haben, war aber nichts im Vergleich zum Winter, wenn bei eisigem Regen die Obdachlosen in den Wartezimmern Wärme suchten oder sich in ihrer Verzweiflung in den Kellern des Krankenhauses verbargen. Einmal mehr sah sich Callie darin bestätigt, dass diese Klinik wirklich kein Ort für Leute war, die vor Krankheit, Armut und von Generation zu Generation weitergereichter Hoffnungslosigkeit die Augen verschlossen.

Plötzlich sprang die Tür auf.

Auf einer Trage wurde ein kleines dunkelhaariges Mädchen mit Schläuchen in Nase und Mund hereingeschoben. Sie war bei Bewusstsein. Ihre Augen waren weit aufgerissen. Callie war bereits klar, dass das nicht nur am körperlichen, sondern auch an einem seelischen Schock lag. Auf brutalste Weise hatte sie die hässliche Wirklichkeit der Welt erfahren müssen.

Callie brachte sie schleunigst in die Chirurgie.

Mary Costello konnte nichts mehr denken oder fühlen. In ihr drehte sich alles um Marie.

Zwei Cops brachten sie mit ihrem Einsatzwagen zum Krankenhaus. An der Tür zur Notaufnahme drückte einer von ihnen auf mehrere elektronische Tasten, worauf ihnen geöffnet wurde. Eine füllige Schwarze führte Mary in einen winzigen Raum, in dem es lediglich ein Telefon und an den kahlen Wänden zwei Landschaftsbilder gab. Es war bedrückend.

»Ich muss sie sehen!«, stieß Mary hervor.

Die Schwarze – sie war die für die Station zuständige Sozialarbeiterin – ergriff ihre Hand. »Sie wird bereits versorgt. Die Prognose ist nicht gut. Sie werden sie so bald wie möglich operieren…«

»Das *weiß* ich doch. Darum muss ich bei ihr sein.«

Die Frau sah sie prüfend an. »Trauen Sie sich zu, dass Sie das durchstehen?«

»Nicht, wenn ich noch länger hier warten muss.«

Die Frau nickte. »Na gut, ich bringe Sie zu ihr.«

Marie lag immer noch auf der Trage. Rings um sie standen Männer und Frauen mit lila oder weißen Kitteln. Sie alle trugen Mundschutz und Bleischürzen. Zwei zylinderförmige Lampen hingen über Marie herab, und ein schwenkbares Röntgengerät war auf sie gerichtet. Auf einem Monitor wurde ihr Herzschlag aufgezeichnet. Eine blonde Ärztin überwachte sämtliche Schritte. Eine attraktive, aber etwas streng aussehende Schwarze stand mit vor der Brust verschänkten Armen daneben.

Maries blutgetränkte Kleider lagen neben der Trage in einer

Papiertüte. Ein Anästhesist hatte sich über ihren Kopf gebeugt und verabreichte ihr Sauerstoff. Marie stöhnte leise. »Ich hole Morphin«, kündigte jemand an.

Mary stand benommen daneben und versuchte das alles zu verarbeiten. Ein junger Arzt mit Brille wandte sich ihr zu. »Sind Sie die Tante?«

»Ja.«

»Kennen Sie den Hausarzt oder wissen Sie, ob sie Medikamente bekommt?«

Mary schüttelte hilflos den Kopf.

»Irgendwelche Allergien?«

»Ich weiß es nicht.«

Er drehte sich weg. So ruhig und professionell die Ärzte auch wirkten, spürte Mary bei jedem Wort und Handgriff, welche enorme Anspannung im Raum herrschte.

»Wie viel Blut?«, fragte die blonde Ärztin.

»Sie hat etwa die Hälfte verloren. Wir brauchen erst mal zwei Bluttransfusionen.«

Ein Gerät fing an zu piepsen. »Blutdruck fällt ab«, meldete jemand.

Maries Stöhnen verstummte. Auf dem Monitor erschien ein Röntgenbild. Der weiße Fleck in seiner Mitte kam Mary vor wie eine Sternschnuppe. Die Schwarze beugte sich darüber. Ihre Augen verengten sich. Abrupt wandte sie sich ab. »In den OP-1«, befahl sie. »Sofort.«

Maries Augen klappten zu.

Sie wurde hastig zu einem Aufzug gebracht. Die schwarze Ärztin lief an ihrer Seite mit, Mary und die Sozialarbeiterin folgten.

»Sie kollabiert«, sagte jemand.

In der Stille des Aufzugs sah Mary auf das blasse, regungslose Gesicht ihrer Nichte hinab. »Darf ich ihr die Hand halten?«, fragte sie. Da niemand antwortete, ergriff sie einfach die Hand des Kindes. Sie fühlte sich kühl an.

Zwei Stockwerke höher öffnete sich die Aufzugstür zu einem Raum mit einem langen Tisch in der Mitte. Über der offenen Stahltür stand »OP 1«.

Langsam ließ Mary Maries Finger los. Die Sozialarbeiterin fasste sie am Arm. »Leider dürfen Sie nicht mit rein.«

Drei Schwestern kamen herbeigestürzt und schafften die Trage ins Innere. Die schwarze Ärztin folgte. Marys Sicht verschwamm hinter Tränen. Sie blinzelte. Noch einmal richtete sie die Augen auf Maries dunklen Kopf, dann schloss sich die Tür.

Im matt erleuchteten Wohnzimmer des Ferienhauses griff Kerry nach dem Telefonhörer. Seine Augen waren durch die offene Tür auf Lara gerichtet, die im Schlafzimmer am Zweitapparat mithörte. Ihr blasses Gesicht verriet äußerste Konzentration. Kerry war bereits klar, dass das Telefon für sie der letzte Rettungsanker war. Nur noch Maries Kampf bewahrte sie davor, in einem Abgrund von Trauer und Entsetzen zu versinken.

»Sie werden jeden Moment mit der Operation beginnen«, erklärte der Chefarzt. »Ich kann Ihnen nur sagen, dass Callie Hines eine absolute Kapazität auf ihrem Gebiet ist, Mr. President.«

Im Schlafzimmer saß Lara wie in ein Gebet versunken mit geschlossenen Augen da. »Bitte rufen Sie uns an, sobald Sie mehr wissen«, bat Kerry.

Als sie in den Operationskittel schlüpfte und dann die Handschuhe überzog, musste Callie an das Attentat auf Kerry Kilcannon denken – um das Krankenhaus herum hatte es von Cops gewimmelt, das Pressezimmer war voller Journalisten gewesen, und der Bürgermeister von San Francisco hatte sich vor der Tür zum OP-1 aufgebaut. Jetzt würde das Gleiche wieder passieren. Aber wenigstens war der OP-1 leer und steril, eine Zuflucht vor dem Chaos.

Marie lag mit ausgestreckten Armen auf dem Operationstisch. Über ihren Kopf hatten sich drei Anästhesisten gebeugt und gaben ihr ein Mittel, das die Nerven vorübergehend lähmte, ein Sedativum und ein Narkotikum. Zwei Schwestern kamen mit Spenderblut, eine dritte deckte Maries Unterkörper zu, damit die Körperwärme erhalten blieb. Der Chefarzt, ein Oberarzt und ein Assistenzarzt verfolgten, wie Callie unterhalb des Brustkorbs des Mädchens einen Einschnitt vornahm. Schweißtropfen begannen sich auf ihrer Stirn zu bilden – auf Callies Anweisung wurde die Raumtemperatur konstant auf vierundzwanzig Grad gehalten, um eine Unterkühlung bei den Patienten zu verhindern. Gesprochen wurde nur das Nötigste, jede Bewegung war wohl bedacht und präzise. Bald würde jeder aus allen Poren schwitzen.

Callies zweiter Schnitt führte von der ersten Inzision zum Schambein. Als die leitende OP-Schwester Wundhaken anlegte, floss plötzlich dunkles Blut aus Maries Bauch.

»Aorta abklemmen«, befahl Callie.

Der Oberarzt führte einen Rippenspreizer ein und drückte die Ader ab. Zwei Schwestern versuchten, das Blut abzusaugen, damit Callie ihre Arbeit fortsetzen konnte. Eine dritte begann, das Herz des Kindes zu massieren. Mit einer feinen Pinzette, deren Spitzen mit Gummi bezogen waren, suchte Callie unterdessen die Kugel. Das Röntgenbild hatte ihr bereits gezeigt, dass sie *dieses* Geschoss nicht mit den Fingern entfernen konnte; sie hätte sich selbst die Sehnen zerschneiden können. Dann fand Callie die Kugel. Vorsichtig hob sie sie aus dem Blut. Die Spitze des Geschosses war blütenförmig in sechs Metallsplitter geborsten. Callie biss zornig die Lippen aufeinander. »Adlerklaue«, stieß sie hervor.

»Was?«, fragte der Assistenzarzt.

»Vervierfacht die Sterblichkeitsrate.« Sie hatte nicht die Zeit, um ihm zu erklären, dass sich die Metallsplitter wie eine Kreissäge durch die lebenswichtigen Organe bohrten, dass ihre gezackten Spitzen so manche Chirurgenkarriere beendet hatten, dass eine zerfetzte Hohlvene unter Umständen nicht mehr operiert werden konnte, dass ihre Chance, dieses Kind noch zu retten, auf ein Minimum geschrumpft war, dass eine Adlerklaue laut den Worten ihres Doktorvaters ein gottverdammtes Teufelszeug und für jeden Chirurgen demoralisierend war und dass die Stille, die sich bei dem bloßen Wort »Adlerklaue« ausgebreitet hatte, nur eins bedeuten konnte: Bis auf den Assistenzarzt wussten alle Bescheid.

»Körpertemperatur fünfunddreißig Grad«, meldete die Oberschwester.

In einem Rennen gegen die Zeit suchte Callie die Wunde.

Mary schluchzte hemmungslos.
»Ich weiß«, sagte Lara mit gebrochener Stimme. »Ich weiß, aber vielleicht können sie Marie noch retten.«
Am anderen Ende der Leitung rang ihre Schwester um Fassung.
»Ich werde sie adoptieren.«
»Das wirst du ganz bestimmt, Mary. Und du wirst gut zu ihr sein.«
Mary entwich ein heiserer Schrei.
»Das ist schließlich das Krankenhaus, in dem sie auch Kerry gerettet haben!« Lara griff nach jedem Strohhalm.
»Ihr zwei habt ihn erst so richtig wütend gemacht!«, platzte es jäh aus Mary heraus.

Die Hohlvene war zerfetzt. Statt eines einfachen Risses gab es drei. Und aus ihren gezackten Rändern quoll weiter Blut. Das Gesicht des Mädchens war bleich und regungslos
»Keine Gerinnung«, gab der Chefarzt durch. »Temperatur unter fünfunddreißig Grad.
Die Zeit reichte nicht mehr. Marie würde am Blutverlust sterben, bevor Callie die zerfetzte Vene zunähen konnte. Schweißtropfen perlten über ihr Gesicht.
»Schadensbegrenzung!«, fauchte Callie. Ihre letzte Hoffnung war, die Blutung zu beenden, die Temperatur des Kindes zu stabilisieren und zu hoffen, dass sich die Gefäßwände schnell verschließen würden, sodass sie morgen versuchen konnte, die Wunde zu verarzten. Die leitende OP-Schwester drückte die Hohlvene zu, zwei Schwestern tupften das Blut von den zerfetzten Gefäßwänden, eine vierte bearbeitete das Herz des Mädchens mit einem Defibrillator, um es wieder in Gang zu bringen. Callie verschloss den Schnitt in Maries Bauch mit zwei Klammern. Maries Lippen zuckten.
»Temperatur vierunddreißig Grad!«, rief der Chefarzt beunruhigt. »Ihr Blutdruck ist in freiem Fall!«
Callie begann, Maries Herz zu massieren. Nur noch das Surren des Ventilators war zu hören.

Als Callie zehn Minuten später den OP-1 verließ, bemerkte sie Blutstropfen auf ihren Schuhen.

Im Korridor hatten sich Cops aufgebaut. Direkt vor der Tür standen der Verwaltungsdirektor und der Bürgermeister. »Schaffen Sie ihn weg von hier!«, forderte Callie den Chefarzt auf. »Und dann brauche ich ein Telefon.«

Um fünf nach elf schrillte im Wohnzimmer des Ferienhauses auf Martha's Vineyard das Telefon. Kerry packte den Hörer.

»Mr. President?«, meldete sich eine ernste Stimme. »Mein Name ist Callie Hines.«

Lara beobachtete von der Couch aus Kerrys Mienenspiel. »Wie geht es ihr?«, fragte Kerry.

»Es tut mir sehr Leid, aber diese Verletzung konnte sie einfach nicht überleben. Der einzige Trost, den ich Ihnen bieten kann, ist, dass Marie ohne Schmerzen eingeschlafen ist.«

Kerrys Glieder waren plötzlich wie betäubt. Er sah Lara an und schüttelte langsam den Kopf. Sie kippte vornüber und verbarg das Gesicht in den Händen. Ihr Schmerzensschrei ließ ihm das Blut in den Adern gefrieren.

»Bei dem Geschoss handelte es sich um eine Adlerklaue«, fuhr Hines fort. »Bei einem kleinen Kind ...«

# 2. *Teil*

## Die Verweigerung

*Labor Day bis Mitte September*

# 1

Am nächsten Morgen war Clayton bereits um fünf Uhr im Weißen Haus und bereitete die vorübergehende Verlegung des Amtssitzes nach San Francisco vor. Die C-130 war schon auf Martha's Vineyard gelandet, und am Bostoner Logan Airport wartete der Präsidentenjet Air Force One. Der Präsident und die First Lady sollten in einem Herrenhaus in Pacific Heights logieren, in das auch die Leibwächter, der Arzt des Weißen Hauses, der für die Codes bei einem nuklearen Gegenanschlag im Falle eines Angriffs von außen verantwortliche Offizier sowie ein kleiner Mitarbeiterstab unter der Führung Claytons einziehen sollten. Kurz vor den Beerdigungen sollte Kit Pace nachfolgen. Der Terminkalender blieb auf die täglichen Sitzungen des Sicherheitsrats beschränkt. Und zum Schutz der Privatsphäre der Ersten Familie sollten alle Verbindungen von und nach außen über Clayton laufen.

Kurz nach acht Uhr unterbrach Clayton seine Arbeit, um CNN einzuschalten.

Die Kamera zeigte, wie Lara und Kerry über die im Sonnenlicht glitzernde Startbahn von Martha's Vineyard zu ihrem Flugzeug schritten. Lara hatte eine dunkle Brille aufgesetzt. Erschöpft lehnte sie sich gegen Kerry, der selbst völlig ausgelaugt wirkte. Ihre Kleidung – Kerry trug Windjacke und Poloshirt, Lara ein Sommerkleid – war eine traurige Erinnerung daran, dass dies eigentlich ihre Flitterwochen hätten sein sollen. Von allen Mitarbeitern hatte nur Clayton mit ihnen gesprochen. Als Einziger wusste Clayton auch von der dringenden Bitte des Präsidenten, dass sämtliche Unterlagen über sein Eingreifen in die Angelegenheiten Joan Bowdens und ihres Mannes nach San Francisco gebracht werden sollten.

»Der Präsident und die First Lady«, verkündete die Nachrichtensprecherin, »fliegen nun zur Andrews Air Force Base, wo sie ihre lange, traurige Reise nach Kalifornien antreten werden – und wo vor dreizehn Jahren Senator James Kilcannon von einem Attentäter ermordet wurde.

Der Präsident und Mrs. Kilcannon erfuhren gestern Abend gegen einundzwanzig Uhr dreißig von der Tragödie und sind seitdem für niemanden zu sprechen. Um sieben Uhr heute Morgen hat die Pressesprecherin des Weißen Hauses, Kit Pace, folgende Erklärung abgegeben:

›Der Präsident und die First Lady möchten sich beim amerikanischen Volk von Herzen für seine Anteilnahme und seine Gebete bedanken. In einer Zeit tiefsten Kummers hat es nicht nur zu ihnen gestanden, sondern auch zu den anderen drei Familien, die in dieser sinnlosen Tragödie geliebte Menschen verloren haben. Da er seine Frau nach San Francisco begleitet, hat der Präsident für die nächsten Tage sämtliche Termine abgesagt. Er beabsichtigt, mit seiner Frau und deren überlebender Schwester bis nach der Beisetzung ihrer Mutter, Schwester und Nichte in San Francisco zu bleiben. Eine persönliche Stellungnahme des Präsidenten oder der First Lady ist bis auf Weiteres nicht zu erwarten.‹«

Auf dem Bildschirm war nun zu sehen, wie Kerry und Lara die Metallstufen zur C-130 erklommen und Kerry dabei seiner Frau die Hand sanft um die Taille legte. Clayton staunte. Selbst in dieser Situation bewies Kerry einen ungebrochenen politischen Riecher: Angesichts eines solchen Sinnbilds der Trauer erübrigte sich jeder Kommentar. Die Öffentlichkeit würde darin einen Präsidenten sehen, der einfach zu erschüttert war, um seinen Gefühlen Ausdruck zu verleihen. Teilweise stimmte das auch. Als Clayton mit Kerry gesprochen hatte, war er ihm konfus vorgekommen; er hatte oft mitten im Satz den Faden verloren. Dennoch hatte Clayton ihm nicht alle Arbeit abnehmen können. So hatte er ihm mitgeteilt – es war unumgänglich gewesen –, dass Mahmoud Al Anwar in einer Höhle im Sudan getötet worden war. »Zumindest sind sie sich zu neunzig Prozent sicher«, hatte er erklärt. »Das Gesicht ist unkenntlich. Aber alles andere, unter anderem die Größe, spricht dafür, dass er es ist.«

Ein langes Schweigen trat ein. »Wer weiß Bescheid?«, fragte Kerry schließlich.

»Ein enger Kreis. Unsere Leute vor Ort, General Weitz und der Verteidigungsminister.«

»Sag ihnen, dass sie es bis zur Beerdigung für sich behalten sollen«, hatte ihm der Präsident kühl befohlen. »Nichts darf raus! Niemand soll an etwas anderes denken als an das hier.«

Clayton sah nun, wie Lara und Kerry im Inneren des Flugzeugs verschwanden. Unterdessen meldete die Nachrichtensprecherin: »In Washington wird zunehmend gemunkelt, dass diese entsetzlichen Morde sich auf die Debatte um die Waffenkontrolle auswirken und Forderungen nach schärferen Gesetzen, wie sie Präsident Kilcannon jüngst angemahnt hat, mehr Gewicht verleihen könnten ...«

»Wir müssen eine Stellungnahme abgeben«, erklärte Charles Dane. »Und dann brauchen wir eine Strategie.«

Der Präsident der Sons of the Second Amendment thronte im Konferenzraum im vierten Stock der gläsernen Zentrale in der K Street, einem der Symbole für ihre Macht. Rechts und links von ihm saßen die Verbindungsfrau der SSA zum Kongress, Carla Fell, und der Leiter der Informationsabteilung, Bill Campton. Alle drei tranken Kaffee aus einer Tasse mit dem SSA-Logo. Ein Aufgabengebiet teilten sich die erdbeerblonde, zierliche Fell und der bisweilen recht unverblümte, dickleibige Campton: Sie hatten das Gesicht der SSA nach außen hin zu glätten, und nie hatte Dane sie dringender benötigt als jetzt. Die nach den Schüssen von San Francisco explosive Situation drohte die ehernen Leitsätze, auf denen Danes Welt beruhte, zu erschüttern. Bisher war es immer unabdingbar gewesen, das Image der SSA als eine Furcht erregende Macht aufrechtzuerhalten, das zu seiner Schaffung nötige Geld zu sammeln und den hundertprozentig von der gemeinsamen Sache überzeugten Aufsichtsrat bei Laune zu halten, unter dessen Mitgliedern jetzt auf einmal Weltuntergangsstimmung herrschte. Gestern war eine neue Priorität hinzugekommen: Man musste dafür sorgen, dass die Morde nichts änderten.

Campton stellte seine Tasse ab und begann, aus einer an allen möglichen Stellen rot markierten Manuskriptseite vorzulesen. »Unsere Anteilnahme gilt den Opfern des Massakers am San Francisco Airport. Alle anständigen, gesetzestreuen Amerikaner, darunter auch die mehr als vier Millionen verantwortungsbewussten Besitzer von Schusswaffen, die unsere Mitglieder sind, beten für den Präsidenten und die First Lady ...«

»Streichen Sie ›Massaker‹.« Dane, ein hagerer Mann mit stets ernstem Gesicht, sprach mit einem sonoren, Respekt gebietenden Bariton, der, selbst wenn er die Stimme senkte, noch in der hintersten Reihe einer Halle vernommen wurde. »Das klingt ja so melodramatisch wie aus einem miesen Soldatenroman, als ob wir uns die Nächte mit schwülstigem Schwachsinn um die Ohren schlagen würden, genau so wie das die Liberalen immer behaupten.«

Mit einem verlegenen Grinsen kritzelte Campton über Massaker »Tragödie« und las weiter: »Wir hoffen, dass dieser entsetzliche Verlust in allen Bereichen unserer Gesellschaft eine neue Bereitschaft erzeugt, der Waffengewalt durch die verstärkte Anwendung des bestehenden Rechts entgegenzutreten. Wir brauchen keine neuen Gesetze, sondern eine neue Entschlossenheit, Gesetzesbrecher zu bestrafen, die Waffen für ihre Verbrechen missbrauchen ...«

»Das Problem ist allerdings, dass *dieser* Kerl sich bereits selbst bestraft hat«, unterbrach ihn Fell.

Dane sah sie streng an. »Dann hätten ihn die Behörden eben vorher bestrafen müssen. Bowden hat seine Frau misshandelt – Kilcannon hat es live im Fernsehen gesagt. Hätten sie ihn eingesperrt, dann wäre niemand gestorben.«

»Wissen wir, woher er die Pistole hatte?«, fragte Fell. »Oder welche Marke es ist?«

»Noch nicht. Beten wir, dass sie aus dem Ausland stammt und Bowden sie auf der Straße gekauft hat.« Dane wandte sich wieder Campton zu. »Sehen Sie zu, dass Sie irgendein Gesetz aufstöbern, gegen das Bowden verstoßen hat. Irgendwas gibt es doch immer.«

Campton nickte eifrig, dann beugte er sich wieder über sein Manuskript. »Das durch die Verfassung begründete Recht der Amerikaner auf Selbstverteidigung dürfen wir unter keinen Umständen verwässern ...«

»Seien Sie bloß vorsichtig mit der Wortwahl«, warnte ihn Dane. »Niemand soll uns nachsagen dürfen, wir hätten behauptet, die

Mutter der First Lady hätte einfach nur besser bewaffnet sein sollen.«

Während Campton die Korrekturen vornahm, wandte sich Dane wieder Carla Fell zu. »Was ist mit dem Kongress?«

Fell räusperte sich. »Im Senat sind die Probleme größer. Wir haben unter den Republikanern neben Palmer noch fünf Wackelkandidaten.« Sie trank hastig einen Schluck Kaffee. »Und wenn ich Kilcannon richtig einschätze, heckt er bereits einen Plan aus, wie er diese Morde für seine Zwecke nutzen kann. Ich kenne in Washington keinen, der kaltblütiger wäre. Von seinen früheren Kollegen mögen ihn nicht alle lieben, aber er jagt den meisten von ihnen eine Höllenangst ein.«

»Wir aber auch«, knurrte Dane. »Das dürfen wir nie in Vergessenheit geraten lassen.«

Das Telefon klingelte. »Apropos Politiker«, warf Fell ein. »Das ist unsere Konferenzschaltung mit Frank Fasano.«

Dane schaltete den Lautsprecher ein.

»Charles?«, meldete sich Fasano.

»Guten Morgen, Frank. Wenn man diesen Morgen angesichts der Umstände noch als gut bezeichnen kann. Das ist nichts weniger als eine Tragödie *und* eine Gefährdung des Rechts auf Waffen.«

»Ich gebe bald eine Erklärung ab, in der ich genau das sagen werde. Mit Ausnahme des Teils mit der Gefährdung.« Fasanos Stimme klang nüchtern. »Ich habe Kerry Kilcannon noch nie gemocht. Aber stellen Sie sich nur vor, Sie würden fast Ihre ganze Familie verlieren. Da fühle ich mit den beiden – vor allem mit ihr.«

»Kilcannon wird mehr Gesetze fordern«, brummte Dane. »Und er wird seine Frau benutzen, um sie zu kriegen.«

»Es könnte ihm sogar gelingen«, meinte Fasano nach längerem Schweigen. »Bevor es so weit kommt, sollten wir überlegen, ob wir ihm nicht irgendetwas Symbolisches anbieten können.«

Jetzt sah Dane den Zeitpunkt für klare Worte gekommen. »Wir erwarten von Ihnen, dass Sie ihm die Stirn bieten, Frank. Wir haben sehr viel Zeit und Geld dafür aufgewendet, um Ihnen die Mehrheit zu erhalten.«

»Das habe ich nicht vergessen«, antwortete Fasano nicht minder unverblümt. »Aber lassen Sie mich *Ihnen* einen Rat geben. Dieser Augenblick gehört Kilcannon. Er hat zurzeit Narrenfreiheit. Bei *Ihnen* darf niemand sehen, dass Sie die Trauer der First Lady als politische Spielwiese gebrauchen. Halten Sie sich bedeckt, Charles. Ihre große Stunde wird noch kommen.«

»Wie lange soll das dauern?«

»Kilcannon kann nicht zu schnell handeln – das würde nach Ausbeutung der toten Verwandten seiner Frau aussehen. Und weil ich über die Tagesordnung im Senat bestimme, kann ich die Sache verschleppen. Je größer der zeitliche Abstand, desto mehr Gemüter beruhigen sich wieder.«

»Was ist mit Chuck Hampton?«, fragte Carla Fell.

»Die Demokraten haben auch Probleme«, antwortete Fasano kurz angebunden. »Wenn einigen von Hamptons Leuten eine neuerliche Abstimmung über ein Waffengesetz erspart bleibt, küssen sie ihm womöglich die Füße. Oder mir.«

Mit einem Seitenblick auf Fell schüttelte Dane bedächtig den Kopf. »Wer sagt denn, dass Kilcannon sie vom Haken lässt? Die Leute, die meinen, dass die Liberalen alle Schlappschwänze sind, vergessen gern, *ihn* in die Rechnung mit einzubeziehen.«

Aus dem Lautsprecher kam ein trockenes Lachen. »Auf diese Weise bin ich an meinen Job gekommen. Der Letzte, der sich Kilcannon in den Weg gestellt hat, war Macdonald Gage. Innerhalb von vierundzwanzig Stunden ist aus dem drittmächtigsten Mann der Vereinigten Staaten eine wandelnde Leiche geworden. Und es hat noch mal so lange gedauert, bis er kapiert hat, dass er tot ist. Machen Sie sich keine Sorgen, Charles. Meine Reflexe sind schneller.«

Damit legte Fasano auf.

In der Küche seines Farmhauses in Vermont aß der Minderheitsführer im Senat, Chuck Hampton, vor dem Fernseher Eier mit Speck. Auf MSNBC liefen die Nachrichten. Als er gerade den letzten Bissen hinunterschluckte, zeigte die Kamera, wie Kerry und Lara Kilcannon an Bord der Air Force One gingen.

»Es wird erwartet, dass der Präsident und die First Lady um zwölf Uhr siebzehn Ortszeit in Kalifornien eintreffen …«

Hampton kam ins Sinnieren. Die Air Force One war schon immer der Inbegriff von Geschwindigkeit und Macht gewesen, ein Symbol für die Stärke des Präsidenten. Der Militärstab des Weißen Hauses plante jeden Flug auf die Minute genau, und die Ankunft der Maschine löste stets aufs Neue das Gefühl aus, etwas Besonderes erlebt zu haben. Doch dieser Flug – oder vielmehr sein Anlass – setzte bei Hampton eine Serie von Assoziationen in Gang, die bis in sein zwölftes Lebensjahr zurückreichten: die Erinnerung an den Flug ebendieser Maschine aus Dallas, an Jacqueline Kennedy, wie sie in ihrem blutbefleckten Mantel die Leiche ihres Mannes begleitete, dann an die schreckliche Erhabenheit des Leichenzugs bei Robert Kennedys Beerdigung fünf Jahre später, und schließlich an den Tag ein Jahr nach Hamptons Einzug in den Senat, an dem der Wahlkampf des Präsidentschaftskandidaten James Kilcannon mit seiner von Millionen im Fernsehen verfolgten Beerdigung geendet hatte.

Heute war Chuck Hampton so deprimiert wie noch nie, seit er ein öffentliches Amt bekleidete. Und vielleicht auch so besorgt wie noch nie. Es war zu früh, um Kerry Kilcannon gegenüberzutreten und ihm entweder sein Beileid oder seine Sorge zu übermitteln. Um dagegen Senator Vic Coletti aus Connecticut anzurufen, war war es jetzt genau der richtige Zeitpunkt, denn, wie Kerry Kilcannon einmal bemerkt hatte, kannte die Politik wie der Rost keinen Schlaf.

»Was wollen Sie jetzt machen?«, fragte Coletti.

Hampton schaute auf die grünen Felder hinaus. »Ihm natürlich mein Beileid aussprechen. Allein von den Bildern im Fernsehen ist mir schon schlecht geworden.«

»Nichts Substanzielles?«

»Eine allgemeine Stellungnahme – dass wir mehr unternehmen müssen, um die Gewalt durch Schusswaffen in den Griff zu kriegen. Aber ich weiß noch nicht genau, wie das Ganze überhaupt geschehen ist, und kann nicht über den Kopf unserer Mitglieder hinweg entscheiden.«

»Das würde ich auch nicht«, meinte Coletti nüchtern. »Ich habe bereits mit fünf Kollegen gesprochen. Sie sind natürlich zutiefst betroffen und haben größtes Mitgefühl mit dem Präsidenten und

Lara. Aber wir haben auch über die Dinge geredet, die die Durchschnittsürger bewegen – Gesundheitswesen, Bildung, Jobs. Sie wollen nicht, dass sich unsere Politik nur noch um diese Schüsse dreht.«

»Und Sie?«

Coletti zögerte. »Ich will nicht als abgestumpft gelten, Chuck, aber ich glaube nicht, dass wir das alles brauchen.«

Hampton verstand sehr wohl, was Coletti damit meinte: dass Connecticut der Standort mehrerer Waffenfirmen war, einschließlich Lexington Arms, die nach den Treffen mit Kerry Kilcannon Druck seitens der SSA zu befürchten hatten. »Wie sieht es mit der Waffenindustrie bei Ihnen zu Hause aus?«

»Die Waffen sind mir egal. Mir geht es um die Arbeitsplätze. Und diejenigen, die einen haben, sind besonders kritische Wähler.« Colettis Stimme nahm einen warnenden Tonfall an. »Aber nicht nur ich sehe das so. Von unseren Mitgliedern im Süden und aus den Staaten in den Rocky Mountains werden Sie das Gleiche hören. Die SSA ist wie die kommunistische Partei: Wer von der Parteilinie abweicht, wird an die Wand gestellt.«

»Unsere Mitglieder, die für Waffenkontrolle sind, werden das Eisen schmieden wollen, solange es heiß ist«, gab Hampton zu bedenken.

»Nun ja, das ist wirklich ein Problem. Wissen Sie noch, wie Sie Ihren Sitz bekommen haben? Carter Grace hatte vergessen, dass er aus Tennessee stammt, und hat sich für Waffenkontrolle und Kerry Kilcannon ausgesprochen. Die Wähler haben ihn nach Hause geschickt.«

Hampton legte die Stirn in Falten. »Wem sagen Sie das? Wann immer ich den Präsidenten davon abbringen will, in dieser Sache voranzupreschen, erwähne ich Carter. Aber diese Angelegenheit jetzt könnte einiges verändern.«

»*Irgendetwas* wird er tun«, meinte Coletti.

»Tja, dass muss er jetzt wohl auch, ob er will oder nicht. Das Problem bei ihm ist, dass er garantiert wollen wird. Fragt sich nur, was.«

Vic Coletti schwieg einen Augenblick. »Je nachdem, wie die Antwort ausfällt, werden wir es im Senat ausbaden müssen. Und nicht nur da.«

# 2

Sicher aufgehoben in der Air Force One, flogen Kerry und Lara über das Kernland Amerikas hinweg.

In den ersten Monaten seiner Präsidentschaft hatte Kerry es genossen, Herr über dieses Flugzeug zu sein. Es war höher als ein vierstöckiges Haus und mindestens so lang wie ein Wohnblock. Ausgestattet war es mit einem Konferenzraum, einer geräumigen Küche und großzügigen Sitzecken, aber auch mit einem Waffenarsenal und Raketenabwehrgeschützen, die Kerry an die düsteren Seiten seines Amtes erinnerten. Heute empfand Kerry die Stille im Wohnbereich als gespenstisch und die elegante Einrichtung als steril und deprimierend.

Weil sie einfach nicht einschlafen konnte, ließ sich Lara auf die Couch fallen und verschränkte die Arme vor der Brust, als wolle sie sich selbst umarmen. Ihr Blick ging ins Leere. Ihre Augen waren nach einer durchwachten Nacht verquollen, in der sie bis zur totalen Erschöpfung geschluchzt hatte, sie selbst war innerlich leer, ausgepumpt. »All diese Schutzmaßnahmen«, murmelte sie.

Kerry nahm an, dass sie damit den Sicherheitskordon meinte, der bei ihrem Abflug in Andrews aufmarschiert war und in einem grotesken Missverhältnis zu den kärglichen Vorkehrungen zum Schutz ihrer Familie gestanden hatte. Er wusste nicht, was er sagen sollte.

*Eines Tages werden Sie zu weit gehen,* hatte er John Bowden gewarnt. »*Und dann, glauben Sie mir das ruhig, werden Sie derjenige sein, der am meisten leidet.*

War es möglich, dass die Dämonen seiner eigenen Vergangenheit ihn in Joan Bowdens Leben gezerrt und ihren Mann am Ende in den Abgrund getrieben hatten? Wenn das stimmte, dann hatte er, Kerry, sie und mit ihr Inez und Marie in den Tod geführt. Vielleicht war es eine Gnade, dass er es nie sicher wissen würde.

Er griff nach Laras Hand – um ihr Trost zu spenden und, wie er sich deprimiert eingestand, selbst Hilfe zu finden.

Lara spürte kaum, dass Kerry sie berührte.

Sie hatte ihm ihre Lieben anvertraut und sie nun an die Präsidentschaft verloren, an dieses gnadenlose, grelle Rampenlicht, das Joans Familie keinen stillen Ort mehr gegönnt hatte, wo sie Heilung hätte finden können. Sie selbst hätte sie schützen müssen, und jetzt war Kerrys Scheitern auch ihr Versagen.

»Wir haben sie geopfert«, sagte sie mit tonloser Stimme. »Den Medien, den Notwendigkeiten der hohen Politik …«

Kerry sah sie mit flehendem Blick an. »Wir wollten sie doch nur bei unserer Hochzeit dabei …«

»Nein«, fiel sie ihm leise ins Wort, »*unsere* Hochzeit war das nie.«

Trotz aller Erschütterung war Kerry klar, dass er jetzt besser schwieg.

»Mary«, sagte Lara nach langem Schweigen. »Was immer ich empfinde …« Ihre Stimme erstarb. »Sobald wir da sind, will ich zu ihr. Vor allem anderen …«

»Ich werde mich darum kümmern«, sagte Kerry. Im selben Moment merkte er, wie makaber, wie leer diese Worte aus seinem Mund in ihren Ohren klingen mussten.

Um kurz vor zwei Uhr mittags wurden in Washington die ersten Aufnahmen von den Morden im Fernsehen gezeigt.

Clayton hatte gerade das Weiße Haus verlassen wollen, als Kit mit ernster Miene in sein Büro kam. »Ich würde die Fox News einschalten!«, sagte sie knapp.

Er gehorchte.

Auf dem Bildschirm wurde gezeigt, wie Inez, Mary, Joan und Marie am Gepäckband warteten. »Mein *Gott*«, murmelte Clayton.

Ein leises »Plopp« war zu hören. Inez stürzte zu Boden. Aus ihrer Kehle spritzte Blut. Mit einem Schlag herrschte Chaos. Die Bilder bewegten sich ruckartig: Mary kriechend zwischen Gepäckstücken; eine Frau, die über das Band geschleudert wurde; Joans Gesicht; Marie, wie sie sich ihre Puppe an die Brust drückte und ihre Augen in unsagbarem Grauen erstarrten.

Jemand brüllte: »Aufhören …!«

Die Puppe zerplatzte. Die Gewalt des Geschosses riss das Mädchen von den Füßen.

»*Marie*...!«, heulte eine Männerstimme voller Entsetzen. Dann wurde der Bildschirm dunkel.

»Diese bemerkenswerte Aufnahme hat einer der Kameraleute unseres San Franciscoer Studios gedreht«, erklärte der Nachrichtensprecher nüchtern. »Erst nach langem Abwägen haben wir uns dazu durchgerungen, sie zu senden. Den Ausschlag hat letztlich gegeben, dass sie diese Tragödie häuslicher Gewalt in einem neuen Licht zeigt und die Öffentlichkeit sich selbst ein Bild davon machen muss...«

»Blödsinn!«, zischte Kit mit zusammengepressten Zähnen. »Jetzt sind sie die Könige der Kabelsender.«

Clayton wusste schon jetzt: Diese Aufnahme würde ab sofort im Mittelpunkt einer landesweiten Raserei stehen und bis zur Beerdigung unablässig abgespielt werden. Wie unbarmherzig das Amt des Präsidenten doch sein konnte.

Er wandte sich an Kit. »Das wird noch öfter gebracht. Ich brauche eine Kopie davon.«

Kurz nach zwölf Uhr, San Franciscoer Zeit landete die Air Force One.

Der Erste, der die Maschine verließ, war der Colonel der Air Force, der bei jedem Flug des Präsidenten die Aktentasche mit den Codes für einen nuklearen Angriff bei sich trug. Während er sie dem ranggleichen Offizier der Army übergab, der dieselbe Aufgabe am Boden versah, trat Peter, gefolgt von mehreren Geheimdienstleuten, auf die Gangway. Sämtlicher Luftverkehr über dem Flughafen war bis auf weiteres gestoppt worden. Auf der Landebahn warteten eine Karawane von Polizisten und noch mehr Beamte vom Geheimdienst.

Der Präsident und die First Lady gingen als Letzte von Bord. Am Fuß der Gangway blieb Lara stehen, als suche sie die Stelle, wo ihre Verwandten umgekommen waren. In diesem Moment trat ein am Vortag eigens von Clayton hierher beorderter junger Angestellter des Weißen Hauses mit einem Handy auf Kerry zu. »Mr. President«, meldete er mit ernster Miene, »ein Anruf vom Generalsekretär.«

Kerry nahm das Handy entgegen. »Was ist los?«

Clayton fiel gleich mit der Tür ins Haus. »Jetzt zeigt das Fernsehen eine Aufnahme der Morde. Du wirst Lara das ersparen wollen.«

Ein jäher Schmerz raste von Kerrys Schläfen zum Hinterkopf. »Soll ich auch die Zeitungen von ihr fern halten?«

»Was hätte sie denn davon, Kerry?«

Kerry warf einen Blick auf seine Frau, die sich misstrauisch umsah, als die kugelsichere schwarze Präsidentenlimousine aus dem Bauch der Air Force One gehievt wurde. »Die Aufnahme«, brummte er. »Du hast doch hoffentlich eine Kopie gemacht.«

Der Fahrzeugkonvoi brachte sie zum Präsidentensitz auf Pacific Heights.

Das imposante Herrenhaus über der San Francisco Bay war umgeben von noch mehr Polizei- und Geheimdienstbeamten und die Zufahrt kurz davor und dahinter auf beiden Fahrbahnen durch Straßensperren blockiert. Mary Costello wartete in der Bibliothek.

Lara eilte sofort auf sie zu, während Kerry verlegen zurückblieb. Behutsam ergriff Lara die Hände ihrer Schwester.

»Er hat einfach immer weitergeschossen«, stieß Mary mit brechender Stimme hervor. »Ich hab versucht, mich zu verstecken – ich konnte ihnen doch nicht helfen…« Sie brach in Schluchzen aus.

Lara zog sie an sich, drückte ihre Wange an die von Mary.

»Eure Hochzeit…« Mary schüttelte verzweifelt den Kopf. »Wir hätten nie kommen sollen.«

Über Marys Schulter schaute Lara in Kerrys Richtung. Ihr Blick ging durch ihn hindurch, als wäre er nicht da.

Clayton erreichte das Herrenhaus um kurz nach vier Uhr und richtete sich in der Bibliothek sogleich ein provisorisches Büro ein. Der Präsident kam allerdings erst nach Einbruch der Dunkelheit zu ihm herunter. Es war das erste Mal nach der Tragödie, dass er ihn wiedersah.

»Sie hat jetzt ein Beruhigungsmittel genommen«, sagte Kerry ohne jede Begrüßung.

Sein Gesicht wirkte so verwüstet, dass man den Eindruck hatte, er existiere in einer eigenen Welt. Clayton wusste zunächst nicht, was er sagen sollte. »Es tut mir Leid, Kerry, so schrecklich Leid.«

Der Präsident nickte. »Wo ist das Video?«

Clayton wollte nicht mit ihm streiten. Erst als sie im großen Vorführraum standen, wagte er zu fragen: »Bist du dir wirklich sicher?«

Kerrys Schweigen war Antwort genug.

Resigniert ließ Clayton das Video anlaufen.

In über die riesige Leinwand zuckenden Bildern starb Laras Familie. »So schnell«, murmelte Kerry, »so wahnsinnig schnell.«

Sein Gesichtsausdruck veränderte sich dabei kein einziges Mal. Als es vorbei war, bat der Präsident Clayton, das Video noch einmal abzuspielen.

## 3

In dem Zimmer des Flughafenhotels, in dem John Bowden seine Tat geplant hatte, bot sich Inspektor Charles Monk das reine Chaos. So musste es auch im Inneren eines Wahnsinnigen aussehen. Die Laken hingen vom Bett herunter, als hätte Bowden sie von sich gestrampelt. Über den Boden verstreut lagen Legosteine, eine leere Wodkaflasche, Schokoladenpapier und eine Ausgabe der SSA-Zeitschrift *The Defender* mit einer grotesken Karikatur von Kerry Kilcannon als Adolf Hitler auf der Titelseite. Aber inmitten des unglaublichen Durcheinanders fand sich ein Hinweis auf Bowdens letzte Stunden – ein Flugplan, auf dem die Verbindung von Dulles nach San Francisco mit Bleistift angestrichen war. Vielleicht hatte Bowden jemanden überredet, ihm zu verraten, welche Maschine die Costellos nehmen würden, vielleicht hatte er einfach richtig getippt oder womöglich auf jedes Flugzeug gewartet. Die Wahrheit würde Monk wohl nie erfahren.

Vor das nächste Rätsel stellten ihn die Bordkarten für zwei Flüge nach und von Las Vegas. Was, überlegte Monk, hatte einen derart Geistesgestörten veranlasst, eine solche Reise an einem einzigen Tag zu bewältigen?

Nachdenklich nahm er den *Defender* in die Hand.

Am nächsten Morgen traf Clayton den Präsidenten so an, wie er ihn verlassen hatte: beim Studium der Akte über John Bowden. Seine Kleider waren immer noch dieselben und seine Augen zu Schlitzen verengt. Er hatte die ganze Nacht kein Auge zugetan.

Mit einem Fax in der Hand trat Clayton zögernd auf ihn zu. Vor seiner Aufgabe graute ihm, doch er betrachtete sie als seine Pflicht.

»Was ist?«, fragte Kerry kurz angebunden.

Clayton drückte seinem Freund die Schulter und legte das Fax vor ihn auf den Schreibtisch.

Es handelte sich um eine Kopie des ursprünglichen Schreibens und des Umschlags. Adressiert war es an »den kleinen Scheißkerl Kilcannon«, und als Absender stand »HÖLLE« darauf. Schmerzlich berührt sah Clayton zu, wie der Präsident die krakelige Schrift entzifferte.

*Lieber Schwager,*

*Du hast mich nur einmal gesehen, aber das hat Dir schon genügt.*

*Du hast mir meine Frau und meine Tochter weggenommen. Wenn Du Dich nicht eingemischt hättest, hätte sie mich nie verlassen. Und dann hast Du dafür gesorgt, dass die Welt mich so sehr hasst, dass Joan garantiert nicht mehr zu mir zurückkehrt, egal, wie inständig ich sie bitte oder versuche, mich zu ändern.*

*Es muss ein tolles Gefühl für Dich gewesen sein, so viel Macht zu haben. Du konntest mir alles nehmen. Bis auf meine Waffe. Und die ist MEINE Macht!*

*Wenn Du das hier kriegst, wirst Du kapiert haben, was Du angerichtet hast. Deine neue Frau und Du, ihr werdet mehr darunter leiden als ich und meine Frau. Denn Dich lasse ich leben.*

*Lies ihr das vor, damit Ihr beide so leiden könnt wie ich.*

*Dein Freund*
*John Bowden*

Kerry starrte lange auf den Brief. »Ruf bitte die Polizei an«, sagte er leise.

Ihrem Wunsch gemäß war Lara allein in die Leichenhalle gegangen.

In dem matt erleuchteten Raum war es kühl und still. Die Särge waren offen – Lara hatte darum gebeten. Sie schloss die Holztür hinter sich und näherte sich langsam den Särgen.

Ihre Mutter trug ein hochgeschlossenes schwarzes Kleid. Ihre Züge hatten die wächserne Starre des Todes. Wie anders ein Gesicht doch aussah, wenn es der Seele beraubt war. Sanft strich sie mit den Fingern über die Wange ihrer Mutter. »Es tut mir so Leid, Mom«, flüsterte sie. »Ich hab das doch nicht gewusst.«

Nach einer langen Weile ging sie weiter zu ihrer Schwester. Joans Kiefer war zerstört. Beim Betrachten des Gesichts fragte sich Lara unwillkürlich, welche Erinnerungen Mary haben mochte und ob sie je wieder in Frieden würde schlafen können. »Bitte«, flehte sie ihre tote Schwester an, »bitte vergib mir, Joanie.«

Dann endlich beugte sie sich über den kleinsten Sarg.

Maries Gesicht war in endlosem Schlaf eingefroren. Lara berührte ihre Lider.

Im Kosovo hatte sie hunderte von ermordeten Frauen und Kindern gesehen und sich ein dickes Fell zugelegt, das zum Überleben einfach nötig war. Sie hatte gelernt, die in ihrem Beruf übliche Trennung des Lebens in verschiedene Bereiche zu akzeptieren – an einem Tag das Gesicht eines toten Kindes, am nächsten ein Essen in Paris. Aber mit den Gesichtern vor ihr waren Erinnerungen verbunden, die ihr Leben ausmachten. Lara fiel wieder ein, wie Marie als Neugeborenes gerochen, wie sie sich angefühlt hatte. Nein, Marie war nicht dazu bestimmt gewesen, als Sechsjährige mit den Narben eines schrecklichen Wissens zu sterben.

Und jetzt sollte dieses ermordete Kind in den Strudel von Politik und Medien gerissen werden. Ein Strudel, bestimmt von Ehrgeiz und Berechnung, der um ihre Familie wirbeln würde, ohne auf Laras Trauer Rücksicht zu nehmen. Selbst im Tode konnte sie sie nicht schützen. Aber genauso wenig brachte sie es über sich, sie zu verlassen, so schrecklich die Zeit hier war.

Über eine Stunde blieb sie bei ihnen. Dann küsste sie alle, angefangen mit Marie, auf die kühle Stirn, nahm ein letztes Mal Abschied und schloss die Sargdeckel für immer.

Bei Laras Rückkehr wartete Kerry im Schlafzimmer.

Auf ihn wirkte sie wie auf ihr innerstes Wesen reduziert. Ihre Augen waren offene Wunden. Das Einzige, was noch intakt schien, war die eiserne Ruhe der Journalistin, die den Umgang mit dem Tod gewohnt war. Er konnte ihr keine Fragen über den Besuch in der Leichenhalle stellen.

»Es ist ein Brief von Bowden gekommen«, sagte er sanft. »Er ist an mich adressiert. Ich wünschte, ich könnte dir das ersparen. Aber er wird bald in allen Zeitungen stehen.«

Lara drückte für einen Moment die Augen fest zu, dann nickte sie. Als sie auf der Bettkante saß, legte Kerry den Brief neben sie. Ohne ihn aufzuheben, überflog sie den Inhalt. Sie sah Kerry nicht an. »Lass mich allein«, sagte sie mit beängstigender Ruhe.

Auch wenn es ihm im Herzen wehtat, verzichtete Kerry darauf, sie zu berühren. Er kniete sich neben sie. »Leider gibt es noch mehr. Jetzt bringen sie auch noch ständig eine Aufnahme von den Schüssen. Auf Fox TV.«

Ihre Augen verrieten keine Regung. »Du hast sie gesehen.«

»Ja.« Kerry zögerte. »Die Familien der anderen Opfer auch. Als du weg warst, habe ich sie angerufen.«

Mit tonloser Stimme sagte sie: »Und jetzt willst du, dass wir sie besuchen.«

»Ich sollte es auf jeden Fall tun. Wenn du nicht kannst, dann mache ich das allein.«

»Ach, ich komme schon mit.« Um ihre Lippen spielte ein flüchtiges bitteres Lächeln. »Schließlich bin ich die First Lady.« Ihr Ton wurde wärmer. »Nur nicht unbedingt heute.«

Wie schon vorher die ganze Zeit stellte er sich vor, wie sie sich allein mit den Toten gefühlt haben mochte. Sanft sagte er: »Nachher kommt ein Inspektor von der Polizei, Lara. Ich will wissen, woher Bowden die Pistole hatte.«

Sie sah immer noch nicht auf. »Ist das so wichtig?«

»Für mich ja. Möchtest du ihn sehen?«

»Wenn er da ist, kann mir ja jemand Bescheid sagen.« Jetzt endlich schaute sie zu ihm auf. Ihre Augen schwammen in Tränen. »Aber erst sollte ich mir diese Aufnahme ansehen, richtig?«

Charles Monk nahm die Kugel aus der Cellophantüte und legte sie auf den Kaffeetisch.

Der Präsident starrte die gezackten Enden an. »Marie?«

»Ja.«

»In der Aufnahme habe ich zwölf Schüsse gehört.«

»Das ist richtig. In die Pistole passt ein fünfzigschüssiges Magazin. Das hier war das elfte Geschoss. Das für Bowden selbst war das zwölfte.«

Kerry unterdrückte seinen Zorn, der ihn fast zu verschlingen drohte. »Hatte er vor, sie zu erschießen?«

»Wir können uns da nicht sicher sein. Die Zeugenaussagen sprechen eher dagegen. Anscheinend hat ihn ein Schrei erschreckt. Laut der Autopsie war er sturzbetrunken. Und wir glauben nicht, dass er ein ausgebildeter Schütze war.«

Schweigend berührte Kerry die scharfen Zacken der Adlerklaue. »Die Spitzen sind aus Kupfer«, erklärte Monk. »Keine Legierung, dann wären sie weicher. Und das Geschoss ist vorn eigens eingekerbt, damit es beim Aufprall zersplittert. Wer in Arme oder Beine getroffen wird, den verstümmelt eine Adlerklaue. Ein Treffer in den Rumpf, und man hat kaum Überlebenschancen.«

»Und die Pistole?«

»Eine Lexington Patriot-Two.«

Kerry sah langsam zu Monk auf. Auch wenn das Gesicht des Inspektors keine Regung verriet, sprach aus seinen gelbgrünen Augen tiefe Anteilnahme. »Verraten Sie mir mehr über die Patriot-Two.«

»Eine Sportwaffe ist das nicht.« Einen Moment lang sah es so aus, als wisse Monk nicht, wie er mit Kerry reden solle. Er schien sich für Offenheit zu entscheiden. »Für Zielübungen würde man sie nicht benutzen, es sei denn, man stellt einen Kühlschrank auf. Aber eins kann sie sehr gut, und dafür hat Bowden sie gekauft – sie verspritzt in Sekundenbruchteilen Unmengen von Kugeln.«

»Wo hat er sie gekauft?« Lara war von hinten herangetreten. Kerry fuhr erschrocken herum. Monk stand verlegen auf und strich sich hastig die Hose glatt. Lara reichte ihm nicht die Hand. Kerry war sich sicher, dass sie die Aufnahme gesehen hatte.

»Wo?«, wiederholte sie.

Monk stellte sich zögernd ihrem Blick. »Es gibt keinen Beleg für einen Kauf. Die Firma Lexington behauptet, die Aufzeichnungen über ihre Vertragshändler wären verloren gegangen. Und wir können keine Unterlagen über eine Leumundsprüfung finden. Das Einzige, was wir derzeit wissen, ist, dass er nach Las Vegas geflogen ist...«

»Der Inspektor hat das hier in Bowdens Zimmer gefunden«, fiel ihm Kerry in kaltem Zorn ins Wort.

Lara stellte sich vor den Kaffeetisch. Dort lag eine Ausgabe der SSA-Zeitschrift. Auf der aufgeschlagenen Seite befand sich neben einem Hinweis auf eine Waffenmesse in Las Vegas eine Werbeanzeige für die Lexington P-2. In fett gedruckten Buchstaben hieß es: »Vom Aussterben bedroht – in Kalifornien verboten.«

»Erinnerst du dich an George Callister?«, fragte Kerry.

## 4

Am nächsten Morgen setzten sich Kerry und Lara in den von Mauern geschützten italienischen Garten des Hauses. Dort herrschte inmitten von liebevoll gepflegten Blumen und sorgfältig zurechtgestutzten Büschen Stille und Frieden. Das einzige Geräusch war das Plätschern des Wassers in einem Marmorbrunnen. Man hätte meinen können, der Garten sei das Inbild städtischer Idylle, wenn auf dem Dach nicht Geheimdienstagenten gewacht hätten.

Lara griff geistesabwesend in einen Obstkorb, der vor ihr auf dem Tisch stand.

»Kit war gestern Abend noch bei mir«, erklärte Kerry unvermittelt. »Wir haben über die Beerdigung gesprochen.«

Lara sah auf und musterte ihn mit einem prüfenden, kühlen Blick. So konzentriert wie jetzt hatte sie seit den Morden noch kein einziges Mal gewirkt. »Mary und ich haben schon darüber gesprochen«, sagte sie. »Wir wollen sie in einem so privaten Rahmen wir nur möglich abhalten. Ich muss und möchte dich als meinen Ehemann dabei haben, als Familienmitglied.«

Aber nicht als Präsidenten, wie sie deutlich zum Ausdruck brachte. Wieder breitete sich Schweigen aus, was Kerry die Gelegenheit gab, sich noch einmal das letzte Gespräch mit Kit Pace in Erinnerung zu rufen.

Sie war gestern Abend eingetroffen, kurz bevor Lara sich nach oben zurückgezogen hatte. Es war ihre erste Unterredung seit den Schüssen. Kerry spürte, dass Kit, wie auch andere, auf einen Hinweis darauf gewartet hatte, wann sie sich ihm nähern dürfe. Nachdem sie ihr Beileid bekundet hatte, herrschte zunächst verlegene Stille, bis Kit sich räusperte und – wenn auch mit einem bei ihr ungewohnten Zögern – ansprach, was nicht länger hinausgeschoben werden konnte. »Es ist eine Tragödie für Sie, und keiner hat das Recht, jetzt in Ihr Leben einzudringen. Aber auch das Land leidet. Ich habe das Gefühl, dass die Menschen Sie brauchen, damit Sie ihnen dabei helfen, ihre eigenen Gefühle zu erkennen und ihre Trauer zu leben.«

Auch wenn es ein müßiger Gedanke war, wünschte sich Kerry nichts sehnlicher als eine Ruhepause in der Erfüllung seiner Pflichten. »Verglichen mit Lara ist es doch nicht *meine* Tragödie.«

Kit verfiel in nachdenkliches Schweigen. »Beabsichtigt Lara, vor die Öffentlichkeit zu treten?«, fragte sie schließlich. »Es genügt vielleicht, wenn die Leute sie sehen …«

»Sie sehen?«

»Ich weiß, was Sie bei so etwas empfinden, aber ich glaube auch, dass Sie in Betracht ziehen sollten, das Fernsehen seinen Aufgaben nachgehen zu lassen.« Um eine übereilte Antwort abzuwehren, legte Kit dem Präsidenten eine Hand auf den Arm. »Eine Beisetzung, bei der Sie eine Ansprache halten, wäre schön. Sie würde es der Nation erlauben, daran teilzunehmen und der Opfer zu gedenken, wie das auch nach Columbine oder Oklahoma City geschehen ist …«

Möglichst kurz fasste Kerry nun Kits Vorschläge für seine Frau zusammen. Als er bei der Form der Beerdigung ankam, legte sie unvermittelt die Gabel beiseite. »Kit will den Gottesdienst im Fernsehen übertragen lassen?«, fragte sie in ungläubiger Empörung. »Was für ein Tribut an meine Familie das nur wäre! Vielleicht können wir bei dieser Gelegenheit Bowdens Brief vorlesen und erklären, wie ihn die Medien zum Äußersten getrieben haben.«

Darauf konnte Kerry nichts entgegnen. Für Lara war der Tod ihrer Nächsten zu sehr mit seinen Entscheidungen, dem Preis seines Amtes verbunden. So sehr er das gewollt hätte, noch konnte er nicht mit ihr über seine eigene Schuld reden oder ihr dabei helfen, sich über ihren Anteil daran Rechenschaft abzulegen.

Laras Ton wurde wieder ruhiger. »Ich will nicht um Symbole trauern, sondern um drei Menschen, die ich geliebt habe und die immer ein Teil von mir sein werden. Und selbst wenn ich anders empfinden würde, könnte ich Mary nie zumuten, die Beerdigung derart zu pervertieren. Sie ist diejenige, die sie sterben gesehen hat, und sie ist jetzt alles, was mir von meiner Familie übrig geblieben ist.«

Ich gehöre doch auch zu deiner Familie, dachte Kerry, doch er sagte lediglich: »Wenn du willst, kann Kit Connie Coulter bei den Verhandlungen mit den Medien helfen. Ob du das willst oder nicht, sie stehen vor der Tür.«

Lara ließ den Blick über den Garten schweifen. »Ich werde Mary fragen, ob sie ein Pressepool stören würde«, ewiderte sie sarkastisch. »Vielleicht können die Journalisten ja ganz hinten in der Kirche warten, wie bei unserer Hochzeit.«

*Ich* habe sie doch nicht umgebracht, wollte Kerry sagen. *Wir* haben sie doch nicht umgebracht. Aber er war selbst nicht ganz davon überzeugt. »Wir sind der Präsident und die First Lady«, hielt er ihr ruhig entgegen. »Ob es dir gefällt oder nicht, wir werden das auch während der Beerdigung sein. Zufällig sind wir auch zwei Menschen, die seit fünf Tagen verheiratet sind, drei davon so qualvoll, dass wir nicht mehr ein noch aus wissen. Wenn wir von hier abreisen, müssen wir damit anfangen, unseren eigenen Weg zu finden.« Er ergriff ihre willenlose Hand. »Du kannst schon mal mit der Tatsache anfangen, dass ich dich liebe.«

Sie sah auf ihre ineinander liegenden Hände hinab. »Dann lass mir meine Familie«, antwortete sie leise. »Wenigstens bei der Beerdigung.«

Nachdem Lara eine Stunde später zu Mary aufgebrochen war, sahen Kerry und Clayton CNN. Sein Freund war der einzige unter allen Beratern, den er in seiner Trauer wirklich bei sich haben wollte.

Über den Bildschirm flimmerte eine Zusammenstellung von Trauerbekundungen – Karten und Blumen am Fuß des Zauns um das Weiße Haus, eine Flut von Briefen an den Präsidenten und Lara, spontane Gedenkveranstaltungen in dutzenden von amerikanischen Städten und sogar einigen Orten in Asien und Westeuropa, dazu Interviews mit Frauen, die um Opfer weinten, die sie nicht persönlich kannten, und schließlich ein Kommentar, der die Bedeutung dieser Todesfälle mit dem von Prinzessin Diana verglich. Am Ende verlas der Sprecher eine Stellungnahme von George Callister.

»›Wir alle sind zutiefst betroffen und erschüttert, dass der Mörder von sieben unschuldigen Menschen eine Pistole und Munition von Lexington Arms verwendet hat. Im Namen der Angestellten von Lexington habe ich dem Präsidenten und der First Lady unsere aufrichtige Anteilnahme und Trauer übermittelt ...‹«

»Er hat angerufen, als du mit Lara draußen warst«, erklärte Clayton.

Kerry wandte sich nicht zu ihm um. »Callister? Was hat er gesagt?«

»Wie Leid es ihm tut. Ich wollte dich nicht stören.«

Kerry stieß als einzigen Kommentar zwischen zusammengepressten Lippen ein bitteres Lachen hervor.

Unterdessen las der Sprecher weiter. »›Wir dürfen nicht vergessen, dass eine Waffe an sich weder gut noch schlecht ist und dass Millionen von Amerikanern Schusswaffen verantwortungsbewusst bei der Jagd, im Schießsport und für den Schutz ihres Heims und ihrer Familie vor Leuten wie John Bowden benutzen. Diese Tragödie ist nicht darauf zurückzuführen, dass Lexington Schusswaffen herstellt, sondern darauf, dass in den Abgründen dieses geistesgestörten Gehirns ...‹«

»Richte Callister aus, dass er von mir hören wird«, sagte Kerry. »Und zwar zu meiner Zeit und auf meine Weise.«

An diesem Nachmittag erschien der Präsident unangekündigt vor den völlig verblüfften Pressevertretern und gab eine kurze Erklärung ab. Fragen wurden nicht beantwortet. Lara war nicht bei ihm. Es war sein erster öffentlicher Auftritt seit den Morden.

Kerry wirkte abgespannt, aber gefasst. »Im Namen der First Lady und ihrer Familie möchte ich allen Amerikanern für ihre Anteilnahme und ihr Verständnis in einer Zeit der privaten Trauer danken...« Callister oder das Thema Schusswaffen erwähnte er mit keinem Wort.

## 5

Der Trauergottesdienst wurde in einer schlichten katholischen Kirche im Sunset-Viertel abgehalten. Nicht weit davon stand das Jugendstilhaus, in dem die Costellos seit Laras Geburt gelebt hatten. Die Kirche war fast ausschließlich mit Gemeindemitgliedern und Freunden gefüllt. Die Öffentlichkeit wurde außer von Kerry nur noch von der Vizepräsidentin Ellen Penn vertreten, die vor ihrer Wahl in den Senat Stadträtin für diesen Bezirk gewesen war. Der Pressepool war auf zehn Journalisten begrenzt, die in der hintersten Bank Platz nehmen und mit Notizblock und Stift auskommen mussten. Kerry saß mit Lara, Mary sowie Carlie und Clayton Slade vorne. Hin und wieder legte Carlie die Hand auf die seine, als spürte sie, wie allein er sich fühlte. Was Lara bei all dem durch den Kopf gehen mochte, wusste er nicht.

Die Särge für Inez, Joan und Marie waren mit Tüchern verhüllt. Als der Priester sie mit einem Nicken dazu aufforderte, trat Lara auf sie zu. Statt vor dem Altar innezuhalten, stellte sie sich direkt vor den Sarg ihrer Mutter und legte die Hand auf das Tuch. Mit leiser Stimme begann sie mit ihrer Mutter zu sprechen.

»Du hast immer an mich geglaubt. Auf diese mystische Weise, in der Mütter es tun, hast du immer geglaubt, dass ich alle Herausforderungen, die im Leben auf mich warten, bestehen werde. Du hast nie von mir verlangt, dass ich für dich Erfolg haben soll. Du hast mich nie angeschaut und dich selbst oder irgendeinen Ersatz für deine eigenen Träume in mir gesehen. Du hast einfach nur mich gesehen.« Tränen stiegen ihr in die Augen. »Und darum, Mama, habe auch ich mich so gesehen wie du. Weil ich so sehr an dich geglaubt habe.«

Ihre Gefühle drohten sie zu überwältigen, doch sie gewann die Fassung zurück.

»Dieses Geschenk hast du uns allen gegeben.« Kurz lächelte sie ihre jüngste Schwester an. »Und wenn ich Mary sehe, fallen mir all die Geschichten wieder ein, die du mir über ihre Arbeit erzählt hast, und ich muss an die Kinder denken, die es bisweilen schwer haben, aber denen sie etwas Schönes mitgibt. Weil du von ganzem Herzen an das geglaubt hast, was sie tut…«

Die Minuten verstrichen. Waren die Trauergäste zunächst besorgt gewesen, dass Lara zusammenbrechen würde, so ließen sie sich nach und nach von ihren Worten ergreifen. Und als Lara ihr Gespräch mit Joan beendete, herrschte gebannte Stille.

»Du hast gesehen, wie unsere Mutter uns erzogen hat. Du hast gesehen, wie schwer das war. Und als es darauf ankam – als du sahst, dass Marie Gefahr drohte –, hast du dich entschlossen zu handeln, zu tun, was in deiner Macht stand, um sie zu schützen.« Erneut kämpfte Lara die Tränen zurück. »Und mit allen Mitteln, die dir zur Verfügung standen, hast du das auch getan…«

Als sie vor Marie stand, erzählte Lara vom Abschied am Dulles Airport; wie sie ihr nachgesehen und gedacht hatte, Marie gehe in ihre Zukunft.

»Du *warst* unsere Zukunft«, sagte Lara leise. »Wir stellten uns schon deine Zeugnisse vor, deine Leistungen, das Leben, das du für dich gestalten würdest. Für uns hätte es zu den Freuden des Älterwerdens gehört, dir dabei zuzusehen, wie du zu der Person herangewachsen wärst, die du bestimmt warst zu werden…«

Kurz stockte Lara. Kerry hätte sie so gern in den Arm genommen, aber er wusste, dass er das nicht durfte. Doch erneut gab sie sich einen Ruck. »Jetzt, liebe Marie, ruhst du in Frieden. Und die unter uns, die dich lieben und die du zurückgelassen hast, müssen einen Weg finden, deinem Dasein die Bedeutung zu geben, die du ihm selbst verliehen hättest, wenn du am Leben geblieben wärst.«

Dann endlich war der Gottesdienst vorbei. Angeführt von der schwarzen Präsidentenlimousine, in der Kerry, Lara und Mary saßen, zog die Trauerprozession zum vor San Francisco gelegenen Colma, das als gigantischer Friedhof gebaut worden war, seit die Stadt auf ihrem Grund keine Bestattungen mehr zuließ. Die Meile um Meile an ihnen vorüberziehenden grauen Monumente erinnerten Kerry ein bisschen an Arlington, allerdings ohne dessen Pracht. Und für den Skeptiker in Kerry, den die Vorstellung von einem ewigen Nichts erschreckte, beschworen sie eine düstere Symbolik herauf, da dieses Nichts doch das gemeinsame Schicksal all jener zu sein schien, die hier lagen. Aber immerhin war es ihm vorbehalten geblieben, den ermordeten Frauen und dem Kind einen in Colma äußerst seltenen Segen zu sichern – eine Ruhestätte unter einem Baum, der ein Stück von den Marmorreihen entfernt auf einer kleinen Anhöhe stand.

Bei Mary untergehakt stand Lara neben ihrem Mann und sah zu, wie die Särge in ein gemeinsames Grab hinabgelassen wurden. Als die letzte Schaufel Erde darauf geworfen worden war, setzte Regen ein. Erst jetzt ergriff Lara Kerrys Hand.

Dieser Tag war noch lange nicht zu Ende. Vor der Beerdigung hatte Lara mit den trauernden Eltern in Illinois telefoniert, deren neunzehnjährige Tochter zur gleichen Zeit wie die Costellos nach San Francisco geflogen war, um ihr erstes Studienjahr in Stanford anzutreten. Und jetzt fuhren sie in den Bezirk Richmond, wo einer der zwei Sicherheitsleute mit seiner Familie gelebt hatte.

Seine Witwe öffnete ihnen mit verquollenen Augen die Tür. »Das ist der Präsident«, erklärte Felice Serrano ihrem zwölfjährigen Sohn.

Tapfer schüttelte der Junge Kerry die Hand, während Felice Lara ihre Trauer um den Verlust bekundete.

»Erzählen Sie mir von Henry«, bat Lara.

Felice sah auf ihre Kleinsten hinunter, zwei dunkelhaarige Mädchen von sieben und fünf Jahren, als müsse sie von ihnen die Einzelheiten erfahren, weil ihre eigenen Gefühle einfach zu komplex waren, um sich zusammenfassen zu lassen. »Jeden Abend hat Henry den Kindern vorgelesen. Er wollte, dass sie aufs College gehen.«

»Wie meine Mutter«, antwortete Lara. »Und sie hat uns auch dorthin gebracht.«

Felice nickte. Allerdings hatte Kerry nicht das Gefühl, dass sie überzeugt war, sondern eher, dass sie zerschlagene Träume wiederbeleben wollte. Unvermittelt wandte sie sich an ihren Ältesten. »Du könntest ja dem Präsidenten die Werkstatt deines Vaters zeigen.«

»Möchtest du?«, fragte Kerry.

Traurig und doch auch etwas stolz führte der Junge Kerry in die Garage.

Die Werkbank war gut in Schuss, die Arbeitsgeräte ordentlich aufgeräumt, alles Zeichen dafür, dass hier ein Mann seinem Sohn Ordnung, Verantwortung und Respekt vor persönlichem Eigentum beigebracht hatte. Ihr letztes Projekt war ein Bücherregal gewesen. Für Kerry hatte der noch nicht einmal halb fertige Rahmen etwas Trostloses an sich, das Symbol für ein Leben, das nicht mehr vollendet werden konnte.

»Welchen Teil hast du gemacht?«, erkundigte sich Kerry.

Der Junge berührte ein gegen die Wand gelehntes Brett. »Alles. Diesmal hat Dad mich die Säge benutzen lassen.«

»Zeig mir, wie das geht«, bat Kerry. »Mein Vater hatte nie Zeit für mich.«

In der nächsten halben Stunde sägten der Präsident und George Serrano Regalbretter und fügten sie ein. Als Lara und Felice sie schließlich holen kamen, unterhielten sie sich leise neben dem fertigen Regal, das jetzt nur noch lackiert werden musste.

Beim Abschied vor der Tür ergriff Lara Felices Hände. »Danke. Das alles kann einfach nicht umsonst gewesen sein. Das werden wir zwei nicht zulassen.«

Als sie in der Limousine saßen, wandte sich Kerry seiner Frau zu. Ihr Gesicht war von Trauer und Schmerz verzerrt.

»Den ganzen Tag habe ich gesehen, wie du liebevoll von deiner Familie gesprochen hast, wie du Mary getröstet hast und wie du Felice Serrano zumindest ein bisschen Frieden gegeben hast. Das Wort, das mir dazu in den Sinn kommt, heißt ›Würde‹, mit all seinen Bedeutungsinhalten.«

Als hätte sie der Tag nun doch erschöpft, ließ sie den Kopf gegen seine Schulter sinken. »Es hat mir wirklich geholfen, mit ihnen zusammen zu sein. Aber was werden wir jetzt tun?«

Am nächsten Morgen gab Kit Pace bekannt, dass der Präsident und die First Lady für mehrere Tage nach Martha's Vineyard zurückkehren würden, um in der Abgeschiedenheit und Stille dort wieder zu sich zu finden. Unter ihren Mitarbeitern war diese Entscheidung umstritten, aber niemand widersprach offen. Kit war indes mehr als zufrieden. Laras wunderbare Worte, die vielfach abgedruckt wurden, hatten eine breite Mehrheit berührt, die im Stillen mit ihr trauern wollte. Auch zeigte man sich sehr von ihren Anrufen und Besuchen bei den Hinterbliebenen der anderen Opfer beeindruckt, nachdem diese den Reportern von Laras Anteilnahme und Fürsorglichkeit erzählt hatten. Und was nun den geplanten Rückzug nach Martha's Vineyard betraf, würden die Amerikaner einen Mann, selbst wenn es der Präsident war, einfach bewundern, wenn er alles andere hintanstellte, um seiner Frau in einer Zeit von Verlust und Trauer zur Seite zu stehen. Wenn das Land nur ein paar Tage länger wartete, wäre die Rückkehr der Kilcannons ins öffentliche Leben umso nachhaltiger. Kit war sich nur nicht ganz sicher, ob ihnen selbst das auch bewusst war.

# 6

CNN zeigte James Kilcannon, wie er mit dem Kopf in einer Blutlache auf dem Rücken lag und langsam starb, während die Menschen um ihn herum vor Angst und Entsetzen kreischten. Dann verschwand er, und an seiner Stelle kam ins Bild, wie Inez Costello zu Boden fiel.

»Nach den Costello-Morden«, kommentierte Bill Schneider, »ist die Zustimmung zu strengeren Waffengesetzen auf über neunzig Prozent hochgeschnellt…«

In dem Moment, in dem Marie Bowden nach hinten kippte, schaltete Kerry das Gerät mit der Fernbedienung aus.

In benommenem Schweigen starrten er und Clayton die dunkle Mattscheibe an. Lara war schon nach oben gegangen. Die zwei Männer waren allein zurückgeblieben. »Meinst du wirklich, dass Martha's Vineyard euch helfen kann?«, fragte Clayton seinen Freund.

»Ich weiß es nicht«, stöhnte Kerry. »Ich muss sie trösten – sofern ich das überhaupt kann – und gleichzeitig als ihre Stütze *wahrgenommen* werden. Dabei komme ich mir vor wie gefangen in einem Spiegelkabinett, und zwar als Laras Mann und als Präsident.«

Clayton runzelte nachdenklich die Stirn. »Zu deiner Rolle als Ehemann steht mir vielleicht kein Kommentar zu, aber in der Politik fällt einem kein Erfolg in den Schoß.«

»Ich muss etwas tun. Das weißt du.«

»Wegen Lara?«

»Meinetwegen. Weil es höchste Zeit ist.« Kerry pflanzte sich mit den Händen in den Hosentaschen vor Clayton auf. »Es gehört zu meinen Wahlversprechen, dass ich es mit der SSA aufnehmen will. Erst habe ich meinen Bruder verloren. Jetzt hat eine Pistole die halbe Familie meiner Frau ausgelöscht. Was für einen Sinn hat es denn, Präsident zu werden, wenn ich mein Amt nicht dazu benutze, das zu vollenden, wofür ich seit James' Tod kämpfe?«

»*Etwas* musst du tun«, stimmte ihm Clayton zu. »Die Frage ist nur, was?« Er blies die Wangen auf und ließ die Luft langsam entweichen. »Du kannst ein Gesetz vorschlagen und es symbolisch verfügen. Zwar weißt du, dass die Grand Old Party es im Kongress abschmettern wird, aber im Kampf um deine Wiederwahl wirst du gegen sie punkten. Oder aber du gehst aufs Ganze, spaltest deine Partei und gefährdest damit den Rest deiner Vorhaben…«

»›Punkten‹«, stieß Kerry verächtlich hervor. »Ist *das* die ganze Bedeutung der drei Särge? Dass damit ›gepunktet‹ wird?«

Clayton bewahrte Ruhe. »Du hast mich geholt, damit ich dir

ehrlich sage, was ich denke. Ich habe gesehen, wie du die Bowden-Akte durchgeackert hast. Du warst regelrecht besessen von der Frage, was du noch alles hättest tun – oder unterlassen – können, als ob *du* für alles verantwortlich gewesen wärst. Du bist nicht Gott, Kerry. *Du* hast Joan Bowden nicht misshandelt. Du hast ihrem Kind nicht nachgestellt. Was hattest du denn für eine Wahl, als ...?«

»Verdammt noch mal, ich habe ihr zugeredet, dass sie ihn verlassen soll. Ich habe Bowden vor dem ganzen Land im Fernsehen bloßgestellt.«

»Weil der *Chronicle* das sowieso vorhatte. Wer hat nun also Laras Angehörige umgebracht? Die Presse? Du? Möglicherweise war es ja Bowden ...«

»Vielleicht war es auch Lexington«, knurrte Kerry. »Oder die SSA.«

Clayton verschränkte die Arme vor der Brust. »Ich sage doch nur, dass du nichts überstürzen sollst. Politik ist keine Therapie.«

Allenfalls Kerrys mühsam beherrschte Stimme und sein verkniffenes Lächeln ließen erkennen, dass er zornig war. »Vielleicht drehe ich mich zu sehr um mich selbst, um für dieses Amt geeignet zu sein. Vielleicht hasse ich die Leute, die Bowden diese Pistole in die Hände gedrückt haben. Vielleicht sublimiere ich meine Schuldgefühle mit Aktivismus. Aber ich bin kein Narr.« Kerrys Stimme wurde wieder ruhig und gelassen. »Wenn diese Leute für mich zu viel sind, dann sind sie vielleicht – aber eben nur vielleicht – auch für dieses Land zu viel. Man kann Schuldgefühle, Trauer und Zorn in etwas Besseres verwandeln. In den letzten Tagen habe ich auf Lara aufgepasst und mich die ganze Zeit gefragt, was ich tun kann. Aber ich bin machtlos. Ich habe es satt, Opfer zu trösten, wenn es keinen Trost gibt. Ich habe die SSA satt. Ich habe die Schusswaffen und den Tod satt.«

»Du hast Schusswaffen satt«, sagte Clayton gelassen. »Punkt. Und jeder weiß das. Das heißt, du bist nicht so vollkommen wie der Messias. Hoffentlich ist dir klar, wie wenig Spaß mir dieses Gespräch macht. Aber wir müssen es führen, bevor du mit Lara nach Martha's Vineyard aufbrichst. Wenn du diese Sache zu einem Armageddon machst, strömen die Leute in die Waffenläden, und die

SSA überschüttet die Grand Old Party mit Geld, um jeden Demokraten aus dem Weg zu räumen, dessen Mehrheit wackelt.«

»Soll mich *das* etwa aufhalten? Die Angst vor der Niederlage?«

»Vielleicht«, meinte Clayton. »Die SSA ist die mächtigste Lobby in Washington – in dieser Frage jedenfalls – und viel mächtiger als du. Überleg doch nur, wie es für Chuck Hampton und die Demokraten im Senat aussieht. Letzten November hast du mit Ach und Krach gewonnen. Du hast den Süden verloren, die Staaten mit wechselnden Mehrheiten und den Inneren Westen. Dank der Nominierung von Masters warst du – zumindest bis zu den Schüssen – der erste Präsident der Geschichte, der nach zwei Monaten Amtszeit im ganzen Land auf Ablehnung gestoßen ist, und das nicht nur beim Gegner.« Clayton erhob sich zu seiner vollen Größe und sah Kerry eindringlich in die Augen. »Waffen polarisieren in noch viel stärkerem Maße als Abtreibung. Du wirst eine zweite Kampagne vorbereiten müssen, in deren Rahmen du jeden County-Sheriff in jedem Staat ohne sichere Mehrheit besuchst und ihm rührselige Geschichten über deinen Vater, den Cop, erzählst, bis dir schlecht davon wird. Darauf musst du alles setzen. Vielleicht scheuen dich Hamptons Leute dann nicht mehr wie der Teufel das Weihwasser. Vielleicht, Mr. President, haben *diese* Morde die Lage von Grund auf geändert. Aber verlassen würde ich mich nicht darauf.« Clayton sah seinem engsten Freund angespannt in die kühlen blauen Augen.

»Es wäre auch möglich, dass sie eine Änderung bewirken. Jetzt wissen die Leute, dass ein gewalttätiger Ehemann zu einer Waffenmesse gehen und sich eine Lexington P-2 mitsamt Adlerklauengeschossen kaufen kann. So wahr mir Gott helfe, hätte es Bowden nicht gegeben, hätte ich ihn erfinden müssen. Was ich vielleicht sogar getan habe.«

»Womit das Ganze zu einer persönlichen Angelegenheit wird«, gab Clayton zurück. »Die SSA wird behaupten, du seist besessen und würdest die Menschen manipulieren, ja, würdest alle Schuld auf sie schieben wollen, nachdem du es nicht geschafft hast, Laras Familie zu schützen.«

»Scheiß auf die SSA!«, fauchte Kerry. »Diejenigen, die Kilcannon hassen oder glauben, die Regierung hätte es auf sie abgesehen, ziehe ich nie auf meine Seite. Was ich brauche, das ist die Mehrheit der anständigen kleinen Leute – einschließlich der Waffenbesitzer –, die glauben, dass das Leben eines sechsjährigen Mädchens mehr wert ist als das ›Recht‹ eines Wahnsinnigen, jede Waffe zu kaufen, die er sich einbildet zu brauchen. Dann gelingt es mir vielleicht, die SSA im Kongress zu schlagen und die nächste Marie zu retten.« Kerry hielt kurz inne. Sein Blick wurde noch härter, beinahe unversöhnlich. »Die SSA brüstet sich damit, dass sie nie verloren habe. Aber sie hat etwas Zerstörerisches an sich, den Hang, zu weit zu gehen und zu viel zu reden. Sie wird ihre eigene Klientel, die Anhänger freier Waffen, zerfleischen, wenn wir sie in die Ecke treiben können.«

»Wenn du das tust, wird sie versuchen, dich zu vernichten«, mahnte Clayton. »Im Vergleich dazu werden die Schlachten um die Ernennung von Caroline Masters und die Spätabtreibung Kinkerlitzchen sein.«

»Vielleicht«, meinte Kerry achselzuckend. »Aber in der Abtreibungsfrage spaltet ein unlösbarer moralischer Konflikt die Menschen, die Frage, ob ein Fötus ab dem Moment der Zeugung ein Mensch mit einem unverletzlichen Recht auf Leben ist. Die SSA dagegen hat die Spaltung beim Recht auf Waffen aus einer Paranoia und kulturellem Misstrauen heraus herbeigeführt. Und was herbeigeführt wurde, lässt sich ändern.«

Clayton überlegte. Vielleicht hatte Kerry seine Position trotz aller Schuldgefühle und Trauer gründlich durchdacht.

»Ich habe nicht um diese Situation gebeten«, schloss Kerry in ruhigerem Ton. »Ich würde mein Amt sofort niederlegen, wenn ich damit Lara ihre Mutter, Schwester oder Marie zurückgeben könnte. Aber das Schicksal hat mir nun mal andere Karten ausgeteilt. Die einzige Frage, abgesehen davon, dass ich Lara bei der seelischen Heilung helfen will, ist also: Wie nutze ich diese Morde?«

Clayton war noch immer nicht restlos überzeugt, aber immerhin sehr nachdenklich geworden. »Es wird wohl darauf ankommen, was du im Einzelnen machst«, lenkte er nach längerem Schweigen ein. »Wenn du Lara an deiner Kampagne beteiligst, wird sie zur Zielscheibe deiner Feinde. Sie werden vor nichts zurückschrecken.« Er beobachtete Kerrys Gesicht. War sein unausgesprochener Hinweis auf Laras Abtreibung angekommen? »Bitte, Kerry, lass nicht zu, dass John Bowden dein Handeln als Präsident bestimmt oder am Ende eure Ehe zerstört.«

Schweigend stellte sich Kerry vors Fenster und sah in die Dunkelheit hinaus.

Clayton brach schließlich die Stille. »Lass uns über Al Anwar reden.«

Kerry drehte sich nicht zu ihm um. »Gut. Wie hast du es geschafft, die Sache unter Verschluss zu halten?«

»Nur mit Mühe. Ich haben den Leuten im Pentagon eine Heidenangst eingejagt, bis sie die Leiche am Ende heimlich zum Stützpunkt der Air Force in Stuttgart verfrachtet haben. Meine Ausrede war, dass wir eine eindeutige gerichtsmedizinische Identifizierung brauchen und wir allesamt bis auf die Knochen blamiert wären, wenn wir den Tod eines Terroristen hinausposaunten und er dann wieder in einer Sendung von Al Dschasira auftauchen würde. Natürlich hat es nie ernsthafte Zweifel an seiner Identität gegeben, und jetzt steht es hundertprozentig fest. Wie CNN das verpassen konnte, wird mir ewig ein Rätsel bleiben.« Clayton nahm einen geschäftsmäßigen Ton an. »Wir können uns darauf berufen, dass der Präsident verantwortungsbewusst gehandelt hat. Aber damit machen wir uns allzu sehr von wohlwollenden Interpretationen abhängig. Du hast die Sache wirklich bis zum letzten Drücker zurückgehalten.«

Kerry antwortete nicht sogleich. »Sag Ellen Bescheid«, bat er dann. »Sobald Lara und ich im Flugzeug sitzen, kann sie Al Anwars Tod bekannt geben.«

Kerry und die Vizepräsidentin saßen nebeneinander in den Ohrensesseln in seinem Büro. Als sie das Thema Al Anwar abgehakt hatten, kam Ellen Penn von sich aus auf die Waffen zu sprechen. »Ich weiß, wie schwer das im Moment für Sie ist«, begann sie vorsichtig. »Aber entweder wir ändern die Waffengesetze in diesem Land, oder Laras Familie wird zu einer Zahl in der Statistik. Um es mit Ihren Worten in Ihrer Antrittsrede auszudrücken: ›Wenn nicht jetzt, wann dann? Wenn nicht mit uns, mit wem?‹«

»Vielleicht nicht mit mir. Es heißt, ich würde polarisieren. Und das tue ich ja tatsächlich.«

»Sie haben auch noch Lara«, erwiderte Ellen bedächtig. »Ich habe sie bei der Beerdigung beobachtet, Mr. President. Und ich habe gesehen, wozu sie in der Lage ist.« Sie bemerkte Kerrys fragenden Blick. »Die Costellos sind Opfer, und Lara handelt als ihr Sprachrohr. Wie sie sind Sie ein Hinterbliebener eines Opfers von Waffengewalt. Aus eigener Erfahrung wissen Sie selbst am besten, wie heilsam die Entscheidung sein kann, einen Albtraum in eine gute Sache zu verwandeln. Und Lara kann für die Frauen und Kinder sprechen wie sonst niemand.«

Was für ein weicher Kern sich doch hinter Ellens harter Schale verbarg, sinnierte Kerry. Laut sagte er: »Die Beerdigung hat Lara mehr mitgenommen, als es den Anschein hatte. Ich weiß nicht, ob sie diese Strapaze wieder und wieder aufs Neue durchleben will.«

»Aber was, wenn sie es von sich aus will? Würden Sie sie dann daran hindern wollen? Und selbst wenn Sie es könnten, was würde dann aus ihr, ganz zu schweigen von Ihrer Ehe?«

Plötzlich befiel Kerry unendliche Müdigkeit. »Ich habe keine Ahnung«, gab er zu.

## 7

In ihrer ersten Nacht auf Martha's Vineyard wachte Kerry zum wiederholten Mal aus einem unruhigen Schlaf auf. Das Bett neben ihm war leer. Er schlüpfte eilig in die Blue Jeans und ging auf die Terrasse hinaus.

Im Mondlicht watete Lara ins kalte Meer.

Kerry überlegte hin und her, ob er ihr folgen solle. Unvermittelt hörte er Peter Lake leise sagen: »Es ist alles in Ordnung mit ihr, Mr. President.«

*Nichts ist in Ordnung*, hätte Kerry am liebsten erwidert. *Sie schläft kaum noch. Sie lässt Dinge fallen, von denen sie ganz vergessen hat, dass sie sie in der Hand hielt. Manchmal ist sie gereizt und überempfindlich, und dann wieder herrscht Schweigen. Sie weint, wenn es nicht angebracht ist, und kann nicht weinen, wenn es helfen würde. Ich weiß nicht, was ich machen soll!*

»Danke«, sagte der Präsident lediglich.

Bei Tagesanbruch traf Kerry Lara auf einer Düne an, wo sie trotz des heftigen Windes im Schneidersitz hockte.

»Möchtest du darüber reden?«, fragte er.

Ohne den Blick vom Wasser zu heben, strich sich Lara zerstreut das Haar aus dem Gesicht. Mit tonloser Stimme antwortete sie: »Darüber, dass ich mich hasse? Was gibt es schon zu sagen? Ich habe meine Verantwortung in jeder nur denkbaren Weise abgetreten – Joanie habe ich dir überlassen und so den Medien geholfen, dass sie ihr Leben übernehmen können. Jetzt sind sie alle tot. Drum sitze ich hier und hasse das Leben, das wir führen sollen.«

Hasst du mich?, wollte Kerry fragen. Doch jetzt war nicht die Zeit, über seine eigenen Ängste zu sprechen oder um Bestätigung zu bitten. Oder um eine faire Behandlung – nicht gerade jetzt. Er hätte ja selbst nicht genau erklären können, was Fairness war.

»Nicht du hast sie im Stich gelassen«, murmelte er. »Ich habe versagt. Unser politisches System und unsere Gesetze haben versagt. Deshalb konnte Bowden an seine Pistole kommen.«

Später tranken sie auf der Terrasse Kaffee.

»Politik«, sagte Lara.

So sah in letzter Zeit ihr Verhaltensmuster aus: Sie redete in einzelnen Worten oder knappen Sätzen, die sich bisweilen auf etwas längst Gesagtes bezogen.

Als Kerry sie fragend ansah, fügte sie hinzu: »Was hast du jetzt vor?«

»Die Macht der SSA brechen, wenn ich kann. Ein Gesetz verabschieden, das etwas bewirkt. Nach Möglichkeit verhindern, dass anderen Familien dasselbe geschieht – oder zumindest die Art und Weise, wie es geschah.«

Lara nippte an ihrem Kaffee. »Kannst du das?«

»Vielleicht. Es wird mich viel kosten.« Nachdenklich ließ Kerry die Augen über den grau unter Nebelschleiern liegenden Ozean schweifen. »Leute wie Hampton werden mich ans Gesundheitswesen oder die Erziehung erinnern – Themen, die die Menschen stärker berühren als Schusswaffen – und sich darum sorgen, dass ich uns bei der nächsten Wahl um den Sieg bringe. Jetzt kommt alles auf meine Entscheidung an. Ich habe die Verantwortung für viele Leben, für ein dickes Bündel verschiedenartigster Hoffnungen und die weitere Laufbahn eines Haufens Abgeordneter und Senatoren, die schon jetzt ums Überleben kämpfen. Was immer ich tue, sie wird es direkt betreffen.«

Lara betrachtete wieder die Küstenlinie. »In meiner Zeit als Berichterstatterin über den Kongress«, ließ sie sich nach einiger Zeit vernehmen, »ist mir immer wieder die Engstirnigkeit in der Politik aufgefallen, die Feigheit der Leute, wenn sie ihren Freunden von gestern in den Rücken fallen. Damals habe ich mir noch meinen weiten Horizont zugute gehalten. Jetzt finde ich das Ganze nur noch zum Kotzen.«

Am Nachmittag zog Lara sich zurück und versuchte zu schlafen. Als sie hohläugig nach unten kam, stellte Kerry zwei Teller Muscheleintopf auf den Tisch.

Lara beäugte ihre dampfende Portion, nahm den Löffel in die Hand und legte ihn wieder zurück. Ihre Augen schwammen in Tränen. »Weißt du, wen ich am meisten vermisse? Meine Mutter. Sie war der einzige Mensch, der immer zu mir gestanden hat. Ich weiß, sie hatte ihr Leben schon gelebt. Joanie war gerade erst dabei, sich zu befreien, und Marie war noch so klein. Mama hätte sofort ihr Leben geopfert, um sie zu retten …« Ihre Stimme brach, und sie ließ den Kopf sinken. »Ich fühle mich so zerschlagen, Kerry. Sie war der erste Mensch in meinem Leben, den ich geliebt habe.«

Kerry saß schweigend daneben, während die Tränen ihr über das Gesicht rannen.

Die Nacht war dunkel und still. Nur das entfernte Zirpen von Grillen und das Rascheln des Dünengrases im Wind war zu hören. Kerry und Lara saßen draußen auf der Terrasse. Immer wieder trat langes Schweigen ein.

»Ein Gesetz.« Laras Stimme und ihr Gesicht verrieten keine Regung. »Versprichst du mir, dass du eins durchbringst?«

Eine Antwort darauf war nicht nötig. Kerry gab auch keine.

»Wenn du versuchst, mich zu beschützen, dann lass das.« Zum ersten Mal schwang Härte in ihrem Ton mit. »Es waren *meine* Angehörigen, nicht deine. Diesmal werde ich mich nicht zurücklehnen und dich machen lassen.«

Sie lagen schlaflos nebeneinander in der Dunkelheit. Seit über einer Stunde war kein Wort mehr zwischen ihnen gefallen.

Endlich brach Lara das Schweigen. »Als ich klein war, hatte mein Vater eine Pistole. Schon damals machte sie mir Angst. So wie er. Ich brauchte bloß an einem Waffengeschäft vorbeizugehen, und schon bekam ich eine Gänsehaut. Dann bist du angeschossen worden, und ich hätte dich fast verloren. Da habe ich einen Pakt mit Gott geschlossen. Wenn du überlebst, habe ich geschworen, werde ich dich nie verlassen, egal, was für Opfer ich dafür bringen muss. Und als du tatsächlich überm Berg warst, habe ich geglaubt, dass Er dich mir zurückgegeben hat und dich mir nie mehr wegnehmen wird.«

Kerry berührte sachte ihre Hand. »Er hat dich mir gegeben«, schloss sie. »Und dafür hat Er *sie* mir weggenommen.«

Mit wehem Herzen lauschte Kerry ihrem unterdrückten Weinen.

An einem kühlen Vormittag stapften sie mit den Händen in den Taschen ihrer Windjacken über den Strand. Weiter draußen durchpflügte ein Kutter der Küstenwache auf Höhe der von Peter Lake festgelegten Grenzlinie die Wellen. Dahinter kreuzten zwei Jachten voller Fotografen, die sicher gerade alle ihre Kameras in Anschlag brachten.

»Nächste Woche wird mich mein Foto auf den Titelseiten irgendwelcher Magazine daran erinnern, dass ich die First Lady bin«, murmelte Lara. »Das bin ich nun – ein Symbol. Die einzige Aufgabe, die ich jetzt habe.«

Sie blieb abrupt stehen und fuhr zu ihm herum. »Bitte hilf mir, wenn ich mich entscheide, etwas gegen die Schusswaffen zu unternehmen.«

Kerry war zu überrascht und auch zu besorgt, um sofort zu antworten. Lara wartete auch nicht darauf. »Vorher«, fuhr sie fort, »hätte ich mich vielleicht gegen Rassismus oder die Armut stark machen können – hätte meine Fähigkeiten eingesetzt, um den Leuten die Augen zu öffnen für Menschen, auf die sie im Grunde einen Dreck geben. Aber jetzt habe ich keine Wahl mehr. Jetzt kann es mir nur noch um Waffen gehen.«

Bei Kerzenlicht aßen sie wieder Muscheleintopf. »Am zweiten Tag schmeckt er immer noch besser«, erklärte Lara.

Mit einem leisen Lächeln sah Kerry zu, wie sie ihr Weinglas hob. Er räusperte sich. »Wir sollten uns vielleicht über bestimmte Gegebenheiten unterhalten.«

»Und die wären?«

Kerry stocherte in seinem Teller herum. »Was First Ladys betrifft, haben die Amerikaner so ihre Probleme mit der Rolle der Geschlechter und der Autorität. Sie wollen nicht, dass die Frau des Präsidenten die Ziele der Politik formuliert oder einen Einsatztrupp unter sich hat. Die Tatsache, dass sie mit dem Staatsoberhaupt verheiratet sind, genügt nicht. Um etwas auf die Tagesordnung zu setzen oder ein neues Gesetz einzubringen, muss man erst zu irgendwas gewählt worden sein.«

»Wie ist es mit toten Angehörigen?«, entgegnete Lara kalt. »Reicht das als Bürgschaft nicht aus?«

»Nein. Nicht, wenn es dein Ziel ist, zu erreichen, dass die Menschen das Tragische an der Gewalt durch Schusswaffen, den Schmerz über den sinnlosen Verlust von Leben ...«

»Schließlich bin ich ein *Opfer*«, unterbrach ihn Lara mit bissigem Spott. »Hast du eine Ahnung, wie sehr ich es hasse, ein Opfer zu sein? So fühlen sich die meisten Amerikaner nämlich am wohlsten – mit der Frau in der Opferrolle. ›Schützt die Mütter, rettet die Kinder‹...«

»Es gibt noch mehr zu bedenken«, warnte Kerry. »Wenn du dich jetzt an die Spitze einer solchen Bewegung stellst, wird es heißen, dass es dir nur um dich selbst geht und du auch mit Volldampf für die Stammzellenforschung kämpfen würdest, wenn du querschnittgelähmt wärst ...«

»Das sagen sie über *dich*«, zischte Lara. »Du brauchst mich,

Kerry. Du brauchst die Frauen. Das weißt du selber. Diesen Kampf kannst du nur gewinnen, wenn die Frauen wachgerüttelt werden und sich noch engagierter *dafür* einsetzen als die Waffenfanatiker dagegen.

Jedenfalls habe ich nicht vor, mit Heimatfilmen über meine Mutter, Marie und Joanie durch das Land zu reisen. Sie sind tot, verdammt noch mal. Für sie kann ich nichts mehr tun. Aber draußen im Land gibt es tausende von Leuten, die einen geliebten Menschen durch eine Schusswaffe verloren haben. Eine Wanderpredigerin Lara Costello, die im ganzen Land Gedenkgottesdienste hält, wird es nicht geben, das steht schon mal fest. Wenn ich durch Amerika reise, dann zusammen mit Männern und Frauen, die einen Weg suchen, anderen Ehemännern, -frauen oder Eltern das Leid zu ersparen, das sie erlitten haben. Anders kann ich nicht handeln.«

Um Mitternacht standen Kerry und Lara mit hochgekrempelten Jeans bis zu den Knöcheln im kalten Meerwasser. »Was du vorhast, ist nicht ohne Risiken«, sagte Kerry.

»Welche wären das?«

»Dass auf dich geschossen wird zum Beispiel. Wir bekommen immer noch Briefe, in denen jemand mir schreibt, wie viel besser Jamie ohne Hinterkopf ausgesehen hätte ...«

»Ich hätte ja Leibwächter ...«

»Die hatte er auch. Und ich ebenfalls.«

»Meine Familie ist ermordet worden, Kerry. Als Jamie umgebracht wurde, hast du dich auch nicht versteckt. Du bist zu ihm gerannt und ...«

»Herrgott, für die Übergeschnappten, die ein AK-47 mit ihrem Penis gleichsetzen, bist du eine überzüchtete Karrierefrau, die von der liberalen Presse protegiert wird und ihnen jetzt ihre Waffen wegnehmen will.«

Lara schüttelte entschieden den Kopf. »Es gibt diese Verrückten, aber daran kann ich nichts ändern. Es ist nicht mein Problem, wenn bestimmte Männer bei selbstbewussten Frauen Angstzustände kriegen.«

Kerry betrachtete ein Seetangknäuel zu ihren Füßen. »Na gut«, sagte er müde, »und dann wäre da noch die Abtreibung.«

»Die Abtreibung!«, blaffte Lara in schneidendem Ton. »Wenn mich das aufhalten soll, warum hat es dich dann nicht davon abgehalten, mich zu heiraten?«

»Weil ich dich liebe. Ich dachte, du wüsstest das.«

Lara starrte ihn stumm an. Kerry ergriff sie an beiden Schultern. »Jetzt ist die Lage eine andere«, sagte er leise, aber eindringlich. »Ob es dir gefällt oder nicht, Millionen nehmen jetzt an deinem Leid Anteil. Das bedeutet für dich eine Macht, wie du sie noch nie zuvor hattest. Wenn du diese Macht benutzt, wird die SSA Wege suchen, um dich zu zerstören. *Sie* wäre danach zufrieden, aber irgendeinem Fanatiker mit einer Pistole würde es vielleicht nicht genügen. Waffen und Abtreibung sind eine explosive Mischung – sie hat auch so schon viel zu viele Menschen das Leben gekostet. Ich will nicht, dass du die Nächste bist.«

Lara sah ihm in die Augen. »Ist das *alles*, wovor du Angst hast?«

»Worum, glaubst du, dreht es sich hier?«, fragte er hitzig zurück. »Um meine Abscheu vor dem Feminismus oder um Politik?«

Lara presste die Lippen aufeinander. »Wenn es nicht die Politik ist, dann versuch bloß nicht, mich einzuschüchtern. Mein Leben, meine Wahl.« Ihre Stimme wurde etwas weicher. »Du wärst damals fast draufgegangen, aber kaum konntest du das Bett verlassen, hast du dich wieder in den Wahlkampf gestürzt. Und mir blieb nichts anderes als zu beten. Bitte mich jetzt nicht, meinen Plan aufzugeben, nur damit du dir keine Sorgen zu machen brauchst.«

Später hielt Kerry sie in den Armen. Aber das war auch schon alles. Seit den Morden hatten sie sich nicht mehr geliebt. Lara war innerlich leer.

»Ich will kein Kind«, murmelte sie. »Zumindest jetzt noch nicht.«

»Warum nicht?«

»Wie lautet der übliche Satz? In eine so grausame Welt will ich kein Kind setzen?«

Kerry unterdrückte sein Erschrecken. »Empfindest du wirklich so?«

Lara ließ alle Luft durch die Lippen entweichen. »Ich weiß es nicht. In den letzten Tagen habe ich mich öfter gefragt, ob ein Kind uns helfen würde, die Wunden zu heilen – neues Leben, ein neuer Mensch, den wir nach so viel Tod lieben können …«

»Das habe ich auch schon gedacht …«

»Aber das ist der falsche Grund. Die Leute sollten sich ein Kind um seiner selbst willen wünschen und nicht sich zuliebe. Im Moment ist alles durcheinander, auch bei uns. Wir brauchen Zeit zu genesen, Kerry. Und ich habe etwas anderes zu tun.«

Kerry verfiel in Schweigen.

»Und dann habe ich auch wegen der Sicherheit Bedenken«, gab Lara zu. »All die Leute, die mich hassen werden! Nicht auszudenken, was da passieren kann!« Sie schmiegte sich in der Dunkelheit an seine Wange. »Ich weiß doch, was du dir wünschst. Aber jetzt ist nicht die Zeit für ein Kind.«

Danach konnte Kerry erst recht nicht schlafen.

Stundenlang, so kam es ihm vor, lag er grübelnd da und wartete auf ein Zeichen von Lara, dass sie ebenfalls wach war. Endlich drehte sie sich zu ihm um.

»Wenn du das tatsächlich durchziehst«, sagte er, »dann benutze häusliche Gewalt als Aufhänger. Nicht einmal die SSA kann Schüsse auf Frauen und Kinder verteidigen. Wenn du dich auf die Opfer konzentrierst und nicht auf die Waffenlobby, dann kann die SSA umso weniger gegen dich sagen.«

Am nächsten Morgen bat sie ihn, sie allein an den Strand gehen zu lassen.

Kerry sah ihr nach, wie sie in ihrem übergroßen Pullover, den Blick aufs Meer gerichtet, an der Wasserlinie entlangschlenderte, bis sie schließlich nur noch ein winziger Punkt in der Ferne war.

Nach ihrer Rückkehr drückte sie seine Hand ganz fest. »Wenigstens *du* bist mir geblieben. Wenn dir etwas zustieße, könnte ich das nicht ertragen.«

Am Abend saßen sie bei Kerzenlicht zu Tisch. Laras Wangen waren immer noch eingefallen, aber zu Kerrys Erleichterung aß sie nun endlich wieder.

»Es geht mir nicht nur um meine Familie«, erklärte sie. »Dies ist eine Chance, wie man sie nur einmal in einer Generation bekommt, tausenden Unschuldigen das Leben zu retten. Ich darf sie nicht ausschlagen.«

Da konnte er ihr nicht widersprechen. Und in Kerrys Schweigen hinein sagte Lara: »Jetzt haben wir über alles gesprochen, nur nicht über dich.«

»Was gibt es da schon zu sagen?«

»Einiges. Wir sind gefangen in diesem Teufelskreis der Schuld, in dem ich erst mich und dann dich mit Vorwürfen zerfleischt habe. Und du konntest nirgendwohin.«

Kerry brachte kein Wort heraus. Zum ersten Mal seit langem hatte er Tränen in den Augen.

Lara sah ihm aufmerksam ins Gesicht. »John Bowden hat uns viel aufgebürdet. Ich möchte versuchen, besser damit umzugehen, Kerry. Dir und mir zuliebe.«

Er streckte die Hand aus, und sie schloss die Finger um die seinen. »Ich werde das alles nie wirklich überwinden können«, sagte sie, den Blick auf ihre Hände gesenkt. »Ob ich will oder nicht, mein Leben wird immer davon bestimmt sein. Die Frage ist nur, was ich daraus mache.« Sie sah ihm in die Augen. »Ich denke, ich bin jetzt bereit.«

Am nächsten Morgen reisten sie nach Washington zurück. Vor dem Aufbruch lief Lara noch einmal allein über den Strand. Gemeinsam mit Peter Lake beobachtete Kerry sie dabei. »Wo immer sie hingeht«, murmelte Kerry, »ich möchte bei ihr sein.«

## *8*

Einen Tag nach ihrer Rückkehr ins Weiße Haus stattete Senator Frank Fasano dem Präsidenten und der First Lady gemeinsam mit seiner Frau Bernadette einen Kondolenzbesuch ab.

Es war eine kurze und eher steife Begegnung. Fasano hatte das Gefühl, dass Kerry in den wenigen Tagen gealtert war. Und dass

Schlafmangel und fehlender Appetit Laras Gesicht ausgezehrt hatten, war nicht zu übersehen. Auch wenn beide sie höflich empfingen, spürte er, dass hinter ihrer kühlen Fassade etwas steckte, das er zwar nicht benennen konnte, aber alles andere als beruhigend fand.

Nach dem Abschied konnte er sein Unbehagen nicht verhehlen.

»Woran denkst du?«, fragte Bernadette.

Vielleicht hatte er bei den Kilcannons den eisigen Hauch des Todes gespürt, überlegte Fasano, eine Ahnung der Qualen, unter denen sie leiden mussten. Trotzdem drängte sich ihm ein anderes Wort ins Bewusstsein. *Brandgefährlich.*

»Dass uns Ärger ins Haus steht«, brummte er.

Für den Abend hatte der Präsident den Führer der Minderheit im Senat, Chuck Hampton, zu einem Dinner bei sich eingeladen.

Sie saßen zu zweit im Speisezimmer, demselben Raum, wie sich Hampton erinnerte, in dem die Kilcannons zuletzt mit Laras Familie gegessen hatten. Er konnte sich gut vorstellen, wie die Costellos den Kaminsims aus der Zeit Louis XI., die goldenen Filigranarbeiten und die silbernen Intarsien in der Mitte des Mahagonitisches bewundert hatten. Und während Kilcannons häufigen Schweigepausen glaubte er beinahe, ihre beeindruckten Ahs und Ohs zu hören.

Der Präsident selbst machte Hampton nervös. Ein enges Verhältnis hatten sie nie gehabt. Unter Kilcannons Schlagfertigkeit und Charme hatte Hampton stets einen steinharten Kern gespürt, dessen wahre Natur er nur nie zu erfassen vermochte. Außerdem ging er davon aus, dass Kilcannon ihm nie verzeihen würde, dass er im vorangegangenen Jahr bei der Aufstellung für die Wahl den damaligen Vizepräsidenten Dick Mason unterstützt hatte. Und weil er selbst in jeder Lage die Mentalität eines Anwalts hatte und sich eher vom Kopf statt von Gefühlen leiten ließ, unterstellte er, dass der Präsident sich von den Morden an den Costellos nicht aufhalten lassen würde. Folglich empfand er Kilcannons Schweigen als die Ruhe vor dem Sturm.

»Schusswaffen«, sagte der Präsident schließlich. »Das ist der Grund, warum wir heute zusammensitzen.«

Ohne ihn aus den Augen zu lassen, wischte sich Hampton mit der Leinenserviette die Lippen ab. »Wir sollten sie zu einem Thema machen«, gestand er ihm zu.

»Zu einem Thema?«, wiederholte der Präsident kühl. »Das habe ich schon mal gehört, Chuck, unter anderem von Ihnen. Aber jetzt bin ich noch weniger geneigt, nur hohle Worte von mir zu geben.«

»Das ist von Ihnen wohl kaum zu erwarten, Mr. President.« Hampton raffte sich zu einem matten ironischen Lächeln auf. »Sie haben uns immerhin Caroline Masters beschert, das Geschenk, das unaufhörlich neue Gaben hervorbringt.«

Kilcannon erwiderte das Lächeln, doch seine Augen blieben davon unberührt. »Und damit den Supreme Court für eine Generation von Grund auf geändert und den Frauen das Recht auf freie Entscheidung erhalten.«

»Nicht ohne einen hohen Preis zu zahlen«, konterte Hampton. »Die Abtreibung ist umstritten genug. Wenn wir es jetzt auch noch mit der Waffenkontrolle zu weit treiben, zerreißen wir damit unsere Partei. Sie kennen Ihre ehemaligen Kollegen, Mr. President. In einem Wahljahr werden sie zu Provinzfürsten, denen nichts über das Wohl ihrer Untertanen geht.« Er schlug unvermittelt einen sanfteren Ton an. »Bitte verstehen Sie mich nicht falsch. Wir im Senat nehmen großen Anteil an all dem, was die First Lady und Sie durchmachen mussten. Aber bei uns besteht nun einmal die Sorge, dass Ihre Absichten in die falsche Richtung führen könnten.«

»Und wohin wäre das?«

Hampton seufzte. »In eine politische Todesspirale, Mr. President. Im Augenblick spricht die große Mehrheit der Amerikaner sich für ›strengere Waffengesetze‹ aus. Aber was das im Einzelnen bedeutet, hat ihnen noch keiner genau gesagt. Und sobald wir ein konkretes Gesetz einbringen, wird die SSA es als Enteignung diffamieren und ihre Anhänger auffordern, keinen Politiker, der auf Ihrer Seite steht, in den Kongress zu wählen.« Er begann, die Staaten im Rhythmus seiner Worte an den Fingern abzuzählen. »Montana. New Mexico. Georgia. Nebraska. Missouri. In jedem einzelnen dieser Staaten stellt sich ein demokratischer Senator der

Wiederwahl. In jedem einzelnen davon haben Sie vor acht Monaten verloren und zwar jeweils mit mindestens fünf Prozent Abstand, weil die Stimmen auf dem Land und bei den Weißen männlichen Geschlechts weggebrochen sind. Unsere Senatoren halten ihre Sitze nur dank ihrer Opposition gegen die Waffenkontrolle – das ist ein Zugeständnis, um das sie nicht umhinkommen, nachdem sie sich schon für das Recht auf Abtreibung ausgesprochen haben. Wenn Sie in dieser Sache nun zum Äußersten gehen, ist das praktisch ihr politischer Todesstoß.«

Der Präsident hörte mit unbewegter Miene zu. »Jetzt ist die Lage eine andere«, erwiderte er ruhig.

Hampton schüttelte bedächtig den Kopf. »Nicht für den harten Kern der SSA-Anhänger. Die kennen nur eins: ›Das Recht auf Waffen‹. Alles andere ist ihnen egal. Umgekehrt gibt es unter den Befürwortern der Waffenkontrolle keinen einzigen Wähler, für den diese Sache absoluten Vorrang hat. Fasano weiß das. Er betet jeden Tag dafür, dass Sie ihm den Gefallen tun und die Stammwähler der Republikaner gegen sich aufbringen. Dann schlägt er erst Ihre Leute im Senat, ehe er schließlich Sie aufs Korn nimmt.«

Erneut bedachte Kilcannon Hampton mit einem dünnen Lächeln. »Reden Sie weiter.«

Sichtlich zermürbt durch die unerschütterliche Ruhe des Präsidenten, fuhr Hampton mit flacher Stimme fort: »Um selbst überleben zu können, werden unsere Leute Sie allein lassen müssen. Dass Sie sich selbst treu bleiben, mag menschlich für Sie sprechen, aber in Montana ist Ihnen die Treue zu halten Selbstmord. Erinnern Sie sich noch an die Aufkleber an den Pick-ups ›Kilcannon siegt – und du verlierst‹? Verloren haben *Sie*, Mr. President.« Hampton beugte sich vor, und in die nächsten Worte legte er seine ganze Überzeugungskraft: »Von hundert Stimmen haben wir nur sechsundvierzig! Und für ein Waffengesetz von Ihnen, egal was für eins, bringe ich nicht mal vierzig zusammen, und das auch nur, wenn ich die Kollegen zur Abstimmung treibe. Das sind die Tatsachen!«

Das Kinn in die Hand gestützt, musterte der Präsident Hampton über die Tischplatte hinweg. »Was sollte ich noch alles berücksichtigen?«

»Das *wissen* Sie doch, Mr. President!« Hampton schluckte seinen Ärger herunter. Er wurde den Eindruck nicht los, dass Kilcannon mit ihm spielte. »Es gibt schließlich noch die Gewerkschaften. Mindestens vierzig Prozent ihrer Mitglieder haben Sympathien für die SSA. In Michigan haben sie am ersten Tag der Jagdsaison die Autofabriken zugemacht. Vor allem sind die Gewerkschaften nicht bereit, der Waffenkontrolle zuliebe Arbeitsplätze oder Verbesserungen im Schul- oder Gesundheitswesen zu opfern. Erst gestern hat mir der Vorsitzende des Dachverbands gesagt: ›Was sind schon Tote durch Waffengewalt? Autounfälle kosten viel mehr Leben.‹«

»Sweeney kann viel sagen«, erwiderte Kerry kühl. »Aber sein Verband braucht mich, wenn er Erfolg haben will. Ohne mich ist er erledigt.«

Hampton lehnte sich schweigend zurück. Das war nackte Machtpolitik, wovon der Präsident hier redete, und die Regeln gaben ihm Recht: Die Gewerkschaftsführung war tatsächlich auf Kilcannon angewiesen. Ihr blieb gar nichts anderes übrig, als ihm zu helfen.

»Lassen Sie uns also über die SSA reden«, fuhr Kilcannon fort. »Sie ist wie der Zauberer von Oz, nur noch Furcht erregender, als Sie es für möglich halten. Nach jeder Wahl wirft sie sich in die Brust und beansprucht den Sieg für sich. Wenn man sie so reden hört, könnte man meinen, ihre Kandidaten hätten überall nur gewonnen. Aber letztes Jahr hat sie fünf von den sieben Senatssitzen verloren, die sie angestrebt hatte. Und was hat sie danach getan? Mit ihrer Macht geprahlt und gelogen, dass sich die Balken bogen. Sie, Chuck, führen wiederum ständig die Staaten ins Gefecht, die ich verloren habe. Ich frage mich nur, wie es kommt, dass ich trotzdem hier sitze.« Kilcannons Ton wurde jäh beißend. »Vielleicht liegt das an Kalifornien und New Jersey, wo ich *wegen* der Waffenkontrolle gewonnen habe. Sehen Sie sich nur mal die Landkarte an. Die ländliche Kultur, um die Sie sich solche Sorgen machen, stirbt langsam aus. Die Leute ziehen in die Speckgürtel um die großen Städte herum, wo es den Leuten weniger um die Jagdsaison geht, sondern eher darum, die örtliche Inkarnation John Bowdens von den Schulhöfen fern zu halten. Im Grunde lebt die SSA von unserer Feigheit. Und jeden Tag hofft sie, dass keiner merkt, dass sie noch mehr Angst hat als wir – und mehr Gründe hat, sich zu fürchten.«

Hampton schüttelte den Kopf. »Das Geschäft mit der Panik kommt ihr gut zupass, Mr. President. Und *Sie* benutzt sie dafür als Schreckgespenst. Aus Angst, Ihretwegen ihre Pistolen und Gewehre zu verlieren, geben ihr ihre Mitglieder fleißig Geld und bei den Wahlen ihre Stimme …«

»Ich habe diese Leute doch auch reden hören«, unterbrach ihn Kerry Kilcannon mit einem spöttischen Grinsen. »Wie Wanderprediger führen sie sich auf. ›Überweist uns euer Geld, sonst kommt Kerry Kilcannon dem Teufel zuvor und holt euch.‹ ›Die Konfiszierung der Waffen war der erste Schritt zum Holocaust.‹ ›Sind erst unsere Waffen weg, hetzt Kilcannon die Schwulen, Lesben und Schwarzen auf uns und entfesselt nicht nur eine neue Aids-Epidemie, sondern zerschlägt auch die traditionelle weiße Familie mit einem Mann als Oberhaupt, die unser Land stark gemacht hat.‹ ›Sobald wir keine Waffen mehr haben, stehen die Terroristen von der Al Qaida vor der Haustür.‹« Kilcannon holte Luft. »Und wenn sie dann immer noch leben, hetze ich das Finanzamt auf sie.«

Jetzt musste sogar Hampton grinsen, aber Kilcannon war noch nicht fertig: »Am besten hat mir ja die Geschichte von dem Geisteskranken gefallen, der eine fünfköpfige Familie mit einer Heugabel abgeschlachtet hat, weil die Pistolen weggesperrt waren. Nur zu schade, dass sie frei erfunden ist. Wissen Sie, Chuck, es wird immer einen Bodensatz von Verrückten geben. Aber solche Leute sprechen nicht für die Mehrheit der Waffenbesitzer. Im Augenblick tut das überhaupt niemand. Und jetzt sage ich Ihnen noch etwas: Ich will mich nicht auf einen Zwist mit der SSA einlassen – damit würde ich sie nur aufwerten. Nein, ich habe vor, an ihr vorbeizureden und sie mit ihrem Gegeifer ins Leere laufen zu lassen.«

»Das wird nicht leicht sein. Ich spreche aus Erfahrung, Mr. President. Ich gehe in meiner Freizeit gern auf Entenjagd. Aber wehe, ich erzähle das bei einer Dinnerparty hier in der Stadt; dann hält mich irgendeine vertrocknete alte Jungfer aus der höheren Gesellschaft sofort für einen Mörder. Ich bin auf einer Farm aufgewachsen. Zum siebten Geburtstag hat mir mein Dad ein 22er-Gewehr geschenkt und mir beigebracht, wie man es sicher benutzt. Ans College konnte ich gehen, weil ich als preisgekrönter Scharfschütze ein Stipendium erhalten hatte. Ich sammle bis zum heutigen Tag Waffen und habe hinter meinem Farmhaus einen Schießstand. Und damit bin ich nicht allein. Vermont ist voller Leute wie ich. Wir haben Spaß am Schießen. Punkt. Ich bemühe mich, die Demokratische Partei zu einem sicheren Ort auch für unseresgleichen zu machen. Aber sobald Sie von ›Waffenkontrolle‹ reden, denken meine Leute an einen verwöhnten Stadtmenschen, der voller Verachtung auf sie herabsieht. Ich gebe Ihnen ja Recht, Mr. President: Bowden hätte nie eine Pistole in die Finger kriegen dürfen. Und ich denke genauso wie Sie, dass die SSA Blut an den Händen hat, auch das der Familie Ihrer Frau. Aber die meisten Waffenbesitzer draußen im Land glauben nun mal, dass die SSA sie im Gegensatz zu Ihnen ernst nimmt. Mit Ihrer Politik können Sie uns womöglich eine Niederlage bescheren. Sie kann Sie sogar Ihr Amt kosten. Dann bekommen wir am Ende irgendeinen knochentrockenen Reaktionär wie Fasano, der die Minderheiten, Frauen und Armen bescheißt, sich einen Dreck ums Gesundheitswesen schert *und* auch noch glaubt, das Second Amendment sollte Übergeschnappte mit Raketenwerfern schützen.«

Mehr als ein müdes Lächeln vermochte er Kilcannon damit nicht zu entlocken. »Ob Sie's glauben oder nicht, ich habe viel über die traditionsbewussten Weißen und all die Staaten, in denen ich verloren habe, nachgedacht. Und auch darüber, warum *ich* hier sitze und nicht der Bursche, der dort gewonnen hat. Ich *weiß*, dass die Waffen ein Symbol sind. Und ich erinnere mich noch, wie ich in einer Wahlkampfveranstaltung im Süden mit dem dortigen Abgeordneten Einschusslöcher in Stopp-Schildern gezählt habe. Die meisten stammten von ihm selbst, als er noch ein Kind war.« Kilcannon stand abrupt auf und stützte sich mit den Händen auf die Stuhllehne. »Ich kann übrigens auch Karten lesen, Chuck. Den Republikanern gehört das Territorium, wo man für Waffen ist, uns gehört das Territorium, wo man sie einschränken will. Und warum ist das so? Weil aus Politik ein Kulturkampf geworden ist.

Vierzig Jahre danach streiten wir uns immer noch um die sechziger Jahre. Wer glaubt, dass Bürgerrechte, die Frauenbewegung und der Umweltschutz etwas Gutes waren, dürfte eher auf der Seite der Demokraten stehen. Bei den Leuten dagegen, die meinen, das wäre die Zeit gewesen, in der die Minderheiten Oberhand gewonnen und die Frauen ihre Pflichten vergessen haben, in der allenthalben sexuelle Zügellosigkeit ausgebrochen ist, die Filme brutal und die Texte in der Rockmusik obszön geworden sind und die Unterdrückung von männlichen Weißen als die einzige akzeptierte Form der Diskriminierung galt – kurz, bei all denen, die sich immer noch durch den Wandel in unserer Gesellschaft bedroht fühlen –, bei ihnen habe ich in der Tat herzlich wenig Aussichten, mit meiner Botschaft Gehör zu finden. Und das, obwohl ich ihnen hinsichtlich der Unterhaltungsindustrie durchaus zustimme. Unser Land ist gespalten. Und die Gräben werden durch die Religion zusätzlich vertieft. Ich selbst nehme jeden Sonntag am Gottesdienst teil. Trotzdem haben bei der letzten Wahl zwei Drittel der praktizierenden Christen gegen mich gestimmt. Und genau umgekehrt war es bei den anderen, denen die Kirche wenig oder nichts bedeutet. Wie passen nun also die Waffen in dieses Muster?« Kilcannon legte eine Kunstpause ein. »Für diejenigen, die sich bedroht fühlen, haben sie Symbolcharakter, frei nach dem Motto: ›Ihr habt mir alles weggenommen, aber meine Waffen kriegt ihr nicht.‹ Nicht unbedingt meine Wählerschaft.«

»Genauso wenig stehen diese Leute für alle männlichen Weißen«, beeilte sich Hampton anzumerken.

»Eben. Aber Fasano und Konsorten haben sie darauf konditioniert, auf Schlagworte wie ›Schulgebet‹ oder ›Familienwerte‹ abzufahren, statt sich mit Inhalten zu befassen. Es ist wie ein groß angelegter Tierversuch in den Gehegen eines rechts stehenden Labors. Was soll ich nun solchen Leuten sagen, um da mithalten zu können? Etwa, dass das Second Amendment ihr heiligstes Recht verkörpert? Nein, das kann ich nicht. Da gibt es nur einen Trick: sich erst gar nicht darauf einlassen. Stattdessen müssen wir sie daran erinnern, dass *wir* diejenigen sind, die ihre Gewerkschaften, ihre Gesundheitsversorgung und ihre Rente schützen. Und dass die Fasanos dieser Welt den letzten Tropfen aus ihnen pressen werden, um alles ihren Freunden in den Country Clubs zuzuschustern, die gleich losblöken, wenn sie keine Steuersenkung und kein noch größeres Zweithaus kriegen.

*Diese* Sprache beherrsche ich auch. Aber wir dürfen uns nicht auf die Weißen männlichen Geschlechts versteifen. Zählen deren Stimmen denn mehr als die der Frauen, der Schwarzen, der Hispanoamerikaner oder der Städter? Bestimmt nicht, es sei denn, wir geben diesen Wählern keinen Grund, sich hinter dem Ofen hervorzurühren. Aber sie werden zu Hause bleiben, wenn die Demokraten so mutlos und wehleidig bleiben. Wir müssen damit anfangen, die Frauen und gemäßigten Republikaner auf unsere Seite zu ziehen, die glauben, ihre Partei sei in den Händen von Waffennarren, extremistischen Abtreibungsgegnern und Fernsehpredigern, die im Wahlrecht für Frauen eine neuerliche Versuchung durch Eva mit einem allzu wurmstichigen Apfel sehen. Für jeden demokratischen Senator, der sich um eine Niederlage sorgt, gibt es ein republikanisches Gegenstück wie Chad Palmer, dem der weitere Weg seiner Partei Kummer bereitet. Wenn wir nur genügend Druck erzeugen, wird Fasano sie nicht auf seiner Seite halten können.« Kerry beugte sich vor; seine Augen bohrten sich in die von Hampton. »Lara und ich wollen Fasano den Preis für seinen Kotau vor der SSA bezahlen lassen. Und er wird gewaltig sein – wenn nicht nächstes Jahr, so doch bald. Wenn ich schon an der Spitze eines gespaltenen Landes stehe, dann spalte ich es wenigstens auf meine Weise. Und bei meinem Abschied von diesem Amt werden Sie über die Mehrheit verfügen.«

Minutenlang hatte Hampton Kerry Kilcannon mit wachsender Verwunderung zugehört, ohne auch nur einmal den Blick von ihm zu wenden. »Lara«, murmelte er nun benommen.

»Ja.«

Hampton atmete tief aus. »Mr. President, ich weiß nicht, ob Sie der richtige Botschafter sind.«

Kilcannon setzte sich wieder. Sein Blick blieb weiter auf Hampton gerichtet. »Das ist mir längst klar. Ich habe den Fehler gemacht, einen Bruder zu haben, der erschossen wurde, dann selbst ein Attentat zu überleben und schließlich so geschmacklos zu sein und zuzusehen, wie einen Tag nach meiner Hochzeit die Mutter,

Schwester und Nichte meiner Frau von jemandem ausgelöscht wurden, der nie eine Waffe hätte führen dürfen. Und auch nie eine bekommen hätte, wären da nicht die Geldgier und Feigheit einer Waffenfirma und eine skrupellose Lobby gewesen, die die meisten Republikaner im Kongress und auch ein paar von unseren Parteigenossen eingeschüchtert und bestochen hat.

Darum habe ich in dieser Hinsicht meine ›Objektivität‹ verloren. Ich habe das Recht, Leben zu retten, verwirkt, weil zu viele Menschen, die mir nahe standen, das ihre verloren haben. Die Waffen haben mich zum Senator und danach zum Präsidenten gemacht. Wahrscheinlich sollte ich einfach mehr Dankbarkeit zeigen. Aber ein zu großer Teil meines Lebens ist von Waffen bestimmt worden, und jetzt ist auch Lara davon betroffen. Ich will verflucht sein, wenn ich daneben stehen bleibe und zuschaue, wie dasselbe Tag für Tag anderen geschieht. Und ich soll verflucht sein, wenn ich *Sie* tatenlos daneben stehen lasse.«

Hampton lauschte mit offenem Mund. Er machte keine Anstalten, seine Verblüffung zu verbergen.

»Noch etwas«, fügte der Präsident leise hinzu. »Sie glauben, ich würde Ihnen verübeln, dass Sie Dick Mason unterstützt haben. Das ist nicht der Fall. Das einzige Problem zwischen uns ist, dass Sie sich in mir gründlich getäuscht haben. Sie haben mir nie zugetraut, dass ich der Präsident werde. Sie können es immer noch nicht fassen, dass ich es tatsächlich bin. Und jetzt fragen Sie sich vielleicht, ob meine Emotionen mein ohnehin geringes Urteilsvermögen völlig weggefegt haben.« Ein Lächeln spielte um Kilcannons Mundwinkel. »Nach dieser Unterredung kann ich das verstehen. Aber vielleicht sollten Sie mal in Betracht ziehen, dass ich *genau* weiß, was ich tue. Und zwar schon die ganze Zeit.«

## 9

An Selbstbewusstsein mangelte es Francis Xavier Fasano nicht. Er war – und das wusste er auch – attraktiv, redegewandt, telegen und ein äußerst geschickter Taktierer. Dank dieser Talente hatten ihn seine Parteifreunde im Senat mit nur zweiundvierzig Jahren zum jüngsten Mehrheitsführer der amerikanischen Geschichte gewählt. Auf ihn setzten sie ihre Hoffnungen, dass es ihm rasch gelingen würde, die durch Macdonald Gages Sturz aufgerissenen Wunden zu heilen, zumal er Kerry Kilcannon hinsichtlich Jugendlichkeit und Entschlossenheit in nichts nachstand. Seine Probleme unterschätzte Fasano gleichwohl nicht. Dazu gehörte die Aufgabe, die konservativen Kräfte der Gesellschaft für sich zu gewinnen, damit sie der Grand Old Party weiterhin Geld und Aktivisten zur Verfügung stellten, während er mit seinem Auftreten den Eindruck von tatsächlicher oder wenigstens vermeintlicher Unabhängigkeit weckte. Bei keiner Gruppe war das schwerer als bei den Sons of the Second Amendment. Und das war der Grund, warum er sich am Morgen nach seinem Besuch bei den Kilcannons um Senator Gages Rat bemühte.

Sie trafen sich in der geräumigen Suite, die noch bis vor einem halben Jahr Gage gehört hatte. Für Fasano war sein Vorgänger eine ständige Erinnerung daran, wie gnadenlos Kilcannon sein konnte. In der Auseinandersetzung um Caroline Masters' Berufung hatte Mason Taylor, ein Lobbyist und Geldgeber von Macdonald Gage, versucht, den liberalen Chad Palmer als Gages Gegenspieler auszuschalten, indem er der Presse bestimmte für Palmer höchst peinliche Details zuspielte. Das führte zum tragischen Tod von dessen Tochter Kyle, als an die große Glocke gehängt wurde, dass er ihr eine Abtreibung erlaubt hatte, obwohl er sich stets vehement für den Schutz des ungeborenen Lebens ausgesprochen hatte. In der Folge hatte Kilcannon die Spur mit Hilfe des FBI zu Taylor zurückverfolgt und Gage so geschickt die Anstiftung zu dieser Tat unterstellt, dass dieser Mann als Fraktionsführer nicht länger tragbar war. Fasano selbst bezweifelte, dass Gage wirklich so weit gegangen war; für wahrscheinlicher hielt er es da schon, dass er Taylor nicht mehr im Griff gehabt hatte. Kilcannon schien sich mit solch feinen Unterscheidungen gar nicht abgegeben zu haben.

Seitdem brachte Fasano Gage für seinen Opfergang tiefsten Respekt entgegen, wofür er wiederum dessen Wertschätzung und gelegentlich einen taktischen Rat empfing.

Für das heutige Treffen hatte Fasano allerdings einen ganz handfesten Grund. Gage – davon war er überzeugt – stand in engstem Kontakt mit Charles Dane, dem Präsidenten der SSA, auch wenn beide das stets in Abrede stellten. Mit Hilfe dessen, was Gage sagte – oder vielleicht lieber für sich behielt –, hoffte Fasano Rückschlüsse auf Danes Gedanken zu gewinnen.

»Die SSA wünscht eine Unterredung mit mir«, begann er. »Eine sehr private.«

Gage bedachte ihn mit einem Lächeln, das keines war, eines, bei dem die Zähne nicht zum Vorschein kamen. Obwohl sein Gegenüber stets seinen Südstaatencharme wahrte und die Liebenswürdigkeit eines wohlhabenden Ehrenmannes aus der Provinz zur Schau stellte, spürte Fasano bei Gage eine Verbitterung, die sich nach Kilcannons Schlag gegen ihn wie ein Bandwurm durch sein Innerstes gefressen hatte und ihm jeden Tag vergällte.

»Nun«, sagte Gage, »die SSA ist uns eine Freundin, eine Freundin in der Not. Kilcannon hat derzeit alles Mitgefühl.« Er nippte an seinem Kaffee, wobei er Fasano über den Tassenrand hinweg musterte. »Was wird sie Ihrer Meinung nach wollen?«

»Zum einen will sie sich wohl unserer Loyalität vergewissern. Mich daran erinnern, dass ich an ihrer Seite stehen sollte. Und sie wird von mir die Grundrisse einer Strategie erfahren wollen, wie Kilcannon geschlagen werden kann, wenn er zu seinem Kreuzzug für härtere Waffengesetze aufbricht. Wenn die SSA ihn jetzt zurechtschleifen kann, obwohl Lara Kilcannons Familie gerade erst ermordet worden ist, werden die Demokraten die Waffenkontrolle scheuen wie der Teufel das Weihwasser.«

»Wie wahr.« Diesmal kamen Gages Zähne zum Vorschein. »Dann wird Kilcannon vielleicht durch Sie ersetzt – wenn Sie denn die nötige Loyalität unter Beweis stellen. Was könnte sie sonst noch wollen?«

Wie konnte ein mit allen Wassern gewaschener Politiker wie Gage derart unverhüllt doppelzüngig sein?, sinnierte Fasano. Laut sagte er: »Vielleicht etwas Konkreteres.«

»Wie zum Beispiel?«

»Erinnern Sie sich an Martin Bresler? Er hat an einem Abkommen mit Kilcannon gearbeitet. So ziemlich dieselben Vorschläge hat Kilcannon später dem Präsidenten von Lexington Arms unterbreitet.«

Gage betrachtete den Lüster, als wühle er angestrengt in seinem Gedächtnis. »Wenn ich mich nicht täusche, waren die Waffenunternehmen zu dem Schluss gekommen, dass Bresler so etwas wie ein Sicherheitsrisiko darstellte.«

»Das ist die eine Version. Die andere ist, dass die SSA Bresler abgeschossen hat.« Fasano trank seinen Kaffee aus. »Angenommen, Sie sind Charles Dane. Die SSA hat kategorisch das Angebot des Präsidenten abgelehnt, auf Klagen gegen Firmen wie Lexington zu verzichten, falls in Zukunft auf Waffenmessen Leumundsprüfungen vorgeschrieben werden. Und dann verschafft sich dieser gewalttätige John Bowden – möglicherweise auf einer Waffenmesse – eine Pistole von Lexington und richtet drei Familienmitglieder der First Lady hin. Was genau sagen Sie den Waffenherstellern *nun?*«

Fasano beobachtete Gage dabei, wie er schwankte, ob er die Pose des Unschuldslammes wahren oder zugeben solle, dass er über Insiderwissen verfügte. »Das kommt ganz darauf an«, meinte Gage gedehnt. »In meinen Augen sind diese Klagen ein einziger Missbrauch der Gerichte. Man kann doch eine Firma nicht für den Verkauf eines völlig legalen Produkts belangen, nur weil irgendein Verbrecher es später für seine bösen Absichten verwendet. Das widerspricht dem gesunden Menschenverstand des amerikanischen Volkes.«

Fasano verkniff sich ein Grinsen. Nie wirkte Gage unaufrichtiger, als wenn er fromme Sprüche von sich gab. »Da stimme ich Ihnen zu«, räumte er ein. »Oder hätte Ihnen zugestimmt. Bis zu den Costello-Morden.«

Gages Augen funkelten. »Sie halten für möglich, dass Lara Kilcannon jetzt Lexington wegen Beihilfe zur Tötung ihrer Mutter, Schwester und Nichte auf Schadenersatz und eine hohe Strafe verklagen wird, um Lexington in den Bankrott zu treiben. Sozusagen Anschauungsunterricht mit besten Empfehlungen des Präsidenten, der allen klar macht, was aus Leuten wird, die sich mit der SSA einlassen.« Gage benetzte sich kurz die Lippen, und Fasano fragte sich unwillkürlich, ob er dem Geschmack seiner eigenen Bitterkeit nachspürte. »Kilcannon erinnert uns für sein Leben gern daran, was für ein Arschloch er ist. Für ihn war das, was er mir angetan hat, der Höhepunkt seiner Karriere. Aber seine Frau zu benutzen ist zu unfein. Eine First Lady zu benutzen, das ist geradezu anstößig.«

»Hat Macbeth Lady Macbeth ›benutzt‹?«, fragte Fasano. »Ich habe die zwei gestern gesehen. Auch wenn sie mir Leid getan hat, hatte ich das Gefühl, in Feuer gehärtetem Stahl gegenüberzusitzen. Aber Sie haben natürlich Recht. Für plumpe Spielchen sind die zwei zu ausgekocht.«

Gages Augen ruhten weiter auf Fasano. »Und daraus ergibt sich was?«

»Dass wir die verbliebenen Schwestern noch mal durchzählen müssen. Auf dem Heimweg hat mich Bernadette gestern gefragt, was mich so beunruhigt. Es hat eine Weile gedauert, bis mir die Schwester eingefallen ist, die überlebt hat.«

Gage lehnte sich mit nachdenklichem Gebaren zurück, als beschäftige ihn ein völlig neuer Aspekt. »Die andere hinterbliebene Schwester reicht also Klage ein«, sagte er bedächtig. »Und vertreten wird sie von einem dieser raffgierigen Zivilprozessanwälte, die mit Klagen gegen die Tabakindustrie Millionen gescheffelt haben. Und Sie könnten sich vorstellen, dass die SSA auch darauf gekommen ist.«

Fasano sah Gage in die Augen. »Ich könnte mir vorstellen, dass Kerry Kilcannon darauf gekommen ist. Und Charles Dane befasst sich mindestens so gründlich mit den Plänen des Präsidenten wie ich.«

Gage lächelte den Jüngeren an wie ein Lehrer, dessen Schüler eine schwere Prüfung bestanden hat. »Haftpflichtreform«, sagte er mit flacher Stimme.

»Haftpflichtreform. Die SSA wird von uns ein Gesetz verlangen, das diese Art von Prozessen verbietet.« Fasano deutete mit dem Kinn auf den stumm laufenden Fernseher, in dem gerade gezeigt wurde, wie die First Lady mit ihrem Mann den Strand entlangging. »Lässt sich im Moment schwer verkaufen. Und wir bräuchten eine Zweidrittelmehrheit, um Kilcannons Veto zu überstimmen.«

Gage wandte sich nun auch zum Bildschirm um. »Der Grundsatz stimmt. Es kommt nur darauf an, wie wir ihn verpacken.«

»Was immer die SSA verlangen könnte«, erwiderte Fasano gelassen, »ich habe sie aufgefordert zu warten, bis wir wissen, was Kilcannon im Einzelnen vorhat. Der Präsident hat auch so schon – angefangen mit Chuck Hampton und seinen Demokraten – einige gewaltige Probleme am Hals. Mindestens fünf oder sechs von ihnen könnten einen Streit mit der SSA ganz und gar nicht gebrauchen.«

Gages Augen blieben weiter auf den Bildschirm gerichtet. »Wenn nur *wir* Kilcannon im Weg stehen, ist das unser Problem. Wenn auch Demokraten dabei sind, hat Kilcannon eins. Dafür wird die SSA sorgen.«

Einen Moment lang betrachtete auch Fasano Lara Kilcannons schlanke Gestalt in Blue Jeans und übergroßem Pullover, wie sie sich an ihren Mann lehnte. Der Zyniker in ihm fragte sich, ob Lara in dem Wissen, dass die Kameras ihr folgen würden, ihre Verletzlichkeit mit voller Absicht zur Schau stellte. »Lara Kilcannon«, sagte er mit Nachdruck, »könnte alles ändern.«

Gage wandte sich wieder zu ihm um, als hätten ihn die Bilder nicht beeindruckt. »Zugegeben, kurzfristig wird sie viel Anteilnahme bekommen. Aber irgendwann sagen die Leute sich vielleicht, dass Gefühlsduselei nicht alles ist. Sie stammt aus Kalifornien, er aus New Jersey. Je näher man am Wasser lebt, desto leichter verliert man die Bodenhaftung. Anständige Bürger, die Waffen besitzen, wird es nicht freuen, wenn man sie für die Taten eines gewalttätigen Ehemannes verantwortlich macht. Für Millionen von Amerikanern sind Schusswaffen eine Religion, so wie für andere vielleicht Rennwagen. Die Politik wird nicht mehr von der Wirtschaft bestimmt, sondern von Werten. Und die Menschen im Herzen Amerikas spüren, dass Kilcannon mit seinem Gott nicht im Reinen ist.«

»Was die Abtreibungsfrage betrifft, wird er nie mit Gott im Reinen sein«, erwiderte Fasano kalt. »Aber wir begehen den Fehler, dass wir glauben, er sei ein Politiker von einer ganz anderen Art – ein fanatischer Liberaler, der sich von Emotionen und seiner Intuition bestimmen lässt. Mac, ich glaube, er hat alles, was Sie gerade gesagt haben, längst erfasst und schlichtweg eine andere Rechnung aufgemacht. Er setzt alles auf eine Karte in einem Glücksspiel von gewaltigem Ausmaß.« Von Fasanos anfänglicher ehrerbietiger Haltung war nichts mehr zu spüren. »Kilcannons Spiel besteht in nichts weniger als einer völligen Neuausrichtung der amerikanischen Politik. Er will, dass die SSA nur noch auf uns Einfluss ausüben kann. Und wie er sich das vorstellt, treiben Themen wie Abtreibung und Waffen die Frauen, aber auch die Gemäßigten und den Mittelstand aus den Vorstädten in Scharen zu ihm.

Der rechte Flügel wiederum kann bei den Vorwahlen so viele Leute zusammentrommeln, dass man gegen sie einfach nicht gewinnen kann. Dann prangert Kilcannon die SSA in Staaten wie Kalifornien an und knallt sie uns um die Ohren. Seine Rechnung sieht so aus, dass wir in der Mehrheit der Staaten einen rechts stehenden Kandidaten aufbieten, was uns aber bei der allgemeinen Wahl eine herbe Niederlage einbringen würde. *Das* ist sein Hauptgrund für diese Politik.«

Gages Miene verriet wachsendes Interesse. »Womit er nicht nur ein Arschloch ist, sondern ein kaltblütiges Arschloch.«

Fasano zuckte mit den Schultern. »Haben Sie an einer solchen These was auszusetzen?«

»Absolut nichts. Außer dass Kilcannon sich täuscht. Weniger als die Hälfte der Bevölkerung geht zur Wahl. Um zu gewinnen, brauchen wir keine Mehrheit. Wir brauchen eine hochgradig motivierte Minderheit, eine, die für die Themen stimmt, die ihr vor allem anderen und immer am Herzen liegen. Unsere Botschaft bezüglich der Schusswaffen ist ganz einfach: Das Second Amendment ist absolut, die Regierung soll das Recht auf Waffen nicht antasten, und die bestehenden Gesetze reichen vollauf. Fragen Sie sich Folgendes: »Wollen die Leute ein Verbot von Autorennen, nur weil Dale Earnhardt seinen Wagen zu Schrott gefahren hat?«

»Sagen Sie das mal unseren Gemäßigten«, brummte Fasano. »Abgeordneten aus New England wie Kate Jarman und Cassie Rollins. Ganz zu schweigen von Chad Palmer.«

Kaum war Palmers Name gefallen, starrte Gage wie gebannt Fasanos Perserteppich an. »Palmer«, sagte er leise. »Der große Fehler bei der Sache mit Masters. Sehen Sie zu, dass das nicht noch mal passiert.«

»Das habe ich nicht vor. Aber Palmer wird etwas dafür haben wollen.«

»Dann finden Sie eine Möglichkeit, es ihm zu geben. Wenigstens in einem vernünftigen Rahmen.« Gage lehnte sich entspannt zurück. »Wollen Sie meinen Rat, wie Kilcannon bei der Waffenkontrolle geschlagen werden kann?«

»Den hatte ich mir von Anfang an erhofft.«

»Halten Sie sich bedeckt. Lassen Sie Kilcannon ruhig die Kriegstrommeln schlagen und die SSA unterhalb der Radarerfassung weiterarbeiten. Aber behalten Sie den Terminkalender im Auge. Verlangsamen Sie die Dinge, bis sich die Gemüter beruhigt haben, dann kann der natürliche Gang der Politik wieder in seinen angestammten Bahnen verlaufen. Lassen Sie andere Senatoren die Führung übernehmen. Erinnern Sie das Volk einfach immer wieder daran, wie viel besser es ist, wenn diese große gesetzgebende Institution in Ruhe beratschlagt, damit wir am Ende ein vernünftiges und kein hastig zusammengeschustertes Gesetz bekommen.«

Fasano war etwas enttäuscht. Eigentlich hatte er von Gage mehr als nur das Offensichtliche erwartet. »Keine Nuancen?«, fragte er spitz. »Immerhin müssen wir uns mit den ermordeten Verwandten eines Präsidenten befassen.«

Ein zufriedener Ausdruck breitete sich über Gages Züge, als hätte er nur auf diesen Moment gewartet und genau gewusst, dass Fasano ihn eigens deswegen hatte sprechen wollen. »Es ist nur Klatsch, der mir zu Ohren gekommen ist. Aber vielleicht ist er es wert, dass ich ihn weitertrage.« Gage hielt inne, als schrecke er davor zurück, eine unangenehme Nachricht mitzuteilen. »Sie haben vor einer Weile Martin Bresler erwähnt und die Frage gestellt, ob die SSA ihn wegen seiner Verhandlungen mit Kilcannon über die Abzugssperren abgeschossen hat. Was ich nun gehört habe, Frank, ist, dass Bresler mit diesem Angebot erst zu *Ihnen* gegangen ist, ehe er es Kilcannon unterbreitet hat.«

Fasanos Miene verlor jeden Ausdruck. Das war sein Reflex, wenn er in die Ecke getrieben wurde. »Fahren Sie fort.«

»Laut diesem Gerücht hat Bresler Ihnen gesagt, das sei die Chance unserer Partei, unser Image aufzubessern: sich sichere Waffen auf die Fahnen schreiben und den Herstellern helfen, einen

Ausweg aus ihren Schwierigkeiten zu finden. Wenn alles klappt, soll Bresler Ihnen gesagt haben, könnte unsere Partei sogar ein paar bescheidene Schritte hin zu Leumundsprüfungen bei Waffenmessen unternehmen.«

Fasano brachte ein Lächeln zu Wege. »Und folglich?«

»Folglich lautet Kilcannons Argument, dass Lexington die Ermordung seiner Angehörigen hätte verhindern können. Sein eigentliches Argument – wenn er denn von diesem Gerücht wüsste – wäre, dass *Sie* sie hätten verhindern können. Aber die Leute, die darüber Bescheid wissen, gehören ausnahmslos zu unseren Freunden. Heißt es zumindest.«

Fasano überlief es eiskalt. »In dieser Stadt hört man die verschiedensten Dinge, Mac.«

»Ich weiß.« Gage ließ den Blick über sein ehemaliges Büro schweifen. In seiner Stimme klangen jäh Bedauern, aber auch Wärme durch. »Ein falsches Gerücht hat mich *Ihren* Posten gekostet. Aber es ist für mich eine Frage der Ehre, mein Wissen an Sie weiterzugeben.«

Und damit, wie Fasano sich zusammenreimte, eine unausgesprochene Botschaft der SSA. »Danke, Mac«, sagte er tonlos. »Sie sind in jeder Lage ein Freund.«

# 10

Zwei Tage nach seiner Rückkehr hielt Kerry mit Clayton Slade, seinem innenpolitschen Berater Jack Sanders und dem Verbindungsmann zum Kongress Alex Cole eine Besprechung ab.

In diesen zwei Tagen war der Präsident kein einziges Mal vor die Öffentlichkeit getreten, obwohl die Verkündung von Al Anwars Tod allgemein Erleichterung und Jubel ausgelöst hatte. Durch die Medien geisterten zwar die wildesten Spekulationen, doch Kerrys Anweisung, die Sache vorläufig unter Verschluss zu halten, war niemandem zugespielt worden. Insofern lief alles wie von Kerry beabsichtigt.

Während die anderen sich setzten, nahm Clayton Kerry beiseite.

»Bob Lenihan hat angerufen, Mr. President. Er entschuldigt sich vielmals wegen der Störung, aber ersucht dringend um einen Termin.«

Kerry verzog die Lippen zu einem ironische Lächeln. »Egal wie schlimm es um die Lage der Nation oder meine eigene steht, für Bob habe ich immer Zeit.« Er wandte sich an Cole. »Spielen Sie doch bitte das Video, Alex. Es wird uns wenigstens schon mal auf unser Thema einstimmen.«

Cole beugte sich über den Videorekorder, und auf dem Bildschirm erschien Paul Harshman, Senator aus Idaho und Mitglied des Aufsichtsrats der SSA. Er stand im Innenhof des Senatsgebäudes und verlas mit gewichtigem Gebaren die Kopie eines Briefes von George Callister an Kerry, die ihm Lexington Arms zur Verfügung gestellt hatte.

»Eine interessante Erfahrung, die eigene Post vorgelesen zu bekommen«, raunte der Präsident mit gedämpftem Sarkasmus. »Das klingt ja fast so, als dürfte ich sie nicht lesen.«

»›Mit aufrichtiger Sorge und Trauer‹«, zitierte Harshman, »›erfahren wir, dass eine unserer Handfeuerwaffen so schrecklich missbraucht wurde …‹«

»Nur die Waffe?«, murmelte Kerry. »Callister hat wieder mal die Kugeln vergessen.«

Harshmans hageres Gesicht nahm einen zutiefst betroffenen Ausdruck an. »›Um solche Tragödien in Zukunft zu verhindern, schlagen wir Folgendes vor: Erstens, die Firma Lexington kommt für die Kosten freiwilliger Leumundsprüfungen beim Verkauf ihrer eigenen Handfeuerwaffen bei Waffenmessen auf …‹«

»Bowden hatte bestimmt noch vor, sich zu melden«, brummte Clayton.

»›Zweitens‹«, fuhr Harshman fort, »›möchten wir uns Ihnen anschließen, Mr. President, wenn Sie vor dem Kongress umfassende Maßnahmen fordern, um zu gewährleisten, dass sämtliche verbrecherischen Akte häuslicher Gewalt in einer Datenbank erfasst und für Leumundsprüfungen zur Verfügung gestellt werden.‹«

»Den möchte ich sehen, der sich freiwillig einer Überprüfung stellt. Es sei denn, er weiß, dass er sowieso erwischt wird«, spottete Kerry.

»›Auf diese Weise‹«, las Harshman weiter, »›können wir mögliche Gewalttäter besser überwachen, ohne die Rechte der einzelnen Waffenbesitzer einzuschränken.‹«

»Eine Unverschämtheit!«, knurrte Clayton. »Totale Augenwischerei aus dem Drehbuch der SSA, damit die Leute glauben, Lexington wäre ›verantwortungsbewusst‹. Mich wundert bloß, dass er nicht vergessen hat, dir eine Kopie zu schicken.«

Kerry starrte weiter den Bildschirm an. »Callister treibt Spielchen mit mir«, erklärte er den anderen mit leiser Stimme. »In aller Öffentlichkeit. Mit einem Präsidenten sollte das niemand versuchen.«

Als das Video zu Ende war, ging Clayton sogleich zur Tagesordnung über. »Absolute Verschwiegenheit«, befahl er Cole und Sanders. »Keine Spekulationen über die Motive des Präsidenten. Ich will nicht in der *Newsweek* oder *New York Times* irgendwelche Artikel über die Anatomie dieser Entscheidung lesen.«

Beide Männer nickten. »Gut.« Clayton wandte sich an Sanders. »Möchten Sie uns die Umfrageergebnisse erklären?«

Sanders räusperte sich. »Wir haben Folgendes herausgefunden, Mr. President. Fast siebzig Prozent der Amerikaner glauben, dass die Verfassung den Waffenbesitz von Einzelpersonen schützt. Und mehr als die Hälfte befürchtet, dass Sie bei der Beschränkung des Rechts auf Waffen zu weit gehen werden. Die Lizenzierung und Registrierung würde ich mir darum für später aufheben.«

»Autofahrer müssen ja auch einen Führerschein vorlegen«, wandte Kerry ein. »Und Autos bekommen ein Nummernschild.«

»Das mag schon stimmen, aber um das Second Amendment herum ist eine regelrechte Freiheitsmythologie entstanden. Und wo in der Bill of Rights steht, dass eine ›gut ausgebildete Bürgerwehr‹ das Recht auf einen Ford hat?«

»Und was ist mit dem SSA-Mantra – ›Wir brauchen nur die bestehenden Waffengesetze anzuwenden‹?«

Sanders warf einen Blick auf das Dokument in seinem Schoß. »Darin stimmen vierundfünfzig Prozent der SSA zu. Aber das ist irreführend, weil fast niemand weiß, was für einen Scheißdreck die bestehenden Gesetze wert sind.«

Kerry sah Sanders nachdenklich an. »Ich kann doch annehmen, dass Ihre Umfage auch Fragen zu den Morden enthält?«, fragte er.

Sanders zögerte kurz. »Allerdings. Die große Mehrheit glaubt, dass das ›bestehende Recht‹ den Kauf einer Schusswaffe durch Bowden auch ohne Leumundsprüfung hätte verhindern können. Als wir den Leuten dann vorhielten, dass das ›bestehende Recht‹ es einem gewalttätigen Ehemann zwar ›verbietet‹, eine Schusswaffe zu kaufen, aber nirgendwo eine Leumundsprüfung vorgeschrieben ist, mit der sich feststellen ließe, dass Bowden gewalttätig ist, haben die meisten große Augen gemacht…«

»›Das bestehende Recht‹!«, warf Kerry in schneidendem Ton dazwischen. »Der Ehrenkodex für Kriminelle!«

»Kein schlechter Spruch«, bemerkte Clayton. »Noch besser als neulich der mit den ›Tupperware-Partys für Mörder‹ im Zusammenhang mit Waffenmessen. Wir müssen in unserer Rhetorik unbedingt zwischen Kriminellen oder gewalttätgen Ehemännern auf der einen Seite und den ›normalen Bürgern‹, auf der anderen unterscheiden, die mit ihren Kindern zur Abwechslung mal nicht in Disney World, sondern zu einer Waffenmesse gehen.«

»Das ist schön und gut«, wandte Kerry ein, »aber die eigentliche Herausforderung liegt doch darin, zu siegen. Und das bedeutet, klar und deutlich zu sagen, was wir vorhaben, um die Gewalt durch Waffen zu mindern, und das dann mit allen uns zur Verfügung stehenden Mitteln durchzusetzen. Wir Demokraten haben diesen elenden Hang zum Verlieren und zugleich eine Heidenangst vor strengen Maßnahmen entwickelt. Nur deswegen habe ich Dick Mason bei der Vorwahl geschlagen, obwohl mir das keiner zugetraut hat. Am Ende haben die Wähler entschieden, dass sie keinen Präsidenten wollten, der keine Ahnung hatte, was er als Nächstes tun sollte. Komischerweise finden die Amerikaner nichts schlimmer als eine Identitätskrise bei ihren Führern. Sie erwarten von mir, dass ich mein Wort halte, und scheinen dabei ganz vergessen zu haben, dass ich von Anfang an klar gemacht habe, wo ich in Bezug auf Waffen stehe. Und auch warum.« Kerry hatte sich in Hitze geredet. Jetzt unterbrach er sich, um etwas ruhiger fortzufahren. »Ich kann eine deutliche Unterscheidung zwischen verantwortungsbewussten Waffenbesitzern und Leuten wie John

Bowden treffen. Wenn *jetzt* nicht der richtige Zeitpunkt ist, um den Zyklus der Gewalt zu durchbrechen, dann kommt er nie. Die Frage ist nur, ob wir gut genug sind, um das Land hinter uns zu einen, und brutal genug, um die Republikaner *und* die SSA zu schlagen.«

Schweigen trat ein. Die anderen schienen angestrengt zu überlegen, wie sich das bewältigen ließe.

»Was ist bei Ihrem Gespräch mit Chuck Hampton herausgekommen?«, wollte Cole schließlich wissen.

»Chuck hat seine eigenen Sorgen«, antwortete Kerry. »Fünf oder sechs Senatoren glauben immer noch, dass ich aus schierer Gedankenlosigkeit die nächste Wahl vermasseln könnte.«

»Vielleicht können wir ihm etwas auf die Sprünge helfen«, meinte Cole. »Werfen Sie ihm Zeug zum Fraß vor, das sowieso nie durchkommen würde, wie das mit der Lizenzierung und Registrierung, damit Chucks Zauderer es nach Herzenslust aus der Vorlage streichen können. Das würde es ihnen erlauben, sich als Verfechter des Rechts gewöhnlicher Bürger auf Waffen aufzuspielen und trotzdem für den Kern unseres Gesetzes zu stimmen.«

Kerry schüttelte den Kopf. »Dadurch gäbe es nur noch mehr Verzögerungen, und wir würden Fasano in die Hände spielen. Wir müssen das Gesetz so einbringen, wie wir es haben wollen, und genügend Druck aufbauen, damit es schnell verabschiedet wird.«

Cole legte die Stirn nachdenklich in Falten. »Dann sollten wir es am besten als Gesetz zur Verhütung von Verbrechen bezeichnen. Wir halten die üblen Waffen und die üblen Kugeln von den Übeltätern fern, Punkt.«

»Klingt einfach, nicht wahr?«, brummte Kerry mit einem matten Lächeln. »Wenn wir das schaffen, verdienen wir den Nobelpreis.« Er wandte sich an Sanders. »Aber wie erreichen wir das?«

»Zunächst mal umfassende Leumundsprüfungen. Und zwar bei jedem Verkauf einer Waffe in Amerika.«

Kerry nickte. »Zumindest könnte dann ein verurteilter Krimineller nicht mehr ausbrechen und sich bei der Waffenmesse gleich gegenüber dem Gefängnis mit einer Lexington P-2 eindecken. So will ich es übrigens bei der nächsten gemeinsamen Sitzung im Kongress formulieren.«

»Wollen Sie das auch im Fernsehen groß ankündigen?«, fragte Sanders. »Damit würden Sie den Einsatz aber gewaltig erhöhen.«

»Das habe ich mit Bowden auch getan« erwiderte Kerry. »Mit ein bisschen Hilfe von euch allen dürfte ich wohl die richtigen Worte finden.«

Das Bewusstsein der möglichen Folgen und des Drucks, der auf Kerry lastete, schien die anderen drei zu ernüchtern. Keiner sagte ein Wort.

»Ich kann mein Comeback nur einmal inszenieren«, erinnerte Kerry seine Berater. »Wenn ich es tue, müssen alle Scheinwerfer leuchten, oder es führt zu nichts.«

Erneut breitete sich Stille aus. Schließlich war es wieder Kerry, der das Wort ergriff. »Lara wird an meiner Seite stehen. Meine Rede vor dem Kongress soll eine landesweite Kampagne einläuten – Begegnungen mit Opfern und Polizisten, Besuche in jedem Staat oder Bezirk, dessen Senator oder Abgeordneter für Druck empfänglich ist. Und wenn das nichts hilft, dann müssen wir sie eben mit irgendwelchen Lieblingsprojekten erpressen, die sie gerade umtreiben mögen.«

»Politik mit Ellbogeneinsatz könnte uns teuer zu stehen kommen«, mahnte Cole.

Kerry hielt es im Sitzen nicht länger aus. »Wir haben keine Wahl, Alex. Im Senat werden wir es mit Verschleppung zu tun bekommen. Fasano und die SSA brauchen ja nur vierzig Stimmen, um zu verhindern, dass dieses Gesetz zur Abstimmung zugelassen wird. Um es durchzubringen, muss ich mindestens einundsechzig Senatoren beeindrucken – oder kaufen. Gelingt mir das nicht, werden wir unserem Vorhaben mit etwas drastischeren Selektionsmethoden nachhelfen müssen, die Charles Darwin in dieser Form vielleicht noch nicht kannte.« Er drehte sich zu Sanders um. »Verfassen Sie einfach eine Vorlage, die Erfolg verspricht. Keine Schusswaffen für Leute wie Bowden. Keine Schusswaffen, in die Magazine mit vierzig Geschossen reingehen. Weg mit den Adlerklauenkugeln. Den Rest erledige dann ich.«

Nach der Besprechung blieben Kerry und Clayton allein zurück.

»Du wirst absolute Selbstbeherrschung beweisen müssen«, riet

Clayton. »Kalkulierter Zorn – keine Zurschaustellung von Wut, nichts aus dem Bauch heraus. Erhalte einfach den Druck aufrecht, bis die SSA zu kochen anfängt. Um dich selbst darf es dabei nicht gehen, Kerry. Genauso wenig wie um Lara. Ihr habt ohnehin schon alles Mitgefühl, das ihr braucht, ohne darum bitten zu müssen.«

Kerry starrte seinen Freund an. »Warum, glaubst du, habt ihr das mit Al Anwars Tod bis nach der Beerdigung von Laras Familie für euch behalten sollen? Um diese vier Tage mussten wir auch nicht bitten.«

Clayton nahm es schweigend zur Kenntnis. »Was ist mit Bob Lenihan?«, fragte er dann. »Willst du ihn sehen?«

»Lade ihn zu meiner Rede vor dem Kongress ein. Er könnte mir dort sogar nützlich sein.«

Clayton musterte ihn. »Und Callisters Brief?«

Kerry sah unvermittelt zum Fenster hinaus. »Der kann warten. Callister hebe ich mir bis zum Schluss auf.«

An diesem Abend speisten Kerry und Lara zu zweit bei Kerzenlicht. Ihr Gespräch war wie so oft in den letzten Tagen abgehackt und gedämpft.

»Hat Mary eine Klage erwähnt?«, wollte Kerry wissen. »Oder sich mit Anwälten in Verbindung gesetzt?«

»Nicht, dass ich wüsste.« Lara bedachte Kerry mit einem fragenden Blick. »Sie gibt immer noch mir die Schuld, Kerry, und versucht nach wie vor, irgendwie damit klarzukommen. Was hat dich darauf gebracht?«

»Eine Reihe von Gründen. Vielleicht solltest du sie mal fragen.«

# 11

In dem schmalen Gang, der zur Garderobe der demokratischen Fraktion führte, saß der Minderheitsführer Chuck Hampton in einer eigens für ihn reservierten verglasten Telefonnische und führte solcherart abgeschirmt ein vertrauliches Gespräch mit Präsident Kilcannon.

»Eine Ansprache vor einer Vollversammlung beider Häuser«, wiederholte er.

»Morgen Abend. Es sei denn, Sie halten das für eine absolute Schnapsidee.«

Und selbst wenn?, dachte Hampton für sich. »Das kommt wohl ganz darauf an, worum Sie bitten«, erwiderte er nüchtern.

»Lediglich um ein Gesetz, das Abhilfe schafft. Allgemeine Verpflichtung zu Leumundsprüfungen. Mehr Geld, um sie durchzusetzen. Keine Lizenzierung oder Erfassung in einem Zentralregister, was Sie vermutlich erleichtern wird. Wenn es Ihnen hilft, können Sie Ihren besorgten Freunden sagen, dass Sie mir das ausgeredet haben.«

»Wie wär's damit, dass ich Ihnen ein bisschen Verstand eingebläut habe?«, grinste Hampton.

»Das auch«, lachte der Präsident. «Vorausgesetzt, sie kaufen Ihnen das ab.« Schlagartig wurde er wieder ernst. »Noch mal zu meiner Bitte. Sagen Sie ihnen, dass ich vorhabe zu gewinnen und dabei auf ihre Hilfe zähle. Meine Rede wird nicht bloß ein Probelauf sein.«

Hampton kannte diesen Mann inzwischen. Im Klartext hieß das: *Sagen Sie ihnen, dass ich auf ihre Hilfe zähle, und wenn sie nicht spuren, führe ich ein Schreckensregiment, bis ich sie kriege.* Auch wenn er die Folgen fürchtete, spürte Hampton ein aufgeregtes Kribbeln. Wer würde der Mächtigere und Trickreichere sein, Kilcannon oder Fasano? Auf alle Fälle hatte ihr Duell das Zeug zu einem Klassiker.

»Ich nehme an, dass Ihre Leute sich auf Umfragen stützen, Mr. President. Meine Lieblingstechnik ist nicht ganz so wissenschaftlich. Wenn ich am Wochenende daheim bin, steige ich immer in meinen Pick-up, fahre in einen Laden auf dem Land, kaufe mir dort einen Kaffee und eine Zeitung und rede mit den Leuten, die gerade da sind. Dann setze ich mich wieder in den Wagen, fahre in den nächsten Ort, wo ich mir wieder einen Kaffee und eine Zeitung kaufe und…«

»Lesen Sie die Zeitungen überhaupt?«, lachte Kilcannon.

»Keine Zeit. Bin zu sehr mit Kaufen beschäftigt. Letzten Sonntag habe ich sechs oder sieben mit nach Hause gebracht.«

»Und?«

»Man erfährt dabei so einiges. Es beunruhigt die Leute, dass dieser Typ sich einfach so eine Pistole zulegen konnte. Komischerweise hat sich von den Leuten, die ich gefragt habe, ein bundesweit zugelassener Waffenhändler am meisten aufgeregt. Er hat es satt, mit Leuten konkurrieren zu müssen, die sich als Privatsammler ausgeben, damit sie keine Leumundsprüfungen durchführen müssen, und dann ihr Zeug bei Waffenmessen aus dem Kofferraum an die schrägsten Typen verhökern, solange die nur genügend Geld haben.«

»Ich nehme jede Hilfe an, die ich bekomme, Chuck, egal von wem. Mit dem Motiv werde ich mich nicht lange aufhalten.«

Durch die Glasscheibe sah Hampton Senator Vic Coletti vorbeigehen und ihm einen neugierigen Blick zuwerfen. »Wie auch immer, das hat mich doch etwas ermutigt. Einmal wenigstens steht der SSA mehr Ärger ins Haus, als sie ahnt.«

»Wenn das stimmt, wird sie anfangen, den Wackelkandidaten unter Ihren demokratischen Fraktionskollegen Daumenschrauben anzulegen. Lassen Sie mich wissen, wer Ihrer Meinung nach einen Anruf von mir nötig hat.«

Hampton malte sich schon mit einem grimmigen Grinsen aus, welche Flötentöne der Präsident den Senatoren ins Ohr säuseln würde, deren Stimme auf der Kippe stand. »Und was ist mit den Republikanern?«, fragte er.

»Ich weiß nur, was Sie vorhaben, Chuck. Fünf oder sechs werden wohl nicht genau wissen, in welche Richtung sie springen sollen. Wir werden sie alle brauchen.«

Das stimmte mit Hamptons Berechnungen überein. »Ich nehme an, dass Sie Paul Harshmans kleine Einlage gesehen haben.«

»Natürlich.« Der Präsident hatte wieder diesen besonnenen, ruhigen Ton, von dem Hampton wusste, wie trügerisch er sein konnte. »Ich hätte sie um nichts auf der Welt verpassen wollen.«

»Dahinter steckt bestimmt nicht nur die SSA. Ich tippe mal auf Fasano. Er will seinen Leuten Flankenschutz geben.«

»Dann sollte er aber wirklich was Besseres auf die Beine stellen, finden Sie nicht?«

»Ach, das wird er schon. An Ihrer Stelle würde ich jetzt sofort auflegen und Chad Palmer anrufen.«

Erneut kam Vic Coletti vorbei und warf einen hastigen Blick in Hamptons Kabuff.

»Palmer ist bereits auf dem Weg zu mir«, antwortete der Präsident.

Um Punkt sieben Uhr trat Chad Palmer in das private Büro des Präsidenten. Der studierte Historiker bemerkte sofort die frühe Fotografie von Abraham Lincoln, die Karikaturen von Franklin Delano Roosevelt und Teddy Roosevelt und den mächtigen Walnussholztisch, an dem John F. Kennedy den Atomsperrvertrag unterzeichnet und 1993 die Führer der Palästinenser und Israels ihre historische Vereinbarung besiegelt hatten. Ehrfürchtig legte er die Hand auf die Tischplatte. »Das alles hier kommt mir vor wie aus einer anderen Zeit.«

»Das war es auch. Leider in nicht nur einer Hinsicht.«

»Wie geht es Lara, Mr. President?«

»Nicht allzu gut, wie du dir ja vorstellen kannst. Aber wenn sie rausgehen und darüber reden kann, gibt ihr das vielleicht einen Halt.« Kilcannon deutete mit ausladender Geste auf den Stuhl ihm gegenüber. »Und Allie?«

Palmer nahm steif Platz. Zwei Jahre der Gefangenschaft und Folter in den Händen von islamischen Extremisten hatten nicht nur seine viel versprechende Laufbahn als Pilot der Air Force beendet, sondern auch die Beweglichkeit seiner Arme auf Dauer eingeschränkt. »Etwas besser«, antwortete er. »Sie hat jetzt angefangen, sich an einer Schule hier in Washington ehrenamtlich zu engagieren. Wie Lara braucht sie es wohl, unter die Leute zu gehen.«

Der Präsident verfiel in nachdenkliches Schweigen. »Für Lara könnte das wirklich ein Rettungsanker sein«, gab er leise zu. »Vielleicht sogar für uns beide.«

Wie einsam der Präsident im Grunde doch sein musste, sinnierte Palmer. Einen Moment lang wusste er nicht, wie er reagieren sollte, dann gab er sich einen Ruck und sprach aus, was er im Grunde seines Herzens empfand. »Vielleicht sogar mehr, als du meinst. Ich kann deine Gefühle gut nachvollziehen. Auf seine Weise hat mich Kyles Tod in die Lage gebracht, in der du jetzt bist. Auch wenn sie es nicht sagt, Allie gibt immer noch meinem Beruf die Schuld.«

Schweigend fixierte der Präsident einen Punkt an der Wand, als eröffne er ihm einen Ausblick auf eine schmerzhafte und ungewisse Zukunft. »Ich kann nur eins tun«, seufzte er, »jeden Morgen aufstehen. Und warten, bis es vorbei ist. Wie lange das auch immer dauern mag.«

Palmer nickte verständnisvoll. Er wusste, dass der Präsident sein Innenleben vor den allerwenigsten entblößte. Er würde nichts darüber erfahren, ob es Kerry heute Abend Erleichterung brachte, wenn er redete, oder ob das am Vorabend einer Entscheidung, die über sein politisches Schicksal entscheiden konnte, nur eine weitere Bürde bedeutete. Aber dann überlegte Palmer, der sich selbst stets schonungslos Rechenschaft über seine Motive ablegte, dass es Kerry vielleicht nur darum ging, das anstehende heikle Thema zu vermeiden.

»Ich bin heute zu einem Gespräch über dieses Waffengesetz eingeladen worden, Mr. President.«

»Ja.« Schlagartig war Kilcannon wieder bei der Sache. »Ich brauche deine Hilfe, wenn du sie mir geben kannst.«

Palmer wählte seine Worte mit Bedacht. »Vielleicht, zu gegebener Zeit. Aber ich kann den Entscheidungen nicht vorgreifen.«

Der Gesichtsausdruck des Präsidenten verriet Enttäuschung. Andererseits war er ein pragmatisch denkender Politiker, den Chads Widerstreben nicht wirklich überraschen konnte. »Möchtest du es mir genauer erklären?«

Es hatte keinen Sinn, um den heißen Brei herumzureden. »Der Grund liegt auf der Hand. Für den rechten Flügel bist du ein Aussätziger. Ein Teil davon hat mir vergeben, dass ich dich bei der Berufung von Masters unterstützt habe – vermutlich meinen sie, nach dem Verlust meiner Tochter seien mir meine Prinzipien entglitten. Aber wenn ich in *dieser* Sache schwach werde, würden sie mir das nie verzeihen. In meiner Partei ist das Recht auf Waffen einer der Kernpunkte. Zumindest müsste ich die Stimmung an der Basis ausloten. Und natürlich gibt es da auch noch Frank Fasano.«

»Was ist mit ihm?«

»Er spürt, dass du was vorhast. Und ihm ist längst klar, dass du dich nicht mit einem symbolischen Schlagabtausch oder einer taktischen Niederlage zufrieden geben wirst.«

»Das hat er dir gesagt?«

»Nicht direkt. Was er klar zum Ausdruck gebracht hat, ist, dass diese Auseinandersetzung seine erste Bewährungsprobe als Parteiführer darstellt und sich daran erweisen wird, wie treu der Rest von uns zu ihm steht. Wenn du uns in der Waffenfrage aufs Kreuz legst, sagt er, geht es den Bach hinunter.«

»Mit den Republikanern? Oder bloß mit Fasano?«

»Wie Fasano es sieht, gibt es da keinen Unterschied. Die SSA mag mir scheißegal sein, aber er sieht das anders. Fasano glaubt, dass ihre Unterstützung für deine Abwahl unabdingbar ist und darum allen rechtgläubigen Republikanern nützt.« Palmer gönnte sich ein flüchtiges Lächeln. »Und ich bin Republikaner, daran hat er mich noch mal erinnert. Zumindest fürs Erste.«

Kilcannon erwiderte das Lächeln nicht. »Wofür du dich am Ende auch immer entscheidest, Chad, du wirst auf dein Gewissen hören. Du hast nicht umsonst den Ruf, ein aufrichtiger Mann zu sein.«

Palmer zuckte mit den Schultern. »Es hat mich schon immer erstaunt, wie es sich auf die Karriere auswirkt, wenn man mal entführt und gefoltert worden ist. Und dabei hatte ich mich nicht mal freiwillig gemeldet.«

»Ich mich auch nicht«, erwiderte der Präsident mit einem wehmütigen Lächeln. »Das Thema Schüsse scheint mich zu verfolgen.«

Erneut wurde Palmer bewusst, wie einsam Kilcannon war. »Es tut mir aufrichtig Leid, Mr. President. Alles.«

# 12

In seinem geräumigen Büro in der SSA-Zentrale sah Charles Dane CNN und wartete darauf, dass Kerry Kilcannon das House of Representatives betrat. Bei ihm waren Carla Fell und Bill Campton, seine Direktoren für die Beziehungen zum Kongress und die Öffentlichkeitsarbeit. Schweigend verfolgten sie, wie die Kameras über den dicht mit Abgeordneten, Senatoren, Kabinettsmitgliedern, Richtern und hohen Generälen gefüllten Saal schwenkten. Selbst wenn er nicht mit den Umständen vertraut gewesen wäre, hätte Dane spätestens jetzt geahnt, dass es sich um einen besonderen Anlass handelte. Im Saal herrschte ungewöhnliche Stille. Ausnahmsweise verzichteten die versammelten Würdenträger auf die sonst üblichen geflüsterten Randbemerkungen und das wissende Lächeln derer, die den Prunk der Macht gewöhnt sind, und zogen es vor, in würdigem Ernst zu verharren. Kurz fingen die Kameras Frank Fasano mit seinem unergründlichen Blick ein, dann erfassten sie Lara Costello Kilcannon, die zusammen mit ihrer Schwester Mary und den Hinterbliebenen anderer Opfer in der Galerie saß. Neben der First Lady befand sich ein Dane völlig unbekannter schwarzer Jugendlicher, bei dem er sich aber ausrechnen konnte, dass er wohl ebenfalls Angehörige durch Schusswaffen verloren hatte.

»Mr. Speaker!«, dröhnte der Saaldiener, »der Präsident der Vereinigten Staaten!«

Das Portal wurde geöffnet, und Kerry Kilcannon trat ein.

Bis auf seine kurze Verlautbarung anlässlich der Beerdigung hatte sich der Präsident nicht mehr in der Öffentlichkeit gezeigt. Und fast niemand unter den Versammelten hatte seit seiner Hochzeit mit ihm gesprochen. Während er mit ernster Miene den Gang hinunter zum Rednerpult schritt, blieb Kilcannon immer wieder stehen, um die Beileidsbekundungen und guten Wünsche von Senatoren und Abgeordneten entgegenzunehmen. Einige berührten ihn am Arm, andere flüsterten ihm etwas ins Ohr, und der Gang füllte sich immer mehr. Kilcannon machte keinerlei Anstalten weiterzueilen. Der Applaus, in den sich auch Jubel mischte, schwoll stetig an.

»Das«, erklärte der Kommentator Wolf Blitzer, »wird mit Sicherheit als einer der bemerkenswertesten Momente in die jüngere Geschichte der Ansprachen von Präsidenten vor dem Kongress eingehen.«

Nun trat Chad Palmer vor, drückte Kilcannon fest die Hand und versicherte ihn in knappen Worten seiner Anteilnahme. Danach setzte der Präsident seinen Weg zum Pult fort, um sich erneut mal zu der einen, mal zu der anderen Seite umzudrehen, während sich immer mehr Abgeordnete um ihn drängten. Die Kamera hielt fest, wie er Frank Fasano flüchtig die Hand gab und ihm kurz zunickte, ehe er sehr viel länger bei Senator Chuck Hampton verweilte. Hampton legte ihm beide Hände auf die Schultern und sprach zu ihm; Kilcannon lauschte mit gesenktem Kopf, dann nickte er und ergriff Hamptons Arme in einer Zurschaustellung von Wärme, die so echt wirkte, dass Dane in seinem Büro unruhig wurde.

»Am Ende hängt womöglich alles davon ab, wie sehr Chuck Hampton sich für ihn ins Zeug legt«, knurrte er an Carla Fell gewandt.

»Vielleicht«, meinte sie. »Aber letztlich wird es doch auf Palmer und Fasano hinauslaufen.«

Nun erreichte Kilcannon das Rednerpult, wo ihn der Sprecher des Repräsentantenhauses, Thomas Jencks, ein untersetzter, grauhaariger Republikaner, und Vizepräsidentin Ellen Penn in Empfang nahmen. Wortlos überreichte er beiden je eine Kopie seines Manuskripts. Fast fünf Minuten lang wurde respektvoll geklatscht, während Kilcannon vollkommen regungslos und mit gesenktem Blick in nachdenklicher, ja ehrfurchtsvoller Haltung dastand. Erst als der Applaus verebbt war, sprach Thomas Jencks die feierlichen Begrüßungsworte.

»Verehrte Mitglieder des Kongresses, ich habe die hohe Ehre und das besondere Privileg, Ihnen den Präsidenten der Vereinigten Staaten vorstellen zu dürfen...«

Der ganze Saal erhob sich.

Vom Rednerpult aus ließ Kerry Kilcannon den Blick über die Versammelten schweifen. Unvermittelt spürte er einen Knoten in der Brust. Als wäre es gestern gewesen, erinnerte er sich wieder an den

Tumult, der bei seiner Nominierung zum Präsidentschaftskandidaten seiner Partei ausgebrochen war, und an den eiskalten Tag, an dem er seine erste Rede nach der Einführung in sein Amt gehalten hatte. Doch das alles galt jetzt nichts mehr im Vergleich zur Bedeutung dieser Ansprache. Als endlich Ruhe einkehrte, gedachte er im Stillen Inez Costellos, Joans und auch der kleinen Marie, wie sie ihn entzückt angelächelt hatte, als er bei seiner Hochzeit mit ihr durch den Saal getanzt war. Schließlich trat er vor das Pult und sah zu seiner Frau hinauf.

Das Fernsehen zeigte, wie sich Lara Kilcannons Lippen bewegten, als spreche sie ihrem Mann ihre stille Unterstützung aus.

»Das schlachten sie bis ins Letzte aus«, knurrte Bill Campton Dane zu. Mehr konnte er nicht sagen, denn jetzt begann Kilcannon zu sprechen.

»Vor dreizehn Jahren ist mein Bruder James Kilcannon an einer tödlichen Schusswunde gestorben. Vor dreizehn Tagen sind drei weitere Mitglieder unserer Familie mit einer Pistole ermordet worden...«

Dane starrte den Bildschirm entgeistert an. »Das ist ein Fehler! Der hängt das an *ihnen* auf...!«

Im Saal herrschte Stille. Es schien, als wagte nach einer derart persönlichen Eröffnung keiner mehr einen Laut von sich zu geben. Lara, die ihrer Schwester und Louis Morgan die Hände hielt, wartete gebannt. Sie wusste, dass Kerry jedes Wort selbst geschrieben hatte.

»Weil sie Teil unserer Familie waren«, fuhr er fort, »kennen Sie ihre Namen. Sie haben mit uns getrauert. Und kein Wort aus meinem Mund wird je an Ihre Großmütigkeit und Herzenswärme heranreichen...«

Kilcannon hielt inne. Sein Blick schien direkt in Danes Büro gerichtet. Und nun wurde seine Stimme kräftiger.

»Aber wenn es lediglich eine Familientragödie mit vier sinnlosen Todesfällen innerhalb von dreizehn Jahren gewesen wäre, wäre ich heute nicht hierher gekommen.

Ich bin hier, weil in diesen dreizehn Jahren mehr als dreihunderttausend weitere Amerikaner durch Schusswaffen den Tod gefunden haben.« Kilcannon richtete den Blick nach oben zur Galerie. Er sprach langsam und gemessen. »Als Laras Mutter, Schwester und Nichte starben, sind mit ihnen drei weitere Menschen ums Leben gekommen – Henry Serrano, ein liebender Ehemann und Vater dreier Kinder, David Walsh, der morgen seine Hochzeit gefeiert hätte, und Laura Blanchard, die einen Tag später ihren Studienplatz in Stanford angetreten hätte. Und am selben Tag, zur selben Stunde ist nur wenige Querstraßen entfernt von diesem Haus, in dem wir versammelt sind, Mae Morgan von *ihrem* getrennt lebenden Ehemann erschossen worden.

Auch ihre Familien sind heute Abend bei uns …«

Während Kerry die Namen verlas, erhoben sich die Hinterbliebenen nacheinander unter heftigem Beifall – Felice Serrano und ihre Kinder, David Walshs junge Verlobte, Laura Blanchards Eltern und der neben Lara sitzende vierzehnjährige Sohn von Mae Morgan, Louis. Kerry hatte ihnen vor der Rede versprochen, dass er sein Bestes für sie tun würde.

»Mae Morgan«, fuhr er fort, »ist so gestorben, wie Tag für Tag achtzig Menschen in diesem Land sterben – von ihrer Familie betrauert, für die Medien unsichtbar und ohne unser aller Wissen.« Kerry wartete, und sein Blick erfasste den gesamten Saal. »Warum ist das so? Weil das Gemetzel so gewaltig ist, dass wir nur noch hinschauen, wenn unter Schulkindern ein Blutbad angerichtet wird oder eine Gestalt aus dem öffentlichen Leben den Tod findet.

Wir alle wissen, dass jeder Präsident, der einem Attentat zum Opfer gefallen ist, mit Schüssen getötet wurde. Wer es von uns erlebt hat, erinnert sich an unsere unauslöschbare Trauer, als John F. Kennedy ermordet wurde. Aber viel zu wenige unter uns wissen, dass seit jenem entsetzlichen Tag mehr Amerikaner Wunden durch Schusswaffen erlegen sind, als wir Soldaten in sämtlichen Kriegen des zwanzigsten Jahrhunderts, dem blutigsten der Weltgeschichte, verloren haben …«

Chuck Hampton hörte die Leidenschaft in Kilcannons Stimme, spürte die gebannte Aufmerksamkeit der Menschen im Saal.

»Tag für Tag«, hielt ihnen der Präsident vor, »kosten Schusswaffen in den Händen eines Ehemannes oder Lebensgefährten zehn Kindern und drei Frauen das Leben – und sie sind nur ein Teil von den insgesamt achtzig Menschen, die täglich Kugeln zum Opfer fallen.« Kilcannon richtete sich kerzengerade auf, seine Stimme bebte vor Zorn. »Nur in Amerika, in *dieser* Stadt, werden Chirurgen in städtischen Krankenhäusern für den Einsatz im Krieg ausgebildet ...«

»Wussten Sie das?«, flüsterte Hampton Vic Coletti ins Ohr. Sein Kollege schüttelte stumm den Kopf.

»Nur in Amerika«, sagte Kilcannon mit plötzlich sanfter Stimme, »schützt der Staat das Recht auf den Verkauf von Munition, die eigens so konstruiert ist, dass sie die inneren Organe ihrer Opfer zerfetzen – im Falle unserer Familie traf es Laras sechsjährige Nichte Marie.

Was ist der Grund? Sind die Amerikaner weniger menschlich als die Japaner, Australier oder Schweden? Glauben wir wirklich, dass das willkürliche Abschlachten Unschuldiger untrennbar mit dem Grundrecht auf Waffenbesitz verbunden ist? Oder dass der Tod einer Mae Morgen nun mal der Preis ist, den wir dafür zahlen müssen?

Das ist *keineswegs so!*«, rief Kilcannon eindringlich in den Saal. »Es ist der Preis für unser kollektives Versagen, weil wir es nicht geschafft haben, Gesetze zu verabschieden, die Kriminelle, Rauschgiftsüchtige und gewalttätige Ehemänner daran hindern, Frauen wie Mae Morgan oder Kindern wie Marie das Leben zu rauben ...«

Angeführt von Senator Chuck Hampton, klatschten die Demokraten stehend Beifall.

Clayton saß in seinem Büro und verfolgte zusammen mit Kit die durch eine separate Leitung eingespeisten Ergebnisse einer Blitzumfrage. Die Zustimmung für den Präsidenten wuchs von Minute zu Minute.

»Einundsiebzig Prozent«, murmelte Kit.

Lara lauschte ihrem Mann mit zugeschnürter Kehle.

»Aber was«, fragte Kerry, »sagen die Firmen, die diese Waffen verkaufen – und die Munition dazu entwerfen –, zum Tod von Marie Bowden?

›Wir haben ihren Vater doch gar nicht gekannt.

Haben wir ihn etwa aufgefordert, seine Familie abzuschlachten?

Der Anstand verlangt von uns nicht mehr, als unser Beileid kundzutun und – wieder einmal – zu betonen, dass man die Täter bestrafen sollte, *nachdem* sie eine Schusswaffe missbraucht haben.‹«

Kerry senkte die Stimme. »Nun, John Bowden kann nicht mehr bestraft werden. Er ist tot. Aber selbst wenn er hier wäre und wir ihm das Leben nehmen könnten, würden damit die sieben Menschen, denen er das Leben geraubt hat, nicht wiedererweckt. Unsere einzige Chance, diese Leben zu retten, hätte darin bestanden, diesem Mann eine Waffe zu verweigern, mit der er in weniger als sieben Sekunden sieben Menschen ermorden konnte …«

Ja, ermunterte Lara ihren Mann lautlos, weiter so.

»Diejenigen, die alles so lassen wollen, wie es ist«, fuhr der Präsident fort, »sagen uns, dass wir doch nur ›das bestehende Recht‹ anzuwenden brauchen. Lassen Sie uns das näher betrachten. Unter dem ›bestehenden Recht‹ haben wir John Bowden bei seiner Verhaftung die Pistole weggenommen. Unter dem ›bestehenden Recht‹ haben wir seinen Namen in einen Computer eingegeben, damit er sich bei einem staatlich zugelassenen Händler keinen Ersatz beschaffen kann.« Einmal mehr troff Kilcannons Stimme vor Ironie. »Und so ist John Bowden unter dem ›bestehenden Recht‹ nach Las Vegas geflogen und hat sich dort eine Pistole und ein Magazin gekauft, in das *fünfzig* Adlerklauengeschosse passen. Unter dem ›bestehenden Recht‹ brauchen Privatverkäufer auf Waffenmessen keine Leumundsprüfungen durchzuführen. Unter dem ›bestehenden Recht‹ gilt die Beschränkung der Kapazität von Magazinen auf zehn Kugeln nicht für die Waffen, die vor der Verabschiedung des betreffenden Gesetzes hergestellt wurden.« Kerry senkte die Stimme fast zu einem Flüstern. »Unter dem ›bestehenden Recht‹ hat die elfte Kugel aus dem Lauf ihres Vaters Marie Bowden ermordet.«

Als Fasano das hörte, drehte er sich abrupt zu seinem Parteifreund Harshman um. »Darauf sollten Sie eine Antwort finden«, zischte er.

»Aber wie ist Bowden an diese Pistole herangekommen?«, fragte Kilcannon. »Das kann ich Ihnen verraten: Er hat zwei Annoncen in der Zeitschrift *The Defender* gelesen. Die erste hat davor gewarnt, dass die Lexington P-2 vom ›Aussterben bedroht‹ und ›in Kalifornien verboten‹ sei.« Kilcannon schüttelte verwundert den Kopf. »Und nur für den Fall, dass John Bowden vielleicht nicht wusste, wo er eine solche Pistole bekommen konnte, hatte der *Defender* gleich daneben die Ankündigung einer Waffenmesse in Las Vegas mitsamt der Abbildung einer Lexington P-2 platziert.«

»Bei einem Toten kann man keine Gedanken lesen«, meinte Bill Campton an Dane gewandt. »Kein Mensch kann beweisen, wo er dieses Ding gekauft hat und warum.«

»Mit Anstand gibt sich Kilcannon nicht ab«, knurrte Dane. »Ganz zu schweigen von mühseligen Beweisen.«

»Unter dem ›bestehenden Recht‹«, donnerte Kilcannon unterdessen in den Saal, »hat der Hersteller John Bowden diese tödliche Waffe in die Hand gedrückt!«

Chad Palmer sah flüchtig zu seiner Fraktionskollegin Cassie Rollins hinüber. Das kantige Gesicht unter dem blonden Haar der früheren Leichtathletin verriet keine Regung. Und ihre Aufmerksamkeit war mehr als gerechtfertigt, denn in Maine, wo sie sich im nächsten Jahr der Wiederwahl stellte, waren Schusswaffen und die Jagd fest in der Mentalität der Bevölkerung verankert.

»Das Wesentliche an dieser Tragödie ist ihre Sinnlosigkeit!«, rief der Präsident in schneidendem Ton. »So sehen es insbesondere die Millionen von verantwortungsbewussten Waffenbesitzern, die die folgenden schlichten Wahrheiten längst kennen:

Dass kein ›Sportschütze‹ Waffen benutzt, die zwanzig Hirsche – oder zwanzig Menschen – in weniger als zwanzig Sekunden töten.

Dass kein ›Scharfschütze‹ Geschosse verwendet, die das Fleisch und die Innereien von Menschen zerfetzen.

Dass Selbstverteidigung keine Waffen erfordert, die für Kriegshandlungen entwickelt worden sind.

Dass kein Jagdschein es einem erlaubt, statt auf Hirsche auf Frauen und Kinder zu schießen.

Dass keins von den durch unsere Bill of Rights garantierten Grundrechten Kriminellen und Terroristen die Freiheit gibt, diese Rechte gegen uns anzuwenden …«

Wie auf Befehl stand die gesamte Galerie auf, und die Demokraten brachen in tosenden Beifall und nicht enden wollenden Jubel aus. Verlegen erhoben sich nun auch die meisten Republikaner, unter ihnen Fasano, und spendeten lauwarmen Applaus. Wie Palmer bemerkte, blieb Paul Harshman stocksteif mit vor der Brust verschränkten Armen stehen.

»Die SSA wird sich warm anziehen müssen«, flüsterte Cassie Chad ins Ohr.

Während im Kongress immer noch geklatscht wurde, ging Charles Dane zur Hausbar hinüber und schenkte sich einen Bourbon und Wasser ein. »Umfassende Leumundsprüfungen!«, schnaubte er. »Darauf läuft es hinaus.«

Carla Fell schüttelte den Kopf. »Dafür sind die Hürden zu hoch. Er muss wissen, dass er das nie und nimmer schafft.«

Dane nippte an seinem Bourbon. »Und *Sie* wissen es?«

»Unter dem bestehenden Recht«, übertönte Kilcannon den Beifall, »ist der Verkauf von Waffen an Kriminelle verboten. Aber vierzig Prozent des Erwerbs von Waffen werden über Privatpersonen abgewickelt – sehr oft bei Messen –, und bei diesen Geschäften sind keine Leumundsprüfungen erforderlich, mit denen sich feststellen ließe, ob etwas gegen den Kunden vorliegt.

Kurz, das ›bestehende Recht‹ ist nichts als ein Ehrenkodex für Kriminelle …«

Dane stieß ein trockenes Lachen aus.

»Viel zu lange schon wird die Waffendebatte von Angst und Glaubensprinzipien beherrscht und ständig von einigen wenigen Fanatikern angeheizt, die in der Nacht nicht schlafen können, weil sie meinen, draußen lauere irgendjemand, der es auf sie abgesehen hat.« Kilcannon hielt inne, dann donnerte er mit klarer, entschlossener Stimme: »Schluss damit! Schluss mit den unhaltbaren Behauptungen einer fanatischen Minderheit, dass vernünftige Gesetze, die den Erwerb von Schusswaffen durch Kriminelle verhindern, der erste Schritt zur Enteignung durch eine, wie sie meinen, tyrannische Regierung sei.

Schluss mit dem Gerede, dass unser einziger Schutz vor Kriminellen im Kauf von noch mehr Waffen bestünde, bis Amerika ein einziges Aufmarschgebiet für bis an die Zähne bewaffnete Gesetzlose und ängstliche Bürger ist und die Zahl der Todesopfer alle Gemetzel, die wir heute kennen, in den Schatten stellt ...«

Erneut gab es stehende Ovationen.

»Wir brauchen Demokraten«, wies Dane Carla Fell an. »Nur so können wir sicherstellen, dass kein Präsident, egal ob Demokrat oder Republikaner, noch einmal eine solche Rede hält.«

Als der Applaus verebbte, fuhr Kilcannon leise, aber voller Verachtung fort: »Dieselbe Zeitschrift, die John Bowden zu seiner Lexington P-2 geführt hat, erzählt ihren Lesern, dass unsere einzige Möglichkeit, Verbrechen zu verhindern, darin bestehe, ›den Kräften des Bösen mit bewährten Schutzmaßnahmen zu begegnen‹, und zwar durch ›die bewaffnete Selbstverteidigung aller friedfertigen Amerikaner‹. Ja, hätte Mae Morgan nur schneller ziehen können – so ist das wohl gemeint –, dann wäre ihr Sohn Louis jetzt keine Waise.«

Auf dem Bildschirm wurde nun Louis Morgan in einer Nahaufnahme eingeblendet, wie er mit den Tränen kämpfte. Lara Kilcannon berührte ihn am Arm.

»Schamlos!«, fauchte Bill Campton.

»Wir alle«, rief Kilcannon, »schulden Louis Morgan etwas Besseres!«

Und erneut erhoben sich die Zuhörer klatschend.

»Das ist jetzt schon die vierzehnte stehende Ovation«, merkte Carla Fell an.

»Dreiundachtzig Prozent!«, staunte Kit Pace.

Clayton lächelte sie hochzufrieden an. »Bei fünfundachtzig lade ich Sie ins DC Coast zum Essen ein.«

»Die Wette gilt. Aber der Wein geht auf mich.«

»Manche Leute werden sagen, dass dies für mich eine persönliche Angelegenheit ist«, erklärte der Präsident leise. »Das ist es in der Tat. Eine sehr persönliche Angelegenheit ist es aber auch für die Angehörigen von George Serrano, David Welch, Laura Blanchard, Mae Morgan und für die Millionen Amerikaner, die ein Kind, einen Elternteil oder Ehepartner verloren haben oder jetzt selbst verstümmelt oder gelähmt sind, deren Träume für immer zerschlagen wurden oder die in Angst um sich oder ihre geliebten Nächsten leben.« Kerry streckte den Rücken gerade durch, sein Ton war bestimmt. »Es gibt nur einen Unterschied. *Ich* bin der Präsident. Und ich *werde handeln.*«

Kerry musterte die Gesichter vor sich. Er spürte Stärke in sich, Klarheit, Ruhe und die Entschlossenheit, mit dem ganzen Gewicht seiner Autorität für das einzutreten, was er wusste und als richtig empfand.

»Darum stehe ich nun im Namen der Menschlichkeit und der Vernunft vor dem Kongress und bitte Sie, zusammen mit mir zu handeln. Die Amerikaner erwarten wirklich nicht allzu viel von ihren gewählten Volksvertretern. Ein ordentliches Gesundheitswesen. Schulen, die funktionieren. Eine faire Chance, ihre Talente anzuwenden. Sicherheit vor Bedrohungen von außen. Schutz vor willkürlicher Gewalt.«

»Ein bescheidenes Programm«, kommentierte Dane mit einem schiefen Grinsen.

»Wir haben ja alle möglichen Ausreden«, erklärte Kilcannon. »Wir können immer die Kosten anführen, wenn unsere Schulen versagen, die medizinische Versorgung mit Mängeln behaftet ist, unsere Chancen im Leben ungleich verteilt sind und die Welt unsicher bleibt. Aber wir haben keine Entschuldigung für den Tod von Mae Morgan, wenn es uns so gut wie nichts gekostet hätte, ihr das Leben zu retten.«

»Wird das jetzt das ›Mae-Morgan-Gesetz‹?«, überlegte Bill Campton laut. »Oder eher das ›Marie-Bowden-Gesetz‹?«

»So gut wie nichts«, wiederholte Kilcannon leise. »Wie John Bowden hat Mae Morgans Mann seine Frau misshandelt. Anders als John Bowden hat er seine Pistole bei einem offiziellen Händler gekauft, nachdem er eine Leumundsprüfung ohne Beanstandung absolviert hatte. Wie war das möglich? Weil der Kongress es unter dem ›bestehenden Recht‹ nicht geschafft hat, genügend Geldmittel bereitzustellen, die es den Gerichtsbezirken ermöglichen würden, Verurteilungen wegen häuslicher Gewalt in einer Datenbank zu erfassen – in diesem Fall ist es die Hauptstadt unserer Nation, wo die Unterlagen zu Samuel Morgans ehelicher Gewalt in einem Pappkarton verstauben …«

Hampton wandte sich mit einem leisen Lächeln an Vic Coletti. »Meinen Sie, wir bekommen von Fasano genauso viel über die Vorzüge des ›bestehenden Rechts‹ zu hören?«

Coletti verzog die Lippen zu einem gequälten Grinsen. »Der Präsident tut, was er muss – er besetzt sein Thema. Ich hoffe nur, dass er die Leute in meinem Stimmkreis, die bei Lexington Arms arbeiten, nicht verprellt.«

Kilcannons Stimme schwoll wieder an. »Und ist das ›bestehende Recht‹ mal nicht mit Schlupflöchern und Ausnahmen übersät«, spottete er, »geben diejenigen, die seine Anwendung preisen, ihr Allerbestes, um es undurchsetzbar zu machen. In der Theorie verhindert das ›bestehende Recht‹, dass lizenzierte Händler Waffen an erwiesenermaßen Geisteskranke und an all jene verkaufen, die wegen Gewalttaten, ehelicher Misshandlung und Drogenmissbrauchs vorbestraft sind.

Unter dem ›bestehenden Recht‹ hat die Hälfte der Bundesstaaten weniger als sechzig Prozent der Gerichtsurteile gegen Kriminelle in ihren Datenbanken erfasst.

Unter dem ›bestehenden Recht‹ haben dreizehn Bundesstaaten noch kein einziges Kontakt- und Annäherungsverbot wegen häuslicher Gewalt verhängt.

Unter dem ›bestehenden Recht‹ dürfen illegale Zuwanderer – einschließlich islamischer Terroristen – Waffen kaufen, um sie gegen uns einzusetzen, und haben es auch getan.« Kilcannon machte eine Kunstpause. »Und obwohl Alkohol eine der häufigsten Ursachen für Todesfälle durch Schusswaffen ist, dürfen unter dem ›bestehenden Recht‹ selbst Leute eine Waffe kaufen, denen wiederholt wegen Fahrens unter Alkoholeinfluss der Führerschein entzogen worden ist!«

»Das war die Alkohollobby«, raunte Coletti Chuck Hampton zu. »Da hat sie sich kräftig ins Zeug gelegt.«

»Und wir haben versagt«, erwiderte Hampton.

»Das ›bestehende Recht‹«, sagte Kilcannon mit Nachdruck, »existiert gegen allen gesunden Menschenverstand.«

»Das kann ich wirklich nicht gebrauchen«, flüsterte Cassie Rollins Chad Palmer ins Ohr.

Palmer verkniff sich ein Grinsen. »Fasano etwa?«

Wie vom eigenen Schwung getragen, beugte sich Kilcannon weit vor, hob gleichsam alle Grenzen zwischen sich und seinen Zuhörern auf. »Der gesunde Menschenverstand verlangt ein Gesetz, das Schusswaffen von all denen fern hält, die eine Bedrohung für das Leben Unschuldiger darstellen.

Darum schlage ich Folgendes vor.

Eine Leumundsprüfung bei jedem Verkauf oder Tausch einer Schusswaffe. Es ergibt doch keinen Sinn, gemeingefährlichen oder psychisch kranken Menschen den Kauf von Schusswaffen zu verbieten und dann dafür zu sorgen, dass sie überall doch eine bekommen können.

Die Schaffung eines von der Bundesregierung finanzierten computergestützten Zentralregisters, in dem die Daten aus den Leumundsprüfungen in sämtlichen fünfzig Staaten zu erfassen sind. Es ergibt schließlich keinen Sinn, Verbrechern den Erwerb von Waffen zu verbieten, wenn wir überhaupt nicht feststellen können, ob jemand ein Verbrecher ist.

Eine gesetzliche Verpflichtung zur Speicherung sämtlicher Daten aus den Leumundsprüfungen. Es ergibt wirklich keinen Sinn, dass die Polizei zwar die Spur eines Düngemittels bis zu Timothy McVeigh verfolgen kann, aber nicht die seiner Waffen.«

Kilcannon redete jetzt im Stakkato. Palmer sah, dass viele seiner Parteifreunde zwar düster dreinblickten, sich aber zunehmend vom Rhythmus der Worte anstecken ließen.

»Ein Verbot aller Magazine mit extrem hoher Kapazität und Copkiller-Kugeln! Es ergibt keinen Sinn, Waffen, mit denen wahllos Unschuldige abgeschlachtet werden können, als Hausmittel zur Selbstverteidigung zu verabreichen …«

Die Galerie oben stand jubelnd auf, und plötzlich sprang der Funke auch auf die demokratischen Abgeordneten über. Wie ein

Mann standen sie da und klatschten. Der Präsident nahm es mit einem knappen Nicken zur Kenntnis.

»Schauen Sie sich nur diesen kleinen Demagogen an«, raunte Harshman Fasano zu.

Sein Parteifreund sah ihn scharf an. »*Jetzt* schauen Sie ihn an, Paul. Vorher haben Sie es vorzogen, den Brief an ihn im Fernsehen zu verlesen, und haben ihn damit erst richtig scharf gemacht.« Er wandte den Kopf wieder nach vorne, um den Präsidenten zu studieren. Ihm fiel auf, dass Kilcannon unvermittelt wieder mit leiser, beschwörender Stimme sprach.

»Mehr Bundesmittel, damit jeder, der ein Gewaltverbrechen begeht, gestellt werden kann. Es ergibt einfach keinen Sinn, die Anwendung des ›bestehenden Rechts‹ zu fordern und dann dafür zu sorgen, dass uns die Mittel dafür fehlen.

Die vollständige Finanzierung der von Staatsseite durchgeführten Untersuchungen zur Auswirkung von Gewalt auf die allgemeine Gesundheit. Es ergibt keinen Sinn, solche Untersuchungen auf Autounfälle zu beschränken und jeden weiteren Cent aus den Projekten abzuziehen – wie es der Kongress jüngst getan hat –, um die Wahrheit über Ursachen und Kosten infolge von Tötungen und Verletzungen durch Schusswaffen zu unterdrücken.«

Diesmal gab Fasano keinen Kommentar ab. Das war auch nicht nötig. Harshman selbst war derjenige gewesen, der auf Betreiben der SSA für die Beschneidung der Mittel gesorgt hatte.

»Und schließlich die Verpflichtung zum Einbau von Abzugssperren bei neuen Handfeuerwaffen mitsamt Kombinationsverriegelungen, die verhindern, dass Unbefugte damit schießen. Es ergibt definitiv keinen Sinn, Kinder vor Schokoladenzigaretten oder Konstruktionsfehlern bei Spielzeugpistolen zu schützen und gleichzeitig die Hände in den Schoß zu legen, wenn es darum geht zu verhindern, dass sie durch echte Schusswaffen zu Tode kommen.«

»Sechsundachtzig Prozent!«, rief Kit Pace begeistert. »Sie haben gewonnen, Clayton!«

Ihr Kollege nickte stumm. Die Kameras zeigten jetzt Kerrys Gesicht in Großaufnahme. Er wirkte zuversichtlicher, als Clayton ihn je gesehen hatte.

»Lassen Sie mich eins in aller Deutlichkeit sagen«, erklärte Kerry in seiner typischen singenden Sprechweise, aus der Clayton stets Anklänge irischer Lyrik herauszuhören glaubte. »Das Ausmaß der Gewalt hier in Amerika allein durch Schusswaffen kann ich nicht hinnehmen. Ich bin absolut dafür, dass jeder gesetzestreue Bürger das Recht haben soll, eine Waffe zu besitzen und zu jedem legitimen und legalen Zweck zu benutzen. Und ich glaube fest daran, dass die Bürger mit oder ohne Waffen einen gemeinsamen Traum verfolgen können: dass eines Tages Todesfälle, wie wir sie noch erleben, so selten sind, dass unsere Enkel in ungläubigem Staunen zuhören, wenn wir ihnen davon erzählen.

Zusammen können wir das erreichen. Ich rufe Sie dazu auf, sich mir anzuschließen. Ich bitte den Kongress inständig, endlich zu handeln. Was mich betrifft, werde ich mein Möglichstes tun, all die sinnlosen Kontroversen der Vergangenheit zu überwinden. Und ich sehe den ersten Schritt, den ich in diese Richtung tun sollte, bereits vor mir.«

»Jetzt kommt's«, zischte Clayton Kit zu.

»Vor wenigen Tagen erhielt ich einen Brief von George Callister, dem Vorstandsvorsitzenden von Lexington. Senator Harshman hat ihn im Fernsehen verlesen. Nun, angesichts der besonderen Schwierigkeiten fand ich nie die richtigen Worte für eine angemessene Antwort.

Doch jetzt bin ich dazu in der Lage.

An dieser Stelle, Mr. Callister, sage ich Ihnen: Ich würdige und schätze den Geist Ihres Briefs voll und ganz. Und ich lade Sie ein, sich mit mir zu treffen, unter vier Augen, damit wir gemeinsam einen Weg suchen, um dieses sinnlose Töten zu beenden. Wenn Menschenleben auf dem Spiel stehen, dürfen wir nicht versagen.«

»Callister wird diesen Brief noch bereuen«, brummte Clayton mit einem grimmigen Lächeln. »Er ahnt noch gar nicht, wie sehr.«

Der Präsident hob unterdessen den Blick zur Galerie, um dann langsam die Abgeordneten unter sich zu erfassen. »Bevor er durch die Kugeln aus dem Lauf seines Mörders niedergestreckt wurde, hat uns Robert Kennedy beschworen, ›die Raserei der Menschheit zu bändigen und auf dieser Welt ein friedliches Leben zu ermöglichen‹. Lassen Sie uns im Namen der uns gemeinsamen Menschlichkeit damit beginnen.«

Von den Reihen der Demokraten ausgehend breitete sich donnernde Zustimmung aus und schwoll immer mehr an, bis das ganze Haus dröhnte. Viele klatschten sogar mit den Händen über dem Kopf.

Kilcannon blieb völlig regungslos auf seinem Podest stehen.

»Und damit«, ließ sich der Fernsehkommentator irgendwann vernehmen, »hat Präsident Kilcannon seinen persönlichen Kreuzzug gegen die Gewalt in Amerika eingeleitet.«

»Achtundachtzig Prozent!«, rief Kit. Zu ihrer eigenen Überraschung hatte sie Tränen in den Augen.

Dane wandte sich vom Fernseher ab. »Wir können nicht zulassen, dass er Lexington auf seine Seite zieht«, fauchte er. »Dieser kleine Scheißer will Callister unter Druck setzen.«

»Wir haben Callister ja schon einmal gestoppt«, meinte Fell.

»Aber jetzt wird es schwieriger sein.« Dane drehte sich zu Campton um. »Fordern Sie unsere Mitglieder auf, den Kongress mit E-Mails zu bombardieren, vor allem die Demokraten. Und erklären Sie ihnen, wie sie jeden Manager von Lexington erreichen.«

Campton nickte. »Und wie reagieren *wir?*«

»Vorsichtig. Damit hat Fasano Recht. Unsere Linie sollte sein, dass wir mit Kilcannon fühlen, aber dass er die falschen Schlüsse gezogen hat – es muss einem doch erlaubt sein, ein altes Gewehr dem achtzehnjährigen Sohn zu überlassen oder es dem Nachbarn zu verkaufen, ohne dass sie gleich zu einer Leumundsprüfung gezwungen werden. Wir haben hier doch keinen Polizeistaat. Zumindest noch nicht. Und was die Abzugssperren betrifft, schlägt er nichts anderes als ein Gesetz zum Schutz der Verbrecher vor. Anscheinend glaubt er, ein Vergewaltiger lässt sein Opfer so lange an der Sperre rumfummeln, bis es sie aufgekriegt hat.«

»Kilcannon übertreibt«, stimmte ihm Campton zu. »Aber was ist die richtige Lehre daraus?«

»Strengere Anwendung der Gesetze. John Bowden hätte nie gegen Kaution auf freien Fuß gesetzt werden dürfen. Wir unterstützen eine lückenlose Erfassung der Fälle von häuslicher Gewalt und härtere Strafen. Punkt.«

»Nach fünf Minuten hält der Applaus für Präsident Kilcannon unvermindert an«, meldete der Fernsehkommentator, während die Kamera zeigte, wie Lara Kilcannon zu ihrem Mann hinabsah.

»Das war dein Höhepunkt, morgen beginnt dein Sturz«, murmelte Dane in sich hinein. Er fuhr zu Fell herum. »Vereinbaren Sie dieses Treffen so bald wie möglich!«

»Mit Mary hattest du übrigens Recht«, murmelte Lara, als sie und Kerry am Ende dieses langen Tages endlich nebeneinander im Bett lagen. »Bob Lenihan hat sie wegen einer möglichen Klage gegen Lexington Arms angesprochen.«

Kerry lachte leise. Gleichwohl spürte er jetzt allmählich, wie nach dem langen Adrenalinstoß eine leichte Depression mit ersten Zweifeln an sich selbst in ihm aufstieg. »Ich habe es so gut gemacht, wie ich eben konnte«, antwortete er.

»*Niemand* hätte es besser gekonnt«, versicherte sie ihm. Und weil sie wusste, dass er jetzt noch etwas anderes als Worte genauso dringend brauchte wie sie selbst, glitt sie in seine Arme.

## 13

Am nächsten Morgen empfing Kerry nach einem längeren Telefongespräch mit dem Generalsekretär der Vereinten Nationen Bob Lenihan im Oval Office.

»Ihre Rede war fantastisch!«, versicherte ihm der Anwalt. »So prägnant wie ein Schlussplädoyer vor Geschworenen.«

Wie kam es nur, fragte sich Kerry leicht belustigt, dass bei Bob Lenihan sogar Komplimente nach Eigenlob klangen. »Nur dass es sich *hier* um beträchtlich mehr Geschworene handelt«, erwiderte er mit feinem Spott. »Und dass die gewählten Vertreter um einiges fieser und egoistischer sind. Ich musste sie irgendwie dazu bringen, darüber nachzudenken, ob gegen mich zu stimmen für sie am Ende riskanter sein könnte, als sie glauben.«

»Sieht ganz so aus, als ob Ihnen das gelungen wäre«, grinste Lenihan.

Und die Presse schien es an diesem Morgen genauso zu sehen. Landesweit wurde die Rede einhellig gelobt, und die Meinungsforscher bestätigten, was bei der von Clayton in Auftrag gegebenen Blitzumfrage herausgekommen war. Der Kongress, meldete Alex Cole, war mit Anrufen, Faxen und E-Mails regelrecht überflutet worden, und – ausnahmsweise – überwogen freundliche Worte und nicht die düsteren Warnungen von Waffenanhängern.

»Fürs Erste«, dämpfte Kerry Lenihans Begeisterung. »Aber der Sprecher des Repräsentantenhauses und Fasano holen bestimmt schon zum Gegenschlag aus.«

Lenihan machte es sich bequem. Auch wenn er saß, kam er Kerry angesichts seiner massiven Statur und seines markanten Gesichts mit dem wuchtigen Kiefer, den rastlosen blauen Augen und dem breiten Mund eher wie ein Raubtier vor, das seine gesamte Umgebung in einem fort überwachte. Viele ließen sich von einem solchen Gebaren einschüchtern, Kerry dagegen akzeptierte Lenihans schier grenzenlose Selbstbesessenheit als die bei einem Prozessanwalt nötige Triebkraft, die ein Präsident – wenn auch mit größter Vorsicht – durchaus zu seinem Vorteil verwenden konnte.

»Genau darüber wollte ich mit Ihnen reden«, ließ sich Lenihan nach eine Pause vernehmen. »Der große Sturm. Zieht Lara eine Klage gegen Lexington Arms in Erwägung?«

Kerry gab sich gelinde überrascht. »Schadenersatz wegen Beihilfe zum Mord? Unmöglich, Bob. Dann würde ja meine Rede von gestern Abend – ja, alles, was wir gesagt oder getan haben – in einem Licht erscheinen, als wären wir nur darauf aus, uns die Taschen voll zu stopfen.«

Lenihans wache blaue Augen ruhten prüfend auf Kerry. »Ich verstehe, Mr. President. Aber das ist wirklich schade. Denn gerade der Teil Ihrer Rede hat mir am besten gefallen, in dem Sie Lexingtons erbärmliche Reaktion auf die Morde gestreift und sich dann diesen Callister vorgeknöpft haben. Wenn Sie mit dem fertig sind, wird sich in ganz Amerika bestimmt kein Geschworener mehr finden, der Lexington nicht mit dem größten Vergnügen in den Müllschlucker befördern würde.«

»Habe ich das denn gestern getan? Die möglichen Geschworenen aufgehetzt?«

Lenihan bedachte Kerry mit einem wissenden Lächeln. »Mit einem Wort: Ja. Natürlich ein rein zufälliges Abfallprodukt Ihres Bestrebens, ›auf dieser Welt ein friedliches Leben zu ermöglichen‹.«

Lenihan war kein Dummkopf, musste Kerry einmal mehr anerkennen. Vor allem dann nicht, wenn es galt, heimliche Motive und komplexe Überlegungen zu durchschauen. Nun, zweifellos verdankte er das dem Wissen um seine eigenen Beweggründe. »Schön und gut«, antwortete er, »aber selbst wenn das meine Absicht wäre und selbst wenn Lara Klage einreichen *könnte*, was würde mir das schon bringen außer einer Ablenkung von meinen Aufgaben, die ich nun wirklich nicht gebrauchen kann?«

»Einfluss. Und Werbung von unschätzbarem Wert. Im Moment kämpfen Sie in zwei Arenen: vor dem Kongress und vor dem ›Gerichtshof der öffentlichen Meinung‹. Um in beiden zu gewinnen – und die SSA zu schlagen –, brauchen Sie noch eine dritte: die Justiz. Ein Prozess gegen die Firma Lexington Arms wegen ihrer Rolle bei der Tötung von Laras Mutter, Schwester und Nichte würde ein völlig neues Licht auf die Waffendebatte werfen. Wir könnten diese Scheißfirma öffentlich vorführen.«

»Wohingegen ich das nicht kann.«

»Wie denn auch, Mr. President? Indem Sie etwa das Justizministerium auf sie hetzen? Unter welchem Vorwand? Dann würden Sie wie der Tyrann aussehen, als den die SSA Sie immer hinstellt.« Lenihan schürzte die Lippen voller Vorfreude zu einem Lächeln. »Ich könnte die Gier und die üblen Machenschaften der Manager von Lexington bloßstellen – die Art und Weise, wie sie ihre Werbung auf Kriminelle ausgerichtet haben, ihre Hintergedanken bei der Entwicklung der Adlerklaue und die Gründe, warum sie vor der SSA zu Kreuze kriechen. Das Ganze könnte ich dann der Presse zuspielen. Ich würde Callister ins Kreuzverhör nehmen und tagelang an den Pranger stellen. Und vielleicht bräuchte es gar nicht so weit zu kommen. Die haben ja jetzt schon Angst vor mir. Geben Sie mir *diesen* Fall als Waffe in die Hand, und Sie bekommen von den Kerlen alles, was Sie haben wollen, weil keiner es wagen wird, sich vor Gericht mit mir anzulegen.«

»Sprechen Sie von Lexington?«, fragte Kerry. »Oder von der SSA?«

»Von beiden. Glauben Sie denn, die SSA hat ein Interesse daran, dass ich aufzeige, dass *sie* die ganze amerikanische Waffenindustrie kontrolliert? Gott behüte!« Lenihan bedachte Kerry mit einem komplizenhaften Lächeln. »Mr. President, ich kann mir nicht vorstellen, dass Sie noch nicht daran gedacht haben.«

Kerry zuckte mit den Schultern. »Vielleicht war ich innerlich blockiert«, erwiderte er kühl. »Mir ist auch noch nicht klar, was bei diesem Szenario für Sie herausspringt. Geld gewiss nicht – Lexington ist nicht annähernd so reich wie Philip Morris.«

»Richtig, aber es gibt eine gewisse moralische Gleichwertigkeit. Sie haben es gestern Abend auf den Punkt gebracht: Waffen und Tabak sind die einzigen Produkte in Amerika, bei denen es keine Regelungen zum Schutz der Verbraucher gibt. Nicht einmal Abzugssperren können wir durchsetzen, was der Grund ist, warum Sechsjährige immer wieder ihren Spielgefährten das Gehirn wegpusten und Sechzehnjährige mit der Pistole anderer Selbstmord begehen. Ich habe alles Geld, das ich brauche, Mr. President. Hier geht es mir ausschließlich um die Moral. Wir beide wissen doch, dass diese Blutsauger mit Verbrechern und Verrückten Geschäfte machen. Und wir beide wissen, dass ihnen vollkommen bewusst ist, dass diese Scheiß-Lexington P-2 bei den Drogenschiebern die Waffe der Wahl ist. Wie viel hätte es denn gekostet, die P-2 nachträglich umzurüsten, damit sie nicht mehr mit fünfzigschüssigen Magazinen kompatibel ist? Und möchten *Sie* nicht im Detail erfahren, wie Lexington die Adlerklaue getestet hat, um die Gewissheit zu bekommen, dass sie einem wirklich die Leber zerfetzen kann? Menschenskind, ich traue den Dreckskerlen sogar zu, dass sie sich zu Testzwecken eine Leiche organisiert haben.«

Kerry brach in Lachen aus. »Ihnen geht's um Moral, Bob? Ist das wirklich alles?«

Lenihan breitete zum Zeichen der Kapitulation die Arme aus. »Na gut, ich bin süchtig nach Aufregung. Und das wäre wirklich ein Prozess der Champions. Was da alles zum Tragen kommt – der Kongress, der Präsident, die SSA, die Medien, menschliches Leid! Und das in einem Ausmaß, dass das Verfahren gegen O. J.

Simpson im Vergleich dazu wie die unterste Amateurliga aussieht!«

Und du, dachte Kerry, lässt alle wie Marionetten tanzen, auch mich. Gelassen erwiderte er: »Wir sprechen natürlich über Mary.«

Diesmal beschränkte sich Lenihans Lächeln auf einen Mundwinkel und erreichte die Augen nicht. »Richtig. Ich hatte gehofft, dass Sie mich empfehlen würden. Mit den großen Kalibern kann ich es aufnehmen, Mr. President. Bei einer Kanzlei mit zweihundert Mitarbeitern haben wir das nötige Format. Was uns noch fehlt, ist Mary Costello.«

Kerry starrte ihn an. »Ich weiß, dass Mary mit Ihnen gesprochen hat. Wie mir Lara erzählt hat, ist sie jedoch noch nicht bereit – was Sie sicher verstehen werden –, eine Klage mit allen damit verbundenen Strapazen auf sich zu nehmen. Und die Entscheidung muss ihr überlassen bleiben. Wenn Mary mich aber um meinen Rat bittet, können Sie sich darauf verlassen, dass ich ihr sage, wie einzigartig Sie auf Ihrem Gebiet sind, Bob.«

Nach kurzem Zögern nickte Lenihan. »Mehr kann ich mir nicht wünschen, Mr. President.«

Kerry vermied es mit Bedacht zu lächeln.

Kurz vor zwölf Uhr mittags platzte Clayton bei Kerry mitten in die Vorbereitung einer Besprechung über die geplante Reform der Sozialversicherung.

»Wir haben drei Männer im Sudan verloren!«, meldete er.

Drei Soldaten, dachte Kerry. Nicht fünfzigtausend wie in Vietnam. Aber drei weitere trauernde Familien, die es zu trösten galt, drei weitere Leben, die als Folge seiner Befehle ausgelöscht worden waren.

Kerry legte seine Notizen beiseite. »Werden die Leichen nach Ramstein geflogen?«

»Ja. Wir schicken jemanden zu den Familien und sehen zu, dass wir einen Zeitplan für die Beerdigungen oder Gedenkgottesdienste bekommen. Kit verfasst im Moment eine Erklärung.«

»Ich möchte sie persönlich abgeben. Und besorg mir sämtliches Hintergrundwissen über die drei Soldaten, das du in Erfahrung bringen kannst. Wenn ich bei den Hinterbliebenen anrufe, sollte es fast so wirken, als hätte ich sie persönlich gekannt.« Kerry sah Clayton in die Augen. »In Kriegszeiten wäre ich ein erbärmlicher Präsident. Dafür geht mir jeder einzelne Todesfall einfach zu nahe.«

Sein Freund nickte bedächtig. »Apropos Krieg, wie ist das Treffen mit Lenihan gelaufen?«

»Weitgehend so, wie ich es erwartet hatte. Er hat mich beglückwünscht, weil ich die Karten für Marys mögliche Klage gegen Lexington so geschickt gemischt habe. Ich kam mir vor wie Dr. Frankenstein, so als hätte ich im Oval Office einem von mir selbst geschaffenen Ungeheuer gegenübergesessen.«

»Ein großes und mächtiges Ungeheuer«, verbesserte Clayton, »das der Demokratischen Partei Millionen von Dollar zur Verfügung gestellt hat und dessen Verband der Zivilprozessanwälte Wege sucht, seinen Einfluss auch in der schönen neuen Welt nach der Parteispendenreform weiter auszuüben. Ein Ungeheuer, das pfleglich behandelt werden muss. Und ein sehr nützliches Ungeheuer, wenn es am richtigen Ort ist. Aber das habe ich dir ja erst vorgestern gesagt.«

»Am richtigen Ort«, sagte Kerry. »Das ist der Schlüssel.«

Clayton überlegte kurz. »Wird Mary klagen?«, fragte er.

»Lara glaubt, dass es dazu kommt. Aber diese Klage kann nur so lange unseren Zwecken dienen, wie wir in der Lage sind, ihren Verlauf zu steuern. Lenihan ist auf Ruhm aus und – egal, was er alles von sich gibt – auf Geld. Ich wiederum möchte die Haltung der Regierung in Bezug auf Waffen verändern. Bei Bob kann ich mich nicht darauf verlassen, dass er seine Grenzen kennt.«

Clayton nahm nun Kerry gegenüber Platz. »Ich habe auf deine Bitte hin mit dem Kilcannon-Center telefoniert. Dort wurde mir Sarah Dash empfohlen, die Anwältin, die Mary Ann Tierney in diesem Abtreibungsfall vertreten hat. Sie könnte jederzeit gegen die Waffenunternehmen prozessieren.«

Kerry nickte. »Ich kann Lenihan unmöglich an den Rand schieben – das wäre zu heikel, und außerdem hat er schwere Waffen im Arsenal, die in so einem Prozess unverzichtbar sind. Aber vielleicht können wir Mary dazu bringen, zwei Anwälte zu beauftragen. Das Kilcannon-Center ist bestens ausgestattet und steht bis auf den

Namen in keinerlei Verbindung mit mir. Und es wäre mit Sicherheit aufgeschlossener als Lenihan, was unsere Ziele betrifft...«

»Aufgeschlossener oder leichter zu steuern?«

»Beides. Schließlich wurde das Center von Anhängern meines Bruders zum Gedenken an seine politischen Ziele gegründet.« Kerry verstummte kurz, um dann sarkastisch hinzuzufügen: »Viele von diesen Leuten sehen in mir immer noch ein lebendes Denkmal von Jamie – zwar bin ich nicht er selbst, aber das, was von seiner DNA übrig geblieben ist.«

Clayton überlegte. »Bevor du mit dem Center redest, solltest du dir aber zurechtlegen, was du genau willst. Und wie du diesen Prozess zu steuern beabsichtigst.«

»Nicht direkt jedenfalls. Das ist eine von den vielen Lehren, die ich aus meinen Fehlern John Bowden gegenüber gezogen habe. Das Treffen mit Lenihan vorhin ist möglicherweise schon ein erster Beweis dafür. Sollte ich im Zusammenhang mit Marys Klage als Zeuge aufgerufen werden – was leicht der Fall sein kann – würde man mich ins Kreuzverhör nehmen. Darum gibt es ab sofort keine Besprechungen mehr mit möglichen Anwälten. Ich will keine Fingerabdrücke hinterlassen.«

Clayton sah nachdenklich zum Fenster hinaus. »Und Lara?«, fragte er.

# *14*

Der nächste Montag brachte einen neuerlichen Ausbruch der Gewalt zwischen Israel und der PLO, und wieder einmal wurden Kerry Kilcannon die Grenzen seiner Macht schmerzhaft vor Augen geführt. Der Führer der PLO war für seine Begriffe ein ausgemachter Lügner und Verräter, den israelischen Premierminister hielt er für halsstarrig und beschränkt. Keiner von beiden zeigte sich bereit, seinem Volk die Schritte zuzumuten, die einfach nötig waren, um einen Frieden zu erreichen oder zumindest den kommenden Generationen das gegenseitige Töten zu ersparen.

»Sagen Sie Ihren Leuten die Wahrheit!«, blaffte Kerry das Oberhaupt der PLO am Telefon an. »Einmal wenigstens! Sie werden nicht nach Israel zurückkehren und die Heimat ihrer Vorfahren zurückverlangen können. Entweder Sie sorgen dafür, dass sie das kapieren, oder sie vegetieren noch mal fünfzig Jahre in diesen verwahrlosten Flüchtlingslagern, die auch noch von Terroristen als Ausbildungscamps benutzt werden. Wenn Sie das nicht schaffen, was haben Sie dann noch für einen Nutzen?«

Aber auch der israelische Premierminister war keine große Hilfe. »Wir müssen unsere Siedlungen verteidigen, Mr. President.«

»Die Sie nie hätten errichten dürfen!«, knurrte Kerry. »Die Siedlungen sind eine reine Provokation! Lassen Sie mich Ihnen etwas erklären. Ihr Überleben als Nation ist uns eine moralische Verpflichtung. Aber die Zeiten sind vorbei, in denen Sie das benutzen konnten, um unsere Nahostpolitik zu bestimmen. In Ihrer mittelbaren Nachbarschaft haben Sie einen Diktator, der Terroristen unterstützt und womöglich biologische und atomare Waffen entwickelt. Den können wir nicht so einfach ausschalten – selbst wenn wir uns dazu entscheiden –, weil unsere arabischen ›Freunde‹ uns nicht helfen, solange Sie und die Palästinenser nicht aufhören, einander abzuschlachten. Ich bin nicht bereit zu warten, bis er New York mit Anthrax bombardiert, nur weil Sie es nicht schaffen, für Ordnung zu …«

»Mr. President«, fiel ihm der Israeli ins Wort, »die Zugeständnisse, die Sie verlangen, kann ich nicht machen. Um Frieden zu schaffen, muss ich meine Parlamentsmehrheit zusammenhalten …«

»Sagen Sie Ihren Freunden, dass die erste atomare Waffe bei ihnen einschlägt, nicht bei uns!«, bellte Kerry, um die Stimme sogleich wieder zu senken. »Der Holocaust ist einer der schlimmsten Albträume der Geschichte. Die humanitäre Schuld, die daraus entstanden ist, ist Israels wertvollstes moralisches Kapital. Aber es ist fast schon faszinierend, zu sehen, wie Sie es plündern …«

Als das Gespräch zu Ende war, hatte sich der Himmel draußen verfinstert, und ein heftiger Wind peitschte Regen gegen die Fensterscheiben. Kerry sah auf die Uhr. Er hatte George Callister vierzig Minuten lang warten lassen.

Kerry war angenehm überrascht. Zumindest zeigte Callister so viel Takt, ein betroffenes Gesicht zu machen. »Ich erinnere mich noch daran, wie ich die Familie Ihrer Frau kennen gelernt habe«, begann er in seiner für den Mittleren Westen typischen direkten Art. »Was da geschehen ist, hat mir in der Seele wehgetan.«

»Ich weiß. Sie haben es mir geschrieben.«

Callister erstarrte. Er war sichtlich verlegen. »Ich habe versucht, Sie anzurufen. Aber ich wurde nicht durchgestellt.«

»Sie waren gerade zwei Tage tot«, antwortete der Präsident leise. »Laras Mutter, Schwester und Nichte, ermordet mit Kugeln und einer Pistole, die Bowden sich auf einer Waffenmesse besorgt hatte. Genau die Art von Geschäft, die Sie sich zwei Tage vor ihrem Tod weigerten zu beenden.« Der Präsident schob einen Brief über den Tisch. »Und darum haben Sie mir *das hier* geschickt.«

Callisters Mund wurde dünn wie ein Strich. »Wir mussten ein Angebot machen und auf die Ereignisse reagieren. Es war die einzige Möglichkeit, mit Ihnen in Verbindung zu treten.«

»Und das war wohl auch der Grund, warum Sie Paul Harshman dafür ausgewählt haben.«

Callister senkte kurz den Blick. »Ich bin nicht naiv, Mr. President. Nach allem, was geschehen war, konnten wir uns nicht darauf verlassen, dass Sie uns zubilligen würden, es wenigstens versucht zu haben.«

»*Was* versucht?« Mit beißender Ironie zitierte Kerry Callisters Brief: »›Die Firma Lexington kommt für die Kosten freiwilliger Leumundsprüfungen beim Verkauf ihrer eigenen Handfeuerwaffen bei Waffenmessen auf.‹« Kerry wurde leiser. »Beim Lesen dieses Briefs habe ich mich für Sie geschämt. Als ich ihn aus dem Mund von Harshman hörte, fand ich ihn beschämend für mich selbst.«

Diesmal wich Callister seinem Blick nicht aus. »Was wollen Sie von mir, Mr. President?«

»Das ist ganz einfach. Sie sollen sich das, was ich vor dem Kongress vorgeschlagen habe, zu Eigen machen und bei Lexington Arms in die Praxis umsetzen. Sorgen Sie für Leumundsprüfungen beim Verkauf aller Ihrer Waffen auf Messen. Rüsten Sie Ihre Schusswaffen so um, dass nur noch zehn Kugeln reingehen. Stellen Sie die Fertigung von Adlerklauengeschossen ein. Kurz, ich will, dass Sie die Schritte ergreifen, die Laras Angehörigen das Leben gerettet hätten.«

Callister holte tief Luft. »So kann ich das nicht akzeptieren«, sagte er langsam. »Wenn Bowden keine P-2 aufgestöbert hätte, dann hätte er eben irgendeine andere Pistole gekauft. Das Ergebnis wäre dasselbe gewesen.«

»Vielleicht. Aber dann wäre die Pistole nicht von *Ihnen* gewesen. Und auch nicht die Munition. Von der Verantwortung ganz zu schweigen. Verbergen Sie sich nicht hinter den anderen. Das Gesetz, um dessen Unterstützung ich Sie bitte, gilt für jeden. Das ist Ihre Chance, Leben zu retten, George. Sagen Sie mir nicht, wie Leid Ihnen das alles tut. Tun Sie etwas.«

Callister antwortete mit einem matten und, wie Kerry fand, melancholischen Lächeln. »Privat würde ich das sofort tun. Ich denke, das wissen Sie auch. Und als Vorstandsvorsitzender von Lexington werde ich mit Ihnen zusammenarbeiten.« Er hielt kurz inne. »Aber Ihr Programm kann ich nicht übernehmen. Der Grund dafür ist Ihnen sicher bekannt.«

»Die SSA.«

Callister schnitt eine Grimasse. »Ihre Macht ist real, und sie hat es in der Hand, Arbeitsplätze zu vernichten. Der Firma Lexington geht es nicht nur um ihre Waffen. Ihr sind auch ihre Beschäftigten ein Anliegen …«

»Und Sie wollen nicht, dass auch sie ›vom Aussterben bedroht‹ sind. So wie die Lexington P-2.«

Callister verschränkte schweigend die Hände ineinander.

»So lange ich lebe«, hielt ihm Kerry in einem Ton eisiger Ruhe vor, »wird kein Tag vergehen, an dem ich nicht vor Augen habe, wie das sechsjährige Mädchen, mit dem ich bei unserer Hochzeit getanzt habe, auf einem Operationstisch liegt, weil ein Adlerklauengeschoss ihr Inneres zerfetzt hat. Ich will nicht, dass ich in Verbindung damit gleich daran denken muss, wie Sie sich meinen Vorschlägen verweigert haben.«

Callister wich seinem Blick aus. Langsam schüttelte er den Kopf und sagte so leise wie Kerry zuvor: »Ich bedaure zutiefst, Mr. President.«

Kerry starrte ihn an. Der einzige Laut im Raum war das Hämmern des Regens gegen die Scheibe. Jäh drückte er auf eine Taste seiner Sprechanlage. »Mr. Callister will gehen. Führen Sie ihn bitte zum Westtor. Die Presse wartet auf ihn.«

Callister musterte ihn. »Damit sie in Erfahrung bringen kann, worum Sie mich gebeten haben.«

»Nicht nötig. Es ist wie bei Ihrem Brief, George. Sie weiß es bereits.«

# *3. Teil*

## Die Klage

*September bis Mitte Oktober*

# 1

Am nächsten Abend speisten der Präsident und die First Lady an Bord der Präsidentenjacht, die Lara in »Inez« umgetauft hatte.

Die Namensgebung war eine zärtliche Geste gewesen. Als Kinder hatten weder sie noch Kerry die Mittel gehabt, segeln zu gehen. Doch beide liebten seit jeher das Gefühl, sich auf dem Wasser zu bewegen. Und wie Lara vor der Hochzeit erfahren hatte, war es Inez nicht anders ergangen. Als sie nun auf dem Deck saßen, stellte sich Lara vor, wie verwundert ihre Mutter auf ihre Verwandlung in eine Jacht reagiert hätte, die nach dreißig Jahren in privaten Händen in den Besitz des Präsidenten übergegangen war.

Umgeben von einer Flottille aus Booten vom Geheimdienst, segelten sie im nachlassenden Sonnenlicht des Frühherbstes den Potomac hinunter. Obwohl sie ohne jede öffentliche Ankündigung aufgebrochen waren, bereitete ihre Expedition Peter Lake gewaltige Sorgen. Auf dem offenen Deck ließen sich die Kilcannons unmöglich völlig abschirmen. Aber Lara hatte nun mal darauf bestanden. In ihrer gewohnten Welt war es ihnen körperlich wie geistig einfach zu eng geworden. Darum saßen sie also im Freien, tranken etwas Wein und holten zwischen kurzen Gesprächen die Lektüre nach, zu der sie in den letzten Tagen nicht gekommen waren.

Kerry blätterte im *Newsweek*, dessen Titelblatt ihn bei seiner Rede vor dem Kongress zeigte. Der Leitartikel, der mit »KFK?« überschrieben war, verglich ihn ausdrücklich mit John F. Kennedy und bezeichnete seine Ansprache als »den überzeugendsten Aufruf zum Handeln seit Kennedys Rede über die Bürgerrechte ... ein Quantensprung im Bemühen, breitere Schichten der Öffentlichkeit zu erreichen«. Das großformatige Foto auf der ersten Innenseite zeigte George Callister, wie er mit grimmiger Miene aus dem Weißen Haus trat.

»KFK«, sinnierte Kerry laut. »Klingt ja nach Kentucky Fried Chicken. Fasano habe ich mit meiner Rede jedenfalls nicht zum Einlenken gebracht.«

Im Gegenteil. In seiner ersten öffentlichen Reaktion hatte Fasano dem Senat geraten, dazu beizutragen, »sinnvolle Schutzvorkehrungen zu schaffen, die die legitimen Rechte von vierzig Millionen Schusswaffenbesitzern hier in Amerika nicht beeinträchtigen«. Das, so viel war Kerry bereits klar, war der Ruf nach einer Verzögerungsstrategie, mit der Fasano darauf abzielte, den Senat und die Öffentlichkeit bis zur völligen Erstarrung einzulullen.

»Was Hampton betrifft«, fuhr Kerry fort, »sind sie gestern schon rüder mit ihm umgesprungen. Das Ganze ist natürlich ein Überrumpelungsmanöver der SSA. Na ja, *seinen* Sitz wird Chuck behalten, solange er atmet, aber im Senat findet sich mindestens ein halbes Dutzend Demokraten, die sich nicht so viel Unabhängkeit leisten können.«

Lara ließ den Blick schweigend über das Holzdeck wandern. Sie verlor jetzt kein Gewicht mehr und sah beinahe wieder so aus wie vor den Morden. Doch ihre Augen verrieten ihre Trauer, eine Wunde, von der sie sich, wie Kerry befürchtete, nie wieder völlig erholen würde. Ein Teil von ihr konnte sich beim täglichen Aufwachen immer noch nicht damit abfinden, dass fast ihre ganze Familie tot war und die Morde ein gnadenloses machtpolitisches Getriebe in Gang gesetzt hatten. Und doch war sie kaltschnäuzig und entschlossen genug, um Geheimverhandlungen über ein Fernsehinterview in der Hauptsendezeit zu führen, das laut einem Redakteur die ersten Äußerungen bringen würde, »die Amerika von Lara Kilcannon hören wird, seit das tragische Ereignis ihr Leben für immer verändert hat«. Oder, wie es Connie Coulter in einem bissigen Kommentar formulierte: »Der größte Mediencoup abgesehen von Ihrer Hochzeit.«

Tatsächlich hatten sich die Medien mit einer Gier auf den Fall gestürzt, die sogar Lara beeindruckte. »Ich habe genügend Blumengebinde bekommen«, erzählte sie Kerry, »um ganze Leichenhallen damit zu füllen. Und ausreichend Obstkörbe, um sämtliche Obdachlosen in Amerika durchzufüttern. Und die Briefe erst!« Sie zog ein Schreiben aus einem dicken Ordner und las vor: »›Erst über unseren Sender können die Leute erfassen, was Sie denken, und nachvollziehen, was Sie empfinden. Ein Interview in unserer Hauptsendezeit könnte Sie zur schillerndsten – und wichtigsten – Frau unserer Geschichte machen.‹« Lara schüttelte den Kopf. »Wenn meine Mutter *das* erlebt hätte!«

Laras letzter Ausruf war nach Kerrys Empfinden durchdrungen von Ironie, Trauer und einer Prise melancholischem Humor. »Stell dir nur vor, du hättest noch etwas Sex ins Spiel gebracht«, meinte er. »Was du damit alles hättest erreichen können!«

»Oder wenn ich mich umgebracht hätte.« Lara begann, den Ordner durchzublättern. »In einem besonders dunklen Moment habe ich Connie gebeten, für mich eine Web-Adresse zu finden, die mir plötzlich eingefallen war. Sie war voller Mails von Journalisten, die alle den Unabomber um ein Interview bedrängt haben. Was hältst du denn davon: ›Die einzige Möglichkeit, jemanden wirklich zu verstehen, besteht darin, in seine Augen zu sehen, seine Stimme, seinen Tonfall zu hören, seine Leidenschaft ...‹«

»Rasputin«, warf Kerry dazwischen, »ist eben zu früh gestorben ...«

»Oder das hier: ›Ich wurde auf einer Farm geboren, nicht weit von der Stelle, wo Sie jetzt leben.‹« Lara lachte leise auf. »Die zufälligerweise ein Hochsicherheitsgefängnis in Idaho ist. Natürlich war nicht alles so komisch. Aber als ich auf eine Mail gestoßen bin, in der es hieß: ›Für viele sind Sie eine Heldin, eine Pionierin‹, da ist mir klar geworden, was für eine Gnade es doch war, dass Joanies Mann sich umgebracht hat. Sonst würden wir zwei uns jetzt wohl um die beste Sendezeit balgen.«

Einen Moment lang schwieg Kerry. »Was hast du also vor?«, fragte er dann.

Lara sah auf. Ihr Haar flatterte in einer leichten Brise. »Ich nehme wohl das Angebot von NBC an. Zu Cathie Civitch habe ich Vertrauen. Sie hat nicht versucht, sich bei mir anzubiedern oder unsere früheren Kontakte auszunutzen. Außerdem hat sie *Date-*

*line* und *Today* vorgeschlagen, die mir die höchsten Einschaltquoten bescheren würden.«

Das klang wie erwartet professionell. »Live oder als Aufzeichnung?«, fragte Kerry.

»In *Dateline* soll ich live auftreten. Je spontaner das Interview, desto ergreifender die Wirkung, sagen sie sich. Bestimmt nehmen sie an, dass viele einschalten, weil sie nicht verpassen wollen, wie ich zusammenbreche.« Einen Moment lang hielt Lara inne, als hätten ihr Trauer und Fassungslosigkeit die Sprache geraubt. »Die Aufnahme wird nur einmal wiederholt, und zwar in *Today*. Keine Ausschnitte in *Entertainment Tonight, Headlines and Legends* und auch keine Sondersendung über First Ladys oder so. Zeitgleich gibt es auch kein Interview mit Charles Dane oder sonst einem hohen Tier von der SSA.« Ihr Ton wurde weicher. »Auch keine Fragen zum Video über die Morde. Und erst recht keine Bilder vom Tod meiner Angehörigen in der Vorankündigung.«

Wieder zerriss es Kerry schier das Herz. Doch er sagte nichts als: »Schön.«

Nachdem sie gegessen hatten, blieben sie in der Dunkelheit an Deck sitzen und tranken Brandy. »Diese Klage«, begann Lara, »hältst du sie für unbedingt nötig?«

»Mary hat sie nun mal eingereicht. Glaubst du denn, du könntest sie davon abhalten, wenn du es wolltest?«

Lara starrte in die Dunkelheit hinaus. »Wahrscheinlich nicht. In Marys Augen habe ich zahllose Möglichkeiten, meine Trauer auszuleben, für sich sieht sie nur diesen einen Weg.«

Schweigend betrachtete Kerry die in der Ferne leuchtende weiße Kuppel des Capitols. »Seit 1938«, sagte er schließlich, »wird jeder ernst zu nehmende Vorschlag, Schusswaffen sicherer zu machen, von der Öffentlichkeit begrüßt. Aber der Kongress hat jeden einzelnen verwässert oder zurückgewiesen. Sogar als 1968 Martin Luther King und Robert Kennedy erschossen wurden, hat er es nicht geschafft, Kugeln wie die, die Marie zerfetzt haben, zu verbieten. Für die SSA ist das nichts weniger als ein Armageddon. Sie darf nicht verlieren, schon gar nicht gegen mich, sonst verschieben sich die Machtverhältnisse. Und hat sie erst mal den Nimbus ihrer Unbesiegbarkeit verloren, wird sie ein Publicity-Problem für die Grand Old Party und macht den Demokraten gleich viel weniger Angst. Darum wird sie alles tun, um zu gewinnen. Außerdem hat sie schon so viel Schweiß und Geld in die Republikaner gesteckt, dass dem Sprecher des Repräsentantenhauses und Fasano gar nichts anderes übrig bleibt, als ins gleiche Horn zu stoßen. Und was Callister betrifft, den haben sie sowieso im Sack.«

»Aber mit einer Klage könntest du sie aushebeln.«

»*Marys* Klage«, erwiderte Kerry knapp, »könnte Lexington Arms vernichten, etwas, wozu nicht einmal der Präsident in der Lage wäre.«

Lara überlegte. »Aber danach könntest du den Würgegriff der SSA um die Industrie aufbrechen.«

Kerry nickte. »In vielen Staaten, Georgia zum Beispiel, hat die SSA die Macht, Waffenhersteller gesetzlich vor Anklagen durch öffentliche Institutionen zu schützen. Die einzige Art von Prozessen, die sie bisher nicht verhindern konnte, sind Klagen von Familien eines Opfers wegen Beihilfe zur Tötung.« Er nippte an seinem Brandy. »Nach kalifornischem Recht dagegen kann niemand deine Schwester daran hindern, einen Prozess wegen des Todes zweier Frauen und eines Kindes anzustrengen, deren Ermordung Millionen im Fernsehen gesehen haben. Wenn ich George Callister wäre, würde ich mich schon jetzt vor dem dortigen Geschworenengericht fürchten.«

Kerry bekam mit, wie auf Laras Gesicht der Ausdruck schmerzhafter Erinnerung der kühlen Konzentration der Kriegskorrespondentin wich, die sie früher gewesen war. »Was wäre dir lieber?«, fragte sie. »Willst du Lexington zerstören? Oder Callister zwingen, dir das zu geben, was du haben willst?«

Kerry zuckte die Achseln. »Das ist mir egal. Beides würde der Waffenindustrie zeigen, dass die SSA sie nicht schützen kann.«

Lara lehnte sich mit dem Brandyglas in der Hand zurück. »Ein Problem gibt es dabei allerdings«, meinte sie in ruhigem Ton. »Es wäre eben Marys Klage, nicht deine.«

»Wir müssten eine Übereinkunft erreichen …«

Lara unterbrach ihn mit erhobener Hand. »Joan hat mich bis

zu ihrem Tod abgelehnt. Und jetzt willst du, dass ich mich in *Marys* Leben einmische!«

Kerry legte ihr beschwichtigend die Hand auf den Arm. »Wenn Mary erst mal begreift, was ich damit…«

»*Wer* bitte schön soll ihr das deiner Meinung nach klar machen? Nach allem, was uns angetan worden ist, kann ich einfach nicht glauben, dass du das von mir erwartest! Hast du denn völlig vergessen, wie komplex die Beziehungen in Familien sind? Und wie wenig von meiner übrig geblieben ist?«

Kerry hielt ihrem zornigen Blick stand. »Was willst du also tun, Lara? Hilfst du mir, ihre Erinnerung in Ehren zu halten? Oder willst du Mary einfach abkassieren lassen?«

Schlagartig wurde Laras Blick weicher, liebevoller. »Ich hatte gedacht, ich würde dich kennen«, sagte sie sanft. »In- und auswendig. Was für Überraschungen eine Ehe doch mit sich bringt.«

Kerry unterdrückte den Drang, sie zu umarmen. »Es tut mir Leid«, sagte er. »Aber die Liberalen jammern zu oft, während die Republikaner einfach das tun, was gerade nötig ist. Mit Marys Hilfe können wir das Gleichgewicht wiederherstellen. Sie sollte wissen, dass sie diese Wahl hat.«

## 2

»Thomas Jefferson hat es gemacht«, klärte Avram Gold den Präsidenten auf. »Und zwar mit Aaron Burr, seinem eigenen Vizepräsidenten.«

Kerry hatte Gold abseits der Presse durch das Osttor und unverzüglich in sein privates Büro kommen lassen. Die Unterredung als solche sollte ebenso vertraulich bleiben wie ihr Inhalt. Anders als beim offiziellen Rechtsvertreter des Weißen Hauses, der nach allgemeiner Auffassung im Dienst des amerikanischen Volkes schlechthin stand, konnte sich Avram Gold, Juraprofessor an der Harvard Law School und Kerrys persönlicher Berater in Justizangelegenheiten, auf das Anwaltsgeheimnis berufen. Aus Kerrys Sicht, hätte er es kaum besser treffen können: Gold war ein glänzender Jurist und stand voll und ganz hinter der Politik des Präsidenten. Wenn es einen Weg gab, den komplizierten Plan, der Kerry vorschwebte, umzusetzen, dann würde Avi Gold ihn finden.

»Jefferson?«, fragte Kerry. »Wie denn?«

»Nachdem Burr Alexander Hamilton erschossen hatte, leitete Jefferson in aller Heimlichkeit seine Verurteilung wegen Hochverrats ein. Er hat seinen eigenen Vizepräsidenten abgesägt.«

»Die gute alte Zeit«, grinste Kerry in gespielter Wehmut, »als Präsidenten die Justiz noch für ihre eigenen Zwecke benutzen konnten.«

»Heute ist das anders«, stimmte Gold zu. »Vor allem bei diesem Szenario. Wenn Mary klagt, wird man Sie und die First Lady vermutlich als Zeugen aufrufen. Wäre ich Lexington, würde ich dann argumentieren, dass allein ungenügender Gesetzesvollzug und schlechte Ratschläge, unter anderem von Ihnen, schuld an Joans Tod waren. Es führt nichts daran vorbei: Man wird auf Aussagen von Ihnen beiden drängen – nach Möglichkeit auf Video, wenn es der Richter erlaubt.«

Kerry zuckte mit den Schultern. »Damit habe ich schon gerechnet. Mir geht es nur darum zu erfahren, ob wir auch Fragen zu unserer eigenen Rolle beim Zustandekommen des Prozesses beantworten müssten. Wenn ich damit in Verbindung gebracht würde, wäre das für meine Pläne absolutes Gift.«

Gold beugte sich händereibend vor, seine Augen glänzten. Die intellektuelle Herausforderung, vor die ihn Kerry da stellte, bereitete ihm sichtlich Vergnügen. »Okay, fangen wir mit dem an, was Sie nicht tun sollten. Als Erstes dürfen Sie als Präsident nie und unter keinen Umständen mit Marys Anwalt sprechen, wer immer das sein mag. Es ist schwer, eine Begründung zu finden, warum ein solches Gespräch inhaltlich geheim bleiben sollte, und darum ist es besser für Sie, wenn Sie guten Gewissens sagen können, dass Sie nie Kontakt zu ihrem Anwalt hatten.« Wie um die Warnung zu betonen, wanderten Golds buschige Augenbrauen nach oben. »Das gilt vor allem für Bob Lenihan, unabhängig davon, wen Sie sonst noch ins Spiel bringen möchten. Ihre letzte Unterredung war nicht durch das Anwaltsgeheimnis abgedeckt, und außerdem ist er viel zu eitel, um gegebenenfalls für sich zu behalten, wie sehr Sie auf ihn angewiesen sind.«

Kerry nickte. »Das leuchtet mir ein. Allerdings fürchte ich, dass wir nicht um ihn herumkommen werden.«

»Bob hat seine Vorzüge«, erwiderte Gold mit einem süffisanten Lächeln. »An allererster Stelle das Fehlen jedes Schamgefühls. Als zweite Anwältin neben ihm bräuchte sich Sarah Dash nicht über mangelnde Arbeit zu beklagen. Aber zurück zur ›Verbotsliste‹. Sie und Lara dürfen auf keinen Fall Marys Anwaltskosten begleichen. Dabei würde nicht nur das Anwaltsgeheimnis wegfallen, sondern es würde nach dem aussehen, was Sie in Wahrheit vorhaben: den Prozess vom Weißen Haus aus führen. Und aus demselben Grund darf Lara auf keinen Fall als Klägerin auftreten. Damit würde die allgemeine Anteilnahme, die Sie sich von ihrem Interview bei NBC erwarten, nur untergraben.«

»Verstehe.«

»Die Sache hat aber auch ihr Gutes«, fuhr Gold mit einer gewissen Vorfreude fort. »Wenn Sie und die First Lady sich zu Recht weigern können, Fragen zu beantworten, und dabei das Verständnis der Leute gewinnen, lassen Sie Lexington und der SSA nur die wenig attraktive Möglichkeit, Sie dessen zu beschuldigen, was Sie in Wahrheit ja tun, und noch dazu ohne jeden Beweis. Und *das* würde gefühllos wirken.«

»Was es auch wäre«, bemerkte Kerry trocken.

»Und nicht zuletzt gilt: Selbst wenn Lexington Ihr Schweigerecht vor Gericht anzweifelt, möchte ich den Richter erleben, der Sie und die First Lady beschuldigen, geschweige denn dem Präsidenten Missachtung der Würde des Gerichts vorhalten würde.« Gold spreizte die Hände. »Kurz und gut, Mr. President, das einzige Problem besteht darin, Ihren Vertrauensschutz hieb- und stichfest abzusichern. Dafür ist, wie Sie vermutlich bereits wissen, die First Lady unerlässlich.«

Aufs Neue stellte sich Kerry die Frage, ob er seine Ehefrau wirklich mit in dieses von ihm gesponnene Netz hineinziehen sollte. »Das Aussageverweigerungsrecht von Eheleuten«, sagte er leise.

»Das ist der erste Teil«, stimmte ihm Gold zu. »Und der leichtere. Damit ist jede Kommunikation zwischen Ehepartnern abgedeckt, auch solche Gespräche, die mit ›Sag deiner Schwester‹ anfangen. Und dieses Recht bleibt so lange erhalten, wie die Ehe besteht.«

In seine Gedanken versunken, betrachtete Kerry den Schreibtisch. »Eins sollten Sie wissen, Avi«, sagte er schließlich. »Begeistert bin ich von dem Ganzen nicht. Aber außer Lara zu benutzen fällt mir einfach keine andere Möglichkeit ein.«

Gold musterte den Präsidenten mit seinen dunklen, wachen Augen. »Mr. President, Sie brauchen keine Absolution von mir, solange Sie sie von Lara bekommen. Ich habe das Video gesehen.«

Kerry rieb sich nachdenklich das Kinn. »Ich weihe Lara besser nicht in alles ein.«

Nach kurzem Überlegen nickte Gold. »Wenden wir uns also der Frage zu, wie Lara Ihre Anregungen Marys Anwalt zukommen lässt. Eine Möglichkeit besteht darin, dass Lara sich einen eigenen Anwalt nimmt und versucht, ein gemeinsames Schweigerecht für ihn und Marys Anwalt zu erreichen …«

»Zu umständlich«, wandte Kerry ein. »Zu viele Leute würden zu viel wissen.«

»Oder«, fuhr Gold grinsend fort, »sie wendet sich unter dem Vorwand, sie würde Rat für *ihre eigene* Klage irgendwann in der Zukunft suchen, an Marys Anwalt. *Oder* aber sie tritt als Marys Beistand auf, also um ihrer traumatisierten Schwester zu helfen, die richtigen Entscheidungen zu treffen. Dabei könnte sie sich auch auf das kalifornische Gesetz berufen, nach dem Gespräche mit Marys Anwalt ›dem Interesse der Mandantin dienen‹.«

»Würde das alles denn wirklich klappen?«

Gold nickte emphatisch. »Ausnahmslos, wie ich das sehe. Vor allem, wenn man die verschiedenen Möglichkeiten miteinander kombiniert – von diesen Rechten schließt keins ein anderes aus.«

Einmal mehr grübelte Kerry darüber nach, wie sich diese Pläne auf Laras Verhältnis mit Mary auswirken würden. »Damit bleiben aber die Gespräche zwischen Lara und ihrer Schwester der heikelste Punkt von allen«, wandte er schließlich ein.

»Inwiefern?«

»Lara ist ganz und gar nicht davon überzeugt, dass Mary sich über unsere Anweisungen freuen wird.«

»Es ist auch juristisch heikel«, brummte Gold. »Aber wenn von Lara ebenfalls eine Klage zu erwarten ist, ließe sich damit ein gemeinsames Aussageverweigerungsrecht für sie und Mary begründen. In Kalifornien dürfte man damit wohl durchkommen. Trotzdem würde ich dann Plaudereien zwischen den Schwestern auf das Nötigste beschränken.«

Mit einem beherzten Nicken unterdrückte Kerry eine dunkle Vorahnung. »Das werden wir«, versprach er seinem Anwalt. »Und wenn Mary nicht mitmacht, gibt es ohnehin nicht mehr als *ein* Gespräch zwischen ihnen.«

Gleich nach seiner Rückkehr ins Oval Office bestellte Kerry Clayton Slade zu sich. »Hast du diese Verträge mit der Army überprüft?«, fragte er ihn ohne Umschweife.

»Ja. Lexington liefert ihr Seitenwaffen. In erster Linie der Militärpolizei.«

»Beende das so bald wie möglich. Das ist unsere Version des SSA-Boykotts, ein bescheidener Wink.« Kerry lehnte sich zurück. »Außerdem will ich einen Bericht darüber, wie lange es dauern würde, bis das zentrale Waffenlager in Anniston mit der Herstellung eigener M-16 anfangen könnte. Ich habe keine Lust, noch länger Firmen zu unterstützen, die meinen, die höchste Pflicht der SSA zu schulden.«

»Da wäre ich vorsichtig«, warnte Clayton. »Die von der Waffenlobby würden sagen, dass du deine Macht missbrauchst und mit der Sicherheit des Landes spielst.«

»*Das*«, erwiderte Kerry scharf, »hängt ganz davon ab, wie gut die M-16 aus Anniston sein werden. Und was den Missbrauch meiner Macht betrifft, nutze ich sie schlichtweg. Wenn Unternehmen wie Lexington damit aufhören, Munition wie die Adlerklaue herzustellen, werde ich sie gern auf andere Weise nutzen.«

Nach kurzem Zögern antwortete Clayton achselzuckend: »Zumindest können wir uns die Sache mal ansehen. Sag mal, warum war eigentlich Avi Gold bei dir?«

Kerry bedachte ihn mit einem dünnen Lächeln. »Um mich rechtlich zu beraten. In einer persönlichen Angelegenheit.«

»Avi Gold«, rief Clayton mit Nachdruck und verschränkte die

Arme vor der Brust, »war bestimmt nicht da, um dein Testament aufzusetzen!«

Kerrys Lächeln erstarb. »Stimmt. Aber wenn ich dir sagen würde, worüber wir geredet haben, fiele es nicht mehr unter das Anwaltsgeheimnis, richtig?«

Clayton sah ihn prüfend an. »Wie du meinst, Kerry. Aber nimm dich in Acht. Um deiner und um Laras Willen.«

## 3

Es war kurz vor 18 Uhr in San Francisco. Sarah Dash war immer noch in ihrem Büro und würde noch einige Stunden dort bleiben. Nach vier Monaten als Prozessbevollmächtigte im *Kilcannon Center for Social Justice*, empfand sie ihre neue Stelle als ebenso anstrengend wie ihre vorige Tätigkeit bei der Kanzlei Kenyon and Walker, der führenden Unternehmensberatung der Stadt, doch zugleich als weitaus spannender. Und im Rückblick auf das vergangene Jahr erkannte Sarah, dass sich ihr Karrieresprung von Wirtschafts- zu allgemeinem Recht fast zwangsläufig ergeben hatte.

Im Januar hatte Sarah trotz aller Vorbehalte der Vorstandsherren von Kenyon and Walker unentgeltlich die Vertretung von Mary Ann Tierney, einer schwangeren Minderjährigen, übernommen. Aus Furcht, einen Fötus mit Wasserkopf in sich zu tragen und mit dessen Geburt dauerhafte Beeinträchtigungen der Gebärfähigkeit zu erleiden, hatte das Mädchen gegen den Widerstand ihrer Eltern, die militante Abtreibungsgegner waren, auf einen späten Schwangerschaftsabbruch gedrungen – ein Rennen gegen die Zeit, das zu einem erbitterten Gerichtsstreit zwischen Eltern und Kind vor laufenden Kameras führte. Sarah kämpfte darum, ein vom Kongress verabschiedetes Gesetz außer Kraft zu setzen, das Mary Ann anderenfalls dazu gezwungen hätte, das ungewollte Kind auszutragen. Als die Entscheidung gegen sie ausfiel, legte Sarah umgehend Berufung beim *United States Court of Appeal* ein. Und am obersten Bundesgericht gewann sie dank eines bahnbrechenden Urteils der Richterin Caroline Masters. Für Sarah bedeutete das einen spektakulären Triumph, der allerdings beinahe zu einem Veto des Senats gegen die Ernennung von Caroline Masters zur Obersten Richterin geführt hätte. Die Tatsache, dass sich das Gehirn des abgetriebenen Fötus als völlig gesund erwies, trug auch nicht gerade dazu bei, die Wogen der Erregung zu glätten.

Der dreißigjährigen Sarah zeigte dieser Fall, dass sie eine begabte und findige Anwältin war. Die nächste Lehre zog sie erst nach und nach daraus: Nachdem sie sich einmal von ihren persönlichen Überzeugungen hatte bestimmen lassen, befriedigte es sie immer weniger, tagein, tagaus den Bedürfnissen von Geschäftskunden nachzukommen. Da bot ihr das Kilcannon-Center die ideale Lösung. Das San Franciscoer Büro suchte einen Anwalt, der Klagen gegen die Waffenindustrie vor Gericht vertrat. Sarah wiederum sah – angesichts des Einflusses der SSA auf den Kongress – in Prozessen die einzige Möglichkeit, die Regierung vielleicht doch noch zu Reformen zu zwingen. In ihrer neuen Stelle hatte sich Sarah von Beginn an frei und unabhängig gefühlt.

Und das war der Grund, warum die kräftige junge Frau mit dem dunklen, lockigen Haar und den lebhaften braunen Augen gerne bereit war, auf einen Teil ihrer Freizeit zu verzichten. So blieb sie auch heute länger im Büro, um einen Schriftsatz, den sie bereits entworfen hatte, formgerecht zu vollenden. Denn für den nächsten Abend hatte sie sich zu einem Dinner verabredet, das sie auf keinen Fall ausfallen lassen wollte.

Bevor sie sich an den Schreibtisch setzte, wollte sie aber unbedingt das einstündige Fernsehinterview mit Lara Costello Kilcannon verfolgen. Wie viele Frauen ihrer Generation empfand Sarah die nur zwei Jahre ältere Präsidentengattin als ungemein fesselnde Persönlichkeit. Und wie fast alle in ihrem Bekanntenkreis hatte sie das Video mit den Morden in den Nachrichten gesehen. Für die Kilcannons verspürte sie Mitleid und angesichts der Waffe, die gegen Laras Familie benutzt worden war, unbändige Wut. Insofern kam sie gar nicht umhin, sich die Sendung mit Lara Kilcannon anzusehen, zumal sie jetzt selbst im Krieg gegen solche Mordwerkzeuge mitkämpfte.

Um Punkt sechs Uhr schaltete Sarah den Fernseher ein.

In der Bibliothek des Weißen Hauses – wo sie und Kerry drei Wochen zuvor Joan Bowdens Probleme der Öffentlichkeit preisgegeben hatten – saß Lara Cathie Civitch gegenüber.

Zehn Sekunden vor Beginn der Übertragung schenkte Cathie Lara ein letztes aufmunterndes Lächeln. Laras Anspannung vermochte es freilich nicht zu lockern, vielmehr verriet es Cathies eigenes Lampenfieber. Trotz aller Erfolge in der Vergangenheit wusste die Journalistin, dass man sie an dem messen würde, was in dieser einen Stunde geschah.

Lara wiederum war klar, dass Cathie bestens vorbereitet und mit dem Standpunkt der SSA wohl vertraut sein würde. Bei allem Respekt würde sie dennoch hartnäckig bohrende Fragen stellen. Nun, Lara hatte sich gründlich in die komplexe Thematik der Waffendebatte eingearbeitet. Nur Fragen persönlicher Natur wollte sie spontan beantworten. Seit jeher war ihr Leben von Disziplin und sorgfältiger Planung bestimmt gewesen, aber damit würde sie diesmal nicht sehr weit kommen. Die Öffentlichkeit erwartete eine Selbstoffenbarung, das wusste sie, und darum hatte sie ein flaues Gefühl in der Magengrube.

Kerry verfolgte das Interview vor dem Fernseher in seinem Büro. Lara hatte darauf bestanden, es allein durchzustehen.

»Hier und heute«, sagte Cathie Civitch, »zeigen Sie sich zum ersten Mal seit dieser Tragödie wieder den Amerikanern.«

Lara deutete ein Achselzucken an. »Ich war bisher nicht dafür bereit«, sagte sie leise. »Ich war auch nicht darauf vorbereitet, meine Familie zu verlieren. Das ist so unvermittelt über mich hereingebrochen – dass drei Menschen, die ich über alles auf der Welt geliebt habe, plötzlich nicht mehr da sind und ich keine Chance hatte, mich von ihnen zu verabschieden und die Dinge zu sagen, die ich ihnen eigentlich immer sagen wollte. Und Marie ...« Kurz geriet Lara ins Stocken. »Ich möchte Marie einfach in die Arme nehmen. Und das kann ich nicht mehr.«

Nur wer Lara so gut kannte wie er, sinnierte Kerry, ahnte, wie viel sie diese Worte kosteten. Und er konnte nichts tun.

Um 18.11 Uhr verließ Frank Fasano die Senatssitzung und begab sich unverzüglich in seine Bürosuite. Macdonald Gage saß bereits vor dem Fernseher und verfolgte das Interview.

»Wie gibt sie sich?«, wollte Fasano wissen.

Gage wandte die Augen nicht vom Bildschirm. »Sehen Sie selbst.«

»Stünde es in meiner Macht«, erklärte Lara Cathie Civitch, »würde sich nie wieder jemand so fühlen müssen wie ich.«

»Jetzt geht's los«, brummte Gage. »Das wird ein Plädoyer für *ihre* Sache.«

»Denn ich bin nicht die Einzige«, fuhr Lara fort. »An dem Tag, als meine Angehörigen gestorben sind, sind weitere siebenundachtzig Amerikaner von Schusswaffen getötet worden. Ihre Namen kennen wir nicht; ihre Familien sehen wir nicht im Fernsehen...« Jäh schien Lara die Fassung zu verlieren. »Wie vielen Familien wurden seitdem ein Kind, der Vater, der Mann oder die Frau genommen? Und wie viele Überlebende finden überhaupt ein Ventil für ihren Kummer? Sie fühlen sich hilflos. Wir können versuchen, die Schulen zu verbessern, aber wir können die Kinder, die sie verloren haben, nicht mehr erziehen. Jeden Tag werden es mehr. Und *das* kann ich einfach nicht akzeptieren!«

Eine Nahaufnahme zeigte Laras vor Leidenschaft funkelnde Augen. »Das bedeutet Ärger, Mac«, murmelte Fasano. »Das Leben im Senat wird härter für uns.«

»Hat die SSA schon ein Treffen festgesetzt?«, fragte Gage, ohne ihn anzusehen.

»Übermorgen«, antwortete Fasano. »Ich brauche einen Tag Bedenkzeit nach all dem, was wir hier hören werden.«

Als Charles Dane auf die Uhr sah, war es 21.27 Uhr Ortszeit. »Sie hat noch eine halbe Stunde, um ganz Amerika mit ihrem Gesülze das Hirn zu vergiften«, raunte er Bill Campton zu. »Stellen Sie sich nur vor, was *wir* mit Barbara Walters und vier, fünf anderen Frauen auf die Beine stellen könnten, weil sie sich dank ihrer Pistolen selbst verteidigt haben.«

Campton nahm das mit einem matten Lächeln zur Kenntnis. »Träumen Sie weiter, Charles.«

»Was«, fragte unterdessen Cathie Civitch, »sind Ihrer Meinung nach die Antworten?«

»Die Details überlasse ich dem Präsidenten und dem Kongress«, erklärte Lara. »Aber die grundlegende Frage ist doch: Wie können wir solche Tragödien in Zukunft verhindern?

Warum sorgen wir an den Flughäfen und im Luftraum für Sicherheit, Cathie? Um zu verhindern, dass bewaffnete Terroristen mit Flugzeugen in Gebäude rasen. Weil man weder einen Entführer, der schon tot ist, bestrafen, noch seine Opfer retten kann, wenn die Maschine explodiert ist.« Lara beugte sich vor, ihre Stimme wurde immer eindringlicher. »Wir müssen unseren gesunden Menschenverstand benutzen. Wollen wir einfach so weitermachen und die Amerikaner zum Schutz gegen andere Amerikaner mit noch mehr Pistolen und Gewehren bewaffnen?«

Lara stockte. In ihren Worten klang wieder die Erinnerung an die eigene Trauer durch. »Ich war Kriegskorrespondentin im Kosovo. An einem Kriegsschauplatz schafft man es irgendwie, den Mord an Unschuldigen hinzunehmen. Aber Amerika sollte doch nicht zu einem Kriegsschauplatz werden. In einer zivilisierten Gesellschaft sollten wir uns doch dadurch schützen, dass wir die Verbrecher entwaffnen und nicht selbst zu den Waffen greifen. Wenn wir aber aus Furcht Gewehre kaufen und nicht freiwillig – wie viele Unfälle muss es dann noch geben, wie viele Selbstmorde bei Jugendlichen, wie viele Tötungen im eigenen Haus, wenn eine Waffe in einem Moment des Zorns oder der Verzweiflung eine nicht wieder gutzumachende Tragödie auslöst …«

»Immer derselbe Spruch«, kommentierte Dane. »›Die Waffen sind das Problem, lasst sie uns alle abschaffen.‹«

»Im Augenblick steht sie auf einem Podest«, meinte Campton. »Wir können sie nicht direkt angreifen, fürs Erste jedenfalls nicht.« Er nahm Lara einen Moment lang ins Visier, dann löste er wieder den Blick vom Bildschirm. »Haben Sie sich je überlegt, was für eine Geschichte hinter den beiden steckt? Sie und Kilcannon, die Art und Weise, wie sie versucht hat, sich durch die Menge zu ihm durchzuwühlen, als sie auf ihn geschossen hatten? War sie da bloß eine hartnäckige Journalistin? Ihre Romanze ist dann ja unheimlich schnell losgegangen.«

»Wenn ich meine Mutter zurückholen könnte«, kam Laras Stimme aus dem Fernseher, »und auch den Mann, der sie erschossen hat, dann würde ich sie bitten, sich zu entscheiden, ob sie die Bestrafung ihres Mörders will oder ob *andere* Leben gerettet werden sollen, indem man die Gesetze ändert, die es ermöglicht haben, dass *dieser* Mann eine solche Waffe kaufen durfte. Und ich weiß genau, was meine Mutter sagen würde: Wir können unsere Gefängnisse und Friedhöfe füllen, wir können aber auch versuchen, die Gewalt zu beenden …«

»*Zu* schnell«, antwortete Dane seinem Mitstreiter knapp.

Noch fünfundzwanzig Minuten, dachte Kerry. Bislang hatte Lara die Fassung bewahrt.

»Wie«, fragte Cathie Civitch, »verarbeitet der Präsident diese Tragödie?«

»Ich glaube, er versucht, sich mehr auf mich und nicht so sehr auf sich selbst zu konzentrieren.« Laras Stimme wurde leiser, trauriger. »Ich bin ihm seitdem keine große Stütze gewesen, obwohl ich weiß, wie schrecklich er sich fühlt.«

Civitch beugte sich weiter vor; ihre Finger verhakten sich ineinander. »Sie sind frisch verheiratet, haben einen schrecklichen Verlust erlitten, und dann kommt John Bowdens Brief mit schweren Schuldvorwürfen an Ihren Mann. Das würde die stabilste Ehe belasten.«

Lara holte tief Luft. »Es gibt bestimmte Dinge, Cathie, die ich akzeptieren muss. Dazu gehört, dass dieser furchtbare Mann mein Leben neu bestimmt hat. Aber ich werde ihn *nicht* meine Beziehung zu dem Menschen neu bestimmen lassen, den ich mehr liebe als …« Sie unterbrach sich abrupt, als hätte sie sich selbst reden gehört. »Wissen Sie«, fuhr sie leise fort, »ich glaube nicht, dass ich ihm das je so gesagt habe. Aber ich habe es mir selbst versprochen.«

Kerry, der oben immer noch vor dem Fernseher saß, fühlte sich in diesem einen Augenblick dankbarer, als er sich das je hätte vorstellen können. Vielleicht durfte er nun sogar hoffen, dass Lara ihre Vorbehalte gegen die Gründung einer eigenen Familie doch noch einmal überdachte.

»Heute«, sagte Cathie Civitch, »ist der Geburtstag Ihrer Mutter.«

Lara traten Tränen in die Augen. »Ja.«

Kerry hatte das nicht gewusst.

Schweigend saßen Chad und Allie Palmer vor ihrem Fernseher.

»Was«, hörten sie Civitch Lara fragen, »antworten Sie denjenigen, die behaupten, nicht die Waffen seien die Ursache von Gewalt, sondern eine Kultur, der Gewalt zur Unterhaltung dient?«

»Für die große Mehrheit der Amerikaner«, kommentierte Palmer, »ist genau das die Frage, auf die sie eine Antwort geben muss, egal, in was für einer Verfassung sie ist.«

Lara überlegte länger, wodurch sie ihre Fassung zurückgewann. »Ich gebe Ihnen darin Recht, dass Waffen nicht die einzige Ursache von Gewalt sind«, sagte sie schließlich. »Aber Waffen bewirken, dass die Gewalt tödlich wird. Wenn Sie uns mit Kanada, Australien oder Neuseeland vergleichen, werden Sie viele Ähnlichkeiten feststellen. Zu unserer jeweiligen Geschichte gehören die Eroberung von Land und die brutale Vertreibung der Ureinwohner. Die Zahl der Gewaltverbrechen im Verhältnis zur Bevölkerung ist vergleichbar. Aber unsere Mordrate ist fünfmal höher, weil unsere Mörder Schusswaffen benutzen. Das ist auch der Grund, warum in Japan, wo es in den Unterhaltungsmedien gewiss nicht an Brutalität mangelt, ein ganzes Jahr vergehen kann, ohne dass ein Minderjähriger durch Schüsse zu Tode kommt. Natürlich müssen wir die Unterhaltungsindustrie auffordern, endlich damit aufzuhören, uns in Kino und Fernsehen, in den Videos und in der populären Musik Gewalt in den Rachen zu stopfen. Aber wir müssen uns auch selbst ernsthafter mit dem befassen, was unsere Kinder hören und sehen, und ihnen klar machen, dass Gewalt nicht die Antwort ist ...«

Mit nachdenklicher Miene wandte sich Allie ihrem Mann zu. »Lara mag trauern, aber gut vorbereitet ist sie garantiert.«

Kurz kam Chad in den Sinn, wie er wenige Tage nach Kyles Tod in einer leidenschaftlichen Rede vor dem Senat Caroline Masters verteidigt hatte. »Man kann beides«, antwortete er ruhig. »Manche Leute halten das für Berechnung, andere für schiere Kälte. Die

Wahrheit ist, dass einen so etwas vor dem Zusammenbruch bewahrt.«

Schweigend ergriff Allie seine Hand.

Seit fast einer Stunde hatte Sarah nicht auf die Uhr gesehen.

»Blicken Sie je zurück«, fragte Civitch Lara Kilcannon, »und überlegen, ob Sie etwas hätten anders machen können?«

»Ständig«, antwortete Lara leise. »Aber nicht nur in Bezug auf Kerry und mich oder meine Familie. Einige Zeit vor diesen Morden hat Kerry mit den Waffenherstellern gesprochen und sie darum gebeten, bei Verkaufsmessen Leumundsprüfungen zu verlangen. Sie haben sich geweigert. Dann hat er den Präsidenten von Lexington Arms beschworen, doch damit aufzuhören, die falschen Waffen in die falschen Hände zu geben.« Lara hielt inne, als müsse sie ihre Emotionen unterdrücken. »Ich werde das Gefühl einfach nicht los, dass meine Mutter, meine Schwester und meine Nichte jetzt noch am Leben wären und die Hinterbliebenen der drei anderen Opfer sich nicht mit der Frage quälen müssten, warum die für meine Schwester Mary bestimmten Kugeln ihre Liebsten ermordet haben, wenn diese Leute auf Kerry gehört hätten …«

Sarah konnte sich gut vorstellen, wie Lara Kilcannon sich fühlte. Und auch, was dem Präsidenten von Lexington Arms jetzt durch den Kopf ging.

»Großartig«, zischte Charles Dane. »Jetzt haben alle beide George Callister im Fernsehen gegeißelt. So kann Lexington nirgendwo in Amerika einen fairen Prozess bekommen.«

Campton sah auf. »Glauben Sie denn, dass sie einen Prozess anzetteln wollen?«

»Natürlich. Nur dass sie die Schwester vorschieben.«

Eine Nahaufnahme zeigte nun Cathie Civitchs mitfühlendes Gesicht. »Sie haben die Absicht, die Einschränkung der Waffengewalt zu Ihrem persönlichen Anliegen zu machen. Was werden Sie dem amerikanischen Volk sagen?«

Lara schien ihre Gedanken zu sammeln. »Als Erstes werde ich die Menschen bitten, über die mehr als dreißigtausend Todesfälle nachzudenken, die wir jedes Jahr verzeichnen. Ich werde ihnen sagen: ›Hört auf eure eigenen Herzen, euren Verstand, eure Lebenserfahrung und entscheidet dann, ob das wirklich der Weg eures Landes sein soll.‹ Und ich werde sie fragen: ›Was für eine Welt wollt ihr für eure Kinder, eure Kindeskinder …‹«

»Und was«, unterbrach sie Civitch, »würden Sie der SSA sagen?«

»Ich würde ihre Mitglieder fragen, warum wir diesen schrecklichen Streit um Schusswaffen haben. Man macht ihnen künstlich Angst vor uns. Dabei haben sie überhaupt nichts zu befürchten. Ich werde nie vergessen, wie Charles Dane bei einer SSA-Tagung sein Jagdgewehr hochhielt und rief: ›Kerry Kilcannon wird dieses Gewehr aus meinen toten Händen reißen müssen!‹ Lara geriet ins Stocken. Mit belegter Stimme fuhr sie fort: »Diese Worte hatte ich im Ohr, als ich vor dem Sarg meiner sechsjährigen Nichte Marie stand, noch einmal ihr lebloses Gesicht ansah und ihre leblose Hand hielt.«

Unvermittelt schaute Lara in die Kamera und sagte mit leiser Stimme: »Ich will Ihr Jagdgewehr gar nicht, Mr. Dane. Kerry will es nicht. Die Amerikaner wollen bloß ein Land, in dem so etwas keinem anderen Kind mehr geschieht.«

Halt dich zurück!, warnte Dane sie stumm. Du begehst einen fürchterlichen Fehler.

Bei ihrem Schlusswort stellte Lara sich die Gesichter ihrer Zuschauer vor, als säßen sie ihr direkt gegenüber. »Hoffentlich schließen sich uns noch viele von Ihnen an. Es gibt so viel für uns zu tun, so viele Leben, die wir retten können. Und die Kosten eines Scheiterns wären größer, als sie jeder Einzelne unter uns ertragen könnte.«

Einen Moment lang blieb Cathie Civitch stumm. Dann sagte sie schlicht: »Lara Kilcannon, vielen Dank.«

Trotz ihrer Erschöpfung registrierte Lara, dass ihr dieser Nachname immer noch fremd in den Ohren klang. Aber so hieß sie jetzt nun einmal. Um ihrer und um Kerrys willen hoffte sie, dass sie sich gut geschlagen hatte.

In Kerrys stillem Büro schrillte das Telefon.

Es war Senator Chuck Hampton. »Mr. President, richten Sie

bitte der First Lady aus, dass ihr Interview fantastisch und zutiefst bewegend war!«

»Danke Chuck, das sage ich ihr gern. Und auf Ihrer Seite?«

Hampton schmunzelte. »Wenn Sie meine Seite der Pennsylvania Avenue meinen, ist sie eine Trumpfkarte für uns. Frank Fasano wird nicht glücklich sein. Die SSA genauso wenig.«

Aber auch er selbst, dämmerte es Kerry, war nicht wirklich glücklich. Dafür musste einfach zu viel bedacht werden.

Nach der Stunde vor dem Fernseher fiel es Sarah schwer, sich wieder auf ihren Schriftsatz zu konzentrieren. So war sie fast dankbar für die Ablenkung, als das Telefon klingelte.

»Spreche ich mit Sarah Dash?«, wollte eine Frau wissen. Die Stimme klang so vertraut, dass Sarah eine Gänsehaut bekam. »Ja.«

»Ich bin Lara Kilcannon. Ließe sich ein Termin mit Ihnen vereinbaren?«

## 4

Sarah Dash und Lara Kilcannon trafen sich im Sonnenzimmer.

Sarah war noch nie im Weißen Haus gewesen. Doch ihr war klar, dass sie sich in dem Teil des Hauses befand, über den die First Lady verfügte, und eine heikle Angelegenheit wie diese aus politischen Gründen nicht im Westflügel stattfinden konnte, ja, dass niemand Sarah zu Gesicht bekommen durfte. Ihrerseits hatte Sarah außer dem Direktor des Kilcannon-Center niemanden eingeweiht.

Lara durchquerte den Raum zügig und ergriff Sarahs Hand. »Zwei Wochen lang«, erklärte sie lächelnd, »habe ich nicht einen Tag im Tierney-Prozess ausgelassen. Allerdings denke ich mir, dass Sie nur zu gern auf die Kameras verzichtet hätten.«

Mit einem Schlag fiel alle Befangenheit von Sarah ab. »Ich habe sie gehasst«, gab sie zu. »Und die Presse als Ganzes – ihr brutales Eindringen in die Privatsphäre, dieses plötzliche Interesse an meinem Privatleben! Ich kann mich immer noch nicht an einem Flughafen zeigen, ohne dass irgendwelche Leute mich ansprechen. Ein Teil meint es gut mit mir, andere beschimpfen mich als Kindermörderin. Ich möchte mich manchmal nur noch in ein Loch verkriechen.«

Anscheinend hatte sie den richtigen Ton getroffen. »Zu spät«, meinte Lara voller Verständnis. »Aber jeder, den ich kenne, bewundert Sie für das, was Sie erreicht haben. Und ich weiß, dass Kerry sich über Ihren Wechsel ins Kilcannon-Center gefreut hat. Er hat gesagt, Sie würden sich ans Wirtschaftsrecht nur verschwenden.«

*Kerry*, dachte Sarah. Schon spürte sie die Verführungskraft des Weißen Hauses. Sie kannten sich noch kaum, und schon sprach Lara Kilcannon mit ihr über den Präsidenten, als wäre sie eine alte Vertraute. Das schmeichelte Sarah zwar, weckte aber auch ihr Misstrauen. Der Fall Tierney und seine Auswirkungen auf Richterin Masters' Präzedenzurteil hatten sie viel über Politik auf höchster Ebene gelehrt – vor allem, dass sie ein wahres Rauschmittel war und diejenigen, die in diese Welt vordrangen, oft einen allzu hohen Preis dafür zahlten.

Sarah konzentrierte sich wieder auf die First Lady. Lara Kilcannon war wirklich eine schöne Frau mit ihrer blassen Haut, dem schwarzen Haar und den dunkelbraunen Augen, die viel einfühlsamer waren, als es das Fernsehen zeigte. Unter anderen Umständen wäre Sarah womöglich vor Ehrfurcht erstarrt, in dieser Situation kam es aber unbedingt darauf an, ständig hellwach zu bleiben und auf die Fallstricke zwischen den Zielen der Kilcannons und ihren eigenen zu achten.

Sarah gab sich einen Ruck. »Mrs. Kilcannon, bevor wir anfangen …«

»Lara«, bat die First Lady liebenswürdig. »Ich weiß zwar, dass das Protokoll seinen Platz hat, aber ›Mrs. Kilcannon‹ kommt mir so schwülstig vor wie diese Ölgemälde unten im Erdgeschoss.«

»Lara«, verbesserte sich Sarah lächelnd, »Sie möchten, dass dieses Gespräch vertraulich bleibt. Heißt das, dass es unter dem Schutz des Anwaltsgeheimnisses steht?«

Laras Lächeln kehrte zurück, wenn auch nur flüchtig. »Allerdings. Lassen Sie uns fürs Erste annehmen, ich wäre eine potenzielle Klägerin gegen Lexington Arms wegen Beihilfe zur Tötung. So wie meine Schwester Mary.«

»Und Sie erwägen, das Kilcannon-Center zu bitten, Ihre Schwester oder Sie zu vertreten. Oder alle beide.«

Die First Lady nickte. »Das Kilcannon-Center hat ja schon sehr viele Kläger gegen die Waffenindustrie vor Gericht vertreten. Wir glauben, dass niemand sich besser für unsere Werte einsetzen kann.«

*Unsere Werte*, dachte Sarah. Hier lag einiges unter der Oberfläche verborgen, angefangen mit Laras Vorwand einer möglichen eigenen Klage, der eindeutig bewusst so formuliert war, dass Sarah ihn gleich durchschaute. Ohne Umschweife fragte die Anwältin: »Ist Mary einverstanden?«

Sarah glaubte zu bemerken, wie ein trauriger Ausdruck in Laras Augen trat, und sie spürte, wie ihre Vorsicht von der Ahnung abgemildert wurde, dass etwas noch nicht Gesagtes Lara tiefen Schmerz bereitete.

»Ich weiß nicht«, lautete die schlichte Antwort. »Ich habe noch nicht mit ihr gesprochen.«

Wie für Lara bereits feststand, besaß Sarah Dash Einfühlungsvermögen und ein feines Gespür für das Unausgesprochene. Es hatte keinen Sinn, ihr etwas vorzugaukeln, und Lara hatte nicht die Kraft, es zu versuchen. »Die bittere Wahrheit«, fuhr sie mit leiser Stimme fort, »ist, dass Mary für das, was John Bowden getan hat, insgeheim uns die Schuld gibt. Bis jetzt zumindest.«

Kaum hatte Lara dies offen zur Sprache gebracht, wurde sie sich ihrer Sorgen noch eindringlicher bewusst. Einen kurzen Moment lang war sie versucht, ihre Bedenken zu dem Vorhaben zu äußern, das sie sowohl Sarah als auch Mary zumuten wollte. Andererseits war das nun wirklich nicht der Grund, weshalb sie Sarah zu sich bestellt hatte, auch wenn die Anwältin durchaus Verständnis für sie zu haben schien.

»Der Präsident«, erklärte Lara, »hat ein persönliches Interesse an einer Klage.«

Sarah antwortete nicht sogleich. »An der Klage«, fragte sie zurück, »oder an ihrer Führung?«

»Beides«, erwiderte Lara. »Ich glaube, es war Clausewitz, der gesagt hat, der Krieg sei die Fortsetzung der Politik mit anderen Mitteln.«

»Inwiefern?«

»Eine der schmerzhafteren Lektionen, die Kerry gelernt hat, ist, dass es eine Macht gibt, die der Präsident nicht besitzt oder nicht benutzen darf, weil der politische Preis viel zu hoch wäre.« Lara zögerte. Sie hatte selbst den bitteren Beiklang ihrer leisen Worte gehört. »Wir konnten Joans Privatsphäre nicht schützen – das haben die Medien einfach nicht zugelassen. Wir konnten den Geheimdienst nicht zum Schutz ihres Lebens einschalten – das hat das Gesetz nicht zugelassen. Wir konnten keine Leumundsprüfungen bei Waffenmessen durchsetzen – das hat die SSA nicht zugelassen. Und jetzt darf niemand sehen, dass Kerry die Justiz benutzt, um ein ›persönliches Anliegen‹ voranzubringen. So nennt man ›Leben retten‹ nämlich, wenn Verwandte eines Präsidenten ermordet werden.«

Vor ihrer nächsten Frage zögerte Sarah etwas, vielleicht aus Respekt vor Laras Gefühlen. »Was erwartet sich der Präsident von der Klage?«

»Dasselbe wie ich«, antwortete Lara mit fester Stimme. »Er will die Fakten hinter der Entwicklung und Vermarktung der Pistole und der Munition aufzeigen, die meine Mutter, meine Schwester und meine Nichte getötet haben. Er will die Firma Lexington von den übrigen Herstellern isolieren und ihr demonstrieren, dass die SSA sie nicht länger schützen kann. Er will herausfinden, wo der Mörder seine Waffe herhat. Er will weitere Unterstützung für das Gesetz gewinnen, das er verabschieden lassen will. Kurz, er will Justiz und Politik miteinander verbinden, ohne dass die Öffentlichkeit etwas von seiner Rolle dabei mitbekommt.«

»Und wie würden wir das erreichen?«

Kurz zögerte Lara. »Durch mich.«

Sarahs Blick wurde jäh nachdenklich. »Ich bewundere Sie«, gestand sie. »Sie wissen gar nicht, wie sehr. Ein Teil von mir will Ihnen in jeder nur erdenklichen Weise helfen. Aber der vorsichtigere Teil von mir muss meine eigenen Motive hinterfragen. Bin ich so jung – oder ehrgeizig –, dass ich Anweisungen von einem Präsidenten entgegennähme, ohne zu wissen, wohin das führt? Oder so flexibel, dass ich *seine* Interessen denen meiner Mandantin voranstellen würde?«

Das waren Fragen, dachte Lara, die ihren guten Eindruck von Sarah nur bestätigten. »Keins von beidem«, sagte sie. »Sie verfolgen diese Angelegenheit einzig um ihrer selbst willen.«

Sarah schüttelte den Kopf. »Dasselbe Problem. Mary könnte sich fragen, ob ›eine Angelegenheit verfolgen‹ ihrem eigenen Anliegen nicht den Rang abläuft. Sie kann zig Anwälte finden, die ihre Interessen für sie wahrnehmen.«

»Genau das ist ja das Problem! Einen der Anwälte hat sie möglicherweise schon gefunden. Robert Lenihan.«

»Bob Lenihan?«, rief Sarah überrascht. »Er ist mehr als kompetent. Die letzten zehn Jahre hat er damit verbracht, den Mandanten meiner früheren Kanzlei Unsummen abzuknöpfen.«

Lara nickte. »Dann wissen Sie auch, dass er seine eigenen Ziele verfolgt: Ruhm, politischer Einfluss und Geld. Glauben Sie wirklich, dass Marys Interesse Ihnen weniger am Herzen liegen könnte als ihm?«

Sarah starrte sie mit unverhohlener Neugierde an. »Aber wie wollen Sie Bob Lenihan da eigentlich rausdrängen?«

Nichts als vollkommene Offenheit, das erkannte Lara, würde Sarah Dash zufrieden stellen. »Das werden wir nicht. Es wäre nicht in Kerrys politischem Interesse – er braucht die Organisation der Zivilprozessanwälte und auch ihr Geld als Gegengewicht zur SSA. Uns schwebt vor, dass Sie und Bob Lenihan Mary als gleichberechtigte Anwälte vertreten …«

»Moment!« Sarah wusste selbst nicht, ob sie ungläubig oder belustigt war. In ihrem Ton mischte sich beides. »Abgesehen von allem anderen – das an sich schon genügend politischen Zündstoff und Familienverwicklungen enthält, um selbst Machiavelli Kopfschmerzen zu bereiten –, wollen Sie mich auch noch in eine Schlangengrube zu einem Egomanen mit über zwanzig Jahren Erfahrung werfen, der ein beispielloses Talent für Verrat und Manipulation besitzt und jeden nur erdenklichen Grund, um seine Gaben gegen mich einzusetzen!«

Lara lächelte unwillkürlich. »Bitte versuchen Sie, sich nicht vor

Freude zu überschlagen. Die Attraktivität meines Angebots ist mir durchaus bewusst.«

Noch einmal verwandelte sich Lara Kilcannon vor Sarahs Augen. Obwohl sie weiter freundlich blieb, wurde ihre Miene ernst und ihre Stimme wieder leise. »Ich weiß, dass das viel auf einmal ist. Aber ich wende mich nicht nur Kerry zuliebe an Sie. Abgesehen davon könnte ich Mary niemals vorschreiben, auf welche Weise sie der Familie, die wir beide verloren haben, gerecht werden soll.«

Sarah überlegte sich ihre Antwort lange. Noch hatte sie nicht völlig erfasst, welche Fallstricke das Angebot der First Lady barg, insbesondere was die Aufnahme in die Welt von Kerry und Lara Kilcannon betraf. Doch allein der Umstand, dass sie sie eingeladen hatten, war schon verlockend. Im Grunde ihres Herzens stimmte sie ihnen zu: Dieser Fall war viel größer als Mary Costello. Es war ein Fall, von dem jeder Anwalt nur träumen konnte – die Chance, die moralische, wenn nicht sogar die rechtliche Schuld am Tod von Laras Angehörigen nachzuweisen und damit die Einstellung Amerikas gegenüber Schusswaffen zu verändern. »*Wenn* Mary Costello mich kennen lernen will«, antwortete sie schließlich, »würde ich ihr erklären, dass ich den Fall aus ethischen Gründen annehmen würde; dass ihre Klage eine politische Waffe wäre; dass, was immer an Schadenersatz dabei herauskäme, dies nicht mein einziges Anliegen ist. Danach liegt die Entscheidung bei ihr.«

Für einen kurzen Augenblick glaubte Sarah, in Laras Gesicht Erleichterung und Sorge um Mary miteinander streiten zu sehen. Doch dann sagte die First Lady lediglich: »Danke.«

## 5

»Jetzt wollt also ihr meinen Anwalt bestimmen«, beschwerte sich Mary.

Es war ein sonniger Herbstnachmittag, an dem sie und Lara im Golden Gate Park spazieren gingen. In Marys gedrängt voller Studiowohnung mit den neu gerahmten Porträts von Inez, Joan und

Marie war es Lara einfach zu eng geworden. Der Park mit seinen großzügigen, breiten Wegen und dem von den Eukalyptusbäumen herabströmenden Duft weckte dagegen glückliche Erinnerungen an die Familienpicknicks, die Inez sonntags nach dem Gottesdienst veranstaltet hatte. Heute konnte Lara ohne Leibwächter keinen Schritt mehr tun.

Aus ihrer Sicht wirkten sie beide, die zwei überlebenden Schwestern, alles andere als vertraut, wie sie da in ungewöhnlich großem Abstand mit verkniffenen Mienen nebeneinander herliefen. Außerdem straften sie die wohlklingende Erklärung Lügen, dass die First Lady lediglich nach Francisco geflogen sei, um ein paar Tage mit ihrer Schwester zu verbringen, ehe sie zu ihrer politischen Mission aufbrach.

»Ich kann deinen Anwalt nicht bestimmen«, verteidigte sich Lara. »Das kannst nur du. Wir wollten dir nur ein möglichst breites Spektrum an Beratungsmöglichkeiten verschaffen. Das Kilcannon-Center betrachtet diese Prozesse eben nicht einfach als Klagen wegen Beihilfe zur Tötung, sondern als Chance, Leben zu retten. Wollen wir denn nicht genau das?«

»*Wir?*«, gab Mary scharf zurück. »Neulich hat mich im Kindergarten eine neue Kollegin, die ich noch kaum kannte, angesprochen. Ich konnte sehen, wie schwer es ihr fiel, mir zu sagen, wie sie sich dabei fühlte, und wollte ihr schon versichern, dass es mir gut ginge und ich ihr dankbar für ihre Anteilnahme wäre. Weißt du, was sie mich gefragt hat, Lara? ›Wie geht es jetzt Ihrer Schwester?‹ Sie hatte dich mit Cathie Civitch im Fernsehen gesehen und machte sich Sorgen um *dich.*«

Einen Moment lang verschlug es Lara die Sprache. Für sie war der Auftritt bei NBC eine einzige Qual gewesen, zusätzlich erschwert durch die Belastung eines Auftritts vor einer Rekordzahl von Zuschauern. Mary dagegen hatte darin nichts als ein weiteres Kapitel der lebenslangen Geschichte von der wunderbaren Lara gesehen, die ihre Schwestern immer ausstach, nur dass es diesmal eine neue bittere Pointe gab: Mary, die vergessene Trauernde.

Von der Seite betrachtet, drückte Marys starr nach vorne gerichtetes hageres Gesicht Distanz aus. »Ich versuche nur, dir das verständlich zu machen, Lara. Du kannst im Fernsehen auftreten. Du kannst Reden halten, den Leuten sagen, was für Gesetze gemacht werden müssen.« Mary blieb abrupt stehen. Ihre Arme waren vor der Brust verschränkt, ihre Augen schwammen in Tränen. »Ich habe nicht bestimmt, wie Joanie und Marie geschützt werden sollen. Keiner hat mich gefragt. Ich habe es erst zwei Tage vor eurer Hochzeit erfahren. Und drei Tage später waren sie *tot*. Ich war *dabei*, Lara! Ich war im Krankenhaus und habe für Marie gebetet. Aber das Einzige was mir geblieben ist, sind ständige Albträume und eine Klage gegen den Hersteller der Munition, die sie zerfetzt hat. Und jetzt willst du auch das an dich reißen!«

Verzweifelt packte Lara ihre Schwester am Arm. »Ich will das alles doch gar nicht!«

Mary fuhr zu ihr herum. »Aber ich soll eure Anwälte machen lassen! Bist du noch meine Schwester, Lara? Oder bist du bloß seine Frau?«

Laras Mund war plötzlich wie ausgetrocknet. »Ich bin deine Schwester. Wir *beide* sind Inez' Töchter, Joanies Schwestern und Maries Tanten. Wir beide leiden. Warum streiten wir uns um sie, wo sie doch tot sind?«

»Weil sie meine Familie waren! Nicht irgendwelche Requisiten bei einer Hochzeit oder eine unbezahlte politische Werbung und schon gar nicht Menschen, über deren Probleme ich mich im Fernsehen auslassen kann …!«

»Der *Chronicle* wollte die Story groß rausbringen …« Lara unterbrach sich jäh. Jetzt erst ahnte sie das Ausmaß ihrer Schuld. »Mir waren doch die Hände gebunden, Mary.«

»Bei dem, was du tust, sind sie dir nie gebunden«, konterte die andere in erstickter Wut. »Genauso wenig bei dem, was du von mir erwartest.«

So kamen sie nicht weiter, das war Lara klar. Darum versuchte sie, sich und ihre Schwester von außen zu sehen. »Sag mir, Mary, was bedeutet dir dieser Prozess?«

»Mehr als Geld«, antwortete Mary mit grimmiger Entschlossenheit. »Er ist meine Art, ihre Erinnerung zu bewahren und meine Mutter zu ehren.«

*Meine Mutter*, hallte es in Laras Ohren wider. »Dann tu doch bitte eins, wenn du allein bist«, bat sie sie in flehendem Ton. »Frag dich, wie sie uns gern sehen würde.«

Mary bedachte sie mit einem misstrauischen Blick. »Allein sein«, sagte sie nach langem Schweigen. »Im Moment ist das das Einzige, was ich will.«

Fünf Stunden später rief Mary Lara in deren Hotel an und erklärte ihr, dass sie sich mit Sarah Dash treffen wolle. Erst danach brach Lara in Tränen aus.

## 6

Zu Sarahs Überraschung wurde Mary Costello bei ihrem Erscheinen im Kilcannon-Center von Robert Lenihan begleitet. Kaum hatte Sarah die zwei in ihr Büro geführt, erklärte er in gönnerhaftem Ton: »Meines Wissens möchte Mrs. Kilcannon, dass Sie meine Mandantin kennen lernen.«

Mit einem abschätzigen Blick auf den spartanisch ausgestatteten Raum nahm er Platz und faltete die Hände genüsslich über dem Bauch. Sein eigenes Büro in Beverly Hills war nicht minder berühmt als sein Ego. Laut einem früheren Kollegen von Sarah handelte es sich um »spätbyzantinische Gemächer mit dazu passenden Fotografien von Kaiser Bob beim Empfang ihm gebührender Tribute von Präsidenten und anderen geringeren Gestalten«. Während aus Lenihans Gebaren nichts als kalte Arroganz sprach, zeigten sich in Marys flackernden grünblauen Augen die Nachwirkungen eines schrecklichen Traumas, das sie zeitweise aus der Bahn geworfen hatte.

Sarah beschloss, sich auf Mary zu konzentrieren. »Wie ich das verstanden habe«, sagte sie freundlich, »möchten Sie mit mir über eine mögliche Klage wegen Beihilfe zur Tötung sprechen.«

Mary nickte stumm.

»Was ist *Ihr* Ansatz?«, wollte Lenihan von Sarah wissen. »Meine Botschaft an die Geschworenen wird ganz einfach sein, dass Lexington mit der P-2 eine ausschließlich auf das Töten von Menschen ausgerichtete Waffe entwickelt und vermarktet hat.«

»Genau«, erwiderte Sarah. »Aber Sie müssen die P-2 in ihrem Zusammenhang sehen.« Sie wandte sich an Mary. »Die Waffenindustrie steckt in finanziellen Schwierigkeiten. Gewehre verschleißen nicht so schnell, und ihre traditionellen Besitzer sterben langsam. Darum musste sie sich entscheiden: entweder die Waffen sicherer machen und so den Kundenkreis erweitern oder den Leuten in den Städten und reichen Vororten einreden, dass sie Superwaffen brauchen, die in der Lage sind, noch schneller noch mehr Schüsse abzugeben und garantiert tödliche Wunden zuzufügen.« Ihre Stimme wurde weicher. »Sie haben ja selbst erlebt, welche Entscheidung sie getroffen hat. Moralisch gesehen verhält sie sich analog zur Tabakindustrie, die jetzt Zigaretten mit höherem Nikotingehalt verkauft...«

»Der Unterschied ist nur«, dozierte Lenihan, »dass die Leute nicht zur Selbstverteidigung rauchen. Und Lexington wird das jedem Geschworenen unter die Nase reiben.«

Lenihan, dachte Sarah verärgert, setzte sich als die Stimme der Erfahrung in Szene, die es als einzige fertig bringen würde, zwölf Durchschnittsbürger für Mary Costello zu gewinnen. Sie sah weiter Mary an. »Mit Selbstverteidigung ist der ansteigende Einsatz von Schusswaffen noch nicht einmal ansatzweise erklärt. 1963 waren in Amerika nicht viel mehr als eine halbe Million Faustfeuerwaffen im Umlauf. Heute sind es über drei Millionen. 1963 hatten nur vierzehn Prozent der Schusswaffen ein Magazin mit einer Kapazität von zehn oder mehr Schüssen. Ein Jahr darauf hatte sich dieser Prozentsatz bereits verdreifacht. Und die P-2 gehört zu den schlimmsten Pistolen überhaupt. Zur Selbstverteidigung ist sie nicht konzipiert. Dafür reicht ihre Zielgenauigkeit einfach nicht aus. Wenn sie überhaupt zu etwas taugt, dann dazu in möglichst kurzer Zeit möglichst viele Kugeln auszuspucken.« Sie drehte sich zu Lenihan um. »Darauf sollten Sie abzielen. Denn ausschließlich zu diesem Zweck hat Bowden sie gekauft.«

Marys Blick flackerte zurück zu Sarah. »Aber wozu brauchen Durchschnittsbürger so etwas?«

»Sie haben Angst«, antwortete Sarah. »Angst vor Minderheiten, vor Aufruhr, vor der Regierung oder vor Gewaltverbrechen. Die Angst veranlasst Hausbesitzer und allein stehende Frauen, sich eine Waffe zu kaufen.« Sarah hob die Stimme, um Lenihan, der sie unterbrechen wollte, das Wort abzuschneiden. »Die Angst bringt sogar Cops zum Kaufen. Die Waffenindustrie hat die ersten Superpistolen an Polizisten verkauft. *Danach* hat sie ihnen gesagt, sie seien durch noch tödlichere Waffen bedroht, die sie inzwischen fleißig bei der Zivilbevölkerung absetzte, und den Cops *daraufhin* angeboten, die allerneuesten Superpistolen gegen die alten zu tauschen, welche sie *dann* auf dem freien Markt noch einmal abgesetzt hat, womit sie den Umlauf tödlicher Waffen in den Straßen und gleichzeitig die eigenen Gewinne verdoppelt und verdreifacht hat. Wodurch wiederum die Gefahr für die Cops gewachsen ist...«

»Es ist, wie der Präsident gesagt hat, eine Rüstungsspirale«, warf Lenihan ein. »Die Welt wird als ein von bis an die Zähne bewaffneten Schurken bewohnter Abgrund hingestellt, wo man eben die besseren Waffen haben muss.«

Sarah nickte. »So drückt die SSA in den Staaten Gesetze durch und schafft praktisch ein automatisches Recht darauf, dass jeder eine verborgene Waffe mit sich führen darf. Der Gedanke dahinter ist, dass man eine unauffällige Pistole braucht, um sich gegen die versteckten Waffen anderer zu schützen.« Sie wandte sich abrupt an Mary. »Verzeihen Sie, aber wenn man erst mal zwei Juristen sein Ohr leiht, dann reden sie gleich wie ein Wasserfall. Mir ist gerade aufgegangen, dass Sie ja vielleicht ein paar Fragen haben.«

Lenihan verdross es sichtlich, dass er nicht zu Wort kam, doch er bemühte sich weiter um Mary. »Da gibt es noch einen Aspekt, den wir meiner Meinung nach abdecken sollten, Mary. Ich nenne ihn ›Verkauf durch Unterhaltung‹. Die Firma Lexington erfindet Videospiele, bei denen Kinder mit einer virtuellen P-2 schießen können. Darüber hinaus platziert sie ihre Gewehre gern in Filmen und Fernsehshows – meistens als die bevorzugte Waffe der Verbrecher. Dahinter steckt die Absicht, eine neue Welle von Technik-Freaks zu erzeugen – von Jugendlichen über Verbrecher bis zu Bürgern, die sich verteidigen wollen –, und sie alle brauchen unbedingt die neueste, leichteste und schnellste Tötungsmaschine. Genau darauf ist Bowden abgefahren. Ich bin zuversichtlich, dass es mir gelingen wird zu beweisen, dass die P-2 als Sportwaffe völlig ungeeignet ist; dass ihr einziger Zweck darin liegt, sehr viele

Menschen möglichst schnell zu töten; dass sie mit ihren Eigenschaften vor allem für Massenmörder und andere Kriminelle interessant ist; dass sie zu den am häufigsten bei Verbrechen benutzten Waffen gehört; und dass die Adlerklaue nicht dazu entwickelt worden ist, einen möglichen Einbrecher oder Vergewaltiger zu stoppen, sondern um den Tod praktisch zu garantieren.« Er merkte selbst, dass er ins Dozieren geraten war, und bemühte sich um einen weicheren Ton. »Den Tod Ihrer Mutter, Ihrer Schwester und Ihrer Nichte. Und dafür sollte Lexington zahlen, zahlen und noch mal zahlen müssen.«

Mary warf Sarah einen flehenden Blick zu, als stünde sie zwischen zwei Duellanten in der Schusslinie. »Aber wie können wir sie belangen, wenn der Verkauf von Waffen legal ist?«

»Das ist der springende Punkt«, bestätigte Sarah. »Ein weiteres Gegenargument wäre, dass die P-2 genau so funktioniert hat, wie sie sollte. Sie hat keine Mängel – anders als ein fehlerhafter Autoreifen oder ein Jeep mit schlechten Bremsen. Wie können ihre Hersteller da belangt werden? Die Firma Lexington wird sagen, dass man sie nicht für Morde verantwortlich machen kann, die irgendein Übergeschnappter mit einem an sich makellosen Produkt begangen hat. Und darauf wird sie sich berufen, selbst wenn sie gewusst hätte, dass jemand wie Bowden mit dem Vorsatz, einen Mord zu begehen, eine P-2 wählen würde.« Und voller Abscheu fügte Sarah hinzu: »Was den Leuten von Lexington im Übrigen sehr wohl klar war. Erinnern Sie sich an den Fanatiker, der in einer jüdischen Tagesstätte in Los Angeles drei Kinder ermordet hat? Der hat auch eine Lexington P-2 benutzt.«

»Worauf wollen Sie also hinaus?«, fragte Lenihan scharf. »Das Argument, dass Lexington sich den illegalen Gebrauch eines legalen Produkts hätte vorstellen können, hilft Mary nicht weiter. Sonst wäre am Ende Ford verantwortlich, wenn Bowden sie mit Ihrem hypothetischen Jeep umgebracht hätte.«

»Verraten Sie uns, was *Sie* wollen«, entgegnete Sarah. »Wenn es etwas zu ergänzen gibt, werde ich das schon tun.«

Mit dem gebieterischen Gebaren eines Arztes beim Erläutern einer Therapie erklärte Lenihan Mary: »Nach dem kalifornischen Gesetz müssen wir beweisen, dass Lexington Bowden zu seinem

Handeln *veranlasst* hat. Im Wesentlichen heißt das, dass man ihm eingeredet hat, die P-2 sei die beste auf dem Markt erhältliche Waffe für die Tötung von …«

»Wie sollen wir das denn beweisen?«, rief Mary verdattert. »John ist tot!«

»Richtig. Aber wir wissen, dass er am Tag der Waffenmesse nach Las Vegas geflogen ist. Nach seinem Tod hat die Polizei in seinem Zimmer die SSA-Zeitschrift gefunden. Darin standen auch die Anzeigen, die der Präsident in seiner Rede erwähnt hat – mit dem Text dass die P-2 ›vom Aussterben bedroht‹ und in Kalifornien schon verboten sei.« Lenihan gestattete sich ein Lächeln. »Es gibt ein altes Sprichwort: Wenn beim Zu-Bett-Gehen noch kein Schnee lag, beim Aufwachen aber alles weiß ist, dann muss es in der Nacht geschneit haben.«

»Mal abgesehen vom Schnee«, meinte Sarah, »es wäre noch viel besser, den Verkäufer aufzutreiben. Oder wenigstens jemanden, mit dem Bowden über den Erwerb der P-2 gesprochen hat. Hierzu gibt es in einem unter *Merrill gegen Navigar* bekannt gewordenen Fall ein höchst bedauerliches Urteil. Dort ging es um ein Massaker in einem San Franciscoer Büro, an dessen Ende der Mörder auch sich selbst gerichtet hatte. Die Überlebenden prozessierten aus ziemlich denselben Gründen wie wir gegen den Waffenhersteller – Aufruf zu Gewalt in der Werbung. Aber der California Supreme Court hat zugunsten des Unternehmens entschieden und das mit dem kalifornischen Recht begründet, wonach Waffenhersteller von der Haftpflicht ausgenommen waren; abgesehen davon hätten keine Beweise vorgelegen, dass der Mörder die Werbung je gesehen hatte. Daraufhin hat der Gesetzgeber den betreffenden Paragrafen zwar umgehend gestrichen, aber Lexington kann immer noch darauf verweisen, dass Bowden die Pistole an tausend anderen Orten hätte kaufen können, auch auf dem Schwarzmarkt.«

»Wenn Lexington eine Leumundsprüfung verlangt hätte«, ergänzte Lenihan an Mary gerichtet, »hätte Bowden die Pistole natürlich nicht kaufen können. Stattdessen haben sie ihn praktisch nach Las Vegas eingeladen, nicht nur, um eine P-2 zu erwerben, sondern auch die Munition, die – ich zitiere – ›einen beträchtlichen Wundkanal verursacht‹. Wenn wir mit der Sammlung der einschlägigen Dokumente und der Vernehmung der Zeugen von Lexington beginnen, werden wir überprüfen, welche Anstrengungen man dort unternommen hat, diesen Anspruch zu begründen. Ich habe vor, den Geschworenen zu beweisen, dass die Verantwortlichen jedes einzelne Wort geglaubt haben.«

Mary wirkte völlig geistesabwesend. Wie Sarah annahm, erlebte sie aufs Neue die Schrecken dieser Nacht und konnte nicht fassen, dass Lexington seine Gewinne auf solche Weise erzielte.

»Apropos Geschworene« – Lenihan schien Mary schon wieder vergessen zu haben –, »Sie haben doch den Fall Tierney vor einem Bundesgericht verhandelt, Sarah... Bei allem Respekt, aber ich muss Sie fragen, wie viele Prozesse Sie schon vor Geschworenen geführt haben.«

Sarah gab sich alle Mühe, sich nicht aus dem Konzept bringen zu lassen. »Drei.«

»Und wie viele als Vertreterin der klagenden Partei?«

»Überhaupt keinen.«

»Haben Sie denn wenigstens schon mal eine Klage wegen Körperverletzung oder Beihilfe zur Tötung geführt?«

»Nein. Aber das wussten Sie doch bereits.«

»Nun ja«, flötete Lenihan mit einem honigsüßen Lächeln. »Ihre Mentoren in Ihrer ehemaligen Kanzlei haben in weiß Gott genügend Fällen verloren. Gegen mich.«

Mary rutschte unbehaglich auf ihrem Stuhl hin und her.

»Wenn Sie mich in Verlegenheit stürzen wollen«, entgegnete Sarah mit fester Stimme, »dann sagen Sie wenigstens auch, worum es hier geht. Um die Klage überhaupt vor ein Geschworenengericht zu bringen, müssen Sie das Gegenargument entkräften, wonach das Second Amendment hier keinen Prozess zulassen würde.«

Lenihan, das spürte Sarah, beäugte sie mit zunehmendem Misstrauen. »Das Second Amendment hat noch nie gezogen«, konterte er. »Nicht in Zivilverfahren.«

»Nicht in Kalifornien«, pflichtete ihm Sarah bei. »Jedenfalls noch nicht.« Und weil Mary sie verständnislos ansah, holte sie weiter aus. »Bis vor kurzem herrschte die Auffassung, unter anderem auch bei einem Fall vor dem Supreme Court, dass das Recht des Einzelnen auf Waffenbesitz im Gegensatz zur kollektiven Bewaffnung von Behörden wie Polizei oder Küstenwacht nicht durch das Second Amendment geschützt ist.«

Mary nickte. »Das leuchtet mir ein.«

»Mir auch. Aber die SSA sieht das anders. Sie behauptet, die Verfassung würde auch das Recht des Einzelnen auf bewaffneten Aufstand gegen die Regierung sanktionieren, selbst wenn dann Kugeln an die Stelle von Wählerstimmen treten würden. Sie behauptet ferner, dass dieses Recht auf keinen Fall eingeschränkt werden dürfe und dass der weltweite Spitzenplatz bei Tötungsdelikten der Preis sei, den wir eben für dieses kostbare Gut der ›Freiheit‹ zu zahlen hätten. Bis vor wenigen Jahren hat das außer Waffenfanatikern niemand ernst genommen. Aber dann hat die SSA damit begonnen, eine ganze Welle von ›Stiftungen‹ zu finanzieren. Die juristischen Fachzeitschriften wurden plötzlich mit Aufsätzen überschwemmt, die geschlossen argumentierten, dass Madison, Jefferson und alle anderen mit diesem Verfasungszusatz durchaus das Recht jedes Einzelnen auf den Besitz von Waffen egal welcher Art gemeint hätten – auch von Waffen, von denen sich die Gründungsväter nie hätten träumen lassen. Wie etwa der Lexington P-2 und Adlerklauenkugeln.«

»Das ist doch völlig lächerlich!« Marys Stimme zitterte vor Zorn. »Ich habe *gesehen*, wie dieses Ding meine Angehörigen zerfetzt hat. Ich habe *gesehen*, was diese Kugel angerichtet hat.«

»Natürlich ist es lächerlich«, bestätigte Sarah leise. »Ja, sogar krankhaft. Aber in derselben Zeit, in der diese Artikel erschienen, hat die republikanische Regierung damit angefangen, Bundesrichter zu ernennen, die der SSA genehm waren oder zumindest deren Sichtweise teilten.« Sarah schob eine Reihe von Dokumenten zu Mary hinüber. »Ich habe die Unterlagen zu einem Fall aus Texas kopiert, der gegenwärtig vor dem Bundesgericht verhandelt wird. Ein Mann, dem wegen Misshandlung seiner Frau jeder Waffenbesitz untersagt wurde, hat sich im Widerspruchsverfahren darauf berufen, dass die Verfassung jedem das Recht auf Bewaffnung garantiere und dieses so absolut sei, dass keine Regierung ihm seine Waffen wegnehmen dürfe. Nicht einmal zum Schutz seiner Frau. Präzedenzfälle sind also ein zweischneidiges Schwert. Der betreffende Richter, der von Reagan ernannt worden war, hat dieses Recht bestätigt. Ob es absolut ist und einem gewalttätigen Ehemann tatsächlich erlaubt sein darf, seine Waffen, komme was wolle, zu behalten, muss erst noch in der obersten Instanz entschieden werden. Nun betont allerdings ein jüngeres und das bislang erschöpfendste Gutachten zu diesem Thema, das dem Supreme Court in der Sache *Silvera gegen Lockyear* vorgelegt wurde, mit Nachdruck, dass das Second Amendment keinesfalls das Recht des Einzelnen auf Waffenbesitz begründet. Aber Sie sehen schon, worauf die SSA abzielt. Wenn ungeregelter Waffenbesitz so viel Gewalt verursacht, dass jedem normal denkenden Menschen schlecht dabei wird, kann die SSA nur noch darauf setzen, ein absolutes Recht zu schaffen, das von der Verfassung sanktioniert ist und es uns verbieten würde, neue Waffengesetze zu erlassen.« Sarah sah wieder Lenihan an: »Mit Rückendeckung durch die SSA wird Lexington wohl ins Gefecht führen, dass das Unternehmen nicht für etwas belangt werden kann, das den Bürgern ermöglicht, ihre durch das Second Amendment geschützten Rechte auszuüben. Und das trotz des Silvera-Falles oder Leuten wie Bowden.«

Mit einem Seitenblick auf Mary, die den beiden Anwälten aufmerksam zuhörte, beschied Lenihan seine Kollegin: »Sogar *ich* lese die Literatur zu den Fällen, ja, ich bin bestens mit den Waffengesetzen vertraut. Das ist einer der Gründe, warum sie *mich* gebeten hat, sie zu vertreten.«

»Was Sie gerne ohne mich tun würden«, entgegnete Sarah gelassen. »Lassen wir die Spielchen. *Ich* habe Mary *nicht* angerufen – *Sie* schon. Ich habe mich nie allein mit Mary getroffen. Wenn sie gegangen ist, werde ich sie nicht anrufen und ihr erklären, warum nicht Sie, sondern *ich* den Fall übernehmen sollte. Bei Ihnen dagegen«, fügte sie in schneidendem Ton hinzu, »bin ich mir ziemlich sicher, dass Sie ihr nachher eine ganze Latte von Gründen nennen werden, warum Sie den Prozess ohne meine Beteiligung führen sollten. Warum verraten Sie sie uns nicht gleich allen beiden?«

Nach einer kurzen Pause meinte Lenihan achselzuckend: »Sie sind sicher eine fähige Anwältin, Sarah. Zumindest haben Sie viel über Waffen gelesen. Das liegt daran, dass bei Ihnen die Mandantin einer Sache dient. Mir aber geht es um die Mandantin Mary.

Meine Aufgabe ist es, dreißig Jahre Erfahrung zu einem bestimmten Zweck einzusetzen: den Fall zu vereinfachen; vor den Geschworenen die schlagendsten Argumente absolut überzeugend darzustellen und für Mary die höchstmögliche Entschädigung herauszuholen.« Er machte eine Kunstpause, in der er Mary Costello ein aufmunterndes Lächeln schenkte. »Und, nebenbei bemerkt, Lexington so große Schmerzen zuzufügen, dass eine ganze Industrie ins Wanken gerät. Die Vorliebe der First Lady für das Kilcannon-Center ist mir bekannt. Als ältere Schwester meint sie es sicher gut mit Ihnen. Aber was eine Verhandlung vor Gericht betrifft, gibt es niemanden, der besser geeignet ist als ich, was Ihnen der Präsident sofort bestätigen würde, wenn er hier wäre. Bei mir brauchen sie jedenfalls keine Zeit mit nutzlosen Debatten über irgendwelche Strategien zu vergeuden.« Er hob abwehrend die Hände. »Auch ich bewundere das Center, Sarah. Die Frage ist nur, ob Sie für Marys Klage wegen Beihilfe zur Tötung die richtige Anwältin sind. Und Sie sind es nicht. Erstens wegen Ihrer Unerfahrenheit und zweitens weil Zivilprozessanwälte, denen es um das allgemeine Wohl zu tun ist, die Gesetze bis zum Äußersten ausschöpfen, selbst wenn dabei die Interessen des Mandanten unterzugehen drohen.«

Lächelnd wandte sich Sarah an Mary. »Bob hat Recht. Ich würde diesen Prozess gern in dem Maß ausweiten, dass auch andere vor dem, was Sie erlitten haben, geschützt werden können. Das will ich Ihnen gar nicht verhehlen. Ich finde, Sie sollten so weit gehen. Aber ich werde Sie immer darauf aufmerksam machen, wenn das öffentliche Interesse von Ihrem persönlichen abweicht. Und was Sie betriff, Bob: Jeder Anwalt hat seine Ziele. Manchmal ist es eine Vision, manchmal Ruhm, manchmal Geld. Manchmal alles zusammen. Ruhm ist mir egal. In der Tierney-Sache habe ich mehr als genug im Rampenlicht gestanden, um so etwas zu verachten. Genauso wenig geht es mir um einen Anteil an der Entschädigung. Ich will nur meine Unkosten ersetzt bekommen und die Chance, Mary dabei zu helfen, diesen Prozess zu einem Meilenstein zu machen.«

Mary sah sie ernst an. Und als Lenihan zu einer Gegenrede ansetzte, legte sie ihm die Hand auf den Arm. »Ich will Sie beide«, erklärte sie. »Ich würde mich nur zuversichtlicher fühlen, wenn Sie zusammenarbeiten könnten.«

Lenihans Augenbrauen schossen nach oben.

Sarah lächelte. »Von mir aus gern. Ich wäre für diese Chance überaus dankbar.«

Mit einem theatralischen Seufzer lehnte sich Lenihan zurück und bedachte Sarah mit einem eigenartigen Blick, der Feindseligkeit, Belustigung, Verärgerung und Berechnung in einem verriet. »Dann lassen Sie sich auf mich ein, Sarah. Ich könnte mir vorstellen, dass wir beide daraus lernen.«

## 7

»Das ist unsere größte Herausforderung«, hielt Charles Dane Senator Frank Fasano vor. »Seit mindestens 1968.«

Die Morde an Martin Luther King und Robert Kennedy erwähnte er nicht eigens. Das war auch gar nicht nötig. Allein die Tatsache, dass sie sich in Kelsey Landons Büro in der K Street trafen und nicht in dem der SSA oder von Fasano, verriet, wie kritisch die Lage war.

Davon zeugte auch die Entscheidung der SSA, Kelsey Landon als Berater hinzuzuziehen. Der Fasano nahe stehende frühere Senator für Colorado, ein kleiner Mann mit faltigem Gesicht, silbrigem Haar, scharfem Verstand und angenehmem Wesen, hatte dank seines Geschicks als Spendensammler einzigartigen Einfluss bei den Republikanern gewonnen. Kaum hatte Fasano sich um die Nachfolge Macdonald Gages beworben, hatte Landon diskret die Nachricht ausgestreut, wichtige Geldgeber der Republikaner und Inhaber höchster Ämter würden die Absicht seines Freundes begrüßen. Als er sich nun an Fasano wandte, hatte er für Danes Kommentar nur ein verschmitztes Lächeln übrig, ein Wink, den Fasano sofort begriff: Dane sollte daran erinnert werden, wie dringend die SSA auf sie beide angewiesen war.

»Das ist eine einzige Katastrophe«, knurrte Fasano. »Vor allem im Senat. Die Gemäßigten in meiner Fraktion sind schon ganz unruhig. Sie haben die Zahlen für Kilcannon und die First Lady gesehen. Und Lexington ist unten durch.«

Dane, der in einem eleganten Ohrensessel Platz genommen hatte, nickte bedächtig. Seine ganze Erscheinung zeugte von der Zwanglosigkeit des Mächtigen, was durch seinen Nadelstreifenanzug aus der Savile Row noch betont wurde. »Letztlich werden die Amerikaner die Verantwortung des Einzelnen respektieren«, hielt er Fasano entgegen. »Bowden, nicht George Callister, hat abgedrückt.«

»Das reicht nicht«, widersprach Fasano. »Zumindest im Moment nicht.« Er hielt inne, um dann leiser hinzuzufügen: »Manche von ihnen würden sogar sagen, dass Martin Breslers Idee mit der Abzugssperre gar nicht so schlecht war. Und dass es traurig ist, dass man ihn erledigt hat.«

Ein Blick zur Seite verriet Fasano, dass Landon den Wortwechsel verfolgte wie ein Tennisliebhaber eine mit technischen Feinheiten gespickte Partie zwischen zwei erfahrenen Spielern. »Bresler hat sich selbst erledigt«, konterte Dane. »Manchmal wäre es günstiger, die Besitzer von Schusswaffen nicht als Verfechter von ›Partikularinteressen‹ zu betrachten, sondern als Angehörige einer der größten Religionsgemeinschaften der Welt. Der harte Kern unserer Mitglieder würde eher seinen gesamten Besitz hergeben, bevor er in der Waffenfrage auch nur einen Zoll vor Kilcannon zurückweicht.«

»Das klingt in der Tat nach Religion«, meinte Fasano. »Dass das Ganze nichts mit Politik zu tun hat, ist mir klar. Die Kilcannons haben Lexington ein Imageproblem verpasst, von dem sich die Firma kaum mehr erholen wird.«

»Das ist das eigentliche Problem«, schaltete sich Landon ein. »Und wir kämpfen nicht bloß gegen Kilcannons Waffengesetz, sondern auch gegen unseren alten Freund Robert Lenihan. Dieser Angeber wirft sich jetzt schon mächtig in die Brust. So wie es aussieht, hat ihn Lara Kilcannons Schwester für eine Klage gegen Lexington angeheuert. Wenn Lenihan das übernimmt, steckt garantiert Kilcannon dahinter...«

»Das ist ja wie Synchronschwimmen!« Dane lachte höhnisch. »Erst das Video, in dem Bowden Amok läuft, dann Kilcannons Rede, dann lässt Callister ihn abblitzen und zum Schluss gibt Mrs. Kilcannon ihr Interview. Wenn das so weitergeht, muss Lexington nach neutralen Geschworenen in Höhlen Ausschau halten.«

»Die Waffenhersteller werden gesteinigt«, ergänzte Landon in sanftem Ton. »Lenihan kann den Fall mit seinen Millionen aus den Tabakprozessen finanzieren. Wenn er George Callisters Kopf auf einem silbernen Tablett präsentiert, können die Zivilprozessanwälte gleich geschlossen der Demokratischen Partei beitreten. Und die Waffenindustrie knickt am Ende vor Kilcannon ein.«

Fasano lehnte sich zurück. Bisher lief die Besprechung gemäß seinen Erwartungen. Wie er vermutete, hatte die SSA die Waffenhersteller gezwungen, die harte Linie zu fahren, und musste jetzt beweisen, dass sie die Macht hatte, sie zu schützen. Dane wiederum brauchte aus ganz anderen Gründen Ergebnisse. Er war hier sowohl der Eisenfresser als auch der Prediger, der sich nur dann als Präsident der SSA halten konnte, wenn er das Wohlwollen des Aufsichtsrates gewann, dessen Unnachgiebigkeit in Bezug auf Waffenrechte nur noch seinem Hass gegen Kerry Kilcannon gleichkam. »Was genau wollen Sie, Charles?«, fragte Fasano gelassen.

Dane verschränkte die Arme. »Ein Gesetz gegen Klagen von Leuten wie Mary Costello.«

»Nur Leute *wie* Mary Costello, oder wollen Sie, dass wir *ihre* Klage verhindern?«

»Was wir wollen«, bellte Dane, »ist ein Gesetz, das Klagen gegen Waffenhersteller wegen Tötungen oder Verletzungen durch verbrecherischen Missbrauch ihrer Produkte ausschließt. Das bedeutet *jede* Klage, egal von wem.«

Fasanos Blick schweifte unwillkürlich zur Büste eines Indianerkriegers, dem Dankesgeschenk eines Stammes, für den Landon einmal das ausschließliche Jagdrecht in seinem Gebiet erstritten hatte. »Wenn Sie mit Lenihan Recht haben«, brummte er an Dane gewandt, »kann Mary Costello jeden Tag Klage einreichen. Wir müssten sie bei laufendem Prozess stoppen.«

Dane runzelte die Stirn. »Und wenn schon. Wir haben solche Gesetze schon in anderen Staaten durchgebracht, Frank. Aber in Kalifornien haben wir nicht genügend Einfluss. Unser einziger Trumpf sind Sie.«

Auch wenn Fasano sich auf ein solches Ansinnen vorbereitet hatte, empfand er die sich aufbauende Spannung allmählich wie einen Schraubstock, der sich immer fester um ihn schloss. »Sie verlangen überhaupt nicht viel«, erwiderte er. »Nur die Kleinigkeit, dass die Vereinigten Staaten Lara Kilcannons einzige überlebende Verwandte in Grund und Boden stampfen, während die Leichen noch nicht mal kalt sind.«

»Richtig, und das wollen wir nicht bloß im Senat«, konterte Dane kühl. »Auch im Repräsentantenhaus. Der Sprecher, Jencks, steht Gewehr bei Fuß.«

»Hm, schön für Tom«, meinte Fasano mit einer wegwerfenden Geste. »Aber selbst wenn *beide* Häuser Ihr Gesetz beschließen, wird Kilcannon trotzdem sein Veto einlegen. Und um ein Veto zu überstimmen, brauchen wir eine Zweidrittelmehrheit im Senat, wie Sie sich vielleicht erinnern. Wenn ich richtig zähle, heißt das, dass siebenundsechzig Senatoren ihrem Präsidenten in die Suppe spucken müssen. Oder, wie Kilcannon es ausdrücken wird: auf die Gräber der Angehörigen der First Lady.« Er drehte sich zu Landon um. »Sie können doch genauso gut zählen wie ich, Kelsey. Ich habe vierundfünfzig Republikaner. Spontan fallen mir fünf ein, die nächstes Jahr zur Wiederwahl anstehen und nicht unbedingt Präsident Kilcannons heißen Atem im Nacken spüren möchten. Sie würden ihre Seele verkaufen, nur um sich die Stimmenabgabe zu ersparen.«

Kelsey Landon grinste. »Sie erinnern mich an meinen Vorgänger. Der hat in solchen Situationen immer gesagt: ›Die eine Hälfte meiner Freunde ist dafür, die andere dagegen, und ich bin für alle meine Freunde.‹ Nur dass *Ihre* Freunde in diesem Zimmer versammelt sind, und *wir* sind voll und ganz für Sie.«

Ein harmlos klingender Allgemeinplatz, der allerdings bei Fasano den letzten Zweifel ausräumte: Die SSA hatte Kelsey Landon nicht nur als Berater angeworben; ganz offensichtlich sollte er so viel Druck wie nur irgend möglich auf ihn, Frank Fasano, ausüben. Einen kurzen, berauschenden Moment lang weidete er sich an der Vorstellung, wie er die beiden aufforderte, sich zum Teufel zu scheren. Im nächsten Augenblick hielt er sich vor, dass er es sich überhaupt nicht leisten konnte, die SSA zu verprellen, und begann, die Risiken und Chancen eines solchen Kampfes gegen Kerry Kilcannon abzuwägen, und die waren jeweils gigantisch. »Ich habe was gegen Prozesse«, beschied er Dane und Landon. »Kilcannon ist ohne weiteres in der Lage, diese Klage vom Weißen Haus aus zu führen. Aber Sie bitten mich, fünf Sitze aufs Spiel zu setzen – was uns, ob Sie es glauben oder nicht, die Mehrheit kosten könnte.«

»Ohne unsere Hilfe hätten Sie erst recht keine Mehrheit«, entgegnete Dane unverblümt. »Bei der letzten Wahl hat die SSA der Republikanischen Partei über zweieinhalb Millionen Dollar gespendet und zig Millionen für die Unterstützung von Waffenbefürwortern ausgegeben. Wir haben unsere Leute in neun Rennen mit völlig offenem Ausgang eingesetzt, und Sie haben in sechs gewonnen.«

*Nach wessen Zählweise?,* fragte sich Fasano.

Landon ließ ihm keine Zeit zum Sinnieren. »Charles weiß doch, dass Sie Unterstützung brauchen«, sagte er in besänftigendem Ton. »Und ich glaube, er ist bereit, sie Ihnen zu geben.«

Dane nickte. »Als Erstes werden wir noch mehr Geld reinbuttern als beim letzten Mal – mindestens vier Millionen.«

Das Feilschen hatte begonnen. »Und darüber hinaus?«, fragte Fasano.

»Alles, was das Gesetz erlaubt.« Danes Stimme war jetzt kühl und sachlich. »Schließlich ist das die letzte Wahl vor dem Inkrafttreten von Chad Palmers unsäglicher Wahlkampfreform. Wir werden ›unabhängige‹ Anzeigen schalten lassen, die jeden Senator unterstützen, der in unserem Sinne stimmt. Wir werden die kleinen Leute ansprechen, und in der Radio- und Fernsehwerbung treten wir eine gewaltige Kampagne los. Unsere Mitglieder werden wir auffordern, von uns empfohlenen Senatoren und dem Wahlkampfteam der Republikanischen Partei möglichst großzügige Schecks zu schicken.«

»Das Problem dabei ist aber«, gab Fasano zu bedenken, »dass es dann heißen wird, die böse SSA kämpfe gegen den Präsidenten, und Kilcannon wird uns als Helfershelfer der SSA hinstellen...«

»Ein Grund mehr, dieses Gesetz schnell zu verabschieden«, unterbrach ihn Dane. »Die Wahl ist erst in dreizehn Monaten. Bis dahin werden die Schüsse auf die Costellos kalter Kaffee sein – vor allem dann, wenn es zu keinem Prozess kommt. Und wir werden bestimmt nicht so dumm sein und dieses Thema im Wahljahr wieder ausgraben. In den meisten Anzeigen wird es gar nicht um Waffen gehen. Sie werden Kandidaten, die gegen Ihre Leute antreten, bei den Themen packen, die in den jeweiligen Staaten gerade aktuell sind: Kriminalität, Kampf gegen Terrorismus, Schulgebete, Steuersenkungen. Und weil die Gesetze sind, wie sie sind, werden die Demokraten frühestens ein halbes Jahr nach ihrer Niederlage erfahren, wer genau dahinter gesteckt hat. Nicht einmal *Sie* werden es wissen, Frank. Aber Sie werden immer noch Ihre Mehrheit haben, vielleicht eine noch größere. Und damit werden Sie zum natürlichen Führer Ihrer Partei.«

Bei dieser unmissverständlichen Anspielung auf Fasanos Ambitionen trat Stille ein. Kelsey Landons Lächeln erstarb.

»Sie wissen, wozu Charles in der Lage ist«, murmelte Landon schließlich. »Nicht nur mit Geld, sondern auch durch die Mobilisierung seiner Leute. Wenn republikanische Senatoren da nicht mitmachen, investiert er eben in Demokraten, die dazu bereit sind – in Montana, den beiden Dakotas, im ganzen Süden und wo immer Waffenhersteller tausende von Arbeitsplätzen sichern. Er wird die Leute für sich gewinnen, die in der Vertriebskette tätig sind, den Einzelhandel, den Versand, die Verkäufer. Er kann fünf Millionen Mitglieder hinter sich bringen, ganz zu schweigen von den vierzig Millionen Haushalten, die Schusswaffen besitzen.«

»Unsere Botschaft ist ganz einfach«, ergänzte Dane. »›Heute geht es ihnen um die P-2 und die Adlerklauen, aber morgen kommt *Ihre* Pistole dran.‹ Von heute auf morgen können wir E-Mails, Anrufe und Faxe mit einer Mehrheit von neun zu eins für jedes von uns vorgeschlagene Gesetz zur Immunität von Waffenfabrikanten auf die Beine stellen. Ich habe schon die Wackelkandidaten unter den Republikanern und die unseren Argumenten zugänglichen Demokraten unter die Lupe genommen. Legen Sie sich ins Zeug, Frank, dann helfen wir Ihnen, Ihre siebenundsechzig Stimmen zu bekommen. Danach wird nicht mehr Kerry

Kilcannon der mächtigste Mann in Washington sein. *Sie* werden es sein.« Dane beugte sich mit durchdringendem, Aufmerksamkeit gebietendem Blick weit vor. »Wenn es uns gelingt, diese Klage abzuschmettern und Kilcannons Waffengesetz in den Orkus zu schicken, ist die Waffenkontrolle eine Generation lang kein Thema mehr, vielleicht sogar für immer und ewig.«

Fasano starrte ihn ungläubig an. »Aber doch nicht, wenn Sie ein Gesetz einbringen, von dem Kilcannon behaupten kann, es diene nur dazu, die Erinnerung an ein ermordetes Mädchen von sechs Jahren ›in den Schmutz zu ziehen‹. Dann wäre die Adlerklaue erst recht *das* Thema. Sie sollten lieber eine Obergrenze für Schadenersatz anstreben.«

»Das reicht nicht!«, fauchte Dane. »Allein die Anwaltshonorare bluten schon die ganze Branche aus. Und wir wollen auf keinen Fall, dass Kilcannon Bob Lenihan dazu benutzt, in den Akten von Lexington herumzuschnüffeln oder die Angestellten der Firma zu verhören.«

Wovor, überlegte Fasano, hatte die SSA eigentlich Angst? In ruhigem Ton sagte er: »Dann wären Sie mit einem Gesetz besser dran, in dem von Waffen nicht ausdrücklich die Rede ist. Etwas wie ›Kein Hersteller, Händler oder sonstiger Vertreiber eines legalen Produkts kann für dessen missbräuchliche oder illegale Verwendung durch Personen, die nicht unter seiner Aufsicht oder auf seine Anweisung handeln, haftbar gemacht werden.‹«

Kurz flackerte ein Lächeln um Landons Lippen, womit er anerkannte, dass Fasano ihnen die ganze Zeit einen Schritt voraus gewesen war.

Danes Augen bohrten sich weiter unerbittlich in die des Senators. »Verraten Sie uns auch, wie wir das hinkriegen sollen?«

»Durch eine Bündelung der Kräfte im Zusammenspiel mit anderen. Sie müssen Ihre Klausel in einer Haftpflichtreform verstecken, die auch sämtliche anderen Firmen unterstützen können, die was gegen Zivilprozessanwälte haben – die Fluglinien, die Flugzeughersteller, die Alkohol- und Tabakwirtschaft, die Kraftfahrzeugindustrie, Arbeitgeber mit Problemen im Umweltschutz und sogar Hersteller landwirtschaftlicher Geräte. Damit sprechen Sie auch die nicht so offensichtlichen Gruppen an, Fastfood-

Restaurants zum Beispiel, Buchhalter oder Investmentbanker. Sie schützen Lehrer vor Klagen und stellen damit eine Gewerkschaft ruhig, die seit jeher hinter den Demokraten steht. Sie sorgen dafür, dass die im Gesundheitsbereich Organisierten so eine Art ›Bürger für eine bessere medizinische Versorgung‹ gründen, und machen die Radioanstalten glücklich. Ja, Sie begrenzen sogar die Schadenersatzzahlungen von gemeinnützigen Organisationen wie der Amerikanischen Krebsgesellschaft.«

Fasanos Blick wanderte von Landon zu Dane. Beide lauschten ihm schweigend und mit ausdrucksloser Miene. »Das Wichtigste aber ist«, fuhr Fasano fort, »Sie gewinnen sämtliche Angestellten für die gemeinsame Sache. Wir müssen den Eindruck zerstreuen, wir würden den Händlern des Todes in die Hände spielen. Unser Gesetz ist eine Schutzmaßnahme, die verhindert, dass gierige Zivilprozessanwälte wie Bob Lenihan Firmen in den Ruin treiben und normale Bürger ihren Arbeitsplatz verlieren. Sie dient zugleich dem Verbraucherschutz, weil sie uns vor skandalösen Urteilen bewahrt, die natürlich auf die Preise abgewälzt werden müssen und am Ende den kleinen Mann treffen. Das ist die Botschaft, die wir den Leuten unablässig einhämmern müssen: Unberechtigte Klagen blockieren die Gerichte und untergraben unseren Glauben an die Verantwortung des Einzelnen. Kaffee soll einfach heiß sein, und wenn ihn Tante Millie verschüttet und sich die Finger verbrennt, ist sie selbst schuld und nicht McDonald's. Oder *Sie.*« Zum ersten Mal gestattete sich Fasano ein Lächeln. »Danach können wir Kilcannon und die Demokraten als Handlanger der verhasstesten Minderheit von ganz Amerika hinstellen, der Zivilprozessanwälte. Und die leisten sich von ihren fetten Gebühren eigene Geschäftsflugzeuge, Jachten von sechzig Metern Länge und Baseballmannschaften, die überteuerte Hot Dogs verkaufen.«

»Die Handelskammer versucht schon seit Jahren, ein solches Gesetz durchzubringen«, erinnerte Dane Fasano. »Bisher ohne Erfolg.«

»Aber nur, weil sie nie die nötigen Truppen hatte. Im Gegensatz zu Ihnen. Mit Ihren Muskeln und Finanzen schaffen Sie es vielleicht, wenn Sie beides einer breiten Koalition zur Verfügung stellen …«

»Und Sie«, überlegte Dane, »machen die Geschäftsleute unter Ihren Wählern glücklicher, als sie es je waren.«

Fasano zuckte die Achseln. »Natürlich. Warum sollte ich bei Ihnen stehen bleiben?«

»Das alles wird der SSA sicher recht sein«, meinte Landon. »Aber bisher hat das Bündnis für die Haftpflichtreform das Thema Waffen gemieden wie die Pest.«

»Und es hat verloren, richtig?«, konterte Fasano. »Wie Charles gesagt hat: Inzwischen werden die meisten Wirtschaftszweige dieselbe Schutzklausel wollen wie die Waffenhersteller. Lassen Sie mich Ihnen ein Beispiel geben. Vor ein paar Jahren hat es einen Prozess gegen General Motors gegeben, und zwar in San Francisco, also dort, wo Lenihan seine Klage einreichen wird. Der Kläger war in betrunkenem Zustand gefahren und bei überhöhter Geschwindigkeit mit seinem Chevrolet eine Böschung hinuntergestürzt. Dabei explodierte der Tank, und seine zwei Kinder verloren ihr Leben. Statt nun aber dem Fahrer die Schuld zu geben, verbissen sich die Geschworenen in den Umstand, dass GM aufgrund einer Kosten-Nutzen-Analyse Forschungen über die mögliche Herstellung eines absolut sicheren Tanks in den Papierkorb geworfen hatte. Der Aufwand wäre dem Unternehmen einfach zu hoch gewesen. Daraufhin haben die Geschworenen einem Betrunkenen, der seine eigenen Kinder getötet hatte, eine Milliarde Dollar Schadenersatz zugesprochen.« Fasano machte eine Kunstpause, um mit beißender Ironie fortzufahren: »Verständlicherweise wird der Cheflobbyist von GM bis heute nicht müde, sich darüber zu beschweren. Sie werden bei ihm sicher auf Verständnis für Ihre Ziele stoßen.«

»Wir brauchen mehr als nur Verständnis«, brummte Dane. »Ein derart weit gefasstes Gesetz bringt uns einen verheerenden Krieg mit Kilcannon und der Lobby der Zivilprozessanwälte ein …«

Ein dezentes Klopfen an der Bürotür ließ ihn verstummen. Landons äußerst hübsche Sekretärin trat ein und brachte ein Silbertablett mit allerlei belegten Brötchen und Süßigkeiten, einem Diätcola für Dane, einem Mineralwasser für Fasano und einem Bourbon mit Eis für ihren Chef. Landon nippte daran und wartete, bis sie gegangen war.

»Frank hat Recht«, sagte er dann an Dane gewandt. »Und Sie ebenso. Frank müsste Ihre stummen Partner dazu überreden, sich an den Kosten eines ziemlich teuren Vergnügens zu beteiligen.« Er lehnte sich zurück und benetzte sich genüsslich die Lippen mit dem Bourbon. »Das Gesetz müsste den Handelsausschuss passieren, und das heißt leider, Chad Palmers Ausschuss. Sie werden einen Lobbyisten benötigen, der jedes einzelne Mitglied beackert. Außerdem sollten Sie dem Landesverband jedes zur Wiederwahl stehenden Mitglieds einen großzügigen Betrag spenden.«

Dane kräuselte die Lippen zu einem zynischen Lächeln. »Ich nehme an, Sie können uns beim Versenden helfen.«

»Wenn Sie das möchten«, lächelte Landon.

Fasano verfolgte das Gespräch der zwei schweigend. Er erlebte all das nicht zum ersten Mal – ein Interessenverband, der die Muskeln spielen ließ, nur um zu erfahren, dass die, die er benutzen wollte, ihn mit noch mehr Muskelkraft zur Seite drängten. Danes Bedürfnisse lagen auf der Hand, und sie waren dringend. Und durch die Einschaltung Landons wegen dessen Verbindung zu ihm, Fasano, hatte er gleich zwei Positionen gefestigt. Er selbst gewann so mehr Macht über seine Partei, und Landon vermehrte seinen Wohlstand und Einfluss.

Landon trank seinen Bourbon aus und lehnte sich zurück. »Wenn wir uns nun also über das weitere Vorgehen geeinigt haben«, sagte er in versöhnlichem Ton, »können wir ja darüber sprechen, was Frank für Sie tun kann. Und wie er es am besten erreicht. Ich weiß nicht, wie Frank Fasano seine Zukunftsperspektiven beurteilt, aber wie ich das sehe, reicht sein Potenzial weit über den Senat hinaus. Es ist in unser aller Interesse, ihm unnötigen Streit zu ersparen.«

»Mit anderen Worten«, rief Dane ungeduldig, »Frank darf dabei nicht das Wort führen. Wer dann?« Er sah Fasano fragend an. »Dave Ruckles vielleicht?«

Das käme ihm wie gerufen, dachte Fasano für sich. Sein Stellvertreter scharrte bereits mit den Hufen und zeigte seinen Ehrgeiz unverhohlen. Auch wenn er die möglichen Fußangeln durchaus erkannte, wäre die Versuchung, sich bei einem so bedeutenden Aufgebot von Interessenvertretern einzuschmeicheln, einfach zu groß, als dass er ihr widerstehen könnte. »Das klingt gut«, pflichtete er Dane bei. »Dave sollte das Gesetz einbringen. Paul Harshman hat zu sehr das Image eines Hardliners. Sie werden wohl auch eine Frau als Mit-Initiatorin benötigen. Ich denke da an Clare McIntyre. Oder vielleicht Cassie Rollins, vorausgesetzt, sie lässt sich dazu überreden.«

»Das sollte sie als Senatorin von Maine«, knurrte Dane. »Aber sie steht vor der Wiederwahl. Und in Wahljahren wagen sich die Yankees nicht gern aus der Deckung.«

»Die Yankees«. Fasano wusste bereits, dass Dane mit diesem Ausdruck gern die Gemäßigten aus New England bedachte, die er in Hinblick auf die Waffengesetzgebung als unzuverlässig einschätzte – Kate Jarman aus Vermont, Dick Stafford aus Connecticut, John Smythe aus Rhode Island und Cassie Rollins aus Maine. »Die Yankees«, antwortete der Senator, »fallen in meinen Bereich. Wie auch die Partei als Ganzes.«

Dane musterte ihn prüfend. »Was haben Sie vor?«

Frank Fasano kam zu dem Schluss, dass es höchste Zeit war, die Dinge beim Namen zu nennen. »Sie wollen, dass ich eine Leistung erbringe. Dann lassen Sie mich nach meinen Regeln spielen. *Ich* verwalte das Geld, das Sie unserer Partei spenden. *Ich* reiche es an die Zentrale, den Senatsausschuss und die einzelnen Senatoren weiter. Die Auswahl treffe *ich*. *Ich* bestimme, welchen Kandidaten Sie helfen, und *ich* bearbeite die Demokraten, die Sie unterstützen. Ende der Geschichte.«

Danes Augen verengten sich. »*Ihre* Geschichte endet mit Ihnen als dem mächtigsten Senator aller Zeiten, der bei seinem Aufstieg *unser* Geld verwendet hat.«

Fasano nickte. »Stimmt. Aber auch mit einer SSA, die fester im Sattel sitzt als je zuvor. Dank *meines* Einflusses.«

Kelsey Landon hielt sich zurück und registrierte Danes kalten Tonfall, als er entgegnete: »Dann müssen Sie sich aber voll reinhängen. Nicht dass Sie einfach das Geld der SSA einstecken, zum Schein was unternehmen und uns dann mitteilen, dass es leider nicht geklappt hat.«

»Von mir aus«, erwiderte Fasano mit grimmiger Miene. »Aber ich bin der Mehrheitsführer im Senat, nicht Ihr bezahlter Handlanger. Sie haben schon die Sache mit Martin Breslers Verband vergeigt, nachdem ich zugelassen habe, dass Sie sich da einmischen. Wenn Kilcannon oder die Medien je davon Wind bekommen, wird es heißen, ich hätte drei Tote auf dem Gewissen. Darum habe *ich* in dieser Sache das Sagen. Ich weiß am besten, wie meine Partei und unsere Mehrheit geschützt werden können. Akzeptieren Sie das, dann brauchen Sie nicht mit einem von Kerry Kilcannon beherrschten Senat zu leben.«

Dane starrte Fasano an. »War's das?«

»Es kommt noch mehr. Kilcannon wird diese Klage benutzen, um einen Keil zwischen Lexington, die SSA und die übrigen Waffenhersteller zu treiben. Wenn Lexington nachgibt, bekommen Sie kein Gesetz und...«

Dane unterbrach ihn. »Wie lange kann Lexington überleben, wenn unsere Mitglieder aufhören, seine Produkte zu kaufen? Oder wenn die Waffenhändler sie aus dem Sortiment werfen?«

»Unser Plan erfordert mehr, als Lexington in Reih und Glied zu beordern«, antwortete Fasano. »Aber wenn es Sie derart beunruhigt, dass Lenihan etwas in den Büchern von Lexington finden könnte, muss Lexington eben verhindern, dass Mary Costellos Klage vorankommt. Das erfordert eine rücksichtslose Verteidigung durch den fiesesten Anwalt, den Sie auftreiben können.«

Erneut sah Charles Dane sein Gegenüber lange prüfend an. »Wir haben die Anwälte«, sagte er nach einer Weile. »Sie sind nicht nur fies, sondern haben auch Manieren. Spezialisten, die mit allen Wassern gewaschen sind. Wir sind zuversichtlich, dass Lexington sie hinzuziehen wird.« Unvermittelt nahm er einen Befehlston an. »Wie lange brauchen Sie, um ein Gesetz zu verabschieden?«

»Dieses Gesetz? Drei Monate mindestens.«

»Dann sehen Sie zu, dass Sie es beschleunigen.«

»Welchen schlauen Trick würden Sie mir empfehlen? Es an irgendein anderes Gesetz anzuhängen? Kilcannon würde im Handumdrehen sein Veto einlegen und uns obendrein an den Pranger stellen. Nein, wir machen das nach Schema F: die Gesetzesvorlage in den Senat einbringen, zur Debatte an den Handelsausschuss verweisen, sie Palmer mit unserer Mehrheit dort aus den Klauen reißen, sie zur weiteren Beratung an die Vollversammlung weiterreichen, dann mit Hampton einen Ablauf für Änderungsanträge vereinbaren, seine Zusätze zu Ihren Klauseln tilgen, und das Gesetz mit siebenundsechzig Stimmen durchbringen. Das alles erfordert seine Zeit.«

»Drei Monate ist zu lange«, zischte Dane. »Sobald Kilcannons Leute kapiert haben, was uns das Gesetz bringt – und das werden sie schnell –, wird er alles daransetzen, seine Leute hinter sich zu scharen, wie er es jetzt schon bei seinem Waffengesetz macht. Je mehr Zeit er hat, desto zäher wird der Widerstand.«

»Frank hat nicht gesagt, dass es unmöglich wäre, die Sache zu beschleunigen«, ließ sich Landon vernehmen. »Ich denke, es gibt einen Weg.«

Dane fuhr zu ihm herum. »Was für einen?«

»Fangen Sie mit dem Repräsentantenhaus an. Lassen Sie Tom Jencks die Haftpflichtreform ohne die Immunitätsklausel für Waffenhersteller durchziehen. Halten Sie jedes Wort darüber auch aus der Senatsvorlage heraus, die Sie Palmer schicken. So enthält sie nichts, was Kilcannons Leuten auffällt...«

»Und wir bekommen nichts für unsere Investition...«

»Aber dann«, fuhr Landon genüsslich fort, »wenige Tage vor der Verabschiedung, fügt jemand wie Paul Harshman die Immunitätsklausel für Waffenhersteller in die Vorlage ein. So was lässt sich leicht machen. Und plötzlich steht das Gesetz auf der Tagesordnung, das Sie immer wollten, und mit etwas Glück dauert es eine Weile, bis der Präsident und Hampton überhaupt etwas merken, geschweige denn ihre Leute zusammentrommeln können. Wenn alles klappt, ist es dann zu spät für sie. Und hat die Vorlage erst mal den Senat passiert, landet sie wieder im Repräsentantenhaus, wo Tom Jencks flugs den Klartext mit der Immunitätsklausel nachträgt.«

Schweigend beobachtete Fasano Danes Mienenspiel. Nach kurzem Überlegen wandte der Lobbyist sich ihm wieder zu. »Da gibt es allerdings noch ein gewaltiges Problem: Palmer. Ausschussvorsitzende sind Diktatoren. Bei unserem letzten Treffen hat er mich doch glatt aufgefordert, ihn am Arsch zu lecken.«

Fasano grinste. »Typisch Chad. Ich werde mit ihm über Sie sprechen.«

»Palmer steht uns im Weg…!«

»Ich erledige das«, fauchte Fasano. »Sie kümmern sich um Lexington. Jetzt hängt alles davon ab, dass wir zusammenhalten: Lexington, die SSA und all die anderen in unserer großen Koalition im Kampf gegen die Zivilprozessanwälte, für Arbeitsplätze und für die Verbraucher.« Mit einer Kunstpause steigerte Fasano die Spannung. Er sah von einem zum anderen. »Unsere einzige Chance, Kilcannons Veto zu überleben, besteht darin, die Klausel über die Waffen in den Abschlusstext zu retten und jeden einzelnen Senator zu zwingen, in einer öffentlichen Stimmabgabe mit Ja oder Nein zu einer der grundlegendsten Reformen des Zivilrechts in unserer Geschichte Farbe zu bekennen.«

Dane wirkte auf einmal geistesabwesend. »Gibt es eine Möglichkeit«, sinnierte er laut, »Kilcannon so weit zu bringen, dass er *kein* Veto einlegt?«

Zum ersten Mal seit Beginn ihrer Besprechung war Fasano überrascht. »Und ein Gesetz durchgehen lässt, das Mary Costellos Klage gegenstandslos macht? Das wäre doch eine Kampfansage an alles, was ihm lieb und teuer ist.«

Plötzlich sah ihn Dane mit einem derart friedfertigen Blick an, dass es Fasano die Sprache verschlug. »Trotzdem, Frank, wäre Ihr Leben doch viel leichter, wenn es nicht auf die siebenundsechzig ankäme.«

# 8

An diesem Abend gingen Frank und Bernadette Fasano zu einer Party in Cal Carlstons Prachtvilla in Observatory Heights.

Bernadette war im siebten Monat schwanger und hatte geschwollene Füße. Unter diesen Umständen erschien ihr die Aussicht auf politischen Smalltalk weniger verheißungsvoll als sonst. Anderseits war sie der festen Überzeugung, dass Mann und Frau kein getrenntes Leben führen sollten, und hielt sich stolz vor

Augen, dass sie dazu da war, ihren Gatten zu unterstützen, wann immer der Anlass dies erforderte. Und der heutige Abend war ein solcher Anlass. Carlston, ein Lobbyist, den die Rüstungs- und die Pharmaindustrie über Bernadettes Vorstellungsvermögen hinaus reich gemacht hatten, gab ein Dinner für republikanische Gouverneure, konservative Intellektuelle, Kongressmitglieder, bedeutende Spender und andere Parteigrößen – kurz, ein Ereignis, das zu versäumen der angehende Präsidentschaftskandidat für äußerst unklug gehalten hätte. Darum hatte Bernadette den Kindern in aller Eile ihr Abendbrot vorgesetzt, ihr bestes Umstandskleid aus dem Schrank gezogen und war mit Frank losgerauscht.

Bei ihrer Ankunft mussten sie sich in eine Schlange wartender Autos einreihen, bis schließlich ein Diener kam und ihren Wagen einparkte. »Wir werden nicht allzu lange bleiben«, versprach Frank seiner Frau.

In Bernadettes Lächeln mischte sich Skepsis mit Liebe. »Als du noch nicht so wichtig warst, konnte ich das eher glauben. Aber irgendeine Sitzgelegenheit werde ich schon finden.«

Frank küsste sie auf die immer noch lächelnden Lippen. »Ich mag ja unglaublich wichtig sein, aber du und unser Baby, ihr seid mir wertvoller.«

Frank meinte, was er sagte. Er schätzte sich so unendlich glücklich, Bernadette an seiner Seite zu haben, dass er bisweilen Mitleid für Politiker wie Kerry Kilcannon empfand, deren Gattinnen ihre eigenen Karrierepläne verfolgten. Zu Franks Schwächen gehörte allerdings, dass er sich auf die Belastbarkeit von Bernadettes Gutmütigkeit verließ. Und darauf war er auch diesmal angewiesen. Die Zeit, zu der er hätte daheim sein wollen, war schon längst vorbei – hinter ihm lagen stundenlanges Händeschütteln, Küsse auf Wangen, Plaudereien mit Gouverneuren, an deren Unterstützung ihm dringend gelegen war, und wohlkalkulierte Offenheit Kolumnisten gegenüber –, als ihn Senator Macdonald Gage zur Seite zog.

Ein Blick über Cal Carlstons riesigen Salon bestätigte Fasano, dass Bernadette sich auf der Couch niedergelassen hatte, wo sie scheinbar fasziniert dem bei Bedarf überaus galanten Kelsey Landon zuhörte. Kurz fragte Fasano sich, ob Landon und Gage als

Tandem zusammenarbeiteten, doch dann konzentrierte er sich auf sein Gegenüber.

Gage sah ihn fragend an. »Eine große Koalition, das haben Sie der SSA verkauft?«

»Natürlich. Anders geht es nicht.«

»Dann wird das eine Lobbyistenolympiade«, meinte Gage mit einem listigen Grinsen. Er senkte die Stimme. »Ist denen bei der SSA klar, dass Sie sie benutzen, um die Macht der Zivilprozessanwälte zu brechen?«

»Jemand muss das endlich tun«, antwortete Fasano kühl. »Fangen wir mit der Tabakindustrie an. Da erleben wir die größte Umverteilung von Reichtum, die es seit der Änderung der Einkommenssteuergesetze gegeben hat – nur diesmal von den Taschen unserer Geldgeber aus der Wirtschaft in die von Anwälten wie Bob Lenihan. Mit anderen Worten: An die der liberalsten Elemente der Demokratischen Partei. Die Zivilprozessanwälte haben mehr Geld in Kilcannons Wahlkampf gesteckt als sonst jemand. Wenn wir ihre Gewinne aus ihren Prozessen gegen unsere Spender beschneiden, können wir sie daran hindern, die Demokraten zu finanzieren – oder es ihnen zumindest erschweren.« Fasano sah sich um. »Dann fällt es uns leichter, Kilcannon bei der nächsten Wahl zu schlagen. *Dagegen* kann Charles Dane wohl kaum etwas haben.«

Gages Grinsen wurde breiter. »Sie sollen freie Bahn haben, wenn Sie ein Problem in einen Vorteil verwandeln, Frank. Trotzdem ist das Risiko enorm. Es ist ein Jammer, dass Sie zwischen dieser Sache und den Schüssen auf die Costellos nicht mehr Zeit verstreichen lassen können.«

»Sagen Sie das der SSA.« Fasano wollte nicht mehr so tun, als wisse er nicht, dass Gage Dane über alles berichten würde. »Mein nächster Zug ist, Hightech-Unternehmen zu gewinnen und mit ihrer Hilfe Demokraten aus Staaten mit stets sehr knappen Mehrheiten umzudrehen. Aber die Technik-Freaks wollen nicht gern mit Waffenherstellern in einen Topf geworfen werden. Das heißt, die SSA verdirbt mir noch das Spiel, wenn sie sich nicht an meine Regeln hält.«

Gage straffte die Schultern. »Seien Sie einfach immer offen zu Dane und halten Sie Ihre Koalition zusammen. Hat Kilcannon unser Spiel erst mal durchschaut, wird er versuchen, die SSA von den anderen zu isolieren. So weit dürfen Sie es nicht kommen lassen.«

Aus dem Augenwinkel bemerkte Fasano, dass ein Senator und zwei Gouverneure verstohlen zu ihnen herüberschauten. Er trat näher an Gage heran und sagte mit gedämpfter Stimme: »Das habe ich nicht vor. Deshalb mache ich ja so viel Aufhebens um die Zivilprozessanwälte.«

»Das wird es uns erleichtern. Denken Sie nur an Columbine – da ist auch nichts passiert, obwohl die liberalen Medien nach Waffenkontrollen geschrien haben. Am Ende wird man Bowden allein die Schuld geben und nicht Lexington oder der SSA. Aber das geht nur, wenn wir uns keine Fehler leisten.«

Als wolle er allen anderen zu verstehen geben, dass er und Fasano ein Privatgespräch führten, beugte Gage sich in vertraulicher Pose vor. »Kilcannon glaubt, er könne uns unsere Aktivisten – Evangelische, Abtreibungsgegner und die SSA – wie Mühlsteine um den Hals hängen. Aber in einer Zeit, in der nicht mal die Hälfte der Wahlberechtigten zur Wahl geht und ein nicht geringer Teil für einen Drittkandidaten stimmt, kann ein knappes Viertel der erwachsenen Bevölkerung einen zum Präsidenten machen. Das bedeutet, dass die Aktivisten immer mehr Ausschlag geben werden. Wenn alles gut geht, liefern Ihnen die konservativen Aktivisten die Truppen für den Wahlkampf, der dann von Unternehmen finanziert wird, die Ihnen dank Ihrer Haftpflichtreform aus der Hand fressen. Und Kilcannon ist bei den Aktivisten derart verhasst, dass sie sich auch dann zurückhalten werden, wenn Sie Ihre Sprache etwas mäßigen, um auch in der Mitte ein paar Stimmen zu ergattern.« Gage setzte sein liebenswürdigstes Lächeln auf. »Wenn Sie die Haftpflichtreform durchbringen und Kilcannons Gesetz zur Waffenkontrolle verhindern, sind Sie auf dem besten Weg zur Präsidentschaft.«

Gage wusste demnach, so viel war Fasano klar, dass er selbst bereits genau dieselbe Rechnung aufgestellt hatte. Aber wenn der Zweck dieses Spiels darin bestand, Nachrichten an die und von der SSA zu übermitteln, war nun wieder Fasano an der Reihe.

»*Wenn*«, sagte er gedehnt. »Es kommt auf die zeitliche Abfolge an. Wir müssen Kilcannons Waffengesetz hinauszögern. Dafür wird die SSA unseren Alternativentwurf akzeptieren müssen: also irgendetwas, das scheinbar auf die Wege abzielt, über die Bowden seine Pistole bekommen hat. Danach können *beide* Parteien sich darauf berufen, dass es ihnen um den Schutz von Frauen und Kindern geht, nur dass der Senat eben Zeit benötigt, um die beste Lösung zu erarbeiten ... «

» Was es Ihnen ermöglicht, die Haftpflichtreform *vor* der Waffenkontrolle auf die Tagesordnung zu setzen. «

Fasano nickte. » Selbstverständlich. Nur dass in unserem Entwurf kein Wort zur Strafimmunität für Waffenhersteller stehen wird, zumindest so lange nicht, wie er in Palmers Ausschuss bearbeitet wird. «

Der liebenswürdige Ausdruck verschwand aus Gages Gesicht. » Palmer ist und bleibt ein Problem! «, zischte er.

» Allerdings. Ein Kriegsheld, ein Senator ohne Fehl und Tadel, bei der SSA verhasst und immer noch – wie gemunkelt wird – einer der Favoriten für die Nominierung. Wenn ich Palmer für die Immunität der Waffenindustrie gewinne, kochen wir wahrscheinlich auch Leute wie Kate Jarman und Cassie Rollins weich. «

Jäh kniff Gage die Lippen zusammen. Für jemanden wie ihn, dachte Fasano, mussten seine letzten Worte eine wahre Beleidigung gewesen sein. Weil er es nicht vermocht hatte, Chad Palmer unter seine Kontrolle zu bringen, hatte Gage die Position verloren, die jetzt Fasano innehatte, und damit auch alle Hoffnungen, Präsident zu werden. » Sie meinen also «, sagte er leise, » Sie können Kilcannons Busenfreund Palmer so weit bringen, dass er all das für Sie tut? «

Fasano zuckte nicht mit der Wimper. » Sehen Sie nur mal in die Runde. Chad ist nicht gekommen. Seit Kyles Tod ist er nur noch ein Schatten seiner selbst. Außer Allie ist ihm nichts als seine Karriere geblieben. Die braucht er, um nicht ins Leere zu fallen. «

Gage wich Fasanos Blick aus. Die zwischen den Zeilen geäußerte Kritik, bei der der Vater und Ehemann, nicht der Politiker in Fasano sprach, hatte ihn getroffen. Gages Stimme klang rau, als er fragte: » Und Sie glauben, Sie können ihm das bieten? «

» Nicht unbedingt. Aber wenn die SSA den Weg frei macht, kann ich ihm ein Angebot unterbreiten, von dem er weiß, dass ich es nicht ernst meine, und ihn dann versuchen lassen, mich auszutricksen.«

Gages Augen verengten sich zu Schlitzen. »Und was wäre das?«

Fasano bekam einen harten Blick. »Das, was Sie ihm nie geben würden, Mac. Das, was er sich am sehnlichsten wünscht, außer dass seine Tocher noch am Leben wäre. Nicht nur ein Gesetz, sondern einen Platz in der amerikanischen Geschichte. Dabei werden Sie mir doch bestimmt helfen wollen.«

# 9

Am selben Abend waren Chad und Allie Palmer zu Gast im Weißen Haus. Bei ihrem ersten Versuch, wieder so etwas wie ein Gesellschaftsleben zu pflegen, fühlten sich weder Kerry noch Lara zu einem förmlichen Dinner imstande. So gab es nur ein zwangloses Essen in kleinem Kreis und die Vorführung einer in den Kinos noch nicht angelaufenen neuen Komödie mit Kate Beckinsale und Hugh Grant, der, wie Lara ihrem Mann versicherte, eine Westentaschenausgabe von Kerry war. Bei den Gästen handelte es sich um eine handverlesene Gruppe von politischen und persönlichen Freunden: Clayton und Carlie Slade; zwei frühere Kolleginnen von Lara aus ihrer Zeit bei NBC; Jimmy Laughlin, Kerrys früherer Partner bei der Staatsanwaltschaft von Newark und jetzt Staatssekretär im Justizministerium; Kit Pace, die Pressesprecherin des Weißen Hauses, und ihre Lebensgefährtin Beth Wilson sowie die Palmers, bei denen Kerry allerdings etwas gezögert hatte. Erst in letzter Minute hatte er auch Chuck und Elise Hampton eingeladen. Der Minderheitsführer im Senat hatte zwar nie zu Kerrys engeren Freunden, ja, nicht einmal zu seinen Anhängern gezählt, doch Kerry sagte sich, dass jetzt die Zeit war, ihre Beziehung auszubauen.

Was die Sitzordnung betraf, war Kerry zwischen Elise Hampton und Allie Palmer platziert und Lara neben Chuck. Tatsächlich erwies sich dieses Arrangement als Glücksgriff. Chuck Hampton kannte Lara von der Berichterstattung über den Capitol Hill. Sie hatten sich viele Geschichten zu erzählen über die Dramen und Grotesken beim Aufeinanderprallen von Egomanen und das bisweilen absurde Verhalten eitler Männer. Lara brach in unbändiges Gelächter aus, als Hampton über den tölpelhaften Senator aus North Dakota lästerte, der bei einer geschlossenen Sitzung in schon recht angesäuseltem Zustand ein gewisses Bedürfnis verspürt hatte und statt auf der Toilette in der Garderobe gelandet war. »Uns hat es die Sprache verschlagen«, schloss Hampton. »Er ist einfach dringeblieben. Als würde schon nichts auffallen.«

»Und was haben Sie und die anderen gemacht?«, fragte Lara.

Hampton grinste. »Ihn natürlich Blut und Wasser schwitzen lassen. In der Garderobe war nämlich keine Toilette.«

Im allgemeinen Gelächter raunte Kerry Allie Palmer zu: »Der Witz ist, das stimmt alles. Ich war selbst dabei.«

»Was hat der arme Kerl gemacht, als er schließlich doch rausgekommen ist?«

»Das war nun wirklich bemerkenswert. Er hat sich in aller Selbstverständlichkeit an den Tisch gesetzt, als wäre er gerade auf der Toilette gewesen, und einen Monolog über die Subventionierung von Farmen vom Stapel gelassen. Ein Paradebeispiel für das Wahren der Würde unter größtem Druck.«

Allie schüttelte sich vor Lachen. Danach unterhielten sie sich über Persönliches. Ausführlich erzählte sie Kerry über ihre ehrenamtliche Arbeit an einer Schule mit Kindern aus der Unterschicht. Sie sagte es nicht direkt, aber Kerry spürte, dass Allie hier einen neuen Lebensinhalt gefunden hatte.

Seine andere Tischnachbarin, Elise Hampton, hatte Kerry seit jeher gemocht. Die Doktorin der englischen Literatur zeichnete sich durch trockenen Humor und eine nicht minder zynische Sichtweise auf die Politik aus. Kerry ahnte, dass sie deshalb für seinen erbitterten Kampf gegen Dick Mason weitaus mehr Verständnis hatte als ihr Mann.

Als sie nach der Aufhebung der Tafel zum Vorführraum gingen, erwies sich seine Mutmaßung als zutreffend. »Ich muss Ihnen ein Geständnis machen«, sagte Elise mit einem schiefen Lächeln. »Eins, das Ihnen gelegen kommt.«

»Was denn?«

»Ich bin froh, dass Sie hier sind und nicht Dick Mason. Immer wenn ich versucht habe, unter seinem glatten Lack auf den Kern zu stoßen, habe ich nur eine weitere Lackschicht entdeckt.« Sie wurde jäh ernst und legte Kerry die Hand auf den Arm. »Was Lara und Ihnen zugestoßen ist, tut mir aufrichtig Leid. Aber das, was Sie jetzt vorhaben, muss einfach getan werden.«

Es war das einzige Mal, dass jemand während dieser Party die Waffenfrage zur Sprache brachte. Die Stimmung war ausgezeichnet, und es dauerte lange, bis die Gesellschaft sich nach und nach auflöste. Mit zu den Letzten gehörten die Palmers. Beim Abschied erklärte Chad: »Was dieses Land braucht, sind mehr unabhängige Filme«, und ging Arm in Arm mit Allie in die Nacht hinaus.

Zurück blieben nur die Hamptons. Die zwei Paare standen schon in der Nähe des Osteingangs, als Hampton zu Kerry sagte: »Ich habe die Stimmen zu Ihrer Gesetzesvorlage gezählt, Mr. President. So wie es aussieht, haben wir gute Aussichten, einundfünfzig zusammenzubekommen. Es wird aber schwierig sein, sechzig zu erreichen und jede Obstruktionspolitik auszuschließen. Und wer weiß schon, was für Scheinanträge Fasano aus dem Hut zaubern wird.«

Kerry nickte. »Mir ist noch was anderes eingefallen. Gibt es Anzeichen dafür, dass Fasano eine Reform der Haftpflichtgesetzgebung im Schilde führt?«

Elise sah ihren Mann von der Seite her an. Dieser hatte die Augenbrauen hochgezogen. Offenbar irritierte ihn nicht nur die Frage an sich, sondern auch der Umstand, dass Kerry sie stellte. »Nicht, dass ich wüsste. Wenn Fasano ein Gesetz durchpaukt, das Ihnen gegen den Strich geht, muss ihm doch klar sein, dass Sie Ihr Veto dagegen einlegen werden.«

»Das stimmt schon«, räumte Kerry ein. »Aber könnten Sie mir einen Gefallen tun? Wenn irgendein Republikaner plötzlich eine Haftpflichtreform aus dem Ärmel zieht, möchte ich, dass meine Rechtsberater sie umgehend zu sehen bekommen.«

Hampton maß ihn mit einem kritischen Blick. »Geht es um die SSA? In den einzelnen Staaten fordert sie schon jetzt unablässig Gesetze, die den Waffenherstellern strafrechtliche Immunität garantieren.«

»Daran habe ich auch schon gedacht. Aber so unverfroren wäre Fasano bestimmt nicht – nicht in der gegenwärtigen Situation. Das hat mich auf die allgemeine Haftpflicht gebracht.«

Als die Hamptons gegangen waren, lehnte sich Lara an Kerrys Schulter. »Wie war es für dich?«, fragte er leise.

»Gut. Manchmal hätte ich das andere fast vergessen.«

Er küsste sie zärtlich. Übermorgen sollte sie ihre Rundreise durch fünfzehn Städte antreten, wo sie mit Menschen zusammentreffen würde, die Angehörige durch Schusswaffen verloren hatten.

»Warum so und nicht anders?«, wollte Tony Calvo von Frank Fasano wissen.

Der Präsident der Handelskammer frühstückte mit Fasano in einer abgeschiedenen Ecke des Senatsrestaurants. Erbost legte er seine Gabel neben den Teller. »Meiner Meinung nach sind diese Prozesse gegen die Waffenhersteller ein einziger Missbrauch der Justiz. Aber eine Kampagne im Kielwasser der Costello-Morde anzufangen ist absoluter Schwachsinn.«

»Sie ist zugleich Ihre einzige Chance«, verteidigte sich Fasano. »Sie wollen dieses Gesetz schießlich haben. Den Wählern ist die Angelegenheit ziemlich egal. Das bedeutet, dass meine Kollegen nicht ängstlich oder dankbar genug sein werden, um Ihnen die siebenundsechzig Stimmen zu geben, die Sie gegen Kilcannons Veto brauchen. Die Handelskammer unterstützt als überparteiliche Institution die Demokraten und Republikaner zu gleichen Teilen. Die SSA unterstützt *uns* – Punkt. Ich kann sie nicht einfach fallen lassen, nur weil Sie mich darum bitten. Und es wäre töricht von Ihnen, das zu verlangen. Alles in allem hat unsere Partei mehr Angst vor diesen Kerlen als Sie.«

Calvo ließ den Blick über den Prunksaal schweifen. Zu dieser frühen Stunde – es war acht Uhr – sah man Senatoren bereits mit Lobbyisten, Spendern und dem einen oder anderen ehrfürchtigen Bürger aus seinem Heimatstaat speisen. »Die Demokraten«, sagte er gedehnt, »haben Angst vor Kilcannon, und manche Republikaner nicht minder. Dazu haben sie auch allen Anlass. Wenn er herausfindet, was Sie da treiben, macht er die Waffen zum alles beherrschenden Thema.«

»Und *wir* werden das Geld und die Stimmen haben, die uns die Waffen bringen. Auf wie viel Unterstützung können Sie denn schon zählen? Glauben Sie etwa, der Durchschnittsamerikaner schickt jeden Morgen gleich beim Aufwachen ein Stoßgebet zum Himmel, wir mögen General Motors strafrechtliche Immunität garantieren? Die Entmachtung der Zivilprozessanwälte ist für die wenigsten ein Anliegen, Waffen sind es dagegen sehr wohl.«

Calvo nippte an seinem Kaffee. Über seine Tasse hinweg fasste er Fasano ins Auge. »Was genau wollen Sie von uns, Frank?«

»Was wollen *Sie*?«

»Im Idealfall?« Calvo sprach jetzt mit geschäftsmäßigem Tonfall. »Beschränkungen von Sammelklagen. Begrenzung der Schadenersatzhöhe und Anwaltshonorare. Abschaffung der Geschworenenprozesse zugunsten einer Verpflichung zu gütlicher Einigung bei Klagen gegen Unternehmen. Dasselbe gilt für die Einschaltung von medizinischen Gutachtern bei Klagen wegen angeblicher ärztlicher Kunstfehler…«

»Ist das alles?«, frage Fasano trocken.

»Nein. Wir wollen, dass so viele Klagen wie möglich an Bundesgerichte verwiesen werden. Die Bundesrichter sind im Durchschnitt konservativer. Außerdem sollte ein Beklagter nicht für alle Schäden zur Verantwortung gezogen werden, nur weil ein Mitbeschuldigter bankrott ist wie zum Beispiel Arthur Anderson nach der Enron-Pleite. Und Ihre Vorlage sollte bei Klagen wegen Körperverletzung unbedingt die Anforderungen in Bezug auf die Beweiserhebung heraufsetzen.«

»Träumen ist erlaubt«, lächelte Fasano. »Ich kann Ihnen nicht all das geben und dafür auch noch genügend Demokraten für die nötigen siebenundsechzig Stimmen auftreiben. Aber stellen Sie eine Koalition auf die Beine und schicken Sie mir dann einen Gesetzestext, auf dem mein Stab aufbauen kann. Je eher, desto besser.«

Calvo betrachtete seine leere Tasse. Schließlich fragte er: »Brauchen Sie auch die passende Formulierung einer Immunitätsklausel für Waffenhersteller?«

Fasano verkniff sich ein zufriedenes Grinsen. »Nicht nötig. Wir haben schon eine parat.«

Mit diesem Ergebnis ging er zu einem Treffen mit dem Sprecher des Repräsentantenhauses.

»Wie kommt es, dass der Senat sich derart in die Hosen macht?«, rief Tom Jencks in gespieltem Abscheu. »Meine Leute würden sofort für die Immunität von Lexington stimmen, ohne gleich ins Schwitzen zu geraten.«

Fasano grinste. »Das ›Haus des Volkes‹ ist eben so zusammengesetzt, dass von vierhundertfünfunddreißig Sitzen höchstens fünfunddreißig umstritten sind. Bei den anderen vierhundert könnte man genauso gut ein Tunfischsandwich oder einen Pädophilen aufstellen.«

»Die Demokratie funktioniert in der Theorie immer besser als in der Praxis«, stellte Jencks genüsslich fest. »Sie können auf mein Mitgefühl angesichts Ihrer Bürden zählen, Frank.«

»Davon gibt es auch mehr als genug«, brummte Fasano. »Und die größte ist Palmer.«

»Allerdings. Ich frage mich schon die ganze Zeit, wie Sie Sir Galahad dazu bringen wollen, in diesem Ränkespiel mitzumachen?«

»Darum diese Besprechung, Tom. Geben Sie mir ein paar Minuten Zeit, dann sage ich Ihnen, was Sie tun können.«

Als Fasano geendet hatte, sah ihn Jencks, dessen bullige Gestalt immer tiefer in Fasanos viel zu weichen Ledersessel versunken war, mit ernster Miene an. »Ich muss Ihnen eins gestehen, Frank: Das alles beunruhigt mich. Zu viel kann dabei schief gehen. Es gibt so viele Unwägbarkeiten: Mary Costellos zu erwartende Klage, Kilcannon, Lenihan, die Eindämmung der SSA.« In gespielter beschwörender Geste hob Jencks seine fleischigen Hände. »Und als ob all das nicht reichen würde, soll ich jetzt auch noch Palmer verarschen!«

Fasano zuckte mit den Schultern. »Die SSA besteht auf diesem Gesetz, Tom. Das Einzige, was wir tun können, ist, das Ganze jetzt mehr oder weniger gut hinzukriegen.«

»Gut für *Sie.* Wenn Sie *das* durchziehen, dann verdienen Sie es wohl, Präsident zu werden.«

»Es ist die richtige Zeit für große Entscheidungen«, erwiderte Fasano gelassen. »Als Gegenleistung für seine Hilfe bei der Immunität für Waffenhersteller gebe ich Palmer die Stimmen für seine Traumtänzerreform des Wahlkampfgesetzes. Die Unterschrift darunter wird der Höhepunkt seiner Karriere sein. Danach kassieren Sie es im Repräsentantenhaus ein oder verabschieden eine Vorlage, die derart unvereinbar mit der von Palmer ist, dass beide im Mülleimer verschwinden, ohne je auf Kilcannons Schreibtisch zu landen. Ich muss nur wissen, ob Sie die nötigen Stimmen zusammenbringen.«

Jencks musterte mit zusammengekniffenen Augen seine Fingernägel. »Was sagt die SSA? Die hat Palmers letzte Reformvorlage ja noch mehr angewidert als mich.«

Fasano lächelte erneut. »Dane rufe ich als Nächsten an.«

## 10

Am Abend suchte Fasano Chad Palmer in dessen Büro auf.

Es war nach acht Uhr, und Chad fühlte sich müde. Seit Kyles Tod hatte seine Ausdauer nachgelassen. Eigentlich wollte er nur noch nach Hause zu Allie, aber binnen Minuten nach Fasanos Eintreten vertrieb ein Adrenalinstoß alle Erschöpfung.

»Lassen Sie mich das auf die Reihe bringen«, bat Chad. »Sobald mein Ausschuss diese Haftpflichtreform abgesegnet hat, soll ich also nachträglich einen Zusatz einfügen, der eine mögliche Klage von Lara Kilcannons Schwester wegen des Massakers an ihrer Familie ausschließt.«

Fasano nickte gelassen. »Das ist der erste Schritt. Danach sollen Sie die Lesungen beschleunigen, jeden Versuch, den Zusatz wieder zu tilgen, abwürgen und in Ihrem Ausschuss dafür sorgen, dass er die Gesetzesvorlage mit unserer Stimmenmehrheit zur Abstimmung in der Senatsvollversammlung freigibt. Und zwar eher gestern als heute.«

»Weil die SSA das von mir will.«

»Ja. Unter anderem.«

»Da kann ich ja wirklich kaum widerstehen.« Chad ging zum Couchtisch hinüber und nahm die letzte Ausgabe des *Defender* in die Hand. »Ich habe gestern Abend darin herumgeblättert. Und da habe ich doch glatt zwischen all den Behauptungen, schon die Gründerväter hätten gewollt, dass jeder eine Uzi hat, ein paar Lobreden auf mich gefunden. Wenn ich mich richtig erinnere, bin ich in den Augen der Gewehrlaufpatrioten, die das Second Amendment verteidigen, ein Feind der Freiheit, ein Freund der Waffenfresser, ein Kampfschwein der linkslastigen Presse und ein Befürworter der Gehirnwäsche.« Er warf die Zeitschrift Fasano auf den Schoß. »Und worin besteht meine angebliche Sünde? In dem Versuch, das Geld von Interessenvertretern aus der Politik herauszuhalten, damit Gruppen wie die SSA unsere Partei nicht mehr mit Millionen von Dollar in Form so genannter ›Beiträge‹ bestechen können…«

»Bestechung ist doch Unsinn!«, blaffte Fasano. »Das Geld folgt der Ideologie und nicht umgekehrt.«

»Aber natürlich. Es ist reiner Zufall, dass wir so innig an die Adlerklauenkugeln glauben. Wenn die SSA uns die Taschen nicht voll stopfen würde, würden wir bei den Abstimmungen vielleicht sogar hin und wieder unserem gesunden Menschenverstand folgen.«

Fasano verschränkte die Arme vor der Brust. »Die SSA hat das Recht, ihren Überzeugungen mit Bargeld Nachdruck zu verleihen. Leute wie Rosie O'Donnell können umsonst im Fernsehen auftreten und Waffenkontrollen fordern. Die einzige Möglichkeit der SSA, da mitzuhalten, ist, sich einen Stuhl am Tisch zu kaufen. Es mag Ihnen nicht passen, aber sie hat das gleiche Recht auf eine Stimme wie alle anderen auch.«

»Auf eine Stimme vielleicht, aber nicht auf ein Veto.« Chad nahm Fasano gegenüber Platz. »Unsere Partei geht den Weg der Dronten und Saurier, Frank. Wir sind viel zu sehr von Waffennarren und hirnlosen Fundamentalisten abhängig.«

»Sie meinen wohl die Bürger, die zufällig zu den Wahlen gehen?«, lächelte Fasano.

Chad schüttelte den Kopf. »Sie glauben, sie zu benutzen, tatsächlich aber sind Sie ihre Geisel.« Seine blassen blauen Augen bohrten sich in die von Fasano. »Warten Sie nur, bis Sie zur Präsidentenwahl antreten und merken, dass Sie sich nicht einmal zur Evolutionstheorie bekennen dürfen. Was man, wie Sie verdammt genau wissen, bei uns schon jetzt nicht mehr kann. Aber wenn Darwin zum Schimpfwort wird, dann sind wir endgültig auf der falschen Seite der Geschichte gelandet. Wir biedern uns bei den Leuten an, die uns die Morde an den Costellos und Prozesse gegen unbescholtene Biologielehrer beschert haben. Das ist Selbstmord auf Raten!«

»Darf ich Sie zitieren?«, fragte Fasano lächelnd.

»Bitte. Ich weiß, dass das für die meisten von uns Ketzerei ist, aber mit der Leumundsprüfung hat der Präsident Recht. Die Haltung der SSA ist gewissenlos – ihretwegen hat Lara Kilcannon ihre Familie verloren. Nach und nach werden die Leute draußen im Land das auch kapieren. Die letzte Wahl war eng, da gebe ich Ihnen Recht. Aber in den Staaten, in denen Kilcannon gewonnen hat, wächst die Bevölkerung, während sie in den unseren schrumpft. Wenn Sie mit dieser Fahrkarte ins Weiße Haus wollen, wird Kerry Kilcannon Sie ungespitzt in die Erde rammen.«

Fasanos Gesicht nahm einen Ausdruck bemühter Geduld an. »Bleiben wir doch im Hier und Jetzt, Chad. Was das Gesetz zur Leumundsprüfung betrifft, habe ich vor, eine Alternative anzubieten.«

»Die wie Schweizer Käse aussehen und von der SSA formuliert sein wird.«

Fasano zuckte mit den Schultern. »Dann brauche ich Sie wohl gar nicht erst zu bitten, dafür zu stimmen.«

»Sie würden nur Ihren Atem verschwenden. Aber Sie bitten mich ja sowieso schon, der SSA dabei zu helfen, ihre Macht über die Waffenindustrie zu behalten, während sie gleichzeitig immer mehr bei uns bestimmt, zum Beispiel wie sich die nächste Reform der Wahlkampffinanzierung, die ich zurzeit betreibe, am besten aushebeln lässt.« Palmer legte den Kopf schief. »Verraten Sie mir eins, Frank. Warum soll ich mich an Ihrem Spielchen beteiligen und diese ziemlich übel riechende Leiche in Ihre Haftpflichtreform schmuggeln, statt mich einfach dagegenzustellen?«

»Aus einer ganzen Reihe von Gründen, von denen ein Teil prinzipieller Natur ist. Erstens sind diese Klagen ein einziger Missbrauch der Gerichte – ob Adlerklauen oder nicht, Ihnen ist doch auch klar, dass Lexington nicht gesetzlich für Geisteskranke wie Bowden verantwortlich ist. Als Nächstes kommen die Zivilprozessanwälte. Ein Wort über Bestechung gefällig? Die Demokraten sind doch eine Tochterfirma im Alleinbesitz von Bob Lenihan …«

»Lenihan ist ein Kotzbrocken, und Kilcannon ist zu abhängig von ihm. Aber mit dem allgemeinen Abscheu vor den Zivilprozessanwälten übertreiben Sie. Der Präsident ist zu gut, Frank. Er wird die nötigen Stimmen zusammenbekommen, um die Immunität für die Waffenhersteller abzublocken.«

Fasano schüttelte gelassen den Kopf. »Nicht, wenn ich sie nachträglich einfüge. Und nicht, wenn Sie mir helfen.«

»Und wieso sollte ich das wohl tun?«

»Weil Sie davon profitieren werden. Ich denke da an Ihre Kandidaten für verschiedene Kommissionen, an Ihr Farmgesetz …«

»Das kann ich auch von Kilcannon kriegen. Noch sind Sie nicht Präsident. Was Sie mir anbieten können, ist begrenzt. Und es ist nichts dabei, wofür ich meine Seele verkaufen würde.«

»Nichts?«, flötete Fasano. »Wie wär's mit etwas, das Kilcannon Ihnen liebend gerne geben würde, aber nicht kann. Es sei denn, ich lasse ihn?«

Das Gesicht des Mehrheitsführers war undurchschaubar. Chad wandte nicht den Blick davon. Nun dämmerte ihm, worauf Fasano hinauswollte. »Was könnte das sein?«, fragte er vorsichtig.

»Lassen Sie es mich so sagen, Chad. Angenommen, Sie verweigern mir Ihre Hilfe: Was geschieht dann mit Ihrer Vorlage zur Reform des Wahlkampfgesetzes – dem hehren Plan zur Finanzierung aller bundesweiten Wahlen durch die öffentliche Hand, mit dem Sie die Korruption aus der Politik vertreiben wollen?«

Chad wusste bereits, dass Fasanos Ton und Wortwahl mehr als Ironie ausdrücken sollten. Gleichwohl blieb er gelassen. »Sie würden Stimmen dagegen zusammentrommeln. Sie würden versuchen, eine Senatsdebatte darüber zu verhindern. Sie bräuchten ja nur einundvierzig Stimmen, um die Tagesordnung mit Dauerreden zu verschleppen ...«

»Oder«, fiel ihm Fasano ins Wort »ich würde es als Zusatz an unsere Haftpflichtreform anhängen, über die Sie sich gerade lustig gemacht haben, und so Kilcannon zum Veto zwingen.«

Keiner hatte die Stimme erhoben, überlegte Chad, und dennoch schien die Luft plötzlich zu knistern. Leise sagte er: »Vergessen Sie's. Einen solchen Kuhhandel würde ich torpedieren, noch bevor er zu Kerry gelangt.«

Fasano zuckte die Achseln. »Sie haben mich verstanden. Ich habe tausend Möglichkeiten, Ihr Vorhaben abzuwürgen. Wenn Sie mein Angebot zurückweisen, wird die Sache zu einer Grundsatzfrage. Es sei denn, unsere Gremien meinen, Sie wären der bessere Kandidat.«

Chad stand mit den Händen in den Taschen auf. Aus einem Grund, der ihm selbst nicht wirklich klar war, ging er zu einem kleinen Tisch neben der Couch hinüber und rückte das Foto von Kyle gerade. Unwillkürlich betrachtete er einen Moment lang das Gesicht seiner Tochter, ehe er sich wieder zu Fasano umdrehte. »Was bieten Sie mir an, Frank?«

»Ein Ja zu Ihrer Vorlage. Ich werde natürlich dagegen sein, aber für ihre Bewilligung brauchen Sie ja nicht mehr als einundfünfzig Stimmen.« Fasano sah schräg zu ihm auf. »Sie haben sie schon fast in der Tasche, Chad. Ich habe sie gezählt.«

»Ich auch. Vielleicht bekomme ich die einundfünfzig sogar, aber sechzig kriege ich nie und nimmer. Jede Gruppierung am rechten Flügel unserer Partei ist dagegen – die Leute von Christian Commitment, die von Pro-Life und vor allem die SSA.« Chad hielt kurz inne, um mit noch leiserer Stimme fortzufahren. »Ihr Angebot ist gegenstandslos. Leute wie Harshman werden eine Debatte mit allen Mitteln verhindern. Und die Gruppen, die ich gerade genannt habe, werden immer vierzig Senatoren finden, die ihm dabei helfen. Mein Gesetz wird nie zur Abstimmung vorgelegt werden.«

»Ich verspreche Ihnen, dass es dazu kommt. Lassen Sie nur Chuck Hampton an Bord und nehmen Sie die Gemäßigten an die Leine, dann halte ich Harshman und die SSA im Zaum.« Fasano grinste. »Helfen Sie mir dabei, Prozesse gegen Waffenhersteller auszuschließen, dann habe ich das nötige Kapital, um mein Wort zu halten.«

»Sie haben schon mit der SSA gesprochen, hm? Und auch mit Harshman.«

»Sie glauben doch, für ›Sauberkeit‹ in der amerikanischen Politik sorgen zu können. Ich persönlich halte Ihre Lösung für irrig, aber ich biete Ihnen die einzige Chance, die Sie je bekommen werden.«

Einen langen Augenblick musterte Chad schweigend sein Gegenüber. »Der Weg, den Sie hier gewählt haben, ist wirklich aberwitzig«, sagte er dann. »Sie haben die Wirtschaftslobby mit den Waffenfanatikern zusammengeschmiedet. Sie haben den Gegnern meines Reformgesetzes das Versprechen abgeluchst, es nicht zu verschleppen. Und Sie haben der SSA gesagt, dass Sie mit mir ein Geschäft aushandeln. Das ist ja ein Doppelspiel à la Machiavelli. Wenn Sie das durchziehen, sind Sie der unumstrittene Führer unserer Partei. Es sei denn natürlich, meine Vorlage wird im Repräsentantenhaus abgelehnt.« Nun spielte auch um Chads Lippen ein Lächeln. »Ach, übrigens«, schloss er beiläufig, »Sie haben Tom Jencks doch hoffentlich gesagt, dass es nicht ganz so leicht sein wird, die Reform durchfallen zu lassen, wie er meint.«

In Fasanos Lachen mischte sich, wie es Chad vorkam, aufrichtiges Vergnügen.

»Es freut mich zu sehen, dass Ihre Abenteurerlust ungebrochen ist«, setzte Chad gut gelaunt nach. »Denn falls Jencks die Sache vergeigt, werden sich die Geier vom rechten Flügel an Ihrer Leiche weiden.« Er zögerte. Seine Stimme wurde plötzlich weich. »Warum erinnert mich das nur an dieses Dinner mit Kerry Kilcannon, bei dem wir ein Abkommen zu Caroline Masters getroffen haben? Damals war einer von uns nicht so schlau, wie er geglaubt hatte.«

Schlagartig wurde Fasano wieder ernst. »Keine Tipps an Kilcannon. Keine Zusammenarbeit. Keine undichten Stellen. Die Voraussetzung für unser Geschäft ist, dass Sie unseren Präsidenten außen vor lassen. Wenn Sie uns an Kilcannon verkaufen, sind Sie weg vom Fenster. Das gilt in unserer Partei für jeden Verräter.«

Palmer starrte ihn durchdringend an. Gleichwohl blieb seine Stimme sanft. »Ich überlege gerade, wie oft Mac Gage schon versucht hat, mich einzuschüchtern. Ich habe irgendwann aufgehört mitzuzählen. So wie ich auch aufgehört habe, mich mit all den anderen Quertreibern zu befassen, die schon vor Gage dasselbe versucht haben. Sie haben mich angeschaut und sich selbst gesehen. Und sie haben nie begriffen, welche Lektion mich eine Horde von Arabern einmal unabsichlich gelehrt hat, nämlich dass es im Leben noch viel schlimmere Dinge gibt als das, was Politiker einem zufügen können.« Er drehte sich zu Kyles Porträt um, dann starrte er wieder Fasano an. »Zumindest im Augenblick. Können Sie sich voll und ganz hinter diese Sache stellen, Frank?«

Fasanos Augen verhüllten sich. »Natürlich.«

»Schön. Denn jetzt kommt *meine* Bedingung.« Chad beugte sich weit vor, sein Blick nagelte Fasano fest. »Ich werde Ihren Gesetzestext in die Vorlage mit aufnehmen und sie unterstützen. Und dann werden wir der Welt ganz genau sagen, was wir vorhaben. Keine Tricks.«

Fasano hielt seinem Blick stand, bis er schließlich in scheinbarer Resignation mit den Achseln zuckte. »Na gut, Chad, Sie bestimmen die Regeln.«

In diesem Moment fügte sich das letzte Teilchen in Chads Bild ein. Fasano hatte demnach nie vorgehabt, ein Geheimabkommen zu schließen; das wäre mit zu vielen Risiken behaftet gewesen. Chad hatte ihm die gewünschte Antwort gegeben. Nun konnte Fasano der SSA sagen, dass ihr Feind Chad Palmer ihn gezwungen hatte, eine Taktik aufzugeben, die er in Wirklichkeit gar nicht ernsthaft verfolgt hatte. Das Einzige, worauf es Fasano ankam, war ein Vorsprung gegenüber Kilcannon.

»Nein«, verbesserte ihn Chad. »Es wird nach Ihren Regeln gespielt. Bis zum Ende.«

Am folgenden Nachmittag ließ der stellvertretende Fraktionsführer der Republikaner, Dave Ruckles vor so gut wie leerem Haus die Gesetzesvorlage zur »Reform des Zivilrechts« einreichen.

Beim Beschluss selbst waren weder Ruckles, noch Fasano oder sonst ein hohes Mitglied anwesend. Theoretisch hätte Ruckles in der Vormittagssitzung ans Rednerpult treten und förmlich ankündigen müssen, dass er vorhatte, ein brisantes Gesetz einzubringen.

Oder er hätte die Versammlung zu irgendeinem anderen Zeitpunkt um Zustimmung für die Einreichung einer neuen Gesetzesvorlage bitten können, die ihm praktisch automatisch gewährt worden wäre.

Das Problem mit diesen Routineabläufen lag aus Ruckles' Sicht allerdings darin, dass sie sofort die öffentliche Aufmerksamkeit auf ein Gesetzesvorhaben lenkten. Für *diese* Vorlage warb niemand am Rednerpult. Stattdessen überredete Ruckles den Generalsekretär der Mehrheitsfraktion, einen alten Hasen in Sachen Abkürzungsverfahren, die Vorlage mit einem quer über den rechten oberen Rand geschriebenen »live« weiterzureichen – das war die verschlüsselte Aufforderung, einen Gesetzesvorschlag anzunehmen, als sei dies von einem Senator mit einer Rede beantragt worden.

Der an seinem Marmorschreibtisch unterhalb des Sitzungsleiters postierte Kollege nahm das Dokument mit einem unmerklichen Augenzwinkern an. Seine Aufgabe war es jetzt, die Vorlage an den entsprechenden Ausschuss weiterzuleiten. Aber um jeden Irrtum auszuschließen, hatte Ruckles' Gesandter schon vorher mit dem Senatssprecher vereinbart, dass die Vorlage unverzüglich an den von Senator Palmer geleiteten Handelsausschuss verwiesen wurde.

## *11*

Der vierte Dienstag im September brachte für Kerry den üblichen Arbeitsaufwand mit sich: Auftritte vor hohen Polizeibeamten, um für sein Waffengesetz zu werben, ein Treffen mit dem israelischen Außenminister, eine Tischrede über Menschenrechte, ein Interview für die *New York Times*, ein Telefongespräch mit dem Vorsitzenden und Kassenwart des National Democratic Committee. Aber wie immer bestand Kerry auch auf seinem täglichen Training. Er hatte soeben sechs Meilen auf dem Laufband absolviert, als Chuck Hampton vom Senat anrief.

Während ihm der Schweiß in Strömen über das Gesicht lief, ließ sich Kerry von seinem Sekretär das Handy reichen und griff mit der freien Hand nach einer Flasche eiskaltem Mineralwasser.

»Die Haftpflichtreform, mit der Sie schon gerechnet hatten, ist tatsächlich eingebracht worden«, teilte ihm Hampton mit. »Vorgestern schon. In aller Stille. Sie haben sie direkt an den Handelsausschuss überwiesen. Unser Anwalt hat sie sich geben lassen und schon gelesen.«

Kerry trank einen großen Schluck Wasser. »Und?«

»Es ist eine Wunschliste der Unternehmen. Ich schicke nachher gleich Ihren Spezialisten eine Kopie. Aber sie enthält kein Wort über Immunität für Waffenhersteller.«

»Wie sieht es mit Klauseln zum Schutz der Industrie aus?«

»Da ist uns auch nichts Besonderes aufgefallen. Trotzdem kann zwischen Vorlage und Schlussabstimmung viel passieren, und nicht wenig davon in den Ausschüssen. Palmer hat eine erste Lesung anberaumt.«

»Schon?« Das verblüffte Kerry nun wirklich. »Wann?«

»Heute in einer Woche.«

»Himmel!« Kerry wischte sich den Schweiß von der Stirn. »Können Sie sie hinauszögern?«

»Schwerlich«, antwortete Hampton skeptisch. »Ich kann gegen die Lesung Widerspruch einlegen. Aber das hieße, mit harten Bandagen zu kämpfen und die Vergeltung geradezu herauszufordern. Und der Text enthält nichts, was ein solches Vorgehen rechtfertigen würde.«

»Nicht an der Oberfläche. Aber hier geht es um Schusswaffen, Chuck – glauben Sie mir.«

Nachdenkliches Schweigen trat ein. »Wenn das stimmt«, sagte Hampton langsam, »dann dürften sich Palmer und Ruckles die Bälle zuspielen. Oder wohl eher Palmer und Fasano.«

Auch wenn es Kerry nicht gefiel, konnte er nicht ausschließen, dass Hampton Recht hatte. »In diesem Fall werden sie nachträglich noch etwas reinschmuggeln, bevor der Ausschuss es an die Vollversammlung weiterreicht. Setzen Sie unsere Spezialisten darauf an.«

»Das werde ich. Und Sie werden wohl mit Ihrem Freund telefonieren wollen.«

»Oh«, murmelte Kerry. »Allerdings. Aber erst muss ich mir noch einiges durch den Kopf gehen lassen.«

Am späten Nachmittag trafen Kerry und Clayton in einer eilig anberaumten Sitzung mit Jack Sanders und der Leiterin der Rechtsabteilung, Liz Curry, zusammen.

Liz breitete die mit roten Anmerkungen versehenen Seiten der Vorlage zur »Reform des Zivilrechts« auf dem Couchtisch des Präsidenten aus. »Es ist, wie Chuck gesagt hat«, erklärte sie. »Eine Wunschliste der Unternehmen und ein Albtraum für die Anwälte jedes Klägers: Beschränkungen für Sammelklagen, Deckelung der Anwaltshonorare und der Höhe des Schadenersatzes. Ich höre schon ihren Einleitungssatz: ›Klägeranwälte, sind wie Maden.‹«

»Die Rechtsvertreter der Beklagten sind das nie, hm?«, fragte Kerry sarkastisch. »Soll ich Ihnen sagen, worum es eigentlich geht, Liz? Um die Privilegien bestimmter Schichten. Es ist ein Kinderspiel, eine Reihe kleiner Leute zu betrügen, die einfach nicht das Geld haben, um sich zu wehren, und dann eine ganze Horde von geschniegelten Anwälten für fünfhundert Mäuse die Stunde anzuheuern, damit sie die Opfer in Grund und Boden stampfen, während man selbst in lautes Wehklagen über die Honorare ausbricht, die Leute wie Lenihan kriegen, wenn sie den Geschädigten helfen. Was ist denn schon ein geplatzter Reifen oder ein winziges Kolibakterium? Das einzig Wichtige für diese Leute ist doch, dass irgendso ein Dreckskerl von einem Vorstandschef, der für die Entlassung seiner halben Belegschaft zig Millionen kassiert, nicht mit lästigem Kleinkram wie der Verantwortung für das Elend eines Opfers behelligt wird.«

»Ach, *dazu* steht hier jede Menge«, erwiderte Liz mit einem matten Lächeln. »Wenn diese ›Reform‹ tatsächlich beschlossen wird, kann niemand mehr wegen eines Defekts in einem fünfzehn Jahre alten Aufzug klagen. Sie werden sich vielleicht fragen, warum. Nun, *das* weiß ich zufällig. Viele Jahre lang hat einer unserer führenden Fahrstuhlhersteller nur immmer Geräte mit einem Kabel verkauft, obwohl die mit doppeltem Kabel viel sicherer sind. Und der Grund war: Sie hatten eben noch welche auf Lager. »Letztes Jahr ist bei so einem Aufzug das Kabel gerissen, und die

Kabine ist abgestürzt; seitdem ist eine Mutter von drei Kindern querschnittgelähmt und ohne jede ärztliche Versorgung. Aber man kann doch den armen Hersteller nicht zwingen, *dafür* zu zahlen!«

»Und jetzt holen sie auch noch Hilfe bei ihren Freunden in der Politik, hm?«, zischte Kerry empört. Er wandte sich an Clayton. »Diese Vorlage müssen wir bekämpfen. Ich will einen Ausschuss auf allerhöchster Ebene, mit dem Justizminister, einem Team von Rechtsexperten, meinem innenpolitischen Berater, jemandem, der Umfragen organisiert und einem Medienbeauftragten, der sich um eine Anzeigenkampagne kümmert. Und sieh zu, dass wir auf dem Laufenden sind, wenn sich in Sachen Immunität für Waffenfirmen was tut.«

Clayton nickte, aber das sah der Präsident schon nicht mehr. »Was für Hämmer sind noch da drin versteckt?«

»Jede Menge. Es sieht zum Beispiel ganz so aus, als würde dieses Gesetz bei Asbestopfern Klagen wegen fahrlässiger Tötung von vornherein ausschließen.«

»Und wer außer Ruckles steckt noch dahinter?«

»Leo Weller … unter anderem«, sagte Liz mit einem süffisanten Lächeln.

»Ist Asbestose nicht in Montana ein Problem?«

»Ein großes sogar.«

»Dann hat auch Leo ein großes Problem damit – er kandidiert nächstes Jahr für die Wiederwahl … Weißt du was, Clayton? Es wäre vielleicht nicht schlecht, Leo Weller als Lehrbeispiel zu benutzen und Frank Fasano ein bisschen Anschauungsunterricht zu erteilen. Vielleicht sogar mit einem von uns bezahlten Werbespot.«

Clayton grinste. »Leo war ja schon immer sehr telegen.«

Lächelnd bedankte sich Kerry bei der Runde. Doch als er Chad Palmer anrief, war seine Miene grimmig.

Der Präsident redete nicht lange um den heißen Brei herum. »Was tut sich bei euch drüben?«

»Das Übliche«, meinte Chad beiläufig. »Subventionen für die Landwirtschaft, Waffensysteme, die wir nicht brauchen und die Armee nicht haben will, ein paar Millionen, um unseren Anteil am Mohairmarkt zu vergrößern …«

»Verarsch mich nicht, Chad. Ruckles reicht klammheimlich seine Gesetzesvorlage ein, und du setzt sie in Rekordtempo auf die Tagesordnung deines Ausschusses. Könnt ihr den Klagen wegen Asbestose denn nicht wenigstens Zeit für eine angemessene Beerdigung geben?«

»Ach, *das* ist dabei? So genau hab ich's mir gar nicht angeschaut.« Ein Hauch von Verzweiflung, vielleicht auch Rechtfertigung hatte sich in Chads Stimme geschlichen. »Das ist doch nichts Neues. Abgesehen von dieser Asbestosegeschichte versuchen wir ja schon seit Jahren, die Haftpflicht zu reformieren…«

»Chad«, unterbrach ihn der Präsident mit sanfter Stimme, »die Haftpflicht hat dich noch nie sonderlich interessiert. Dein Thema ist die Reform der Wahlkampffinanzierung. Und ich glaube, wir beide wissen, was hier in Wahrheit dahinter steckt: Schusswaffen.«

Chad schwieg einen Moment lang. »In der Vorlage steht kein Wort über Waffen«, sagte er dann.

Kerry überlegte. Die Asbestoseklausel war Chad neu gewesen, aber auf einmal war er sich sicher, dass die Vorlage »kein Wort über Waffen« enthielt. Implizit hieß das »noch nicht«, wie Kerry schlagartig klar wurde.

Kerry bedankte sich und legte auf.

Eine Woche später fand sich Senator Harshman in Chad Palmers Büro ein.

Der große, hagere Senator war ein seltener Gast. Die zwei Männer verabscheuten einander, und Harshman machte erst gar keine Anstalten, sich zu setzen. Ohne Umschweife legte er Chad einen unbeschrifteten Umschlag auf den Schreibtisch. »Ich glaube, Sie warten schon darauf. Darin schlage ich ein paar wasserdichte Zusatzklauseln zur Absicherung der Zivilrechtsreform vor.«

Zu Harshmans sichtlicher Verärgerung öffnete Chad den Umschlag sogleich und vertiefte sich in das Dokument. »›Absicherung‹«, murmelte er. »Nach all den Jahren entwickeln Sie sich noch zu einem Meister der Untertreibung.«

»Es ist höchste Zeit, dass wir uns zwischen dem Second Amendment und einer Horde von Plünderern entscheiden.«

»Ach, es geht um patriotische Gefühle. Da hätten Sie sicher sogar Mary Costello auf Ihrer Seite.« Chad knipste sein freundlichstes Lächeln an. »Sie müssen nicht bleiben, Senator. Sie haben gewiss viel zu tun, und ich brauche dringend eine Dusche.«

Zwei Stunden später rief Chuck Hampton den Präsidenten an. »Sie hatten Recht. Es gibt eine neue Klausel. Sie nennt die Immunität für Waffenhersteller nicht beim Namen, aber es läuft darauf hinaus. Chads Anwalt hat uns den Text gegeben.«

Kerry hatte das Gefühl, hintergangen worden zu sein. Er und Chad stimmten in vielem nicht überein, aber das hier traf ihn in seinem Innersten. »Dabei sind Laras Verwandte gerade erst vier Wochen tot«, murmelte er betroffen. »Fasano hat nur eine kurze Anstandsfrist gewahrt. Noch direkter hätte er die Kampfansage nicht machen können.«

»Sie ist sogar direkter, als Sie ahnen, Mr. President. Die Klausel, die den Rechtsweg ausschließt, soll auch rückwirkend gelten. Wenn sie mit dem Rest verabschiedet wird, werden auch bereits eingereichte Klagen gegenstandslos, selbst wenn ein Gericht sie angenommen hat.«

Einschließlich der von Mary, dachte Kerry. »Dann hat sich Fasano also an die SSA verkauft.«

»Das befürchte ich«, bestätigte Hampton ernst. »Noch dazu hat er es eilig. Schon jetzt tut er alles, um Ihr Gesetz zur Schusswaffensicherheit zu verschleppen und seines vorher durchzubringen.«

»Damit wird er nicht weit kommen«, knurrte Kerry. »Die Einschränkungen für Zivilprozessanwälte gehen viel zu weit. So wird er nie genug Demokraten auf seine Seite ziehen, um mein Veto zu überleben.«

»Schon, aber zumindest tut er so, als könnte er breiten Schichten das bieten, was sie schon immer wollten. Er rüstet für einen Krieg an allen Fronten, und dabei helfen ihm ein ganzer Haufen Unternehmerverbände und die Fußsoldaten vom rechten Rand. Er hat eindeutig vor, die Klausel mit den Sonderrechten für die Waffenhersteller im Gesetzestext zu belassen und das Ganze im Paket durchzupauken.«

Kerry schaute auf den im Zwielicht liegenden Garten vor dem Oval Office hinaus. »Die Zeit für Samthandschuhe ist vorbei. Wir müssen die Waffenlobby auf jede nur erdenkliche Weise von den übrigen Unternehmervertretern isolieren. Oder wenigstens einen Keil zwischen die Waffenhersteller und die SSA treiben.«

»Wie sollen wir das erreichen?«

»Ich werde mir was einfallen lassen, Chuck.«

Doch ob es ihm gefiel oder nicht, Kerry wusste es bereits. Sein nächster Anruf galt Lara.

## 12

Philadelphia. Frank Fasanos Revier. Laras sechste Stadt in ebenso vielen Tagen. Erschöpft saß sie in ihrer Hotelsuite und las Briefe, die Fremde an sie geschrieben hatten und die sie persönlich durcharbeiten wollte.

Die letzte Sendung enthielt eine Abbildung von aufeinander gestapelten skelettierten Leichen aus dem KZ Auschwitz und eine Fotomontage. In eine Ecke des Machwerks war gekritzelt: »Genau das wird passieren, wenn Sie unser Land entwaffnet haben.« Das Foto stammte aus dem Video über das Massaker an ihrer Familie. Darin war Laras Kopf auf den Hals ihrer Mutter montiert worden. In einer Nahaufnahme war die gezackte Geschosswunde in Inez' Kehle genau zu sehen.

Sorgfältig platzierte Lara die Bilder auf den Stoß mit Hassbriefen, den Peter später katalogisieren sollte.

In Kürze würde sie im Beisein der Hinterbliebenen anderer Opfer die nächste Ansprache halten. Das würde sie davor bewahren, angesichts dieses abgrundtiefen Hasses in ihrem Schmerz zu versinken. Nach ihrer Hochzeit hatte sie gelernt, dass man seine Trauer beherrschen musste.

Neben dem Stapel für Peter stand ein Tablett mit den Überbleibseln eines Tunfischsandwiches und einem Glas Eistee. Wie ihre Mahlzeiten stellten sich ihr die Erinnerungen an die ersten sechs Stationen ihrer Rundreise jetzt als verschwommenes Einerlei dar: Pressekonferenzen, Reden, Interviews, Begegnungen mit Opfern, eine Stunde in Oprah Winfreys Show, Besuche in Frauenhäusern. Vor fünf Tagen hatte sie angeregt, zu Ehren all derer, die in den letzten zwanzig Jahren Schusswaffen zum Opfer gefallen waren, eine Website mit Fotos und kurzen Lebensbeschreibungen einzurichten. Inzwischen hatten sich in dieser virtuellen Gedenkstätte schon dreißigtausend Bilder zu denen von Inez, Joan und Marie gesellt, und von Stunde zu Stunde wurden es mehr. Die gestrige Zusammenkunft in Pittsburgh hatte bis nach Mitternacht gedauert. Lara war bis zum Schluss geblieben und hatte geduldig jede Frage beantwortet und sämtlichen Geschichten über Schmerz und Verlust aufmerksam gelauscht.

Trotz der Belastung war sie froh, dass sie sich darauf eingelassen hatte. Dies war nun ihre Mission. Abgesehen davon war es für sie selbst wichtig, in Bewegung zu bleiben, voranzukommen. Jeder Tag brachte sie ein Stückchen weiter fort von diesem Moment der Zerstörung, bis – und davon war sie überzeugt – in ihrem tiefsten Inneren die Heilung einsetzte, die sich vielleicht nicht auf Anhieb bemerkbar machen, sie aber letztlich wieder zu sich selbst führen würde, auch wenn ihr Leben nie wieder das sein konnte, was es einmal gewesen war. Das sehnte sie nicht nur für sich herbei, sondern im gleichen Maße auch für Kerry.

Jeden Abend telefonierten sie vor dem Zu-Bett-Gehen miteinander, egal, wie spät es sein mochte. Sie vermisste ihn schmerzlich. Ihre Situation erinnerte sie an die Zeit im Kosovo, als sie schon befürchtet hatte, sie würde ihn nie wiedersehen. Aber diesmal stand für sie fest, dass sie bald wieder füreinander da sein würden, wenn nicht etwas Schreckliches geschah.

Wenn nicht etwas Schreckliches geschah.

Schon bei ihrer ersten Begegnung hatte sie Kerrys tief verwurzelte Schicksalsergebenheit gespürt, das Bewusstsein, dass Glück vielleicht nur etwas Zufälliges, Flüchtiges war. Damals hatte sie das auf die Ermordung seines Bruders James zurückgeführt. Jetzt verstand sie es erst.

Ein Klopfen an der Tür riss sie aus ihren Gedanken. Es war Peter Lake. Sein Blick fiel auf die Fotos. Dann sah er Lara an. Ein Kommentar war nicht nötig. In einer Geste des Danks berührte sie ihn am Ärmel.

»Ich bin bereit«, erklärte sie.

Der Saal im Hotel war gedrängt voll. Das wertete Lara als gutes Zeichen, nicht nur weil Philadelphia Fasanos Heimatstadt war, sondern auch weil sich der zweite Senator aus diesem Staat nächstes Jahr der Wiederwahl stellen musste, die alles andere als sicher war.

Lara, neben deren Rednerpult die Hinterbliebenen mehrerer Opfer von Todesschützen saßen, sprach mit ruhiger, klarer Stimme. Im Saal herrschte gespannte Stille, eine Atmosphäre, mit der Lara von den anderen Auftritten her bereits vertraut war.

»Keiner von uns«, sagte sie, »wollte glauben, dass Mord, Selbstmord oder ein Unfall uns einen geliebten Menschen wegnehmen könnte. Doch jetzt ist es geschehen. Was können wir nun tun? Wir können versuchen, unsere Trauer zu verdrängen. Oder aber wir legen zusammen Zeugnis von diesen Tragödien ab und erklären laut: Die Gewalt *muss* aufhören.« Sie hielt inne. Einmal mehr spürte sie, wie die Grenzen zwischen ihr und ihren Zuhörern fielen, wie sich ein emotionales Band um sie legte, was sich allein schon darin äußerte, dass sie sich weit vorbeugten und ihre Mienen sich öffneten. »Es genügt nicht, sich mit guten Absichten zufrieden zu geben«, fuhr sie fort. »Wir müssen dieses Thema zu einem öffentlichen Anliegen machen. Und zwar ohne Verharmlosung oder Rechtfertigung. Wir müssen fordern, dass unsere Abgeordneten und unsere Parteien sich für ein Ende der Gewalt einsetzen, wenn sie unsere Unterstüzung wollen. Wir müssen fordern, dass sie sich nicht mit frommen Wünschen begnügen, sondern den Schutz der Opfer zum obersten Ziel ihres Handelns erheben. Und wenn sie nicht hören, müssen wir eben in Washington Flagge zeigen und dort so lange Veränderungen fordern, bis sie auch eintreten.«

Donnernder Applaus brach los. Nach einer Weile übertönte Laras Stimme das Klatschen. »Solches Engagement ist nicht leicht. Aber es wird noch schwerer sein, den Eltern, Kindern oder Kindeskindern der Ermordeten zu erklären, warum es immer noch so viele Tote gibt.«

Nach der Rede blieben die Leute sitzen, sei es, um ein Wort mit Lara zu wechseln, sei es einfach, um ihr nahe zu sein. Lara mischte sich unter sie. Dabei wich Peter nie von ihrer Seite.

Als sie sich von der Mutter eines Opfers abwandte, sah sich Lara plötzlich einem älteren Herrn mit Spazierstock gegenüber. Sein Gesicht war schweißüberströmt. Mit zitternder, rauer Stimme sagte er: »Ich habe mich schon immer gefragt, wie es ist, wenn man dem Bösen ins Gesicht sieht.«

Peter packte ihn am Arm. Unter größter Anstrengung wahrte Lara die Fassung. »Und wessen Gesicht sehen Sie? Das meiner Mutter, meiner Schwester? Oder vielleicht das meiner sechsjährigen Nichte?«

Ein zweiter Agent führte den immer noch zornbebenden Mann weg. Was bei ihm solchen Hass ausgelöst hatte, war und blieb für Lara ein einziges Rätsel.

»Wie war's im Land von Frank Fasano?«, erkundigte sich Kerry.

Vor dem Anruf hatte Lara erst gebadet und war dann ins angenehm kühle Bett geschlüpft. »Eine Zeit lang habe ich Fasano ganz vergessen. Diese Rundreise zeigt mir mein Leben in einem neuen Licht. Als Journalist entwickelt man einen Panzer. Jetzt lerne ich, meinen Schutzschild abzulegen.« Sie zögerte, versuchte, ihre Gefühle in Worte zu kleiden. »Ich merke einfach, wie gut es tut, hier, unter normalen Menschen zu sein. Jedenfalls mir.«

»Das freut mich für dich.« Kerry zögerte. »Bei uns hat sich auch was getan, Lara. Fasanos Haftpflichtgesetz hat eine Mutation erfahren. In der neuen Form würde es Marys Klage gegen Lexington gegenstandslos machen, bevor Lenihan und Sarah Dash überhaupt angefangen hätten.«

Jäh fühlte sich Lara gegen ihren Willen in die Welt der Politik zurückversetzt, und es dauerte eine Weile, bis sie antworten konnte. »Das ist auch eine Möglichkeit, Beweise zu unterdrücken. Du willst vermutlich, dass ich Sarah anrufe.«

»Ja. Sie müssen die Klage schleunigst einreichen und möglichst viel Staub aufwirbeln. Und zusehen, dass sie einen Keil zwischen Lexington und die SSA treiben.«

»Wie?«, wollte Lara wissen.

Kerry antwortete mit einer Gegenfrage: »Erinnerst du dich an Martin Bresler?«

# 13

»Ich bin doch nicht dumm, Ms. Dash!«, ereiferte sich Martin Bresler. »Wenn ich mit Ihnen zusammenarbeite, kommt mein Name früher oder später in die Schlagzeilen.«

Es war früh am Morgen, und in Sarahs Büro ging es ruhig zu. Am Vorabend hatte sie ihre Klage gegen Lexington Arms, noch einmal überarbeitet, um sie in den nächsten Tagen einreichen zu können, als das Telefon geklingelt und Lara Kilcannon all ihre Pläne durcheinander gebracht hatte. Gleich darauf hatte sie Martin Bresler in Washington angerufen und ihm die Fakten auf den Kopf zugesagt, die Lara für sie aufgelistet hatte: dass er bereits mit der Ausarbeitung einer freiwilligen Vereinbarung zu Leumundsprüfungen bei Waffenmessen begonnen hatte, dass Lexington durchaus gesprächsbereit gewesen war und dass die SSA Bresler mit ihrem Boykott ruiniert, das Abkommen verhindert und so den Weg für das Massaker an Laras Familie geebnet hatte. Selbst am Telefon hatte Sarah gespürt, wie schwer ihre deutlichen Worte Martin Bresler getroffen hatten.

»Sie haben zwei Alternativen«, erwiderte sie nun. »Sie können vertraulich mit uns kooperieren, wobei wir Ihren Namen so lange wie irgend möglich aus der Angelegenheit heraushalten. Oder aber Sie machen Ihre Aussage nach Klageerhebung, also unter Eid und in Beisein der Lexington-Anwälte, die im Endeffekt der verlängerte Arm der SSA sind.«

»Wenn ich kooperiere, haben Sie es in der Hand, auch die SSA zu verklagen. Aber warum sollte ich mir *daran* die Finger verbrennen? Ich weiß nicht, ob Sie das verstehen, Ms. Dash. Ich habe zwei Kinder, die am College studieren, und bin geschäftlich erledigt. Im Augenblick versuche ich, eine neue Existenz aufzubauen und …«

»Eben darum«, konterte Sarah ruhig und unbeirrbar. »Ich biete Ihnen die Chance, Ihre Aussage vertraulich zu machen, womit Sie

Zeit gewinnen, sich neu zu orientieren, ehe die SSA etwas erfährt. Aber Sie vom Haken zu lassen ist einfach nicht drin.«

Sarah wartete, bis Bresler wieder Worte fand. »Ich werde Sie noch zurückrufen müssen«, seufzte er resigniert. Erst da gestattete sich Sarah einen Anflug von Mitleid.

»Das ist das trojanische Pferd der SSA«, stieß Kerry in unterdrücktem Zorn hervor. »Ausgetüftelt, um mich zu demütigen, politisch wie persönlich.«

Chad Palmer, der Kerrys einziger Besucher im Oval Office war, blieb gelassen. »Fasano würde das eine ›Priorität der Führung‹ nennen. Und was trojanische Pferde betrifft, muss ich sagen, dass du ein lebhaftes Interesse an Mary Costellos zu erwartender Klage zeigst. Zwischen unseren Ansichten besteht hier ein fundamentaler Unterschied. Du und Leute wie Bob Lenihan glauben, dass Klagen die Waffenhersteller dazu zwingen werden, dir das zu geben, was du vom Kongress nicht bekommst. Andere betrachten solche Prozesse als Missbrauch der Justiz, die ohnehin schon viel zu anfällig für maßlosen ...«

»Willst du diese Sache da unterstützen oder nur dulden?«, unterbrach ihn Kerry.

»Unterstützen. Ich habe vor, sie durch den Ausschuss zu bringen und in einer Rede dafür zu werben.«

Kerry war bestürzt. Es war nicht nötig, Chad vorzuhalten, wie ungeheuerlich seine Entscheidung war und welche Steine er ihm damit in den Weg legte. Mit leiser Stimme sagte er nur: »Du verachtest die SSA doch fast genauso wie ich. Was um alles in der Welt hat dir Fasano geboten?«

Einen Augenblick lang war Chad die Verlegenheit anzusehen. In Kerrys Augen hatte Chad sich als einer von ganz wenigen Politikern ein echtes Schamgefühl bewahrt, was allerdings sein Geschick für taktische Unaufrichtigkeit minderte. »Es tut mir Leid, dass du das persönlich nimmst«, murmelte er. »Aber diesmal hole ich dir nicht die Kastanien aus dem Feuer. Das mit Caroline Masters hat gereicht.«

Auch wenn Chad nicht heftig wurde, erinnerten seine letzten Worte Kerry daran, dass er seinem Freund schon wegen des Todes seiner Tochter für immer verbunden bleiben würde und dass Chads Bitterkeit nie vollständig verschwinden würde, so sehr er sich auch bemühte, sie zu unterdrücken. Mit derselben Ruhe entgegnete er: »Dann muss ich dich um eine Gefälligkeit bitten. Nicht für mich, sondern für Lara.«

Chad zögerte. »Was könnte das sein?«

»Du hast eine Debatte angesetzt, die auch die Haftpflichtbefreiung für Waffenhersteller betrifft. Über die Zeugenliste kannst du bestimmen.«

Chad starrte ihn an. »Du willst, dass ich Lara aufrufe.«

»Und Mary.«

In Chads Augen stahl sich ein finsterer Ausdruck. Er hatte verstanden. Weder persönlich noch politisch konnte er es der First Lady und ihrer Schwester als Hinterbliebenen der Opfer eines landesweit ausgestrahlten Massakers verwehren, ihn auf jedem Kabelkanal anzugreifen. Jetzt würde Chad einen hohen Preis zahlen müssen, und mit ihm Frank Fasano. »Bitte richte der First Lady aus«, erklärte Chad in vollendeter Höflichkeit, »dass ich sie beide willkommen heiße.«

## *14*

Am Vormittag des übernächsten Tages traf sich Martin Bresler mit Bob Lenihan und Sarah Dash.

Um zu gewährleisten, dass niemand sie beobachtete, mietete Sarah ein von Kiefern umstandenes Ferienhäuschen in Sea Ranch, einem Wandergebiet an der sturmgepeitschten, zerklüfteten Küste im Norden des Sonoma County. Dort saßen die drei Kaffee trinkend am Rande eines Steilufers auf einer Holzbank und sahen zu, wie hohe Wellen gegen die Klippen prallten und das blaue Wasser unaufhörlich zu einer weißen Gischt zerstäubte. In abwehrender Haltung zusammengekauert, hockte Bresler zwischen den zwei Anwälten.

»Keine eidesstattliche Versicherung«, forderte er mit tonloser Stimme. »Keine Niederschrift.«

Er war ein kleiner Mann mit schütterem dunklem Haar, wässrigen Augen und lebhafter Mimik in einem markanten Gesicht. Auf Sarah wirkte er irgendwie eingeschüchtert, als hätte sich eine gewisse natürliche Redegewandtheit in Misstrauen verwandelt.

»Das ist nicht möglich«, protestierte Lenihan. »Was würde Sie daran hindern, uns irgendwas zu erzählen und später nichts mehr davon wissen zu wollen, wenn die Karten auf den Tisch gelegt werden müssen?«

Bresler richtete sich weder auf, noch sah er einen der beiden an. »Und wenn die Karten nie auf den Tisch gelegt werden? Was ist, wenn es eine gütliche Einigung gibt oder die Klage abgewiesen wird? Ich will nicht, dass irgendwelche Dokumente mit meinem Namen drauf durch die Gegend geistern.«

»Sind Sie derart verängstigt?«, fragte Sarah.

»Sind Sie derart naiv?«, fauchte Bresler. »Wenn Sie meine Geschichte gehört haben, werden Sie das verstehen. Überlegen Sie sich doch erst mal, wie Ihnen meine Lage gefallen würde: Ich bin in der Waffenindustrie nicht mehr vermittelbar, die Republikaner behandeln mich wie einen Aussätzigen, und ich grase ganz Washington nach einem Job als Lobbyist ab, nachdem ich beruflich erledigt bin. Wenn ich jetzt mit Ihnen rede, dann nur deshalb, weil es die einzige Möglichkeit ist, eine Vorladung als Zeuge zu vermeiden. Aber wenn ich schon zu einer Aussage gezwungen werde, will ich wenigstens nichts unterschreiben, was die Anwälte von Lexington benutzen könnten, um mich fertig zu machen.« Er trank einen Schluck Kaffee und starrte weiter auf das unter dem stahlblauen Himmel glitzernde Wasser hinab. »Wollen Sie nun meine Hilfe? Oder wollen Sie eine Aussage von jemandem, der unter beträchtlichen Gedächtnisausfällen leidet?«

Sarah sah an ihm vorbei Lenihan an. »Wir müssen das besprechen«, sagte sie.

Sarah und Lenihan standen außerhalb Breslers Hörweite an der Klippenkante. Ein heftiger Wind pfiff an ihnen vorbei. »Den können wir vergessen«, brummte Lenihan. »Setzen wir diesen Gartenzwerg ins nächste Flugzeug nach Washington, wo er hingehört. Wenn wir seine Aussage brauchen, laden wir ihn eben vor.«

Sarah verschränkte die Arme vor der Brust. »Wenn die First Lady anruft, dann tut sie das für den Präsidenten, aber auch im eigenen Interesse und für Mary, die schließlich unsere Mandantin ist. Was verlieren wir denn schon, wenn wir ihn reden lassen?«

»Ihn reden zu lassen«, knurrte Lenihan, »ist wahrscheinlich reine Zeitverschwendung. Aber sich auf das, was er sagt, zu *verlassen*, ist sträfliche Dummheit.« Er warf einen verächtlichen Blick zu Martin Bresler hinüber. »Dem steht der Verrat doch auf die Stirn geschrieben.«

Sarah zuckte mit den Schultern. »Aber wir sind auf ihn angewiesen.«

Bresler stellte seine Tasse auf dem Massivholztischchen ab und lehnte sich im Sofa zurück. »Es hat damit angefangen«, berichtete er den Anwälten, »dass ich dachte, ich könnte einen Mittelweg zwischen Kilcannon und der SSA finden. Aufgehört hat es mit mir als politischer Leiche im Straßengraben, dem Gemetzel an den Angehörigen der First Lady und einem Prozess, der die Existenz von Lexington bedroht.«

»Wie es aufgehört hat, wissen wir!«, fuhr ihn Lenihan an. »Sehen Sie lieber zu, dass Sie uns den Weg bis dahin zeigen. Von Anfang an.«

Vier Monate zuvor hatte Frank Fasano von seinem Schreibtischstuhl aus erst Bresler, dann Jerry Kirk, den Vizepräsidenten von Breslers Sportschützenverband, angesehen. Wie immer stellte Kirk mit seinem sanften Gesicht und dem sandfarbenen Haar, das über seinen dicken Brillengläsern besonders dünn wirkte, Gemütlichkeit und Wohlwollen zur Schau. »Marty hat Recht«, versicherte er Fasano. »Wenn *Sie* beim Thema Abzugssperren eine Einigung zwischen unseren Herstellern und den Republikanern im Kongress verkünden, nehmen Sie Kilcannon sein Lieblingsthema weg, und wir alle sehen zur Abwechslung mal vernünftig aus. Da können Sie nur gewinnen, und das ist der Grund, warum wir zu *Ihnen* kommen und nicht zu *ihm*.«

»In puncto Schusswaffen dreht sich die Politik im Kreis«, ergänzte Bresler, angefeuert von Kirks Begeisterung. »Kilcannon gegen die SSA, und der Rest von uns – einschließlich Ihrer Partei – schaut wie hypnotisiert zu. Wir brauchen Bewegung, Frank.«

Fasano antwortete mit einem scheinbar interessierten, doch unverbindlichen Nicken. Bresler spürte geradezu, wie er die politische Geometrie auslotete. »Lassen Sie mich das Terrain sondieren«, bat der Senator schließlich. »Bei *diesem* Thema kann ich der Parteilinie nicht vorgreifen.«

Drei Tage lang hoffte Bresler auf einen Durchbruch. Am Morgen des vierten lief er im Flur des Russell-Hauses Paul Harshman über den Weg. Mit besorgter Miene nahm ihn der Senator beiseite. »Seien Sie vorsichtig, Marty. Sie sollten uns nicht bitten, unsere Freunde im Stich zu lassen.«

Am Nachmittag ließ ihn Fasano ohne Begründung abblitzen.

Mit Clayton Slade trafen sich Bresler und Kirk am Flughafen von Dulles in einem Motelzimmer.

»Sie haben drei Wochen«, beschied Clayton sie ohne Umschweife. »Wenn wir bis dahin keine Einigung erzielen, zieht der Präsident sein Gesetz ohne Kompromiss mit der Waffenindustrie durch. Er hat es mehr als satt, bei Ihnen um Abzugssperren zu betteln.«

Bresler warf Jerry Kirk einen Blick zu. »Wir können nicht mehr tun, als mit den Unternehmen reden«, meinte dieser.

Eine prall mit Konferenzen und Telefongesprächen gefüllte Woche lang taten sie das auch – auf Breslers Drängen hin unter völliger Geheimhaltung. Nach und nach räumten die fünf Vorstandschefs der Mitgliedsunternehmen widerstrebend ein, dass eine bescheidene Sicherheitsmaßnahme – selbst wenn sie in Zusammenarbeit mit Kerry Kilcannon erfolgte – besser wäre als noch mehr Prozesse und eine schlechte Presse. An ihrem Ende konnte Bresler Clayton anrufen und mit ihm eine Ankündigung vereinbaren.

Diesmal wartete Paul Harshman nicht auf eine zufällige Begegnung. »Das ist ja noch viel schlimmer als Ihr letzter Streich«, blaffte er Bresler am Telefon an. »Jetzt wenden Sie sich wohl ganz von uns ab!«

Gleich danach rief Bresler Clayton Slade an. »Wer weiß von unserer Einigung?«, verlangte er zu wissen.

»Jack Sanders. Und der Präsident. Sonst niemand. Bei uns ist keine undichte Stelle.« Clayton holte Luft. »Ich will das durchziehen, ehe die SSA alles zunichte macht.«

»Wie bald?«

»Übermorgen. Bei einer Feier für die Polizeipräsidenten im Rosengarten soll es verkündet werden.«

»Die Zeit reicht unmöglich...«

»Mehr können wir uns nicht leisten. Rufen Sie Ihre Vorstandsvorsitzenden an, und sagen Sie mir Bescheid.«

Bresler und Kirk machten sich ans Telefonieren.

»Kilcannon war großartig«, erzählte Bresler Lenihan und Sarah. Sein Gesicht nahm unvermittelt einen abwesenden Ausdruck an. Er dachte an den Tag zurück, als er sich im Zentrum des Geschehens befunden und geglaubt hatte, die Waffenpolitik stünde vor einer bahnbrechenden Wende. »Er war locker und liebenswürdig«, fuhr er fort. »Wie ein stinknormaler Mann aus dem Viertel, der stinknormale Nachbarn trifft. Einer, dem es aufrichtig darum geht, Leben zu retten. Und als er scherzte, dass er uns alle im Zeugenschutzprogramm unterbringen würde, war die Stimmung richtig gut. An diesem Abend waren wir dann in den Nachrichten – ich, Kilcannon, meine Vorstandsvorsitzenden und der eine oder andere Polizeichef in blauer Uniform. Meine Oberbosse waren begeistert, Kilcannon war begeistert. Am nächsten Morgen hat er mich persönlich angerufen und sich bedankt. Und er hat vorgeschlagen, dass wir bald gemeinsam eine vernünftige Leumundsprüfung ausarbeiten. Klar, habe ich gesagt.« Bresler stieß ein bitteres Lachen aus. Er war wieder in der Wirklichkeit angelangt. »Marty Bresler, der Mittelpunkt des politischen Universums. Der ehrliche Makler, der Liebling der Medien, unangreifbar, solange er Erfolge für seine Leute einheimste. Mit einem Kerry Kilcannon in meiner Mannschaft musste doch sogar die SSA wieder meine Anrufe beantworten.«

Sie tat es nicht. Die meisten Republikaner wollten ihn nicht mehr kennen. Ein alter Freund, der inzwischen für die SSA arbeitete, erzählte ihm vertraulich, dass man in ihrer Zentrale Porträts von ihm in die Urinale geklebt hatte. Sein einziger Trost war, dass die fünf Mitgliedsfirmen seines Verbands keine Rückschläge erlitten hatten.

Das geschah auch später nicht. An dem Tag, an dem bis auf George Callister jeder seine Unterstützung und seine Geldmittel zurückzog, gestand ihm ein Firmenchef bekümmert: »Ich werde natürlich bestreiten, dass ich das je gesagt habe, aber sobald die SSA davon Wind bekommen hatte, dass Sie mit Kilcannon Geschäfte machen, hatten wir keine Wahl mehr.«

»Aber wie hat sie es erfahren?«, fragte Bresler benommen.

Bis ins Mark getroffen, überbrachte er die Nachricht Jerry Kirk. Der nahm sie gefasster auf, als Bresler erwartet hatte. Er legte Bresler die Hand auf die Schulter und sagte: »Um mich brauchst du dich nicht zu kümmern, Marty. Ich schaffe das schon.«

Und wie er es schaffte. Eine Woche später bekam Jerry Kirk einen Posten bei der SSA. Da wurde Bresler klar, wer ihn verraten hatte und warum er beruflich erledigt war.

## *15*

Noch am selben Tag trafen sich Lenihan und Sarah in deren Kanzlei mit Mary Costello. Es war bereits neun Uhr abends. Die zwei Anwälte waren gerade erst aus Sea Ranch zurückgekehrt, durften sich aber keine Pause gönnen. Wie Sarah Mary zuvor am Telefon erklärt hatte, drängten politische Gründe zur Eile. Sie mussten die Klage einreichen, bevor Mary und Lara vor Chad Palmers Ausschuss traten. Auf Sarah wirkte Mary überfordert, als wäre zu viel über sie hereingebrochen und müsse erst noch verarbeitet werden.

Lenihan schien das ebenfalls zu spüren. Und wie Sarah vermutete, hoffte er das Unbehagen ihrer gemeinsamen Mandantin ausnutzen zu können, um die alleinige Kontrolle zurückzugewinnen. »Vielleicht«, sagte er an Sarah gewandt, »sollten besser *Sie* Mary erklären, warum Sie auch die Sons of the Second Amendment in ihre Klage mit einbeziehen wollen. Obwohl ich jetzt Breslers Geschichte gehört habe, fällt es mir immer noch schwer, Ihre Logik in Worte zu kleiden.«

Ohne weiter auf ihn zu achten, richtete sich Sarah sogleich an Mary. »Zwei Gründe«, sagte sie knapp. »Der erste ist die Politik. Wie Sie wissen, ist im Senat ein Gesetz eingebracht worden, das Ihre Klage gegenstandslos machen würde und über das bereits in wenigen Tagen, gleich nach Ihrer Aussage vor Palmers Ausschuss beraten werden soll. Er und seine Parteifreunde werden sehr viel schlechtere Karten haben, wenn herauskommt, dass es ihnen vor allem um einen Persilschein für die SSA geht. Zweitens beherrscht die SSA praktisch Lexington Arms, sowohl durch Einschüchterung, als auch – und darauf gehe ich jede Wette ein – durch die Finanzierung ihrer Anwälte. Mit der Firma Lexington erreichen wir höchstens dann eine Einigung, wenn wir sie gegen die SSA ausspielen.« Sarah hielt kurz inne. »Das ist zugegebenermaßen eine schwierige Herausforderung. Aber wie ich das verstanden habe, hat die SSA Bresler kaltgestellt, und danach hat Callister Präsident Kilcannon mitgeteilt, dass Lexington Arms keine freiwilligen Leumundsprüfungen bei Waffenmessen einführen würde, weil das mit der SSA nicht zu machen ist. Wenn nun die SSA de facto das Sagen bei Lexington Arms hatte, dann wäre sie womöglich auch verantwortlich für den Tod Ihrer Mutter, Joans und der kleinen Marie.«

Mary sah Lenihan fragend an. Der warf sich in Pose und schüttelte betont langsam und ernst den Kopf. »Das ist eine schreckliche Vorstellung, Mary – schrecklich. Wenn dieser Fall zu einem Heiligen Krieg gegen die SSA wird, entfesseln die die übelste PR-Kampagne, die Sie je erlebt haben, inner- und außerhalb des Gerichts. Ich kann Ihnen jetzt schon verraten, was sie behaupten werden – dass der Präsident dahinter steht. Es wird heißen, er könne sich im Kongress nicht durchsetzen, also benutze er Mary Costello, um die Befürworter des Rechts auf Waffenbesitz zu verumglimpfen und zu bestrafen. Aus Sicht der öffentlichen Meinung wird Ihre Klage von Streben nach Gerechtigkeit zu einer Übung in knallharter Machtpolitik ausarten.«

Das war ungemein geschickt, so viel musste Sarah zugeben. Mit wenigen Worten hatte er bei Mary einen empfindlichen Nerv bloßgelegt: ihr gespanntes Verhältnis zu ihrer Schwester und vielleicht auch zum Präsidenten und zugleich ihre Furcht, in einen politischen Morast gezogen zu werden. Darüber hinaus sagte er die Wahrheit. Inner- und außerhalb des Gerichts würde die SSA ein finanzstarker und mit Sicherheit gefährlicher Gegner sein. »Bob hat Recht«, sagte sie an Mary gewandt. »In jeder Hinsicht. Trotzdem vertrete ich einen anderen Standpunkt. Die wahre Schuld für die Ermordung Ihrer Angehörigen liegt nicht bei John Bowden oder Lexington Arms, sie liegt bei der SSA.«

In diesem Moment wirkte Mary noch zerbrechlicher als je zuvor. »Wird der Fall dann noch schwieriger?«, fragte sie die Anwältin.

»Viel schwieriger«, schaltete sich Lenihan ein. »Rechtlich und auch moralisch. Schlimmer noch, wir würden es mit einem Feind aufnehmen, der von fanatischem Eifer beseelt ist und der zudem tonnenweise Geld hat und diesen Prozess benutzen wird, um noch mehr aufzutreiben. Wir werden es mit Horden von Anwälten zu tun bekommen, mit Ausgaben in Schwindel erregender Höhe und jeder nur erdenklichen Verzögerungstaktik …«

»Das alles passiert sowieso«, meinte Sarah mit einer wegwerfenden Geste. »Zumindest, wenn Sie wie ich der Meinung sind, dass die SSA die Anwälte für Lexington Arms auswählen und bezahlen wird. Sie hat die Industrie und den Kongress im Schwitzkasten. Es gibt nur einen Weg, das zu durchbrechen: Wir müssen sie bloßstellen.«

»Wie denn?« In Lenihans scharfen Ton mischten sich Gereiztheit und Verachtung angesichts eines derart eklatanten Mangels an Erfahrung. »Das hier ist doch ein Prozess, der Mary Costello eine Entschädigung für erlittenen Schmerz sichern soll, und kein politischer Kreuzzug. Sarah, als Bürger mögen Sie und ich die SSA und ihre Machenschaften verabscheuen, aber um Himmels willen, wir sind *Anwälte!* Verraten Sie mir doch, wie die SSA das Gesetz gebrochen hat. Nicht durch ihre Lobby-Arbeit. Dasselbe tut ja auch das Kilcannon-Center, nur auf der anderen Seite. Nicht durch die Androhung eines Boykotts. Martin Luther King hat Restaurants, in denen Rassentrennung herrschte, boykottiert, und unser ganzes Land Südafrika …«

»Durch die Verstöße gegen das Kartellrecht!«, bellte Sarah. »Lassen Sie mich bitte unserer Mandantin zuliebe ausreden.«

Lenihan schwieg, verdrehte aber theatralisch die Augen.

»Ich verstehe kein Wort, Sarah«, beklagte sich Mary. »Was hat die SSA getan?«

»In Anbetracht dessen, was mit Martin Bresler geschehen ist, muss ich annehmen, dass sie über andere Hersteller eine Verschwörung gegen Lexington angezettelt hat.«

»Inwiefern?«, fragte Lenihan skeptisch.

»Durch Drohungen; durch die Koordination des Widerstands gegen die Pläne des Präsidenten; durch das Versprechen, die Marktanteile von Lexington unter den Konkurrenten aufzuteilen, falls Lexington den Leumundsprüfungen bei Waffenmessen zustimmt und die SSA sie daraufhin vernichtet.« Sarah hatte bislang Lenihan angesehen. Nun wandte sie sich an Mary. »Das alles stellt einen Bruch der Gesetze gegen unlauteren Wettbewerb dar.«

»Es ist aber auch ein Wunschtraum«, widersprach Lenihan. »Nicht einmal Bresler konnte es uns bestätigen. Dafür müsste die SSA schon gestehen – stellen Sie sich das nur mal vor! – oder die beteiligten Firmen müssten sie hinhängen. Das Mindeste wäre eine Aussage von George Callister, die freimütiger wäre, als ich es mir in meinen kühnsten Träumen vorstellen könnte.«

»Das stimmt.« Sarahs Augen waren immer noch auf Mary gerichtet. »Darum sollten wir uns die Akten der SSA vorknöpfen – sämtliche Kontakte zwischen der SSA und Lexington sowie zwischen der SSA und anderen Unternehmen. Wir werden Charles Dane vorladen, dazu sämtliche Vorstandsvorsitzenden. Und die bei weitem beste Möglichkeit, das zu erreichen, bekommen wir durch eine Klage gegen die SSA selbst.«

»Auf welcher Grundlage?«, drängte Lenihan. »Das ist doch reine Spekulation ...«

»Nicht die Anzeige in der SSA-Zeitschrift. Sie stellt einen strafbaren Aufruf zur Gewalt dar ...«

»Die SSA hat diese Anzeige *gedruckt*, Sarah. Geschrieben hat sie sie nicht. Es gibt keinen Präzedenzfall, auf den wir uns berufen könnten.«

»Nicht direkt. Aber Sie haben doch sicher die Sache *Rice gegen Paladin Enterprises* verfolgt?«

Kurz zögerte Lenihan. »Erinnern Sie mich bitte an die Details?«

»Rice hat einer Zeitschrift die Verantwortung für einen Artikel nachgewiesen, in dem genau beschrieben wurde, wie eine makellose Hinrichtung verlaufen muss...«

»Vielleicht hätte ich das im Gedächtnis behalten, wenn der Fall von Bedeutung gewesen wäre. Ich habe Sie aber gebeten, mir einen Präzedenzfall zu nennen.«

»Wir können einen Präzedenzfall schaffen!«, antwortete Sarah. »Naiv wie ich bin, habe ich angenommen, dass das zu den Aufgaben eines Anwalts gehört. Oder unterstellen Sie, dass Lexington ungestraft verkünden darf, die P-2 sei die beste Waffe für gewalttätige Männer, die ihre Frau umnieten wollen?« Ruhig schaute sie Mary an. »Wissen Sie, es dreht sich hier eben um die Frage, wer verantwortlich ist und warum Sie sich für diesen Weg entschieden haben. In meinen Augen trägt die SSA die moralische Verantwortung für tausende von sinnlosen Tötungen wie die Ihrer Angehörigen. Ob sie *gesetzlich* verantwortlich ist, das ist eine andere Frage. Das zu beweisen könnte, wie Bob sagt, in der Tat schwer werden. Aber Sie sollten wissen, welche Alternativen Sie haben.« Ihre Augen richteten sich wieder auf Lenihan. »Was immer wir tun, Bob, wir müssen das Offenlegungsverfahren beschleunigen.«

»Weil Fasano die Zivilrechtsreform durchpeitschen wird?«

»Ja. Je mehr Beweismittel wir gegen Lexington und die SSA entdecken, desto schwerer wird es ihm fallen, eine Mehrheit für die Reform zu gewinnen. Wenn nötig, laden wir eben Leute wie Dane vor und geben ihre Aussagen an die Presse weiter.«

Zum ersten Mal spielte ein bewunderndes Lächeln um Lenihans Lippen, in das sich auch eine Spur Belustigung mischte. »Hin und wieder lassen Sie mich ja doch noch hoffen, Sarah. Aber wie wollen Sie einen Richter dazu bewegen, das Offenlegungsverfahren zu beschleunigen? Doch gewiss nicht, indem Sie den Medien unter Eid geleistete Aussagen liefern, um Fasano in Verlegenheit zu bringen.«

»Bestimmt nicht. Aber durch Antrag auf eine Verfügung, um eine permanente Bedrohung der allgemeinen Sicherheit zu verhindern.«

Lenihan sah Sarah erstaunt an. »Eine Verfügung? Gegen welche permanente Bedrohung denn? Ich möchte Mary nicht verletzen, aber ihre Verwandten sind doch schon tot.«

Mary starrte stumm auf ihre gefalteten Hände hinunter.

»Es werden *noch* mehr sterben, wenn dieses Gesetz in Kraft tritt«, konterte Sarah. »Und dann ist die Vorlage des Präsidenten zur Waffenkontrolle mausetot. Bob, in diesem Prozess geht es um viel mehr als nur um Geld. Kein Betrag der Welt wird Mary für ihren Verlust entschädigen können.«

»Das ist Politik, nicht Rechtsprechung«, beharrte Lenihan. »Auf welcher Grundlage bringen wir einen Richter dazu, das Offenlegungsverfahren schnellstmöglich durchzuführen?«

»Aufgrund ihrer Aktivitäten ist die Firma Lexington eine öffentliche Bedrohung«, erwiderte Sarah. »Das heißt, sie schränkt alle Kalifornier in der Ausübung eines Rechts ein, das ihnen vom Gesetz her zusteht. Auch und vor allem des Rechts, nicht mit einer in Kalifornien verbotenen Waffe wie zum Beispiel der Lexington P-2 ermordet zu werden. Sie haben ja selbst darauf hingewiesen, Bob. Ich bin überzeugt, dass wir nachweisen können, dass Lexington den Staat Kalifornien mit Waffen überschwemmt, die gleich hinter der Grenze in Nevada verkauft werden. Ferner glaube ich aufzeigen zu können, dass ein gewaltiger Teil davon dazu benutzt wird, Kalifornier zu ermorden – Marys Familie ist hier nur die Spitze eines Eisbergs. Nicht zuletzt wissen wir längst, dass Lexington und die SSA Verbrechern und Leuten wie John Bowden gezeigt haben, wo sie solche verheerenden Pistolen kaufen können, ohne sich einer Leumundsprüfung stellen zu müssen. Kurz und gut …« – Sarah sah nun von Lenihan zu Mary – »… unser Fall ist wirklich keine besonders harte Nuss. Die Tragödie in Ihrer Familie ist Teil eines Musters – ein Unternehmen verkauft schreckliche Waffen an schlechte Menschen, und das gleich auf mehreren üblen Wegen. Dieses Muster sollte durch eine Verfügung durchbrochen werden.«

Mary richtete sich auf. »Wenn diese Praktiken hier wirklich gang und gäbe sind, Mr. Lenihan, und wir sie beenden können, dann möchte ich das auch tun.«

»Das sind Absichten, die höchste Anerkennung verdienen,«

lobte Lenihan. »Aber mit der Forderung nach einem beschleunigten Offenlegungsverfahren laufen wir denen ins offene Messer. Das erlaubt es den SSA-Anwälten, noch mehr zu tricksen – dann halten sie eben einfach Dokumente zurück, sodass wir Zeugen wie Dane befragen müssen, ohne uns auf dringend benötigte Unterlagen beziehen zu können. Letztlich wird uns dann gar nichts anderes übrig bleiben, als völlig unvorbereitet in den Prozess zu gehen. Und wenn wir da auch noch die SSA mit einbeziehen, wird aus einem Fiasko ein Albtraum! Sarah kennt die Prozedur genauso gut wie ich. Wir beantragen eine einstweilige Verfügung, die wir wahrscheinlich nicht bekommen. Dann wird der Richter einen Termin für eine Anhörung zu unserem Antrag festsetzen, die innerhalb von *zehn* Tagen stattfinden soll. Binnen sechzig bis neunzig Tagen werden wir uns durch unsere Beweismittel geackert haben – wobei man uns bei jeder Gelegenheit Knüppel zwischen die Beine werfen wird –, und danach sollen wir uns der Hauptverhandlung stellen, ohne uns in der Sache auszukennen.«

»Bob«, beschwor ihn Sarah, »Sie haben gegen IBM, AT&T und die halbe Crème de la Crème der Privatwirtschaft geklagt. Wozu beschäftigt Ihre Kanzlei all die Spitzenanwälte, wenn nicht dazu, um sie einzusetzen?«

»Damit wir entscheiden können, *wann* wir sie einsetzen und *wo* ihr Einsatz sinnvoll ist.«

Sarah nickte. »Es ist Ihr Geld, keine Frage. Da kann ich nur hoffen, dass Ihrer Einschätzung nach der Bedeutung des Ganzen Rechnung getragen wird, wenn es gelingt, die SSA zu stoppen, weitere Morde zu verhindern und Präsident Kilcannon dabei zu helfen, Leben zu retten.«

Zu Sarahs Überraschung brach Lenihan in herzhaftes Lachen aus. »Das sollte ich Sie vor meinen Partnern wiederholen lassen«, meinte er ironisch, doch keineswegs feindselig. »Sie werden Ihnen ihr Geld und unsere Kanzlei sicher voller Begeisterung zur Verfügung stellen.«

Sarah spreizte lächelnd die Hände. »Um mehr könnte ich gar nicht bitten. Aber jetzt mal im Ernst: Angenommen, wir einigen uns auf diese Vorgehensweise – wann und wo reichen wir dann die Klage ein?«

Obwohl er viel zu klug war, um sie nicht zu durchschauen, schätzte Sarah Lenihans Ego als derart aufgeblasen ein, dass sie ihn vielleicht besänftigen konnte, wenn sie ihm die Hauptbühne überließ. Und es sah ganz so aus, als hätte sie sich nicht getäuscht. Bei seiner Antwort stellte der ältere Anwalt wieder seine gewohnte Souveränität und Zuversicht zur Schau. »Die Frage nach dem Zeitpunkt ist bereits klar – sofort. Was das Wo betrifft: dieselbe Instanz, die ich am Anfang ausgewählt habe, der Superior Court von Stadt und County San Francisco. Meine Kanzlei hat dort eine Niederlassung, und wir stehen mit den meisten Richtern auf gutem Fuß. Da es kein Bundesgericht ist, weiß ich schon, bei wem die Sache landen wird, nämlich entweder bei Richter Fineman oder Richter Rotelli.« Er lächelte zufrieden. »Beide sind Freunde von mir, und sie stehen zur Wiederwahl an. Wie alle anderen Partner in unserer Niederlassung dort habe ich ihnen für ihren Wahlkampf gespendet.«

Was in Sarahs Augen das Problem mit einem System war, in dem die Richter von der Bevölkerung gewählt wurden. »Und darum schätzen Sie also, dass wir eine faire Anhörung bekommen«, bemerkte sie trocken.

Lenihan zuckte mit den Schultern. »Selbst wenn wir nicht befreundet wären, wen würde ein gewählter Richter Ihrer Meinung nach bevorzugen? Die überlebende Schwester der First Lady, die aus San Francisco stammt, oder jemanden aus einem fremden Staat, der am Tod von Menschen verdient?«

Bei diesen Worten glaubte Sarah, Mary zusammenzucken zu sehen. Sie legte ihr kurz die Hand auf den Arm. »Und wie ist es mit den Richtern bei der Hauptverhandlung?«, fragte sie Lenihan. »Die werden doch durch das Los bestimmt.«

»Dieselbe Logik«, antwortete Lenihan siegessicher. »Aber wieso derlei dem Zufall überlassen? Der Gerichtspräsident, Richter Morrissey, ist ein weiterer guter Freund von mir, einer der letzten Liberalen vom alten Schlag. Wir können zu ihm gehen und sagen: ›Euer Ehren, das hier ist ein hochkomplexer Fall. Dafür wäre ein von Anfang an eingearbeiteter Richter nötig, der ihn von der Vorverhandlung bis zum Hauptverfahren begleitet.‹ Der örtliche Spezialist für schwierige Verfahren, Richter Weinstein, ist auch sehr progressiv. Ich nehme an, dass Jack Morrissey ihn uns geben würde.«

Sarah empfand es als faszinierend, wenn auch etwas unheimlich, wie Lenihan mit der Justiz Roulette spielte. »Sie sehen also keinen Grund, damit vor ein Bundesgericht zu gehen?«

»Gott, nein! Dort weiß man nie, bei wem man landet. Und mindestens die Hälfte der Richter sind Konservative und werden noch dazu auf Lebenszeit ernannt – also genau die Art, die uns gnadenlos fertig machen würde.«

Sarah schüttelte den Kopf. »Keine Einwände.«

»Eben. Vergessen Sie nur nie, wer das gesagt hat.« Er lehnte sich zurück und erfasste beide Frauen mit einem selbstzufriedenen Blick. »Egal, wie die Klage am Ende lauten wird, wir ziehen mit derart schillernden Beschuldigungen vors Landesgericht, dass die Zeitungen und Nachrichtenmoderatoren gar nicht anders können, als sie zu zitieren. Gleich danach halten wir eine Pressekonferenz ab. Und später benutzen wir mein Renommee, um eine PR-Daueroffensive loszutreten.«

Lenihans Renommee, dachte Sarah sarkastisch, hatte wohl nicht ganz den gleichen Stellenwert wie das des Präsidenten und der First Lady – oder das der eigentlichen Betroffenen, der Opfer. Und erst dann wurde ihr plötzlich bewusst, dass Mary Costello schon wieder völlig an den Rand gedrängt worden war. Sie drehte sich zu ihr um. »Die ganze Zeit haben Sie zugehört, Mary. Jetzt sind Sie an der Reihe. Bitte sagen Sie uns, was *Sie* tun möchten.«

Mary sah von Lenihan zu Sarah. »Dasselbe wie Sie«, antwortete sie der jungen Anwältin. »Ich will nicht, dass noch mehr Menschen sterben. Und wenn die SSA daran schuld ist, dann soll sie auch bezahlen.«

Zu Sarahs Überraschung zuckte Lenihan schicksalsergeben mit den Schultern. Vielleicht wollte auch er sich der Herausforderung stellen.

»Wann erheben wir also Klage?«, fragte Sarah.

»Übermorgen«, bestimmte er. »Gleich in der Früh.«

# 16

Um 9.15 Uhr morgens reichten Lenihan und Sarah ihre Klage ein, nachdem sie tags zuvor die SSA und die Medien informiert hatten. Kurz nach zwei Uhr traten sie in den mit Holz vertäfelten Saal von Richter Angelo Rotelli.

In dem gedrängt vollen Raum herrschte kurz vor dem mit Spannung erwarteten Erscheinen des Richters das übliche gedämpfte Stimmengewirr. Am Tisch der Anwälte der Beklagten saß bereits John Nolan, der geschäftsführende Partner von Sarahs früherer Kanzlei, Kenyon & Walker, und musterte seine Gegner voll kaum verhülltem Abscheu. Neben ihm hatte Harrison Fancher Platz genommen, Seniorpartner einer anderen großen Kanzlei, Hartman & Miles, dessen leichenhaftes Erscheinungsbild und mitleidsloser Umgang mit den Mandanten und Zeugen der Gegenseite ihm den Beinamen »Todesengel« eingebracht hatten. Obwohl Fanchers Gegenwart verhieß, dass der Prozess den von Lenihan vorausgesagten unerfreulichen Verlauf nehmen würde, war Nolan derjenige, den Sarah noch mehr fürchtete. Ihrer Erfahrung nach verbarg er seine gnadenlose Unnachgiebigkeit, seinen unerschütterlichen Glauben, dass die Privilegien seiner Mandanten jedes Mittel rechtfertigten, unter der unergründlichen Fassade eines chinesischen Mandarins und einem diplomatischen Auftreten, das den Richtern imponierte.

Als nun Sarah und Lenihan zum Klägerpult gingen, schenkte Lenihan Nolan und Fancher ein breites Lächeln. »John!«, dröhnte er mit wohlklingendem Bass, der bis zu den Journalisten drang. »Und Harry! Was für ein Vergnügen! Wer von Ihnen hat denn die Waffenfanatiker und wer die, die am Tod verdienen?«

Ohne aufzustehen, bedachte ihn Nolan mit einem dünnen Lächeln, während sich die Augen über seinem breitflächigen Gesicht zu Schlitzen verengten. Mit leiser, nur für Lenihan bestimmter Stimme zischte er: »Wir sind also wieder im Sandkasten gelandet, wie ich sehe. Oder ist es das Katzenklo?« Sein Blick wanderte weiter zu Sarah. Kühl und von oben herab sagte er: »Hallo, Sarah. Sind wir hier, um zu Füßen des großen Meisters zu lernen?«

Mit seiner Spitze bewies Nolan Sarah einmal mehr, wie sehr er sie verachtete. Den Grund kannte sie gut. Sie hatte ihn damals mehr oder weniger gezwungen zu akzeptieren, dass sie die Vertretung von Mary Ann Tierney unentgeltlich übernahm – Abtreibungen waren ihm als Erzkonservativem ohnehin ein Dorn im Auge –, indem sie beinahe eine Rebellion unter den Partnerinnen des Unternehmens angezettelt hatte. Jetzt brachte Sarah trotz aller Anspannung ein Lächeln zu Wege. »Und wer von Ihnen soll das sein?«, erwiderte sie gerade noch rechtzeitig vor Angelo Rotellis Eintreten.

Schlagartig legte sich das Getuschel. Rotelli, ein untersetzter Mann mit dunklem, lockigem Haar, nickte den Anwälten gütig zu und ließ sich hinter dem Richterpult nieder. Mit einem kurzen Blick erfasste er das gewaltige Medienkontingent, das den Saal schier zum Platzen brachte.

»Schön«, begann er. »Die heute Vormittag eingereichte Klage *Costello gegen Lexington Arms und andere* wird aufgerufen. Vor mir liegt ein Gesuch Mary Costellos um eine vorläufige gerichtliche Verfügung zur Beendigung mutmaßlicher Aktivitäten der Beklagten, die die Gefährdung des Lebens kalifornischer Bürger zur Folge hätten. Wer spricht für die Klägerin?«

In dem Moment, als Lenihan sich erhob, stand auch John Nolan auf. »Verzeihen Sie, Euer Ehren. John Nolan, Anwalt der Beklagten, Lexington Arms. Bevor wir fortfahren, möchte ich die Aufmerksamkeit des Gerichts auf einen Sachverhalt lenken, aufgrund dessen sich eine weitere Verfolgung dieses Verfahrens erübrigen dürfte.«

Rotelli ließ sich die Überraschung nicht anmerken. »Ja, Mr. Nolan«, sagte er mit einem lebhaften Nicken. »Ich weiß, wer Sie sind. Was haben Sie für uns?«

»Einen Antrag auf Verweisung an ein Bundesgericht.« Nolan näherte sich dem Richterpult und reichte Rotelli ein Bündel Dokumente. Dann drehte er sich um und gab Lenihan mit einem belustigten Funkeln, das der Richter nicht sehen konnte, ein Duplikat.

»Das ist Unsinn!«, beschwerte sich Lenihan bei Rotelli. »In diesem Fall ist für eine Verweisung an ein anderes Gericht zwingend vorgesehen, dass das Verfahren Fragen aufwerfen muss, die ausschließlich Bundesgesetze betreffen. Wir stellen keine solchen Fragen fest. Die Gegenseite hat offensichtlich einen Pseudoantrag gestellt, der nur dem Zweck der Verzögerung dienen soll.«

Dieses Argument, das wusste Sarah, war hieb- und stichfest.

Aber Nolan blieb kühl und gelassen. »Trotz Mr. Lenihans wenig liebenswürdiger Kritik wirft sein Einspruch – wenn man denn eine derart mit Rhetorik überladene Äußerung bar jedes juristischen Sachverstands als solchen bezeichnen kann – sehr wohl bedeutende, die Gesamtunion betreffende Fragen auf. Ich nenne zuvörderst die exotischen Theorien zu Kartellrechtsverstößen und Gefährdung der Öffentlichkeit, die die Verfassungsklausel zum freien Handel tangieren *und* die nach unserer bescheidenen Meinung die durch das Second Amendment zur Bill of Rights garantierten Grundrechte bedrohen …«

Mit einem Schlag begriff Sarah, dass sie sich in den eigenen Fallstricken verfangen hatte. Auch wenn Nolans Argumentation eindeutig falsch war, verlieh ihr der weit gefasste Ansatz, den sie Lenihan aufgedrängt hatte, jede nur erdenkliche Plausibilität.

»In jedem Fall wird ein Antrag auf Verweisung sofort wirksam«, fuhr Nolan fort. »Sobald ein Beklagter ihn vor einem Bundesgericht stellt, wie wir das hiermit tun, muss dieses darüber befinden. Damit ist dieses Gericht nicht mehr zuständig und nicht zur weiteren Verhandlung berechtigt.«

In *dieser* Hinsicht, sagte sich Sarah erschrocken, war Nolans Argumentation korrekt.

Lenihan sprang erregt auf. »Das ist ein böswilliger Antrag, der Sanktionen verdient ….!«

Rotelli schnitt ihm mit erhobener Hand das Wort ab. Mit tief gerunzelter Stirn durchblätterte er die Seiten, die ihm Nolan vorgelegt hatte. Anscheinend hatten ihn der Antrag und der drohende Verlust seiner Zuhörerschaft aus dem Konzept gebracht. Schließlich sah er auf: »Mr. Nolan, ohne mich Mr. Lenihans Bewertung anzuschließen, muss ich sagen, dass mein erster Eindruck hiervon *äußerst* mäßig ist. Aber Sie haben insofern Recht, als ich keine Entscheidungsbefugnis habe.« Nach einem Seitenblick auf Lenihan richtete er die Augen vorbei an den Anwälten auf die versammelten Journalisten. »Damit dieser Fall wieder vor diesem Gericht verhandelt werden kann, was meiner Meinung nach der Fall sein sollte, wird ihn ein Bundesrichter hierher zurückverweisen müssen.«

Damit erhob sich Rotelli, nickte beiden Parteien zu und entfernte sich. Mit zorngerötetem Gesicht flüsterte Lenihan Sarah zu: »Das war erst die Anzahlung für die Klage gegen die SSA. Von jetzt an geht es erst richtig los. Und die Raten werden immer höher.«

Doch bei der Pressekonferenz war Lenihan wieder der Inbegriff der Zuversicht.

Zwischen Sarah und Mary Costello saß er an einem Tisch und hielt das Mikrofon so zärtlich wie eine Geliebte.

Kerry, der das Ganze zu Hause im Fernsehen verfolgte, raunte Lara zu: »Für Bob sind Begegnungen mit der Presse eine erotische Erfahrung.«

»Der heutige Tag«, erklärte Lenihan, »ist der Anfang vom Ende der Waffengewalt in Amerika.«

»Ich wünschte, es wäre so leicht«, murmelte Lara.

Kerry nickte. Der Überrumpelungsangriff der Lexington-Anwälte hatte sie beide ernüchtert. Und nicht nur sie. Marys betroffene Miene, die auf dem Bildschirm deutlich zu sehen war, sprach für sich.

Lenihan machte eine Kunstpause und legte Mary väterlich eine Hand auf den Arm. »Und die Beklagten *wissen* das auch genau. Deshalb haben sie ihre Beschützer im Kongress – darunter Senator Fasano und Sprecher Jencks – veranlasst, das schändliche Machwerk einer Gesetzesvorlage einzureichen, das ausschließlich darauf ausgerichtet ist, Mary Costello und alle Menschen in einer ähnlichen Situation ihres Rechts auf eine Prüfung ihres Anliegens durch die Justiz zu berauben.«

Das, sagte sich Kerry, war der Anfang dessen, was er sich erhofft hatte. Aber das Ende war so ungewiss wie die Auswirkungen auf Lara und ihre Schwester. Stumm zog er Lara zu sich heran.

Kurz nach neunzehn Uhr Ostküstenzeit konterte die SSA mit ihrer eigenen Pressekonferenz. Dane stand mit düsterer Miene hinter einem Podium und sprach in getragenem, ernstem Ton. In jedem Wort klang eine tiefe Empörung durch, was Frank Fasano in helle Begeisterung versetzte. Einmal mehr bewies Dane damit, welche magnetische Anziehungskraft er auf seine Anhänger ausübte.

Fasano, der die Veranstaltung zusammen mit Macdonald Gage am Fernseher verfolgte und dazu Bourbon trank, drehte die Lautstärke auf.

»Diese Klage«, begann Dane, »ist verwerflich und empörend! Hier wurde ein Mord begangen. Der Mörder ist zu verurteilen. Wenn darüber hinaus Vorwürfe angebracht sind, dann gebühren sie der Justiz und…« – er hielt kurz inne – »und den mächtigen Angehörigen der Opfer, die beide in ihrer Aufgabe, sie vor John Bowden zu schützen, kläglich versagt haben.«

Gage lachte leise vor sich hin. Das bestätigte Fasano in seiner Ansicht, dass Mac wohl jede Äußerung von Dane, die dazu angetan war, Kerry Kilcannon zu demütigen, ungemein befriedigen würde. Derart schadenfroh war er, Fasano, allerdings nicht.

»Wem aber geben *sie* die Schuld?«, fuhr Dane fort. »Der SSA und Lexington Arms, einem der traditionsreichsten und geachtetsten Schusswaffenhersteller Amerikas zum Schutz der freiheitsliebenden Bürger…«

»Etwas zu schwülstig«, kommentierte Fasano. »Das ist doch nicht der 4. Juli heute.«

»Die SSA«, dozierte Dane, »ist kein Monolith. Sie steht für vier *Millionen* Amerikaner, die sich an die Gesetze halten und nichts tun, als ihre Bürgerrechte auszuüben, die ihnen unsere Gründerväter gewährt haben. Unsere Mitglieder wussten nichts von John Bowden. Sie waren für sein Tun nicht verantwortlich. Sie sind an der absolut legalen Vermarktung eines völlig legalen Produkts durch Lexington in keiner Weise beteiligt.«

Dane stach mit dem Zeigefinger in Richtung Kamera. »Lasst euch nicht täuschen, Amerikaner: Der Monolith in diesem Fall ist die Bundesregierung, der verlängerte Arm eines Präsidenten, der diese Klage dazu benutzt, um ausgerechnet diejenigen zu vernichten, die eure Rechte zu etwas Wirklichem machen, die einzige Organisation, die diese Rechte vor Schaden bewahren kann.

Kerry Kilcannons Waffe ist keine Pistole und auch kein Gewehr. Sie ist die Hetze von Zivilprozessanwälten, unterstützt von einer linken Vereinigung, die seinen Familiennamen trägt und eine Tragödie ausschlachtet, zu der, so traurig es ist, seine *persönlichen* Versäumnisse beigetragen haben.«

»Jetzt wird es kritisch«, brummte Fasano. »Hoffentlich behauptet er nicht, Kilcannon hätte Blut an den Händen.«

»Stimmt das etwa nicht?«, stieß Gage in unterdrücktem Zorn hervor. »Meins klebt ganz gewiss daran.«

»Die Verteidigung gegen diese missbräuchliche Klage kann uns Millionen kosten«, mahnte Dane. »Aber wir werden *nie* klein beigeben. Wir werden diesen Kampf bis zum bitteren Ende durchstehen – notfalls auch bis zum Obersten Gerichtshof – um die fundamentale Freiheit zu verteidigen, die alle anderen Freiheiten erst ermöglicht: das Recht, Waffen zu besitzen und zu tragen.

Wir rufen unsere Mitglieder dazu auf, uns zu unterstützen. Wir rufen das amerikanische Volk dazu auf, sich einmütig zum Protest zu erheben.« Und den Blick starr auf die Kamera gerichtet, schloss Dane feierlich mit den Worten: »Wir rufen die Führer des Kongresses dazu auf, diesem Skandal ein Ende zu bereiten!«

Im selben Moment wurde Fasano klar, dass er in der Falle saß. Genauso wie Kerry Kilcannon. Was Kilcannon da in Gang gesetzt hatte – diesen Wettlauf zwischen einer Klage und dem Senat, diese Schlacht zwischen Kilcannon und der SSA –, konnte leicht außer Kontrolle geraten, mit entsetzlichen Folgen, wie sie sich noch keiner von ihnen ausmalen konnte.

Nur Macdonald Gages Glück war ungetrübt. »Fertig, Frank?«, fragte er.

# 17

Infolge der Zufallsauswahl durch einen Computer fanden sich Sarah und Lenihan am nächsten Morgen in dem geräumigen Dienstzimmer des Richters Gardner W. Bond vom dem Bund unterstehenden United States District Court ein.

Lenihans grimmige Miene spiegelte die bittere Wahrheit wider. Unter den vierzehn Richtern, die sie hätten ziehen können, war Gardner Bond das Schlimmste, was Mary Costello passieren konnte. Dass Bond Lenihan seit jeher verachtete und ihn bei der Verfolgung seiner Fälle stets mit allen Kräften behindert hatte, war dabei noch das Wenigste. Bond war ein Ideologe mit Anzug und Weste, ein leidenschaftlicher Konservativer, der sich in seiner Zeit als Anwalt dadurch einen Namen gemacht hatte, dass er unentgeltlich homosexuelle Gruppenführer bei den Pfadfindern verklagt und gewalttätige Abtreibungsgegner verteidigt hatte.

Das waren nur einige der vielen Gründe, warum Bonds Berufung ins Richteramt massiven Protest ausgelöst hatte. Für Sarahs Begriffe war Bond, ob persönlich oder beruflich, schon vom Temperament her völlig unfähig, Menschen zu akzeptieren, die seine Überzeugungen nicht teilten. Hinzu kam seine Mitgliedschaft in zwei reaktionären Clubs, die sich rühmten, grundsätzlich keine Frauen aufzunehmen. Und schließlich war er in der Federalist Society tätig, einer Vereinigung rechts stehender Juristen, die sich massiv dafür einsetzten, dass die Bundesgerichte mit konservativen Kandidaten überschwemmt wurden, die mit Leib und Seele gegen alles kämpften, was sie als Exzesse des Liberalismus betrachteten.

Vervollständigt wurde dieses düstere Bild durch den Umstand, dass in der ausschließlich in den Kategorien Schwarz und Weiß gehaltenen Weltsicht von Gardner Bond und seinen Verbündeten Kerry Kilcannon der oberste Bösewicht war, ein Präsident ohne jede Legitimation, der um jeden Preis von seiner Machtposition verdrängt werden musste. Dass Kilcannon dann ein Republikaner wie Frank Fasano nachfolgen würde, lag voll und ganz in Bonds Interesse. Nur ein republikanischer Präsident konnte ihn an die Spitze des Court of Appeals und mit großem Glück vielleicht sogar an den Supreme Court befördern.

Wie Sarah glaubte, sah er sich insgeheim sogar schon auf halbem Weg dorthin. Mit einem blauen Nadelstreifenanzug bekleidet, thronte Bond nun am Kopfende des Konferenztisches, wo er mit seinem steifen Gebaren, seiner Brille mit Goldrand, dem kurz geschnittenen, grau melierten Haar und einem weißen Tuch in der Brusttasche wie ein Ölporträt seiner selbst wirkte.

Zu seiner Rechten saß neben Harrison Fancher John Nolan, der eine durchaus selbstzufriedene Miene zur Schau stellte. Der Richter und er gehörten derselben Partei und denselben privaten Clubs an, und Nolan fühlte sich durch Bonds Gegenwart wahrscheinlich an Clubsessel und Zigarren sowie schwarze Kellner in weißem Frack erinnert, die mit silbernen Tabletts zwischen verwöhnten weißen Männern hin und her glitten.

Dorthin gehörten Sarah und Lenihan eindeutig nicht.

Dennoch glaubte Sarah immer noch, dass Nolans Antrag auf Verweisung des Verfahrens nichts als ein juristischer Winkelzug war. Sie und ein Mitarbeiter in Lenihans Kanzlei hatten die ganze Nacht damit verbracht, die Gesetzestexte nach den entsprechenden Paragrafen zu durchforsten und eine Entgegnung aufzusetzen. Wenn Gardner Bond überhaupt Gründe fand, den Fall zu behalten, dann mussten sie noch grotesker sein als Nolans Ansinnen. Insofern sah Sarah durchaus Anlass zu der Hoffnung, dass Bond klug genug sein würde, um dies zu erkennen und Nolan in seine Grenzen zu verweisen.

Mit einem knappen Nicken nach beiden Seiten erklärte Bond abrupt: »Ich habe die Eingabe der Beklagten und den Widerspruch der Klägerin gelesen. Wenn Sie nichts Zwingendes hinzuzufügen haben, verkünde ich meine Entscheidung.«

Das war eindeutig eine Aufforderung zu schweigen. Die drei Männer – Nolan sah ihn mit ausdrucksloser Miene an, Lenihan mit verschränkten Armen, Fancher mit wachen, erwartungsfrohen Augen – sagten nichts. Sarah ihrerseits zog es vor, das forsche Gebaren des Richters als gutes Zeichen zu werten: Gardner Bond hatte sicher beschlossen, mit Nolans Unsinn kurzen Prozess zu machen.

»Laut dem Antrag der Beklagten«, tönte Bonds gepflegter Bariton, »fallen die Theorien der Klägerin über einen Verstoß gegen das Kartellrecht und über eine Gefährdung der Öffentlichkeit durch Konzerne unter das Handelsgesetz. Dies gilt auch für die Tatsache, dass die Klägerseite ein staatliches Gericht in Kalifornien bittet, das der Firma Lexington unterstellte Vergehen, das in einem *anderen* Staat, nämlich Nevada, stattfand, zu bewerten. Der Antrag stützt sich ferner auf Rechte, die im zweiten Verfassungszusatz der Vereinigten Staaten garantiert sind.

Aus den genannten Gründen gebe ich dem Antrag statt und stelle fest, dass dieses Gericht das angemessene Forum ist.«

Sarah hatte das Gefühl, den Boden unter den Füßen zu verlieren. Noch war sie einfach nicht bereit, ihren Ohren zu trauen. »Euer Ehren…«

Bond musterte sie mit abweisender Miene. »Wie ich mich zu erinnern glaube, habe ich eingangs gefragt, ob Sie etwas hinzuzufügen hätten, Ms. Dash.«

»Zu diesem Zeitpunkt hatte ich das noch nicht«, beharrte Sarah verzweifelt. »Aber, mit Verlaub, jetzt muss ich Ihre Prämisse ansprechen.« Sie gab sich einen Ruck. »Bei Prozessen gegen Konzerne sind die Zuständigkeitsbereiche der einzelstaatlichen und überstaatlichen Gerichte geteilt. Staatliche Gerichte nehmen regelmäßig Klagen an, die die Bill of Rights geltend machen. Die Gerichte der Einzelstaaten haben die Vollmacht, ihre Bürger vor Handlungen zu schützen, die ihr Wohlergehen bedrohen, selbst wenn sie in anderen Staaten ausgeübt werden. Und die diesem Fall zu Grunde liegenden Beschuldigungen – Beihilfe zur Tötung und öffentliche Gefährdung – beziehen sich ausschließlich auf kalifornisches Recht.

Wir haben diese Frage auf Herz und Nieren untersucht. Es gibt landesweit keinen einzigen Präzedenzfall für eine Verweisung. Auch Mr. Nolans Antrag führt keinen auf.«

Die Augen hinter Bonds Brillengläsern waren kalt und hart. »Dann haben Sie ja das Recht, Beschwerde einzulegen«, entgegnete er steif.

Sarahs Verzweiflung wuchs. »Ein sehr begrenztes, Euer Ehren. Ich bitte das Gericht, seine Entscheidung zu überdenken. Wenn Ms. Costello zu einer Beschwerde gezwungen wird, könnte das eine Verzögerung von Monaten bedeuten…«

»Nun, das ist wohl eher *Ihr* Problem. Sie haben beschlossen, die von Mr. Nolan angeführten Behauptungen in die Klage mit einzuschließen – ganz offensichtlich in der Absicht, ein Netz auszuwerfen, das groß genug ist, um die SSA an Land zu ziehen.« Bond schien eine noch bösere Bemerkung auf der Zunge zu liegen, doch er nahm sich zusammen. »Dass diese Klage Folge einer Tragödie ist, bezweifelt niemand. Ob dieses Verfahren das angemessene

Hilfsmittel ist, das ist eine ganz andere Frage. Aber *wenn* es begründet ist – und ich betone: *wenn* –, dürfte die Natur des Forums ohne Belang sein.«

Angesichts von Bonds raffiniertem Zynismus verschlug es Sarah die Sprache. Der Richter drehte den Spieß um und schlug sie mit ihren eigenen Waffen! Er hatte sehr wohl verstanden, dass sie und Lenihan das staatliche Gericht aus einem bestimmten Grund gewählt hatten, und war entschlossen, ihnen einen Strich durch die Rechnung zu machen – und zwar genau weil »die Natur des Forums« aufgrund seiner persönlichen Vorurteile den Ausgang des Verfahrens in der Tat entscheiden konnte. »Wie auch immer«, schloss Bond, »ich lehne Ihren Antrag auf Rückverweisung an das staatliche Gericht ab. Wenn eine Berufungsinstanz nicht anders entscheidet, bleibt der Fall bei mir.«

Bond wandte sich an Nolan und Fancher. »Da dem so ist, gebe ich der Forderung der Klägerin nach einer einstweiligen gerichtlichen Verfügung nicht statt. Die Eingabe der Klägerin wirft Fragen auf, die für eine solch weit reichende Maßnahme zu komplex sind. Darüber hinaus vermag ich für die von ihr befürchtete Bedrohung der Bürger keine hinreichend überzeugenden Argumente zu sehen.«

Bond lehnte sich zurück. Sein Blick wanderte von einer Seite zur anderen. »Die Verhandlung über den Antrag der Klägerin auf eine einstweilige Verfügung sowie über etwaige Anträge auf Klageabweisung findet heute in zehn Tagen statt. Bis dahin ist es der Klägerin *untersagt*, zusätzliche Belastungsmomente egal welcher Art zu sammeln. Solange wir nicht entschieden haben, welche Beschuldigungen bestehen bleiben können, wenn überhaupt welche, sollen Ms. Costellos Anwälte die Zeit der beklagten Parteien nicht mit neuen Anschuldigungen beanspruchen. Gibt es sonst noch Fragen?«

»Ja, Euer Ehren.« Unvermittelt hatte Lenihan seine Sprache wiedergefunden. »Die neuen Bestimmungen gestatten Fernsehkameras im Gerichtssaal. Aufgrund des öffentlichen Interesses an dieser Angelegenheit bitte wir um die Möglichkeit einer …«

»Abgelehnt!«, bellte Bond. »Ihre Klagen wegen Beihilfe zur Tötung werden von Geschworenen gehört werden – sofern sie zur

Hauptverhandlung zugelassen werden. Das Fernsehen kann die Wahrnehmung der Geschworenen nur beeinflussen – die meiner Auffassung nach durch die eigentlichen Widersacher in dieser Angelegenheit sowohl hier als auch in Washington ohnehin schon genügend verzerrt worden ist. Dies ist ein Gerichtsverfahren und nicht Politik mit anderen Mitteln.«

Sarah fiel auf, dass Nolan nicht ein Wort hatte sagen müssen.

In der Gerichtskantine murmelte Sarah bei einer Tasse Kaffee: »Wir sitzen fest.«

»Festsitzen nennen Sie das? Wir sitzen in der Scheiße!« Lenihan blitzte sie über seine Tasse hinweg an. »Dieser reaktionäre Dreckskerl wird unseren Antrag auf einstweilige Verfügung dazu benutzen, uns im Offenlegungsverfahren in Grund und Boden zu stampfen. ›Sie wollen ein beschleunigtes Verfahren?‹, wird er sagen. ›Ich ramme es Ihnen gleich beschleunigt in den Arsch!‹ Mit seiner Billigung können Nolan und Fancher jetzt Katz und Maus mit uns spielen: Beweismittel zurückhalten, uns zwingen, Zeugen ohne Dokumente zu vernehmen – und *das* auch nur dann, wenn Bond nicht beschließt, uns ohnehin in zehn Tagen rauszuwerfen.«

Sarah nickte niedergeschlagen. »Wir haben jetzt keine Möglichkeit mehr, ihn loszuwerden. Es sei denn, wir legen Beschwerde ein oder wir bitten *ihn,* das Berufungsgericht einzuschalten.«

»Vergessen Sie's. Bond bringt es fertig, genau das zu tun und dann den Fall bis zum Beschluss über die Beschwerde auf Eis zu legen. Und das würde Monate dauern.« Lenihans Stimme wurde immer flacher. »Er weiß verdammt gut, dass Fasano seine Zivilrechtsreform auf den Weg gebracht hat. Und dass Fasano bessere Chancen hat, sie durchzupeitschen, wenn Bond uns das Maul stopft.«

Das klang realistisch. In der zutreffenden Annahme, dass sie wegen Fasanos politischer Manöver zu überstürzter Eile gezwungen waren, hatte Gardner Bond den Fall an sich gerissen, und jetzt waren Sarah und Lenihan die Hände gebunden.

»Wenn wir die Flucht nach vorne antreten«, sagte Sarah nach langem düsterem Brüten, »können wir nur hoffen, dass Bond nicht wieder so fies sein wird wie heute. Ein Fall mit hohem Renommee kann einen Richter berühmt machen oder erledigen. Und Mary Costello hat das Mitgefühl der…«

»Aber nicht *seins*«, unterbrach sie Lenihan mit zusammengebissenen Zähnen. »Wenn Bond vom nächsten republikanischen Präsidenten befördert werden will, braucht er nur die SSA zu bevorzugen. Ohne ihre Unterstützung ist er weg vom Fenster.«

»Stimmt«, räumte Sarah ein. »Aber er muss uns fertig machen, ohne dabei so auszusehen wie ihr Vollstrecker.«

»Feinfühligkeit ist nicht Bonds Problem. Er ist so teuflisch wie Nolan. Ich hatte es schon öfter mit Faschisten zu tun. Aber ob es uns passt oder nicht, wir haben übernächste Woche eine Anhörung, und dieser spezielle Faschist wird unser Richter sein. Ich kann es gar nicht erwarten, zu sehen, was er als Nächstes im Schilde führt.«

## *18*

Inmitten des prächtigen Zierrats im Old Senate Caucus Room stellte sich Lara Costello Kilcannon dem Handelsausschuss des Senats.

Rechts neben ihr saß Mary Costello, die eingeschüchtert wirkte, aber dennoch, wie Lara vermutete, ihrer älteren Schwester zu verübeln schien, dass sie schon wieder von ihr abhängig war. Zu ihrer Linken hatte Henry Serranos Witwe Felice Platz genommen. Hinter ihnen saßen Felices Sohn und Töchter, Laura Blanchards Eltern und Kara Johnson, die junge Frau, die jetzt mit David Walsh verheiratet wäre. Der Saal war hell beleuchtet. Vorne und an den Seiten waren die Kameras aufgebaut, die Laras Aussage für CNN, MSNBC und Fox übertrugen. Von einem erhöhte Podest blickten siebzehn von dienstfertigen Assistenten flankierte Senatoren auf sie herab. Der Ausschussvorsitzende, Chad Palmer, thronte in der Mitte, rechts von ihm acht republikanische, links acht demokratische Senatoren. Trotz ihrer Anspannung empfand Lara nichts davon als fremd – nicht die Debatten, von denen sie zahllose als Berichterstatterin für die *New York Times* verfolgt hatte, und auch nicht den Zwang, vor einem großen Publikum und unter Druck einen Teil ihres Privatlebens auszubreiten. Das einzig Neue für sie war ihre namenlose Empörung.

Senator Palmer sah aus, als wäre er am liebsten irgendwo anders. Er überließ es dem dienstältesten Demokraten, Frank Ayala aus New Mexico, die Befragung der Zeugin einzuleiten, und beschränkte sich ansonsten darauf, Lara ernst und höflich zuzuhören. Senator Ayalas Fragen – die mit dem Weißen Haus abgesprochen waren – zielten darauf ab, Mitgefühl zu wecken und Angriffslust im Keim zu ersticken. Die Stimmung schlug erst um, als Senator Paul Harshman vortrat.

Lara fiel auf, dass es Harshman selbst in dieser Situation schwer fiel, seine tiefe Verachtung für beide Kilcannons zu verbergen. In den Augen der Falken vom rechten Flügel, deren Galionsfigur Harshman war, führten sie eine bestürzend unkonventionelle Ehe und gehörten überhaupt einem allzu freizügigen Gesellschaftskreis an, der die traditionellen Werte und Regeln Amerikas zu Anstand und Moral über Bord geworfen hatte. Nach einigen flüchtigen Worten über seine Betroffenheit schritt Harshmam zum Verhör: »Wie ich mich erinnere, sind Sie keine Anwältin, Mrs. Kilcannon. Sie nehmen demnach nicht für sich in Anspruch, die vielen Exzesse, die die Zivilrechtsreform korrigieren soll, aus erster Hand zu kennen.«

Lara ließ sich mit ihrer Entgegnung Zeit. Sie musterte Harshmans hageres Gesicht unter der spiegelblanken Glatze mit ruhigem Blick, ehe sie mit fester Stimme entgegnete: »Nein, Senator. Der ›Exzess‹, von dem ich aus erster Hand Kenntnis gewonnen habe, liegt in der neuen Sprache dieser meines Wissens von Ihnen befürworteten Reformvorlage. Sie zielt darauf ab – auch rückwirkend – all denen, die geliebte Menschen durch Waffengewalt verloren haben, das Recht zu rauben, vor einem Gericht mit einem aus normalen Bürgern wie ihnen selbst zusammengesetzten Geschworenenrat und unter jedem Schutz, den ihnen die Gesetze der einzelnen Staaten zurzeit gewähren, Gerechtigkeit anzustre …«

Harshman hatte sich weit vorgebeugt. In herablassendem Ton fiel er ihr ins Wort. »Als Anwalt und Mitglied der Legislative kann ich Ihrer Interpretation dieses Gesetzes nicht zustimmen …«

»Sie wollen Mrs. Serrano doch gewiss nicht weismachen«, unterbrach ihn Lara, »dass Ihre ›Reform‹ ihr Recht, von Lexington Arms Wiedergutmachung zu verlangen, *nicht* ausradiert. *Das* wollen Sie doch nicht sagen, Mr. Harshman, oder? Und wenn nicht, dann lassen Sie mich bitte ausreden …«

Fasano, der die Vernehmung zusammen mit Gage in seinem Büro auf CNN verfolgte, knurrte: »Ich habe Paul doch gesagt, dass er sie in Ruhe lassen soll.«

»Das ist eben der Haken, wenn jemand tief verwurzelte Überzeugungen hat«, meinte Gage höhnisch. »Aber das eigentliche Problem ist Palmer.«

Fasano schüttelte den Kopf. »Was kann er denn schon tun? Die First Lady der Vereinigten Staaten zur Schnecke machen? Oder sie in die Mangel nehmen? Wir alle wissen, dass die Kilcannons bei Mary Costellos Klage die Hände im Spiel gehabt haben müssen. Aber jeder von uns – hoffentlich auch Paul – weiß, dass es bessere Zeiten und Orte gibt, um sich damit zu befassen.«

Sie konzentrierten sich wieder auf den Bildschirm.

»Felice Serrano«, erklärte Lara, »hat einen zwölfjährigen Sohn und zwei Töchter von sieben und vier Jahren und muss nun mit einer bescheidenen Lebensversicherung auskommen, die sie und ihr ermordeter Mann sich gerade noch leisten konnten. Dass sie jetzt um Henry Serrano trauern müssen, ist an sich schon schrecklich genug. Aber der Verlust eines Ehemanns und Vaters verbaut ihnen auch noch in anderer Hinsicht die Zukunft: Mit ihm ist ihre finanzielle Sicherheit gestorben. Und nun, Senator, initiieren Sie ein Gesetz, das auch noch ihre letzte Hoffnung vernichtet, die Aussicht auf das Einzige, was ersetzbar ist: genügend Geld, mit dem wenigstens ihr Zuhause gesichert wäre und auch die Ausbildung am College, das Henry Serrano selbst nie besuchen durfte, aber unbedingt seinen Kindern bieten …«

»Es gibt Leute, die sagen, dass es John Bowden war, der all das vernichtet hat, als er ihren Vater ermordete«, warf Senator Harshman ein.

»Das wird mit Sicherheit zutreffen, wenn Sie dieses Gesetz verabschieden, Senator.« Laras Augen wanderten über die anderen

Politiker ihr gegenüber und kehrten zu Harshman zurück. »Sie bezweifeln meine Kompetenz zu diesem Thema. In einer bestimmten Hinsicht bin ich ebenso wenig kompetent wie Felice Serrano, meine Schwester Mary, die Familie Blanchard oder Kara Johnson. Niemand von uns ist Anwalt. Was unser Expertentum bezüglich Trauer und Verlust betrifft …«

»Warum legt sich Harshman so ins Zeug?«, murmelte Fasano. »Hat er völlig vergessen, wer sie ist?«

»Aber ich kann auf eine andere Referenz verweisen«, fuhr Lara fort. »In meinem früheren Leben als Journalistin war ich Kongressreporterin. Und darum habe ich mich ziemlich früh in meiner Laufbahn in ein als ›Gesetzgebung zugunsten von Sonderinteressen‹ bekanntes Phänomen eingearbeitet.

Die Klausel zu den Waffenherstellern nun ist das, um es offen zu sagen, außergewöhnlich widerwärtige Machwerk eines solchen Gesetzes, das die Opfer ein zweites Mal zu Opfern macht und die Erinnerung an diejenigen, die sie geliebt haben, in den Schmutz zieht.«

»Was Sie gerade gehört haben, Mac«, kommentierte Fasano, »ist die Sprechblase, die die Abendnachrichten beherrschen wird. Paul Harshmans größte Stunde.«

»Eins muss man Palmer der Gerechtigkeit halber zugestehen«, meinte Clayton an den Präsidenten gewandt. »Er hat ihr diesen Moment überlassen. Genauso gut hätte er die Sache heimlich über die Bühne bringen können.«

Unterdessen hatte Lara weitergeredet. Ihre Stimme wurde eindringlich: »Wenn dieser Ausschuss ihren Verlust ernst nimmt und mit ihnen trauert, dann schützt er sie vor einem solchen Unrecht.«

Kerry zuckte mit den Achseln. »Chad hat sich aus welchem Grund auch immer Fasanos Wunsch gefügt und dann versucht, sein Gesicht zu retten. Jetzt muss er eben für beides zahlen.«

Von ihrer Empörung beflügelt, wandte sich Lara an Palmer. »Und darum, Senator Palmer, bitten wir Sie, dieses Gesetz nicht ungeprüft der Senatsvollversammlung vorzulegen, sondern in Ihrem

Ausschuss eine separate Abstimmung darüber anzusetzen, ob es wirklich den Waffenherstellern zivilrechtliche Immunität vor den Opfern gewähren soll, die sich um Gerechtigkeit bemühen. Und wenn Sie das tun, hoffe ich inständig, dass diese schändliche Klausel nie im Senat behandelt wird.«

Der auf seinem Podest über ihr platzierte Palmer hielt ihrem Blick stand. Einen Monat zuvor war er bei ihrer Hochzeitsfeier gewesen. Jetzt – so glaubte sie zumindest – war er zu beschämt, um wegzusehen.

Unter der Tischplatte drückte Mary, die bei der Hochzeit mit Chad getanzt hatte, ihrer Schwester die Hand.

»Was für ein Wahnsinn«, seufzte Lara.

Es war kurz vor Mitternacht. Sie war lange aufgeblieben, hatte sich Marys Befürchtungen wegen der Klage angehört und hatte versucht, die Spannung abzubauen, die trotz ihres Waffenstillstands weiter unterschwellig zwischen ihnen schwelte. Jetzt lag sie neben Kerry im Bett und konnte nicht einschlafen.

»Wegen Mary?«, fragte Kerry.

»Das auch. Eigentlich wegen allem. Dass ich Chad heute so angreifen musste und einfach nicht verstehen kann, warum er sich für so was hergibt. Dass ich für Felice Serrano spreche, obwohl ich mich im Grunde in deinem Machtkampf mit Fasano für dich einsetze. Es ist, als ob nicht nur meine Angehörigen ermordet worden wären, sondern als ob irgendwie Mary und ich … und auch du … in einen Kaninchenbau gezogen worden wären.«

Kerry überlegte seine Antwort lange. »Ein Kaninchenbau«, sagte er sanft, »in dem die Gesetze von einem Augenblick zum nächsten verabschiedet werden und Wirkliches unwirklich wird. Bis keiner mehr weiß, was wirklich ist.«

Lara schwieg. »Sind wir wirklich?«, fragte sie schließlich.

Kerry zog sie an sich. »Ich möchte es sein. Endlich wieder.«

Im nächsten Augenblick küsste sie ihn zu seiner großen Überraschung, die allerdings weniger daher rührte, dass, als vielmehr, wie sie es tat.

Zum ersten Mal seit den Morden liebten sich Kerry und Lara wieder. Sie taten es überaus zärtlich.

# 19

Am Morgen der Anhörung bei Richter Gardner Bond erwartete Sarah und Lenihan vor dem Gerichtsgebäude ein Empfangskomitee aus Reportern, Übertragungswagen und auf beiden Seiten der Auffahrt postierten wütenden Demonstranten, die einander über ein Polizeispalier hinweg überbrüllten. Die Tür zu Bonds Gerichtssaal wurde von Marshals der Bundespolizei bewacht, und drinnen drängten sich noch mehr Reporter und politische Aktivisten. Aber wenigstens ging es in dem ultramodernen Gerichtssaal ruhiger zu. Die mächtigen Räumlichkeiten des Federal District Court mit ihren hohen, prunkvollen Decken ließen jeden Besucher ehrfürchtig die Stimme senken und schluckten alle Geräusche. Vielleicht, überlegte Sarah, war die Erhabenheit dieses Raumes ein gutes Vorzeichen.

Aber ihre Hoffnungen schwanden nach Richter Bonds Erscheinen binnen weniger Augenblicke. Nachdem er Lenihans, Sarahs, John Nolans und Harrison Fanchers Anwesenheit mit einem kurzen Nicken zur Kenntnis genommen hatte, erklärte er: »Die Anhörung beginnt mit der Ablehnung der Forderung der Klägerin nach einer gerichtlichen Verfügung.«

Keine Erörterung, dachte Sarah bitter. In abgehacktem, unbarmherzigem Rhythmus fuhr Bond fort: »Der nächste Punkt sind die Gesuche der Beklagten auf Abweisung der Klage wegen Beihilfe zur Tötung, wettbewerbswidriger Absprachen und Gefährdung der Öffentlichkeit. Wir werden nacheinander darauf eingehen.« Er hielt kurz inne. »Mr. Nolan, Sie haben zehn Minuten, um Ihre Forderung nach Abweisung von Mary Costellos Klage gegen Lexington Arms wegen Beihilfe zur Tötung ihrer Mutter, Schwester und Nichte zu begründen.«

Nolan trat zügig vors Podest. »Euer Ehren, lassen Sie mich mit der Würdigung zweier Prinzipien beginnen.

Zunächst muss dieses Gericht bei einem Abweisungsantrag annehmen, dass die von Mary Costello vorgebrachten Fakten wahr sind. Zweitens: Wenn nun diese vorgebrachten Fakten – selbst im *Falle* ihres Zutreffens – eine Klage nach kalifornischem Recht, an das dieses Gericht gebunden ist, *nicht* begründen, muss es Ms. Costellos Klage wegen Beihilfe zur Tötung abweisen.«

Die Hände flach auf das Podium gelegt, sah Nolan voller Respekt, doch durchaus heiter zu Bond auf. »Dieser Fall«, nahm er sein Plädoyer mit wohlklingender Stimme wieder auf, »begann mit einem abscheulichen Gemetzel, in dem John Bowden die Hinterbliebenen in einem Maße schädigte, das jede Entschädigung übersteigt. Dennoch hoffen wir von ganzem Herzen, es möge trotz allem noch eine Form der Heilung von einer Tragödie geben, die so viele von uns als schier unerträglich empfanden. Andererseits bestätigt das Recht, was uns die Stimme der Vernunft sagt: dass die entsetzliche Szene am San Franciscoer Flughafen das Werk eines einzelnen kranken Menschen war.«

Eine elegante Einleitung, dachte Sarah. Nolan gab wirklich den Staatsmann in Vollendung. Mit versteinerter Miene notierte Lenihan die ersten Stichpunkte für seine Erwiderung.

»Die Vernunft«, sagte Nolan abrupt, »legt uns aber auch eine noch härtere Wahrheit nahe: dass diese Klage nichts als ein Propagandacoup ist und entgegen dem allgemeinen Recht allein im Dienst der Machtpolitik ...«

»Mr. Nolan«, ermahnte ihn Bond in väterlichem Ton, »überlassen Sie die ›Machtpolitik‹ doch den Politikern. Das ›allgemeine Recht‹ ist der Gegenstand, mit dem sich dieses Gericht befasst.«

»Selbstverständlich, Euer Ehren.« Ungerührt, als wäre dieser milde Tadel erhellend, ja, hilfreich gewesen, redete Nolan weiter. »Die Klägerin bittet das Gericht, den Hersteller einer legalen Handfeuerwaffe haftbar für deren Missbrauch durch einen Mörder zu machen, von dem er nie gehört hat und dessen Taten sich seiner Kontrolle entzogen. *Das* entspricht nicht dem Gesetz und kann ihm nie entsprechen. Zu diesem Punkt hat sich der Kongress ausdrücklich geäußert. Waffen sind ein legales Produkt. Der Verkauf einer Patriot-2 und der Adlerklauenkugeln in Nevada – sofern er dort überhaupt stattgefunden hat – ist vollkommen legal. Und selbst wenn John Bowden seine P-2 bei einer Waffenmesse erworben hat – eine Spekulation, die wir vorläufig noch als wahr hinnehmen müssen –, kann nicht einmal der äußerst kreative Anwalt der Klägerin behaupten, dass Lexington damit etwas zu tun hatte.

Euer Ehren, wir bestrafen doch nicht den Hersteller von Ferraris, weil irgendein Fahrer die Höchstgeschwindigkeit übertreten hat. Wir belangen nicht einen Whiskey-Hersteller, nur weil der Fahrer volltrunken war. Das kalifornische Recht bestätigt, dass die Verantwortung beim Einzelnen liegt: dem rücksichtslosen Fahrer, dem Alkoholiker – und bei dem Mörder John Bowden …«

»Und auf welchen Präzedenzfall beziehen Sie sich?«, fragte Bond.

Sarah schüttelte ungläubig den Kopf. Diese Anhörung ähnelte immer mehr einem Menuett, in dem die beiden Tänzer Bond und Nolan ihre Schritte in absoluter Präzision aufeinander abgestimmt ausführten.

»In *Richards gegen Stanley*«, antwortete Nolan wie aus der Pistole geschossen, »wurde festgestellt, dass der Eigentümer eines gestohlenen Wagens nicht für die gemeingefährliche Fahrweise eines Diebes verantwortlich ist, selbst wenn er den Schlüssel leichtsinnigerweise in der Zündung stecken lässt. Das Grundprinzip trifft auch hier zu.«

Bond gebot ihm mit erhobener Hand Schweigen. »Der Unterschied, Mr. Nolan, ist die so genannte ›aufwiegelnde Werbung‹. Laut der Klageschrift war Lexingtons Werbeanzeige in der SSA-Zeitschrift ein eindeutiger Anreiz zum Erwerb und Missbrauch für Geistesgestörte.«

»Verdammt richtig!«, murmelte Lenihan.

Nolan ließ sich nicht aus dem Konzept bringen. »Das Einzige, was wir *wirklich* wissen, Euer Ehren, ist doch, dass Bowden diese Zeitschrift hatte. Wir wissen nicht – und werden es meines Erachtens auch *nie* erfahren –, warum, wo und wann er die Waffe erworben hat, wer sie ihm verkauft hat, und schon gar nicht, was er überhaupt in Las Vegas getan hat. Ohne diesbezügliche Beweise ist die Klage gegenstandslos.«

»Das kann sich durchaus als richtig erweisen«, meinte Bond. »Und der Vorwurf der Klägerin kann sehr wohl auf Spekulationen beruhen …«

»Klar«, raunte Lenihan Sarah ins Ohr. »Bowden hat den *Defender* eingepackt und ist dann losgeflogen, um sein Glück mit den Spielautomaten zu versuchen …«

»Aber«, setzte Bond mit einem scharfen Blick auf Lenihan nach, »zum gegenwärtigen Zeitpunkt muss das Gericht, wie Sie eingeräumt haben, die Behauptung der Klägerin akzeptieren, wonach die Anzeige zum Erwerb der Waffe geführt habe. Angenommen, dem war so, konnte Lexington denn nicht vorhersehen, dass besagte Anzeige einem möglichen kriminellen Missbrauch Vorschub leisten würde?«

Nolan breitete die Arme zu einem eleganten Achselzucken aus. »Hersteller«, antwortete er gelassen, »können unter Umständen gewiss vorhersehen – oder sich zumindest vorstellen –, dass irgendjemand zu einer unbekannten Zeit an einem unbekannten Ort eine Tragödie auslösen könnte. Aber Vorhersehbarkeit ist bei einer Klage wegen Beihilfe zur Tötung lediglich ein Element von vielen – noch dazu ein vernachlässigbares. Das wesentlichste Element ist doch die Verursachung, also dass Lexington *diesen* Mann *ursächlich* dazu veranlasst hat, *diese* Opfer zu töten.

Aber Lexington hat ihn nicht aufgewiegelt, geschweige denn ursächlich dazu aufgefordert, Mary Costellos Familienangehörige zu ermorden. Ebenso wenig hat es ihn veranlasst, seine Frau zu misshandeln oder den Präsidenten und die First Lady wegen ihres offensichtlichen, wenn auch kläglichen und ungenügenden Eingreifens zugunsten seiner Frau zu hassen.«

Das war nun wirklich heimtückisch, dachte Sarah: Erstmals stellte er in Form einer nachgeschobenen Überlegung die Behauptung auf, Mary Costellos Klage diene nur dazu, die Kilcannons von eigener grober Fahrlässigkeit reinzuwaschen.

»Diese Klage«, ergänzte Nolan, »ist Gesetzgebung durch Prozessieren. Weil der Klägerin die vom Kongress verfassten Waffengesetze nicht passen, fordert sie einfach dieses Gericht auf, neue zu erfinden. Aber die Aufgabe dieses Gerichts ist es, die bestehenden Gesetze auszulegen und nicht neue aus dem Ärmel zu schütteln. Diese Aufgabe fällt ausschließlich dem Repräsentantenhaus und dem Senat zu.«

Und genau daran, dachte Sarah, arbeiteten Fasano und die SSA im Akkord.

Bond schien indes zufrieden zu sein. Mit einem energischen Nicken sagte er: »Ich verstehe Ihre Argumentation, Mr. Nolan.«

Damit wandte er sich an Lenihan und Sarah. »Wer spricht für die Klägerin?«

»Ein Ferrari ist keine Tötungsmaschine«, begann Lenihan ohne Umschweife. »Eine Flasche Scotch genauso wenig. Aber wenn Sie eine Lexington P-2 mit fünfzig Adlerklauenkugeln laden, haben Sie genau das: eine Waffe, deren einziger Zweck darin besteht, aus kürzestem Abstand möglichst schnell sehr viele Menschen mit der maximalen Gewissheit zu treffen, dass sie alle sterben werden.«

Was den Stil betraf, war Lenihan das glatte Gegenteil von John Nolan, sagte sich Sarah: Stakkato, Leidenschaft, Verachtung für juristische Spitzfindigkeiten.

Bond schoss sofort zurück. »Mr. Nolans Argument ist, dass Lexington nach kalifornischem Recht ebenso wie Ferrari oder Glenfiddich Scotch nicht für ein Produkt haftbar gemacht werden kann, wenn es keinen Mangel aufweist.«

»In diesem Punkt kann ich Mr. Nolan nicht widersprechen!«, schnaubte Lenihan verächtlich. »Mit Mängeln war John Bowdens P-2 ganz gewiss nicht behaftet. Sie funktionierte genau so, wie sie in der Werbung angepriesen wurde.

Wozu ist die P-2 noch gut, außer um Menschen zu töten? Nicht für die Hirschjagd, es sei denn, der Hirsch nähert sich in böser Absicht – aber danach wäre von ihm kaum genug übrig, um es an die Wand zu hängen. Und die Adlerklauenkugeln? Die dienten nur einem einzigen Zweck: dafür zu sorgen, dass Marie Bowden ihre Verwandten nicht überlebte. Das ist der Grund, warum sie mit den sechs tödlichen scharfen Zacken entwickelt wurden, die Maries Hohlvene zerfetzten. Das ist der Grund, warum die P-2 so gebaut wurde, dass sie mühelos für ein Magazin mit vierzig bis fünfzig Kugeln umgerüstet werden kann. Und *genau das,* Euer Ehren, sagt auch die Werbung, mit der Lexington diese Produkte vermarktet hat.«

Bereits jetzt verstand Sarah, warum Robert Lenihan vor Geschworenen so großen Erfolg hatte. Aber es war alles andere als klar, ob Gardner Bond diesen Fall überhaupt vor Geschworenen verhandeln lassen würde. Im Gegensatz zu seinem Verhalten bei Nolan musterte er Lenihan mit der kalten Geringschätzung eines

Pathologen, der ein Krebsgeschwür durchs Mikroskop betrachtet.

»Nicht vorhersehbar?«, fragte Lenihan, um gleich selbst die Antwort zu geben. »Lexingtons Verteidigung läuft doch auf Folgendes hinaus: ›Wir mögen uns in der Werbung an Mörder und sonstige Verbrecher wenden, aber *diese* Morde haben wir nicht verursacht, weil wir *diesen* Mörder nicht namentlich kannten.‹«

»Und der Fall Richards?«, blaffte Bond.

»Irrelevant. In nicht abgesperrten Autos die Schlüssel stecken zu lassen bringt keinen Profit. An der Vermarktung des Todes an Leute wie John Bowden hat Lexington dagegen gut verdient...«

»Sie wollen doch nicht behaupten, dass diese Anzeigen in irgendeiner Form irreführend sind?«

»Im Gegenteil. Sie sind mehr als eindeutig!«

Bond beugte sich vor. »Fallen sie denn nicht – wie fragwürdig Sie sie auch finden mögen – unter die vom Ersten Verfassungszusatz garantierte Freiheit der Rede, die auch für den Handel zu gelten hat?«

»Nein, Euer Ehren. Aus zwei Gründen nicht. Erstens ist die Freiheit der Rede im Handel weniger geschützt als die Freiheit der Rede in der Politik. Zweitens ist die Freiheit der Rede nicht absolut. Das hat auch Richter Holmes gewürdigt, als er erklärte, es gäbe kein absolutes Recht, in einem vollen Theater ›Feuer!‹ zu rufen. Das Recht auf Redefreiheit muss immer abgewägt werden gegen den Schaden, den eine Äußerung verursachen kann...«

»Und doch«, gab Bond zurück, »*darf* man ›Feuer!‹ rufen, wenn es wahr ist. Wenn der Verkauf der P-2 für illegal erklärt werden soll, wäre das dann nicht die Aufgabe des Kongresses? Und ist diese Klage, wie Mr. Nolan meint, nicht ein Versuch, die Rolle des Kongresses zu usurpieren?«

»Keineswegs«, konterte Lenihan. »Wie wir in unserem Schriftsatz ausführen, beruht diese Klage auf dem kalifornischen Haftpflichtgesetz...«

»Ich habe Ihren Schriftsatz gelesen!«, fuhr ihm Bond über den Mund. »Ihr Argument habe ich verstanden. Es ist Zeit, von der SSA zu hören, was sie dagegen vorzubringen hat.«

Entmutigt griff Sarah wieder nach ihrem Kugelschreiber.

Für Sarahs Begriffe war Harrison Fancher das glatte Gegenteil von Lenihan. Seine Stimme war dünn, doch barsch, und sein Auftreten ließ auf einen Mann schließen, der dunkle Winkel, Hintergedanken und verborgene Strategien viel lieber mochte als die unvermeidbaren Irrungen und Wirrungen bei der Beschäftigung mit dem Menschlichen an sich. Seine Talente waren die eines begnadeten Taktikers, der mit einem scharfen Verstand, der Fähigkeit zu schonungsloser Analyse und monomanischer Beharrlichkeit ausgestattet war. Die Erfahrung hatte Sarah gelehrt, dass Menschen seines Schlags im Rechtswesen weit kamen.

»Diese Klage«, spuckte Fancher, »ist Teil einer Hetzkampagne. Lassen Sie mich das klarstellen: Das Kilcannon-Center und seine politischen Verbündeten haben ihr Ziel verfehlt, die Befürworter des Rechts auf Waffen zu diskreditieren. Darum möchten sie jetzt dieses Gericht benutzen, der SSA das im First Amendment festgeschriebene Recht auf freie Meinungsäußerung zu verweigern – ein Recht, das die SSA wahrnehmen muss, um die durch das Second Amendment allen Amerikanern garantierten Ansprüche zu verteidigen und …«

»Dann stellen Sie erst mal *diesen Punkt hier* klar«, unterbrach ihn Bond. »Wenn Lexington für diese Anzeige verantwortlich wäre, wäre dann die SSA für ihren Druck verantwortlich?«

»Keinesfalls.« Fancher stand mit vor der Brust gekreuzten Armen und gekrümmtem Rücken da, als müsse er irgendwelche Gefahren abwehren. »Eines steht fest, die Vorwürfe gegen Lexington sind an den Haaren herbeigezogen. Aber der Versuch, das Ganze auch noch der SSA anzuhängen, ist geradezu eine Unverschämtheit.

Mary Costellos Anwälte erheben zwei Vorwürfe: Erstens, dass die SSA eine von Lexington verfasste, inhaltlich zutreffende Anzeige geschaltet hat, die ihrer überquellenden Fantasie zufolge John Bowden gesehen haben soll.« Fanchers Stimme troff auf einmal vor Hohn. »Wenn der *San Francisco Chronicle* die Anzeige eines Pestizidherstellers annimmt und eine frustrierte Ehefrau das Mittel ihrem Mann in die Suppe gibt, hat dann etwa der *Chronicle* den Kindern gegenüber eine Haftpflicht? Welch ein Unsinn! In ihrer Verzweiflung haben diese Anwälte aber noch schlimmeren Unsinn zusammengebraut: eine ›Verschwörung‹, mit der die SSA Lexington gezwungen haben soll, die P-2 und die Adlerklauenkugeln bei Waffenmessen zu verkaufen. Das wäre die erste ›Verschwörung‹ der Geschichte, zumindest wenn wir vom Kartellrecht ausgehen, bei der die unterstellte gemeingefährliche Absicht eine in jeder Hinsicht legale Transaktion ist …«

Bond unterbrach ihn. »Der Vorwurf der Klägerin läuft aber darauf hinaus, dass die SSA Lexington zu einem Verhalten gedrängt habe, das die so genannte Beihilfe zur Tötung von Ms. Costellos Verwandten herbeigeführt habe.«

»Aber auf welcher Grundlage beruht dieser Vorwurf?«, fragte Fancher. »Dass die SSA offensiv für das Recht auf Waffen eintritt, und zwar inner- wie außerhalb des Kongresses? Das ist unser Bürgerrecht. So wie unsere Mitglieder das Recht haben, die Produkte eines Unternehmens nicht zu kaufen, weil ihnen nicht mehr gefällt, wofür es steht.« Er drehte sich zu Sarah um. »Eine Wahl übrigens, die vom Kilcannon-Center selbst ausdrücklich befürwortet wird, wenn es sich gegen angebliche ›Schurken‹ wie die Tabakindustrie wendet.«

Mit bemüht ausdrucksloser Miene kritzelte Sarah »wirtschaftlicher Gewinn« in ihren Notizblock.

Als wäre ihm ein Stichwort geliefert worden, hielt Bond im selben Moment Fancher vor: »Die Klägerin behauptet ferner, die SSA habe andere Waffenhersteller ermutigt, Lexington durch Boykott zu isolieren und deren Marktanteil untereinander aufzuteilen, falls Lexington mit dem Präsidenten eine Einigung bezüglich der Waffenmessen erreichen sollte. Könnte das nicht einen Verstoß gegen die Kartellgesetz darstellen?«

Fancher schnitt eine Grimasse. »Es ist traurig«, erklärte er in einem Ton völliger Verachtung, »dass bei Anträgen auf Klageabweisung die Wahrheitsvermutung für die Ehrlichen und Unehrlichen gleichermaßen gilt. In dieser Phase ist das Gericht gezwungen, solchen Fantastereien Glauben zu schenken. Andererseits haben die Anwälte der Klägerin die Pflicht, vernünftige Gründe für ihre Argumentation anzugeben. In einer späteren Phase wird das Gericht zu prüfen haben, ob es von den Anwälten betrogen wurde.«

»Sie können gewiss sein, dass dieses Gericht in keinem Verfahren jemals Betrug zulassen wird«, beschied ihn Bond steif. Er fuhr zu Lenihan und Sarah herum. »Wer von Ihnen möchte dazu Stellung beziehen?«

Als Sarah vor dem Podium stand, holte sie unter Bonds bohrendem Blick erst einmal tief Luft und sammelte sich.

»Euer Ehren«, begann sie dann, »würde der *Chronicle* Anzeigen für Rattengift mit der Überschrift ›führt bei Ehemännern binnen sechzig Sekunden zum Tod‹ veröffentlichen, dann wäre er dafür haftbar zu machen ...«

»Hat die SSA *das* etwa getan, Ms. Dash? Meines Wissens hat die Anzeige nicht zu Mord aufgerufen.«

»Im Prinzip hat sie das getan. Sie pries die garantiert tödliche Wirkung der Lexington P-2 an. Sie erinnerte Verbrecher und Gewalttätige daran, dass die P-2 in Kalifornien verboten ist. Und dann hat ihnen die SSA-Zeitschrift in einer gleich neben der Werbung platzierten Anzeige erklärt, wo sie sich eine solche Waffe ohne Leumundsprüfung kaufen können.«

»Die SSA ist nun also schon für *zwei* Anzeigen verantwortlich«, brummte Bond. »Eine von Lexington und eine von den Veranstaltern der Waffenmesse.«

»Die unmittelbar nebeneinander platziert waren.« Sarah merkte, wie ihr Zorn alle Nervosität zurückdrängte. »Lesen die Herausgeber ihre eigene Zeitschrift nicht? Sie waren nicht verpflichtet, diese Anzeigen überhaupt zu veröffentlichen. Stattdessen haben sie sie nicht nur gebracht, sondern auch noch in einer Weise, die dazu angetan war, die größtmögliche Wirkung zu erzielen und die Chance zu optimieren, dass das, was geschehen *ist*, auch *tatsächlich* geschehen konnte – dass John Bowden nach Las Vegas fliegen und ...«

»Laut Ihrer Klage.«

»Zu der ich stehe, Euer Ehren.« Sarah zögerte, dann sprach sie den heikelsten Punkt an. »Genau wie zum zweiten Aspekt unserer Klage: dass die SSA anderen Waffenherstellern dabei geholfen hat, sich im Falle eines Boykotts durch die SSA gegen Lexington zu verschwören und deren Marktanteil untereinander aufzu ...«

Bond schnitt ihr das Wort ab. »Mr. Fancher behauptet aber, dieser Vorwurf entbehre jeder Grundlage. *Ich* bin gegenwärtig nicht in der Lage, das zu beurteilen, *Sie* aber sehr wohl. Sie unterliegen der Prozessordnung, Ms. Dash. Vorschrift Nummer 11 sieht vor, dass keine Klage in böswilliger Absicht aufgestellte Behauptungen enthalten darf. Wenn das in Ihrer Klage der Fall ist, können Sie zur Begleichung der Anwaltshonorare und Ausgaben der Beklagten verurteilt oder im schlimmsten Fall aus der Anwaltskammer ausgeschlossen werden.«

Sarah verkniff sich einen Protest. Solange keine Geschworenen anwesend waren, vor denen er sich hätte zügeln müssen, konnte Bond sie nach Belieben abkanzeln und schikanieren. Und seine kaum verhüllte Drohung spiegelte nur zu deutlich seine eigenen Vorbehalte wider. Sie gab sich einen Ruck. »Vorschrift Nummer 11 verlangt aber nicht von uns, einen Beweis für unsere Vorwürfe zu erbringen, bevor wir überhaupt eine Chance hatten, sie zu beweisen. Dazu sind Offenlegungsverfahren ja da. In diesem frühen Stadium müssen wir in gutem Glauben annehmen, dass wir – sollte das Gericht die Klage zulassen – in der Lage sein werden, die Vorwürfe zu beweisen.« Sie hielt inne, ehe sie mit fester Stimme schloss: »Ich würde nicht vor Ihnen stehen, Euer Ehren, wenn das nicht der Fall wäre.«

Bond sah finster auf sie hinab. »Ms. Dash, es ist Zeit für eine fünfzehnminütige Pause. Danach möchte ich etwas über einen anderen Punkt erfahren, der mir fraglich erscheint: diese Theorie über eine Gefährdung der Allgemeinheit und die Eile, mit der Sie sie behandeln lassen wollen. Und insbesondere, ob sie nur ein Vorwand ist, um die Offenlegung zu beschleunigen.«

»Palmer kämpft neuerdings mit harten Bandagen«, erklärte Chuck Hampton dem Präsidenten.

Sie waren allein im Oval Office und erörterten die zunehmende Polarisierung bei den Beratungen in Palmers Ausschuss.

»Ich kann einfach nicht glauben, dass Chad die Abstimmung über das Gesetz schon für heute Nachmittag um drei angesetzt haben soll«, meinte Kilcannon.

»Und praktisch ohne Vorankündigung«, ergänzte Hampton.

»Er will Frank Ayala nicht mal verraten, ob es zu einer gesonderten Abstimmung über die Immunitätsklausel für Waffenhersteller kommt.«

Obwohl er jetzt schon seit dreizehn Jahren im politischen Geschäft war, empfand Kerry Chads Opposition als schwer hinzunehmen – vor allem die Art und Weise, in der er sie betrieb. »Vor weniger als drei Wochen war Chad wie Sie hier bei uns zum Dinner. Und jetzt gibt er auf einmal für Fasano den Einpeitscher, was sonst immer Paul Harshman macht. Die Abstimmung, um die Lara gebeten hat, ist doch eigentlich eine reine Routineangelegenheit.«

»Bei dieser Reformvorlage vielleicht nicht«, brummte Hampton. »Ein Vorsitzender kann ziemlich viel durchdrücken, wenn er will. An Fasanos Stelle würde ich wollen, dass meine Parteifreunde in Palmers Ausschuss sich mächtig ins Zeug legen, um Marys Klage noch zu verhindern. Und ich hätte großes Interesse daran, ihnen einen Deckmantel zu verschaffen, der es ihnen ermöglicht, für oder gegen die Reform als Ganzes zu stimmen.«

»Wird einer von den Republikanern aus der Front ausscheren?«

»Momentan sieht Ayala keine Möglichkeit dazu. Und ich genauso wenig.«

Der Präsident überlegte kurz. »Wie immer das bei jedem Einzelnen ankommt, ich brauche eine einheitliche Parteilinie gegen die Reformvorlage«, sagte er dann entschlossen. »Wenn schon im Ausschuss Demokraten abweichen, könnten ihnen in der Vollversammlung noch einige mehr folgen. Das ist unsere erste Kraftprobe, und ich will mir keine Blöße geben.«

Hampton nickte. »Dann bestellen Sie mal besser Vic Coletti zu sich. Bei ihm bin ich mir nicht ganz sicher.«

## *20*

»Die Theorie der Klägerin zur Gefährdung der Öffentlichkeit dient zwei Zwecken«, erklärte Nolan Richter Bond. »Beide stellen einen Missbrauch des Gerichts dar.

Erstens: Indem sie eine dauerhafte gerichtliche Verfügung gegen die so genannte ›Bedrohung der Kalifornier‹ fordert – den legalen Verkauf eines legalen Produkts in einem anderen Staat –, versucht die Klägerin, das Klima einer permanenten Krise zu erzeugen, obgleich von einer Krise keine Rede sein kann …«

»Zu welchem Zweck, Herr Anwalt?«

Sarah musterte ihren Widersacher gespannt. Bonds scheinbar schlichte Frage stellte Nolan vor eine Herausforderung. Wenn er die Klägerin bezichtigte, sie würde das Gericht drängen, das Verfahren noch vor der Verabschiedung der Zivilrechtsreform zu eröffnen, musste er auch das Interesse der Beklagten an einer Verzögerung einräumen.

»Um die Medien noch mehr aufzuwiegeln«, sagte Nolan nach einigem Überlegen. »Um auf politischem Gebiet Punkte zu sammeln, müssen die Vertreter der Klägerin in der Lage sein, die Presse eher früher als später mit ihren angeblichen Beweisen zu füttern. Wenn sie mit einer raschen Vernehmung der Zeugen eine möglichst frühe Ansetzung der Hauptverhandlung durchpeitschen können, wird ihnen das leichter fallen.«

»Nicht vor diesem Gericht!«, verwahrte sich Bond. »Und Ihr zweiter Punkt?«

»Dass die Vertreter der Klägerin mit ihrer Umwandlung der Bezichtigung der Beihilfe zur Tötung in eine ›dauerhafte Bedrohung für die Öffentlichkeit‹ einen Popanz geschaffen haben, der die gesamte bisherige Gesetzgebung zu diesem Straftatbestand auf den Kopf stellen würde.« Nolan zögerte auf einmal, als widerstrebe es ihm, eine traurige, doch notwendige Wahrheit auszusprechen. »Um es ganz klar zu sagen: Mary Costellos Familie ist bereits tot. Lexington Arms den Verkauf von Waffen in Nevada zu verbieten kann daran doch nichts mehr …«

»Was die Klägerin unterstellt«, unterbrach ihn Bond, »ist eine Form der fortgesetzten Gefährdung.«

»Das ist pure Spekulation«, erwiderte Nolan mit einer wegwerfenden Geste. »Und es gibt keinerlei Präzedenzfälle für eine Untersagung angeblich ungezügelter Waffenverkäufe in einem anderen Staat, nur weil das in Kalifornien eine Gefährdung des allgemeinen Wohls darstellen soll. Selbst wenn man die Behauptungen der

Klägerin für bare Münze nimmt, kann sie nicht belegen, dass Lexington die Waffenmessen in Nevada oder sonst wo kontrolliert. Genau ein solcher Nachweis ist jedoch nach dem Gesetz zur öffentlichen Sicherheit zu erbringen, das im Übrigen, wie wir in unserem Schriftsatz ausführen, dem Schutz des Eigentums und nicht von Menschen dient …«

»Sehr schön«, fiel im Bond ins Wort. »Hat der Anwalt der SSA dem noch etwas hinzuzufügen?«

Harrison Fancher erhob sich. »Die Pistole war ja nicht einmal von uns, Euer Ehren. Der Vorwurf, die SSA gefährde die öffentliche Sicherheit, ist mehr als eine Erfindung –, er ist eine Pervertierung des Rechts. Wenn diese Klage überhaupt einen Nutzen hat, dann dass sie aufzeigt, warum ein dringender Bedarf nach einer gesetzlichen Regelung zum Schutz unbescholtener Unternehmen und Körperschaften vor der legalisierten Erpressung durch Anwälte besteht, die sich auf Zivilprozesse spezialisiert haben. In einem Land, in dem die einzige Beschränkung solcher Klagen im Gewissen der sie führenden Anwälte liegt, bietet uns nur noch dieses Gericht Schutz.«

Um Bonds Lippen spielte ein mattes Lächeln. »Welcher von den Vertretern der Klägerin möchte dazu Stellung beziehen?«

Wütend stürmte Sarah vors Podest. »Das Argument der Klägerin ist Folgendes: In Kalifornien können die Menschen zwar ihr Haus, aber nicht ihr Leben schützen. Das widerspricht dem Gesetz. Im Fall *Boston gegen Smith & Wesson …*«

»Boston!«, fuhr Bond scharf dazwischen, »liegt in Massachusetts. Die Morde wurden aber hier begangen, sodass nur das kalifornische Gesetz Anwendung findet. Was haben Sie zu dem in Kalifornien verhandelten Fall *Gallo gegen Acuna* zu sagen?«

»*Gallo* bestätigt uns, Euer Ehren. Das Gericht hat Bandenmitgliedern den Verkauf von Rauschgift untersagt …«

»In einem bestimmten Viertel, Ms. Dash. Weil die dort verhandelten illegalen Aktivitäten die Bürger buchstäblich zu Gefangenen im eigenen Haus gemacht hatten. In *diesem* Fall geht es jedoch um legalen Verkauf in einem anderen Staat …«

»Einer in Kalifornien verbotenen Pistole, für die Lexington aber in Kalifornien geworben hat, wobei die SSA praktisch einen Leitfaden für Kriminelle und brutale Schläger geliefert hat, wie sie sich diese Waffe ohne Leumundsprüfung besorgen können! Der Verkauf der P-2 ist in Kalifornien illegal. In *Kalifornien* ist der Verkauf von Pistolen bei Waffenmessen *grundsätzlich* illegal. Lexington hat Bowden nach Nevada gelockt …«

»Bowden ist tot!«, blaffte Bond. »Wie Mr. Nolan ausgeführt hat, sind auch Mary Costellos Verwandte nicht mehr am Leben. Worin besteht also die permanente Gefährdung?«

»Letztes Jahr«, antwortete Sarah ohne zu zögern, »wurden über zweitausend Kalifornier mit einer Schusswaffe ermordet. Und beinahe ein Drittel aller bei Verbrechen an Kaliforniern benutzten Schusswaffen war außerhalb von Kalifornien verkauft worden, insbesondere in Arizona und Nevada …«

»Verbrechen werden von Straftätern begangen …«, unterbrach Bond.

»Die zu behindern Lexington nicht für nötig befindet.« Sarah hatte sich in Fahrt geredet. Ihre anfängliche Befangenheit Bond gegenüber war verflogen. »Das Gesetz verlangt Schutzmaßnahmen bei einer erheblichen Bedrohung der allgemeinen Sicherheit. Und Lexington hat es nicht geschafft, sie zu minimieren. *Minimieren …*«, wiederholte sie voller Verachtung. »Wir unterstellen, dass die P-2 zu den zehn bei Verbrechern beliebtesten Waffen gehört – und dass Lexington das genau weiß.

Darüber hinaus unterstellen wir, dass eine überproportional hohe Anzahl von in Nevada verkauften P-2 bei Morden an Kaliforniern benutzt wird und dass Lexington das ebenfalls genau weiß. Dem Unternehmen ist all das bekannt, und es schlägt daraus Profit. Mit der Unterstützung der SSA – wenn nicht sogar als ihr Werkzeug.« Sarah hielt inne, um danach langsamer und in eindringlichem Ton fortzufahren. »Niemand kann Mary Costello zwingen, sich darauf zu beschränken, nur für sich eine Entschädigung für ihren schrecklichen Verlust anzustreben. Nach kalifornischem Recht steht es ihr frei, die vielen anderen zu schützen, die noch sterben können – die mit Sicherheit sterben *werden* –, weil die Beklagte sich weigert …«

»Was soll ich Ihrer Meinung nach tun?«

»Den Prozess zulassen. Danach werden wir Sie bitten, Lexington zu untersagen, Kalifornien weiterhin mit ihren P-2 zu überschwemmen, innerhalb der Staatsgrenzen für die P-2 zu werben und die P-2 in allen anderen Staaten ohne eine Leumundsprüfung zu verkaufen.«

Bond legte die Stirn in Falten. »Das ist ein drastischer Schritt, Frau Anwältin. Man könnte ihn sogar drakonisch nennen.«

»Genug ist genug«, antwortete Sarah. »Viel zu lange leben wir nun schon mit Beruhigungspillen wie ›Nicht Waffen töten, sondern die Menschen‹. Wenn das stimmen würde, warum schicken wir dann unsere Soldaten nicht einfach ohne Waffen in den Krieg? Mr. Fancher hantiert gern mit dem Begriff ›Unsinn‹. Wirklicher Unsinn ist doch nur das Argument der Beklagten, das in Wahrheit nur auf eine Forderung hinausläuft: ›Hindert gefälligst die Klägeranwälte daran, uns am Zeug zu flicken.‹

Halten Sie sich das vor Augen und denken Sie dann an die Lexington P-2, die nur zum Töten von Menschen taugt.

Halten Sie sich die Werbung von Lexington vor Augen, in der nur vom Töten die Rede ist.

Halten Sie sich Mary Costello vor Augen, deren Familie getötet wurde.

Halten Sie sich all die Kalifornier vor Augen, die in Zukunft getötet werden.« Sarah dämpfte ihre Stimme. »Und dann stellen Sie sich bitte eine Frage, Euer Ehren: Wer braucht denn nun den Schutz dieses Gerichts?«

Mit zusammengekniffenen Augen musterte Bond sie schweigend.

»In einem wichtigen Punkt haben die Beschuldigten allerdings Recht«, setzte Sarah nach. »Aufgrund der Macht und des Geldes der SSA hat das ›bestehende‹ Bundesrecht Mary Costellos Familie nicht vor der vom Beklagten zu verantwortenden Vermarktung dieser tödlichen Waffe an John Bowden geschützt. Sie schützt gegenwärtig niemanden von uns. Der einzige Schutz für zukünftige Opfer liegt in der Anwendung des Gesetzes zur öffentlichen Gefährdung durch dieses Gericht.

Wenn dieses Gesetz eine Grenze festgelegt hat, die Waffenhersteller nicht überschreiten dürfen und Lexington sie in diesem Fall nicht überschritten hat, wo bitte schön ist diese Grenze dann überhaupt?« Sarah deutete mit dem Kinn in Nolans und Fanchers Richtung. »Die Beschuldigten haben das Gericht um rechtliche Immunität gebeten. Das Gericht sollte ihren Antrag abweisen und Mary Costellos Klage zulassen.«

Damit drehte Sarah sich um und kehrte rasch zu ihrem Pult zurück. Als sie sich setzte, verrieten Lenihans Augen die Andeutung eines Lächelns.

»Das Gericht wird seine Entscheidung umgehend bekannt geben«, verkündete Bond abrupt.

»Meines Erachtens sollte schnellstens eine Abstimmung über die Klausel zur zivilrechtlichen Immunität für Waffenhersteller abgehalten werden«, forderte Senator Frank Ayala. »Und zwar in der Form, wie sie Mrs. Kilcannon vorgeschlagen hat.«

Kerry und Clayton verfolgten die Senatsdebatte auf CNN. Der Ausschussvorsitzende Palmer schien sich in seinem Stuhl einen Ruck zu geben. »Ich respektiere die First Lady von ganzem Herzen«, erwiderte er. »Aber wenn wir das ganze Paket, zu dem jedes Mitglied unseres Ausschusses seine eigenen Vorstellungen hat, noch einmal aufschnüren und über jeden Punkt einzeln abstimmen, laden wir zur Zerfledderung der Reform geradezu ein.«

»Senator!«, rief Ayala ampört, »es geht doch nicht darum, die Reform Zeile für Zeile zu bekritteln! Aber der Text dieser einen Klausel ist so abgefasst, dass bestehende Gesetze ausradiert würden und bundesweit ein Standard entstünde, nach dem bestimmte Firmen wie Lexington Arms einseitig geschützt würden.«

»Moment mal!«, schrie Paul Harshman mit sich überschlagender Stimme dazwischen. »Solche Beschuldigungen haben in einem Senatsausschuss der Vereinigten Staaten von Amerika nichts zu suchen! Wenn Sie diese Vorlage tatsächlich ändern wollen, ist die Senatsvollversammlung der geeignete Ort dafür. Lassen Sie alle einhundert Senatoren darüber beratschlagen, und nicht diesen kleinen Kreis von siebzehn Leuten…«

Kerry spürte, wie ein unbändiger Zorn in ihm hochstieg. »Weißt du, was das ist, Clayton?«, knurrte er. »Ein abgekartetes Spiel. Chad versucht nur, die Sache durchzuboxen.«

Im Fernsehen war zu sehen, wie Senator Palmer mit seinem kleinen Hammer auf das Sprecherpult schlug. »Die Art und Weise der Abstimmung obliegt dem Vorsitzenden«, stellte er kurz und bündig fest. »Wir schreiten jetzt zur Abstimmung über die gesamte Vorlage zur Zivilrechtsreform, wie sie in diesem Ausschuss erörtert wurde.«

# *21*

Gardner Bond schob hüstelnd seine Brille zurecht. Sarah, die vor Nervosität kaum still sitzen konnte, hatte angesichts dieser kleinen Ticks den Eindruck, dass selbst der Richter in diesem Augenblick unter Hochspannung stand.

»Auch das Gericht«, verkündete Bond ernst, »möchte seiner tiefen Betroffenheit über die Ereignisse, die uns heute zusammengeführt haben, Ausdruck verleihen. Dass wir sie durch das Prismenglas des Rechts betrachten müssen, soll nicht als Versuch einer Verharmlosung dieser Tragödie gewertet werden.

Aber dies ist nun einmal ein Gericht. Die vor uns liegende Aufgabe ist darauf beschränkt, über eine rechtliche Frage zu urteilen: ob die von der Klägerin vorgebrachten Beschuldigungen nach den Gesetzen des Staates Kalifornien eine förmliche Klage bedingen, die dieses Gericht zulassen muss.«

Sarah warf Lenihan einen nervösen Blick zu. Der saß regungslos da, was sie in dem Gefühl bestätigte, dass er Bonds Versuch einer Selbstrechtfertigung wie sie selbst als Vorspiel zur Abweisung der Klage empfand.

Bond räusperte sich. »Um es deutlich zu sagen, die Vorwürfe der Klägerin gegen *diese* Beschuldigten beruhen auf ›Tatsachen‹, die zu beweisen extrem schwer sein wird.

Das Mindeste, was Ms. Costello beweisen muss, ist, dass die Maßnahmen von *Lexington Arms* bei *John Bowden* den Antrieb zu seinem verwerflichen Tun ausgelöst haben.

Zweitens, dass das Verhalten von Lexington in Nevada eine öffentliche Gefährdung in Kalifornien darstellt.

Drittens, dass die SSA dieses Verhalten in einer Weise steuerte, die das Kartellrecht verletzte oder anderweitig juristisch zu beanstanden ist.

Und schließlich, dass dieses Gericht eine Verfügung von bisher beispiellosem Ausmaß verhängen sollte – oder überhaupt kann.«

Worauf zielte Bond nur ab?, fragte sich Sarah, deren Finger sich um die Stuhlkante krallten.

Bond richtete sich hinter seinem Pult auf. »Eines kann dieses Gericht nach der Feststellung all der genannten Bedingungen jedoch nicht erkennen – jedenfalls nicht vor dem Offenlegungsverfahren: dass es nach dem geltenden Recht keine ersichtliche Verknüpfung von Fakten gibt, auf die die Klägerin ihre Beschuldigungen stützen könnte.«

Lenihan holte tief Luft, und Sarah drückte die Augen fest zu, als Bond zum Schluss kam. »Aus diesen Gründen muss das Gericht den Antrag der Beschuldigten auf Nichtzulassung der Klage abweisen ...«

Mochte der neben ihm sitzende Senator Ayala noch so finster dreinschauen, der Vorsitzende Chad Palmer forderte den Handelsausschuss des Senats zur Abstimmung über die Zivilrechtsreform auf. Ohne den Blick vom Fernseher zu wenden, murmelte Kerry Clayton zu: »Vic Coletti ist der Einzige, der immer noch schwankt. Und gerade jetzt kann ich ihn nicht erreichen.«

»Dann will er das wohl auch gar nicht. Weil in seinem Heimatstaat Lexington und dazu all die Versicherungen ihren Sitz haben, bekommt er gewaltigen Druck zu spüren.«

Einer nach dem anderen erhoben sich die Senatoren zur Stimmenabgabe. Die Republikaner, auch die gemäßigten unter ihnen, schlossen sich ausnahmslos der Parteilinie an und votierten mit »Ja« für ein Gesetz, das Mary Costellos Klage zunichte machen würde, die Demokraten votierten mit »Nein«.

Kerrys Anspannung stieg, als Coletti ins Bild kam und gleich danach aufgerufen wurde.

»Senator Coletti.«

Vic Coletti, der zwischen seinen demokratischen Parteifreunden saß, rutschte unruhig auf seinem Stuhl herum, dann gab er seine

Stimme in einem geschäftsmäßigen Ton ab, den Kerry als Trotz wertete: »Ja.«

»Hoffentlich erwartet Vic von uns keine Gefälligkeiten«, knurrte Clayton.

Darauf gab der Präsident keine Antwort. Er war in Gedanken bereits weit vorausgeeilt zu der Einschätzung der jeweiligen Motive der hundert Männer und Frauen im Senat.

Im Bild war zu sehen, wie Chad Palmer sich erhob. »Mit einer Mehrheit von zehn zu sieben empfiehlt dieser Ausschuss die Beratung der Zivilrechtsreform im Senat.«

»Als Nächstes steht die Vorbereitung der Offenlegung an«, wandte sich Bond an Sarah und Lenihan. »Wie wird die Klägerin ihre Beschuldigungen zu beweisen suchen?«

Frisch ermutigt, erhob sich Lenihan. »Wir beantragen eine Offenlegung ohne Umwege. Wir benötigen sämtliche Dokumente und Zeugen zur Entwicklung und Vermarktung der Patriot-2 und der Adlerklauenkugeln, zum Verkauf der P-2 in den an Kalifornien angrenzenden Staaten, zur Verwendung der P-2 bei Verbrechen, und zu den Verhandlungen der Firma Lexington mit der Regierung Kilcannon ...«

»Wie steht es mit den Forderungen an die SSA?«

»Unter anderem«, begann Lenihan sehr vorsichtig, »Einsicht in sämtliche Aufzeichnungen über ein Eingreifen der SSA in Kontakte zwischen Lexington und Präsident Kilcannon – beziehungsweise zwischen dem Präsidenten und der Industrie.«

»Was durchaus einen Eingriff in legitime politische Aktivitäten wie Einflussnahme über Interessengruppen und Beratung darstellen könnte«, wandte Bond ein. »Die aber sind durch das First Amendment geschützt.«

»Nicht notwendigerweise«, widersprach Lenihan. »Und es ist die einzige Möglichkeit zu beweisen, dass die SSA geheime Absprachen zum Schaden Dritter getroffen hat.«

»Ich gehe davon aus, dass die Beklagten das anders sehen. Nun gut, wen beabsichtigen Sie vorzuladen?«

»Vertreter der anderen Hersteller. Die für Entscheidungen Verantwortlichen bei der SSA – insbesondere Charles Dane. Die Schlüsselfiguren bei Lexington – einschließlich der Verantwortlichen der Abteilungen Produktentwicklung und Marketing. Und natürlich den Vorstandsvorsitzenden George Callister.«

Bond wandte sich an die Verteidiger. »Und wen möchten *Sie* vorladen, Mr. Nolan?«

Nolan stand sofort auf. »Zunächst sämtliche Zeugen, die die Klägerseite zu vernehmen gedenkt. Wir beantragen, dass das Gericht die Klägerseite verpflichtet, in angemessener Frist eine Zeugenliste vorzulegen, die es uns ermöglicht, Termine für die Vernehmungen festzusetzen.«

Das, so viel wusste Sarah bereits, zielte auf Martin Bresler ab. Sie hielt es für gut möglich, dass er angesichts seiner Vernehmung noch nervöser wurde, als er es ohnehin schon war. »Das ist nur vernünftig«, hörte sie Bond sagen. »Welche anderen Vorladungen beantragen Sie?«

»Die offensichtlichen: Mary Costello, den Polizeiinspektor Charles Monk, Dr. Callie Hines, die Marie Bowden operiert hat.« Und nach eine Kunstpause fügte Nolan hinzu: »Ferner jegliche Personen, die mit Joan Bowden und ihrem entfremdeten Gatten in Beziehung standen. Einschließlich des Präsidenten und der First Lady.«

Das musste Sarah erst noch verdauen. Obwohl Nolan sich darüber beschwerte, sie und Lenihan würden den Prozess für politische Zwecke missbrauchen, war die eidliche Vernehmung der Kilcannons ein politischer Akt erster Ordnung und eine einzigartige Chance für die SSA. Aber Richter Bond schien das nicht zu stören. »Was den Präsidenten und Mrs. Kilcannon betrifft«, antwortete er, »können sie gehört werden, wenn sie das wünschen. Zumindest muss ihnen die Wahl der Zeit und der Art der Vernehmung überlassen bleiben.«

Nolan nickte. »Selbstverständlich. Überhaupt sollte die *gesamte* Offenlegung strengstens von diesem Gericht festzusetzenden Regeln unterliegen. So bitten wir das Gericht, alles von der Offenlegung auszuschließen, was Lobby-Arbeit, politische Strategien oder sonstige Tätigkeiten betrifft, die durch das First Amendment geschützt sind – einschließlich des Informationsaustauschs zwischen Lexington Arms und der SSA.«

»Das«, bemerkte Bond mit kaum verhüllter Ironie, »scheint allerdings der Dreh- und Angelpunkt der von der Klägerin unterstellten geheimen Absprachen zu sein.«

Nolan spreizte die Finger. »Würde Kilcannon wollen, dass Lexington oder die SSA in *seiner* Lobby-Arbeit, *seiner* politischen Strategie, *seinen* Kontakten mit Politikern herumschnüffelt?«

»Was schlagen Sie vor, Herr Anwalt?«

»Die Berufung eines Schlichters für die Offenlegung. Bevor wir der Klägerin irgendwelche Dokumente über legitime politische Aktivitäten aushändigen – egal ob sie in einem Bezug zu dem höchst fragwürdigen Vorwurf eines angeblichen Verstoßes gegen das Kartellrecht *oder* zur Reaktion der Industrie auf Präsident Kilcannons Ansinnen stehen –, sollte der Schlichter ihre Relevanz für eine ›gesetzeswidrige Betätigung‹ feststellen.«

»Euer Ehren!«, rief Lenihan scharf. »Ein Schlichter kann doch unmöglich erkennen, ob Dokumente oder Zeugen in unserem Verfahren von Relevanz sind!«

»Und *Sie*«, fuhr ihm Bond über den Mund, »können Ihre Klage unmöglich als Jagdschein verwenden!« Er wandte sich an Nolan. »Ich gebe Ihrem Ersuchen statt. Noch etwas?«

»Allerdings. Da wir davon ausgehen, dass dieses Verfahren politischer und nicht juristischer Natur ist, befürchten wir, dass die Vertreter der Klägerin Hinweise auf angebliche ›Verstöße‹ der Presse zuspielen könnten.« Nolan streifte Lenihan mit einem vorwurfsvollen Blick. »Darum bitten wir dieses Gericht, es den am Verfahren beteiligten Parteien zu untersagen, die Früchte der Offenlegung Außenstehenden mitzuteilen, sofern sie nicht Gutachter sind. Ferner beantragen wir die Anordnung, dass sämtliche Dokumente oder Aussagen bis zur Eröffnung der Hauptverhandlung unter Verschluss gehalten werden.«

»Stattgegeben!«, erklärte Bond ohne zu zögern.

Sarah starrte den Richter entsetzt an. Mit einem einzigen Wort hatte er die Öffentlichkeit von dem Verfahren ausgeschlossen. Lenihan sprang erneut auf, um zu protestieren, doch Nolan fuhr ungerührt fort. »Die Vertreter der Klägerin haben die beabsichtigte Vernehmung von Mr. Callister, dem Vorstandsvorsitzenden von Lexington, erwähnt. Wir sind der Auffassung, dass eine solche

Vorladung seine wertvolle Zeit nur unnötig in Anspruch nehmen würde, wenn die Klägerin dieselben Informationen auch von anderen Zeugen gewinnen kann...«

»Die Klägerin ist zur Befragung *sämtlicher* relevanter Zeugen berechtigt«, wandte Bond ein.

»Aber wer entscheidet über die Relevanz?«, fragte Nolan in ernsthaftem Ton. »Wir stellen den Antrag, dass das Gericht Mr. Callisters Vernehmung nicht zulässt, solange die Klägerin nicht alle *anderen* möglichen Zeugen gehört hat, und danach auch nur, wenn ihre Anwälte beweisen können, dass Mr. Callister über Informationen verfügt, die aus anderen Quellen nicht zu erhalten sind.«

Sarah sprang aufgebracht auf. »Darf *ich* gehört werden, Euer Ehren?«

Bond nickte ihr knapp zu. »Bitte, Frau Anwältin.«

»Es ist eine Anmaßung von Mr. Nolan, die Zeit des Präsidenten der Vereinigten Staaten in Anspruch zu nehmen, aber zu behaupten, der Vorstandschef von *Lexington Arms* sei zu bedeutend, um sich mit uns abzugeben...«

Bond ließ sie nicht ausreden. »Präsident Kilcannon kann für sich selbst sprechen. Aber Mr. Nolan spricht für Mr. Callister.«

»Mr. Callister hat mit Präsident Kilcannon Gespräche geführt«, konterte Sarah. »Wenn die SSA oder Lexington Druck auf jemanden ausgeübt haben, dann auf Mr. Callister.«

»Verzeihung«, schaltete sich Nolan ein, »Ms. Dash, wollen Sie damit sagen, dass Mr. Callister mit sich selbst Geheimverhandlungen geführt oder auf sich selbst Druck ausgeübt hat? Bei Ihrer Verschwörungstheorie ist Mr. Callisters Einzigartigkeit als Zeuge ein Widerspruch in sich selbst.«

»Allerdings!«, rief Bond mit Nachdruck. »Ich gebe Ihrem Antrag statt.« Wieder an Sarah gerichtet, sagte der Richter mit schneidender Stimme: »Was immer dieses Verfahren am Ende sein wird, Frau Anwältin, es wird weder ein Werkzeug für Belästigung noch ein Informationsband zu den Medien noch Futter für die Politiker in diesem Land sein.

Lassen Sie mich das unmissverständlich feststellen: Mr. Nolans Anträge sind hiermit bindende Anordnungen dieses Gerichts. Parteien oder Anwälte, die dagegen verstoßen, missachten die Würde des Gerichts und werden, falls diese Kammer das für angemessen erachtet, zum Zwecke disziplinarischer Maßnahmen vor die Anwaltskammer zitiert.«

Sarah verschlug es die Sprache, aber sie setzte sich.

»Sprechen wir nun über das weitere Vorgehen«, bestimmte der Richter. »Laut Ihren Beschuldigungen stellen die Beklagten eine permanente Gefährdung dar, der jeder Bürger dieses Staates ausgesetzt ist. Wenn diese Angelegenheit tatsächlich eine Frage von Leben und Tod ist, sieht sich dieses Gericht gezwungen, seine Klärung zu beschleunigen.« Bonds Ton wurde unvermittelt knapp und sachlich. »Darum werden Sie dieses Offenlegungsverfahren, und zwar sowohl im Hinblick auf die von diesem Gericht zu entscheidende Verfügung als auch im Hinblick auf die übrigen Vorwürfe, über die Geschworene entscheiden werden, gemäß folgendem Zeitplan abschließen:

Binnen sieben Tagen werden die Parteien sämtliche Forderungen nach Dokumenten einreichen.

Binnen vierzehn Tagen nach Eingehen der Anträge werden die Unterlagen vorgelegt.

Binnen neunzig Tagen von heute an – nicht einen Tag später – werden die Parteien die Zeugenvernehmungen abschließen.«

»Euer Ehren«, wandte Sarah ein, »für Verhöre, die einen Sinn ergeben sollen, benötigen wir die Dokumente der Beklagten. Dieser Zeitplan bedeutet für die Beklagten eine Lizenz, sie zurückzuhalten ...«

»*Das* würde böswillige Absicht voraussetzen!«, bellte Bond. »Das sehe ich nicht gegeben. Wenn Sie ein Problem damit haben, können Sie jederzeit Beschwerde einreichen.«

Lenihan war vor Zorn rot angelaufen. Sarah war sich sicher, dass sie genauso aussah. »Selbst wenn man *gutwillige* Absicht annimmt«, sagte sie um Beherrschung bemüht, »wird es tausende von Dokumenten geben. Eine Einsichtnahme durch den Schlichter wird die uns gesetzte Frist zusätzlich verkürzen. In der von Ihnen vorgegebenen Zeit können wir unmöglich sinnvolle Vernehmungen durchführen, geschweige denn uns für die Hauptverhandlung vorbereiten ...«

»*Sie* haben doch eine Verfügung beantragt, Ms. Dash. Und ich komme Ihnen sogar entgegen und bewillige Ihnen die Beschleunigung der Offenlegung.« Bond beugte sich mit verschränkten Armen über sein Pult. »Ich werde nicht nur binnen zwei Wochen nach Abschluss der Offenlegung über die von Ihnen geforderte Verfügung, sondern auch über die Anträge der Beklagten auf Nichtzulassung der Klage entscheiden. Wenn die Klägerin keine überzeugenden Tatsachen zur Belegung ihrer Behauptungen vorlegen kann, wird *kein* Prozess stattfinden.

Um es kurz zu sagen: Die Fakten sollten dann besser auf dem Tisch liegen. Ansonsten wird dieses Gericht seine Zeit und Mittel nicht länger vergeuden.« Ruckartig nickte Bond erst Nolan und Fancher und dann noch knapper Sarah und Lenihan zu. »Das ist alles. Morgen Vormittag wird das Gericht die schriftliche Anordnung erlassen.«

»*Bitte erheben Sie sich!*«, rief der Gerichtsdiener mit lauter Stimme. Die Anhörung war beendet.

Die Aufzugstür schloss sich. Auf dem Weg zum Erdgeschoss waren Sarah und Lenihan allein in der Kabine.

Benommen lehnte sich die junge Anwältin an die Wand. Lenihan starrte zu Boden. »Uns einfach rauszuwerfen hat Bond nicht gereicht«, sagte er. »Die Klage sofort abzuweisen, hätte vielleicht nach Willkür ausgesehen. Am Ende hätte man ihm den Fall wegen Befangenheit entzogen. Aber *das* hier ist wirklich elegant, denn damit hat er sich beste Papiere für die nächste Beförderung verschafft: Gardner Bond, ein Mann, der so fair ist, dass er uns persönlich den Strick überreicht, an dem wir uns aufhängen dürfen. Einfach indem er uns Ihre Scheißtheorie von der Gefährdung der Allgemeinheit um die Ohren knallt!« Seine Stimme hallte in der leeren Kabine wider. »Sogar *Sie* können jetzt sehen, was auf uns zukommt, Sarah. Bei dieser Frist werden uns Nolan und Fancher unter Ausschluss der Öffentlichkeit nach Strich und Faden verarschen! Es wird uns nie gelingen, unsere Vorwürfe zu beweisen – weder der Presse noch vor Gericht. Und dann wird Bond dem Antrag auf Abweisung der Klage kurzerhand stattgeben. Vorausgesetzt natürlich, Fasano hat nicht schon vorher

Kilcannon ausgetrickst und seine Zivilrechtsreform durchgepeitscht.«

Bevor Sarah etwas erwidern konnte, blieb der Aufzug mit einem Ruck stehen.

Draußen wartete eine Meute von Reportern auf sie. »Ms. Dash!«, rief eine Frau, »der Handelsausschuss des Senats hat soeben die Zivilrechtsreform gebilligt, und Präsident Kilcannon hat das als ›Geschwindigkeitsrekord für Unrecht‹ bezeichnet. Was sagen Sie dazu?«

»Wir werden das Offenlegungsverfahren binnen neunzig Tagen abschließen«, erklärte Sarah. »Wenn der Kongress versucht, dieses Gesetz zu verabschieden, bevor die Öffentlichkeit unsere Beweise gesehen hat, haben wir es mit Vertuschung zu tun.«

Der Wettlauf zwischen der Justiz und der Politik hatte begonnen.

# *4. Teil*

## Der Verrat

*Mitte Oktober bis Anfang November*

# 1

Als Geste der Höflichkeit suchte Mehrheitsführer Frank Fasano Minderheitsführer Chuck Hampton in seinem Büro auf.

Eine Zeit lang plauderten sie vor dem Hintergrund des reichen Dekors in Hamptons Suite über persönliche Dinge: Fasanos Familienzuwachs, den ersten Auftrag für Hamptons vierundzwanzigjährige Tochter als Reporterin, Fasanos amüsantes Lavieren, seit er zum Parteiführer aufgestiegen war und die gegensätzlichen Ambitionen aufgeblasener Egos in Zaum halten musste. Hampton erinnerte das an Zeiten vornehmer Zurückhaltung, die er nur aus Senatslegenden kannte, als die Politik noch gemessener und weniger tödlich war und parteipolitischer Groll mit dem Balsam professioneller Achtung übertüncht wurde. Aber keine Liebenswürdigkeit der Welt konnte etwas an der Auseinandersetzung ändern, vor der die beiden Männer jetzt standen. Die Sühne für den Mord an Lara Kilcannons Familie und mit ihr die Zukunft des amtierenden Präsidenten hingen von den Entscheidungen im Senat ab. Nach einiger Zeit sagte Fasano: »Wir haben etwas zu besprechen.«

Obwohl er sofort auf der Hut war, setzte Hampton ein leichtes Lächeln auf. »Wollen wir die Abstimmung über das Waffengesetz des Präsidenten ansetzen?«

Fasanos Gesichtsausdruck blieb verbindlich. »Sie kriegen Ihre Abstimmung, Chuck. Oder zumindest eine Debatte über verschiedene Anträge. Alles zu seiner Zeit.«

Diese delphische Antwort brachte für Hampton drei Dinge zum Ausdruck: die Drohung, Kilcannons Gesetzesvorlage durch Obstruktion zu behindern, den Hinweis, dass der Zeitplan für die Beratung von Vorlagen von Fasano abhing, und die Tatsache, dass der Rechtsausschuss durch seine raffinierte Hinhaltetaktik dem Senat noch *überhaupt* keine Gesetzesvorlage präsentiert hatte und möglicherweise sogar eine Alternative zusammenpanschen würde.

»Wenn Sie die Gesetzesberatung hinauszögern«, erwiderte Hampton, »wird der Präsident nicht tatenlos zusehen. Und ich auch nicht.«

Fasano sah ihn prüfend an, wie um Hamptons Entschlossenheit auszuloten. »Zuerst kommt die Haftpflichtreform«, forderte er unverblümt. »Wir beide können uns einigen oder in den Krieg ziehen.«

»Krieg?«, engegnete Hampton trocken. »Wegen der Haftpflichtreform? Oder geht es dabei doch eher um den Costello-Prozess?«

Nach kurzem Zögern gab Fasano jede Verstellung auf. »Durch die Klage gegen die SSA haben Mary Costellos Anwälte die Sache zehnmal schlimmer gemacht – für uns beide. Wenn irgendein gefährdeter Demokrat gegen unser Gesetz stimmt, hat er Dane am Hals.«

Hampton lächelte zweifelnd. »Was schlagen Sie also vor?«

»Dass wir beide die Interessen des Senats und unserer Parteien wahren.« Die Ellbogen auf den Knien, beugte sich Fasano mit einem Ausdruck der Offenheit vor. »Kilcannon liebt Auseinandersetzungen, Chuck – das liegt in seinem Wesen. Und ich muss zugeben, was mit der Familie seiner Frau passiert ist, könnte auch einen weniger kämpferischen Mann dazu bringen, alles auf eine Karte zu setzen. Wer weiß, vielleicht hat er dieser Kampfbereitschaft sogar die Wahl zum Präsidenten zu verdanken. Aber sie ist auch der Grund dafür, warum ihn Ihre Kollegen nie zum Parteiführer gemacht hätten …«

»Und der Grund«, warf Hampton ein, »weshalb ich trotz meiner Fähigkeit zu einem genau abgewogenen Urteil – für die Sie mir bestimmt gleich ein Kompliment machen werden – nie Präsident sein werde. Das Temperament des Präsidenten ist nicht für den gemächlichen Rhythmus im Senat geschaffen, ihm fehlt die Geduld dazu. Seine Fähigkeiten sind die eines Präsidenten.«

»Diesem Präsidenten«, konterte Fasano, »sind Ihre Kollegen völlig egal. Wenn Demokraten, die nur mit knapper Mehrheit gewählt wurden, Kilcannons Waffengesetz unterstützen oder die

Klausel zur zivilrechtlichen Immunität für Waffenhersteller ablehnen, wird die SSA auf sie losgehen. Und nach Lage der Dinge auch die Wirtschaft. Mit Ihrer Hilfe kann Kilcannon die Senatoren vielleicht dazu zwingen, ihn zu unterstützen. Aber da könnte er ihnen gleich ein Glas Limonade geben, das mit Schierling versetzt ist. In Georgia oder Louisiana wäre das der reine Selbstmord.«

»Warum ermuntern Sie mich dann nicht, es zu versuchen?« Wieder lächelte Hampton. »Ich dachte, Sie *wollen*, dass meine Leute verlieren. Kann es sein, dass Sie auch etwas an dieser Sache stört?«

Fasano gestattete sich ebenfalls ein knappes Lächeln. »In unseren Reihen gibt es einige«, räumte er ein, »die die Immunität für die Adlerklaue nicht für eine besonders attraktive Option halten …«

»Zum Beispiel Cassie Rollins«, unterbrach ihn Hampton. »Bevor Sie sich um meine Leute Sorgen machen, sollten Sie sich Ihre Tränen lieber für Cassie aufsparen. Maine steht geschlossen hinter der Immunität für Waffenhersteller, vor allem die Republikaner. Wenn Cassie gegen die SSA stimmt, wird die SSA einen Gegenkandidaten bei den Vorwahlen finanzieren, und das kann sie die Nominierung kosten. Aber wenn sie für die SSA stimmt, kostet sie das Wähler der Mitte und vielleicht die Wiederwahl. Ein fatales Dilemma – außer natürlich für ihren Gegenkandidaten bei der allgemeinen Wahl.«

Fasano zuckte die Achseln. »Wir haben beide Probleme. Aber wie schlimm sie werden, hängt von Ihnen ab.« Eine ruhige Eindringlichkeit lag in Fasanos Worten. »Das Offenlegungsverfahren im Costello-Prozess unterliegt strikter Geheimhaltung. Es wird keine dramatischen Enthüllungen mehr geben – der Präsident und die First Lady werden die Sache allein ausfechten müssen. Menschen sind vergesslich, und Erinnerungen verblassen. Wenn CNN in drei Monaten den Film über die Morde zeigt, werden nur noch zwei oder drei Leute zusehen, und die werden völlig abgestumpft sein. Schon jetzt spüren die meisten Menschen instinktiv, dass es nicht richtig ist, Lexington zu verklagen – ganz zu schweigen von der SSA. Aber die SSA wird es *nie* vergessen, wenn sich ihr ein Senator entgegenstellt.« Fasano spreizte beschwörend die Hände.

»Ich bin gekommen, um Ihnen einen Ausweg anzubieten. Wenn der Senat in dieser Frage unberechenbar ist, kann das nur zu unangenehmen Folgen führen.«

Das war auch Hampton klar. In den Reihen der Demokraten gab es bereits erste Zeichen von Unruhe. Unter denen, die sich bedroht fühlten, machte sich ängstliche Anspannung breit. Vic Colettis Verhalten war vielleicht nur ein Vorbote kommender Entwicklungen gewesen. Mit echter Neugier fragte Hampton: »Was für ein ›Ausweg‹ schwebt Ihnen da vor?«

»Lassen Sie das Ganze einfach auf sich zukommen«, antwortete Fasano forsch. »Bei der Haftpflichtreform können Sie, was die Immunität für Waffenhersteller angeht, sowieso nur etwas ausrichten, wenn Sie einen Zusatz einbringen, der die Immunität aus der Vorlage streicht, und die Senatoren zwingen, nur über diesen Zusatz abzustimmen. Damit machen Sie sich und uns das Leben schwer. Aber erstens kriegen Sie nie genügend Stimmen zusammen, um die Vorlage durchzuboxen, und zweitens muss jeder Demokrat, der auf die Stimmen von Waffenbefürwortern angewiesen ist, damit rechnen, dass er erledigt ist. Sagen Sie das Kilcannon. Lassen Sie dann die Zivilrechtsreform zur Abstimmung kommen. Sie werden sehen, dass sie verabschiedet wird. Wenn Kilcannon unbedingt sein Veto einlegen will, soll er das machen. Dann kann er versuchen, die vierunddreißig Stimmen zu bekommen, um das Veto aufrechtzuerhalten, und Sie können entscheiden, ob Sie ihm dabei helfen wollen.«

»Sie haben sich das offensichtlich gut überlegt«, antwortete Hampton lächelnd. »Dann ist Ihnen aber bestimmt auch klar, dass ich nur einundvierzig Stimmen für eine Obstruktionstaktik brauche, mit der ich die Abstimmung über die gesamte Gesetzesvorlage bis in alle Ewigkeit verschleppen kann.«

»Das *könnten* Sie«, entgegnete Fasano. »Aber Sie werden es nicht machen. Weil Sie verlieren werden. Auch wenn die Lobby von Mary Costellos Anwälten noch so großen Druck ausübt, werden sich nicht genügend demokratische Senatoren gegen die umfassendste Reform zur Eindämmung missbräuchlicher Zivilprozesse stellen, die seit einer Generation verabschiedet worden ist – auch wenn sie eine Klausel zur Immunität für Waffenhersteller enthält. Und von den Republikanern wird *keiner* dagegen stimmen. Auch nicht Cassie Rollins.«

»Und darum«, antwortete Hampton, »wollen Sie, dass ich Ihnen helfe, das Gesetz zur Haftpflichtreform samt Immunitätsklausel für Waffenhersteller durchzubringen. Sie meinen, dass Sie Ihre Leute im Zaum halten und von meinen genügend auf Ihre Seite ziehen können, um das Veto des Präsidenten zu kippen.«

Fasano nickte zustimmend. »Kilcannon verliert, ich gewinne – und mehr von den gefährdeten Demokraten überleben. Und *Sie* haben eine echte Chance, meine Nachfolge als Mehrheitsführer anzutreten, wenn die Demokraten bei der nächsten Wahl Stimmen dazugewinnen. Wenn Sie sich aber auf Kilcannons Seite schlagen, haben Sie – zumindest nach meiner bescheidenen Auffassung – nicht die geringste Chance.«

Hampton wunderte es immer weniger, mit wie viel Geschick und List sich Fasano die Hetzparolen der SSA zu Nutze gemacht, eine Koalition zur Haftpflichtreform geschmiedet und es irgendwie sogar geschafft hatte, Chad Palmer vor seinen Karren zu spannen. Sein Vorschlag war wie eine Zusammenfassung von Hamptons schlimmsten Befürchtungen und kühnsten Hoffnungen und zeigte einen Weg auf, den Hampton bei reiflicher Überlegung nicht verwerfen konnte.

»Sie haben mir Stoff zum Nachdenken gegeben«, antwortete er. »Aber jetzt will ich Ihnen auch welchen geben. Wenn ich nämlich an Ihrer Stelle wäre und Kerry Kilcannon es auf mich abgesehen hätte, würde ich mir viel mehr Sorgen machen, als Sie es anscheinend tun.« Nach einer kleinen Pause schlug Hampton einen besonders umgänglichen Ton an. »Ich erinnere mich noch lebhaft an den Tag, an dem mich Ihr geschätzter Vorgänger Mac Gage in sein Büro bat und mich drängte, den Präsidenten bei der Amtsbestätigung für Caroline Masters nicht zu unterstützen. So schwer es mir fiel, ich lehnte seinen Vorschlag ab. Als Nächstes erfuhr ich dann, dass Mac nicht mehr Mehrheitsführer war. Und jetzt kommen Sie und geben mir ebenfalls gute Gründe, den Präsidenten bei seinen Plänen nicht zu unterstützen.

Kilcannon hat dieselbe Wählerschaft vor Augen wie Sie, und er sieht die gleiche demografische Entwicklung. Er ist sich sicher, dass Sie nicht gewinnen können – zumindest nicht auf lange Sicht –, wenn Sie Fundamentalisten und Waffennarren hofieren – genauso wenig, wie die katholische Kirche Galileo aufhalten konnte.« Ein ironisches Lächeln spielte um Hamptons Lippen. »Mag sein, dass der Präsident zur Zeit trauert. Aber bestimmt sitzt er auch im Weißen Haus und denkt sich: ›Bitte, Frank, hör jetzt nicht auf damit.

Bitte würge das Klagerecht meiner Schwägerin ab.

Bitte spucke auf das Grab einer Sechsjährigen.

Bitte liefere mir für das nächste Massaker auf einem Spielplatz, in einem Klassenzimmer oder in einer Tagesstätte alle Argumente, die ich brauche. Bitte Frank, mach alles ganz genau so, wie es die SSA will.‹«

Hamptons Ton wurde lebhafter. »Stellen Sie sich doch einmal die Frage, wer von Ihnen beiden Recht hat. Aber das haben Sie sich natürlich schon gefragt. Und Sie sind sich nicht sicher. Das Einzige, was Sie sicher wissen, ist, dass Sie die SSA nicht loswerden können und dass die SSA Ihre Partei im Würgegriff hat.«

Fasano hörte Hamptons sardonischen Monolog mit bewundernswerter Ruhe und einem Ausdruck gedämpften Interesses an. Nur eine Nuance von Schärfe in seiner Stimme verriet leichte Anspannung. »Darf ich das so verstehen, Chuck, dass Sie sich alle Optionen offen halten?«

Hampton nickte. »In meinem und in Ihrem Interesse. Vielleicht kommt irgendwann der Zeitpunkt, an dem Sie meine Hilfe brauchen, um aus dieser Sache herauszukommen.«

## 2

Drei Wochen später stand Sarah Dash in einer höhlenartigen Lagerhalle am Stadtrand von Hartford in Connecticut und sah zu, wie ein Team von Rechtsassistenten Tonnen von Papieren durchwühlte, die in endlose Reihen von metallenen Aktenschränken gestopft waren.

Sie mussten jedes Dokument durchlesen. Sarah war sich sicher, dass Lexington diese unüberschaubare Masse von Unterlagen nur zur Verfügung gestellt hatte, weil ihr Inhalt völlig unverfänglich war. Aber es bestand immer die Möglichkeit, dass in diesem Wust versehentlich eine einzige belastende Notiz gelandet war, auf die sich Marys Klage gegen Lexington und vielleicht auch gegen die SSA stützen konnte. Und so wurde diese kostspielige Arbeit durchgeführt, und die Zeit des Offenlegungsverfahrens verrann.

Die letzten drei Wochen hatten sich als der Albtraum erwiesen, den Lenihan vorhergesagt hatte. John Nolan hatte eine ausgeklügelte Taktik entwickelt, um die Offenlegung systematisch zu hintertreiben. Er legte »Urkundenziegel« vor: hunderte von Kartons, die so voll gepackt mit nutzlosen Papieren waren, dass die Assistenten Papierschneider kaufen mussten, um sie herauszuholen. Er setzte sinnlose Aussagen von Zeugen an, bei denen Vertreter von Lenihans Kanzlei zugegen sein mussten, und er reichte Hunderte von Seiten mit schriftlichen Fragen ein, für die weitere Anwälte Antworten formulieren mussten. All das diente zwei offensichtlichen Zielen: Erstens sollte das Verfahren so teuer und fruchtlos sein, dass Lenihans Kanzlei vielleicht einen Vergleich vorziehen würde, und zweitens sollte damit garantiert werden, dass die Klage aussichtslos blieb – und schon gar nicht zur Hauptverhandlung führte –, bis Senator Fasano und Kongresssprecher Jencks ein Gesetz durchgepeitscht hatten, das die Klage gegenstandslos machte. Aber es gab noch ein drittes, subtileres Ziel: Für Lenihan und Sarah sollte jede Stunde zur Qual werden.

Dieser Tag in einer schlecht beleuchteten, verwahrlosten Lagerhalle war Nolans letzte Gemeinheit.

Sarahs Reise nach Hartford hatte sich vor fünf Tagen bei einer Anhörung vor Richter Gardner Bond angekündigt.

Feierlich las Bond aus dem ersten Bericht von Professor Ian Blaisdell von der Stanford Law School vor, der als Schlichter für das Offenlegungsverfahren eingesetzt worden war: »Der Schlichter hat die von Lexington und der SSA eingereichten Dokumente geprüft, die den Austausch zwischen beiden und auch mit anderen Unternehmen belegen. Zum jetzigen Zeitpunkt gibt es keine Dokumente, die darauf hindeuten, dass die SSA durch eine Verschwörung eine Einigung zwischen der Firma Lexington und der Regierung Kilcannon verhindert hätte, dass die SSA Kontrolle über Lexington oder andere Unternehmen ausgeübt hätte oder dass die SSA auf die Geschäftsführung von Lexington Einfluss genommen hätte. Aus diesem Grund hat der Schlichter den Anwälten der Klägerin keine Einsicht in die geprüften Dokumente gestattet.«

Robert Lenihan erhob sich. »Euer Ehren, wir haben keine Probleme mit dem Schlichter. Aber welche Dokumente er zu Gesicht bekommt, bestimmen allein die Anwälte der Beklagten.«

Bond erstarrte. »Wollen Sie Mr. Nolan oder Mr. Fancher Böswilligkeit unterstellen?«

»Alles, was ich unterstelle«, antwortete Lenihan, »ist der systematische Versuch, dieses Verfahren völlig zum Erliegen zu bringen.«

Sarah warf einen schnellen Blick auf die mit Reportern gefüllten Bänke. Da die Offenlegung der Geheimhaltung unterlag, war Lenihans einzige Chance, bei den Medien zu punkten, dass er Lexington und der SSA eine Verschleppungstaktik nachwies. »Wir halten den Beklagten eine ganze Litanei von Verstößen vor«, fuhr Lenihan fort. »Verzögerung der Aktenvorlage, Erzwingung der Vernehmung von Zeugen ohne Bereitstellung relevanter Dokumente, Ansetzung irrelevanter Vernehmungen, um unsere Zeit zu verschwenden, starrsinniges Festhalten an der Behauptung, Mr. Callisters Zeit sei wertvoller als die des Präsidenten und der First Lady …«

»Euer Ehren«, warf Nolan in seinem versöhnlichsten Ton ein, »darf ich vielleicht einen Vorschlag machen? Wenn es zur Beruhigung der Gemüter beitragen könnte, wären wir gern bereit, den Anwälten der Klägerin direkten Zugang zu unseren Akten zu gewähren, ohne sie wie bisher zur Einsichtnahme zusammenzutragen und zu kopieren. Kurz, wir würden einfach unsere Archive öffnen.«

Empört machte Lenihan seiner Frustration Luft. »Das ist noch böswilliger als Ihr bisheriges Verhalten. Sie wollen uns mit Müll zuschütten, der nicht das Geringste mit unserem Verfahren zu tun hat …«

»Sie und Ms. Dash hatten es doch so eilig«, fauchte Bond. »*Sie* haben doch eine gerichtliche Verfügung gefordert. *Sie* haben doch Ihre Klage um den weit hergeholten Vorwurf geheimer Absprachen und der Bedrohung für die Öffentlichkeit erweitert. *Sie* haben doch die Offenbarung von Urkunden erzwungen und den Beklagten mit der Vorlage der Schriftstücke große Anstrengungen abverlangt. Und nun überziehen Sie jede Art der Offenlegung, die die Beklagten wählen, mit Verdächtigungen. Es ist an der Zeit, dass Sie endlich mit den Konsequenzen Ihrer Entscheidungen leben, statt sich ständig zu beschweren.«

Und so fand sich Sarah in einer Lagerhalle wieder, und ein weiterer Tag verrann wie der Sand in einem Stundenglas.

Am nächsten Morgen flog sie nach San Francisco zu einem Treffen mit Lenihan.

Sie verabredeten sich zum Mittagessen im »Stars«. Lenihan aß in stillem Zorn, von dem sich ein Teil gegen sie richtete, weil sie auf einer beschleunigten Offenlegung und die Einbeziehung der SSA bestanden hatte. Nolans Form der chinesischen Wasserfolter – die Verschleppung des Verfahrens und der massive Verbrauch von Mitteln der Kanzlei Lenihans – hatte einen Keil zwischen sie getrieben.

»Es ist noch nicht vorbei«, sagte Sarah schließlich.

Angewidert legte Lenihan die Gabel hin. »Genau das macht mir am meisten Angst. Man muss kein Prophet sein, um zu erkennen, dass wir nie bis zur Hauptverhandlung kommen, bevor sie dieses Scheißgesetz verabschieden. Und selbst wenn sie es nicht verabschieden, kriegen wir nie das Beweismaterial zusammen, um unsere Klage zu untermauern.« Mit bösem Blick und einem Ton, der so ätzend war wie der von Richter Bond, schloss er: »Vorausgesetzt, dass für *Ihren* Teil der Klage überhaupt Beweise existieren.«

Sarah blieb gelassen und ließ sich für die Antwort Zeit. »Das haben Sie schon hundertmal klargestellt, Bob. Und der Einzige, der etwas davon hat, ist John Nolan. Wir können hier rumsitzen und jammern. Oder wir können uns mit der Situation abfinden und überlegen, wie wir kriegen, was wir brauchen…«

»Was wir brauchen?«, schnaubte Lenihan. »Ein Wunder. Oder zumindest einen Denunzianten. Irgendjemand bei Lexington oder der SSA, der nicht damit einverstanden ist, was dort passiert.«

Sarah nickte. »Deswegen habe ich sie um diese Liste früherer Mitarbeiter gebeten. Ich hatte gehofft, einen Querulanten zu finden oder jemanden, der im Streit ausgeschieden ist. Aber Sie wissen ja, dass Nolan und Fancher abgelehnt haben und dass Bond dem Antrag nicht stattgegeben hat.«

Lenihan starrte auf die Überreste seines gebratenen Tunfischs. »Scheiß auf Bond«, meinte er nach einiger Zeit. »Wir machen eine Website, in der wir um Informationen über Lexington und die SSA bitten, und unterstützen sie in Washington und Hartford mit Anzeigen. Und für die Suche nach Exmitarbeitern stellen wir einen Detektiv ein. Bond kann nur das offizielle Offenlegungsverfahren kontrollieren. Alles, was wir von außerhalb bekommen, können wir auch an die Presse weitergeben.«

Sarah dachte nach. »Wenn auch nur das Geringste bis zu uns zurückverfolgt werden kann«, warnte sie, »wird uns Bond durch die Mangel drehen.«

»Schlimmer als jetzt kann es sowieso nicht werden, solange wir uns nicht direkt über seine Anordnung hinwegsetzen.« Lenihan biss die Zähne aufeinander. »Wir brauchen einen Maulwurf, und wir brauchen Publicity. So einfach ist das.«

Sarah spielte mit ihrem Suppenlöffel. »Aber denken Sie an Bresler. Ich möchte mir gar nicht vorstellen, was die SSA mit einem Mitarbeiter anstellen würde, der sie verrät. Oder auch, was Lexington tun würde.«

Lenihans Gesicht streifte der Anflug eines melancholischen Lächelns. »Wie oft«, bemerkte er, »habe ich schon Denunzianten erlebt, die dachten, sie können das Risiko einschätzen. Sie schätzen es nie richtig ein. Sie können sich nicht vorstellen, was auf sie zukommt – Scheidung, Bankrott, all die Freunde, die ihnen den Rücken kehren, das Ende der Berufskarriere. Der letzte Denunziant, den ich hatte, hat sich auf der Auffahrt zum Haus seiner Exfrau umgebracht.«

Trotzdem, dachte Sarah, war Lenihan bereit, den nächsten Informanten aufzustöbern.

Achselzuckend schloss er: »Aber was bleibt uns anderes übrig? Morgen stellen wir unsere Anfrage ins Netz.«

## 3

Am gleichen Tag und in der dritten Woche in Folge erhob sich Senator Chuck Hampton während der Vormittagssitzung, um eine Trauerrede auf die Opfer von Waffengewalt zu halten, die in der vergangenen Woche gestorben waren.

Dieses Ritual hatte er am Morgen nach dem Treffen mit Frank Fasano begonnen. Hamptons Kalkül war denkbar einfach: Am besten konnte man die Republikaner in der Frage der Immunität für Waffenhersteller in die Enge treiben, wenn man die Presse und die Öffentlichkeit daran erinnerte, dass Fasano noch immer keinen Termin für die Abstimmung über das Waffengesetz des Präsidenten festgelegt hatte. Hampton wählte die Opfer aus Lara Kilcannons Website sehr geschickt aus. Es handelte sich stets um Mütter, Väter oder Kinder; in allen Fällen hatte der Mörder – so wie John Bowden – die Waffe ohne Leumundsprüfung erworben; und aufgrund von Vorstrafen oder aktenkundigen Delikten häuslicher Gewalt hätte keiner der Mörder eine allgemeine Leumundsprüfung bestanden, wie sie in der Gesetzesvorlage des Präsidenten gefordert wurde. Am Ende seiner Rede zählte Hampton die Menschen zusammen, die seit dem Mord an Laras Familie mit Schusswaffen getötet worden waren. An diesem einundfünfzigsten Tag stand der Blutzoll bei 4129, und beispielhaft für alle Opfer berichtete Hampton über das Schicksal eines vierjährigen Jungen, der von seinem Vater getötet worden war. Nach dem Verbrechen, dem auch die Mutter und zwei Schwestern zum Opfer gefallen waren, hatte sich der Gewalttäter selbst gerichtet.

»Wenn die Vorlage des Präsidenten geltendes Gesetz wäre«, schloss Hampton, »würde sich Scotty Morris jetzt für den Vorschulunterricht anziehen. Wie, so frage ich, können wir tatenlos den Anblick seines Bildes ertragen?«

Mit einem Seitenblick auf Frank Fasano nahm Hampton wieder

Platz. Wie schon in den vergangenen drei Wochen ließ der Mehrheitsführer Hamptons tägliche Folter äußerlich gelassen über sich ergehen. Fürs Erste blieb ihm auch gar nichts anderes übrig. Hampton hatte die Zivilrechtsreform mit der Drohung blockiert, brisante Zusatzanträge einzubringen – die Streichung der Immunitätsklausel für Waffenhersteller oder die Hinzufügung der gesamten Gesetzesvorlage des Präsidenten –, über die einige moderate Republikaner derzeit aus Furcht vor den Folgen der Kampagne der First Lady und ihrer Aussage vor dem Handelsausschuss nicht abstimmen wollten. Aber Hampton wusste ganz genau, dass die Demokraten der politischen Mitte vor ähnlichen Problemen standen. Einige hatten Angst vor der SSA, andere sympathisierten mit der Haftpflichtreform, und wieder andere wollten erst die langfristige Wirkung der Costello-Morde auf die öffentliche Stimmung abschätzen können. So tat eine kleine Gruppe von Senatoren im Grunde nicht anderes als zu warten und den Gang der Ereignisse zu beobachten, so wie Fasano, der auf seine Stunde wartete, und Hampton, der Fasano beobachtete.

Hampton war klar, dass bis morgen weitere achtzig Amerikaner durch Waffengewalt sterben würden.

»Meine Leute brauchen Rückendeckung«, sagte Fasano am Nachmittag desselben Tages zu Charles Dane. »Vor allem die Gemäßigten. Das erkläre ich Ihnen schon seit Wochen.«

Wieder hatten sie sich in Kelsey Landons Büro getroffen. Wohlwollend und beruhigend saß Landon in einem schönen alten Ohrensessel, während Dane und Fasano auf identischen Sesseln aus poliertem Mahagoni Platz genommen hatten. »Auf jeden Fall«, antwortete Dane, »muss Ihr Vorschlag in Einklang mit unserer Botschaft stehen, dass nicht Waffen, sondern die Gewalt und Freizügigkeit unserer Populärkultur das Problem sind.«

»Scotty Miller«, konterte Fasano hämisch, »wurde nicht von einem Videorekorder ermordet. Ich kenne *Ihre* Kultur nicht, Charles. Aber in *meiner* kriegt Chuck Hampton allmählich Oberwasser.«

»Dann gehen Sie eben moralisch in die Offensive, verdammt. Sogar Lara Kilcannon gibt zu, dass unsere Filme, das Fernsehen und die Popmusik durch und durch verdorben sind. Hören Sie sich einmal ein paar Gangsterrap-Texte an, in denen es um das Prügeln von Frauen und das Töten von Polizisten geht …«

»Ich hasse diesen Schund«, unterbrach ihn Fasano. »Bernadette und ich sorgen dafür, dass unsere Kinder damit nicht in Berührung kommen. So, und nachdem wir das geklärt haben, können wir jetzt vielleicht über den Senat der USA sprechen.«

Versöhnlich ging Landon dazwischen. »Ich glaube, Charles hat einen Vorschlag für Sie, Frank.«

»Ein Gesetz«, sagte Dane prompt, »das eine Kommission zur Untersuchung der Folgen von Gewalt für die amerikanische Jugend beruft, das Überwachungschips in allen Fernsehgeräten vorschreibt, damit Eltern kontrollieren können, was ihre Kinder ansehen, und das ein Bewertungssystem für Fernsehprogramme, CDs, Musikvideos und Leihvideos für Kinder unter achtzehn einführt. Wie kann es sein, Frank, dass unsere Gesellschaft Gewalt verherrlicht – und sie Jugendlichen als Nervenkitzel vorführt, bis sie ihnen in Fleisch und Blut übergeht – und dann den amerikanischen Waffenherstellern die Schuld an der Verkommenheit der Gesellschaft gegeben wird?«

Fasano musste lachen. »Vielleicht weil einige von diesen Waffenherstellern ihre eigenen Videos verkaufen, die den Kids zeigen, wie sie die Waffen gebrauchen müssen.« An Landon gewandt fuhr er fort: »Vergessen wir erst mal, dass das nur Augenwischerei ist, Kelsey. Aber vielleicht können Sie Charles etwas über die Unterhaltungs- und Medienlobby erzählen und ihm erklären, warum die kollektive Tugend nie zu einem Gesetz führen wird.«

Als gut bezahlter Vermittler war Landon zu diskret, um Fasanos Amüsement zu teilen. »Sagen Sie uns, was Sie brauchen, Frank.«

»Zumindest etwas, was die Frage des so genannten Schlupflochs bei Waffenmessen klärt.«

Dane schien einen kurzen Moment zu überlegen. »Dann darf ich Folgendes vorschlagen«, begann er, und Fasano wusste sofort, dass sein erstes Angebot nur ein Ablenkungsmanöver gewesen war.

»Waffenmesse«, erklärte Dane, »ist ein dehnbarer Begriff. Wir können ihn so auslegen, dass Messen im Freien, Jagd- und Fischereimessen und irgendwelche anderen Messen, wo lediglich unter anderem auch Waffen verkauft werden, nicht darunter fallen...«

»Ein Schlupfloch im Schlupfloch«, warf Fasano trocken ein.

Dane ließ sich nicht beirren. »Waffenmessen finden am Wochenende statt. Leumundsprüfungen, die 72 Stunden dauern, wären eine ungerechtfertigte Geschäftsbeeinträchtigung für diese Messen. Stattdessen schreiben wir vor, dass jede Leumundsprüfung bei einer Waffenmesse in wenigen Minuten abgeschlossen sein muss...«

»Das ist doch unmöglich«, unterbrach ihn Fasano. »Dafür gibt es weder eine Datenbank noch eine Technologie. Aber das ist wahrscheinlich genau der springende Punkt.«

Dane ging nicht auf Fasanos Bemerkung ein. »*Unser* Gesetz«, fuhr er fort, »käme bei Waffenmessen erst zur Anwendung, wenn 99 Prozent aller landesweiten Daten über Verbrechen, Gewaltdelikte und häusliche Gewalt in einem Zentralregister erfasst sind.«

Fasano blickte kurz zu Landon, der ausdruckslos zuhörte, und dann wieder zu Dane. »Sie erinnern sich wahrscheinlich an Kilcannons Rede. Er hat klargestellt, dass die Datenerfassung noch weit von diesem Ziel entfernt ist, und für diese Aufgabe die Bereitstellung von Millionen vorgeschlagen. Welchen Beitrag möchten Sie dazu leisten?«

»Null«, erwiderte Dane ruhig. »Das müssen die Bundesstaaten finanzieren.«

Fasano brauchte einen Augenblick, um seinen Ärger im Zaum zu halten. »Im Senat halten wir uns an ein gewisses Niveau, was den Zynismus angeht. In seiner höheren Form ist er nicht ganz so durchschaubar.«

Dane verschränkte die Arme. »Ihre Gemäßigten und Yankees könnten für so ein Gesetz stimmen, ohne zu Hause abgestraft zu werden. Wir sprechen uns dagegen aus, das hilft Ihnen zusätzlich. Wenn Sie uns unterstützen und dafür sorgen wollen, dass keine Cassie Rollins aus der Reihe tanzt, sollte Ihnen das genügen.«

»Wenn es mir genügen soll«, fauchte Fasano, »dann muss es

schon etwas mehr sein als transzendente Kacke. Nennen Sie mir Ihren Vorschlag, Charles. Dann werden unsere Spezialisten ein paar Sachen dazutun, die Ihnen wirklich nicht schmecken – wie zum Beispiel Geld für die Entwicklung einer Schnellprüfung beim Kauf von Waffen. Und dann können Sie sich aus aufrichtiger Gesinnung dagegenstellen …«

»Wenn Sie so was verabschieden«, wandte Dane ein, »könnte das nach einem Machtverlust der SSA aussehen.«

Zu Landon gewandt, sagte Fasano in seinem müdesten Ton: »Ich glaube, dass *Sie* meinem Gedankengang folgen konnten, Kelsey.«

»Ich denke schon«, antwortete Landon und sah Dane an. »Sie verlangen, dass Frank eine Haftpflichtreform durchboxt, die Lexington und Ihnen Immunität gewährt, während er gleichzeitig Kilcannons Waffengesetz so lange verschleppen soll, bis sich die öffentliche Meinung wieder beruhigt hat. Frank versucht Ihnen klar zu machen, Charles, dass ihm Kilcannon und Hampton das Leben schwer machen. Er braucht also ein neues Element …«

»Genauer gesagt«, fügte Fasano hinzu, »ein eigenes Waffensicherheitsgesetz. Ein Gesetz, das so plausibel ist, dass unsere Gemäßigten dafür stimmen können, das aber Kilcannon nicht annähernd das gibt, was er will. Wenn wir uns eine geeignete Vorlage ausgedacht haben, setze ich sie noch vor der Haftpflichtreform zur Abstimmung an. Damit bekommen unsere Gemäßigten echte Rückendeckung und können leichter für die Immunität für Waffenhersteller stimmen. Und wenn Kilcannon dann sein Veto einlegt, können wir ihn als Extremisten anprangern.«

Dane schien hin und her gerissen zwischen Zweifel und Neugier. »Und wenn nicht?«

»Er wird sein Veto einlegen«, antwortete Fasano. »Ich kenne ihn, und ich werde dafür sorgen, dass er es tut.«

# 4

Gefangen in einem Konferenzraum im 27. Stock des Embarcadero Three, auf einer von fünf Etagen, die ihre frühere Kanzlei gemietet hatte, sah Sarah zu, wie John Nolan den Inspektor der Mordkommission Charles Monk befragte.

Sarah war mit dem Vernehmungsablauf bestens vertraut. Ein Protokollführer vereidigte den Zeugen und tippte dann an einem Ende des Konferenztischs auf einer Stenoschreibmaschine die Fragen und Antworten ein. Das so entstandene Protokoll konnte später bei der Hauptverhandlung für das Kreuzverhör des Zeugen verwendet werden. Wichtiger war allerdings, dass eine Aussage den Zeugen auf eine Geschichte festnagelte. Sarah hatte schon erlebt, dass ganze Prozesse wegen einer Aussage gewonnen oder verloren wurden, und es war klar, dass Nolan hier Ähnliches im Sinn hatte.

Er hatte sich – ganz bewusst, wie Sarah klar war – mit dem Rücken zu den riesigen Fenstern im Konferenzraum hingesetzt. Sarah und Monk hingegen hatten das eindrucksvolle Panorama der San Francisco Bay an einem strahlenden Tag Ende Oktober vor Augen und waren der Versuchung ausgesetzt, sich durch den Anblick des Gefängnisses Alcatraz, einer kleinen Flotte Segelboote oder eines Maersk-Frachters, der in Richtung des Hafens von Oakland tuckerte, ablenken zu lassen. Aber Sarah konzentrierte sich voll auf Nolan. Die trügerische Gelassenheit seiner Miene konnte einen Zeugen zu Unachtsamkeit verleiten, und seine Fragen waren nicht durch das bei einer Hauptverhandlung gültige Beweisrecht eingeschränkt, das beispielsweise Fragen aufgrund von Gerüchten ausschloss. Bei der Vernehmung von Zeugen war kein Richter zugegen. Nur der Anwalt konnte – falls er anwesend war – seinen Zeugen anweisen, eine Frage nicht zu beantworten. Ohne richterliche Überwachung entsprachen die Regeln ungefähr denen einer Messerstecherei – alles war erlaubt. In solch einem Rahmen war John Nolan besonders gefährlich.

Dieser Zeuge hatte keinen Anwalt. Monk war dunkelhäutig, ein Mann von fast beängstigender Größe und Massigkeit. Die Hände vor sich gefaltet, beugte er sich mit gelassenem Gesichtsausdruck über den Tisch. Er schien völlig unbeeindruckt. Sarah hatte nur eine ungefähre Vorstellung davon, was er aussagen würde. Ein Inspektor von der Mordkommission in San Francisco hatte viel zu tun, und Monk war so überarbeitet, dass er nicht mit Sarah hatte sprechen können. Sie hoffte nur, dass er auch für Nolan keine Zeit gehabt hatte. Schweigend beobachtete sie, wie sich Nolan über ihn hermachte.

»Hat der Präsident«, fragte er, »jemals Polizeischutz für Joan Bowden und ihre Familie angefordert?«

Monk überlegte kurz. »Nicht, dass ich wüsste, nein.«

»Welchen Eindruck haben Sie von dem privaten Sicherheitsdienst, den der Präsident mit dem Schutz der Costellos beauftragt hat?«

»Eindruck«, mischte sich Sarah ein. »Im Hinblick worauf? Auf die Tischmanieren?«

Nolan würdigte sie keines Blickes. »Welchen Eindruck haben Sie von der Fähigkeit des Sicherheitsdienstes, Schaden von Joan Bowden abzuwenden?«

»Einspruch«, sagte Sarah. »Die Frage ist unbegründet. Es gibt keine Anhaltspunkte in den Akten, die darauf schließen lassen, dass der Zeuge das Wissen besitzt, um diese Frage zu beantworten.«

Auch jetzt drehte sich Nolan nicht zu ihr um. Ruhig sagte er zu dem Zeugen: »Sie können die Frage beantworten.«

Monk zuckte träge die Achseln. »Miet-Cops gibt es haufenweise. Soweit ich aus meinen Nachforschungen über den Hintergrund der zwei am Flughafen getöteten Männer weiß, hatten sie keine polizeilichen oder militärischen Erfahrungen. Nur die flüchtige Ausbildung, die man braucht, um eine Lizenz zu bekommen.«

»Hätten *Sie* Ihre Familie diesen beiden Männern anvertraut?«

»Ich?« In Monks Stimme lag ein Anflug von Ironie. »Das hätte ich selbst übernommen. Aber diesen Luxus hat der Präsident wohl nicht.«

Nolans Gesicht blieb eine ausdruckslose Maske und verriet keinen Ärger. »Hätten Sie diese beiden Männer mit dem Schutz Ihrer Familie beauftragt?«

Monk runzelte die Stirn. Er antwortete offensichtlich nur widerwillig. »Nein, das hätte ich nicht.«

Zum ersten Mal erschien die Andeutung eines Lächelns in Nolans Augen. »Inspector Monk, haben Sie im Zuge Ihrer Ermittlungen zu den Morden auch Bowdens Hintergrund untersucht?«

»In gewissem Umfang, ja. Aber es war klar, dass er der Mörder war, und für eine Anklage war er entschieden zu tot. Also wollten wir vor allem sichergehen, dass er keine Komplizen hatte. Wir fanden keine Hinweise in dieser Richtung.«

»Haben Sie das Motiv für die Tat festgestellt?«

»Wir konnten ihn natürlich nicht persönlich befragen.« Nach einer kurzen Pause fügte Monk zögernd hinzu: »Der Präsident hat uns einen Brief übergeben.«

Nolan zog aus seiner Aktenmappe die Kopie einer herausgerissenen Ringbuchseite. Obwohl sie in einiger Entfernung saß, lief Sarah beim Anblick von Bowdens zerklüftetem Gekrakel ein Schauder über den Rücken.

Mit unverändert phlegmatischer Stimme diktierte Nolan dem Protokollführer: »Ich habe hier ein einseitiges Dokument, das ich als ›Lexington, Beweisstück 3‹ bezeichnen möchte.« Dann ließ er Kopien über den marmornen Konferenztisch zu Sarah und Fanchers Vertreter gleiten. Obwohl sie den Text bereits gelesen hatte, war Sarah wie gebannt.

»Ist dies eine Kopie des betreffenden Briefes?«, fragte Nolan Monk.

»Ja.«

»Und haben Sie festgestellt, dass Mr. Bowdens Motiv für die Morde der Hass auf den Präsidenten und die First Lady war, oder genauer gesagt die Tatsache, dass sie ihn im landesweiten Fernsehen als gewalttätigen Ehemann bloßgestellt haben?«

Sarah blickte auf und reagierte sofort. »Einspruch. Der Brief lässt keine Zweifel offen, und Inspector Monk hat nie mit Mr. Bowden gesprochen.«

»Das ist richtig«, sagte Monk und legte seinen großen Finger auf den Brief. »Ich weiß nur, was hier steht. Nach unserem Wissensstand hat Bowden niemand in die Pläne und Gründe für seine Tat eingeweiht.«

»Aber ein anderes Motiv ist Ihnen nicht bekannt?«

»Ein anderes Motiv?«, warf Sarah mit leichtem Spott ein. »Wie wär's damit, dass ihn seine Frau verlassen hat, dass er sein Kind nicht besuchen durfte und dass sie ihn zweimal wegen ehelicher Gewalt angezeigt hat? Und Bowdens offensichtlichen Hang zu Gewalttätigkeit haben Sie wohl ganz vergessen?«

Zum ersten Mal sah ihr Nolan ins Gesicht. In einem Ton kalter Höflichkeit sagte er: »Ms. Dash, in Ihrer Unerfahrenheit ist es Ihnen vielleicht entgangen, aber was Sie gerade vorgetragen haben, war kein Einspruch, sondern eine Rede, mit der Sie den Zeugen beeinflusst haben. Es ist mein Recht, meine Fragen so zu stellen, wie ich es für richtig halte.«

Sarah wusste, dass das ein Test war, Nolans erster Einschüchterungsversuch. Aber sie merkte auch, dass es ihr gelungen war, ihn aus der Fassung zu bringen und den Rhythmus seiner Vernehmung zu stören. »Entschuldigen Sie«, antwortete sie lächelnd, »aber in meiner Unerfahrenheit hatte ich sinnvolle Fragen erwartet.«

Nolan starrte sie an. Monk wurde offensichtlch ungeduldig. »Ich weiß nicht, warum der Mann die Tat begangen hat. Aber es gibt viele mögliche Gründe.«

Schweigend sah Nolan auf sein Vernehmungskonzept hinunter – um seinen Ärger zu kaschieren, wie Sarah vermutete. Für sie war es ein erfreulicher Augenblick.

Nach einer Weile hob Nolan den Blick und wandte sich wieder an Monk. »Haben Sie bei Ihren Ermittlungen festgestellt, ob Bowden Verbindung zu Lexington Arms hatte?«

»Festgestellt?«, hakte Sarah nach, »oder überhaupt versucht festzustellen?«

Diesmal ignorierte Nolan sie. Mit kalter Stimme wies er den Zeugen an: »Beantworten Sie bitte die Frage.«

»Das stand nicht im Zentrum unserer Ermittlungen«, antwortete Monk.

Sarah unterdrückte ein Lächeln. »Haben Sie Verbindungen entdeckt?«, insistierte Nolan.

»Nein.«

»War Lexington in irgendeiner Form am Verkauf der P-2 an Mr. Bowden beteiligt?«

»In irgendeiner Form?«, wiederholte Sarah in ungläubigem Tonfall. »Lexington hat die Waffe hergestellt. Und dafür geworben. Ich verstehe die Frage nicht.«

»Ich könnte natürlich versuchen, sie zu erklären«, entgegnete Nolan bissig. »Aber die Gabe des Verstehens kann nur Gott verleihen.« Gereizt wandte er sich an Monk. »Sie können die Frage beantworten, Inspector. Aber wenn möglich ohne Bezug auf die wiederholten Einwürfe von Ms. Dash.«

»Wenn Ihre Frage darauf zielt«, antwortete Monk, »ob Lexington die Waffe an Bowden verkauft hat, kann ich nur sagen, dass ich nicht weiß, wer sie ihm verkauft hat.«

Sarahs Zufriedenheit war wie weggeblasen. Monks Ausführungen trafen genau den Kern des Problems bei Marys Klage, und Nolan war das bestimmt nicht entgangen. Er lehnte sich zurück und legte einen Finger an die Unterlippe. »Trifft es zu, Inspector Monk, dass Mr. Bowden einen Tag vor den Morden einen Hin- und Rückflug nach Las Vegas gebucht hat?«

»Ja.«

»Ist Ihnen der Zweck dieser Reise bekannt?«

Monk blickte kurz zu Sarah – ein Beleg dafür, so schien es ihr, wo seine Sympathien lagen. Vorsichtig antwortete er: »Wir meinen, dass er zu einer Waffenmesse wollte.«

»Was veranlasst Sie zu dieser Meinung?«

»Mehrere Gründe.« Monk hielt kurz inne, um seine Gedanken zu ordnen. »Erstens hat die Polizei vor seiner Abreise nach Las Vegas aufgrund einer Anzeige seiner Frau sein Haus durchsucht und dabei keine Waffen gefunden. Zweitens fand an dem betreffenden Tag in Las Vegas eine Waffenmesse statt, bei der P-2 verkauft wurden. Drittens entdeckten wir bei seinen Sachen eine Ausgabe der SSA-Zeitschrift *Defender*, in der mit Anzeigen für die P-2 und direkt daneben für die Waffenmesse geworben wurde.«

Nolan ließ nicht locker. »Haben Sie irgendwelche anderen Gründe für die Annahme, dass Bowden nach Las Vegas reiste, um eine Waffenmesse zu besuchen?«

Angespannt wartete Sarah auf die Antwort. Nach kurzem Zögern sagte Monk mit matter Stimme: »Nein.«

»Haben Sie Informationen darüber, was Mr. Bowden in Las Vegas gemacht hat?«

»Wir haben keine solchen Informationen.«

Fast unmerklich beugte sich Nolan vor, um den Abstand zwischen Anwalt und Zeuge zu verkleinern. »Haben Sie Beweise dafür gefunden, dass Mr. Bowden diese Messe tatsächlich besucht hat?«

»Nein.«

»Was haben Sie unternommen, um festzustellen, ob er dort war?«

Monk überlegte. »Unsere Ermittlungen in dieser Richtung waren eher begrenzt. Ein Problem ist, dass bei Waffenmessen keine Aufzeichnungen über die Besucher geführt werden und dass viele Waffen gegen Barzahlung verkauft werden. Anscheinend hat das Ganze den Zweck, dass alle Leute, die ihre Waffe nicht bei einem lizenzierten Händler kaufen wollen, unerkannt bleiben können.«

Genau, dachte Sarah. Bowden war zu der Messe gereist, weil er nicht erkannt werden wollte. Und das war der Grund dafür, dass sein Besuch der Messe nach dem strengen Beweisrecht einer Hauptverhandlung schwer zu belegen war. Und wenn Lenihan und sie keine Beweise fanden, war der Prozess vorbei, noch ehe er begonnen hatte. Nolan, der das natürlich wusste, hatte wieder zu seiner äußeren Gelassenheit zurückgefunden. »Haben Sie Personen befragt«, erkundigte er sich, »die in Verbindung mit der Messe stehen?«

Monk nickte. »Den Veranstalter und die Mitarbeiter, bei denen die Besucher für den Eintritt bezahlten. Wir haben ihnen ein Bild von Bowden gezeigt und sie gefragt, ob sie ihn gesehen haben. Keiner konnte sich an ihn erinnern.«

Oder wollte sich erinnern, dachte Sarah. Das Letzte, was der Veranstalter brauchen konnte, war ein Kunde namens John Bowden. »Uns ging es weniger um die Waffenmesse«, fügte Monk hinzu, »wir wollten vor allem die Frage klären, ob Bowden allein gehandelt hatte. Deshalb haben wir die Ermittlungen nicht weitergeführt. Ich weiß auch gar nicht, wo wir hätten ansetzen sollen. Bei der Messe waren tausende von Besuchern und hunderte von Verkäufern – die meisten davon ohne Lizenz.«

Damit hatte Monk das Dilemma der Klägerin in wenigen Worten zusammengefasst. Dass Lexington nach eigenem Bekunden keine Aufzeichnungen darüber hatte, an wen die Mordwaffe ursprünglich geliefert worden war – für Sarah eine völlig haltlose Behauptung –, machte die Sache noch schlimmer. Der Weg der P-2 bis zu Bowden blieb vom Anfang bis zum Ende ein komplettes Rätsel. »Also«, setzte Nolan nach, »könnte Bowden die Waffe auch in Kalifornien auf der Straße gekauft haben.«

Monk zuckte die Achseln. »Das können wir nicht ausschließen.«

»Oder vielleicht sogar bei einem Händler, der sich gegen eine Leumundsprüfung entschieden hat.«

Monk setzte sich gerade auf und starrte Nolan an, als hätte der Anwalt eine Grenze überschritten. »Die P-2 ist in Kalifornien verboten. Das hieße also, dass ein lizenzierter Händler gegen zwei Gesetze verstoßen hätte. Ich habe keine statistischen Belege, Mr. Nolan, aber ich kann Ihnen sagen, dass bei Tötungsdelikten in San Francisco ziemlich häufig P-2 im Spiel sind. Vor allem Drogenhändler haben anscheinend eine Schwäche für diese Waffe. Und die meisten von ihnen stammen aus Verkäufen in Arizona oder Nevada.«

Sarah sandte Monk ein stummes Dankeschön. Verärgert lehnte sich Nolan zurück. »Aber Sie haben keine Zahlen, wie Sie sagen. Die ›Beweise‹ für Ihre letzte Bemerkung sind also anekdotischer Natur.«

»Ja.«

»Haben Sie jemals mit einem Vertreter von Lexington über diese ›Beweise‹ gesprochen?«

»Nein.«

»Selbst wenn es also ein Problem gibt, ist es Lexington Ihres Wissens nicht bekannt.«

Monk ließ sich Zeit, um die richtigen Worte zu finden. »Mr. Nolan, Lexington *behauptet*, dass die Aufzeichnungen über den Empfänger der Lieferung verloren gegangen sind. Ich weiß nicht, *was* diese Leute wissen oder ob es sie überhaupt nicht interessiert. Wissen Sie es?«

»Wissen Sie es?«, fragte Sarah mit einem Lächeln. »Oder interessiert es Sie überhaupt nicht?«

Nolan sah sie kurz an. »Très amusant«, murmelte er verächtlich und starrte wieder Monk an. »Demnach können Sie mir also nicht sagen, woher der Mörder seine Waffe hatte.«

»Nein.«

»Aber die Anwälte der Klägerin behaupten in ihrer Klageschrift, dass die zwei von Ihnen erwähnten Anzeigen Mr. Bowden dazu *veranlasst* haben, die Waffe zu kaufen. Sie selbst haben soeben ausgesagt, dass Sie nicht wissen, woher oder von wem er die Waffe hatte. Sind Ihnen irgendwelche Tatsachen bekannt, die die Behauptung der Klägerin stützen würden?«

»Wie gesagt, wir haben die SSA-Zeitschrift bei seinen Sachen gefunden, und außerdem ist er nach Las Vegas geflogen. Es gibt keinerlei Hinweise darauf, dass er dafür einen anderen Grund hatte als die Absicht, eine Waffe zu kaufen.«

»Wirklich?« Nolan zog die Augenbrauen nach oben. »Haben Sie auch nur ein Kasino überprüft?«

»Nein.«

»Dann sollten wir bei den gesicherten Tatsachen bleiben. Sie haben die Zeitschrift *Defender* erwähnt. Haben Sie in Bowdens Zimmer noch andere Waffenzeitschriften gefunden?«

»Ja.«

»Wie viele?«

Monk dachte nach. »Ungefähr zwanzig. Ich habe sie nicht gezählt.«

»Gab es darin Anzeigen für die besagte Waffenmesse in Las Vegas?«

»In einer, soweit ich mich erinnere. Es war eine Auflistung von Waffenmessen im September.«

»Schön«, sagte Nolan in aufgeräumtem Ton. »Noch einmal zurück zum *Defender*. Hatte Bowden diese Zeitschrift abonniert?«

»Nein.«

»War er Mitglied der SSA?«

»Nein.«

»Wissen Sie, woher er die Zeitschrift hatte?«

»Nein.«

»Wissen Sie denn, ob er sie überhaupt gelesen hat?«

Monk starrte ihn an. »Nur aus meinen Schlussfolgerungen.

Diese Anzeigen brachten ziemlich deutlich zum Ausdruck, dass die P-2 bestens dafür geeignet ist, Menschen zu töten, und genau das hat Bowden gemacht. Für etwas anderes ist diese Waffe bestimmt nicht geeignet.«

»Wissen Sie«, wiederholte Nolan unerbittlich, »ob John Bowden die Zeitschrift *Defender* gelesen hat oder nicht?«

Monk betrachtete Nolan mit einer Neutralität, die seine Abneigung nicht verbergen konnte. »Nein«, antwortete er leise, »nicht mit Sicherheit.«

»Also können Sie auch nicht wissen, ob er diese Anzeige gesehen hat.«

Monk lehnte sich zurück. »Wenn ich vom gesunden Menschenverstand ausgehe, Mr. Nolan, dann *weiß* ich es. Und *Sie* wissen es auch. Nur nach dem Beweisrecht weiß ich es nicht.«

Schweigend musterte ihn Nolan und wandte sich schließlich mit einem Lächeln an Sarah. »Ich denke, das wäre alles. Ihr Zeuge, Ms. Dash.«

## 5

In der ersten Zeit seiner Verliebtheit in Lara gab es Augenblicke für Kerry, in denen ihn das Zusammensein mit ihr wie ein herzzerreißendes Wunder berührte: ihr promptes Lächeln, ihre Art, den Kopf zu drehen, um ihn anzusehen, und – eine Seltenheit in seinem Leben – das Gefühl, zu verstehen und verstanden zu werden, als der gesehen zu werden, der er war. Nach einiger Zeit gab es keinen Gedanken mehr, den er nicht zu äußern wagte, kein Gefühl, das er nicht mit ihr teilen wollte. Wenn er sie nach mehreren Tagen der Trennung wiedersah, durchfuhr ihn ein Schauer, und dann stellte sich ein zugleich sanftes und starkes Gefühl von Ganzheit ein. Als Junge war Kerry einsam gewesen und hatte nur wenigen Menschen vertraut. Wenn er Vertrauen zu jemandem gefasst hatte, war es tief und seine Loyalität absolut. Aber die harte Welt der Politik hatte seinen Instinkt bekräftigt, dass Vertrauen und Liebe Gefahren und Schmerz mit sich bringen konnten. Bei Lara fand er Zuflucht, und sie wurde für ihn so sehr zum Mittelpunkt seines Lebens, dass er fast Angst bekam.

Damals war er noch mit Meg verheiratet gewesen. Diese Ehe kostete ihn ein Kind mit Lara. Dann folgten zwei Jahre, in denen er sie nicht sah und in denen ihm der entschlossene und aufreibende Kampf um die Präsidentschaft als Gegenmittel diente, bis er ihm völlig verfallen war. Als Lara schließlich wiederkam, entdeckte Kerry, der inzwischen geschieden war, dass er zwei Dinge gleichermaßen wollte: die Präsidentschaft und ein Leben mit ihr.

Jetzt hatte er beides, und sie hatten einen hohen Preis dafür bezahlt. Oft wünschte er sich, er könnte in die Zeit vor der Abtreibung zurückkehren. Er würde sich von Meg scheiden lassen und Lara heiraten, damit sie ein Leben als Familie führen konnten und sich nie mehr fühlen mussten wie heute. Dann würde er ihr einst so vertrautes amüsiertes Lächeln sehen – klar und rein. Stattdessen las er in ihren Augen nur Leid, das ihn an ihre tiefe Trauer erinnerte und ihm sagte, wie sehr sie sich Kerrys Kampf gegen Waffengewalt verpflichtet fühlte und ihn als einzige Möglichkeit eines würdigen Andenkens für ihre Familie verstand.

Eines Nachts sagte er ihr dies alles.

Er hatte es nicht vorgehabt. Sie war im Bad gewesen und hatte sich vor dem Schlafengehen das Haar gebürstet. Kerry war in Gedanken versunken. Noch in Jeans und Pullover legte er sich auf die Schlafzimmercouch. Die unüberschaubaren Stimmenverhältnisse im Senat und die komplexe und außerordentlich gehässige Auseinandersetzung um die Waffengesetze wollten ihm nicht aus dem Kopf gehen. Dann blickte er auf und sah sie im Spiegel.

Plötzlich spürte er eine erstaunliche, fast chemische Veränderung in sich. Eine Zeit lang beobachtete er Lara einfach – die anmutige Halslinie, die dunklen, völlig in sich gekehrten Augen, die ihr Ebenbild im Glas überhaupt nicht beachteten. Dann ging er zu ihr.

Überrascht sah sie sein Gesicht neben dem ihren auftauchen und begrüßte sein Spiegelbild mit einem leisen Lächeln. Als er ihren Hals küsste, schmiegte sie sich an ihn.

»Was ist?«, fragte sie.

Er sagte es ihr.

Ein weicher und gespanner Ausdruck lag in ihren Augen. Erst als er zu Ende gesprochen hatte, wandte sie sich ihm zu und lehnte die Stirn gegen sein Kinn. »Ich weiß«, flüsterte sie, »aber es ist eben anders gekommen.«

Kerry drückte sie an sich. Dann spürte er, wie sich ihre Hände unter seinen Pullover schoben und ihm sanft über den Rücken strichen. Zurückgelehnt blickte sie zu ihm auf, als er das Band um ihre Taille löste. Sacht glitt ihr seidenes Negligé zu Boden.

»Ja«, sagte sie leise, »ja.«

Danach lagen sie wach im Dunkeln mit ineinander geschmiegten Fingern und redeten über die Vergangenheit – nicht bedauernd, sondern in freudiger Erinnerung an die ersten banalen und starken Zeichen dafür, dass sie dabei waren, sich ineinander zu verlieben. »Wenn irgendwas passiert ist«, erzählte sie, »etwas Gutes oder Schlechtes, warst du der Erste, den ich anrufen wollte. Oder es hat sich eine Frage gestellt, und ich wollte sofort deine Meinung dazu wissen. Natürlich war es eigentlich total lächerlich. Du warst verheiratet, Senator und womöglich sogar zukünftiger Präsident. Ich war die hochprofessionelle Fernsehreporterin, die dich mit äußerster Skepsis betrachtete. Und auf einmal war's vorbei damit.« Wärme lag in ihrer Stimme. »Das war wirklich ein fieser Trick von dir, dich einfach so von einer Persönlichkeit des öffentlichen Lebens in einen Menschen zu verwandeln.«

»Ich hatte keine andere Wahl«, bemerkte er scherzhaft, »sonst hätte ich dich nie ins Bett bekommen.«

»Ach? Ab wann hast du dir denn eingebildet, dass das passieren wird?«

»Ungefähr eine Minute, bevor es so weit war.« Sein Ton war ernst geworden. »Ich hatte nie das Gefühl, dass ich einen Anspruch darauf habe. Für mich war es einfach nur ein großes Glück, und das ist es noch immer.«

»Wenn ich zurückschaue, Kerry, dann war es einfach unvermeidlich. Und an dem Abend, als es dann passiert ist – vom ersten Kuss an habe ich dich so begehrt, dass ich nicht mehr klar denken konnte.« Nach kurzem Schweigen fügte sie hinzu: »Manchmal war es, als würden wir völlig eins werden.

Was du von mir gebraucht hast, habe ich auch von dir gebraucht.«

Kerry zögerte. »Und heute?«

»Ist es noch immer so.« Ihre Stimme wurde noch leiser. »Mehr als je zuvor.«

Seine Finger schlossen sich fester um ihre. Mehrere Minuten lang blieben sie stumm.

»Vorhin auf der Couch«, fragte sie schließlich, »an was hast du da gedacht? Du warst so still, als wärst du jemand anders.«

»Du hast mich beobachtet?«

»Ach, das tue ich manchmal. Meistens, wenn du so mit dir selbst beschäftigt bist, dass du gar nichts davon merkst. Was in letzter Zeit ziemlich oft vorkommt.«

»Ist es wirklich so schlimm?«

»Du warst schon immer so. In einem Augenblick noch hier, und dann auf einmal völlig in dich gekehrt. Aber das hat mir noch nie was ausgemacht.« Wieder wurde es still. »Also, worüber hast du nachgedacht?«

»Abgesehen von dir?«

»Ja.«

Sorgfältig erklärte er ihr sein Kalkül.

Sie schwieg eine Zeit lang. Aber in der Lockerung ihres Griffs konnte Kerry fast spüren, wie sich ihr scharfer politischer Verstand mit dem Problem auseinander setzte. »Der Schlüssel zu dem Ganzen«, stellte sie schließlich fest, »ist Lenihan. Wenn er mit uns an einem Strang zieht, kriegt die SSA Schwierigkeiten.«

Am nächsten Morgen flog Kerry mit der Air Force One nach Chicago, um eine Rede über Stammzellenforschung und therapeutisches Klonen zu halten.

Es war ein heikles Thema. In Ton und Inhalt würde seine Aussage – dass die Achtung vor dem Leben den Einsatz von Medizin zur Rettung der Lebenden gebot – die religiöse Rechte und ihre Verbündeten im Repräsentantenhaus und Senat noch weiter erzürnen. Aber für Kerry war es eine Gewissensfrage. Für ihn wog die Not derer, die unter Alzheimer, Parkinson, Querschnittslähmung oder Ähnlichem litten, weit schwerer als die unterstellte Qual eines gefrorenen, der Vernichtung anheim gegebenen Embryos. Wieder und wieder las er seine Rede durch, änderte einzelne Wörter und Sätze. Schließlich legte er sie zufrieden beiseite und blickte zum Fenster hinaus.

Unter ihm leuchteten die Felder und Wälder Ohios – Chad Palmers Staat – in spätherbstlicher Farbenpracht, und die Farmen und Dörfer zogen wie Tupfen auf einem Flickenteppich vorüber. Wie so oft stellte sich Kerry vor, wie das Leben in den Tupfen dort unten wohl aussah. Nie spürte er die Tiefe der Verantwortung für das Land, das er liebte, und für die Menschen, denen er sich mit seinem Amtseid verpflichtet hatte, stärker als in der Air Force One, wenn er den amerikanischen Kontinent überquerte. Versunken starrte er nach unten. Dann griff er zum Telefon.

»Das Repräsentantenhaus wird diese Woche die Reform der Haftpflicht verabschieden«, erklärte er Robert Lenihan. »Im Senat ist die Sache noch festgefahren, vor allem in der Frage der Immunität für Waffenhersteller. Aber das kann sich jeden Tag ändern, und wenn die Entscheidung gegen uns fällt, wird es mit der Verabschiedung ganz schnell gehen.«

»Das wäre das erste Mal«, antwortete Lenihan.

Er klang müde und zugleich abwehrend, als wäre er zu sehr mit eigenen Dingen beschäftigt, um schlechte Nachrichten zu akzeptieren, und vielleicht auch verärgert darüber, dass sich Lara – und demzufolge auch der Präsident selbst – bei Mary für Sarah Dash eingesetzt hatte. »In diesem Jahr ist alles anders«, sagte Kerry. »Fasano hat es geschafft, ein Bündnis zwischen Wirtschaft und SSA zu schmieden. Wir müssen sie wieder auseinander bringen.«

»Was schlagen Sie vor?«

Kerry wappnete sich gegen einen Ausbruch der Entrüstung und antwortete mit ruhiger Stimme: »Wir bieten den Wirtschaftsvertretern eine abgespeckte Version der Haftpflichtreform an …«

»Jede Haftpflichtreform«, unterbrach ihn Lenihan scharf, »ist ein Ausverkauf an die Großkonzerne. Ich dachte immer, die Demokraten stehen für den Durchschnittsamerikaner.«

»Sie müssen mir keinen Nachhilfeunterricht geben, Bob. Aber

in diesem Fall möchte ich Frank Fasano zum neuen besten Freund des Durchschnittsamerikaners machen.«

»Und wie soll das gehen?«

»Ich stelle ihn vor die Wahl zwischen Wirtschaftsinteressen und SSA. Und ich weiß auch schon, für wen er sich entscheiden wird.« Die Stimme des Präsidenten klang leise und dennoch bestimmt. »Ich werde nicht zulassen, dass Sie zu meiner SSA werden. Das ist der Unterschied zwischen mir und Frank Fasano.«

»Lenihan hat akzeptiert?«, fragte Chuck Hampton den Präsidenten.

Selbst durch den Lärm der Wagenkolonne, die zum Hotel Blackstone brauste, hörte Kerry das Staunen in der Stimme des Senators. »Mit leichtem Widerwillen«, antwortete er trocken.

»Das kann ich mir vorstellen. Haben Sie ihm erklärt, was Sie vorhaben?«

»Das meiste, unter anderem, dass Ihre demokratischen Kollegen bei der Haftpflichtreform ein bisschen Rückendeckung gebrauchen könnten. Aber nicht alles.« Nachdenklich starrte Kerry durch die getönten Fensterscheiben auf die Straßen Chicagos. »Aber wenn ich Fasano und Charles Dane nicht völlig falsch einschätze, spielt das sowieso keine Rolle. Wichtig ist nur, dass ich das Bündnis der Wirtschaftsvertreter in Gang bringe.«

Zum ersten Mal seit Kerrys Wahl war Tony Calvo von der Handelskammer ins Weiße Haus eingeladen worden. Und dass er nun im Oval Office mit dem Präsidenten zu einem Gespräch unter vier Augen zusammentraf, schien seine Verwunderung noch zu steigern.

Langsam wiederholte Calvo: »Sie schlagen also eine Beschränkung der Erfolgshonorare von Anwälten in Zivilprozessen vor. Und eine Obergrenze für Schadenersatzleistungen.«

Der Präsident lächelte. »Ich hoffe, ich habe Sie nicht aus der Fassung gebracht. Schließlich stöhnen Sie doch schon seit Jahren über zu hohe Schadenersatzzahlungen und gierige Zivilprozessanwälte. Das ist Ihre Chance.« Die Stimme des Präsidenten wurde kühl. »Die Gesetzesvorlage von Fasano ist eine Wunschliste – ich müsste mein Veto dagegen einlegen, auch wenn es sich nicht um ein trojanisches Pferd für die Waffenunternehmen handeln würde. Ihre beste und letzte Chance ist, dass Sie mit mir zusammenarbeiten. Sonst müssen Sie noch drei Jahre warten, bis mich die Wähler aus dem Amt jagen. Und sieben, wenn sie es nicht tun.«

Calvo schaute an ihm vorbei durchs Fenster, als würde er sich die lange vor ihm liegende Durststrecke vorstellen. »Und die Zivilprozessanwälte haben diese Kröte wirklich geschluckt?«

»Ja. Insbesondere Bob Lenihan und seine Gruppe haben ihr Einverständnis erklärt. Jetzt brauche ich nur noch Ihre Zustimmung, Tony, dann können wir so verfahren.«

Calvo musterte ihn nüchtern. »Ich nehme an, das bekommen wir nicht umsonst.«

»Nicht ganz«, antwortete Kerry knapp. »Ich werde die Immunitätsklausel für Waffenhersteller aus der Gesetzesvorlage streichen und stattdessen eine Klausel einfügen, die ausdrücklich besagt, dass der Schutz vor Schadenersatzforderungen nicht für Prozesse über den Missbrauch von Schusswaffen gilt. Ich erwarte, dass Sie das Gesetz in dieser veränderten Form unterstützen.«

Bestürzung trat in Calvos Augen. »Und was ist mit der SSA, Mr. President?«

Kerry zuckte die Achseln. »Die SSA war gierig und wollte sich an Ihre Gesetzesvorlage dranhängen. Das werde ich nicht dulden.«

Bedrückt dachte Calvo über seine Alternativen nach. Nach einer Weile erklärte er: »Das kann ich nicht im Namen der anderen entscheiden. Nicht bei dieser Sache.«

»Natürlich nicht. Sprechen Sie mit Ihren Interessenvertretern. Und gehen Sie dann zu Frank Fasano.« Kerrys Stimme wurde leise. »Fragen Sie ihn, ob er etwas für Sie tun will oder ob er nur mit der SSA kungeln will. Hoffentlich müssen Sie nicht feststellen, dass ich Ihr einziger Freund in Washington bin.«

# 6

Im Hauptkonferenzraum der SSA befragte Sarah Dash vor einer Wand voller historischer Handfeuerwaffen und Flinten Charles Dane, der ihr an einem lackierten Tisch gegenübersaß.

Neben Dane lauerte Harrison Fancher mit verkniffener Habichtmiene auf Fallstricke, die sich vielleicht hinter Sarahs Fragen verbargen. Sie hatte sich auf eine riskante Strategie verlegt, die nur auf einer Tatsache beruhte: In einer Woche mussten die Anwälte der Klägerin eine Zeugenliste für die Hauptverhandlung vorlegen. Auf dieser Zeugenliste stand auch Martin Bresler. Obwohl ihr für Danes Vernehmung kein Erfolg versprechendes Material vorlag, hatte sie diesen frühen Termin angesetzt in der Hoffnung, ihn zu einer eidesstattlichen Aussage verleiten zu können, die Bresler später widerlegen würde. Das würde Danes Glaubwürdigkeit als Zeuge – auch im Hinblick auf seine Beziehungen zu Callister – erschüttern und Sarahs Behauptung untermauern, dass eine Vernehmung Callisters unentbehrlich war. Doch dieses Vorgehen erforderte sehr viel Fingerspitzengefühl. Ihre Fragen mussten gezielt, aber doch allgemein gehalten sein, um Breslers Kooperation nicht zu verraten. Nach den ersten zehn Minuten der Befragung hatte Sarahs innere Anspannung noch nicht nachgelassen.

Am entfernten Ende des Tisches saß John Nolan in der Rolle des Beobachters. Ihm gegenüber an der Kopfseite hatte ein adretter Protokollführer mit Hornbrille und Fliege Platz genommen. Nach einem flüchtigen Blick auf die Ausgabe der Zeitschrift *Defender*, die ihm Sarah vorgelegt hatte, beantwortete Dane in gelangweiltem Ton ihre Frage: »Natürlich habe ich das gesehen, Ms. Dash. Auch die Anzeigen.«

»Wurde der Inhalt dieser Anzeigen vor Erscheinen von einem Vertreter der SSA geprüft?«

Danes hohe, schlanke Gestalt strahlte Weltläufigkeit und Macht aus, und in seinem verschlossenen Gesicht spiegelten sich Gleichgültigkeit und die Verachtung eines mächtigen Mannes wider, der von einer niederen Gattung belästigt wird. »Keine Ahnung.«

»Mr. Dane, welche Auffassung vertreten Sie, was die Verpflichtung des *Defender* zur Prüfung von Anzeigen wie diesen angeht?«

»Gar keine.«

Sarah blieb äußerlich ruhig. »Wenn in einer Anzeige steht, dass ein Einsatz der P-2 ›in Sekundenbruchteilen zum Tod führt‹, ist das Ihrer Meinung nach akzeptabel?«

»Ja.«

»Auch wenn es heißt, die P-2 sei die ›tödlichste militärähnliche Waffe auf dem Markt‹?«

Zum ersten Mal schien Dane amüsiert. »Wollen Sie vielleicht sagen, dass das nicht stimmt?«

»Wollen *Sie* sagen, dass die SSA ausschließlich dazu verpflichtet war festzustellen, ob Lexington die Tötungskapazität der P-2 exakt beschrieben hat?«

»Wir waren zu nichts verpflichtet.« Dane kehrte zu seinem Tonfall mühsam beherrschter Ungeduld zurück. »Solange wir von der Richtigkeit des Textes ausgehen konnten.«

Sarah deutete auf die Zeitschrift. »Wenn diese Anzeige damit prahlt, dass die Adlerklaue ›einen massiven Wundkanal verursacht‹, dann ist das also für Sie auch in Ordnung?«

Dane zuckte die Achseln. »Soweit ich weiß, verursacht die Adlerklaue tatsächlich einen massiven Wundkanal. Wenn das nicht zutrifft, liegt die Schuld bei Lexington.«

Gereizt bemerkte Sarah ein leises Lächeln auf Nolans Lippen. »Welche Verpflichtung«, fuhr sie fort, »hat Ihre Zeitschrift hinsichtlich der Aussage von Lexington, diese Waffe sei ›vom Aussterben bedroht‹ und ›in Kalifornien verboten‹?«

Um Danes Mundwinkel zuckte es. »Das stimmt doch, oder?«

»Also ist eine Anzeige, die Bowden nach Nevada lockt, um eine in Kalifornien verbotene Waffe zu kaufen, für den *Defender* akzeptabel?«

»Ms. Dash«, erwiderte Dane mit einem Anflug gerechten Zorns, »der Verkauf der P-2 in Nevada ist nach dem Bundesgesetz erlaubt. Erwarten Sie etwa, dass wir Sie bei Ihrem Versuch zur Entwaffnung Amerikas auch noch unterstützen ...«

»Ich möchte nur etwas über Ihre Wertmaßstäbe herausfinden, falls Sie welche haben. Wollen Sie also sagen, dass die Beschreibung der Tötungskapazität der P-2 und der Adlerklaue in der Anzeige von Lexington für die SSA zu keinerlei Verpflichtung führt, außer die Schusswaffe und die Kugel wären *weniger* tödlich als behauptet?«

»Ja – aber ohne Ihren Sarkasmus.« Dane beugte sich vor. »Die Informationen in dieser Anzeige stehen unter dem Schutz des ersten Verfassungszusatzes. Die Amerikaner haben ein Recht auf dieses Wissen. Und nach dem zweiten Verfassungszusatz haben sie das Recht, *diese* Waffe und *diese* Munition zu kaufen…«

»Haben Sie vor den Morden«, unterbrach ihn Sarah abrupt, »mit George Callister darüber gesprochen, ob Lexington den Verkauf der P-2 und der Adlerklaue fortsetzen wird?«

Dane zögerte, sichtlich überrascht. »Einspruch«, schaltete sich Fancher in scharfem Ton ein. »Ihre Frage liegt außerhalb des Klageumfangs.«

Sarah ließ den Blick nicht von Dane. »Fragen bei einer Vernehmung«, erwiderte sie, »müssen nur so formuliert sein, dass sie nach menschlichem Ermessen zur Aufdeckung zulässiger Beweise führen. Wenn die SSA die Firma Lexington beeinflusst hat im Hinblick darauf, ob und wie der Verkauf dieser tödlichen Produkte fortzusetzen sei, dann ist dies eine entscheidende Frage für unsere Klage…«

Fancher packte Dane am Handgelenk. »Ich weise den Zeugen an, nicht zu antworten«, zischte er. »Sie können Ihre Angelschnur vor Richter Bond auswerfen. Dann werden wir schon sehen, ob *er* Ihre Frage für erheblich hält.«

Sarah wandte sich an Dane. »Haben Sie je mit Mr. Callister darüber gesprochen, ob er mit Präsident Kilcannon eine Vereinbarung im Hinblick auf den Verkauf bei Waffenmessen treffen wollte?«

»Gleiche Anweisung«, leierte Fancher. »Das Recht auf politische Zusammenschlüsse ist durch das First Amendment gedeckt. Wir müssen unsere Gespräche über das Waffenrecht nicht offen legen.«

Sarah wusste, dass diese Erklärung auf wackligen Beinen stand und höchstens bei einem Richter wie Gardner Bond Billigung finden würde. Aber ohne Richter konnte Dane nicht zu einer Aussage gezwungen werden. An Nolan gewandt sagte Sarah höflich: »Mir scheint, dass hier die Interessen *Ihrer* Mandantin berührt sind. Sind Sie bereit, die Fragen, deren Beantwortung Mr. Dane ablehnt, von Mr. Callister beantworten zu lassen?«

Überrascht blickte Nolan zu Fancher. »Nein, das bin ich nicht.«

»Beide beklagte Parteien verweigern also jegliche Aussage darüber, ob Mr. Dane und Mr. Callister über den Vorschlag des Präsidenten gesprochen haben?«

Merklich übellaunig antwortete Nolan: »Das Protokoll spricht für sich selbst.«

»Ich wollte nur sichergehen. Mal sehen, wie weit Sie dieses Spielchen treiben wollen«, sagte sie zu Dane. »Haben Sie Mr. Callister mit einem Boykott gedroht für den Fall, dass Lexington mit dem Präsidenten kooperieren würde?«

»Ein Boykott ist völlig legal«, antwortete Dane kühl. »Wenn ein Unternehmen oder seine Produkte das Missfallen unserer Mitglieder erregen, haben sie das Recht, ihren Bedarf anderswo zu decken. Dazu müssen wir niemanden bedrohen.«

Sarah warf einen fragenden Blick in Nolans Richtung. »Haben Sie etwas dagegen, wenn wir diese Frage auch Mr. Callister vorlegen?«

Nolan sah sie finster an. »Sie kennen unsere Position.«

Sarahs Blick kehrte zu Dane zurück. »Haben Sie mit irgendeinem Waffenhersteller über die Möglichkeit gesprochen, dass Lexington durch einen Boykott aus dem Markt gedrängt werden könnte?«

»Wir lehnen es ab zu antworten«, warf Fancher ein. »Ihre Frage bezieht sich auf völlig legale Gespräche, die durch das First Amendment geschützt sind.«

»Dann versuchen wir es doch damit«, fuhr Sarah an Dane gewandt fort. »Haben Sie mit anderen Herstellern darüber gesprochen, dass sie von einem Boykott gegen Lexington Arms profitieren könnten?«

»Gleiche Anweisung«, rief Fancher. »Ein Gespräch über mögliche Entwicklungen in einer Branche ist kein Gesetzesverstoß.«

Lächelnd sah Sarah Nolan an. »Aber Lexington muss doch an

einer Antwort auf diese Frage interessiert sein? Wenn ich mich nicht täusche, haben Sie sogar einen Klagegrund gegen die SSA.«

Nolans Lächeln konnte die Härte in seinen Augen nicht überdecken. »Vielen Dank für Ihren Rat, Sarah. Für den Sie zum Glück nicht mehr von meiner Kanzlei bezahlt werden.«

»Ach, weil wir gerade dabei sind«, hakte sie leichthin nach, »wer zahlt eigentlich *Ihr* Honorar bei diesem Verfahren – Lexington oder die SSA?«

Nolan starrte sie erbost an. »Diese Frage ist völlig fehl am Platz.«

»Aber verständlich. Weil es Ihrem Verhalten nach kaum zu entscheiden ist.« Sarah legte das Kinn in die hohle Hand. »Haben Sie etwas dagegen, wenn ich Mr. Callister *diese* Frage stelle?«

Die zahlreichen offenen Fragen im Protokoll – die Bond vielleicht doch zu einer Vorladung Callisters veranlassen konnten – schienen Nolan nachdenklich zu stimmen. Mit tonloser Stimme sagte er: »Wenn Sie wollen, können Sie die Zeit des Gerichts verschwenden, aber hören Sie auf, Mr. Danes Zeit zu verschwenden.«

»Er war so schweigsam«, entgegnete Sarah, »ich kann mir gar nicht vorstellen, dass es ihn angestrengt hat.« Übergangslos fragte sie Dane: »Haben Sie mit anderen Herstellern über die Möglichkeit gesprochen, im Falle eines Boykotts der SSA den Marktanteil von Lexington aufzuteilen?«

Nach einem kurzen Seitenblick auf Fancher antwortete Dane, als würde er auswendig Gelerntes aufsagen: »Wenn Sie damit meinen, ob ich eine solche Verabredung empfohlen oder versucht habe, sie zu erzwingen, dann lautet die Antwort Nein.«

Sarah war sich sofort sicher, dass solche Gespräche stattgefunden hatten. Ob sie Gelegenheit finden würde, dieser Frage weiter nachzugehen, hing allerdings weitgehend davon ab, ob sich der Präsident oder Senator Fasano bei der Abstimmung über die Immunität für Waffenhersteller durchsetzen würde. Unvermittelt schlug sie einen desinteressierten Ton an. »Trifft es zu, Mr. Dane, dass Sie zu einem bestimmten Zeitpunkt Kenntnis erhielten von den Gesprächen zwischen George Callister und Präsident Kilcannon über den Waffenverkauf bei Messen?«

Dane zögerte. »Es stand in den Zeitungen.«

»War das Ihre einzige Informationsquelle im Hinblick auf die Gespräche?«

Dane rutschte ein wenig auf seinem Stuhl hin und her. »Nein.«

»Gehörte Callister zu ihren Informanten?«

»Gleiche Anweisung«, unterbrach Fancher. »Nur zu, Ms. Dash. Sie haben jetzt auf neunzehn verschiedene Arten die gleiche Frage gestellt.«

Die Notwendigkeit einer Vorladung Callisters war inzwischen mehr als ausreichend dokumentiert, dachte Sarah. Jetzt war es Zeit, Dane mit Martin Bresler zu konfrontieren. »Hatte die SSA«, fragte sie Dane, »eine Auffassung darüber, ob die Waffenindustrie – oder einzelne ihrer Mitglieder – mit Präsident Kilcannon eine Vereinbarung über Waffenmessen treffen sollte?«

»Ja«, erwiderte Dane mit fester Stimme. »Wir lehnten eine solche Vereinbarung entschieden ab.«

»Bestand diese Ablehnung schon, bevor Sie Kenntnis von Callisters Gesprächen mit dem Präsidenten hatten?«

Die Frage gab Dane sichtlich zu denken. »Ich kann mich nicht erinnern.«

»Dann darf ich Ihrem Gedächtnis auf die Sprünge helfen. Wussten Sie, dass der Präsident vor seinen Gesprächen mit Mr. Callister Verhandlungen mit einem Industrieverband von Waffenherstellern unter der Leitung von Martin Bresler führte?«

Dane lehnte sich zurück. »Ich erinnere mich an eine Vereinbarung, aber dabei ging es um Sicherheitssperren.«

»Welche Position vertrat die SSA in dieser Frage?«

»Wir waren dagegen«, brach es aus Dane heraus. »Spielen Sie mal mit einer solchen Abzugssperre herum, wenn ein Vergewaltiger Ihre Tür eintritt. Ihnen ist das vielleicht egal, Ms. Dash. Aber nach dem First Amendment haben wir das Recht, das Second Amendment zu schützen – das Recht, das alle anderen erst möglich macht; das Recht, das uns die Möglichkeit gibt, uns gegen eine totalitäre Regierung zu wehren oder gegen einen Eindringling, der es auf wehrlose Frauen abgesehen hat.«

»Vielen Dank«, sagte Sarah liebenswürdig. »Haben Sie Mr. Bresler den Verlust seiner Stellung angedroht, falls dieser Vorschlag zu Abzugssperren eingeführt werden sollte?«

»Um sich bedroht zu fühlen«, konterte Dane, »hätte Mr. Bresler sehr sensibel sein müssen. Wie kann ich einen Mann bedrohen, der nicht für mich arbeitet?«

Kurz streifte sie die Idee, Dane nach einer Bedrohung von Senator Fasano zu fragen, aber sie überlegte es sich anders. Damit würde sie vorzeitig preisgeben, dass Martin Bresler mit der Partei der Klägerin kooperierte. »Erhielten Sie zu irgendeinem Zeitpunkt Kenntnis davon, dass Mr. Bresler mit dem Präsidenten über Waffenmessen sprach?«

Wieder zögerte Dane merklich. »Ich bin mir nicht sicher«, antwortete er schließlich. »Ab einem bestimmten Zeitpunkt war Mr. Bresler in der Waffenpolitik kein Einflussfaktor mehr.«

»Ab welchem Zeitpunkt war das?«

»Ab dem Zeitpunkt, als die Mitglieder seinen Verband auflösten, weil sie merkten, dass er Zwietracht säte und sich nur in den Vordergrund spielen wollte.«

»Haben *Sie* mit einzelnen Mitgliedern über eine Auflösung des Verbands gesprochen?«

»Ich weise den Zeugen an, nicht zu antworten«, unterbrach Fancher. »Unter Berufung auf das First Amendment.«

»Unser Antrag auf Erzwingung von Antworten«, erwiderte Sarah, »wird dicker als das Telefonbuch sein.« Den Blick auf Dane gerichtet, fragte sie: »Kennen Sie einen Mann namens Jerry Kirk?«

Dane zuckte mit den Achseln. »Jerry arbeitet für uns.«

»Und wer war unmittelbar vorher Arbeitgeber von Mr. Kirk?«

»Die Sport Shooting Federation, glaube ich. Der Verband von Bresler.«

Sarah setzte sich auf. »Hat Ihnen Mr. Kirk in der Zeit seiner Beschäftigung durch die Sport Shooting Federation mitgeteilt, dass Mr. Bresler mit dem Präsidenten über Leumundsprüfungen bei Waffenmessen verhandelte?«

»Ms. Dash«, antwortete Dane gelangweilt, »ich rede so viel mit allen möglichen Leuten. Ich kann mich beim besten Willen nicht an all diese Gespräche erinnern ...«

»Habe ich das richtig verstanden?«, unterbrach ihn Sarah. »Sie verachten Präsident Kilcannon. Sie hassen seine Waffenpolitik. Sie lehnen Leumundsprüfungen bei Waffenmessen strikt ab. Aber

Sie können sich nicht erinnern, ob Ihnen Kirk mitgeteilt hat, dass der Präsident mit Martin Bresler über Leumundsprüfungen gesprochen hat.«

»Nein, es ist mir entfallen.«

»Sagen Sie mir, Mr. Dane, waren Sie auch der Meinung, dass Mr. Breslers Verband ›Zwietracht säte‹?«

»Ja. Abgesehen davon, dass ich ihn persönlich für einen Verräter am Second Amendment halte.«

Sarah lächelte. »Und Sie haben Mr. Kirk eine Stellung angeboten.«

»Ja.«

»Vor oder nach der Auflösung von Mr. Breslers Verband?«

»Ich sehe keinen Zusammenhang zum Gegenstand der Klage«, warf Fancher ein.

Sarahs Blick wich nicht von Dane. »Sie können antworten, Mr. Dane.«

Fancher packte Dane am Arm. »Erst müssen Sie erklären, welcher Zusammenhang besteht.«

»Na schön«, antwortete Sarah. »Ich möchte herausfinden, ob Mr. Dane Kirk dazu überredet hat, Martin Bresler auszuspionieren, und ihm als Gegenleistung eine Arbeit versprochen hat.« Sarah sprach betont langsam weiter. »Wenn Sie weitere Erklärungen wünschen, Mr. Fancher, ich bin der Meinung, dass die SSA die amerikanische Waffenindustrie kontrolliert – und das gilt auch für Lexington, ein früheres Mitglied von Breslers Industrieverband. Ich glaube, die SSA hat Bresler geschasst. Ich glaube, die SSA hat Callister bedroht. Ich glaube, die SSA hat andere Waffenhersteller dazu angestiftet und gepresst, nicht dem Beispiel Callisters zu folgen.

Kurz, ich bin davon überzeugt, dass Mr. Dane und die SSA letztlich die Verantwortung für den Mord an Mary Costellos Familie tragen.« An Dane gewandt fuhr sie mit leiser Stimme fort: »Nach meiner Meinung, Mr. Dane, war es Teil der Vorgänge, die zu diesen drei Morden führten, dass Sie Mr. Kirk engagiert haben, um mit seiner Hilfe Waffenunternehmen von freien politischen und wirtschaftlichen Entscheidungen abzuhalten – beispielsweise über die Anordnung von Leumundsprüfungen, die diese Tragödie vielleicht verhindert hätten. Ich darf also den Protokollführer bitten, die Frage noch einmal vorzulesen, und ich fordere Sie auf, sie zu beantworten.«

Fancher erhob sich umgehend und nickte Dane zu. »Das ist Nötigung«, rief er empört. »Die Vernehmung von Mr. Dane ist zu Ende. Wenn Sie ihn weiter befragen wollen, wenden Sie sich an den Richter.«

Damit verließen Fancher und Dane den Raum. Sarah ließ den Blick zu Nolan wandern und sagte: »Dann bleibt wohl nur noch George Callister.«

## 7

Frank Fasano hatte diesem Treffen von Anfang an mit gemischten Gefühlen entgegengesehen.

Auf den drei anderen Sesseln um seinen Bürotisch saßen Tony Calvo von der Handelskammer, Mary Bryant von der National Association of Manufacturers und, was ihm am meisten Sorgen machte, John Metrillo von der National Federation of Independent Businesses. Damit war neben den Verbänden der großen Unternehmen auch die Organisation der Versicherungsagenten, Schuhmacher, Pizzeriabesitzer und anderer Kleinunternehmen präsent, deren Interessen die Republikaner nach eigenem Bekunden vertraten.

Der dunkelhaarige, bullige Metrillo sprach in intensivem Stakkatotonfall. »Schon seit Jahren wollen wir eine Haftpflichtreform. Und jetzt bietet uns Kilcannon etwas wirklich Handfestes an. Solange er im Amt ist – und wer weiß, wie lang das noch ist –, werden wir kaum was Besseres kriegen.«

Ausweichen hatte keinen Sinn. »Aber die SSA geht leer aus«, erwiderte Fasano. »Dane hat dafür gesorgt, dass diese Gesetzesvorlage eingebracht wurde. Ohne Dane hätte Ihnen Kilcannon nicht mal die Brosamen angeboten, auf die Sie sich jetzt so gierig stürzen.«

Die Hände ineinander gelegt beugte sich Metrillo in Fasanos Richtung. »Frank, wir sind bereit, die Immunität für Waffenhersteller zu unterstützen, und das haben wir noch nie getan. Das können Sie Dane sagen. Aber es muss in einer eigenen Gesetzesvorlage sein …«

»Gegen die Kilcannon dann ungestraft sein Veto einlegen kann.«

»Das ist nicht unser Problem«, antwortete Metrillo achselzuckend. »Unsere Mitglieder drängen uns schon seit Jahren, dass wir in dieser Frage endlich was erreichen. Und einmal abgesehen von seinen Motiven ist es Tatsache, dass uns der Präsident eine echte Chance geboten hat …«

»Eher einen vergifteten Kelch«, antwortete Fasano bissig. »Sie wissen doch ganz genau, warum er Ihnen dieses Angebot gemacht hat: Er braucht Sie als Bauern, um einen Keil zwischen die Wirtschaftsvertreter und die SSA zu treiben.«

»Verschonen Sie uns bitte, Frank«, sagte Metrillo brüsk. »Ich schäme mich nicht, wenn ich gewinne, und wie ist mir völlig egal.«

Fasano sah Calvo und Bryant an, um sie ins Gespräch einzubeziehen. »Dann sollten wir vielleicht den Begriff ›gewinnen‹ definieren. Für mich heißt das in diesem Zusammenhang die Verabschiedung eines Gesetzes, das Ihnen gibt, was Sie wollen.«

»Gegen Kilcannons Veto«, konterte Calvo. »Er braucht nur vierunddreißig Senatoren, die ihn dabei unterstützen, dann stehen wir mit leeren Händen da …«

»Kilcannon«, schaltete sich Mary Bryant ein, »hat sich von den Zivilprozessanwälten gelöst. Wir wollen, dass *Sie* sich von der SSA lösen.«

Fasano ließ sich Zeit, um seinen Ärger zu überspielen. »Seit ich im Senat sitze, habe ich die Erfahrung gemacht, dass sich Ihre Verbände mal auf die eine und mal auf die andere Seite schlagen. Die SSA hingegen unterstützt landesweit nur die Republikaner. Und jetzt verlangen Sie von mir, dass ich Dane ans Messer liefere, bloß weil es Ihnen in den Kram passt.«

»Bevor Sie ihn ans Messer liefern«, erwiderte Metrillo, »sollten Sie vielleicht erst mal mit ihm reden. Er sollte einsehen, dass es für ihn von Vorteil ist, uns als Verbündete zu haben.«

Fasano lachte freudlos. »Ich werde es weitergeben, John. Aber leider kennt Charles Dane die amerikanische Geschichte seit Benedict Arnold aus dem Effeff.«

Mit einer langsamen, theatralischen Kopfwendung blickte Charles Dane auf die Großvateruhr in einer Ecke seines Büros. »Gestern um diese Zeit«, erklärte er Fasano, »hat Sarah Dash versucht, mich ans Kreuz zu schlagen. Jetzt wollen Sie ihr die Nägel und die Zeit geben, die sie braucht, um ihr Werk zu vollenden.«

»Ihre Darstellung ist vielleicht eine Spur melodramatisch«, antwortete Fasano mit einem ironischen Lächeln. »Ich hoffe, das erste Ostern nach Ihrem Tod wird für Sie nicht mit einer Enttäuschung enden.«

Dane musterte ihn kalt. »Sie waren nicht dabei«, sagte er. »Aber ich. Und Sie können von Glück sagen, dass diese Frau nichts über Sie und Marty Bresler weiß. Vorausgesetzt natürlich, dass sie mich nicht reingelegt hat.«

Fasano war auf einmal nicht mehr nach Witzen zumute. »All diese Fragen über Bresler«, sinnierte er, »wo kommt das eigentlich her?«

Danes Achselzucken glich eher einem Zittern und deutete auf unterdrückten Zorn. »Das werden wir schon herausfinden«, flüsterte er, ehe er mit neuer Autorität weitersprach. »*Sie* haben diese Leute ins Spiel gebracht, Frank. Und jetzt wollen Sie, dass sie als Erste ins Ziel kommen. *Wir* sind auf Sie zugekommen, und jetzt sind *wir* verklagt worden. Kraftlose Countryclub-Mitglieder wie Calvo und Metrillo können noch nicht mal ihre eigene Mutter dazu bringen, für Sie zu stimmen. Und mit der Hilfe solcher Leute wollen Sie den Senat unter Kontrolle halten. Das schaffen Sie nur mit uns.«

Fasano war klar, dass sich hinter Danes selbstbewusster Fassade Sorge verbarg. Nur Fasano konnte mit der Durchsetzung der Immunität für Waffenhersteller Danes Macht innerhalb und außerhalb der SSA sichern. Der Senator nahm einen silbernen Brieföffner von Danes Kaffeetisch und betrachtete den reich verzierten Griff. In neutralem Ton sagte er: »Metrillo hat uns Unterstützung für eine getrennte Gesetzesvorlage versprochen.«

»Ich scheiße auf Metrillo. Und ich scheiße auf Sie, Frank, wenn Sie meine Zeit mit Gewäsch verschwenden.«

Fasano legte den Brieföffner zurück und sagte leise: »Passen Sie bloß auf, Charles.«

»Passen Sie lieber selbst auf.« Nach kurzer Überlegung fand Dane zu einem gemäßigteren Ton zurück. »Sie und ich, wir beide wissen doch, dass sich diese Leute an niemand anderen wenden können. Wenn Sie ihnen erklären, dass das einzige von Ihnen unterstützte Gesetz zur Haftpflichtreform auch die Waffenindustrie schützt *und* ihnen – im Gegensatz zu Kilcannons Trostpflaster – wirklich alle Wünsche erfüllt, dann werden sie sich damit abfinden und alles versuchen, um sein Veto zu überstimmen ...«

»Kilcannon hat uns eine Falle gestellt«, unterbrach ihn Fasano. »Wir tun genau das, was er von uns erwartet. Und wenn wir es getan haben, wird er uns dafür büßen lassen.«

»Wir haben keine andere Wahl, Frank. Wir müssen das jetzt durchstehen.«

»Vorher sollten Sie vielleicht noch eine andere Möglichkeit in Erwägung ziehen: Wir bieten Kilcannon als Gegenleistung für die Billigung der Immunität für Waffenhersteller an, dass Waffen in Zukunft unter das Verbraucherschutzgesetz fallen. Kilcannon jammert doch ständig, dass es keine Sicherheitsstandards für Waffen gibt ...«

»Was ist an dem Wort Nein eigentlich so schwer zu kapieren?«, polterte Dane. »Wenn wir die Industrie der Willkür der Verbraucher-Gestapo ausliefern, ist das der Anfang vom Ende des Rechts auf Waffen in Amerika.«

»Alles ist der Anfang.« Fasanos Stimme knisterte vor Ungeduld. »Nach Ihrer Logik ist die Einkommensteuer der Anfang der Konfiszierung unseres Geldes und die Todesstrafe der Anfang von Nazi-Krematorien. Ist Ihnen eigentlich schon einmal aufgefallen, dass die Gesellschaft nicht vor einem drohenden Abgrund steht, sondern auf einem soliden Fundament?«

Dane lehnte sich zurück und sprach mit emotionslosem Gesicht. »Sie kennen unseren Preis: *dieses* Gesetz. Wenn Kilcannon sein Veto dagegen einlegen will, schaufelt er damit sein eigenes Grab.«

Fasano sah ihn aufmerksam an. »Sie meinen in der Wählergunst.«

»Ich meine etwas, was er nicht bedacht hat«, antwortete Dane.

»Und wenn ihm diese Erkenntnis kommt, wird es längst zu spät sein.«

»Die SSA«, sagte Fasano zu Tony Calvo, »wirft Ihnen vor, dass Sie sie an Kerry Kilcannon verraten. Und Dane findet es irgendwie unpassend, dass ich dabei als Mittelsmann auftrete.«

Nur aus dem Schweigen am anderen Ende der Leitung konnte Fasano auf Calvos Gefühle schließen. »Haben Sie es mit dem Verbraucherschutz probiert?«

»Ja. Sie kennen doch den Ausdruck ›Totgeburt‹.«

»Sie können das Gesetz trotzdem verabschieden«, sagte Calvo verzweifelt. »Und Kilcannon wird es unterzeichnen ...«

»Kilcannon wird das nicht erleben«, unterbrach ihn Fasano scharf. »Weil ich es nicht einbringen werde. Damit ist Ihr Retortenkompromiss gestorben.«

Calvo erhob die Stimme zu letztem Widerstand. »Wenn es so ist, muss ich den Präsidenten informieren. Und ihm die Gründe nennen.«

Fasano ließ sich einen Moment Zeit. »Tun Sie das, Tony. Warum sollten Sie ihn überraschen wollen? Schließlich ist es genau das, was er von Ihnen erwartet. Laufen Sie also zu Ihrem Präsidenten und erzählen Sie ihm alles. Und danach, schlage ich vor, sollten Sie allmählich anfangen, meine Gesetzesvorlage zu unterstützen.«

Am darauf folgenden Nachmittag kündigte Kit Pace zur Überraschung des Pressekorps im Weißen Haus eine Pressekonferenz des Präsidenten an.

Fasano und Gage sahen auf CNN zu. Wie üblich war der Pressesaal brechend voll, und wie üblich wirkte der Präsident zuversichtlich und entspannt.

»Die republikanische Führung im Kongress«, begann David Bloom von NBC, »tritt für ein Verbot des so genannten therapeutischen Klonens ein. Wie schätzen Sie die Aussichten auf ein solches Verbot ein?«

Kilcannon lächelte. »Deutlich geringer als die Vernunft und den guten Willen des amerikanischen Volkes. Der Unterschied zwischen dem Klonen von Menschen – das wir alle ablehnen – und dem mit wissenschaftlichen Mitteln geführten Kampf gegen Rückenmarksschädigungen oder Diabetes mag den Befürwortern dieser Gesetzesvorlage vielleicht entgangen sein. Aber ich glaube nicht, dass er dem durchschnittlichen Amerikaner entgeht. Ganz zu schweigen von den Millionen Menschen, denen diese neue Wissenschaft eine Linderung ihres Leids bringen kann.«

»Bei Kilcannon«, klagte Gage, »klingt alles immer so simpel.«

»Nein«, widersprach Fasano, »*wir* klingen bei ihm immer so simpel.«

Auf dem Bildschirm zeigte Kilcannon auf John King von CNN.

»Mr. President, Gerüchten zufolge haben Sie Wirtschaftsvertretern einen Kompromiss zur Reform des Zivilrechts angeboten. Stimmt das, und wenn ja, könnten Sie kurz den Stand der Verhandlungen beschreiben?«

»Das ist doch abgekartet«, sagte Gage, »King hat die Frage bestimmt vom Weißen Haus ...«

»Das ist *alles* abgekartet«, korrigierte ihn Fasano. »Er hat sich nicht einfach nach dem Aufwachen überlegt, dass heute ein schöner Tag für eine Pressekonferenz wäre ...«

»Hinfällig«, antwortete Kilcannon. »Und das ist wirklich schade. Mein Vorschlag zur Begrenzung von Anwaltshonoraren und Schadenersatzzahlungen wäre eine echte Hilfe gewesen für hunderttausende von Amerikanern, die kleine Unternehmen führen, und hätte Millionen von Arbeitsplätzen gesichert ...«

»Ich komme mir vor wie unter Hypnose«, bemerkte Fasano. »Ich wusste, dass mich der Präsident in den Abgrund stoßen wird, und trotzdem konnte ich mich nicht bewegen ...«

»Alle führenden Vertreter der amerikanischen Wirtschaft«, fuhr Kilcannon fort, »waren für diesen Kompromiss. Es gab nur ein Problem: Die Neuvorlage hätte nicht das bestehende Recht der Opfer von Waffengewalt ausgelöscht, die Waffenindustrie und die SSA zur Verantwortung zu ziehen. Deshalb hat die SSA ihren Gefolgsmann Senator Fasano angewiesen, eine Abstimmung über den Kompromiss zu verhindern. Und Senator Fasano, dessen Partei auf die Millionenspenden der SSA angewiesen ist, ist diesem Wunsch nachgekommen ...«

Erzürnt sprang Gage auf. »Und was ist mit den Zivilprozessanwälten, du mieser Heuchler …«

»Für die Kleinunternehmer«, sagte Kilcannon, »war es eine bittere Lehre: dass die Partei, die sich als Vertreterin der Interessen von Kleinunternehmern darstellt, in Wirklichkeit nichts anderes ist als das Vollzugsorgan der Sons of the Second Amendment. Und dass sich hinter der scheinbaren Bereitschaft dieses Senators, ihre Interessen zu schützen, nur *ein* alles überragendes Interesse verbirgt …«

Fasano fand diesen Augenblick nicht weniger unangenehm – und vielleicht sogar noch unangenehmer -, weil er so vollkommen vorhersehbar gewesen war. »Die SSA«, kommentierte er, »kriegt, was sie wollte. Und noch mehr.«

»Ich für meinen Teil«, schloss der Präsident, »werde mein Veto gegen jede so genannte Reform der Haftpflicht einlegen, die in Wirklichkeit nur ein Vorwand für die SSA ist. Ich fordere die Führung der Republikaner auf, dieses unwürdige Schauspiel zu beenden und gemeinsam mit uns nach realistischen Wegen zu suchen, die die Last überzogener Prozesse von ehrlichen amerikanischen Geschäftsleuten nimmt …«

Fasano lachte laut.

Im Oval Office sagte Clayton zu seinem Freund: »Wie peinlich für den armen alten Frank. Wie viel Zeit ihn das wohl kosten wird, was meinst du?«

»Ein paar Tage«, antwortete der Präsident lächelnd, »vielleicht Wochen. Vic Coletti wird sich eine Weile einsam fühlen.«

# *8*

Auch eine Viertelstunde nach Beginn ihrer Vernehmung durch John Nolan blieben das Gesicht und der Ton von Dr. Callie Hines völlig unbewegt. Nolan musste sich fühlen, als wäre er für die Unfallchirurgin Luft.

Sarah selbst fand Callie Hines faszinierend. Bei einer Befragung vor dem Vernehmungstermin empfing sie Sarah mit einer an Hochmut grenzenden Verschlossenheit. Die Sozialisation, die die meisten Menschen bei einer ersten Begegnung dazu bringt, sich möglichst einnehmend zu verhalten, oder aus Schüchternheit auch unsicher, schien an dieser gut aussehenden, knochigen Frau völlig spurlos vorübergegangen zu sein. Sie lächelte nicht und ließ sich keinerlei Emotionen anmerken. Keine Spur von einem Wunsch, das Gegenüber für sich zu gewinnen. Nur instinktiv oder in ihrer Vorstellung meinte Sarah zu spüren, dass hinter dieser reglosen Maske ein wacher Verstand war, der sie taxierte. Während des Gesprächs malte sich Sarah die Erfahrungen aus – eine Schwarze, die mit rassistischen Vorurteilen zu kämpfen hatte, eine Frau in einem von Männern dominierten Beruf, eine Virtuosin in einem Spezialfach, das Nerven aus Stahl und größte Selbstbeherrschung erforderte –, die Callie Hines so völlig gleichgültig gegen die banalen Feinheiten des menschlichen Umgangs gemacht hatten.

Gegen Ende ihres Treffens hatte die Ärztin etwas sehr Erstaunliches getan. Als sie in ihrem Büro nach einer Akte suchte und Sarah den Rücken zuwandte, hatte sie mit klarer und voller Stimme Bruchstücke eines Bluesstücks gesungen. Nachdem sie die Akte schließlich gefunden und sie Sarah überreicht hatte, setzte sie das lakonische Gespräch fort, als wäre nichts passiert. Sarah hatte noch nie zuvor so großen Gefallen an einem Menschen gefunden, der so wenig dafür tat, anderen zu gefallen.

John Nolan teilte diese Auffassung offenbar nicht im Geringsten. Der Anwalt zeigte das frustrierte Gebaren von jemandem, dessen Charme wie von einer Wand abgeprallt war. Nach kurzer Zeit hatte er es aufgegeben, einen Draht zu der Zeugin zu finden, und stellte seine Fragen in rascher Folge. Callie Hines ließ jeweils einige Sekunden verstreichen, ehe sie antwortete. Sarah fragte sich, ob sie das absichtlich machte, um ihn aus der Ruhe zu bringen.

»Welche Erfahrung haben Sie«, fragte Nolan nun, »im Umgang mit Schussverletzungen?«

Callie Hines schenkte keinem der anderen Anwesenden – Sarah, Fancher, dem Protokollführer – die geringste Beachtung. Nach einer erneuten Pause antwortete sie mit unbeteiligter Stimme: »Umfassende. In San Francisco sind Schussverletzungen die zweithäufigste Ursache von gewaltsamen Todesfällen.«

»Können Sie eine Schätzung abgeben, wie viele Schussverletzungen Sie bereits behandelt haben?«

»Im Schnitt eine an jedem Arbeitstag in den letzten sechs Jahren. Ungefähr tausendfünfhundert chirurgische Eingriffe.«

Nolan zog die Augenbrauen hoch. »Haben Sie aufgrund dieser Arbeit besonders gute Kenntnisse im Hinblick auf bestimmte Schusswaffen?«

»Handfeuerwaffen.«

»Aus welchem Grund?«

»95 Prozent der Todesfälle oder Verletzungen, die ich sehe, werden von Handfeuerwaffen verursacht. Die meisten davon sind halbautomatische Waffen wie die Lexington P-2.«

In Nolans Stimme trat ein Hauch von Feindseligkeit. »Worauf stützen Sie diese Behauptung, Doctor Hines?«

»Tausendfünfhundert chirurgische Eingriffe.« Obwohl sich ihr Ton nicht verändert hatte, spürte man ihren Unwillen darüber, Selbstverständlichkeiten erklären zu müssen. »Halbautomatische Waffen können mehr Schüsse abgeben. Das führt zu mehr Verletzungen und Toten.«

»Sind Sie *persönlich* mit der Lexington P-2 vertraut?«

»Nicht aus erster Hand.« Diesmal kam die Pause mitten in der Antwort. »Nur mit den Geschossen.«

Nolans Blick wurde härter. »Und welche Erfahrungen haben Sie mit der Adlerklaue?«

»Ich musste sie öfter entfernen.«

Nolan verlagerte sein Gewicht. Angespannt wartete Sarah auf die erste Erwähnung Maries. Nolan verfolgte im Offenlegungsverfahren unter anderem die Absicht, schlechte Nachrichten aufzuspüren. Von den voraussichtlichen Zeugen war Callie Hines die gefährlichste für Lexington.

»In wie vielen Fällen?«

»Ungefähr fünfundzwanzig bis dreißig.«

»Welche chirurgischen Beobachtungen machten Sie in diesen fünfundzwanzig oder dreißig Fällen hinsichtlich der Adlerklaue?«

»Sie hat mich Bescheidenheit gelehrt.«

Die Antwort war so merkwürdig, dass Nolan um Worte rang. Dann sagte er: »Können Sie das bitte näher erklären?«

Wieder trat zermürbendes Schweigen ein. »Die Adlerklaue«, antwortete die Ärztin schließlich, »ist so konstruiert, dass der Körper des Getroffenen aufgerissen wird. Die Wirkung ist die einer Kreissäge: maximaler Gewebeschaden, stärkere Blutungen, größere Schäden an inneren Organen und Verletzungen, die sich schwerer operieren lassen. Ein zusätzliches Problem für einen Unfallchirurgen sind die schartigen Ränder des Geschosses, die die Sehnen des Chirurgen durchtrennen und seine Karriere beenden können. Einem unserer Assistenzärzte ist es so ergangen.«

Der unbeteiligte Ton machte ihre Antwort noch bedrückender. Auch Nolans Stimme wurde nun ausdruckslos. »Könnten Sie uns kurz Marie Bowdens Verletzungen beschreiben?«

Zum ersten Mal schien eine bestimmte Erinnerung in Callie Hines hochzusteigen. »Die Patientin«, sagte sie nach einer Weile, »hatte eine Verletzung im Unterleib. Nachdem ich die Einschussöffnung auseinander geklappt hatte, stieß ich auf ein walnussgroßes Hämatom – einen Bluterguss. Das Hämatom brach sofort auf und erschwerte unsere Versuche, die Kugel zu entfernen und die Verletzung zu lokalisieren.« Sie verstummte und fuhr dann unverändert teilnahmslos fort. »Die Verletzung war schwerwiegend. Ein normales Geschoss hätte ein Loch verursacht. Diese Kugel hatte die untere Hohlvene zerfetzt.«

Nolan blickte auf. »Beschreiben Sie bitte, was Sie mit ›zerfetzt‹ meinen.«

»Kaputtgerissen«, antwortete Callie Hines knapp. »Beim Aufprall zerfällt die Spitze der Adlerklaue in sechs rasiermesserscharfe Stücke. Sie haben die Vene an drei verschiedenen Stellen durchtrennt. Alle Wundränder waren fransig.«

Die Beschreibung schien Nolan nachdenklich zu stimmen. »Wie haben Sie als Chirurgin auf diese Situation reagiert?«

»Meine Möglichkeiten waren begrenzt. Der Blutdruck der Patientin sackte gefährlich ab, ihre Temperatur war im freien Fall, und ihr Blut hatte die Gerinnungsfähigkeit verloren.« Wieder schwieg die Ärztin einige Sekunden. »Ich beschloss, die Verletzung zu versorgen und die Wunde so gut wie möglich zu schließen. Unsere

Hoffnung war, dass die Temperatur der Patientin steigen und sie sich stabilisieren würde, damit wir sie 24 Stunden später operieren konnten. Aber diese Zeit blieb uns nicht mehr.«

Für Sarah brachte die Schilderung hektische Aktivität, gedankenschnelles Improvisieren und schier übermenschliche Selbstbeherrschung zum Ausdruck. Nolan schien nichts davon zu begreifen. »Weshalb haben Sie nicht versucht, die Verletzung zu operieren?«

Sofort konzentrierte sich die Ärztin wieder auf den Mann, der ihr gegenübersaß. »Weil sie bereits im Sterben lag. Bei einer normalen Schusswunde hätte ich sofort operieren können. Ein Erwachsener hätte eine Überlebenschance von 90 Prozent gehabt. Bei einem sechsjährige Mädchen wären es noch über 50 Prozent gewesen. Aber die Adlerklaue hatte funktioniert wie beabsichtigt.«

Der letzte Satz, in dem Callie Hines' wahre Gefühle angeklungen waren, ließ Nolan auffahren. »Haben Sie eine persönliche Antipathie gegen Lexington Arms?«

Zum ersten Mal kam die Antwort ohne einleitendes Schweigen. »Ich bin Ärztin. Ich habe die Todesursache medizinisch exakt beschrieben. Aus diesem Grund halte ich als Ärztin Ihre Mandantin für mitschuldig an einem Mord. Persönliche Gefühle sind dabei nicht im Spiel.«

Nolan starrte sie an. »Es ist schon fast zehn Uhr«, erklärte er schließlich. »Wie wär's mit fünfzehn Minuten Pause?« Erst danach bedachte die Chirurgin Sarah mit einem kurzen Blick, und in ihren dunkelbraunen Augen lag der Anflug eines bitteren Lächelns.

## 9

Nach einem kurzen Zwischenstopp bei einer Spendenaktion für Paul Harshman dinierte Senatorin Cassie Rollins aus Maine zusammen mit ihrem Vorgänger Warren Colby im Cosmos Club.

In seinem blauen Nadelstreifenanzug, dem Eckenkragenhemd

und den berühmten goldenen Manschettenknöpfen sah Colby wie immer gesund, adrett und makellos gekleidet aus, und seine blauen Augen und das noch immer schwarze Haar verliehen ihm eine Aura von Jugendlichkeit. Weltmännisch, prinzipientreu und außergewöhnlich gebildet stellte Colby eine besonders urbane Form des Washington-Kenners dar. Der Ruf unbestechlicher Integrität und ausgewogener Urteilsfähigkeit hatte ihm unter der vergangenen demokratischen Regierung, obwohl er Republikaner war, die Berufung zum Generalstaatsanwalt eingetragen. Dieses uneigennützige Pflichtbewusstsein, so hatte Colby selbstironisch angemerkt, würde ihm vielleicht helfen, sein größtes Ziel zu erreichen: den Posten des Commissioner of Baseball. Vorerst musste er sich jedoch damit begnügen, dass er häufig als möglicher Richter am Supreme Court erwähnt wurde, dass er das Einkommen eines Hauptgesellschafters einer angesehenen Washingtoner Anwaltskanzlei bezog und dass er in zweiter Ehe mit einer schönen und klugen Frau verheiratet war, die die führende PR-Agentur der Stadt leitete. Sein Leben war wirklich eine bittere Pille, vertraute er Cassie an.

Das monatliche Ritual ihres gemeinsamen Dinners hatte begonnen, als Cassie Senatorin wurde. Davor war sie zuerst Beraterin in Colbys Büro und dann seine Generalsekretärin gewesen. Die blonde, sommersprossige Cassie mit ihrem offenen Gesicht und ihrer sportlichen Erscheinung hatte schnell gelernt. Als Colby nicht mehr für die Wiederwahl kandidierte, war Cassie mit seiner Unterstützung buchstäblich durchgestartet: Als frühere Tennisspielerin und Marathonläuferin war sie im Wahlkampf von Stadt zu Stadt gejoggt, bis sie den ganzen Staat mit allen Countys durchquert hatte. Allerdings war ihr Sieg denkbar knapp ausgefallen. Seither war der Ausgleich zwischen ihren gemäßigten Wählern aus Maine und den Forderungen einer weitaus konservativeren Führung im Senat zu einem ständigen Drahtseilakt für sie geworden. Und jetzt standen Wahlen an, denen sie mit großer Sorge entgegensah.

Als Colby nach dem Essen seinen Courvoisier im Glas schwenkte, schnitt er ein Thema an, das ihm offensichtlich auf den Nägeln brannte. »Sie haben einen geheimen Bewunderer.«

»Und wer soll das sein?«

»Chuck Hampton. Neulich waren wir gemeinsam bei einer Konferenz – es ging um Litauens unbesonnenen Ehrgeiz, der Nato beizutreten. Er hat Sie voller Zuneigung erwähnt.« Nach einer kleinen Kunstpause fügte er hinzu: »Und voller Sorge.«

Cassie lächelte. »Hat seine Sorge etwas mit Waffen zu tun?«

»So ist es. Er hat gehört, dass Fasano mit Ihrer Stimme für die SSA rechnet, und sich laut und deutlich gefragt, ob Ihnen das in Maine nicht schaden würde.« Nachdenklich ließ Colby den Blick über den gedämpft beleuchteten Speisesaal und die in ruhige, freundliche Gespräche vertieften Gruppen gleiten, die vor allem aus älteren Männern bestanden. »Er hat sich sehr elegant ausgedrückt. Trotzdem besteht kein Zweifel: Chuck zieht in den Krieg.«

Cassie musste wieder lächeln. »Gegen das, was da auf uns zukommt, wäre eine Wiedervereinigung der Borgias das reinste Zuckerschlecken. Was Hampton angeht, bin ich wirklich überrascht, dass er mit ›KFK‹ auf die Barrikaden geht. Nicht gerade eine gute Nachricht.«

»KFK«, sinnierte Colby. »Wer hätte das gedacht, als er in den Senat kam? Auf jeden Fall könnte das zum Klassiker werden. Ich war schon immer der Meinung, dass Fasano die besten Eigenschaften von Lyndon Johnson und dem KGB miteinander verbindet: Er ist pragmatisch, stahlhart und ein Meister indirekter Winkelzüge. Kilcannon dagegen ist im Grunde ein Romantiker, und das macht ihn zusammen mit seiner Findigkeit und dem, was großzügige Beobachter vielleicht als Willenstärke bezeichnen würden, zum gefährlichsten Mann von Washington. Weil er einem im Dienst für die höhere Sache glatt die Kehle durchschneidet.« Colby nippte von seinem Brandy. »Ich habe gehört, er will alle Staaten besuchen, wo ein Senator auf der Kippe steht. Das dürfte wohl auch Sie betreffen.«

Cassie nickte. »Inzwischen prasseln die Drohungen und Nettigkeiten von allen Seiten auf mich ein. Dane verlangt ein Treffen – und nicht gerade höflich, wie ich hinzufügen darf.«

»Kann ich mir vorstellen. Ich muss zugeben, es ist ein wunderbares Gefühl, zum Staatsmann aufgestiegen zu sein.« Nach einer kleinen Pause schlug Colby einen ermunternden Ton an. »Machen

Sie sich keine Sorgen, Cassie. Sicher, Sie haben nie auf etwas geschossen, aber Sie stehen hundertprozentig hinter der Jagd, und neulich Ihr Foto vom Forellenfischen war wirklich inspiriert. Als ich zum letzten Mal nachgeschaut habe, lag Ihr Beliebtheitsgrad deutlich über 50 Prozent, und es gab keine Gerüchte – zumindest keine ernsthaften – über einen Herausforderer aus den eigenen Reihen. Das heißt, Sie haben momentan nur ein Problem: Abel Randolph. Falls er sich dafür entscheidet, gegen Sie anzutreten.«

»Ach, er wird bestimmt kandidieren«, meinte Cassie resigniert. »Er kann gar nichts anderes machen, weil seine Amtszeit als Gouverneur bald abläuft, und er ist mindestens genauso beliebt wie ich.«

Nachdenklich blickte Colby an ihr vorbei. »Man kann von bestimmten Konstanten ausgehen«, sagte er schließlich. »Die konservativen Regionen im Norden werden Sie gewinnen, und Abel wird sich in Portland und den meisten anderen größeren Städten durchsetzen. Der Knackpunkt sind die Vorstädte. Dort wohnen hauptsächlich gemäßigte Wähler, aber auch Leute, die aus Massachusetts zugezogen sind, und das ist nicht unbedingt optimal für Sie. Trotzdem sind Sie in einer guten Ausgangsposition: Sie sind konservativ bei Steuern und Rüstungsausgaben und gemäßigt bis liberal bei gesellschaftlichen Themen wie Abtreibung. Und als Frau haben Sie da auch noch einen Bonus.« Colby sah ihr offen in die Augen. »Neben den Kosten für verschreibungspflichtige Medikamente gibt es nur einen Joker in diesem Spiel, durch den Sie unseren Sitz im Senat verlieren können, und das sind die Schusswaffen.«

Cassie legte die Serviette auf den Tisch. »Die SSA hat mich bisher toleriert«, erklärte sie, »aber sie hat nicht viel für mich übrig, und der Waffenbesitz pro Kopf in Maine ist der zweithöchste der USA. Deswegen wird mich Dane bei diesen zwei Gesetzesvorlagen bestimmt nicht in Ruhe lassen.«

Colby trank sein Glas aus. »Wenn ich mich heute dafür schämen muss«, bekannte er, »wie ich mitunter im Senat abgestimmt habe, dann hatte das meistens etwas mit der SSA zu tun. Der Preis des Überlebens, sagte ich mir immer.«

»Aber diesmal«, sagte Cassie schroff, »ist noch nicht mal der Verrat einfach. Ich weiß gar nicht, wen oder was ich verraten soll. Bei der letzten Wahl hat sich gezeigt, wie schnell ich in Bedrängnis kommen kann. Eine Woche vor der Vorwahl hatte ich 30 Prozent Vorsprung vor Bill Poole. Dann hat er mich bei der letzten Debatte dazu gebracht, etwas Positives über das Verbot von Sturmwaffen zu sagen. Daraufhin hat die SSA hunderttausend orangefarbene Postkarten mit der Überschrift ›Wähleralarm‹ losgeschickt und alle Leute in ihrer Anschriftenliste auf meine linksgerichtete Abweichung aufmerksam gemacht.« Cassie setzte ein sarkastisches Lächeln auf. »Meine Werte sind in den Keller gefallen, und ich habe mit nur sechs Prozent Vorsprung gewonnen. Eine Woche später hätte ich vielleicht sogar verloren.«

»Vielleicht. Aber dafür haben Sie die allgemeine Wahl gewonnen.«

»Dank der SSA«, entgegnete Cassie. »Als die Demokraten Sam Towle aufstellten, haben sie seine Sünden übersehen. Er hat nicht nur im Kongress für das Verbot von Sturmwaffen gestimmt, sondern auch eine Gesetzesvorlage unterstützt, die für Sicherheitssperren und ein Verbot von Copkillergeschossen wie die Adlerklaue eintrat. Diesmal wurde Sam in hunderttausend orangefarbenen SSA-Postkarten als Urheber eines ›Einbrecherschutzgesetzes‹ an den Pranger gestellt.

Ich hatte meine Lektion inzwischen gelernt: Ich hütete mich vor allen Äußerungen über die Adlerklaue und liebte das Second Amendment wie das Kind, das ich nie geboren habe.« Nach einer Pause fügte sie leise hinzu: »Daran muss ich immer denken, wenn mir Laras Familie einfällt. Auf jeden Fall hatte ich vier Prozent Vorsprung vor Sam Towle, und es kann gut sein, dass die SSA den Unterschied ausgemacht hat.«

Colbys Gesicht war nüchtern. »Sam ist ein guter Mann. Aber in der politischen Landschaft von Maine ist er erledigt.«

»Ich weiß. Aber Hampton hat Recht – ich habe in beiden Richtungen ein Problem.«

Colby überlegte. »Ich bin beim Thema Waffen bestimmt kein Vorbild. Aber wenn Sie als einzigen Faktor berücksichtigen müssten, was richtig ist, wie würden Sie dann abstimmen?«

Cassie legte den Finger an die Lippen, Zweifel überschattete ihre blauen Augen. »Ich bin mir nicht sicher. Ich war schon immer für eine Reform der Haftpflicht – für mich sind die Lenihans dieser Welt nur Parasiten. Sorgen macht mir auch, dass es bei diesem Costello-Prozess mehr um Politik als um Rechtsprechung geht und dass die Gesetze bei Prozessen gegen Waffenhersteller meistens viel zu großzügig ausgelegt werden. Aber andererseits frage ich mich: Wozu braucht irgendjemand eine Adlerklaue?« Sie schüttelte den Kopf. »Und an diesem Punkt kommen auch noch Gefühle ins Spiel. Ich habe Lara schon in ihrer Zeit als Reporterin gemocht, als sie über den Senat berichtet hat. Und *ihn* mag ich auch. Immer wenn ich ihn im Senat sah, hatte ich das seltsame Bedürfnis, ihn zu umarmen …«

»Das muss die Anziehung des anderen Geschlechts sein«, warf Colby trocken ein. »Solche Probleme hatte ich nie. Aber ich habe auch noch nie einen Kaktus geküsst.«

Cassie lächelte ihn an. »Warren, ich habe nie behauptet, dass Kerry Kilcannon nicht rücksichtslos sein kann, wenn es ihm hilft. Aber er hat auch etwas Verletzliches an sich, und er sieht die Leute nicht nur als Schachfiguren in der politischen Landschaft. Als ich zum ersten Mal in den Senat kam, fand ich lauter ›gestandene Männer‹ vor, die genauso waren, wie man das erwarten konnte: ehrgeizig, ichbezogen und so selbstkritisch wie ein Fels. Aber bei Kilcannon hatte ich immer das Gefühl, dass ihn alles, was er durchgemacht hat, nicht abgestumpft hat – im Gegenteil, er ist nur noch sensibler geworden und interessiert sich mehr für andere als die meisten Leute. Jahrelang war er der einzige männliche Senator, der sich nicht nur oberflächlich nach meinem Leben erkundigt hat, und der einzige außer Chad Palmer, dem ich etwas Persönliches anvertrauen würde.« Cassie nahm einen kleinen Schluck Brandy. »Die beiden waren etwas ganz Besonderes, wenigstens im Senat. Sie haben nicht viel über sich geredet, weil sie nicht wollten. Aber das brauchten sie auch nicht. Vor allem Kilcannon.«

»Vielleicht ist es so, Cassie. Aber das ändert nichts.«

»Ich weiß.« Ihre Stimme klang ruhig, fast fatalistisch. »Wenn ich gegen den Präsidenten stimme, wird das Konsequenzen haben. Dann wird Kilcannon nach Maine kommen, um Abel Randolph im Wahlkampf zu helfen. Und wenn es besser ist, wegzubleiben und Geld zu beschaffen, wird er *das* tun. Und auf der anderen Seite warten Dane und die SSA auf mich.«

»Und was ist richtig?«, insistierte Colby.

Cassie zeigte eine Miene tiefer Versunkenheit. »Es gibt doch diesen Ort«, sinnierte sie, »Sibirien heißt er, glaube ich. Vielleicht brauchen sie dort noch eine Senatorin.«

Colby lächelte leise. »Halten Sie mich auf dem Laufenden.«

# 10

Sarahs Nervosität wuchs, als Martin Breslers Vernehmung begann.

Und das war nur natürlich. Bresler war entscheidend für Mary Costellos Klage. Nur seine Aussage konnte belegen, dass die SSA die Waffenindustrie kontrollierte und eine Vereinbarung zwischen Lexington und dem Präsidenten verhindert hatte, die John Bowden vielleicht vom Kauf einer P-2 hätte abhalten können. Aber auch kleinere Sorgen nagten an ihr. Nach seiner Benennung als Zeuge hatte sich Bresler einen Anwalt gesucht. Evan Pritchard, ein schlaksiger, wachsamer Südstaatler mit leiser Stimme und beherrschtem Benehmen, hatte Sarah ohne ein Wort der Entschuldigung mitgeteilt, dass jeder weitere Kontakt zu ihr Breslers Glaubwürdigkeit erschüttern würde. Sarah durfte also mit ihrem Hauptzeugen nicht mehr sprechen und konnte nur noch zuschauen.

Auch Breslers Verhalten hatte sich verändert. In Sea Ranch waren ihr seine ausdrucksvollen Augen und seine flatterigen Hände aufgefallen, die jeden Satz mit einer neuen Geste betonten. Aber hier im Konferenzraum von Nolans Kanzlei war er fast so reglos wie die Anwälte, die ihn beobachteten. Robert Lenihan neben ihr musterte Bresler voller Skepsis.

Nolan stellte zunächst einige genau überlegte, neutrale Fragen. Dann bracht er die Rede auf Breslers Kontakte zu Präsident Kilcannon.

»Haben Sie vor Ihrem Treffen mit dem Präsidenten mit Vertretern der Republikaner aus dem Kongress Gespräche über eine mögliche Vereinbarung zu Abzugssperren geführt?«

Die Frage beunruhigte Sarah, obwohl sie die Antwort genau kannte: Es hatte Gespräche mit Frank Fasano und Paul Harshman gegeben.

Zu ihrer Überraschung sah sich Bresler zu einem stummen Starren auf den Tisch veranlasst, und sie war sich plötzlich sicher, dass er ihrem Blick auswich. »Ich weiß nicht«, antwortete er mit monotoner Stimme. »Ich kann mich im Moment nicht mehr daran erinnern.«

Sarah verkrampfte sich unwillkürlich. Neben ihr atmete Lenihan hörbar aus. Nur Nolan, Fancher und Evan Pritchard wirkten völlig unbeeindruckt. Gelassen fuhr Nolan fort: »Dann erinnern Sie sich auch nicht an Gespräche mit Republikanern aus dem Kongress, bei denen es um die Haltung der SSA zu solch einer Vereinbarung ging?«

Bresler hielt den Blick weiterhin gesenkt. »Nein.«

»Quatsch«, zischte Lenihan wütend.

Keiner außer Sarah sah ihn an.

»Oder an Gespräche mit Waffenherstellern«, setzte Nolan hinzu, »bei denen es um Ihr Herantreten an die Republikaner ging?«

Bresler schüttelte leicht den Kopf.

»Tut mir Leid«, drängte Nolan, »Ihre Antwort muss hörbar sein, damit sie protokolliert werden kann.«

Bresler räusperte sich. »Die Antwort lautet Nein.«

Die Protokollführerin tippte Breslers Antwort in die Niederschrift seiner eidlichen Aussage, und Sarah erahnte allmählich die Tragweite dessen, was hier geschah.

»Haben Sie«, fragte Nolan, »mit jemand von der SSA darüber gesprochen, dass Sie an Präsident Kilcannon herantreten wollten?«

»Ja«, antwortete Bresler mit fester Stimme. »Mit Charles Dane. Unmittelbar vor dem Treffen im Weißen Haus.«

»Können Sie diese Unterredung beschreiben?«

»Charles hat mit seiner Enttäuschung nicht hinter dem Berg gehalten. Seiner Meinung nach hätte Kilcannon jeder Kompromiss nur zu weiteren Angriffen gegen das Recht auf Waffenbesitz ermuntert.«

»Haben Sie diese Meinung geteilt?«

Zum ersten Mal sah Bresler auf. »Natürlich nicht.«

Sarah klammerte sich an die Hoffnung, dass Bresler nur die Republikaner nicht vor den Kopf stoßen wollte, aber die Wahrheit über die SSA sagen würde. Innerlich flehte sie ihn an, sich gegen Nolan zur Wehr zu setzen.

»Wurden Sie bei dieser Unterredung von Mr. Dane in irgendeiner Weise bedroht?«

Bresler verschränkte die Arme. »In keiner Weise.«

»Wurden Mitglieder Ihres Verbandes wie zum Beispiel Lexington Arms bedroht?«

»Nein.«

»Wie würden Sie die Unterredung beschreiben?«

Sarah fiel auf, dass Nolan die Fragen so formulierte, als seien ihm die Antworten schon bekannt. Bresler senkte wieder den Blick auf die Tischplatte. Mit leiser, kaum hörbarer Stimme sagte er: »Es war sehr professionell. Charles' Ton war eher besorgt als verärgert. Dafür war ich ihm dankbar.«

Lenihan schüttelte angewidert den Kopf und starrte Bresler an. Das rief Evan Pritchard auf den Plan. »Mr. Lenihan, ich möchte hier zu Protokoll geben, dass Sie den Zeugen nun schon mehrfach mit Zwischenbemerkungen und unhöflichen Gesten bedacht haben. Ich darf Sie ersuchen, sich standesgemäß zu benehmen.«

»Definieren Sie bitte standesgemäß«, sagte Lenihan kochend vor Wut. »Verstehen Sie darunter die Anleitung zum Meineid, wie Sie und Mr. Nolan es uns hier vorführen? Oder beschränkt sich Ihr Verständnis von standesgemäßem Verhalten darauf, dass wir Ihnen bei Ihrem Treiben zuschauen dürfen?«

Bresler schloss kurz die Augen. »Ich hoffe«, entgegnete Pritchard eisig, »Sie sind bereit, diese Anschuldigungen vor der Anwaltskammer zu wiederholen. Andernfalls sähe ich mich gezwungen, Richter Bond von der Haltlosigkeit Ihrer Vorwürfe in Kenntnis zu setzen, damit er eine geeignete Sanktion festsetzt.«

Sarah legte die Hand auf Lenihans Arm. »Lassen Sie es gut sein«, flüsterte sie, »Sie machen es nur noch schlimmer.«

Mit zorngeröteten Wangen wandte sich ihr Lenihan zu. »Wie könnte ich?«, zischte er vorwurfsvoll zurück. »Sie haben unsere ganze Klage auf das Wort dieser widerlichen Ratte gestützt.«

Nolan saß ungerührt da, als wäre nichts passiert. Nachdem er Lenihan noch eine Zeit lang schweigend angestarrt hatte, nickte Pritchard Nolan zu.

»Haben Sie zu einem bestimmten Zeitpunkt«, fragte Nolan, »mit Präsident Kilcannon Gespräche geführt, bei denen es um eine mögliche Vereinbarung über freiwillige Leumundsprüfungen bei Waffenmessen ging?«

»Ja.«

»Haben Sie über diesen Vorschlag auch mit Vertretern der SSA gesprochen?«

Bresler schüttelte den Kopf. »Dazu gab es keine Veranlassung. Ich wusste, dass Charles dagegen war.«

Als sich Nolan zurücklehnte und einen Stift vor die Lippen hielt, fixierte Harrison Fancher den Zeugen mit intensivem Blick. Bresler hielt den Kopf gesenkt.

»Aus welchem Grund«, fuhr Nolan fort, »kam die Vereinbarung mit dem Präsidenten über die Waffenmessen nicht zu Stande?«

Bresler biss sich auf die Lippe. »Mein Industrieverband löste sich auf.«

»Weshalb?«

»Ich verlor den Rückhalt bei den Mitgliedern.« Bresler redete leise, fast mechanisch. »Ich ließ mich hinreißen und wollte zu viel auf einmal. Das hat den von mir vertretenen Unternehmen nicht behagt.«

»Woher wissen Sie das?«

»Drei Vorstandschefs haben mich angerufen – eine Mehrheit. Sie waren der Meinung, dass ich die Waffenlobby entzweie und mich zu sehr in den Vordergrund spiele. Im Nachhinein muss ich zugeben, dass sie Recht hatten.«

Es war ein Meineid als Widerruf, dachte Sarah, eine Selbstbezichtigung in der Art eines stalinistischen Schauprozesses, die von einem geschlagenen Mann vorgebracht wurde. Und sie war zum Zuschauen verdammt.

»Hat sich einer dieser Vorstandschefs auf die SSA berufen«, fragte Nolan, »um seine Haltung zu erklären?«

»Nein.«

»Haben Sie Grund zu der Annahme, dass die SSA die Auflösung Ihres Verbands herbeigeführt hat?«

Bresler schüttelte undeutlich den Kopf, eine Geste der Mutlosigkeit. »Nein.«

»Haben Sie je mit Mr. Callister über die SSA gesprochen?««

»Nie.«

Nolan beugte sich vor. »Kurz gesagt, Mr. Bresler, sind Ihnen irgendwelche Tatsachen bekannt, die die Behauptung der klageführenden Partei stützen würden, dass die SSA Lexington Arms kontrolliert?«

Pritchard sah Bresler erwartungsvoll an. Bresler sackte noch mehr in sich zusammen und antwortete: »Solche Tatsachen sind mir nicht bekannt.«

Erbost flüsterte Lenihan: »Du bist doch der lebende Beweis, du kleiner Scheißer.«

Pritchard ignorierte ihn. »Ist es nicht so«, fuhr Nolan fort, »dass die SSA Ihren Assistenten eingestellt hat?«

Breslers Stimme war noch verhaltener als sein Nicken. »Ja.«

»Und wie kam es dazu?«

Es entstand eine kurze Stille. »Charles Dane hat Jerry eingestellt, um mir einen Gefallen zu tun. Ich machte mir Sorgen um Jerrys Familie.«

Fassungslos starrte ihn Sarah an. Aber Bresler hatte ihren Blick noch kein einziges Mal erwidert. »Also«, schloss Nolan, »war Charles Danes einzige Handlung im Zusammenhang mit der Auflösung Ihres Verbandes eine Gefälligkeit, die darin bestand, Jerry Kirk einzustellen.«

»Ja.«

Damit war Breslers Unterwerfung vollkommen. »Haben Sie sich später«, fragte Nolan, »mit den Anwälten der Klägerin – Mr. Lenihan und Ms. Dash – getroffen?«

Bresler hob wieder den Blick, aber Ton und Benehmen blieben automatenhaft. »In Sea Ranch. Kurz bevor sie ihre Klage eingereicht haben.«

»Auf wessen Initiative ging das Treffen zurück?«

»Ms. Dash hat mich angerufen.«

Ein kaum wahrnehmbares Lächeln erschien auf Nolans Lippen. »Und wer hat Ihre Unkosten getragen?«

»Die Anwälte der Klägerin.«

»Welchen Zweck hatte dieses Treffen?«

Bresler drückte die Arme, die er immer noch verschränkt hielt, noch fester an die Brust. »Soviel ich verstanden habe, waren sie auf der Suche nach Beweismaterial gegen die SSA.«

»Wie kommen Sie zu dieser Einschätzung?«

Breslers Schultern zuckten. »Alle Fragen, die sie mir stellten, bezogen sich auf die SSA.«

»Und was haben Sie ihnen gesagt?«

Es war seltsam, dachte Sarah. Breslers Blick war jetzt fest auf Nolan gerichtet, als wollte er sich Kraft holen, um sein Lügengebäude zu vollenden. »Genau dasselbe, was ich Ihnen gerade gesagt habe.«

»In *jeder* Einzelheit?«, beharrte Nolan.

Wieder trat Stille ein. »Ja.«

»Haben Sie mit den Anwälten der Klägerin über eine eidesstattliche Erklärung gesprochen?«

Lenihan verzog schweigend das Gesicht. »Zu Beginn der Gespräche«, antwortete Bresler, »erklärte Mr. Lenihan, dass sie vielleicht eine brauchen würden. Später kam das Thema nicht mehr zur Sprache.«

»Und wären Sie bereit gewesen, eine eidesstattliche Erklärung abzugeben, deren Inhalt sich mit Ihrer Aussage hier gedeckt hätte?«

»Ja.«

Aufgebracht fuhr Lenihan hoch. Sarah war sprachlos vor ohnmächtigem Zorn über das Ausmaß von Breslers Verrat. Mit einem letzten leisen Lächeln sagte Nolan: »Ich danke Ihnen, Mr. Bresler.«

Lenihan und Sarah standen vor dem Konferenzraum und flüsterten wütend.

»Keine eidesstattliche Erklärung«, schimpfte Lenihan in scharfem Ton. »Wir hätten Bresler sofort zum Teufel jagen sollen, als er das gesagt hat. Stattdessen haben wir jetzt eine unbegründete Klage, und das ist Ihre Schuld.«

»Sie ist nicht unbegründet. Bresler lügt.«

»Was für eine Überraschung«, zischte Lenihan giftig. »Nach meiner Erfahrung ist das amerikanische Rechtssystem eine einzige lange und edle Suche nach der Wahrheit...«

»Sie haben ihn erpresst«, sagte Sarah, »oder ihm etwas angeboten. Vielleicht eine Stelle, wenn er widerruft.«

»Meinen Sie wirklich? Meine *Güte*, womöglich ist Evan Pritchard auch noch in die Sache verwickelt. Kaum zu glauben, solch ein Verhalten von einem Vertreter der Anwaltszunft!«

Sarah sog die Luft ein. »Ich werde ihn ins Kreuzverhör...«

»Nein«, unterbrach sie Lenihan. »Die gehören mir. Und zwar alle.«

Die Arme auf dem Tisch, beugte sich Lenihan zu Bresler vor. Breslers rundliches Gesicht wirkte verhärmt und elend. »Haben Sie vor dem heutigen Tag«, begann Lenihan, »mit einem Vertreter der SSA über dieses Verfahren gesprochen?«

Evan Pritchard hob die Hand und gab seinem Mandanten Zeichen, nicht zu antworten. »Außer mit Anwälten?«, ergänzte er Lenihans Satz.

Lenihan bedachte ihn mit einem höhnischen Lächeln. »Fangen wir bei den Anwälten an, Mr. Bresler.«

Bresler zögerte. »Nein.«

Sarah war sich sicher, dass das nicht stimmen konnte. Als hätte er ihre Gedanken gelesen, hakte Lenihan nach: »Wie ist es dazu gekommen, dass Sie sich Mr. Pritchard als Rechtsbeistand ausgesucht haben?«

Bresler blickte nervös zu Pritchard. Leise sagte er: »Ich kannte ihn dem Namen nach.«

»Sie waren ihm noch nie begegnet?«

»Nein. Nicht vor diesem Verfahren.«

»Wie haben Sie von Mr. Pritchard gehört?«

»Ich kann mich nicht daran erinnern.«

Lenihans Gesicht wurde hart. »Ist es nicht so, dass Ihnen Mr. Pritchard von der SSA empfohlen wurde?«

»Nein.«

»Und wer zahlt Ihre Anwaltsgebühren?«

»Einspruch«, schaltete sich Pritchard ein. »Ich weise den Zeugen an, nicht zu antworten.«

»Mit welcher Begründung?«, fauchte Lenihan.

»Weil diese Frage«, entgegnete Pritchard lakonisch, »außerhalb des Offenlegungsumfangs liegt. Zudem fällt sie auch unter das Anwaltsgeheimnis ...«

»Außerhalb des Offenlegungsumfangs?«, wiederholte Lenihan ungläubig. »Nicht, wenn Ihr Honorar von der SSA bezahlt wird.«

»Gleicher Einspruch«, erklärte Pritchard, »und gleiche Anweisung. Fahren Sie bitte fort.«

»Vor dem Richter, meinen Sie wohl.«

»Wie Sie wünschen, Mr. Lenihan. Haben Sie noch weitere Fragen, oder sind Sie fertig?«

Lenihan setzte sich aufrecht hin. »Haben Sie«, fragte er Bresler, »mit Mr. Fancher oder Mr. Nolan über dieses Verfahren gesprochen?«

Bresler sah kurz zu Pritchard. Dieser nickte schließlich. »Ja«, kam die knappe Antwort.

Lenihan sah ihn mit grimmiger Miene an. »Mit wem genau?«

»Mit beiden.«

»Wo und wann?«

»Gestern in diesem Raum.«

»Und wer trägt die Unkosten für Ihre Anreise?«

»Einspruch«, sagte Pritchard. »Gehört nicht zum Umfang des Offenlegungsverfahrens.«

»Wir haben auch keinen Einspruch gegen Ihre diesbezügliche Frage erhoben.«

»Das ist Ihr gutes Recht, Mr. Lenihan. Aber vielleicht ist Ihnen nur ein Lapsus unterlaufen. Auch das können Sie dem Richter vorlegen.«

Lenihan ließ sich einen Augenblick Zeit, um seinen Zorn unter Kontrolle zu bringen. Dann wandte er sich wieder Bresler zu. »Worüber haben Sie mit Mr. Nolan und Mr. Fancher gesprochen?«

Sarah bildete sich ein, Scham in Breslers Augen zu sehen. »Über meine Aussage.«

»Und wie haben sich Mr. Fancher und Mr. Nolan über Ihre Aussage geäußert?«

»Einspruch«, schaltete sich Nolan ein. »Der Inhalt unserer Unterredung könnte Rückschlüsse auf die Prozessstrategie der Beklagten gestatten, und wir sind nicht verpflichtet, den Anwälten der Klägerin Einsicht in unsere Arbeit zu gewähren ...«

»Das gilt aber nicht uneingeschränkt«, protestierte Lenihan.

»Richtig. Aber bevor Sie eine Antwort erhalten, müssen Sie erst nachweisen, dass diese Informationen auf andere Weise nicht zugänglich sind.« Nolans selbstgefälliges Lächeln kam wieder. »Meine heutigen Fragen haben bereits alle sachdienlichen Informationen zu Tage gefördert. Sie sind einfach unzufrieden mit den Antworten – so wie offensichtlich schon bei Ihrem Treffen mit Mr. Bresler in Sea Ranch. Mir ist es allerdings ein völliges Rätsel, weshalb Sie ihn als Zeugen benannt haben.«

Pritchard nickte beifällig. »Aufgrund der Ausführungen meines Kollegen«, erklärte er, »sehe ich mich verpflichet, seiner Bitte nachzukommen. Ich weise den Zeugen an, keine Fragen zu beantworten, die den Inhalt seiner Gespräche mit den Anwälten der Beklagten betreffen.« Dann wandte er sich abrupt an Bresler und sagte: »Setzen wir der Sache ein Ende, Martin. Hat Sie jemand bei diesem Treffen aufgefordert, zu lügen oder Ihre Geschichte zu ändern?«

»Nein.« Bresler starrte auf den Tisch. »Mr. Nolan bat mich nur, die Wahrheit zu sagen.«

Breslers Meineid konnte auf verschiedene Weise arrangiert worden sein, überlegte Sarah deprimiert. Vielleicht hatten Nolan und Fancher aktiv mitgewirkt. Wahrscheinlich hatten sie aber nur den gleichen Verdacht wie Sarah: dass Dane selbst Bresler beeinflusst hatte, um die Enthüllung seiner eigenen Falschaussage zu vermeiden, und ihn dann an Pritchard weiterverwiesen hatte – der dann mit Harrison Fancher und John Nolan einen Termin zur gemeinsamen Absprache des Widerrufs vereinbart hatte.

»Das Treffen des Zeugen mit den Anwälten der Beklagten ist von zentraler Bedeutung für unsere Klage«, wiederholte Lenihan. »Es geht um die Frage, ob die SSA die amerikanische Waffenindustrie und insbesondere Lexington kontrolliert hat und noch heute kontrolliert.«

Fancher, der bis dahin geschwiegen hatte, bedachte Lenihan mit einem gehässigen Blick. »Sie haben doch ohne jede sachliche Begründung Klage gegen die SSA geführt. Wenn Sie das noch nicht gewusst haben – was ich bezweifle –, dann hat es Ihnen Mr. Bresler soeben unmissverständlich erklärt. Sie haben jetzt zwei Möglichkeiten. Entweder Sie lassen die Klage gegen meine Mandantin fallen, oder wir werden dafür sorgen, dass Richter Bond Ihrer Kanzlei und dem Kilcannon-Center jeden Cent unserer Unkosten auferlegt. Und dass Sie sich wegen standeswidrigen Verhaltens vor der Anwaltskammer verantworten müssen.«

Sarah hatte keinen Zweifel mehr, dass die Falle der SSA zugeschnappt war.

# 11

Als sie von der First Lady angerufen wurde, war Sarah erschrocken gewesen. Als sie sie nun selbst anrief, kam sie sich anmaßend vor. Aber zwischen Sarah und Lara Costello Kilcannon bestand eine, wenngleich noch zaghafte, Partnerschaft. Und Sarah war verzweifelt.

»Der Tag heute war eine Katastrophe«, begann sie ohne Umschweife, »Martin Bresler hat alles zurückgenommen, was er uns erzählt hatte.«

»Alles?«

»Ja.« Sarah konnte in ihrem überreizten Zustand nicht sitzen bleiben und trat ans Bürofenster. »Nach dem jetzigen Stand haben wir keinerlei Belastungsmaterial mehr gegen die SSA.« Nach kurzem Zögern fragte sie: »Kann der Präsident die Kartellbehörde einschalten, damit sie Ermittlungen anstellt?«

»Nein.« Laras Stimme blieb ruhig. »Tut mir Leid, Sarah. Politisch ist das für Kerry einfach nicht machbar.«

*Sie* haben mich doch auf Bresler angesetzt, hätte Sarah am liebsten erwidert. Aber es wäre nicht fair gewesen, Lara die Schuld daran zu geben, dass die SSA Martin Bresler umgedreht hatte. »Wir stecken in Schwierigkeiten«, bekannte Sarah. »Nicht nur hinsichtlich unserer Klage gegen die SSA, sondern auch der gegen Lexington. Inspector Monk konnte nicht nachweisen, dass Bowden die Waffenmesse besucht hat. Wir können es auch nicht. Lexington behauptet, keine Aufzeichnungen darüber zu haben, an wen die Waffe geliefert wurde. Laut Gesetz muss der Erstverkauf einer Waffe über einen lizenzierten Händler laufen, und es kann gut sein, dass die Waffe von diesem Händler an denjenigen gelangt ist, der sie schließlich an John Bowden weiterverkauft hat. Diese Person müssen wir finden, sonst sind wir völlig aufgeschmissen.«

Lara schwieg. Nach einer Weile fragte sie: »Und Sie meinen, Kerry kann Ihnen helfen?«

»Ich weiß es nicht«, räumte Sarah ein. »Aber ich dachte, dass vielleicht das Bureau of Alcohol, Tobacco and Firearms etwas herausfinden könnte. Wir haben ja wenigstens die Seriennummer, und es gehört doch zu den Aufgaben des ATF, die Herkunft von Waffen zu ermitteln, die bei Verbrechen benutzt wurden.« Sie hielt kurz inne und blickte hinaus auf die verstreuten Lichter der South of Market Area, auf die leeren Straßen und niedrigen Gebäude vor dem Kilcannon-Center. »Wenn wir nicht beweisen können, dass Bowden die P-2 bei einer Waffenmesse gekauft hat«, erklärte sie, »können wir auch nicht in rechtlich stichhaltiger Form beweisen, dass Lexington und die SSA den Mord an Ihrer Familie verursacht haben.«

Nach quälend langem Schweigen antwortete Lara: »Danke für die Informationen und für alles, was Sie getan haben. Ich werde mein Bestes tun, um Ihnen zu helfen.«

»Was ist mit Leo Weller?«, fragte Kerry.

Clayton lächelte bitter. »Es ist noch schlimmer, als wir dachten. Für Leo allerdings. Und für einige seiner Wähler. Das Problem ist ein Vermiculitbergwerk in Libby, Montana. Vermiculit ist ein Material, das für die Herstellung von Töpferwaren verwendet wird…«

»Und was hat es mit Asbestose zu tun?«

»Vermiculit«, erklärte Clayton, »ist eine Form von Asbest. Aber das Unternehmen Montana Mines hat seinen Arbeitern versichert, dass der Stoff harmlos ist. Sie haben den Staub auf ihren Kleidern nach Hause gebracht, und so kamen auch ihre Frauen und Kinder damit in Berührung. Im Grunde genommen wurde die ganze Stadt mit Asbestose infiziert. Inzwischen sind über fünfzig Menschen gestorben. Viele weitere hängen an Sauerstoffgeräten und sehen ihrem baldigen Tod entgegen.«

Wütend schüttelte Kerry den Kopf. »Solche Geschichten strafen die Laisser-faire-Doktrin Lügen. Diese armen Kerle gehen zur Arbeit, um ihre Familie zu ernähren, und in Wirklichkeit bringen sie sich dabei um. Und ihre Familie gleich mit.« Nach kurzer Besinnung kehrte er zu den praktischen Fragen zurück. »Und wie hat Leo reagiert?«

»Schlimmer als gar nicht. Als eine Gruppe von Opfern aus Libby um ein Gespräch bat, hat er einen Assistenten hingeschickt. Und jetzt hat er eine Extraklausel in Fasanos Gesetzesvorlage zur Haftpflichtreform gesetzt, die Montana Mines von jeder Haftung befreit.« Claytons Ton wurde sarkastisch. »Zu meiner großen Überraschung ist der Vorstandschef einer von Leos wichtigsten Anhängern und Geldgebern.«

»Ich wusste schon immer«, sagte Kerry angewidert, »dass Weller nicht gerade zu den Hellsten im Senat gehört. Aber dass er so hartherzig und so offensichtlich käuflich ist, zeigt, dass seine Dummheit noch steigerungsfähig ist.«

Clayton nickte. »Und damit wäre Leo eine Hauptzielscheibe für eine Werbekampagne im Fernsehen.«

»Niemand kann behaupten«, stimmte ihm Kerry zu, »dass er es nicht verdient hat. Ich frage mich, wie Bob Lenihans Verband von Zivilprozessanwälten auf Leos Entgleisung reagieren würde.«

Clayton musterte ihn. »Wie sollte er denn davon erfahren? Wenn unsere Fingerabdrücke auf der Kampagne sind, würde man dir vorwerfen, dass du mit externen Gruppen zusammenarbeitest, um deine politischen Ziele zu erreichen. Und das könnte durchaus ein Gesetzesverstoß sein, wie du weißt.«

Kerry lächelte. »Glaubst du wirklich, dass Robert, der Spürhund, da nicht von allein draufkommt? Und wenn nicht, muss ich eben beten, dass er telepathische Fähigkeiten hat.«

Auf Kerrys Sprechanlage ertönte ein Summen. »Die First Lady ist dran«, sagte sein Assistent.

Clayton verließ das Zimmer. Kerry griff zum Telefon und sagte: »Ich habe gerade etwas gehört, was du wissen musst.«

»Ich auch«, erwiderte Lara. »Aber erzähl du zuerst.«

»Bowdens Waffe war gestohlen?«, wiederholte Kerry am nächsten Morgen.

Clayton nickte. »Nach den Morden teilte Lexington dem Bureau of Alcohol, Tobacco and Firearms mit, dass keine Aufzeichnungen über diese Waffe existieren. Aber lizenzierte Händler sind gesetzlich verpflichtet, den Diebstahl von Waffen binnen achtundvierzig Stunden beim ATF zu melden – einschließlich der Seriennummer aller entwendeten Waffen. Das ATF hat noch einmal Nachforschungen angestellt und ist dabei auf Bowdens P-2 gestoßen. Die Waffe gehörte zu einer Lieferung von circa fünfzig P-2, die bei einem größeren Waffenhändler in Phoenix gestohlen worden sind.«

»Wann war das?«

»Vor einem halben Jahr ungefähr. Bei fünfzig gestohlenen P-2 kann man davon ausgehen, dass einige davon bereits bei einem Verbrechen aufgetaucht sind – oder bald auftauchen werden. Und dann ist es vielleicht möglich, eine dieser Waffen zum Verkäufer von Bowdens P-2 zurückzuverfolgen.«

»Das ATF muss unbedingt weiter in dieser Richtung ermitteln«, sagte Kerry. »Bowden hat die P-2 vielleicht bei einem Waffenschieber gekauft. Und als Ort kommen dafür vor allem Waffenmessen in Frage.«

Clayton verschränkte die Arme. Mit ruhiger Stimme sagte er: »Das ist wohl für den Prozess. Da kann ich nur hoffen, dass du vorsichtig bist.«

Stumm fühlte Kerry, wie die schmerzliche Erinnerung an die Morde in ihm hochstieg, so frisch in seinem Kopf und Herzen wie die Gesichter von Inez und Joan und der Tanz mit der kleinen Marie. Vielleicht würde er bald erfahren, von wem und wo Bowden die Waffe bekommen hatte.

»Setz das ATF auf diese Sache an«, drängte er. »Um den Rest kümmere ich mich.«

»Wenigstens ist es ein Anfang«, sagte Lara zu Sarah Dash. »Wenn ich mehr herausfinde, rufe ich Sie wieder an.«

Sarah dankte ihr und legte auf.

Die Ellbogen auf den Schreibtisch gestützt, lehnte Sarah die Stirn gegen ihre gespreizten Finger. Die Migräne war stärker geworden. Sie pulsierte von den Halsmuskeln hinauf bis zu den Augen und hatte ein Gefühl heftiger Übelkeit in ihrer Magengegend hinterlassen. Trotz des Pochens in ihrem Kopf versuchte sie sich darauf zu konzentrieren, was ihr Lara Kilcannon gerade mitgeteilt hatte: dass sie vielleicht bald die Wahrheit über Bowdens Reise nach Las Vegas erfahren würden.

Wieder klingelte das Telefon. Es kostete Sarah große Mühe, den Anschein von kühler Professionalität in ihre Stimme zu legen. »Sarah Dash.«

Schweigen. »Ist das eine sichere Verbindung?«, fragte der Anrufer schließlich.

Es war eine hohe, fast quiekende Männerstimme. Aber es war die seltsame Frage, die Sarah wachsam werden ließ. »Ja«, antwortete sie, »mit wem spreche ich, bitte?«

»Ich habe Ihre Website besucht.« Der Anrufer zögerte, dann wurde seine Stimme tiefer. »Ich arbeite bei Lexington Arms. Ich habe Informationen.«

Angespannt versuchte Sarah, das Hämmern in ihren Schläfen zu ignorieren. »Was für Informationen?«

Wieder dauerte es, bis die Antwort kam. »Informationen, die dem Unternehmen schaden könnten und von meinen Vorgesetzten vertuscht wurden.«

»Von Callister?«

Die Stimme des Mannes blieb aufgeregt. »Wenn ich Ihnen das sage, verliere ich meine Stelle. Oder es passiert noch Schlimmeres.«

Sarah dachte fieberhaft nach, wie sie am besten reagieren sollte. Einige Denunzianten waren paranoid, hatte ihr Lenihan erklärt, andere hatten eine göttliche Mission, und wieder andere sahen Verfehlungen, wo es keine gab. Doch einige – die, auf die man hoffte – konnten einem Prozess die entscheidende Wendung geben.

»Ich sichere Ihnen absolute Geheimhaltung zu«, beschwichtigte Sarah den Anrufer. »Ich werde nichts von dem, was Sie mir mitteilen, verwenden, wenn Sie mich nicht dazu ermächtigen.«

Der Mann zögerte. »Wer garantiert mir das?«

»Ich bin Anwältin. Wenn Sie mich um rechtlichen Rat bitten, ohne mir einen Auftrag zu erteilen, bin ich durch die bundesstaatlichen Standesregeln dennoch verpflichtet, all Ihre Auskünfte streng vertraulich zu behandeln. Wenn ich mich nicht daran halte, kann ich meine Lizenz verlieren.«

»Wenn ich zu Ihnen komme«, beharrte der Mann, »möchte ich nicht, dass das bekannt wird. Und was ist mit meiner Arbeitsstelle?«

Unwillkürlich musste Sarah an Bresler denken, an ihre Furcht davor, dass wieder ein Zeuge umfallen könnte. »Da gibt es ein Risiko«, räumte sie ein. »Haben Sie bei Lexington eine Erklärung unterschrieben, in der Sie sich verpflichten, keine Unternehmensinterna preiszugeben, außer Sie müssen unter Eid aussagen?«

»Ja.« Die Stimme des Mannes wurde schwächer. »Das mussten alle unterschreiben.«

Sarah rieb sich die Augen, um kühlen Kopf zu bewahren. »Solch eine Erklärung ist nicht unbedingt bindend. Lexington kann Ihnen mit einer Klage drohen. Aber wenn Sie aus Gründen entlassen werden, die gegen das öffentliche Interesse verstoßen, können Sie nach Connecticut-Recht gegen Ihre Kündigung klagen. Wenn Sie mir sagen, was Sie wissen, kann ich Sie beraten.«

Sarah merkte, dass ihr letzter Satz wie verzweifeltes Flehen geklungen hatte. Ihr Anrufer schien völlig verstummt. »Können Sie mir wenigstens Ihren Namen nennen?«, drängte sie, »oder eine Nummer, unter der ich Sie erreichen kann?«

»Noch nicht«, sagte der Mann leise. »Ich muss erst noch überlegen.«

Bevor Sarah antworten konnte, hatte er aufgelegt.

# *5. Teil*

## Die Abstimmung

*Anfang November bis Anfang Dezember*

# 1

Es gab seltene Tage, an denen sich Chuck Hampton mit einer glühenden Kampfeslust in seine Arbeit stürzte, die so rein war, dass sie fast an Freude grenzte.

Heute war solch ein Tag. In der Regel wurde Hamptons Stolz auf seine Rolle als Minderheitsführer durch mehrere Umstände gedämpft: die Schwierigkeit, die sechsundvierzig Egos – sein eigenes mitgerechnet – der demokratischen Senatoren unter einen Hut zu bringen, das zermürbende Duell mit seinem gerissenen und unerbittlichen Gegner Frank Fasano, der als Mehrheitsführer immer im Vorteil war, und das Wissen, dass Präsident Kilcannon den Zielen seiner Politik höhere Priorität gab als Chuck Hamptons provinzielleren Anliegen, bei denen es mehr um das Überleben seiner Herde und seine eigene Existenz als Minderheitsführer ging. Es gab sogar Tage, an denen Chuck Hampton den diversen Demokraten, die danach strebten, sein Erbe anzutreten, am liebsten gesagt hätte, dass sie den Scheißjob haben konnten, an den er sich nur in dem primitiven darwinistischen Bewusstsein klammerte, dass es noch schlimmer wäre, ihn zu verlieren, als ihn zu behalten. Aber heute erfüllte ihn bei seiner Rede während der Vormittagssitzung ein tief befriedigendes Gefühl von Macht, Sinn und Empörung.

»Vor drei Tagen«, sagte er zu den Grüppchen von Senatoren im Saal, »während sich die Mehrheitspartei in Obstruktion übte, wurde seit dem Massaker an der Familie der First Lady der fünftausendste Amerikaner mit einer Schusswaffe getötet.«

Er zeigte auf das Bild eines afroamerikanischen Jungen mit kurz geschnittenem Haar und fröhlichem Ausdruck, den selbst das erzwungene Lächeln eines Schulfotos nicht verdecken konnte. »Antonio Harris war zwölf Jahre alt. Er lebte in Philadelphia zusammen mit seiner Mutter und seinen beiden älteren Schwestern, die ihn abgöttisch geliebt haben. Er wurde aus einem vorbeifahrenden Auto erschossen. Der sechzehnjährige Mörder hatte ihn mit dem jüngeren Bruder eines Mitglieds einer rivalisierenden Gang verwechselt. Der Todesschütze hatte die Mordwaffe von einem anderen Gangmitglied gekauft, der sie seinem Onkel gestohlen hatte – einem prügelnden Ehemann, der sie kaufen konnte, weil seine Vorstrafe nicht in einem landesweiten Zentralregister erfasst war.«

Echter Zorn bebte in Hamptons Stimme, als er sich von dem Bild des Jungen abwandte und weitersprach. »Wenn die Vorlagen des Präsidenten geltendes Recht wären, hätte Antonio vielleicht nicht sterben müssen. Jetzt ist es zu spät für ihn. Aber die Uhr läuft Tag für Tag und Stunde für Stunde, und in unseren Händen liegt das Leben anderer Antonios, deren Tod unser Gewissen belasten wird.« Den Blick auf Frank Fasano gerichtet, fügte er hinzu: »Oder zumindest das Gewissen von einigen hier.«

Fasano schien zu erstarren. Hampton hielt einen Moment inne, um sich zu vergewissern, dass ihm Cassie Rollins andächtig zuhörte. »Doch was hat uns die Mehrheitspartei angeboten? Nichts. Bis gestern, als Senator Fasano eine Gesetzesvorlage bekanntgab, die noch schlimmer ist als nichts.« Ein Anflug von Verachtung lag in seinem Ton. »Und was enthält diese Vorlage? Einen ›Ausschuss‹ zur Untersuchung der Ursachen von Gewalt unter Jugendlichen. Wenn er noch leben würde, wäre Antonio bestimmt fasziniert gewesen von den Ergebnissen dieses Ausschusses – immer vorausgesetzt natürlich, dass wir sie noch innerhalb von Antonios normaler Lebenserwartung erhalten würden.«

Am Rand seines Gesichtsfelds sah Hampton Chad Palmers kurzes, grimmiges Lächeln. »Aber es soll keiner behaupten«, fuhr er fort, »dass Senator Fasanos Gesetzesvorlage das Schlupfloch des Waffenverkaufs auf Messen umgeht. Ganz im Gegenteil, sie verspricht uns eine in wenigen Minuten durchführbare Leumundsprüfung, sobald fünfundneunzig Prozent der Daten über Verbrechen, Gewaltvergehen und häusliche Gewalt in einem landesweiten Zentralregister erfasst sind.

Und wie werden wir dieses außerordentliche System finanzieren? Im Gegensatz zu der Vorlage des Präsidenten – die die dafür nötigen Millionen bereitstellen würde – reichen die von Senator Fasano vorgeschlagenen Mittel höchstens, um die Daten in Rhode Island oder vielleicht auch noch in meiner Heimat Vermont auf den neuesten Stand zu bringen. Aber in Senator Fasanos Heimatstaat Pennsylvania würde es schon nicht mehr genügen. Und dort wurde Antonio Harris ermordet.«

Fasano hörte mit dem nach innen gewandten, undurchdringlichen Gesichtsausdruck zu, den Hampton als Zeichen für Betroffenheit und vielleicht sogar Ärger zu deuten gelernt hatte. »Aber es gibt viel billigere Möglichkeiten«, führte Hampton weiter aus, »um solch einen gewaltsamen Tod zu vermeiden. Beispielsweise eine Kombinations-Sicherheitssperre, die verhindert, dass Diebe von Waffen diese benutzen können. Und die in der Vorlage von Senator Fasano mit keinem Wort erwähnt wird.«

Hampton sah Frank Fasano offen ins Gesicht. »Aber vielleicht tue ich meinem Freund aus Pennsylvania Unrecht. Vielleicht hat er seine Vorlage – entgegen dem Verdacht von einigen Zynikern in den Reihen der Demokraten – gar nicht als Deckmantel für die Gegner sinnvoller Gesetze zur Eindämmung von Waffengewalt gedacht. Vielleicht plant er gar nicht, sie vor der Vorlage des Präsidenten zur Abstimmung zu bringen, um zu vertuschen, dass sein Gesetz auf die Beendigung von Mary Costellos Prozess zielt. Vielleicht ist diese Gesetzesvorlage ebenso wenig auf verborgene Motive zurückzuführen wie auf nachvollziehbare Vernunftgründe.«

Hamptons Gesicht nahm einen amüsierten Ausdruck an, und in seiner Stimme lag beißender Spott. »Aber um ganz sicher zu gehen, werde ich einen Zusatz zur Vorlage des Senators beantragen, der seinem ehrgeizigen Ziel umfassender Leumundsprüfungen die volle Finanzierung garantiert und die Haftungsbefreiung von Waffenherstellern ausdrücklich ausschließt. Vielleicht beantrage ich sogar die Vorlage des Präsidenten als Zusatz zur Vorlage des Senators.« Plötzlich wurden seine Worte langsam und ernst. »Und sollte uns der Senator von einer Debatte über diese Zusätze abhalten wollen, werden die ›Zyniker‹ in den Reihen der Demokraten eine Abstimmung über seine Vorlage verhindern – es sei denn, es wird gleichzeitig über die Vorlage des Präsidenten beraten.«

Mit Genugtuung nahm Hampton die Andeutung von Skepsis und Überraschung in Fasanos Gesicht zur Kenntnis. Vielleicht bezweifelte er, dass Hampton die vierzig Stimmen aufbieten konnte, die er für eine Obstruktion benötigte. Hampton legte eine Hand auf die Plastiktafel, auf der Antonios Foto abgebildet war. »Das geschähe nicht nur aus dem Respekt, den diese Versammlung dem Präsidenten schuldet, sondern auch aus moralischer Verpflichtung gegenüber dem Andenken an Antonio Harris. Alles andere wäre beschämend für jeden von uns.«

Mit diesem Schlusswort nahm Chuck Hampton Platz.

Nach der Vormittagssitzung überquerte Hampton den Gang, um mit Frank Fasano zu reden.

Fasano hatte längst wieder zu seinem unerschütterlichem Auftreten zurückgefunden, und nur ein Funkeln in seinen Augen verriet seinen Ärger. »Das war eine reife Leistung«, sagte er. »Fast wie von KFK selbst.«

Hampton ließ sich ein wenig Zeit, um das Gefühl der Befriedigung voll auszukosten. »Ich verstehe das als echtes Kompliment, Frank, vor allem nach den Prügeln, die Sie von ihm bezogen haben, als es um seinen Vorschlag zur Haftpflichtreform ging. Und meinen Kollegen ist das auch aufgefallen. Also überbringe ich Ihnen eine Botschaft von allen sechsundvierzig Demokraten – auch von denen, die die Vorlage des Präsidenten ein wenig nervös macht.«

»Und was ist das für eine Botschaft, Chuck?«

Hampton lächelte. »Gehen Sie ehrlich mit der Vorlage von KFK um«, antwortete er mit ausgesuchter Liebenswürdigkeit, »sonst machen wir Sie fertig, wie ich es Ihnen gerade versprochen habe.«

Immer noch gefangen von Hamptons Rede trat Cassie Rollins in ihr Büro. Und das war keine geeignete Gemütsverfassung für eine republikanische Senatorin, die sich bald zur Wiederwahl stellen musste und mit fünfzehn Minuten Verspätung zu einem Treffen mit Charles Dane kam.

Sie fand ihn beim Fernsehen in ihrem Empfangsbereich und bat ihn mit einem freundlichen Wort der Entschuldigung in ihr

Büro. »An diesem Vormittag«, schloss sie, »hielt ich es für das Beste, Chucks Totenzählung bis zum ungewöhnlich bitteren Ende zuzuhören. Wie es scheint, hat er in letzter Zeit Kraftfrühstück gegessen.«

»Ich hab es gesehen.« Dane gab sich respektvoll, nahm aber kein Blatt vor den Mund. »Wir müssen nicht lange um den heißen Brei herumreden, Cassie. Das ist *die* Abstimmung.«

Cassie legte einen gekrümmten Finger an die Lippen, und ein gutmütig fragender Ausdruck trat in ihre Augen. »Und welche Abstimmung meinen Sie damit? Die gegen Kilcannons Vorlage zur Eindämmung von Waffengewalt? Oder die für Ihre Vorlage zur Haftungsimmunität?«

Danes Blick wurde noch schärfer. »Beide«, antwortete er knapp. »Sie sind zusammen ein und dieselbe Abstimmung – eine Nagelprobe, die zeigen wird, wer unser Freund ist und wer unser Freund bleiben will. Und wo stehen Sie, Frau Senatorin?«

Cassie war klar, dass ihr Dane mit dem abruptem Übergang zu ihrem offiziellen Titel die Bereitschaft signalisieren wollte, sie als Gegnerin zu betrachten. Trotz ihrer Angespanntheit blieb Cassie äußerlich gelassen und scheinbar unbeeindruckt.

»Haftungsimmunität«, bemerkte sie, »ist eine Sache. Aber die Gesetzesvorlage des Präsidenten geht nicht gegen gesetzestreue Waffenbesitzer, sondern zielt im Wesentlichen darauf, Kriminellen und gewalttätigen Ehemännern den Zugang zu Waffen zu verwehren.«

Dane beugte sich vor, und seine ganze Haltung brachte unterdrückte Ungeduld zum Ausdruck. »Warum sollen gesetzestreue Waffenbesitzer bei Waffenmessen oder anderswo zudringliche Leumundsprüfungen über sich ergehen lassen? In Wirklichkeit geht es doch nur darum, dass gewöhnliche Leute keine Waffen mehr besitzen sollen – es ist eine schleichende Konfiszierung durch Schikanen und Unannehmlichkeiten, bis der Nachbar seinem Nachbarn keine Waffe mehr verkaufen und der Vater seinem Sohn keine Waffe mehr schenken kann.«

Cassie schlug die Beine übereinander und stützte das Kinn in die Hände. »Bevor ich das akzeptiere, Charles, muss ich Sie bitten, mich davon zu überzeugen. Wenn ich von Hamptons Worten ausgehe, haben Sie alle Zeit der Welt dazu. Was die Haftungsimmunität angeht, muss ich sagen, dass mir diese Klagen ziemlich fadenscheinig vorkommen, und Sie wissen ja, dass ich in dieser Frage eine klare Position habe. Aber die einzige Klage, die in aller Munde ist, ist die von Mary Costello. Letztlich verlangen Sie also von uns, dass wir gegen Lara Kilcannon, ihre einzige noch lebende Schwester, ihre drei ermordeten Verwandten und drei andere Familien abstimmen, deren Verwandte zufällig Bowdens Opfer wurden. Warum wollen Sie Ihre ›Freunde‹ zu dieser Abstimmung zwingen, wenn es doch nach Meinung aller Rechtsexperten, mit denen ich gesprochen habe, nur eine Frage der Zeit ist, dass der Richter Mary Costellos Klage abweist? *Vorausgesetzt*, wir können uns beherrschen und trampeln nicht vor ihm über die First Lady.«

Dane schien sich seine Antwort genau zu überlegen. »Sie ist nicht nur die First Lady, sondern auch die Frau unseres größten Feindes. Die beiden haben ihre Schwester dazu angestiftet, gegen die SSA zu klagen. Sie können ihnen nicht Hilfe und Schutz gewähren und gleichzeitig unsere Freundin sein.«

Obwohl seine Stimme ganz ruhig blieb, verriet diese allzu grobe, melodramatisch angehauchte Vereinfachung für Cassie eine Verzweiflung, die nicht zu Danes gewohnter Selbstsicherheit passte. Zum ersten Mal glaubte sie zu spüren, dass es hier nicht mehr nur um Ideologie oder Macht ging. Anscheinend machte er sich aus irgendwelchen Gründen Sorgen um den Prozess. »Ich bin immer Ihre Freundin«, sagte sie in versöhnlichem Tonfall. »Wenn es um Fragen des Waffenrechts geht, stehe ich fest auf Ihrer Seite ...«

»Beim Verbot von Sturmwaffen war das aber nicht so«, unterbrach sie Dane schroff, »und das hätte Sie fast die Nominierung zur Senatorenwahl gekostet.«

Cassie dämmerte allmählich, dass ihr ein wirklich unangenehmes Gespräch bevorstand. Sie zwang sich zu einem Lächeln. »Sie haben ein gutes Gedächtnis, Charles, aber ich auch. Das war vor fünf Jahren, und seitdem habe ich wiederholt zugunsten des Rechts auf Waffenbesitz gestimmt.« Ein Anflug von Trotz trat in ihre Stimme. »Es muss auch möglich sein, dass ich hin und wieder meine Unabhängigkeit beweise. Aber ich verstehe natürlich, dass diese Sache für Sie grundlegend ist. Ich nehme das sehr ernst und werde das bei meiner Stimmabgabe berücksichtigen. Und Sie wissen ja, dass meine Tür für Sie und alle Mitglieder der SSA immer offen ist.«

Dane runzelte die Stirn und stützte die Arme auf die Knie. Seine zusammengepressten Zeigefinger zeigten auf Cassie wie der Lauf eines Revolvers. »Ich tue das nur ungern«, sagte er unverblümt, »aber es wäre unfair, Sie nicht rechtzeitig zu warnen. Wenn Sie bei einer von beiden Vorlagen gegen uns stimmen, werden wir bei den Vorwahlen George Bolt gegen Sie aufstellen.«

Cassie erschrak. George Bolt war ein bärbeißiger Ex-Gouverneur, der in vielen Fragen gemäßigte Positionen vertrat, aber unerschütterlich hinter dem Recht auf Waffenbesitz stand – ein Gegner, der weitaus ernstzunehmender war als irgendeine Marionette vom rechten Flügel. »George Bolt«, erwiderte sie kühl, »weiß genau, dass ein Einundsiebzigjähriger, der seit zehn Jahren nicht mehr bei einer Senatorenwahl angetreten ist, keine Chance hat. Er hat keine Organisation mehr, auf die er bauen könnte. Warum sollte er sich in diese peinliche Situation bringen?«

Dane bedachte sie mit einem eisigen Lächeln. »Um Maine die Peinlichkeit einer Senatorin zu ersparen, die das Second Amendment verraten hat. Und was die Organisation angeht, da können wir ihm ohne weiteres aushelfen.«

Das war der SSA durchaus zuzutrauen. Cassie fragte sich, ob George Bolts Anwaltskanzlei so schlecht lief, dass er wieder ins Rampenlicht drängen musste. Echte Angst packte sie plötzlich. Wieso hatten sie und auch ihr Mentor Warren Colby nichts davon gehört? »George kann mich nicht schlagen«, beharrte sie. »Und wenn doch, wird er bei den allgemeinen Wahlen gegen Abel Randolph verlieren. Eine Kampfkandidatur gegen mich bei den Vorwahlen wird Randolph in seiner Überzeugung bestärken, dass er das Rennen machen kann. So oder so steigen damit nur die Chancen, dass Sie es in Zukunft nicht mehr mit mir, sondern mit Abel zu tun haben werden.«

»Stimmt genau«, entgegnete Dane gelassen. »Und Ihre Kollegen werden sich daran erinnern, wenn Sie verschwunden sind. Und auch Sie werden sich erinnern – selbst wenn Sie es doch noch irgendwie schaffen.« Dane machte eine Pause und setzte eine bedauernde Miene auf. »Das ist nicht persönlich gemeint, Cassie, und wir würden es auch nur ungern tun. Aber wir müssen Sie vorwarnen in der Hoffnung, dass es nie so weit kommt.«

Cassie blickte ihn lange schweigend an. »Das hoffe ich auch«, sagte sie schlicht.

## 2

»Haben Sie«, fragte Nolan Mary Costello, »etwas unternommen, um Ihrer Schwester zu helfen, bevor sie John Bowden verlassen hat?«

Vom Kopf des Konferenztischs aus fixierte Harrison Fancher Mary mit dem verschlagenen Blick eines Raubvogels, während ein unauffälliger Protokollführer auf ihre Antwort wartete. Sarahs Welt hatte sich seit Beginn der Vernehmung zu einem dreiseitigen Geflecht zwischen Nolan, ihrer leicht labilen Mandantin und ihr selbst verengt. In Marys Augen flackerten Feindseligkeit und Selbstzweifel, dann nahm sie eine steife, abwehrende Haltung ein: gerader Rücken, zusammengepresste Lippen, den Blick auf den Tisch gerichtet. »Dass etwas nicht stimmte, erfuhren wir erst, nachdem Lara Joans blaues Auge gesehen hatte.«

Nolan zog die Brauen nach oben. »Sie selbst hatten nie irgendwelche Verletzungen an ihr bemerkt?«

»Nein.« Mary wandte den Blick ab. »Sie unternahm nicht mehr viel mit uns. Wir dachten, dass sie so sehr mit ihrer Familie beschäftigt war.«

»Sie ›dachten‹«, wiederholte Nolan leicht ungläubig. »Haben Sie sie denn jemals gefragt?«

»Nein.«

Unruhig machte sich Sarah bereit einzugreifen. Nolans erste Angriffsstrategie wurde allmählich deutlich: Mutter und Schwester hatten Joan nicht geschützt, und jetzt wollte Mary durch eine Klage gegen Lexington und die SSA von ihrer Schuld ablenken und noch dazu Profit aus ihrer Gleichgültigkeit schlagen.

»John Bowden«, bohrte Nolan, »hielt Ihre Schwester und

Marie also praktisch wie Gefangene, und Sie sind nie auf die Idee gekommen, einmal nachzufragen, ob es ihnen gut geht?«

»Einspruch«, schritt Sarah ein. »Das ist keine Frage, sondern Nötigung.«

Gestärkt durch Sarahs Verteidigung hob Mary den Blick und sah Nolan tadelnd an. Der Ton des Anwalts wurde merklich milder.

»Tief in Ihrem Innersten, Ms. Costello, haben Sie da nicht geahnt, dass im Haus Ihrer Schwester schreckliche Dinge vorgingen?«

Wieder schien Mary von Selbstzweifeln geplagt und zögerte einen Moment, ehe sie mit dünner Stimme antwortete. »Sie können sich nicht vorstellen, wie charmant John sein konnte. Wir wussten es einfach nicht.«

»›Wir?‹ Haben Sie jemals mit ihrer Mutter darüber geredet, ob Joan vielleicht von ihrem Mann misshandelt wurde – oder zumindest von ihren Verwandten isoliert wurde?«

Wieder wandte Mary den Blick ab und bestätigte damit, was Sarah schon seit längerem ahnte: dass weder Mary noch Inez es über sich gebracht hatten, ihre Ängste in Worte zu fassen. Nach einer Weile sagte Mary: »Es war traurig für uns, dass wir sie kaum mehr sahen. Aber den Grund erfuhren wir erst von Lara. Und danach wussten wir, dass Lara und Kerry mit Joan sprachen und dass sie von Kerry gut beraten wurde.«

»Aber Sie waren doch in San Francisco«, hielt ihr Nolan in vorwurfsvollem Unterton entgegen. »Hat Ihre Mutter Joan und Marie einen Platz in ihrem Haus angeboten – eine Zuflucht vor den Misshandlungen, auf die Sie so spät aufmerksam wurden?«

Sarah suchte vergeblich nach einer Einspruchsmöglichkeit, obwohl sich immer klarer abzeichnete, welche beleidigende Argumentationslinie Nolan verfolgte: Mary habe mit ihrer Nachlässigkeit dazu beigetragen, dass Bowden drei Mitglieder ihrer Familie ermordet hatte.

Mary schloss kurz die Augen. »Sie hat es ihr nicht direkt gesagt. Aber Joanie wusste, dass sie immer zu uns kommen konnte. Sie hat sich auf Lara und Kerry verlassen.«

Den letzten Satz hatte sie mit dem leisen Anflug eines Gefühls gesprochen, das irgendwo zwischen Bitterkeit und Bedauern lag.

Dies war auch John Nolan nicht entgangen, wie Sarah aus seinem scharfen Blick schloss. »Sie haben schon mehrfach den Präsidenten und die First Lady erwähnt. Wussten Sie vor dem Interview, bei dem sie John Bowden als gewalttätigen Ehemann bloßstellten, dass sie dies vorhatten?«

»Ja.«

»Waren Sie damit einverstanden?«

Mary zögerte, wie um die Frage genau zu ergründen. »Lara sagte uns, was passieren würde und dass der *Francisco Chronicle* die Geschichte schon hatte. Anscheinend gab es keine andere Möglichkeit.«

»Haben Sie sich nicht gefragt, ob die Schande einer Bloßstellung im landesweiten Fernsehen Bowden wütend machen würde?«

»Ich machte mir Sorgen deswegen.« Mary klang müde, als würde sie von Bildern der Tragödie heimgesucht. »Aber Kerry und Lara kennen diese Welt. Ich nicht. Also habe ich ihnen vertraut.«

Nolan stützte das Kinn in die Hand und fragte leise: »Und wie denken Sie heute darüber?«

Sarah war sofort klar, worauf diese zweite Stoßrichtung von Nolans Strategie zielte. Er wollte das Schamgefühl und den Neid der jüngeren Schwester ausnutzen, um einen Keil zwischen Mary und Lara zu treiben. Aber er lief Gefahr, zu dick aufzutragen und sich dadurch Marys Zorn zuzuziehen. Sarah beschloss, sich diese Chance nicht entgehen zu lassen. »Schlechter Geschmack kennt offensichtlich keine Grenzen, Mr. Nolan. Die Zeugin hat fast ihre ganze Familie verloren. Sie musste miterleben, wie Marie an den schrecklichen inneren Verletzungen starb, die von dem Geschoss Ihrer Mandantin – ganz im Sinne seiner Bauweise – verursacht worden waren. Warum fragen Sie sie nicht gleich, ob der Präsident und die First Lady daran schuld sind, dass die Hohlvene ihrer sechsjährigen Nichte zerfetzt wurde?«

Nolans Augen funkelten böse, weil sie seine Pläne durchkreuzt hatte. Sarah war sich sicher, dass ihm das umso mehr zu schaffen machte, als ihm eine junge Frau und ehemalige Untergebene als Widersacherin gegenüberstand, die es an jedem Respekt fehlen ließ. Für Sarah bestand kein Zweifel mehr daran, dass sie selbst Nolans Achillesferse war.

»Ihre Bemerkungen«, konterte er, »sind unangemessen und höchst standeswidrig. Wenn Sie so weitermachen, sehe ich mich gezwungen, mich an Richter Bond zu wenden.«

Bei einem Drink in einem eurer Herrenclubs?, hätte Sarah am liebsten gefragt. In möglichst gleichgültigem Ton antwortete sie: »Ich nehme Ihre Entrüstung zur Kenntnis. Bitte fahren Sie fort.«

Nolan brauchte eine Weile, ehe er sich wieder auf Mary konzentrieren konnte. »Hat Ihre Schwester Ihnen gegenüber erwähnt, dass die Bloßstellung John Bowdens im Fernsehen darauf zielte, dem Präsidenten politische Verlegenheiten zu ersparen?«

»Erwähnt«, wiederholte Sarah. »Ich erhebe Einspruch gegen diese Formulierung, weil sie die in Ihrer Frage geäußerte Verleumdung als Tatsache hinstellt.«

»Eine Verleumdung gegen wen?«, schoss Nolan zurück. »Die Kilcannons? Ich dachte, Sie vertreten hier Mary Costello.«

Sarah wurde rot. Nolan wollte sich mit seiner Attacke Marys Furcht vor Laras Dominanz zu Nutze machen, eine Furcht, die auch Sarahs Beziehung zu Mary belastete. »Ich bin hier«, antwortete Sarah scheinbar gelassen, »um darauf hinzuweisen, wenn Ihre Fragen unbegründet sind.«

Nolan lächelte schwach. »Im Hinblick worauf unbegründet? Das Motiv des Präsidenten für das Interview? Oder Ihre eigenen Behauptungen?« Den Blick auf Mary gerichtet fragte er: »Hat Ihre Schwester mit Ihnen darüber gesprochen, ob die Enthüllungen über John Bowdens Gewalttätigkeit im Interesse des Präsidenten lagen?«

Nachdenklich sah Mary auf den Tisch. »Soweit ich mich erinnere, wollte der *Chronicle* die Geschichte bringen, *weil* er der Präsident war und weil er in die Sache verwickelt war. Es ging eher darum, wie man am besten mit der Situation umgehen sollte.«

»Aber wie kann es sein, dass Bowdens Bloßstellung Joans Interessen dienen sollte?«

Mary zögerte. »Sie wollten die Sache so schnell wie möglich erledigen, glaube ich.«

Nolan schien zu überlegen, ob er nachhaken sollte. Dann wechselte er plötzlich das Thema. »Sie haben die University of San Francisco besucht, eine private Hochschule. Wer hat die Gebühren und Unkosten bezahlt?«

Obwohl Sarah nicht genau wusste, was Nolan mit dieser Frage bezweckte, war ihr klar, dass sie Einspruch erheben musste. Mit gespielter Verwunderung sagte sie: »Inwiefern ist diese Frage von Erheblichkeit?«

Nolan blieb ungerührt. »Das werden Sie schon sehen, Ms. Dash. Oder wollen Sie Ihre Mandantin anweisen, nicht zu antworten?«

Damit würde sie eine Wiederaufnahme von Marys Vernehmung zu einem späteren Zeitpunkt riskieren und Nolan eine zweite Chance geben, zu tun, was er vor Geschworenen nie wagen würde: Mary ohne Rücksicht auf den tragischen Verlust ihrer Angehörigen in die Mangel zu nehmen. Sarah sah sich zu einer hinhaltenden Antwort gezwungen. »Ich lasse Ihnen Ihren Willen, Herr Kollege – wie weit meine Nachsicht geht, wird sich zeigen. Aber eine Vernehmung gibt Ihnen keinen Freibrief, nach Belieben in Ms. Costellos Leben herumzuschnüffeln.«

Mit der Andeutung eines zufriedenen Lächelns sah Nolan Mary an.

»Einen Teil davon habe ich selbst bezahlt«, sagte sie mit stolzer Stimme.

»Und den Rest?«

Mit einem leisen Stirnrunzeln blickte Mary zu Sarah. »Meine Schwester Lara.«

»Hat Sie Ihnen auch nach dem Studium geholfen?«

Mary nickte langsam. »Sie hat Möbel für meine Wohnung gekauft. Und die Kaution und die Miete für den ersten Monat bezahlt.«

»Hat Sie Ihnen auch bei anderen Gelegenheiten Geld geschickt?«

Mary verschränkte die Arme. »Sie hat unsere Flugtickets für die Anreise zu ihrer Hochzeit bezahlt.«

Nolan schwieg, um die tragische Ironie dieser Aussage wirken zu lassen. »Und Sie sind der First Lady für ihre Hilfe dankbar?«

»Ja«, erwiderte Mary knapp, »natürlich.«

»Würden Sie sagen, dass Lara Kilcannon wohlhabend ist?«

Sarah riss der Geduldsfaden. »Was hat das Vermögen der First Lady mit dem Gegenstand des Verfahrens zu tun?«

Nolan ignorierte sie einfach und vertraute darauf, dass Sarah ihrer Mandantin nicht raten würde, die Auskunft zu verweigern. »Beantworten Sie bitte die Frage«, sagte er zu Mary.

»Ja«, erwiderte Mary. »Lara geht es gut.«

»Und sind Sie in Ihrem Testament berücksichtigt?«

Mary sah ihn erstaunt an. »Ich glaube schon, ja.«

»Und auch dafür sind Sie dankbar, wie ich annehme.«

Mary setzte sich gerade auf. »Ich war auch im Testament meiner Mutter berücksichtigt, Mr. Nolan. Trotzdem wäre es mir nie eingefallen, für ihren Tod dankbar zu sein.«

Die Erwiderung kam für Nolan so unerwartet, dass er verstummte. »Ich wollte damit nur sagen«, fuhr er nach einer Weile fort, »dass Sie von Ihrer Schwester immer noch finanziell unterstützt werden. Ist das der Grund, warum Mrs. Kilcannon in diesem Verfahren nicht selbst als Klägerin auftritt?«

Angespannt griff Sarah ein. »Ich weise die Zeugin an, nicht zu antworten.«

Nolan riss den Kopf zurück. »Mit welcher Begründung?«

»Wie Sie selbst gerade erwähnten, besteht die Möglichkeit, dass Mrs. Kilcannon Klage gegen Ihre Mandantin führt. Aus diesem Grund haben beide Schwestern das Recht, zu all ihren Gesprächen über dieses Verfahren die Aussage zu verweigern. Und dieses Recht erstreckt sich auch auf die beteiligten Anwälte.«

Sarah wusste, dass ihre Behauptung auf wackligen Füßen stand, und auch Nolan war das natürlich klar. Mit ungläubigem Gesicht fragte er Mary: »Befolgen Sie die Anweisung Ihrer Anwältin?«

Mary warf Sarah einen kurzen Blick zu. »Ja.«

»Aber Sie räumen ein, dass Sie nach dem jetzigen Stand bei einem Gewinn des Prozesses oder einem Vergleich die einzige Nutznießerin wären?«

»Ja.«

»Mit Ausnahme Ihrer Anwälte«, verbesserte Nolan in bissigem Ton. »Apropos, wie ist es eigentlich dazu gekommen, dass Sie Mr. Lenihan hinzugezogen haben?«

Wieder spielte Sarah mit dem Gedanken an einen Einspruch. Aber Lenihan war zu sehr darauf herumgeritten, wie Martin Bresler an Evan Pritchard geraten war, um ihm die Absprache seines Widerrufs zu unterstellen. Nolan hatte das damals sicherlich mit Genugtuung zur Kenntnis genommen.

»Mr. Lenihan hat mir seine Dienste angeboten«, antwortete Mary ruhig.

»Was für eine Überraschung. Und wie sind Sie auf Ms. Dash gestoßen?«

Mary verschränkte die Arme. »Durch meine Schwester.«

»Hat Ihre Schwester auch den Verzicht auf Entschädigungsleistungen angeboten, falls Sie Ms. Dash als Anwältin akzeptieren?«

Sarah sah sich in der Falle. Wenn sie eine Antwort zuließ, um Nolans Vorwurf auszuräumen, konnte er sich darauf berufen, Mary hätte auf ihr Schweigerecht verzichet. »Gleiche Anweisung«, rief sie. »Selbst wenn Sie meine Mandantin fragen, ob sie sich mit der First Lady einer terroristischen Zelle anschließen wollte, würde sich an dieser Anweisung nichts ändern.«

»Ach wirklich? Das möchte ich sehen.« An Mary gewandt fragte er: »Hat Ihnen Mrs. Kilcannon mitgeteilt, dass Ms. Dash den Auftrag hat, den Prozess in ihrem und im Sinne des Präsidenten zu führen?«

Mary bewegte sich unruhig auf ihrem Stuhl – hin und her gerissen, wie Sarah vermutete, zwischen ihrem Groll gegen Lara, der Frage, die ihn ausgelöst hatte, und Sarahs Anweisung, die Aussage zu verweigern.

»Gleiche Anweisung«, sagte Sarah mit fester Stimme.

»Oder«, bohrte Nolan, »werden Sie von Lara direkt instruiert?«

»Gleiche Anweisung...«

»Lara schreibt mir nicht vor, was ich tun soll«, brach es aus Mary hervor.

Nolan reagierte behende. »Dann macht es Ihnen sicher nichts aus, die Anweisung Ihrer Anwältin zu ignorieren und mir mitzuteilen, was Ihre Schwester sagt. Oder ziehen Sie es vor, dass ich mich an Richter Bond wende?«

Sarah erkannte, dass Nolans Strategie weniger juristisch als psychologisch war. Er wollte erreichen, dass sich Mary von Lara und dann auch von Sarah abwandte, um schließlich ihre Anwälte zu entlassen und die Klage fallen zu lassen. Aber sie konnte nicht abschätzen, ob Nolan das Potenzial dieser Strategie in all ihren Verzweigungen erfasst hatte und ob er wusste, welche Neidgefühle, alte Wunden und frische Verstimmungen sich hinter der scheinbaren Eintracht der Costellos verbargen. »Gleiche Anweisung«, wiederholte Sarah.

Nolan sah Mary unverwandt an. »Befolgen Sie die Anweisung Ihrer Anwältin, Ms. Costello?«

Mary hielt den Blick gesenkt, als sie mit tonloser Stimme antwortete: »Ja.«

Nolan musterte sie noch eine Weile, dann zuckte er gleichgültig die Achseln. »Dann muss ich wohl Ihre Schwester fragen.«

## 3

Als Frank Fasano nach der Vormittagssitzung die Garderobe der Republikaner betrat, wollte er eigentlich herausfinden, wie seine Kollegen auf die ungewöhnlich harsche Kritik von Senator Hampton reagierten. Stattdessen stieß er auf Chad Palmer und Leo Weller, die einen Auftritt Kerry Kilcannons auf CNN verfolgten. Er setzte sich dazu und erkannte ziemlich schnell, dass Hamptons Rede Teil eines breiten, vom Präsidenten koordinierten Vorstoßes war.

Im Rahmen einer eintägigen Medienkampagne hatte sich Kilcannon in gegnerisches Territorium vorgewagt und sprach bei einer Tagung der Handelskammer in Atlantic City. Angesichts eines potenziell feindseligen Empfangs zeigte sich der Präsident heiterer, als ihn Fasano seit den Morden gesehen hatte. Auch Palmer schien amüsiert und beobachtete Kilcannon mit der distanzierten Anerkennung eines Kriegers für einen anderen – umso mehr, wie der Mehrheitsführer vermutete, als Palmer über sein Bündnis mit Fasano nicht gerade glücklich war.

»Für Kerry«, bemerkte Palmer, »sind Anfeindungen die Würze

des Lebens.« Den Blick auf den Bildschirm gerichtet, lachte Weller leise.

»Unbegründete Zivilprozesse«, erklärte Kilcannon seinen Zuhörern, »dürfen nicht unterstützt werden. Aber die Anti-Anwalts-Rhetorik, mit der die Haftpflichtreform vorangetrieben werden soll, arbeitet zum Teil mit gezielter Desinformation. Um es ganz unverblümt zu sagen: Attacken gegen ›gierige Zivilprozessanwälte‹ sind für viele einfach reizvoller als das Engagement für einen zehnjährigen Jungen, der wegen eines schadhaften Reifens am ganzen Körper gelähmt ist und ein Leben lang an den Rollstuhl gefesselt sein wird …«

»Um es ganz unverblümt zu sagen«, wiederholte Fasano lächelnd. Trotzdem konnte er nur einmal mehr die tödliche Wirkung dieser Direktheit feststellen.

»Ich verstehe die Versuchung«, fuhr Kilcannon fort. »Viele Leute hassen alle Anwälte, abgesehen von dem, den sie selber brauchen. Das ist so ähnlich wie bei Politikern. Tatsächlich ist der Abscheu gegenüber diesen beiden Berufsständen groß, und mancher Kritiker stellt sogar die Behauptung auf, dass Politiker von Anwälten auf dem freien Markt gekauft werden.« Kilcannon legte eine kleine Kunstpause ein. »So wie dies gestern ein Redner bei dieser Tagung in Bezug auf mich getan hat.«

Fasano wusste, dass Paul Harshman gemeint war. Kilcannons Tonfall blieb unvermindert ironisch. »Sieben Mal hat dieser Redner in ein- und demselben wenig schmeichelhaften Satz meinen Namen und das Wort ›Zivilprozessanwälte‹ benutzt. Und kein einziges Mal ist das Wort ›Opfer‹ über seine Lippen gekommen. Aber Opfer sind die Konsequenz von schadhaften Reifen, explodierenden Benzintanks oder Flugzeugabstürzen.

Opfer werden nicht von Anwälten geschaffen. Doch diese Opfer brauchen allzu oft Anwälte. Weil gewöhnliche Menschen ohne rechtlichen Beistand allzu oft machtlos sind und keine Entschädigung erzwingen können von Organisationen, deren Achtlosigkeit oder Hartherzigkeit ihr Leben für immer ruiniert hat …«

»Billiger Populismus«, schnaubte Leo Weller. »Man könnte meinen, wir sind eine Nation von Opfern.«

Fasano sah ihn kurz an. »Sagen Sie so was lieber nicht in der

Öffentlichkeit, Leo. Zumindest nicht, solange Sie nicht von den ›gewöhnlichen Menschen‹ in Montana zum zweiten Mal gewählt worden sind.«

Das Publikum schien Kilcannon gebannt zuzuhören. »Kommen wir nun zu einigen anderen Fragen, die Senator Harshman nicht angesprochen hat. Immer wieder klagte er in seiner Rede darüber, dass die Kosten ›nutzloser Rechtsstreitigkeiten‹ auf die Verbraucher abgewälzt werden.

Aber ist ein Rechtsstreit wirklich nutzlos, wenn er unserem zehnjährigen an den Rollstuhl gefesselten Jungen die ständige Betreuung sichert, die er den Rest seines schweren Lebens brauchen wird?

Hat nicht ein ›nutzloser Rechtsstreit‹ die Autoindustrie dazu gezwungen, die Sicherheit von Autos zu verbessern?

Und weshalb ist das Verhalten von Anwälten klagender Parteien verwerflicher als das von Rechtsbeiständen der Tabak- und Asbest-Industrie, die zum großen Teil aus den reichsten Kanzleien Amerikas stammen und fünfhundert Dollar pro Stunde dafür einstreichen, dass sie Kläger bedrängen, die bald an Krebs oder an einem Lungenemphysem sterben werden?«

Palmer lachte leise. »Wo ist Paul?«, fragte er. »Seine Antwort würde mich brennend interessieren.«

»Senator Harshman«, fuhr Kilcannon fort, »hat immer wieder betont, dass Sie die normalen Bürger und Bürgerinnen dieses Landes repräsentieren. Viele von Ihnen führen kleine Unternehmen. Aber wer unterstützt Ihre Unternehmen und Läden? Zum größten Teil die gewöhnlichen Leute. Für mich kann kein Zweifel daran bestehen, dass wir alle im selben Boot sitzen.

Dies führt uns zu einer weiteren bitteren Wahrheit, die der Senator verschwiegen hat: dass die unüberlegte Verurteilung von Zivilprozessen häufig die Reichen und Mächtigen begünstigt – auf Kosten der Geschädigten und Machtlosen, zu denen vielleicht auch Ihre Verwandten und Freunde gehören.

Sein Zorn richtete sich vor allem gegen Sammelklagen. Ist es also seiner Meinung nach in Ordnung, wenn ein korruptes Unternehmen die Pensionen oder das Anlagevermögen gewöhnlicher Menschen vernichtet, die als Einzelne nicht mehr über die Mittel für eine Klage verfügen?

In scharfer Form attackierte er die Erfolgshonorare von Klägeranwälten. Möchte er vielleicht, dass sich gewöhnliche Menschen keinen Anwalt mehr nehmen können, wenn ihnen das nötige Kleingeld dafür fehlt, um der Phalanx von Anwälten entgegenzutreten, die ein Großunternehmen aufbietet, um die Kläger in die Knie zu zwingen?

Er beschwerte sich, dass manche Politiker finanzielle Unterstützung von Klägeranwälten annehmen. Will er damit andeuten, dass Politiker, die Spenden von Anwälten der Beklagten und ihren Konzernmandanten annehmen, über jegliche Kritik erhaben sind?«

Leo Wellers Augen hingen am Fernseher, und seine höhnische Munterkeit schien wie weggeblasen. Fasano erinnerte sich dunkel an ein politisches Problem in Montana – irgendetwas mit einem Bergwerk und Asbestose.

Auf dem Bildschirm hob Kilcannon herausfordernd den Kopf. »Meine politischen Gegner werden mir Klassenkampfrhetorik und hohlen Populismus vorhalten. Aber hinter *ihrer* gegen die Zivilprozessanwälte gerichteten Rhetorik verbirgt sich allzu häufig eine Verteidigung von Privilegien gegen die Rechte gewöhnlicher Amerikaner.« Der Präsident ließ den Blick über die Zuhörer wandern. »Viel zu oft schaffen sie es mit dieser oberflächlichen Anwaltsschelte, die Gesetzgebung im Sinne ihrer Gönner aus den Großkonzernen zu manipulieren und den gewöhnlichen Menschen, die von Großkonzernen geschädigt wurden, den Rechtsweg zu verbauen.

Wenn das in Ihren Ohren zu hart klingt, sollten Sie einmal darüber nachdenken, weshalb wir Gesetze haben, die Kinder vor Schokozigaretten und Defekten in Spielzeugwaffen schützen, während die Originale straffrei ausgehen ...«

»Das ist doch kein Geheimnis«, antwortete Palmer. »Die Leute, die die Originale herstellen, haben uns eben gekauft. Darum geht es bei der Reform der Wahlkampffinanzierung.« Leo Weller grummelte etwas Missbilligendes vor sich hin.

»In diesen Fällen«, ließ sich Kilcannon mit klarer Stimme vernehmen, »ist ein Rechtsstreit nicht nur der letzte Ausweg für gewöhnliche Menschen, sondern auch ihr einziger Schutz.«

Sein Ton wurde weicher und versöhnlicher. »Die Frage ist nicht, ob es skrupellose Anwälte gibt – es gibt sie.

Die Frage ist nicht, ob es unbegründete Klagen gibt – es gibt sie.

Die Frage ist nicht, ob Rechtsstreitigkeiten Ihre Unternehmen belasten – das tun sie.

Letztlich ist die Frage einfach, ob gewöhnliche Menschen, die geschädigt werden, vor Gericht ziehen dürfen.

Und genau diese zentrale Frage lassen Senator Harshman und Mehrheitsführer Fasano unbeantwortet.«

Palmers Beispiel folgend bemühte sich Fasano, seinen Gegner unvoreingenommen zu beurteilen wie ein Profi den anderen. Kilcannons Begabung für Polarisierung und geschliffene Rhetorik war nach Fasanos Überzeugung ein zweischneidiges Schwert, weil er sich damit laufend glühende Bewunderer und leidenschaftliche Kritiker schuf. Aber Kilcannon war ein Meister des nahtlosen Übergangs von Konfrontation zu Versöhnung und verfügte über eine Überzeugungskraft, die viele Zuhörer in seinen Bann schlug. Dazu kam eine weitere, nicht weniger beunruhigende Stärke. Im Gegensatz zu vielen Politikern, die im Fernsehen flach und eindimensional erschienen, wirkte Kilcannon auf dem Bildschirm genauso lebendig wie in der Realität. All dies trug dazu bei, dass Fasano der Fortsetzung von Kilcannons Rede mit großem Unbehagen entgegensah.

»Auch wenn Senator Harshman viele Punkte schweigend übergangen hat«, sagte der Präsident gelassen, »betrachte ich Ihre Sorgen mit Sympathie. Aber wir müssen einen Ausgleich finden. Aus diesem Grund habe ich in meiner Vorlage zur Haftpflichtreform eine Begrenzung der Anwaltshonorare und Schadenersatzzahlungen vorgeschlagen, da diese für Ihre Unternehmen ja katastrophale Auswirkungen haben können. Ihre Vertreter sprachen sich für diesen Kompromiss aus, aber Senator Fasano hat sich geweigert, ihn mitzutragen …«

»Wahrscheinlich«, bemerkte Palmer trocken, »wird er uns gleich erklären, warum.«

Fasano lächelte. »Bestimmt wird er mir gegenüber genauso höflich sein wie Paul gegenüber ihm.«

»Der Grund dafür ist ganz einfach«, fuhr Kilcannon fort. »Das

Kernstück der von Senator Fasano unterstützten Vorlage zur Zivilrechtsreform ist eine Klausel, die die Waffenhersteller von zivilrechtlicher Verfolgung freistellt.

Ich habe die Streichung dieses Passus gefordert. Die Wirtschaftsvertreter waren damit einverstanden. Senator Fasano lehnte ab. Sie sollten sich also vielleicht die Frage stellen, ob sich die Prioritäten der republikanischen Führung mit Ihren Prioritäten decken. Und dann könnten Sie sich vielleicht bei Senator Fasano erkundigen, warum die Wunschliste der Waffenlobby Vorrang erhält vor Ihren wesentlich allgemeineren Anliegen.«

»›Weil uns das Recht patriotischer Amerikaner auf Waffenbesitz heilig sein muss‹«, rezitierte Palmer an Fasanos Stelle.

»Es ist schon merkwürdig«, sagte Kilcannon mit einem Anflug von Amüsement. »Senator Fasano und seine Kollegen treten leidenschaftlich dafür ein, dass die Rechte und Zuständigkeiten der Einzelstaaten gestärkt werden. Gleichzeitig beantragen sie aber, dass die Gesetze aller fünfzig Staaten umgeschrieben werden, nur um in Zukunft jede Klage der Opfer von Waffengewalt oder ihrer Angehörigen gegen Waffenhersteller auszuschließen.« Kilcannon ließ den Blick durch die Halle schweifen und fügte in leisem, ironischem Tonfall hinzu: »Der Antrag geht sogar so weit, dass bereits eingereichte Klagen eingestellt werden sollen, und zwar unabhängig davon, wer der Kläger ist und welcher Staat zuständig.«

»Ich frage mich«, warf Fasano ein, »ob er da an einen bestimmten Kläger denkt.«

»Wahrscheinlich an denselben«, antwortete Palmer, »wie die SSA.«

»Viele von Ihnen sind vielleicht der Meinung, dass diese Opfer oder ihre Familien keinen Schadenersatz erhalten sollten. Schön. Wenn Sie nach bestehendem staatlichem Recht keinen Anspruch darauf haben, ist das in Ordnung. Aber die republikanische Führung sollte nicht die zahlreichen Interessen Ihrer Mitglieder opfern, nur um zu gewährleisten, dass die Angehörigen derer, die mit Schusswaffen getötet wurden, nie auch nur einen Cent erhalten …«

»Schon mal was von Lebensversicherung gehört?«, maulte Weller.

»Mein Gott, Leo«, stichelte Chad Palmer gutmütig, »hoffentlich sagen Sie so was nicht bei einer Wahlkampfveranstaltung. Sonst landet Ihr Gegner einen Erdrutschsieg, ohne dass er sein Wohnzimmer verlassen muss.«

»Die Menschen in Montana«, wehrte sich Leo, »mögen keine Waffenfeinde und Klägeranwälte. Und auch keine Ostküstenliberalen wie Ihren Kumpel Kilcannon.« Mit einer angewiderten Geste in Richtung Bildschirm verließ Weller den Raum.

»Ich werde mein Veto gegen dieses Gesetz einlegen«, schloss Kilcannon, »weil ich es nicht mit meinem Gewissen vereinbaren kann. Aber der Kompromiss, den ich angeboten habe, steht noch immer. Sagen Sie einfach Senator Fasano, dass er mich anrufen soll. Ich bin Tag und Nacht zu erreichen.«

»Noch an Bord?«, fragte Fasano spöttisch. »Oder sollen wir KFK zusammen anrufen?«

Palmer steckte die Hände in die Taschen. »Wir sind nicht käuflich wie Leo. Wir haben uns gegenseitig ein Versprechen gegeben, und daran werden wir uns auch halten.«

Nach seinem Treffen mit Cassie Rollins schaltete Dane CNN ein, um sich während der Erledigung der Post über die neuesten Entwicklungen zu informieren.

Von Atlantic City aus war Kilcannon in seine Geburtsstadt Newark weitergereist. Eine Livesendung zeigte den Präsidenten und die First Lady beim Besuch einer Grundschule in Vailsburg, dem Viertel, aus dem Kilcannon stammte. Sie waren in Begleitung des demokratischen Senators James Torchio von New Jersey, der sich als Wackelkandidat in der Frage der Haftpflichtreform etwas unbehaglich zu fühlen schien. Als sie in einem Kreis mit schwarzen, weißen und hispanoamerikanischen Kindern zusammensaßen, schilderte ein ungefähr siebenjähriger Junge, wie seine Schwester von einem Spielkameraden mit einer geladenen Waffe getötet worden war.

Zuletzt sprach der Junge Lara an. »Ihre Schwester wurde auch erschossen. Es war im Fernsehen – das Blut und alles.«

Die First Lady wirkte sichtlich erschüttert. Der Junge schien verlegen und unsicher, ob er etwas Falsches gesagt hatte. Lara stand auf und nahm ihn in den Arm. »Dann weißt du, wie ich mich fühle«, erklärte sie sanft, »und ich weiß, wie du dich fühlst.«

Dane drückte auf die Fernbedienung, und der Bildschirm wurde dunkel.

## 4

Sarah konnte es immer noch nicht recht glauben, dass der Präsident der Vereinigten Staaten persönlich an einem Konferenztisch im Washingtoner Büro von Nolans Kanzlei Platz genommen hatte.

Neben Kilcannon saß sein Rechtsbeistand, Professor Avram Gold von der Harvard Law School. Von Lara Kilcannon hatte Sarah erfahren, dass der Präsident Nolans Forderung nach einer Vernehmung nachkommen würde. Sein Erscheinen sollte einen deutlichen Unterschied zur Haltung der Firma Lexington aufzeigen, die eine Befragung von George Callister nach wie vor verweigerte.

John Nolans kaum gezügelte Aggressivität war fast mit Händen zu greifen. Aus ihrer Zeit in Nolans Kanzlei wusste Sarah, dass er Kilcannon mit dem gleichen abgrundtiefen, irrationalen Hass betrachtete wie der gesamte rechte Flügel der Republikaner. Fasziniert von diesem historischen und emotionsgeladenen Anlass saßen die anderen Beteiligten um den Konferenztisch: Lenihan und Sarah, Harrison Fancher und sein Sozius sowie Nolans Hauptassistent. Um das Ereignis festzuhalten und um sicherzugehen, dass jede Ungehaltenheit oder Verlegenheit des Präsidenten auf Film gebannt wurde, hatte Nolan bei seinem ideologischen Gesinnungsgenossen Gardner Bond die Anordnung erwirkt, die Vernehmung auf Video aufzuzeichnen. Aus einer Ecke hielt ein Kameramann sein Objektiv direkt auf Kilcannon gerichtet.

Als der Präsident mit raschen Schritten den Raum betrat, hatte er etwas Charismatisches ausgestrahlt und die Anwesenden mit einer Ungerührtheit betrachtet, hinter der sich nach Sarahs Vermutung der Widerwille gegen seine Vorladung und die Abneigung gegen die Vertreter von Lexington und der SSA verbargen. Aber da für ihn sehr viel auf dem Spiel stand, hatte er sich bestimmt sorgfältig mit den Streitfragen vertraut gemacht, um auf Nolans Angriff gefasst zu sein. Als ihr der Präsident gegenübertrat, spürte Sarah eine Welle von Energie und Wachsamkeit. Er blieb stehen, um ihr direkt in die Augen zu sehen und sie mit einem herzlichen Lächeln anzusprechen. »Ich habe Sie im Fall Tierney gesehen. Wenn Sie nicht schon engagiert wären, würde Ihnen mein Freund Professor Gold den Mantel halten. Nach Lage der Dinge werde ich Ihre Dienste wohl erst im Verfahren zur Amtsenthebung in Anspruch nehmen.«

Nach dieser Bemerkung – mit ihrer ironischen Anspielung auf das fanatische Bestreben der politischen Rechten, ihn loszuwerden – legte sich Sarahs Nervosität. Aufwühlend dagegen war, dass sie sich als Frau einen kurzen, intensiven Moment lang von Kerry Kilcannon angezogen fühlte. Um ihre Verwirrung zu überspielen, lächelte sie ihm ihrerseits zu. »Vielen Dank, Mr. President. Wenn ich Tipps für Sie habe, werde ich sie an Ihren Interimsanwalt weitergeben.«

Aber es wurde schnell klar, dass der Präsident – zumindest im Anfangsstadium der Vernehmung – keine Hilfe brauchte. Ohne die Kamera zu beachten, gab er kurz und ruhig Antwort auf die Fragen, mit denen ihn Nolan in das juristische und psychologische Minenfeld der Ereignisse vor den Morden führte.

»Sie waren sich doch dessen bewusst, dass sich Joan Bowden auf Ihren Rat verließ, um richtig auf die Misshandlungen ihres Mannes reagieren zu können?«

Kilcannon nickte. »Sehr bewusst.«

»Und haben Sie ihr geraten, das Haus zu verlassen?«

»Ja.«

Nolan betrachtete den Präsidenten mit einem nachdenklichen Blick. »Würden Sie als ehemaliger Staatsanwalt mit Spezialisierung auf häusliche Gewalt der Feststellung zustimmen, dass die Lebensgefahr für eine misshandelte Ehefrau unmittelbar nach Abbruch der Beziehung am größten ist?«

Kilcannon kniff leicht die Augen zusammen. »Nicht unbedingt, Mr. Nolan. Die Lebensgefahr könnte auch dann am größten sein, wenn sie der Mann zu Tode prügelt, bevor sie sich zur Trennung entschließt.«

Die Antwort brachte Nolan ins Stocken. »Aber aus Ihrer eigenen Erfahrung wussten Sie doch, dass prügelnde Ehemänner auf den Kontrollverlust oft mit einer Steigerung der Gewalt bis hin zum Mord reagieren.«

»Oft? Dieser Meinung bin ich überhaupt nicht. Auch wenn es natürlich so kommen kann.«

Nolan beugte sich ein wenig vor. »Hat nicht Ihr erster Fall als Ankläger damit geendet, dass die misshandelte Frau von ihrem aufgebrachten Mann ermordet wurde?«

Kilcannon legte die Hände zusammen. »Ich denke, das ist eine öffentlich bekannte Tatsache.«

»Haben Sie das auch Joan gegenüber erwähnt?«

Der Präsident zögerte, ehe er leise antwortete: »Nein, ich glaube nicht.«

»Hatten Sie Angst, dass sie ihren Mann nicht verlassen würde?«

Ohne das geringste Anzeichen von Unwillen dachte der Präsident nach. »Ihr Mann hatte sie jahrelang geschlagen, und das wirkte sich bereits auf ihre sechsjährige Tochter aus. An dem Abend vor der Trennung hielt ihr Bowden eine Pistole an den Kopf und drohte ihr, sie zu töten. Sie brauchte meinen Rat nicht, um zu erkennen, dass sie in Gefahr war. Diese Tatsache war ihr so nah wie die Pistole ihrer Schläfe. Für Joan – und Marie – kam es darauf an, sich von Bowden zu lösen, bevor es zu spät war.«

»Aber Ihnen musste doch aus eigener leidvoller Erfahrung klar sein, dass eine Trennung John Bowden unter Umständen noch mehr erzürnen und vielleicht sogar bis zum Mord treiben würde.«

»Ja, das war mir klar.«

»Aber Sie hielten es nicht für angebracht, sie zu warnen.«

Neben Sarah flüsterte Lenihan: »Das ist unglaublich.«

»Eher schon widerwärtig«, flüsterte sie zurück. Nie hatte sie John Nolan so sehr verachtet, sowohl wegen seiner Fragen als auch wegen der absoluten Rücksichtslosigkeit, mit der er sie stellte.

Aber Kilcannon ließ sich nichts anmerken und antwortete in ruhigem Ton: »Joan und Marie lebten unter entsetzlichen Bedingungen. Ich hielt es nicht für ›angebracht‹, sie durch Angst zum Bleiben zu bewegen.«

Nolan sah ihn fragend an. »Sie dachten also, dass Sie das Risiko auf sich nehmen konnten?«

Kilcannon musterte ihn forschend und blieb auffallend lange stumm, bevor er antwortete: »Ich glaube nicht, Mr. Nolan, dass ich ein Risiko einging. Wenn ich ein Risiko hätte eingehen müssen, um Marie und Joanie zu helfen, hätte ich es gern getan. Oder habe ich Ihre Frage falsch verstanden?«

Sarah hatte das Gefühl, dass Kilcannons Ruhe die Spannung im Raum noch weiter steigerte. Die anderen Anwesenden schienen genauso atemlos wie sie.

»Trifft es nicht zu, Mr. President, dass Bowdens Drohungen eskalierten, nachdem sie auf *Ihren* Rat hin zur Polizei gegangen war?«

»Ja, das war vorhersehbar. Ich konnte nichts dagegen tun.«

»Und was *haben* Sie getan?«

Der Präsident atmete ein, wie ein geduldiger Mann, dessen Geduld auf eine harte Probe gestellt wird. »Ich rief den Bezirksstaatsanwalt an, ließ Bowden die Waffen abnehmen und veranlasste ein Hausverbot. Als er seine Frau und sein Kind weiter bedrohte, sorgte ich dafür, dass die Polizei seine Wohnung noch einmal durchsuchte, und beauftragte einen privaten Sicherheitsdienst zur Bewachung von Joan und Marie.« Der Präsident hielt kurz inne. »Das alles führte schließlich sogar zu einer Anfrage des *San Francisco Chronicle* bei der Sprecherin des Weißen Hauses. Man wollte wissen, ob ich ›besonderen Einfluss‹ ausübe, um sie zu schützen.«

»Und deshalb haben Sie und die First Lady beschlossen, Bowden auf ABC als prügelnden Ehemann bloßzustellen?«

»Beschlossen?« Kilcannon sah Nolan mit leichter Verachtung an. »Wahrscheinlich kann ich nicht erwarten, dass Sie das verstehen, Mr. Nolan. Aber im Umgang mit den Medien ist der Entscheidungsspielraum eines Präsidenten häufig begrenzt. Es war nur noch eine Frage der Zeit, bis der *Chronicle* die Geschichte breittreten würde. Deshalb fanden wir es besser, die Sache hinter uns zu bringen.«

»Wessen Interesse diente diese Entscheidung?«

Der Präsident starrte ihn an. »Joans Interesse. Wenn wir die Geschichte nicht publik gemacht hätten, wäre sie tagelang von den Medien gejagt worden. Und Bowden auch.«

Nolan setzte eine zweifelnde Miene auf. »Bei allem Respekt, Mr. President, kam es Ihnen nicht vor allem darauf an, Ihre Rolle in dieser Angelegenheit in einem günstigen Licht erscheinen zu lassen?«

Ein leichtes Lächeln konnte über die aufblitzende Härte in Kilcannons blauen Augen nicht hinwegtäuschen. »Bei allem Respekt, Mr. Nolan, diese Frage verdient nicht einmal Verachtung.«

Nolan lehnte sich zurück. Nach einer Weile sagte er: »Ungeachtet Ihrer Gefühle darf ich Sie bitten, die Frage zu beantworten.«

Kilcannon lächelte noch immer. »Was genau an meiner vorigen Antwort haben Sie nicht verstanden?«

Lenihan stieß ein kurzes, hämisches Lachen aus. Nolan erstarrte, würdigte den Anwalt der gegnerischen Seite aber keines Blickes. Avram Gold, der offensichtlich angewiesen war, nicht einzugreifen, zog die Augenbraue hoch, wie um Nolan zu fragen, was er denn erwartet hatte. Dann konnte er es sich nicht verkneifen nachzuhaken: »Möchten Sie, dass der Protokollführer die Antwort noch einmal vorliest?«

Finster blickte Nolan auf die Uhr, um zu signalisieren, dass jede Unklarheit von Kilcannons Aussage dessen eigene Schuld war. Schließlich verzichtete er auf die Frage.

»Mr. President, hatten Sie nicht bedacht, dass Sie Mr. Bowden mit diesem Interview zu einem Gewaltausbruch anstacheln könnten?«

»Zu einem Gewaltausbruch mit tödlichen Folgen? Woher sollte ich das wissen? Ich war sicher, dass es ihn aufbringen und demütigen würde, aber auch nicht mehr als eine Geschichte in einer Zeitung seiner Stadt mit einer Auflage von einer Million, eine Geschichte, die alle nationalen und lokalen Medien in Amerika aufgegriffen hätten…«

»Haben Sie vor diesem Hintergrund zusätzliche Maßnahmen zum Schutz von Joan und Marie ergriffen?«

»Sie waren zu diesem Zeitpunkt bei uns, unter dem Schutz des Geheimdienstes. Darüber hinaus habe ich den privaten Sicherheitsdienst, den wir zum Schutz von Joans Haus beauftragt hatten, angewiesen, sie am Flughafen abzuholen.« Der Präsident zögerte, und Trauer trat in seine Stimme. »Was ich nicht bedacht hatte, war, dass die Anzeige Ihrer Mandantin Bowden zum Besuch einer Waffenmesse in Las Vegas veranlassen würde, wo ein wegen Misshandlung seiner Ehefrau Verurteilter eine Lexington P-2 und Adlerklauengeschosse erwerben konnte. Und dass auch Laras Mutter in Gefahr war.«

Kilcannons Antwort ließ Nolan verstummen. Einen Augenblick lang schien er unentschlossen, wie er weitermachen sollte. Dann zog er aus einer Mappe eine Kopie, auf der Sarah sofort John Bowdens fahriges Gekrakel erkannte.

Bestürzt hörte sie, dass Nolan den Protokollführer aufforderte, das Papier als »Kilcannon, Beweisstück 1« zu vermerken. Dann legte er es dem Präsidenten vor. »Können Sie dieses Dokument identifizieren?«

Als Kilcannon auf das Papier blickte, erbleichte er. »Es ist ein Brief von John Bowden. Der Inhalt spricht für sich selbst.«

»Insofern, als John Bowden Sie für die Morde verantwortlich macht, die er vorhat?«

»Ja.«

»Würden Sie ihn angesichts dieses Briefes heute immer noch vor einem Publikum von ungefähr vierzig Millionen Leuten bloßstellen?«

Der Präsident atmete tief durch, ohne den Blick von den verhängnisvollen Worten zu nehmen. »Alles, was ich getan habe«, antwortete er leise, »stelle ich täglich in Frage. Daran wird sich mein ganzes Leben lang nichts ändern. Dennoch bin ich der festen Überzeugung, dass ich alles zum Schutz von Laras Familie getan habe, was in meinen Kräften stand. Unter anderem ließ ich John Bowden entwaffnen.« Nach einem Moment des Schweigens blickte der Präsident auf. »Aber es gab keine Möglichkeit, Mr. Nolan, sie vollkommen vor Ihrer Mandantin zu schützen.«

Nolan wirkte zunächst betroffen, fragte aber dann mit unverhohlenem Zorn: »Trifft es nicht zu, Mr. President, dass Sie Lexington Arms verantwortlich machen wollen für *Ihre* Entscheidung, einen Mann zu provozieren, dessen Hang zur Gewalttätigkeit Ihnen bekannt war?« Die sarkastische Betonung der Worte

»Mr. President« ließ keinen Zweifel daran, dass Kerry Kilcannon dieses Amt nach Nolans Auffassung nicht verdient hatte.

»Nein«, antwortete Kilcannon kalt, aber gelassen. »Ich mache die Firma Lexington für *ihre* Entscheidung verantwortlich, mörderische Waffen an Kriminelle und prügelnde Ehemänner zu vermarkten. Ich mache die Firma Lexington dafür verantwortlich, dass sie – selbst nach dem tragischen Tod von Laras Mutter, Schwester und Nichte und von drei Angehörigen anderer Familien – keinen Finger gerührt hat, um weitere Morde zu verhindern. Die Firma Lexington hat nichts anderes unternommen, als Sie damit zu beauftragen, *ihre* Schuld auf die verbliebenen Mitglieder einer trauernden Familie abzuwälzen.

Aus diesem Grund haben Sie mich hierher zitiert – obwohl auch Sie gelegentlich zur Kenntnis zu nehmen scheinen, dass ich der Präsident der USA und als solcher genug beschäftigt bin. Vielleicht sogar noch mehr als der Vorstandschef von Lexington Arms. Trotzdem bin ich gekommen, um Ihre Fragen zu beantworten. Wo aber bleibt Mr. Callister, wenn ich mir die Frage erlauben darf?

Ich habe nichts von ihm gehört. Er scheint sich in Luft aufgelöst zu haben. Professor Gold hat mir mitgeteilt, dass Sie sich weigern, ihn vernehmen zu lassen. Wovor haben Sie Angst, Mr. Nolan? Dass ihm das Ambiente hier nicht behagt? Bitte bestellen Sie ihm von mir, dass man ihn mit Respekt behandeln wird.«

Tiefe Befriedigung stieg in Sarah auf. Der Präsident hatte sich nicht nur revanchiert, sondern auch gezielt den Unterschied zwischen seiner Aussagebereitschaft und dem Fernbleiben Callisters hervorgehoben. Sie an John Nolans Stelle hätte das Videoband verbrannt, bevor es jemand sehen konnte.

Nolan schienen ähnliche Gedanken zu beschäftigen. Er starrte den Präsidenten an und gab den letzten Anschein von Höflichkeit auf. »Trifft es nicht zu«, fragte er in tyrannischem Ton, »dass sich Mr. Callister geweigert hat, Ihrer Forderung nach einer Veränderung des Marketingansatzes von Lexington nachzukommen?«

»Nein, das trifft nicht zu«, antwortete Kilcannon ruhig. »Aber er hat eine entsprechende Bitte von mir abgelehnt. Sowohl vor als auch nach den Morden.«

»Und es trifft doch ebenfalls zu, dass Sie die SSA dafür verantwortlich machen, dass der Kongress nicht die Gesetze verabschiedet, die *Ihrer* Meinung nach existieren sollten?«

»In gewissem Umfang ja. Ich mache aber auch mich selbst dafür verantwortlich, dass diese Gesetze nicht verabschiedet werden. Ich bin bestrebt, das auszubügeln.«

»Ist nicht auch dieser Prozess Teil dieser Bestrebungen?«

»Wessen Bestrebungen? Ich bin keine Prozesspartei. Und wenn irgendetwas ein schlechtes Licht auf Ihre Mandantin wirft, dann sind das die Fakten, die Sie offensichtlich unterdrücken wollen...«

»Führt Mary Costello diesen Prozess nicht auf Ihre Anweisung hin?«, blaffte Nolan.

»Mary hat nie mit mir über ihre Klage gesprochen.«

Nolan zog eine ungläubige Grimasse. »Haben Sie mit Ms. Dash darüber gesprochen?«

Der Präsident blickte kurz in Sarahs Richtung. »Ich bewundere Ms. Dashs Arbeit. Doch ich habe vor dem heutigen Tag noch nie mit ihr geredet.«

»Aber Mr. Lenihan kennen Sie. Schon seit längerer Zeit.«

»Das ist richtig.«

»Und er ist Ihr wichtigster Anhänger und Geldgeber.«

»Ich bin immer bemüht, dass es einen gewissen Wettbewerb in dieser Frage gibt. Aber er hat uns tatsächlich großzügig unterstützt.«

»Und haben Sie mit Mr. Lenihan über diesen Prozess gesprochen?«

»Ein Mal. Kurz nach den Morden fragte er bei mir an, ob Mary vielleicht einen Rechtsbeistand brauchte. Ich antwortete, dass ich mir für diesen Fall keinen besseren als ihn vorstellen konnte. Mehr wurde nicht gesagt. Später erfuhr ich, dass Mary Mr. Lenihan als Anwalt verpflichtet hatte.«

»Wissen Sie, wie es zur Verpflichtung von Ms. Dash kam?«

Der Präsident zuckte die Achseln. »Vielleicht hat ihr das Lara vorgeschlagen. Was hat Mary gesagt?«

Frustriert startete Nolan eine neue Attacke. »Haben Sie mit der First Lady über die Verpflichtung von Ms. Dash gesprochen?«

Der Präsident setzte sich gerade auf und sah Nolan direkt in die Augen. »Lara ist meine Frau, Mr. Nolan. Drei ihrer engsten Verwandten sind ermordet worden. Sie können also mit Sicherheit davon ausgehen, dass uns dieses Thema von Zeit zu Zeit beschäftigt – und gelegentlich sogar Marys Klage. Womöglich reden wir sogar beim Abendessen über diese Vernehmung hier. Aber das geht Sie nichts an.«

»Verweigern Sie die Antwort?«

Avram Gold setzte zum Sprechen an. Der Präsident legte ihm sanft die Hand auf den Arm. »Lara und ich sind zwar Personen des öffentlichen Lebens, aber wir haben den gleichen Anspruch auf eine Privatsphäre wie jedes andere Paar …«

Nolan schnitt ihm das Wort ab. »Steuern Sie diesen Prozess durch Mrs. Kilcannon?«

»Steuern? Nein. Ich denke, das ist Sache der Anwälte.«

»Dann können Sie hier ein klärendes Wort sprechen, Mr. President. Sagen Sie einfach, ob Sie über Ihre Frau Anweisungen an Mary Costello und ihre Anwälte erteilen …«

»Gleich folgen weitere Anweisungen«, unterbrach ihn Avram Gold, »und zwar von mir. Mit Ihrer letzten Frage wollen Sie den Präsidenten dazu bewegen, jetzt und in Zukunft auf das eheliche Aussageverweigerungsrecht zu verzichten. Ich weise den Präsidenten an, keine Fragen zu beantworten, die auf seine Privatgespräche mit der First Lady zielen. Das ist nicht nur Gesetz, sondern auch eine Frage des Anstands. Ich finde es beschämend, Mr. Nolan, Sie daran erinnern zu müssen.«

»Weigern Sie sich«, fragte Nolan Kilcannon in herrischem Ton, »meine Frage zu beantworten?«

»Ja.« Wieder erschien ein leises Lächeln auf den Lippen des Präsidenten. »Aus Respekt vor Professor Gold. Und natürlich vor meiner Frau.«

Nolan richtete sich auf. »Ich darf Sie darauf hinweisen, Sir, dass wir unter diesen Umständen vielleicht die Wiederaufnahme Ihrer Vernehmung beantragen müssen. Und dass dies die Eröffnung der Hauptverhandlung verzögern könnte.«

»Wir sind beide Juristen«, antwortete der Präsident. »Also wissen wir beide, dass dieser Antrag unbegründet wäre – nichts weiter als *Ihr* Versuch, das Verfahren zu verschleppen. So viel ich weiß, ist es Ihnen gelungen, das Offenlegungsverfahren unter strenger

Geheimhaltung durchführen zu lassen. Jetzt verstehe ich auch warum. Den Antrag, mit dem Sie mir drohen, müssten Sie jedoch vor Gericht stellen. Sie müssten vor den Augen der Presse und Öffentlichkeit darlegen, warum die Firma Lexington das Recht beansprucht, sich noch mehr in unser Leben einzumischen, als dies ohnehin schon geschehen ist. Ich würde die Gelegenheit zu einer angemessenen Antwort begrüßen. Und Lara auch, denke ich.«

Nolan schien sprachlos. Sarah war sich sicher, dass er keinen derartigen Antrag stellen würde. »Sind Sie fertig, John?«, erkundigte sich Lenihan mit träger Stimme. »Wir haben schließlich auch noch etwas anderes zu tun.«

In dieser Nacht ging Kerry ins Oval Office, während Lara schlief.

In der obersten Schublade seines Schreibtischs hatte er eine Akte mit handschriftlichen Notizen aufbewahrt – über Gespräche mit Joan, die Telefonnummer des Bezirksstaatsanwalts und des Sicherheitsdienstes. Das letzte Dokument war seine Kopie von John Bowdens Brief.

Seit Wochen hatte er nicht gewagt, ihn anzuschauen. Jetzt musste er ihn immer wieder lesen. Das Einzige, was ihn von den geschriebenen Worten ablenkte, war seine unauslöschliche Erinnerung an die Morde.

## 5

Als Kerry am nächsten Morgen wieder ins Oval Office trat, hatte er eine Ausgabe der SSA-Zeitschrift *Defender* dabei.

Das Titelblatt zeigte eine Karikatur von Präsident Kerry Kilcannon, der in weißem Frack und Fliege Champagner schlürfte. Darunter stand in großen Buchstaben: »War dieser Mann schon jemals auf einer Waffenmesse?« Der dazugehörige Artikel pries Waffenmessen als einen Ort, an dem »amerikanische Familien die Sporttraditionen genießen können, die aus unserem Leben nicht wegzudenken sind«. Kerry schlug eine mit einer Klammer markierte Seite auf, die einen Veranstaltungskalender enthielt.

Eine Waffenmesse in Las Vegas war rot unterstrichen. Er legte die Zeitschrift neben eine getippte Reiseroute für die nächsten zwei Tage, in deren Zentrum eine Rede in San Francisco stand. Dann griff er nach dem Telefon und rief Kit Pace an. »Im morgigen Zeitplan gibt es eine Änderung«, teilte er ihr mit.

Bernadette Fasanos Geburtstermin sollte in einer Woche sein, und ihr Mann – der Handys hasste, aber unbedingt bei der Geburt ihrer Kinder dabei sein wollte – hatte sich vor dem Verlassen des Hauses ein Mobiltelefon in die Tasche gesteckt. Dort war es auch noch, als er mittags im Konferenzraum der SSA mit Charles Dane ein Sandwich aß.

Dane drückte auf den Startschalter eines Videorecorders. »Hier können Sie wieder einmal sehen«, sagte er mit der volltönenden Stimme eines Fernsehreporters, »welche wertvollen Dienste die Zivilprozessanwälte dem amerikanischen Volk unentgeltlich erweisen.«

Auf dem Bildschirm erschienen Fotos von Henry Serrano, David Walsh und Laura Blanchard, den drei Zufallsopfern bei den Morden an den Costellos. Darunter lief der Text der Lexington-Anzeige aus der SSA-Zeitschrift. Die Gesichter wurden ausgeblendet, und eine ruhige Stimme fragte: »Wer ist hier eigentlich ›vom Aussterben bedroht‹?«

»Stammt das von Lenihans Verband?«, fragte Fasano.

»Klar. Sie bringen die Sendungen in führenden Fernsehanstalten. Wir stellen gerade ihre größten Hits zusammen.«

Im nächsten Spot hielt Felice Serrano ein Foto, das ihren ermordeten Mann bei einem Brettspiel mit seinen Kindern zeigte. »Ich bete darum, dass sich alle Kongressabgeordneten an George erinnern, bevor sie gegen Waffensicherheit stimmen…«

»Einfach schamlos«, ereiferte sich Dane. »Sie bewegt doch nur die Lippen, aber in Wirklichkeit ist es Robert Lenihan, der vor Geschworenen in San Francisco redet.«

Auf Felice folgten die Gesichter von Kindern unter zehn Jahren, unter denen neben der Altersangabe stand: »Von Klassenkameraden getötet.« »Dies«, erklärte eine Stimme aus dem Off, »sind einige der achtzig Kinder, die jede Woche mit Schusswaffen getötet werden. Aber Senator Fasano meint, dass Sicherheitssperren, die *ihr* Leben retten würden, *unsere* Freiheit bedrohen. Was ist wichtiger, als die Freiheit aufzuwachsen?«

Trotz seiner in langen Jahren erworbenen Dickfelligkeit merkte Fasano, dass er innerlich in die Defensive ging. Als Dane überflüssigerweise bemerkte: »Sie werden zum Sündenbock gemacht«, hätte er am liebsten erwidert: »Und Sie haben mir die Zielscheibe auf die Stirn gemalt.«

Doch schon erschienen die nächsten Bilder, die einen früheren Pressesprecher und seine Frau zeigten. Beide waren nach einem Anschlag, bei dem der Mann eine Gehirnverletzung erlitten hatte, zu Aktivisten für Waffensicherheit geworden. In stockender, aber deutlich verständlicher Sprache sagte er: »Ich bin für Jagd und Sportschießen. Aber ich will, dass unser Land sicherer wird.« Nickend blickte seine Frau in die Kamera und fügte hinzu: »Deshalb hat es uns so sehr gekränkt, als Senator Paul Harshman bei der Tagung der SSA behauptet hat, dass mein Mann ›nach Kerry Kilcannon der größte Feind‹ amerikanischer Waffenbesitzer sei.«

»Tun Sie mir einen Gefallen«, sagte Fasano, »bitte laden Sie Paul nicht mehr als Redner ein. Das ist, als würde man einem Pyromanen Benzin und Streichhölzer geben...«

Ein metallisches Piepen unterbrach ihn – sein Handy. »Bernadette«, murmelte er. Dane drückte auf die Stopptaste, und Fasano wandte sich ab. »Liebling?«, antwortete er leise.

»Tut mir Leid«, sagte Bernadette matt, aber immer noch humorvoll, »doch soweit ich das beurteilen kann, geht unser nächstes Produkt bald online.«

Trotz seiner Besorgtheit musste Fasano lächeln. Beim sechsten Kind in neun Jahren war Bernadette sicherlich als Expertin zu bezeichnen. »Wird er oder sie sich noch Zeit lassen, bis ich da bin?«

»Ich werde es ›ihr‹ sagen.« Bernadette hoffte auf eine Tochter. »Aber diesmal muss dein ›Bald‹ mehr sein als nur ein ehrgeiziges Versprechen.«

»Versprochen.« Fasano unterbrach die Verbindung.

»Ein neuer Fasano ante portas?«, erkdundigte sich Dane liebenswürdig.

»Da täuscht sich meine Frau nie. Ich muss los.«

Dane nickte in Richtung Bildschirm. »Schade, Sie verpassen das Beste – einen Dolchstoß in Leo Wellers Rücken.«

Fasano griff nach seiner Aktentasche. »Ich frage mich, warum mich das nicht überrascht. Aber ich fürchte, das muss warten.«

»Machen Sie sich keine Sorgen«, sagte Dane. »Wir werden auf diesen Müll reagieren. Wir haben versprochen, dass wir Sie und Ihre Leute schützen, und das tun wir auch – wir werden richtig Gas geben.«

Fasano wusste, dass Dane Dankbarkeit von ihm erwartete. Aber er steuerte nur mit einem Nicken auf die Glastür zu.

»Viel Glück«, wünschte ihm Dane, »Sie wissen wohl noch nicht, ob es ein Junge oder ein Mädchen wird?«

»Wir fragen nie.« Fasano blieb kurz in der Tür stehen. »In meinem Geschäft freut man sich auf die wenigen Überraschungen, die angenehm sind.«

Einen Tag später überraschte Kit Pace die mitgereisten Medienvertreter nach der Mittagsrede des Präsidenten im Commonwealth Club in San Francisco, bei der es um die gesamtgesellschaftliche Verantwortung von Unternehmen ging, mit der Ankündigung eines ungeplanten dreistündigen Abstechers nach Las Vegas. Sie erkärte, es handle sich um einen »privaten Ausflug«. Auf wiederholte Rückfragen hin ließ sie durchblicken, dass Kerry mit nicht näher bezeichneten Anhängern zusammentreffen würde. »Ich glaube nicht, dass er an einarmigen Banditen spielen wird«, bemerkte sie, »und falls doch, werden ihn die Journalisten bestimmt dabei erwischen.« Für das stets wachsame Pressekorps des Weißen Hauses waren diese Andeutungen ein sicherer Hinweis darauf, dass etwas Überraschendes bevorstand. Und genau auf diese Reaktion hatte Kerry gehofft.

Auf dem Flug nach San Francisco rief Kerry den Mehrheitsführer an, um ihm zur Geburt seines fünften Sohnes zu gratulieren. »Wissen Sie schon, wie er heißen soll?«, fragte er.

»Francis Xavier Fasano junior.« Kerry hörte das Lächeln in Fasanos Stimme. »Nach fünf Jungen ist Bernadettes Wille gebrochen, und ihr sind keine Namen mehr eingefallen. Deswegen konnte ich ›Frank junior‹ einschmuggeln.«

Für die Medien und die Menschen in Fasanos Heimatstaat war das sicher eine nette Anekdote, die allerdings für Kerrys geübtes Ohr ein wenig einstudiert klang. Aber trotz allem waren Vaterfreude und Stolz deutlich herauszuhören, selbst in einem Pflichtgespräch mit einem Gegner, den Fasano nicht leiden konnte. Kurz wehte Kerry ein Gefühl von Neid und Bedauern darüber an, dass es in seinem Leben keine Kinder gab. Dann musste er voller Trauer an Marie denken. »Lara hat einen Willen aus Stahl«, sagte er. »Wir werden es bestimmt nicht auf sechs bringen. Es ist also zweifelhaft, ob die Welt je einen Kerry junior erleben wird.«

»Für einige von uns«, bemerkte Fasano trocken, »ist Kerry senior schon mehr als genug.« Doch ansonsten blieben politische Themen unberührt. Kerry verschwieg seine familiären Sorgen und vor allem den Hauptgrund für seine heutigen Ängste: Laras Vernehmung. Als er auflegte, fragte er sich, wie es Lara erging.

Um auf andere Gedanken zu kommen, ging er mit Kit in seine Kabine, um die Fernsehspots von Lenihans Trial Lawyers for Justice anzuschauen.

Sein Favorit von den ersten fünf zeigte einen pensionierten General, einen Vietnamveteranen, der Jagdkleidung trug und eine P-2 in der Hand hielt. »Als ich in Vietnam war«, erklärte er stramm, »habe ich so eine Waffe gebraucht. Aber für die Hirschjagd brauche ich sie ganz bestimmt nicht. So eine Waffe taugt nur für die Jagd auf Menschen …«

»Die keine Chance haben«, ergänzte Kerry leise. »Wir müssen die Jäger von den Verrückten trennen. Dieser Spot ist gut.«

»Ja, nicht schlecht«, stimmte ihm Kit zu, »aber sehen Sie sich mal den nächsten an.«

Der Kriegsheld verschwand, und an seiner Stelle erschien eine malerische Stadt im Westen. »Das ist Libby in Montana«, begann der Kommentator. »Die Menschen in dieser Stadt müssen schwer arbeiten, und sie erwarten nicht mehr, als einigermaßen über die Runden zu kommen. Aber jetzt sterben viele dieser Menschen an Asbestose, und ihre Verwandten stehen vor einem fast aussichtslosen Kampf gegen Asbest-Unternehmen, die mit riesigen Spenden, irreführenden Anzeigen und hoch bezahlten Lobbyisten unsere gewählten Vertreter in Washington dazu bewegen wollen, sie vor allen rechtlichen Folgen zu schützen …«

»Lenihan hat nicht lange gebraucht«, sagte Kerry.

An die Stelle der idyllischen Landschaft traten düstere Gesichter. Eine sanfte, grauhaarige Frau erklärte: »Sie haben meinen Mann umgebracht, und jetzt sterben auch noch meine vier Jungen.« Dann kam ein Mann mit traurigen Augen und hohlen Wangen zu Wort. »Sie haben uns angelogen. Wir wussten, dass das Zeug staubig ist, aber wir wussten nicht, dass es tödlich ist.«

Für Kerry strahlten die Berichte dieser Betroffenen eine authentische Kraft aus, an die auch die kunstvollste Darstellung nicht heranreichen konnte. »Drei Mitglieder meiner Familie sind gestorben«, sagte eine junge Frau in die Kamera. »Mein Bruder Hank, mein Onkel Lee und mein Cousin Alex. Wenn *wir* so etwas machen würden, würde man uns garantiert zur Rechenschaft ziehen …«

»Aber nicht«, warf Kit ein, »wenn du Leo Weller mit hunderttausend Dollar geschmiert hast.«

Wie auf Kommando erschien Wellers Gesicht. »Und jetzt macht sich Senator Leo Weller«, fuhr die Stimme der jungen Frau fort, »für ein Gesetz stark, das uns verwehrt, das Unternehmen zur Verantwortung zu ziehen.«

Wellers Bild wurde schlagartig von einem Sterbenden abgelöst, der in ein Sauerstoffgerät atmete. »Ich hätte gern eine Entschuldigung von Leo Weller«, erklärte er mühsam keuchend »aber er war nicht einmal bereit, sich mit uns zu treffen. Bevor ich sterben muss, möchte ich wissen, warum der Profit eines Asbest-Unternehmens wichtiger ist als mein Leben …«

»Da hat er Recht«, bemerkte Kit. »Was Weller wohl zu ihm sagen würde?«

Die erste Frau trat noch einmal auf. Ihre mit matter Stimme vorgetragenen Worte gingen Kerry unter die Haut. »Die Asbest-Industrie gibt Millionen Dollar für die Durchsetzung von selbst geschriebenen Gesetzen aus, um sich mit Senator Wellers Unterstützung vor den Menschen zu schützen, die sie vergiftet hat. Das nennen sie dann ›Reform des Zivilrechts‹. Wir hoffen, Sie werden Senator Weller anrufen und ihn fragen, warum er nicht für unsere Interessen eintritt.«

Vor schwarzem Hintergrund erschien in Weiß die Telefonnummer von Wellers Washingtoner Büro. Leise schloss die Frau: »Bitte helfen Sie uns.« Dann wurde das Bild dunkel.

Kerry blieb eine Weile stumm. »Wissen Sie, wie viel Geld für die Ausstrahlung ausgegeben wurde?«

»Zwei Millionen«, antwortete Kit. »In Montana reicht das, um den Spot die nächsten drei Wochen auf allen Kanälen laufen zu lassen. Lenihans Leute haben sich auch schon an CNN und *Nightline* gewandt, und beide haben Interesse an einem Sonderbeitrag.«

Kerry blickte zu ihr auf. »In ein paar Wochen wird Leo in der Frage der Haftpflichtreform vielleicht ein bisschen flexibler sein.« Er schüttelte den Kopf. »Sie haben genau das gemacht, was ich wollte – Geld ins Fernsehen gesteckt. Und es ist auch genau das, worüber wir – Chad Palmer und ich – uns schon so lange beklagen. Nur dass die Zivilprozessanwälte inzwischen genauso mächtig sind wie die Konzerne und dass *beide* mindestens so mächtig sind wie die Parteien, die sie zu kaufen versuchen. Geändert hat sich nur, dass wir alle ein wenig schlimmer geworden sind und dass das politische System noch ein bisschen ramponierter ist.«

Kit antwortete nicht. Kerry merkte, dass das Flugzeug langsamer wurde. Durchs Fenster erblickte er die Wunderwelt von Las Vegas.

»Wollen Sie das wirklich machen?«, fragte Kit. »Sie wissen doch gar nicht, was passieren wird.«

Kerry lächelte leise. »Halten Sie sich einfach im Hintergrund. Mit ein bisschen Glück werden Sie nicht getroffen.«

## 6

Um zwei Uhr nachmittags betraten Lara und Avram Gold den Konferenzraum von Nolans Kanzlei.

Obwohl es ihr seltsam vorkam, begrüßte sie Sarah mit förmlicher Höflichkeit. Die anderen – Lenihan, Nolan, Fancher und ihre Kollegen – bildeten ein Empfangskomitee von Juristen und schüttelten ihr respektvoll die Hand. Die Einhaltung einer verlogenen Etikette machte sie nervös. Trotz ihrer Erfahrungen im Rampenlicht der Öffentlichkeit und aller Risiken, die sie als Kriegsberichterstatterin im Kosovo auf sich genommen hatte, hatte sie seit dem Frühstück keinen Bissen mehr gegessen. Ihr Magen hatte sich zu einem Knoten verkrampft.

Sie nahm gegenüber von Nolan Platz. Ein wenig theatralisch sah sich Avram Gold um. »Wie?«, fragte er mit spöttischem Unterton. »Keine Videokamera?«

Lara glaubte eine Spur von Zynismus hinter Nolans undurchdringlicher Maske zu erkennen. »Bei Mrs. Kilcannon schien uns das nicht nötig.«

Lara musterte ihn. Er hatte ein breites, flaches Gesicht und eine hohe Stirn, und er trug seinen zweireihigen, blauen Nadelstreifenanzug wie einen Panzer, der Reichtum und Privilegien zur Schau stellte. Lara empfand es als grausame Zumutung, dass dieser Mann – der ihr völlig fremd war und der all das vertrat, was sie verabscheute – sie zwingen konnte, die schrecklichsten Augenblicke ihres Lebens noch einmal zu durchleben und über ihr Verhältnis zu den geliebten Menschen zu berichten, die sie verloren hatte. Sie beschloss, ihm nichts zu bieten: weder Gefühle noch Höflichkeit, nur eine ungerührte Fassade. Wessen Fassade zuerst Risse bekam, würde sich zeigen.

»Bitte geben Sie Ihren Namen zu Protokoll«, forderte Nolan Lara auf.

»Lara Costello Kilcannon«, erwiderte sie. Die Vernehmung hatte begonnen.

Zunächst klärte Nolan, dass sie einmal eine lebende Mutter namens Inez, eine Schwester namens Joan und eine sechsjährige Nichte namens Marie gehabt hatte. Die Vertrautheit, mit der er ihre Namen aussprach, war für Lara ein Affront.

»Wann haben Sie zum ersten Mal bemerkt«, erkundigte sich Nolan, »dass John Ihre Schwester misshandelte?«

»Bei einer Reise nach San Francisco mit meinem Mann, kurz nach seiner Wahl zum Präsidenten.« Sie zögerte einen Moment. »Als ich Joan besuchte, hatte sie blaue Flecken im Gesicht.«

»Wie lange wurde sie da bereits misshandelt?«

»Das weiß ich nicht genau. Aber wohl schon seit einiger Zeit.«

Nolan zog die Augenbrauen nach oben. »Wie kommt es, dass Sie das nicht wussten?«

Lara war klar, dass Nolan seine Schlinge ausgeworfen hatte und nun versuchen würde, sie immer enger zu ziehen: Er wollte beweisen, dass Joans Familie, weil sie ihr nicht geholfen und nicht eingegriffen hatte, den Samen der Tragödie selbst gelegt hatte. Ein Teil von ihr spannte sich an vor Zorn, ein anderer wollte gequält aufschreien und um Vergebung flehen. Aber diese Vernehmung folgte keinen menschlichen Kriterien, und Nolan war nicht ihr Beichtvater. »Ich fürchte«, antwortete sie kühl, »das hätte nur Joan beantworten können.«

Nolans Gesicht blieb ausdruckslos. »Und warum waren diese Misshandlungen Ihrer Meinung nach so lange unbemerkt geblieben?«

»Darüber hat Joan mit meinem Mann gesprochen.«

»In Ihrer Gegenwart?«

»Nein.«

Gold beugte sich mit erhobener Hand zwischen Lara und Nolan, um die Befragung zu unterbrechen. »Insofern sich die Frage auf vertrauliche Gespräche zwischen Eheleuten bezieht, mache ich darauf aufmerksam, dass diese das Recht auf Aussageverweigerung haben, das laut Gesetz die eheliche Beziehung schützt. Fragen dieser Art wird die Zeugin nicht beantworten.«

Mit kalter Stimme wandte sich Nolan an Lara. »Haben Sie die Absicht, Mrs. Kilcannon, jede Auskunft über die Misshandlungen Ihrer Schwester – oder die Umstände, die zu ihrer Ermordung führten – zu verweigern, falls Sie mit Ihrem Mann darüber gesprochen haben?«

Lara kämpfte mit ihrem Widerwillen gegen diesen aufdringlichen Unbekannten, der sie hier in diesem stickigen Raum festhielt und sie zwang, sich auf seine verdrehte Sichtweise einer Tragödie einzulassen, die sie für immer gezeichnet hatte und für ihn keinerlei Bedeutung besaß. »Nein«, antwortete sie. »Mr. Gold hat meine Position soeben dargelegt. Der Protokollführer kann Ihnen das ja noch einmal vorlesen.«

Lara spürte die stumme Anspannung der anderen. Nolan schien

sie zu taxieren und seine Möglichkeiten abzuwägen. »Haben Sie jemals«, fragte er, »mit Joan, *Ihrer Schwester*, über die Geschichte ihrer Misshandlungen gesprochen?«

»Nein, mit meiner Schwester Joan nicht. Oder hatten Sie an eine andere Joan gedacht?«

Sie sah, wie er versuchte, die Grenzen ihrer Kontroverse auszuloten. Lara fühlte keine Veranlassung, ihm um den Bart zu gehen, und wollte auf keinen Fall dem menschlichen Impuls nachgeben, ihre Handlungsweise zu rechtfertigen. Alle Zeichen von Menschlichkeit und die damit verbundenen ausführlicheren Antworten konnte sie sich für die Geschworenen aufheben.

»Gab es in Ihrem Verhältnis zu Joan Spannungen?«, drängte Nolan.

»Nicht von meiner Seite. Ich habe es sehr bedauert, dass ich so weit von ihr entfernt war, zuerst in Washington und dann in Übersee ...«

»Und von Joans Seite?«

»Joan wusste, dass ich sie liebte. Wenn Sie hier wäre, könnte Sie Ihnen das selbst sagen.«

Nolan beugte sich vor. »Warum haben Sie dann nie mit ihr über den Albtraum ihrer Misshandlungen gesprochen?«

Lara legte die Hände zusammen. »Weil es tatsächlich ein Alptraum war und sie sich bestimmt geschämt hat. Kerry gehörte zur Familie und hatte als ehemaliger Staatsanwalt Erfahrung mit häuslicher Gewalt – einen besseren Ansprechpartner hätte Joan nicht finden können. Ich hätte es als grausam empfunden, sie im Namen irgendeines überspannten schwesterlichen Vertrauensanspruchs zu zwingen, mir diese schmerzlichen Dinge persönlich zu erzählen. Es ging schließlich nicht um mich, sondern um Joan und das, was für sie am besten war.«

Wieder beobachtete sie, wie es in Nolan arbeitete, wie er nach Möglichkeiten suchte, diesen Eisberg zu durchdringen. Ohne Übergang fragte er plötzlich: »Und wie haben *Sie* ihr geholfen, Mrs. Kilcannon?«

»Durch meinen Mann.«

Nolan gab es auf und wechselte das Thema. »Haben Sie sie an einen Anwalt verwiesen?«

»Nein.«

»Haben Sie für sie die Polizei angerufen?«

»Nein.«

»Oder den Bezirksstaatsanwalt?«

»Nein.«

»Und was ist mit dem Sicherheitsdienst? Waren Sie da beteiligt?«

»Außer in Gesprächen mit meinem Mann? Nicht unmittelbar.«

»Hielten Sie ihren Schutz für ausreichend?«

Innerlich bebend sah Lara vor sich, wie die Adlerklaue Joans Kiefer durchschlug. Sie antwortete mit leiser Stimme. »Damals schon. Was Ihre Mandantin getan hat, überstieg einfach unser Vorstellungsvermögen.«

Nolan legte die Handflächen auf den Tisch. »Können Sie mir bitte genauer erklären, Mrs. Kilcannon, was meine Mandantin Ihrer Meinung nach getan hat?«

»Genauer? Sie hat einen gewalttätigen Ehemann zu einer Waffenmesse nach Las Vegas gelockt, wo er ohne Leumundsprüfung ihre tödliche Waffe kaufen konnte, um damit meine Mutter, meine Nichte und meine Schwester zu ermorden, um die Sie sich hier so rührend besorgt zeigen.« Lara fielen Kerrys Pläne ein. »Soweit ich weiß, tut die Firma Lexington das noch immer, und noch mehr Menschen werden deshalb sterben müssen. Oder hat sie inzwischen Schritte ergriffen, um Menschen wie Joan zu schützen?«

Nolan starrte sie an. »Haben Sie ...«

»Würden Sie bitte meine Frage beantworten?«, unterbrach ihn Lara.

Nolan rang sich ein knappes Lächeln ab. »Tut mir Leid, Mrs. Kilcannon. Aber wie Sie vielleicht schon von Professor Gold wissen, sind Vernehmungen eine einseitige Angelegenheit. Ich fungiere hier nur als Anwalt ...«

»Ohne moralische Verantwortung in der Frage, ob Ihre Mandantin noch immer potenzielle Mörder mit Waffen versorgt und ihnen Munition mit garantiert tödlicher Wirkung verkauft. Werden Sie wenigstens den Anstand haben, verlegen zu sein, wenn Sie herausfinden, dass es so ist?«

Nolans Lächeln verschwand. »Haben Sie«, beharrte er, »Ihre

Verpflichtung zur Unterstützung Ihrer Schwester an Ihren Mann abgegeben?«

»Nein, Mr. Nolan. Mein Mann hat in unserem Namen gehandelt.«

»Und wohl auch im Namen seiner politischen Interessen?«

Lara ließ sich Zeit, um sich wieder zu sammeln. »Tut mir Leid, Mr. Nolan. Ich verstehe Ihre Frage nicht.«

»Dann darf ich es vielleicht anders formulieren. War die Entscheidung, John Bowdens Gewalttätigkeit im Fernsehen zu enthüllen, von politischen Erwägungen getragen?«

»Nein…«

»Genauer gesagt, Mrs. Kilcannon, ging es nicht darum, ein Hindernis für Ihre telegene Hochzeit und den politischen Schub aus dem Weg zu räumen, den sich der Präsident davon versprach?«

»Das gibt's doch nicht«, warf Lenihan in angewidertem Ton ein. Avram Gold beugte sich vor. »Das ist nicht nur geschmacklos, Mr. Nolan, sondern auch beleidigend und unerhört.«

»Schlimmer noch«, sagte Lara mit einem flüchtigen Lächeln, »es ist falsch.«

Nolan sah sie an. »Hat sich Ihr Mann nicht für Bowdens Bloßstellung entschieden, um sich eines peinlichen Problems in seiner Familie zu entledigen und allen Vorwürfen unverhältnismäßiger Einflussnahme in einem Fall häuslicher Gewalt zuvorzukommen?«

Lara schaute zur Decke, als müsste sie überlegen. »Das klingt nicht nach Kerry«, erwiderte sie. »Haben Sie *ihn* gefragt?«

»Ich frage Sie.«

Laras Blick wurde kalt. »Dann fragen Sie mich etwas, was nicht absurd ist.«

»Warum absurd, Mrs. Kilcannon? Waren *Sie* an dieser Entscheidung beteiligt?«

»Die Einzige, die etwas entschieden hat, war Joan«, antwortete sie ohne zu zögern.

»Haben Sie mit ihr darüber gesprochen?«

»Nicht persönlich.«

»Sie wissen also nicht aus persönlicher Anschauung, wer über John Bowdens Bloßstellung entschieden hat und worüber Ihr Mann und Ihre Schwester im Einzelnen gesprochen haben?«

»Ich war nicht dabei.«

»Haben Sie nach dem Mord mit Ihrem Mann darüber gesprochen?«

*»Möchtest du darüber reden?«*, hatte Kerry gefragt.

*»Darüber, dass ich mich hasse?«*, hatte sie geantwortet. *»Was gibt es da zu reden? Ich habe die ganze Verantwortung dir überlassen. Du hast dich um Joanie gekümmert, und dadurch sind die Medien auf sie aufmerksam geworden. Und jetzt sind sie alle tot.«*

»All diese Gespräche«, mahnte Avram Gold, »unterliegen dem Schweigerecht zwischen Eheleuten.«

Mit zufriedener Miene sagte Nolan zu Lara: »Ist das *Ihre* Position, Mrs. Kilcannon?«

»Meine Position ist, dass Kerry und ich Anspruch auf das bisschen Frieden haben, das uns noch geblieben ist.«

»Sind Sie wenigstens bereit, über Ihre Unterredungen mit Ms. Dash zu sprechen?«

»Diese Unterredungen«, antwortete Gold für Lara, »unterliegen dem Anwaltsgeheimnis. Meines Wissens hat Ms. Dash bereits während der Vernehmung von Mary Costello erklärt, dass Mrs. Kilcannon als potenzielle Klägerin gleichfalls ein Recht auf die vertrauliche Beratung von Ms. Dash hat.«

»Ist das *Ihre* Position, Mrs. Kilcannon?«

»Ja.«

»Es trifft doch zu, dass Sie Ihre Schwester an Ms. Dash verwiesen haben, nicht wahr?«

»Mr. Nolan«, schaltete sich Gold mit einem Anflug von Überdruss ein, »auch das wurde Ihnen doch bereits erklärt. Da beide Schwestern in dieser Streitsache befangen sind, unterliegen alle Gespräche zwischen Mrs. Kilcannon und Mary Costello dem Aussageverweigerungsrecht.«

»Betrifft das auch die Aufforderung, Ms. Dash zu engagieren?«

»Ja«, antwortete Gold. »Falls es eine solche Aufforderung überhaupt gegeben hat.«

Nolans Blick huschte zu Lara. »Ist das auch Ihre Position?«

»Ja.«

»Sie sind nicht bereit, mir zu sagen, ob Ms. Dash ursprünglich von Ihrem Mann vorgeschlagen wurde?«

Erst jetzt dämmerte Lara, wie gefährlich Nolans Befragungsstrategie war. Bei der Hauptverhandlung würde er sie zur eiskalten und gleichgültigen Schwester abstempeln, die Joans Probleme ihrem berechnenden Mann überlassen und ihm später geholfen hatte, ihre Schwester Mary zu manipulieren, um Kerry einen politischen Vorteil zu verschaffen. Nolan wollte sie und Kerry als seelenlose Kreaturen an den Pranger stellen und dadurch obendrein Laras Verhältnis zu Mary vergiften.

Lara hob den Kopf. »Ich bin nicht bereit, Ihnen etwas darüber zu erzählen, was mein Mann und ich miteinander reden. Jetzt nicht und auch in Zukunft nicht. Das Gleiche gilt für meine Gespräche mit Mary.« Nach einer kurzen Pause fügte sie still hinzu: »Unsere Familie ist sehr klein geworden. Was noch übrig ist von ihr, ist viel zu kostbar, um jemand wie Sie daran teilhaben zu lassen.«

Am Abend lag Lara allein im Bett und weinte.

Sie war nicht zusammengebrochen, und irgendwann waren Nolan die Fragen ausgegangen. Aber es war ihm gelungen, sie zu beunruhigen und, schlimmer noch, ihre kaum verheilten Wunden wieder aufzureißen. Sie fragte sich, ob sie je verheilen würden und was passieren würde, wenn sie und Kerry weiter auf Kollisionkurs mit ihren Feinden blieben.

Durch einen Schleier aus Tränen schaute Lara auf den Wecker auf dem Nachttisch.

Sie hatte vielleicht noch zehn Minuten Zeit für ihren Kummer. Dann musste sie sich zurechtmachen und wieder zur First Lady werden. In Kerrys Abwesenheit gab sie ein Diner für Gewinner der Paralympics und ihre Trainer – und dieser Empfang war ihr ein Herzensanliegen, das sie nicht versäumen wollte.

# 7

Beim Landeanflug war Kerry der Bergzug hinter der Stadt aufgefallen, dessen zerklüftete braune Felsen sich vor dem blauen Wüstenhimmel abhoben. Etwas Schimmerndes lag über der Landschaft und verstärkte Kerrys Gefühl von Unwirklichkeit. Vielleicht war Las Vegas vom Mond herabgestürzt, abgeworfen von einem durchgeknallten Impresario, einem Walt Disney auf LSD. Dann bahnte sich Kerrys Autokolonne ihren Weg über die Landebahn und vorbei an einer Reihe riesiger Hotels, die ein Sammelsurium historischer Epochen bildeten: Paris, Venedig, New York, das Rom der Cäsaren, Luxor und Camelot. Kerry staunte darüber, was menschlicher Ehrgeiz und Erfindungsreichtum vollbringen konnten, wenn sie weder von finanziellen noch geschmacklichen Erwägungen behindert wurden. Die große Zahl von Plakatwerbungen für Zivilprozessanwälte erinnerte Kerry an Robert Lenihan.

Er wandte sich wieder vom Fenster ab und wappnete sich innerlich für die bevorstehende Aufgabe.

Vor zwei Stunden hatte ein unangekündigtes Vorausteam unauffällig die Waffenmesse durchstreift und von seinen Eindrücken berichtet. Erst dann traf Kerry die endgültige Entscheidung. Kit informierte die Presse unmittelbar nach der Landung. Neugierig geworden, folgten die Journalisten in zwei Bussen, obwohl Kit nur einen Kameramann und drei Reporter als Begleitung für den Präsidenten in der Ausstellungshalle zugelassen hatte. Als seine Limousine vor dem Glastor des lang gestreckten Komplexes anhielt, mischten sich Kerrys Leibwächter vom Geheimdienst unter die erschrockenen Passanten.

Einen kurzen Augenblick blieb Kerry noch im Wagen, beunruhigt über das Risiko und die Brisanz seines Vorhabens. Beim Aussteigen stellte er sich John Bowdens Ankunft bei einer anderen Messe vor wenigen Wochen vor. Trotz der Hitze hatte er ein Gefühl von eisiger Kälte.

Eine Phalanx von Leibwächtern umgab ihn. Ein feister Raucher in einem T-Shirt, auf dem unter einem eisernen Kreuz der Slogan

»NO FEAR« stand, stieß entgeistert eine obszöne Verwünschung aus, als Kerry und die Sicherheitskräfte in die endlos wirkende Halle drängten.

Über hunderten von Tischen, auf denen Waffen aller Art angeboten wurden, zog sich ein Stahlnetz aus Scheinwerfern und Stegen hin. Die Menschen, die sich um die Tische drängten, bemerkten Kerrys Ankunft nicht. Auf den ersten Blick waren sie vorwiegend weiß und männlich, und ihr Erscheinungsbild entsprach ziemlich genau der Vorstellung, die sich ein liberaler Großstädter von einer Waffenmesse machen mochte: Schirmmützen, T-Shirts, Bärte, Pferdeschwänze, Tätowierungen und hängende Bäuche. Kerry musste an die bittere kulturelle Zerrissenheit des von ihm regierten Landes denken. Kilcannon-Wähler würde er hier keine finden.

»Hier entlang, Mr. President«, dirigierte Peter Lake.

Die Leibwächter bildeten einen Ring um den Präsidenten, und so strebte der Fremdkörper seinem Ziel entgegen. Unter einem Schild, auf dem stand: »Ohne SSA keine Waffenmessen«, starrten ihn zwei grimmige Männer und eine zierliche, hübsche Frau überrascht und zornig an.

»Waffenräuber«, rief einer der Männer. Ohne der Versuchung einer Konfrontation nachzugeben, eilte Kerry weiter.

Die Unruhe in der Menge um ihn herum schwoll zu lautstarkem Protest an. Auf dem Weg durch einen Gang zwischen zwei Tischreihen blickte sich Kerry um und spürte die Spannung, die ihm wie elektrischer Strom aus den hasserfüllten Gesichtern und den Waffenarsenalen entgegenschlug: Scharfschützengewehre, Handfeuerwaffen, Schwerter, Messer, Bajonette und Plastikpistolen zur Umgehung von Metalldetektoren. An einem Stand wurden Handgranaten verkauft, an einem anderen wurden »inzwischen verbotene« AK-47 mit Dreißigschussmagazinen feilgehalten, und an einem dritten wurden gefriergetrocknete Überlebensrationen und Gasmasken angeboten, unter einem Schild mit dem warnenden Hinweis: »Wenn du nicht atmen kannst, kannst du auch nicht kämpfen.« Zahllose Abziehbilder der amerikanischen Flagge konkurrierten mit Aufklebern, zu deren Motiven der Analverkehr zwischen zwei Schwarzen gehörte, darunter die Mahnung: »Rettet unser Militär, sagt einfach Nein«.

»Wie patriotisch«, bemerkte Kit.

Eine Menschenmenge hatte sich um sie gebildet. Hinter einer Frau mit einem Kinderwagen, aus deren Mund wüste, für Kerry nicht verständliche Beschimpfungen drangen, erblickte Kerry im Zentrum der Halle sein Ziel: ein Schild mit der Aufschrift »Adlerklauenkugeln«.

Bei dem Gedanken, dass Bowden von diesen Worten angelockt worden war, lief Kerry ein Schauer über den Rücken.

Als die dicht aneinander gedrängten Körper langsam vor dem Keil der Leibwächter zurückwichen, trat Kerry vor. Ein bärtiger Mann stand hinter einem Tisch, auf dem panzerbrechende Geschosse, Magazine mit hoher Kapazität und eine Reihe schwarz glänzender Schusswaffen ausgestellt waren. Ein Schild machte deutlich, worum es sich handelte: »Lexington P-2 – die Waffe der Wahl jedes Patrioten.« Neben dem Mann stand eine lebensgroße Kartonfigur von Kerry und Lara mit konzentrischen Kreisen auf der Brust.

Geheimdienstleute umringten den Tisch. Die Kamera folgte Kerry zu dem Standinhaber und seinen Waren. »Hau ab nach Washington«, brüllte jemand mit krächzender Stimme durch die zunehmende Stille.

Der Präsident begutachtete ein Vierzigschussmagazin, Schachteln mit Adlerklauengeschossen, Aufkleber mit der Aufschrift »Kilcannon – Verräter Amerikas« und »Lara – Verräterschlampe« und ein Videotape auf einem tragbaren Fernsehgerät, das demonstrierte, wie die P-2 zu einer automatischen Waffe umgerüstet werden konnte. Kerry wurde Zeuge, wie die umgebaute Waffe einen Haufen Wassermelonen in einen spritzenden rosa Brei verwandelte. »Hol sie dir, solange du noch kannst«, sagte eine beschwörende Stimme, und ein grobkörniges Foto von Kerry trat an die Stelle der abgeschlachteten Melonen.

Schließlich wandte sich Kerry dem Verkäufer zu.

Ein verkrampftes, feindseliges Grinsen zuckte um die Lippen des Mannes. Schweigend schob Kerry die Handfläche unter eine Schachtel Adlerklauen.

Er wartete, bis sich der Blick des Mannes auf die Schachtel gerichtet hatte. Dann schnippte er sie ihm mit einer leichten Drehung des Handgelenks entgegen.

Erschrocken fing der Mann die Schachtel nur wenige Zentimeter vor seinen Augen auf. »Glück gehabt«, sagte Kerry. »Sie hatten genug Zeit.«

Der Blick des Mannes flackerte in Richtung Kamera. Kerry nahm eine Lexington P-2 und steckte sie ihm in die andere Hand. »Vor drei Stunden haben Sie einem Freund von mir zwei Schachteln Adlerklauenmunition, ein Fünfzigschussmagazin und eine Lexington P-2 verkauft – genau das, was auch John Bowden bekommen hat. Und Sie haben nicht nach seinem Namen oder seiner Adresse gefragt.«

Der Mann wollte oder konnte nicht antworten. Kit Pace trat hinter den Tisch und legte die Figuren des Präsidenten und der First Lady auf die Munition. »Aber anscheinend wissen Sie zumindest, wer ich bin«, meinte Kerry. »Wie viel wollen Sie für uns?«

Der Mann brachte kein Wort hervor. Kerry zog seine Brieftasche heraus und legte ein paar Zwanziger auf den Tisch. »Sagen Sie mir, wenn es reicht.«

Stumm starrte der Verkäufer auf die grünen Scheine. Dann schob sich Kerry die Kartonfigur unter den Arm und wandte sich zum Gehen.

Frank Fasano sah die letzten Minuten der Sendung zu Hause, das Telefon ans Ohr gedrückt. »Guerillatheater«, schimpfte Dane. »Die meisten Leute werden diese Mätzchen durchschauen und nur einen Präsidenten sehen, der mit seinen Schlägern unbescholtene Anhänger des Second Amendment drangsaliert, um einen billigen politischen Effekt zu erzielen.«

Aber der Präsident der SSA klang verunsichert. Auf CNN zog Kilcannon mit Laras sichtbarem Kartongesicht unter dem Arm durch die waffenbeladenen Tischreihen davon. Fasano hatte das Gefühl, dass dieser Konflikt immer unkontrollierbarer wurde.

»Die meisten Menschen werden sich nur an einen Mann erinnern«, antwortete er, »der für seine Frau und ihre ermordete Familie eintritt. Und dagegen gibt es kein Mittel.«

Dane schwieg. »Glauben Sie mir«, erwiderte er mit einer Ruhe, die Fasano bedrohlich fand, »es gibt ein Gegenmittel.«

In seiner Limousine starrte Kerry zum Fenster hinaus. Leise sagte er: »Er könnte der Verkäufer der Mordwaffe sein.«

Natürlich würde ihn das ATF verhören. Trotzdem würde Kerry es vielleicht nie erfahren.

»Sie haben genug getan«, antwortete Kit, »zumindest für heute.«

## *8*

Für Frank Fasano war der erste Vorbote einer Veränderung die Senatorin Betsy Shapiro.

Die gemäßigte Demokratin, die in ihrem Auftreten stets ein wenig hoheitsvoll wirkte, steckte in einem Dilemma. Einerseits war sie eine Befürworterin schärferer Waffengesetze, und andererseits hatte sie enge Verbindungen zu den Hightech-Größen in Silicon Valley, die für Betsy Shapiro eine wichtige Geldquelle waren und die eine Haftpflichtreform als grundlegenden Schutz vor Aktionärsklagen betrachteten. Fasano hatte erwartet, dass sie sowohl für Kilcannons Waffengesetz als auch für Fasanos Haftpflichtreformpaket stimmen würde, um diesem Konflikt Rechnung zu tragen. Aber der Filmbeitrag, der Kilcannons Konfrontation mit dem Verkäufer zeigte, wurde schon den ganzen Vormittag wiederholt und schien die Nachrichten zu beherrschen. Als Fasano von der Titelseite der *New York Times* aufsah, die ein Farbfoto von Kilcannons Besuch der Waffenmesse zeigte, wurde er Zeuge eines Live-Interviews mit Senatorin Shapiro.

Betsy gab sich wie immer zugeknöpft, und ihr dunkelbrauner Haarschopf schien nicht weniger diszipliniert als sie. »Ich habe ernste Zweifel«, erklärte sie, »ob rechtliche Immunität für die Adlerklaue wirklich den Namen Reform verdient.«

Ihm gegenüber am Frühstückstisch hielt die müde Bernadette Frank junior, dessen kleiner Kopf mit dem spärlichen schwarzen Haar an ihrer Brust lag. »Ich weiß nichts über die politischen Zusammenhänge«, sagte sie zu ihrem Mann, »oder über die gesetzliche Situation, aber diese Zielscheibe der Kilcannons war einfach widerlich.«

Damit hatte sie genau erfasst, worauf Betsy Shapiro vor laufenden Kameras reagierte. Mit sicherem Instinkt hatte Kilcannon die Immunität für Waffenhersteller von einer abstrakten zu einer persönlichen Frage gemacht. »Jeder, der so was verkauft oder herstellt, ist verrückt«, stimmte er ihr zu. »Aber das hat nicht das Geringste mit der Haftpflichtreform zu tun.« Er entschuldigte sich und ging in sein Arbeitszimmer, um Lance Jarrett anzurufen.

In Kalifornien war es erst sechs Uhr, aber der Vorstandsvorsitzende des größten Chipherstellers der Welt war bereits munter. »Geht es um Betsy?«, fragte Jarrett barsch.

»Genau. Anscheinend sind Sie von ihr vergessen worden.«

»Betsy Shapiro hasst Schusswaffen«, erklärte Jarrett. »Und viele Kalifornier sind ihrer Meinung. Dieser ganze Quatsch mit Waffenfreunden und Abtreibungsgegnern kommt hier nicht besonders gut an.«

Fasano lachte leise. »Im Gegensatz zu Ihren Wirtschaftsfreunden und Umweltapostelgegnern? Wir sind Ihnen dankbar für Ihre finanzielle Unterstützung, Lance. Aber wenn wir den Kongress beherrschen wollen, müssen wir auch Wahlen in Staaten gewinnen, die Sie auf Ihrem Weg nach St. Moritz überfliegen. In Kansas, Maine und Arkansas sind waffenfreundliche und konservative christliche Wähler wichtig. In Kalifornien haben Sie Demokraten wie Betsy unterstützt, um auf Nummer Sicher zu gehen. Vielleicht sollten Sie jetzt mal darüber nachdenken, ob sich diese Strategie auszahlt.«

»Mit anderen Worten«, erwiderte Jarrett, »Sie wollen, dass ich bei unserer Senatorin die Daumenschrauben anziehe.«

»Sie sind einer ihrer wichtigsten Geldgeber. Sie wird sicherlich gern erfahren, wie Sie und Ihre Freunde in Silicon Valley in dieser Sache denken.«

Jarrett schwieg. »Kilcannon hat Sie bös erwischt«, sagte er nach einer Weile. »Kann sein, dass Sie sich nicht mehr erholen.«

Fasanos Kiefer mahlten. »Hoffen Sie lieber, dass Sie Unrecht haben. Außer Sie wollen sich mit diesem läppischen Kompromiss begnügen, den Kilcannon der Handelskammer serviert hat.«

»Bestimmt nicht.« Verachtung lag in Jarretts Stimme. »Ich verstehe bloß nicht, warum sich Ihre Vorlage auf einmal in ein Waffenschutzgesetz verwandelt hat.«

»Das ist eben der Preis«, zischte Fasano. »Ich sage Ihnen nicht, wie Sie Chips machen sollen, also sagen Sie mir bitte auch nicht, wie ich es anstellen muss, damit Sie bis in alle Ewigkeit vor fadenscheinigen Klagen geschützt sind. Sie müssen mir nur helfen, damit dieser Traum Wirklichkeit wird. Und was Betsy angeht, finde ich, dass sie Ihren Traum teilen sollte. Die Hightech-Wirtschaft ist so wichtig, dass sie sie nicht einfach ignorieren kann. Sie sollte Tag und Nacht von Ihren Kollegen, von Kapitalgebern und von Investmentbankern angerufen werden.«

Fasano musste ein paar Sekunden auf eine Reaktion warten. »In Ordnung.« Für einen Mann, der es gewohnt war, Befehle zu erteilen, klang Jarrett ungewöhnlich respektvoll. »Ich mache mich gleich an die Arbeit.«

An diesem Nachmittag trennte sich Fasano schweren Herzens von Bernadette und dem Baby, um sich mit dem stellvertretenden Mehrheitsführer Dave Ruckles zu treffen.

In Fasanos Büro zählten sie Stimmen. »Wie groß ist der Schaden?«, erkundigte sich Fasano.

Schlank und wachsam, war Ruckles der perfekte Zuarbeiter: ein fanatischer Konservativer, ein unermüdlicher Geldbeschaffer, ein luchsäugiger Stimmenzähler – und, nach Fasanos Einschätzung, weder klug noch wendig genug, um ihn als Mehrheitsführer zu verdrängen. Aber Fasano wusste auch, dass Ruckles' Ehrgeiz durchaus in diese Richtung ging, und er hoffte, dass Ruckles seine besten Chancen darin sah, ihn bei der Ablösung eines Präsidenten zu unterstützen, den sie beide nicht ausstehen konnten. »Ich weiß es noch nicht«, räumte Ruckles ein. »Meiner Meinung nach hat es Kilcannon nur geschafft, dass die entscheidenden Stimmen für die Haftpflichtreform vorerst in der Schwebe bleiben – das betrifft einige von uns und auch die Wackelkandidaten bei den Demokraten, wie Shapiro, Torchio, Coletti und Slezak.«

»Das Problem ist zweiteilig«, erinnerte ihn Fasano. »Wir wollen die Haftpflichtreform verabschieden, und zwar mit den siebenundsechzig Stimmen, die wir brauchen, um Kilcannons Veto zu kippen. Und wegen dieser Klausel zur Immunität für Waffenhersteller sind wir bei ungefähr sechzig stecken geblieben. Aber zuerst müssen wir verhindern, dass Hampton die einundfünfzig Stimmen kriegt, mit denen er einen Zusatz zur Streichung der Immunität für Waffenhersteller aus der Endvorlage durchsetzen kann.«

Ruckles schielte sein Cola an. »Im Moment ist es einfach zu eng – ein paar Stimmen können alles ändern.«

Fasano stimmte ihm zu und sagte mit einem resignierten Seufzer: »Fangen wir also wieder von vorn an. Wer steht noch auf der Kippe, wer braucht Wahlkampfgeld, wer will eine neue Ausschussaufgabe, wer ist zugänglich für die SSA oder andere Lobbyisten?«

Ruckles sah ihn an. »Das ist alles schön und gut, Frank. Aber Sie müssen diese Abstimmung zur Nagelprobe für Ihren Führungsanspruch machen. Wenn unsere Leute wissen, dass ein Abweichen ein persönlicher Affront wäre, können sie nur schwer Nein sagen. Schließlich müssen sie hier im Senat Erfolg haben, und der hängt weitgehend von Ihnen ab.

Kilcannon schürt nur Emotionen. Aber wir haben beide schon Reden gehört, bei denen uns die Tränen in die Augen gestiegen sind, ohne dass sich dadurch das Abstimmungsergebnis verändert hat. Das eigene Überleben ist wichtiger als irgendwelche Sympathien.«

Fasano lächelte, wenn auch vielleicht aus anderen Gründen, als Ruckles dachte. Wenn er diese Abstimmung zu einer Bewährungsprobe für seine Führungsstärke machte, würde das den Einsatz enorm in die Höhe treiben. Falls er verlor, wäre er anfälliger für einen Angriff von Ruckles. Ein Sieg hingegen würde Fasano bei den engagiertesten Geldgebern und Parteigängern den Rücken stärken, seinen Anspruch auf die Präsidentschaft untermauern und Ruckles auf angenehm unblutige Weise Fasanos Erbe sichern. In dieser Hinsicht deckten sich ihre Interessen völlig.

»Dave«, antwortete Fasano, »ich glaube, es ist eine Bewährungsprobe für uns beide.«

Auch Ruckles lächelte nun. Es ging doch nichts über ein müheloses gegenseitiges Verständnis, dachte Fasano. »Wenn wir es schaffen«, fuhr Fasano fort, »dass es zu einer Kampfabstimmung über eine Gesetzesvorlage kommt, die die Immunitätsklausel für die Waffenindustrie enthält, gewinnen wir wahrscheinlich. Schwer wird für uns nur, dass wir genügend Stimmen kriegen, um Hamptons Zusatz zu verhindern. Auf unserer Seite geht es dabei um eine Hand voll Unentschlossene: Dick Stafford, Kate Jarman, John Smythe und Cassie Rollins.«

»Smythe ist raus«, mutmaßte Ruckles. »Das ist der Preis für die Wahl eines Republikaners aus Rhode Island. Aber mit Stafford können wir rechnen, und Kate Jarman wird nicht mehr über die Stränge schlagen – nicht, nachdem sie für Caroline Masters gestimmt hat…«

»Und Palmer ist auf unserer Seite. Das gibt den Gemäßigten Rückendeckung.«

Ruckles nickte. »Damit wären wir bei Cassie. Heute morgen habe ich nur kurz mit ihr gesprochen. Aber ich habe nicht den Eindruck, dass das gestern geholfen hat.«

Fasano nahm einen Schluck Cola. »Sie braucht zu lange. Je länger sie auf der Kippe bleibt, desto größer ist die Gefahr, dass sie überläuft – wie bei Caroline Masters. Höchste Zeit, dass diese Abstimmung für sie zu einer Frage des Überlebens wird.«

## 9

In der Kälte des frühen Abends ging der Präsident allein im Park des Weißen Hauses spazieren, um sich nach zu vielen Tagen in der Air Force One, in Hotelsuiten, bei Konferenzen und Veranstaltungen in geschlossenen Räumen ein wenig die Beine zu vertreten und frische Luft zu schnappen. Bevor der triste Ostküstenwinter hereinbrach, brauchten er und Lara dringend Erholung, dachte Kerry, ein Wochenende ganz für sie allein – mit Büchern, viel Ruhe und wenig menschlichen Artefakten. Die Hände in den Taschen vergraben blieb er in der Dämmerung stehen. Ein stechender Geruch, der ihn an brennendes Laub erinnerte, drang ihm in die Nase. Dann sah er eine vertraute Gestalt, die vom Weißen Haus her mit energischen Schritten auf ihn zusteuerte. Kerry wusste sofort, dass ihn die Realität wieder eingeholt hatte.

»Meine Geschäftsstunden sind vorbei«, beschwerte er sich. »Was es auch ist, kümmere du dich drum.«

Ein Lächeln huschte über Claytons Gesicht. »Auch wenn das ATF dem Verkäufer auf der Spur ist?«

Überrascht fragte Kerry: »Der miese Typ bei der Waffenmesse?«

»Eher nicht. Aber vor zwei Wochen hat ein Mann auf Hafturlaub mit einer P-2 einen Tankstellenladen in Oklahoma City überfallen. Die Waffe stammte aus derselben gestohlenen Lieferung wie die von Bowden.«

Kerry war mit einem Schlag hellwach. »Ist bekannt, woher er die Waffe hatte?«

»Von einer Waffenmesse in Phoenix.« Clayton sprach mit der unterdrückten Aufregung eines Anklägers, der vor einem möglichen Durchbruch steht. »Letzte Woche war wieder eine Waffenmesse in Phoenix. Als die ATF-Beamten den Täter dort schnappten, hat er ihnen gesagt, wer ihm die Waffe verkauft hatte. Um sicherzugehen, hat ein ATF-Beamter bei dem Betreffenden eine P-2 gekauft. Die Seriennummer war die einer weiteren Waffe aus dem Diebstahl. Das ATF ließ sich also einen Durchsuchungsbefehl ausstellen, um den Lastwagen des Mannes zu filzen. Die Beamten fanden neun der gestohlenen P-2 und verhafteten den Mann.«

»Wer ist es?«

»Er heißt George Johnson. Er ist Mitglied einer Organisation in Idaho, die sich Liberty Force nennt – eine Gruppe von rechtsradikalen Fanatikern, die an die Überlegenheit der weißen Rasse glaubt. Das ATF vermutet, dass sie die P-2 zu hohen Preisen an Leute verkauft haben, die keine Leumundsprüfung wollen, um ihre Aktivitäten zu finanzieren. Ungefähr so, wie es der Bombenleger Tim McVeigh und seine Freunde gemacht haben…«

»Hat Johnson geredet?«

»Nur über seine Pflichtverteidigerin. Bis jetzt hat er zugegeben, dass er die P-2 gestohlen hat. Aber er behauptet, nie in Las Vegas gewesen zu sein. Und es gibt keine Beweise dafür.«

Ungeduldig schüttelte Kerry den Kopf. »Auch wenn das stimmt, muss Bowdens Waffe von ihm stammen. Entweder weiß Johnson, von wem Bowden die P-2 hatte, oder er hat sie zumindest an den späteren Verkäufer weitergegeben.«

Clayton verschränkte die Arme. »Du weißt, wo das Problem liegt. Es gibt keine Aufzeichnungen darüber, wer auf der Messe in

Las Vegas einen Verkaufsstand hatte und wer sie besucht hat. Dass Bowdens Waffe von dort stammt, ist nicht sicher erwiesen. Also sind wir einem Rechtsradikalen ausgeliefert, der die amerikanische Regierung und bestimmt auch dich hasst.«

»Er muss mich nicht mögen«, antwortete Kerry leise. »Er muss sich nur vor einer langjährigen Haftstrafe fürchten, bei der er nähere Bekanntschaft mit Vertretern verschiedener Minderheiten unserer Bevölkerung schließen könnte. Keine rosigen Aussichten für einen weißen Rassisten aus Idaho.«

»Da ist was dran.« Kalte Belustigung blitzte in Claytons Augen auf. »Aus diesem Grund hat Johnsons Anwältin wohl auch signalisiert, dass ihre Mandantin die P-2 nicht allein gestohlen hat.«

Schweigend stellte sich Kerry Johnsons Überlegungen vor: Die Fragen des ATF bedeuteten, dass er vielleicht den Schlüssel zu den Costello-Morden in Händen hielt, und wenn es so war, konnte er sein Wissen gegenüber dem Präsidenten als Druckmittel verwenden. Als Kerry im Geist den wahrscheinlichen Weg von Bowdens Waffe zurückverfolgte, packte ihn das Bild einer rassistischen Kehrseite Amerikas, die unter dem Schutz der SSA und mithilfe der Werbung von Lexington Arms zur Brutstätte der Morde an Laras Familie geworden war. »Was für eine Ironie des Schicksals«, sagte er bitter. »Sechs Tote, und Lexington hat nicht einmal was daran verdient.«

Clayton blieb stumm. Kerry hob den Blick zum Vollmond, dessen Licht durch die zunehmende Dämmerung drang. »Ich will den Verkäufer«, sagte Kerry nach einer Weile. »Wie, ist mir egal.«

»Das sollte es dir aber nicht sein. Aus mehreren Gründen ...«

»Bitte, Clayton«, sagte der Präsident kalt. »Der Verkäufer stellt die Verbindung zwischen John Bowden, der Waffenmesse und der Anzeige von Lexington her. Wenn der Verkäufer Mitglied einer rechtsradikalen Organisation ist, heißt das, dass die negativsten Kräfte unserer Gesellschaft die Werbung von Lexington benutzt haben, um gestohlene P-2 ohne die Leumundsprüfung zu verkaufen, die die Firma den Veranstaltern von Waffenmessen nicht vorschreiben wollte. Das unterstreicht, wie wichtig meine Vorlage zur Änderung der Waffengesetze ist. Sarah Dash und Bob Lenihan können jetzt endlich beweisen, dass Bowden durch die Anzeige von Lexington nach Las Vegas gelockt wurde. Außerdem frage ich mich, ob die Firma nicht schon seit Monaten weiß, dass diese Ladung gestohlener Waffen zum Verkäufer führen könnte, ohne ihre Erkenntnisse an Marys Anwälte oder an mich weiterzugeben.«

»Das ist alles richtig«, erwiderte Clayton. »Aber du bezahlst einen hohen Preis, wenn du es herausfinden willst. Johnson hat bereits drei Gewaltverbrechen begangen. Das heißt, dass ihn wegen Diebstahl, Besitz gestohlener Waffen und Waffenschieberei nach den Bundesvorschriften zur Urteilsfindung mindestens fünfzehn Jahre in einem Hochsicherheitsgefängnis erwarten. Da bleibt nicht mehr viel Spielraum für eine Minderung des Strafmaßes, außer sein Fall kommt gar nicht zur Verhandlung...«

»Das wäre ziemlich viel verlangt.«

»Das ist noch nicht alles«, fuhr Clayton unbeeindruckt fort. »Johnsons Anwältin hat durchblicken lassen, dass der Mann, der die Waffe an Bowden verkauft hat, auch ein Mitglied der Liberty Force ist. Vielleicht denkst du jetzt, dass das gut für uns ist. Aber Johnson will wahrscheinlich darauf hinaus, dass es für ihn lebensgefährlich ist – im Gefängnis oder draußen –, wenn er dir hilft.«

Kerry fuhr herum. »Du glaubst, er will eine Umwandlung seiner Strafe durch den Präsidenten. Und nach seiner Aussage einen Platz im Zeugenschutzprogramm.«

»Es riecht danach.« Die stämmige Gestalt seines Freundes schien fest im Boden verwurzelt wie ein lebendes Mahnmal. »Denk an die legalen, moralischen und politischen Folgen. Die Frage ist doch, welcher Präsident einen Mann wie Johnson auf die Menschheit loslassen will.«

»Vielleicht dieser Präsident«, antwortete Kerry. »Aber nur, wenn ich von ihm kriege, was ich brauche.«

Sarah hatte eine Verabredung, etwas Seltenes, seit sie im Zuge des Costello-Verfahrens kreuz und quer durch das Land reiste. Voller Vorfreude blickte sie dem Dinner mit Jeff Weitz entgegen, einem langjährigen Freund, der offensichtlich mehr werden wollte, und war ausnahmsweise gar nicht traurig, das Büro zu verlassen. Als das Telefon läutete, schaute sie zunächst zögernd auf die Anruferkennung.

Auf dem Display erschien das Wort »Privat«. Sarah dachte an ihren Vorsatz, keinen Anruf zu verpassen, und den Grund dafür. In den letzten zwei Wochen hatte sich dieser Gedanke nicht gerade als Glücksbote erwiesen, und so nahm sie ohne große Hoffnung ab.

»Spreche ich mit Sarah Dash?«, fragte der Anrufer. Obwohl Sarah die durchdringend hohe Stimme erst einmal gehört hatte, erkannte sie sie sofort, und ein Schauer jagte ihr über den Rücken.

»Ja.«

»Wir haben schon mal telefoniert.« Sarah konnte nicht sagen, ob der Anrufer ein genaues Gespür für seine Bedeutung hatte oder ob es sich um die Meinung eines psychisch labilen Menschen handelte, seine Realität sei zentral für die Welt. Aber er schien zu wissen, wie gespannt sie auf diesen Augenblick gewartet hatte. »Ich habe die Sendung über den Präsidenten bei der Waffenmesse gesehen und dachte mir, wir haben etwas gemeinsam. Ich habe etwas, was Sie interessieren wird.«

Sie würde zu spät zu ihrer Verabredung mit Jeff kommen.

## 10

»Cassie Rollins hat sich noch nicht vom Fleck gerührt«, berichtete Dane Fasano beim Frühstück im Metropolitan Club. »Wann haben Sie sie zum letzten Mal gesehen?«

»Ruckles hat mit ihr geredet. Ich bin bereit, diese Sache zu einer Loyalitätsprobe zu machen, aber ich wollte noch warten, bis Sie Ihre gröbsten Geschütze aufgefahren haben. Übrigens, was sind eigentlich Ihre gröbsten Geschütze?«

Dane hielt den Pfefferstreuer über seinem Ei und runzelte die Stirn, als nur wenige schwarze Stäubchen herabfielen, obwohl er kräftig geschüttelt hatte. »Erst einmal ein Massenanschreiben an alle Bewohner Maines, die einen Jagdschein erworben haben, ein Waffengeschäft besucht haben, eine Lizenz zum verborgenen Tragen von Waffen haben oder als Besitzer eines Pick-ups eingetragen sind …«

Fasano lachte laut. »Bei mir zu Hause würde das garantiert funktionieren. Vor allem das mit den Pick-ups.«

»Morgen sollten die ersten Briefe rausgehen«, fuhr Dane in selbstgefälligem Ton fort. »Dann kommen Werbespots für eine halbe Million Dollar. Wir setzen Cassies Gesicht ins Fernsehen, erzählen allen über die Bedrohung des Rechts auf Waffenbesitz und fragen, ob sie für die Werte von Maine eintritt…«

»Rufen Sie Cassie Rollins an«, intonierte Fasano.

»Genau. Ihre Nummer erscheint im Fernsehen, und dann können ihr die Wähler die Meinung sagen.«

Fasano strich sich Marmelade auf seinen englischen Muffin. »Aber wir wollen Cassie nicht fertig machen, sondern ihr nur Angst einjagen. Ich bin nicht bereit, eine Senatorin zu verlieren, nur weil Sie zivilrechtliche Immunität wollen.«

Achselzuckend beäugte Dane den sparsam verstreuten Pfeffer. »Wann setzen Sie die Abstimmung an?«

»Zuerst muss ich mit Hampton klarkommen, der sich anscheinend voll auf Kilcannons Seite geschlagen hat. Aber im Augenblick tendiere ich dazu, dass die Haftpflichtreform vorrangig ist – vielleicht in zwei Wochen.«

»Dann haben wir ja noch Zeit.« Dane blickte von seinem Teller auf und fügte nachdrücklich hinzu: »Und Sie haben Zeit für Cassie.«

Drei Tage später tauchte die Air Force One zum Flughafen von Portland, Maine, hinab. Gefolgt von einer Horde lokaler Medienvertreter begann Kerry einen Tag im Rampenlicht der Öffentlichkeit, wie ihn niemand außer einem Präsidenten der Vereinigten Staaten in Szene setzen konnte. Zuerst traf er sich mit einer Gruppe von Verbrechensopfern, dann mit Mitgliedern einer Polizeigewerkschaft, die für Waffenkontrolle eintraten, und schließlich mit den Witwen von drei Polizeibeamten, die von Verbrechern erschossen worden waren. »Mein Vater war Streifenpolizist«, erklärte er ihnen. »In manchen Nächten lag ich wach und machte mir Sorgen, bis er endlich nach Hause kam.« Er erwähnte nicht, dass die Sorge weniger seinem Vater als seiner Mutter gegolten hatte, und auch nicht, dass er in den geheimen Abgründen seiner

Seele gewünscht hatte, dass sein Vater nie mehr nach Hause kommen würde.

Sein letzter Termin war ein Abendessen mit Jägern der Region. Sie trafen sich in einem rustikalen Gasthaus mit riesigen Tischen und einem riesigen Hirschgeweih an der Wand. Kerry setzte sich in Arbeitshemd und Jeans zu ihnen und machte sich über Schmorbraten, Kartoffeln und ein Budweiser her. Die kamerascheuen Jäger blieben still und zurückhaltend. Nach einigen Momenten der Befangenheit packte Kerry die Sache direkt an.

»Da sitzen Sie nun«, sagte er freundlich, »zusammen mit dem Präsidenten der Vereinigten Staaten an einem Tisch und bemühen sich um Höflichkeit. Obwohl sie alle doch wahrscheinlich gegen mich gestimmt haben.«

Einige Männer schauten verlegen drein, einer rutschte unruhig auf seinem Stuhl hin und her. Kerry direkt gegenüber unterdrückte ein sanft aussehender Hüne mit zerfurchtem Gesicht ein nervöses Lächeln. »Um das zu wissen, muss man kein Hellseher sein«, fuhr Kerry liebenswürdig fort. »Es war wegen der Waffen, stimmt's? Die Waffenlobby hat Ihnen gepredigt, dass ich Ihnen die Waffen wegnehmen will.«

Keiner traute sich so recht, ihm in die Augen zu sehen. »Aber das ist halb so wild«, versicherte Kerry seinen Zuhörern. »Deswegen bin ich gekommen. Ich nehme Ihnen das nicht krumm. Warum sollte ich? Vor sechs Jahren haben Sie gegen einen guten Mann gestimmt, der Ihr Senator werden wollte. Sam Towle hatte den Mumm, für das Verbot von Sturmwaffen zu stimmen. Und bestimmt können sich noch viele von Ihnen daran erinnern, dass es damals hieß, dass Sie durch Sam und das Verbot von Sturmwaffen Ihre Waffen verlieren würden.«

Mit immer noch abgewandtem Blick gestattete sich Kerrys Gegenüber ein nachdenkliches Lächeln. Als sich Kerry umsah, bemerkte er mehr offene Gesichter.

»Jetzt möchte ich Ihnen folgende Frage stellen«, sagte Kerry. »Haben Sie auch nur einen Tag der Jagdsaison verpasst, seit mit Sam Towles Hilfe das Verbot von Sturmwaffen verabschiedet worden ist?«

Der eine oder andere lächelte, und in vielen Gesichtern war

Spannung und echtes Interesse zu erkennen. »Denn wenn es so wäre«, erklärte ihnen der Präsident, »dann sollten Sie weiter gegen Leute wie Sam und mich stimmen, sooft Sie dazu Gelegenheit haben. Aber wenn es nicht so war – wenn Sie nur verpasst haben, Sam Towle eine faire Chance zu geben –, dann sollten Sie sich vielleicht mal überlegen, ob die SSA Sie belogen hat, um ihm eins auszuwischen.«

Kerry hielt kurz inne und pochte mit dem Zeigefinger auf die Tischplatte. »Genau so war es nämlich. Die SSA hat Lügen über Sam verbreitet, und dann hat sie Lügen über mich verbreitet. Und jetzt überschwemmt sie Ihre Briefkästen und das Fernsehen mit weiteren Lügen über diese Gesetzesvorlagen, um der Senatorin Rollins Angst einzujagen. Ich kann hier nicht für Cassie Rollins sprechen. Aber mit ihrer neuesten Lüge will die SSA nur eins erreichen: Sie sollen das Recht eines Kriminellen oder eines prügelnden Ehemanns verteidigen, nach der Entlassung aus dem Gefängnis über die Straße zu gehen, eine Waffe zu kaufen, die *Sie* nie benutzen würden, und jeden abzuknallen, der ihm gerade über den Weg läuft. Wenn das irgendwas mit der Jagd auf Hirsche oder Rehe zu tun hat, dann ist mir das entgangen.« Kerry setzte ein Lächeln auf. »Eins weiß ich auf jeden Fall: Wenn mich bestimmte Leute ständig anlügen, dann tue ich alles, um es ihnen heimzuzahlen. Vielleicht haben Sie schon gehört, dass ich so bin.«

Leises Lachen machte die Runde. »Es gibt da so Gerüchte«, sagte jemand.

Kerry lehnte sich zurück und breitete die Arme aus. »Also sagen Sie mir einfach Ihre Meinung. Sie können mich alles fragen. Ich möchte hier erst wieder aufstehen, wenn wir Klartext miteinander gesprochen haben.«

Drei Stunden später saß Kerry immer noch da, trank Bier und unterhielt sich mit den Jägern. Keiner hatte das Gasthaus verlassen.

# 11

In einem kahlen Motelzimmer in unmittelbarer Nähe eines Autobahnkreuzes bei Hartford wartete Sarah auf ihren Anrufer.

Er hatte strenge und unnachgiebige Regeln vorgegeben. Sarah musste allein kommen. Sie musste sich ein Zimmer in diesem Motel nehmen. Sie musste warten, bis er kam. Er konnte ihr weder seinen Namen nennen noch etwas zu seiner Person sagen.

Mit einem mulmigen Gefühl sah sie sich in dem deprimierenden Raum um: billige Hirtenmotive, eine klapperige Lampe aus Messingimitat, eine blaugrüne Tagesdecke und ein schmutziges Fenster mit Ausblick auf den Parkplatz. Ihr Anrufer hatte sie aufgefordert, ein Raucherzimmer zu nehmen, und die Decke stank nach Zigaretten. Sie fragte sich, ob er vielleicht eine rauchen wollte, nachdem er sie vergewaltigt und ihr die Kehle durchgeschnitten hatte. Statt einer Waffe trug sie ein Pfefferspray in ihrer Handtasche.

Sie fuhr auf, als das Telefon läutete.

»Sind Sie allein?«, erkundigte sich die durchdringende Stimme.

»Ja.«

»Ich bin in der Eingangshalle. Aber sie wollen mir Ihre Zimmernummer nicht sagen.«

Sarah bekam eine Gänsehaut. »203.«

Mit einem Klicken legte er auf.

Leichter hätte sie es ihm nicht machen können, dachte Sarah. Ein Jäger, der beim Durchstreifen des Internets auf ihre Website gestoßen war und, durch den Fall Tierney auf die Anwältin aufmerksam geworden, beschlossen hatte, sie mit angeblichen Informationen zu ködern. Seine Regeln – die nach übertriebener Vorsicht aussehen sollten – waren nur ein Deckmantel für abartige sexuelle Neigungen oder den Hass eines fanatischen Abtreibungsgegners. Noch nie in ihrem Leben hatte sie sich so verletzlich gefühlt.

Als es endlich leise klopfte, schob Sarah das Pfefferspray in die Tasche ihres Kostüms. Langsam öffnete sie die Tür.

Er war ungefähr fünfzig – schmächtig und ziemlich klein, das schüttere rote Haar grau durchsetzt. Die straff über den Schädel gespannte Haut hatte etwas Glänzendes, fast Steriles an sich, und seine blauen Augen wirkten wachsam und misstrauisch.

»Sind Sie allein?«, fragte er erneut.

Wortlos trat Sarah zurück.

Er trug eine zerschlissene Aktentasche bei sich. In einem Anfall von schwarzem Humor fragte sich Sarah, ob er darin seine Lexington P-2 aufbewahrte.

»Was soll diese Geheimnistuerei?«, wollte sie wissen.

Leise schloss er hinter sich die Tür. Fast unhörbar rastete der Riegel ein.

Mit einer stummen Geste wies Sarah ihn zu dem Fichtenholzstuhl, den sie in die Ecke gegenüber der Tür gestellt hatte. Zögernd setzte er sich auf die Kante. Erst dann ließ sie sich auf dem Bett nieder und sagte: »Sie haben meine Frage nicht beantwortet.«

Auf seinen Lippen erschien ein unmotiviertes Lächeln, das seine Zähne nicht zeigte. »Ich habe schon vor langer Zeit die Erfahrung gemacht, dass man Menschen nicht trauen kann. Das bezieht sich auch auf meine Vorgesetzten bei Lexington.«

»Sie wissen doch, wer ich bin«, beharrte Sarah. »Ich habe mich genau an Ihre Anweisungen gehalten – auch wenn das ziemlich leichtsinnig von mir war.«

Verständnis leuchtete in seinen stechenden Augen auf. »Sie meinen vielleicht, ich bin ein Perverser.«

»Es gibt alle möglichen Arten, pervers zu sein.«

Der Mann stieß ein grelles, verstörendes Lachen aus.

»Hören Sie«, sagte Sarah mit einer von Furcht diktierten Eindringlichkeit, »ich verspreche Ihnen, dass ich ehrlich mit Ihnen umgehe. Aber ich bleibe keine Minute länger, wenn Sie mir nicht sofort verraten, wer Sie sind.«

Wieder erschien das unfrohe Lächeln. »Ich bin Norman Conn«, antwortete er leise.

Das Bewusstsein seiner eigenen Wichtigkeit schwang in seiner Stimme mit. Sarah versuchte angestrengt sich daran zu erinnern, ob ihr dieser Name schon einmal begegnet war. Dann zog sie aus den nervtötenden Stunden, die sie in der Lagerhalle von Lexington unbrauchbare Akten durchwühlt hatte, zum ersten Mal einen greifbaren Nutzen.

»Sie arbeiten in der Qualitätssicherung.«

»Ich bin der Leiter«, verbesserte sie Conn. »Meine Abteilung bearbeitet auch Ermittlungsanfragen im Zusammenhang mit Waffen, die bei Verbechen auftauchen.«

Sarah war mit einem Schlag klar, dass sie auf etwas Handfestes gestoßen war. Erleichtert atmete sie aus. »Warum haben Sie mich angerufen?«

Er bedachte sie mit einem Blick vernichtender Belustigung. »Sie erinnern sich bestimmt nicht mehr an Vietnam. Kennen Sie überhaupt jemanden, der gedient hat?«

Was diese Frage auch bedeuten mochte, Sarah spürte, dass er Aufrichtigkeit erwartete. »Eigentlich nicht«, gab sie zu. »Mein Vater ist damals irgendwie um die Einberufung herumgekommen. Er redet nicht viel darüber.«

Diesmal enthielt sein Lächeln einen säuerlichen Anflug von Bitterkeit und moralischer Überlegenheit. »Ich auch nicht, Sarah. Aber ich hatte fünfunddreißig Jahre Zeit, um darüber nachzudenken.«

Sarah fühlte sich beklommen, als sie ihren Vornamen aus seinem Mund hörte. Andererseits lag darin auch eine Andeutung von Vertrautheit. Wenn sie Geduld bewies, würde er seine Geschichte erzählen. Plötzlich war sie sich sicher, dass dies unentbehrlich für die weitere Zusammenarbeit mit ihm war. »Über den Krieg?«, fragte sie.

»Über die Toten.«

Darauf gab es nichts zu sagen. Schweigend versuchte Sarah, so etwas wie Mitgefühl für eine Erfahrung auszustrahlen, die er offensichtlich nur mühsam in Worte fassen konnte.

»Ich war bei der Infanterie«, sagte Conn abrupt. »Eines Morgens führte ich eine Patrouille an. Zwölf Tage später sollte ich nach Hause fliegen, aber ich musste immer noch nach Landminen suchen.« Das Lächeln flackerte auf. »Eine habe ich übersehen. Drei Leute wurden so zerfetzt, dass jede Hilfe zu spät kam. Aber Boynton – der Schwarze – brauchte zwei Stunden zum Sterben.« Seine Augen wurden feucht, und sein Lächeln verriet große Willensanstrengung. »Er hatte mir immer erzählt, dass der Schwarze in Filmen als Erster stirbt.«

Sarah glaubte in diesem letzten Detail von Conns kargem Bericht den Widerhall eines lange zurückliegenden psychischen Zusammenbruchs zu hören. Aber neben einer Anwandlung von Anteilnahme beschlich sie auch die Furcht, dass er labil sein könnte. Vielleicht hatte sein Realitätssinn durch starke Schuldgefühle einen Knacks bekommen. Vielleicht war sein Misstrauen gegen Autoritäten darauf zurückzuführen, dass er zum hilflosen Opfer eines sinnlosen Kriegs geworden war.

»Wenn Sie uns mit Ihren Informationen helfen können«, mahnte sie ihn, »müssen wir Sie als Prozesszeugen benennen. Ihr Arbeitgeber würde das nicht nur erfahren, sondern Sie auch durch seine Anwälte vernehmen lassen. Geheimhaltung kommt nicht in Frage.«

Conns Blick war unversöhnlich, fast verächtlich. »Ich war neunzehn«, erklärte er. »Seit damals wünsche ich mir, ich könnte wieder dorthin zurück und drei Menschenleben retten. Jetzt habe ich eine zweite Chance, auch wenn ich nie erfahren werde, wem ich das Leben rette.«

Zum ersten Mal nahm Sarah die Aktentasche zu seinen Füßen zur Kenntnis. »Was ist da drin?«

Conns Blick bohrte sich in ihren. »Die Dokumente, die ich nicht vernichtet habe, obwohl ich Anweisung dazu hatte.«

Allein in dem Motelzimmer, rief Sarah Lara Kilcannon auf ihrer privaten Leitung an. Sie fühlte sich wie erschlagen. Die braune Aktentasche lag neben ihr auf dem Bett.

»Ich bin froh, dass Sie anrufen«, begann Lara ohne Einleitung. »Ich muss Ihnen etwas erzählen. Wir müssen doch die Person aufspüren, die die P-2 an John Bowden verkauft hat, oder.«

Lara schien so fixiert, dass Sarah ihre eigene Mitteilung erst einmal zurückstellte. »Das ist nur der Anfang«, antwortete sie. »Letztlich müssen wir beweisen, dass Bowden die Waffe wegen der Anzeige von Lexington gekauft hat.«

Lara schwieg einen Moment. »Vielleicht ist das noch nicht alles. Ich kann Ihnen auf jeden Fall sagen, wo Sie suchen müssen.«

# 12

An dem klaren Sonntagmorgen vor Thanksgiving paddelten Kerry und Lara in Kajaks über den Chilmark Pond.

Das sonnige Wetter auf Martha's Vineyard war ein Glücksfall für ihren Wochenendausflug. Die Hütte am Weiher, die sie noch nicht gekannt hatten, war ruhig und voller Bücher; sie hatten sich diesmal nicht in Dogfish Bar einquartiert. Am Samstag hatten sie nur gelesen, geredet und sich einfach erholt. Am Sonntag waren sie ehrgeiziger. Sie packten Bagels und eine Thermoskanne Kaffee ein und machten sich mit ihren Kajaks auf den Weg zum Strand. Sie hielten über das Wasser auf die Düne zu, hinter der sich das Meer verbarg. Lara drehte ihr Paddel mit anmutiger, fast mathematischer Präzision, während Kerry sein mangelndes Geschick durch Kraft ausglich. Eine Brise kräuselte den sonnenbeschienenen See und bewegte das Schilf am Ufer. Es herrschte völlige Stille bis auf das leise Tuckern der Außenbordmotore an den Schlauchbooten der Leibwächter. Die einzigen anderen Menschen in Sichtweite waren zwei weitere Geheimagenten auf der Düne.

Lara und Kerry ließen ihre Kajaks am Ufer zurück und stiegen den Bohlenweg hinauf, der die Düne überquerte. Oben blieben sie stehen, um in die blaue Weite des Atlantiks hinauszuschauen, der sich zu ihrer Rechten bis zu den Gay-Head-Klippen erstreckte. Im Spätherbst schien der Blauton kreidiger, und das Zusammentreffen von Sand und Brandung und entfernten Klippen hatte eine karge, raue Schönheit, die nur durch die Gestalten der Leibwächter an der Wasserlinie gestört wurde. Nachdem sie auf dem Bohlenweg zum Strand gelangt waren, breiteten Kerry und Lara eine Wolldecke aus und schenkten sich dampfend heißen Kaffee in zwei Becher, die warm in ihren Händen lagen.

»Es fällt mir schwer, das jetzt zu erwähnen«, sagte Lara, »aber wie steht es mit der Immunität für Waffenhersteller?«

Seit ihrer Ankunft war dies die erste Anspielung auf Politik und indirekt auf den Tod von Laras Angehörigen. Kerry antwortete ohne lange Umschweife. »Im Repräsentantenhaus wird die

SSA die Sache durchpeitschen. Aber im Senat ist der Ausgang ungewiss, und ab morgen werden noch mal alle Kräfte mobilisiert. Chuck Hampton meint, wir haben noch ungefähr zwei Wochen. Höchste Zeit, dass ich mich persönlich um die Wackelkandidaten bei den Demokraten kümmere, das heißt, dass ich ihnen Wahlkampfteilnahme, Dammprojekte und Jobs für Verwandte verspreche. Und dass ich Chuck dazu dränge, allen Senatoren, die für Fasano stimmen, die Mittel aus dem Wahlkampfausschuss im Senat zu sperren.«

»Wird er das machen?«

Kerry nahm einen Schluck Kaffee und empfand die Wärme genauso belebend wie die kühle Brise im Gesicht. »Vielleicht«, erwiderte er. »Wie bei Fasano steht auch für Chuck der Führungsanspruch auf dem Spiel. Ein Anreiz ist, dass wir ein paar Meinungsumfragen durchgeführt haben, um Leuten wie Torchio und Coletti zu zeigen, wie sie ein Votum gegen die SSA verkaufen können.« Kerry setzte seinen Becher ab. »Ich werde alles tun, was notwendig ist. Wenn ich bei dieser Sache verliere, hätte ich das Gefühl, das ist das Ende.«

Lara wandte sich ihm zu. »Kann ich irgendwie behilflich sein?«

Ihre Worte erinnerten Kerry daran, dass die Tragödie sie – trotz aller Ereignisse – in vieler Hinsicht auch zusammengeführt hatte. Nicht nur hatten sie ein gemeinsames Ziel, sondern Lara verstand und akzeptierte auch, was ein Präsident tun musste.

»Joe Spivey«, antwortete Kerry, »möchte, dass du seinen Wahlkampf unterstützt. Er meint, das könnte ihm bei seinen Problemen mit Abtreibungsbefürworterinnen helfen – vor allem nachdem er gegen Caroline Masters gestimmt hat.«

Laras Lächeln machte Kerry darauf aufmerksam, welche Ironie darin lag, dass sie früher als Berichterstatterin die Fähigkeiten des Senators aus Missouri äußerst kritisch beurteilt hatte und dass sie jetzt als First Lady dazu beitragen würde, seine Mittelmäßigkeit um eine weitere Amtsperiode zu verlängern. »Sag Senator Spivey«, erklärte sie, »dass ich nicht mehr Schamgefühl habe als er. Aber nur, wenn er diesmal richtig abstimmt.«

Am Montagmorgen begann der Präsident, Senatoren anzurufen oder sie zum Frühstück, Mittagessen oder einem Cocktail ins Weiße Haus einzuladen.

James Torchio versprach er am Telefon einen persönlichen Anruf bei dessen wichtigstem Spendenbeschaffer. Beim Frühstück mit Ben Jasper aus Iowa erkundigte er sich höflich, ob der Senator bei der Fluthilfe mit der Unterstützung der SSA rechnen konnte oder ob dafür nicht doch ein Präsident nötig war. Im Oval Office fragte er Jason Christy aus Maryland – der nach Kerrys Amtszeit seine Nachfolge antreten wollte –, ob er wirklich glaube, die Parteinominierung gegen den Widerstand des Amtsinhabers durchsetzen zu können. Zu all diesen Unterredungen gehörte der übliche Handel mit Gefälligkeiten und eine genaue Kenntnis der Motive aller Senatoren, denen umgekehrt auch unmissverständlich klar gemacht werden musste, worum es Kerry ging. Insofern waren diese Gespräche wenig überraschend für ihn. Eine Ausnahme bildete allerdings Hank Westerly aus Nebraska.

Sie saßen in Kerrys Privatwohnung im Weißen Haus und tranken Scotch aus Kristallgläsern. Westerly wirkte so gequält, dass Kerry fast Mitleid mit ihm hatte. »Ich habe oft gedacht«, sagte er zu seinem ehemaligen Kollegen, »dass das Senatorendasein viel schöner wäre, wenn man nie abstimmen müsste.«

Aber Westerly schien für Humor nicht mehr zugänglich. Hinter dicken Brillengläsern linste er in Kerrys Richtung. Sein sonst so leutseliges Gesicht war ein Bild des Jammers. »Ich habe Angst vor denen«, platzte es aus ihm heraus.

»Vor der SSA?«

»Ja.« Sein Ton wurde bekenntnishaft. »Ich meine körperlich.«

Auf diese Angst war Kerry nicht vorbereitet. Beim Blick in das Gesicht des Präsidenten zuckte Westerly zurück. Er schien zu bedauern, dass er dieses Geständnis einem Mann gemacht hatte, der nicht nur seinen Bruder und drei enge Verwandte seiner Frau durch Waffengewalt verloren hatte, sondern beinahe selbst einem Anschlag zum Opfer gefallen war. Kerry antwortete mit leiser Stimme: »Im Gegensatz zu fanatischen Abtreibungsgegnern schießen die Waffenbefürworter nicht auf ihre Gegner. Es kann natürlich immer ein erstes Mal geben.« Doch wenn mich meine Erfahrung nicht trügt, werden nicht Sie das Opfer sein.«

Der Senator konnte sich nicht zu einer Antwort überwinden.

In unverändert ruhigem Ton setzte Kerry hinzu: »Ich brauche Ihre Hilfe, Hank.«

Nach einem Schluck Scotch fuhr sich Westerly mit der Zunge über die Lippen und verzog bekümmert das Gesicht. »Ich würde Ihnen gern helfen, Mr. President, glauben Sie mir. Aber ich weiß nicht, ob ich es kann.«

Kerry spürte, wie seine Gewissensbisse verschwanden. »Dann werfen wir doch mal einen Blick auf Ihr Leben im Diesseits. Wenn Sie etwas brauchen – einen Damm, eine Straße, oder ein Amtsgebäude mit Ihrem Namen drauf –, kann ich Ihnen dazu verhelfen – oder eben nicht. Wenn ich für Sie in den Wahlkampf ziehen oder Geld beschaffen soll, werde ich das tun – oder eben nicht. Ich habe vor, noch sieben Jahre im Amt zu bleiben. Das ist eine lange Zeit für einen Senator im Fegefeuer. Vorausgesetzt natürlich, dass Sie noch so lang hier sind.« Jedes Mitgefühl war aus Kerrys Stimme gewichen. »Im Leben muss man sich entscheiden, Hank. Sie müssen sich entscheiden, was Ihnen am meisten Angst macht.«

Das letzte Treffen war das unangenehmste, weil es keine Spur von Menschlichkeit aufwies.

Nach Kerrys fundiertem Urteil war Jack Slezak aus Michigan ein plumper Politiker ohne Moral, dessen einziges Interesse darin lag, Macht anzusammeln und seine Rivalen mit allen zur Verfügung stehenden Mitteln aus dem Weg zu räumen. Kerry verachtete ihn instinktiv und aus Prinzip. Im Zuge seines komplexen Überlebenskalküls war Slezak zu einem Befürworter des Rechts auf Waffenbesitz geworden, um damit bei Wählern Boden gutzumachen, deren Stimmen normalerweise den Republikanern gehörten, ohne um die Gunst seiner Stammwähler aus der Arbeiterschicht fürchten zu müssen, die häufig auch Waffenbesitzer waren. Ein ähnliches Kalkül hatte ihn dazu veranlasst, bei der Vorwahl in Michigan nicht Kerry, sondern Vizepräsident Dick Mason zu unterstützen. Kerry war sich ziemlich sicher, dass Slezak maßgeblich an einer verleumderischen Telefonkampagne beteiligt war, die Kerry als ungläubig und gewerkschaftsfeindlich hinstellte und ihn letztlich den Sieg in Michigan kostete.

Obwohl es schon früher Abend war, als Slezak das Oval Office betrat, bot ihm Kerry keinen Drink an. »Ich brauche Ihre Stimme gegen die Immunität für Waffenhersteller«, sagte er. »Ganz einfach.«

Unter Slezaks zurückgebürstetem rötlichem Haar lagen wachsame grüne Augen, die Kerry aus einem breiten, kantigen Tartarengesicht anstarrten. Wahrscheinlich, so argwöhnte Kerry schon seit langem, stammten diese Züge aus einer Zeit, als Dschingis Khan mit seinen Horden über wehrlose Dörfer in Osteuropa hergefallen war. »Von wegen einfach«, antwortete Slezak respektlos. »Ich stehe nächstes Jahr zur Wiederwahl an. Was kriege ich, wenn ich die SSA vor den Kopf stoße?«

Kerry wusste, was er hätte versprechen müssen: die Hilfe des Präsidenten, um Geldgeber für Slezaks Wahlkampf zu gewinnen, für die der Senator ein rotes Tuch war. Aber das Wissen, dass Slezak genau dies erwartete, obwohl er alles unternommen hatte, um Kerry den Einzug in die Räume zu verwehren, in denen sie jetzt saßen, verlangte eine andere Antwort. »Meine Nachsicht«, sagte Kerry. »Sie denken vielleicht, dass es mir nur um die nächste Wahl geht. Bei der letzten Wahl habe ich in Ihrem Staat die Vorwahl verloren – und das habe ich zum größten Teil Ihnen zu verdanken. Jetzt müssen Sie bei einer Vorwahl gegen Jeannie Griswold antreten, und wenn Sie verlieren, sind Sie für immer von der Bildfläche verschwunden. Und wie diese Wahl ausgeht, hängt ziemlich stark von mir ab.«

Ein halsstarriger Ausdruck trat in Slezaks Gesicht. »Michigan ist mein Staat, nicht Ihrer. Ich dachte, das hätten wir beim letzten Mal geklärt.«

Kerry schüttelte den Kopf. »Nein. Beim letzten Mal haben wir nur geklärt, dass ich Sie gern los wäre. Und wenn Sie sich jetzt mit mir anlegen, werden andere Leute diese Auffassung teilen. Aber eins steht fest: Die Reaktion wird viel eleganter und angemessener sein als eine schäbige Telefonkampagne.«

Slezak verschränkte die Arme. »Zum Beispiel?«

»Da kommt einiges in Frage. Aber ich gebe Ihnen einen Tipp: Behalten Sie Leo Weller im Auge.«

Slezaks Blick wurde hart. »Diese Fersehspots über Asbest.«

Kerry lächelte. »Sie haben schon davon gehört. Aber in Michigan gibt es natürlich keine Asbestbergwerke. Darum möchte ich Ihnen kurz erklären, worum es für Sie geht. Ein zwölfjähriger Junge hat auf einem Spielplatz in Detroit Basketball gespielt, als ihn ein Teenager aus der Nachbarschaft in den Rücken schoss. Der Junge ist für den Rest seines Lebens am ganzen Körper gelähmt. Der Schütze hatte seine Waffe bei einem schmutzigen Händler gekauft, der sich nicht um Leumundsprüfungen kümmerte, obwohl die von ihm verkauften Waffen immer wieder bei Verbrechen auftauchten. Der Hauptlieferant dieses Händlers, ein Waffenhersteller aus Südkalifornien, versorgte ihn auch weiterhin mit Waffen, obwohl er schon längst Bescheid wusste. Eine Waffe dieses Herstellers hat den Jungen zu einem Krüppel gemacht. Seine Mutter hat geklagt. Die Gesetzesvorlage, die Sie unterstützen, würde die Klage gegenstandslos machen und dem Hersteller Immunität verleihen.«

Kerry unterbrach sich und beugte sich vor. »Wenn Sie für diese Vorlage stimmen, dann garantiere ich Ihnen etwas. Zwei Wochen vor Ihrer Wahl gegen Jeannie Griswold werden die Zivilprozessanwälte diesen Jungen und seine Mutter in jedem Fernsehsender vorführen. Ich werde damit nichts zu tun haben. Ich werde nur ein paar Millionen Dollar für Jeannie sammeln und überall dort gegen Sie in den Wahlkampf ziehen, wo es Ihnen am meisten schadet.«

Kerrys Stimme war kühl und distanziert. »Sie werden verlieren, und Jeannie Griswold wird an Ihre Stelle treten. Und offen gesagt ist es mir eigentlich ziemlich egal, wie Sie sich entscheiden.«

# 13

Wegen ihrer neuen Erkenntnisse wartete Sarah mit einer Spannung auf die Aussage von Dr. Larry Walters, die keiner der anderen Anwesenden teilte.

Ihr gegenüber saß John Nolan, bereit für das Kreuzverhör. Aber erst nach der Vernehmung würde Sarah ihm die korrigierte Zeugenliste überreichen, die nun auch Norman Conn enthielt und einen Vernehmungstermin für einen Mann namens George Johnson vermerkte, der in einem Bundesgefängnis einsaß. In den nächsten Stunden würde Nolan ihren sachverständigen Zeugen befragen, ohne zu wissen, dass dessen Antworten das Fundament für den verheerenden Schaden legten, den Conn und Johnson – so hoffte Sarah – der Verteidigungsstrategie der Beklagten zufügen würden.

Walters, der sich seiner doppelten Bedeutung ebenso wenig bewusst war wie Nolan, strahlte Ruhe und Gewissenhaftigkeit aus. Die schmucklose Metallbrille und seine sorgfältige Sprache verrieten den Akademiker. Er war Doktor der Kriminologie und hatte zahlreiche Bücher und Artikel über das Phänomen der Waffengewalt in Amerika veröffentlicht. Davor war er Schusswaffenexperte gewesen und hatte als leitender Verwaltungsbeamter im Bureau of Alcohol, Tobacco and Firearms gearbeitet. Dies genügte bereits, um Nolan zur Vorsicht zu mahnen, wenn auch nicht zu dem tiefen Argwohn, den er verspürt hätte, wenn er von Sarahs Überraschung gewusst hätte. Fürs Erste reichte ihr jedoch die Vorfreude auf Walters' Aussage.

»Die Lexington Patriot-2«, sagte Walters, »ist eine Kriegswaffe.«

Als Reaktion auf diese schlichte, völlig unprätenziös vorgebrachte Aussage beugte sich Fancher vor, während Nolan eine defensive, aber entschlossene Haltung einnahm.

»Worauf stützen Sie diese Behauptung?«, fragte er.

Walters blickte kurz in seine Unterlagen, ehe er in neutralem, emotionslosem Tonfall seine Gedanken darlegte. »Beginnen wir mit der Beschreibung der P-2 in dem Handbuch der Firma Lexington.

Dort ist die Rede von einer Waffe mit ›militaristischem Kampfgurt‹, der ›Streufeuer‹ ermöglicht. Eine Abbildung zeigt den Einsatz der P-2 im ›Hüftfeuermodus auf kürzeste Distanz‹. Laut Handbuch erlaubt die Waffe aufgrund ihrer Konstruktion ›anhaltendes Schnellfeuer, das bei den meisten Handfeuerwaffen nicht möglich ist‹ ...«

»Kann es nicht sein«, unterbrach ihn Nolan, »dass ein Waffenliebhaber einfach Freude an der fortschrittlichen Konstruktion der P-2 hat?«

Walters blickte mit hochgezogenen Augenbrauen auf. »Fortschrittliche Konstruktion? Die Waffe sieht plump aus, sie wiegt zu viel, und sie ist unhandlich beim Schießen. Das macht sie unpräzise und somit auch nutzlos – und sogar gefährlich – für die Jagd oder die Selbstverteidigung. Nicht einmal zum Ballern auf Bierdosen ist sie geeignet – für Bierfässer würde es vielleicht reichen, aber auch nur aus der Nähe. Kurz, diese Waffe ist nicht zur Verwendung als Freizeitvergnügen konstruiert. Und mir ist auch kein Fall bekannt, in dem die P-2 zur Selbstverteidigung benutzt worden wäre. Wie aus dem Handbuch hervorgeht, eignet sich diese Waffe bestens, um mehrere Menschen mit anhaltendem Schnellfeuer ins Visier zu nehmen.« Nach kurzem Schweigen schloss Walters: »Was fortschrittlich ist, ist Ansichtssache. Aber was die Konstruktion angeht, hat Mr. Bowden die Patriot-2 exakt so verwendet, wie es ihrem Zweck entspricht.«

»Worauf stützen Sie *diese* Meinung?«

»Unter anderem darauf, dass ich mir das Video der Morde angesehen habe.« Mit einem kurzen Blick auf einen Bildschirm am Kopf des Konferenztisches sagte Walters sanft: »Falls es Ihnen nichts ausmacht, würde ich Ihnen das gern en détail erklären.«

Widerstrebend wandte sich auch Nolan dem Bildschirm zu. Walters nahm eine Fernbedienung und drückte auf einen Knopf.

Auf dem Video kniete Bowden in der Nähe eines Gepäckbandes ungefähr fünf Meter vor seinen Opfern. Er zog die P-2 aus dem Legokasten und schob sich mit leerem Blick den Gurt über die Schulter.

Als eine Kugel Inez Costellos Kehle durchschlug, hielt Walters das Bild an.

»Das ist natürlich die Mutter der First Lady. Im Hinblick auf die

Konstruktion der Waffe ein absoluter Glückstreffer. Wie Sie sehen werden, entspricht der Fortgang der Ereignisse viel eher der Funktionsweise der P-2.«

Das Bild lief weiter.

»Nein«, schrie Joan Bowden.

Sarah zuckte zusammen, als es fünfmal kurz hintereinander knallte. Henry Serrano fiel zu Boden, dann Laura Blanchard, die junge blonde Studentin aus Stanford, und dann David Walsh, der zweite Leibwächter. Nolans Augen wurden zu Schlitzen. »Alle fünf Schüsse«, erklärte Walters, »galten seiner Frau. Stattdessen tötete Bowden drei Unbeteiligte.«

Das angehaltene Bild zeigte Mary Costello, die auf das Gepäckband kletterte. »In diesem Moment«, fuhr Walters fort, »wurde er auf die Klägerin aufmerksam.«

Ruckartig setzte sich Mary Costello in Bewegung und kroch in die Mündung des Gepäcktunnels, während weitere Geschosse auf Metall trafen. Sarahs Mund war ausgetrocknet.

»Fünf Meter«, bemerkte Walters unbeteiligt, »drei Schüsse. Und trotzdem hat er sie nicht getroffen. Dann wandte er sich wieder seiner Frau zu.«

Joan Bowden erschien, und dann zerfetzte eine Kugel ihr Gesicht. Diesmal fuhr Sarah zusammen, als Walters auf Pause drückte. »Zu beachten ist hier«, erklärte er, »welchen Schaden die Adlerklaue anrichtet. Weiter ist zu beachten, dass Bowden jetzt zehn Schüsse abgegeben hat, und zwar mit einem Ergebnis von zwei vorsätzlich und drei zufällig Getöteten sowie fünf Fehlschüssen.«

Sarah sah weg. Das Video und der unheimliche Kommentar des Sachverständigen hatten alle verstummen lassen. »Beim nächsten Schuss«, erläuterte Walters, »wirken die Konstruktion der Waffe, das Magazin mit fünfzig Patronen und die Bauweise des Geschosses selbst auf tödliche Weise zusammen.«

Nach einem Knopfdruck starrte Marie Costello voller Entsetzen auf das zertrümmerte Gesicht ihrer Mutter. Dann wandte sie sich mit geschlossenen Augen ab und drückte ihre Puppe an die Brust.

»Bei einem Zehnschussmagazin«, stellte Walters fest, »hätte dieses kleine Mädchen überlebt.«

Das Bild schwenkte zu Bowden. »Halt«, rief eine männliche Stimme.

Die Pistole in Bowdens Hand zuckte. »Meiner Meinung nach«, sagte Walters ausdruckslos, »wollte er gar nicht schießen. Aber der Abzug der P-2 ist so konstruiert, dass er schon auf den leichtesten Druck reagiert.«

Marie lag zwischen den zerschmetterten Porzellanscherben ihrer Puppe. Fassungslos starrend setzte sich Bowden die Waffen an den Kopf.

Walters hielt das Band an. »Das ist der zwölfte Schuss«, sagte er. »Ein durchaus nicht ungewöhnliches Ende bei einem Fall wie diesem. Nur dass vier Menschen zufällig starben und ein geplantes Opfer entkam. Die Klägerin.«

Auf dem Bildschirm spritzten Blut und Hirnmasse aus Bowdens Kopf.

»Machen wir zehn Minuten Pause«, schlug Nolan vor. Vielleicht glaubte er, dachte Sarah mit einer Art von düsterer Belustigung, dass das Schlimmste vorbei war.

»Ich möchte noch einmal auf die Konstruktion der P-2 zurückkommen«, begann Walters nach der Unterbrechung. »Bowden gelangte nur deswegen so nah heran, weil er die Waffe verbergen konnte. Der Gurt ermöglichte es ihm, schnell und wahllos zu feuern, was zu Zufallsopfern führte. Mit dem Magazin konnte er einen elften Schuss abgeben, der wegen des leichten Abzugs Marie traf. Marie starb, weil die Adlerklaue zum Töten konstruiert ist. Bei einer anderen Waffe, einer anderen Kugel oder einem Zehnschussmagazin wäre dieses ermordete Kind am Leben geblieben.« Er deutete ein Achselzucken an. »Was die anderen angeht, Mr. Nolan, können Sie gern argumentieren, dass sie zufällig gestorben sind. Aber meiner Meinung nach sind sie einer Konstruktion zum Opfer gefallen.«

»Der Täter war Bowden«, korrigierte ihn Nolan scharf. »Sind Sie nicht auch der Meinung, dass die Konstruktion einer Schusswaffe neutral ist und dass die Verantwortung für einen Mord nicht beim Hersteller liegt, sondern beim Mörder?«

Walters zog die Augenbrauen hoch. »Nein, dieser Meinung bin

ich nicht. Nicht einmal, wenn ich von der Verantwortung für die Konstruktion einer mörderischen Waffe absehe.«

»Worauf stützen Sie diese Behauptung?«

»Die Firma Lexington vermarktet ihre Produkte an Kriminelle. Das kann man unschwer der SSA-Zeitschrift entnehmen, die bei Bowdens Sachen gefunden wurde.«

Nolan hob die Hand. »Dr. Walters, stützt sich Ihre Meinung zum Teil auf die Auffassung, dass Bowden für den Erwerb der P-2 auf diese Werbung zurückgegriffen hat? Oder dass er diese mit Sicherheit gelesen hat?«

Walters zögerte. »Nein. Das ist gar nicht nötig. Obwohl der *Schluss* durchaus nahe liegt, dass Bowden die Anzeige gesehen hat.«

»Für Sie vielleicht«, bemerkte Nolan abschätzig.

»Für mich vielleicht«, pflichtete ihm Walters liebenswürdig bei. »Aber für die Firma Lexington auf jeden Fall. Darum hat sie sich auch so bemüht, die P-2 in Kinofilmen und Fernsehkrimis zu platzieren, meistens in die Hände von Verbrechern. Und das ist auch angemessen, weil die Polizei solche Waffen nicht verwendet.«

Sarah unterdrückte ein Lächeln. Nolan konnte nicht anders handeln – er musste Walters dazu bewegen, alles zu äußern, was er auch bei der Hauptverhandlung sagen würde, auch wenn es noch so schädlich war.

»Welche anderen ›Beweise‹ haben Sie dafür«, beharrte er, »dass die Firma Lexington ihre Produkte an Kriminelle vermarktet?«

»Die gleichen Beweise wie Lexington selbst. Nehmen wir nur mal die Tatsache, dass die Zunahme der Waffengewalt in Amerika mit der Verbreitung von Handfeuerwaffen zusammenfällt. Jagdgewehre tauchen bei Verbrechen nur selten auf, und selbst Schrotflinten spielen statistisch gesehen kaum eine Rolle ...«

»Alle Waffenhersteller in Amerika«, unterbrach ihn Nolan, »machen auch Handfeuerwaffen. Heißt das, dass auch sie ihre Produkte an Kriminelle vermarkten?«

Walters' Blick wurde kalt. »Wenn es so ist, Mr. Nolan, dann sind sie dabei nicht annähernd so erfolgreich wie Ihre Mandantin. Laut Angaben des ATF ist die P-2 die häufigste Tatwaffe bei Verbrechen. Die Kriminellen haben die Botschaft verstanden, genauso wie Lexington auch. Das erklärt auch die Art der Anzeige, von der Sie behaupten, Bowden hätte sie nie gesehen.

Damit komme ich zu einer zweiten Tatsache: Weil Leumundsprüfungen in Kalifornien vorgeschrieben sind, stammen dreißig Prozent der bei Verbrechen benutzten Waffen in Kalifornien von außerhalb. Auch in Kalifornien ist die P-2 die häufigste Tatwaffe bei Verbrechen. Und ein überproportional großer Anteil dieser Waffen stammt aus Verkäufen in Arizona und Nevada. Wie die Firma Lexington sicherlich weiß, verkauft sie in Nevada mehr Waffen, als dies der regionale Markt hergibt – man spricht hier vom Phänomen der ›Überschwemmung‹. Wenn die Firma Lexington nicht glaubt, dass manche dieser Waffen auf Waffenmessen in Nevada an sekundäre Käufer gelangen, dann nur, weil sie es nicht glauben will. Aber ich sage es noch einmal, die Anzeige legt den Schluss nahe, dass sie es sehr wohl weiß.«

Einen guten Sachverständigen zu haben, dachte Sarah, war wie eine Fahrt in einem Rolls Royce: Sie konnte sich einfach zurücklehnen und den Ausblick genießen.

»Dann ist noch der Diebstahl von Waffen zu erwähnen«, fuhr Walters fort. »Es ist wie eine Epidemie – ungefähr fünfhunderttausend Diebstähle pro Jahr. Am aktivsten sind in dieser Hinsicht Waffenschieber und Rechtsradikale, die mit dem Verkauf gestohlener Waffen einen Profit von hundert Prozent einstreichen können. Und laut ATF ist die Lexington P-2 die am häufigsten gestohlene halbautomatische Handfeuerwaffe.

Am besten können Waffenschieber und Rechtsradikale ihre Beute auf Waffenmessen losschlagen. Dort gibt es tausende von potenziellen Kunden, die keine Angst vor Leumundsprüfungen haben müssen. In diesem Fall hat Lexington für den Verkauf von P-2 bei Waffenmessen geworben – angeblich durch lizenzierte Händler.« Walters blickte John Nolan durchdringend an. »Aber die Firma Lexington weiß natürlich auch, weil sie es einfach wissen *muss*, dass Waffenmessen ein wichtiger sekundärer Markt für den Weiterverkauf ihrer Produkte sind.«

Nolan starrte ihn an. »Sind Ihnen irgendwelche Beweise dafür bekannt, dass John Bowdens Waffe in Verbindung mit Schiebern oder Rechtsradikalen steht?«

»Nein«, antwortete der Sachverständige. »Aber das bestätigt genau meine Meinung über die Weigerung von Lexington, den Veranstaltern von Waffenmessen Leumundsprüfungen vorzuschreiben. Weil wir es darum vielleicht nie erfahren werden. Doch eins wissen wir ganz sicher. Wenn Bowden diese Waffenmesse besucht hätte und der Veranstalter hätte Leumundsprüfungen verlangt, dann hätte er dort keine Waffe kaufen können.«

Nolan zögerte. Dann stellte er zu Sarahs stillschweigender Zufriedenheit eine Frage, auf die er wohl verzichtet hätte, wenn er etwas von dem Hinterhalt geahnt hätte, der ihn erwartete. »Aber das ist alles reine Spekulation, nicht wahr? Rechtsradikale, Schieber, gestohlene Waffen, dass Bowden diese Anzeige gesehen hat und sogar was die Firma Lexington über den angeblichen Gebrauch ihrer Waffen bei Verbrechen weiß – nichts davon ist eindeutig bewiesen.«

»Bisher noch nicht«, erwiderte Walters ruhig. Sogar Nolans Kaffee schmeckte Sarah ungewöhnlich gut.

Nach dem Mittagessen begann Fancher die Vernehmung im Auftrag der SSA.

»Weshalb«, fragte Fancher in aggressivem Ton, »haben Sie das ATF verlassen?«

Walters legte die Hände zusammen. »Weil Ihre Mandantin seine Effektivität untergraben hat.«

»Erklären Sie das bitte.«

»Gern. Durch ihre Verbündeten im Kongress hat die SSA durchgesetzt, dass unangekündigte Inspektionen von Waffenhändlern nur einmal pro Jahr stattfinden dürfen – auch bei Händlern, die im Verdacht stehen, keine Leumundsprüfungen durchzuführen. Die meisten Gesetzesverstöße wurden zu kleinen Delikten herabgestuft. Die Zahl der Inspektoren wurde gesenkt. Und man sorgte dafür, dass sämtliche Aufzeichnungen aus Leumundsprüfungen noch am gleichen Tag vernichtet wurden. Schließlich drohte die SSA mit einer weiteren Reduzierung unseres Budgets, falls der Feldzug gegen Waffenhändler fortgesetzt würde.

Aber selbst das reichte ihr noch nicht. Im Gegensatz zu Tabak kann man Waffen sicherer machen. Aber die SSA hintertrieb Gesetze, die Sicherheitssperren, eine sichere Waffenaufbewahrung und andere Maßnahmen vorgeschrieben hätten, um tausende von Selbstmorden und tödlichen Unfällen zu verhindern. Alles unter Berufung auf das Second Amendment.«

»Wollen Sie behaupten, Dr. Walters«, fragte Fancher mit schneidender Stimme, »die SSA dürfe nicht dafür eintreten, dass gesetzestreue Amerikaner ein Recht auf uneingeschränkten Waffenbesitz haben, das keine Einmischungen einer aufdringlichen Bundesregierung zulässt?«

»Dann sollte die SSA umso stolzer auf ihre größte Leistung sein.« Zum ersten Mal lag eine Spur von Emotion in Walters' Ton. »Mehrere Jahre lang hat das CDC, das Center for Disease Control, Aufzeichungen über Häufigkeit, Kosten und Ursachen von Waffengewalt in Amerika geführt. Dann hat die SSA wiederum durch ihre Verbündeten im Kongress alle Mittel für waffenbezogene Nachforschungen gesperrt. Das ist nun wirklich ein scheinheiliges Spiel: Zuerst blockiert Ihre Mandantin die Registrierung empirischer Daten, die die Notwendigkeit von Gesetzen wie der Vorlage von Präsident Kilcannon belegen, und dann kommt sie mit dem Argument, dass solche Daten nicht existieren.«

Walters hielt inne, als müsse er sein Gleichgewicht wiederfinden. »Als Teil der erwähnten Anstrengungen der SSA fragte Senator Paul Harshmann beim CDC an, ob es Mittel für einen Dr. Lawrence Walters bereitstelle. Ich habe Senator Harshman nie gesehen. Aber Ihre Mandantin hat dafür gesorgt, dass der Senator von mir hörte und dass das CDC kalte Füße bekam.«

Walters lehnte sich zurück. »Die SSA«, schloss er, »verbreitet Angst und Unwissen. Stellen Sie sich vor, wir hätten das bei Polio oder Pocken so gemacht. Das Ergebnis wäre das Gleiche gewesen wie das, das die SSA vorzuweisen hat: hunderttausende von zerstörten Menschenleben.«

Nach der Befragung überreichte Sarah Nolan die Zeugenliste und den Vernehmungsvermerk. »Nicht so toll gelaufen für Sie«, sagte sie fröhlich. »Zumindest meiner Meinung nach. Aber das ist natürlich reine Spekulation.«

# 14

Als Cassie Rollins nach einem langen Wochenendbesuch bei ihren Wählern in Maine nach Washington zurückkehrte, war sie immer noch unentschlossen hinsichtlich der Haftpflichtreform und des Waffengesetzes. Dies hatte sie ihren Wählern nicht verschwiegen. Sie werde sich alle Stimmen anhören, hatte sie ihnen versichert. Was sie hörte, war aber ein Stimmengewirr, und sie fühlte sich hin und her geworfen von der SSA und Kilcannons Besuch in ihrer Heimat. Ihrem Treffen mit Fasano blickte sie mit gemischten Gefühlen entgegen.

Vor dem Capitol blieb Cassie stehen.

Normalerweise nahm sie einen Nebeneingang. Heute jedoch stieg sie, angelockt von einer Demonstration, die Marmorstufen auf der Senatsseite hinauf.

Was sie nachdenklich machte, waren die Schuhe.

Ordentlich standen sie Reihe um Reihe auf den Stufen: leere Schuhe von Frauen und Kindern. Die überwiegend weiblichen Demonstranten hielten Transparente, auf denen stand: »Helft dem Präsidenten, Leben zu retten« und »Keine Immunität für Mord«.

Eine freundliche Frau mit rundem Gesicht und grauem Haar stand neben schwarzen Pumps und einem kleineren Paar Tennisschuhe. Cassie ließ den Blick über die endlosen Schuhreihen wandern und fragte die Frau vorsichtig: »Wem gehören diese Schuhe?«

»Frauen und Kindern, die von Gewalttätern ermordet wurden.« Sie schaute auf die Schuhe neben sich. »Das da sind die Schuhe von meiner Tochter und meinem Enkel.«

Cassie legte der Frau kurz die Hand auf den Arm und setzte dann ihren Weg fort. Aber als sie die Bürosuite des Mehrheitsführers betrat, ging ihr das Bild der leeren Schuhe immer noch im Kopf herum.

»Ich habe sie auch gesehen«, räumte Fasano ein.

»Haben Sie auch den Beitrag über Kilcannon und diese Jäger gesehen? Er wird immer besser bei solchen Manövern.«

Fasano gab ihr keine direkte Antwort. »Übernächste Woche«,

sagte er nach einer Weile, »werde ich die Haftpflichtreform zur Abstimmung bringen. Ich brauche Ihre Stimme.«

Cassie kräuselte grübelnd die Lippen. »Ich würde Sie gern unterstützen, Frank. Aber ich muss zugeben, dass mich diese Sache beunruhigt – persönlich und politisch.«

Fasano musterte sie mit einem berechnenden Blick. »Kann ich irgendetwas für Sie tun?«

»Ja«, antwortete Cassie prompt, »Sie können bei diesem Waffengesetz einen Kompromiss mit Kilcannon schließen. Einen echten Kompromiss.«

Fasano schüttelte langsam den Kopf. »Ich habe alles getan. Weiter kann ich nicht gehen, das wissen Sie ganz genau.«

»Ich weiß alles über die SSA«, sagte sie müde. »Aber Sie sollten vielleicht aufpassen, Frank, wer hier wen benutzt. Es könnte Ihnen so gehen wie dem Jungen, der auf einem Tiger reiten wollte. Vielleicht werden Sie nicht gefressen, aber der Tiger wird entscheiden, wohin die Reise geht.«

Wieder blieb Fasano zunächst stumm. Schließlich sagte er: »Nur einer von uns wird gefressen werden, Cassie. Und das sind Sie. Ich akzeptiere die Absprache, die Sie mit Mac Gage getroffen haben, als er noch Fraktionsführer war. Bei drei von zehn Abstimmungen können Sie sich gegen mich stellen, um einem Teil Ihrer Wähler einen Gefallen zu tun. Bei einigen von diesen Abstimmungen geht es um Abtreibung und gelegentlich auch um Waffen. Als Gegenleistung kann ich mit sieben von zehn Stimmen und einer republikanischen Senatorin rechnen, die das Ihre dazu beiträgt, dass wir die Mehrheit behalten und dass ich Fraktionsführer bleibe. Ich führe keinen heiligen Krieg. Ich hoffe, das wissen Sie.«

»Ja«, erwiderte Cassie mit einem respektvollen Nicken. »Und das weiß ich auch zu schätzen.«

»Dann haben Sie jetzt Gelegenheit, es mir zu beweisen.« Fasano schien plötzlich näher bei ihr, und seine Stimme wurde emotionslos und kalt. »Ich erwarte, dass Sie für die Immunität der Waffenhersteller *und* gegen Kilcannons Vorlage stimmen. Unsere Partei muss ihr Versprechen einlösen, und diese Abstimmungen sind einfach zu knapp. Wenn Sie sich gegen mich stellen, kann ich die SSA nicht zurückhalten. Ich werde es auch nicht versuchen. Und in einem Jahr werden Sie nicht mehr hier sein. Aber wenigstens müssen Sie sich dann mir gegenüber nicht mehr verantworten.«

Cassie erkannte, dass sie keinen Spielraum mehr hatte. In höflichem Ton dankte sie Fasano für seine Offenheit und versprach ihm, sich die Sache gründlich zu überlegen. Aber sie legte sich noch nicht fest.

Im Gegensatz zu seinen demokratischen Kollegen zog es Leo Weller angesichts der brisanten Entwicklung vor, Abstand zu einem Präsidenten zu wahren, der seine rechten Wähler so erzürnte. Um ihm weitere Peinlichkeiten zu ersparen, rief Kerry den Senator an.

»Ich habe gerade die neuesten Meinungsumfragen bekommen«, bemerkte er mit gespielter Besorgnis. »Ich habe noch nie erlebt, dass ein amtierender Senator in vierzehn Tagen um neunzehn Prozentpunkte einbricht. Ihre Beliebtheitswerte sind im freien Fall, Leo.«

»Das ist nur vorübergehend«, antwortete Weller trotzig.

»Vorübergehend? Sie sterben an Asbestose und an Tunnelblick, ohne es zu merken.« Kerry behielt seinen Ton ironischer Sympathie bei. »Glauben Sie mir, ich verstehe, wie so was passieren kann. Sie spielen Golf mit dem Präsidenten eines Asbest-Unternehmens, und der jammert Ihnen vor, dass sein Unternehmen von fadenscheinigen Prozessen in den Ruin getrieben wird. Sie hassen fadenscheinige Klagen und Zivilprozessanwälte ebenfalls, und Ihr Golfkumpel hat sein bedingungsloses Engagement für die gemeinsamen Prinzipien dadurch bewiesen, dass er schon dreihunderttausend Dollar für Ihren nächsten Wahlkampf gespendet hat.

Da setzen Sie doch gern eine Immunitätsklausel in Fasanos Vorlage zur Haftpflichtreform und unterschreiben sie als Befürworter. Das Problem ist nur, dass Sie Wähler haben, die an Asbestose sterben – aber nicht so schnell, dass sie nicht mehr gegen Sie stimmen können.« Kerry schlug einen heiteren Ton an. »Und jetzt sterben sie auch noch im Fernsehen. Die Sendezeit in Montana ist billig, und Opfer gibt es viele. Bis zum kommenden November werden sie munter weitersterben. Dann sind Sie fällig, Leo.«

Wie Kerry erwartet hatte, war Weller erst einmal sprachlos. »Was wollen Sie?«, fragte er schließlich.

»Diese Spots stammen nicht von mir, Leo. Nur die Zivilprozessanwälte können Ihnen da helfen. Aber ich kann Ihnen sagen, was ich an Ihrer Stelle tun würde. Ich würde nicht für mein Waffengesetz stimmen – das wäre zu riskant. Aber ich würde lieber heute als morgen meine Unterschrift unter der Haftpflichtreform zurückziehen und versprechen, gegen sie zu stimmen.« Kerrys Stimme wurde schärfer. »Gegen die *ganze* Vorlage. Dann müssen sich die Zivilprozessanwälte was anderes überlegen, um Sie loszuwerden.«

Weller schwieg immer noch. Der Mann mochte ein Hohlkopf sein, aber er hatte seinen Stolz. Es schmeckte ihm nicht, dass er von Kerry in aller Öffentlichkeit vorgeführt wurde, ohne sich dagegen wehren zu können, und er empfand die Aussicht auf einen allgemein sichtbaren Rückzieher als Demütigung.

»Ich lasse es mir durch den Kopf gehen«, sagte Weller widerstrebend.

»Tun Sie das, Leo«, erwiderte der Präsident. »Mir persönlich tut es richtig weh, wenn ich diese Fernsehspots sehe.«

## *15*

In einem engen Raum ohne Fenster des Bundesgefängnisses in Phoenix verhörte Sarah George Johnson.

Auf dem langen Flug nach Arizona hatte sie sich einen typischen Hell's-Angels-Rocker mit Bart, massigem Körper und Tätowierungen vorgestellt. Aber als sie Johnson gegenübersaß, der drei Gewaltverbrechen begangen hatte und für den Raub der Lexington P-2 verantwortlich war, die Laras Familie ausgelöscht hatte, sah sie einen schmächtigen und blassen Mann, der nur durch sein geschorenes Haar, seinen flatternden Blick und ein fahriges Wesen auffiel, das ihn nie ganz zur Ruhe kommen ließ. Der Gegensatz zu seiner distanzierten, ausdrucksleeren Stimme machte diese Unrast noch unheimlicher.

Auch Nolan, der den Gefangenen beobachtete, schien unsicher. Bei all seiner Autorität und Arroganz hatte Nolan doch wenig Erfahrung mit den untersten Schichten der Gesellschaft. Sarah hatte ihm nicht verraten, weshalb sie die Vernehmung eines Bundesgefangenen angesetzt hatte.

»Warum sind Sie in Haft?«, fragte sie Johnson.

Er warf einen kurzen Blick auf seine Anwältin, eine Pflichtverteidigerin mit stachligem Haar, einem strengen Gesicht und geschmacklosen türkisfarbenen Ohrringen. Als sie nickte, wurde Sarah klar, dass Lara Kilcannon Recht gehabt hatte: Dieser Mann war bereit, seine Schuld zu gestehen. Mit einem schnellen, fast krampfartigen Achselzucken antwortete Johnson: »Ich habe eine Ladung Lexington P-2 aus einem Waffenladen in Phoenix gestohlen.«

Nolan und Harrison Fancher sahen sich an.

»Wozu?«, fragte Sarah.

Ein verächtliches Lächeln spielte um Johnsons Mundwinkel. »Um sie zu verkaufen.«

»Wozu brauchten Sie das Geld?«

»Für unsere Organisation, die Liberty Force. Um den Widerstand zu finanzieren.« Sein Ton verriet mehr als nur Zorn – das strikte Festhalten an einer geordneten Sichtweise einer von Feinden bevölkerten Welt.

»Widerstand wogegen?«

»Gegen die Juden.« Deutliche Verachtung lag in seinen Worten, und er bedachte Sarah mit einem bohrenden Blick. »Gegen die Verschwörung, die mithilfe unserer so genannten demokratischen Regierung und der Drogen- und Unterhaltungskultur – in der es von Schwarzen, Schwulen, Lesben und Rassenschändern nur so wimmelt – unsere Wirtschaft beherrscht, die männliche Autorität untergräbt und die christliche weiße Rasse vergiftet. Sie haben das Ziel, uns ihre polyglotte Weltordnung aufzuzwingen.«

Und uns unsere Baumhäuser wegzunehmen, dachte Sarah. Aber Johnsons überzeugter Ton war beängstigend. Sie erkannte darin eine Art von missionarischem Eifer, wie man ihn brauchte, um Häuser in die Luft zu jagen.

»Wo wurden Sie verhaftet?«

»Bei einer Waffenmesse in Phoenix. Das ATF hat einen Käufer geschnappt, und der hat mich hingehängt.«

Nolans gespannte Aufmerksamkeit war fast mit Händen zu greifen.

»Warum haben Sie bei einer Waffenmesse verkauft?«, fragte Sarah.

Wieder zuckte Johnson die Schultern. »Die Messen werden in dieser SSA-Zeitschrift aufgelistet, und die Leute zahlen mehr. Arizona und Nevada sind am besten. Viele Käufer, keine Fragen.«

Sarah zögerte kurz. »Gab es einen bestimmten Grund, warum Sie P-2 gestohlen haben?«

Mit einer merkwürdig pingeligen Geste begutachtete Johnson seine Fingernägel, die so makellos geschnitten waren, dass sich Sarah unwillkürlich fragte, wo er die Maniküre herhatte. »Die P-2 ist bei Waffenmessen beliebt, und in Kalifornien kann man sie nicht kaufen.« Nach einer kleinen Pause fügte er ironisch hinzu: »Für den Widerstand ist sie nicht genau genug. Aber die Kunden stehen auf ihre Ausstattung.«

»Und der Kunde, der Sie angezeigt hat?«

»Keine Ahnung.« In seiner Stimme lag ein Anflug von Verachtung für die belanglosen Absichten seines Kunden. »Ich weiß nur, dass sie ihn bei einem Raubüberfall auf einen Tankstellenladen geschnappt haben.«

Langsam schob ihm Sarah ein Foto zu. »Haben Sie diesen Mann schon einmal gesehen?«

Johnson sah sich das Bild an und stieß ein raues Lachen aus. »John Bowden. Manche sehen in ihm einen amerikanischen Patrioten.«

Die Gehässigkeit seiner Antwort ließ Sarah kurz verstummen. Sie legte den Finger auf den Rand des Fotos. »Wissen Sie, wo Bowden seine Waffe herhatte?«

Johnson warf seiner Anwältin einen Blick zu. Mit verschleiertem Blick und völlig verkrampfter Haltung, als ringe er mit seinen stärksten Instinkten, wandte er sich wieder Sarah zu. Widerwillig und fast nicht mehr hörbar nuschelte er: »Da müssen Sie Ben Gehringer fragen. Er hat die Waffen mit mir zusammen gestohlen.«

Auch Sarah war angespannt. »Um sie bei Waffenmessen zu verkaufen?«

»Ja.« Den Blick auf Bowdens Bild gerichtet, schien Johnson über die unwägbaren Wege des Schicksals nachzugrübeln. »Ich habe Arizona gemacht, und er hat Nevada gekriegt.«

Als Nolan mit der Befragung begann, war es heiß und stickig in dem Raum geworden. Sarah stellte sich vor, Johnsons stärker werdender Körpergeruch sei die säuerliche Ausdünstung des Fanatismus.

»Ihnen ist wohl klar«, sagte Nolan mit Nachdruck, »dass Sie sich heute Vormittag schwer belastet haben.«

»Wer definiert, was ein Verbrechen ist?«, antwortete Johnson höhnisch. »Vielleicht unsere ›Regierung‹, diese Handlangerin von Juden und Bastarden? Ich erkenne ihre Autorität nicht an.«

Dies schien Nolan zu einer nicht weniger beißenden Erwiderung anzustacheln. »Sie haben nicht zufällig eine Vereinbarung mit dieser von Ihnen so verachteten Regierung getroffen – als Gegenleistung für Ihre heutige Aussage?«

»Nein.«

Nolan starrte ihn an. »Oder mit jemandem über eine solche Vereinbarung gesprochen?«

»Bitte beachten Sie bei Ihrer Antwort«, mahnte die Anwältin Johnson, »dass Sie Gespräche mit Ihrem Rechtsbeistand nicht erwähnen.«

Die Frustration schien aus Nolan hervorzuströmen wie Wärme. Sarah spürte, wie sein Argwohn Gewissheit wurde: Kilcannon musste persönlich eine Abmachung mit Johnson getroffen haben, um Lexingtons Verteidigungsstrategie zu durchkreuzen.

»Nein, ich habe mit niemand gesprochen«, antwortete Johnson in widerspenstigem Ton. »Mit niemand von der Regierung. Nur mit meiner Anwältin.«

Aber Sarah bemerkte, dass er Nolan nicht ansah. George Johnson dachte vielleicht darüber nach, dass er eigentlich wenig Grund hatte, den Kunden zu verachten, der ihn verpfiffen hatte. Die Aussicht auf eine lange Haftstrafe hatte ihn zum Judas werden lassen, zu einem weiteren Nagel für den Sarg der weißen angelsächsischen

Rasse. Nolan fragte sich bestimmt, ob er ihnen Gehringers Aufenthaltsort verraten hatte. Plötzlich schien ihm einzufallen, dass Sarah nicht danach gefragt hatte und daher bereits Bescheid wissen musste.

»Wo«, fragte Nolan mit gedämpfter Stimme, »ist Mr. Gehringer jetzt?«

Johnson saugte an seinen hohlen Wangen. »Ich habe gehört, die Bundespolizei hat ihn geschnappt«, sagte er tonlos. Für Nolan konnte nun kein Zweifel mehr daran bestehen, was geschehen war.

## 16

Als sich Frank Fasano mit Chuck Hampton traf, fühlte er sich von Anfang an wie ein Spielball gegensätzlicher Kräfte.

Da war zuerst einmal Leo Wellers Rückzieher. Die Schlagzeilen in der *Washington Post* und der *New York Times* konnten den Eindruck erwecken – der zu einer Realität zu werden drohte –, dass sich das Gleichgewicht der Macht zu Kilcannons Gunsten verschoben hatte. Die zweite Kraft, von der nur Fasano wusste, war der wachsende Druck der SSA, die auf einen möglichst frühen Abstimmungstermin für die Haftpflichtreform drang.

Dane hatte am Telefon reichlich nervös geklungen. »Wann soll die Abstimmung sein?«, wollte er wissen.

»Ich hatte an übernächste Woche gedacht«, antwortete Fasano. »Aber Cassie ist noch immer nicht an Bord, und nach Leos Abgang fehlen uns mindestens zwei Stimmen für die Immunität der Waffenhersteller. Warum sollten wir das Gesetz einbringen, solange wir nicht sicher sein können, dass wir gewinnen?«

»Weil Kilcannon inzwischen fleißig punktet. Wenn Sie jetzt zurückweichen, gestehen Sie damit nur Ihre Schwäche ein.«

Fasano fand Ton und Inhalt von Danes Worten zu einfach, zu fordernd und zu wenig respektvoll ihm gegenüber. »Wir sind nicht in Zeitnot«, antwortete er kühl, »zumindest nicht im Senat. Oder gibt es vielleicht ein Problem im Prozess?«

Das ausgedehnte Schweigen am anderen Ende der Leitung bestätigte Fasanos Vermutung. Zum ersten Mal wünschte er, er hätte Zugang zu den Aussagen im Costello-Verfahren. Aber der Richter hatte strikte Geheimhaltung angeordnet, und Dane schien nicht bereit, die Mitteilungen seiner Anwälte weiterzugeben. »Hören Sie«, drängte Fasano, »wenn in diesem Prozess eine Katastrophe droht, muss ich das wissen, bevor ich meine Partei in Gefahr bringe bei dem Versuch, ihn abzuwürgen.«

»Wenn Sie ihn abwürgen«, entgegnete Dane, »besteht auch keine Gefahr. Aber wenn Sie Cassie Rollins nicht weich kriegen, dann müssen wir das übernehmen. Der Rest ist Ihre Sache.«

Hampton war in Fasanos Büro gekommen.

»Es ist Zeit für eine Abstimmung«, sagte Fasano.

Mit einem angedeuteten Lächeln fragte Hampton: »Über das Waffengesetz des Präsidenten? Es ist höchste Zeit, dass das Töten aufhört.«

Hamptons Gelassenheit löste bei Fasano das Gegenteil aus: den Argwohn, dass Hampton wie Dane vielleicht mehr wusste als er.

»Um die Vorlage der Haftpflichtreform zur Abstimmung zu bringen«, fügte Hampton hinzu, »brauchen Sie die Einwilligung aller Senatoren. Im Moment haben Sie nicht mal meine.«

»Lassen Sie die Spielchen«, antwortete Fasano gereizt. »Sie können mich dazu zwingen, dass ich offiziell eine Abstimmung über die Haftpflichtreform beantrage, und dann über den Antrag debattieren. Aber was bringt Ihnen das? Eine Verzögerung von höchstens drei, vier Tagen.«

Hampton nahm einen Schluck Kaffee. »Und auf die kommt es Ihnen anscheinend an. Gibt es ein Problem, Frank? Spüren Sie vielleicht den heißen Atem des Präsidenten im Nacken? Oder den der SSA?« Unvermittelt gab Hampton seinen liebenswürdigen Ton auf und redete mit ruhiger, eindringlicher Sachlichkeit weiter. »Jede Woche bringt uns eine neue Ernte von Kindern, die von Schusswaffen getötet wurden. Solange wir nicht über die Vorlage des Präsidenten abstimmen, kann ich nur ihre *Bilder* zeigen. Ein schwacher Ersatz für echtes Handeln.

Machen Sie den Weg frei für eine Abstimmung über Kilcannons

Vorlage. Wenn Sie sich weigern, werde ich alle Passagen daraus, die der SSA nicht gefallen, als getrennte Zusätze zu Ihrer Haftungsreform beantragen, und dazu noch ein paar eigene Ideen von mir: allgemeine Leumundsprüfungen, ein Verbot der Herstellung und des Verkaufs von Adlerklauen, obligatorische Sicherheitssperren und eine Klausel für die Schließung des Schlupflochs bei Waffenmessen.« Ein Lächeln huschte über seine Lippen. »Sie haben doch auch den Nachrichtenbeitrag über diese Waffenmesse in Las Vegas gesehen. Dort wurden AK-47 verkauft.

Ich werde Sie zu einer Abstimmung nach der anderen zwingen, damit sich Senatoren wie Cassie Rollins immer wieder zwischen der SSA und vernünftigen, von der Öffentlichkeit gewünschten Maßnahmen entscheiden müssen. Spätestens nach zehn Abstimmungen werden die republikanischen Senatoren dastehen wie Huren der Waffenlobby – zumindest die, die Ihnen die Stange halten. Und wenn Ihnen dann immer noch nach Kämpfen zumute ist, bringe ich noch ein paar Zusätze ins Spiel, die besten Zündstoff für den nächsten Wahlkampf liefern werden: eine Anhebung des Minimallohns, Seniorennachlässe für verschreibungspflichtige Medikamente, vielleicht eine Festschreibung von Patientenrechten …«

»Wenn Sie das tun«, unterbrach ihn Fasano, »wird es im Senat ein Blutbad geben, und die Stimmung zwischen den Fraktionen wird so vergiftet sein, dass die Öffentlichkeit uns am Ende alle hassen wird. Ist Ihnen dieser Präsident wirklich so viel wert?«

»Es geht nicht nur um Kilcannon«, antwortete Hampton beherrscht. »Sie haben versucht, uns reinzulegen. Eher jage ich den Kasten hier in die Luft, als dass ich das zulasse. Sie haben die Wahl: Entweder Sie schließen einen Kompromiss mit mir, oder Sie treten offen für die Adlerklaue ein und bereiten Ihre Leute darauf vor, dass sie Charles Dane mit der unanständigsten Stimmabgabe ihrer Karriere Tribut zollen.«

Fasano traute kaum seinen Ohren. Vielleicht hatte er Chuck Hamptons Festigkeit bisher übersehen, oder die Ereignisse hatten diesen gelehrten Pragmatiker zu einem viel härteren und unberechenbareren Gegner gemacht. »Was für ein Kompromiss?«, fragte Fasano.

»Eine offene Abstimmung über die Haftpflichtreform ohne Obstruktion von unserer Seite. Aber erst nach einer Abstimmung über meinen Zusatz zur Streichung der Immunität für Waffenhersteller aus der endgültigen Vorlage.«

Das kam für Fasano nicht überraschend. Hampton und der Präsident konnten die Immunität für Waffenhersteller nur abwenden, wenn über diesen Punkt getrennt abgestimmt wurde. »Das kommt für mich überhaupt nur in Frage«, antwortete Fasano, »wenn wir zuerst über die Haftpflichtreform abstimmen und danach über Kilcannons Waffengesetz.«

»Wie lange vorher?«, konterte Hampton. »Ich will einen festen Termin.«

»Wenn wir die Haftpflichtreform übernächsten Dienstag einbringen können, dann wäre die Vorlage des Präsidenten zwei Wochen später dran. Aber erst, wenn wir über *unser* Waffengesetz abgestimmt haben.«

»Ein bescheidenes Zugeständnis«, merkte Hampton lächelnd an, »aber mehr lässt die SSA wohl nicht zu.« Er stand auf und streckte die Hand aus. »Abgemacht.«

»Abgemacht«, antwortete Fasano und schüttelte ihm die Hand.

## *17*

Für Sarah hatte Ben Gehringer in vielem das jenseitige Aussehen eines Highschool-Strebers – dicke Brillengläser in einem fleischfarbenen Gestell, schütteres, glatt zurückgekämmtes braunes Haar, ein dünner, ungesund wirkender Körper in der Haltung eines Kommas, blasse Haut mit rötlichen Flecken auf den von Sonnenstrahlen offenbar unberührten Wangen. Aber jede Unschuld war von Fanatismus und Misstrauen weggeätzt worden. In den blauen Augen lag die ungezähmte Schärfe eines Raubvogels. Sarah fühlte starke Anspannung, weil sie wusste, dass sie vor einem Durchbruch stand.

Der Schauplatz, ein kahler Raum in einem Bundesgefängnis in Idaho, glich dem der Vernehmung von George Johnson, und auch die Besetzung war ähnlich: John Nolan, Harrison Fancher und ein

Protokollführer. Die Rolle des Pflichtverteidigers hatte ein stämmiger Mann um die vierzig in einem unförmigen grauen Anzug inne. Aber diesmal waren ihre Gegner vorbereitet.

»Können Sie bitte zu Protokoll geben«, forderte Sarah den Zeugen auf, »wann Sie verhaftet wurden?«

»Vor einer Woche.«

»Was wirft man Ihnen vor?«

»Waffenschieberei.« Seine Antworten kamen knapp und widerstrebend, als wäre jedes Wort eine kostbare Münze. »Diebstahl einer Ladung Lexington P-2.«

»Wo haben Sie sie gestohlen«, hakte Sarah nach, »und mit wem?«

»In Phoenix. Mit George Johnson.« Er sprach den Namen mit einer Verachtung aus, als würde er auf den Gehsteig spucken. Nolan legte seinen Stift an die Lippen und starrte den Zeugen an.

»Wo haben Sie die P-2 verkauft?«, fragte Sarah.

Der Zeuge zögerte, wohl weil er nicht mehr zugeben wollte als unbedingt nötig. »Bei einer Waffenmesse in Las Vegas.«

»Wann?«

Gehringer rutschte ungeduldig auf seinem Stuhl hin und her. »Anfang September.«

Sarah legte Gehringer ein Foto vor. Im Raum herrschte Totenstille. Außer dem Protokollführer war kein Geräusch zu hören.

»Ich zeige Ihnen jetzt ein Foto mit der Bezeichnung ›Gehringer Beweisstück 1‹. Können Sie diesen Mann identifizieren?«

In den blassblauen Augen blitzte es auf. »Ja.«

»Wo haben Sie ihn zum ersten Mal gesehen?«

»Bei der Waffenmesse.«

Seine Wortkargheit wurde für Sarah allmählich zur Geduldsprobe. In schärferem Ton setzte sie hinzu: »Haben Sie mit ihm gesprochen?«

»Ja.«

»Worüber?«

»Über den Kauf einer P-2.«

Sarahs Hände wurden feucht. »Haben Sie ihm eine P-2 verkauft?«

Schweigend umklammerte der Zeuge mit einem klauenartigen Griff sein linkes Handgelenk. Obwohl er von jeder normalen Sensibilität weit entfernt war, hatte Gehringer die Tragweite der Frage sehr wohl erfasst. Wenn er mit Ja antwortete, war er derjenige, der die Mordwaffe in die Hände des Mannes gelegt hatte, der die Mutter, Schwester und Nichte der First Lady der Vereinigten Staaten ausgelöscht hatte. Dann erschien ein abstoßendes Lächeln auf Gehringers Gesicht – ob aus Genugtuung über seine Rolle bei dem Mord oder darüber, was ihm die Antwort eintragen würde, war für Sarah nicht erkennbar.

»Ja.« Das einsilbige Wort hallte kalt durch den Raum.

Gefasst fragte Sarah: »Hat er Ihnen gesagt, warum er eine P-2 wollte?«

»Nicht genau.«

Du gehst mir auf die Nerven mit deiner Gleichgültigkeit, dachte Sarah. »Hat er Ihnen – in Worten oder durch sein Verhalten – zu verstehen gegeben, weshalb er eine Lexington P-2 kaufen wollte?«

Gehringers Blick lag noch immer auf Bowdens Gesicht. »Er hat mir eine Anzeige hingehalten.«

Nolans Gesicht wurde zu einer ausdruckslosen Maske. Sarah öffnete eine Mappe und sagte: »Ich habe hier eine Ausgabe der Zeitschrift *Defender*, die die Bezeichnung ›Gehringer Beweisstück 2‹ trägt. War die betreffende Anzeige in dieser Zeitschrift?«

»Ja.«

»Hatten Sie die Zeitschrift schon vorher gesehen?«

Gehringer blätterte flüchtig in den Seiten. Unverändert emotionslos antwortete er: »Ich bin Abonnent.«

»Gibt es dafür einen bestimmten Grund?«

»Den Kalender mit den Waffenmessen. So habe ich von der Messe in Las Vegas erfahren.«

Links von Sarah machte sich Fancher eine Notiz. Sie nahm Gehringer die Zeitschrift aus der Hand und blätterte zu einer mit einer Klammer markierten Seite. »Ich zeige Ihnen jetzt Seite fünfundfünfzig. Ist das die betreffende Anzeige?«

»Ja.«

»Die von Lexington Arms?«

»Ja.«

»Und daneben befindet sich eine Anzeige für eine Waffenmesse.«

»Ja.« Gehringer zögerte kurz. »Das war ein weiterer Grund, warum ich zu der Messe gefahren bin. Ich war mir sicher, dass Kunden kommen würden.«

Damit war Nolans Verteidigungsstrategie – dass Sarah nicht beweisen konnte, ob Bowden von der Lexington-Anzeige nach Las Vegas gelockt worden war – mit einem Schlag zusammengebrochen. Sarah spürte die unsichtbare Hand von Kerry Kilcannon und fragte sich, wie er den Zeugen zu diesem Geständnis bewegt und was es ihn gekostet hatte.

»Wann haben Sie Bowdens Namen erfahren?«, fragte Sarah.

Um Gehringers Mund zuckte es. »Nach seinem Tod. Aus dem Fernsehen.«

»Nicht bei der Waffenmesse?«

Gehringer schaute auf die aufgeschlagene Seite. »Ich bin kein lizenzierter Händler«, erklärte er mit leichtem Spott. »Nach dem Gesetz muss ich keine Leumundsprüfungen durchführen.«

»Haben Sie darüber mit Bowden gesprochen?«

»Ja. Er wollte keine Leumundsprüfung. Keine Zeit, sagte er.«

Sarah schob den *Defender* beiseite und fixierte Gehringer eindringlich. »Wie viel haben Sie für die Waffe verlangt?«

»Fünfhundertfünfzig.«

»Hat er gehandelt?«

»Nein.« Geringschätzung lag in seiner Stimme. »Aber er hat sich beschwert. Er meinte, dass das Gun Emporium billiger ist.«

»Hat er gesagt, warum er die Waffe trotz des Preisunterschiedes bei Ihnen kaufen wollte?«

Wieder erschien das verstörende Lächeln auf Gehringers Lippen. »Das Gun Emporium hat eine Leumundsprüfung verlangt.«

Nolan presste die Hände zusammen. Sarah fiel ein, dass außerhalb dieses Raumes niemand – außer George Johnson, einigen Bundespolizisten und Eingeweihten des Präsidenten – die belastenden Tatsachen kannte, die der Protokollführer mit steinerner Miene schwarz auf weiß aufzeichnete. Die öffentliche Wirkung dieser Informationen konnte überwältigend sein. Wie durch Bowden und seine Opfer bekam die Notwendigkeit von Kilcannons

Waffengesetz mit Ben Gehringer ein menschliches Gesicht – obwohl man bei Gehringer wohl eher von einem unmenschlichen Gesicht reden musste. Einmal mehr sträubte sich alles in ihr gegen die Anordnung, mit der Gardner Bond die belastenden Fakten unter Verschluss hielt, bis der Kongress den Prozess endgültig begraben konnte.

»Haben Sie«, fragte Sarah, »mit Bowden über die Ausstattung der Lexington P-2 gesprochen?«

»Ja.«

»Aus welchem Gründen hat er sich für diese Waffe entschieden?«

»Aus dem gleichen Grund, aus dem wir sie gestohlen haben.« Zum ersten Mal entschloss er sich zu einer näheren Ausführung. Er sprach knapp und gemessen wie ein Experte. »Mehr Feuerkraft, und umrüstbar auf ein Magazin mit höherer Kapazität.«

»Haben Sie auch *darüber* mit Bowden gesprochen?«

»Ja. Zehn Schuss reichten ihm anscheinend nicht.«

Ein Bild schoss Sarah in den Kopf: Marie Costello, aus deren Unterleib Blut sickerte. »Haben Sie auch über die Munition gesprochen?«

»Ja.«

»Und worum ging es bei diesem Gespräch?«

Gehringers Anwalt besah sich die SSA-Zeitschrift. »Er meinte, wenn er auf jemand schießen muss«, antwortete der Zeuge in sachlichem Tonfall, »will er sich seiner Sache sicher sein.«

»Warum sagen Sie aus?«, fragte Nolan mit gespielter Ungläubigkeit.

Sarah erkannte, dass ihre Abneigung gegen Nolan und seine Methoden nach dem Durchbruch noch gewachsen war. »Einspruch«, rief sie. »Die Frage ist vage und zu allgemein. Warum sagt jemand aus?«

Mürrisch blickte Nolan den Protokollführer an. »Bitte lesen Sie die Frage noch einmal vor.«

»Wozu?«, zischte Sarah. »Dadurch wird sie auch nicht besser.«

»Stimmt«, schaltete sich der Pflichtverteidiger ein. »Bitte formulieren Sie die Frage anders.«

Nolan wandte sich in anklagendem Ton an den Zeugen. »Haben Sie Ihre heutige Aussage mit den Anwälten der Klägerin abgesprochen?«

»Sie meinen eine Absprache wie Ihre mit Martin Bresler?«, warf Sarah ein. »Ich darf Sie eines Besseren belehren. Wir haben Mr. Gehringer noch nie zuvor gesehen. Und mit Ausnahme der Festlegung von Terminen haben wir auch nicht mit seinem Anwalt gesprochen. Wir haben weder mit dem Zeugen noch mit seinem Anwalt eine Abmachung. Und wie war das bei Ihnen, John? Haben Sie Martin Bresler vor seiner Aussage getroffen? Haben Sie ihm bei der Wahl seines Anwalts geholfen? Haben Sie und Breslers Anwalt eine Vereinbarung getroffen? Oder war dafür Mr. Fancher zuständig?«

Nolan wandte ihr in eisiger Verachtung den Rücken zu.

»Warum beantworten Sie meine Fragen nicht?«, beharrte Sarah. »Ich habe Ihre auch beantwortet.«

Nolan blieb stumm, um nicht die Fassung zu verlieren. Dann fragte er den Zeugen: »Haben Sie eine Abmachung mit der Regierung der Vereinigten Staaten getroffen, die sich auf Ihre Aussage in diesem Verfahren erstreckt?«

Gehringer starrte ins Nichts, und sein Anwalt griff ein. »Jede Antwort auf diese Frage ist durch das Anwaltsgeheimnis geschützt ...«

»Unsinn«, unterbrach ihn Nolan scharf. »Jede Abmachung würde die Glaubwürdigkeit dieses Zeugen erschüttern.«

»Es gibt keine Abmachung«, antwortete der Anwalt unbeirrt. »Mehr kann ich Ihnen nicht sagen.«

Harrison Fancher zeigte mit einem knochigen Finger auf Sarah. »*Sie* wissen ganz genau, was hier läuft. Diesen Zeugen hat Ihnen Kilcannon zugespielt. Er hat seine Amtsgewalt missbraucht, um ein scheiterndes Verfahren wiederzubeleben.«

»Solch ein Amtsmissbrauch«, konterte Sarah spöttisch, »schreit doch nach Enthüllung. Warum gehen Sie beide nicht einfach zu Gardner Bond und bitten ihn, die Geheimhaltung dieser Aussage aufzuheben. Dann können Sie eine Pressekonferenz einberufen und Kopien an die Journalisten verteilen. Ich bin sicher, dass sie Ihre moralische Entrüstung teilen werden.«

Um Fanchers Mund arbeitete es. Nolan hob den Kopf, gestattete sich aber nur ein zorniges Lächeln. Für Sarahs Wut und Frustration war dieser kurze Moment der Freude reiner Balsam.

# *18*

In ihrem Büro in Portland, Maine, sah Cassie Rollins im Fernsehen einen untersetzten Schauspieler in der Rolle eines Zivilprozessanwaltes, der die Sterne von einer amerikanischen Fahne herunterriss.

»Sagen Sie Cassie Rollins«, intonierte die Stimme aus dem Off in forderndem Ton, »es muss endlich Schluss sein damit, dass unersättliche Anwälte die Preise in die Höhe treiben und Arbeitsplätze vernichten.« Am unteren Bildrand wurden in weißer Schrift die Telefonnummer von Cassies Washingtoner Büro und der Name des angeblichen Initiators des Fernsehaufrufes eingeblendet: »Bürger für Verbraucherrechte«.

»Sagen Sie der SSA«, bemerkte Cassie bissig, »es ist unamerikanisch, einen falschen Namen anzugeben.« Sie wandte sich ihrer Generalsekretärin zu. »Wie viele Anrufe haben wir deswegen schon bekommen?«

»Ungefähr vierhundert«, antwortete Leslie Shoop. »Aber die Sendung läuft erst seit drei Tagen.«

Cassie wusste inzwischen aus persönlicher Anschauung, was es hieß, »angeschlagen« zu sein. In den Tageszeitungen von Maine war eine ganzseitige Anzeige unter dem Titel »Alles spricht für eine Haftpflichtreform« geschaltet, im politischen Teil wurden Gerüchte kolportiert, dass der Lieblingskandidat der SSA bei der Vorwahl gegen Cassie antreten würde, ihr Büro wurde von einer Flut von Telefonnachrichten, Briefen, Faxen und E-Mails überschwemmt, und Gruppen, von denen sie noch nie gehört hatte – wie die »Frauen von Maine für die Selbstverteidigung« –, verlangten ein Treffen.

»Es ist wie eine Lawine«, hatte Cassie mit gedämpfter Stimme zu Kate Jarman aus Vermont gesagt, als sie gemeinsam den Senatssaal verließen. »Ich bin inzwischen jedes Wochenende zu Hause, und trotzdem ist mein Beliebtheitsgrad um fünf Prozent gesunken.«

Chuck Hamptons Juniorkollegin sah ihre Freundin prüfend, aber auch mitfühlend an. »Das ist keine Lawine«, antwortete sie, »es ist Frank. Die SSA will dieses Gesetz, und er kann sich keine Niederlage leisten. Er hat ihr sozusagen eine Jagdlizenz gegeben.«

Cassie nickte. »Das hat er mir ziemlich offen zu verstehen gegeben. Und er tut, was er sagt.«

»Das kann ich nur bestätigen«, antwortete Kate leise. »Frank will Präsident werden, und er weiß, wo das Geld und die Stimmen sind. Chuck kann es sich vielleicht erlauben, Kilcannon zu unterstützen – bei den Demokraten ist das anders. Aber ich werde mich bei dieser Abstimmung nicht gegen Frank stellen. Bei mir zu Hause gehen viele Waffenbesitzer buchstäblich auf die Barrikaden, und dabei sind sie nicht annähernd so fanatisch wie die bei dir in Maine.«

Diese Warnung traf Cassie umso härter, als sie aus dem Mund einer gemäßigten Kollegin kam, deren Urteil sie schätzte. »Du meinst also, ich bin dumm.«

Kate sah sie von der Seite an. »Das hat mit Dummheit nichts zu tun, Cassie. Ich stehe nicht zur Wiederwahl an, und auch wenn du anders abstimmst, könntest du auflaufen. Aber wahrscheinlich ist es sicherer, vor Fasano zu kapitulieren.«

Möglicherweise, sinnierte Cassie, den Blick auf den Fernseher gerichtet. Aber ihr missfielen der Einfluss von Waffenbesitzern und Fundamentalisten innerhalb der republikanischen Stammwählerschaft und die abgedroschene Phrase ihrer gemäßigten Kollegen, dass sie die Partei von innen her reformieren wollten, während sie vom rechten Flügel immer mehr an den Rand gedrängt wurden. Auf dem Bildschirm erschien Gouverneur Abel Randolph mit einer Schusswaffe in der Hand.

»Das ist der neueste Spot«, erklärte ihr Leslie Shoop.

Der äußere Rahmen war eine Pressekonferenz, bei der Randolph seine Unterstützung für Sicherheitssperren in Szene setzen wollte. Er fummelte an der Waffe herum, schaffte es aber nicht, die Sperre aufzuschließen. Das Publikum begann zu kichern. Die Kamera schwenkte auf die Vizegouverneurin, die sich vergeblich bemühte, ein Lächeln zu unterdrücken.

»Wenn dies keine Pressekonferenz wäre«, verkündete ein unsichtbarer Sprecher, »sondern eine Vergewaltigung, wie viel Zeit hätten Sie dann, um sich zu verteidigen? Rufen Sie Cassie Rollins an und sagen Sie Ihr, dass Sie das überhaupt nicht zum Lachen finden.« Diesmal zeigte die weiße Schrift als Initiatoren die »Frauen von Maine für die Selbstverteidigung«.

»Wenigstens weiß ich jetzt, um wen es sich handelt«, meinte Cassie. »Charles Dane im Weiberkittel.«

»Stimmt. Aber sie haben Abel ziemlich blöd aussehen lassen.« Leslie drückte auf die Fernbedienung. »Es ist eine Einladung und gleichzeitig eine Warnung. Die Warnung heißt: ›Schau, was wir mit dir anstellen können.‹ Und die Einladung: ›Schau, was wir für dich mit Abel Randolph anstellen können, wenn du uns gibst, was wir von dir wollen.‹«

Cassie starrte auf den leeren Bildschirm. Dann brachen sie zu einem Treffen des Kiwanisclubs auf – der Beginn eines arbeitsreichen Wochenendes.

Vier Tage später beantragte Senator Charles Hampton aus Vermont im Senat der Vereinigten Staaten die Streichung der Immunitätsklausel für Waffenhersteller aus dem Gesetz zur Zivilrechtsreform.

Danach schlenderte er über den Gang und legte seinem Freund Chad Palmer lächelnd die Hand auf die Schulter. »Das habe ich nur gemacht, damit du deinen Auftritt auf C-SPAN kriegst«, versicherte er dem Senator aus Ohio. »Schließlich stammt dieser gediegene Gesetzestext aus deinem Ausschuss.«

Nach einem kurzen Moment der Irritation oder Verlegenheit zeigte Palmers Gesicht wieder den ausgeglichenen und jungenhaften Ausdruck eines vom Leben verwöhnten Menschen, der so gar nicht zu seinem bitteren Schicksal passen wollte. »Meine größte Stunde«, antwortete er mit einem Achselzucken.

Hamptons Blick wurde nüchtern. »Dann hat die Sache wenigstens für einen etwas Gutes«, erklärte er. »Denn jetzt kommt ein Blutbad.«

In ihrem Büro im ersten Stock des Hart Building nahm die Senatorin aus Maine einen Anruf ihres früheren Kollegen entgegen. »Spreche ich mit dem Künstler, der sich zurzeit mit der Bezeichnung KFK schmückt?«, erkundigte sie sich trocken.

»Ja«, antwortete der Präsident lachend. »Kentucky Fried Kilcannon. Zumindest Ihr Fraktionsführer hofft, dass er mich braten kann.«

»Mein Fraktionsführer«, entgegnete Cassie, »meint es ernst.«

»Ich auch, Cassie. Ich überlege schon die ganze Zeit hin und her, womit ich Ihnen drohen könnte. Aber mir fällt nichts ein, was auch nur annähernd so wirkungsvoll wäre wie die Kampagne der SSA – höchstens, dass ich Abel Randolph unterstützen werde.«

»Wobei, Mr. President? Beim Bedienen einer Sicherheitssperre?«

Diesmal klang das Lachen des Präsidenten ein wenig kläglich. »Das war eine Lektion für uns alle. Ich habe schon geübt.«

Seine Offenheit und der Humor, den er auch in schwierigen Situationen bewahrte, erinnerten Cassie daran, warum sie ihn als Kollegen so geschätzt hatte. Aber seit seinem Amtsantritt als Präsident und vor allem seit den Morden war er viel ernster geworden und lachte viel seltener. »Für mich ist es auf jeden Fall eine Lektion«, räumte sie ein. »Diese Leute gehen in Maine wirklich aufs Ganze. Und sie haben Zugang zu viel mehr Kleingeld als ich oder Abel.«

»Ich weiß«, antwortete der Präsident übertrieben resigniert. »Deswegen muss ich Sie bitten, für mich zu stimmen, weil es richtig ist.«

Cassie lächelte. »Also wirklich, Mr. President, haben Sie keinen Respekt vor mir? Ich hatte gehofft, Sie würden für mich mindestens das gleiche Geschütz auffahren wie für Leo Weller und – nach allem, was so gemunkelt wird – für Slezak.«

Sie hörte sein leises Lachen. »Das ist genau das Problem.« Kilcannon klang auf einmal ernst. »Ich respektiere Sie.«

Cassie war sich sicher, dass das stimmte. »Und wie oft«, erkundigte sie sich, »soll ich Ihrer Meinung nach das Richtige tun? Einmal oder zweimal?«

»Zweimal. Bei Hamptons Zusatz zur Immunität für Waffenhersteller und dann bei meinem Waffengesetz.«

Cassie lehnte sich in ihrem Stuhl zurück und blickte hinaus auf das hinter den Jalousien halb verborgene nachlassende Sonnenlicht. »Zweimal ist viel«, antwortete sie. »Einmal ist schon viel. Ich weiß nicht, ob Sie das aus Newark überhaupt kennen, aber waren Sie schon mal bei einem Jägerfrühstück?«

»Nein, was ist das?«

»Es ist eine Maine-Tradition, die vom Vater an den Sohn weitergegeben wird. Am ersten Tag der Jagdsaison treffen sich in allen Städten die Männer zu einem herzhaften Frühstück, bevor sie mit ihren Jagdgewehren in die Wälder aufbrechen. Aber es ist mehr als eine Tradition. Für viele von ihnen ist es ein Ritual, das zur Lebenseinstellung von Maine gehört. Manche glauben, dass sie, auch wenn unsere Kultur zum Teufel gegangen ist, wenigstens an ihrer Lebensart festhalten können, solange sie noch ihre Waffen haben.« Cassie suchte nach Worten, um die Stärke dieses Gefühls zum Ausdruck zu bringen. »Es ist weniger ideologisch als psychologisch, fast schon mythologisch. Auch für Menschen, die keine Waffen besitzen, gehören sie einfach zur Identität von Maine.«

Der Präsident stieß ein mattes Seufzen aus. »Ich habe sie kennen gelernt«, antwortete er, »und ich denke nicht, dass sie ein hoffnungsloser Fall sind. Sie können doch nicht wirklich glauben, dass sich ihre Lebensart um die Kugel dreht, die Marie getötet hat.«

Verwunderung und Verzweiflung schwangen in seinen Worten mit. Letztlich, fand Cassie, war Politik etwas sehr Menschliches. Bei aller Rücksichtslosigkeit, die er mitunter an den Tag legte, hoffte Kilcannon doch, an das Gute in anderen appellieren zu können. »Ich werde darüber nachdenken«, versprach sie. »Über alles, was Sie gesagt haben.«

## 19

Mike Reiner, der Leiter der Marketingabteilung von Lexington, arbeitete schon seit einundzwanzig Jahren für das Unternehmen. Jetzt saß er gegenüber von Lenihan und Sarah am Konferenztisch einer Hartforder Anwaltskanzlei. Der korpulente Mann hatte scheitelloses, stahlgraues Haar, ein faltiges Gesicht und hellblaue Augen, in denen die Abneigung gegen Mary Costellos Anwälte funkelte. Selbst sein Wanst wirkte aggressiv.

Doch hinter Reiners arroganter Pose spürte Sarah eine starke Anspannung, die der ihren ähnelte. Es war ihr nicht gelungen, Norman Conn zu erreichen, und sie fürchtete, Conn könnte wie Martin Bresler eingeschüchtert worden sein. Conns Wissen konnte für Lexington und seinen Vorgesetzten Reiner katastrophale Folgen haben. Reiner stand vor einer klaren Alternative: Entweder gab er Fakten zu, die für Lexington belastend waren, oder er log in der Hoffnung, dass ihn Conn nicht verraten würde. Was Nolan anging, so musste ihm zumindest klar sein, dass Reiner ein Problemzeuge war. Aber wenn Conn nicht umgefallen war, wussten Lenihan und Sarah als Einzige, wie tief Reiner in Schwierigkeiten steckte.

»Aus welchem Grund«, fragte Lenihan den Zeugen, »führt die Firma Lexington die P-2 in ihrem Produktsortiment?«

Nolan, der neben Reiner saß, blieb äußerlich ungerührt. Nur sein Blick, der von Lenihan zu Reiner ging, verriet die Wichtigkeit dieses Zeugen.

Reiners übertriebenes Zwinkern sollte wohl zum Ausdruck bringen, dass er die Frage unglaublich dumm fand. »Um unseren Kundenstamm zu erweitern«, erwiderte er abweisend.

»Wodurch soll das erreicht werden?«

Das Zwinkern verschwand, und Reiner zeigte seine weißen, offensichtlich falschen Vorderzähne. »Durch die Herstellung einer halbautomatischen Handfeuerwaffe mit einer Ausstattung, die die Kunden wünschen.«

»Wie sieht diese Ausstattung aus?«

Reiner legte beide Arme auf den Tisch und erweiterte damit sein persönliches Territorium. »Zum Beispiel gibt es einen Laufmantel, damit man die Waffe noch anfassen kann, wenn sich der Lauf überhitzt.«

»Wird der Lauf schon bei zehn Schüssen heiß?«

Nolans Blick huschte zu Reiner. »Nein«, antwortete der Zeuge, »dazu braucht es mehr als zehn.«

Lenihan beugte sich vor. In seinem Selbstbewusstsein und Selbstwertgefühl wirkte er auf Sarah fast wie Reiners Spiegelbild, nur dass

Lenihan mit seinem Lockenhaar, dem weichen Kinn und dem etwas weniger ausgeprägten Bauch bei weitem nicht so hart aussah wie sein Gegenüber.

»Was ist daran ein Problem?«, fragte Lenihan. »Die Herstellung von Magazinen mit mehr als zehn Schüssen ist doch verboten.«

»Wir dürfen Sie nicht *produzieren*«, entgegnete Reiner, »aber es ist legal, sie zu kaufen, wenn sie vor dem Verbot hergestellt wurden.«

»Warum sollte jemand mehr als zehn Kugeln brauchen?«

Reiner zuckte die Achseln. »Warum nicht?«

Lenihan senkte die Stimme. »Machen Sie sich keine Gedanken darüber, dass jemand die zehn Kugeln vielleicht ›braucht‹, um ganz schnell viele Leute zu massakrieren?«

»›Viele Leute‹«, konterte Reiner, »sind Waffenliebhaber oder -sammler. Ich stelle ihre Motive nicht in Frage, genauso wenig wie ich mich darum kümmere, warum jemand einen Ferrari will, mit dem er dreihundert Stundenkilometer fahren kann.«

»Weshalb wird die Waffe nicht nachträglich so umgebaut, dass nur noch Zehnschussmagazine passen?«

»Warum sollten wir so was machen? Wir würden auf den Kosten sitzen bleiben.«

»Wie teuer wäre so etwas?«

Achselzucken. »Keine Ahnung. Dafür bin ich nicht zuständig.«

Das Funkeln in Lenihans Augen erinnerte Sarah an einen Pokerspieler, der ein As-Straight in der Hand hält. »Dann werde ich versuchen, mich an das zu halten, was Sie wissen. Ist Ihnen bekannt, dass automatische Schusswaffen illegal sind?«

Auf Reiners Gesicht malte sich Belustigung und Geringschätzung. »Ja.«

»Würden Sie sagen, dass man mit einer automatischen Waffe noch schneller ›viele Leute‹ töten kann als mit einer Lexington P-2, weil man mit einem Abdrücken gleich mehrere Schüsse abfeuern kann?«

»Sicher.«

»Ist die P-2 nicht so konstruiert, dass man sie leicht auf automatisches Feuer umrüsten kann?«

Reiner bedeckte sein Handgelenk mit fleischigen Fingern. »Ich weiß, dass das manche Leute machen.«

Lenihan zog ein Video und einen grob gedruckten Prospekt heraus und bat den Protokollführer, sie als »Reiner Beweisstücke 1 und 2« zu vermerken. »Werden diese Broschüre und dieses Video – in denen die Umrüstung einer P-2 auf automatisches Feuer vorgeführt wird – nicht häufig bei Waffenmessen verkauft?«

Reiners Zwinkern wirkte diesmal gar nicht belustigt. »Das weiß ich nicht.«

»Haben Sie diese Broschüre schon einmal gesehen, Mr. Reiner?«

»Ich kann mich nicht erinnern.«

Lenihans Stimme wurde lauter. »Haben Sie dem Autor beim Schreiben dieser Broschüre geholfen?«

Nolan wandte sich dem Zeugen zu, aber Reiners eisiger Blick blieb auf Lenihan fixiert. »Ich spreche jedes Jahr mit hunderten von Waffenliebhabern, persönlich oder am Telefon. Da kann ich mich wirklich nicht an alle erinnern und auch nicht daran, was ich ihnen gesagt habe.«

Es war die einzige Antwort, die er geben konnte – außer der Wahrheit. »Machen wir zehn Minuten Pause«, sagte Nolan unvermittelt.

Lenihan zuckte die Achseln. »Schön. Aber wenn ein Zeuge erst einmal angefangen hat zu lügen, kann er meistens nicht mehr damit aufhören.«

Nach der Unterbrechung fragte Lenihan ohne lange Vorreden: »Waren Sie an der Konstruktion der Adlerklauenkugel beteiligt?«

Der Zeuge umklammerte sein Handgelenk, als hätte er Gliederschmerzen. »Ich habe nur meinen Rat gegeben. Aus Marketingsicht.«

»Was ist aus Marketingsicht der Zweck einer Adlerklaue?«

»Die mannstoppende Wirkung ist größer.« Reiners Selbstbewusstsein kehrte zurück, und er ließ wieder seine Zähne aufblitzen. »Wenn man einem Gewalttäter gegenübersteht, möchte man die Bedrohung beseitigen.«

»Indem man ihn tötet?«

»Indem man ihn stoppt.« Widerwille trat in Reiners raue Stimme. »Wenn man seine Familie verteidigen muss, interessieren solche feinen Unterschiede nicht.«

Nolan legte seinen Stift an die Lippen. Lenihans erfreutes Lächeln wirkte fast schon sinnlich auf Sarah. »Mr. Reiner, ist Ihnen auch nur ein einziger Fall bekannt, in dem die P-2 erfolgreich gegen den Versuch einer Vergewaltigung oder eines Einbruchs benutzt wurde?«

Reiner legte die Stirn in Falten. »Solche Informationen sammle ich nicht.«

»Nein?«, fragte Lenihan ungläubig. »Dabei wären solche Informationen doch sehr nützlich für Ihre Marketingarbeit.«

Reiner zuckte die Achseln. »Vielleicht.«

»Wäre es auch nützlich, wenn eine Polizeibehörde mit Lexington P-2 ausgestattet würde?«

»Vielleicht.«

»Sind solche Informationen für einen Marketingleiter nicht von Bedeutung? Oder erstreckt sich Ihr bedauerlicher Mangel an Neugier auch auf die Polizei?«

»Einspruch«, sagte Nolan. »Hören Sie auf, den Zeugen zu nötigen.«

»Bitte vielmals um Verzeihung«, antwortete Lenihan mit ausgesuchter Höflichkeit und fixierte den Zeugen. »Gibt es in Amerika eine Polizeibehörde, die die Lexington P-2 verwendet?«

»Das weiß ich nicht.«

»Und wie steht es mit Streitkräften im In- und Ausland?«

Reiner zögerte. »Die südafrikanischen Sicherheitskräfte haben ...«

Lenihan lächelte. »Vor oder nach dem Ende der Apartheid?«

»Vorher.«

»Kein Wunder. Und wer verwendet die P-2 heute?«

»Wir haben einen Vertrag über den Verkauf von P-2 an die Regierung von Myanmar.«

»Die Diktatur von Myanmar, meinen Sie wohl. Zum Zweck der Massenkontrolle, wie das euphemistisch so schön heißt.«

Reiners Griff um sein Handgelenk wurde fester. »Ich tu nur meine Arbeit. Für Politik im Ausland bin ich nicht zuständig.«

»Aber vielleicht für Massaker im Ausland? Zum Beispiel neulich die Tötung von zwanzig Menschen, die gegen die ›Regierung‹ von Myanmar demonstriert hatten.«

»Ich weiß nicht, womit da geschossen wurde.«

»Warum denn nicht? Das wäre doch eine fantastische Reklame...«

»Sparen Sie sich die Leitartikelkommentare«, zischte Nolan. »Wenn Sie sich nicht an die Regeln der Höflichkeit halten, können wir die Vernehmung auch abbrechen.«

Auf Lenihans Gesicht erschien ein Lächeln. »Wir werden Mr. Reiner mit größter Höflichkeit behandeln, John. Es wäre einfach schade, wenn er jetzt schon gehen würde.« Er wandte sich wieder an Reiner. »Trifft es nicht zu, dass amerikanische Polizeibehörden und Streitkräfte die P-2 nicht kaufen, weil sie zu ungenau ist?«

Unter Reiners Achselhöhlen zeichneten sich auf dem Hemd dunkle Schweißflecken ab. »Die Waffe ist für Schnellfeuer konstruiert, Mr. Lenihan. Sie erfüllt ihren Zweck, wenn man genügend Schüsse abgibt.«

Lenihan lachte laut. »Genau deshalb sind wir hier.«

Ab elf Uhr vormittags, nach der zweiten Pause des Zeugen, wurde es zunehmend stickig im Raum. Nur Lenihan schien bester Laune.

»Trifft es nicht zu, Mr. Reiner, dass die Konstruktionsweise der Lexington P-2 auf einem Vorgängermodell beruht, der P-1?«

»In etwa.«

»Warum wurde die Produktion der P-1 eingestellt?«

»Weil sie unter das Verbot von Sturmwaffen fiel.«

Lenihan zog die Augenbrauen hoch. »Und inwiefern unterscheidet sich die P-2 von der P-1?«

Rainer lachte verächtlich auf. »Der Lauf der P-2 hat weder eine Lochung, die Ladehemmungen verhindert, noch eine Rillung, auf die man einen Schalldämpfer aufschrauben kann. Wir mussten unseren Prototyp verschlechtern, um diesem idiotischen Gesetz zu genügen.«

»Immerhin ein Bundesgesetz«, belehrte ihn Lenihan. »Wurde die P-2 in Kalifornien nicht nach ihrer Einführung verboten?«

»Aber nicht vom Kongress«, konterte Reiner. »Wir dürfen sie also in anderen Staaten weiter verkaufen.«

»In der Tat. Haben Sie das Verbot in Kalifornien nicht dazu benutzt, um die P-2 in Nevada zu vermarkten?«

Reiner hatte einen roten Kopf und löste seinen Krawattenknoten. »Das war nicht notwendig. Das Verbot hat einen Nachfragestau erzeugt.«

Sarah bemerkte, dass Nolan die Stirn runzelte und die Lippen zusammenkniff. Nachhaken!, flehte sie ihren Kollegen stillschweigend an. Lenihan ließ die Sache zunächst auf sich beruhen – oder war ihm nichts aufgefallen, weil er zu sehr auf seine Absichten fixiert war? Er deutete auf die SSA-Zeitschrift, die aufgeschlagen vor Reiner lag. »Aber Sie haben doch diese Anzeige geschrieben, in der es heißt, die P-2 sei ›vom Aussterben bedroht‹ und ›in Kalifornien verboten‹?«

Reiner blickte auf die gedruckten Worte. »Ja. Weil es stimmt. Kalifornien hat die Waffe verboten, und dann wurde Kilcannon Präsident. Die Kunden sollten erfahren, dass sie vielleicht zum letzten Mal die Gelegenheit zum Kauf einer P-2 hatten.«

»Auch die Kunden in Kalifornien?«, fragte Lenihan in liebenswürdigem Ton, und Sarah war klar, dass ihm nichts entgangen war.

»Keine Ahnung«, antwortete Reiner und warf einen Blick auf die goldene Rolex an seinem Handgelenk. »Wenn es noch nicht Zeit fürs Mittagessen ist, muss ich mich mal frisch machen.«

Lenihan nahm die Unterbrechung nur widerstrebend zur Kenntnis. Sarah warf einen kurzen Blick auf Nolan und fragte sich wieder, ob er wusste, was ihr Conn erzählt hatte und welche Schwierigkeiten seinem Zeugen noch bevorstanden.

»Kein Problem«, antwortete Lenihan mit entwaffnender Liebenswürdigkeit, »aber verwenden Sie auch genügend Seife.«

Als die Befragung fortgesetzt wurde, wechselte Lenihan zu Sarahs Überraschung das Thema. »Um noch mal auf die Anzeige zurückzukommen: Haben Sie den Text beigesteuert, der besagt, dass die Adlerklaue ›einen massiven Wundkanal verursacht‹?«

»Ja, weil es stimmt.«

»Und dass die Konstruktion der P-2 auf ›hohe Feuerkraft‹ ausgelegt ist?«

»Ja«, wiederholte Reiner trotzig, »weil es stimmt.«

»Wen wollten Sie damit ansprechen? Tontaubenschützen vielleicht?«

Reiner verschränkte die Arme. »Waffensammler. Es ist nicht meine Aufgabe, ihre Gründe zu bewerten.«

»Aber Sie wissen doch schon, was das für Gründe sind. Zum Beispiel haben Sie doch auch geschrieben, dass die P-2 benutzt werden kann ›um in bedrohlichen Situationen Kampfhandlungen zu eröffnen‹, oder?«

»Ja.«

»Wen wollten Sie damit ansprechen? Die Regierung von Myanmar?«

Wieder legte Reiner die Unterarme auf den Tisch, aber die Bewegung schien schwerfälliger. »Schusswaffen können für viele Zwecke verwendet werden …«

»Wollten Sie damit nicht Leute mit Plänen oder zumindest Fantasien über einen militärähnlichen Angriff ansprechen?«

Reiner zuckte die Achseln. »Fantasien sind doch nichts Schlimmes.«

»Und Pläne wohl auch nicht. Sind Ihnen Schießwettbewerbe bekannt, bei denen die P-2 beteiligt ist?«

»Nein.«

Lenihan lächelte. »Wie steht's mit Wettbewerben zwischen Drogenhändlern? Sind Ihnen irgendwelche Drogenhändler bekannt, die die Lexington P-2 benutzen?«

»Ich verkehre nicht mit Drogenhändlern.«

»Wird die P-2 von Drogenhändlern benutzt?«, beharrte Lenihan.

»Ich weiß nicht, was Drogenhändler benutzen.«

»Trifft es nicht zu, Mr. Reiner, dass die Firma Lexington den Produzenten der ABC-Serie *Strike Force* für die Verwendung der P-2 bezahlt hat?«

Reiner sah ihn verächtlich an. »Product Placement machen doch alle.«

»Und wer wurde im Falle dieses besonderen Produkts als

Benutzer dargestellt?«, fragte Lenihan in geradezu herzlichem Ton.

Reiner hielt seinem Blick stand. »Der Drogenbaron.«

»Haben Sie das Drehbuch abgesegnet?«

»Daran kann ich mich nicht mehr im Einzelnen erinnern.«

Lenihan lächelte. »Wirklich? Vielleicht können Sie beim Mittagessen ein bisschen darüber nachdenken.«

Lenihan schlürfte Eistee. »Das hebe ich mir für den Nachtisch auf«, antwortete er auf Sarahs Frage. »Ich will ihn völlig ausquetschen, bevor er merkt, wie schlimm die Sache steht.«

Das leuchtete Sarah ein. »Wenn er es nicht sowieso schon weiß. Meinen Sie, Nolan hat eine Ahnung?«

Lenihan setzte ein grimmiges Lächeln auf. »Wenn Norman Conn nicht umgefallen ist, wissen sie beide nichts. Aber wir haben schon genug in den Händen, um ihnen echten Schaden zuzufügen.«

Das stimmte zwar, aber bei Sarah wollte trotzdem keine echte Hoffnung aufkeimen. »Wissen Sie, was mir an die Nieren geht, Bob? Wenn der Präsident die Immunitätsklausel für Waffenhersteller nicht aufhalten kann, spielt das alles überhaupt keine Rolle.«

Bevor er weitermachte, hängte Lenihan seine Jacke über einen Stuhl. Reiners Krawatte blieb offen, und er hatte die Hemdsärmel hochgerollt. Selbst Harry Fancher hatte seine Jacke ausgezogen. Nur Nolan blieb zugeknöpft.

Wieder beugte sich Lenihan vor. »Sind Ihnen neben Kalifornien andere US-Staaten bekannt, die die P-2 verboten haben?«

»Nein.«

»Aber es ist Ihnen bekannt, dass die P-2 bei Verbrechen in Kalifornien häufig benutzt wird.«

»Häufig? Woher soll ich das wissen?«

»Aber Ihnen war schon vor den Morden an den Costellos zumindest ein Verbrechen in Kalifornien bekannt, bei dem die P-2 die Tatwaffe war.«

Reiner stutzte. »Ja – die Tagesstätte in Oakland. Die Medien baten uns um eine Stellungnahme.«

»Wie viele Kinder kamen bei diesem Vorfall ums Leben?«

»Vier.«

»Woher hatte der Schütze die Waffe?«

»Darüber weiß ich nichts. *Wir* haben sie ihm nicht verkauft.«

Lenihan starrte ihn an. »Sind Sie nicht wenigstens neugierig? Schließlich bekommen Sie doch öfter Ermittlungsanfragen im Zusammenhang mit Waffen, die bei Verbrechen benutzt wurden.«

»Hin und wieder, ja.«

»Geben die Ermittlungsbehörden dabei nicht Typ und Seriennummer der Waffe an mit der Bitte an Sie, den Händler oder Zwischenhändler zu nennen, an den Sie die Waffe geliefert haben?«

Reiner stieß einen gelangweilten Seufzer aus. »Ja. Aber dafür bin ich nicht zuständig. Und es gibt keine gesetzliche Vorschrift, Ermittlungsanfragen aufzubewahren.«

»Nein? Hat Sie das ATF nicht ausdrücklich in einem Brief aufgefordert, diese Anfragen aufzubewahren?«

Wenn Reiner nichts von Conns Verrat wusste, war dies der erste Hinweis für ihn, dass etwas schief gelaufen war. Nolan warf seinem Mandanten einen scharfen Blick zu, und sein Gesichtsausdruck ließ darauf schließen, dass er ein mulmiges Gefühl hatte.

»Unsere Firma«, antwortete Reiner mit monotoner Stimme, »verfährt grundsätzlich so, dass unwesentliche Dokumente ausgemustert werden. Aber ich kann mich an einen solchen Brief nicht erinnern.«

»Auch nicht an eine Anordnung, ihn zu vernichten?«

Wieder umklammerte Reiner sein Handgelenk. »Nein.«

»Wie steht es mit Ermittlungsanfragen aus Kalifornien? Haben Sie Anweisung gegeben, sie zu vernichten?«

»Ich kann mich nicht mehr genau erinnern«, wiederholte Reiner, »ob ich die Vernichtung von Dokumenten angeordnet habe.«

Lenihan bedachte ihn mit einem skeptischen Lächeln. »Können Sie sich vielleicht noch etwas genauer daran erinnern, ob Sie erfahren haben, dass die P-2 nach einer Statistik des ATF die am häufigsten bei Verbrechen benutzte halbautomatische Handfeuerwaffe ist?«

Reiner schien sich fast unmerklich zu entspannen. Wahrscheinlich dachte er sich, dass diese Frage wenigstens auf öffentlich zugänglichen Informationen beruhte. »Solchen Statistiken schenke ich keine Beachtung«, antwortete er. »Wir verkaufen viele P-2, da ist es klar, dass einige bei Verbrechen auftauchen. Das ist nicht unsere Schuld.«

»Auch wenn die gleiche Statistik belegt, dass viele dieser Verbrechen in Kalifornien passieren?«

Der Zeuge schob die Schultern vor. »Das ist nicht unsere Schuld.«

»Auch wenn Sie dem Veranstalter der Waffenmesse in Las Vegas – wo Bowden die Mordwaffe gekauft hat – geraten haben, seine Anzeige neben Ihre zu setzen?«

»Wenn ich das getan habe, kann ich mich nicht mehr daran erinnern.«

Lenihan ließ ein paar Sekunden verstreichen. »Wann haben Sie zum ersten Mal erfahren, dass die Waffe, mit der John Bowden sechs unschuldige Menschen getötet hat, aus einer Lieferung stammte, die von einer paramilitärischen Gruppe namens Liberty Force gestohlen worden war?«

Reiners Augen wurden größer. Dann berührte Nolan den Arm seines Mandanten. »Die Befragung nach dem Mittagessen geht schon seit einer Stunde«, sagte er zu Lenihan. »Bevor der Zeuge antwortet, möchte ich zehn Minuten Pause.«

Als sie den Raum verließen, flüsterte Sarah Lenihan zu: »Nolan weiß von nichts.«

Nach der Rückkehr schien Reiner ein wenig abgewandt von Nolan. »Ich habe keine Erinnerung daran«, beantwortete er die offene Frage, »ob vor diesem Prozess eine Verbindung zwischen den gestohlenen Waffen und irgendeiner Gruppe hergestellt wurde.«

Lenihan lächelte ungläubig. »Keine Erinnerung«, wiederholte er. »Nicht einmal im Zusammenhang mit dem Mord an der Familie von Lara Kilcannon.«

»So ist es.«

Lenihans Lächeln war wie weggewischt. »Haben Sie«, fragte er leise, »die Aufzeichnung einer Mitteilung vernichtet, in der es darum ging, dass die Liberty Force die gestohlenen P-2 auf Waffenmessen verkaufte?«

Der Zeuge zuckte betont lässig die Achseln. »Warum sollte ich so etwas tun?«

»Das Warum ist nahe liegend«, fuhr ihn Lenihan an. »Haben Sie eine solche Aufzeichnung vernichtet oder ihre Vernichtung angeordnet?«

Reiner starrte auf den Tisch. »Daran kann ich mich nicht im Einzelnen erinnern.«

»Dann kommen wir noch einmal auf die Adlerklaue zurück. Hat die Firma Lexington während der Entwicklung dieses Geschosses Tests zu dessen Wirksamkeit durchgeführt?«

»Ich glaube schon.«

»Wurden diese Tests dokumentiert?«

»Ich glaube schon.«

»Haben Sie die Vernichtung dieser Dokumente angeordnet?«

Der Zeuge griff mit übertriebener Sorgfalt nach dem Wasserkrug. Fast als hätte er Angst, seine Hand könnte zittern, dachte Sarah. »Nein«, antwortete er.

Sarah berührte Lenihan an der Schulter und beugte sich vor. »Callister«, flüsterte sie, »es ist höchste Zeit.«

Unvermittelt zeigte Lenihan auf die SSA-Zeitschrift. »Sind Sie diese Anzeige mit Mr. Callister durchgegangen?«

»Nein.« Reiners Stimme klang schroff und erschöpft. »Für die Anzeigen bin ich zuständig. Außerdem war Mr. Callister damals erst ein halbes Jahr bei Lexington.«

»Hat Callister die Anzeigen vor den Morden gesehen?«

»Das weiß ich nicht.«

»Hat er mit Ihnen über sein Treffen mit Präsident Kilcannon gesprochen?«

»Nein.«

»Oder über seine Meinung zu der Forderung des Präsidenten nach Leumundsprüfungen bei Waffenmessen?«

»Nein.«

»Oder über die Androhung von Repressalien durch die SSA, falls er sich auf eine solche Vereinbarung einlassen würde?«

Harrison Fancher verzog das Gesicht. »Darüber ist mir nichts bekannt«, sagte der Zeuge.

»Nicht einmal darüber, was Sie selbst getan haben, scheint es.«

Lenihan wandte sich an Nolan. »Diese Fragen sind wesentlich für unsere Klage. Es steht nun zweifelsfrei fest, dass nur Mr. Callister sie beantworten kann. Entweder Sie lassen ihn aussagen, oder wir werden unseren Antrag bei Richter Bond erneut stellen.«

»Und mit welcher Begründung?«, schnaubte Nolan wütend. »Vielleicht, dass der Zeuge nicht George Callisters Gedanken lesen und Ihnen keine Antworten liefern kann, die zu Ihrer Theorie passen? Aber dieses Verfahren dient sowieso nur dazu, unser Rechtssystem auszunutzen.«

»Es dient dazu«, konterte Lenihan, »gelegentlich eine wahrheitsgemäße Antwort zu erhalten. Auch wenn das noch so schwer ist.« Er sah wieder Reiner an und fragte: »Haben Sie Mr. Callister über die von Ihnen vernichteten Dokumente informiert? Oder hat *er* Sie aufgefordert, sie zu vernichten?«

Reiner stand auf. »Solche Scheißfragen beantworte ich nicht.«

Lenihan wandte sich an Nolan und wies mit dem Kopf in Reiners Richtung. »Charmanter Bursche. Er wird Ihnen bei der Hauptverhandlung viel Freude machen.« Mit einem milden Lächeln fügte er hinzu: »Ich weiß nicht, wie es Ihnen geht, John. Aber ich an Mr. Callisters Stelle würde hier mal ein klärendes Wort sprechen.«

## *20*

An diesem Abend versammelten sich auf der Promenade des Capitols zwei gegnerische, nach tausenden zählende Kräfte, um ihre Stimmen für oder gegen den Präsidenten der Vereinigten Staaten zu erheben.

Die weitaus leisere Kundgebung war eine Mahnwache am Lincoln-Denkmal. Abgeschirmt von Geheimdienstagenten sprach Kerry vom oberen Ende der Marmortreppe zu den Teilnehmern. Tausende von Kerzen säumten den tiefschwarzen Platz und warfen dunkle Schatten auf die Demonstranten, die sich in der Kälte der Nacht zusammengefunden hatten, und auf die fünftausend Kartonfiguren von Männnern, Frauen und Kindern, die mit Schusswaffen ermordet worden waren. Aus Kerrys Perspektive bestand der Unterschied nur darin, dass die Pappgestalten vollkommen reglos waren.

»In der nächsten Stunde«, sagte Kerry, »und in jeder darauf folgenden Stunde werden vier weitere Menschen sterben, solange bis wir unsere Waffengesetze ändern.«

Kerry hörte das Echo seiner Worte im Lautsprechersystem, das bis zum Rand der Demonstration von Waffenbefürwortern am weiß in den schwarzen Himmel ragenden Washington-Monument hallte. »Am anderen Ende des Platzes ruft die SSA zum letzten Kampf gegen uns auf. Aber wie ehrt sie das Andenken jener, die gestorben sind – der stillen Zeugen von Gewalt, um die wir heute Abend trauern –, oder der achtzig Amerikaner, die morgen und jeden folgenden Tag ums Leben kommen werden? Wie stellt sie sich zu diesem ebenso unerbittlichen wie unnötigen Blutzoll?

Sie hat uns nichts weiter zu bieten als dies: ›Wer einen anderen mit der Waffe tötet, wird die ganze Härte des Gesetzes zu spüren bekommen.‹«

Das gespannte Schweigen seiner Zuhörer wurde von einem urtümlichen Brüllen durchdrungen, das von den Demonstranten am Obelisken herkam.

»Aber wir wissen«, sagte Kerry mit stiller Kraft, »nur zu gut, was sie damit meinen: dass *zwei* Tote besser sind als keiner.«

Er hob den Blick zum äußeren Ende des Platzes, wo Charles Dane zu seinen Anhängern sprach. Mit eindringlich leiser Stimme beschloss er seine Rede. »Dieses Land hat etwas Besseres verdient. Und mit gemeinsamer Kraft werden wir diesen Traum verwirklichen.«

»Der Präsident«, erklärte Charles Dane vor seinen Legionen, »hat eine Koalition aus Zivilprozessanwälten und dogmatischen Liberalen geschmiedet, um jeden Einzelnen von euch zu entwaffnen. Und wie will er das erreichen?« In gespieltem Zorn ließ Dane die Faust auf sein Pult niedersausen. »Er schürt ein Klima des Hasses. Er stellt euch als Unmenschen hin, als vier Millionen Abartige, die ihre Waffen mehr lieben als ihre Kinder...«

Aus tausend Kehlen erhob sich lauter Protest. »Sagt ihm«, rief

Dane, »dass ihr eure Kinder so sehr liebt, dass ihr sie auch verteidigt. Sagt diesem Mann, dass ihr die SSA seid, die Verteidiger der Freiheit, die größte Bürgerrechtsgruppe, die dieses Land je gesehen hat, die größte Versammlung von Freiheitskämpfern in der Geschichte der Menschheit.

Unsere Verfassung ist das Ergebnis der eisernen Standfestigkeit und unerschrockenen Hingabe unserer Gründerväter, die ihre Freiheit mit ihrem eigenen Blut erkaufen mussten. Und *ihr* seid ihre Erben, *ihr* habt die Pflicht und die Ehre, diese Freiheit vor der Tyrannei eines illegitimen Präsidenten zu retten, der nichts weiter ist als King George im Nadelstreifenanzug …«

Ein Aufschrei des Zorns und des Spotts ging durch die Menge. Als er auf die schattenhaften Gestalten vor sich blickte, wuchs in Dane die Gewissheit, dass er seinen Feind besiegen konnte. »Kerry Kilcannon«, rief er, »führt Krieg gegen euch, so wie früher King George. Aber diesmal ist es ein Kulturkrieg, ein Neuaufguss der McCarthy-Ära, der euch und alles, was euch lieb ist, in den Schmutz zieht. Wenn ihr daran glaubt, dass weißer Stolz genauso wertvoll ist wie schwarzer Stolz, dass Schwule nicht gleicher sind als Heterosexuelle und dass Waffenbesitzer genauso wenig zu Sündenböcken gemacht werden dürfen wie Juden, dann ist das in der Welt dieses neuen McCarthy ›politisch inkorrekt‹.« Im Licht der Scheinwerfer setzte Dane ein Lächeln voller Trotz und Verachtung auf. »Aber für wahre Amerikaner gibt es eine einfache Wahrheit: Die Gründerväter dieser politischen Inkorrektheit waren die amerikanischen Helden, die gegen den Willen eines Tyrannen die Unabhängigkeitserklärung unterzeichneten.

Lasst euch nicht zum Schweigen bringen. Nicht Kilcannon, sondern *ihr* seid die Stimme Amerikas.« Danes Worte dröhnten über den Platz. »Und mit erhobenen Stimmen müssen wir Amerika die Wahrheit sagen: Dieser selbst ernannte ›KFK‹ ist die schlimmste Bedrohung für unsere Freiheit, seit wir die Welt vom Kommunismus befreit haben, und wir werden erst sicher sein, wenn wir ihn für immer losgeworden sind …«

Als die Menge mit einem tiefen Brüllen antwortete, durchströmte Dane ein Gefühl schrankenloser Macht. Getragen vom dem schier endlosen Brausen dieser Ergebenheit stand er mit erhobenen Fäusten da. Schweigend und reglos wie ein Schauspieler verharrte er, bis ihm wieder die ungeteilte Aufmerksamkeit der Zuhörer gehörte.

»Es gibt nur zwei Seiten«, erklärte er. »Seine und unsere. Der Senat muss zwischen uns wählen.«

In ihrem Einzimmerapartment am Capitol Hill sah Cassie Rollins im Fernsehen, wie Dane die Menge zu Begeisterungsstürmen hinriss. Ja, dachte sie, der Senat musste wählen. Es war eine Entscheidung, auf die sie sich nicht freute.

## 21

Wenn der Zweck der Vernehmung eines sachverständigen Zeugen darin bestand, ihm bei der Selbstdemontage zu helfen, war Sarah gern bereit, Dr. Frederick Glass diesen Gefallen zu erweisen.

»Dr. Fred«, wie er sich selbst nannte, war munter im Auftreten und konservativ in der Gesinnung. Den steilen Aufstieg aus dem akademischen Nichts hatte er seinen zahlreichen Verlautbarungen als Gegner einer Lehrmeinung zu verdanken, die er vollmundig als »törichte liberale Orthodoxie« bezeichnete. Mit der unerschütterlichen Gutmütigkeit eines Menschen, der sich in dem Bewusstsein des auf diese Weise ausgelösten Aufsehens sonnte, wartete er mit Untersuchungen zu Themen auf, deren Bandbreite vom Scheitern der Unterstützung von Minderheiten bis hin zur gewaltfördernden Rolle der Unterhaltungsindustrie reichte. Seine Ansichten zu den Waffengesetzen waren treffend im Titel seines bahnbrechenden Buches *Weniger Waffen, mehr Tote* zusammengefasst.

»Meines Erachtens«, erklärte Glass in eindringlichem Ton, »weist die Lexington P-2 einen hohen gesellschaftlichen Nutzen auf.«

Dr. Fred war Sarah eine Spur zu selbstgefällig. »Und worin besteht dieser Nutzen?«

»Die Waffe ist so klein, dass man sie verbergen kann, zumindest in einer Aktentasche. Die Gesetze, die das verborgene Tragen von Waffen gestatten, haben entscheidend Anteil an einer Erhöhung unserer Sicherheit.«

Als sie den Zeugen anblickte, wurde sich Sarah der Stille in Nolans Konferenzraum und der Gespanntheit in den Gesichtern der gegnerischen Anwälte bewusst.

»Wollen Sie damit andeuten, Inez Costello hätte eine Lexington P-2 bei sich führen sollen? Oder dass es gut gewesen wäre, wenn Joan Bowden eine in der Handtasche gehabt hätte?«

Auf Glass' rundem Puttengesicht lag ein gelassener, fast glückseliger Ausdruck. »Das muss natürlich jeder selbst entscheiden. Aber in Kalifornien ist das Recht auf das verborgene Tragen von Waffen stark eingeschränkt. Wenn das nicht so wäre, hätte Bowden vielleicht befürchtet, irgendjemand – wenn schon nicht seine Opfer – könnte eine Waffe ziehen und auf ihn schießen. Und in diesem Fall könnte die Familie der First Lady noch am Leben sein.«

Sarah zog die Augenbrauen hoch. »Weil Bowden dann Angst gehabt hätte, selbst zu schießen? Oder weil ihn ein bewaffneter Bürger durchlöchert hätte, sobald er Anstalten dazu getroffen hätte?«

»Beides ist möglich«, antwortete Glass achselzuckend. »Das spielt keine Rolle. Für mich nicht und, wie ich meine, auch für die Opfer nicht. Wenn ich mir diese Bemerkung gestatten darf, Ms. Dash, Sie machen den verbreiteten Fehler, die Schuld an Verbrechen bei den Waffen zu suchen.« Er strahlte eine Mischung aus Geduld und missionarischem Eifer aus. »In Wirklichkeit liegt die Schuld bei der Unterhaltungsindustrie, und es ist schon seltsam, dass Präsident Kilcannon ausgerechnet von Unternehmen dieser Branche so viel Unterstützung bekommt.

Bis zum Alter von sechs oder sieben, wenn Kinder anfangen, Fantasie und Realität zu unterscheiden, ist das Fernsehen für sie sehr real. Töten erscheint ihnen als normale und wichtige Fähigkeit in einer brutalen und erschreckenden Welt. Aus diesem Grund hat das *Journal of American Medicine* festgestellt, dass die Einführung des Fernsehens in den fünfziger Jahren zu einer Verdoppelung der Tötungsrate führte, als die Kinder der Fünfziger das Erwachsenenalter erreichten, und dass häufiges und langes Fernsehen bei Kindern ein ursächlicher Faktor für rund die Hälfte aller Tötungsdelikte in Amerika ist …«

»Bei den meisten dieser Fälle waren Schusswaffen im Spiel«, unterbrach ihn Sarah. »Trifft es nicht zu, dass dieser Anstieg der Tötungsrate mit einer deutlichen Zunahme des Besitzes von Handfeuerwaffen zusammenfiel?«

Glass schüttelte abfällig den Kopf. »Haben Sie schon einmal von operanter Konditionierung gehört?«

Sarah konnte sich leicht vorstellen, wie Glass eine Geschworenenbank mit seiner Expertenattitüde beeindrucken würde. »Sie sind der Sachverständige«, sagte sie gelassen. »Erklären Sie uns den Begriff doch einfach.«

»Schön. In der Armee lernen Soldaten, auf menschliche Figuren zu schießen, die sich immer wieder aufrichten. Videospiele, die Morde darstellen, haben den gleichen Effekt. Die American Medical Association kommt zu dem Ergebnis, dass Videospiele sogar noch schlimmer sind als Filme. Und damit«, fügte er mit sichtlichem Vergnügen hinzu, »komme ich zu John Bowden. Ich habe mit seinen Eltern gesprochen. Als Kind hatte Bowden uneingeschränkten Zugang zum Fernsehen. Und als Teenager spielte er häufig – und vielfach bis weit nach Mitternacht – Videospiele, bei denen er seine Videogegner töten musste. Seine Eltern dachten, dass nur seine Noten darunter litten. Aber meiner Meinung nach litten letztlich auch die sechs Menschen darunter, die er ermordet hat.«

Diese Meinung und die absolute Gewissheit, mit der sie vorgetragen wurde, machten Sarah deutlich, wie gefährlich und verantwortungslos dieser Sachverständige war. »Dr. Glass, sind die mehrfachen Misshandlungen von Joan Bowden Ihrer Meinung nach ebenfalls auf Videospiele zurückzuführen?«

»Gewalt ist immer eine erlernte Reaktion. Es ist höchste Zeit für unsere Gesellschaft, Kinder vor gewaltsamen Bildern zu schützen, genauso wie auch ihr Zugang zu Waffen, Pornografie, Tabak, Sex und Autos kontrolliert wird. Verstärkt wurde dieses Versäumnis in Bowdens Fall noch durch die Entscheidung der Gesellschaft, ihn nicht zu inhaftieren, obwohl er ganz offensichtlich eine Gefahr für seine Frau war. Angesichts einer solchen Kette von Versäumnissen muss ich mir doch die Frage stellen, warum Sie hier den Versuch unternehmen, die Schuld einem gesetzestreuen Hersteller zuzuschieben, der den Täter nicht einmal kannte.«

Damit war für Sarah die Zeit der Höflichkeit vorbei. »Dann wollen wir kurz einen Blick auf Ihre akademische Karriere werfen und vor allem auf Ihre Verbindung mit dem Thema Waffen. An wie vielen Universitäten waren Sie als Lehrender tätig?«

»An fünf«, antwortete Glass gleichmütig, als wäre er auf solche Fragen gefasst.

»Und wie viele haben Ihnen eine Übernahme als ordentlicher Professor angeboten?«

»Keine. Aber eine Übernahme stand ohnehin nur an der University of Connecticut zur Debatte.«

»Bei den anderen kam der Abschied wohl zu schnell?«

Das Lächeln des Zeugen hatte Ähnlichkeit mit einer Grimasse. »Ich würde sagen, die Entscheidung beruhte auf Gegenseitigkeit. Aus meiner Sicht gab es dort keine echte akademische Freiheit, und aus ihrer Sicht war mein Widerstand gegen die vorherrschende liberale Ideologie zu groß.«

Tatsächlich?, dachte Sarah und fragte mit frischer Stimme: »Und aus welchem Grund wurde Ihnen die Übernahme in Connecticut verweigert?«

Glass legte die Hände geziert aneinander. »Offiziell war der Grund, meiner Forschung fehle es an ›wissenschaftlicher Stringenz‹. Der eigentliche Grund war, dass ich verbotene Gedanken aussprach.«

»Wie zum Beispiel die Meinung, das Frauenwahlrecht habe zu einem Anstieg der Verbrechensrate geführt?«

Der Zeuge zuckte die Achseln. »Ms. Dash, es ist leicht, eine Aussage aus ihrem Forschungszusammenhang zu reißen und sich darüber lustig zu machen. Aber es gibt eindeutige Belege dafür, dass die Bedeutung der Verbrechensbekämpfung im Vergleich zu wesentlichen Fragen wie Erziehung und Gesundheitswesen seit 1920 durch die freizügigere Haltung der Frauen – abzulesen am Wahlverhalten – stetig abgenommen hat. Dies wiederum hat zu einer laxeren Einstellung unserer gewählten Vertreter und – mit der häufigeren Berufung von Frauen in Richterämter – auch unseres Rechtswesens geführt.«

»Dann werden Sie vielleicht mit Erleichterung zur Kenntnis nehmen, Dr. Glass, dass man mich nicht so bald zur Richterin bestellen wird. Aber mich quält doch der Gedanke, dass Mary Costellos Familie vielleicht nicht hätte sterben müssen, wenn ich nur nicht zur Wahl gegangen wäre.«

»Machen Sie sich keine Sorgen«, meinte Glass obenhin, »nach Ihrer Theorie der gemeinsamen Verantwortung gibt es genügend Instanzen, bei denen man die Schuld suchen kann. Beispielsweise eine akademische Welt, die es nicht wagt, verbotene Gedanken auszusprechen.«

»Vielen Dank«, antwortete Sarah mit besonderer Liebenswürdigkeit. »Ich darf wohl annehmen, dass man bei der SSA ein offeneres Ohr für verbotene Gedanken hat.«

Glass' Augen strahlten. »Das kann eigentlich nicht überraschen bei einer Organisation, für die Freiheit in all ihren unverfälschten Erscheinungsformen die höchste Priorität ist.«

»Sind nicht vielmehr *Sie* die höchste Priorität der SSA, Dr. Glass? Genauer gesagt, werden Ihre Forschungsprojekte seit Ihrem Abschied von der University of Connecticut nicht zum größten Teil mit Geldern der SSA finanziert?«

»Doch. Die SSA ist mit mir der Auffassung, dass die Finanzierung für den Wettbewerb auf dem Markt der Ideen unerlässlich ist. Daher beziehe ich eine jährliche Pauschalvergütung von ihr.«

»In welcher Höhe?«

»Fünfhunderttausend pro Jahr für die nächsten fünf Jahre.«

»Mit einem solchen Honorar«, bemerkte Sarah freundlich, »kann man viele verbotene Gedanken finanzieren. Kommen wir also auf einen dieser Gedanken zu sprechen: Ihre These, dass es umso weniger Verbrechen in Amerika geben wird, je mehr Waffen wir haben. In Ihrem Buch *Mehr Waffen, weniger Verbrechen* behaupten Sie, dass Gesetze, die das verborgene Tragen von Waffen erlauben, zu einer sinkenden Zahl von Vergewaltigungen und Morden führen, weil die Kriminellen gezwungen sind, auf Eigentumsdelikte wie Einbruch auszuweichen. Haben Sie schon einmal daran gedacht, Dr. Glass, dass ein Serienvergewaltiger den Diebstahl eines Transistorradios nicht unbedingt für einen ausreichenden Ersatz halten könnte?«

Mit einer schnellen Bewegung legte Glass den Bleistift auf den Tisch, ein erstes Zeichen von Ungeduld. »Worauf wollen Sie mit Ihrer Frage hinaus?«

»Dass sich die Pathologie eines Vergewaltigers von der eines Einbrechers unterscheidet. Oder haben Sie da bei Ihrem Kriminologiekurs gefehlt?«

Glass setzte wieder eine würdige Gelehrtenmiene auf. »Aufgrund meiner Ausbildung und Erfahrung als Forscher kann für mich kein Zweifel daran bestehen, dass Kriminelle per definitionem Kriminelle sind, das heißt Individuen, die nicht nach dem Gesetz leben können. Welche Verbrechen jeweils begangen werden, hängt von Umständen und Motiven ab.«

Sarah bedachte John Nolan mit einem langen, ungläubigen Blick. Nolan blieb äußerlich ungerührt. Sarah wandte sich wieder dem Zeugen zu. »Dann sollten wir vielleicht einen Blick auf Ihre Methodik werfen. Wie sind Sie zu dem Ergebnis gelangt, dass es im vergangenen Jahr rund zweieinhalb Millionen Fälle gab, in denen Amerikaner zur Waffe griffen, um sich selbst zu verteidigen?«

»Anhand einer zufälligen – und daher vollkommen objektiven – Stichprobe, das heißt einer Telefonbefragung von fünftausend Haushaltsvorständen.«

Sarah legte den Kopf schief. »Mit anderen Worten, Sie haben nicht auf Polizeiberichte zurückgegriffen, sondern sich auf Ihnen unbekannte Menschen verlassen, die sich zu ihrem eigenen Verhalten äußerten.«

»Ja.« Glass fuhr sich mit der Hand über seinen Bürstenhaarschnitt. »Kenner der Materie wissen, dass viele Fälle von Selbstverteidigung nicht bei den Behörden angezeigt werden.«

»Wie viele der Befragten bei Ihrer Telefonerhebung gaben an, sich selbst verteidigt zu haben?«

»Einundfünfzig.«

»Also etwas mehr als ein Prozent. Wie haben Sie daraus zweieinhalb Millionen Fälle von Selbstverteidigung abgeleitet?«

»Ich habe den Prozentsatz positiver Antworten auf unsere gesamte erwachsene Bevölkerung hochgerechnet.«

Sarah lächelte. »Wissen Sie zufällig, welcher Anteil unserer gesamten erwachsenen Bevölkerung als geisteskrank gilt?«

»Nein.«

»Versuchen Sie es mit drei Prozent. Haben Sie schon einmal daran gedacht, dass eine beträchtliche Zahl derer, die einen Fall von Selbstverteidigung angaben, möglicherweise einfach nur verrückt ist?«

Glass' Griff nach dem Wasserkrug erinnerte Sarah an Reiner. Nachdem er sich in aller Ruhe einen Schluck Wasser gegönnt hatte, antwortete er: »Ich habe keinen Grund, das anzunehmen.«

»Oder es nicht anzunehmen. Aber wenden wir uns lieber der allgemeinen Problematik im Zusammenhang mit Berichten über Fälle von Selbstverteidigung zu.« Sarah warf einen kurzen Blick in ihre Aufzeichnungen. »Ist Ihnen beispielsweise eine Harvard-Untersuchung von 1994 bekannt, die über einen Zeitraum von fünf Jahren Fälle von Selbstverteidigung erfasste und bei der fünfzig Befragte fünfunddreißig solcher Fälle meldeten – was einem Anteil von siebzig Prozent entspricht?«

Der Zeuge setzte sorgfältig sein Glas ab. »Nein.«

»Dann empfehle ich Ihnen, sie zu lesen.« Nach einer kurzen Pause fuhr Sarah fort. »Und wie steht es mit der in der *Washington Post* veröffentlichten Befragung von tausendfünfhundert Amerikanern, bei der es darum ging, ob sie im vorausgegangenen Jahr ein außerirdisches Raumschiff gesehen hatten?«

Glass rang sich ein mattes Lächeln ab. »Ich bin kein Spezialist für Außerirdische, Ms. Dash.«

»Das wäre aber vielleicht eine interessante Abwechslung. Laut *Washington Post* gaben einhunderteinundfünzig der Befragten an, ein außerirdisches Raumschiff gesehen zu haben – rund zehn Prozent also.«

Nolan wandte sich seinem Zeugen zu.

»Wie gesagt«, antwortete Glass in trotzigem Ton, »davon ist mir nichts bekannt.«

»Dann ist Ihnen wahrscheinlich auch nicht bekannt, dass sechzehn der Befragten – ungefähr ein Prozent – sogar einen Kontakt mit Außerirdischen meldeten.«

»Auch das ist mir nicht bekannt.«

Sarah unterdrückte ein Lächeln. »Ist es nicht möglich, dass Ihre ein Prozent die gleichen waren wie die der *Washington Post* und dass sich hinter Ihren Zahlen in Wirklichkeit Fälle von Selbstverteidigung gegen außerirdische Eindringlinge verbergen?«

»Das reicht«, schaltete sich Nolan in scharfem Ton ein. »Wenn Sie eine ernste Frage haben, dann stellen Sie sie. Ansonsten können wir auch abbrechen.«

»Mit dummen Antworten«, konterte Sarah, »provoziert man dumme Fragen. Das Gleiche gilt für schwammige Statistiken.« Mit kalter Stimme wandte sich Sarah wieder an Glass: »Ist Ihnen wenigstens bekannt, dass nach einem Bericht des *New England Journal of Medicine* mit jeder Waffe in einem Haushalt die Wahrscheinlichkeit der Tötung eines Familienmitglieds im Vergleich zu Haushalten ohne Waffe um das Dreifache steigt?«

»Nein.«

»Oder dass in diesen Haushalten auf jeden Fall von Selbstverteidigung ungefähr fünf Tötungen von Familienmitgliedern kamen?«

»Es reicht«, unterbrach sie Nolan. »Er hat Nein gesagt. Nächste Frage bitte.«

Sarah lehnte sich lächelnd zurück. »Eigentlich bin ich schon fertig, John. Ich habe gerade einen Marsmenschen entdeckt, und das muss ich jetzt unbedingt melden.«

## 22

Nach einer Peperoni-Pizza zum Abendessen in ihrer Wohnung massierte Kerry Lara die Schultern, während sie ihm das Begräbnis einer Frau schilderte, die in Maryland von einem wahllos vorgehenden Heckenschützen getötet worden war. Die Familie hatte sie gebeten, vor der Trauergemeinde zu reden. »Es war so merkwürdig für mich«, erzählte sie Kerry. »Das Opfer war mir völlig unbekannt, und durch meine Anwesenheit hatte ich eine Demonstration angelockt. *Demonstranten* bei einer Beerdigung, Kerry, stell dir das nur vor. Auf einmal waren sie da. Ich fühlte mich verpflichet, dem Ehemann so viel Trost zu spenden, wie ich konnte. Er hatte wie ich keine Gelegenheit gehabt, sich von seiner Frau zu verabschieden.« Sie lehnte sich zurück und legte den Kopf gegen Kerrys Wange. »Und im Gegensatz zu mir hatte er niemand zum Anlehnen.«

»Und was war mit den Demonstranten?«

»Das waren einfach Verrückte.« Kerry spürte ihr resigniertes Seufzen, ohne es zu hören. »Ich weiß, dass sie nicht repräsentativ für die Mehrheit der Waffenbesitzer sind. Aber sie haben mich daran erinnert, warum diese Debatte so verfahren ist. Diese Leute haben einfach kein Mitgefühl und keine Fantasie. Sie meinen, der Witwer und ich sollten einfach zur Tagesordnung übergehen und einsehen, dass Waffenbesitz ein heiliges Recht ist und dass unser Verlust nur ein Kollateralschaden ist – der Preis für die Freiheit des zweiten Verfassungszusatzes. Auf eine ganz eigene Weise ist das fast genauso losgelöst von jeder menschlichen Regung wie das, was ich im Kosovo erlebt habe. Und wenn ich an John Bowden denke, macht es mir auch genauso viel Angst.«

Kerry fiel auf, dass sie seit ihrem Ausflug nach Martha's Vineyard nicht mehr über dieses Thema gesprochen hatte. »Reden tut uns gut«, sagte er. »Wir sind ständig unterwegs, damit das alles nicht umsonst gewesen ist. Vor allem du.«

»Ich?« Lara lachte leise. »Für mich hieß es einfach: Nur nicht zurückschauen, sonst holt dich die Trauer ein. Oder die Angst.«

»Dass dir was passieren könnte.«

»Eigentlich nicht. Da habe ich bei dir viel mehr Sorge.«

Kerry sagte ihr nicht, dass ihn manchmal, wie am vergangenen Abend am Lincoln-Denkmal, die Furcht vor einem plötzlichen Tod packte – eine Furcht, die noch verstärkt wurde durch die Liebe zu ihr. »Zurzeit bin ich der bestgeschützte Mann in Amerika«, beruhigte er sie. »Auf Peter ist Verlass. Wovor hast du also Angst?«

»Vor dem Scheitern. Dass wir alles tun, was wir können, dass es aber letztlich nicht reicht. Dass die Leute weiterhin sinnlos sterben müssen wie die Frau, die gestern beerdigt wurde. Und dass von allem am Ende nichts übrig bleibt.«

Das entsprach Kerrys eigener tiefster Furcht vor einem Leben in dem Bewusstsein, gescheitert zu sein, so wie er bereits dazu verurteilt war, die Schuld am Tod von Laras Verwandten ein Leben lang mit sich herumzutragen. Er küsste sie und kehrte in den Westflügel zurück.

Clayton blickte von seinem Schreibtisch auf und war überrascht, den Präsidenten zu sehen.

»Fahr nach Hause«, forderte ihn Kerry auf.

Clayton lächelte. »Das sagst du so leicht. Du bist ja schon zu Hause, aber für mich sind es noch zwei Stunden Fahrt.«

»Zwei zu viel. Wann war dein letztes normales Abendessen mit Carlie?«

Clayton lachte. »Vor vier Tagen. Bist du jetzt auf einmal der Kummerkastenonkel? Ich dachte, du bist King George.«

»Das war einmal.« Kerry ließ sich nieder, als hätte er die Absicht, länger zu bleiben. »Von der Wohnung bis hierher hatte ich ein paar Minuten zum Nachdenken. Das mache ich nämlich manchmal.«

»Schlecht für dich, Mr. President. Du solltest lieber Senatoren verprügeln.«

»Ach, das hatte ich auch vor. Aber zuerst wollte ich noch ein bisschen Zeit mit dir verschwenden.«

Kerry wirkte ungewöhnlich nachdenklich auf Clayton – nicht der Kerry, den Clayton schon lange kannte, sondern der härtere Mann, den Umstände und Ehrgeiz aus einem einsamen irischen Jungen gemacht hatten.

»Politiker«, fuhr Kerry fort, »sind Süchtige. Und Präsidenten sind am schlimmsten. Alles, was für sie zählt, ist der Erfolg und was andere dazu beitragen können. ›Freund‹ wird da zu einem sehr dehnbaren Begriff. So ist es nun mal, und das akzeptiere ich auch. Aber nicht bei dir und mir.« Kerry sprach mit leiser Stimme. »Bevor ich in dieses Geschäft eingestiegen bin, warst du schon mein bester Freund. Und als Generalsekretär hast du mitgeholfen, dass ich ein besserer Präsident wurde.« Ein Lächeln huschte über Kerrys Lippen. »Mal abgesehen von dem einen oder anderen Missgeschick. Aber als Freund gibt es nur dich. Und deswegen sage ich dir, fahr nach Hause.«

Gerührt folgte Clayton Kerrys Bitte.

»Nun«, fragte der Präsident unvermittelt, als Senator Hampton abnahm, »wie ist der Stand bei der Immunität für Waffenhersteller?«

»Rollins, Coletti, Slezak«, antwortete der Minderheitsführer knapp. »Nach meiner Zählung brauchen wir alle drei.«

»Bei Cassie habe ich alles getan, was ging – ich habe an ihr Gewissen appelliert.«

Hampton lachte auf. »Verzweifelte Maßnahmen eines verzweifelten Mannes. Die SSA tut mehr.«

»Das lässt sich nicht ändern. Was ist mit Slezak und Coletti? Hat die Demonstration stummer Zeugen Wirkung gezeigt?«

»Von wegen. Für die beiden war das nichts als Schall und Rauch, der wie üblich nichts bedeutet hat. Slezak und Coletti sind beide Abtreibungsbefürworter, da können sie sich natürlich ausrechnen, dass sie sowieso schon alle Frauen-Stimmen haben, die sie kriegen können. Deswegen kümmern sie sich vor allem um die Sicherung ihres Reviers. Coletti hat Lexington direkt vor der Haustür. Inzwischen haben sich bei ihm schon einige Leute gemeldet, die um ihre Arbeitsplätze fürchten. Und dann sind da noch die Versicherungsunternehmen in Hartford, die für Typen wie Lenihan überhaupt nichts übrig haben …«

»Und Slezak?«

»Slezak ist einfach nur ein Arschloch. Er meint, dass er links noch Spielraum hat und dass ihm rechts die SSA helfen kann. Und *Ihnen* hilft es nicht gerade, dass viele Arbeiter in Michigan Waffen besitzen.«

»Obwohl ich ihm mit einem Herausforderer bei den Vorwahlen gedroht habe?«

»Wahrscheinlich macht ihm das schon Sorgen, Mr. President. Aber Michigan ist ein komischer Staat. Auch wenn Sie sich gegen ihn stellen, muss er sein Vorgehen sehr genau kalkulieren.«

Das stimmte leider mit Kerrys eigener Einschätzung überein. »Was können wir ihnen sonst noch bieten?«

»Nichts. Außer die Gelegenheit, den Präsidenten nicht vor den Kopf zu stoßen.«

»Ich werde sie daran erinnern«, antwortete Kerry.

Zehn Minuten später hatte die Telefonzentrale im Weißen Haus Vic Coletti gefunden.

Der Senator aus Connecticut war an der Bar des Caucus Room und genehmigte sich mit seinem Finanzchef und zwei betuchten Geldgebern einen Drink. Coletti sprach leise in sein Handy, während im Hintergrund Stimmen und Lachen zu hören waren.

»Es ist eine schwere Wahl, Mr. President. Mehr kann ich noch nicht sagen.« Coletti schwieg einen Moment. »Ihrem Waffengesetz stimme ich auf jeden Fall zu. Aber diese Prozessgeschichte? Ehrlich gesagt, was aus der Sicht Ihrer Schwägerin eine beklagte Partei ist, ist aus meiner Sicht ein bedeutendes Mitglied meiner Wählerschaft. Ich sage es ungern, aber so ist es nun mal.«

»Ein bedeutendes Mitglied Ihrer Wählerschaft?«, fragte Kerry mit leichtem Spott. »Bei den Versicherungsgesellschaften verstehe ich das ja noch. Aber wie viele der Arbeiter von Lexington haben denn überhaupt für Sie gestimmt?«

»Weniger als die Hälfte«, antwortete Coletti prompt. »Aber sie haben Familien – Frauen, Kinder und Eltern –, von denen viele auch zur Wahl gehen.« Er senkte seine Stimme noch mehr. »In Connecticut ist Lexington kein Schurke, sondern ein wichtiger Arbeitgeber. Vielleicht wenn negative Dinge aus dem Prozess bekannt würden, wie bei dem Tabakrechtsstreit, dann hätte ich wenigstens ein PR-Gegengewicht. Aber es gibt nichts.«

Kerry überlegte sich seine Antwort. »Doch, es gibt etwas. Für Lexington wird die Sache immer heißer. Wenn das Verfahren nicht vorzeitig abgewürgt wird, wird bei der Hauptverhandlung alles herauskommen.«

Coletti dachte nach. »Was ist, wenn ich gegen die Immunität für Waffenhersteller stimme«, fragte er schließlich, »und Fasano boxt sie trotzdem durch? Dann ist der Prozess tot, und ich stehe ohne Deckung da. Und wozu das Ganze? Nach meiner Rechnung zählt meine Stimme doch überhaupt nicht, wenn Rollins und Slezak nicht auch für Sie stimmen.«

Das erinnerte Kerry daran, dass Vic Coletti alles andere als dumm war. »Vic«, sagte er leise, »ich habe die Absicht, noch länger im Amt zu bleiben. Und auf lange Sicht hängt Ihr Erfolg oder Misserfolg von mir ab. Eine Stimme für die Haftpflichtreform kann ich akzeptieren. Aber wenn ich nach all den Ereignissen eine Abstimmung verliere, bei der es um die Waffengesetzgebung geht, wird sich das Gleichgewicht der Macht zu Gunsten Frank Fasanos verschieben. Und falls Sie sich daran beteiligen, werde ich meine ganze noch verbliebene Macht in die Waagschale werfen, um es Ihnen heimzuzahlen.«

Durch die Stille hörte Kerry Lachen von der Bar. »Ich werde es mir durch den Kopf gehen lassen«, versprach Coletti schlicht. »Gründlich.«

Die Jagd der Telefonzentrale nach Senator Jack Slezak endete um elf Uhr abends.

Der Senator schlief bereits, erfuhr Kerry, und durfte nicht gestört werden. Kerry legte das Telefon beiseite und fragte sich, woher der Senator aus Michigan so viel Arroganz – oder Sicherheit – nahm, dass er sich weigerte, den Anruf eines Präsidenten entgegenzunehmen, der ihn ruinieren konnte.

Fünftausend Kilometer entfernt vom Weißen Haus klingelte in Robert Lenihans Büro in Beverly Hills das Telefon.

Er war gerade dabei, seinen Terminkalender für die nächsten drei Monate durchzugehen: ein Wirrwarr von Terminen, die kaum miteinander in Einklang zu bringen waren. Unter anderem wartete ein möglicherweise äußerst lukrativer Prozess auf ihn, den er zum Missfallen seiner Partner wegen einer Anhörung in Mary Costellos Verfahren vielleicht verschieben musste. Lenihan zögerte einen Moment, bevor er abnahm.

»Spreche ich mit Bob Lenihan?«, fragte eine tiefe Stimme.

Der merkwürdig bedrohliche Ton der Frage und die seltsam vertraut klingende Stimme ließen Lenihan sofort hellwach werden. »Am Apparat.«

»Hier spricht Charles Dane.«

Soll das ein Witz sein, wäre es Lenihan fast entfahren. Doch angesichts der jüngsten Entwicklungen war er sich mit einem Schlag sicher, dass es kein Witz war. »Rufen Sie an, um mir mitzuteilen, dass Sie aufgeben?«, erkundigte sich Lenihan. »Normalerweise schicken Mandanten eher ihre Anwälte vor.«

Danes Stimme blieb völlig humorlos. »Unsere Anwälte wissen nicht, dass ich Sie anrufe. Niemand weiß es. Und wenn die Sache nicht zwischen uns bleibt, ist das Gespräch beendet.«

Lenihan analysierte kurz die komplexen Konsequenzen dieser Forderung. »Na schön«, antwortete er in geschäftsmäßigem Ton. »Was haben Sie mir zu sagen, Mr. Dane?«

»Dass Sie verlieren werden.«

Mehr aus Trotz als aus Überzeugung lachte Lenihan. »Haben Sie die Aussage von Mike Reiner gelesen? Fred Glass soll auch nicht so brillant gewesen sein. Und ich kann Ihnen versprechen, das war noch nicht alles.«

»Das wissen wir«, erklärte Dane mit kühlem Selbstbewusstsein. »Aber das alles spielt keine Rolle. Nicht die geringste.«

»Und warum nicht?«

»Weil das Repräsentantenhaus gerade für ein Verbot Ihres Prozesses gestimmt hat. Und nächste Woche wird es der Senat genauso machen.«

»Im Senat ist noch alles offen«, erwiderte Lenihan gelassen. »Dank Leo Weller. Und wenn der Senat eine Zivilrechtsreform mit einer Immunitätsklausel für Waffenhersteller verabschiedet, wird der Präsident sein Veto dagegen einlegen, bevor Sie den Champagner aufmachen können.«

»Wenn Kilcannon das tut«, antwortete Dane in einem Ton, der so düster war, dass Lenihan unwillkürlich an das Wort Grabesstimme denken musste, »ist er erledigt. Und dass der Senat sein Veto überstimmen wird, ist dabei noch das Geringste.«

Lenihan lachte lauthals. »Dieses Gespräch ist reichlich zwielichtig. Kein Wunder, dass ich nichts davon weitererzählen soll.«

Auch Dane lachte leise. »Sie sollen es nicht weitererzählen, weil Sie nicht wissen, was ich meine. Und weil Sie nicht genug über Ihren Präsidenten wissen. Robert, Sie sind ein Amateur. Für Sie ist es das Äußerste an Realpolitik, einen Leo Weller abzuschießen. Und deswegen werden Sie auch verlieren.«

Lenihans Belustigung schwand. Der Gedanke, dass Dane zu dick auftrug, wurde verdrängt durch die Erkenntnis, dass der Mann, mit dem er hier redete, von ganz anderem Schlag war als der entrüstete, patriotische Populist, der am Capitol zu seinen Anhängern gesprochen hatte. »Und jetzt möchten Sie mich warnen, damit ich emotional vorbereitet bin. Unsinn. Sie machen sich Sorgen wegen des Prozesses, und das ist auch verständlich.«

»Sorgen? Nein. Ich gebe Ihnen die Chance, sich zwischen zwei Möglichkeiten zu entscheiden. Sie können der Anwalt sein, dem der Costello-Prozess aus der Hand geschlagen wurde und der mit der Einreichung der Klage überhaupt erst den Anstoß zur umfassendsten Haftpflichtreform der amerikanischen Geschichte gegeben hat. Was Sie tun, grenzt jetzt bereits an Selbstparodie. Aber wenn es kommt, wie ich sage, machen Sie sich völlig zum Narren.«

Lenihan unterdrückte den Impuls, es ihm in gleicher Münze zurückzuzahlen. Die laserartige Präzision, mit der Dane seine Ängste seziert hatte – öffentliche Demütigung, Verlust an politischer Macht und beruflichem Ansehen –, war viel zu verräterisch. »Und die andere Möglichkeit?«, fragte er kalt.

»Schließen Sie einen Vergleich, bevor unsere Verbündeten im Senat die Immunität für Waffenhersteller verabschieden und Kilcannons Veto überstimmen.«

Obwohl er mit einem Angebot dieser Art gerechnet hatte, spürte Lenihan doch einen Hauch von Überraschung. »Einmal abgesehen von Verdiensten und Politik«, antwortete er, »kann ich solch einen Vergleich nicht allein schließen. Ich muss mich mit meiner Kollegin beraten, und die Entscheidung liegt dann letzten Endes bei unserer Mandantin.«

»Wir haben uns gefragt, wer Ihr Mandant ist. Aber nicht lange.«

»Mary Costello«, zischte Lenihan.

Dane lachte wieder leise. »Angenommen, das stimmt«, erwiderte er, »dann müssen Sie sich absolut nicht mit Sarah Dash beraten.«

Lenihan zögerte, bevor er fragte: »Was schlagen Sie vor?«

»Dass Mary Costello als Marionette ihrer Schwester – als Klägerin in einem aussichtslosen Verfahren – weitermachen kann oder aber zehn Millionen Dollar reicher wird. Minus die gut drei Millionen, die Ihre Kanzlei einstreicht.«

Lenihan lachte erstaunt auf. »Sie haben wirklich Angst.«

»Reden Sie mit Ihrer Mandantin«, entgegnete Dane ruhig.

»Nächste Woche um diese Zeit bekommen Sie für den Streitwert Ihres Prozesses höchstens noch zaristische Staatsanleihen.«

## 23

An dem Vormittag, als John Nolan Dr. David Roper befragte, herrschte in dem sterilen inneren Konferenzraum des Kilcannon-Centers eine ruhige, nüchterne Atmosphäre zwischen den anwesenden Anwälten.

Roper war Sarahs letzter Sachverständiger, ein Professor von der Columbia University. Ein Schwerpunkt seiner Arbeit lag auf der Widerlegung der Behauptung, dass die Sicherheit der Bevölkerung mit einer Zunahme des Waffenbesitzes steige. In seinem Benehmen war Roper das genaue Gegenteil von Dr. Glass: ein Gelehrter, der seine Leidenschaft durch Ernsthaftigkeit in Rede und Haltung zum Ausdruck brachte und der sich stets um Knappheit und Präzision bemühte. Als sachverständiger Zeuge durfte Roper alle Vernehmungsprotokolle einsehen, und er hatte das mit großer Sorgfalt getan.

»Was Fred Glass praktiziert«, erklärte er Nolan ohne Umschweife, »ist keine Wissenschaft, sondern Theologie. Der Mythos der Selbstverteidigung ist für die SSA genauso wichtig wie die biblische Schöpfungsgeschichte für den christlichen Fundamentalismus: ohne diese Mythen bricht das Glaubenssystem – und damit der ganze Lebenssinn – zusammen.«

Nolan betrachtete ihn aufmerksam. »Weshalb bezeichnen Sie den Glauben an bewaffnete Selbstverteidigung als Mythos?«

Der dunkelhaarige, hagere Sachverständige erwiderte Nolans Blick mit gleicher Intensität. »Weil dieser Glaube die Erkenntnisse der soziologischen Opportunitätstheorie ignoriert. Diese besagt, dass eine Sache desto mehr benutzt – und auch missbraucht – wird, je mehr es von ihr gibt. Dr. Glass übersieht insbesondere, dass durch den Gebrauch von Handfeuerwaffen die Möglichkeiten zum Töten zunehmen.« Roper zählte seine Punkte an den Fingern der linken Hand ab. »Erstens kann man aus weit größerem

Abstand töten. Zweitens kann man bei weit geringerer Gefährdung für sich selbst töten. Drittens kann man mit weit größerer Sicherheit töten. Viertens wird die Entscheidung zum Töten weit schneller unwiderruflich, denn im Gegensatz zu einem Messer kann man eine Kugel nicht mehr herausziehen.« Nach einem kurzen Blick auf Harrison Fancher schloss er: »Mit ›Wissenschaftlern‹ wie Dr. Glass trägt die Waffenlobby nicht nur den Mythos der Selbstverteidigung weiter, sondern raubt uns in Wirklichkeit sogar die Mittel einer echten Selbstverteidigung. Weil diese Lobby die politische Macht hat, Quacksalberwissenschaft in den Rang von Erkenntnissen zu erheben.«

»Wenn Sie von Quacksalberwissenschaft sprechen«, fragte Nolan mit einem Anflug von Schärfe, »bezieht sich das auch auf die Aussage von Dr. Glass?«

Der Zeuge nickte energisch. »Fred Glass ist das Gegenstück zu den Wissenschaftlern, die im Auftrag der Tabakunternehmen ›nachwiesen‹, dass Rauchen keinen Lungenkrebs verursacht. Glass fängt bei den von der Waffenlobby gewünschten Ergebnissen an und sucht sich dann die passenden Fakten dazu, um sie zu untermauern.«

Nolans Blick wurde prüfend und vorsichtig, aber auch entschlossen, als sei er auf alles gefasst. »Was haben Sie bei *Ihren* Forschungen über das Verhältnis zwischen öffentlicher Sicherheit und Waffenbesitz herausgefunden?«

»Dass Waffenbesitz die öffentliche Sicherheit beeinträchtigt.« Roper stützte die Ellbogen auf den Tisch und schob die Finger ineinander, ohne sein Gegenüber aus den Augen zu lassen. »In den Vereinigten Staaten gibt es geschätzte fünfundsechzig Millionen Handfeuerwaffen. Dies spiegelt sich in der hohen Rate von Tötungen durch Schusswaffen wider. Auf hunderttausend Menschen kommen nahezu vierzehn solche Todesfälle. In Kanada sind es ungefähr vier, in Australien drei und in England weniger als einer.

Nehmen wir einen Vergleich zwischen Seattle und Vancouver. Diese beiden Großstädte weisen in fast allen Aspekten erstaunliche Ähnlichkeit auf. Es gibt nur eine Ausnahme: In Seattle ist die Beschaffung von Handfeuerwaffen kein Problem, während sie im kanadischen Vancouver starken Beschränkungen unterliegt. Die

Rate von Verbrechen und Gewaltdelikten ist ähnlich, und bei Einbrüchen, Raub und Körperverletzung ist sie sogar fast völlig identisch. Der einzige Unterschied besteht darin, dass die Rate der Tötungsdelikte in Seattle um dreiundsechzig Prozent höher liegt. Und warum ist das so? Weil die Rate der Tötungsdelikte mit Handfeuerwaffen in Seattle fünfmal so hoch ist...«

»Welche Relevanz soll die Rate der Tötungsdelikte in Seattle für die Klage von Mary Costello gegen Lexington Arms haben?«

Roper wölbte die Handflächen. Sarah glaubte zu erkennen, dass sich hinter seiner reichen Gestensprache eine starke Leidenschaft verbarg. »Da gibt es mehrere Zusammenhänge. Letztes Jahr wurden mit Handfeuerwaffen wie der Lexington P-2 etwas mehr als tausendzweihundert Frauen ermordet. Sechsundfünfzig Prozent dieser Frauen wurden von Ehemännern, Lebenspartnern, Freunden oder Ex-Freunden getötet. Und ein Drittel der Mörder richtete sich selbst – so wie Bowden.

John Bowden war wegen Misshandlung seiner Frau vorbestraft – das ist bekannt. Laut der Klageschrift von Ms. Costello hat Präsident Kilcannon George Callister, den Vorstandsvorsitzenden von Lexington Arms, gebeten, den Verkauf von Produkten der Firma bei Waffenmessen ohne vorherige Leumundsprüfung zu untersagen. Callister lehnte ab. Laut seiner eigenen Aussage hat Ben Gehringer später ohne Leumundsprüfung eine P-2 an John Bowden verkauft, der durch eine Anzeige der Firma Lexington angelockt worden war.« Roper presste die Hände zusammen. »Es besteht also eine hohe Wahrscheinlichkeit, dass die sieben Menschen, die Bowden einschließlich seiner selbst getötet hat, *ohne* diese Anzeige oder *mit* einer Leumundsprüfung heute noch am Leben wären.«

Nolan setzte eine skeptische Miene auf. »Sind Sie mit Ihren Ausführungen zu Ende?«

»Nicht ganz.« Wieder warf Roper einen Blick auf Harrison Fancher. »Die SSA möchte uns in dem Glauben wiegen, dass die meisten Tötungsdelikte von Gewaltverbrechern begangen werden. Das stimmt nicht. Die meisten Tötungsdelikte resultieren aus Streitigkeiten zwischen Menschen, die sich kennen, und Frauen werden über viermal so häufig von Intimpartnern erschossen wie von Unbekannten.« Roper hielt kurz inne und sprach in ruhigerem

Ton weiter. »Wie gesagt sind das ingesamt über tausendzweihundert ermordete Frauen. Dem stehen zwölf Frauen gegenüber, die in Notwehr mit einer Schusswaffe getötet haben.

Demzufolge kommen auf jeden Fall von Selbstverteidigung einhundert ermordete Frauen. Aber lassen wir die Statistiken, Mr. Nolan. Schließlich geht es hier um Menschen. Ein sechzehnjähriger japanischer Austauschstudent, der getötet wurde, weil er auf der Suche nach einer Halloween-Party die falsche Türklingel gedrückt hat. Eine Vierzehnjährige, die von ihrem Vater für einen Einbrecher gehalten wurde und die mit den Worten ›Ich liebe dich, Daddy‹ auf den Lippen starb. Eine zwanzigjährige Mutter, die das Knirschen von Kies auf der Auffahrt zu hören glaubte und aus Angst eine Waffe ohne Sicherheitssperre zog und dabei aus Versehen ihr acht Monate altes Baby tötete. Die zahllosen anderen Fälle, in denen sich Selbstverteidigung als ein gefährlicher Mythos erwiesen hat, der Trunkenheit und Zorn mit einer Waffe ausrüstet. Waffen schießen nicht von allein, Mr. Nolan. Aber in Gegenwart einer Waffe sind wir in viel größerer Gefahr. Aus diesem Grund ist das bestbewaffnete Land der Welt auch das tödlichste.«

Angesichts diese Worte konnte Sarah nur hoffen, dass Senator Fasano scheitern und dass Mary Costello Gelegenheit zu einer Gerichtsverhandlung erhalten würde. Plötzlich spürte sie, dass ihr jemand auf die Schulter tippte. Sie wandte sich um und sah ihre Assistentin. Es musste dringend sein, denn sonst hätte Janet die Vernehmung nie unterbrochen.

»Entschuldigen Sie uns bitte«, sagte sie zu Nolan. Ein Blick in das besorgte Gesicht ihrer Assistentin genügte, um ihr zu sagen, worum es ging.

»Der Anruf, auf den Sie gewartet haben«, flüsterte Janet.

Obwohl sie seit ihrem Treffen nicht mehr miteinander gesprochen hatten, platzte Norman Conn ohne Einleitung heraus: »Ich habe mich geweigert, mich mit dem Anwalt von Lexington zu treffen – ein Mann namens Nolan.«

Der schrille Klang seiner Stimme zeigte, dass Conn unter Stress stand. Sarah blickte auf die geschlossene Tür ihres Büros. »Wer hat Sie zu dem Gespräch aufgefordert?«

»Unser Rechtsbeistand. Wenn ich mich nicht mit ihm treffe, wollen sie mich entlassen.« Er sprach schneller und lauter. »Sie sagen, wenn ich Aufzeichnungen gestohlen oder Unternehmensgeheimnisse verraten habe, können sie mich verklagen und mir das Haus wegnehmen, das ich seit zwanzig Jahren habe.«

Für Sarah war das Telefon fast wie ein Kupferdraht, der Conns Spannung weiterleitete. »Ich habe Ihnen auf dem Anrufbeantworter einen Anwalt in Hartford genannt, der auf den Schutz von Informanten spezialisiert ist …«

»Ich wollte ihn anrufen«, sagte er mit brechender Stimme, »jetzt weiß ich nicht mehr.«

Sarah zögerte, hin- und hergerissen zwischen Mitleid und Verzweiflung. Die Erlösung von seinen Schuldgefühlen vor Augen, hatte Conn keine Angst vor dem Verlust seines Arbeitsplatzes gekannt. Aber der Verlust von etwas Grundlegendem und Tiefgreifendem wie die eigenen vier Wände war schon beängstigend.

»Es tut mir Leid«, sagte sie ruhig. »Aber wenn bekannt wird, was Sie mir anvertraut haben, werden Sie unter Eid aussagen müssen.«

»Und wenn Sie ihnen sagen, dass ich nicht als Zeuge auftrete?«

Sarah musste an Martin Bresler denken. »Das könnte ich. Aber ich werde es nicht tun.« Ihre Stimme wurde noch leiser. »Tut mir Leid, Mr. Conn. Aber ich habe eine Verpflichtung gegenüber meiner Mandantin. Ich empfehle Ihnen, sich zum Schutz Ihrer Rechte an den Anwalt zu wenden, den ich Ihnen genannt habe. Denn ich werde mit Ihren Dokumenten dafür sorgen, dass Sie nicht lügen.«

Das war natürlich eine leere Drohung, weil ein Zeuge, der seine Aussage widerrief, bei einer Gerichtsverhandlung nutzlos war. Sie fragte sich, ob Conn das wusste.

»Ich verstehe«, antwortete er mit einem Krächzen, das dennoch einen Rest von Würde aufwies. Die Verbindung wurde unterbrochen, bevor Sarah noch etwas sagen konnte.

# 24

Von Zweifeln geplagt bereitete sich Chad Palmer darauf vor, die Debatte über die Immunität für Waffenhersteller zu eröffnen.

Senator Palmer begriff sich schon seit jeher als Konservativer, er glaubte an freie Märkte, an militärische Einsatzbereitschaft und an die Verantwortung und Eigeninitiative des Einzelnen. Mit wachsender Bestürzung hatten er und einige Senatskollegen – zu denen auch Cassie Rollins gehörte – erleben müssen, dass Männer wie Paul Harshman »konservativ« mit dem unbegrenzten Recht auf Waffenbesitz und militanten gesellschaftlichen Plänen gleichsetzten, die von Fundamentalismus getragen und von jenen Kräften finanziert wurden, die unter einem freien Markt die Abwesenheit gesetzlicher Einschränkungen verstanden.

Diese Kräfte erkauften sich bei beiden Parteien Einfluss. Aber während die demokratischen Nutznießer eher ein heuchlerisches Getue an den Tag legten und behaupteten, die riesigen Spenden nur zur Selbstverteidigung anzunehmen, stellten die Republikaner vom Schlag eines Harshman ihren ungezügelten Appetit auf Spenden von Interessengruppen als verfassungsmäßiges Recht hin. So war es nicht verwunderlich, dass sich Chad durch den Kampf gegen Geld in der Politik die bittere Feindschaft jener Mitglieder seiner Partei zugezogen hatte, für die Waffen, Geld und Religion ein Rezept für Machtgewinn waren.

Aus diesem Grund hatte er sich auf einen faustischen Pakt mit Frank Fasano eingelassen und seine Zustimmung zur Immunität für Waffenhändler gegen einen ungehinderten Versuch zur Durchsetzung einer Reform der Wahlkampffinanzierung eingetauscht, die Kerry Kilcannon fast genauso sehr wollte wie er. Aber Kilcannon war Präsident. Der Senator aus Ohio war durch Fasano und seine Anhänger blockiert, und diese Reform war vielleicht die einzige Entschädigung für eine Karriere, die er mit dem Leben seiner Tochter bezahlt hatte. So erhob sich Chad im Senat unter dem Beifall seiner ärgsten Feinde von seinem Platz, um sich gegen einen Freund zu stellen, dessen Wunden Palmer viel mehr bedeuteten als die zweckbestimmte Unterstützung seiner Parteigenossen.

Am besten war es, dachte Palmer, sich an das zu halten, woran er wirklich glaubte.

Er stand an seinem lackierten Tisch, die Notizen vor sich. Der Senat war voll. Vorne saßen Frank Fasano und Chuck Hampton, nur getrennt durch den schmalen Gang zwischen den zwei Parteien.

»Die Geißel der Zivilprozesse«, begann er, »ist sowohl ein Symptom als auch eine Krankheit. Für viele kleine und ehrliche Betriebe ist sie tödlich. Aber für uns alle ist sie ein Sinnbild des Verfalls unseres gesellschaftlichen Zusammenhalts, der dazu führt, dass die Moral von Gesetzen verdrängt wird, dass ein Unglück zur Chance auf Reichtum wird und dass der Gerichtssaal Mitmenschen zu Plünderern macht.

Das Gesetz zur Reform des Zivilrechts ist eine Anstrengung zur Wiederherstellung einer Zeit, in der Prozesse noch nicht als Sozialversicherung dienten, in der Anwälte noch Advokaten waren und keine Opportunisten und in der die Gesetze nicht von Richtern gemacht wurden, sondern von der Legislative.«

Der Senat hörte in gebanntem Schweigen zu. Im Gegensatz zu einigen seiner Kollegen, überlegte Frank Fasano, war Chad Palmer am eindrucksvollsten, wenn er aus tiefster Überzeugung sprach. Er war zu frei von Selbsttäuschung, um sich leicht verstellen zu können. Genau darin erkannte Fasano, der gleichfalls frei von Illusionen, aber zugleich weitaus pragmatischer war, die bewundernswerteste und gefährlichste Eigenschaft seines republikanischen Rivalen. Selbst ein kurzes Bündnis mit ihm war ein Luxus, den es zu genießen galt, und dass er Palmer auf seine Seite gezogen hatte, war ein meisterhafter politischer Schachzug.

»Man will uns einreden«, fuhr Palmer fort, »Sammelklagen seien die letzte Zuflucht kleiner Anleger gegen Finanzbetrug. Wenn es nur so wäre. Die meisten Aktionäre können von Glück sagen, wenn sie zehn Cent von einem Dollar wiedersehen, denn vorher haben ihre reichen Anwälte ein Millionenhonorar abkassiert.« Palmer gestattete sich ein Lächeln. »Einer dieser Anwälte versteht unter ›Kleinanleger‹ seinen Lieblingsmandanten, der von jedem der fünfhundert erfolgreichsten amerikanischen Unternehmen eine Aktie erworben hat. Was den betreffenden Rechtsberater – wie gestern zu hören war – in die glückliche Lage versetzt, im Namen seines Mandanten sechsundzwanzig Sammelklagen einzureichen.

Und wer zahlt das Honorar dieses Anwalts? Wir sollten uns nichts vormachen. Wir alle zahlen die Zeche – mit höheren Preisen, mit verlorenen Arbeitsplätzen und mit dem Niedergang des Grundsatzes, dass ein Zivilprozess dazu dienen sollte, echte Wiedergutmachung für ein echtes Unrecht zu leisten.«

Palmer ließ den Blick durch den Saal schweifen. »Aber mich quält noch eine andere Sorge. Die Sorge, dass Zivilprozesse zu einem Werkzeug unserer eigenen Korruption geworden sind, weil Gelder aus Rechtsstreitigkeiten in das politische System fließen, damit Anwälte eine noch nie da gewesene und – für meine Begriffe – völlig skrupellose Macht ausüben können.«

Fasano warf Senator Hampton einen Blick zu, der mit unbeweglicher Miene zuhörte. »In dieser Debatte«, sagte Palmer, »geht es um mehr als den Niedergang unseres Rechtssystems. Im Zentrum dieser Debatte stehen die Korruption der Politik durch Geld und die Frage, ob wir den Mut haben, dieser traurigen Entwicklung Einhalt zu gebieten.«

Nun erwiderte Hampton Fasanos Blick mit ironisch hochgezogenen Augenbrauen. Und wie steht es mit Ihren Interessengruppen?, schien Hampton zu fragen. Aber vielleicht drückte seine Miene auch Bewunderung für Palmers nahtlosen Übergang zu Themen aus, die ihm mehr am Herzen lagen als Fasano.

Mit einem Lächeln in den Augen zuckte Fasano als Antwort die Achseln. In Wahrheit hatte er nichts anderes erwartet. Auch wenn es vielleicht im Moment ein wenig unangenehm war, aber ein ungebremster Chad Palmer erhöhte Fasanos Chance, Cassie Rollins auf seine Seite zu ziehen. Von einem der hinteren Plätze aus beobachtete die Senatorin aus Maine Palmer mit unverwandter Aufmerksamkeit, ohne die Presse und die Besucher auf der brechend vollen Galerie über ihr zu beachten.

Im Oval Office sah der Präsident mit Kit Pace und Clayton Slade C-SPAN. Kerry sagte nichts, und auch die anderen schwiegen. Von den hundert Senatoren war nur Chad Palmers Gegnerschaft zu persönlich für Kommentare.

»Wenden wir uns nun«, erklärte Palmer, »der quälendsten und umstrittensten Frage zu, die uns diese Gesetzesvorlage stellt: ob Waffenunternehmen vor Zivilprozessen geschützt werden sollen, die sich auf Gewalttaten anderer beziehen. Dass Waffengewalt eine Tragödie ist, unterliegt keinem Zweifel. Und nach meiner Überzeugung wie auch nach der des Präsidenten ist es allerhöchste Zeit, dass wir dem menschlichen Leben einen höheren Wert zumessen als den Einflüsterungen einer Waffenlobby, die mehr Macht als Anstand besitzt.«

Kerry schüttelte stumm den Kopf. Mit solchen unumwundenen Aussagen, die in der Politik selten waren, machte sich Chad Palmer mehr Freunde bei einfachen Bürgern als bei seinen Kollegen – außer vielleicht bei Kerry selbst. Es war schmerzlich zu sehen, wie diese Gabe in den Dienst von Frank Fasano und damit indirekt auch in den der SSA gestellt wurde.

»Aber«, fuhr Palmer fort, »als gesetzgebende Versammlung sollten wir unserer Pflicht auf direktem Wege nachkommen und sie nicht an Gerichte delegieren. Und schon gar nicht an Anwälte, die die Verantwortung dort suchen, wo sie am wenigsten hingehört: bei denen, die den Abzug *herstellen*, statt bei denen, die ihn drücken ...«

»Lies die Vernehmungsprotokolle«, murmelte Kerry vor sich hin. Aber das konnte Palmer natürlich nicht. Niemand konnte das.

»In einer gerechten Gesellschaft«, sagte Palmer, »gibt es persönliche Verantwortung. Wenn Eltern geladene Schusswaffen nicht einschließen, tragen sie die Verantwortung, falls ihr Kind sich oder einen anderen damit tötet.« Palmers Stimme wurde leiser. »Gleich, ob aus Zufall oder Absicht. Denn letztlich ist jeder Selbstmord und jeder Mord die Tat eines verantwortlichen Einzelnen.«

In dieser stillen Aussage schwang unverkennbar die schmerzliche Erinnerung an den Tod von Palmers Tochter mit. Kerry bemerkte, dass ihn diese Rede und dieser Augenblick noch mehr betrübten, als er es befürchtet hatte. Er konnte nur ahnen, wie sich Palmer fühlte.

Auch Cassie Rollins dachte darüber nach.

»Wie können wir auf Waffenmessen Verkäufe ohne Leumundsprüfung zulassen«, beschwor Palmer den Senat, »und dann das Waffenunternehmen für die Tat eines Käufers bestrafen? So zu handeln ist feige.«

Damit steckte Chad den Kurs ab, den er Cassie empfahl: in der Frage der Immunität für Waffenhersteller gegen den Präsidenten und anschließend bei dessen Waffengesetz für ihn zu stimmen. Allerdings blieben ihr Chads Motive ein Rätsel.

»Aber es gibt noch eine subtilere Form moralischer Feigheit«, setzte er in unverändert leisem Ton hinzu. »Ich meine die Herabwürdigung des Rechtssystems durch unseren sicherlich menschlichen Wunsch nach einer Linderung von Schmerzen, für die es keine Linderung gibt.« Palmer richtete sich auf und sah seine Kollegen an. »Ich fordere Sie auf, die Reform des Zivilrechts in unveränderter Form zu verabschieden.«

In der folgenden Stille warf Cassie einen kurzen Blick über den Gang zu Vic Coletti, der den Kopf nachdenklich gesenkt hielt. Nur Jack Slezak, ihr anderer unentschlossener Kollege, schien völlig ungerührt.

Als Chad Palmer wieder Platz nahm, fühlte er Müdigkeit, die umso stärker war, als er wusste, dass als Nächster ein Senator das Wort ergreifen würde, den er besonders verachtete.

»Zumindest in einer Hinsicht«, erklärte Paul Harshman dem Senat, »muss ich meinem Freund und Kollegen widersprechen, dem ich ansonsten mit uneingeschränkter Bewunderung zugehört habe. Diese Zivilprozesse sind nicht nur irregeleitet und auch nicht nur das Werk von Anwälten. Sie sind die Erfindung totalitärer Politiker – die tödlichste Waffe im Arsenal der mächtigen Feinde aller Rechte, die unsere Gründerväter mit dem Second Amendment eingeführt haben.«

Chad schloss die Augen. Washington, Jefferson, Harshman. Für Paul mochte das beeindruckend klingen. Aber nur ein Narr konnte so aufgeblasen sein. Nur ein moralischer Zwerg konnte sich Thomas Jefferson als den Vater der Lexington P-2 vorstellen. »Ihr Ziel ist es«, fuhr Harshman fort, »eine legale Industrie zu vernichten und mit ihr eines unserer wichtigsten Grundrechte: das Recht, uns selbst, unsere Familie und unsere Freiheit mit der Waffe zu verteidigen.

Reden wir nicht um die Sache herum. Eine halbautomatische Handfeuerwaffe – und ja, auch eine Adlerklauenkugel – kann darüber entscheiden, ob eine allein stehende Frau dem Tod oder einer Vergewaltigung entrinnt. Um Senator Palmer zu paraphrasieren: Es ist nicht die Aufgabe von Anwälten, dieser Frau ihre Mittel der Selbstverteidigung vorzuschreiben und ihr nur solche Waffen oder Geschosse zu gestatten, die am *wenigsten* geeignet sind, ihre Sicherheit zu gewährleisten.«

Er hatte eine Abmachung getroffen, sagte sich Chad. Aber deswegen musste er sich noch lange nicht dieses Gewäsch anhören. Sobald es ohne größeres Aufsehen ging, verließ Paul Harshmans »Freund und Kollege« den Senatssaal.

## 25

Übermüdet von ihrem Flug von San Francisco nach New York, aber vor allem auch angespannt sah Sarah zu, wie Norman Conn von Nolan vernommen wurde.

Sie waren in dem kleinen Konferenzraum einer winzigen Kanzlei in Hartford zusammengepfercht, deren Hauptgesellschafter Joseph Schwab Conns Anwalt war. Schwab war ein großer Mann von sanftem, aber entschlossenem Auftreten, und seine Gegenwart schien eine beruhigende Wirkung auf Conn auszuüben. Doch diese Wirkung erstreckte sich nicht auf Sarah. Schwab war all ihren Anfragen ausgewichen und hatte lediglich versichert, dass es seinem Mandanten nur auf die Wahrheit ankam – die alle Parteien gleichzeitig hören sollten. Sarahs Version der Wahrheit war, obwohl gestützt durch Conns Dokumente, ohne seine Mithilfe praktisch wertlos. Und jetzt wollte ihr der Mann nicht einmal in die Augen schauen.

Die unterdrückte Unrast des Zeugen äußerte sich in seinen fahrigen Bewegungen und in einem hin und her huschenden Blick, der nicht zur Ruhe kam. Nolan seinerseits wirkte vorsichtig, als hätte er es mit einer Flasche Nitroglyzerin zu tun. Sein Ton war ruhig, sein Benehmen behutsam, und seine Fragen waren sorgfältig formuliert.

»Haben Sie vor dem heutigen Tag schon einmal einen der Anwälte hier im Raum gesprochen oder getroffen?«

Conn legte die Hände an die Schläfen und strich sich über das schüttere rote Haar. »Beides«, antwortete er.

Nolan schien verwirrt. »Beides?«

Conns Augen blitzten spöttisch. »Getroffen und gesprochen.«

Nolan ließ sich seinen Ärger nicht anmerken. »Wen?«

»Sarah Dash.«

Obwohl er ihren Namen sagte, wich Conn ihrem Blick weiter aus. Es war, als wäre Sarah Luft für ihn.

»Und wo fand dieses Treffen statt?«

Conn deutete ein ironisches Lächeln an. »In einem Motelzimmer.«

»Welchem Zweck diente es?«

Conn warf einen kurzen Blick auf Schwab. Der Anwalt neigte den Kopf wie zum Zeichen seines Einverständnisses. Conn griff unter seinen Stuhl und stellte eine abgewetzte Ledertasche auf den Tisch, aus der er einen dicken Packen Papiere hervorholte.

»Ich wollte ihr das hier geben«, antwortete er.

Nolan betrachtete sie grimmig. »Was ist das?«

»Die Dokumente, die ich auf Anweisung von Mike Reiner vernichten sollte.«

In seinen ruhigen Worten lag ein gehässiger Unterton. Ohne den Blick von den Papieren zu nehmen, überlegte Nolan sein weiteres Vorgehen.

»Worin liegt Ihres Erachtens die Bedeutung dieser Dokumente?«, fragte er nach einer Weile.

»Das hängt davon ab.« Wieder trat ein ironischer Ausdruck in Conns Augen. »Der gemeinsame Nenner ist, dass sie Mr. Reiners Fehlverhalten belegen.«

Mit wachsender Unruhe erkannte Sarah, wie sehr Conn seinen Vorgesetzten verabscheute. Wenn Nolan ihn auf diesen Hass festnagelte, konnte er seine Glaubwürdigkeit problemlos erschüttern.

Ein Hauch von Gönnerhaftigkeit schwang in Nolans nächster Frage mit. »Dann sollten wir sie vielleicht zuerst der Reihe nach durchgehen.«

In der nächsten Viertelstunde wies Nolan den Protokollführer an, die Dokumente als Beweisstücke zu vermerken. Sarah und Harry Fancher sahen schweigend zu. Die Unterbrechung steigerte ihre Anspannung noch zusätzlich. Schließlich fragte Nolan: »Was ist die Bedeutung des ersten Beweisstücks?«

Conn breitete ein Bündel Papiere vor sich aus und betrachtete sie mit der gelehrten Befriedigung eines Paläontologen, der prähistorische Knochen sortiert. »Die Beweisstücke 1 bis 27 sind Ermittlungsanfragen, die Lexington Arms vom Bureau of Alcohol, Tobacco and Firearms bekommen hat.«

»Und was enthalten sie?«

»In allen Fällen teilte uns das ATF die Seriennummer einer Lexington P-2 mit, die als Tatwaffe bei einem Verbrechen benutzt worden war, mit der Bitte, den Händler zu nennen, an den wir sie geliefert hatten.« Conn setzte ein giftiges Lächeln auf. »Diese Dokumente erstrecken sich über einen Zeitraum von einem halben Jahr. Ingesamt legen sie den Schluss nahe, dass die P-2 häufig von Kriminellen benutzt wurde und dass Lexington – oder zumindest Mike Reiner – das wusste.«

»Worauf stützen Sie diese Behauptung?«

Conns Blick huschte über die einzelnen Dokumente. »Nach dem Mord an der Familie der First Lady erhielt ich von Mike die Anweisung, sie zu vernichten.«

»Wo waren Sie«, fragte Nolan in eisigem Ton, »während dieses angeblichen Gesprächs?«

»In Mikes Büro.«

Nolan gestattete sich die Andeutung eines ungläubigen Lächelns. »Nur Sie und er?«

»Ja.«

»Haben Sie sich als Vertrauter von Mr. Reiner betrachtet?«

»Nein.«

Es war klar, dass sich hinter dieser einsilbigen, fast tonlosen Antwort mehr verbarg. Aber Nolan zog es – wohl aus strategischen Gründen – vor, der Sache nicht nachzugehen. »Haben Sie eine Erklärung dafür, weshalb sich Reiner auf Sie verließ, statt die Dokumente selbst zu vernichten?«

»Ja. Er wusste nicht, wo er hätte suchen müssen. Ich schon.«

Diese banale Antwort war so unerwartet, dass Sarah keinen Zweifel an ihrer Wahrheit hatte. Aber Nolan zog die Augenbrauen hoch. »Als Mr. Reiner Sie um Hilfe bat, hat er sich da zu seinen Motive geäußert?«

»Er sagte, dass er sich erinnerte, die Dokumente gesehen zu haben, und Scherereien für Lexington vermeiden wollte.«

»Warum hätten die Beweisstücke 1 bis 27 für Lexington zu Scherereien geführt?«

Conn schien verärgert über die Begriffsstutzigkeit seines Gegenübers. »Weil die P-2 eine Tatwaffe bei Verbrechen ist«, beharrte er.

»Das ist alles?«

»Nein, nicht alles.« Mit einem leichten Zittern flatterte Conns rechte Hand über die Dokumente. »Die P-2 ist in Kalifornien verboten. Aber vierundzwanzig dieser Waffen wurden in Arizona und Nevada verkauft, meistens in unmittelbarer Nähe zur kalifornischen Grenze.« Ein anklagender Ton trat in Conns hohe Stimme. »Offensichtlich zielte Reiners Marketingplan darauf, Nevada mit Waffen zu überschwemmen, die Kalifornier kaufen sollten. Diese Dokumente beweisen, dass das funktioniert hat – für Mike war es keine Überraschung, dass Bowden die Waffe in Las Vegas gekauft hat.«

»Wollen Sie damit andeuten«, blaffte Nolan, »dass Mr. Reiner wusste, wo und wie Bowden eine Lexington P-2 erworben hat?«

Sarah war klar, dass dies eine Fangfrage war. Die Antwort musste natürlich Nein heißen, und dies sollte Conn zum einen in die Schranken weisen und zum anderen seine Abneigung gegen Mike Reiner bloßstellen. Auch Conn wusste das. Mit einem überlegenen Lächeln richtete er den Blick auf Nolan und äußerte ein leises, überraschendes »Ja«.

Sarah unterdrückte einen Schauder der Erleichterung. Im Guten wie im Schlechten hatte sich Conn mit dieser Antwort festgelegt.

»Welches dieser Dokumente«, fragte Nolan böse, »enthält einen Beweis oder auch nur eine Andeutung, dass Mr. Reiner gewusst haben könnte, wo John Bowden seine Waffe gekauft hat?«

»Keines.«

»Worauf stützen Sie dann Ihre Verdächtigung?«

Das Lächeln verschwand. »Ich habe es ihm selbst gesagt.«

Nolan musterte ihn ungläubig. »Und wie konnten Sie darüber Bescheid wissen?«

»Aus zwei Gründen.« Conn durchblätterte die Dokumente und legte den Finger auf Beweisstück 28. »Dieser Bericht listet die Seriennummern einer Lieferung von P-2 auf, die einem Händler in Phoenix gestohlen wurde. Der Händler wollte nicht bezahlen, aber Reiner blieb hart. Nach den Morden erhielten wir eine Ermittlungsanfrage und stellten fest, dass die Seriennummer der Mordwaffe zu einer der gestohlenen P-2 gehörte. Mike Reiner hat mich aufgefordert, die Anfrage zu vernichten.«

»Aus welchem Grund sollte er so etwas tun?«

Conn warf einen kurzen Blick auf Schwab, der Ruhe und Gelassenheit ausstrahlte. Aus dem Gleichmut des Anwalts schloss Sarah, wie sorgfältig die beiden Conns Aussage vorbereitet hatten.

»Ungefähr zwei Monate vorher«, erklärte Conn in düsterem Ton, »erhielt ich eine telefonische Beschwerde von dem Besitzer einer Lexington P-2. Er sagte, die Waffe habe dauernd Ladehemmung. Als ich ihn fragte, ob er sie bei einem Händler gekauft habe, sagte er Nein, bei einer Waffenmesse in Las Vegas. Dann fragte ich ihn, ob er den Händler kenne, vielleicht könne er die Waffe ja umtauschen.« Wieder huschte Conns Blick zu seinem Anwalt. »Der Mann hat nur gelacht.« Er verstummte, als hätte sein letzter Satz alles erklärt.

»Hat er sich auch verbal geäußert?«, hakte Nolan in ätzendem Tonfall nach. »Oder hat er einfach nur weitergelacht?«

Conn schien den Sarkasmus nicht zu bemerken. Mit leiser Stimme antwortete er: »Der Anrufer kannte den Verkäufer aus Idaho, aber er sei nicht leicht zu finden und außerdem nicht an guten Kundenbeziehungen interessiert. Dann fragte mich der Anrufer, ob ich schon mal von einer Organisation mit dem Namen Liberty Force gehört hätte.«

Harrison Fancher hörte auf, sich Notizen zu machen, und starrte den Zeugen mit erhobenem Stift an. Mit neuer Wachsamkeit fragte Nolan: »Was haben Sie darauf geantwortet?«

»Dass ich noch nie davon gehört hatte. Dann erklärte er mir, dass die Liberty Force eine rassistische, rechtsradikale Gruppe ist und dass der Verkäufer ihn wahrscheinlich eher über den Haufen schießen würde, als die Waffe umzutauschen.«

»Wie haben Sie darauf reagiert?«

»Ich fragte ihn nach der Seriennummer. Dann sah ich in unseren Akten nach. Es war die Nummer einer gestohlenen Waffe.« Conn verzog den Mund. »Ich ging zu Reiner und sagte ihm, dass unsere Waffen anscheinend von einer paramilitärischen Gruppe verschoben wurden. Ich fragte ihn, ob wir das ATF anrufen sollten.«

Nolan machte eine Grimasse. »Was hat Mr. Reiner geantwortet?«

»Er sagte Nein – ihm gefiele der ›Geruch‹ dieser Sache nicht.« Wieder drang ein bitterer Ton in Conns Stimme. »Mir gefiel der Geruch auch nicht. Aber der Gestank kam von Reiner. Also habe ich unser Gespräch noch einmal in einem Memo für ihn zusammengefasst.« Nach einer kurzen Pause fuhr er gefährlich leise fort: »Nach den Morden habe ich ihn daran erinnert.«

Nolan bedachte ihn mit einem zynischen Blick. »Aus welchem Grund?«

»Zuerst dachte ich, der Täter könnte ein Mitglied der Liberty Force sein. Aber auf jeden Fall war klar, dass die Mordwaffe durch die Hände dieser Rechtsradikalen gegangen war und dass wir das ATF verständigen mussten.«

»Haben Sie das auch Reiner gesagt?«

»Ja.« Er sprach langsamer, und die Verachtung in seiner Stimme trat noch deutlicher hervor. »Er gab mir Anweisung, die betreffenden Dokumente aus den Akten zu holen und sie ihm ins Büro zu bringen.«

»Haben Sie das getan?«

»Ja. Aber zuerst machte ich Kopien.«

Nolan deutete auf die Beweisstücke. »Aber offensichtlich nicht von Ihrem angeblichen Memo über die Liberty Force.«

»Ich konnte es nicht finden«, antwortete Conn leise. »Ich fragte Reiner danach, aber er meinte nur, ich solle mir keine Sorgen machen.«

Nolan sah ihn prüfend an. »Gibt es in Ihrem Unternehmen Bestimmungen, nach denen Dokumente wie die, die Sie angeblich in Reiners Auftrag vernichtet haben, aufbewahrt werden müssen?«

»Nein.«

»Gibt es ein Gesetz, das ihre Aufbewahrung vorschreibt?«

»Soweit ich weiß nicht.« Hastig suchte Conn in den Dokumenten. »Nur Beweisstück 38.«

Nolan legte die Stirn in Falten. »Geben Sie bitte zu Protokoll, worum es sich bei Beweisstück 38 handelt.«

»Es ist ein Brief des ATF, in dem wir gebeten werden, alle Ermittlungsanfragen nach P-2, die bei Verbrechen benutzt wurden, aufzubewahren. Auch diesen Brief sollte ich nach den Morden auf Reiners Anweisung hin vernichten.«

»Anscheinend war er ziemlich gründlich«, bemerkte Nolan gallig. »Haben Sie diese Pflichtverletzungen Ihrer Firma gemeldet?«

Conn senkte den Blick und bog seine Finger durch. Vielleicht, dachte Sarah, um ihr Zittern zu verbergen. »Nein.«

»Auch nicht Mr. Callister?«

»Nein.«

»Aber Sie waren doch so bestürzt über Mr. Reiners angebliche Anweisungen. Fühlten Sie sich nicht verpflichtet, das Unternehmen, das Sie schon seit zwanzig Jahren beschäftigt, in Ihr kleines Geheimnis einzuweihen?«

Conn lehnte sich unmerklich näher zu seinem Anwalt. »Zuerst hatte ich Angst um meinen Arbeitsplatz. Nach den Morden, als sich zeigte, wie schlimm alles war, wusste ich nicht, an wen ich mich wenden sollte.«

»Und da haben Sie sich für Ms. Dash entschieden, die Ihnen völlig unbekannt war.«

Das Unplausible von Conns Handlungsweise musste die Vermutung nahe legen, dass er verborgene Motive hatte. Conn erstarrte zu einer abwehrenden Haltung, und in Sarah wuchs die Befürchtung, dass Nolan diese Motive kannte.

»Einhundertfünfzig Jahre lang«, antwortete Conn mit lauter werdender Stimme, »war Lexington ein würdiger Teil der Geschichte unseres Landes. Wir haben Amerikaner in zwei Weltkriegen bewaffnet und auch in Korea und Vietnam. Unsere Maßstäbe waren hoch, unsere Waffen makellos, und unsere Kunden waren Menschen, die beste Qualität verdienten: Soldaten, Polizisten und gesetzestreue Sportschützen ...«

Auch wenn sie aus tiefster Seele kam, war diese Rede beunruhigend in ihrer Unmotiviertheit – ein Anzeichen von geistiger Labilität. Es war, als wäre der Deckel von einem Pulverfass aufgesprungen.

»Die P-2 dagegen«, fuhr Conn mit fast greifbarem Hass fort, »ist billig gebaut. Sie soll mit den schäbigen Unternehmen in Südkalifornien konkurrieren, die Ramschwaffen für Kriminelle herstellen. Sie ist so wie Mike Reiner, wenn ihn Gott als Schusswaffe geschaffen hätte ...« Conn unterbrach sich abrupt und senkte wieder die Stimme. »Die P-2 war Mikes Idee, und mit ihr haben wir unsere Seele verkauft. Weil wir ganz genau wussten, wen wir damit als Kunden ansprachen: Leute wie John Bowden.« Mit zitternder Hand zog Conn ein mehrseitiges Dokument hervor. »Und deswegen hat mich Reiner angewiesen, das hier zu vernichten.«

Nolan sah ihn vorsichtig und zugleich mitleidig an. »Und was ist das?«

»Conn Beweisstück 35«, erwiderte Conn trotzig. »Die Testdaten für die Adlerklauenkugel. Wir haben lebensgroße Puppen mit Gelatine gefüllt und sie dann mit den Geschossen durchlöchert. Es war ein stolzer Augenblick, Mr. Nolan. Wir hatten bewiesen, dass unsere Löcher größer waren als die jedes vergleichbaren Projektils auf dem Markt. Mehr als ausreichend, um die Organe eines sechsjährigen Mädchens zu zerfetzen. Sie haben mich gefragt, weshalb ich mich an Ms. Dash gewandt habe. Weil Mike Reiner das Vorzeigeunternehmen Lexington Arms zum bevorzugten Waffenhersteller für kaltblütige Mörder gemacht hat.«

Zu Sarahs Erleichterung blickte Schwab auf die Uhr. Nichts an seiner gelassenen Miene ließ darauf schließen, dass etwas Bemerkenswertes vorgefallen war. »Es geht doch schon recht lange jetzt«, sagte er zu Nolan, »vielleicht sollten wir eine kleine Pause einlegen.«

Aber Conn griff nach seinem Glas Wasser. »Ich bin nicht müde. Ich möchte es hinter mich bringen.«

Sarah fand es beunruhigend, wie persönlich er die Befragung nahm. Das verhieß nichts Gutes für sein Stehvermögen bei einer Gerichtsverhandlung. Aber wahrscheinlich würde sich das gleich zeigen, denn sie konnte nicht ihrerseits unter irgendeinem Vorwand um eine Unterbrechung bitten, wenn sie Conns Aufregung nicht noch steigern wollte.

»Wann wurden Sie zum letzten Mal befördert?«, fragte Nolan unvermittelt.

Der Zeuge schlug ein Bein über das andere und verlagerte sein Gewicht. »Vor zwölf Jahren.«

»Haben Sie seither um eine Beförderung nachgesucht?«

»Ja.«

»Wie oft?«

Conns bitteres Lächeln war wie ein Fenster auf seine psychischen Narben. »Mehrmals.«

»Und Ihre Bitte wurde jedes Mal abgelehnt.«

»Ja.«

»Von wem?«

»Von Mike Reiner.«

»Trifft es nicht zu, dass Sie sich bei Mr. Callisters Vorgänger über Reiner beschwert haben?«

Conn zögerte. »Ja.«

Nolan lächelte. »Worüber? Über sein mangelndes Qualitätsbewusstsein? Über den fehlenden Stolz auf die Geschichte der Firma? Über seinen Hang zur Vernichtung von Dokumenten? Oder über etwas anderes?«

»Ich sagte Mr. Cross, dass Reiner voreingenommen gegen mich ist.«

»Darf ich fragen, wie Sie zu dieser Einschätzung kamen? Weil Ihnen eine Beförderung verweigert wurde?«

»Weil sie mir *wiederholt* verweigert wurde.«

»Vielleicht hatte Mr. Reiner wiederholt Zweifel an Ihrer Eignung.«

»Ich nehme meine Aufgaben ernst«, antwortete der Zeuge. »Ich bin stolz auf meine Arbeit und versuche keine Abkürzungen.«

Nolan blickte ihn von der Seite an. »Hat sich Reiner darüber beklagt, dass Sie seine Anweisungen nicht befolgen?«

»Das behauptet er, ja.«

»Und dass Sie ein Problem mit Vorgesetzten haben?«

Conn hob das Kinn und zog die Augen böse zusammen. Sarah war sich sicher, dass Nolan ins Schwarze getroffen hatte. »Ich habe ein Problem mit dummen Vorgesetzten.«

Sarah zuckte innerlich zusammen. Doch Nolan zeigte nur freundliche Herablassung. »Haben Sie während Ihrer Zeit bei Lexington Urlaub wegen Arbeitsunfähigkeit genommen?«

Conn schien in seinem Stuhl völlig in sich zusammenzusacken. »Ja.«

»Aus welchem Grund?«

»Posttraumatisches Stresssyndrom. Aus Vietnam.«

»Und wie hat sich das ausgewirkt?«

»Ich hatte Konzentrationsstörungen.«

»Und Ihr emotionales Gleichgewicht?«

»Was meinen Sie damit?«

»Hatten Sie Zornesausbrüche?«, fragte Nolan in schärferem Ton.

Conn verschränkte die Arme. »Das war vor zehn Jahren«, protestierte er zaghaft. »Später hatte ich das nicht mehr.«

»Waren Ihre Zornesausbrüche gegen Mr. Reiner gerichtet?«

»Es gab Streit zwischen uns.«

»Und statt Sie zu entlassen«, sagte Nolan sanft, »wurde Ihnen von Ihrer Firma und von Mr. Reiner Urlaub wegen Arbeitsunfähigkeit gewährt.«

Conn schüttelte vehement den Kopf. »Das war nur für zwei Monate. Ich war dreizehn Monate in Vietnam, und seit zweiunddreißig Jahren muss ich mit diesen Erinnerungen leben. Da sind zwei Monate doch nicht viel.«

»Aber Sie haben um diesen Urlaub gebeten«, fuhr Nolan unverändert leise fort, »und Reiner hat ihn gewährt. Und das ist nun der Dank dafür.«

Dieser Satz machte jede Antwort überflüssig. Sarah konnte sich unschwer Nolans Darstellung von Norman Conn ausmalen: ein schwieriger Mitarbeiter, der nur aus Mitleid weiterbeschäftigt worden ist und in seiner verschobenen Wahrnehmung freundliches Entgegenkommen mit demütigendem Verhalten verwechselt.

»War es nicht so«, fragte Nolan, »dass Sie die Website sahen, in der Ms. Dash nach Informanten sucht, und beschlossen, die Gelegenheit zu nutzen, um Mike Reiner zu ruinieren?«

»Nein.«

»Nein? Mr. Conn, haben Sie diese Dokumente nicht kopiert, die Originale vernichtet und sich eine Geschichte ausgedacht, um Reiner die Schuld an ihrem Verschwinden geben zu können?«

Conn verschränkte die Arme. »Nein, habe ich nicht.«

»Wieder nein? Ist der Grund für das Verschwinden des Memos, in der die Verbindung zwischen der Liberty Force und Bowdens Waffe hergestellt wird, nicht einfach der, dass dieses Gespräch nie stattgefunden hat?«

Der Zeuge schloss kurze die Augen. »Es war so. Glauben Sie mir, es war so. Ich habe das nicht erfunden.«

An Nolans Stelle hätte Sarah die Sache an dieser Stelle auf sich beruhen lassen. Conns offensichtliche Labilität, seine Feindschaft gegen Reiner und das Fehlen von unterstützendem Beweismaterial ließen Nolans Darstellung zumindest plausibel erscheinen.

Aber Nolan wollte ihm den Gnadenstoß versetzen. »Doch, das haben Sie«, stellte er fest. »Weil Sie bis zu Ihrem Gespräch mit Sarah Dash noch nie von der Liberty Force gehört hatten. Ist das nicht der Grund, weshalb es keine Zeugen gibt?«

Sarah bezwang ihre Empörung. »Nein«, antwortete Conn.

»Also wieder Nein. Ist der Grund, weshalb Sie sich nicht an Ihre Firma wandten, nicht einfach der, dass Ihre Kollegen Sie allzu gut kennen?«

Plötzlich setzte sich Conn wieder auf. Sein Gesicht und seine Haltung verrieten äußerste Anspannung. Sein Finger pochte auf ein Dokument. »Wollen Sie behaupten, dass diese Ermittlungsanfrage eine Fälschung ist? Oder dieser Bericht, der zeigt, dass die Adlerklaue konstruiert wurde, um den Opfern die Därme herauszureißen? Oder diese Papiere, die beweisen, dass Reiner mit seinem Marketing Kriminelle ansprechen wollte?«

Nolans Blick wurde eisig. »Ich bin nicht hier, um Fragen zu beantworten.«

»Aber lesen können Sie doch, oder? Sie wissen also jetzt, was Reiner wusste.« Conn erhob zornig die Stimme. »Sie können nicht sagen, dass ich diese Dokumente erfunden habe. Also versuchen

Sie abzulenken durch die Behauptung, ich hätte eine Geschichte dazuerfunden. Weil Sie genau wie Reiner sind. Ihnen ist scheißegal, was Sie sagen oder tun. Hauptsache, Sie werden gut dafür bezahlt.«

Die beiden Männer starrten sich an. Erstaunt über Conns Wiederauferstehung wartete Sarah auf Nolans Gegenschlag, ohne zu wissen, ob sie sich freuen oder verzweifeln sollte. »Ich möchte meinen Vorschlag wiederholen«, schaltete sich Conns Anwalt ein. »Eine Pause täte uns wohl allen gut.«

Sarah atmete erleichtert aus.

## 26

Am Morgen des Tages, an dem der Senat über die Immunität für Waffenhersteller abstimmen sollte, erhob sich Chuck Hampton, um die letzte Rede für die Minderheitsfraktion zu halten.

Das Weiße Haus hatte alles getan, um ihm zu helfen. In der Schlagzeile der *New York Times* stand an diesem Tag: »Spur von Bowdens Waffe führt zu Rechtsradikalen«. Der Artikel berichtete über die Anklage gegen Ben Gehringer, der im Rahmen eines Kompromisses mit der Staatsanwaltschaft zugegeben hatte, die Lexington P-2 bei einer Waffenmesse in Las Vegas an Bowden verkauft zu haben. Mit dieser unerfreulichen Mischung aus Rassismus, Schieberei und Waffenmessen war die Erklärung des Staatsanwalts von Idaho ein echter Fortschritt für Kerry Kilcannon, der den Druck auf die letzten drei unentschlossenen Senatoren – Rollins, Coletti und Slezak – noch weiter erhöhte, ohne Gardner Bonds Knebelanweisung zu Informationen über Mary Costellos Verfahren zu verletzen. Hampton konnte sich nur wundern, wie der Präsident das bewerkstelligt hatte und auf welchen indirekten Wegen er seine Wünsche und Instruktionen übermittelt hatte, die genau zum richtigen Zeitpunkt zu dieser Verlautbarung geführt hatten. Über Kilcannon selbst berichteten die Medien nichts.

Aber der Senat spürte seine Gegenwart, verkörpert durch Vizepräsidentin Ellen Penn, die bereit war, bei Stimmengleichheit von fünfzig zu fünfzig im Senat mit ihrem Votum die Entscheidung herbeizuführen. Alle hundert Senatoren waren erschienen. Sie wirkten, vor allem nach den Schlagzeilen des Morgens, ungewöhnlich ernst. Am Ende des Tages mussten sie über die Immunität für Waffenhersteller und schließlich – mit dieser Klausel oder ohne sie – über die Zivilrechtsreform als Ganzes abstimmen. Auch wenn die Abstimmung für Kilcannon nicht solche persönlichen Dimensionen gehabt hätte, war allen Senatoren klar, dass diese Schlacht ein entscheidender Moment für diesen Präsidenten und damit auch für Frank Fasano war, der seine Nachfolge antreten wollte. Im günstigsten Fall würde Kilcannon die Streichung der Immunitätsklausel aus der Gesetzesvorlage durchsetzen. Wenn ihm das nicht gelang, musste er die vierunddreißig Stimmen gegen die Endvorlage sammeln, die er brauchte, um sein Veto aufrechtzuerhalten. In beiden Punkten fühlte Hampton viel größere Unsicherheit, als ihm lieb war.

Doch Fasano erging es anscheinend nicht anders. Seinem undurchdringlichen und distanzierten Gesichtausdruck war eine Spannung anzumerken, die keinen Spielraum mehr für Ironie oder Humor ließ. Als Hampton den Mehrheitsführer mit einem kaum merklichen Nicken grüßte, schien Fasano durch ihn hindurchzustarren.

»In den letzten Tagen«, sagte Hampton mit einem flüchtigen Lächeln zu seinen Kollegen, »haben wir viel über Zivilprozessanwälte und Schusswaffen gehört. Ich selbst war früher Anwalt und bin Besitzer von ungefähr zwanzig Schusswaffen. Und so erstaunlich es klingen mag, ich bin auf beides stolz.

Fangen wir beim Zivilprozessanwalt an. Meine republikanischen Kollegen haben lauthals geklagt über Anwälte, die Erfolgshonorare akzeptieren oder ›übertriebene‹ Schadenersatzforderungen stellen. Ich kann hier aus persönlicher Erfahrung sprechen, weil beides bei meinem größten Fall eine wichtige Rolle spielte.

Er begann mit einem Ehepaar, das sein einziges Kind, ein fünfjähriges Mädchen, verloren hatte. Dieses Mädchen war auf eine unvorstellbar sinnlose und grausame Weise ums Leben gekommen: Sie hatte auf dem Abfluss eines öffentlichen Planschbeckens gesessen, und ihr waren die Eingeweide herausgesaugt worden.«

Zufrieden bemerkte Hampton das betroffene Schweigen im Saal. »Ihre Eltern hatten kein Geld. Als sie sich an mich wandten, wollten sie vor allem eine Erklärung für eine Tragödie, die für sie einfach unerklärlich war. Daraufhin stellte ich Nachforschungen an.« Hampton ließ die Erinnerung an seinen Zorn in sich aufsteigen. »Es zeigte sich, dass die Sache ganz leicht zu erklären war. Die Kanalisationsfirma, die den Abfluss gebaut hatte, hatte an einem Fünfzig-Cent-Teil gespart, das den Tod des Kindes verhindert hätte. Aber vielleicht hat das Mädchen auch Glück gehabt. Ein anderes Opfer in einem anderen Bundesstaat – ein sechsjähriger Junge – muss nämlich für den Rest seines Lebens intravenös ernährt werden. Nur weil ein kleines, billiges Bauteil gefehlt hat.

Als ich den Eltern davon erzählte, wiesen sie mich an, jedes Vergleichsangebot auszuschlagen – auch das letzte über einen Betrag von fünf Millionen Dollar. Ihr Auftrag an mich war ganz schlicht, diese Firma an den Pranger zu stellen und dafür zu sorgen, dass ihr ein für alle Mal das Handwerk gelegt wurde.

Und ihr wurde das Handwerk gelegt«, fügte Hampton leise hinzu. »Die Geschworenen sprachen meinen Mandanten fünfundzwanzig Millionen Schadenersatz zu.

Mein geschätzter Kollege, Senator Palmer, sagt uns, dass es nicht für alle Unglücksfälle des Lebens eine Wiedergutmachung gibt. Bis zu einem gewissen Grad stimme ich ihm zu: Meine Mandanten hätten liebend gern ihren neu erlangten Reichtum gegen ihre geliebte Tochter eingetauscht und vielleicht sogar gegen ein Ende ihrer Herzensqual. Aber so hatten sie wenigstens die Gewissheit, dass kein anderer Mensch je wieder diesen Kummer fühlen musste.«

Wieder hielt Hampton inne und suchte Palmers Blick, der mit gesenktem Kopf auf sein Pult starrte. »Was mich angeht«, fügte er wegwerfend hinzu, »so bekenne ich mich schuldig, ein Erfolgshonorar angenommen zu haben. Ich habe von dieser Vereinbarung profitiert. Vielleicht bin ich deshalb weniger edel als die Anwälte der Kanalisationsfirma, die unabhängig vom Prozessergebnis nach Stundensatz profitiert haben.

Doch wenden wir uns nun der Frage der Waffenunternehmen zu, deren Anwälte mit Sicherheit wahre Helden der Tugend sind und die nach Senator Harshmans Auffassung vor Haien wie mir geschützt werden müssen.«

Diese sarkastische Äußerung war so persönlich in ihrer Art und so überraschend von einem Senator, dem zumindest bis zu den Costello-Morden das Image vornehmer Zurückhaltung angehaftet hatte, dass einige seiner Kollegen regelrecht aufschraken. Aber Jack Slezak betrachtete ihn mit der Andeutung eines unbeeindruckten Lächelns, die Hamptons Zufriedenheit dämpfte.

»Und wie sieht dieser Schutz aus?«, fuhr er fort. »Es geht nicht nur um eine Begrenzung des Schadenersatzes, der, so möchte ich hinzufügen, in erster Linie nicht berufstätigen Frauen und Kindern zugute kommt, die ohne diese Leistungen vor dem Nichts stehen würden. Es geht auch nicht nur um eine Obergrenze für Erfolgshonorare, die verhindern soll, dass Kläger mit bescheidenen finanziellen Mitteln von Konzernanwälten in den Ruin getrieben werden, die astronomische Stundensätze dafür beziehen, dass sie jede Klage gegen ihre Mandanten unbezahlbar machen. Nein, für Waffenhersteller ist selbst diese Art der gesetzgeberischen Unterdrückung Minderbemittelter kein ausreichender Schutz. Denn sie allein, von allen Unternehmen, beanspruchen nichts weniger als völlige zivilrechtliche Immunität.«

Entrüstung trat in Hamptons Stimme. »Anscheinend ist die Adlerklaue heiliger als platzende Reifen, explodierende Benzintanks, tödliche Diätpillen oder ein Beckenabfluss, der einem fünfjährigen Mädchen die Eingeweide heraussaugt. Wahrscheinlich, weil sie wie die Lexington P-2 nicht zufällig tötet, sondern absichtlich. Kein Wunder, dass die Befürworter solcher Gesetze auf ein Verbot aller Zivilprozesse hoffen müssen.

Aber sie haben noch viel zu tun. Bis jetzt haben sie nur die Wirksamkeit des Bureau of Alcohol, Tobacco and Firearms untergraben. Sie haben nur durchgesetzt, dass Schusswaffen nicht unter Verbraucherschutzgesetze fallen. Sie haben nur Waffengesetze verhindert, die unsere Sicherheit erhöht hätten.« Hampton schüttelte verwundert den Kopf. »Das Second Amendment ist wirklich ein grausamer Zwingmeister.«

Kerry, der die Rede auf C-SPAN verfolgte, lachte leise. Lara nahm seine Hand.

»Wenigstens«, setzte Hampton hinzu, »sind diese Mühen nicht völlig umsonst gewesen. Letztes Jahr waren die Sons of the Second Amendment zweitgrößter Geldgeber der Mehrheitspartei – eine passende Belohnung für so viel Idealismus. Aber das ist sicherlich nur eine kleine Anzahlung auf die Summen, die fließen würden, wenn sie hier und heute Erfolg hätten.«

»Er geht wirklich aufs Ganze«, flüsterte Kerry seiner Frau zu. »Mehr kann man nicht verlangen.«

Getroffen von Hamptons Worten, verlor Fasano jede Hoffnung, dass sich die Bitterkeit dieser Debatte oder das Thema seines Bündnisses mit der SSA in irgendeiner Form abmildern ließ. Äußerlich ruhig fügte er dem Text seiner Antwortrede eine Notiz hinzu.

Hampton fuhr fort: »Wir sind es, die zulassen, dass Lexington diese Waffe und diese Munition ohne Leumundsprüfung verkauft. Das ist eine Schande für uns. Warum sollen wir nun noch mehr Schande auf uns laden?«

Hampton warf einen kurzen Blick auf Cassie Rollins, die adrett und beherrscht in einer der hinteren Reihen saß, und einen genaueren auf Vic Coletti. »Aber die schlimmste Schande«, erklärte Hampton, »habe ich noch gar nicht erwähnt. Wenn dieses Gesetz in Kraft treten würde, wäre das nicht nur das Ende aller zukünftigen, sondern auch aller laufenden Verfahren, auch wenn die Hauptverhandlung noch so nah ist.

Niemand hier im Saale ist ein Unschuldslamm. Wir wissen alle ganz genau, worauf und auf wen diese äußerst ungewöhnliche Klausel zielt. Und wir können uns nur wundern über die Heuchelei der Antragsteller.«

Hampton bemerkte Cassie Rollins' unverwandten, bedrückten Blick. Vielleicht konnte er mit seiner Rede weder ihr Abstimmungsverhalten beeinflussen noch das eines anderen Senatsmitglieds. Aber wenigstens durfte er sich sagen, alles getan zu haben, was in seinen Kräften stand. »Dies ist nicht nur unanständig, sondern auch verfassungswidrig. Und sogar noch schlimmer.«

Kerry war tief bewegt.

Auf dem Bildschirm richtete sich der Senator aus Vermont gerade auf und ließ den Blick über seine schweigenden Kollegen gleiten. »Wie Millionen von Amerikanern«, sagte er, »schätze ich sportliche Schusswaffen, die nicht zum Abschlachten von Menschen dienen. Aber Amerika ist zur Schießbude der Welt geworden. Gnade uns Gott, wenn wir jetzt auch noch Öl ins Feuer der Waffengewalt gießen.

Diese Versammlung ist dazu da, Menschenleben zu retten. Aber im Bereich des Waffenrechts haben wir einiges dazu beigetragen, dass Menschen ihr Leben verloren haben.« Nach einer letzten Pause beendete Hampton seine Rede mit leiser Stimme. »Kein Zweifel, wir haben Blut an den Händen. Es ist höchste Zeit für eine Wiedergutmachung.«

Lara schnürte es die Kehle zu. »Es ist wahrscheinlich nur vorübergehend«, sagte sie zu ihrem Mann. »Aber ich glaube, ich liebe Chuck.«

»Wenn ich mich in unserem Namen bei ihm bedanke«, antwortete Kerry, »werde ich es ihm ausrichten.«

Als sich Hampton setzte, erhob sich auf der Galerie lauter Beifall. Grimmig lächelnd ließ sich die Vizepräsidentin Zeit, bevor sie mit ihrem Hammer für Ruhe sorgte. Dann erhob sich Frank Fasano, um zu antworten.

»Das Wort hat nun der Seniorsenator aus Pennsylvania«, erklärte Ellen Penn.

Obwohl er äußerlich unbeeindruckt war, ließ sich Fasano einige Augenblicke Zeit, um sich zu beruhigen und seine Gedanken zu ordnen. Ihm fiel in diesem Drama eine schwierige Aufgabe zu. Zum einen musste er die Wogen glätten, die der Minderheitsführer aufgewühlt hatte, und zum anderen musste er seinen Kollegen eine zugleich moralische und vernünftige Begründung liefern, warum ein Votum für die Vorlage sie nicht zu Handlangern der SSA machte.

Nach einer kurzen Reverenz an Vizepräsidentin Penn und dem üblichen Austausch von Höflichkeiten machte sich Fasano ans Werk. »Mein geschätzter Kollege, der Seniorsenator aus Vermont, hätte uns nicht daran erinnern müssen, dass er einmal Zivilprozessanwalt war. Denn er verfügt über Gaben, die jeder Geschworenenbank zu Herzen gehen würden und sicherlich alle hier beeindruckt haben. Dazu gehört auch die besondere Fähigkeit, seinen Standpunkt mit Leidenschaft und Überzeugung vorzutragen.

Trotzdem bleibt es nur das: ein Standpunkt neben anderen. Daher möchte ich zunächst der allzu einfachen Auffassung widersprechen, dass ein Standpunkt der einzig gute und richtige ist, während ein anderer nur zynisches Eigeninteresse widerspiegelt. Denn offen gesagt müssen die Mitglieder dieser Versammlung großen Mut aufbringen, um sich dem Sturm von Emotionen, den mein begabter Kollege entfacht hat, mit bloßen Vernunftgründen entgegenzustellen. Aber genau das ist unsere Pflicht.«

Fasano sah, dass er seine Kollegen mit dieser plötzlichen, emphatischen Aussage in seinen Bann geschlagen hatte – vor allem Cassie Rollins. »Es ist unsere Pflicht«, wiederholte er leiser, »weil uns die nachhaltige Sicherung unseres Rechtssystems mehr abfordert, als blind den Gefühlswallungen des Augenblicks zu folgen – auch wenn sie noch so sehr von Herzen kommen.«

Kerry bemühte sich um innere Distanz. »Er tut, was er machen muss«, erklärte er Lara. »So wie immer. Ehrlich gesagt habe ich bis jetzt noch nicht herausgefunden, ob Fasano eine Seele hat.«

»Wenn er eine hätte«, entgegnete Lara mit stiller Bitterkeit, »würdest du es inzwischen wissen.«

»Zunächst sollten wir dem Eindruck entgegentreten«, fuhr der Mehrheitsführer fort, »die Eindämmung laufender Verfahren sei unüblich oder gar verfassungswidrig.«

Fasano wirkte auf Hampton wie ein Uhrmacher, der sorgfältig und Stück für Stück seine Argumentation aufbaute. Und »Eindämmung« war wirklich ein besonders kunstvolles Synonym für »abwürgen«.

»Gesetzliche Veränderungen«, belehrte Fasano seine Zuhörer, »wirken sich immer auf die bestehende Rechtslage aus. Dem tragen auch die Gerichte Rechnung. Als der Staat Louisiana eine ganz ähnliche Immunitätsklausel verabschiedete, wies der Oberste Gerichtshof der Vereinigten Staaten eine Verfassungsklage ab.

Wenn es hier einen ›rückwirkenden‹ Gesetzesmissbrauch gibt, so ist es der Versuch, den Herstellern von Schusswaffen eine bisher nicht existierende Haftung aufzuerlegen für den Missbrauch eines völlig legalen Produkts durch Dritte, auf deren Handlungen die Waffenhersteller keinerlei Einfluss haben.« Fasano breitete die Hände aus. »Multipliziert man diesen Versuch mit fünfzig Bundesstaaten, dann kommt dabei nur Chaos heraus. Die Frage der Haftpflicht würde auf einem rechtlichen Minenfeld geklärt, und das Ergebnis wäre ein Flickenteppich gegensätzlicher Entscheidungen, die den Launen von tausend Gerichten folgen. Alles würde nur davon abhängen, ob eine Schusswaffe nicht in Indiana, sondern in Illinois abgefeuert wurde.«

Hampton musste zugeben, dass Fasano seine Fähigkeiten an diesem Tag noch subtiler einsetzte als er selbst. Da er die Gedanken von Rollins, Coletti und Slezak nicht lesen konnte, blieb ihm nur die hilflose Frage, ob irgendetwas von dem, was heute gesprochen wurde – oder vielleicht irgendein anderer, verborgener Einfluss –, einen von ihnen dazu bewegen würde, den Ausschlag in der einen oder anderen Richtung zu geben.

Lara fiel es schwer, weiter zuzuschauen. »Gesetze haben den Zweck«, erklärte Fasano seinen Kollegen, »dass nicht nur fallweise entschieden wird, sondern dass die Rechtsprechung auch einheitlich und berechenbar ist.«

»Nichts könnte einheitlicher oder berechenbarer sein«, bemerkte Lara bissig, »als die Tür zu jedem Gericht in Amerika zuzuschlagen.« Aber für sie enthielten Senator Fasanos Worte auch eine persönliche Beleidigung. Wahrscheinlich konnte sie ihm nie wieder ohne Hass in die Augen sehen.

Zufrieden mit seiner Eröffnung, schritt Fasano zum Kern seiner Argumentation. »Es geht hier nicht um einen schadhaften Reifen oder einen explodierenden Benzintank. Es geht um ein einwandfrei funktionierendes und vollkommen legales Produkt. So schrecklich die O. J. Simpson zugeschriebenen Morde auch waren, aber niemand ist auf den Gedanken verfallen, den Hersteller des Messers zu verklagen.«

Damit machte sich Fasano an die Gratwanderung zwischen einer klinischen Analyse der Gesetzeslage und der stillschweigenden Unterstellung, dass Kerry Kilcannon durch Verdrehung der Gesetze einen ungerechtfertigten Machtzuwachs anstrebte. Fasano vertraute darauf, dass er sich die Stimmen seiner Gefolgsleute gesichert hatte und vielleicht noch die eine dazugewinnen würde, die er für eine Mehrheit benötigte.

## 27

Sarah hätte sich liebend gern die Abstimmung des Senats über die Immunität für Waffenhersteller angesehen. Aber stattdessen mussten sie und Lenihan vor Gardner Bond treten, um das Recht auf die Vernehmung von George Callister einzufordern.

Sarah hatte auf eine öffentliche Anhörung und damit auf eine Gelegenheit gehofft, vor der Presse aus den Vernehmungsprotokollen von Ben Gehringer, Mike Reiner und Norman Conn zu zitieren, um dadurch vielleicht noch in letzter Sekunde die Senatsdebatte zu beeinflussen. Aber Nolan hatte argumentiert, eine öffentliche Anhörung untergrabe die Anordnung des Richters auf strikte Geheimhaltung aller Aussagen. So trafen sich Bond, Nolan, Fancher, Lenihan, Sarah und der Protokollführer an einem Konferenztisch in Bonds geräumigem Dienstzimmer, um sich über George Callisters Befragung zu einigen.

Bond war wie immer makellos gekleidet – maßgeschneiderter Anzug, goldene Manschettenknöpfe, steif gebügeltes, weißes Taschentuch in der Brusttasche –, präzise und gebieterisch. Und im Moment war er auch ärgerlich, obwohl sie über George Callister noch gar nicht gesprochen hatten.

»Welche Gründe«, fragte er Nolan streng, »haben Sie für die Behauptung, die Anwälte der Klägerin hätten der Presse Informationen zugespielt?«

»Das ist nicht nur eine Behauptung.« Nolan bedachte Lenihan

und Sarah mit einem bösen Blick. »Gestern Abend wurde ich von CNN angerufen. Der Sender hat Dokumente aus Lexington-Akten erhalten, die von Norman Conn vorgelegt worden waren, einem mit der Firma verfeindeten Mitarbeiter. Diese Dokumente enthalten – nach Angaben des psychisch äußerst labilen Mr. Conn – nachteilige Informationen über Lexington. Nach unserer Auffassung enthalten sie keinerlei stichhaltige Beweise. Aber CNN will sie der Öffentlichkeit preisgeben – vielleicht schon heute.«

Erschrocken warf Sarah Lenihan einen Seitenblick zu, der keine Miene verzog.

»Ich kann dem Gericht versichern«, fuhr Nolan in scharfem Ton fort, »dass diese Dokumente nicht von uns an die Medien gelangt sind. Auch nicht von der SSA. Damit bleiben nur Ms. Costello und ihre Anwälte.«

Lenihan wirkte ungerührt. »Ich will nicht weiter eingehen auf das Beleidigende der Anschuldigung meines Kollegen und stelle hier nur fest, dass sie einen ziemlich eklatanten Mangel an Fantasie verrät. Weder wir noch Lexington haben Kontrolle über diese Dokumente.« Ein Lächeln huschte über Lenihans Lippen. »Vor Mr. Conns Aussage hat sich Lexington nicht einmal zu ihrer Existenz bekannt – was immer man daraus schließen mag. Daher unterliegen diese Dokumente nicht einmal der Geheimhaltung, da die Anordnung des Gerichts nur für die im Zuge der Offenlegung eingereichten Schriftstücke gilt. Jeder kann diese Informationen weitergegeben haben, und jeder kann sie lesen. Auch CNN.«

Sarahs Staunen wich einem Anflug von Belustigung. Doch dann wurden ihr gleich mehrere bedenkliche Punkte klar. Lenihan hatte dem Sender die Dokumente zugespielt in der Hoffnung, die Senatsdebatte zu beeinflussen und den Vergleichswert von Marys Verfahren in die Höhe zu treiben. Er hatte aufgrund einer fadenscheinigen Formalie Nolans Anordnung umgangen und gab nichts davon zu. Sie konnte seine Verwegenheit nur bewundern, auch wenn sie die Folgen für sie beide und für Mary fürchtete.

»Euer Ehren«, schaltete sich Nolan mit zornbebender Stimme ein, »diese Aussage gibt dem Begriff ›Missachtung des Gerichts‹ völlig neue Bedeutung. Die Absicht dieser gerichtlichen Anordnung war völlig klar: Es sollte verhindert werden, dass die Parteien diesen Prozess durch gezieltes Streuen von Informationen in den Medien austragen. Aber in der heutigen *New York Times* ist ein Artikel erschienen, der sich auf die Aussage des Zeugen Ben Gehringer stützt. Und jetzt auch noch das.«

»Der Artikel in der *New York Times*«, fauchte Lenihan, »berichtet über die Anklage gegen einen weißen Rechtsradikalen, der zugibt, die Mordwaffe bei einer Waffenmesse an John Bowden verkauft zu haben, obwohl sich Mr. Nolan entgegen jeder Logik so sicher war, dass Bowden diese Messe nie besucht hat. Das ist natürlich schädlich, wenn nicht gar verheerend für die Vertreter von Lexington. Und vielleicht auch wenig hilfreich für den Versuch der Firma, dem Senat ein Immunitätsgesetz abzuringen. Aber es ist wirklich bodenlos zu behaupten, dass Ms. Dash oder ich verantwortlich für die Handlungen des Bezirksstaatsanwalts von Idaho oder dass diese Handlungen nicht lobenswert seien.«

Nolan wandte sich voller Verachtung von Lenihan ab und richtete den Blick auf Bond. »Euer Ehren«, sagte er in ruhigerem Ton, »jeder weiß, wer der höchste Vorgesetzte des Bezirksstaatsanwalts ist: der Präsident der Vereinigten Staaten, der Schwager von Ms. Costello. Ein Mann, der ungeachtet seines hohen Amtes auch Zeuge in diesem Verfahren ist und als solcher den Anordnungen des Gerichts unterliegt. Anscheinend gibt es eine Verschwörung zwischen den Anwälten der Klägerin und dem Weißen Haus mit dem Ziel, diese Anordnung zu umgehen. Nur so ist die Weitergabe der Dokumente an CNN zu erklären. Es liegt auf der Hand, dass dieser Vorgang nichts mit dem Bezirksstaatsanwalt von Idaho zu tun hat, aber dafür umso mehr mit dem Bemühen, jeden sich bietenden rechtlichen und politischen Vorteil für die eigene Sache zu nutzen.«

Sarah überlegte, ob der Präsident etwas über die Bekanntgabe von Conns Dokumenten gewusst hatte. Plötzlich merkte sie, dass Bond sie in schneidendem Tonfall angesprochen hatte. »Was wissen *Sie* darüber, Ms. Dash?«

»Nichts«, antwortete Sarah, froh, dass es so war. »Wie Euer Ehren wissen, bin ich mit dieser Anordnung nicht einverstanden. Aber ich habe nicht das Recht, mich darüber hinwegzusetzen – auch wenn ich der Meinung wäre, damit einem wichtigen öffentlichen Interesse zu dienen.«

Vielleicht wäre es besser gewesen, auf die letzte Bemerkung zu verzichten. Aber sie erinnerte Bond wenigstens daran, dass die Probleme von Lexington inzwischen öffentlich bekannt waren und dass ein ehrgeiziger Richter wie er jeden Anschein der Parteilichkeit zugunsten des Waffenherstellers vermeiden musste. Bond schwieg nachdenklich.

Schließlich sagte Nolan: »Euer Ehren, hiermit stelle ich Antrag auf Vernehmung der Anwälte der Klägerin, um herauszufinden, wer diese Dokumente dem Fernsehen zugespielt hat.«

»Was ist an ›nichts‹ so schwer zu verstehen?«, fragte Sarah Nolan. »Oder haben Sie nicht zugehört, als ich Richter Bonds Frage beantwortet habe?«

»Es reicht«, unterbrach sie Bond und schaute Lenihan mit strengem Blick an. »Mr. Lenihan?«

Lenihan breitete die Handflächen aus. »Euer Ehren, meine Antwort ist die gleiche wie die von Ms. Dash. Nichts.«

Genau genommen war dies keine wirkliche Verneinung, und das war auch Bonds Wachsamkeit nicht entgangen. Lange starrte er Robert Lenihan mit offenkundigem Misstrauen an. »Wenn wir davon einmal absehen«, sagte er in beißendem Ton, »berufen Sie sich anscheinend auf die bedauerliche Tatsache, dass die Dokumente, die Ihnen Mr. Conn zur Verfügung gestellt hat, dem Buchstaben nach nicht unter die Anordnung dieses Gerichts fallen, wenngleich dies nach dem Geist der Anordnung sehr wohl so ist.« Der Richter hielt inne und bezog auch Sarah in seinen Blick ein. »Für dieses Mal verwehre ich Mr. Nolan die Möglichkeit, die Anwälte der Klägerin zu vernehmen. Aber wenn irgendjemand noch einmal Informationen weitergibt, die offensichtlich meiner Anordnung unterliegen, werde ich die Befragung selbst durchführen. Und wenn sich dann herausstellt, dass einer von Ihnen dafür verantwortlich ist, werde ich Sie vor die Anwaltskammer zitieren und höchstpersönlich dafür sorgen, dass Ihnen die Lizenz entzogen wird. Sie sind jetzt gewarnt.«

Nolan nickte grimmig. Mit seiner offensichtlich ernst gemeinten Drohung hatte der Richter den wunden Punkt jedes Anwalts getroffen: die geheime Angst davor, den eigenen Beruf nicht mehr ausüben zu dürfen und diesen Makel ein Leben lang tragen zu müssen. Ein Teil von Sarah fluchte innerlich auf Lenihans Draufgängertum.

»Schön«, fuhr Bond in eisigem Ton fort, »kommen wir nun zum eigentlichen Thema dieser Anhörung: der Vernehmung von Mr. Callister. Welcher der Anwälte der Klägerin möchte mich darüber aufklären, weshalb diese Vernehmung so dringend ist?«

Angesichts der Laune des Richters wäre es Sarah fast lieber gewesen, Lenihan hätte diese Aufgabe übernommen. Aber das hätte die Sache vielleicht nur noch verschlimmert, und nach Lage der Dinge bestand ohnehin nur geringe Hoffnung auf ein günstiges Ergebnis.

»Es gibt viele Gründe«, antwortete Sarah. »Zunächst die Frage, was Callister wusste – ob von Reiner oder von jemand anderem. Wusste er, dass Reiner wesentliche Dokumente vernichten lassen wollte? Wusste er, dass Lexington Nachbarstaaten mit der P-2 überschwemmte? Wusste er, dass weiße Rechtsradikale auf Waffenmessen eine Ladung gestohlener P-2 verschoben haben, zu der auch die später an Mr. Bowden verkaufte Waffe gehörte …«

»Nach Mr. Reiners Auskunft«, rief Nolan dazwischen, »hat Mr. Callister nichts von alledem gewusst …«

»Mr. Nolan«, mahnte Bond, »warten Sie, bis Sie an der Reihe sind. Ich bin noch nicht fertig mit der Vertreterin der Klägerin.«

Es freute Sarah zwar, dass Nolan gebremst wurde, aber der Ton von Bonds Bemerkung behagte ihr nicht. »Wenn Mr. Nolan dieses Gericht auffordert, die Glaubwürdigkeit eines undurchsichtigen Zeugen wie Reiner zu akzeptieren und gleichzeitig die der Anwälte der Klägerin anzuzweifeln, dann stellt das jede Vernunft auf den Kopf. Zuletzt stellt sich noch die Frage nach einer Verschwörung zwischen Lexington und der SSA …«

Bond beäugte sie skeptisch. »Welche Beweise haben Sie für die Existenz einer solchen Verschwörung?«

»Das ist genau das Problem, Euer Ehren. Ohne Mr. Callister werden wir darüber nie etwas erfahren.«

Bond legte die Stirn in Falten. »Das Problem, Ms. Dash, ist, dass Ihre Argumentation buchstäblich aus einem Nichts ein Etwas macht. Sie haben keinerlei Beweise für Ihre Behauptung. Mr. Nolan?«

»Euer Ehren, Sie haben völlig Recht«, antwortete Nolan selbstbewusst. »Auf beharrliches Befragen von Ms. Dash hin hat Charles Dane – der Präsident der SSA – die Existenz einer solchen Verschwörung vehement verneint. Wenn die Anwälte der Klägerin so viel belastendes Material zu haben glauben, sollen sie es doch mit ihrer Klage versuchen. Aber wenn sie sie nicht mit Beweisen stützen können, warum soll dann die Zeit von einem viel beschäftigten Mann wie Mr. Callister verschwendet werden? Der sich im Übrigen zu einer für sein Unternehmen äußerst wichtigen, ausgedehnten Geschäftsreise in Europa aufhält.«

Auch diese Überraschung bestätigte für Sarah einmal mehr, wie groß Nolans Abneigung gegen eine Befragung Callisters war. Dann fiel ihr ein, dass die Furcht vor Callisters Aussage vielleicht nicht Nolans einziges Motiv war. Wenn er noch einmal eine Verzögerung erreichte, entstand dadurch die Möglichkeit, dass der Senat ein Immunitätsgesetz verabschiedete und anschließend das Veto des Präsidenten überstimmte, ehe weiteres Belastungsmaterial zum Vorschein kam und – aus Nolans Sicht noch entscheidender – bevor die öffentliche Hauptverhandlung über Marys Klage begann.

»Dieses dreiste Beispiel einer Verzögerungstaktik wird wahrscheinlich in die Annalen eingehen«, erwiderte Sarah ungehalten. »Mr. Callister ist also zu beschäftigt, um an der Offenlegung mitzuwirken? Und was ist mit dem Präsidenten und der First Lady, die beide von Mr. Nolan vernommen wurden? Was ist mit den drei ermordeten Familienmitgliedern, um die es in diesem Verfahren geht? Ist Mr. Callisters Zeit kostbarer als dies alles? Diese Verschleppungstaktik ist absurd, und das Gericht sollte endlich damit Schluss machen.«

»Es wäre übertrieben«, antwortete Nolan gefasst, »Mr. Callister zu einer Unterbrechung seiner Geschäftsreise zu zwingen. Die Vertreter der Klägerin sollen zuerst das Offenlegungsverfahren abschließen. Wenn sie ihn dann immer noch vernehmen wollen, können sie sich zu gegebener Zeit wieder an das Gericht wenden.«

»Wie lange wird diese Reise noch dauern?«, erkundigte sich Bond.

Nolan zuckte die Achseln. »Ungefähr drei Wochen noch. So genau lässt sich das nicht sagen.«

Ohne Nolans mögliche andere Motive zu kennen, war Sarah sofort klar, dass dies das Verfahren weit über die Zehntagesfrist des Präsidentenvetos hinaus verzögern und Fasano vielleicht sogar noch ausreichend Zeit lassen würde, um das Veto zu überstimmen. »Drei Wochen sind absolut unzumutbar«, protestierte sie. »Mr. Callisters angebliche Aktivitäten sind sicherlich nicht so wichtig wie die des Präsidenten. Und der Präsident hat bereits den ersten Termin wahrgenommen, den Mr. Nolan vorgeschlagen hatte. Das Gericht kann Callister vorladen.«

»So ist es.« Mit einem dünnen Lächeln wandte sich der Richter an Nolan. »Wenn diese Sache vor einem bundesstaatlichen Gericht verhandelt würde, Mr. Nolan, könnte ein Zeuge wie Mr. Callister die Gerichte seines Heimatstaates Connecticut anrufen, um sich einer Vorladung zu entziehen. Aber wir sind hier vor einem Bundesgericht. Auf Ihren Wunsch hin, wenn ich mich recht entsinne. Daher müssen Sie meinen Entscheidungen folgen. Von heute an in spätestens zwei Wochen hat Mr. Callister zur Vernehmung zu erscheinen.«

Den Bruchteil einer Sekunde lang stieg in Sarah die Freude über diesen unerwarteten Sieg hoch, doch dann sah sie den Blickwechsel zwischen Nolan und Harrison Fancher und erkannte, dass ihnen diese zwei Wochen vielleicht genügen würden. »Euer Ehren«, sagte sie in respektvollem Ton, »darf ich Sie bitten, diese Frist auf eine Woche zu verkürzen?«

»Sie dürfen. Doch die Antwort lautet Nein.« Anscheinend wollte Bond es zunächst bei diesen Worten bewenden lassen, überlegte es sich dann aber anders. »Es scheint mir nicht angemessen, einem Geschäftsreisenden in Europa solch einen knappen Termin zu setzen.«

Auch Bond glaubte wohl, dass eine zweiwöchige Verzögerung für Frank Fasano ausreichend war. Gleichzeitig konnte er damit seine Sympathien für die Waffenlobby verhehlen und sich in ein viel besseres Licht rücken, als dies der Fall gewesen wäre, wenn er Callisters Vernehmung nicht zugelassen hätte. Aber Sarah waren die Hände gebunden. »Ich habe noch eine letzte Bitte, Euer Ehren.

Gestatten Sie den Anwälten der Klägerin – so wie Sie es Mr. Nolan bei der Vernehmung des Präsidenten gestattet haben –, Mr. Callisters Befragung auf Video aufzuzeichnen.«

Ohne zu zögern, wandte sich Nolan an Bond. »Das ist völlig unnötig.«

Bond betrachtete ihn fragend. »Hat der Vorstandsvorsitzende von Lexington Anspruch auf mehr Privilegien als der Präsident der Vereinigten Staaten?«

»Präsident Kilcannon hat sich einverstanden erklärt«, antwortete Nolan, »wir tun das nicht.«

»Mit welcher Begründung?«

»Seine eidesstattliche Aussage in transkribierter Form ist mehr als ausreichend für die Zwecke der Klägerin.«

»Das ist nicht wahr«, versicherte Sarah. »Mr. Nolan hat die Videoaufnahme von Präsident Kilcannons Vernehmung offenkundig in der Hoffnung beantragt, dass vielleicht ein peinlicher Moment entsteht oder dass im Bild festgehalten wird, wie sich der Präsident verstellt. Dazu ist es nicht gekommen, aber das schmälert nicht die Aussicht darauf, dass es bei Mr. Callister geschehen könnte. Mr. Nolans sichtliche Abneigung gegen die Vernehmung des einzigen Vertreters der Firma Lexington, der mit Kerry Kilcannon Kontakt hatte, veranlasst mich zu der Frage, ob Lexington etwas zu verbergen hat. Eine Videoaufnahme beider Hauptzeugen scheint mir nur angemessen.«

Bond stützte die Ellbogen auf und tippte sich mit zusammengelegten Zeigefingern an die Lippen. Sarah spürte, dass er ihrem Ansinnen nur äußerst widerstrebend nachkam, dass er aber aufgrund der öffentlichen Meinung keine andere Möglichkeit sah. »Also gut«, sagte er schließlich. »Sie können Mr. Callister auf Video aufnehmen.«

»Euer Ehren«, presste Nolan durch zusammengekniffene Lippen, »in Anbetracht der heute entdeckten Weitergabe von Informationen sowie der Bedeutung, die die Anwälte der Klägerin dieser zusätzlichen Vernehmung und vor allem der Videoaufnahme von Mr. Callister offenbar beimessen, ist es vielleicht erforderlich, sie daran zu erinnern, dass sie an die Anordnung des Gerichts gebunden sind.«

Bond blickte Lenihan und Sarah eindringlich an und fragte mit gefährlich leiser Stimme: »*Muss* ich Sie daran erinnern?«

Wenn es Bond darauf abgesehen hatte, Sarah Angst einzujagen, war ihm das wieder einmal gelungen. »Nein, Euer Ehren«, erwiderte sie prompt. So wie Lenihan eine Sekunde später.

# *28*

Rein theoretisch hätte die Abstimmung über die Immunität der Waffenhersteller per Namensaufruf der Senatoren in alphabetischer Reihenfolge durchgeführt werden müssen, ohne dass diese ihre Plätze verlassen hätten. Aber *diese* Abstimmung erschien vor allem jenen, die noch zögerten – Coletti, Slezak und Rollins – zu riskant. Sie wollten zuerst sehen, was die anderen Zauderer machten. Und so folgte die Stimmabgabe einem weitaus weniger formellen Verfahren. Als der Senatsschriftführer die Namen aufrief, reagierten die meisten Senatoren nicht. Danach konnte fünfzehn Minuten lang, während im Saal unordentliches Gedränge herrschte, jeder Senator am Tisch des Schriftführers seine Stimme abgeben. Dieser wiederholte dann das Votum, sodass alle, die mitzählen wollten, den aktuellen Stand erfuhren.

Hätte nicht so viel auf dem Spiel gestanden, hätte das Ganze nicht einer gewissen Komik entbehrt. Rollins, Slezak und Coletti behielten einander im Auge und wurden ihrerseits von den anderen im Auge behalten. Alle warteten darauf, dass sich einer von ihnen dem Schriftführer näherte. Schon eine Stimme reichte Fasano für eine knappe Mehrheit. Sollte einer der drei Senatoren für die Immunität der Waffenhersteller votieren, konnten die anderen nach ihren politischen Interessen handeln, weil sie dann von der Verantwortung einer möglicherweise entscheidenden Stimmabgabe befreit waren. Während Cassie auf ihrem Platz in einer der hinteren Reihen wartete, traten die Senatoren nacheinander den Weg zum Schriftführerpult an.

»Noch vierzehn Minuten«, flüsterte ihr Chad ins Ohr. »Tun Sie mir einen Gefallen und harren Sie noch aus. Ich habe mit Hampton gerade um ein Steak-Dinner im Palm gewettet, dass Coletti zuerst einknickt.«

»Auf wen hat Chuck gesetzt?«

»Auf Sie und Slezak.« Chad senkte die Stimme. »Ich mache Ihnen jetzt ein Angebot, Cassie. Wenn Sie durchhalten, bis Vic abstimmt, komme ich nach Maine und mache Wahlkampf für Sie. Egal, ob bei der Vorwahl oder bei der allgemeinen Wahl.«

Überrascht musterte sie ihn. Chad lächelte nicht mehr. Er wusste, wie schwer ihr diese Stimmabgabe fiel. Aus Freundschaft und Großmut und trotz seiner Unterstützung für Fasano hatte er ihr zu verstehen gegeben, dass sie nach bestem Wissen und Gewissen abstimmen sollte und dennoch mit seiner Hilfe rechnen konnte, auch wenn es bei einer Vorwahl gegen den Kandidaten der SSA ging.

Sie berührte seinen Arm. »Danke, Chad.«

Er schüttelte den Kopf, wie um anzudeuten, dass sein Angebot nichts Besonderes sei. »Das Leben ist zu kurz«, sagte er. »Und das hier ist viel zu ernst.«

Im Oval Office sah sich Kerry die Abstimmung auf CNN an. Über dem Bild der hin und her drängenden Senatoren waren der Abstimmungsstand – elf zu zehn für die Immunität der Waffenhersteller – und die noch verbleibende Zeit eingeblendet: 12:43. Als Clayton eintrat, fragte der Präsident: »Hat Hampton das Skript?«

»Sein Generalsekretär hat es. Es ist nur noch eine Frage von Minuten.«

Kerry starrte auf den Bildschirm und versuchte, Vic Coletti zu erspähen.

Im Senatssaal beobachteten Palmer und Cassie Rollins, wie der Minderheitsführer Vic Coletti sanft, aber bestimmt zur Seite zog und ihm ein Schriftstück überreichte, das offensichtlich nur aus einer Seite bestand.

»Was das wohl ist?«, fragte sich Cassie laut.

Auch Chad war neugierig. »Kann es sein?«, flüsterte er. »Hat das Weiße Haus endlich das kompromittierende Foto von Vic mit einem Schaf entdeckt?«

»Ein Schaf?«, fragte Cassie trocken. »Nur eins?«

»Ja, aber es war minderjährig.«

Was es auch war, Coletti schien das Dokument mit höchster Aufmerksamkeit zu studieren.

»Sie machen sich doch Sorgen wegen Lexington«, sagte Hampton zu Vic Coletti. »Das ist das Skript von Wolf Blitzers Nachrichtensendung heute Abend. CNN hat Dokumente, die Lexington im Costello-Verfahren nicht offengelegt hat. Aus diesen Dokumenten geht hervor, dass die Firma wusste, dass die P-2 häufig von Kriminellen in Kalifornien benutzt wurde. Außerdem sind auch ballistische Tests zur Adlerklaue enthalten.«

Nachdem Coletti das Papier durchgelesen hatte, blickte er zögernd zu Hampton auf. »Nicht schön«, sagte er mürrisch. »Aber es steht nichts darüber drin, ob sie auch wussten, dass die P-2 von Rechtsradikalen verkauft wurde.«

Aus dem Augenwinkel bemerkte Hampton Jack Slezak, der sie beobachtete. »Warum nicht gleich von Adolf Hitler?«, entgegnete Hampton kurz angebunden. »Sie haben dem Präsidenten gesagt, dass Sie Rückendeckung brauchen. Behinderung eines Zivilprozesses sollte dafür wohl genügen. Wollen Sie solch ein Verhalten wirklich mit Immunität belohnen?«

Coletti setzte ein steinernes Lächeln auf, das die Haut unter seinen Augen straff zog. »Der Präsident will nicht verlieren, oder?«

»Was für eine Überraschung«, sagte Hampton mit einem kurzen, leisen Lachen. Dann legte er Coletti die Hand auf die Schulter. »Der Präsident würde sich über Ihre Hilfe sehr freuen, Vic. Und ich auch.«

Auf beiden Seiten strömten immer noch Senatoren nach vorn zum Schriftführer. Mit einem knappen Nicken faltete Coletti das Papier und steckte es in die Innentasche seines Jacketts. »Weiß Slezak schon Bescheid?«, fragte er.

Hampton lächelte. »Er wird es gleich wissen.«

Vier Minuten vor Ende der Abstimmung sah Cassie Vic Coletti, der sich dem Pult des Schriftführers näherte. Er wirkte ungefähr so lebhaft wie ein zum Tode Verurteilter auf seinem letzten Gang.

»Gratuliere«, sagte Cassie zu Chad. »Anscheinend muss Hampton die Rechnung bezahlen.«

Chad zuckte die Achseln. »Im Grunde ist das alles nur eine Studie über Zivilcourage. Ich glaube, ich schlendere mal da runter, um rauszufinden, wie sich Vic entschieden hat.«

Auch das war eine Gefälligkeit, mit der er Cassie die Peinlichkeit ersparte, selbst nachzuschauen. »Bitte schlendern Sie nicht«, sagte sie. »Sprinten Sie.«

Aber noch bevor Chad zurückkam, fand Fasano den Weg zu ihr.

»Coletti?«, fragte sie.

»Er ist umgefallen. Höchste Zeit für eine Entscheidung, Cassie.«

Die Senatorin atmete tief durch. »Ja – in ungefähr drei Minuten. Wo ist Slezak?«

Fasanos Blick bohrte sich in ihre Augen. »Keine Ahnung. Ich weiß nicht, wem er seine Stimme versprochen hat. Mir jedenfalls nicht.« Sein Ton wurde wieder gelassen und kühl. »Slezak gehört nicht zu meiner Truppe. Sie schon. Bringen Sie mich nicht noch mehr in Verlegenheit.«

Die Spannung bei den Senatoren und den Zuschauern auf der Galerie stieg, und um sie herum wurde das nervöse Stimmengewirr lauter. »Dann bringen Sie mich bitte auch nicht in Verlegenheit«, sagte sie leise. »Wir werden beobachtet.«

»Na schön«, antwortete Fasano. »Es ist alles gesagt, mehr sollte ich nicht sagen müssen.« Er drehte sich abrupt um und ging.

Auf dem Bildschirm lag die Zählung bei achtundvierzig zu achtundvierzig, bei einer sicheren noch ausstehenden Stimme für beide Seiten. Die Uhr zeigte 2:14.

»Komm schon, Cassie«, flüsterte der Präsident. Irgendetwas hielt ihn davon ab, Slezaks Namen auszusprechen.

»Das sah aber herzlich aus«, meinte Chad bei seiner Rückkehr im Plauderton, als spräche er über etwas Belangloses. »Sie und Slezak haben noch ungefähr zwei Minuten. Wollen Sie vielleicht wissen, warum Coletti es sich anders überlegt hat?«

Cassie dachte immer noch darüber nach, was es für sie bedeuten würde, sich gegen den Mehrheitsführer zu stellen. »Klar«, sagte sie innerlich bebend.

Mit einem Lächeln weihte Chad sie ein.

Cassie schüttelte unwillkürlich den Kopf. »Wissen Sie, eigentlich verachte ich diese Leute.«

»Lexington?«

»Die SSA.«

Chad sah sie fragend an. »Und das bedeutet?«

Mit einiger Verspätung fiel Cassie auf, dass es Chad ganz abgesehen von seinen Gefälligkeiten für sie überhaupt nichts ausmachen würde, wenn Fasano verlor. »Eins würde mich interessieren«, antwortete sie. »Was hat Sie eigentlich dazu gebracht, sich von Frank als Vorkämpfer einspannen zu lassen?«

Chad sah sich vorsichtig um. »Wir haben eine Abmachung getroffen«, erklärte er ihr mit gedämpfter Stimme. »*Das* hier gegen eine ungehinderte Abstimmung über eine Reform der Wahlkampffinanzierung.«

Cassie nickte. »Ich dachte mir schon, dass es was Besseres sein muss als Franks Angebot an mich: das Ende meiner Karriere. Oder das Angebot des Präsidenten.«

»Was hat Ihnen Kerry geboten?«

»Die Möglichkeit, das Richtige zu tun. Dabei hasse ich es, wenn es dazu kommt.«

Chad blickte über ihre Schulter. »Slezak bewegt sich nicht«, berichtete er. »Sie haben noch ungefähr eine Minute.«

Cassie schaute auf ihre Uhr. »Scheiß drauf, Chad. Ich habe noch meine Würde.«

Dann ging sie mit energischen Schritten hinunter zum Schriftführer.

»Jetzt kommt Cassie«, sagte Clayton.

Der Countdown auf dem Bildschirm zeigte 1:14. Als Cassie mit dem Schriftführer sprach, hörte Kerry, wie sich die Tür zum Oval Office öffnete. Er drehte sich um und sah Lara hereinkommen. Mit leiser Stimme sagte sie zu ihrem Mann: »Ich habe es nicht mehr ausgehalten, oben allein zuzuschauen.«

Kerrys Nerven waren zum Zerreißen angespannt. »Du kommst gerade rechtzeitig zum Finale. Cassie wird gleich abstimmen.«

Der Schriftführer, der sich der Dramatik der Situation durchaus bewusst war, starrte die Juniorsenatorin aus Maine durch seine Brille an. Die dicken Gläser vergrößerten seine Augen, die in diesem Moment denen eines aufgescheuchten Insekts glichen. Lächelnd sagte sie: »Hier geht es ja lebhaft zu, wie ich sehe. Wie ist der Stand?«

»Fünfzig Neinstimmen«, antwortete er, »achtundvierzig Jastimmen.«

»Ziemlich knapp. Was meinen Sie, wofür ich stimmen soll?«

Schweigend blickte er zu ihr auf. Offensichtlich wollte er keine Antwort riskieren. Cassie spürte, wie sich ihre Kollegen hinter ihr drängten, um zu hören, ob sie mit Ja für den Präsidenten und Hampton oder mit Nein für den Mehrheitsführer und ihre Partei stimmen würde. »Was soll's«, sagte sie zum Schriftführer, »tragen Sie ein Ja für mich ein.«

Hinter ihr entstand Bewegung. Cassie blickte zu Ellen Penn auf und lächelte sie kurz an. Schließlich hatte eine Vizepräsidentin nur sehr selten die Gelegenheit, ins Rampenlicht zu treten. Eine davon war die Entscheidung bei Stimmengleichheit.

»Jetzt hängt alles von Slezak ab«, sagte Kerry zu seiner Frau.

Lara stand hinter ihm und umklammerte die Lehne seines Stuhls, bis ihre Finger weiß wurden. Nacheinander waren ihr die Erinnerung an die Morde, an das gespannte Verhältnis zu ihrer jüngeren Schwester und schließlich an die Einreichung der Klage durch den Kopf gegangen.

»Bitte, lieber Gott«, flüsterte sie halb betend und halb abergläubisch. Kerry griff nach hinten und berührte ihre Hand.

Im Senat wanderten die Blicke von Cassies Kollegen mehr oder weniger unverblümt zum Senator von Michigan.

Langsam ging Slezak nach vorn. »Jetzt kann er nicht mehr raus«, flüsterte ihr Chad ins Ohr. »Er würde Kerry die Kehle durchschneiden.«

Das stimmte wahrscheinlich, dachte Cassie. Wahrscheinlich

hatte Slezak so lange gewartet, um herauszufinden, ob seine Stimme für die Demokraten von entscheidender Bedeutung war. Als sie zu Senator Hampton hinüberschaute, sah sie, dass auch er reglos dastand und Slezak genauso gebannt beobachtete wie die anderen. Paul Harshman und Frank Fasano drängten sich zum Pult des Schriftführers vor.

Als Slezak ankam, schob er den Kopf vor, und Fasano trat ein wenig zur Seite. Slezak sah ihn kurz an und nickte ihm zu.

Auf dem Bildschirm stand die Zählung bei fünfzig zu neunundvierzig. Kerry und Lara wussten nur, dass Slezak seine Stimme bereits abgegeben hatte.

Eine weiße Ziffer änderte sich, und aus einer Null wurde eine Eins.

Der Präsident erhob sich fassungslos. »Wir haben verloren«, sagte Clayton knapp. »Slezak hat uns verarscht.«

Kerry wandte sich zu Lara, ohne die anderen zu beachten, und nahm sie in die Arme. »Es ist noch nicht vorbei«, versprach er ihr. »Ich brauche nur vierunddreißig Stimmen gegen die Endvorlage.«

Das wusste sie natürlich, genauso wie sie wusste, dass der Kampf um diese Stimmen mit noch härteren Bandagen geführt würde als die bisherige Auseinandersetzung – ein politischer Grabenkampf von Senator zu Senator. Aber Kerry hatte einfach das Bedürfnis, etwas zu sagen. Lara drückte ihn fest an sich.

Kurz nach acht Uhr am Abend des gleichen Tages verabschiedete der Senat mit einem Ergebnis von sechsundsechzig zu vierunddreißig Stimmen das Gesetz zur Reform des Zivilrechts. Die Senatoren Rollins und Coletti stimmten mit der Mehrheit.

# 6. *Teil*

## Das Gleichgewicht der Macht

*Anfang Dezember bis Weihnachten*

# 1

Schon am frühen Morgen des nächsten Tages reagierte der Präsident.

Zuerst rief er Jeannie Griswold an, die Generalstaatsanwältin von Michigan, um ihr so viel Unterstützung, Geld und Wahlkampfhilfe in Aussicht zu stellen, wie sie brauchte, um Jack Slezak bei der Vorwahl als Kandidat der Demokraten abzulösen. Nachdem er sich telefonisch bei Vic Coletti und Cassie Rollins bedankt hatte, bat er Clayton und sein für den Kongress zuständiges Team zu einer Besprechung, um den besten Kurs zur Durchsetzung seines beabsichtigten Vetos gegen die Zivilrechtsreform zu finden.

Nach dem Veto würde die Vorlage an das Repräsentantenhaus und dann, falls das Veto dort überstimmt wurde, an den Senat zurückverwiesen werden. Alle Anwesenden waren der Meinung, dass es im Repräsentantenhaus keine Chance gab, weil die Vorlage dort mit deutlich mehr als zwei Drittel der Stimme verabschiedet worden war. Die eigentliche Schlacht musste im Senat geschlagen werden, wo Frank Fasano im Augenblick nur eine Stimme an den zwei Drittel fehlte, die er gegen Kerrys Veto brauchte. Alle Anstrengungen mussten sich also auf den Senat richten.

Das nächste Thema war die Wahl des richtigen Zeitpunkts. Kerry hatte zehn Tage Zeit, um ein Veto zu unterzeichnen. Es stellte sich die Frage, ob es aussichtsreicher war, zu warten oder die Gesetzesvorlage umgehend und mit dramatischem Effekt an den Kongress zurückzuschicken. Die Anwesenden lasen die Schlagzeilen des Tages wie Kaffeesatz. Die hervorstechendsten Überschriften waren die über die Abstimmung im Senat, dicht gefolgt von jenen, die über belastende Dokumente gegen Lexington und über George Callisters Vorladung durch Richter Bond berichteten.

Jack Sanders, Kerrys innenpolitischer Berater, und Alex Cole, sein Verbindungsmann zum Kongress, kamen zu gegensätzlichen Schlüssen. Sanders plädierte für schnelles Handeln, um Kerrys Entschlossenheit zu demonstrieren. Nach Coles Auffassung hingegen sprach die Dynamik der Ereignisse – Ben Gehringers Verhaftung und die Enthüllung der Lexington-Dokumente – dafür, dass sich Kerry die vollen zehn Tage Zeit nahm, um Unterstützung zu gewinnen und die Demokraten im Senat zu stärken. Kerry beendete die Besprechung mit der vorläufigen Entscheidung, dass er erst einmal abwarten würde.

Nur Clayton blieb im Zimmer. Als sie allein waren, äußerte auch er seine Meinung. »Du kannst deinen Zeitablauf steuern, aber nicht den von Fasano. Er kann mit der Abstimmung über das Veto bis zur Auflösung dieses Kongresses warten. Nach meiner Rechnung ist das noch ein Jahr, und er kann sich genau den Zeitpunkt aussuchen, wenn du am schwächsten bist. Von daher wäre es am besten, ihm die Vorlage schon morgen wieder ins Gesicht zu klatschen und ihn zum Handeln herauszufordern.«

Kerry schaute durchs Fenster auf den trüben Nieselregen, der gegen die Scheiben spritzte. »Das habe ich mir schon überlegt. Aber Fasano wird auf keinen Fall warten, selbst wenn der Senat bis Weihnachten ununterbrochen tagen muss.« Der Präsident wandte sich wieder zu Clayton um. »Er kann gar nicht warten.«

Ein flüchtiges Lächeln zog über Claytons Gesicht. »Marys Verfahren.«

»Genau. Fasanos Hintermänner können es sich nicht leisten, dass es zur Hauptverhandlung kommt oder dass weitere Informationen durchsickern. Fasano steckt also in der Zwickmühle zwischen mir und der SSA.«

Clayton sah ihn prüfend an. »Und du willst dem Verfahren genügend Zeit geben, in der Öffentlichkeit seine Wirkung zu entfalten, bevor Fasano eine Abstimmung durchführen kann. Und vielleicht mit einem kleinen Leckerbissen aus George Callisters Vernehmung nachhelfen.«

»Das ist nur ein frommer Wunsch«, antwortete Kerry achselzuckend. »Kein Grund, Jack und Alex einzuweihen.«

Clayton lachte leise.

Ohne seine Miene zu verändern, aber in kühlerem Ton fragte Kerry: »Hast du die Informationen über Lexington nachgeprüft?«

»Ja. Die britische Muttergesellschaft der Firma ist Shawcross Holdings. Shawcross ist Haupteigentümerin der North Sea Oil Leasing und steht nicht von ungefähr dem Premierminister nahe. Der wiederum hat ein gewichtiges Wort mitzureden, wenn es um die Zukunft der Ölbohrungen in der Nordsee geht.«

»Und worauf legt Shawcross größeren Wert – Waffen oder Öl?«

»Öl. Da lässt sich viel mehr Geld verdienen.«

Der Präsident dankte ihm. Als Clayton das Oval Office verließ, staunte er innerlich über die Komplexität von Kerrys vierseitigem Schachspiel mit der SSA, Fasano sowie Bob Lenihan und Sarah Dash – eine Strategie, die so subtil und differenziert war, dass kein Reporter sie je durchschauen würde.

Als er allein war, führte der Präsident ein schon länger geplantes Telefongespräch mit dem britischen Premierminister.

Die beiden telegenen Führungspersönlichkeiten waren fast gleich alt und mochten einander. Daher war der Austausch von Höflichkeiten genauso echt wie der Respekt, mit dem sie sich über ihren mühsamen Krieg gegen die Al-Qaida-Nachfolger von Mahmoud Al Anwar unterhielten. Erst gegen Ende des Gesprächs bemerkte Kerry: »Gestern habe ich mir ein blaues Auge geholt.«

»Ja«, sagte der Premier voller Sympathie, »ich habe es gesehen. Zum Glück muss man in Ihrem Land nicht gleich abdanken, wenn man eine Abstimmung über ein Gesetz verliert.«

»Noch nicht. Aber noch einmal verlieren möchte ich auf keinen Fall.« Kerry hielt kurz inne. »In diesem Zusammenhang würde ich Sie gern um einen Gefallen bitten.«

»Wenn es möglich ist, jederzeit, Kerry. Vorausgesetzt, Sie sind mir entsprechend dankbar.«

»Natürlich«, antwortete Kerry. »Wie es scheint, hat es einen Mann namens George Callister in Ihre Gefilde verschlagen. Er arbeitet in Amerika für eine Tochtergesellschaft von Shawcross Holdings. Ich könnte mir vorstellen, dass ein Wort von Ihnen seine Rückkehr beschleunigen würde.«

»Gut möglich«, erwiderte sein Verbündeter liebenswürdig. »Was muss ich dazu wissen?«

»Zwölf Millionen Dollar«, sagte Sarah und bedachte Lenihan mit einem kalten Blick. »Wann hätten Sie mich eingeweiht, wenn Mary es mir nicht mitgeteilt hätte?«

Lenihan verschränkte die Arme. »Nolan und Fancher wissen noch immer nichts davon. Es hätte keinen Sinn gehabt, Ihnen etwas zu erzählen, wenn Mary nicht interessiert gewesen wäre.«

»Woran?«, zischte Sarah. »Es mir zu sagen? Reden Sie keinen Blödsinn, Bob. Sie und Dane haben versucht, einen Vergleich zu schließen, ohne mich zu fragen. Und vielleicht wäre es Ihnen sogar gelungen, wenn Mary nicht getan hätte, was eigentlich Sie hätten tun müssen.«

Sie hatten sich auf Sarahs Wunsch hin im inneren Konferenzraum des Kilcannon-Centers getroffen, und ihre Mandantin saß wie ein Häufchen Elend zwischen ihren Anwälten.

Lenihan warf einen Blick auf Mary. »Beschuldigen Sie mich bitte nicht, ich sei eine Art fünfte Kolonne der SSA-Nazis. Oder ist es Ihnen immer noch ein Rätsel, wie CNN an diese Dokumente herangekommen ist?«

Sarah stutzte über dieses kaum verhohlene Eingeständnis. »Das kommt noch dazu«, sagte sie langsam. »Bond hätte uns abschießen können und Marys Verfahren dazu. Aber wahrscheinlich ist es das wert, solange nur Dane sein Angebot erhöht.«

»Natürlich war Dane gezwungen, sein Angebot zu erhöhen. Seien Sie doch nicht naiv.«

»Das bin ich bestimmt nicht«, erwiderte Sarah. »Wenn Mary einen Vergleich schließt, beseitigt sie damit das größte Hindernis für eine Überstimmung des Vetos. Dane besteht ausdrücklich darauf, dass die Höhe der Vergleichssumme nicht genannt wird und dass die Akten der Öffentlichkeit nicht zugänglich gemacht werden. Und warum? Weil die Öffentlichkeit auf diese Weise glauben wird, dass wir die Aussichtslosigkeit der Klage eingesehen haben.« An Mary gewandt fügte Sarah leise hinzu: »Sie bekommen acht Millionen, und Bobs Kanzlei bekommt vier Millionen als Erfolgshonorar. Und dann wird nie wieder jemand ein Waffenunternehmen oder die SSA verklagen können. Weil Sie dann dazu beigetragen haben, dass der Präsident die Abstimmung verliert.«

»Es ist durchaus möglich«, konterte Lenihan, »dass der Präsident sowieso verliert. Dann stehen Sie mit leeren Händen da.«

Mary sah blass und dünn aus und wirkte so mitgenommen vom Konflikt ihrer Anwälte, dass Sarah aus Mitgefühl und Sorge lieber wieder direkt mit Lenihan sprach. »Ich bin ganz und gar dafür, dass Mary eine Entschädigung erhält. Aber geht es in diesem Verfahren nicht auch um das Leben anderer Menschen?«

»Natürlich ...«

»Natürlich«, fuhr Sarah mit einem Hauch von Geringschätzung fort. »Sollte ein Vergleich nicht so aussehen, dass die Firma Lexington die Produktion der Kugel einstellen muss, die Marie das Leben gekostet hat? Und auch der Waffe, mit der sie, Inez und Joan getötet wurden? Und würde nicht eine öffentliche Bekanntgabe der Vergleichsbedingungen dem Präsidenten helfen und andere Waffenhersteller zu einer Änderung ihres Geschäftsgebarens bewegen?«

Lenihan knallte seinen Kaffeebecher hin. »Und wenn man George Callister zwingen würde, öffentlich Harakiri zu begehen, wäre das Signal sogar noch stärker. Aber die SSA ist damit eben nicht einverstanden, und das Geld kommt schließlich zum größten Teil von ihr.« Er sah Mary an und fügte in ruhigerem Ton hinzu: »Nicht nur der Präsident wird vielleicht verlieren. Auch wenn er Erfolg hat, kann es sein, dass *wir* verlieren – und zwar wegen Gardner Bond. Es ist kein Verrat, wenn man die Risiken sorgfältig einschätzt, damit man weiß, wo man am Ende landet.«

»Die haben doch Angst«, entgegnete Sarah. »Viel mehr Angst als wir. In den letzten drei Wochen haben wir sie in die Enge getrieben, und jetzt kommt bald Callister dran. Wenn der Präsident im Senat durchhält – und wenn Bond das Verfahren nicht vor der Hauptverhandlung abwürgt, was er sich eigentlich nicht mehr erlauben kann –, werden wir unsere Klage vor Gott und der Welt verhandeln.«

Sarah wandte sich mit beschwörender Geste an Mary. »Deswegen hat sich Dane an Bob gewandt. Wenn Sie dem Präsidenten jetzt nicht den Boden unter den Füßen wegziehen, wird Ihre Klage viel mehr wert sein als zwölf Millionen Dollar. Und Sie haben auch noch die Macht, die amerikanische Waffenindustrie zu einer Änderung ihres Geschäftsgebarens zu zwingen. Bobs Partner haben viel in diesen Fall investiert. Und jetzt machen sie sich Sorgen, dass sie ihr Geld verlieren. Aber das ist eben das Risiko, das sie eingegangen sind. Es geht schließlich nicht um die Mutter, Schwester oder Nichte von Bobs Partnern.« Sarahs Stimme wurde weicher. »Es geht um Ihre Verwandten, Mary. Bitte prüfen Sie Ihr Gewissen, bevor Sie acht Millionen Dollar Schweigegeld annehmen. Denn es ist auch Blutgeld. Wenn Sie es einmal angenommen haben, können Sie es nicht mehr zurückgeben.«

In Marys Gesicht spiegelte sich ihre stumme Qual. Sarah konnte gut verstehen, wie sehr sie sich innerlich zerrissen und gelähmt fühlte von der komplexen Beziehung zu Lara und dem Präsidenten, von der Trauer um ihre ermordeten Verwandten, von der Verpflichtung gegenüber zukünftigen Opfern, von einem Angebot über mehr Geld, als sie sich je erträumt hatte, und nicht zuletzt von den völlig gegensätzlichen Reaktionen ihrer Anwälte. Mit spürbarer Anstrengung fragte sie: »Wie lange habe ich für die Entscheidung Zeit?«

»Sieben Tage«, antwortete Lenihan. »Danach bietet Dane keinen Cent mehr.«

Mary legte die Hand über die Augen. »Sieben Tage«, wiederholte sie mit dumpfer Stimme.

## 2

Im Oval Office trafen sich der Präsident und der Mehrheitsführer unter vier Augen.

Fasano hatte um das Gespräch gebeten. Nach dem Grund musste Kerry gar nicht erst fragen. Der entscheidende Punkt im Gleichgewicht der Macht zwischen dem Präsidenten und dem Senator, der ihn verdrängen wollte, war die Immunität für Waffenhersteller. Kerry hatte noch neun Tage Zeit, in denen für ihn immer die Möglichkeit bestand, sein Veto gegen die Zivilrechtsreform auszusprechen. Dann gab es kein Zurück mehr, und der Zusammenstoß wurde unausweichlich. Die letzte Abrechnung stand kurz bevor.

Was Fasano anging, hatte der Präsident schon lange feste Denkgewohnheiten angenommen. Er verfolgte unbeirrbar sein Eigeninteresse und machte sich gar nicht mehr die Mühe, Fasano als Mitmenschen wahrzunehmen. Kerry traute ihm nicht und versuchte erst gar nicht, ihn für sich einzunehmen. Selbst die wenigen Anstandsregeln, die sie befolgen mussten, erschienen ihm hohl wie eine Komödie. Wahrscheinlich waren Fasanos Gefühle für ihn ganz ähnlich. In seinen nachdenklichsten Augenblicken sann Kerry vielleicht über den psychischen Preis dieser erlernten Gleichgültigkeit nach. Aber seit Newark war viel Zeit vergangen, und die Härte seiner Gegner hatte ihn gelehrt, dass solche Überlegungen reiner Luxus waren.

Und auch Lara spielte eine Rolle. Fasano hatte Frau und Kinder. Vielleicht liebte er sie sogar. Aber dieser Möchtegern-Präsident hatte die Absicht, Laras Tragödie zu besiegeln, um sich die Gunst der SSA zu erkaufen. Kerry spürte mehr als Kälte, als er ihm gegenübersaß.

»Also«, sagte er kurz angebunden, »was wollen Sie?«

Fasano schien überrascht über Kerrys Verzicht auf jede oberflächliche Liebenswürdigkeit. Jeder Ausdruck verschwand aus seinem Gesicht, und er blickte Kerry aus seinen dunklen Augen eindringlich an. »Ich glaube, Sie werden verlieren, Mr. President.«

Kerry starrte ihn wortlos an, und Fasano sah sich zu einer näheren Erklärung gezwungen. »Die Haftpflichtreform ist wichtiger als Waffen. Sie verlangen von vierunddreißig Senatoren, dieses Gesetz zu begraben, nur weil Sie es so wollen. Ich brauche nur einen von ihnen.«

Mit eisigem Lächeln sah Kerry auf die Uhr. »Dann verschwenden Sie nicht Ihre Zeit auf mich, Frank. Machen Sie sich lieber an die Arbeit, bevor noch jemand erschossen wird.«

Die lakonische Grobheit dieser Äußerung ließ Fasano verstummen. Der Präsident sah, wie der Mehrheitsführer seine Worte abwägte. »Für mich ist das nichts Persönliches.«

Kerry zuckte die Achseln über den indirekten Tadel. »Was ist für Sie etwas Persönliches?«

Zu Kerrys Überraschung setzte Fasano eine Miene auf, die Anteilnahme andeutete. »Ich verstehe Ihre Gefühle, Mr. President. Ich habe nicht den Wunsch, Sie zu demütigen. Das wäre gegen meine Interessen. Vielleicht können wir auf dieser Basis miteinander reden.«

Fasanos unerschütterliche Selbstbeherrschung war für Kerry so aufreizend und zugleich beeindruckend wie seine Arroganz. »Deswegen haben wir uns hier getroffen«, sagte Kerry mit schwindender Geduld. »Und *worüber* reden wir?«

Fasano lehnte sich auf dem Sofa zurück. »Über eine Abmachung.«

»Das kann ich mir kaum vorstellen. Ihre Interessen sind mit meinen unvereinbar.«

»In der Sache, ja.« Tiefe Aufrichtigkeit zeichnete sich auf Fasanos Gesicht ab, seine Stimme wurde leiser. »Aber wenn der Zug entgleist, wäre das für uns beide schädlich und auch für unsere Parteien. Deswegen sollten wir uns beide dafür entscheiden, ihn aufzuhalten.«

Der Präsident sah ihn sinnierend an. »Frank, das hier ist kein Treffen zwischen zwei Staatsmännern, die sich in höheren Sphären bewegen. Die SSA weiß, dass Sie hier sind. Sie sind mit Einwilligung der Waffenlobby erschienen. Und eine Politik, in der Platz für uns alle drei ist, müssen Sie mir erst erklären.«

Fasano zeigte ein humorloses Lächeln. »Ich habe mit der SSA gesprochen, stimmt. Wir alle haben unsere Robert Lenihans.«

Allerdings, dachte der Präsident. Er fragte sich, ob Fasano etwas von Danes geheimem Angebot wusste, aber er sah keine Möglichkeit, ihm auf den Zahn zu fühlen. »Fahren Sie fort«, antwortete Kerry. »Ich kann Bob ja später anrufen.«

»Gut. Der erste Teil meines Vorschlags ist einfach: Sie legen kein Veto gegen die Haftpflichtreform ein.«

Der Präsident lächelte. »Natürlich. Dadurch liefen Sie nicht Gefahr, dass Ihr ganzer Einsatz für Lexington umsonst ist und dass diese Firma dann bei der Hauptverhandlung als Blutsauger enlarvt wird, der von der SSA – Ihrer Hausbank – gelenkt wird. Und der zweite Teil?«

Fasano schien unbeeindruckt. »Der zweite Teil ist genauso einfach. Ich verspreche Ihnen eine faire Abstimmung über Ihr Waffengesetz – keine Zusätze, keine Tricks, keine Verschleppung. Wenn Sie Ihre fünfzig Stimmen zusammenkriegen, können Sie es verabschieden. Wenn nicht, müssen Sie damit leben.«

Das sachliche Gehabe des Mehrheitsführers wirkte fast atemberaubend, wenn Kerry an den Kontext dieses Angebots dachte. Hinter Sarahs Rücken hatte Dane – über Lenihan als Mittelsmann – Mary aufgefordert, ihre Schwester und Kerrys politische Interessen zu verkaufen. Und jetzt forderte Dane – über Fasano als Mittelsmann – den Präsidenten auf, Mary, Lenihan, Sarah und seine eigene Frau zu verraten. Kerry konnte seinen Zorn nur zügeln, weil er so fasziniert von Fasano war. Wenn Fasano von Danes Angebot an Mary Costello wusste, war seine Selbstbeherrschung wahrhaft übermenschlich.

Ein weiterer Gedanke ging Kerry durch den Kopf. Auf einer abstrakten Ebene kaltblütiger Berechnung hatte das Angebot durchaus seine Vorzüge: der Tausch eines Vetos, bei dem er verlieren konnte, gegen den ungehinderten Versuch, ein Gesetz zu verabschieden, das sicherlich viele Menschenleben retten konnte. Und wenn Kerry scheiterte, hatte er immer noch die Möglichkeit, Fasano und die SSA offen anzuprangern.

Einen Moment lang war der Präsident sprachlos. Clayton hatte von Anfang an Recht gehabt. Kerry war gefangen im Netz seiner eigenen Absichten. Das Persönliche und das Politische waren so eng miteinander verwoben, dass er nicht mehr imstande war, sie voneinander zu trennen und seine eigenen Motive genau zu analysieren. Diesen einen Moment lang beneidete er Senator Fasano um seine innere Distanz.

Aber letztlich konnte es nur eine Antwort geben. »Nein«, sagte er zu Fasano.

Laras Griff um das Telefon wurde fester. »Mary«, sagte sie betont ruhig, »wenn wir das Geld zu solchen Bedingungen annehmen, wird der Vergleich wie eine Entschuldigung aussehen. Oder noch schlimmer.«

»Noch schlimmer?«

»Wie ein Ausverkauf. Auf jeden Fall wird Kerry Stimmen verlieren, die er braucht, um sein Veto aufrechtzuerhalten.«

Mary, die von ihrem Einzimmerapartment in San Francisco aus sprach, klang erschöpft. »Hast du gerade ›wir‹ gesagt, Lara?«

Lara wurde schlagartig klar, dass sie einen Fehler gemacht hatte. »Tut mir Leid«, sagte sie, »ich dachte an unsere Familie.«

»Das ist schön für dich«, antwortete Mary, »aber für mich ist es anders. Irgendwie warst du von Anfang an erfolgreich, schon als ich auf die Welt kam.«

Die Legenden einer Familie, dachte Lara traurig. »Damals war ich in der zweiten Klasse, Mary. Ich war sieben und hatte eine Scheißangst vor unserem Vater. Und jetzt bin ich eine Frau, die wie du ihre ganze Familie verloren hat, bis auf ihre Schwester.«

»Eine Frau«, wiederholte Mary in einem Ton, der Lara starrsinnig und abwehrend erschien, »die mit dem Präsidenten der Vereinigten Staaten verheiratet ist und bei NBC Millionen verdient hat. Wenn du ›wir‹ sagst, klingt das einfach falsch.«

Hör auf damit, dachte Lara. »Glaubst du vielleicht«, schoss sie zurück, »die acht Millionen der SSA werden dich ›erfolgreich‹ machen? Das ist, als würdest du unsere Mutter an diese Leute verkaufen.« Plötzlich hörte Lara sich selbst. »Tut mir Leid, Mary – ehrlich. Ich bin genauso mit den Nerven am Ende wie du. Ich weiß, dass ich großes Glück hatte und dass dein Leben ganz anders ist als meins. Aber dieses Angebot ist einfach grauenhaft.«

Mary schwieg, vielleicht bestürzt über die harte Auseinandersetzung mit ihrer Schwester. »Lara«, sagte sie schließlich mit bebender Stimme, »ich verkaufe unsere Mutter nicht, und auch Joanie und Marie nicht. Wenn es so wäre, hätte ich nicht Sarah angerufen. Es war doch klar, dass du es dann auch erfahren wirst.«

Das war nicht nur wahr, sondern es erinnerte Lara auch wieder an ihre Einmischung in Marys Prozess. »Bitte verzeih mir«, sagte Lara in besänftigendem Ton. »Ich weiß, es ist ein Unterschied, ob man Geld hat oder nicht ...«

»Nur dass ich diesen Unterschied nicht kenne, Lara. Bis jetzt hatte ich noch keine Gelegenheit dazu.«

Wieder musste Lara die Richtigkeit dieser Worte einsehen, und sie spürte die große Kluft zwischen sich und ihrer Schwester. »Ich kann dir helfen, Mary«, versprach sie fast schon verzweifelt. »Wenn es dir noch wichtig ist, kann ich dir bei der Suche nach einem Verlag für das Buch über unsere Familie helfen, von dem du mir erzählt hast. Ich tue alles, was ich kann.«

»Und wenn ich den Vergleich annehme?«

Lara überlegte sich ihre Antwort ganz genau. »Ein Buch mit einem solchen Ende kann ich mir nur schwer vorstellen, Mary.«

Ihre Schwester begann zu weinen.

Schon als Clayton das Büro betrat, konnte Kerry von seinem Gesicht ablesen, dass er sich Sorgen machte.

»Was ist los, Kumpel?«, fragte der Präsident. »Es war ein langer Tag.«

»Slezak will sich mit dir treffen.«

»Und ich dachte, mich kann nichts mehr überraschen. Wahrscheinlich hat er das mit Jeannie Griswold gehört.«

»Er wusste doch, dass du das durchziehen wirst«, widersprach ihm Clayton und ließ sich müde vor Kerrys Schreibtisch nieder. »Er sagt, es ist eine ›äußerst heikle‹ Privatangelegenheit, die nicht bis morgen warten kann. Und niemand darf wissen, dass er dich aufsucht.«

Plötzlich schwappte Claytons instinktive Angst auf Kerry über. Irgendwie dämmerte ihm, dass sich hinter Slezaks Unverschämtheit eine schreckliche Logik verbarg. Äußerlich ruhig antwortete er: »Klingt nicht unbedingt nach einer Entschuldigung, oder? Sag ihm, er soll noch heute Abend kommen.«

## 3

Mit bösen Vorahnungen empfing Kerry Jack Slezak in seinem Privatbüro.

Slezak saß mit überkreuzten Fußgelenken und gefalteten Händen auf einem Ohrensessel und hielt den gedrungenen Oberkörper leicht nach vorn geneigt. Bis auf ein leichtes Funkeln in seinen hellgrünen Augen, das ein gewisses Maß an Überheblichkeit verriet, hatte er das düstere Aussehen eines Betenden, der sich vor dem unerforschlichen Ratschluss Gottes beugte. Sogar seine Stimme klang andachtsvoll gedämpft.

»Es tut mir Leid, Mr. President. Ich musste persönlich kommen.«

Slezak wandte kurz den Blick ab. Kerry zweifelte keine Sekunde daran, dass auch diese Verlegenheit gespielt war. Der Präsident war sich inzwischen fast sicher, den Zweck von Slezaks Besuch zu kennen, und so lag keinerlei Freundlichkeit in seiner Stimme, als er fragte: »Was haben Sie mir zu sagen?«

Slezak, der immer noch vorgebeugt dasaß, bedachte den Präsidenten mit einem aufmerksamen Blick, der die roten Augenbrauen unter der breiten Stirn weit nach oben schob. »Ich habe einen Anruf erhalten. Der Mann sagte der Sekretärin, er spreche im Auftrag des Präsidenten des Gewerkschaftsverbandes AFL-CIO. So einen Anruf muss ich natürlich entgegennehmen.« Er beobachtete Kerry mit zögerndem Ausdruck, und seine Stimme wurde schroffer. »Es stellte sich heraus, dass ich den Mann nicht kannte. Er sagte, er habe eine Nachricht für Sie. Ich war so sauer, dass ich fast aufgelegt hätte. Dann dachte ich« – Slezak unterbrach sich mit einem ratlosen Achselzucken – »also, dass es sich vielleicht um eine Drohung gegen Ihr Leben handelt.«

Die stillschweigende Anspielung auf Jamies Ermordung und Kerrys lebensgefährliche Verletzung machten Slezaks Schauspielerei noch beleidigender. Mit der Andeutung eines kalten Lächelns sagte Kerry ruhig: »Aber darum ging es natürlich nicht.«

Slezak sah den Präsidenten scharf an, als er den Zweifel in seiner Bemerkung hörte. »Nein, es ging um die First Lady.«

Für Kerry fühlte sich sein eigenes Lächeln an, als könne er damit Glas zerbrechen. »Nur um Lara?«

»Nein.« Slezak blickte auf seine gefalteten Hände. »Er sagte, Sie und die First Lady hätten ein Verhältnis miteinander gehabt, als Sie noch mit Ihrer ersten Frau verheiratet waren.«

Obwohl Kerry darauf vorbereitet gewesen war, schnürte es ihm die Kehle zusammen. Erst nach einer kurzen Pause gelang es ihm, einen ironischen Ton anzuschlagen. »Ein Verhältnis? Hat sich der Anrufer wirklich so zurückhaltend ausgedrückt?«

Offensichtlich gereizt sah Slezak Kerry offen in die Augen. »Er sagte, sie sei von Ihnen schwanger gewesen und habe abgetrieben.«

Mit kaum verhohlener Verachtung flüsterte Kerry: »So ist das also.«

Slezak starrte ihn an. Schweigend saßen sie im fahlen Licht von zwei Stehlampen da. Kerry wurde langsam bewusst, was nun über Lara und ihn hereinbrechen würde – ein Unheil, das bis in die letzten Winkel ihres öffentlichen und privaten Lebens dringen würde.

»Aber das ist noch nicht alles«, fügte Slezak grob hinzu.

»Das dachte ich mir schon.«

Als vom Präsidenten keinerlei Ermunterung kam, sprach Slezak mit tonloser Stimme weiter. »Er sagte, sie hätten das Protokoll der Beraterin aus der Abtreibungsklinik, die Ihre Frau aufgesucht hat, und aus dem Protokoll geht hervor, dass Sie der Vater waren.«

Trotz Slezaks Anwesenheit stieg in Kerry die Erinnerung hoch. Lara war nur noch ein Nervenbündel gewesen, und er hatte sie vergeblich angefleht, das Kind zu bekommen. »Eine interessante Geschichte«, stellte Kerry kühl fest. »So detailreich. Hat Ihnen Ihr Informant auch mitgeteilt, warum er Ihnen das alles erzählt hat?«

Slezaks Augen wurden zu berechnenden Schlitzen. »Nicht genau. Er meinte nur, dass Sie schon wissen werden, ob es stimmt. Und ich auch, nachdem ich es Ihnen erzählt habe.«

Die stillschweigende Andeutung, dass Slezak nun ein Druckmittel gegen ihn in der Hand hatte, löste in Kerry ohnmächtige Wut aus. Er stand auf und sagte wegwerfend: »Dann wissen Sie jetzt, was Sie zu wissen glauben.«

Auch Slezak erhob sich, offenkundig angetrieben von aufgestauter Feindseligkeit. »Das Ende kommt erst noch«, erklärte er kurz angebunden. »Der Mann sagte, wenn Sie Ihr Veto gegen die Zivilrechtsreform einlegen, wird es jeder in Amerika erfahren.«

Das alles gehörte zu Charles Danes Plan. Für Kerry fügte es sich nun zu einem kristallklaren Mosaik zusammen. Die SSA hatte das Protokoll, und sie hatte Slezak Rückendeckung zugesagt, wenn er sich gegen den Präsidenten stellte. Slezak hielt sich für unangreifbar. Seine Komödie war Danes Botschaft an Kerry, der letzte Baustein einer dreiteiligen Strategie – dem das Vergleichsangebot an

Lenihan und Fasanos Vorschlag vorangegangen waren –, die den Präsidenten zum Schweigen bringen sollte. Vielleicht war Fasano eingeweiht, oder er war doch nur eine Schachfigur. Aber eins stand für Kerry zweifelsfrei fest, obwohl er es nicht beweisen konnte: Jack Slezak war ein Lügner, ein Mitwisser bei einer Erpressung.

»Haben Sie eine Ahnung«, fragte Kerry ruhig, »warum sie sich ausgerechnet Sie ausgesucht haben?«

Wer »sie« waren, blieb unausgesprochen. Slezak antwortete mit unverändert ausdrucksloser Stimme: »Weil sie wussten, dass ich die Botschaft weitergeben kann.«

»Zweifellos«, sagte Kerry und nickte in Richtung Tür. »Und jetzt gehen Sie bitte. Lara und ich haben nicht viel Zeit füreinander, und ich komme nicht gern zu spät zum Abendessen.«

Sie saßen auf dem Bett, als ihr Kerry alles erzählte.

Ihre Reaktion war noch niederschmetternder, als er es sich vorgestellt hatte: nichts als Tränen auf ihrem schmerzerfüllten Gesicht.

Kerry nahm ihre Hände. »Es tut mir Leid«, sagte er leise. »Es tut mir Leid, dass uns meine Präsidentschaft so viel Elend gebracht hat.«

In ihren Augen stand ein schwarzer Abgrund aus Entsetzen und Trauer. »Jetzt benutzen sie *uns*«, bemerkte sie in stiller Verwunderung, »um das öffentliche Andenken an meine Familie auszulöschen.« Sie streifte mit den Fingerspitzen einer Hand über ihre Wangenknochen, wie um sich die Tränen abzuwischen. »Und du, Kerry. Was ich getan habe, war einfach unfair dir gegenüber.«

Kerrys Gedanken schossen durcheinander: Das hatte Lara nicht verdient. Auch die, die an ihn glaubten – und eigentlich das ganze Land –, hatten es nicht verdient. Mit seinem Ehrgeiz, Präsident zu werden, hatte er jede Vernunft hinter sich gelassen. Aber jetzt war er Präsident und durfte nicht zulassen, dass ihm Liebe oder Angst vor der Zukunft den klaren Blick auf sein politisches Dilemma und die bitteren Entscheidungen verstellte, die er zu treffen hatte. Es war sinnlos zu wünschen, sie hätten diesen Augenblick nie erleben müssen.

»Ich liebe dich«, sagte er.

Bebend legte sie die Stirn an seinen Hals. »Auch dein Kind hättest du geliebt.«

Kerry hielt sie einfach in den Armen. Nach einer Weile flüsterte sie mit müder Stimme: »Wir haben keine Zeit für so etwas.«

Die gnadenlose Richtigkeit dieser Aussage ließ ihren Mann auffahren. »Doch, wir haben Zeit.«

»Aber nicht jetzt.« Sie beugte sich zurück. »Du bist Präsident. Und ich muss mich um Mary kümmern.«

Zu seiner Schande musste sich Kerry eingestehen, dass er noch gar nicht an Mary gedacht hatte. Selbst wenn er der Erpressung nicht nachgab, würde ein Skandal vielleicht dazu führen, dass er sein Veto nicht aufrechterhalten konnte, das ohnehin bereits an einem seidenen Faden hing. Doch gleich, wie ihre Entscheidung auch ausfiel, sie mussten auf jeden Fall Mary benachrichtigen.

»Das ist vielleicht sogar das Gute daran«, fügte Lara leise hinzu. »Mary wird mich bestimmt nie mehr um meine Vollkommenheit beneiden.«

Stumm dachte Kerry darüber nach, welche verheerenden Folgen er Lara durch seinen Versuch aufgeladen hatte, mithilfe von Marys Klage die SSA zu schwächen. Von Anfang an war er für Laras Familie tödliches Gift gewesen. Ich tu alles, was du willst, hätte er fast gesagt, aber nicht einmal dieses Versprechen konnte er ihr geben.

»Wir kennen beide die Spielregeln unserer Zeit«, erklärte sie bitter. »Ich mache die Medientour mit sämtlichen Stationen des Kreuzwegs und schleppe meine Sünden von Sender zu Sender. Und nach ein paar Tagen wird aus der Empörung Mitleid.«

Kerry stellte sich vor, wie sie dieses Ritual der Selbstgeißelung auf sich nahm: eine erniedrigende Mischung aus Melodramatik und Gewissensbissen, die so persönlich waren, dass sie sie gar nicht aussprechen konnte. Doch fast noch quälender empfand er Laras Klarsichtigkeit.

»Eher trete ich zurück«, sagte er, »als dass ich das zulasse.«

Ihr Mund öffnete sich zu einer Erwiderung, aber dann sah sie, wie ernst es ihm war.

»Und ich werde auch nicht zulassen, dass du mich um jeden Preis schützt.«

Kerry fühlte, dass der Konflikt aus Liebe und Politik sie in eine Sackgasse geführt hatte. Wieder dachte er darüber nach, dass jede Entscheidung, die sie treffen würden, Folgen hatte und dass es jetzt nicht mehr reichte, nur den persönlichen Preis einer lange zurückliegenden privaten Handlung zu berücksichtigen.

»Wir brauchen Rat«, sagte er schließlich. »Das können wir nicht allein entscheiden.«

Wieder stiegen Lara Tränen in die Augen. »Ich weiß«, antwortete sie.

## 4

Nachdenklich starrte Clayton auf den Teppich.

Es war kurz nach ein Uhr nachts. Selbst in einer Verwaltung, in der normalerweise hektische Betriebsamkeit herrschte, war der Westflügel um diese Zeit leer, und der Generalsekretär hatte unbemerkt ins Oval Office gelangen können.

Schließlich sagte Clayton leise: »Die werden es machen.«

Kerry schwieg. »Was hat Carlie dazu gemeint, dass ich so spät noch anrufe?«, fragte er nach einer Weile.

»Dass du seltsame Arbeitszeiten hast.« Clayton schaute zu ihm auf, den Versuch eines Lächelns auf den Lippen. »Sie weiß noch immer nichts von dieser Sache mit dir und Lara. In siebenundzwanzig Jahren war das das Einzige, was ich ihr verschwiegen habe.«

Und seit achtzehn Jahren war Clayton Kerrys engster Freund. Als er in Claytons rundes, vertrautes Gesicht blickte, musste Kerry wieder daran denken, dass er auf keinen besseren Freund hätte hoffen können. Er wusste, wie sehr es Clayton widerstrebte, Geheimnisse vor seiner Frau zu haben.

»Weiß sonst noch jemand Bescheid?«

»Nur Kit.«

Clayton nickte. Als eine landesweit erscheinende Zeitschrift während des Wahlkampfs kurz davor gestanden hatte, die Geschichte aufzudecken, hatten sie Kit einweihen müssen, um sie auf das Schlimmste vorzubereiten. »Aber sie weiß nichts über Slezak?«

»Noch nicht.« Kerry erhob sich, die Hände in den Taschen vergraben. »Ich brauche ihren Rat in dieser Sache.«

Clayton blies die Backen auf und ließ die Luft leise ausströmen. »Ich kann dir sagen, was sie dir raten wird, Kerry. Sie wird der Meinung sein, dass du diese Geschichte selbst an die Öffentlichkeit bringen musst.«

»Vielleicht. Aber ich brauche einen anderen Standpunkt. Ich werde das nicht mit unseren politischen Beratern durchkauen oder gar eine Gruppe von Experten zusammenrufen, die dann Laras Abtreibung erörtert, als wäre es die Kubakrise. Und selbst wenn so was in Frage käme, kannst du dir die Geschichten vorstellen, wenn jemand nicht dichthält?« Kerry überlegte. »Vor ein paar Wochen hätte ich vielleicht mit Chad darüber gesprochen. Aber das geht nicht mehr.«

Clayton sah ihn an, als würde ihm erst jetzt das Ausmaß von Kerrys Einsamkeit klar werden. »Soll ich Kit jetzt gleich holen?«

»Ja bitte. Wir haben keine Zeit zu verlieren.«

Eine Stunde später warteten Lara und Kerry auf nebeneinander gerückten Stühlen in seinem privaten Büro. Sie trug eine Bluse und Jeans, Kerry Sweatshirt und Khakihose. Als Kit und Clayton eintraten, legte Clayton Lara eine Hand auf die Schulter. Ohne aufzusehen, schob sie ihre Hand über seine. Dann setzte er sich zu Kit auf ein Sofa, das dem Präsidenten und der First Lady gegenüberstand.

Kits runde Gesichtszüge zeigten einen Ausdruck professioneller Nüchternheit, der ihre Sorge aber nicht verdecken konnte. »Slezaks Geschichte ist Quatsch.«

Kerry nickte. »Der Meinung sind wir auch.«

»Wenn Sie die SSA in diese Sache hineinziehen könnten«, fuhr Kit fort, »stünden Ihnen alle Möglichkeiten offen – moralische Entrüstung zum Beispiel. Aber ohne Sündenbock bleiben Ihnen nur wenige Optionen.«

»Leider sieht es danach aus. Außer wir reißen Slezak die Fingernägel aus, bis er Charles Dane verrät.«

Kit blickte kurz zu Lara und sprach dann wieder Kerry an.

»Vielleicht haben wir uns so an die Angst vor dieser Sache gewöhnt, dass wir vergessen haben, was wir doch alle wissen. Millionen von Frauen stehen vor dieser Wahl. Für diese Frauen wäre es völlig grotesk, dass Sie wegen so einer Geschichte erpresst werden. Die Leute haben mehr Mitgefühl, als die SSA vielleicht glaubt. Und unter Umständen auch viel mehr Wut.«

»Mitgefühl?«, schaltete sich Lara ein. »Nicht von den Medien. Ich stelle mir Populärmagazine wie *The O'Reilly Factor* vor, nur tausendmal verstärkt durch ultrarechte Talkshows. Wenn ich nicht die Wahrheit sage – dass Kerry die Abtreibung nicht wollte –, wird man uns als rücksichtsloses und krankhaft ehrgeiziges Paar hinstellen, das auf dem Weg zur Macht alles opfert.« Ihr Blick trübte sich. »Sie werden sagen, dass wir den Mord an meiner Familie ausgeschlachtet haben, um Sympathien zu gewinnen, aber ohne zu zögern unser eigenes Kind ermordet haben. Dass wir nur durch Lügen ins Weiße Haus eingezogen sind. Dass wir nicht hier bleiben dürfen, weil wir zu unmoralisch sind. Dass kein Kind in Amerika uns als Vorbild für private und öffentliche Integrität begreifen kann.«

»Auch wenn Sie die Wahrheit über Kerry sagen würden?«, fragte Kit leise.

Lara blickte kurz zu ihrem Mann. »Ich wäre dazu bereit. Aber Kerry meint wahrscheinlich ganz richtig, man würde mir vorwerfen, dass ich nur für ihn lüge, um seinen Ehebruch in ein besseres Licht zu stellen. Und ihm würde man vorwerfen, dass er sich hinter mir versteckt.

Aber das mit der Wut stimmt. Im ganzen Land würde es Angriffe und gegenseitige Beschuldigungen geben, bis Kerry und ich nirgendwo mehr hingehen könnten, ohne dass alle sofort an Abtreibung denken.« Ihre Stimme klang belegt. »Ich weiß, dass Kerrys erste Ehe gescheitert ist, weil Meg kein Mitleid wollte, und dass er alles aufgegeben hätte, um unser Kind zu haben. Aber im öffentlichen Leben gibt es keine Sympathie. Die konservativen Hardliner werden Leute wie Fasano dazu drängen, ihre positive Einstellung zu den Familienwerten zu beweisen, indem sie ein Exempel an Kerry statuieren. Sie werden mich benutzen, um ihn mit allen erdenklichen Mitteln aus dem Amt zu jagen.«

Lara war deprimiert und erschöpft von der Last ihrer Schuldgefühle. Sowohl Kit als auch Clayton hielten den Blick gesenkt.

Schließlich ergriff Kit das Wort. »Zugegeben, Abtreibung ist ein brisantes Thema. Die Rechten werden es zusammen mit der Waffenfrage benutzen, um den Graben zwischen den Kulturen in Amerika wieder aufzureißen. Sie werden sagen: ›Die Kilcannons teilen unsere Werte nicht.‹ Aber so schlimm, wie Sie es sich vorstellen, wird es nur, wenn wir der SSA das Mittel und den Zeitpunkt der Bekanntgabe überlassen.«

»Welches ›Mittel der Bekanntgabe‹ schlagen Sie vor?«, fragte Kerry. »Lara und ich haben nicht die Absicht, in die Prominenten-Talkshow von Barbara Walters zu gehen.«

»Geben Sie die Geschichte der *New York Times*«, drängte ihn Kit. »Oder besser der *Washington Post*. Da Lara für die *Times* über Sie berichtet hat, als Sie sich näher kamen, ist man dort vielleicht ein wenig verschnupft über Laras Moral. Wir könnten der *Post* ein Exklusivinterview gewähren, aber unter strengen Auflagen: Leute von rechtsaußen wie Pat Robertson dürfen nicht um ihre Meinung gefragt werden, das gesamte Interview muss wörtlich abgedruckt werden …«

»Und welchen Grund geben wir für diese Beichte an? ›Wir haben uns gedacht, dass Sie das wissen sollten‹? Wenn das wahr wäre, hätten wir es doch schon während des Wahlkampfs sagen können.«

»Das hätte Sie doch vielleicht um den Wahlsieg gebracht. Oder um die Ernennung von Caroline Masters. *Das* wäre zu weit gegangen.« Kits Ton klang zugleich beschwörend und fest. »Sie sind jetzt verheiratet, und Sie haben beide schon viel zu sehr gelitten. Die amerikanische Öffentlichkeit ist viel mitfühlender und vernünftiger, als uns die Extremisten beider Seiten weismachen wollen. Die Amerikaner werden verstehen, dass Sie unter dem Druck einer Erpressung von sich aus etwas preisgeben, was Sie sonst aus innerster Überzeugung für eine reine Privatangelegenheit halten.« Nach einer kleinen Pause kam Kit zum Schluss. »Das ist das andere, Mr. President. Wenn Sie nicht an die Öffentlichkeit gehen, kann man Ihnen vorwerfen, dass Sie eine Mitschuld an der Erpressung tragen.«

»Wenn ich mein Veto gegen die Immunität der Waffenhersteller einlege«, konterte Kerry, »gebe ich der Erpressung doch nicht nach.«

»Aber Sie spielen auch nicht mit offenen Karten. Sie müssen ohne Filter mit den Amerikanern reden. Einmal abgesehen von der *Washington Post*, ist Barbara Walters vielleicht gar keine so schlechte Idee. Wenn Sie der Öffentlichkeit erzählen können, was Sie durchgemacht haben – mit den passenden Verweisen auf die menschliche Fehlbarkeit und Ihren Glauben an Gott – wird sie Ihnen Gehör schenken …«

Clayton schaltete sich ein. »Das Medienzeitalter ist so durchdrungen von schlechtem Geschmack, dass wir völlig vergessen, was guter Geschmack ist. Egal, wie der Präsident und die First Lady es auch sagen, wie wollen sie verhindern, dass sich ihr Publikum vor Peinlichkeit windet? Und wie wollen sie verhindern, dass sie sich selbst winden? Wir brauchen einen identifizierbaren Feind, auf den wir die Aufmerksamkeit lenken können. Ein Interview könnte funktionieren, wenn wir ausreichendes Belastungsmaterial gegen die SSA hätten. Aber ohne Beweise würde die SSA wie das Opfer von zwei rührseligen Demagogen dastehen, die amerikanische Patrioten verleumden –, noch dazu, um ihre eigene Verkommenheit zu kaschieren.« Er wandte sich an Kerry. »Dann ist noch der Senat zu bedenken. Du weißt genau, wie schwer diese Auseinandersetzung über Waffen für alle Demokraten war, die nur mit knappem Vorsprung gewählt wurden. Diesen Leuten, die gegen ihre innerste Überzeugung zu dir gehalten haben, wird es vielleicht nicht reichen, deine Moral zu kritisieren. Vielleicht fühlen sie das Bedürfnis, dein Veto zu überstimmen, um dir eins auszuwischen.«

»Und das heißt?«

»Viele Menschen hassen die Medien. Ihre Abneigung wird sich gegen denjenigen richten, der diese Sache an die große Glocke hängt. Wenn es so weit ist, antworten wir mit einer knappen, würdevollen Erklärung und hoffen, dass die Geschichte bald an Sauerstoffmangel eingeht.«

»Sie werden sie nicht einschlafen lassen«, widersprach Kit. »Weder die Rechten noch die Medien.«

»Dann sollen sie sich in ihrer eigenen Scheiße suhlen, bis sich die Öffentlichkeit vor Langeweile und Ekel abwendet. Was bleibt ihr denn anderes übrig, wenn sich der Präsident dazu bekannt hat und sein Bedauern darüber geäußert hat, dass solch eine Privatangelegenheit von der Presse ausgeschlachtet wird?« Clayton sah die Kilcannons an. »Es tut mir ehrlich Leid, dass ihr so viel durchmachen müsst. Es ist viel einfacher für uns, euch zu sagen, was ihr tun sollt, als für euch, es zu tun. Aber Lara ist eine der meistbewunderten First Ladys der jüngeren Geschichte, und die Menschen bringen euch beiden große Sympathie entgegen. Ihr werdet auf noch größere Sympathie stoßen, wenn ihr diese Sache mit Anstand hinter euch bringt und eine deutliche Grenze zieht.« Claytons Augen blitzten. »Ich glaube, diese Geschichte wird auf jeden zurückfallen, der sie anfasst. Wenn ich Präsident wäre, würde ich mir sogar überlegen, sie Fasano zuzuspielen und ihn dann an den Pranger zu stellen, wenn sie herauskommt.«

»Klingt irgendwie verlockend«, antwortete Kerry mit einem angedeuteten Lächeln. »Aber wann wird das jemals enden?«

Clayton zuckte die Achseln.

»Es wäre wohl übertrieben«, warf Kit tapfer ein, »in nächster Zeit auf die Bekanntgabe einer Schwangerschaft zu hoffen.«

Niemand antwortete.

Nach kurzem Zögern wandte sich Kit wieder an Kerry. »Es gibt noch eine Option, die wir nicht übergehen dürfen. Ich bin mit Clayton der Meinung, dass Waffen ein schwieriges Thema sind, obwohl schon so viel passiert ist. Die Immunität für Waffenhersteller ist sogar noch schwieriger, vor allem wenn sie mit der Haftpflichtreform vermischt ist. Viele Leute mögen keine Zivilprozesse, und die Demokraten zahlen den Preis.« Kit schien sich noch einmal innerlich zu wappnen. »Zurzeit hängt der Erfolg oder Misserfolg Ihres Vetos von einer einzigen Stimme ab. Da müssen wir uns einfach die Frage stellen, ob dies das richtige Thema und der richtige Zeitpunkt sind. Rechtfertigt die kleine Chance auf einen ›Sieg‹ gegen die Haftpflichtreform, den viele demokratische Senatoren eigentlich gar nicht wollen, einen öffentlichen Skandal?«

»Ich soll also«, sagte Kerry, »zum Wohl der Partei einer Erpressung nachgeben. Und zu meinem eigenen Wohl natürlich.«

»Ich verstehe Ihre Empörung, Mr. President«, antwortete Kit mit ruhiger Stimme. »Aber Sie sind Präsident und haben die Verantwortung, über Ihre Gefühle hinauszusehen und die Tatsachen wahrzunehmen. Und diese Tatsachen haben sich seit heute Morgen geändert.«

Im Zimmer herrschte Schweigen. Kerry nahm Laras Hand und fragte: »Haben wir dem noch etwas hinzuzufügen?«

Der Blick seiner Frau wirkte müde, aber entschlossen. »Nur eins: Wenn du der Erpressung nachgibst, wird das nie ein Ende nehmen.«

Der Präsident wandte sich Kit und Clayton zu. »Vielen Dank«, sagte er. »Wir lassen euch wissen, wie wir uns entschieden haben.«

## 5

Lara hatte nur wenige Stunden unruhigen Schlaf hinter sich, als sie ihre Schwester anrief.

In San Francisco war es halb sechs Uhr morgens. »Was ist los?«, fragte Mary mit verschlafener und ängstlicher Stimme.

So gelassen wie möglich setzte Lara ihre Schwester ins Bild. Dann wartete sie auf eine Reaktion.

»Du hattest eine Abtreibung?«, fragte Mary erstaunt. »Davon wusste ich nichts.«

Lara glaubte in dieser Äußerung nicht nur Verblüffung wahrzunehmen, sondern auch Kränkung. Wieder einmal hatte sich Lara als unnahbare, überlegene Schwester erwiesen, die Hilfe oder Rat anbot, aber selbst nichts von ihrer Familie brauchte. »Niemand wusste es«, antwortete sie. »Es ging nicht nur um mich, sondern auch um Kerry. Ich konnte es niemandem sagen.«

»Außer einer Unbekannten«, verbesserte sie Mary sanft.

Diese Anspielung auf die Abtreibungsberaterin, die sie verraten hatte, riss Laras Wunde wieder auf und bedrohte ihre mühsam zurückgewonnene Ruhe. »Mary«, sagte sie gequält, »für mich ging damals alles in Trümmer. Ich hatte mich in einen verheirateten Senator verliebt, über den ich als Reporterin berichtete, und auf einmal war ich schwanger. Ich habe getan, was ich für das Beste hielt – für Kerry noch mehr als für mich. Aber ich war mir sicher, dass es aus war zwischen uns, dass es nicht weitergehen durfte. Deswegen habe ich den NBC-Auftrag als Kriegsberichterstatterin im Kosovo angenommen. Wenn ich geglaubt hätte, dass du oder jemand anders mir hätte helfen könn…« Die Erinnerung an ihre Hoffnungslosigkeit in dieser Zeit ließ sie verstummen.

»Du hättest zu uns kommen können«, beharrte Mary. »Wir waren deine Familie.«

»Vielleicht hätte ich zu euch kommen können«, räumte Lara ein. »Aber wenn unsere Mutter von meiner Abtreibung erfahren hätte, hätte es ihr das Herz gebrochen.« Lara hörte nur Hohlheit und Ausflüchte in ihren Worten. Die Wahrheit war einfach, dass sie nie in Betracht gezogen hatte, ihre Schwestern um Hilfe zu bitten, und auch nicht auf ihr Verständnis gehofft hatte. Vielleicht, dachte sie traurig, war die Rolle der erfolgreichen, vollkommenen Schwester für sie zu einer Gewohnheit und zu einer Art von geistiger Gefangenschaft geworden. Dann schoss ihr ein anderer Gedanke durch den Kopf, der ihr auf einmal so nahe liegend erschien, dass sie sich darüber wunderte, warum er ihr nicht eingefallen war, als es am wichtigsten gewesen wäre. So wie Kerrys Leben davon geprägt gewesen war, der jüngere Bruder von James zu sein, so war Lara zum Schaden aller Beteiligten der James Kilcannon ihrer Schwestern gewesen. »Mary«, begann sie zögernd, »es hat dich schon zu viel gekostet, dass du mich zur Schwester hast. Ich möchte nicht, dass du auch für meine Abtreibung bezahlst. Deshalb erzähle ich dir das alles.«

»Weil du nicht sicher bist, ob Kerry mein Verfahren vor der Einstellung schützen kann.«

In dieser stillen Bemerkung schwang für Lara – ob beabsichtigt oder nicht – die Erinnerung daran mit, dass Kerry auch ihre Familie nicht hatte schützen können. »Wenn du dieses Geld annimmst«, antwortete sie, »kann sich Kerry im Senat wahrscheinlich nicht durchsetzen. Aber wenn du es ablehnst und das mit der Abtreibung kommt heraus, verliert ihr vielleicht beide. Das wollte ich dir nicht verschweigen.«

»Und wenn er kein Veto einlegt? Das wollen sie doch.«

Lara wurde klar, wie schwer es ihr fiel, sich das vorzustellen.

»Dann verlieren wir alle«, sagte sie schlicht. »Aber ich lasse nicht zu, dass er meinetwegen so etwas tut. Ich nehme lieber in Kauf, was passieren wird.«

Nach längerem Schweigen fragte ihre Schwester leise: »Was würdest du an *meiner* Stelle tun, Lara?«

Lara ließ die Frage in sich nachhallen, um zu hören, ob im Tonfall ihrer Schwester Ironie gelegen hatte. Doch anscheinend hatte sie es ernst gemeint. »Ich bin nicht du«, antwortete sie. »Ich habe wirklich keine Ahnung. Ich kann dir nur versprechen, dass ich dich liebe und dich nie verurteilen werde, egal, wie du dich entscheidest.« Lara erkannte plötzlich, wie sehr ihr daran gelegen war, dass das stimmte. Sie kämpfte gegen ein Beben in ihrer Stimme an. »Mama, Joanie und Marie sind tot, nur wir zwei sind noch übrig. Es ist mir egal, was du mit der Klage machst. Ich will nur, dass du mich liebst und verstehst und mir verzeihst, dass meine Ehe so viel Unglück über unsere Familie gebracht hat.«

Mary schwieg, und Lara spürte, dass ihre Worte sie genauso überrascht hatten wie Lara selbst. »Werdet ihr das alles gut überstehen?«, fragte Mary mit seltsamer Scheu. »Du und Kerry, meine ich.«

So viel sie sich auch ausgemalt hatte, Lara wurde auf einmal klar, dass sie davor zurückgeschreckt war, sich die Folgen für das vorzustellen, was ihr am wichtigsten war. »Ich weiß es nicht«, antwortete sie leise. »Ich kann einfach nicht sagen, was mit uns passieren wird.«

»Das tut mir Leid«, sagte Mary genauso leise – ob aus Anteilnahme oder als Entschuldigung für das, was sie vorhatte, war für Lara nicht zu erkennen.

Kerry hatte sich in seine Wohnung zurückgezogen, um über seine Entscheidung nachzugrübeln. Er hatte Halsschmerzen vorgeschützt und ließ sich bei einem Frühstücksempfang des Council on Foreign Relations von Ellen Penn vertreten. Er hatte das Gefühl, immer mehr zu schrumpfen.

»Wie hat es Mary aufgenommen?«, fragte er Lara.

»Sie war sehr lieb.« Lara setzte sich neben ihn auf das Sofa. »Ich habe mich schon so daran gewöhnt, hinter ihren Worten unterschwellige Vorwürfe oder Ressentiments zu vermuten, dass ich sie inzwischen vielleicht schon selbst erfinde. Aber ich habe keine Ahnung, wie sie sich entscheiden wird. Ich habe ihr gesagt, dass es ganz bei ihr liegt. Jetzt bleiben also nur noch wir zwei.«

Kerry sah ihr von Schlaflosigkeit gezeichnetes Gesicht, das ihn mit einer fast unerträglichen Intensität an die ersten Tage und Nächte nach den Morden erinnerte. »Wie siehst du die Sache?«, fragte er.

»Am meisten würde mir helfen, wenn wir gewinnen. Das Zweitbeste ist, dass wir alles tun, was wir können.«

Kerry versetzte es einen heftigen Stich. »Bei Joanie dachte ich auch, dass ich alles tue, was ich kann. Auch bei der Entscheidung, die Sache mit Bowden öffentlich zu machen. Was dann passiert ist, weißt du ja.«

Lara berührte sein Gesicht. »Wenn man ständig die eigenen Schuldgefühle herumwälzt«, tröstete sie ihn, »bekommt man irgendwie einen klareren Blick für die Schuldgefühle anderer Menschen. Denk doch mal daran, wie viel Scherereien du dir erspart hättest, wenn du mich nicht geheiratet hättest.«

Kerry rang sich ein Lächeln ab. »Ach, ich wusste schon, dass da einiges auf mich zukommt. Aber ich konnte einfach nicht anders.«

»Ich auch nicht.« Laura dachte kurz nach. »Du bist das Risiko eingegangen, weil du mich liebst. Und ich war zu egoistisch, um dich nicht auch zu lieben. Ich dachte sogar, wir würden den Schmerz über die Abtreibung hinter uns lassen können, wenn wir ein Kind bekämen.«

Das hatte sie ihm noch nie gesagt. Ihre Worte berührten ihn mehr, als er es beschreiben konnte, auch wenn ihr Wunsch angesichts der späteren Geschehnisse eine traurige Naivität hatte. »Aber stattdessen sind wir im Hier und Jetzt«, antwortete er. »Was soll ich also tun?«

»Was du immer vorhattest: Leg dein Veto gegen die Zivilrechtsreform ein. Die einzige Frage ist, wann du es tust und wie du – falls überhaupt – die Öffentlichkeit über die Sache mit uns informierst.«

Gestärkt durch ihre Nüchternheit, fügte Kerry seine Gedanken zusammen. »*Wann* ist ganz einfach. Ich warte die verbleibenden acht Tage ab, bevor ich mein Veto gegen das Gesetz einlege, und dann sehen wir, ob wir der SSA vielleicht etwas anhängen können.«

Laras Gesicht verriet, dass sie wenig Hoffnung hatte. »Und der Rest?«

Kerry nahm sie bei beiden Händen. »Zuerst einmal musst du mir glauben, was ich dir jetzt sagen werde. Wenn ich nicht will, dass du im landesweiten Fernsehen auf Knien über Glasscherben rutschst, dann bestimmt nicht nur aus männlichem Stolz oder aus Liebe zu dir. Mir geht es darum, wer wir sind und wer wir sein sollten. Wenn wir zulassen, dass andere unser Verständnis von Identität verletzen, sind wir niemand mehr. Das ist nicht nur für einen Präsidenten verheerend, sondern für jeden Menschen.

Clayton kennt mich viel besser als Kit. Er würde es zwar nie zugeben, aber im Grunde hat er den Menschen angesprochen, der ich bin und der ich sein muss.« Kerry sah sie eindringlich an. »Und ich glaube, er hat auch für dich gesprochen. Wenn wir keine Grenze ziehen, wie werden wir uns später fühlen? Und würden wir damit nicht jedem eine Rechtfertigung geben, der die nächste oder übernächste Präsidentenfamilie zur Zielscheibe seiner schmutzigen Attacken macht? Auf welche Form der öffentlichen Zerknirschung müssten sich unsere Nachfolger verlegen, um unsere zu überbieten? Was auch kommen mag, ich möchte nicht, dass wir solch ein Erbe hinterlassen.«

»Dann werden wir es auch nicht tun«, antwortete Lara. »Was auch kommen mag.«

## 6

Am nächsten Morgen saß Sarah um neun Uhr neben Lenihan an Bonds Konferenztisch aus Mahagoniholz. Sie blickte kurz zu Nolan und Fancher und dachte an Danes Zwölfmillionenofferte, von der beide nichts wussten. Mary Costello stand vor einer äußerst schwierigen Wahl.

»Der erste Tagesordnungspunkt«, erklärte Bond, »ist die Festlegung einiger Termine. Zunächst für die Anhörung der Anträge der beklagten Parteien, die auf ein Urteil im beschleunigten Verfahren zielen. Und dann, sollten diese abgewiesen werden, für die Hauptverhandlung.«

Sarah warf Lenihan einen misstrauischen Blick zu. Nach seinem Versuch, hinter ihrem Rücken einen Vergleich zu schließen, hatten sie sich in einem vorsichtigen Waffenstillstand darauf verständigt, dass es für Marys Interessen am besten war, den Druck auf Lexington und die SSA zu verstärken, ganz gleich, ob man in die Hauptverhandlung zog oder das Vergleichsangebot in die Höhe trieb. Zu dieser Strategie gehörte es auch, sich von den politischen Ereignissen unbeeindruckt zu zeigen. Immerhin hatte Sarahs flüchtige Lektüre der *Times* an diesem Morgen bestätigt, dass drei Tage vor Ablauf der Vetofrist kein Senator geneigt schien, die Fronten zu wechseln. Wenn es so blieb – und Sarah sah keinen Grund dafür, warum es nicht so bleiben sollte –, würde der Senat Kilcannons Veto stattgeben.

»Geben Sie uns George Callister«, sagte Lenihan wie abgemacht, »dann kann es aus unserer Sicht ganz schnell gehen. Wir brauchen nur seine Aussage, um alle Anträge der Beklagten zu entkräften und uns auf die Hauptverhandlung vorzubereiten. Offen gesagt wäre es mir am liebsten, wir könnten ihn schon morgen vernehmen. Wenn Lexington seine Aussage nicht so lange verschleppt hätte, wären wir schon längst in der Hauptverhandlung. Nach Lage der Dinge wären wir bereit, binnen fünf Tagen nach seiner Vernehmung auf alle Anträge der Beklagten zu antworten und zwei Wochen später in die Hauptverhandlung zu gehen.«

»Dazu ist dieser Fall viel zu kompliziert«, protestierte Nolan.

»Ach?«, warf Bond spöttisch ein. »Ich hatte immer den Eindruck, dass er Ihnen ganz einfach erscheint. Ich denke da an Wörter wie ›unglaubwürdig‹ und ›unbegründet‹.«

»Wenn sie in großem Umfang zusammengetragen werden«, antwortete Nolan, »erfordern auch unglaubwürdige Argumente und unbegründete Behauptungen eine ausführliche Widerlegung. Die Vorbereitung unserer Anträge wird mehr Zeit in Anspruch nehmen als von Mr. Lenihan vorgeschlagen.«

»Womit wir wieder bei Mr. Callister wären«, entgegnete der

Richter. »Vor fünf Tagen habe ich Ihnen eine zweiwöchige Frist gesetzt, und die Anwälte der Klägerin beschweren sich zu Recht, dass noch immer weder Zeit noch Ort für die Vernehmung feststehen.« Bonds Ton verband Geduld mit einer Spur richterlicher Gereiztheit. »Ich habe im Rahmen des Offenlegungsverfahrens all Ihren Anträgen stattgegeben, auch wenn dies für Mr. Lenihan und Ms. Dash gelegentlich mit erheblichen Unannehmlichkeiten verbunden war. Wie steht es also mit Mr. Callister?«

Sarah erwartete, dass Nolan eine jammervolle Litanei über die schwierige Terminplanung für Callisters ausgedehnte Geschäftsreise anstimmen und um eine einwöchige Fristverlängerung bitten würde. Das würde Fasano genügend Zeit geben – falls er die nötigen Stimmen zusammenbrachte –, das Veto des Präsidenten zu kippen. Bond wusste das ganz genau. Sarah zweifelte nicht daran, dass seine Verstimmung nur gespielt war. Letztlich würde Nolan voller Unschuld fragen, was eine zusätzliche Woche für Mary Costello schon ausmachen könne, und Bond würde ihn in strengem Ton mahnen, dass er weitere Verzögerungen nicht dulden werde. Nichts als Komödie, eine Szene aus einem Stück von Gilbert und Sullivan.

»Mr. Callister«, erklärte Nolan gelassen, »ist bereit, seine Reise zu unterbrechen, um der Vorladung des Gerichts Folge zu leisten.« An Lenihan und Sarah gewandt fragte er: »Würde Ihnen ein Termin in fünf Werktagen in San Francisco passen?«

Drei Tage nach Ablauf der Vetofrist. Verblüfft spielte Sarah kurz mit dem Gedanken, auf einen noch früheren Termin zu dringen, fand aber keine Begründung für solch eine Forderung. Auch Lenihan schien nichts einzufallen.

»Hat es Ihnen die Sprache verschlagen?«, fragte ihn Bond. »Oder wollen Sie die Vernehmung in Ihrem Wohnzimmer durchführen?«

Lenihan sah kurz zu Sarah. »Nein, Euer Ehren. Unser Büro in San Francisco genügt mir völlig.«

»Gut, Mr. Lenihan. Dann nehmen wir uns jetzt die restlichen Termine vor.«

Als sie kurz darauf das Dienstzimmer des Richters verließen, schaute Sarah über die Schulter. »Was war *das* denn?«, flüsterte sie. »Ich dachte, ich würde eher Dr. Kimble zu Gesicht kriegen als George Callister. Warum sind die auf einmal so entgegenkommend?«

Lenihan machte eine Grimasse. »Vielleicht hat jemand aus Nolans Kanzlei unsere ganzen Vernehmungsprotokolle durchgesehen und ist dabei zu dem Schluss gekommen, dass Callister für uns völlig nutzlos ist. Und das betrifft auch unsere nächste Verabredung.«

Beide schwiegen. Die Verabredung war ein Termin mit Mary Costello, und ihre Bedeutung verdrängte jeden Gedanken an das Rätsel George Callister. Heute lief die Frist für Danes Angebot ab, und einmal mehr mussten sich Sarah und Lenihan als Kontrahenten gegenübertreten.

Sie trafen sich in Sarahs Büro. Selbst im Vergleich zu ihrem bisherigen stillen, verwirrten und häufig hilflosen Verhalten erschien Mary Costello ungewöhnlich kleinlaut. Aber so unverständlich war das nicht, dachte Sarah. Wie vielen Frauen wurden denn acht Millionen Dollar für ihre ermordeten Verwandten geboten?

Lenihan legte sofort los. »Es ist so weit. Die Frist läuft ab. Für die Beklagten ist das der Zeitpunkt maximaler Unsicherheit und für Sie der Moment maximaler Macht. Der Präsident ist drauf und dran, sein Veto einzulegen, Callister ist bereit zur Aussage, und der Termin für die Eröffnung der Hauptverhandlung steht fest. Gut möglich, dass Sie noch ein paar Millionen zusätzlich herausschlagen können.«

»Wenn der Präsident sein Veto durchsetzen kann«, entgegnete Sarah, »wird Ihre Macht noch viel größer werden. Lexington und die SSA wollen keine öffentliche Verhandlung, bei der unsere Beweise von den Medien hinausposaunt werden, und auch Fasano will das nicht. Selbst wenn Sie sich für einen Vergleich entscheiden – was ich nicht hoffe –, sollten Sie es nicht jetzt tun. Warten Sie bis zum Tag vor der Hauptverhandlung.«

Mary schaute sie so fest an, dass es wie eine künstliche Willensanstrengung wirkte. Sarah fiel etwas Merkwürdiges ein. Sie selbst hatte diesen Gesichtsausdruck als Teenager benutzt, wenn sie etwas vor ihrer Mutter verheimlichen wollte. Sarah fragte sich beunruhigt, ob Lenihan und Mary bereits eine Vereinbarung getroffen hatten und ob dieses Treffen eine Komödie war, die nur sie nicht durchschaute.

»Mary«, konterte Lenihan mit stillem Nachdruck, »die Macht, von der Sarah spricht, existiert nur, wenn der Präsident gewinnt. Wenn er verliert, und das ist durchaus möglich, ist Ihr Verfahren tot. Dann gibt es kein Geld, keine Hauptverhandlung und keine Gerechtigkeit für Ihre Familie…«

»Ist ein Vergleich unter Ausschluss der Öffentlichkeit Gerechtigkeit für ihre Familie?«, fragte Sarah. »Eine geheime Zahlung im Austausch gegen die Einstellung des Verfahrens, die dem Präsidenten vielleicht alle Chancen auf eine Durchsetzung seines Vetos raubt? Statt Leben zu retten, würde Mary der SSA helfen, damit nie wieder jemand gegen die Waffenindustrie klagen kann. Nennen wir die Sache doch beim Namen, Bob: Es ist Blutgeld.«

Röte kroch über Lenihans Hals. »Wenigstens hat die SSA dann bezahlt für das, was geschehen ist. Sie weiß es, und Mary weiß es auch. Es gibt tausend Möglichkeiten, mit einem Teil dieses Geldes das Andenken von Inez, Joan und Marie zu ehren, so wie es ihnen gefallen hätte.«

Auf wie viele verschiedene Arten, hätte Sarah am liebsten gefragt, kann man »käuflich« sagen? Sie spürte, wie sich ihr Magen zusammenkrampfte, und entschied nach einem Blick auf Mary, dass Schweigen wohl wirksamer war als alles Reden.

Mary hielt den Kopf gesenkt und rieb sich die Augen. Selbst Lenihan merkte, dass es besser war, nichts zu sagen. Beide beobachteten Mary stumm.

Nach einer Weile richtete Mary den Oberkörper auf und sah Lenihan an. Ihre Stimme war leise und klar. »Ich kann es einfach nicht. Egal, was passiert.«

Kurz stieg in Sarah Jubel hoch. Aber in Marys Worten lag kein Trotz, keine Hoffnung auf einen öffentlichen Triumph. Nur eine seltsame Resignation, ein müder Fatalismus. Vielleicht war sie erschöpft von der Qual dieser Entscheidung, aber Sarah hätte ihr mehr Begeisterung gewünscht.

Lenihan hakte sofort nach. »Was wollen Sie damit sagen, Mary?«

»Dass es falsch ist, von diesen Leuten Geld anzunehmen.«

Plötzlich lag ein Anflug von Entschlossenheit in ihrer Stimme. »Das können Sie ihnen von mir bestellen.«

In den zwei Tagen nach Lenihans Anruf saß Charles Dane am Telefon, um Fasano unter Druck zu setzen und Senatoren zum Frontenwechsel zu überreden. An der Oberfläche blieb in Washington – auch was das Schweigen des Weißen Hauses betraf, das nur Dane als unheimlich empfand – alles unverändert.

Am letzten Tag erschien Kerry Kilcannon im Pressesaal des Weißen Hauses. »Heute Morgen«, begann er, »habe ich mein Veto gegen die Zivilrechtsreform eingelegt...«

## 7

Einen Tag nach dem Veto und zu einem Zeitpunkt, der garantierte, dass sie in den nächsten vierundzwanzig Stunden die Schlagzeilen und Fernsehkanäle beherrschen würde, wurde die Geschichte lanciert.

Kurz nach acht Uhr am Morgen erschien Kit Pace mit bleichem Gesicht im Büro des Präsidenten und überreichte ihm den Ausdruck einer ultrarechten Internetkolumne. Die Darstellung war vernichtend: Kerrys Verhältnis mit Lara habe schon zur Zeit seiner ersten Ehe begonnen; Lara habe während ihrer »zweijährigen geheimen Affäre« für die *New York Times* über das Capitol berichtet; Lara sei schwanger geworden; sie habe »das ungeborene Kind von Senator Kilcannon abgetrieben«; sie habe einen Auftrag in Übersee angenommen, um seine politische Zukunft nicht zu gefährden; nach Kerrys Scheidung und »der Vertuschung ihres Geheimnisses« hätten sich »Kilcannon und Costello als neu liiertes Paar ausgegeben und die Wahrheit verschwiegen, um als Lieblinge Amerikas in den Präsidentschaftswahlkampf zu ziehen«; und schließlich sei »ihr Einzug ins Weiße Haus das Ergebnis eines kaltblütigen Kindesmordes und einer kühl kalkulierten Täuschung, mit der sie nicht nur ihre moralische Untauglichkeit kaschieren, sondern sich auch bei einer arglosen Wählerschaft einschmeicheln wollten«. Die Story war begleitet von einer wörtlichen Abschrift des Protokolls der Beraterin, das diese nach der Abtreibung mit der Zusicherung strengster Vertraulichkeit angefertigt hatte, als Lara, die noch betäubt war von der Narkose, ihren Emotionen freien Lauf ließ.

Kerry hatte diese Aufzeichungen nie gesehen. Die Niedergeschlagenheit, die darin zum Ausdruck kam, riefen die schmerzliche Erinnerung an seine eigene Verzweiflung ihn ihm wach. Immer wieder hatte er versucht, Lara telefonisch zu erreichen, und sie auf dem Anrufbeantworter angefleht, ihr Kind zu retten. Dann war er zu ihrer Wohnung gerast, hatte sie aber nicht mehr angetroffen. In ihrem letzten Anruf, nach dem schon alles vorbei war, hatte sie ihm gesagt, dass sie sich geliebt hätten, ohne einander Schaden zufügen zu wollen, dass es aus sei und dass sie ins Ausland gehe. »Ich muss ganz von vorn anfangen«, hatte sie mit brechender Stimme erklärt. »Bitte, wenn du mich noch liebst, dann mach es mir nicht noch schwerer …« Dann war sie verstummt, und nach einem Klicken hatte er nur noch das Besetztzeichen gehört.

Kerry blickte auf und wusste sofort, dass Kit alles gelesen hatte. Schon in wenigen Stunden würden sich die Verlegenheit und der Schmerz, die er in ihrem Gesicht sehen konnte, in den Herzen und Köpfen aller Amerikaner widerspiegeln – wenngleich häufig mit weniger Anteilnahme –, die sich in Reichweite eines Fernsehers befanden, eines Radios, eines Computers, eines Telefons, einer Zeitung, eines Freundes, Nachbarn, Kollegen oder eines Unbekannten im Lebensmittelladen, der die Geschichte zuerst gehört hatte. Seine Widersacher hatten nicht mehr getan als nötig: Die Internetkolumne war ein Stein, der in einen elektronischen See geworfen worden war, und schon bald würden die Wellen das Ufer erreichen.

»Ich habe schon Kopien unserer Erklärung gemacht«, sagte Kit. »Wenn wir sie nicht sofort abgeben, beginnt ein Medienrun, und tausende von Reportern werden sich um die neuesten Details prügeln. Wenn Sie gleich vor die Öffentlichkeit treten, können wir der Sache wenigstens die Spitze nehmen.«

Kerry schaute noch einmal auf das Protokoll der Beraterin und schüttelte den Kopf. »Ich glaube nicht, dass unsere Erklärung das abdeckt. Es reicht nicht.«

Als Kit gegangen war, rief Kerry zuerst Lara und nach einem kurzen, schwierigen Gespräch Mehrheitsführer Chuck Hampton an. Dann nahm er einen Schreibblock zur Hand und machte sich rasch Notizen.

Um Viertel nach neun erschien der Präsident im Pressesaal des Weißen Hauses. Fassungslos starrte Frank Fasano mit Senator Paul Harshman auf den Fernseher in seinem Büro. Fasano hatte erst vor zwanzig Minuten von der Sache Wind bekommen, und ihn beschlich ein Gefühl von Beklommenheit, als er versuchte, den Gang und die Bedeutung der Ereignisse um Kerry Kilcannon einzuordnen.

Der Präsident wirkte düster und gefasst. »Ich habe eine kurze Erklärung abzugeben«, begann er. »Ich nehme keine Fragen entgegen.«

»Mein Gott«, sagte Fasano, »es stimmt also.«

»Natürlich stimmt es«, antwortete Harshman mit bitterem Hohn. »Der einzige Wert für ihn war schon immer der Machtgewinn.«

Diese ätzende Bemerkung löste in Fasano einen kurzen Reflex von Mitgefühl für den Präsidenten aus, obwohl er über dessen persönliches Verhalten entsetzt war. Im Fernsehen trat ein Anflug von Verachtung in Kilcannons Stimme. »Vor zehn Tagen kam Senator Jack Slezak ins Weiße Haus. Er teilte mir mit, er habe eine Warnung erhalten – anonym, wie er mir versicherte –, dass bestimmte Tatsachen aus meinem Leben vor Antritt des Präsidentenamts an die Öffentlichkeit dringen würden, falls ich mein Veto gegen die Zivilrechtsreform einlege.«

Dane, dachte Fasano. Nur so ließ sich die Zuversicht erklären, mit der der SSA-Präsident auf einen Sieg über Kilcannon gebaut hatte. Ein kurzer Blick auf Harshman bestätigte Fasano in seiner Vermutung, dass der Senator von nichts wusste. Dane hatte mehrfach gezielte Andeutungen fallen lassen, um Fasano zur gleichen Zeit wie Kilcannon zu verstehen zu geben, welches Geheimnis hinter dem Ruin des Präsidenten steckte, und Fasano auf diese Weise zum Mitwisser der geheimen Machtausübung der SSA gemacht. Nie wieder würde Fasano daran zweifeln, dass man einen hohen

Preis bezahlen musste, wenn man sich Charles Dane entgegenstellte.

»Gestern«, fuhr Kilcannon fort, »habe ich mein Veto eingelegt. Heute Morgen erschien in einer Internetkolumne eine Geschichte über meine Beziehung zu Lara vor unserer Verlobung. Was die Fakten angeht, ist diese Geschichte wahr, nicht aber hinsichtlich der Darstellung unserer Motive und Gefühle.«

»Sogar das mit der Abtreibung«, murmelte Fasano. Er war zutiefst davon überzeugt, dass Abtreibung das Auslöschen eines Menschenlebens war. Dieser Vorgang veranschaulichte auf besonders drastische Weise die Kluft zwischen Fasano und einem Mann, dem es seiner Meinung nach an geistigen Werten fehlte: ein Katholik, der angeblich an die Lehren seiner Kirche glaubte; ein Präsident, der »widerstrebend« unterschied zwischen seinen religiösen Anschauungen und dem, was der Staat den Menschen in ihrem Privatleben vorschreiben durfte; ein Ehebrecher, dem nicht einmal das Leben seines eigenen Kindes etwas bedeutete. In gnadenloser Selbstwahrnehmung erkannte Fasano, dass ihn die Empörung über Kilcannons Handlungsweise bald von seinem Entsetzen darüber distanzieren würde, wie Dane die Situation ausgeschlachtet hatte. Schon in Kürze würde er in der Lage sein, die Auswirkungen der Ereignisse auf das öffentliche Leben kühl zu analysieren.

»Es ist vorbei«, sagte er. »Auf jeden Fall mit dem Veto und vielleicht sogar mit seiner Präsidentschaft.«

»Wenn wir jetzt nicht in die Offensive gehen«, pflichtete ihm Harshman bei, »verdienen wir es nicht, Senatoren zu sein.«

Harshmans Worte machten Fasano deutlich, wie schwierig es sein würde, die richtige Balance zwischen Zurückhaltung und Unerbittlichkeit zu finden, um sich einerseits nicht den Unmut der Öffentlichkeit zuzuziehen, aber andererseits die Gunst der Stunde zu nutzen. Er wandte seine Aufmerksamkeit wieder dem Präsidenten zu.

»Aber es gibt eine tiefere Wahrheit«, sagte Kilcannon mit fester Stimme. »Das Leben eines Menschen ist so komplex wie die Gründe dafür, dass er glücklich oder traurig ist. Ich hatte das Glück, der Frau zu begegnen, die für mich bestimmt war. Ich glaube nicht, dass ich das Wie und Warum zu erklären habe, und ich bin überzeugt davon, dass sich auch Lara nicht für eine Entscheidung rechtfertigen muss, die anderen Frauen ohne Weiteres zugestanden wird. Für mich ist das eine Frage des Anstands.«

»Von wegen Anstand«, höhnte Harshman. Aber das erstaunte Stimmengewirr der Pressevertreter war verstummt.

»In jedem Leben«, setzte der Präsident hinzu, »gibt es Entscheidungen, die uns noch lange, nachdem sie gefallen sind, den Schlaf rauben. Nicht alle Menschen würden die gleichen Entscheidungen treffen. Aber ich glaube nicht, dass man für eine Karriere im öffentlichen Leben mit einer öffentlichen Hinrichtung bezahlen sollte. Ich vertraue darauf, dass uns das amerikanische Volk nach dem beurteilen wird, wie wir die uns übertragene öffentliche Verantwortung erfüllen.« Kilcannon schaute mit freimütigem Blick in die Kamera. »Was diese Verantwortung angeht, werden wir stets unser Bestes geben. Doch in dieser rein privaten Angelegenheit werden von unserer Seite keine weiteren Erklärungen folgen.«

Mit diesen Worten wandte er sich zum Gehen. »Mr. President«, rief eine Frauenstimme, »wollen Sie damit zum Ausdruck bringen, dass Mrs. Kilcannon nicht mehr als Sprecherin in der Waffenfrage auftreten wird?«

Der Präsident ging weiter. Doch plötzlich drehte er sich um und starrte die Fragestellerin kalt an. »Ich wollte nichts dergleichen zum Ausdruck bringen. Und wenn Sie unsere Privatangelegenheiten breittreten wollen, müssen Sie ohne unsere Hilfe auskommen.«

Danach verließ Kilcannon den Saal.

»Also?«, fragte Harshman.

»Er hat wirklich Nerven, das muss man ihm lassen.« Fasano schlug einen nachdrücklichen Ton an. »Ich will, dass unsere Führung sich sofort in meinem Büro versammelt. Wir müssen diszipliniert sein und es anderen überlassen, dem Präsidenten den Gnadenstoß zu versetzen. Keiner unserer Senatoren darf auf CNN erscheinen, solange wir die öffentliche Stimmung noch nicht ausgelotet haben.«

»Meinen Sie nicht«, widersprach ihm Harshman, »dass wir die öffentliche Stimmung offensiv beeinflussen sollten?«

Fasano musterte ihn. »Haben Sie sich schon mal überlegt, wo

diese Geschichte herkommt? Kilcannon hat sich bestimmt schon Gedanken in dieser Richtung gemacht. Vielleicht erinnern Sie sich noch an meinen Vorgänger, den einst so mächtigen Macdonald Gage.« Er verlangsamte seine Rede, um jedes Wort zu betonen. »Angenommen, Kilcannon findet heraus, wer diese Geschichte in Umlauf gebracht hat. Wenn das passiert, sollte man besser nicht wie das Sprachrohr dieses Informanten dastehen. Also tun Sie uns – und sich selbst – einen Gefallen, Paul. Halten Sie den Mund.«

Bevor Harshman antworten konnte, ertönte ein Summton auf Fasanos Sprechanlage. »Lassen Sie alles liegen und stehen«, sagte sein Generalsekretär knapp, »Hampton wird eine Rede halten.«

In der einen Minute, die Fasano von seinem Büro bis zur Tür des Senatssaales brauchte, hatte Chuck Hampton bereits begonnen.

»Ich kann mich hier nicht über das Privatleben des Präsidenten und der First Lady äußern«, begann er. »Ich kann nur sagen, dass es allein ihre Angelegenheit ist. Der Präsident hat in der für ihn typischen Art offene und direkte Worte gefunden und eine Grenze gezogen, die wir alle respektieren sollten. Aus diesem Grund vertraue ich darauf, dass die heutigen Ereignisse keine Auswirkungen auf sein Verhältnis zu den Mitgliedern dieser Versammlung haben werden.«

Hoffen ist erlaubt, dachte Fasano bissig. Er hörte die Anspannung in Hamptons Stimme und spürte, welchen Schock sein Rivale erlitten haben musste. Es war ein entscheidender Moment für Hamptons Führungsstellung. Nach Fasano drängten immer mehr Senatoren zurück in den Saal – unter ihnen Vic Coletti und Cassie Rollins –, und es herrschte knisternde Spannung.

»Erpressung«, erklärte Hampton mit erhobener Stimme, »ist niederträchtig. Der Verantwortliche verdient unsere Verachtung. Und es scheint, dass der Verantwortliche Kerry Kilcannon nicht kennt.

Von solch einer schäbigen Taktik lässt sich dieser Präsident nicht in die Knie zwingen. Und kein Erpresser, der zu feige ist, sein Gesicht in der Öffentlichkeit zu zeigen, kann etwas an den Vorzügen – oder den fehlenden Vorzügen – dieses Gesetzes zur Zivilrechtsreform ändern.«

Offensichtlich zielte Hamptons Anstrengung darauf, den Schaden zu begrenzen und seine Gefolgsleute bei der Stange zu halten. Macdonald Gage war neben Fasano getreten und betrachtete Hampton mit kühlem Blick, der nichts von seiner Freude über die harte Vergeltung gegen einen Präsidenten verbarg, der ihn zu Fall gebracht hatte.

»Wir können nur hoffen«, beschwor Hampton den Senat, »dass diese schändliche Tat nicht zu einem weiteren Verlust von Anstand und Mitgefühl im öffentlichen Leben führt. Denn wenn nur der Vollkommene mit Mitgefühl rechnen dürfte, gäbe es für keinen von uns Gnade.«

»Wie richtig«, sagte Gage mit stiller Bitterkeit, »und wie passend, dass sich Hampton ausgerechnet jetzt daran erinnert.« Aber Fasano hörte eine andere Moral als die, die Gage gemeint hatte. Gage hatte dem Mann, der das Leben von Chad Palmers Tochter zerstört hatte, zu nahe gestanden, und Kilcannon hatte ihn dafür zahlen lassen. Fasano hatte nicht die Absicht, sich seinem Nachfolger in den Reihen der lebenden Toten anzuschließen.

Hamptons Blick ging über den inzwischen fast vollen Saal. »Der Philosoph Hobbes hat gesagt, der Mensch sei des Menschen Wolf. Dies beschreibt den derzeitigen Zustand unserer Politik – das Überleben nicht der Tüchtigsten, sondern der Gemeinsten, das Anzetteln von Medienskandalen durch Gruppen oder Personen, die ihre ideologischen Gegner vernichten wollen –, ein Zustand, der jeden Anstand aus dem öffentlichen Leben zu vertreiben droht. Schon jetzt kostet uns dies die Dienste fähiger Männer und Frauen, die in der Öffentlichkeit eine Vorbildrolle übernehmen könnten. Und es führt wie das langsame Tropfen von Wasser auf Stein zum Verschwinden aller Nachsicht und der Fähigkeit, andere als Gesamtperson wahrzunehmen und wertzuschätzen. Martin Luther King war ein Ehebrecher und hat dennoch eine ganze Nation zu mehr Edelmut bekehrt…«

»Martin Luther King«, spottete Gage flüsternd. »Warum nicht gleich Jesus Christus? Wenn Chuck so verzweifelt ist, dass er die alten Sünden von Martin ausgräbt, dann muss es wirklich schlecht um Kilcannon stehen…«

Aber Fasano war sich noch nicht ganz sicher.

Nach Hamptons Rede nahm Palmer die Untergrundbahn des Senats durch die grauen Katakomben, die die Eingeweide des Kongressgebäudes durchzogen. Seine Kollegen und ihre Assistenten wirkten hier wie grimmige Höhlenbewohner, die sich vor der großen Welt draußen fürchteten.

Cassie Rollins saß in dem offenen Wagen neben ihm. »Was meinen Sie?«

Chad wandte sich ihr zu und sagte mit sehr leiser Stimme: »Ich hatte gehofft, dass ich so etwas nie wieder erleben muss.«

Cassie berührte ihn am Arm. Schweigend fuhren sie bis zur Haltestelle.

Als sie den Aufzug betraten, fragte Chad: »Möchten Sie mit mir zusammen die Kabelnachrichten ansehen?«

»Ja gern. Vielleicht nicht schlecht, einen ersten Eindruck zu gewinnen.«

Im Gang vor Chads Büro drängten sich Reporter mit Kameras und Mikrofonen. »Was halten Sie von der Erklärung des Präsidenten?«, fragte jemand die beiden Senatoren.

Cassie schüttelte den Kopf. Im Vorbeigehen blaffte Chad die Medienvertreter an: »Chuck Hampton hat mir aus der Seele gesprochen. Sie können an meiner Stelle Bilder von *ihm* zeigen.«

Als sie in seinem Büro ankamen, flüsterte Cassie: »Das wird Frank nicht gefallen.«

»Scheiß auf Fasano. Er hat zwar meine Stimme gekauft, aber nicht das Recht, mich zu einem Armleuchter wie Harshman zu machen.« Palmer drückte auf die Fernbedienung, und CNN erschien.

Eine halbe Stunde CNN bestätigte Fasano in seiner inständigen Hoffnung, dass die SSA Schweigen bewahrte. Es blieb Reverend Bob Christy, dem onkelhaften Leiter von Christian Commitment, überlassen, den Ton für das Trommelfeuer der Ultrarechten anzugeben, das vom Zeitpunkt der Presseerklärung des Präsidenten bis zum letzten Nachtjournal und darüber hinaus noch in den endlosen Gefilden des Cyberspace anhalten würde.

Christy sprach aus seinem Büro in Charlotte, North Carolina, mit der Moderatorin. »Paula, dies ist *keine* Privatangelegenheit.

Dieses Verhalten steht beispielhaft für die unmoralische Politik, die dieser Präsident und diese First Lady vertreten.

Wie viel besser verstehen wir jetzt die Ernennung der Abtreibungsbefürworterin Caroline Masters zur höchsten Richterin!

Wie viel besser begreifen wir jetzt den allzu persönlichen Eifer des Präsidenten, wenn es um das Töten Ungeborener geht?

Wie viel krasser erweist sich jetzt der Widerspruch zwischen dem Kampf der First Lady um ›Menschenleben‹, wenn der Mörder eine Waffe trägt, und dem Auslöschen eines unschuldigen Menschenlebens, das Gott in ihre Hände gelegt hat...«

Fasano wusste, dass es kein Zurück mehr gab. Nicht wenn ein frömmelnder Sprücheklopfer wie Bob Christy Fasanos tiefste Überzeugungen aussprechen konnte. Dane hatte alles brillant eingefädelt. Die Heerscharen der kulturellen Rechten – die Fundamentalisten, die Abtreibungsgegner und die Hüter traditioneller Werte – waren für die Republikaner genauso lebenswichtig wie die SSA und würden in ihrem neu angestachelten Abscheu gegen Kilcannon seine Entmachtung fordern. Für Fasano wurde es nun zur unvermeidlichen Aufgabe, dies zu bewerkstelligen, ohne dabei seine staatsmännische Aura zu verlieren.

»Die entsetzliche Wahrheit ist«, erklärte Reverend Christy salbungsvoll, »dass Lara Kilcannon das Andenken an ihre eigene Familie missbraucht, um eine zynische, weltliche und abtreibungsfreundliche Regierungspolitik zu unterstützen, dass sie uns aufgefordert hat, um ihre sechsjährige Nichte zu trauern, nachdem sie ihr eigenes ungeborenes Kind getötet hat...«

Fasano schaltete aus.

# *8*

Um ein Uhr mittags erhielt Fasano einen Anruf von Charles Dane.

Die Medien waren in vollem Aufruhr, allerdings ohne die Hilfe eines einzigen republikanischen Senators, so wie es Fasano angeordnet hatte. Auch von den Demokraten war mit Ausnahme Hamptons bisher noch keiner dem Präsidenten zu Hilfe geeilt. Auf

CNN stritt sich eine Abtreibungsgegnerin mit einer prominenten Abtreibungsbefürworterin. Diese Diskussion stand beispielhaft für einen Krieg der Ideologien, der nach Fasanos Einschätzung allein schon wegen seiner Thematik schädlich für das Ansehen der Kilcannons war.

»Wie es scheint«, sagte Dane heiter, »ist uns Gott wohlgesonnen.«

Die Bemerkung enthielt für Fasano eine unterschwellige Anspielung auf ihre Komplizenschaft. Er konnte sich eine bissige Frage nicht verkneifen. »Haben Sie mit Gott Rücksprache gehalten?«

»Das war nicht nötig, Frank. Er spricht durch Reverend Christy zu mir. Das Christian Commitment startet eine landesweite Fernsehkampagne, in der den Kilcannons moralische Untauglichkeit zur Führung Amerikas bescheinigt wird. Die Stammwähler der Republikaner waren nicht mehr so aktiv, seit Kilcannon Caroline Masters als oberste Richterin durchgeboxt hat.« Danes Ton wurde gebieterisch. »Ihre Anhänger wissen, dass die Überstimmung von Kilcannons Veto die beste Chance zum Zurückschlagen ist. Das Waffenrecht wird damit zu der Frage, die dem kleinen Scheißer das Genick brechen wird.«

Unter diesem Gespräch lief als Subtext ein anderes, dachte Fasano: Dane hatte Kilcannons Sturz in Gang gesetzt; Fasanos Mitwisserschaft machte Dane zum Besitzer eines Winkels seiner Seele; und in der aktuellen politischen Situation musste Fasano die Anweisungen der SSA ausführen.

»Meine Pflicht ist es zu gewinnen«, konterte Fasano, »und nicht einfach so schnell wie möglich eine Abstimmung anzusetzen. Bei der letzten Abstimmung über die Gesetzesvorlage haben alle Republikaner bis auf Leo Weller zu mir gehalten. Kilcannon hatte nur vierunddreißig Stimmen – alles Demokraten. Die Stimmen, die Sie brauchen, werden vielleicht von den Demokraten kommen müssen. Bevor ich eine Abstimmung über das Veto ansetze, möchte ich sicher sein, dass ich die nötige Zweidrittelmehrheit habe.«

»Ziehen Sie die Abstimmung durch«, polterte Dane. »Weller ist reif. Dieser Skandal gibt ihm Rückendeckung, um sich gegen Kilcannon zu wenden. Außerdem kann er dadurch von seinem Asbest-Fiasko ablenken. Setzen Sie die Abstimmung an, und wir werden dafür sorgen, dass Sie gewinnen. *Sie* müssen nur Palmer und Ihre Scheißmoderaten an der Leine halten und das durchziehen. Als Nächstes steht dann auf dem Programm, dass Kilcannons Waffengesetz gekippt wird.«

Danes offenkundige Eile rief in Fasano wieder die Frage wach, ob ihn der Verlauf des Costello-Prozesses beunruhigte oder ob er sich vielleicht Sorgen machte, dass der Skandal des heutigen Tages bis zu seiner Tür zurückverfolgt werden konnte. Aber seine Forderung war auch objektiv sinnvoll. Nach dem Schock der Enthüllungen um Kilcannon lag die größte Macht politischer Einflussnahme bei Fasano. Zugleich erhöhte sich damit der Druck auf den Mehrheitsführer, den Kräften etwas zu bieten, deren Unterstützung er brauchte, um selbst Präsident zu werden. Dane hatte sich eine perfekte Falle für Fasano ausgedacht. Er und Kilcannon standen sich nun wie zwei Skorpione in einer Flasche gegenüber.

»Wenn Sie mir Leo auf einem Tablett servieren«, sagte Fasano, »bekommen Sie Ihre Abstimmung.«

Kurz vor sechs traf Cassie Rollins in Fasanos Büro ein. Winterliche Dunkelheit war hereingebrochen, und das schwarze Viereck von Fasanos Fenster umrahmte einen fern wirkenden, von Laternen beschienenen Ausblick auf die Ellipse. Irgendwie wusste Cassie, dass es draußen kalt war.

»Nun?«, erkundigte sich Fasano.

Die einsilbige Frage enthielt die Erinnerung an ihren Verrat in der Frage der Immunität für Waffenhersteller und den Hinweis, dass sie das Wohlwollen ihres Fraktionsführers zurückgewinnen musste, wenn sie nicht im politischen Abseits landen oder sogar einer Niederlage bei den Vorwahlen und damit dem demütigenden Ende ihrer politischen Karriere ins Auge schauen wollte.

»Wie wollen Sie mit dieser Sache umgehen?«, fragte Cassie ohne Umschweife. »Wir können nicht für immer den Mund halten.«

Fasano schüttelte den Kopf. »Meine Berater bereiten gerade eine Erklärung vor. Sie können sie lesen, wenn Sie wollen.«

»Geben Sie mir die Kurzzusammenfassung.«

»Die Worte Ehebruch und Abtreibung kommen nicht über

meine Lippen. Das eigentliche Problem ist fehlende Aufrichtigkeit, und das wahre Opfer ist das amerikanische Volk einschließlich der nächsten Generation, das das Vertrauen zu ihren politischen Führern verliert. Ich selbst möchte mich zum Privatleben des Präsidenten nicht äußern. Ich bin einfach ›enttäuscht, so wie es wohl das ganze Land ist‹.«

Ziemlich schlau, dachte Cassie.

»Keine Ausreißer«, fuhr Fasano fort, »von Paul oder irgendjemand anderem. Ich erwarte von Ihnen allen, dass Sie ›der Meinung des Mehrheitsführers beipflichten‹. Anschließend werden Sie ganz gelassen Kilcannons Veto überstimmen und sein Waffengesetz abschmettern. Dann dürfte seine Präsidentschaft so ziemlich erledigt sein.«

Cassie machte eine Faust und schob sie unter das Kinn. »Haben Sie eine Ahnung, woher diese Geschichte stammt?«

Fasano zuckte die Achseln. »Für uns zählt ausschließlich, dass wir nicht damit in Verbindung gebracht werden. Deswegen müssen wir alle so ernst wie Leichenbestatter sein.«

»Mir wird das nicht schwer fallen«, antwortete Cassie ruhig. »Ich habe Mitleid mit den Kilcannons – mit beiden. Mir kommt es so vor, als würde jeder konservative Pseudojournalist ins Fernsehen drängen, um sich über die Moral der First Lady auszulassen. Aber aus meiner Erfahrung mit ihr als Reporterin weiß ich, dass sie immer vollkommen ehrlich und fair war. Niemand kann behaupten, dass Kerry von ihr irgendwie bevorzugt wurde.«

Fasano bedachte sie mit einem trüben Lächeln. »Kilcannons erste Frau aber auch nicht.«

»Glauben Sie mir Frank, es liegt mir fern, ihre Affäre zu verteidigen. Aber wenn lebenslange eheliche Treue die Voraussetzung für eine Mitgliedschaft im Senat wäre, wären wir beiden die Einzigen, die im Saal die Lichter ausschalten. Und das auch nur, weil ich noch nie verheiratet war.«

Fasano Lächeln wurde noch gezwungener. »Ich bin auch nicht froh darüber. Aber wir haben Kilcannon nicht dazu aufgefordert, sich so zu verhalten, und schließlich geht es hier um den politischen Erfolg. Wie stehen Sie also zu seinem Veto?«

»An meiner Haltung hat sich nichts geändert. Die Immunität

für Waffenhersteller passt mir nicht, aber insgesamt ist mir die Endvorlage wichtiger. Sie können also auf meine Stimme zählen.« Cassie sah ihn eindringlich an. »Aber das, was mit dem Präsidenten passiert, gefällt mir ganz und gar nicht. Nicht nur weil er erpresst wird und weil die Erpressung bestimmten Interessen dient – und wenn ich darüber nachdenke, komme ich dabei *nicht* auf die Handelskammer oder deren Freunde in der Wirtschaft. Was mich auch stört, ist, dass da so viel im Hintergrund läuft, von dem ich nichts weiß.«

»Und das werden Sie wohl auch nie. Genauso wenig wie ich.«

Cassie beäugte kritisch ihre Fingernägel. »Da ist noch etwas anderes. Lara hat ein Recht ausgeübt, an das ich selbst glaube, und jetzt wird der Präsident dafür gesteinigt. Aber meiner Meinung nach klangen all seine Äußerungen zugunsten der Abtreibung ziemlich ambivalent.« Sie blickte zu Fasano auf. »Und ich glaube, ich weiß jetzt auch warum. Wenn ich raten müsste, würde ich sagen, dass sich Lara selbst für die Abtreibung entschieden hat und dass Kilcannon das nicht zugibt.«

»Was?«, fragte Fasano ungläubig. »Wollen Sie damit andeuten, dass er das Kind wollte und dafür sogar seine Karriere geopfert hätte? Und dass er jetzt zu edel ist, um ihr die Schuld zu geben? So viel Todessehnsucht würde sich ein Mann mit so viel Ehrgeiz nie leisten.«

»Sie und ich«, erwiderte Cassie, »waren schon immer verschiedener Meinung über Kilcannons Wesen. Ich behaupte, dass er eine Seele hat – im Gegensatz zu vielen unserer Kollegen, wenn ich das hinzufügen darf. Deswegen sind er und Chad gut miteinander ausgekommen.« Nach dieser kleinen Spitze hielt es Cassie für angebracht, das Thema zu wechseln. »Aber abgesehen von seinen Motiven hat sich der Präsident klug verhalten. Er hat die Geschichte schnell hinter sich gebracht, und die Presse wird nicht nach Beweisen für etwas suchen, was er schon zugegeben hat. Ab Morgen wird sie darauf fixiert sein, die Identität des Erpressers aufzudecken. Und ich wette jeden Betrag, dass es einer von unseren ›Freunden‹ ist.« Sie lächelte kurz. »Und einer von Slezaks, wenn man Kilcannons Andeutung folgt. Da ist die Auswahl nicht mehr so groß.«

Cassie erkannte sofort, dass sie voll ins Schwarze getroffen hatte. Fasanos Gesicht wurde zu einer Maske, und sein Blick erstarrte. Er weiß es, dachte sie. Schlagartig packte sie der Selbsterhaltungstrieb, die Furcht, Fasano zu nahe gekommen zu sein.

Fasano setzte ein Lächeln auf. »Sagen Sie mir doch einfach, was Ihnen am Herzen liegt.«

Seine Reaktion machte ihr klar, dass dieses Thema lebensgefährlich war und dass ein falsches Wort, wenn es an den Falschen gelangte, schlimme Folgen für sie haben würde. »Ich habe alles gesagt, was ich zu sagen hatte«, antwortete sie.

Fasanos Stimme und Benehmen änderten sich abrupt. »Vor elf Tagen haben Sie mir bei einer entscheidenden Abstimmung die Gefolgschaft verweigert. Die nächste solche Abstimmung befasst sich mit Kilcannons Waffengesetz. Für Sie könnte das der plötzliche Tod sein.«

Cassie sah ihm in die Augen. »Weil die SSA dann ihren Herausforderer in die Vorwahlen schickt?«, fragte sie ungerührt. »Also werde ich dort verlieren, oder ich gehe geschwächt in die Wahl gegen Abel Randolph. Und Sie werden keinen Finger rühren, um die SSA aufzuhalten.«

»So ist es.«

»Nicht ganz.« Cassie lehnte sich zurück und atmete tief durch. »Glauben Sie mir, Frank, ich respektiere Ihre Position. Aber ich bin in meine nicht mehr so verliebt wie noch heute Morgen. Das ist bei mir so, wenn ich auf Zehenspitzen durch Jauche schleichen muss. Sie können der SSA bestellen, sie soll mir ein bisschen mehr Spielraum lassen. Und wenn Sie das nicht über sich bringen, dann kommt es eben, wie es kommen muss. Selbst wenn diese Leute George Bolt ausgraben und ihn mit Balsamiermittel voll pumpen, wird er mich bei der Vorwahl nie schlagen. Und sollte dieses Wunder doch passieren, hat er bei der allgemeinen Wahl gegen Abel Randolph nicht den Hauch einer Chance.« Cassie bemühte sich, trotz ihrer Erregung ruhig weiterzusprechen. »Also haben Sie zwei Alternativen: einen neuen demokratischen Senator, der vielleicht Ihre Mehrheit gefährdet, oder eine im Amt bestätigte Senatorin, die nicht besonders gut auf Sie zu sprechen ist.« Cassie lächelte. »Das letzte Mal, als sich unsere Führung mit einem Republikaner aus New England angelegt hat, trat er aus unserem Verein aus und wurde parteilos. Dabei schien er viel glücklicher, als ich mich im Augenblick fühle.«

Fasano versuchte zu ergründen, wie ernst es ihr war. »Manche Leute sind gern Aussätzige, Cassie. Von Ihnen glaube ich das eher nicht.«

»Dann geben Sie mir ein angemessenes Zuhause, Frank. Und nächstes Mal, wenn Sie meine Stimme oder etwas anderes von mir wollen, sprechen Sie bitte für sich selbst statt für Charles Dane.«

## 9

Am folgenden Morgen zeigte eine Blitzumfrage, dass dreiundfünfzig Prozent der Befragten die Regierungsfähigkeit des Präsidenten für beeinträchtigt hielten und dass siebenundzwanzig Prozent seinen Rücktritt befürworteten. Aber da die Geschichte nicht durch Leugnen angeheizt wurde, konzentrierten sich die Spekulationen schon bald auf ihre Herkunft. Jack Slezak hatte ein sorgsam abgestimmtes Interview gegeben und dabei betont, seine Absicht sei es keinesweges gewesen, den unbekannten Anrufer in seinen erpresserischen Absichten zu unterstützen, sondern vielmehr, dem Präsidenten »in einer schwierigen persönlichen Situation Zeit für die richtige Entscheidung« zu geben. Die Republikaner beschränkten sich auf Erklärungen verhaltener Enttäuschung und Missbilligung und überließen den Ruf nach einer Amtsenthebung eifernden Fernsehjournalisten. Die noch immer verunsicherten Demokraten verteidigten den Präsidenten mit dem lauwarmen Argument, sein Privatleben vor der Wahl sei von seiner Amtsausübung zu trennen. Nach Eröffnung der Vormittagssitzung im Senat drang Senator Fasano auf eine schnelle Abstimmung über das Veto des Präsidenten.

Kerry verfolgte Hamptons Antwort auf C-SPAN. »Warum diese ungebührliche Eile«, fragte er den Senat, »wenn es doch für eine solche Abstimmung keine Frist gibt außer der Auflösung dieses Kongresses, die erst in einem Jahr erfolgen wird? Sind die Befürworter der Immunität für Waffenhersteller so verzweifelt darauf angewiesen, Mary Costellos Prozess vorzeitig zu beenden? Haben sie solche Angst davor, nicht mehr verbergen zu können, wer die Schuld am Tod von sechs Menschen trägt? Warum sollen mitten im laufenden Verfahren die Lichter ausgehen? Warum können wir nicht die Entscheidung des Richters und der Geschworenen abwarten?«

Kerry war klar, dass Hampton nicht mehr tun konnte, als die Aufmerksamkeit von Lara auf ihre Schwester und von der Abtreibung auf die Opfer von Waffengewalt zu lenken. Es war eine traurige Erinnerung daran, welchen Schaden der Präsident erlitten hatte.

Am Telefon im Gespräch mit dem Präsidenten klang Hampton besorgt, aber entschlossen. »Ich sage unseren Leuten ständig, dass das jedem passieren kann. Wenn wir dem nicht entgegentreten, sind wir allen Ereignissen aus unserem Privatleben ausgeliefert, solange wir im öffentlichen Rampenlicht stehen.«

»Und wie kommt das an?«

»Sie zeigen sich verständig. Aber sie haben Angst, in Zusammenhang mit Ihren so genannten moralischen Verfehlungen gebracht zu werden. Sie leben im Hier und Jetzt. Was später vielleicht sein wird, ist ihnen nicht so wichtig.«

»Wie steht's mit der Abstimmung über das Veto? Können wir unsere Stimmen halten?«

»Ich weiß es nicht. Bis jetzt hat keiner gesagt, dass er abspringen will. Wenn ich sie frage, was diese Geschichte mit der Immunität für Waffenhersteller zu tun hat, fällt ihnen keine Antwort ein. Aber ein paar von ihnen, wie Torchio und Spivey, machen schon Andeutungen, damit ich nicht ganz so sauer reagiere, wenn sie überlaufen. Einige schauen sich um und fragen sich, wer als Erster umfallen wird.« Hamptons Ton verriet Frustration. »Das eigentliche Problem ist Weller. Fasano und die SSA legen ihm vielleicht nicht unbedingt einen abgetrennten Pferdekopf aufs Kissen, aber ansonsten setzen sie wahrscheinlich Himmel und Hölle in Bewegung. Wenn er die Fronten wechselt, kommt es vielleicht zu einem Erdrutsch.«

Kerry spürte, wie seine eigene Mutlosigkeit stärker wurde. »Kann ich etwas tun?«

»Außer den Erpresser aufzutreiben?« Hampton schien nach einer Antwort zu suchen. »Sie können den einen oder anderen Senator anrufen. Öffentliche Überredungsversuche könnten sich für Sie in der jetzigen Situation als Bumerang erweisen.«

Kerry hielt es nicht mehr auf seinem Stuhl. »Das ist mir klar. Aber wenn Weller abspringt, müssen wir uns woanders eine Stimme holen.«

Hampton zögerte. »Kann man nicht Slezak irgendwie dazu zwingen, die Wahrheit zu sagen? Wenn wirklich jemand in Slezaks Büro angerufen und sich als Gewerkschaftsboss ausgegeben hätte, würde sich die Sekretärin doch daran erinnern.«

»Daran habe ich auch schon gedacht«, antwortete der Präsident. »Aber stellen Sie sich die Reaktion vor, wenn ich das FBI in Slezaks Büro schicke! Seine Sekretärin wird höchstens sagen, dass sie sich nicht an einen Anruf eines der mächtigsten Männer dieses Landes erinnern kann. Das mag unglaubwürdig klingen, aber für uns ist das eine Sackgasse. Slezak hat sich eine perfekte Lüge ausgedacht: ein Telefonanruf, der nie stattgefunden hat. Das kann niemand widerlegen.

Vielleicht könnte die Presse diese Abtreibungsberaterin dazu bringen zu sagen, wem sie ihr Protokoll gegeben hat. Vielleicht könnte ich da sogar das FBI einschalten, um den Urheber der Geschichte aufzuspüren. Aber die Beteiligten werden auf jeden Fall zunächst alles abstreiten, und der Internetkolumnist, der die Story ins Netz gestellt hat, wird seinen Informanten niemals preisgeben. Gleichzeitig wird man mir vorwerfen, ich hätte die Gestapo losgelassen, um von meinen Sünden abzulenken. Aus pragmatischen Gründen muss ich mir das FBI für später aufheben.« Kerry begann, auf und ab zu gehen. »Selbst wenn ich es nicht täte, bezweifle ich, dass das FBI den Erpresser vor der Abstimmung über mein Veto ausfindig machen könnte. Oder auch nur vor der Abstimmung über mein Waffengesetz.« Nach einer Pause setzte Kerry hinzu: »Das kommt wohl als Nächstes.«

»Wahrscheinlich.« Hampton klang sarkastisch. »Fasano mag sehr traurig sein über das, was Ihnen zugestoßen ist, aber er hat sich schnell zurechtgelegt, wie er daraus Nutzen ziehen kann.«

Kerry blieb stumm. Was ihn bisher davon abgehalten hatte, sich mit seiner persönlichen Demütigung und der Laras zu beschäftigen, war die Konzentration auf den politischen Kampf, auf den Versuch, sein Ansehen rechtzeitig wiederherzustellen, um die Veto-Abstimmung zu überstehen. Doch jetzt überwältigten ihn seine Gefühle. »Wissen Sie«, sagte er, »ich hätte mir nie vorstellen können, wie das für Lara und für mich sein würde. Und wie es mich treffen würde, dass so etwas entscheidend für meine Präsidentschaft ist.«

Hampton schwieg. Kerry konnte sich seine Gedanken ausmalen: dass Kerry mit einem solchen Geheimnis belastet nie zur Präsidentenwahl hätte antreten dürfen; dass Hampton für ihn alles riskiert hatte, ohne zu wissen, was passieren konnte; dass Hampton eine schwere Zeit bevorstand als Fraktionsführer, der mit einer wankelmütigen Schar von demokratischen Senatoren gegen einen unerbittlichen Frank Fasano und dessen ergebene Gefolgschaft antreten musste und dabei nur auf die Unterstützung eines deutlich geschwächten Präsidenten zählen konnte.

»Mr. President«, sagte Hampton ruhig, »ich mache Ihnen keine Vorwürfe. Offen gesagt, waren Sie ein besserer Präsident, als ich es Ihnen zugetraut habe und auch als es Dick Mason gewesen wäre, da bin ich ganz sicher. Wir hatten schon lange nicht mehr so viel Grund, stolz auf unsere Partei zu sein, wie in Ihrer Amtszeit.«

Zwölf Jahre lang waren Kerry und Hampton im Senat Kollegen gewesen, aber keine Freunde. Jetzt fragte sich Kerry, weshalb er Hamptons Stehvermögen und Anstand so sehr unterschätzt hatte. »Als Sie mein Fraktionsführer waren«, bekannte Kerry, »hätte ich ein besserer Soldat sein sollen.«

Hampton lachte leise. »Aus guten Soldaten werden nicht unbedingt gute Präsidenten. Das hat Chad Palmer immer gesagt, bevor er seine Seele verkauft hat.«

Bei der Erwähnung seines Freundes und Rivalen ging Kerry erneut das Ausmaß seiner Probleme auf. »Wir hätten Chad gut brauchen können«, sagte er.

»Stimmt, er hätte uns sehr geholfen.«

Kerry fiel auf, dass beide in der Vergangenheit gesprochen hatten. Er dankte dem Minderheitsführer und legte auf.

Als ihr Privatanschluss läutete, ging Cassie Rollins persönlich ans Telefon. »Hallo, Cassie«, sagte ihre Anruferin leise, »ich bin's, Lara.«

Erschrocken rief Cassie: »Es tut mir ja so Leid, was passiert ist.«

»Mir auch«, antwortete Lara. »Schon seit Jahren. Und jetzt tut es mir noch mehr Leid wegen Kerry, weil er das gar nicht wollte.«

Cassie musste ein Seufzen unterdrücken, als sie diese persönliche und schmerzliche Enthüllung hörte. Die Bedeutung von »das« war unmissverständlich. »Das hatte ich mir fast schon gedacht«, sagte sie. »Nicht dass es mich etwas angeht.«

»Deswegen habe ich Sie angerufen. Ich verstehe besser als die meisten anderen Menschen, unter welchem Druck Sie stehen. Ich kann diesen Druck nicht wegnehmen und Ihnen nicht einmal helfen. Aber wir wissen beide, dass das, was da passiert, falsch ist.«

»Wir wissen es«, stimmte ihr Cassie zu, »aber es ist nun mal die Welt, in der wir leben.«

»Aber sollte diese Welt nicht anders sein?« Die First Lady unterbrach sich, um den anklagenden Ton aus ihren Worten zu nehmen. »Er weiß nichts davon, dass ich Sie anrufe, Cassie. Ich bin mir nicht einmal sicher, worum ich Sie bitten soll. Aber es ist doch sinnlos, wegen so einer Sache Kerrys Waffengesetz abzulehnen und Marys Prozess abzuwürgen.«

»Ich verstehe.« Mehr konnte Cassie nicht dazu sagen, und so wünschte sie dem Präsidenten und der First Lady alles Gute.

Fasano fragte sich, seit wann Leo Weller geschrumpft war. Vielleicht hatte es schon bei den Zivilprozessanwälten und der Asbestose angefangen, aber nach einer halben Stunde mit Charles Dane war von der üblichen Prahlerei seines Kollegen nur noch so wenig übrig, dass er wirklich kleiner wirkte. Selbst der Rest von Schläue in seinen Augen erinnerte Fasano weniger an einen cleveren Politiker als vielmehr an ein von einem gefährlichen Feind in die Enge getriebenes Waldtier.

Obwohl er die Antwort schon kannte, fragte Fasano: »Wie war die Unterhaltung mit Dane?«

»Von wegen Unterhaltung«, antwortete Weller mit verletztem Stolz. »Das war ein reiner Monolog. Er hat mich daran erinnert, dass die SSA mehr Geld hat als die Zivilprozessanwälte und dass ich keine Vorwahl überstehen kann, wenn sie es nicht will. Das Freundlichste, was er zu mir gesagt hat, war ›Kapaun‹. Ich bin ein Senator der Vereinigten Staaten, Frank, und nicht sein Angestellter. So lasse ich mich nicht behandeln.«

Fasano setzte eine Miene auf, die Mitgefühl und Distanz miteinander verband. »So was passiert eben, wenn man der Senator ist, dessen Stimme Kilcannons Veto kippen kann. Sie haben sich Ihre Lage doch selbst zuzuschreiben Leo. Mit Ihren Patzern haben Sie alle vor den Kopf gestoßen: die Zivilprozessanwälte, Ihre Unterstützer in der Asbest-Industrie, die SSA und Ihre Führung im Senat. Jetzt starren Sie in den Abgrund einer Karriere, die noch toter ist als die von Kerry Kilcannon. Wirklich nicht schön, solch einem Schauspiel beizuwohnen.«

Weller versank noch tiefer in Fasanos Sofa und verschränkte die Arme. »Es muss nicht so kommen.«

»Aber es wird so kommen«, erwiderte Fasano nicht ohne Freundlichkeit. »Sie wollen doch nicht behaupten, Sie hätten noch nie einem politischen Konkurrenten wirkliche oder erfundene Fehler um die Ohren gehauen? Wenn ich mich recht erinnere, sind Sie in den Senat eingezogen, nachdem Sie Ihrem Gegner einen ›Flirt mit Schwulenanliegen‹ vorgeworfen hatten. Dabei hatte er sich nur zu einem Treffen mit einem Vertreter der Human Rights Campaign bereit erklärt, weil ihn sein Sohn, ein Homosexueller, darum gebeten hatte. Jeder hier im Senat hat ab und zu Härte zeigen müssen, um sich durchzusetzen. Da können Sie sich nicht beschweren, wenn sich die SSA Ihnen gegenüber genauso verhält.«

Weller reagierte mit einem hilflosen Achselzucken, das zum Teil Protest und zum Teil ein Eingeständnis ausdrückte. »Aber das hier ist viel schlimmer.«

»Zugegeben«, sagte Fasano, in dessen Ton ein Anflug von Neugier trat. »Aber wie kommen Sie aus dieser Sache wieder heraus?«

Weller zog eine Grimasse. »Das frage ich Sie, Frank. Die Asbest-Unternehmen sind sauer auf mich. Wenn ich gegen die SSA stimme, ist es Selbstmord. Aber wenn ich *für* die SSA stimme, dann drehen mich die Zivilprozessanwälte durch die Mangel, und meine sterbenden Wähler kommen wieder ins Fernsehen.«

Und ich soll dich jetzt aus der Scheiße ziehen, dachte Fasano. Der schlauste Trick seit der Wiedererweckung von Lazarus.

»Ich kann Ihnen keine Absolution erteilen«, erklärte Fasano. »Nicht von der SSA. Aber wenn Sie die Seiten wechseln, könnten Sie die Lawine auslösen, die Kerry Kilcannon unter sich begräbt. Das könnte bei Charles Dane einen beträchtlichen Gedächtnisschwund bewirken.«

Weller nickte bedächtig. »Aber dann bleibt immer noch die Asbestose.«

Fasano tat, als würde er nachdenken. »Da kann ich Ihnen vielleicht helfen. Angenommen, Sie stimmen für die Zivilrechtsreform und bringen danach eine Vorlage zur Gründung eines Sonderfonds für Asbestoseopfer und ihre Familien ein.«

Weller schob den Kopf nach vorn. »Wie würde das funktionieren?«

»Die Einzelheiten müssten wir uns noch überlegen. Aber weder Hampton noch Kilcannon können sich gegen eine solche Vorlage stellen. Denn wenn es keine Klagen mehr gibt, wäre Ihr Gesetz für die betroffenen Familien die einzige Möglichkeit, eine Entschädigung zu erhalten.« Fasano lächelte. »Ich kann mir vorstellen, dass unser Wahlkampfausschuss nichts dagegen hätte, Fernsehspots zu zeigen, in denen Sie mit dankbaren Familien zusammentreffen. Wer weiß, vielleicht würde sogar die SSA ein paar von diesen Filmchen finanzieren.« Dass ein Zyniker wie Weller so aufrichtig dankbar aussehen konnte, zeigte Fasano, wie groß seine Angst war.

»Frank«, sagte er mit emotionsgeladener Stimme, »ich glaube, das könnte helfen.«

»Gut möglich«, versicherte ihm Fasano liebenswürdig. »Ich würde Sie wirklich ungern verlieren.«

# 10

Im Oval Office ging Kerry seine Telefonnachrichten durch. Die letzte, die der Präsident als erste beantwortete, war von Senator Chad Palmer.

Seit Wochen hatten sie kein Wort mehr miteinander gewechselt. »Weller wird bei der Haftpflichtreform überlaufen«, sagte Chad. »Fasano hat sich ein Gesetz aus den Fingern gesogen, mit dem er Weller die Asbestoseopfer und die SSA vom Hals halten kann. Eigentlich soll alles geheim bleiben, bis Leo morgen früh vor die Presse tritt. Aber ich dachte, es interessiert dich vielleicht.«

Die Dimension dieser Untertreibung wurde nur noch von den verheerenden Folgen dieser Entwicklung für Kerrys Veto übertroffen. Im Repräsentantenhaus, wo Sprecher Jencks für morgen eine Abstimmung angesetzt hatte, war klar, dass das Veto keine Chance hatte. Und jetzt hatte auch Fasano einen Vorteil von einer Stimme, wenn es Kerry nicht irgendwie gelang, sich eine Stimme zurückzuholen. Aber so schlecht die Nachricht auch war, der Präsident war dankbar, davon zu erfahren. Was Fasano als Verrat bezeichnet hätte, war für Kerry ein Gnadenakt.

»Danke für den Anruf«, sagte der Präsident schlicht. Chad sprach nicht aus, wie Leid ihm die Ereignisse um Kerry und Lara und die drohende Niederlage im Senat taten.

»Die Senatsberatungen stehen kurz vor dem Abschluss«, erklärte Kerry Lara, »und ich weiß nicht, wie ich diese Stimme zurückgewinnen soll.«

Diese Einschätzung war seine Einleitung zu dem Fernseh-Spot, den Lenihans Verband, die Trial Lawyers for Justice, in aller Eile produziert hatten.

»Spiel ihn mir vor«, sagte sie ruhig.

Kerry drückte auf die Fernbedienung.

Auf dem Bildschirm wurden die undeutlichen Gesichter eines Mannes und einer Frau mit Schlamm beworfen, der mit sanftem Klatschen auftraf. Dann glitt der Schlamm langsam nach unten und gab den Blick auf ein Foto von Kerry und Lara frei.

»Das haben sie getan«, sagte die Stimme aus dem Off, »damit die Amerikaner vergessen.«

»Das gibt's doch nicht«, murmelte Lara.

Ihre Gesichter gingen allmählich in ein Foto von der Hochzeit über, das Inez und Joan Hand in Hand mit Marie zeigte. Das Bild zoomte auf Marie in ihrem Rüschenkleid, deren Augen vor Freude leuchteten. Dann schoben sich, begleitet vom leisen Klicken einer Kamera, nacheinander die Gesichter von David Walsh, George Serrano und Laura Blanchard über das Foto. Auf Laura blieb das Bild stehen. Frisch und blond blickte sie mit einer Basketballtrophäe in die Kamera.

»Das ist Laura Blanchard«, sagte der Sprecher. »Auch ihr Tod ist zu wichtig, um vergessen zu werden. Dieses Gesetz zur Zivilrechtsreform verdient weder den Namen Reform noch die Bezeichnung Recht. Sagen Sie Ihrem Senator, dass er das Veto des Präsidenten unterstützen soll.«

Lara starrte mit verschränkten Armen auf den Teppich. »Wo wollen sie das laufen lassen?«

»In allen Staaten, in denen wir eine Chance haben, dass wir einen Senator auf unsere Seite ziehen. Die Telefonnummer wird auch angegeben. Ich bin mir nicht mal sicher, dass ich Lenihans Leute aufhalten könnte.«

Mit diesem Eingeständnis seiner Hilflosigkeit musste sich Kerry der Erkenntnis stellen, wie gering sein verbliebener Spielraum war. Die liberalen Kräfte des Geldes und der Macht überholten ihn genauso, wie die enormen Ressourcen der SSA Fasano überholt hatten. »Es wird nicht mehr lange dauern«, sagte er, »bis die Politiker nur noch Marionetten und Präsidenten nur noch Erfüllungsgehilfen sind.«

»Wie meine Familie, meinst du.« Sie sah ihren Mann an. »Glaubst du, dass Lenihan noch immer auf einen Vergleich aus ist?«

Ihre ganze Verzweiflung lag in dieser bitteren Frage. Kerry antwortete schließlich mit einer Gegenfrage: »Was sollen wir mit diesem Spot machen?«

»Sag Ihnen, sie sollen ihn bringen. Um unsere Würde brauchen wir uns doch schon längst keine Sorgen mehr zu machen.« Ihre

Stimme wurde hart. »Ich nehme es nicht hin, dass meine Familie umsonst gestorben sein soll. Wir müssen sehen, dass wir die nötigen Stimmen zusammenkriegen.«

Um sieben Uhr abends läutete in Sarahs Büro das Telefon.

Sie war noch mit den Vorbereitungen zu Callisters Vernehmung beschäftigt und kritzelte Notizen in ihr getipptes Exposé. Obwohl sich Lenihan eine leichte Herablassung nicht hatte verkneifen können, hatten sie sich darauf geeinigt, dass Sarah mehr Chancen hatte, den Vorstandschef von Lexington zu einem falschen Wort zu verleiten als ein berüchtigter Zivilprozessanwalt, dem jeder Zeuge mit äußerster Wachsamkeit begegnete. Vertieft in ihre komplexen Pläne senkte Sarah nur ungern den Kugelschreiber.

»Sarah?«, sagte eine inzwischen vertraute Stimme. »Hier spricht Lara Kilcannon.«

Sarah war sich nicht sicher, wie sie ihr Mitgefühl in Worte kleiden sollte. »Wie geht es Ihnen?«

Die First Lady lachte leise. »Miserabel«, antwortete sie. »Ich bin wütend, krank vor Schmerz, verlegen. Ich habe Schuldgefühle wegen Mary und Kerry. Ich stehe Todesängste aus, dass nur meinetwegen in unserem Land weiter Menschen umgebracht werden. All die Gefühle, die das Leben so lebenswert machen.«

Sarah war überrascht. Die Ironie, mit der Lara ihre Qualen beschrieb, ließ sie zugleich menschlicher und verzweifelter erscheinen als die trauernde, aber gefasste Frau, als die Sarah die Präsidentengattin kennen gelernt hatte. »Ich habe mir auch große Sorgen gemacht«, erwiderte Sarah freimütig. »Um Sie und um unseren Prozess.«

»Zu Recht. Hier bei uns sieht es nicht besonders rosig aus.«

»Der Senat?«

»Ja. In drei Tagen ist die Abstimmung, und nach dem jetzigen Stand verlieren wir.«

»Das habe ich befürchtet.« Sarah hielt inne, um sich nicht von ihren Gefühlen überwältigen zu lassen. »Nicht nur, weil wir alles versucht haben und weil Mary zu mir gehalten hat, als ich schon nicht mehr damit rechnen konnte. Sondern weil ich die Beweise kenne. Wir haben Vernehmungsprotokolle, die unter Verschluss gehalten werden. Wenn der Senat diese Aussagen kennen würde, würde er das Veto des Präsidenten garantiert nicht überstimmen. Aber wegen der gerichtlichen Anordnung kann ich sie nicht öffentlich machen. Bond und die gegnerischen Anwälte haben so getan, als müssten sie uns daran hindern, der Presse ausgewählte Informationen zuzuspielen. Aber in Wirklichkeit geht es nur um Vertuschung.«

Lara schwieg. »Können Sie nicht mit den Aussagen zum Richter gehen und ihn darum bitten, seine Anordnung aufzuheben?«

»Selbst wenn er dazu geneigt wäre – was bestimmt nicht der Fall ist –, ist es dafür schon zu spät. Ich müsste einen Antrag stellen und den Anwälten der Beklagten Zeit für eine Erwiderung geben. Erst dann könnte ich vor den Richter treten. Das ist in drei Tagen einfach nicht zu schaffen.« Frustriert erkannte Sarah, wie schwer es einem Nichtjuristen zu erklären war, dass ein Gericht die Belange der Gerechtigkeit häufig mit großer Gleichgültigkeit betrachtete. »Außerdem, was soll ich Bond denn sagen? Dass er die Protokolle freigeben soll, um den Senat umzustimmen? Er weiß ganz genau, was im Senat auf dem Spiel steht. Darum versteckt er doch die Akten hinter der scheinheiligen Pose, dass ein Gericht über solchen Dingen stehen sollte.«

»Also können Sie nichts tun«, bemerkte Lara entmutigt.

Plötzlich meinte Sarah zu erkennen, dass Laras Frage mehr war als eine verzweifelte Hoffnung und dass es nicht nur darum gegangen war, ihren Gefühlen Luft zu machen. Sarah wurde deutlich. »Ich kann die Akten nicht an die Öffentlichkeit geben, auch wenn ich es noch so gern täte. Sonst würde ich meine Anwaltslizenz verlieren.«

»Ich verstehe«, sagte Lara.

Die Erwiderung war so schnell gekommen, dass sich Sarah fragte, ob ihre Antwort mehr unterstellt hatte, als die First Lady erbeten hatte. »Morgen sagt George Callister aus«, berichtete Sarah resigniert. »Ich kann nur die Scheuklappen aufsetzen und so tun, als würde die Vernehmung eine Rolle spielen. Auf die Ereignisse im Senat habe ich keinen Einfluss.«

# 11

Am nächsten Morgen um neun Uhr hatte Sarah endlich George Callister vor sich.

Es war der letzte belanglose Moment vor Beginn der Vernehmung. Auf einer Seite Callisters saß John Nolan und auf der anderen, getrennt durch einen Stuhl, Harrison Fancher als Vertreter der SSA. Links von Sarah nippte Robert Lenihan an einem Glas Wasser. Zwischen den gegnerischen Parteien lag neben einer silbernen Karaffe Kaffee die aktuelle *New York Times*, die unter der Überschrift »Frontenwechsel Wellers bei Haftpflichreform erwartet« aufgeschlagen war. Die junge, rotblonde Protokollführerin war über ihre Stenografiemaschine gebeugt. Hinter Sarah richtete ein Techniker mit Pferdeschwanz, der Blue Jeans und T-Shirt trug, seine Videokamera auf den Zeugen.

Sarah ordnete ihre Papiere und warf einen verstohlenen Blick auf den Zeugen und seinen Anwalt. In ungezwungener Haltung plauderte Nolan mit Callister über die Chancen der New England Patriots, dem Lieblingsteam von Callister, beim Endspiel um die Football-Meisterschaft. Wie immer strahlte Nolan die Zuversicht und Selbstsicherheit einer privilegierten, machtgewohnten Schicht aus.

Aber Callister war anders. Seit Wochen hatte sich Sarah diesen Mann, der sich ihrem Zugriff so hartnäckig entzogen hatte, wie ein großunternehmerisches Spiegelbild von Charles Dane vorgestellt, voller Verachtung für die Befragung, der sie ihn unterziehen wollte. Aber der echte Callister hatte die praktische Aura eines Mannes aus dem mittleren Westen, dem das Herumbasteln an einem Motor genauso viel Spaß machte wie die Teilnahme an einer Vorstandssitzung. Er hatte eine auf natürliche Weise raue Stimme mit der Intonation der großen Prärien seiner Heimat und einen dazu passenden grauen Bürstenhaarschnitt. Er trug einen unscheinbaren blauen Anzug, und zwischen den dicken Fingern seiner sommersprossigen Hände hielt er einen Styroporbecher Kaffee, den er von draußen mitgebracht hatte. Seine grauen Augen wirkten ruhig, und seine mimische Bandbreite schien wenig geeignet für Übertreibungen. Seine Antworten im Geprach mit Nolan verrieten höfliches Interesse, sein Lächeln war bedächtig, und er schien seinen Anwalt mit der gleichen reservierten Freundlichkeit zu betrachten wie Sarah, als er sie zum ersten Mal sah. Sie konnte sich nicht vorstellen, dass man ihn so einfach übertölpeln oder seine Glaubwürdigkeit in den Augen von Geschworenen erschüttern konnte.

»Fertig, meine Herren?«, fragte Sarah.

Callister sah zu seinem Anwalt. »Wir sind bereit«, antwortete Nolan, und die Vernehmung begann.

In den ersten zehn Minuten erledigte Sarah die Präliminarien: Callister war sechsundfünfzig und Diplomingenieur, hatte den größten Teil seines Berufslebens in der amerikanischen Waffenbranche gearbeitet und war vor weniger als einem Jahr von der britischen Muttergesellschaft zum Vorstandsvorsitzenden von Lexington berufen worden mit dem Auftrag, das Unternehmen zu stabilisieren und seine Gewinnsituation zu verbessern. Er hatte sich die Einnahmen und die Produktlinie der Firma genau angesehen, um seinen Kurs abzustecken.

Dann wandte sich Sarah dem Thema Lexington P-2 zu. »Wer waren Ihrer Meinung nach die Kunden für die P-2?«

»Leute, die Feuerkraft wollten.«

»Auch Kriminelle?«

Nolan legte die Hand auf Callisters Ärmel. »Einspruch. Die Frage fordert zu Spekulationen heraus.«

Sarah behielt den Zeugen im Blick. »Beantworten Sie bitte die Frage.«

Ein leises Lächeln erschien auf Callisters Lippen. Mit dem Ausdruck eines braven Soldaten sagte er: »Um das zu tun, müsste ich spekulieren.«

Das würde nicht leicht werden, merkte Sarah. Männer aus Callisters Generation hatten den Weg hinauf in Spitzenpositionen nicht durch Ungehorsam beschritten, und dieser Mann kannte die Risiken dieses Prozesses sehr genau. Sie stellte sich innerlich auf einen stundenlangen Grabenkrieg ein.

»Ist Ihnen bekannt«, fragte sie, »dass die P-2 laut Ermittlungsaufzeichnungen des Bureau of Alcohol, Tobacco and Firearms in den letzten zwei Jahren häufiger bei Verbrechen verwendet wurde als jede andere halbautomatische Handfeuerwaffe?«

»Ich kenne diese Zahlen«, antwortete der Zeuge ruhig. »Aber man muss auch den Zusammenhang berücksichtigen. Man kann davon ausgehen, dass sich die P-2 besser verkauft als alle Konkurrenzprodukte. Wenn man mehr Waffen verkauft, werden wahrscheinlich auch mehr davon missbräuchlich benutzt.«

Nolan wirkte geradezu heiter. Callister stützte nicht nur seine Verteidigungsstrategie, sondern er tat es auf eine praktische und völlig unaggressive Weise, die seinen Antworten große Glaubwürdigkeit verlieh.

»Haben Sie sich auch die internen Aufzeichnungen Ihrer Firma über Ermittlungsanfragen angesehen, in denen es darum ging, wie häufig die P-2 Tatwaffe bei Verbrechen war?«

»Nein, das habe ich nicht.«

»Aus welchem Grund?«

Callister stellte seinen Becher ab und rieb nachdenklich die Hände aneinander. »Sie müssen etwas wissen, Ms. Dash. Nach meinem Amtsantritt wollte ich die Produktion der P-2 fast von Anfang an einstellen. Es war für mich überflüssig, unsere Akten zu durchforsten.«

So offen und überraschend diese Aussage war, Sarah spürte, dass mehr dahinter steckte. Und bei genauerem Hinsehen war diese Antwort überhaupt keine. Obwohl ihr Instinkt geweckt war, verzichtete sie zunächst darauf, dieser Sache weiter nachzugehen. Stattdessen fragte sie: »Und warum wollten Sie die Herstellung der P-2 stoppen?«

»Aus zwei Gründen.« Callisters Ton war unpersönlich, aber nachdrücklich. »Die Waffe zog schlechte Publicity und Klagen wie Ihre an. Die Gewinnspannen in unserer Branche sind ohnehin schon sehr schmal. Die P-2 war für uns nicht mehr die Lösung des Problems, sondern wurde selbst zum Problem.«

Gegen die Waffe an sich war nichts einzuwenden, so verstand ihn Sarah, nur gegen ein von Waffengegnern und Zivilprozessanwälten beherrschtes Umfeld. Kein Wunder, dass sich Nolan entschlossen hatte, ihn aussagen zu lassen.

Sarahs Kaffee war inzwischen lauwarm. Dennoch nahm sie einen kleinen Schluck, um den Mann vor sich eingehend mustern zu können, während sie sich die nächste Frage überlegte. Dann setzte sie die Tasse ab.

»Sie haben gerade ausgesagt, dass Sie nie Ermittlungsanfragen an Lexington geprüft haben, in denen es um die Verwendung der P-2 bei Verbrechen ging. Ist das richtig?«

»Ja.«

»Haben Sie je den Versuch unternommen, solche Anfragen zu prüfen?«

Der Hauch eines Lächelns huschte über Callisters Lippen, und Sarah fragte sich, ob sie sich das nur eingebildet hatte. »Ja.«

Zum ersten Mal wurde Sarah hellhörig. »Und wann war das?«

Jede Spur von Humor verschwand aus Callisters Gesicht, und in seine Augen trat ein kalter Ausdruck. »Nachdem der Schwager der First Lady drei ihrer Verwandten und drei weitere Menschen getötet hatte, die ihm zufällig in die Quere gekommen waren.«

Während Nolan den Zeugen aufmerksam beobachtete, fragte Sarah: »Haben Sie jemand gebeten, nach diesen Aufzeichnungen zu suchen?«

»Mike Reiner.«

»Und mit welchem Ergebnis?«

Callister faltete die Hände und schaute Sarah offen an. »Reiner sagte mir, dass wir keine Anweisung zur Aufbewahrung von Ermittlungsanfragen haben.«

»Und deswegen waren sie auch nicht in den Akten?«

»Das hat er mir berichtet.«

»Haben Sie ihm geglaubt?«

Callister Augen wurden noch eisiger. »Ich habe ihm geglaubt, dass wir keine Anweisung hatten und dass die Aufzeichnungen verschwunden waren.«

Sarah spürte, wie sich Lenihan zu ihr beugte, um ihr einen Rat zuzuflüstern. »Wenn Sie ›verschwunden‹ sagen«, fragte Sarah, »meinen Sie damit vernichtet?«

»Ja.«

»Vor oder nach den sechs Morden?«

»Das konnte ich unmöglich wissen.« Callister sprach betont

und gemessen. »Sie dürfen nicht vergessen, Ms. Dash, dass dies passiert ist, bevor Sie Klage eingereicht und alle diesbezüglichen Aufzeichnungen zur Einsicht angefordert haben.«

Sarah glaubte zu verstehen, was er meinte: Niemand hatte die Wahrheitsfindung behindert. »Trotzdem«, bohrte sie. »Waren Sie der Meinung, Mr. Reiner habe die betreffenden Aufzeichnungen vernichtet?«

Callister kniff die Augen zusammen. »Bevor oder nachdem ich sie angefordert hatte?«

Überrascht zögerte Sarah einen Moment. »Nachdem.«

»Auch das konnte ich unmöglich wissen, Ms. Dash.«

Sarah legte die Arme auf die Stuhllehnen und beugte sich leicht nach vorn. »Hatten Sie den Verdacht, dass es so war?«

Callister zögerte nur kurz. »Ja.«

»Weshalb?«

Nolan wirkte auf einmal hellwach, fand aber wohl keinen triftigen Grund oder sah noch keinen Anlass zum Einschreiten. »Ich bat um andere Aufzeichnungen«, antwortete der Zeuge, »und erhielt die Auskunft, dass sie ebenfalls unauffindbar waren.«

»Von wem?«

»Von Reiner.«

»Was für Aufzeichnungen waren das?«

»Über die Absatzmenge der P-2 in den Nachbarstaaten von Kalifornien.« Nach einer kleinen Pause setzte Callister hinzu: »Und über die Rechnungen, die Aufschluss hätten geben können, an wen wir die Mordwaffe geliefert hatten.«

Sarah blickte kurz zu Nolan. »Was hat Ihnen Mr. Reiner gesagt?«

»Dass man keine Anstrengungen unternommen habe, diese Aufzeichnungen aufzubewahren.«

»Haben Sie Reiner zufällig gefragt«, erkundigte sich Sarah mit einem angedeuteten Lächeln, »ob man Anstrengungen unternommen hatte, sie zu vernichten?«

Callister runzelte die Stirn, aber weniger über die Art der Frage als ihren Inhalt. »Ja«, antwortete er knapp.

»Und was hat Reiner geantwortet?«

»Dass er sich nicht genau erinnern könne, was mit den Aufzeichnungen passiert sei.«

Der Anklang von Misstrauen in Callisters Stimme löste in Sarah plötzlich das Bild eines Mannes aus, dem allmählich dämmerte, dass er in ein tückisches Umfeld geraten war. »Hatten Sie neben dem Verschwinden der Aufzeichnungen noch weiteren Anlass zu dem Verdacht, dass Reiner Sie möglicherweise belog?«

»Einspruch«, rief Nolan. »Die Frage ist unbegründet. Ich glaube nicht, dass die bisherige Vernehmung den Vorwurf absichtlicher Lüge rechtfertigt.«

Langsam wandte sich Callister seinem Anwalt zu. »Nein«, stellte er fest, »ich denke, das Wort Lüge trifft die Sache ziemlich genau.« Zu Sarah sagte er: »Reiner und ich waren grundsätzlich verschiedener Meinung über die Zukunft unseres Unternehmens.«

»Worüber beispielsweise?«

»Ich wollte die Produktion der P-2 und der Adlerklaue einstellen. Beides lehnte Reiner entschieden ab.«

Sarah hatte auf einmal das Gefühl, Land zu sehen. »Aus welchem Grund wollten Sie die Adlerklaue nicht mehr herstellen?«

Callister ließ sich Zeit, um seine Antwort zu formulieren. »Meines Erachtens überstieg ihre Tödlichkeit die Bedürfnisse unserer Kunden. Daher war ihr wirtschaftlicher Nutzen für uns von geringerem Gewicht als die Kontroversen, die die Herstellung einer solchen Munition auslösen. Reiner war anderer Meinung. Seiner Ansicht nach waren die P-2 und die Adlerklaue von entscheidender Bedeutung für unsere Marktposition. Aber allein die Tatsache, dass ich jetzt hier aussagen muss, spricht wohl eher für meine Auffassung.«

Die letzten beiden Sätze deuteten spürbar auf einen gewissen Überdruss und Widerwillen hin. Zum ersten Mal war Callister mit seiner Antwort weit über Sarahs Frage hinausgegangen.

Auch Nolan schien das aufgefallen zu sein. »Die Vernehmung dauert jetzt schon über eine Stunde«, stellte er fest. »Wie wär's mit einer Pause?«

Nach fünfzehn Minuten kehrten der Zeuge und sein Anwalt wieder in den Konferenzraum zurück. Als Sarah mit der Befragung fortfuhr, hielt Callister den Körper ein wenig von Nolan abgewandt. Die beiden plauderten nicht mehr über Football und auch sonst nicht mehr viel.

»Angesichts Ihrer Bedenken in Bezug auf Reiner«, fragte Sarah ohne Umschweife, »haben Sie da je den Versuch unternommen, selbst herauszufinden, was mit den unauffindbaren Dokumenten passiert war?«

Callister schaute kurz auf den Tisch. »Nein, das habe ich nicht.«

»Warum nicht?«

Er sah wieder Sarah an. »Weil ich in diesem Fall eine Untersuchung gegen meinen eigenen Marketingleiter hätte anstellen müssen. Nach dem Tod der Familie der First Lady hatte ich drängendere Probleme – zum Beispiel musste ich das Unternehmen über Wasser halten. Das ganze Umfeld hat nicht gepasst.«

Zwischen den phlegmatischen Zeilen war eine Antwort von schockierender Offenheit zu lesen: Eine interne Untersuchung gegen Reiner hätte verheerende Folgen für das öffentliche Ansehen von Lexington gehabt und hätte vielleicht sogar belastendes Material für eine Klage wie die von Mary Costello zu Tage gefördert.

»Es war also besser«, sagte Sarah in scharfem Ton, »an Reiners Unaufrichtigkeit zu glauben, als sie zu beweisen.«

Callisters breites Gesicht verriet sowohl Groll als auch Argwohn. »Die Mutter, Schwester und Nichte der First Lady waren mit einer Waffe und mit Munition aus unserem Haus ermordet worden. Neben den schrecklichen Auswirkungen auf ihre Familie hätten diese Morde auch das Ende eines hundert Jahre alten Traditionsunternehmens bedeuten können, das viele anständige Menschen beschäftigt. Ich musste all meine Kräfte und Gedanken auf die Aufgabe richten, das Unternehmen und die Familien unserer Mitarbeiter zu schützen.«

Sarah betrachtete ihn prüfend. Übergangslos fragte sie: »Kennen Sie einen Mann namens Norman Conn?«

»Ja. Ein langjähriger Mitarbeiter.«

»Haben Sie je von Conns Behauptung gehört, Reiner habe ein Dokument vernichtet, in dem davon die Rede ist, dass die gestohlene Lieferung von P-2, aus der die Mordwaffe stammt, von den Mitgliedern einer rechtsradikalen Gruppe bei Waffenmessen verkauft wurde?«

Callister schüttelte den Kopf. In eindringlichem Ton, der auf echten Zorn schließen ließ, antwortete er: »Das habe ich erst letzte Woche erfahren.«

Nolan streckte die Hand zwischen Callister und Sarah. »Ich weise den Zeuge an, über Gespräche mit seinem Anwalt Stillschweigen zu bewahren.«

»Haben Sie außer bei Gesprächen mit Ihrem Anwalt davon gehört, dass Mr. Reiner Dokumente vernichtet hat?«, insistierte Sarah.

»Nein.«

Sarah wechselte das Thema. »Kennen Sie Martin Bresler?«

»Ja.«

»Woher kennen Sie ihn?«

Callister lehnte sich zurück, sichtlich geneigt, sich ausführlicher als bisher zu äußern. »Mr. Bresler war der Leiter eines Industrieverbandes, zu dem auch Lexington Arms gehörte.« Er unterbrach sich abrupt, als wolle er der Tendenz größerer Mitteilsamkeit nicht nachgeben.

»Welchen Zweck hatte dieser Verband?«, hakte Sarah nach.

»Er sollte einen Mittelweg zwischen den Befürwortern von Waffenkontrolle und der SSA finden.« Callister zuckte die Achseln. Anscheinend hielt er es nun doch für unvermeidlich, mehr ins Detail zu gehen. »Seit Beginn meiner Tätigkeit bei Lexington habe ich nach neuen Möglichkeiten Ausschau gehalten, damit wir nicht mehr auf Einnahmen durch Waffen wie die P-2 angewiesen sind. Statt auf Tödlichkeit wollten wir auf Qualität und Sicherheit setzen. Für mich lief das auf Dinge hinaus wie Abzugssperren und ›schlaue‹ Schusswaffen, die den Besitzer schützen und Unfälle oder Missbrauch durch Dritte verhindern.« Callister schien sich gut an seinen verheißungsvollen Plan zu erinnern. »Präsident Kilcannon war zwar nicht unser Freund, aber wir mussten mit ihm klarkommen. Wir wollten nicht mehr ständig den heißen Atem des Präsidenten und der Zivilprozessanwälte im Nacken spüren. Der weitaus beste Ansatz dafür war der Zusammenschluss mehrerer Waffenunternehmen zu einem Verband mit einem gemeinsamen Ziel, um vielleicht eine Einigung mit dem Präsidenten zu erreichen. Martin Bresler sollte unser Sprecher sein und die Vereinbarung über Abzugssperren der erste Schritt.«

Sarah überflog kurz ihr Exposé. »Hat Bresler nach dieser Vereinbarung einen nächsten Schritt vorgeschlagen?«

»Ja.«

Harrison Fancher beobachtete den Zeugen mit scharfem Blick. »Und worin bestand dieser nächste Schritt?«, fragte Sarah.

Callister machte eine Grimasse und antwortete mit tonloser Stimme: »Die fünf Unternehmen des Verbands sollten den Händlern vorschreiben, unsere Waffen bei Messen nur nach vorheriger Leumundsprüfung zu verkaufen.«

Nach dieser Antwort, in der die Erinnerung an die Bowden-Morde nachzuhallen schien, lagen die Blicke aller Anwesenden auf dem Zeugen. Sogar die Protokollführerin hob den Kopf.

Mit ruhiger Stimme fragte Sarah: »Haben Sie eine Einigung mit dem Präsidenten erzielt?«

»Nein.«

»Was hat Sie davon abgehalten?«

Callister verschränkte die Arme. »Alle anderen Vorstandschefs entzogen Breslers Verband die finanzielle Unterstützung. Im Grunde haben sie ihn einfach rausgeschmissen.«

»Und weshalb?«

Callister schien sich an etwas Unangenehmes zu erinnern. »Sie behaupteten, Bresler würde Zwietracht säen.«

»Hat einer von ihnen dabei die SSA erwähnt?«

Callister vermied es, Harrison Fanchers Anwesenheit zur Kenntnis zu nehmen. »Alle haben sie erwähnt. Sie hatten Angst, die SSA könnte ihre Mitglieder zum Boykott gegen jedes Unternehmen aufrufen, das mit Kerry Kilcannon verhandelte. Vier Millionen Mitglieder und all ihre Freunde – das sind verdammt viele Leute, wenn man sie als Kunden verliert.«

Sarah streifte Fancher mit einem kurzen Blick. »Hat einer von ihnen gesagt, sie seien von Vertretern der SSA bedroht worden?«

»Nicht direkt, nein.«

»Haben Sie sie gefragt?«

»Nein, das habe ich nicht.«

Sarah ließ sich Callisters Antwort noch einmal durch den Kopf gehen. »Hat die SSA Sie bedroht?«

»Einspruch«, bellte Fancher. »Diese Frage ist zwar so tendenziös, dass man sie kaum ernst nehmen kann, aber sie tangiert dennoch das im ersten Amendment garantierte Recht der Kläger auf politische Versammlungsfreiheit, das auch die Formulierung gesetzgeberischer und politischer Strategien umfasst. Diese vertraulichen Gespräche sind nicht Gegenstand der Offenlegung.«

Sarah nahm den Blick nicht von Callister. »Beantworten Sie bitte meine Frage.«

»Nein.« Nolan wandte sich dem Zeugen zu und sagte mit ruhigem Nachdruck: »Der Einspruch der SSA ist berechtigt, George, und das erwähnte Recht steht Lexington genauso zu wie der SSA. Ich weise Sie an, nicht zu antworten.«

Callister sagte zu Sarah: »Sie haben meinen Anwalt gehört, Ms. Dash. Ich habe Anweisung, Gespräche mit der SSA nicht zu erörtern.«

»Das ist Obstruktion«, platzte Lenihan heraus.

»Mr. Nolan«, schaltete sich Sarah mit professioneller Selbstbeherrschung ein, die ihr sehr schwer fiel, »Ihr Einwand betrifft den Kern unserer Beschuldigung, dass sich die SSA mit anderen verschworen hat, um der amerikanischen Waffenindustrie ein einheitliches Verhalten aufzuzwingen, und dass dieser Verstoß gegen das Kartellrecht zum Mord an Mary Costellos Familie beigetragen hat. Ihre Anweisung ist unbegründet.«

»Dann müssen Sie sich an den Richter wenden...«

»Sie wissen ganz genau, dass wir das nicht können«, fauchte Lenihan erbost. »Bis wir den Antrag einreichen, haben Sie schon längst Ihre gewissenlose Immunitätsklausel durchgepaukt.«

Nolan lächelte. »Für Kongressentscheidungen sind Sie zuständig, Bob, nicht ich. Ich habe nur die Aufgabe, meine Mandantin zu vertreten.«

»Welche? Die SSA?«

Callister hielt den Kopf gesenkt und wirkte in sich versunken. Er schien wenig angetan von den Vorgängen.

»Wir rufen sofort den Richter an«, forderte Sarah Lenihan entschlossen auf.

Sie holte aus der Ecke des Konferenzraums ein Lautsprechertelefon und stellte es auf den Tisch. Nach einem Blick auf ihre Notizen tippte sie Bonds Nummer ein und ließ sich den für den

Fall *Costello gegen Lexington Arms* zuständigen Gerichtssekretär geben.

»Wir sind mitten in der Vernehmung von Mr. Callister«, erklärte sie. »Dabei ist eine Kontroverse entstanden – die Anweisung an den Zeugen, keine Antwort auf bestimmte Fragen zu geben, die für unsere Beweisführung wesentlich sind. Wir würden gern mit Richter Bond reden, ihm den Streitpunkt schildern und ihn um eine sofortige Entscheidung bitten.«

»Ich verstehe.« Die schrille Stimme des Sekretärs klang aufgeblasen von erborgter Autorität. »Ich frage nach, was wir verfügen werden.«

Dann ließ er Sarah warten. Schweigend blickten die Anwälte und der Zeuge auf das Telefon, als wäre es eine Verbindung zu Gott. Im Zimmer wurde es allmählich heiß und stickig.

Nach einigen für Sarah schier endlosen Minuten kam der Sekretär zurück. »Richter Bond sagt, wenn es ein Problem gibt, möchten die Anwälte der Klägerin einen Antrag stellen. Er wird dann im Rahmen des üblichen Verfahrens entscheiden.«

Die Antwort traf Sarah wie ein Schlag in die Magengrube. »Vielen Dank.« Es war ihr noch nie so schwer gefallen, diese obligatorischen Worte über die Lippen zu bringen.

Als der Sekretär aufgehängt hatte, war Nolan der Erste, der etwas sagte. Seine leise Stimme verriet, wie groß seine Anspannung immer noch war. »Vielleicht sollten wir jetzt eine Mittagspause einlegen, Sarah. Die Vernehmung dauert schon sehr lange.«

Sarah und Lenihan aßen in ihrem Büro ein Schinkensandwich. Sie kochte vor Wut. Wenigstens hatte ihr Nolan Zeit zum Nachdenken gegeben.

»Irgendwas ist da«, spekulierte sie. »Irgendwas, was Callister nicht mag.«

Lenihan hing im Stuhl, ein Bild der Frustration. »Ja. Mike Reiner.«

Sarah legte das Sandwich hin und schaute durch das Fenster auf die ungleichmäßige Skyline südlich der Market Street. »Nein, noch etwas anderes. Ich weiß bloß nicht, ob ich es herausfinden kann.«

Bei der Rückkehr vom Mittagessen wirkte Callister düster, jede Spur von Humor war von ihm abgefallen.

»Nachdem Ihre Kollegen Martin Bresler den Geldhahn zugedreht hatten«, begann Sarah, »hat Präsident Kilcannon da persönlich zu Ihnen Kontakt aufgenommen?«

»Ja. Wir trafen uns dreimal in Camp David.«

»Worüber hat der Präsident mit Ihnen gesprochen?«

Callister zögerte, und ein nachdenklicher Ausdruck trat in seine Augen. Anscheinend fiel es ihm nicht leicht, über seine privaten Gespräche mit dem Präsidenten der Vereinigten Staaten zu reden. »Über eine mögliche, vom Präsidenten vermittelte Vereinbarung mit den dreizehn Städten, die uns verklagt hatten, ihren Rechtsstreit mit Lexington Arms zu beenden.« Eine Nuance von Selbstrechtfertigung trat in seine Stimme. »Schon ein einziges Urteil über einen Schadenersatz von hundert Millionen Dollar würde Lexington Arms ruinieren. Allein die Anwaltsgebühren würden uns unsere Gewinne kosten. Der Präsident bot uns einen Ausweg aus diesem Dilemma an – wir mussten diesen Vorschlag einfach aufgreifen.«

»Was hat Lexington zu der Abmachung beigetragen?«

»Ich konnte es dem Präsidenten zwar nicht eingestehen, aber vieles, worum er uns bat, hielt ich sowieso für notwendig: die P-2 und die Adlerklaue auslaufen lassen, Leumundsprüfungen bei Waffenmessen vorschreiben.« Callister verkniff das Gesicht. »Außerdem wollte er, dass wir unsere Waffen umrüsten, damit nur noch Magazine mit maximal zehn Geschossen hineinpassen.«

Diese stillschweigende Anspielung auf den Mord an Marie Costello war auch Nolan nicht entgangen.

»Hatte der Präsident noch weitere Vorschläge?«, fragte Sarah.

»Nicht unmittelbar. Aber ihm war klar, dass wir Geld brauchten, um die Einstellung der P-2-Produktion auszugleichen. Er deutete die Möglichkeit eines Forschungszuschusses aus dem Justizministerium für die Entwicklung von schlauen Waffen an – also von Waffen, die nur auf den Fingerabdruck des tatsächlichen Besitzers reagieren.«

»Was war Ihre Meinung zu diesem Vorschlag?«

Callister fuhr sich mit der Hand über seine grauen Haarstoppeln. »Dass es schwer sein würde, ohne die Unterstützung anderer Waffenunternehmen eine Vereinbarung zu treffen, dass es aber trotzdem einen Versuch wert war.« Er blickte kurz zu Harrison Fancher. »Ich dachte, wenn wir uns bei diesen vertraulichen Gesprächen im Groben über eine Abmachung einigen konnten, dann wäre es möglich, andere Hersteller mit an den Tisch zu holen. Also sagte ich dem Präsidenten, dass ich die Sache dem Aufsichtsrat vorlegen wollte.«

Sarah drehte ihren Stift zwischen den Fingern und sann über ihre nächste Frage nach. »Haben Sie einen anderen Vertreter von Lexington über Präsident Kilcannons Vorschlag informiert, ehe Sie sich an den Aufsichtsrat wandten?«

»Ich wollte, dass nichts von den Verhandlungen durchsickert. Aber ich habe mit Ray Stipe gesprochen, unserem Justitiar.« Nach einer kurzen Pause fügte Callister mit neutraler Stimme hinzu: »Und mit Mike Reiner.«

»George«, schaltete sich Nolan ein, »dienten Ihre Gespräche mit Mr. Stipe dazu, seinen rechtlichen Rat einzuholen?«

»Ja.«

»Dann sind sie durch das Anwaltsgeheimnis gedeckt, und ich weise Sie an, sich nicht dazu zu äußern.«

Callister nickte und wandte sich wieder Sarah zu.

»Lassen wir also Mr. Stipe beiseite«, sagte sie. »Warum haben Sie sich mit Mr. Reiner beraten?«

»Er ist unser Marketingleiter. Die Umsetzung dieser Vereinbarung wäre zum großen Teil seine Aufgabe gewesen.«

»Hatte Reiner eine Meinung zum Vorschlag des Präsidenten?«

»Ja. Er war strikt dagegen.«

»Aus welchem Grund?«

»Er sagte, wir würden uns damit zum Versuchskaninchen des Präsidenten machen.« Callisters Ton wurde merklich kühler. »Reiner hat maßgeblich an der Entwicklung der P-2 und der Adlerklaue mitgewirkt. Er meinte, dass wir uns nur mit diesen Produkten im Wettbewerb halten können. Für ihn war ein Eingehen auf Kilcannons Vorschlag gleichbedeutend mit Selbstmord.«

»Waren Mr. Reiners Einwände der Grund dafür, dass Lexington keine Einigung mit dem Präsidenten erzielte?«

»Nein«, antwortete Callister in entschiedenem Ton. »Ich hielt die P-2 und die Adlerklaue für eine Sackgasse und sah es als meine Aufgabe an, damit aufzuhören, die anderen Unternehmen durch die Herstellung noch tödlicherer Waffen und Geschosse zu übertrumpfen. Daher teilte ich Reiner meine Absicht mit, den Vorschlag dem Aufsichtsrat zu unterbreiten.«

»Und haben Sie das getan?«

»Ja. Ich wollte nichts davon schriftlich festhalten. Aus diesem Grund habe ich die Offerte des Präsidenten mündlich vorgetragen und den Aufsichtrat darum gebeten, ihn zu überdenken.«

»Wie haben die Mitglieder reagiert?«

»Die Unsicherheit und die Bedenken waren groß. Aber ich erhielt die Vollmacht zu weiteren Treffen mit dem Präsidenten.«

»Ist es dazu gekommen?«

Callister atmete tief durch. »Nein.«

»Und warum nicht?«

»Weil ich einen Anruf von Charles Dane erhielt.«

»Worum ging es dabei?«

»Er hatte von meinen Verhandlungen mit dem Präsidenten gehört und bat um ein Gespräch.«

Schlagartig schienen Nolan und Fancher hellwach und bereit, jederzeit einzugreifen.

Sarah ließ sich Zeit, um eine möglichst unverfängliche Frage zu formulieren, die keine Anweisung zum Schweigen nach sich ziehen würde. »Wie hatte Mr. Dane von den Verhandlungen erfahren?«

»Dass es Stipe war, kann ich mir nicht vorstellen.« Callisters knappes Lächeln schien nur für ihn selbst bestimmt. »Da bleibt nur Reiner oder ein Mitglied des Aufsichtsrates.«

»Haben Sie sich mit Mr. Dane getroffen?«

»Ja. Im Büro der SSA.«

Sarah beobachtete Nolan aus dem Augenwinkel. »War jemand anderer zugegen?«

»Nein.« Callisters Stimme war emotionslos, sein Gesichtsausdruck starr. »Dane sagte, er wolle die Dinge unter vier Augen klären.«

Angespannt beobachteten Nolan und Fancher den Zeugen. Nach einem vorsichtigen Blick auf die beiden Anwälte fragte Sarah in ruhigem Ton: »Was hat Dane bei diesem Gespräch zu Ihnen gesagt?«

»Einspruch«, fuhr Fancher an Nolan und den Zeugen gewandt dazwischen. »Die Frage zielt auf die Preisgabe einer vertraulichen Erörterung politischer und gesetzgeberischer Strategien. Solche Gespräche sind durch das Recht auf Redefreiheit geschützt. Die SSA fordert, dass Mr. Callister die Frage nicht beantwortet.«

»Ich weise Sie an, nicht zu antworten«, sagte Nolan zu seinem Mandanten.

Sarah ließ Callister nicht aus den Augen. »Würden Sie Ihr Gespräch mit Mr. Dane als ›vertrauliche Erörterung politischer und gesetzgeberischer Strategien‹ beschreiben?«

Callister schob die Hände ineinander und starrte stumm auf den Tisch. Nach einer Weile blickte er Sarah mit neu gewonnenem Gleichmut an. »Nicht in erster Linie.«

Sarah lächelte leise. »Dann lassen Sie die ›vertraulichen Erörterungen politischer und gesetzgeberischer Strategien‹ einfach weg, wenn Sie meine Frage beantworten.«

»Einspruch«, zischte Nolan in wachsender Erregung. »Es ist unmöglich, bei einer derartigen Unterredung allgemeine Inhalte von gesetzgeberischen und politischen Erörterungen zu trennen. Ich weise den Zeugen an, keine Fragen zu seinen vertraulichen Gesprächen mit Mr. Dane zu beantworten.«

Sarah wandte sich dem Zeugen zu. »Meinen Sie, Sie können ›gesetzgeberische und politische Erörterungen‹ von den anderen Dingen trennen, über die Sie mit Dane geredet haben?«

»Ich glaube schon, ja.«

Nolan packte Callister am Handgelenk. »Als Rechtsbeistand von Lexington Arms«, sagte er in kategorischem Ton, »weise ich Sie an, nicht den Versuch zu unternehmen, vertrauliche Dinge von anderen zu unterscheiden, und Ms. Dashs Fragen nicht zu beantworten.«

Callister starrte auf Nolans Hand. »Ich habe Ihren Rat gehört, John. Ob ich ihn annehme oder nicht, entscheide ich selbst.«

Nolan zog die Hand zurück und wandte sich an Sarah. »Ich bitte um eine Pause, um mich mit meinem Mandanten zu beraten.«

Sarah zwang sich, gelassen zu bleiben. »Mr. Callister?«

»Machen Sie ruhig eine Pause, wenn Sie wollen«, sagte Callister zu Nolan. »Ich brauche keine.«

In alarmiertem Ton griff Fancher ein. »Ich protestiere gegen die Fortsetzung der Vernehmung, wenn wir nicht vorher Gelegenheit erhalten, Mr. Callister auf die Bedeutung Ihrer Fragen für das Recht der Redefreiheit von Lexington und der SSA aufmerksam zu machen.«

Mit einem Achselzucken wandte sich Callister an Sarah: »Fahren Sie fort, Ms. Dash.«

Ohne Fancher weiter zu beachten, fragte Sarah: »Mr. Callister, was hat Mr. Dane bei diesem Treffen zu Ihnen gesagt?«

»Mehrere Dinge«, antwortete Callister in beißendem Ton. »Dass sich jeder, der mit Präsident Kilcannon verhandelt, zum Verräter am Second Amendment macht. Dass er, wenn Lexington diese Vereinbarung trifft, im Rundbrief der SSA, im Internet und über die Schützenvereine alle amerikanischen Waffenbesitzer zum Boykott gegen unsere Produkte und alle Waffenhändler zum Ausschluss unserer Waren aus ihren Läden aufrufen werde. Und dass sich die SSA-Zeitschrift weigern werde, unsere Werbeanzeigen abzudrucken, und dass andere Waffenzeitschriften diesem Beispiel folgen werden.

Im Hinblick auf zivilrechtliche Prozesse wie diesen hier«, fuhr Callister fort, »wird unsere Verteidigung durch den Heritage Fund finanziert, der hauptsächlich von der SSA bestritten und damit auch kontrolliert wird. Dane warnte mich, dass seine Organisation für kein Unternehmen, das eine Abmachung mit Kilcannon getroffen hat, die Anwaltskosten übernehmen werde.« Den Blick auf Fancher gerichet, fügte Callister in neutralem Ton hinzu: »Ihr Mandant, Mr. Fancher, beendete seine Ausführungen mit dem Versprechen, dass eine Einigung mit dem Präsidenten zum Ruin von Lexington Arms führen werde. Ich hatte nicht das Gefühl, dass es sich dabei um eine ›durch das Recht auf Redefreiheit geschützte Erörterung politischer und gesetzgeberischer Strategien‹ handelte.«

Sarah war nicht weniger perplex als Nolan und Fancher. Callisters Ton ließ keinen Zweifel daran, dass er es endgültig satt hatte.

Dass er die SSA mit seiner letzten Antwort an den Rand einer Anklage wegen Verstoßes gegen das Kartellrecht gebracht hatte, schien ihn nicht weiter zu kümmern.

»Hat Mr. Dane im Zusammenhang mit seinen Drohungen gegen Lexington andere Hersteller erwähnt?«, fragte Sarah, nachdem sie sich wieder gefasst hatte.

Callister wandte sich wieder Sarah zu. »Er fragte, ob ich mich an Martin Bresler erinnere. Dann überlegte er laut, ob sich die anderen nicht darüber freuen würden, den Marktanteil eines Unternehmens unter sich aufzuteilen, das sie verraten hatte.« Callisters Stimme verriet seine Bitterkeit. »Aber um ganz sicherzugehen, dass ich nicht doch eine Abmachung treffen würde, wurde der *Washington Post* die Information zugespielt, dass Lexington mit dem Präsidenten in Verhandlungen stand. Plötzlich erschienen vor unserem Unternehmen Demonstranten, und ich erhielt Morddrohungen im Internet.« Callister hielt kurz inne, ehe er zum Ende kam. »Am Tag vor der Hochzeit des Präsidenten erhielt ich Anweisung vom Aufsichtsrat, die Notbremse zu ziehen.«

Sarah lehnte sich zurück und betrachtete das Gruppenbild vor ihren Augen: Callister, von den Anwälten getrennt, Fancher, der mit der Wut eines Schlächters Notizen machte, und Nolan, der sichtlich Mühe hatte, einen Kontrollverlust zu verdauen, wie er ihn wohl noch nie erlebt hatte.

»George«, sagte Nolan mit belegter Stimme, »Ihre Aussage hat Auswirkungen, die weit über die Belange der SSA hinausgehen. Sie haben doch Verpflichtungen gegenüber Ihrer Firma.«

Callister sah ihn mit leichter Verachtung an. »Ja, das stimmt.«

Sarah meldete sich zurück. »Haben Sie nach den Costello-Morden weitere Maßnahmen ergriffen?«

»George«, wiederholte Nolan, »ich bitte Sie inständig, machen Sie eine Pause.«

Callister wandte den Blick von ihm ab. »Ich ging zum Aufsichtsrat«, sagte er zu Sarah, »und erklärte, dass es jetzt wirklich reichte. Der Schütze hatte eine P-2 benutzt, und die elfte Kugel in einem Fünfzigschussmagazin hatte das kleine Mädchen getötet, das ich in Camp David kennen gelernt hatte. Es war höchste Zeit für eine Vereinbarung mit dem Präsidenten, falls er nach den Ereignissen überhaupt noch dazu bereit war.« Callisters Stimme wurde tonlos. »Ich wusste, dass Kilcannon alles daransetzen würde, Lexington Arms zu vernichten, wenn wir seine Forderungen nicht erfüllten. Und das habe ich auch dem Aufsichtsrat mitgeteilt.«

Diese klare Aussage mit ihrer stillschweigenden Anspielung auf den Prozess erinnerte Sarah an den ersten Anruf von Lara Kilcannon. Das schien lange zurückzuliegen. Und die ganze Zeit hatte sie angenommen, George Callister sei genauso skrupellos wie Charles Dane.

Leise fragte sie: »Mr. Callister, warum konnte Lexington keine Einigung mit dem Präsidenten erzielen?«

»Ich habe wirklich alles versucht. Ich habe den Mitgliedern des Aufsichtsrats sogar mit meinem Rücktritt gedroht, wenn sie mir nicht gestatten würden, die Produktion der P-2 und der Adlerklaue einzustellen.« Callister schien in Erinnerungen versunken. »Ich habe sie gewarnt, dass weitere Klagen auf uns zukommen werden – wenn nicht von der First Lady oder ihrer Schwester, dann von anderen Hinterbliebenen, und dass die Sympathie der Öffentlichkeit für die Opfer so groß war, dass wir keinen Prozess riskieren durften. Aber bevor der Aufsichtsrat abstimmen konnte, bat Dane um ein zweites Treffen …«

»Mr. Callister«, sagte Nolan in förmlichem Ton, »ich muss Sie dazu ermahnen, die rechtlichen Folgen Ihrer heutigen Aussage zu bedenken. Wenn Sie meine Anweisungen ignorieren, handeln Sie im Widerspruch zu den Interessen Ihrer Firma.«

Callister zuckte die Achseln. »Vielleicht sollten Sie sich lieber den Rest anhören, bevor Sie entscheiden, wer hier gegen die Interessen von Lexington handelt.«

Sarah ahnte, dass das Folgende alles Bisherige in den Schatten stellen würde. »Was hatte Ihnen Dane bei dem zweiten Treffen zu sagen?«

»Ich erfuhr, dass die SSA die Absicht hatte, Kerry Kilcannon loszuwerden. Es hieß, ich solle keinen Pakt mit dem Teufel schließen und ihnen lieber nicht in die Quere kommen. Die SSA sei dabei, mit den Republikanern eine Haftpflichtreform auszutüfteln, die uns alle Zivilklagen vom Hals schaffen wird.«

Sarah hörte Lenihans leises Lachen.

»Diese Unterredung«, protestierte Fancher, »ist ein Paradebeispiel für politische und gesetzgeberische Erörterungen…«

»Wie haben Sie auf Danes Ausführungen reagiert?«, unterbrach ihn Sarah.

»Ich sagte, dass der Kongress bisher noch jeden Versuch zur Immunisierung von Waffenherstellern abgewürgt habe und dass er auch jetzt kein solches Gesetz verabschieden würde. Und dass dann immer noch Kilcannon sein Veto einlegen könne.«

»Was hat Dane darauf erwidert?«

Callister warf einen kurzen Blick auf Fancher. »Er versicherte mir, dass die SSA alle Hebel in Bewegung setzen wird, um die Haftpflichtreform in beiden Häusern des Kongresses zu verabschieden. Und dann sagte er etwas, was ich nicht verstand: dass die SSA mit Kilcannon schon fertig werde, falls er ihr in die Quere kommt.«

Die letzten Worte trafen Sarah wie ein Schock. Sofort fiel ihr siedend heiß die Videokamera ein, die auf George Callister gerichtet war. »Hat Ihnen Mr. Dane verraten, was er damit meinte?«

»Zuerst nicht.« Callisters Stimme war sanft, seine Augen trüb. »Ich antwortete, nach dem, was mit der Familie seiner Frau passiert war, sei es verrückt zu glauben, man könne mit Kilcannon ›fertig werden‹.«

»Was war seine Antwort?«

»Ich solle mir keine Sorgen machen, sie hätten persönliche Informationen sowohl über den Präsidenten als auch über die First Lady.«

Im Raum herrschte nun vollkommenes Schweigen. Sarah bemerkte das leise Surren der Videokamera. »Haben Sie ihn gebeten, das genauer zu erklären?«

»Ja. Aber Dane meinte nur, dass sie es nie überleben würden und dass es dumm wäre, es zu versuchen.«

Fancher machte sich keine Notizen mehr. Nolan kratzte sich abwesend an der Nase.

Möglichst beherrscht fragte Sarah: »Wissen Sie, was Dane damit meinte?«

Callister nickte. »An dem Morgen, als die Abtreibungsgeschichte bekannt wurde, rief ich Dane an und fragte ihn, ob es das war, was er gemeint hatte. Er lachte nur und sagte, dass das doch jetzt, nachdem der Präsident kastriert sei, gar keine Rolle mehr spiele.« Zuletzt wandte sich der Zeuge an Nolan. »Sie sind der Anwalt, John, nicht ich. Aber ich dachte immer, dass Erpressung ein Verbrechen ist.«

Als Nolan stumm blieb, setzte Callister hinzu: »Vielleicht wird mich der Aufsichtsrat wegen meiner Aussage feuern. Aber vorerst spreche ich noch für Lexington und fordere Sie auf, meine Firma zu vertreten und nicht die SSA. Sonst werfe ich Sie genauso raus wie Mike Reiner.«

Nach der Vernehmung sagte Callister zu Nolan: »Ich möchte kurz unter vier Augen mit Ms. Dash sprechen.« Es war keine Bitte.

Sie traten hinaus in den Gang. Callister überragte sie, und in seinen grauen Augen erschien ein belustigtes Funkeln. »Wenn Sie zufällig dem Präsidenten begegnen, richten Sie ihm bitte aus, dass der Premierminister seinen Einfluss geltend gemacht hat. Und dass wir damit quitt sind. Von jetzt an sind Sie beide auf sich selbst gestellt.«

## 12

Sarah und Mary saßen sich auf Sarahs Sofa gegenüber, während ein kalter Winterregen gegen die Fenster ihres Wohnzimmers prasselte. Mary hörte genau zu, während ihr Sarah die Ereignisse schilderte, unter deren Eindruck sie noch immer stand.

»Sie wissen ja jetzt aus eigener Erfahrung, wie es normalerweise läuft«, sagte Sarah. »Vernehmungen sind alles andere als menschlich. Die Anwälte erheben Einspruch, und der Zeuge gibt die Antworten, die er geben darf. Aber Callister nicht. Irgendwann fing er einfach an, dieses ganze Schmierentheater preiszugeben. Auf einmal war ich nicht mehr nur Anwältin, und Callister war mehr als ein Zeuge. Nolan hat noch nie so klein ausgesehen.«

Sie suchte nach den richtigen Worten, um Callisters Verhalten zu beschreiben. »Callister hat diesen ganzen abgestandenen Witz zur Kenntnis genommen – dass Bond mit seinem hohlköpfigen Sekretär diese Zirkusnummer abzog, weil er genau wusste, dass uns die gegnerischen Anwälte verschaukelten; und dass Nolan und Fancher Hand in Hand arbeiteten, um die rechtlichen Probleme der SSA bis zur Abstimmung des Senats zu verschleiern. Aber dann hat er es nicht mehr über sich gebracht, bei diesem abgekarteten Spiel weiter mitzumachen.«

Mary wirkte bestürzt. »Glauben Sie, die gegnerischen Anwälte wussten etwas von der Erpressung?«

»Vielleicht nichts über Callisters letzten Anruf bei Dane. *Vielleicht.* Aber Nolan ist einfach zu gut als Anwalt, als dass er Callister nicht ziemlich bald nach Einreichung unserer Klage über alles befragt hätte, was davor passiert war. Die Lancierung der Abtreibungsgeschichte musste also für Nolan so ziemlich die gleichen Fragen aufwerfen wie für Callister.« Sinnierend nippte Sarah an ihrem Glas Chardonnay. »Wenn man es großzügig sieht, könnte man sagen, dass Nolan im Interesse seiner Mandantin zur SSA halten wollte. Schließlich wird der Senat diesen Fall schon übermorgen für immer begraben.«

»Aber warum hat Callister nicht einfach den Mund gehalten?«

»Callister ist nicht dumm, er hat das nicht nur getan, um sein Gewissen zu beruhigen. Ich vermute, dass er der Meinung ist, unser Prozess diene den Interessen von Lexington.«

»Wie das?«

»Weil es vielleicht die einzige Möglichkeit ist, die Macht der SSA über die amerikanische Waffenindustrie zu zerschlagen. Nach allem, was uns Callister erzählt hat, würde die SSA zur Hauptbeklagten werden, und Lexington könnte für alle Entschädigungszahlungen, die Sie von der Firma erhalten, Regressansprüche gegen die SSA geltend machen.« Sarah dachte bereits weiter. »Angenommen, Lexington bietet Ihnen einen Vergleich an. Sie bekommen eine vergleichsweise geringe Summe, die Firma geht auf die Bedingungen des Präsidenten ein und kooperiert mit Ihnen im Prozess gegen die SSA. Dann wäre auf einen Schlag Schluss mit der Unterdrückung der Waffenhersteller durch die SSA.«

Mary schüttelte konsterniert den Kopf. »Den Präsidenten der Vereinigten Staaten zu erpressen. Stellen Sie sich nur vor, was passieren würde, wenn das herauskommt.«

»Ich würde es mir gern vorstellen.« Sarah spürte wieder, wie aufgewühlt sie war. »Das erinnert mich an ein klassisches Rätsel: Wenn im Wald ein Baum umfällt, und niemand hört es, macht er dann ein Geräusch? Was Callister gesagt hat, ist wie ein Baum, der im Wald umfällt. Außer von den Leuten im Konferenzraum hat niemand etwas gehört.«

»Wegen der Anordnung des Richters.«

Sarah nickte zögernd. »Callister hat mir das in die Tasche gesteckt, und ich weiß jetzt, was gespielt wird. Callister hat nur seinen Anwälten einen Strich durch die Rechnung gemacht. Ich dagegen würde mich über eine gerichtliche Anordnung hinwegsetzen. Jedenfalls habe ich nicht mitbekommen, dass Callister eine Pressekonferenz einberufen hätte.«

»Er hat nicht nur seinen Anwälten einen Strich durch die Rechnung gemacht, Sarah, sondern auch der SSA. Er hat sein Unternehmen aufs Spiel gesetzt.« Mary überlegte. »Was meint denn Bob Lenihan dazu?«

Sarah rieb sich mit dem Finger über die Schläfe. »Vor ein paar Wochen hat er ein Schlupfloch in der Anordnung ausgenutzt, um der *Times* Dokumente zuzuspielen. Bond kann es nicht beweisen, aber er weiß es. Wer als Nächster diese Anordnung missachtet, den hat Bond im Fadenkreuz. Und Lenihan möchte nicht derjenige sein.«

Mary sah sie prüfend an. »Sie haben ihn schon gefragt, ob er es an die Presse weitergibt, nicht wahr?«

»Mehr oder weniger«, gab Sarah müde zu. »Er meinte, wir könnten vielleicht bei Bond ein Gesuch zur Öffnung der Akten einreichen, nachdem Ihre Klage durch die Entscheidung des Senats gegenstandslos geworden ist. Weiter will Lenihan nicht gehen.«

Ein weicher Ausdruck trat in Marys Gesicht. »Und was ist mit Ihrer Anwaltslizenz, Sarah? Ich finde es nicht fair, dass das an Ihnen hängen bleibt.«

»Es gibt niemand anderen und keine andere Wahl.« Sarah schaute in ihr Weinglas. »Ich frage mich die ganze Zeit, wie es so weit kommen konnte. Ich wollte Lexington oder die Waffenlobby für ihre Handlungen zur Verantwortung ziehen und dem Präsidenten helfen, damit dieses Land seine Einstellung gegenüber der

Waffengewalt ändert. Aber der Präsident und Ihre Schwester leben in einem Paralleluniversum, wie Sie aus eigener Erfahrung wissen, und sie können nichts für mich tun.«

Mary sah sie an. »Dann bleibe nur noch ich.«

»Wie meinen Sie das?«

Mary lächelte. »Ich bin Ihre Mandantin, Sarah. Was wir tun und wie wir es tun, ist meine Entscheidung.«

Am nächsten Morgen kurz vor elf Uhr betraten Sarah Dash und Mary Costello den Haupttagungsraum des Mark-Hopkins-Hotels. Hinter dem Podium stand ein Tisch, auf dem ein Pappkarton, ein Fernsehgerät und ein Videorekorder aufgebaut waren. Davor hatten sich Reporter von Zeitungen, großen Fernsehanstalten und lokalen Sendern versammelt, angelockt durch Sarahs eilige Einberufung einer Pressekonferenz im Hinblick auf eine »entscheidende Entwicklung« im Verfahren *Costello gegen Lexington Arms*.

Sarah nickte Mary zu, und beide näherten sich dem Podium. Sarah hatte keine Minute geschlafen. Als sie ihre Notizen auf den Tisch legte, spürte sie ein leichtes Zittern ihrer Hände.

Sie holte tief Atem. Die Pressekonferenz wurde von CNN live übertragen, und sie musste vollkommen selbstsicher wirken.

»Ich bin Sarah Dash«, begann sie, »Mary Costellos Anwältin in dem laufenden Verfahren wegen Beihilfe zur Tötung gegen Lexington Arms und die Sons of the Second Amendment. Wegen der großen Bedeutung der Informationen, die wir hier bekannt geben werden, wollte Ms. Costello persönlich anwesend sein.«

Noch ein letztes Mal zögerte Sarah, bevor sie den Sprung wagte. »Gestern habe ich George Callister vernommen, den Vorstandsvorsitzenden von Lexington Arms. In dem Karton hinter mir sind Kopien der Videoaufnahme seiner Befragung, die wir Ihnen am Ende dieser Pressekonferenz zur Verfügung stellen werden. Für die Zwecke dieser Pressekonferenz habe ich Ausschnitte der Aufnahme von Mr. Callisters Aussage zusammengestellt, die wir gleich im Anschluss zeigen werden.«

Unter den Reportern entstand Unruhe. Mit großer Überraschung und Spannung erkannten diejenigen, die das Verfahren verfolgt hatten, dass sich Sarah über eine gerichtliche Anordnung hinwegsetzte. Sarah sah, wie ein Fox-Reporter hastig in sein Handy sprach.

»Wie Sie wissen«, fuhr Sarah fort, »hat Richter Bond die Anordnung erteilt, keine Beweise aus dem Offenlegungsverfahren bekannt zu machen. Wenn wir uns nach reiflicher Überlegung dennoch zu diesem Schritt entschlossen haben…«

Nach einem dringenden Anruf von Carla Fell war Charles Dane in den Konferenzraum der SSA geeilt. Die Leiterin der Rechtsabteilung saß vor dem Fernseher und sah CNN.

»Was ist los?«, fragte er ungehalten.

»Sarah Dash. Sie hat dem Richter gerade mitgeteilt, dass er sie am Arsch lecken kann.«

Voller dunkler Vorahnungen ging Dane im Geist noch einmal Harrison Fanchers Anruf durch, auf den eine schlaflose Nacht gefolgt war. Allein – weil er seine Verstrickung niemandem gestehen konnte – hatte er sich Stunde um Stunde den Kopf zerbrochen, wie er Callister zum Schweigen zwingen konnte. Letzlich war ihm nichts Besseres eingefallen, als mit allen Mitteln dafür zu sorgen, dass Fasano dem Prozess im Senat die Grundlage entzog und dass die Akten unter Verschluss blieben. Falls sie dennoch auftauchten, konnte er immer noch behaupten, dass Callister log oder zumindest ihre Unterredung völlig falsch verstanden hatte.

»Was sagt sie?«, fragte Dane.

»Das wissen wir noch nicht.«

Auf dem Bildschirm war eine gelassen wirkende Sarah Dash zu sehen. »Einer der Hauptpunkte von Ms. Costellos Klage ist der Vorwurf, dass die SSA die amerikanische Waffenindustrie beherrscht. Gestern haben wir erfahren, dass das nur allzu wahr ist. Aber wir haben noch viel mehr erfahren.«

Sarah trat nach hinten zum Tisch und schaltete den Videorekorder ein. George Callisters Bild füllte als Nahaufnahme den Fernsehschirm.

»Was hat Dane darauf erwidert?«

»Er versicherte mir, dass die SSA alle Hebel in Bewegung setzen werde, um die Haftpflichtreform in beiden Häusern des Kongresses zu verabschieden. Und dann sagte er etwas, was ich nicht verstand: dass die SSA mit Kilcannon schon fertig werde, falls er ihr in die Quere kommt.«

Dane ließ sich schwerfällig auf einem Sessel nieder. Aus dem Augenwinkel sah er, dass ihn Carla Fell beobachtete. Ihre Augen schienen die Frage zu stellen, die von Sarahs Stimme in Worte gekleidet wurde.

»Hat Ihnen Mr. Dane verraten, was er damit meinte?«

## 13

Nach der Rückkehr in ihr Büro brach eine Lawine von Anrufen über Sarah herein: Anfragen von Printmedien, Interview-Wünsche von CNN, Fox, MSNBC und von den Abendnachrichten- und Vormittagssendungen der drei großen Sendeanstalten, zornige Drohungen von Anhängern der SSA, Worte der Anerkennung von Freunden, von denen sie zum Teil schon jahrelang nichts mehr gehört hatte, und – schier unglaublich für Sarah – das Angebot eines Filmregisseurs, der ihren Widerstand gegen Richter Bond zur Rolle für Sandra Bullock schreiben wollte. Sarah wies ihre Assistentin an, sich der Flut entgegenzustemmen. Sie hatte nicht die Absicht, den Medien noch mehr mitzuteilen, und das war auch gar nicht nötig. In den Kabelnachrichten wimmelte es von Sarahs und Callisters Bildern. Man erging sich in Spekulationen über die Auswirkungen von Callisters Enthüllungen auf die Waffendebatte, die SSA, den Kongress und beide politische Parteien. In Blitzumfragen wurde nachgeforscht, ob das Video Kilcannons Ansehen in der Öffentlichkeit beeinflusst hatte. Sarah war müde, besorgt und völlig überwältigt. Dass sie diesen Feuersturm nicht durch ihre Arbeit innerhalb des Rechtssystems ausgelöst hatte, sondern durch einen Verstoß dagegen, verstärkte ihre Unruhe noch zusätzlich. Sie konnte nur raten, wie sich George Callister fühlte.

Um halb drei verließ sie das Büro, nachdem sie nur zwei Anrufe entgegengenommen hatte.

Der erste war von Lara Kilcannon. Mit tiefer Bewegung erklärte ihr Lara, wie dankbar sie ihr war, vor allem auch wegen des Präsidenten. »Können wir etwas für Sie tun?«, fragte sie.

»Nur eins«, antwortete Sarah. »Wenn jemand fragt, weisen Sie bitte darauf hin, dass ich das auf eigene Faust getan habe. Sonst wird das Ganze noch viel schlimmer für mich.«

Der zweite Anruf kam von Gardner Bond. »Hiermit erlasse ich eine Anordnung«, sagte der Richter mit einer Kälte, die noch entmutigender war als Zorn. »Aber gerichtliche Anordnungen scheinen Sie ja nicht besonders zu beeindrucken. Deshalb habe ich mir gedacht, ich teile sie Ihnen persönlich mit. Morgen Nachmittag um vier Uhr halte ich eine Anhörung wegen Missachtung des Gerichts ab, die Ihre Aktivitäten von heute Vormittag zum Thema hat. Möglicherweise halten Sie es für angebracht zu erscheinen.«

Ohne auf Sarahs Erwiderung zu warten, legte Bond auf.

Paul Harshman war der Erste aus dem Führungskreis der Republikaner, der in Fasanos Büro eintraf. Fasano sah gerade auf MSNBC, wie ein liberaler Kolumnist die SSA in der Luft zerriss.

»Vielleicht sind das alles nur Verleumdungen, die Kilcannon koordiniert hat«, warnte Harshman.

Fasano wandte sich ihm zu und fragte mit ruhiger Stimme: »Glauben Sie das wirklich?«

Harshmans Miene wurde widerspenstig. »Was wissen wir denn schon über diesen Callister ...«

»Lassen Sie es gut sein, Paul. Konzentrieren wir uns lieber darauf, unsere Vorlage zu retten.« Fasanos Ton ließ keinen Widerspruch zu. »Ich nehme keine Anrufe von Charles Dane entgegen. Und Sie halten es bitte genauso. Sobald wir diese Sache hinter uns haben, gehen wir so schnell wie möglich auf Abstand zu Dane. Und Sie werden nicht von meiner Seite weichen.«

Im Oval Office verfolgten Kerry, Kit und Clayton Fasanos Auftritt auf CNN.

Zusammen mit Paul Harshman und anderen führenden Republikanern stand er in der Rotunde des Capitols. »Keiner von uns«, erklärte er, »kann wissen, was Mr. Dane gegenüber Mr. Callister zum Ausdruck bringen wollte, und niemand kann abschätzen, welche Verbindung zwischen dieser Aussage und dem Geständnis des Präsidenten über sein persönliches Verhalten vor seinem Amtsantritt besteht.«

»Erinnern Sie uns doch daran«, bemerkte Clayton bissig, »der eine oder andere hat es vielleicht schon vergessen.«

»Nur Mr. Dane weiß es«, fuhr Fasano fort. »Aber wir können nicht blind sein für die Bedeutung dessen, was wir heute erfahren haben. Die Erpressung, die Mr. Callister angedeutet hat, darf keinen Platz im öffentlichen Leben haben. Wie sehr wir uns auch für den Schutz ungeborenen Lebens – und natürlich auch das Recht auf Waffenbesitz – einsetzen, solche schändlichen Manöver weisen wir Republikaner weit von uns.«

»Aber nicht ihre Vorteile«, sagte Kerry leise.

»Senator Fasano«, rief Kate Snow von CNN. »Wie werden sich die Enthüllungen von Ms. Dash auf die Aussichten zur Überstimmung des Präsidentenvetos auswirken?«

»Das lässt sich noch nicht sagen, Kate. Wir sind noch damit beschäftigt, uns auf die neue Situation einzustellen. Aber ich kann Ihnen sagen, wie sich mir die Sache rein logisch betrachtet darstellt.« Fasanos Ausdruck war ernst, und er sprach in gemessenem Ton. »Wie gesagt, dies ist ein trauriges Kapitel in unserem politischen Leben. Ich möchte betonen, dass Mr. Danes angebliche Unterredung nichts über die vier Millionen Mitglieder der SSA aussagt. Aber auch davon abgesehen haben Mr. Callisters Vorwürfe genauso wenig mit der Qualität der Zivilrechtsreform zu tun wie das Privatleben des Präsidenten und der First Lady. Die Immunität für Waffenhersteller ist nur ein kleiner Teil der umfassenden und dringend benötigten Reform unseres Rechtssystems, die in dieser wichtigen Gesetzesvorlage enthalten ist. Welcherart unsere Probleme auch sein mögen – und die Waffengewalt gehört sicherlich dazu –, die derzeitige Rechtsstreitkultur macht sie meines Erachtens nur noch schlimmer. Deshalb werde ich genauso energisch wie bisher auf eine Überstimmung des Vetos dringen.«

Nachdem er seine Botschaft verkündet hatte, verließ Fasano das Podium.

»Der Mistkerl ist wirklich schlau«, sagte Kit zum Präsidenten. »Er hat genauso viel Distanz zwischen sich und Dane gelegt wie nötig. Gleichzeitig will er aber, dass ihm die SSA verpflichtet bleibt und seiner Partei weiterhin ihre Stimmen und ihr Geld gibt. Und wenn er nach dieser Sache Ihr Veto kippen kann, ist er der König auf dem Capitol Hill.«

»Nur über meine Leiche.« Kerry spürte sowohl Zorn als auch Befreiung. Er wusste jetzt, wer verantwortlich war und was er tun musste. »Ich denke, ich muss ein paar Senatoren anrufen.«

»Wie wär's mit einer Erklärung?«

Kerry lächelte. »Das mache ich schon.«

Um sechs Uhr abends Ostküstenzeit, also früh genug für die Abendnachrichten, erschien der Präsident wie angekündigt im Pressesaal des Weißen Hauses. Fasano, sein Stellvertreter Dave Ruckles und die anderen Mitglieder der republikanischen Führungsmannschaft sahen sich das Ganze auf CNN an.

»Vor einigen Stunden«, begann der Präsident, »hat Senator Fasano erklärt, dass niemand wissen kann, was Mr. Dane gegenüber Mr. Callister zum Ausdruck bringen wollte. Ich für meinen Teil finde Aussagen wie ›Ich habe persönliche Informationen, die der Präsident und die First Lady nicht überleben können‹ und ›Mit dem Präsidenten werden wir fertig, wenn er uns in die Quere kommt‹ weniger ambivalent als der Senator.

Ich möchte noch einmal kurz auf den Hergang der Ereignisse zurückblicken. Erst wurde ich durch einen ›anonymen‹ Telefonanruf bedroht, den Senator Slezak weitergab. Dennoch legte ich mein Veto gegen die Zivilrechtsreform ein, und schon kurz darauf wurden einige sehr ›persönliche Informationen‹ über mich und meine Frau bekannt. Mr. Callister hat jetzt den Urheber identifiziert.« Ein Hauch von Ironie trat in die Stimme des Präsidenten. »Zugegeben, auch der Mehrheitsführer fand die zeitliche Abfolge der Ereignisse so belastend, dass er sich von Mr. Dane verabschiedet hat. Außerdem stimme ich ihm zu, wenn er sagt, dass die Mitglieder der SSA nicht an Erpressung glauben. Bei der Führung dieser Organisation ist das offenbar anders …«

»Behaupten kann man viel«, schimpfte Harshman, »aber ein Beweis ist das noch lange nicht.«

Fasano schwieg. Von allen Senatoren in dem Raum war er der

Einzige, der sich der Verstrickung des SSA-Präsidenten genauso sicher war wie Kilcannon. Aber das konnte er vor den anderen nie bekennen. »Callister hat keinen Grund zum Lügen«, sagte er nach einer Weile, »und jetzt kann der Präsident das FBI einschalten. Wir fahren bestimmt besser, wenn wir davon ausgehen, dass der Präsident Dane diese Sache anhängen wird.«

»Über seine Ablehnung von Erpressung hinaus«, fuhr der Präsident fort, »mache ich Senator Fasano folgenden praktischen Vorschlag: Seine Partei soll die über zwei Millionen Dollar zurückgeben, die sie von der amtierenden SSA-Führung beim letzten Wahlkampf als Spenden erhalten hat. Zumindest jedoch sollte sie sich weigern, solches Geld in Zukunft anzunehmen. Das würde ihr vielleicht helfen, sich auf die, wie der Senator es so schön formuliert hat, ›Qualität‹ der Zivilrechtsreform zu konzentrieren …«

»Egal, wer diese Geschichte in Umlauf gebracht hat«, bemerkte Dave Ruckles, »Erpressung kann ich nicht ausstehen. Trotzdem war das Leben für uns sicher leichter, als dieser Kerl etwas kleinlauter war.«

»Ich möchte hier eine wesentliche Sache zu bedenken geben«, erklärte der Präsident. »Wenn der Senat vor nur zwei Tagen mein Veto überstimmt hätte, statt morgen, wie der Senator hofft, hätte dieses Gesetz verhindert, dass George Callister unter Eid die Wahrheit aussagt – die Wahrheit über die Vernichtung von Beweisen, die ungesetzliche Macht der SSA über Lexington Arms und Mr. Danes Erpressungsversuch, der die Ziele der SSA vorantreiben sollte. Damit dürfte klar sein, worin aus Sicht der SSA die ›Qualität‹ dieser Gesetzesvorlage besteht: in der Unterdrückung von Wahrheit und in der Fortsetzung von Unrecht.«

Fasano wandte sich an Ruckles. »Wie steht Palmer dazu?«

In diesem Augenblick hatte der Seniorsenator aus Ohio keine Lust, im Capitol zu sein. Er war zu Hause bei Allie und ging nicht ans Telefon. So war es auch noch drei Stunden später, als Charles Dane in der Sendung *Larry King Live* auftrat.

»Das ist ein historischer Moment«, sagte Chad zu seiner Frau.

»Larry«, sagte Dane in tiefer Aufrichtigkeit, »ich teile Senator Fasanos Gefühle und seine Entrüstung über Beschuldigungen dieser Art. Aber ganz abgesehen davon, dass Mr. Callister die vielen Gespräche zwischen uns möglicherweise falsch verstanden hat, behauptet er kein einziges Mal, dass ich Lara Kilcannons Abtreibung erwähnt hätte. Wichtiger erscheinen mir in diesem Zusammenhang aber Callisters Motive. Lexington und die SSA sind Beklagte in einem aufwieglerischen Prozess, der schlecht für das Image von Lexington ist. Deshalb schiebt er die Schuld an diesem Verfahren der SSA zu, statt sie beim Präsidenten zu suchen, um mögliche Schadenersatzforderungen auf uns abwälzen zu können …«

»Aber warum sollte er so etwas tun«, unterbrach ihn King in scharfem Ton, »wenn der Senat kurz davor steht, den Prozess vollkommen zu beenden?«

»Das ist aber gar nicht nett«, bemerkte Palmer. »Larry benimmt sich ja wie ein Fernsehstaatsanwalt.«

»Das liegt doch auf der Hand, Larry. Callister wollte auf Nummer Sicher gehen, und der Schuss ist nach hinten losgegangen. Er hat nicht damit gerechnet, dass Präsident Kilcannon und seine Anwaltsmarionette Sarah Dash seine genau berechneten Lügen dazu benutzen würden, um eine Hetz- und Schmutzkampagne gegen amerikanische Waffenbesitzer loszutreten.

Kilcannon und seine Gefolgsleute verleumden uns, weil wir entschlossen für das Recht aller anständigen Amerikaner eintreten, sich und ihre Familien gegen Mörder, Vergewaltiger und Kinderschänder zu verteidigen – gegen den Abschaum einer allzu freizügigen Gesellschaft, deren Inbegriff die Kilcannons sind. Wenn sich der Präsident zum Opfer der ›bösen SSA‹ stilisiert, verfolgt er damit nur ein Ziel: die Konfiszierung von Waffen.«

»Stilisiert?«

Danes Stimme war voller Verachtung. »In der narzisstischen Welt der Kilcannons geht es immer nur um *sie*, alle sind hinter *ihnen* her, und alle sind schuld außer *ihnen*. Nennen wir die Dinge doch beim Namen. Sie hatten eine Affäre, und sie haben ihr ungeborenes Kind abgetrieben. Und jetzt wollen sie vier Millionen gesetzestreue Mitglieder der SSA für ihr unmoralisches Verhalten büßen lassen, das allen anständigen Menschen ein Gräuel ist …«

Chad sah von der Seite, wie sich Allies Augen mit Tränen füllten. »Ich kann das gar nicht mehr mit ansehen«, sagte sie. »Es erinnert mich so an das, was sie mit unserer Tochter gemacht haben.«

»Hiermit rufe ich alle patriotischen Amerikaner auf: Weist diese abscheulichen Machenschaften von euch und ermahnt eure Senatoren, die Reform unseres Zivilrechts zu unterstützen.«

Neben Chad klingelte das Telefon. Zuerst ignorierte er es, doch dann sah er die Nummer des Anrufers auf der Leuchtanzeige.

»Siehst du auch gerade Larry King an?«, fragte der Präsident.

»Den lasse ich mir nie entgehen.« Chad zögerte und fügte dann leise hinzu: »Dane macht einen Fehler. Mehr noch, es tut mir von Herzen Leid.«

»Das weiß ich, Chad.« Auch der Präsident war einen Moment unschlüssig. »Ich brauche deine Hilfe. Jetzt geht es nicht mehr nur um die Zivilrechtsreform.«

»Das ist genau das Problem«, erwiderte Chad. »Mir ist das alles viel zu persönlich, und es stehen viele Dinge auf dem Spiel. Ich brauche Zeit zum Nachdenken.«

Das Lachen des Präsidenten war ohne Humor. »Wir haben noch vierundzwanzig Stunden. Mehr Zeit hat uns Fasano nicht gegeben.«

## *14*

Die Stunden vor Tagesanbruch waren für Kerry durch zwei Ereignisse geprägt.

Zuerst stand Lara auf, ging auf leisen Sohlen ins Bad und schloss behutsam die Tür. Gedämpft von laufendem Wasser hörte Kerry ein unverwechselbares Geräusch: Seine Frau übergab sich.

Er wartete, bis er hörte, dass sich Lara Wasser ins Gesicht klatschte. Dann öffnete er vorsichtig die Tür.

Lara, die sich gerade abtrocknete, sah ihn im Spiegel. »Kann ich dir etwas bringen?«, fragte er.

Sie war blass und wirkte matt. Trotzdem lächelte sie über seine Worte. »Vielleicht einen neuen Magen?«

Er legte den Kopf zur Seite. »Wie wär's mit einem anderen Leben?«

Sie schloss die Augen und schüttelte kurz den Kopf. »Das ist es nicht«, antwortete sie mit schwacher, aber fester Stimme. »Wenn mir bei Stress übel würde, hätte ich im Kosovo nie durchhalten können. Wahrscheinlich wieder eine kleine Grippe.«

Vielleicht war es wirklich nur das. In letzter Zeit waren sie beide anfälliger geworden. Aber Kerry musste wieder einmal an den Preis denken, den Lara für die Ehe mit ihm bezahlt hatte, an die Tragödie und das Elend danach. Seit Slezaks Warnung war so viel passiert. Dass sie keine Zeit gehabt hatten, um die Geschehnisse wirklich zu verarbeiten, und nichts anderes hatten tun können, als sich mit ihren Auswirkungen auf seine Präsidentschaft zu beschäftigen, schien Kerry fast unmenschlich.

Er legte Lara die Hände auf die Hüften und schmiegte seine Wange an ihre. Wieder erschien ein Lächeln auf ihren Lippen. »Komm mir nicht zu nah«, mahnte sie ihn, »sonst steckst du dich noch an.«

»Wird es gehen?«

Ihre Augen im Spiegel schienen zu fragen, wie er das gemeint hatte. »Du könntest ein Ginger Ale heraufkommen lassen.«

Kerry ließ es dabei bewenden.

Das zweite Ereignis war die Ankunft der Morgenausgabe der *New York Times*, die mit Laras Ginger Ale heraufgeschickt worden war. Die Überschrift »SSA soll Präsidenten erpresst haben« stand über einer Flut von Artikeln, die bestätigten, was Kerry bereits wusste: Die politische Landschaft war in Aufruhr und der Senat geschockt, aber die vehementen Unmutsäußerungen von Seiten der Demokraten hatten bisher noch zu keiner Änderung der Stimmenverhältnisse geführt. Wie die *Times* erläuterte, war das Problem, dass bei der Abstimmung über das Veto des Präsidenten so viel auf dem Spiel stand. Die Haftpflichtreform hatte eine breite Mehrheit im Senat hinter sich, und es gab keine Möglichkeit mehr, die Immunität für Waffenhersteller vom Rest zu trennen. Bestenfalls schien es so, dass der Präsident die dreiunddreißig Stimmen bekommen würde, die nach Leo Wellers Frontwechsel geblieben waren. Obwohl schon ein einziger Senator eine

Kettenreaktion auslösen konnte, hatte Kerry nach Lage der Dinge noch immer eine Stimme zu wenig.

Den Kopf auf ein Kissen gestützt, las Lara zusammen mit ihm in der Zeitung. Dann küsste sie ihn auf die Wange. »Viel Glück. Sieht nach einem schweren Arbeitstag für dich aus.«

Das Treffen um sieben Uhr abends mit Tony Calvo von der Handelskammer war auf Calvos dringende Bitte hin zu Stande gekommen. Der Präsident hatte ihm eine Viertelstunde versprochen, und Calvo kam sofort zur Sache.

»Wir würden gern Ihren Vorschlag wieder aufgreifen, Mr. President – allerdings mit einigen Änderungen. Wenn Sie die Verabschiedung der Zivilrechtsreform ohne die Immunitätsklausel für Waffenhersteller unterstützen, werden wir uns gegen eine Überstimmung Ihres Vetos aussprechen.«

Kerry war sich sogleich über zwei wesentliche Punkte klar: Calvo war sich nicht sicher, ob Fasano seine Stimmen behaupten würde, aber er hielt Kerry für so geschwächt, dass er harte Forderungen stellen konnte. »Aufgreifen?«, fragte er lächelnd. »Oder umschreiben? Der Kompromiss, den ich Ihnen angeboten habe, hat nicht die Geschenke an die Wirtschaft enthalten, die Fasano durchpeitschen will.«

Calvo nickte. »Stimmt, Sie müssten uns ein bisschen entgegenkommen. Aber dafür könnten Sie mit unserer Hilfe eine peinliche Niederlage vermeiden, die zu einem denkbar schlechten Zeitpunkt und in der für Sie denkbar schlechtesten Sache kommen würde. In der Waffenfrage.«

Der Vorschlag hatte durchaus etwas Verlockendes. Wenn er ihn annahm, konnte er sich ein grausames, für seine weitere Amtszeit womöglich sogar verheerendes Debakel ersparen. Kerry brauchte länger, als ihm lieb war, um diese zweischneidige Vereinbarung auszuschlagen. »Wofür halten Sie mich? Wie Sie es auch ausdrücken, Sie wollen doch nur ausnutzen, was die SSA getan hat – ich denke da vor allem an meine Frau...«

»Nein, das stimmt nicht«, protestierte Calvo.

»Unsinn, Tony. Sie meinen, ich bin so geschwächt, dass ich Ihnen gleich den ganzen Laden schenke, wenn Sie Charles Dane den

Rücken kehren. Ihr Geschäftssinn in Ehren, aber seien Sie mir nicht böse, wenn ich das als verletzend empfinde.«

»Mr. President«, sagte Calvo ein wenig betreten, »ich bedaure zutiefst, was mit Ihnen und der First Lady passiert ist.«

Kerry stützte das Kinn in die Handfläche und sah ihn prüfend an. »Danke, ich freue mich über Ihre Anteilnahme. Allerdings nicht ganz so sehr, wie ich mich gefreut hätte, wenn Sie das schon früher und in der Öffentlichkeit gesagt hätten, als meine Frau von diesen Leuten durch den Schmutz gezogen wurde. Aber Sie müssen verstehen, dass es hier nicht nur um persönliche Dinge geht. Ich bin der Meinung, dass Politik niemals auf diese Weise gemacht werden sollte. Ich würde dem nächsten Präsidenten und seinen Nachfolgern ein schweres Erbe hinterlassen, wenn ich Ihrer Forderung nachgeben würde. Sie verlangen zu viel.«

Calvo hielt seinem Blick stand. »Wenn es so ist, Mr. President, dann tut es mir Leid.«

»Mir auch.« Kerrys Stimme blieb gelassen. »Aber bevor Sie Ihren Verbänden berichten, dass Ihre Mission gescheitert ist, möchte ich, dass Sie sich einen Moment Zeit nehmen und noch einmal über Ihre Unterstützung für die Mehrheitsfraktion im Senat nachdenken. Die Führungsriege dieser Fraktion ordnet Ihre Interessen einer Horde erpresserischer Fanatiker unter, die es irgendwann vielleicht sogar schaffen, dass Ihre Frau oder Ihre Kinder erschossen werden.

Irgendwie ist es mir ein Rätsel, warum so viele Interessenvertreter aus der Wirtschaft bei diesem Spiel mitmachen. Sie schließen Kompromisse mit Fundamentalisten, die Darwin verbieten und Frauen an den Herd stellen wollen. Sie gehen mit Waffennarren ins Bett. Sie sagen sich, dass sie nur so bekommen können, was ihnen zusteht – eine Haftpflichtreform und satte Steuersenkungen – und dass es schon in Ordnung ist, die Gesellschaftspolitik von solchen Leuten diktieren zu lassen, solange sie sie nicht zum Abendessen einladen und die Köpfe Ihrer Kinder mit Schrott voll stopfen.«

Der Schatten eines sarkastischen Lächelns zog über Calvos Gesicht.

»Solange ich Präsident bin«, versicherte ihm Kerry, »werden diese Leute nichts diktieren. Dagegen bin ich überzeugt, dass die

Interessen, die *Sie* vertreten, wesentlich für dieses Land sind. Nur dürfen Sie nicht glauben, dass Sie das Land sind oder dass die Kluft zwischen Arm und Reich, die immer größer wird, gut für Sie oder irgendjemand anderen ist. Das System funktioniert nur, wenn es den Menschen Sicherheit und Gerechtigkeit bietet.« Der Ton des Präsidenten wurde energischer. »Auch wenn Sie es vielleicht nicht wahrhaben wollen, die Zivilprozessanwälte haben mich nicht in der Tasche. Wenn Sie Fairness wollen und nicht nur Ihre übliche Wunschliste, steht Ihnen meine Tür immer offen. Wenn nicht, haben Sie drei schwere Jahre vor sich.«

Nachdenklich schaute ihn Calvo an. Dann stellte er die Frage, auf die Kerry gehofft hatte. »Können wir nicht einen Neuanfang machen, Mr. President?«

Kerry lächelte. »Sicher. Sie können zum Beispiel damit beginnen, dass Sie Vic Coletti nicht mehr dazu drängen, gegen das Veto zu stimmen.«

Hampton hatte Senator Coletti selten so unglücklich gesehen.

Sie saßen allein in Hamptons Büro, abgeschirmt vom Senat. Doch gleichzeitig waren sie sich jederzeit der wild zirkulierenden Gerüchte und der angespannten Erregung bewusst, mit der beide Seiten darauf lauerten, dass sich der Gegner vielleicht eine Blöße gab.

»Es liegt an Ihnen«, erklärte Hampton unumwunden. »Hier geht es nicht mehr um eine Haftpflichtreform oder auch nur um Ehebruch. Es geht um Erpressung und darum, ob ein demokratisch gewählter Präsident, der den Erpressern die Stirn geboten hat, scheitert oder sich durchsetzen kann.«

Coletti verschränkte die Arme. »Ich habe Ihnen meine Stimme gegen die Immunität der Waffenhersteller gegeben, und Sie haben trotzdem verloren. Es gibt bedeutende Interessengruppen in meinem Staat, die voll hinter dieser Vorlage stehen.«

»Vic«, sagte Hampton bedrohlich leise, »Ihre Versicherungsgesellschaften in Hartford sind mir scheißegal. Die SSA hat alles darangesetzt, den Präsidenten zu vernichten. Und er hat ein sehr gutes Gedächtnis – genauso wie ich.«

Abwesend rieb sich Coletti über die Nase und blickte Hampton an. »Irgendwie erinnern Sie mich auch immer mehr an ihn, Chuck. Fraktionsführer sind Sie auf diese Weise nicht geworden.«

»Vielleicht nicht. Aber ich habe die Absicht, Mehrheitsführer zu werden, und dafür brauche ich die Unterstützung eines starken Präsidenten.« Hampton lächelte. »Möglicherweise stoßen Sie dann bei mir mit Ihren Provinzanliegen eher auf ein offenes Ohr. Doch jetzt sollten Sie sich erst mal mit Tony Calvo in Verbindung setzen. Irdendwie habe ich das Gefühl, dass Ihnen Tony und seine Freunde vielleicht ein wenig mehr Spielraum geben als ich.«

Kurz vor Mittag suchte Senator Hampton den Mehrheitsführer auf.

Mit gelassener und liebenswürdiger Geste winkte Fasano seinen Gegenspieler zu einem Sessel. »Was kann ich für Sie tun, Chuck?«

»Gehen Sie aus dem Weg.«

Überraschung verzögerte Fasanos Lächeln um einen Sekundenbruchteil. »Einfach so?«

Hampton beugte sich vor und sprach mit mehr Überzeugungskraft, als er fühlte. »Diese Sache kann zum Bumerang für Sie werden. Die SSA hat nur mit Angst regiert. Und wenn die Angst vergeht, bleibt der Hass übrig. Sie haben sich verrechnet, Frank. Sie haben die Haftpflichtreform mit den Interessen der SSA vermischt, weil Sie keine andere Wahl hatten. Und jetzt sitzen Sie in der Falle – so wie George Callister in der Falle gesessen hat. Das Beste, was Ihnen passieren kann, ist doch, dass der Präsident die SSA zerschlägt.«

Ein Rest seines Lächelns hing noch in Fasanos Augen. »Glauben Sie nicht, dass das alles ein bisschen komplexer ist? Oder vielleicht auch weniger komplex. Kilcannon zu besiegen ist gut. Gegen ihn zu verlieren ist schlecht. Etwas vornehmer ausgedrückt, es kann nachteilige Folgen für meine Zukunft haben.«

»Aus dem Weg gehen«, antwortete Hampton, »ist etwas anderes als untergehen. Oder mit der SSA zum Teufel gehen.« Tief in Fasanos Blick spürte Hampton eine Unruhe, deren Ursache er nicht zu deuten vermochte.

»Danke für den Rat«, beschied ihn der Mehrheitsführer freundlich, »aber Sie können sicher sein, dass ich bei meinem Vorhaben bleibe.«

Nach einem höflichen Händedruck steuerte Hampton sein Büro an mit der Absicht, Senator Palmer anzurufen. Aber der Seniorsenator aus Ohio hatte bereits Fasanos Gespräch entgegengenommen.

## 15

Zwei Stunden nach Hamptons Warnung, während das Gerücht umging, dass Senator Coletti die Fronten wechseln wollte, beobachtete Frank Fasano mit ausdruckslosem Gesicht, wie Vizepräsidentin Ellen Penn dem Seniorsenator von Ohio das Wort erteilte.

»In wenigen Stunden«, begann Chad, »sind wir aufgerufen, über Präsident Kilcannons Veto abzustimmen. Vor wenigen Minuten hat der Seniorsenator aus Idaho vorgeschlagen, diese Abstimmung an einem anderen Tag abzuhalten – weil wir in dieser ›emotionalen Stunde‹ unserer Vernunft nicht trauen können.« Palmer wandte sich Senator Harshman zu und legte eine Spur von Sarkasmus in seine Stimme. »Ist denn die Atmosphäre heute emotionsgeladener als vor vier Tagen? Vor vier Tagen hat der Mehrheitsführer diese Abstimmung angesetzt, nachdem der Präsident die Fakten eingeräumt hatte, die zu einem Erpressungsversuch geführt haben. Oder wurde es vielleicht erst zu emotional, als wir erfahren haben, wer der Erpresser war?

Genug davon. Lassen Sie uns abstimmen, um endlich eine Entscheidung herbeizuführen.«

Im Oval Office verfolgten der Präsident, Clayton, Kit und weitere Mitglieder seines Beraterstabs Palmers Rede auf C-SPAN. Niemand redete. Niemand wusste, was er sagen würde. Obwohl er das Gleichgewicht im Senat in seinen Händen hielt, hatte ihnen der Senator aus Ohio nichts über seine Absichten mitgeteilt.

»Wenn es Tatsachen gibt«, mahnte Chad seine Kollegen, »müssen wir uns nicht auf Emotionen berufen. Und die Fakten sind eindeutig.

Die SSA hat Martin Bresler sabotiert.

Die SSA hat Lexington Arms den wirtschaftlichen Ruin angedroht.

Die SSA hat – wie wir nun dank Mr. Callisters Aussage wissen – den Kongress unter Vorspiegelung falscher Tatsachen aufgefordert, sie über das Gesetz zu stellen.

Die SSA hat mit besonders verabscheuungswürdigen Mitteln versucht, das letzte Hindernis – den Präsidenten – aus dem Weg zu räumen ...«

»Ich an Fasanos Stelle hätte ein Problem mit dem Trend der Rede«, bemerkte Kit vorsichtig. Aber der Präsident blieb stumm und blickte gebannt auf Palmer.

»Und jetzt«, fuhr der Senator fort, »erzählt uns der Präsident der SSA, dass man dem Vorstandsvorsitzenden von Lexington nicht glauben kann. Er sagt uns, nachdem er den Präsidenten der Vereinigten Staaten verleumdet hat, dass ein ehrbarer Geschäftsmann, der endgültig die Nase voll hatte von Mr. Dane und ihn nicht mehr decken wollte, Lügen verbreitet.

Aber wozu soll er gelogen haben? Um seine Karriere zu ruinieren?«

»Er ist ein mieser Überläufer, sonst nichts«, fauchte Dane den Fernseher an. Carla Fell, die neben ihm saß, schwieg.

»Wir kennen die Tatsachen«, beschwor Palmer den Senat, »und sollten nicht so tun, als würden wir nicht wissen, wer hier der Lügner ist. Und auch der Erpresser ...«

Er würde das überstehen, sagte sich Dane. Die SSA würde angesichts dieser Angriffe nicht einfach zusammenbrechen und ihn in die Wüste schicken, um ihre Feinde zu besänftigen. Die E-Mails nach seinem Auftritt bei Larry King waren der Beweis, dass ihm die SSA-Mitglieder vertrauten, und das war für ihn die wichtigste »Tatsache« überhaupt.

»Wissen«, fuhr Palmer fort, »bedeutet Verantwortung. Ich war einer der Hauptbefürworter dieser Gesetzesvorlage. Ich habe die Interessen der SSA gefördert. Aber wenn ich jetzt erklären würde, dass ich mich von ihren Methoden lossage, nicht aber von ihren Zielen, wäre das gewissenlos.«

Carla Fell durchbrach ihr Schweigen. »Palmer ist nicht nur ein

Überläufer, Charles. Er hat gerade Fasano einen Dolch in den Rücken gestoßen.«

Palmers Stimme erfüllte Sarahs Büro. »Die Haftpflichtreform ist ein würdiges Ziel. An einem anderen Tag werde ich für ein anderes Gesetz dieser Art kämpfen. Aber das Prinzip, das heute auf dem Spiel steht, ist nicht die Haftpflichtreform, sondern unsere politische Integrität. Es ist unsere moralische Pflicht, der SSA zu sagen – so wie Präsident Kilcannon es getan hat, nachdem eine andere rücksichtslose Lobby für ihre Ziele das Leben meiner Tochter geopfert hat –, dass dies nicht die Art ist, in der wir Politik machen.«

Mary sagte zu Sarah: »Ich glaube, wir haben es geschafft.«

Für Sarah war es ein Moment der reinen Euphorie. Vielleicht hatte sie doch den Ausschlag gegeben.

»Ich hoffe es«, sagte sie wieder ängstlicher. »Aber das kann bedeuten, dass Bond mich umso härter anpackt.«

»Wann wird diesem Treiben ein Ende gesetzt?«, fragte Palmer die Senatsversammlung. »Und wer wird den Anfang vom Ende herbeiführen?

Ich sage, dies ist unsere Aufgabe. Wie der Präsident und die First Lady sind wir alle nur Menschen. Wir sind nicht vollkommen und wissen es ganz genau.« Nach einer kurzen Pause schloss Palmer mit unbewegter Miene: »Ich fordere Sie auf, wie ich für das Veto des Präsidenten zu stimmen.«

Als auf der Galerie Applaus ausbrach und Ellen Penn den Hammer auf ihr Pult niedersausen ließ, lief Cassie Rollins zu Fasano hinüber. »Gilt für diese Abstimmung weiterhin Fraktionszwang?«, fragte sie.

»Das werden Sie gleich erfahren«, antwortete Fasano. »Auf jeden Fall werden Sie noch heute abstimmen.«

»Sie wollen es nicht verschieben?«

»Nein.«

Während Cassie versuchte, Fasanos Worte zu entschlüsseln, erhob sich Vic Coletti von seinem Platz. »Ich möchte nicht viele Worte machen«, sagte er, »oder lange um den Brei herumreden: Senator Palmer hat auch für mich gesprochen.«

Cassie bemerkte, dass Chuck Hampton Fasano von der anderen Seite des Ganges aus einen Blick zuwarf.

Um halb sechs Uhr ergriff Senator Fasano das Wort, nachdem er Danes vierte Nachricht ignoriert hatte.

»Ich glaube an diese Vorlage«, sagte er schlicht. »An alles darin. Sie sollte Gesetz werden – alles darin. Sie sollte nicht in einem Meer von Emotionen, Beschuldigungen, Spekulationen, Vorwürfen und Gegenvorwürfen ertrinken. Und ganz gleich, ob wir die SSA unterstützen, die Frage des Waffenrechts in Amerika sollte nie in den Händen von Anwälten liegen.«

Fasano richtete sich gerade auf und ließ den Blick über seine Kollegen wandern, die mit gebannten, neugierigen, verwirrten und nervösen Gesichtern darauf warteten, dass das mächtigste Mitglied des Senats seinen Willen kundtat. »Weil es richtig ist, werde ich gegen das Veto des Präsidenten stimmen. Ich fordere Sie auf, dasselbe zu tun. Aber wie Sie auch abstimmen, folgen Sie allein Ihrem Gewissen – ohne Verpflichtung gegen den Präsidenten oder mich.«

Kurz nach sechs Uhr begannen neunundneunzig Mitglieder des Senats in gedämpfter Atmosphäre, ihre Stimmen abzugeben. Die vierunddreißigste Stimme für das Veto des Präsidenten kam von Senatorin Cassie Rollins. Das Endergebnis war sechsundfünfzig zu dreiundvierzig zugunsten des Präsidenten.

Ein Senator, Jack Slezak aus Michigan, hatte durch seinen Assistenten ausrichten lassen, er habe der Abstimmung wegen einer Grippe nicht beiwohnen können.

Als Chad den Saal verließ, begegnete er Frank Fasano.

Für Chad war es ein seltsamer Moment. Er hatte Fasano eine Niederlage zugefügt und dadurch die Feindschaft jener Kreise zementiert, die Präsidentschaftskandidaten seiner Partei bestimmten. Aber noch merkwürdiger war, dass er – ohne dass ihre Kollegen es wussten – nach Fasanos Willen gehandelt hatte. Er hatte Charles Dane den Gnadenstoß versetzt und würde damit den Zorn der militanten Rechten auf sich ziehen. Dass seine Abmachung mit Fasano über die Reform der Wahlkampffinanzierung weiterhin galt, war Chads Lohn für eine Tat, zu der er sich im Grunde seines Herzens immer verpflichtet gefühlt hatte.

»Es ist vorbei«, bemerkte Fasano. »Kilcannon hat wieder mal gewonnen.«

Palmer zuckte die Achseln. »Das Glück der Iren«, antwortete er trocken. »Wenn man es Glück nennen kann. Aber Sie werden es überleben.« Lächelnd senkte er die Stimme. »Sie sind gerade einer Kugel ausgewichen, Frank. Einer Adlerklaue.«

# 16

Kurz nach der Abstimmung kehrte der Präsident in den Pressesaal des Weißen Hauses zurück.

Im internen Kreis war darüber diskutiert worden, ob er das tun sollte. Clayton war besorgt, dass ein allzu triumphierendes Auftreten einem Präsidenten, dessen persönliches Ansehen so beschädigt war, nicht gut zu Gesicht stehen würde. Aber Kerry fand, dass es höchste Zeit war, seiner Autorität wieder Geltung zu verleihen, und außerdem hatte er eine Schuld zu begleichen. Als er das Podium betrat, fühlte er sich leichter und zuversichtlicher, als dies der Fall gewesen war seit dem Tag, an dem ihn die SSA gezwungen hatte, an gleicher Stelle Laras Abtreibung zu bekennen.

Entspannt und souverän ließ er den Blick durch die dicht gedrängten Reihen der Reporter wandern, die auf den ihnen zugewiesenen Stühlen saßen. »Lassen Sie mich damit beginnen«, erklärte er, »den sechsundfünfzig Senatoren zu danken, die mit ihrer Stimme mein Veto gegen die Zivilrechtsreform unterstützt haben. Vor allem aber geht mein Dank an Senator Chuck Hampton. Es war ein schwerer Kampf. Ich bin froh, dass ich auch bei den nächsten zwei gesetzgeberischen Auseinandersetzungen mit der Hilfe von Senator Hampton rechnen kann. Dabei geht es, wie Sie wissen, um unsere Vorschläge zur Waffensicherheit und um Senator Palmers Bemühen, unser schändliches und korruptes System der Wahlkampffinanzierung zu beenden.«

Kerry gestattete sich ein Lächeln. »Ich danke auch Senator

Fasano, der eingewilligt hat, beide Vorlagen ohne Verzögerung zur Abstimmung zu bringen.« Kerrys Gesicht wurde ernst. »Außerdem möchte ich meinen Respekt für George Callister zum Ausdruck bringen. Seine Aussage hat nicht nur aufgedeckt, welche Macht die SSA über die Waffenindustrie ausübt, sie hat mir auch persönlich sehr viel bedeutet. Er ist ein Ehrenmann, und ich freue mich schon darauf, mit ihm und anderen Führungspersönlichkeiten seiner Branche zusammenzuarbeiten, um unsere Gesellschaft sicherer zu machen.« Mit einem lebhaften Nicken signalisierte der Präsident seine Bereitschaft, Fragen zu beantworten. Er zeigte mit dem Finger auf John King von CNN.

»Mr. President«, sagte dieser, »nach Mr. Callisters Enthüllungen sieht es so aus, als müsse die SSA in Mary Costellos Prozess mit einem Schuldspruch und einer beträchtlichen Schadenersatzsumme rechnen. Teilen Sie diese Einschätzung, und wie wird sich das auf die Chancen Ihrer Waffengesetzvorlage auswirken?«

Der Präsident überlegte kurz. »Es steht mir nicht zu, mich zu Einzelheiten eines schwebenden Verfahrens zu äußern. Natürlich werden sich die jüngsten Enthüllungen – und es werden wohl nicht die letzten sein – auf die Dynamik der Waffendebatte auswirken, sowohl rechtlich als auch im Hinblick auf die öffentliche Meinung. Letzlich bin ich guter Hoffnung, dass mein Waffengesetz verabschiedet wird und dass tausende von Männern, Frauen und Kindern überleben werden, die andernfalls gestorben wären.«

»Würden Sie nach dem jetzigen Stand sagen«, insistierte King, »dass die SSA ein politischer Paria ist?«

»Paria?«, antwortete Kerry mit einem Lächeln. »Ist das ein Begriff aus der Kunst?« Sein Lächeln verschwand. »Ich überlasse es Ihnen, passende Formulierungen zu finden, John. Aber natürlich war es eine sehr schwere Zeit sowohl für mich als auch für die First Lady. Ich hoffe, dass nun auch eine breitere Öffentlichkeit Verständnis dafür hat, dass wir in dieser Frage nicht lockergelassen haben – ein Verständnis, das sich nicht nur auf unsere persönliche Geschichte erstreckt, sondern auch auf die über dreißigtausend Menschen, die andere Familien Jahr für Jahr durch Waffengewalt verlieren.«

Kerry blickte sich um, bis er die Person, die er suchte, gefunden hatte: eine junge Frau von Associated Press. Er deutete in ihre Richtung und sagte: »Marcia?«

Sie stand auf. »Sarah Dash – die Anwältin, die Mr. Callisters Aussage bekannt gemacht hat – muss sich nun wegen Missachtung des Gerichts verantworten. Sie waren selbst früher als Anwalt tätig – möchten Sie sich dazu äußern?«

Der Präsident hielt den Blick gesenkt, als würde er nachdenken. »Ich muss da sehr vorsichtig sein«, begann er. »Schließlich hat der Richter den Respekt, der seinen Anordnungen gebührt, gegen den größeren moralischen Kontext abzuwägen, wie man es vielleicht nennen könnte. Rein moralisch betrachtet hat Ms. Dash meiner Ansicht nach in der Tradition jener Frauen und Männer gehandelt, die große persönliche Gefahren auf sich genommen haben, um Menschenleben zu retten und um Unrecht aufzudecken.« Mit sanfter Stimme fügte Kerry hinzu: »Selbstverständlich hatte der Richter mit seiner Anordnung nicht die Absicht, Meineid, Behinderung der Rechtsfindung oder gar den Erpressungsversuch gegen einen Präsidenten zu vertuschen.«

Als die Pressekonferenz vorbei war, begrüßte Clayton Kerry im Gang. »Ich hoffe, Bond sieht fern«, sagte er.

Kerry lachte laut auf. »Ach, ich denke, er wird es schon erfahren. Aber erinnere mich bitte daran, dass wir Kits Freundin von Associated Press einen Gefallen schulden.«

Mit Lenihan auf einer Seite und Mary Costello sowie dem Präsidenten des Kilcannon-Centers auf der anderen trat Sarah Dash vor Richter Bond.

Die Bänke hinter ihnen waren besetzt, und an der hinteren Wand des Gerichtssaals standen noch mehr Reporter. Nach wochenlanger Geheimhaltung war es Gardner Bond nicht mehr möglich gewesen, die Presse und die Öffentlichkeit auszuschließen. Aber Bonds Standesdünkel war so groß, dass Sarah deswegen nicht weniger Befürchtungen hatte. Seine Haltung war steif, und seinem Gesicht war deutlich der gekränkte Stolz eines Egoisten anzumerken, dem nichts so wichtig ist wie seine Vorrangstellung.

»Haben *Sie* etwas darüber gewusst«, wandte sich Bond in herrischem Ton an Lenihan, »was Ihre Mandantin und Ihre Kollegin vorhatten?«

»Nein«, antwortete Lenihan. »Aber Ms. Costello möchte das Gericht darauf aufmerksam machen, dass sie die endgültige Entscheidung getroffen hat.«

Sarah spürte kurz Marys Berührung, dann erfasste Bond beide mit einem zornigen Blick. »Ms. Dashs Aufgabe ist die Rechtspflege«, fauchte er. »Sie hat ihre Mandantin zur Befolgung gerichtlicher Anordnungen anzuhalten und nicht zu ihrer Übertretung.«

»Ich verstehe, Euer Ehren«, sagte Lenihan liebenswürdig. »Aber ich bin auch der Meinung, dass Präsident Kilcannon es sehr treffend ausgedrückt hat. Ms. Dash hat durch ihr Handeln ein größeres Unrecht verhindert...«

»Ms. Dash«, fuhr ihn Bond an, »hat durch ihr Handeln in politische Vorgänge eingegriffen und dadurch nachteilige Folgen für die beklagten Parteien heraufbeschworen.«

»Verzeihen Sie mir«, antwortete Lenihan mit verhaltener Stimme, »aber nach Mr. Callisters Aussage fällt es mir schwer, da einen großen Unterschied zu erkennen.«

Obwohl er sichtlich aufgebracht war, zögerte Bond. Einem Impuls folgend schaltete sich Sarah ein: »Darf ich mich dazu äußern, Euer Ehren?«

Bond nickte kurz und antwortete mit kaum verhohlenem Sarkasmus: »Bitte.«

Sarahs Stimme war ein wenig zittrig, aber bestimmt. »Ich bin überzeugt, dass sich Politik und Moral decken sollten. Gleiches gilt für Recht und Moral. Als Anwältin bedaure ich zutiefst, gegen die Anordnung dieses Gerichts verstoßen zu haben. Es war eine schmerzliche Entscheidung, und ich entschuldige mich ausdrücklich für die Kränkung, die ich Ihnen dadurch zugefügt habe.« Nach kurzem Überlegen entschloss sich Sarah, etwas zu riskieren. »Ich konnte nur hoffen, dass vielleicht auch dieses Gericht zu einer solchen Entscheidung gelangt wäre, wenn es an meiner Stelle gewesen wäre und gewusst hätte, was ich wusste...«

»Das ist eine irrige Annahme«, unterbrach sie Bond grob. »Diese Entscheidung stand einzig und allein dem Gericht zu. Sie hätten einen Antrag auf Aufhebung der Anordnung stellen müssen.«

Hilflos zuckte Sarah die Schultern. »Dafür war keine Zeit«, sagte sie schlicht.

Die deutliche Anspielung auf die Abstimmung im Senat schien Bonds Zorn noch zu steigern. Hinter sich hörte Sarah John Nolans Stimme. »Euer Ehren, Lexington bittet um das Wort.«

Bond nickte ein wenig friedlicher. »Herr Anwalt.«

Nach einem kurzen Blick auf ein Papier trat Nolan vor. »Euer Ehren«, erklärte er mit gedämpfter Stimme, »da meine Mandantin zu einer Neubewertung ihrer Interessen in diesem Rechtsstreit gelangt ist, wird sich unsere Kanzlei vielleicht aus diesem Fall zurückziehen. Mr. Callister hat mich jedoch angewiesen, dem Gericht mitzuteilen, dass Lexington – ohne einer Entscheidung des Gerichts vorgreifen zu wollen – keine Sanktionen gegen Ms. Dash fordert oder unterstützt.«

Sarah war nicht weniger überrascht als Gardner Bond und sah, wie sich Harrison Fancher empört erhob.

»Ich nehme an«, sagte der Richter bissig, »dass die SSA Mr. Callisters etwas deplatzierte Nachsicht nicht teilt.«

»So ist es.« Fancher ließ seiner Erregung freien Lauf. »Die SSA betrachtet Mr. Callisters Aussage als Verleumdung. Ms. Dash und ihre Mandantin haben sich dieses Lügengewebe in unverfrorener Weise und unter Missachtung einer gerichtlichen Anordnung zu Nutze gemacht, um die Schuld für die Costello-Morde der SSA zuzuschieben und sich beim Präsidenten einzuschmeicheln. Der, wie wir alle wissen, die graue Eminenz dieser ganzen Rechtstravestie ist.«

Fancher schoss Sarah einen giftigen Blick zu. »Für ihre Rolle bei dieser Schmierenkomödie«, forderte er grimmig, »sollte Ms. Dash aus der Anwaltskammer ausgeschlossen werden. Das ist die angemessene Sanktion für eine Anwältin, die sich nicht an das Gesetz hält.«

Lenihan schickte sich zu einer Erwiderung an. Aber Sarah flüsterte ihm zu: »Nicht, Bob.«

Er sah sie verwirrt an, aber Sarah beobachtete Bond. Der Richter, der zum ersten Mal mit einem vollen Gerichtssaal konfrontiert war, musste sich genau überlegen, wie sich seine Entscheidung auf seine Aussichten auf eine Beförderung auswirken würde. Und ihm war natürlich bewusst, dass gegen die maßvollen Äußerungen des Präsidenten nur die schrille Forderung einer schwer gebeutelten SSA stand. Sarah glaubte zu erkennen, dass Bonds Strenge von einem Zaudern gemildert war, das seinen Machtverlust verriet.

»Hiermit verkünde ich meine Entscheidung«, rief er. »Ms. Dash und das Kilcannon-Center haben sich nach ihrem eigenen Bekenntnis der Missachtung des Gerichts schuldig gemacht. Es steht Anwälten nicht zu, sich auszusuchen, welche Anordnungen sie befolgen möchten. Aus diesem Grund verhängt das Gericht gegen Ms. Dash und das Kilcannon-Center jeweils eine Geldbuße von zweitausend Dollar. Eine Kopie dieser Anordnung wird an die Anwaltskammer Kaliforniens gesandt.«

Bond ließ seinen Hammer niedersausen. »Bitte erheben Sie sich«, intonierte der Gerichtsdiener. Während die Zuschauer aufstanden, verließ Bond mit steifen Schritten und einer letzten Zurschaustellung richterlicher Würde den Gerichtssaal.

Sarah warf einen kurzen Blick auf Nolan und Fancher und musste ein Lächeln unterdrücken. Sie hatten sich im Netz ihrer eigenen Intrigen gefangen. Nolan hatte ja seinen möglichen Rückzug angekündigt, aber sie hatte die feste Absicht, Harrison Fanchers Mandantin an die Wand zu nageln.

## 17

Drei Tage vor dem Weihnachtsfest, das sie mit Mary verbringen wollten, besuchten Kerry und Lara die Gräber.

Es war Vormittag. Sonnenlicht schimmerte durch einen sich auflösenden Nebel, und auf dem Hügel glitzerte der Tau. Lara hielt Kerrys Hand und blickte auf die Grabsteine ihrer Mutter, Schwester und Nichte.

Sie waren das Präsidentenpaar. Lara verstand und akzeptierte, dass die Presse sie aus einiger Entfernung filmte und dass diese Bilder nicht nur über dem Senat schweben würden, wenn er über

Kerrys Waffengesetz debattierte, sondern auch über Gardner Bonds Gerichtssaal am ersten Tag der Hauptverhandlung. Sie wusste, dass dies zum Teil der Grund war, warum Kerry diesen Besuch vorgeschlagen hatte. Aber Kerry spürte bestimmt auch, dass dies für sie eine Gelegenheit war, sich auszuruhen. Allerdings war ihm der letzte Grund für dieses Bedürfnis noch nicht bekannt.

Nach einiger Zeit gelang es ihr, die vielen Zuschauer aus ihren Gedanken zu verbannen. Nacheinander erinnerte sich Lara an Inez, Joan und Marie, jedoch nicht daran, wie sie sie zuletzt gesehen hatte, sondern wie sie im Leben gewesen waren. Schließlich war sie ganz erfüllt von dem Andenken an ihre ermordeten Verwandten.

Sie hatte keine Ahnung, wie lange sie dort standen. Als sie schließlich zurücktraten, war es, weil sie Frieden gefunden hatte, und als sie nach einigen Schritten stehen blieben, taten sie es, weil Lara es wünschte.

»Ich kann mir nicht vorstellen«, sagte sie zu ihm, »wie das alles ohne dich gewesen wäre.«

Ein Schatten zog über seine Augen. »Ohne mich wäre das alles nicht passiert.«

»Es war nicht deine Schuld, Kerry.« Sie berührte sein Gesicht. »Mein ganzes Leben hatte ich Angst, mich auf jemand anderen zu verlassen. Jetzt weiß ich, dass ich es kann. Und du kannst es auch.«

Kerry lächelte vorsichtig. »Das ist alles, was ich mir wünsche.«

Sie schaute ihn schelmisch an. »Alles?«

Verwirrung malte sich in seinem Gesicht. Laras Vorfreude wuchs. Dieser Augenblick gehörte allein ihnen, erst später würde er durch das Prismenglas der Politik und des öffentlichen Lebens verzerrt werden. Seine Verwirrung wurde zu Verwunderung.

»Es war keine Grippe ...«

Lara strahlte ihn an. »Windeln sind die Feuerprobe für den Charakter. Auch bei einem Präsidenten.«

# *Nachwort und Danksagung*

Waffengewalt in den USA ist ein Thema von beängstigender Komplexität, das eine genaue Kenntnis seiner politischen, staatlichen, rechtlichen, medizinischen, gesellschaftlichen, kulturellen und das Gesundheitswesen betreffenden Dimensionen erfordert. Ich muss gleich zu Beginn einräumen, dass ich dieses Buchprojekt von einem eindeutigen Standpunkt aus in Angriff genommen habe: als entschiedener Verfechter vernünftiger Maßnahmen zur Eindämmung von Waffengewalt. Diese Position wird gestützt durch meine Tätigkeit im Vorstand der Brady Campaign to Prevent Gun Violence und des Family Violence Prevention Fund. Mit Sorge erfüllt mich auch der Einfluss, den Interessengruppen durch finanzielle Zuwendungen auf die Politik ausüben, was zum Teil mein aktuelles Engagement im Vorstand von Common Cause erklärt, dem Verband zur Wahrung öffentlicher Interessen. All diese Verbindungen haben mein Denken geformt und mich dazu veranlasst, die Ursachen und den Blutzoll der Waffengewalt in Amerika mit großem Unbehagen zu betrachten. Ich bin also keinesfalls ein objektiver oder neutraler Betrachter.

Davon unabhängig hat die enorme Menge an Recherchen für diesen Roman meine Anschauungen zu diesem Thema in vieler Hinsicht geprägt und weiter kompliziert. Um »Im Kreis der Macht« schreiben zu können, sah ich mich verpflichtet, jeden Aspekt des Problems und jeden Standpunkt auszuleuchten. Daher stehe ich tief in der Schuld all jener, die mir geholfen haben, das nötige Wissen für dieses Buch zusammenzutragen.

Dabei möchte ich jedoch klarstellen, dass diese Menschen disparate und häufig sogar gegensätzliche Erfahrungen und Perspektiven vertreten und dass ihre Hilfe keine Parteinahme für mein

Buch oder eine bestimmte darin geäußerte Meinung darstellt. Der Schwarze Peter liegt demzufolge allein bei mir, und alle durch meinen Roman ausgelösten Proteste oder Ressentiments sollten sich ausschließlich gegen mich richten. Auch für alle faktischen Irrtümer und Fehlinterpretationen übernehme ich die Verantwortung.

Ich bin natürlich ein Romancier, und dieses Buch ist ein fiktionales Werk. Dennoch habe ich mich sowohl in großen als auch in kleinen Zusammenhängen um äußerste Genauigkeit bemüht. Leser sind oft neugierig, in welchem Ausmaß ein Roman auf Tatsachen beruht. In diesem Buch ist dies durchweg der Fall. Eine wichtige Verbindung zur aktuellen Realität ist, dass im letzten Repräsentantenhaus eine Gesetzesvorlage zur Entscheidung anstand, die die Waffenindustrie auf ganz ähnliche Weise wie im Roman dargestellt vor zivilrechtlichen Klagen schützen würde. Die Verfechter dieser Gesetzesvorlage sprachen von 228 Befürwortern im Repräsentantenhaus – eine Mehrheit. Der neu einberufene Senat wird inzwischen wieder von den Republikanern beherrscht. Es ist durchaus möglich, dass die Abstimmung in beiden Häusern noch vor Veröffentlichung dieses Buches stattfindet. Darüber hinaus ähnelt auch das Bemühen von George Callister und Lexington Arms um eine gütliche Regelung mit Kerry Kilcannon in groben Umrissen – das heißt, nicht in Einzelheiten und natürlich nicht, was die Erpressung des Präsidenten angeht – der Situation von Smith & Wesson im Jahr 2000, als das Unternehmen mit der Regierung Clinton eine vorläufige Einigung erzielte, die allerdings nie wirksam wurde. Die Fakten und juristischen Theorien des Costello-Verfahrens spiegeln den Rechtsstreit über die so genannte 101 California Tragedy wider, bei der acht Menschen von einem Einzeltäter erschossen wurden, der sich anschließend selbst richtete. Auch die Frage der »Überschwemmung« mit Schusswaffen taucht in mehreren Prozessen auf, die von kalifornischen Städten gegen die Waffenindustrie angestrengt wurden.

Ebenso beruht das Kapitel, in dem Kerry Kilcannon eine Waffenmesse in Las Vegas besucht, auf meinen persönlichen Beobachtungen bei einer solchen Veranstaltung. Alle Beschreibungen in diesem Kapitel geben wieder, was ich selbst gesehen habe. Nur die beleidigenden Aufkleber richteten sich nicht gegen die Kilcannons, sondern gegen wirkliche Personen des öffentlichen Lebens; eine andere halbautomatische Waffe erhielt den fiktiven Namen Lexington P-2, und der Markenname einer identischen Kugel wurde durch »Adlerklaue« ersetzt; und schließlich habe ich ein Schießübungsbild, das Ex-Präsident Clinton und seine Frau darstellte, aus einem Waffengeschäft in New Hampshire importiert und Kerry und Lara Kilcannon an die Stelle der Clintons gesetzt.

Damit komme ich zu den Menschen, denen ich für ihre Hilfe danken möchte.

Der Senat ist eine einzigartige Institution, deren Arbeits- und Verfahrensweisen ebenso komplex wie faszinierend sind. Folgenden aktuellen oder früheren Mitgliedern dieses Gesetzgebungsorgans bin ich zu großem Dank verpflichtet: Barbara Boxer, William Cohen, John Edwards, Edward Kennedy, John McCain und vor allem Bob Dole, der mich nun bereits bei drei Büchern mit seinem unschätzbaren Rat unterstützt hat. Andere, die zum Teil frühere oder aktuelle Mitglieder des Senatsstabs sind, gaben mir Informationen über den politischen Entscheidungsprozess: Melody Barnes, Mark Busey, Bruce Cohen, Meredith McGehee, Ed Pagano, Martin Paone, Robin Toone und Bob Tyrer. Besonders hervorheben möchte ich den früheren Senatsangehörigen Bob Dove, der mich nicht nur mit allen Abläufen vertraut gemacht, sondern freundlicherweise auch das Manuskript durchgesehen hat.

Ich konnte mich auf den Rat zahlreicher Wissenschaftler, Journalisten, Beamten und Autoren stützen, die sich mit dem Thema Waffengewalt aus verschiedenen Perspektiven auseinander gesetzt haben: Ron Brownstein, Dr. Philip Cook, Morris Dees, Dr. Glen Pierce, Dr. Stephen Teret, Dr. Jay Wachtel sowie vor allem Matt Bai und Susan Ginsberg. Die medizinischen Aspekte von Waffengewalt – von der Chirurgie bis hin zu den Folgen für das Gesundheitswesen – wurden mir vermittelt von Dr. Beth Kaplan, Dr. Arthur Kellerman, Dr. Robert Liner, Dr. Robert Mackersie, Dr. Irene Marquez-Biggs, Sean Reynolds, Dr. H. William Taeusch sowie insbesondere Dr. Margaret Knudson und Dr. William Schwab.

Eine Reihe aktueller oder früherer Angestellter des Bureau of

Alcohol, Tobacco and Firearms (einer für Gewaltdelikte zuständigen US-Bundesbehörde) haben mir den häufig komplizierten Regulierungsrahmen für Schusswaffen und verschiedene Ermittlungsmethoden erläutert: Dale Armstrong, Terry Austin, Tara Bedford, Tom Cannon, John D'Angelo, Fanny Hasselbacher, Ed Owen, Jack Patterson und John Torres. Ihnen allen vielen Dank.

Mehrere Kenner haben mit mir über das Thema Waffenpolitik sowie über zurückliegende gesetzgeberische und behördliche Versuche zur Eindämmung von Waffengewalt gesprochen: unter anderem Harold Ickes, Bruce Reed und Max Stier. Besonderen Dank an Bruce Lindsey und Cheryl Mills nicht nur für ihren Rat, sondern auch für die Durchsicht des Manuskripts, und an Präsident Bill Clinton für seine Äußerungen über die Waffenpolitik. Weitere Einzelheiten über die Waffenpolitik erfuhr ich von: Rich Bond, Carter Eskew, Peter Fenn, Mandy Grunwald, Ron Kaufman, Joel Klein, Peter Knight, Celinda Lake, Joe Lockhart, Mike McCurry, Bill McInturff, Scott Reed, Don Simon, Tom Strickland und Michael Terris.

Auch die rechtlichen Fragen von Waffenprozessen und Second Amendment waren ein wichtiges Thema. Ich las jede bedeutsame gerichtliche Entscheidung im Zusammenhang mit dem Second Amendment und mit Prozessen gegen Waffenunternehmen sowie eine Reihe wissenschaftlicher Artikel zu dieser Materie. Folgenden Rechtsexperten danke ich für ihre Hilfe: Fred Baron, Arthur Bryant, Leah Castella, Owen Clements, John Coale, Leslie Landau, Linda Lipson und Dennis Henigan. Dank gebührt auch Victor Schwartz und James Wooten für ihre wichtigen Mitteilungen über Waffenprozesse und die Reform der Haftpflicht.

Ich hatte das Glück, dass mir zahlreiche namhafte Verfechter der Waffensicherheit mit ihrem Rat zur Seite standen. Ich beginne mit meinen jetzigen und ehemaligen Kollegen bei der Brady Campaign: Mike Barnes, Ellen Moran und Tony Orza. Viel habe ich auch aus den Websites der Brady Campaign erfahren (www.bradycampaign.org; www.bradycenter.org). Dank auch an folgende Mitglieder von Americans for Gun Safety: Jon Cowan, Jim Kessler, Matthew Bennett, Michael Harrington, Lisa Kimbrough und Meghan Sherman. Mein ganz besonderer Dank gilt zwei Frauen, die durch Waffengewalt geliebte Menschen verloren haben und deren Wort als Verfechterinnen von Waffensicherheit besonderes Gewicht hat: Mary Leigh Blek und Carole Kingsley.

Weniger Glück hatte ich bei den Verfechtern des Rechts auf Waffenbesitz. Meine telefonischen und schriftlichen Bitten um Gespräche mit führenden Vertretern der National Rifle Asscociation blieben unbeantwortet. Anscheinend – und vielleicht auch begreiflicherweise – verspürten sie wenig Lust auf ein Treffen mit einem in der Brady Campaign engagierten Romancier. Ich bedaure es, dass ich aufgrund dieser Entscheidung die Gedanken von Befürwortern des Rechts auf Waffenbesitz nicht darstellen kann. Allerdings führte ich inoffizielle Gespräche mit zwei der NRA nahe stehenden Personen und beschäftigte mich eingehend mit NRA-Publikationen. Daher weisen die öffentliche Rhetorik und die Positionen der SSA große Ähnlichkeit mit denen der NRA auf. Insbesondere der Artikel, den ich im zweiten Kapitel des ersten Teils der SSA-Zeitschrift zugeschrieben habe, ist nahezu wörtlich aus dem NRA-Magazin *America's First Freedom* übernommen. Und auch Charles Danes Ansprache am Washington Monument beruht auf Passagen aus Reden von Charlton Heston, dem damaligen Präsidenten der NRA, und Wayne La Pierre, ihrem Geschäftsführer. Großen Dank schulde ich Beth Lavach, die eine intime Kennerin der Lobbyarbeit der Waffenindustrie im Kongress ist, für ihren Rat zu legislativen Fragen. Gleichfalls eine große Hilfe waren die beiden Waffenverfechter Richard Feldman und Robert Ricker, die durch ihr Bemühen um Kompromisse bisweilen in die Schusslinie der NRA geraten.

Eine unerwartete Folge meiner Recherchen war, dass ich echte Sympathie für die Manager von Waffenunternehmen entwickelte, die Waffen häufig wegen ihrer gediegenen Verarbeitung schätzen. Diese Manager stehen vor einem schwierigen Dilemma: gefangen zwischen den Verfechtern von Waffensicherheit samt ihren Anwälten und der NRA, die – auch abgesehen von ihrer vorherrschenden Stellung in der Hauptstadt Washington – viele Kunden der Waffenhersteller erreicht. Aus diesem Grund hat die NRA große Macht über die Waffenindustrie – und wie die Vergangenheit gezeigt hat, sogar die Macht, einzelne Unternehmen in den Ruin zu treiben. Herzlichen Dank an Paul Januzzo, Ken Jorgenson, Bob Scott und Ed Shultz, die mir als aktuelle oder ehemalige Manager von Glock und Smith & Wesson vielfältige Auskunft erteilt haben.

Waffengewalt ist die häufigste Todesursache bei Fällen häuslicher Gewalt. Janet Carter und Esta Soler, meine geschätzten Kolleginnen beim Family Violence Prevention Fund, haben mir geholfen, die Dynamik einer Ehe nachzuzeichnen, in der die Frau von ihrem Mann misshandelt wird, und Esta hat freundlicherweise das Manuskript durchgesehen. Von großem Nutzen waren auch mehrere Veröffentlichungen des Family Violence Prevention Fund. Susan Breall, Sarah Buehl und Juan Cuba halfen mir, die rechtlichen und persönlichen Aspekte dieser Tragödie darzustellen.

Zahlreiche andere Menschen haben mich zu anderen Themen beraten: Letitia Baldridge, die während der Kennedy-Ära als Beauftragte für gesellschaftliche Anlässe im Weißen Haus gearbeitet hat, zu den Hochzeitsvorbereitungen der Kilcannons; Fr. John Blaker zu den religiösen Aspekten der Hochzeit; Katie Couric zum Medienwettlauf um das Interview mit Lara Kilcannon; Alan Dershowitz zu der komplexen Konstruktion der Aussageverweigerungsrechte, auf die sich die Kilcannons berufen, und zur juristischen Stichhaltigkeit des gesamten Manuskripts; Dr. Kenneth Gottlieb und Dr. Rodney Shapiro zu den psychologischen Aspekten der Ehe der Bowdens und zu den Reaktionen von Kerry und Lara Kilcannon auf die Morde; Napoleon Hendrix, Inspector der Mordkommission von San Francisco zu den Einzelheiten der Morde; John Phillips und Mary Louise Cohen zur Rolle von Insider-Informanten bei einem komplexen Rechtsstreit; und Terry Samway vom Geheimdienst zu den Problemen im Zusammenhang mit dem Schutz der Kilcannons und zu den Bemühungen, Laras Familie zu schützen. Sie alle haben zur Wirklichkeitsnähe des Romans beigetragen.

Bereichernd war für mich auch die Lektüre unter anderem der Bücher *Making a Killing* von Tom Diaz, *The Gathering Storm* von Morris Dees, *Gun Violence: The Real Costs* von Philip Cook und Jens Ludwig und *Public Guns, Public Health* von Dr. David Hemenway. Außerdem las ich einschlägige Artikel, Aufsätze und Meinungsumfragen von Philip Alpers, Matt Bai, Paul Barrett, Carl T. Bogus, Thomas Cole, Philip Cook, John Donohue, David Grossman, Arthur Kellerman, Abigail Kohn, Stephanie Molliconi und Garry Wills. Sehr hilfreich waren auch Publikationen der Brady Campaign, von Americans For Gun Safety und des Violence Policy Center.

Zuletzt möchte ich mich bei meiner wunderbaren Verlegerin Gina Centrello von Ballantine bedanken, die davon überzeugt ist, dass ernsthafte Populärliteratur zu umstrittenen gesellschaftlichen und politischen Themen einen Platz haben muss; bei Nancy Miller und Linda Marrow von Ballantine für ihr fachkundiges Lektorat; bei Fred Hill, meinem scharfsichtigen und unermüdlichen Agenten; und natürlich bei meiner fabelhaften Assistentin Alison Porter Thomas, die Konzeption und Details jeder Seite so lange kritisiert, bis die Tagesarbeit schließlich ihren Segen erhält. Meine Frau, Laurie Patterson, liest jedes Kapitel und äußert sich dazu – wenn sie Fragen zum Verhalten einer Figur hat, dann lohnt es sich für mich zuzuhören. Philip Rotner, der jede von mir geschriebene Zeile liest, ist seit zwei Jahrzehnten ein bester Freund, wie ich ihn nur jedem wünschen kann.

Da dieses Buch auch aufzeigt, welchen Preis man für ein Leben im öffentlichen Rampenlicht bezahlt, möchte ich mir ein Wort über jene gestatten, die sich für dieses Leben entscheiden. Sehr oft sind diese Menschen besser, als wir glauben möchten, und den besten von ihnen verdanken wir viele Fortschritte, auf die wir normalen Bürger aus Distanz oder Trägheit nicht dringen würden. Hin und wieder werden wir von jemandem an diese Tatsache erinnert, und sei es auch nur für kurze Zeit. Laurie und ich denken oft an Paul und Sheila Wellstone.

*Im Kreis der Macht* markiert das Ende der Trilogie über Kerry Kilcannon, die mit *Der Kandidat* begann und mit *Eine Frage der Ehre* fortgesetzt wurde. Für mich war es eine wunderbare Erfahrung, und ich kann nur hoffen, dass die Leser die Anteilnahme an Kerrys Welt halb so vergnüglich fanden wie ich.

*Richard North Patterson*

# *Handelnde Personen*

## Das Weiße Haus

Kerry Francis Kilcannon, Präsident der Vereinigten Staaten
Lara Costello Kilcannon, First Lady der Vereinigten Staaten
Ellen Penn, Vizepräsidentin der Vereinigten Staaten
Clayton Slade, Generalsekretär des Präsidentenstabs
Kit Pace, Sprecherin des Weißen Hauses
Peter Lake, Leiter der Leibwache des Präsidenten
Liz Curry, Beauftragte für Legislativangelegenheiten
Alex Cole, Verbindungsmann zum Kongress
Jack Sanders, innenpolitischer Berater des Präsidenten
Connie Coulter, Pressesprecherin der First Lady
Francesca Thibault, Beauftragte für gesellschaftliche Anlässe

## Die Familie der First Lady

Inez Costello, Laras Mutter
Joan Costello Bowden, Laras jüngere Schwester
John Bowden, Laras Schwager
Marie Bowden, Laras Nichte
Mary Costello, Laras jüngste Schwester

## Der Senat der Vereinigten Staaten

Senator Francis Xavier Fasano von Pennsylvania, Mehrheitsführer des Senats
Senator Charles Hampton von Vermont, Minderheitsführer des Senats
Senator Chad Palmer von Ohio, Vorsitzender des Handelsausschusses
Senator Paul Harshman von Idaho
Senatorin Cassie Rollins von Maine
Senator Frank Ayala von New Mexico
Senator Vic Coletti von Connecticut
Senator Macdonald Gage von Kentucky
Senator Dave Ruckles von Oklahoma
Senator Jack Slezak von Michigan
Senator Leo Weller von Montana
Senatorin Betsy Shapiro von Kalifornien
Senatorin Kate Jarman von Vermont
Senator Hank Westerly von Nebraska

## Die Waffenlobby

Charles Dane, Präsident der Sons of the Second Amendment (SSA)
Martin Bresler, früherer Präsident der Gun Sports Coalition
Bill Campton, Direktor der Informationsabteilung der SSA
Carla Fell, Verbindungsfrau der SSA zum Kongress
Jerry Kirk, stellvertretender Präsident der Gun Sports Coalition
Kelsey Landon, früherer Senator von Louisiana und externer Rechtsstratege der SSA

## Lexington Arms

George Callister, Vorstandsvorsitzender
Mike Reiner, Leiter der Marketingabteilung
Norman Conn, Leiter der Qualitätssicherung

## Costello gegen Lexington Arms

Sarah Dash, Anwältin von Mary Costello
Robert Lenihan, Anwalt von Mary Costello
John Nolan, Anwalt von Lexington Arms
Harrison Fancher, Anwalt der SSA
Gardner W. Bond, Richter am District Court von Nordkalifornien
Avram Gold, externer Rechtsberater von Präsident Kilcannon
Evan Pritchard, Anwalt von Martin Bresler
Angelo Rotelli, Richter am Superior Court von Stadt und County San Francisco

## Die Opfer und ihre Angehörigen

Laura Blanchard, Studentin an der Stanford University
Henry Serrano, Leibwächter
Felice Serrano, seine Witwe
George Serrano, sein Sohn
David Walsh, Leibwächter

## Zeugen im Verfahren Costello gegen Lexington Arms

Dr. Callie Hines, Unfallchirurgin am San Francisco General Hospital
Charles Monk, Inspector der Mordkommission von San Francisco
Ben Gehringer, Krimineller, Mitglied der rechtsradikalen Organisation Liberty Force

George Johnson, Krimineller, Mitglied der Liberty Force
Dr. Frederick Glass, sachverständiger Zeuge für Lexington Arms
Dr. Larry Walters, sachverständiger Zeuge für Mary Costello
Dr. David Roper, sachverständiger Zeuge für Mary Costello

## Die Medien

Cathie Civitch, Moderatorin von NBC
Taylor Yarborough, Moderatorin von ABC
Carole Tisone, Reporterin des *San Francisco Chronicle*

## Die Lobbyisten

Tony Calvo von der US-Handelskammer
Mary Bryant von der National Association of Manufacturers
John Metrillo von der National Federation of Independent Businesses

## Die Familie des Präsidenten

Michael Kilcannon, Kerrys Vater
Mary Kilcannon, Kerrys Mutter
James J. Kilcannon, Kerrys Bruder und Vorgänger als Senator von New Jersey, der bei der Wahl zur Nominierung des demokratischen Präsidentschaftskandidaten ermordet wurde

## Weitere Personen

Elise Hampton, Frau von Senator Chuck Hampton
Allie Palmer, Frau von Senator Chad Palmer
John Halloran, Bezirksstaatsanwalt von Stadt und County San Francisco

Marcia Harding, Leiterin des Dezernats Häusliche Gewalt, San Francisco
Caroline Masters, Vorsitzende Richterin am Supreme Court der Vereinigten Staaten
Anna Chen, Laras Brautjungfer
Nakesha Hunt, Laras Brautjungfer
Linda Mendez, Laras Brautjungfer
Reverend Bob Christy, Führer des Christian Commitment
Warren Colby, früherer Senator von Maine und Vorgänger von Senatorin Cassie Rollins
Leslie Shoop, Generalsekretärin von Senatorin Rollins
Lance Jarrett, Vorstandsvorsitzender des größten Chipherstellers von Silicon Valley

Thomas Jencks, Sprecher des Repräsentantenhauses
Der Premierminister von Großbritannien
Der Premierminister von Israel
Der Präsident der Palästinensischen Befreiungsorganisation
Mahmoud Al Anwar, Terrorist und Al-Qaida-Führer

# NOBLE LADIES OF CRIME

Sie wissen alles über die dunklen Labyrinthe der menschlichen Seele...

44425

43552

42597

44091

GOLDMANN